盛世谋臣

凤轻 著

【上册】

青岛出版社
QINGDAO PUBLISHING HOUSE

图书在版编目(CIP)数据

盛世谋臣/凤轻著.—青岛：青岛出版社,2021.10
ISBN 978-7-5552-7210-6

Ⅰ.①盛… Ⅱ.①凤… Ⅲ.①长篇小说—中国—当代 Ⅳ.①I247.5

中国版本图书馆CIP数据核字（2019）第071744号

SHENGSHI MOUCHEN

书　　名 盛世谋臣
作　　者 凤　轻
出版发行 青岛出版社
社　　址 青岛市崂山区海尔路182号（266061）
本社网址 http://www.qdpub.com
邮购电话 18613853563　0532-68068091
责任编辑 郭红霞
特约编辑 崔　悦　徐晓辰
校　　对 耿道川
装帧设计 蒋　晴
照　　排 李红艳
印　　刷 三河市良远印务有限公司
出版日期 2021年10月第1版　2021年10月第1次印刷
开　　本 16开（710mm×980mm）
印　　张 52.5
字　　数 1015千
书　　号 ISBN 978-7-5552-7210-6
定　　价 79.80元（全3册）
编校印装质量、盗版监督服务电话 4006532017　0532-68068050

目 录

【上 册】

目 录

【中 册】

目 录

【下 册】

楔　子

华国靖安二十六年。

萃红阁是京城最出名的烟花之地，原因无他，楼中有着号称京城第一美人的名妓挽云。

萃红阁的大堂里今夜人声鼎沸、名流云集。一片喧闹声中，红衣女子在丫头们的簇拥下缓缓地从楼上走了下来，大堂里顿时一片沉寂，随后一片哄然。

“挽云姑娘……”

“是挽云姑娘！”

“真不愧是京城第一美人……如此美人，若是能够抱得美人归，我愿八抬大轿迎挽云姑娘入门，娶为正妻！”一个一脸正气的中年男子激动地喊道。

虽然女子覆着一层红色的面纱，但是只那一双幽静如月的眼眸就足以让无数人沉迷。

“别美了，也不看看今晚来的都是些什么人。何况，恭王有旨，挽云永世不得赎身。”旁边的人毫不留情地打击道，目光却定定地望着漫步而来的女子，丝毫不舍得移开。

“真是唐突佳人，暴殄天物啊。恭王怎么会下这样的命令？恭王不是顾……挽云姑娘的未婚夫吗？”

“听说恭王深恨顾相叛国，所以才迁怒于挽云姑娘。”

“真是可惜了……”有人惋惜道。

本是相门出身的名门贵女，却落得沦落风尘终身不得赎身的下场，怎能不让人唏嘘？

挽云的目光淡淡地望向坐在最显眼位置的两个男子。一个一身华贵的紫衣，一个一身白衣。紫衣华贵，白衣温文。最后，目光落到那一脸淡然地饮酒的白衣男子身上。那是……她的前未婚夫，当今皇上的第六子恭王慕容煜。

白衣男子显然也察觉到了她的目光，淡淡地望了过来，平静的目光里没有丝毫的波动。

挽云平静地垂下了眼眸，将深刻的恨意埋入心底，唇边勾出一丝浅浅的微笑，宛如深夜绽放的优昙。

“宁王，十万两黄金？！”

鸨母因为激动而有些尖锐的声音将挽云的思绪拉了回来，大厅里众人哗然。十万两黄金就是整整一百万两白银，却只为买美人一夜。这样的天价不说绝后，却绝对可算得上是空前。

那一脸阴鸷的紫衣男子站起身来，脸上却丝毫没有抱得美人归的愉悦，仿佛他刚刚不是花了一百万两买了绝色美人一夜，而是花了一个铜板买了一个不起眼的小玩意儿。他漫不经心地走到挽云跟前，随手拉下她的面纱，抬手勾起她小巧的下巴，将她精致绝美的脸庞转向众人，道：“这就是京城第一美人、京城第一才女？”

男子阴沉的眼眸中充满了厌恶和轻蔑。

挽云却仿佛根本没有听见他的嘲弄，神色平淡如昔。

“顾云歌，已经落到这个地步了，还是这么骄傲吗？真是让人讨厌！”紫衣男子凑近挽云，低声呢喃道，“不过你放心，本王不会碰你的。你不配……本王会将你送入红帐一夜，也让我们的第一美人看看，青楼和红帐到底有什么不同。你说可好？”

挽云目光微动，淡淡道：“既然落在宁王手中，要杀要剐悉听尊便。”

宁王目光一凝，冷笑道：“本王讨厌顾家的人，尤其讨厌你！顾秀庭……可是一直惦记着你呢。”

“你不配提我哥哥的名字。”

“呵呵，当年名扬京城的顾家大小姐，如今成了千人枕万人骑的妓女，你说顾相在九泉之下如何瞑目？”宁王低低地笑道。

挽云敛眉浅浅地一笑，轻声道：“祖父会瞑目的。”

看到她唇边绝美的笑容，宁王不由得怔了一下，神色有片刻的恍惚。

女子幽幽道：“因为，你要下去向他老人家谢罪！”

腹部传来一阵尖锐的疼痛，宁王脸上的神色一僵，狠狠地一掌拍开了跟前的红衣女子。

挽云一被推开，手中的金簪也飞快地抽出，带出一片血雨，众人不由得惊呼出声。

“七弟！”一直静坐品酒的恭王拍案而起，一掌拍向握着金簪的挽云，同时伸手扶住了将要倒下的宁王，咬牙道：“顾云歌！你找死！”

挨了一掌，挽云唇边立刻溢出一丝血迹。方才宁王身上喷出的血也溅了两滴在她雪白如玉的娇颜上，更令她多了几分别样的魅色。

挽云轻咳了两声，笑道：“我死算什么，只恨我不能亲手杀了你们这些奸贼，为我祖父报仇。”

“你不要顾秀庭的命了？”

挽云讽刺地一笑，唇边的血源源不断地溢出。她不会武功，不过是个手无缚鸡之力的弱女子，哪里能禁得住恭王含着内力的一掌。若不是一口气硬撑着，挽云此时已经倒下了。

恭王也知道她此时的情形，一旦他含怒出手一掌，挽云绝对是受不住的。死，不过是片刻间的事而已。

“你们还想骗我？哥哥已经死了！慕容煜、慕容安，你们不得好死！”

如果不是担心兄长的安危，以她丞相千金的骄傲又怎么肯委身于青楼？她早就与母亲和家中女眷共赴黄泉了。

说完，挽云也不再理会身后被这突如其来的剧变吓得目瞪口呆的众人，转身慢慢往楼上走去，身后的地上留下一路暗红的血迹，低沉幽柔的吟唱从楼上慢慢地传来：

“忆韶华兮，梦成殇。
落尘埃兮，心如霜。
怨兮恨兮，永世难忘。
君既无道兮，国何不亡……”

“起火了？！”

楼下的人们正因为突如其来的剧变而有些回不过神来，宁王府和恭王府的人也因为宁王的重伤而忙碌着，谁也没有心思去管一个将死之人，却不想楼上一道火光闪现，一瞬间便蔓延到了大半个楼上。即使是着火，也不该燃得这么快，很显然，挽云事先就做好了准备。

"起火了！快跑……"

因为今晚的热闹，楼上并没有什么人。不一会儿，在场的人纷纷跑了出去，只有老鸨哭丧着脸呼叫着人救火。漫天的火光中，人们仿佛看到那个绝美的红衣女子在烈火中起舞。

"忆韶华兮，梦成殇。
落尘埃兮，心如霜。
怨兮恨兮，永世难忘。
君既无道兮，国何不亡……"

幽幽的歌声在烈火中飘荡，不知是谁的泪水悄然滴下……

第一章

浴火重生

“沐清漪，你这个贱人！你给我出来！”

幽静的兰芷院中，一个俏丽的身影如一道风一般刮了进来。门口的丫头、下人自然也不敢拦她，眼睁睁地看着她一路如入无人之境一般闯进了书房。

书房里，秀雅美丽的女子正提笔望着眼前的字迹皱眉。虽然年少时和表妹一起习的字，两人的字迹也有六七分相似，但是比起表妹的字，她的字到底是少了几分秀雅而多了几分锐气。

她美丽的面容上露出一丝苦笑。她以为自己死了，却不想再睁开眼时已经再世为人，而且……竟成了自己的嫡亲表妹。她以前是顾云歌，现在却是沐清漪——肃诚侯府嫡女。

“你出来了？”看了一眼冲到自己面前的沐云容，沐清漪淡淡道，“你的规矩还要再学学，我知道你快要嫁入宁王府了，但是你最好记着，在还没出嫁之前……你还是肃诚侯府的庶女。”

“沐清漪，你果然不怕死！”沐云容咬牙道。

明知道她是未来的宁王妃，沐清漪还敢如此无礼。沐清漪这一次是不是不小心把脑袋给撞坏了？

沐清漪心情大好，拎起刚刚写好的一幅字，吹了吹上面的墨迹，问道：“三姐连通报都没有就闯进我的书房里，是有什么要事吗？”

一提起这个，沐云容美丽的脸顿时扭曲狰狞起来了。都是沐清漪这个贱人，害得她在祠堂里跪了整整三天。她一出来就听说原本给自己备嫁的兰芷院被沐清漪占去了，怎么能不生气？

“兰芷院是我的，你立刻带着你的东西给我滚出去！”从小便得宠的沐云容骄傲地抬起下巴命令道。

沐清漪都懒得再看她一眼，平静地道：“你的？兰芷院的哪件东西是你的？这些古董摆设是孙姨娘的陪嫁还是父亲亲自命人为你打造的？”

沐云容的脸色一阵青一阵白。兰芷院是整个肃诚侯府最好的院子，沐清漪刚出生的时候，当时的肃诚侯夫人就开始布置了。院子里的摆设大多是肃诚侯夫人自己的嫁妆，而院里的所有家具更是沐清漪满六岁的时候，肃诚侯夫人娘家张家老爷子亲自命人选上等的黄花梨木打造的。备受沐长明疼爱的丫头出身的孙氏无论如何也不可能拿出媲美张家的嫁妆和贺礼。沐长明也不可能专门为一个庶女打造如此昂贵的院落。

看着沐云容难看的脸色，沐清漪低低地笑出声来：“是什么样的命，就该有自知之明。别妄想那些不属于你的东西，兰芷院是我的，就算我用不着了，它也不会归你。”

沐云容看了她半晌，才冷笑一声尖锐地道：“宁王也是你的，那又怎么样？现在要做宁王妃的人是我！”

“那我恭喜你。”沐清漪浅笑道，“我不想要的东西，可以是你的。”

慕容安到底是什么样的人，沐清漪比谁都清楚。如果说慕容煜是个野心勃勃、心狠手辣的伪君子，那慕容安只能算是一个人渣。沐清漪实在很难理解，嫁给这样一个人，沐云容到底在得意什么。

沐云容气得浑身发抖。沐清漪明显是要惹她生气，但是她压抑不住那股怒气。这几年，有父亲、母亲、哥哥和宫里的姐姐撑腰，这府里没有任何人敢违逆她的意思。沐清漪这个贱人居然一而再，再而三地向她挑衅！

“沐清漪！你这个贱人……等成为宁王妃以后，我一定要把你嫁给一个最低贱没用的男人，看你还怎么得意！”沐云容怒吼道。

沐清漪却并不动怒，淡淡道：“这世上还有人比你更贱吗？”

“你……你！你去死吧！”沐云容终于忍不下去了，上前一步抄起不远处放着的一个花瓶朝沐清漪砸了过去。

“云容！你在干什么？！”一个气急败坏的男声响起。

唇边微微勾起一丝淡笑，沐清漪侧身让过了迎面而来的花瓶，但飞溅的碎片还是在她的手背上划下了一道血痕。

啪！一个耳光甩在了沐云容的脸上。

沐云容被打得脸别到了一边，半晌才回过神来。沐云容委屈道：“爹……你、你居然为了这个贱人打我？！”

“还不住口！”肃诚侯沐长明的脸一阵青一阵红，道，“恭王殿下驾到，还不行礼！”

刚到门口，沐长明就听见了沐云容高声怒骂沐清漪的声音，那些话简直不堪入耳，他更没想到，一进来就看到沐云容举起花瓶往沐清漪身上砸。就算沐长明不待见沐清漪，他也从来没打算弄死她，更不能让她死在自己的姐姐手里！

沐清漪一愣，这才看到沐长明身后一个男子走了出来。来人一身白衣如雪，容貌俊美、温文尔雅，即使碰到这样的情形，脸上的神色也没什么变化，依然淡然得让人见之心折。

沐清漪却知道这如白云一般高洁的外表下隐藏着怎样的狠辣和阴毒。这个人曾经是她的未婚夫，也曾经是情窦初开的少女心中的如意郎君。也正是这个人，亲手将她、将顾家推进了万丈深渊。

沐清漪永远都记得，祖父被羁押的那一日，她跑去恭王府求他相助，却看到他正搂着她的好友温言细语、两情缱绻。她跪在地上求他，得到的却只有他冷酷的言语：“顾氏通敌叛国，合该满门抄斩！”

看到朱明嫣得意的笑颜，她恨不得当时就瞎了眼。有眼无珠，还要眼睛做什么？！

再一次见到他，沐清漪以为自己能够平静以对。烈火焚身的痛苦她都经历过了，老天还能给她机会面对仇人，她有什么不能面对？但是当真正看到那俊雅淡然的面容时……沐清漪垂下了眼眸，怕眸中露出恨意。

“见过恭王。”

慕容煜！顾云歌回来了，你准备好为当初的行为付出代价了吗？

慕容煜看着眼前一片狼藉的书房皱了皱眉，沉声道：“这是怎么回事？”

沐云容神色一僵，恨恨地瞪了沐清漪一眼。她将要嫁给宁王，恭王是宁王的同母哥哥。比起阴鸷桀骜的宁王，她更怕温文尔雅的恭王。

沐长明小心翼翼地看了一眼神色平静的慕容煜，发现他对眼前的闹剧并没有什么兴趣，甚至连追究沐云容的意思都没有，这才松了口气。

慕容煜走到沐清漪的桌边，低头取过桌上沐清漪写的字看了看，神色微变。他抬头打量了眼前的女子一番才淡淡道：“你是沐清漪？”

“回恭王，正是。”沐清漪垂眸道。

“字写得不错。”慕容煜若有所思地道。

沐长明有些惊讶地看向慕容煜手中的字。虽然沐清漪是肃诚侯府的嫡女，但是沐长明的注意力从小到大都放在他更喜欢的沐飞鸾、沐翎和沐云容身上。如今的柔妃——当年的肃诚侯府大小姐沐飞鸾在闺中时便是闻名京城的才女。沐长明虽然不知道沐清漪的字有什么特别之处，但是能让恭王赞上一句不错，至少证明她的字确实还拿得出手。

“不过……本王怎么觉得这字迹有些眼熟。”慕容煜道。

沐清漪眉睫微颤，低声道：“清漪……清漪的字是跟宋老先生学的。”

“原来如此。”慕容煜放下手中写满了字的纸，淡淡笑道，“宋老先生是一代书法名家，难怪四小姐能有如此成就。”

肃诚侯府只有沐清漪一个嫡女，所以她小时候有一半的时间是在顾家长大的。而顾家的大公子顾秀庭和大小姐顾云歌确实都曾经师从一代书法名家宋濂。

听到慕容煜如此说，沐长明狠狠地松了口气。沐清漪一提到宋老先生，沐长明的心就忍不住提了起来，宋濂生前眼高于顶，那么多年也只收过秀庭公子这一个弟子。而众所周知，恭王最讨厌的事就是别人提起顾家。

沐长明看了看慕容煜，赔笑道：“王爷，小女儿家胡闹罢了。咱们还是去前厅吧。”

慕容煜点了一下头，目光淡淡地从沐云容身边扫过，对沐长明道：“三小姐将来到底是要做宁王妃的人，行事也该有些分寸，莫要带累了宁王。”

“是，老臣管教无方，回头一定好好教导小女。”沐长明连连点头道。

慕容煜皱了一下眉，抬手道：“本王过来也没有什么大事，就是想跟肃诚侯说一声，宁王身上的伤尚需一段时日才能好，本王已经请父皇允许，将婚期改到父皇的寿诞之后。肃诚侯可有意见？”

你都已经禀告过皇上了，我还能有什么意见？！沐长明心中暗暗思忖，面上却丝毫不敢怠慢，恭敬地道：“一切听凭王爷安排。”

慕容煜满意地点头道：“离父皇的寿诞还有一个半月，不过六月、七月都不是办婚礼的好日子，钦天监的意思是将婚期选在八月。这几个月，三小姐就好好准备吧。”

“是，王爷。”沐云容虽然不悦婚期一下子推迟了好几个月，但是她身为闺阁中的女儿家，自然不敢表现出自己迫不及待想要出嫁的模样，只得乖乖应了下来。

沐长明见女儿如此，脸上的神色这才缓和了一些，侧身恭请慕容煜一起去前厅了。

沐长明和慕容煜一离开，书房里又只剩下了沐清漪和沐云容。

沐云容恨恨地瞪着沐清漪，咬牙道：“贱人，总有一天我要你求生不得求死不能！”

刚刚见到慕容煜，让沐清漪心绪有些不稳，她也没有了耐性陪沐云容兜圈子：“别总是开口闭口骂自己，让外人听到了还以为这就是肃诚侯府的教养呢。不过……孙姨娘那个出身生出来的，倒也配得上这个词。”

“沐清漪，你给我等着！”知道自己在嘴皮子上根本占不到上风，沐云容一跺脚转身冲了出去。

“小姐，你这么说三小姐，会不会……”身边的小丫头珠儿有些担心地道。

沐清漪含笑看着这个一直对表妹忠心耿耿的小丫头，沉吟了片刻，淡淡道：“她告状也得有人信，就算有人信……哪个府里没有点儿钩心斗角的事情？祖母是不会管的。”

这些年孙氏在府中权力日盛，而沐老夫人既不喜欢丫头出身的孙氏，也不喜欢身为嫡孙女的沐清漪，自然恨不得她跟孙氏斗得两败俱伤。

珠儿轻声道："小姐还是小心一些好。三小姐虽然有些……但是孙姨娘可不是省油的灯。"

孙夫人如今已经年近四十，容貌算不上一流，这么多年来在府中那么多妾室中却一直盛宠不衰，其中虽然有大小姐的原因，但是也不得不说孙氏手段了得。

沐清漪点点头，看着珠儿浅笑道："谢谢你珠儿，我知道了。"

珠儿小脸微红，连忙摇头道:"这……这是奴婢该做的，小姐说什么谢谢，奴婢可……可担当不起。"

看着她手足无措的模样，沐清漪不由得莞尔一笑，道："如今这府里，除了你还有谁会真的担心沐清漪？"

"小姐……"看着眼前的小姐轻柔含笑的眼眸，珠儿不由得一呆，道，"小姐……小姐真好看……"

不久前表小姐自焚而死，小姐因表小姐的身后事顶撞侯爷，不慎被推出去撞上了柱子昏迷。不知怎么的，小姐醒来之后似乎变得比从前更加美丽了。

虽然珠儿总觉得小姐的眼睛里仿佛蒙上了一层冰冷的薄雾，但小姐偶尔嫣然一笑又让人眼前一亮，珠儿只觉得这世间再也没有比自家小姐更美丽的人了。

如珠儿所说的，沐云容果然跑到沐长明和沐老夫人跟前去大闹了一场。但是也如沐清漪所料，沐老夫人根本就不相信沐云容的话，还狠狠地训了她一顿，让她闭门思过。至于是真的不信还是假的不信，就只有沐老夫人自己知道了。

一时间各种议论在私底下暗暗流传开了。府中更有许多人纷纷猜测：四小姐是不是要得宠了？

这些都不是沐清漪现在关注的事情。虽然她早就告诉自己不能心急，但是每天和沐家人生活在一起，再次见到慕容煜之后，沐清漪发现自己根本不如想象的冷静。要为顾家报仇、要雪洗顾家的冤屈和耻辱，她需要做的还有很多，而现在的她却什么都没有，甚至连出肃诚侯府都有困难。

"小姐，大公子来了。"珠儿进来轻声禀告道。

"请大哥进来。"听到珠儿的禀告，沐清漪心中一动，很快便有了计较。

片刻后，沐琛便走了进来，看了一眼倚坐在书案后面握着一卷书的妹妹笑道："四妹这里倒是安静。"

沐琛今年已经年过二十，长得也算俊秀。虽然是侯府长子，可惜却并不得宠，跟沐清漪的关系倒还过得去。

沐清漪笑道："清漪这里一向没什么人走动，自然是安静得很。"

沐琛摇摇头笑道："三妹刚刚出了祠堂又被祖母禁了足。四妹还是小心一些好。"

沐清漪眼神一动，含笑道："大哥这话怎么说？"

沐琛似笑非笑地看着沐清漪，她也不在意，大大方方地任由他打量。半晌，沐琛有些无奈地叹了口气道："大哥倒是觉得……似乎从来没有看透过四妹。如今的四妹倒是有了几分……当年母亲的风范。"

沐琛说的这个母亲自然是指沐清漪的生母张氏。张氏是肃诚侯的原配夫人，府里所有的子女都要称她一声母亲。

沐清漪淡淡一笑道："大哥来兰芷院不会是专门来陪清漪聊天的吧？"

沐琛笑而不语，算是默认了沐清漪的话。沐清漪也不在意，侧首对守在门外刺绣的珠儿道："珠儿，给大哥倒杯茶来。"

"四妹身边侍候的人也太少了一些。"沐琛皱眉道。

沐清漪含笑道："够用就行了，与其添了人再吃里爬外，还不如一开始就没有。"

沐琛打量着眼前笑容淡然优雅的女子，不知为何感到心头涌起一丝凉意，笑道："四妹倒是想得开。不过四妹到底还是肃诚侯府的嫡女，出了门身边却只有一个丫头跟着也不成样子。"

沐清漪心中一动，垂眸苦笑道："多谢大哥教导，不过……清漪大概也没有什么出门的机会。"

沐琛摇头笑道："今年不一样。再过一个多月就是皇上的寿诞，四妹你身为肃诚侯府的嫡女必然是要进宫赴宴的。何况，四妹年纪也不小了……"

沐清漪沉默了片刻，轻声笑道："多谢大哥提醒，以后若有什么是清漪能做的，清漪定会报答大哥。"

沐琛笑道："你我都是兄妹，四妹何出此言？对了，今天正好大哥也没什么事，要不大哥陪你出去转转？"

沐清漪有些惊讶地抬头道："这……这方便吗？"

沐琛笑道："这有什么不方便？云容那丫头快出阁了还每个月往外跑两三回呢。还有羽菲和水莲，她们也经常出门买胭脂水粉、珠钗首饰之类的东西。大哥去跟父亲说一声就是了。"

沐琛如今在礼部挂了一个职，职位不高，做得倒还不错，因此虽然不及孙氏所生的沐翎受宠，但在沐长明面前也还有几分脸面，他要带妹妹出去逛街，沐长明自然不会不准。

看到沐清漪心动又犹豫不决的模样，沐琛挑眉笑道："四妹，你倒是去不去啊？"

"去！"沐清漪连忙站起身来，可怜巴巴地望着沐琛。

沐琛含笑点头道："快去换衣服吧。大哥去跟父亲说一声。"

“是，谢谢大哥！”沐清漪连忙一福身，快步朝门外走去。

听着她有些急促的脚步声，沐琛淡淡一笑，心道：再怎么有心机，也还是个十五六岁的少女罢了。

沐长明果然答应得很爽快。不到一刻钟工夫，沐清漪便戴着面纱跟着沐琛出了肃诚侯府。沐琛既然想要拉拢沐清漪，自然会投其所好。出了侯府，沐琛就直接带着沐清漪去了京城的大家闺秀最喜欢的胭脂铺子——冷香斋。

冷香斋并不是京城最大、最华丽的胭脂铺，却是京城的姑娘和贵妇最钟爱的地方。冷香斋出的胭脂香粉总是格外自然馨香，让人心旷神怡。冷香斋每个月还会专门推出一种香料，这种香只有一份，而且当年不会再出第二份。这就大大地满足了那些心性骄傲、不愿落入俗套的千金小姐的需求，所以她们总是不惜一掷千金。

沐琛身为男子自然不好在这种地方久留，所以只是将沐清漪送到了门口便到对面的茶楼等她了，临走时又给了沐清漪一张五十两的银票。沐清漪推辞不过，只得谢过沐琛并收了下来。

布置得幽静雅致的大堂里给人一种清幽的感觉，甚至连一般胭脂铺子里的脂粉味都几乎闻不到。如果不是门口挂着匾额，实在很难让人相信这是一家胭脂铺。

“这位小姐里面请，不知需要些什么？”浅蓝色的纱帘后，一个紫衣女子缓步而出，含笑看着沐清漪问道。

沐清漪也不惊讶，淡淡一笑道：“需要一些香料，不知老板这里可有？”

紫衣女子清秀的脸颊上闪过一丝惊讶，笑道：“倒是很少有人来冷香斋买香料，想必小姐也是精于调香啦。”

沐清漪微笑道：“略知一二。”

见她无意多说，紫衣女子也不在意，道：“小姐需要些什么香料？”

沐清漪取出一张写满了字的信笺递到她的手上。

紫衣女子低头看了看，赞道：“小姐写得一手好字，这些香料敝店都有，小姐请里面喝茶稍候，很快就为小姐准备好。”

沐清漪点头笑道：“多谢老板。”

两人正要转身进里间，门口挂着的风铃响动，又有人进来了。

紫衣女子抱歉地对沐清漪笑了笑，转身迎客，一大群人已经拥进店来。紫衣女子脸色微变，举步迎了上去，躬身道：“恭王妃驾到，小女子未曾远迎，还请恕罪。”

沐清漪原本并没有在意外面进来的人，却在听到紫衣女子的话时不由得怔了一下。她一回头便看到了被人簇拥着从外面进来的华衣女子，不是如今京城里最春风得意的恭王妃还能是谁？

缓步走入大厅的女子那张略带傲气的美丽面容略施薄粉，淡扫蛾眉，一身杏黄色金丝牡丹缠枝的衣衫，再配上那凤凰衔珠步摇，让她整个人显得华贵逼人，只是比起沐清漪记忆中的样子更多了几分高高在上的冷傲。这人正是平南郡王府的明华郡主、当年顾家大小姐顾云歌最好的朋友朱明嫣，同时也是当今六皇子恭王慕容煜的王妃。

恭王妃一进门就看见站在纱帘处回首看着自己的女子，藏在淡淡的薄纱后的一双眼眸让她感到有些熟悉。恭王妃拧眉，沉声道："这是什么人？"

紫衣女子看了沐清漪一眼，笑道："回王妃，这位小姐是来买香料的。"

"买香料？"恭王妃打量了沐清漪几眼，道，"本妃看这位小姐有些眼熟，不知是哪家的小姐？"

沐清漪回身，垂眸微微一福道："小女肃诚侯府四女见过恭王妃。"

"肃诚侯府四小姐？"恭王妃挑眉道，"是秦国夫人的女儿？"

"正是。"沐清漪恭声道。

"难怪……"看着沐清漪微垂的眼眸，恭王妃失神片刻，回过神来才有些恹恹地挥了挥手道，"你先去吧。"她言下之意竟是赶沐清漪出去。

见恭王妃态度如此，跟在她身边的几个女子都掩唇偷笑起来，明显表现出对这个不得王妃青眼的肃诚侯府四小姐的不屑。

沐清漪淡淡道："小女还等着拿些东西，请王妃见谅。"

"你……"恭王妃眼神微变，仔细盯着沐清漪打量了半晌才道，"你倒是跟云容说的有些不同。"

面纱下的朱唇微微勾起，沐清漪浅笑道："出身所限，三姐偶尔说话有些不入耳，还请王妃海涵。"

恭王妃神色又变了几变，半晌才侧首对旁边的紫衣女子道："既然有客人，本妃下次再来。"

一听恭王妃的话，跟在她身边的几个女子却不依了，忙道："王妃，她是什么人，当得起王妃相让？"

"就是，见到王妃还不乖乖地退避一旁，真是无礼。"

"够了！"恭王妃有些不悦地扫了众人一眼，回头对沐清漪笑道，"五日后，本妃将在别院宴请京城的闺秀，到时候沐四小姐一定要来。"

沐清漪轻轻一福身，从容道："多谢王妃，小女到时候一定前往打扰。"

恭王妃淡淡地看了沐清漪一眼，这才带着人转身离开。

"恭王妃只怕是有些不悦，沐小姐还请小心才是。"送走了恭王妃，紫衣女子看着沐清漪轻声提醒道。

沐清漪有些惊讶地看着眼前的清秀女子。紫衣女子的容貌并不十分美丽，但是那双清澈宁静的眼睛显示出她必然是一个极聪慧的女子，而真正聪慧的女子一贯是不会多言的。

紫衣女子掩唇一笑道："我多嘴了，还请沐小姐勿怪。我认识一个女子，跟沐小姐很是相像，就忍不住……”紫衣女子有些惆怅地叹了口气，抬手请沐清漪进入内室。沐清漪心中一动，侧首问道：“能得姑娘青眼，必定是一位奇女子。”

紫衣女子点头道：“确实是一位奇女子，我与她虽只有一面之缘，心中却对她十分敬佩。这京城繁华之地，虽说是美女如云，只怕再也不会有那般美丽聪慧的女子了。”

“那……不知那位……”

紫衣女子淡淡一笑，道：“她叫挽云，以前还有一个名字叫……顾云歌。”

沐清漪默然，许久才抬起头来看着眼前的女子，轻声道：“老板和我……表姐也有交情吗？”

紫衣女子摇摇头，叹息道：“顾家还没出事的时候，我这小店也刚开了没多久。顾小姐来买过一次香料，还送了我一张调香的方子。只可惜……我手艺不精，这么多年来，竟都调不出当年顾小姐调出的馨香来。”

沐清漪轻声道：“老板说笑了，老板这冷香斋如今早已经名满京城了。”

紫衣女子不屑一笑，道：“那又如何？那些人哪儿知道什么是真正极品的香！也罢……如此女子、如此技艺，从此永绝人间了。还不知沐小姐……沐小姐和顾小姐是血亲，想必技艺也是不凡。”

沐清漪道：“清漪对此道并不精通，不过是闲暇时玩乐罢了，让老板失望了。”看着紫衣女子眼中掠过一丝失望，沐清漪有些好奇地道，“如今连肃诚侯府也轻易不肯提起顾家，老板倒是丝毫不忌讳。”

紫衣女子掩唇，挑眉看着沐清漪，笑道：“沐小姐会去告密吗？”

两人不由得相视一笑，房间里的气氛也热络了许多。

紫衣女子利落地从各个柜子中取出沐清漪要的香料装好，不一会儿便包起来送到了她手中。

沐清漪拎着香料起身，含笑道：“还没请教老板尊姓大名？”

紫衣女子轻声笑道：“我姓冷，沐小姐若是不介意，唤我玉娘便是。”

沐清漪点头笑道：“我叫清漪。”

亲自送了沐清漪出门，紫衣女子重新回到内室。原本应该空无一人的内室里却不知何时已经坐了一个人。紫衣女子神色微变，连忙踏入室中对着来人深深一拜，道：“玉娘见过九公子。”

房间里，宽大的坐榻上坐着一名黑衣男子。丝质的黑色锦衣上绣着繁复的暗纹，给人一种沉重、诡异的压力。听到紫衣女子的声音，他回过头来，淡漠的眼眸带着一种虚无之感，紫衣女子一对上他的眼睛就不由得打了个寒战，连忙移开了去。黑衣男子长得极为俊美，眉目仿佛经过了精雕细琢，无一处不让人觉得十分完美，如此精致的容貌若是长在别人脸上必然显得有几分女气，他的眉眼之间却带着逼人的锐气，仿佛别人一不小心就会为他所伤。

“咳咳……”男子尚未言语，先咳嗽起来。

“九公子……”紫衣女子担忧地看着眼前的黑衣男子，却连上前一步的勇气也没有。

黑衣男子摆摆手，沉声道：“没事。刚刚那是顾云歌的表妹？”

紫衣女子一愣，显然没想到公子会对一个素未谋面的女子感兴趣。察觉到黑衣男子不悦的目光，她才连忙道：“回公子，正是。肃诚侯府已故的夫人和当年顾家大夫人是嫡亲姐妹。”

黑衣男子皱了皱眉，道：“既然是表姐妹，那么她……应该也会调制幽寒香吧？”

紫衣女子拧眉道：“玉娘刚刚问过了，沐四小姐对调香似乎并不精通，而且她也没买调制幽寒香的材料。”

黑衣男子凝目，怅然道：“顾云歌已经死了……除了她，这世上还有谁能……”

“玉娘该死！”紫衣女子跪倒在地，“玉娘无能……请公子降罪！”

黑衣男子一挥袖，沉声道：“罢了，以我们在华国的力量，想要救出顾云歌根本不可能，这怪不得你。”

“可是，公子你的身体……”

“咳咳……不碍事……”黑衣男子皱眉道，话没说完又是一阵剧烈咳嗽。他用手死死地掩住了嘴，一缕暗红的血迹从指间流出。他咬牙道：“本公子不会那么容易死！”

“属下会再去接触沐四小姐，如果这世上还有人会调制幽寒香，最有可能就是她了！”看着男子指间暗红的血迹，紫衣女子眼中闪过担忧，沉声道。

沐清漪和沐琛一回到府中就被早已等候着的老夫人院里的人请去了。

进了大厅，沐老夫人、沐长明、孙氏，还有禁足中的沐云容都在。沐清漪对此也不以为意，以孙氏对沐长明的影响力，对沐云容所谓的惩罚能落实三分就算是不错了。沐清漪若有所思地望了一眼低眉顺眼地坐在沐长明下首的孙氏，以孙氏的姿色、才情，能够长久迷住沐长明这样的人实在是不可思议，莫不是沐长明当真对孙氏情有独钟？

沐清漪慢慢地将目光移向另一边，老夫人身后站着的一个三十多岁的美妇，正小心地为沐老夫人捶着肩膀。那女子容貌秀雅，衣着素净端庄，很有几分小家碧玉之风。她正是沐琛的生母李氏。同为姨娘，孙氏可以正大光明地坐在沐长明身边，李氏却要站在沐老夫人身后小心翼翼地侍候。李氏至少还是光明正大小轿抬进门的侧室，而孙氏原本只是个通房丫头，难怪沐琛会不甘心。

“祖母、父亲。”沐清漪压下心中的想法，上前轻声道。

“见过祖母、父亲……母亲。”沐琛低声道。

这一声母亲叫的却是孙氏。虽然孙氏没有朝廷诰封，但是沐长明为了弥补她的委屈，给了她完全相当于正室的待遇，除了沐清漪，所有的庶子、庶女都必须称她为母亲。

沐云容见沐清漪仿佛当自己的娘亲不存在一般置之不理，当场就想发火，但是一对上沐清漪那似笑非笑的眼神顿时就偃旗息鼓了。

沐老夫人含笑看着沐清漪道：“漪儿今天出门可是碰上了什么贵人？”

沐清漪淡淡微笑道：“回祖母，清漪在冷香斋遇到了恭王妃。”

沐老夫人拿起桌边的帖子，笑道：“这么说是真的了？恭王妃邀请你参加五日后的宴会。漪儿回去可要好好准备一番，莫要失了肃诚侯府的颜面。”

沐清漪乖巧地点头道：“清漪明白，多谢祖母教诲。”

沐老夫人显然心情不错，指了指旁边的空位道：“你们兄妹也坐下说话吧。”

两人谢过沐老夫人，在沐长明对面坐了下来。沐清漪想了想问道：“却不知道恭王妃为何举办宴会？”

沐老夫人轻叹一声，道：“你平日里也不出门，难怪不知道。再过一个多月便是陛下的五十寿诞，各国使节都会前来道贺。这几天便已经有不少使节到了，恭王妃办这个宴会便是为了招待远来华国的几位公主。”

沐清漪眼眸微动，抿唇笑道：“原来如此，多谢祖母提点。”

自三年多前顾家落败，太子被废为平王起，华皇的十多个皇子便隐隐以慕容煜为首。招待来贺的公主这样的事情，自然便是由恭王妃来办理了。

沐老夫人笑道：“不说这个，宴会的事情虽然重要，但对你们来说也无须太过紧张。倒是听说宁王的身体已经好了不少，明日……漪儿，你陪着云容去宁王府看看宁王吧。”

“这……”沐清漪迟疑道，“这样只怕不太好吧？”

“祖母，云容自己去就好了，不用别人陪着。”沐云容警惕地盯着眼前的沐清漪，对着沐老夫人娇声道。

她这个宁王妃之位本就是从沐清漪手里抢过来的，正式和宁王成亲之前，她怎么可能让沐清漪接近宁王？

“胡闹！你一个还未出阁的姑娘家，怎么能单独去探望宁王？”沐老夫人沉声训道。

沐云容不由得一缩脖子，低声道：“让二哥陪我去不就可以了。”

沐老夫人道：“自然要你二哥陪你去，琛儿、漪儿也一起去，这才能显出咱们家对宁王的敬重。”

见沐老夫人一副不容置疑的模样，沐云容只得不甘地住了嘴，却不忘狠狠地瞪了沐清漪一眼。

沐清漪淡然一笑，心道：也好，我也想看看慕容安到底有多长的命！

半个月前，慕容安被顾云歌一簪子刺中了要害，平生第一次吃了如此大的亏。顾家的人，无论性格如何都有一颗狠绝之心，顾云歌一把火烧得干干净净让慕容安想报仇都找不到仇人。慕容煜担心他再出去胡闹而受伤，便将他拘在了府中，这也让慕容安的脾气更加暴躁。

沐清漪一行人来到宁王府的时候正赶上慕容安在发脾气，远远就听见慕容安的声音："她来干什么，让她滚回去！"

听到这话，众人都不由得神色有些怪异地望向沐云容。大家原本以为慕容安愿意舍弃身为嫡女的沐清漪娶庶女沐云容应该是真心喜爱她的，但是听慕容安这口气可不像那么回事。

被众人看得有些恼羞成怒，沐云容的俏脸青一阵紫一阵。但是她已经到了这里，若是真的被人请出去，面子就丢大了。沐云容也不理会众人的眼神，咬了咬唇角赶在总管出来之前走了进去，关切地道："安哥哥，容儿来看你了，你好点儿了吗？"

大厅里，慕容安正一脸阴鸷地半躺在一张软榻上，看到沐云容进来也是一脸的不耐烦，冷冷地瞥了她一眼，道："你来干什么？"

沐云容咬了咬唇角，有些委屈地道："听说你伤好些了，容儿奉父亲和祖母之命来看看你。"

慕容安冷哼一声，道："死不了，六哥说你需要好好学规矩，说得果然不错，真是没规矩。"

"你……"

沐云容这次是真的委屈了，她是真的喜欢慕容安，从第一次见到慕容安起，一颗芳心便落在了他的身上。她并非没有听说过京城里关于慕容安的不堪传闻，一直只当是别人的诽谤之词，慕容安却一直对她不冷不热。

慕容安轻哼一声，毫不在意地将目光扫向跟在沐云容身后进来的众人。

"你是……沐清漪？"看着站在最后的沐清漪，慕容安扬眉道。

顿时，大厅里所有人的目光都集中到了沐清漪的身上，其中沐云容妒恨的目光尤为强烈。

沐清漪敛去眼中翻腾的恨意，平静地道："回宁王，小女正是。"

慕容安定定地盯了她许久，突然道："你这双眼睛……真是太讨厌了。滚出去！"

沐清漪一怔，无视沐云容幸灾乐祸的眼神，平静地退了出去。在还没有能力与慕容安对抗的时候，她也并不想和他相处。

出了门，沐清漪挥退了一脸尴尬的宁王府管事，随意找了一处僻静的角落坐下来闭目养神。这些日子，她看上去悠闲自在、镇定从容，其实每时每刻心中都在小心地算计着。她能掌控的东西实在是太少了，以如今的情形来看，别说对付那高高在上的华皇，就是想要撼动慕容煜也无异于蚍蜉撼大树，由不得她不小心算计。

沐清漪揉了揉隐隐作痛的眉心，无声地在心底叹了口气。她睁开眼来打量起周围的景致，她的兄长……她那心性高洁的哥哥，有京城第一美男子之称的哥哥，就死在这座宁王府中。

一滴泪珠悄悄地从雪白如玉的脸庞上滑落。死了……也好。以哥哥的心性，若不是因为她，只怕早就了断了自己，又怎么会受慕容安如此折辱？这几年，他们兄妹俩也算是慕容煜和慕容安用来牵制对方的工具了。因为哥哥在宁王府，顾云歌不能求死，只能沦落青楼；因为妹妹身陷青楼，为了不让妹妹吃苦，顾秀庭只能苟且偷生。如今……死了也好！哥哥，你若在天有灵，便保佑云歌能够为我们顾家报仇雪恨吧。

“那个人……快要不行了吧？”

沐清漪正陷入自己的思绪之中时，一个低低的声音从花丛后面的小道上传来。

“可不是吗，真是可怜。若不是王爷令人下了药让他动弹不得，只怕都不知道弄死自己多少回了。”

另一个声音也跟着传来，语气里带着浓浓的同情和怜悯。

沐清漪并未在意，被慕容安害死的人不是一两个了。如今她自顾不暇，哪里还有心思管别人？这么多年，祖父、父亲、叔叔兢兢业业，与顾家有恩义之人何其多，但是真到了生死关头又有多少人为顾家说过话？

“就算是这样，他不吃不喝只怕也撑不了几天了。”最先开口的丫头小声道。

另一个丫头叹了口气，道：“那样一个风流俊秀的公子被折磨成这样，死了……只怕也是一件好事。从前王爷总是拿顾家小姐威胁他，如今顾小姐也没了，只怕……”

“算了，快别说了。若是人真的死了，王爷只怕也饶不了咱们……”

两个丫头渐行渐远。留在原地的沐清漪木然地呆坐着，只觉得脑子里仿佛打雷一般轰隆直响。顾小姐……威胁……死了……

大哥……大哥还活着？！

这突如其来的消息，几乎在一瞬间将沐清漪这些日子以来的冷静全数击溃。她猛地站起身来，就想往那两个丫头去的方向追过去。她要见大哥，要告诉他，她还活着，要他也好好活下去！

“沐小姐，你这是要去哪儿？”沐清漪刚刚转过花丛拐向那条小道，便有人跟了过来。之前陪着她来花园的管事匆匆追了上来，笑道：“沐小姐，那儿是王府禁地，等闲人不能进去。”

看到来人，沐清漪并不意外。若是她那么容易就见到了大哥，这里也就不是皇子府邸了。刚刚她一时被大哥还活着的消息冲昏了头，不过现在……脑海中灵光一闪，沐清漪平静了下来，抬头望着那管事道：“秀庭公子在宁王府里？”

管事脸色一变，有些为难地皱了皱眉。虽然宁王将秀庭公子软禁在府中的事情在京城里也算是一个公开的秘密，但是当初皇上的圣旨毕竟是顾家满门男丁处斩，若是有人拿这个做文章闹到皇上面前，却也是个麻烦。

看着他的脸色，沐清漪便知道那两个丫头说的是真的。大哥……大哥真的还活着。

沐清漪强压住颤抖，平静地道："我要见秀庭公子一面。"

那管事神色古怪地看了她一眼，显然是觉得这个侯府小姐未免太将自己当回事了，这里可是宁王府。

沐清漪轻声道："秀庭公子是我表哥，我可以劝劝他。你若是拿不定主意，不妨去问问你们王爷。"

闻言，管事眼神不由得有些意动。因为秀庭公子的事，王府上下的人可没少被王爷斥责。沐小姐去劝劝秀庭公子，兴许是一件好事。

管事沉吟了片刻，便点头道："在下这便去禀告王爷，还请四小姐稍等。"

那管事去得快，回来得也快。慕容安果然同意了沐清漪的要求。

沐清漪由管事陪同着走过那幽静的小道。一路上曲径幽长，景致宜人，沐清漪却无心观赏这些。她虽然不会武功，但是也清楚地感觉到一路上有不下十双眼睛盯着自己。很显然，如果没有人带路，这看似美丽的小径只怕是步步杀机。刚才她如果自己贸然走进来，别说见到大哥，只怕刚进来就变成死人了。

走了半刻钟，沐清漪才看到一座小楼矗立在园中的一角。小楼外繁花似锦，暗香扑鼻，假山湖泊、雕梁画栋，恍如仙境，竟是整个宁王府中景致最好的地方。

踏入小楼，沐清漪却感觉里面死一般沉寂。虽然陈设幽雅清贵，处处精心，却毫无生气，不似有人居住。

沐清漪上了二楼，才有细细的声音传来，是有人正在劝另一个人用膳，被劝的那个人却没有丝毫动静。这小楼的主人一直沉默无声，就连来往侍候的丫头们也渐渐变得轻言细语，仿佛生怕惊醒了什么。

"我想单独见他。"沐清漪转身对管事道。

管事点了点头，将床前的两个丫头唤了出来。沐清漪这才缓步走了进去，掩在衣袖中的手紧紧地攥起，只有掌心尖锐的刺痛才能让她清醒一些，免得做出惹人怀疑的行为。

"表哥。"走到距离床榻三步的位置，沐清漪停了下来，轻声唤道。

床上和衣而卧的男子微微动了一下，并没有睁开眼睛看她。沐清漪近乎贪婪地望着床上的俊秀男子，只觉心中万分酸楚和绞痛。她身陷青楼，就觉得万分痛苦了，而她的大哥……有着顾家人天生的傲骨，曾经号称京城第一才子、第一美男子的顾秀庭，又是怎么熬过这几年的？若不是为了她，以大哥的性子，他怎么会愿意被人如同禁脔一般关在这座小楼里？

比起从前丰神俊秀的秀庭公子，如今床上躺着的这个形销骨立的男子几乎已经没有了当年京城第一才子的风采。那从左脸上划过的狰狞的伤痕，只差分毫便要伤到眼睛了。那伤痕显然不是新伤，从那伤痕的模样就能看出下手之人的决心。

沐清漪忍不住上前两步，站到了床前。顾秀庭曾经执笔写就锦绣文章的一双手伤痕累累，同样都是旧伤。沐清漪不敢去想象，当年初入宁王府的大哥到底吃了多少苦，受了多少煎熬。

晶莹的泪水一滴一滴地滑落，落在了床上人的手背上。

床上一直闭目假寐的人微微动了一下，慢慢睁开了眼睛。四眸相对，两人皆是一愣。看着女子熟悉的眼睛，顾秀庭眼神一亮，但是很快就黯淡了下去，低声道："你是……清漪？"

声音低沉嘶哑、软绵无力，仿佛他每说一句话都很费力。

沐清漪无声地点了点头，在床边蹲了下来，低声道："大哥……"

顾秀庭一怔，沐清漪是他的表妹，他自然也熟悉，但是沐清漪从小胆子就不大，而且相比顾秀庭这个表哥，很明显她更崇拜、喜欢表姐顾云歌，所以他们表兄妹的感情虽然也很好，却远不及她们表姐妹深厚亲昵。此外，顾秀庭记得，沐清漪从不叫自己大哥，一直都是叫表哥的。

"大哥，活下去。"沐清漪望着顾秀庭低声道，"顾家只有……只有你一个人了。一定要活下去！"

望着眼前的少女，顾秀庭又有一瞬间的恍惚。对上少女的眼神，顾秀庭以为自己见到了那苦命的妹妹。

"清漪，这里不是你该来的地方，回去吧。"顾秀庭看着沐清漪，温声道。

他最疼爱的小妹已经如此悲惨，只愿这个唯一的小表妹不要再陷入这些阴谋诡计中来了。

沐清漪坚定地摇头，含泪的双眸里仿佛藏着火光，道："所有的人都死了。大哥……这世上……只剩下我们了。你一定要活下去……"

沐清漪一边说着话，一边摊开顾秀庭的手，慢慢地写下了几个字。

顾秀庭眼神一动，深深地望着眼前的少女。他被慕容安让人下了软筋散，浑身无力，却还是感觉到了少女在自己手心里写下的字迹。

沐清漪微微点了点头。

顾秀庭闭了闭眼，终于朝着沐清漪点了点头。

沐清漪轻咬着唇角，犹带泪光的眼中绽出一丝炫目的笑意。她靠在床边，低声道："大哥，会好起来的。相信我。"

顾秀庭淡淡一笑，轻声道："你去吧。我知道该怎么做。"

沐清漪也知道逗留太久的话会引起慕容安的怀疑，点了点头，深深地看了顾秀庭一眼便起身离去。

床上，顾秀庭慢慢地闭上了眼睛，放在被子上的手紧紧地握了起来，消瘦的脸上闪过一丝坚毅和狠绝。

刚刚少女只在他的手心写了两个字——“报仇”。

仇……

家破人亡、至亲受辱，此仇不共戴天，他怎能比仇人先死？！

婉拒了沐琛相送，沐清漪回到自家的兰芷院中方才松了口气，怔怔地坐在桌边出神。大哥……还活着，这世上还有比这更好的事情吗？

“咯咯……”

两声压抑的咳嗽声从屏风后面传来，沐清漪心中一惊，猛地起身道：“什么人？！”

她进了房间这么久，居然没有察觉到屏风后面有人。若是来人想要对她不利，只怕她就算有九条命也都用完了。想到此处，沐清漪心中才稍稍安定下来，缓步上前越过宽大的六折山水画屏，就看到一个黑衣男子横卧在自己的床榻上。见到沐清漪进来，他才抬起头，剑眉微皱。

好一个俊美的男子！

即便是此情此景，沐清漪也不由得在心中暗赞一声。出身华国顶级的名门世家，她见过的青年才俊不知有多少，眼前这个男子的容貌却比她见过的所有号称美男子的人更加令人沉迷。这男子长着一张连女子看了都忍不住嫉妒的俊美容貌，却丝毫不会让人觉得柔弱，反而让沐清漪清楚地感觉到一种威胁。对上那双幽冷的眸子，沐清漪怔了一下，随后淡定地移开了视线。这个黑衣男子只是慵懒地横卧在床上，俊美的容颜甚至还带着几分病态，但是他让沐清漪感觉到他是一柄随时随地都会伤人的利剑。

“阁下不请自来，未免太过失礼。”半晌，沐清漪蹙了蹙眉，淡淡道。

黑衣男子坐起身来，挑眉笑道：“肃诚侯府的四小姐……果然跟外传的很不一样。”

男子的声音低沉悦耳，似乎带着丝丝温柔缠绵，沐清漪却只感觉到其中的森冷之意。

“传言本就不可尽信，公子大才又岂会为流言所惑。”沐清漪淡淡笑道。

看了一眼黑衣男子深邃幽冷的眼眸，沐清漪心中一跳，沉声问道：“公子怎么称呼？驾临肃诚侯府不知有何指教？”

将沐清漪的神色看在眼底，黑衣男子不以为意，挑眉笑道：“看来四小姐已经猜出在下的身份了，你就不怕我杀人灭口吗？”

沐清漪低眉一笑，道：“公子既然来了华国，你我想必早晚是要见的，你又岂会为了这点儿小事而杀人灭口。万一……想必公子也不是一个人驾临华国的吧？”

黑衣男子靠坐在床头上，胸口的沉闷让他略皱了一下眉，饶有兴味地打量着跟前的女子道：“看来，四小姐是真的猜到在下的身份了。”

沐清漪摇头道：“也不算猜到了，未知容公子行几？”

“九。”黑衣男子也不隐瞒，大方地道。

沐清漪轻轻吐了口气，神色平静如水。

西越九公子，容瑾，自幼体弱多病，常年在宫中或府中休养，少见外人。其性格、喜好、能力无人能知，只传说容瑾容貌肖母——西越第一美人梅妃，有越京第一美男子之称。

沐清漪没想到，这一次西越皇帝居然会派容瑾来为华皇贺寿。更没想到的是，容瑾会来找她这个几乎被京城人遗忘了的人。

“不知九公子来此有何见教？”沐清漪问道。

“无，找个地儿睡觉。”容瑾淡然道，仿佛大白天跑到一个未出阁的姑娘闺房里睡觉是一件理所当然的事情。

沐清漪娇颜微沉，咬牙道：“如此，还请九公子移驾！”

容瑾靠着床柱，懒懒地看了沐清漪一眼，道：“四小姐不高兴的话，可以叫人来将本公子赶出去。”

沐清漪以为自己的性情已经磨炼得足够沉稳了，但面对眼前这俊美非凡的西越皇子却发现自己修炼得还是不到家。容瑾分明是吃定了她不敢叫人才如此肆无忌惮。

看着眼前又慢慢闭上眼睛准备休息的容瑾，沐清漪唇边勾起一抹冷笑，转身走了出去。

原本闭着眼睛的男子抬眼看了离去的女子背影一眼，又闭上了眼睛。不一会儿，一股淡淡的香味从外间传来，容瑾警惕地睁开了眼睛，强行压抑住想要出口的咳嗽声，心口也开始隐隐作痛。

起身下床，走到外间，容瑾就看到白衣少女正握着一卷书悠闲地靠在椅子里看着。旁边的几上，一缕淡淡的香烟正从香炉中袅袅升起。

“咳咳……你在干什么？”

沐清漪抬眼，浅笑道：“清漪只是个不受宠的嫡女，自然买不起什么好东西。若是怠慢了，还请九公子见谅。”

她虽然对医道并不精通，但是看容瑾的模样就知道他必定闻不得刺鼻的香气。正好还有一些已经不能用了而珠儿没来得及处理掉的香料，她就顺手倒进了香炉。

容瑾瞪着沐清漪看了半晌，终于低笑出声，道：“四小姐果然很有趣，既然四小姐不欢迎本公子，本公子就告辞了。”

“不送。”看着容瑾的身影在门外消失，沐清漪的神色也慢慢地沉了下来。

冷香斋的后院里，紫衣女子玉娘正在调制香料，一个黑色的身影从外面闯了进来，一个踉跄险些跌倒在地。

“公子！”

看清了来人的模样，玉娘吓了一跳，连忙上前扶住来人焦急地道：“公子，你怎么样？”

“没事！”容瑾推开玉娘的手，剑眉微皱，摆了摆手。

玉娘小心翼翼地打量了容瑾片刻，方才道："公子又发病了，可是又忘了吃药？"

容瑾轻哼一声，走到一旁的椅子边坐了下来，淡淡道："无妨。四哥他们到了吗？"

玉娘点头道："禀公子，四公子和六小姐今天上午已经到了京城。如果公子再不出现……只怕要引起四公子的怀疑了。"

容瑾不屑地轻哼一声，道："他能怀疑什么？派人去传个信给他，就说本公子病了。"

原本西越帝派他们兄弟两个前来给华皇贺寿，他们两人应该一道来，不过一离开西越境内两人就分道扬镳了。容琰有自己的打算，不想让容瑾知道，而容瑾自然也有自己的事情要办。一离开容琰的视线，容瑾就快马加鞭地赶到了华国京城，倒是比容琰还早了几天。

见容瑾下定了决心，玉娘也只得领命。

容瑾坐在椅子里，一手撑着额头沉思。他不说话，玉娘自然也不敢有动作，只得侍立在一边。

"派人仔细去查查沐清漪，小心一些，别被她发现了。"许久，容瑾唇边勾起一丝若有所思的笑意。

那个女子……虽然只见过一面，但是容瑾清楚地感觉到那美丽而娴静的外表下隐藏的冷意。沐清漪绝对不是如外人认为的那样无害，因为她的心中有恨。这样的情绪，别人或许察觉不了，却瞒不过容瑾的眼睛。因为……他也有……

玉娘微微蹙眉，轻声道："公子，专门派人去查沐四小姐，是否太过……小题大做了？"

他们在华国的势力并不大，不仅要提防华国人，还要小心被西越皇室的人发现。

容瑾凤眼一沉，道："照我说的去办！"

对上容瑾的目光，玉娘心中一颤，连忙道："玉娘明白，玉娘立刻派人去查。"

看着玉娘出去，容瑾靠在椅子里有些疲惫地皱了皱眉。之前强行压下的咳意疯狂地涌了上来，房间里顿时响起一阵咳嗽声。剧咳过后，容瑾压下因为胸口剧烈咳嗽而泛起的痛意，眼底闪过一丝恼怒之意。无论想要做什么，没有健康的身体就是他最大的阻碍。

"不管别人怎么想，本公子依然觉得沐清漪不简单……"空荡荡的房间里，容瑾的声音幽幽地响起。

转眼间，便已经是恭王妃举办宴会之期了。恭王妃并不在恭王府里举办宴会，而是在恭王府的京城别院中举办。

肃诚侯府的马车到达别院门口的时候不算早也不算晚，肃诚侯虽然算不上京城顶级的权贵，但到底也是侯爵，而且沐长明还是手握重兵之人，自然有不少人前来献殷勤。这些人都是冲着沐云容去的，倒显得一起下车的沐清漪处境尴尬。

进了别院，沐老夫人先带着二人去拜见恭王妃。恭王妃穿着一身王妃正装，端坐在大厅的首座上，比起平时更多了几分端庄雍容之意。见沐老夫人行礼，恭王妃连忙含笑道："都是一家人，老夫人不必如此多礼。请坐便是。"

见王妃如此礼遇，沐老夫人也觉得十分有面子，满是皱纹的脸上也堆满了笑容，道："礼不可废，老身多谢王妃。"

"云容也来了，快过来给本妃瞧瞧。好些日子不见，怎么瘦了？"恭王妃含笑看着站在沐老夫人身边的沐云容招手道。

沐云容有些得意地瞥了沐清漪一眼，走上前去道："表姐，云容也好想你呢。"

恭王妃笑道："想我怎么不来王府看看我？"

"我哪儿出得来啊。"沐云容低声抱怨道。

沐云容先后被沐长明罚跪、禁足的事情恭王妃怎么会不知道？她抬起头淡淡地看了沐清漪一眼，道："四小姐也来了，四小姐可有好些年没在京城里走动了。大家都眼生了吧？"

把一个叫云容，把另一个叫四小姐，这之间的亲疏在场的人不用想都能明白过来——恭王妃显然不喜欢沐清漪这个侯府嫡女。

沐清漪淡然一笑，道："见过王妃。"

看了一眼在座的众人，沐清漪基本上都认识。在京城，顶尖的一群人其实就是这些人。

"这是四小姐？"坐在恭王妃下首的一个贵妇有些吃惊地打量着沐清漪笑道，"真是女大十八变，这沐家的姑娘可真是水灵得很。四小姐这模样，可当真称得上京城第一美人了。"

沐清漪垂眸，浅笑道："福王妃过奖了，清漪哪里当得起京城第一美人的称号。"

这贵妇正是福王慕容恪的王妃。慕容恪是华皇长子，只可惜生母身份卑微，不然太子被废之后不立嫡就立长，就该轮到他做太子了。

"咦？四小姐还记得本妃？"福王妃有些惊讶地道。

沐清漪这几年基本上闭门不出，福王妃对沐清漪也没什么印象，倒是没想到沐清漪竟然一下就认出了她。

沐清漪微笑道："王妃风仪，清漪少时也曾见过数次，岂敢忘却。"

"好姑娘，本妃真是喜欢极了。来……你就跟本妃坐着吧。"

"多谢王妃，清漪不敢。"沐清漪连忙拒绝道。

"既然大嫂喜欢，四小姐便陪大嫂说说话吧。"座上，恭王妃开口道。

虽然恭王妃不怎么将福王妃看在眼里，但福王妃到底是众王妃的大嫂，这点儿面子还是要给的。另外，不知道为什么，从第一眼看到沐清漪起，恭王妃就觉得不喜欢她，也就乐得打发她去跟福王妃坐了。沐清漪那双眼睛真是像极了那个已经死去的女子。

“清漪遵命，谢福王妃抬爱。”沐清漪微微一福身，轻声谢道。

沐清漪走到福王妃身侧下首的位置坐了下来，神色恬淡平静，仿佛刚刚恭王妃对她的态度对她没有丝毫影响。在场的贵妇们都不由得在心中暗暗赞叹，不愧是肃诚侯府嫡出的小姐，比起沐云容那还没成为宁王妃就张狂得不知天高地厚的模样，真是天壤之别。如果没有当年顾家的那档子事，眼前的少女也当是整个京城大家闺秀羡慕的女子，别说是王妃，便是太子妃的身份也当得起。只可惜，命该如此，谁也奈何不得。

福王妃看了看坐在自己身边镇定从容的沐清漪，不由得一笑，低声道：“不用紧张，二弟妹身子不适今儿没有来，二弟托我照看你一些。”

沐清漪有些惊讶，福王妃所说的二弟妹自然是从前的太子妃、如今的平王妃，顾云歌的表嫂。但是表哥跟沐家没有什么关系，这些年也从来没有关照过沐清漪，怎么会在这个时候托福王妃照顾她？而且，福王跟表哥的关系有好到这个地步吗？

转念一想，沐清漪又有些明白了：福王是皇长子，表哥是皇嫡子，将来无论哪一个皇子上位，他们都会被提防甚至是被铲除。这两个皇子在朝中的地位可说是最尴尬的了，两家有些同病相怜之感也是难免的。

见她想明白了，福王妃也是一笑。这沐家的四小姐倒真不像外人说的那样平庸无能，也难怪一向不管事的平王要托人照顾她。

“五公主到！西越六公主到！北汉永嘉郡主到！”

门外响起有些尖锐的声音，恭王妃还没说话，众人就见三个服饰各异的美丽女子并肩走了进来。

恭王妃神色微变，看到领头的那个黄衣女子却又笑了起来，道：“五妹可是来晚了，这两位便是西越的淮阳公主和北汉的永嘉郡主吗？”

那为首的黄衣女子正是华皇第五女明慧公主，是已故的王贵妃之女，深得华皇宠爱，因此，虽然她已经十八岁了，但华皇依然舍不得将她嫁出去，并且尚未指婚。跟在明慧公主身边的两个女子都容貌不俗，只见穿蓝衣的女子模样纤弱柔美，令人一见便心生怜爱，应是西越的淮阳公主，另一人一身紫色衣衫，却是神色傲然，眉目间俱是张扬绝艳的风采，便是有北汉第一美人之称的永嘉郡主。

西越和北汉都是当世强国，恭王妃自然不敢怠慢，只是突然出现这三个风采各异却地位非凡的女子，倒是将她方才的雍容气派生生压下来一头。但是恭王妃举办这个宴会本来就是为这些公主、郡主洗尘的，自然不能去得罪她们，也只得生生忍了。

别人看不出来，但是沐清漪与朱明嫣相交至少也有七年，怎么会看不出来她的情绪？

明慧公主却丝毫没有理会恭王妃有什么想法，淡淡地挥手道：“六嫂不用客气了，父皇命本宫陪淮阳公主和永嘉郡主来此。本宫可没有兴趣参加什么宴会，这就走了。”

那永嘉郡主有些挑剔地瞥了一眼在座的众人，傲然道：“一群人坐在一起吃吃喝喝有什么好玩的，五公主，本郡主跟你一起走吧。”

身为外邦使者，态度如此，未免太过无礼。但北汉是天下诸国中兵力最强的国家，这永嘉郡主自然有傲慢的资本。

“多谢恭王妃的美意，本宫初到华国，身体有些不适……”淮阳公主倒是委婉了许多，但很明显也是打算离开了。

一个坐在福王妃对面的容貌明艳的美妇掩唇呵呵笑了起来，瞥了座上的恭王妃一眼，道：“公主和郡主远道而来，车马劳顿，自然要好生歇息几日才是。倒是六弟妹考虑不周了。”

这女子便是四皇子治王慕容协的王妃，这次为各国公主、郡主举办接风宴会的事被恭王府抢了，其他的王爷、王妃自然心里不高兴。这会儿看永嘉郡主和淮阳公主不领情，这些王妃自然都是暗地里幸灾乐祸，只是治王妃快言快语说出来罢了。

朱明嫣暗暗咬牙，面上却依然笑容不改，道：“倒是本妃考虑不周了，还请淮阳公主和永嘉郡主恕罪。”

永嘉郡主轻哼了一声，挥手道：“免了，本郡主先走了。”

说罢，她也不理会在座众人的神色，直接转身走了。永嘉郡主一走，明慧公主和淮阳公主自然也不会多留，朝朱明嫣点点头也跟着走了。

虽然来贺的诸国并不止北汉和西越两国，但是这两国是最重要的。当今本就是北汉、西越、东华三分天下，北汉兵力最强、西越最富，而华国则以文化见长。眼下这两国的公主走了，招待其他人也就没什么意义了。这宴会眼看着竟是办不下去了，座上朱明嫣精致的面容也忍不住阴沉下来。

“大家随意吧，本妃先失陪了。”朱明嫣突然站起身对着众人淡然道，然后便直接起身往后殿去了。

跟在她身边的沐云容也被这突发的状况吓了一跳，愣了一下就连忙跟了上去。

大厅里顿时一片哗然，在座众人的神色都有些不好看。她们都是京城里极有地位、颜面的贵妇，恭王妃请她们来参加宴会却把人撂在这里自己走了，谁也高兴不起来。

沐清漪有些惊讶，朱明嫣原本并不是一个沉不住气的人。在这种情况下，身为恭王妃的她不想着收拾残局，却因为一时之气拂袖而去，实在是有些说不过去。

福王妃拍拍她的手背，侧首对众人笑道：“听说六弟这个园子十分不错，咱们也别在这里干坐着，不如出去走走吧。”

“大嫂说得是。”治王妃先一步赞同。

朱明嫣走了，她们总不能就在这里傻坐着。

为首的两位王妃都同意，其他人自然也没有意见。一行人便跟着起身往园子里去，刚刚出了大厅就见慕容煜带着几个人行色匆匆而来。

“恭王殿下到！平王殿下到！北汉烈王到！西越端王到！”

众人愣了一下，这才反应过来恭王只怕是来替王妃收拾烂摊子的。虽然不少人抱着看好戏的心思，面上却丝毫也不曾显露。毕竟，虽然恭王看上去一副翩翩君子的模样，但凭对顾家下的狠手，他就不是等闲之辈，普通的权贵之家也没人想要得罪他。

迎面而来的四个男子各具特色，沐清漪第一眼看到的却是走在慕容煜身边落后了半步的平王慕容熙。慕容熙是已故的顾皇后唯一的儿子，也是华皇唯一的嫡子。当初顾家满门抄斩，慕容熙也受到牵连，顾家败落不到一个月，他就被废了太子之位贬为平王。

看到表哥，沐清漪不由得眼睛有些酸涩。当年的华国太子是何等光彩照人，如今，那清俊的容颜上却带着淡淡的忧伤，即便是走路的时候也落后了慕容煜半步，显然是不愿与之争锋。这样的变化如何不让她心酸。

或许是察觉到了沐清漪的视线，慕容熙抬眼朝她的方向望去，正好看到沐清漪有些复杂的眼神。虽然有些不解，慕容熙却还是含笑微微点了点头。他记得表妹当年还是很疼爱这个小丫头的，虽然他现在已经没有什么势力了，但是照拂一个小丫头一些还是可以办到的。

“二弟、六弟，你们怎么来了？”福王妃上前笑道。

众人也连忙向几位王爷见礼。慕容煜扫了一眼众人，果然发现妻子并不在其中，脸色微沉点头道：“听说各位皇嫂和弟妹在此聚会，我正好与二哥、烈王、端王路过，便过来看看。打扰大嫂了。”

福王妃笑道：“六弟客气了。这两位便是北汉烈王殿下和西越端王殿下？”

走在慕容煜和慕容熙身边的两个男子，一个三十岁出头的模样，器宇轩昂之中又带着几分睥睨众人的尊贵和冷然；另一个男子二十来岁，倒是面上带笑，但身形却给人一种无形的压力。慕容煜三人在男子中都算得上身形高大了，站在这男子跟前却生生地矮了半个头。这男子长相粗犷，五官仿佛利刃雕琢一般挺拔，目光淡淡地一扫就给人一种刀锋扫过的刺痛感。在场的贵妇和闺秀都不由得心中惊呼一声，胆子小的已经悄然后退了两步。如此气势……想必就是北汉烈王哥舒翰了，另外一位就是西越的四皇子端王容琰。

“大王妃，本王容琰。”容琰有些淡漠地点了下头，算是给福王妃面子了。

哥舒翰有些懒洋洋地负手而立，悠然道：“本王哥舒翰。”

虽然早就知道，不过在场的许多贵妇和大家闺秀还是忍不住吸了口凉气。容琰还好说，哥舒翰不过二十五岁，却是天下闻名的杀神。他十五六岁就领兵为北汉南征北战。五年前北汉先皇病逝，哥舒翰更是亲手斩杀了想要夺位的皇叔和兄弟，让自己的同母兄长、如今的北汉皇帝哥舒竣坐稳了皇位。哥舒翰也曾经几度领兵与华国交锋，在华国可谓可止小儿夜哭的杀神了。不少人认为哥舒翰必然是身高八尺、虎背熊腰、一脸横肉，此时见到这个长相俊挺、面容带笑的人还是忍不住心底发凉。

“大嫂这是要去哪儿？”慕容煜问道。

福王妃笑道：“听闻六弟的别院风光秀美，我等打算去花园中看看。”

慕容煜点点头道：“明嫣招待不周，还请大嫂多多担待。”

一直没有说话的慕容熙突然开口道：“六弟，本王有些事情想要跟沐四小姐说。”

此言一出，所有人的目光顿时都集中到了沐清漪的身上。

慕容煜看了一眼站在福王妃身边的沐清漪，皱了皱眉道：“既然二哥有事找她，随意便是。”

慕容熙点点头，含笑对沐清漪道：“清漪，随本王过来吧。”

“是，平王殿下。”

慕容熙曾经是太子，如今虽然被废，却依然是各皇子关注的对象。他若是暗中与沐清漪见面反而容易惹人猜疑，倒不如光明正大地说出来。

看着沐清漪和慕容熙离去，身后的哥舒翰抚着下巴若有所思地道：“这位便是华国第一美人顾云歌的表妹吗？”

他身侧的慕容煜脸色一沉。京城的人一般很少敢在慕容煜面前提起“顾云歌”这个名字，哥舒翰显然没有这个顾虑。

容琰也跟着笑道：“虽然没有见过顾大小姐，不过这沐四小姐的美貌只怕不在顾大小姐之下呢。”

慕容煜神色微沉，沉声道：“正是肃诚侯府的四小姐。”

“表哥……”花园凉亭里，两人相对而坐，半晌也没有人开口说话，最后还是沐清漪先开口轻声唤道。

慕容熙神色一动，看着眼前与自己表妹的容貌、神色有几分相似的少女，不由得轻声叹了口气，道：“罢了，你唤我一声表哥也不错，若是有什么难处可到平王府来找我。我现在虽然没什么权势了，但是照拂你一些还是办得到的。”

沐清漪幽幽地望着他，良久才问道：“表哥……知道大哥还活着吗？”

慕容熙默然，他脸上的神色告诉沐清漪，他是知道的。沐清漪不由得握紧了放在桌下膝盖上的双手，强忍住不让自己去问表哥为什么不救大哥。她都明白，表哥现在的处境看似安宁，实际上步步危机。只要是对太子之位有意的皇子，自然都希望让前太子早早从世间消失。更何况如今平王府的实力绝对比不过恭王府和宁王府，一旦将事情闹大了，最后受苦的还是大哥。

但是她又怎么能忍……她的大哥，她那光风霁月、一身傲骨的大哥，被慕容安那个人渣形同禁脔地软禁于府中，求生不得、求死不能。

慕容熙有些痛苦地闭了闭眼睛。慕容熙还记得，最后一次见到表弟的时候他说的话……他说不要救他，照顾好云歌。慕容熙却一样也没有做好。云歌出事那晚，慕容熙被恭王府的人绊住了脚步，等赶到的时候，萃红阁已经化成了一片火海。

父皇，您当真要对顾家赶尽杀绝，何不连儿臣也一起杀了……

“表哥，抱歉……”沐清漪低声道。

其实发生这些事情，表哥只怕是比他们更加痛苦，她又怎么能责备他不出手救大哥？

慕容熙苦笑着摇了摇头，打量着沐清漪，挑了挑眉道：“好几年没见，你倒是跟以前很不一样了。”

沐清漪垂眸，压低了声音道：“表哥，我要救大哥出来，帮我……”

慕容熙一怔，重新打量了沐清漪。对上她坚定的眼眸，慕容熙明白她是认真的。这样坚定的眼神，他曾经也在另一个女子眼中见过。每次她用这样的眼神看着人说话，就表示她已经下定了决心，没有任何人能够改变。

“有把握吗？别忘了，万一你失败了……代价就是秀庭的命。”慕容熙沉声道，盯着沐清漪的眼神肃然而谨慎。

沐清漪淡淡一笑，望着慕容熙道：“前两日我去宁王府见过大哥。他当时在绝食……快要死了。”

沉默了半晌，慕容熙取下腰间的一块玉佩放在桌上，淡淡道：“你知道该怎么用吗？”

沐清漪犹豫了一下，还是点了点头。

这块玉佩的外形并无特别之处，看起来跟市面上流行的玉佩样式并没有任何不同，甚至连玉质都不算极品。沐清漪的手微微颤了一下——这块玉佩曾经放在祖父书房里的匣子中。她才六七岁的时候，祖父将她抱在膝上，一边看着她把玩玉佩，一边慈爱地跟她讲这块玉佩的用处。

慕容熙眼中闪过一丝异色，却也没多说什么，只是点了点头道：“去报国寺。”

沐清漪点头道：“多谢表哥。”

沐清漪接着道：“表哥可知道……我……母亲到底为什么会……”

醒过来之后她才知道，姨母在三年前已经自杀了。但姨母为什么会自杀，她一直都没有想明白。姨母并不是性子软弱的女子，何况还有表妹在肃诚侯府，姨母怎么会放得下表妹孤身一人，就这么轻易地自尽了？

肃诚侯府的下人在姨母自尽之后换了一大批，还留在府里的一些下人都是沐长明、沐老夫人和孙氏的心腹。这些人平时根本不敢谈论起大夫人的事情。很显然，此事是被下过极为严厉的禁令的。

慕容熙轻声叹了口气，摇了摇头：“我不知道，那个时候我也是一团乱。不过……秦国夫人去世之后京城有过一个传言。”慕容熙看了看沐清漪，低声道，“当时有个传言说……顾家数代之前曾经得到过一笔惊天的宝藏，得到那笔宝藏甚至有可能一统天下。而这笔宝藏……最后被顾家大夫人托付给了秦国夫人。”

“宝藏？”沐清漪只觉得有些荒谬，她生在顾家十几年，从来没有听说过顾家有什么宝藏。

“所以……清漪，你要小心一些。”慕容熙淡淡道。

“小心？”

“匹夫无罪，怀璧其罪。能够一统天下的宝藏……谁不想要？”慕容熙的笑容带着些嘲讽的意味。

沐清漪挑眉问道：“表哥相信吗？相信顾家有这样的宝藏？”

慕容熙淡然一笑，道：“顾家有没有，难道我们还不知道吗？”

顾家若有宝藏，身为嫡孙的顾秀庭不知道，身为嫡孙女的顾云歌不知道，身为外孙的慕容熙不知道，身为肃诚侯夫人的秦国夫人张氏又怎么会知道？

慕容熙很快便离开了，他如今的身份并不适合在外面停留太久，免得无端招来华皇和一众兄弟的猜忌。沐清漪望着表哥离开的背影，眼中泛起一丝淡淡的怅然。表哥资质聪慧，早年于政事上颇有建树，原本应该是一个出色的太子。或许正是因此，华皇才感到了不安。华皇的帝位本就是与自己的兄弟搏杀才得到的，自然不希望在自己日渐衰老的时候出现一个众望所归的太子，更不用说这个太子的母家还是世代相门，大权在握了。

所以，当所谓顾相通敌叛国的证据被送到华皇跟前的时候，华皇几乎没有犹豫就直接判了顾家满门抄斩，之后不到一月就废了太子之位。这一切看似是一个帝王怒极之下的决定，但是其中到底包含了多少算计和狠绝，绝不是普通人能够明白的。

顾家害了表哥，顾家也是因为表哥才覆灭。这其中的牵扯谁也说不清楚，因为从一开始，皇太子就和顾家有着扯也扯不断的联系。

“你倒是厉害，宁王不要你了，这么快又搭上了平王。”

沐云容有些尖锐的声音在背后响起。一回头，沐清漪便看到沐云容站在凉亭外面带嘲弄地瞪着自己。

沐清漪懒懒地瞥了她一眼，对这个口无遮拦的沐云容真是不知道说什么好，冷然道：“三姐，什么该说什么不该说，你若还是不知道，就回去请教祖母。别整天听孙姨娘胡言乱语，你以后是要做宁王正妃的，而不是做妾！”

“沐清漪！我撕了你这张嘴！”沐云容气急败坏地要打她。虽然沐清漪说的是孙氏并不是她，但是京城谁不知道孙氏的身份，这和骂她出身低贱也没什么差别。

沐清漪怎么肯让沐云容打到，一个侧身飞快地往旁边退了两步便让沐云容扑了个空。等候在不远处的珠儿看到沐云容扑向沐清漪，连忙冲了过来挡在沐清漪跟前，道：“三小姐，你怎么敢对我们小姐动手？”

沐云容早就被气得失去了理智，怒斥：“贱丫头，滚开！本小姐一定要撕了这贱人的嘴！”

珠儿分毫不让，大声道："三小姐，别说我们小姐没怎么你，就算我们小姐有什么，她是嫡，你是庶，你怎么敢跟她动手？！"

沐云容的俏脸一阵白一阵青，旁边跟过来围观的闺秀也纷纷窃窃私语。

看着珠儿义愤填膺的模样，沐清漪微微一笑。这个小丫头虽然脾气有些冲动，却是真心地向着表妹的。这几年若不是有她在身边，只怕表妹还要受不少委屈。

"怎么回事？"

正在沐云容还想发难的时候，慕容煜的声音从外面传来。

沐清漪面带嘲弄地对着沐云容一笑，侧身看到慕容煜和朱明嫣并肩而立，跟在他们身边的还有容琰和哥舒翰，以及脸色有些不好看的沐老夫人。

"王爷、王妃。"众人连忙行礼。

沐云容走到朱明嫣跟前，红了眼睛，一脸委屈地道："王妃……"

朱明嫣皱了皱眉，却还是拉起沐云容的手，笑道："云容这是怎么了，受了什么委屈？告诉我，本妃替你做主。"

沐云容飞快地扫了沐清漪一眼，带着一丝哭腔道："没有，是云容身份低下，不配……不配做宁王妃，四妹说得没错……"

"清漪，你胡说八道什么？！"沐老夫人顿时变了脸色，狠狠地瞪了沐清漪一眼，上前一步就要甩她一个耳光。

沐家如今能够嫁给宁王的就只有沐云容一人，若是这门婚事黄了，受损的不只是沐家和沐云容的声誉，还有肃诚侯府在朝中的关系和地位。沐老夫人原本以为沐清漪还是懂事的，没想到她还在记恨当初宁王与她的婚事被取消的事。

在沐老夫人上前的时候，沐清漪往左后方退了半步。看似不经意的一退，让沐老夫人甩过来的手挥向了沐清漪身边的人。

一只修长的大手抬起，握住了沐老夫人的手，哥舒翰的声音带着笑意："这位老夫人可是对本王有什么不满？"

沐老夫人也是一愣，一抬头对上哥舒翰冷冽的目光顿时打了个寒战，脸色也有些苍白。

沐清漪垂下的眼眸微闪，她就站在哥舒翰身边，自然能够感觉到。原本沐老夫人这一耳光就算是甩偏了也绝不会打到哥舒翰身上。只是在她退后的同时，哥舒翰自己侧身向前了半步，才有了现在这种情形。

沐清漪和哥舒翰的动作看似不经意，一般人察觉不到什么。慕容煜和容琰的神色却不由得变了变，两道目光都定定地落到了沐清漪身上。慕容煜皱了皱眉，第一次见面就能让哥舒翰替她解围，这个沐清漪似乎不像是表面上看起来那么简单。

"烈……烈王……"北汉烈王煞神的名声并不是只有闺中姑娘和无知的孩童惧怕，沐老夫人这样的老人精也一样害怕。

虽然哥舒翰脸上依旧带着笑意，但是也只有被他盯着的沐老夫人能够感觉到落在自己身上的目光的冷然和杀意。

眼前的情形却让众人一呆，慕容煜皱了皱眉正想要开口说情，站在一边的沐云容已经当先一步上前，娇声道："烈王殿下，祖母只是无心之失，还请烈王殿下大人有大量，不要怪罪祖母。"

"你怎么说？"哥舒翰看都没看沐云容一眼，反而侧身向站在他身侧的沐清漪问道。

受到如此明显的无视，沐云容顿时羞红了脸，咬着唇角有些委屈地退了回去。

沐清漪垂眸，往后退了两步，方才淡淡道："祖母一时气急，无意冒犯，还请北汉烈王见谅。"

哥舒翰挑了挑眉，他自然知道肃诚侯府和慕容煜是什么关系，因为现在这点儿事就要将沐老夫人怎么样也说不过去，若是等到慕容煜开口了反而无趣。

哥舒翰放开沐老夫人的手，笑道："既然四小姐这么说，本王就当这事没发生过。沐老夫人有四小姐这般孝顺的孙女，真是好福气。"

众人默然，刚刚沐云容说了一大堆，他连个眼神都不肯施舍，沐清漪只是不咸不淡地说了一句，就是孝顺了。厚此薄彼到这个程度真是……难不成这北汉烈王竟然看上了沐四小姐？

沐老夫人被哥舒翰吓得不轻，此时哪里还说得出话来，被沐羽菲和沐水莲扶着才勉强站稳。哥舒翰一挥手对慕容煜道："恭王，本王还有要事在身，就先行告辞了。"

慕容煜自然也不敢多留，若有所思地看了沐清漪一眼，拱手道："本王送烈王，烈王请。"

一直没有开口的容琰也跟着笑道："既然烈王要走，本王也不打扰恭王了。"

慕容煜点头笑道："改日本王再上门拜访端王和九公子。"

容琰笑道："九弟被父王宠坏了，性子有些古怪，还请恭王莫怪。"

今日恭王妃宴请女眷，恭王自然也宴请了各国使臣。西越的九公子容瑾却丝毫不领情，直接以一句"身体不适"拒绝赴宴。不过现在看来，直接拒绝出席倒是比那两位来了就走的要给面子得多。

慕容煜含笑点头，亲自送二人离去。

"给我跪下！"回到肃诚侯府，沐老夫人当即发难，瞪着沐清漪厉声斥道。

早就得到消息赶来的沐长明也是一愣，虽然知道恭王府今天的宴会有些不顺，却不知道沐老夫人为何对沐清漪发这么大的火。沐长明皱了皱眉，看向沐清漪问道："清漪，为何让祖母动怒，还不快上前请罪！"

沐清漪抬首，静静地望着沐长明，轻声道："祖母想要动手打清漪。清漪不小心让开了，祖母险些一耳光甩在了烈王脸上，祖母因此动怒。长辈教训晚辈本是常事，清漪不该让开，请祖母恕罪，也请祖母以后要教训孙女之前说一声，孙女定不敢躲。”

“咯咯……”听了沐清漪不咸不淡的一番话，沐老夫人气得不停咳嗽。

旁边，沐云容一边卖乖地替沐老夫人捶背，一边不悦地指责道：“四妹，若不是你做错了事，祖母怎么会打你？”

沐清漪冷笑一声，道：“我做错事？难道不是三姐当着众人的面暗示我说你身份低微配不上宁王，还暗示我对当初解除与宁王婚约之事怀恨在心，所以祖母才想要动手教训我的吗？”

“你难道没有说我身份低微？”沐云容气恼地道。

这些日子沐清漪处处显示自己的嫡女身份，处处暗示沐云容是妾生的庶女，难道她冤枉沐清漪了？

沐清漪淡淡一笑，道：“可要我将当时的话重复一遍给父亲听，也让父亲和祖母评评理，我说的话到底对不对？”

沐云容顿时脸色铁青，确实是她先挑衅沐清漪的，而且沐清漪也只说了孙姨娘，其他的连半个字都没有提到。其实，如果沐云容真的和沐清漪对质，以沐老夫人此时的心态和沐长明的偏宠，未必不会偏向她。但是沐云容这么一停顿，反倒让沐老夫人和沐长明觉得过错确实是在她的身上了。

沐长明顿时有些气急败坏，瞪着沐云容道：“云容，爹早就跟你说过这段时间安安分分地等着嫁进宁王府，不许胡闹！你以为恭王对你很满意吗？若不是有你表姐经常跟恭王说些好话……”

沐云容有些不服气地小声嘟哝道：“我又不是要嫁给恭王。”

沐长明气结，冷笑一声，道：“那宁王对你如何？宁王对你根本不屑一顾！”

“云容，怎么可以跟你爹爹顶嘴！”旁边，孙氏不赞同地蹙眉望着沐云容摇了摇头。

沐云容这才有些委屈地低下了头，咬牙道：“爹，女儿错了。”

沐长明有些不耐烦地挥挥手道：“罢了，你们先回去吧。我有些事情要跟母亲商量。”

孙氏顺从地点点头，拉着心有不甘的沐云容走了。沐清漪轻声告退，沐老夫人扫了她一眼，道：“虽是如此，但是忤逆长辈不能不罚。你到城外报国寺去静养一段时间吧，等陛下寿诞后再回来。”

“清漪遵命。”沐清漪垂眸启唇微微一笑，正好……她也不想就这么一直在肃诚侯府困下去，等她回来……

回到兰芷院，挥退了珠儿等人，沐清漪轻轻关上了自己的房门，摊开手掌，掌心里躺着一块朴素无华的玉佩。望着它，沐清漪抿唇一笑。

“九皇子，出来吧。”还未走入内室，沐清漪突然停住了脚步皱了皱眉，沉声道。

室内传来两声低沉的咳嗽声，一个黑色的华丽身影从里面走了出来。容瑾俊美的脸上写着淡淡的不甘和疑惑，道：“本公子记得……沐小姐是不会武功的吧？”

“不知九皇子到访有何贵干？”沐清漪对容瑾的戏谑视而不见，淡淡问道。

容瑾唇角勾起一丝带着魅色的淡笑，道：“本皇子发现……可以跟四小姐做个不错的交易。”

沐清漪一怔，又淡笑道：“小女子不知有什么可以与九皇子交易？九皇子若有正事，不妨去前厅寻家父商量。”

“家父？”容瑾懒懒地盯着沐清漪，笑容有些意味深长，道，“四小姐真的将沐长明当作自己的亲生父亲吗？本皇子怎么觉得……比起沐家，四小姐更看重那已经衰败了的顾家呢？才刚刚见过了被关在宁王府的顾大公子，又迫不及待地去见平王，四小姐是想要……”

看到自己说到顾大公子的时候眼前的少女眼底掠过一丝黯然之色，容瑾满意地笑了起来。

沐清漪盯着眼前笑意盈盈的危险男子，心中吃了一惊。她这些日子的表现虽然算不上天衣无缝，但也不至于这么轻易就让刚刚到华国的西越皇子看出什么破绽。

似乎看懂了沐清漪的想法，容瑾有些慵懒地以双手撑着软榻，淡笑道：“清清不用担心，本皇子没有什么证据，不过是看出来清清对沐长明还有肃诚侯府……这里，有恨。”

说着，容瑾抬手指了指自己的双眸。

“清清想要救顾大公子吧？”容瑾含笑望着沐清漪，似不经意地问道。

沐清漪皱了皱眉，淡淡道：“沐清漪跟九皇子没那么熟，您称呼我四小姐就可以了。”

“清清不要这么见外，清清不介意的话称呼本公子瑾就可以了。”容瑾柔声笑道。

虽然才第二次见面，沐清漪却深感这位九皇子十分难缠。她秀眉微蹙不去理会容瑾的调笑，道：“小女没有什么能与九皇子交易的，九皇子请回吧。”

被沐清漪再三拒绝，容瑾却并不生气。他随手拿起沐清漪之前随手放在桌上的一本书翻了翻，笑道：“《国书纪年》？华国的大家闺秀们不是都爱看一些诗书话本吗？看得多些的也不过是看了一些史书，这样冷僻的书倒是少见。清清的喜好有些特别呢。”

《国书纪年》这样的书倒并不冷僻，甚至可以说是世间文人必读的书目。这乃是一本记录千年前天下大乱、各国混战时期的经济、政治、军事的书。一般的文人，虽是去读了，能读得进去、读得精通的少之又少，这本书自然也就更加不受闺中女子喜爱。

知道赶不走这人，沐清漪只得重新坐了下来，淡淡道：“九公子想要跟清漪谈什么交易？”

容瑾俊美的脸庞上露出一丝愉悦的笑意，道：“这才对呀，本皇子实在是不想跟清清打机锋啊。我可以帮你救出顾家大公子。”

沐清漪神色未动，问道：“那么我需要做什么？”

容瑾勾唇一笑，道："本皇子尚缺一个媳妇儿，清清可愿意赏脸？"

沐清漪平静地望着眼前的俊美男子，许久方才启唇一笑，道："清漪资质平平，不堪良配。另外，清漪虽不愿小瞧了九皇子，但以九皇子在华国的势力，只怕还救不出大……表哥。"

被人毫不留情地戳穿了，容瑾也不生气，笑眯眯地道："本皇子就是权势滔天，也不能闯进宁王府强抢啊。当然，如果清清一定要救，本公子誓死也会替你完成。"

"九公子的意思是说，不能力敌，只能智取？"沐清漪挑眉道，待容瑾点头，她勾唇笑道："既然如此，清漪又何须九皇子帮忙？"

见沐清漪始终不上当，容瑾也不由得叹了口气，哀叹道："女人太聪明了……真的不好……"

这位西越九公子心中暗想：谁说沐家四小姐才智平庸的？爷要弄死他！

沐清漪含笑不语，眸中带笑地望着眼前慵懒随意的男子。

"如果本皇子……可以告诉你秦国夫人的死因呢？"容瑾突然开口问道。

沐清漪一怔，射向容瑾的目光里顿时多了几分凛冽之色。若是寻常人，早被这样的目光看得浑身不自在了，容瑾却丝毫不以为意，依旧一脸愉悦地半倚在坐榻上，仍然是一副昏昏欲睡的模样。

沐清漪慢慢收回了盯着容瑾的目光，垂眸沉思着。

"清清，真的这么讨厌我吗？"容瑾有些委屈地道。

他九皇子亲自送上门来，多少人求也求不到，她居然丝毫不领情……

沐清漪眼底闪过一丝难辨的情绪，良久，她终于点头道："好，九皇子将我母亲自尽的真相告诉我。但是……九皇子想要清漪做什么？"

容瑾眼睛一亮，还没说话就接到了沐清漪警告的眼神，示意他不要再胡说八道，否则别怪她不讲情面。容瑾撇撇嘴，耸肩道："好吧，本皇子想要清漪亲手调制幽寒香。"

"幽寒香？冷香斋是九皇子的产业？"沐清漪脑海中灵光一闪，许多事情顿时就有了答案。

她一个不受重视、在京城毫无名声的闺中女子怎么会让西越九公子亲自上门拜访？原来是前些日子在冷香斋惹下的麻烦。

容瑾笑而不答，沐清漪淡淡道："那九皇子应该知道，会制香的是我表姐，我并不精通此道。"

容瑾不以为然，道："但是本皇子觉得清清一定能办到。不然……清清先将你现在用的香料送给本皇子一些也可以。说不定过些日子清清就做出来了呢？"

沐清漪嘴角一抽，她房里的香料都是她自己亲手调制的，容瑾此言根本就是在嘲讽自己说不会调香的谎言。

容瑾笑眯眯地看着眼前娇颜清冷的少女，道："总之，幽寒香制成之日，便是清清知道秦国夫人的事情之时。”

虽然与容瑾达成了协议，但是沐清漪并没有急着调制香料。第二天一早，她便带着珠儿出了肃诚侯府大门，准备往城外的报国寺去。

二人刚出肃诚侯府大门，正好遇到了从外面回来的肃诚侯沐长明。沐长明倒是一反往日的冷淡，和颜悦色地嘱咐了一番，方才放沐清漪离去。

沐清漪轻轻一福身，告别了沐长明，扶着珠儿的手上了停在侯府门口的马车。

看着马车渐渐远去，沐长明脸上原本慈爱的笑意渐渐淡去，显得若有所思。他刚刚从恭王府回来，自然将昨天发生的所有事情弄得一清二楚。这个女儿……现在还不能薄待，能够让北汉烈王另眼相看的女子……

“沐四小姐在吗？”

报国寺的厢房里，沐清漪正一脸闲适，摆弄着桌上的香料，门外有人恭敬地道。

“你是什么人？找我家小姐何事？”不待沐清漪说话，珠儿上前一步脆声道。

男子看了珠儿一眼，沉声道：“我家主人请四小姐院外相见。”

珠儿不悦地皱眉，双手叉腰瞪着眼前的男子道：“你这人好生放肆！也不报上姓名就叫我家小姐出去相见……”

“珠儿。”沐清漪从房中走了出来，看了看跟前的青衣男子，凝眸道：“西越人？”

青衣男子一愣，眼中闪过一丝诧异，拱手道：“正是，见过沐四小姐。”

“外面可是九皇子？倒是没想到九皇子还会如此讲礼数。”沐清漪淡淡道。

容瑾平时连姑娘家的闺房都随意进入，在外面倒是规矩起来了，让人不由得有些好奇。

青衣男子神色一黯，低声道：“正是，姑娘请。”

沐清漪点点头，踏出了房门。珠儿不由得一急，连忙拉住她道：“小姐！万一是坏人怎么办？还是小心一些……”

沐清漪含笑，抬手在珠儿额头上轻轻扣了一下，笑道：“这里是报国寺，能有什么坏人？放心便是，来人我认识。”

“珠儿陪小姐一起去。”珠儿还是不放心，连忙也跟了出来。

沐清漪淡淡一笑，也不在意。

沐清漪跟着青衣男子一路走到报国寺客院的门外，果然看到门侧停着一辆华丽精致的马车。如今龙王诞和华皇寿诞在即，来上香祈福的达官贵人倒是少了许多。这么一辆引人注目的马车停在这里倒也没人在意。

“清清，上来。”容瑾的声音从马车里传来。

不知怎么，沐清漪感觉容瑾似乎有些虚弱。

马车的帘子被人从里面挑起，一个容貌娇美的青衣少女从里面下来，看着站在马车前的沐清漪皱了皱眉，神色间有些挑剔的意味，对上沐清漪秀美殊丽的容颜，又有几分谨慎和警告的模样。

沐清漪只是淡淡一笑，转身上了马车。

马车里，容瑾慵懒地侧卧在软榻上。俊美的脸庞带着病态的苍白，印堂处甚至带着几分暗青色。如此模样却更衬得容瑾唇若染血、眼如寒水。

“九皇子这是怎么了？该不会是晕马车吧？”沐清漪挑眉笑道，眼眸却望向了被容瑾的衣袖掩盖的软榻。她一上来就闻到了这马车中淡淡的血腥味。

“清清好没良心，我听说你被罚了，可是专程来看你的。”容瑾望着沐清漪的眼神多了几分幽怨之意。

沐清漪唇角忍不住抽了抽，淡淡道：“身体不好就少折腾。”

话虽如此，她却在容瑾身边坐下来执起他的手为他把脉。

沐清漪的手触碰到容瑾的脉搏时，指下的手腕僵硬了片刻，但是很快又放松了下来。

容瑾望着沐清漪的神色更多了几分若有所思，道：“没想到……清清居然还懂医术！”

沐清漪早已经无心去纠正容瑾对她的称呼了，只是淡淡道：“精通说不上，略知一二。”

沐清漪并非谦虚，至少……她完全看不出容瑾是得了病还是中了毒，只是觉得他的脉象十分混乱，寻常人若是这般脉象，沐清漪只能送他一句“早死早超生”。对于容瑾，她却总觉得祸害确实是会活一千年的。

放开容瑾的手腕，沐清漪淡淡问道：“九皇子怎么样了？要不要请大夫？我记得报国寺的慈恩方丈在医术方面颇有建树。”

容瑾摇摇头，淡笑道：“不用了，习惯了。嗯……看来本皇子和清清的交易很快就能够达成了？”

看着沐清漪，容瑾挑眉笑了，似乎完全不在乎自己的病情。

沐清漪瞥了一眼因为容瑾移动而露出来的染上了血迹的软榻，道：“公子嗅觉敏锐。”

幽寒香的配方并不复杂，制作起来却十分麻烦，不到最后谁也不敢肯定就能够成功，她现在所做的也不过是最初的准备工序罢了。容瑾单从她身上沾染的味道就能闻出来，可见他对幽寒香是十分熟悉的。

“本公子有点儿累了，想歇一会儿。”容瑾慵懒地伸了下懒腰，在沐清漪还未及反应之时突然伸手环住了她的腰，并且得寸进尺地将头枕在了她的腿上。

“容、瑾！”沐清漪有些愠怒地道。

容瑾却毫不在意她的怒气，仿佛十分舒适地蹭了蹭，低声嘟哝道：“清清别吵，我困。”

看着眼前以极快的速度陷入沉睡的俊美男子，沐清漪只觉得自己所有的修养和定力一瞬间都荡然无存了，抬手就想将人掀到地上，要不就对着那张俊美却无赖的脸狠狠地甩一耳光。

“清清……困……”某人有些委屈又有些睡意的声音响起。

沐清漪低头看着那苍白的容颜上眼睑下重重的暗青，垂眸收住了手。

为了姨母和大哥……容瑾醒来之后最好识相一点儿，知道什么叫知恩图报，否则……

容瑾这一觉睡得并不久，不过半个时辰就醒了过来，倒是正好卡着沐清漪忍耐的极限了。小寐了一觉的容瑾的神色比刚刚倒是好了很多。容瑾有些满足地打了个哈欠，望着已经面无表情的沐清漪，笑呵呵道：“清清，今天的事如果有人看到，你就真的只能嫁给本公子做媳妇儿了。”

沐清漪淡淡地看着他并不说话。容瑾也略微感到逗弄沐清漪有些无趣，一不小心还真的有可能将她惹毛了，只得赔笑道：“好吧，辛苦清清了。本公子免费告诉清清一个好消息怎么样？”

沐清漪侧目看着他。

容瑾道：“清清知不知道哥舒翰是来做什么的？”

清漪挑了下眉，淡淡道：“为皇上贺寿，另外……和亲？”

容瑾眼中闪过一丝赞许和惊讶。这个消息在京城中有身份地位的人眼中可能不算什么，但是容瑾知道以沐清漪在肃诚侯府的地位是不可能知道的。如果她没有另外的消息渠道，那就是她有着极为惊人的分析能力，容瑾觉得是后者。

“这当然不算什么绝密消息，但是清清想不想知道哥舒翰想娶的是谁？”容瑾朝着她神秘一笑。

沐清漪淡然道：“这跟我有什么关系？”

容瑾低眉一笑，唇边勾起一抹幸灾乐祸的神色，道：“哥舒翰想要娶的人……据说，姓沐，名清漪。清清，你说这跟你有没有关系？”

沐清漪一怔，就听见容瑾淡淡笑道：“哥舒翰是北汉烈王，素来心高气傲。清清觉得他会无缘无故地替一个不认识的女子解围吗？”

突如其来的消息，让沐清漪有些回不过神来。她可以确定从未离开过京城的表妹是没有见过哥舒翰的，那么，哥舒翰为什么要娶她，或者说是娶表妹？

“清清以为我是骗你的吗？”容瑾挑了挑眉，笑道。

沐清漪垂眸，淡淡道：“九公子必不会如此无聊。”

容瑾幽幽地叹了口气，道：“其实本公子原本不想告诉清清这个消息，万一清清知道消息了，跑去找哥舒翰帮忙，本公子岂不是亏大了？不过……本公子还是不想看到清清嫁给哥舒翰。清清，你怎么说？”

容瑾说话间，沐清漪的心情却已经重新安定下来，淡淡道："无论怎么样都不会影响我和九公子之间的交易。其他的事，就不用公子操心了。"

说罢，沐清漪站起身来掀起帘子下了马车。马车外，方才去请沐清漪的青衣男子和那个青衣妙龄少女依然恭恭敬敬地侍立着。看到沐清漪下来，那男子并未如何，那少女的眼神中却更多了几分不满。

珠儿担心地迎上来，道："小姐，你没事吧？"

沐清漪淡淡一笑，道："我能有什么事，让你挂心了。咱们回去吧。"

珠儿警惕地看了看跟前的一对男女，总觉得他们不是一般人，连忙点点头跟着沐清漪回去了。

身后，容瑾淡淡的声音从马车里传出来："去挂单，本公子也要在报国寺清修一些日子。"

"是，公子。"

京城肃诚侯府，云华阁里满屋狼藉，沐云容几乎将房间里所有的陈设都砸了个遍。沐云容好不容易才让祖母讨厌沐清漪那个贱人，将她送出了府，没想到父亲竟然只将她送到了报国寺去为已故的大夫人祈福。这不仅仅是距离远近的差别，遣送到外面会有损沐清漪的名声，但是去寺里祈福只会让她收获孝顺的名声。

"容儿，这是怎么了？"孙氏和沐翎到了门口看到的就是这一片狼藉，沐云容正坐在唯一一张干净的椅子上咬牙切齿。

看到孙氏，沐云容咬牙道："娘！我要沐清漪那个贱人生不如死！"

孙氏微微叹了口气，轻声道："好孩子，委屈你了。"

沐云容顿时红了眼，道："也不知道沐清漪给爹吃了什么迷魂药，爹居然一直偏袒着她！"

沐翎皱了皱眉，有些不赞同地道："三妹，你何必跟四妹一般计较？等你嫁入了宁王府成了宁王妃，想要怎么收拾她不行，何必非要计较这一时之气？要知道，恭王对你已经有些不满了，若是再闹出什么事来……"

"我不管！我一定要沐清漪好看！"沐云容骄横地道，斜了沐翎一眼道，"二哥，你也别说我，听说这些日子大哥和沐清漪走得近。我可听说了，这些日子爹对大哥可比以前好多了。"

沐翎脸色微变，皱眉道："有这事？"

沐云容轻哼一声，孙氏点头道："这些日子，沐琛对沐清漪确实很不错，来往了好几次。你爹他……"

沐翎脸色有些难看，沉声道："爹这几日确实经常夸大哥，还说回头便替他打点一下，大哥的职位也该往上走了。"

“他也配？！”孙氏温柔娇媚的脸庞也多了几分阴沉和不屑，咬牙道，“我就知道这个沐琛不是个安分的人，难不成他还想跟你争这肃诚侯府？他也不看看自己有没有那个能耐。翎儿别怕，回头娘就传话进宫，让飞鸾好好劝劝你爹。”

提起在宫中为妃的沐飞鸾，孙氏母子三人脸上都露出了得意的笑容。沐飞鸾是沐家最有出息的女子，也是他们在沐家要风得风、要雨得雨的保证。比起两个儿子，沐长明还是听得进去这个女儿的话的。

说完这个，孙氏转念一想，皱眉道：“难道真的是沐清漪给沐琛出的主意？沐琛从前可老实得很。”

沐翎冷笑道：“只怕是掩人耳目罢了，不过……看来四妹在其中也功不可没。”

沐云容咬牙道：“肯定是她，沐清漪狡猾得很，我们都被她骗了！”

孙氏冷笑连连，道：“好，我倒要看看这肃诚侯府到底是我做主还是她一个小丫头片子做主。她以为去了报国寺，我就奈何不了她了吗？”

闻言，沐云容心中一喜，连忙问道：“娘，你有什么主意？”

孙氏神秘一笑，道：“到时候你就知道了，别着急，娘一定让那个丫头身败名裂！”

清晨，沐清漪带着珠儿去佛堂诵经祈福。沐清漪将珠儿留在外面，独自一人踏入佛堂。宁静的佛堂里弥漫着淡淡的檀香，一个胡须雪白的老和尚身披袈裟盘腿坐在蒲团上，一下一下地敲着木鱼，在这空荡荡的佛堂里，每一下都仿佛敲进了人的心里。

沐清漪走过去，从容淡定地为佛前的油灯添上了灯油，然后走向殿中的其他地方，一处一处地添加灯油。在佛像前她刚刚站立的地方，一块不甚起眼的玉佩出现在桌子上。

“女施主为何而来？”许久，木鱼声停下，一个苍老的声音淡淡响起。

沐清漪放下了手中的灯油，走到老和尚身后的一个蒲团边跪下，双手合十淡淡道：“为已故亲友祈福。”

“若为祈福，女施主不该来此。”老和尚道。

这座佛堂并非报国寺的大雄宝殿，而是一处位于西北角的不甚起眼的佛堂，其中供奉的是不动明王菩萨。大殿上的佛像通身青黑，身相圆满，极愤怒，让人顿时望而生畏。

沐清漪毫不动容，只是道：“若亲友在九泉之下不得安宁，祈福何用？”

老和尚沉默了许久，终于叹了口气，望着桌上的玉佩道：“老僧原本以为此物早在两三年前便该出现了。后来老僧又以为……此物永不出现，也不失为一件好事，却没想到竟然会是四小姐带着此物来见老僧。”

“请慈恩方丈成全。”沐清漪垂眸，恳求道。

“苦海无边，回头是岸。众生欲渡苦海而不得，姑娘何必涉入其中？”老和尚面含慈悲，沉声劝道。

沐清漪眼眸微闪，唇边溢出一丝苦笑，佛堂中响起有些惨淡的笑声：“亲友故旧，沉沦地狱，敢问方丈佛在何处？”

“佛在心中。无妄想时，一心是一佛国；有妄想时，一心是一地狱。众生造作妄想，以心生心，故常在地狱。菩萨观察妄想，不以心生心，故常在佛国……”

沐清漪冷然一笑，道：“方丈以为，何谓妄想？顾氏一族何罪之有？佛门所谓的报应何在？小女子不修来世，只论今生！”

慈恩方丈回头，看着跪坐在蒲团上面染寒霜的柔弱少女，沉声问道：“若不能为顾氏洗刷冤屈，姑娘又当如何？”

沐清漪淡然一笑，答道：“神挡诛神、佛挡弑佛。天若无报应，沐清漪若不死……便是报应！”

这一次，慈恩方丈沉默得更久。又过了好半晌，慈恩方丈终于从宽大的袈裟下取出了一封以火漆密封的信递给沐清漪，淡然道：“也罢，只盼老僧有生之年……”

有生之年怎么样，慈恩方丈并没有再说。将信递给沐清漪之后，他便闭上了眼睛重新敲着木鱼开始诵经。

沐清漪打开信笺看了一眼，神色复杂地叹了口气，将信笺连同信封一起点燃投入了不远处的香炉里，又对着慈恩方丈恭敬地一拜，低声道：“小女子告退。”

沐清漪悄然退出殿外，又过了许久，才有一个小沙弥进来低声道：“启禀方丈，肃诚侯府的大公子和二公子求见。”

慈恩方丈既没有睁眼，也没有回头，只是吩咐道：“传话给慈安师弟，老僧从今日起闭关参禅，寺里一切事务皆由慈安师弟处置。”

虽然有些意外，但小沙弥也不敢违背方丈的意思，只得退了出去。佛堂里，慈恩方丈深深地叹了口气，再无任何声息。

沐清漪出了明王殿，看时间尚早便在报国寺中各处走走。报国寺也是她少年时代常来的地方，祖父和慈恩方丈是好友，经常来与慈恩方丈论禅品茗。顾家大小姐虽然聪慧无比，却偏偏与佛无缘，每次来寺里也不过是游玩散心罢了。祖父和慈恩方丈说的那些，十句里她也未必听得进去一句。她却没想到，祖父竟然将顾家仅剩的东西交到了慈恩方丈的手中。或许祖父如此安排有自己的深意，或许表哥和大哥都明白祖父的意思，她却不愿去懂，也不能懂。

“四妹。”

沐清漪回头，便看到沐琛和沐翎并肩而来，不由得皱了皱眉，问道：“大哥、二哥，你们怎么来了？”

沐琛淡笑道：“夫人知道四妹来了寺里，担心你缺了用度，让我和二弟给你送一些过来。”

两人身后跟着的小厮手中果然托着两个包袱。

沐清漪秀眉微扬，含笑看了沐琛一眼，道："如此……有劳两位兄长了，也多谢孙姨娘了。"

沐翎看着沐清漪似笑非笑的神色，有些不悦地皱了皱眉，却还是淡淡道："四妹客气了，记得娘亲对四妹的关心就好。"

"清漪自然……没齿难忘。"沐清漪幽幽道。

听到这话，沐翎却不由得心中一跳，皱眉看着眼前这个含笑而立的少女。

沐清漪伤好了之后就越发阴阳怪气了，沐翎身为男子极少跟沐清漪接触，少有的几次接触也都让他感到有些不悦。偏偏正如三妹所说，这些日子父亲对沐清漪的态度似乎有些改变了。

沐清漪示意珠儿接过两人送来的东西，方才笑道："大哥、二哥不会都是来给清漪送东西的吧？些许小事，随便让个下人跑一趟就是了。"

沐琛笑道："四妹，你从未独自一人出过门，大哥来看看也放心一些。至于二弟……说是要拜会慈恩方丈，所以才一道来的。"

"拜会慈恩方丈？"沐清漪眼眸微闪，问道，"二哥还精通禅理？"

沐翎淡淡道："四妹说笑了，不过是慈恩方丈医术高超，祖母这些日子有些劳累，我来替祖母求一服养生安神的方子罢了。"

"二哥真是孝心可嘉。"沐清漪淡笑道。

沐翎抬头看了看天色，道："今天天色已经不早了，我倒是还想尝尝报国寺的素斋。大哥，不如你我也在寺里暂住一宿，也算是陪陪四妹？"

沐琛一愣，显然没想到沐翎会这么说，有些为难，道："这……这些日子礼部的杂事颇多，只怕……"

沐清漪浅浅一笑，道："既然大哥有事，就不勉强了。二哥若是闲着无事在寺里暂住一宿也无妨，这报国寺的素斋确实不负盛名。"

沐琛看看沐翎，又看了看沐清漪，只得道："也只能如此，倒是我无福享受了。"

沐清漪掩唇笑道："大哥何至于此，过些日子挑个得空的时候再来便是。"

沐翎也赔笑道："四妹说得是。"

外人看来，三人皆是言笑晏晏，竟当真是一副兄妹融洽的亲密模样。

深夜，报国寺后山的客院里突然传来一声尖锐的惊叫："抓贼啊！"

不到片刻时间，原本已经沉浸在夜色里的客院便已经灯火通明。报国寺的客院一共有十八个小院，这些小院又都是连接相通的。这时节客院里的客人并不多，包括沐清漪在内一共也不过五个院子有人住，尖叫声自然是从沐清漪的小院传来的。很快，不少人便赶到了小院查看情况。

“沐小姐！沐小姐！”客院的主事僧在众人各异的目光中有些焦急地敲响了沐清漪的房门。

屋里亮着烛火，却半晌没有人来开门。

“那贼不会是进了咱们小姐的房间吧？快开门进去救小姐啊。”一个肃诚侯府的中年仆妇着急地叫道。

后面跟着赶来的人纷纷不由得皱眉，神色有些怪异地看着那妇人。这不是成心想要坏了小姐的清白吗？这肃诚侯府的下人当真是不讲究。

“怎么回事？”一个披着白色披风的中年美妇在众人的簇拥下走了过来，蛾眉微蹙，不悦地问道。

之前叫嚷的妇人一愣，不知该如何回答，也有些拿不定眼前的人的身份。

跟在那美妇身边的侍女不悦地道：“放肆！大公主问话，为何不答？”

那妇人顿时吓得脸色发白，她不过是肃诚侯府一个粗使的仆妇，哪里见过什么公主？

“叩见公主！”

这大公主是华帝的长女，生母是已故的华帝宠妃兰妃。大公主从小便深得华皇宠爱，十八岁下嫁威远大将军为妻，可惜二十三岁时威远将军战死沙场，华皇追封他为威远侯。此后，大公主便久居报国寺为威远将军守节，至今已有十年了。

“启禀公主，刚刚我等听到有贼人闯入便匆匆过来查看。只是……这肃诚侯府的四小姐却一直没有出现，侯府的下人担心……”

担心什么自然不能说，万一毁了肃诚侯千金的名声，却是大大得罪了肃诚侯。

“肃诚侯府只有一位姑娘在此？”大公主皱眉问道。

那妇人腿一软跪倒在地上，有些怯懦地答道：“回……回公主，还有、还有二公子……”

不知道为何，二公子一直都没有出现。这让她心中越发没底了。

“肃诚侯府的二公子？为何不在？”大公主有些不悦地问道。

妹妹院里出了事，兄长却不出面，肃诚侯府也太不成体统了。

“这……”那妇人只是奉命行事，哪里知道这些事情。

大公主看了一眼众人，淡淡吩咐道：“过去看看。”

跟在大公主身边的侍卫领命，上前走到房门口叩了叩门，沉声道：“明微公主请沐四小姐相见，请四小姐开门。”

房间里一片安静，过了一会儿门才被轻轻推开，一个穿着淡紫罗衣的绝色少女出现在众人跟前，淡淡地看了一眼在场的众人，莲步轻移走到大公主跟前盈盈一拜，道：“肃诚侯府四女沐清漪拜见公主，公主万安。”

大公主看了看沐清漪，问道：“沐小姐怎么现在才开门，外面出了事，倒是让你家里的下人急坏了。”

沐清漪有些不好意思地一笑，道：“请公主恕罪。清漪平素好玩一些香料，刚刚听到外面的声响时正是最关键的时候，所以才……”

“你制的是……国色？”大公主看向沐清漪的目光软了一些，轻声问道。

她从沐清漪的身上闻到了香味，的确不同于寻常用的熏香，显然是刚刚染上去的。

“正是国色，听闻公主也擅于品香，公主若不嫌弃，清漪还想请公主品鉴一二。”沐清漪笑道。

大公主微笑道：“你既然如此说，本宫便不客气了。闻这味道，竟是十分纯正，本宫也有许多年没闻到如此纯正的国色了。”

“公主请。”沐清漪侧身请大公主入房内。

大公主点点头，吩咐左右：“派人将各处仔细搜索一番，其他人没事便回去歇着吧。”

“谨遵大公主之命。”众人齐声应道，看着大公主与沐清漪携手进房去，一时有些回不过神来。

“公主请。”房间里，沐清漪与大公主跪坐在矮几前，沐清漪双手奉上一只精致的锦囊，里面装着的正是刚刚制好的名香——国色。矮几上还放着没有收拾的各种香料，显然沐清漪刚刚确实是在忙着调香。

“送给本宫的？”大公主含笑接过锦囊，还未打开，怡人的香味便已经淡淡地散发出来。

沐清漪点头笑道：“如蒙大公主不弃，也是清漪的福分。”

“你这丫头……”大公主含笑看着沐清漪道，“本宫虽然极少回京城，却也听人说起过肃诚侯府的事情。你这丫头倒是不像外人说的那样，倒是……跟顾家那丫头有些像。”

沐清漪眼神微动，淡淡笑道：“公主说笑了，清漪……”

大公主抬手拍拍她的手背道：“你也不必妄自菲薄，顾家那丫头……虽然伤了七弟，本宫却佩服她的烈性。你们肃诚侯府那些事本宫是不知道的，不过本宫好歹也是从宫里出来的，什么事情没见过。”

闻言，沐清漪不由得莞尔一笑，可不是吗？大公主从小在深宫里长大，什么阴谋算计没见过，只怕刚刚外面那人故作担心叫的那一嗓子已经被大公主给看破了。

“四小姐，二公子那边出事了！”门外，有人焦急地叫道。

沐清漪秀眉微蹙，朝大公主抱歉地点了下头道：“公主，清漪先行失陪，还请公主见谅。”

大公主站起身来，轻拂衣摆道：“本宫陪你一起去看看吧，你一个姑娘家大晚上的也不方便。本宫也好看看这肃诚侯府的二公子到底出了什么事！”大公主这句“肃诚侯府的二公子”说得极重，任谁都能听出其中的不悦。

那传话的小厮脸色一白，有些为难地看向沐清漪。

沐清漪垂眸只当没看见，含笑对大公主道：“如此，多谢公主厚爱了。”

看着公主和沐清漪相携而去的背影，那小厮脸色惨白，急得直跺脚，忙跟另一个小厮道：“完了！完了……快！快回去禀告侯爷和夫人，二公子出事了！”

沐翎的院子与沐清漪的小院只有一墙之隔，一道月形门连通了两个院子。这么近的距离，刚刚连隔了老远的大公主都来了，沐翎却还没有出现就很惹人猜疑了。等到众人到沐翎的院子里一搜，果然出事了。

沐清漪和大公主赶到的时候，沐翎书房的门还半掩着，其他人都静悄悄地站在门口一脸尴尬。沐清漪举步就想要往里面走，门口一个中年男子轻咳了一声，上前一步拦住了她，道：“四小姐，你还是先不要进去了。”

对上沐清漪疑惑的目光，男子却只能尴尬地移开了。不是他多事不让人家妹妹关心兄长，而是里面的情景实在是不适合闺阁中的女子观看。

大公主神色微变，顿时就想明白了其中的关键，脸色也阴沉起来了。

“去将里面的人带出来！本宫倒要问问到底是怎么回事！”大公主厉声道。

大公主到底是经历过世事的人，只看众人尴尬的脸色就差不多猜到里面发生了什么事，怒气也就更甚了。她潜心礼佛，最恨的便是那些在佛门清净之地肆意胡闹的人。

“是。”那中年男子点头应下，挥手命人进去将人带出来。

大公主拉着沐清漪往旁边的花厅走去，显然是打算好好处置沐翎一番。一行人在花厅里坐了下来，沐清漪站在大公主身边默然无语。大公主看了她一眼，道：“这也不关你的事，你坐下吧。”

“清漪不敢。”沐清漪谨慎地道。

大公主叹了口气，道：“本宫是不待见肃诚侯府的人，不过本宫待见你，让你坐下你就坐下。”

沐清漪犹豫了一下，这才在大公主下首坐了下来。

看着她谨慎肃然的模样，大公主暗暗点了点头。到底是嫡女，倒不像沐飞鸾和沐云容那般轻狂。

等到沐翎被带过来，大长公主却也愣住了。大公主虽然猜到了发生了什么事，却没猜对是什么人。她原本以为是沐翎在寺院里和他身边的丫头或者不三不四的女子厮混，却没想到被侍卫拎进来的竟然是两个男子！

看着被侍卫押进来跪倒在地的衣衫不整的两个男子，大公主顿时又惊又怒，指着两人半晌说不出话来。其中，发丝散乱、面色潮红的男子便是肃诚侯府的二公子沐翎。另一个却是一个光着脑门儿、模样俊秀的僧人，此时他的僧衣只是歪歪斜斜地搭在身上，众人居高临下还能看到他脖子上的抓痕。

嘶——在场的众人都不由得吸了口凉气，看向沐翎的眼光变得更加古怪。真是没想到这位沐二公子外表看起来温文有礼，内里却是如此狂野。

“真是放肆！”大公主勃然大怒，看着眼前的两个人就仿佛看到爬满了苍蝇的牛粪一般难受，她怒气冲冲地指着两人道，“给本宫拉出去！重打三十大板！”

糊里糊涂地被抓到大公主跟前，沐翎同样也是六神无主。此时，沐翎听到大公主要打他才终于回过神来，慌忙叫冤：“公主明鉴！公主……微臣冤枉啊！”

大公主却不愿意听他的狡辩，冷冷道：“拉出去，打了再说！”

她心想不管冤不冤，在佛门净地干出这种事就该打。

大公主跟前的侍卫上前拉住二人，还想大吵大闹的沐翎更是被捂住了嘴直接拖了出去。不到片刻，门外就响起了沉重的板子声。

“请公主息怒。”看着大公主满脸怒色，沐清漪起身跪倒在大公主跟前，低声请罪。

“公主息怒。”

刚刚赶来的慈安大师实在是很冤枉，报国寺建寺上百年，何曾出过这样的丑事？师兄才刚刚闭关参禅就出了这样的事……慈安大师只盼着慈恩师兄早些出关，他也想闭关参禅了，这俗世的事情真是太乱了。

大公主闭了闭眼，忍住了心中隐隐想要呕吐的感觉，淡淡道：“慈安大师请坐下吧。今日的事情，务必要问清楚！”

慈安大师谢恩，点头道：“公主说得是，此事贫僧一定给公主一个交代。”

就算大公主不说，慈安大师也不会就这么算了。报国寺上下有数百名僧人，这事要是传出去，后果当真不堪设想。

大公主满意地点点头，道：“其他人也起来吧，这也不是你们的错。”

“谢公主。”

打完了板子被拖回来的沐翎只能趴在地上低声哀号。

大公主居高临下地盯着沐翎二人，眼中满是厌恶，冷声问道：“大胆沐翎，你可知罪？”

沐翎哀叫道：“公主，沐翎冤枉啊。”

大公主冷笑一声，道：“冤枉？刚刚他们进去的时候你们在做什么？赵侍郎，你说！”

正巧倒霉在场的礼部侍郎赵挺之脸色顿时难看起来，虽然不愿得罪了肃诚侯府，但是当着大公主的面也不敢说谎，只得咬牙道：“回公主……微臣等担心沐二公子的安危，就自作主张开了门，进去的时候这二人正在、正在……行那苟且之事。公主跟前的侍卫还有寺中的武僧都……看到了。”

“冤枉？！”大公主抓起桌上放着的茶杯就砸了过去，怒道，“好一个冤枉！

报国寺是什么地方，是尔等用来行这些污秽肮脏的事情的吗？沐长明真是教出了好儿子！”

沐翎脸色惨白，整个人摇摇欲坠，道：“公主明鉴！是有人、有人算计微臣！是……是她！一定是她！沐清漪，是你陷害我？！”

众人的目光纷纷落到了沐清漪身上，沐清漪微微蹙眉，看着沐翎的目光满是失望，道：“二哥，你到底在说什么？”

看着坐在大公主下首温柔娴静、面带疑惑的少女，众人不由得皆在心中摇了摇头。这样的少女哪里想得出来这般毒计，况且事发的时候沐四小姐还跟大公主在一起。谁不知道肃诚侯府的四小姐不受宠？设下这样的圈套所需要的财力、物力、人力又岂是她能拥有的？

“你不用惺惺作态！除了你还会有谁？定是你这贱人陷害我！”

从小到大，沐翎从未如此丢脸过。今天的事情已经不仅仅是丢脸的问题了，弄不好他的一生就毁了。

比起被大公主厌恶不已的沐翎，沐清漪给她留下的印象就要好得多。大公主看着沐清漪，温和地道：“你放心，此事本宫自然是要彻查的。慈安大师。”

慈安大师起身，双手合十朝大公主一礼，才看向那趴在地上的年轻僧人问道：“你是谁的弟子，法号为何？”

“我……我……”那僧人结结巴巴半晌也说不出一个字来。

慈安大师皱了皱眉，沉声道：“你不是我寺的弟子？”

“不！我……我是！”那僧人慌乱地道。

“既然如此，说出你的法号。事已至此，隐瞒亦是无用。”慈安大师花白的双眉微皱，身为报国寺的长老，他不可能记得寺里的每一个弟子，只是或多或少有些印象，但是眼前这个人却脸生得很，“看你的僧袍，你当是本寺第四代弟子？”

“既然不肯说，本宫就打到你开口为止！”看着吞吞吐吐的僧人，大公主不耐烦地道。

“不……不要，我说！”被打三十大板实在太过痛苦，男子一听又要挨板子，顿时便什么都顾不得了。

“你不要胡说八道！”沐翎一惊，警告道。

那年轻僧人哪儿还顾得这些，哭丧着脸道：“小人……小人不是报国寺的僧人。小人是京城清风馆的人，小人名叫蓝玉！”

“清风馆？那是什么地方？”大公主皱眉道。

大公主十年来一直长住报国寺，偶尔回京也只是在宫中小住几日，自然不会知道这些上不得台面的地方。

站在旁边的赵挺之顿时脸都绿了，他自然知道清风馆是什么地方，但是他怎么敢在大公主面前说出来，怕是要污了公主的耳朵。

“吞吞吐吐的做什么？”大公主不悦地道。

赵挺之心中叹了口气，走到公主跟前低声道：“回公主，这清风馆是京城有名的……南风馆。”

大公主今晚大约已经被气糊涂了，此时倒是冷静下来了。她盯着那蓝玉沉声问道：“你为何会在报国寺里？如实招来！若敢欺瞒本宫，即便是在这佛门净地，本宫也要将你碎尸万段，以正视听！”

那蓝玉本就是清风馆里一个还算出众的小倌，哪里见过皇朝大公主的威仪，却也不敢照实说沐家二公子要他来坏了四小姐的清白。若是真这么说……别说大公主饶不了他，就是肃诚侯，还有沐翎和孙氏也饶不了他，只得半真半假地道：“是……是二公子带蓝玉进来的。”

蓝玉确实是沐翎带进来的，他这么说自然不是说谎。

大厅里许久无声，大公主终于开口道：“本宫不想再看到这两个人了。这个……拉出去！还有这个沐翎，再打三十大板丢回肃诚侯府去，叫沐长明给本宫好好管管他的孽子。本宫要亲自上表父皇，罢黜沐翎一切官职，永不录用！”

大公主气得狠了，连蓝玉的名字也不屑叫了。

“公主……再打恐怕……”侍卫低声道。

沐翎是个手无缚鸡之力的读书人，再打三十大板就算打不死，只怕也要落下一些残疾。大公主虽然贵为公主，但是这两年沐长明风头正劲，还是不宜得罪。

“打！”大公主道，“打死了本宫担着！”

“公主饶命！公主饶命啊！”沐翎也吓得不轻。

他从小娇生惯养，刚刚那三十大板已经让他痛不堪言了，若是再受三十大板，只怕当真没命了。

大公主轻哼一声，淡淡道：“拖出去。”

“公主手下留情！”

门外传来沐长明焦急的声音。话音未落，沐长明行色匆匆地带着孙氏和沐琛走了进来。孙氏一看到趴在地上的沐翎立刻哀叫一声扑了过去，道：“翎儿……翎儿！是谁！是谁敢打你？翎儿……”

“娘……爹，救我！孩儿冤枉啊……”看到沐长明和孙氏，沐翎顿时像是抓住了一根救命稻草，紧紧抓住孙氏的衣袖叫道。

“微臣见过公主。不知小儿什么地方得罪了公主，还请公主恕罪。”

大公主丝毫不给沐长明面子，冷然道：“肃诚侯来得倒快，也罢，沐翎就交给肃诚侯管教吧。本宫倒想知道，亵渎佛门净地，在本宫清修的地方行那等……污秽之事，该当何罪！”

沐长明扫了一眼地上的两个人，脸色也是一变。他见多识广，哪儿能不知道眼前这情形是怎么回事。沐长明自觉对这个儿子还算了解，根本不相信他会蠢得在报国寺里做这种事。更何况，沐翎根本就不好男风。

“公主，这其中只怕有什么误会。”沐长明谨慎地道。

大公主冷笑一声，起身道：“也罢，沐翎是柔妃的亲弟、肃诚侯的亲子、宁王妃的亲兄，莫说他亵渎了佛门净地，只怕在宫里乱来，本宫也不敢说什么。本宫就先告辞了，希望肃诚侯……能给本宫一个妥善的交代，否则……别怪本宫进宫去找父皇评理！”说完，大公主便起身了，临走前倒是看向沐清漪，淡淡笑道：“四小姐若是无事，明日不妨来陪本宫聊聊。”

“清漪荣幸之至，恭送公主。”

“恭送公主。”

大公主带着人走了，赵挺之不想得罪沐长明，自然也赶紧跟着走了。既然蓝玉不是佛门弟子，自然也没有慈安大师什么事，他也带着人离开了。不一会儿，整个花厅里便只剩下了肃诚侯府的众人。

“到底是怎么回事？！”沐长明狠狠地一拍桌案，包括孙氏在内的所有人都吓了一跳。

沐清漪淡淡道：“父亲，清漪不知。夜半时恍惚听到有人叫捉贼，彼时清漪正在调制香料。未及应声，便有许多人聚集在女儿院里，之后大公主前来，遣了众人去各处搜查。清漪陪着大公主品鉴香料之时才听到二哥院里的下人来禀告说二哥院里出事了。清漪和大公主赶到之后就……”

沐清漪没有再说，沐长明却明白了。他看着地上狼狈无比的两人，脸上黑了一片，指着沐翎骂道：“混账！你给本侯说清楚，到底是怎么回事？”

孙氏搂着沐翎，含泪道：“侯爷，翎儿已经这样了，你还骂他？”

“慈母多败儿！”沐长明没好气地道，转而指着地下的另一个人问，“这个……是怎么回事？你是什么人？”

蓝玉忙将刚刚跟大公主说的话又在沐长明面前说了一遍。沐长明顿时怒火中烧，若不是沐翎还躺在地上，沐长明早就一脚踹过去了。

“老爷，他说谎！翎儿怎么会做这种事？一定是有人陷害他！”孙氏尖声叫道，她怎么也没想到计划得好好的事情居然会阴沟里翻船，反而害了自己的儿子。

沐长明冷哼一声，道：“陷害？这么说，这个蓝玉不是他带进来的？逆子！带着这么个东西到报国寺来，你到底想要干什么？！”

孙氏还想要说话，却被沐翎不着痕迹地拉住了。沐翎恸哭道：“爹……孩儿冤枉。这人确实是孩儿刚刚收的下人。孩儿也不知道……也不知道为什么会……一定是有人想要陷害孩儿，求爹明察啊。”

沐翎说话的同时，孙氏趁沐长明不察朝蓝玉递了一个警告的眼神，蓝玉不由得一颤，畏惧地低下了头。

“这……”看儿子这副惨状，沐长明也有些心软，而且他也觉得沐翎不是这么糊涂的人。难不成真有人陷害沐翎?

旁边一直沉默的沐清漪若有所思地看了蓝玉一眼，淡淡道：“父亲，这事也不难。既然有人陷害二哥，这蓝玉是清风馆的人，只要派人去查清楚他是什么时候离开清风馆的、被谁带出来的，又是怎么到了二哥跟前的，总会查出一些蛛丝马迹，不是吗？”

“嗯，言之有理。”沐长明点头道。

地上的孙氏母子二人却是瞬间脸色惨白。

“父亲，孩儿先送四妹回去。”沐琛道。

“去吧。”沐长明挥挥手道。

这事来得突然，他也想独自安静一会儿将思绪理清楚一些。

沐清漪和沐琛并肩出了门，漫步朝沐清漪的小院而去。已经是四更时分，整个客院也再一次沉入漆黑的寂静之中，珠儿提着一盏灯笼走在前面，沐琛和沐清漪跟在后面，一路上只有三人的脚步声和若有若无的虫鸣声。

“四妹好手段。”进了沐清漪的院子，沐琛才低声笑道。

沐清漪淡淡一笑，神色从容宁静，道：“清漪不明白大哥在说什么。”

见沐清漪装糊涂，沐琛也不在意，含笑望着她并不言语。沐清漪也明白沐琛怀疑自己，却并不怎么在意，淡然一笑，道：“父亲将这件事交给大哥调查，大哥可千万要小心。莫要忘了，宫中还有一位柔妃娘娘。”

只要柔妃还在，沐长明是绝不会轻易放弃沐翎的。

看着房门在自己跟前关上，沐琛神色变幻不定。听了沐清漪的话，沐琛不由得吓出了一身冷汗。若是他当真用这件事狠踩沐翎，只怕就算真的废了沐翎，最后柔妃和孙氏也不会放过他，自己也会给父亲留下心狠手辣的印象，那时坐收渔翁之利的只怕会是只有十一岁的三弟沐珂。

告别了沐琛，沐清漪直接回到了自己的寝房。她刚一进门，房间里便传来懒懒的击掌声。沐清漪挑了挑眉，并不意外，今晚闹了这么一出戏，要是容瑾不出现搅和一下，她才觉得意外呢。

沐清漪一回头，便看到容瑾慵懒地歪在软榻上，一副刚刚醒来睡眼蒙眬的模样。

“今晚真是一出好戏啊。清清的手段，本公子可算是服了。”容瑾笑道。

“哦？”沐清漪挑眉道。

容瑾幽幽道："俗话说，最毒妇人心，古人诚不欺我。"

话虽这么说，容瑾望着沐清漪的眼里却满是笑意。

沐清漪也不在意，嫣然笑道："这还要多谢九公子的鼎力相助才是。"

原本沐清漪想要对付沐翎还要费些事情，而且很可能会留下一些蛛丝马迹，毕竟她再怎么智计百出，无人可用都是一个天大的弱点。容瑾显然是一个很会投桃报李的人，之前惹得沐清漪不悦，这会儿便很识趣地贡献出了自己的人给沐清漪使用。这也是蓝玉没有到沐清漪的房里，反而阴错阳差地跑到了沐翎房里的原因。

"沐长明会保沐翎吗？"容瑾好奇地问道。

那到底是清清的爹，还是清清更了解他吧。

沐清漪勾唇浅笑道："自然要保，柔妃的亲弟弟、未来宁王妃的亲哥哥，还是我那父亲与最心爱之人所生的儿子，能不保吗？孙氏和柔妃又怎能甘心为他人作嫁衣？不过……那也要看看他有没有那个能耐！"

真是美极了！

看着眼前少女绝美的脸庞上绽出丝丝冰凉的狠意，容瑾在心中着迷地赞道。眼前的少女是他这一生见过的最迷人的女子，那样如清水一般无澜的外表下却藏着一颗冰冷锐利且充满杀气的心。世间最醉人的毒药绝不是那些外表美艳动人的妖冶女子，而是眼前这样看似清雅如百合实则暗藏杀机的曼陀罗。

"清清还需要帮忙吗？"容瑾偏着头问道。

那眼巴巴的模样简直就是明明白白地在说"爷人多势众，快来宰我"。

沐清漪含笑点头道："需要。不过已经很晚了，请九公子离开我的房间。"

容瑾幽怨地望着沐清漪，道："清清，你好狠的心。"

"九公子刚才不还说最毒不过妇人心吗？"沐清漪淡淡地瞥了他一眼。

容瑾无奈地耸耸肩，起身道："好吧，本公子不打扰清清休息了。不过，清清真的不需要本公子出手帮你把消息大力扩散出去吗？晚了可就来不及了。如今这京城，除了本公子还有谁肯为了清清任劳任怨？"

沐清漪终于忍不住翻了个白眼，咬牙道："用、不、着！"

散播消息这种事自然有的是人抢着去做，让容瑾这个外来的皇子去做，未免有些大材小用。

第二章
九转玲珑

报国寺里，沐清漪依然悠闲地祈福制香，肃诚侯府里却是一片凄风楚雨。

第二天上午，这件事就已经传遍了整个京城。隐居十年不出的大公主一封表谏直接送到了华皇面前，将沐翎和沐长明都给告了。告沐长明教子无方，告沐翎与贱籍之人污秽佛门净地、行为不端。华皇看到大公主的折子顿时大发雷霆，直接撤掉了沐翎所有的官职并且下令永不录用。就连华皇素来看重的沐长明也跟着吃了挂落儿，被罚了三年的饷银。原本已经跟沐翎定下了婚约的京城李家也毫不犹豫地一下早朝就直接找沐长明退了婚。光天化日之下，李家更是半点儿颜面也没有给沐长明留下。

一回到家里，沐长明也顾不得别的，再一次狠狠地揍了沐翎一顿。原本伤就还没好的沐翎只怕又要在床上多躺半个月了。

更让沐长明愤怒的是沐琛暗中调查得到的消息，那蓝玉就是沐翎身边的心腹家里的人去清风馆带出来的，由沐翎直接带着去了报国寺，前几天刚到沐翎身边侍候之言纯属胡说八道。带着一个从那种地方出来的人往报国寺里去，还被人发现行苟且之事，沐长明不往歪处想都不行了。

“这个孽障！这个孽障！”沐长明将手中的信函往桌上狠狠一拍，厉声怒道。

“父亲……”沐琛沉声道。

沐长明眼一斜，冷冷地盯着他道：“你还想说什么？”

见他如此，沐琛心中不由得一冷，低声道："二弟素来行事端方，这次的事情只怕是……一时糊涂，被身边的人挑拨的。主子做错了事，下面的人不说劝，哪儿还有替主子去找人的。父亲定要好好教训教训那些刁奴。不说二弟，三弟才年方十一，若是也给人带坏了……"

想起前几日看到三子沐珂已经十一岁了却连几篇文章都背不全，反而跟身边的人在花园里胡闹，沐长明不由得皱起了眉深思起来，道："为父知道了，这些奴才确实不像话，该好好整整了。你先回去休息吧，这几天侯府内外的事情你多担待着一些。"

"是，孩儿告退。"沐琛恭敬地点头告退，低垂的面容让沐长明错过了他唇边的一抹冷笑。

出了沐长明的书房，沐琛站在房檐底下抬眼望天。他表面上虽然一脸平静，心中却暗暗捏了把汗。刚刚在书房里，对上父亲冰冷且隐含着怒气的眼神的那一瞬间，四妹的话竟然又在耳边响起，让他硬生生将原本要说的话给咽了回去。若不是……沐琛心中暗暗一颤，隐藏在衣袖下的手握得更紧了。若不然，只怕他这些日子所做的一切都要白费了吧？

刚走出了院子，沐琛就看到府里的管家急匆匆地走过来。

"管家，什么事？"

"大公子，北汉烈王来了！"总管连忙道。

沐琛微微蹙眉，道："请烈王到大厅用茶，我去告诉父亲。"

"未知北汉烈王大驾光临，有何贵干？"沐长明匆匆赶到大厅，拱手笑道。

哥舒翰挑了挑眉，倒也不绕弯子，朗声笑道："本王是来提亲的。"

"提亲？！"沐长明有些勉强地咽了咽口水，很是惊讶地望着眼前的昂藏男子。虽然都知道北汉打算和华国联姻，但是……朝廷不是还没有选定和亲的人选吗？提什么亲？

沐长明定了定神，道："不知……烈王是打算迎娶本侯的哪位侄女？"

沐家嫡系未出嫁的姑娘虽然只有沐云容和沐清漪，旁支却还有几位。

"侄女？"哥舒翰皱眉道，"肃诚侯误会了，本王要娶的是肃诚侯府嫡女沐清漪。"

哥舒翰突然提出的要求让沐长明震惊不已，几乎没考虑立刻脱口而出，道："不行！"

"不行？"哥舒翰不悦地挑眉道，"肃诚侯是觉得本王配不上沐四小姐？本王诚心求娶，必定以正妃之位待沐四小姐。"

哥舒翰在北汉位高权重，一人之下万人之上，他这样说便显示出了极大的诚意。两国和亲，除非出嫁的是华皇的嫡出公主，否则只怕就算是个贵妃所出的公主，能得个平妃之位就算不错了。

沐长明有些艰难地暗中吞了口口水，这门婚事是万万不能答应的。华皇生性多疑，当年顾府通敌叛国，这个敌……说的便是北汉。虽然现在两国和平，准备和亲了，但是由皇家选中女子和亲与哥舒翰亲自上门求娶可是完全不一样的。只怕到时候被有心人一挑拨，他肃诚侯府就是第二个顾家了。

被人如此干净利落地拒绝，对哥舒翰来说只怕还是生平第一次。他那一双略带煞气的剑眉微微扬起，盯着沐长明道：“到底是为何？肃诚侯为何不说？”

沐长明定了定神，沉声道：“烈王看得起肃诚侯府，是肃诚侯府的荣幸。但是……和亲之事只怕还要皇上做主。烈王并未禀明皇上就先行前来提亲，未免不合礼数。”

哥舒翰皱眉道：“不是说先提亲才是对女方的尊重吗？”

看来这个哥舒翰果然很重视沐清漪，沐长明心中思量着，口中却道：“话虽如此，但是我等到底是臣子，而且王爷的婚事也不止关系王爷一人。另外……小女现在也不在府中，王爷是否也应该问问她的意思？”

“她一定会同意的。”哥舒翰自信满满地道。

沐长明皱眉，这哥舒翰为何如此自信？莫非……这二人当真认识？

一直在一边肃立的沐琛沉声道：“父亲，不如孩儿现在去将四妹接回来问一问她的意思？”

沐长明犹豫了一下，赞赏地看了沐琛一眼，道：“如此也好，你快去快回！”

同时，他背着哥舒翰朝沐琛使了个眼色，沐琛微微点头，立刻转身而去。看着长子离去的背影，沐长明点了点头。最近这个大儿子行事倒是越来越可靠了。

报国寺里，沐清漪和容瑾相对而坐，手中各执一子对弈。容瑾一边摩挲着手中的棋子，一边笑道：“这几天肃诚侯府里可真是热闹。清清不在错过了许多好戏，真是遗憾。”

沐清漪平静地落下一子，淡淡道：“遗憾什么？九公子唯恐天下不乱，就连肃诚侯府都不放过吗？”

容瑾眨了眨眼，有些无辜地望着她道：“难道不是清清看肃诚侯府的人不顺眼吗？本公子好生冤枉。”

沐清漪笑而不语，只是道：“公子需要的东西，清漪已经准备好了。不知道清漪要的东西，公子可准备好了？”

容瑾微微一愣，沐清漪从他一向难以捉摸的神色中捕捉到了一丝忧郁和伤感。半晌，容瑾才笑道：“本公子果然没有看错清清。清清放心，你要的东西本公子早就准备好了。”容瑾取出一封信笺递给沐清漪，道，“为了这点儿事，本公子可是费了大力气。清清可要记得好好报答本公子。”

沐清漪侧身取过一个木雕的盒子，淡笑道：“不是银货两讫吗？”

“清清果然不是第一次制幽寒香了。”容瑾望着沐清漪偷笑，仿佛发现了沐清漪什么了不得的秘密一般。

沐清漪不予理会，只是随手将棋盘上的棋子抹去扔进旁边的棋盒里，送客之意不言而喻。容瑾自然明白，含笑起身拿着装有幽寒香的盒子转身而去。

沐清漪垂眸看着手中的信笺，微垂的睫毛微微颤动着。

宁静得有些幽暗的房间里，沐清漪独自一人坐着，身边的桌上还放着一封展开的信笺。那上面也不过寥寥数语，却仿佛一柄柄利刃般刺痛了她本就染血的心。

靖安二十三年，九月初三。景安帝密召肃诚侯夫人张氏觐见。

十月初五，肃诚侯夫人回府，旋被德安夫人囚于院中。

十一月初七，柔妃沐飞鸾秘密回府，亲自前往探望肃诚侯夫人。

十一月初八，肃诚侯夫人自缢而死。

这些字迹的下方另有一行批注写道：“肃诚侯夫人自缢前，疑有一月身孕。”

认真来讲，这封信笺除了最后那一行批注，可以说什么都没说，但是看在沐清漪眼里已经足够了。

沐、长、明!

我定要你肃诚侯府家破人亡、不死不休!

半个时辰后，沐琛匆匆而来，看到的便是素来温文娴雅的四妹冷若冰霜的绝美容颜。

“祖母、父亲，见过烈王。”肃诚侯府大厅，沐清漪上前屈膝行礼。

哥舒翰含笑看着沐清漪道：“四小姐不必多礼。”

那平易近人的笑容看得众人又是一愣。之前这么长时间，烈王虽也经常笑，那笑容却怎么看怎么让人心里发毛，哪儿像现在这样，让人一看就不由得脸上发红。

“多谢烈王。”

“四小姐啊，烈王亲自上门来说想要迎娶四小姐为妃。四小姐也真是的，若是跟烈王两情相悦了，难道咱们做长辈的还能不同意？又何必瞒着呢？倒叫老爷和老夫人担心了。”孙氏尖着嗓音，慢悠悠地道。

沐清漪抬眸淡然一笑，道：“孙姨娘这话说得差了。什么叫两情相悦了长辈还能不同意？孙姨娘也入了侯门这么些年了，难道还不知道这未出阁的姑娘最见不得的便是‘两情相悦’这四个字。孙姨娘说谁两情？和谁相悦？莫不是，三姐跟宁王殿下也是两情相悦了？”

情爱之事，两情相悦本是一个极美的词，讽刺的是在这个世道两情相悦对于名门闺秀来说却是个贬义词。名门千金就该养在深闺足不出户，与谁相悦？

“你！”孙氏拽着手中的帕子，恨得牙痒痒，心里暗道沐清漪这丫头当真是越来越牙尖嘴利了！

“娘说得有什么不对，如果不是你们有什么苟且之事，他为什么要亲自上门来提亲？”旁边，沐云容忍不住高声道。

“云容？！”

唰——一道寒风卷过，沐云容只觉得眼前银光一闪，一柄宝剑已经稳稳地停在了她的喉咙前。那剑身上还挂着几缕青丝，沐云容原本垂在身前的发丝确实少了一缕。

“啊！”沐云容呆了一呆，回过神来立刻吓得大声尖叫起来。

“闭嘴！”哥舒翰有些厌烦地斥道，一双泛着暗紫色的眼眸冷冷地盯着沐云容道，“你刚刚说什么？给本王再说一遍！”

“你……你敢！我是宁王的未婚妻！”沐云容色厉内荏地叫道，脸却开始发白。哥舒翰不屑地轻哼一声，道：“你也说了是未婚妻。”

还没成婚就算不得宁王妃，宁王随时可以再选十个八个未婚妻。

“烈王，你……”沐长明皱眉道。

哥舒翰冷哼一声，收回宝剑坐回椅子上道：“难怪明微公主说肃诚侯府的庶子、庶女需要好好教养，这副德行慕容安也看得上眼。不过……本王想起来了，慕容安不是跟贵府二公子好同一口吗？肃诚侯还送这个丑女人干什么？直接把二公子送过去不就完了吗？”

这话，够毒！

沐长明神色僵硬、脸色铁青不说，就连沐老夫人、孙氏和沐云容也是一副随时要吐血的模样。站在旁边的沐琛脸色也一阵青一阵紫，烈王连他都捎带上了，真的不关他的事啊。这都叫什么事！沐琛默默无言。

“你……”沐云容气得浑身发抖。

“闭嘴！”哥舒翰毫不客气地斥道，“本王不是来跟你废话的。四小姐，本王诚心先来提亲，不知四小姐意下如何？”

沐清漪垂眸，淡淡道：“多谢烈王厚爱，不过……清漪只怕配不上烈王殿下，还请殿下见谅。”

哥舒翰皱眉，显然没想到她会拒绝，沉声道：“为何？”

沐清漪沉吟了一下，道：“清漪不愿离开华国。”

还没有救出大哥，还没有报仇雪恨，她怎么能离开华国？

“如果是你们的皇帝同意了呢？本王让他册封你为和亲公主，难道你也不愿意？”哥舒翰问道。

沐清漪抬起头来，认真地看着哥舒翰道：“非清漪不愿为两国和平出力，实在是清漪故土难离。烈王若是一定要清漪和亲北汉，那么清漪愿意……”

众人以为她就要答应下来，只听她淡淡道：“为国捐躯。”

听起来像是答应了，但是仔细思量“为国捐躯”这四个字，怎么也不像是要去和亲。哥舒翰显然听明白了沐清漪的意思，定定地望了沐清漪许久，却出人意料地并没有大发雷霆，而是看向沐长明道：“侯爷，本王可否与四小姐单独谈谈？”

沐长明原本不想答应，却不知道为什么又改变了主意，点头道：“烈王请。”

肃诚侯府花园里，沐清漪与哥舒翰并肩而行。身后，珠儿与肃诚侯府的几个丫头不远不近地跟着。哥舒翰要跟沐清漪单独谈，沐长明自然也不好拒绝，派人跟着算是避嫌了。只可惜，此时沐清漪因为不久前得知的消息而心寒至极，对沐长明的安排自然不存一丝感激之情。

哥舒翰走到沐清漪身边，低头看了一眼面前低眉顺眼却明显心不在焉的少女，有趣地挑了挑眉——敢在他面前走神的人，当真不多见。

“你为何不愿嫁我？”哥舒翰沉声问道。

沐清漪抬起头来，秀眉微蹙不答反问：“王爷为何要娶我？”

“本王看中你不成吗？”

“王爷是想说对清漪一见倾心吗？”

“难道不行？”哥舒翰摸着下巴，有趣地笑道。

哥舒翰并不是一个好相处的人，即使他并不严肃，他笑的时候也能给人一种无形的压力。

沐清漪淡淡摇头，道：“烈王觉得清漪蠢吗？”

要多蠢才能相信哥舒翰会因为在恭王府别院的一面之缘而对她倾心？何况，听容瑾的意思，哥舒翰分明是在去恭王府之前就已经决定了要娶她。

哥舒翰点点头又摇了摇头，道：“原本以为是挺蠢的，但是……现在看起来又不像了。”

沐清漪水眸微动，问道：“清漪以前见过烈王吗？”

哥舒翰一怔，定定地望着沐清漪，许久才沉声道：“你当真一点儿都不记得？”

闻言，沐清漪不由得暗叹了一声：原来表妹真的见过哥舒翰。但是……到底是什么时候的事情？

沐清漪垂下眼眸，不让哥舒翰看到自己眼中的波动，默然不语。

沉默了好一会儿，哥舒翰方才笑道：“也难怪……都过了这么多年，你不记得本王也是应该的。但是，你总不该忘记你曾经说过要嫁给本王吧？本王现在来娶你，你却赖账不成？”

沐清漪心中一震，一个清脆娇软的声音在脑海中响起：“表姐，漪儿和娘亲来京城的路上遇到了土匪，好可怕，幸好有个大个子救了我们！”

“有没有受伤？……没事就好，有没有好好谢谢人家？”

“才不要！大个子是个坏蛋！”

“人家救了你和姨母，怎么还成坏蛋了？”

“他说什么救命之恩要以身相许。大个子那么丑，漪儿才不要嫁给他呢！”

“人家跟你说笑呢，要你个小丫头以身相许人家岂不是还要等上十年八年？多亏啊。”

“表姐，大哥笑我……”

抬起头来，沐清漪平静地看着哥舒翰道：“我记得仿佛不是这样的。”

谎言被拆穿了，哥舒翰也不在意，含笑道：“你想起来了？”

沐清漪摇头道：“王爷，蒙王爷青眼，清漪感激不尽。但是……清漪真的不能离开京城，还请王爷……成全！”

见她如此郑重其事，哥舒翰反而觉得有些没趣了。他当年离家出走，一个人流落中原，途中凑巧救了回乡祭祖归来的肃诚侯夫人母女俩。其实真相是他流落中原期间把银两给弄丢了，跟着人家白吃白喝罢了。当时的沐清漪不过八岁，跟在肃诚侯夫人身边，明明长得娇俏可人，胆子却小得像老鼠，连看都不敢看他。哥舒翰彼时尚且年少，觉得有趣便日日去逗弄小姑娘，弄得小姑娘看到他就躲。一直快到京城的时候他们才分别，没想到一直表现得很讨厌他的小姑娘竟然还偷偷跑来塞给了他一颗夜明珠和一小袋碎银子。后来，哥舒翰被人暗杀受了重伤，便是靠着那颗价值不菲的夜明珠才保住了性命。

哥舒翰这次来华国为华皇贺寿，也是为了华国和北汉结盟和亲之事。原本哥舒翰并不在意娶谁，却在离京城不远时突然想起了当年那个小姑娘，这才生起了迎娶沐清漪之心。不过，既然沐清漪不愿意，哥舒翰也不会强人所难。

“既然如此，倒是本王唐突了。”哥舒翰沉声道，他从怀里取出一颗夜明珠递给沐清漪道，“你当年的那一颗被本王弄丢了，这个送给你。若是有什么为难的事情，可带此珠来找本王。”

这是一颗泛着莹莹碧色的夜明珠，鸽子蛋大小，在哥舒翰的手中宝光四射。

沐清漪摇头道：“烈王对我和母亲有恩，一颗夜明珠算不得什么。”

哥舒翰看着她笑道：“那可不行！你当年那颗夜明珠对本王也有救命之恩呢。说什么本王都该还你一颗才对。不收的话，本王就只好……以身……”

沐清漪只觉得眉梢跳了跳，抬手接过了他手里的夜明珠。难怪表妹讨厌他，他果然是很讨人厌！

见沐清漪收下，哥舒翰这才满意地点了点头，道：“贸然上门提亲，是本王唐突。你不用担心，这事本王会处理好的。”

虽然北汉和华国民风不同，但是对于女子的名声也都还是颇为重视的，哥舒翰自然知道这些。

“多谢烈王。”沐清漪真诚地道。

哥舒翰这人在外面的名声太差，以至于人见人怕。其实只要稍有了解就会发现，比起许多皇室中人，他算是相对光明磊落的了。这样的人做朋友会很好，只可惜……他们不是一路人。

哥舒翰果然是一个办事很靠谱的人，他离开之后沐长明也没有再去找沐清漪问话，这件事仿佛就这么无声无息地过去了。除了容瑾派人送来一封酸言酸语的信之外，这件事仿佛就没有发生过。

轻安阁是华国京城里一座颇负盛名的茶楼，老板是谁没有人知道。此处靠近京城中最大的一处花苑，背后临湖，风雅异常，便成了京城的文人雅士最喜欢光顾的地方。

沐清漪踏入店中，满脸笑容的小二立刻就迎了上来，道：“见过姑娘，不知姑娘您几位？”

沐清漪淡淡一笑，道：“我找贵店的掌柜。”

小二一愣，看这姑娘虽然戴着面纱却是笑语嫣然，衣饰也是不俗，不像是来闹事的人。他沉吟了一下，道：“请教姑娘贵姓？姑娘里面坐，小的这便去禀告掌柜。”

沐清漪点头道：“免贵姓沐。”

难怪这轻安阁会成为京城的文人雅士喜欢的地方，就连一个门上迎客的小二也是举止有度，即使她并非前来品茶，小二也没有表现出丝毫不耐烦和敷衍之意。

沐清漪被带到了二楼的一处厢房，不一会儿掌柜便过来了。来者看上去不过四十出头，容貌清癯，神态谦和。这人不像追金逐银的商人，倒更像是饱读诗书的人。

“见过姑娘，在下轻安阁掌柜冯止水，沐小姐有何见教？”

沐清漪看了一眼珠儿，珠儿会意立刻退了出去并关好了房门。

沐清漪看了看冯掌柜，微微蹙眉，想了想方才道：“打扰掌柜了，我来取一位故人寄放在贵店的东西。”

那冯掌柜神色微变，又重新打量了沐清漪一次，道:“不知姑娘要取的是什么东西？”

“赤堇之锡、若耶之铜。”

“何用？”冯掌柜正色问道。

“铸剑。”沐清漪沉声道。

掌柜摇头道：“昔欧冶子取赤堇之锡、若耶之铜，铸湛卢、纯钧、胜邪、鱼肠、巨阙五剑。今人已不在，纵然有赤堇之锡、若耶之铜，奈何？”

“清漪愿亲为之。”

冯掌柜微微动容，道：“剑为利器，动辄伤人，敢问沐小姐铸剑为何？”

沐清漪抬眼，望着掌柜淡淡道：“一为报仇雪恨，二为守护至亲安康，三为问世间公道何在，四为立身此世再无人欺我，五为……斩世间无情无义之辈。”

冯掌柜望着眼前容颜如雪的少女怔了半晌，方才回过神来，沉声道：“沐小姐请随在下来。”

沐清漪点点头，道：“掌柜请。”

沐清漪跟着掌柜直接上了三楼，轻安阁的三楼一向是宾客止步的。比起二楼的清雅脱俗，三楼却显得有些空旷，偌大的空间里只有一张床榻、一张桌子、一个圆凳，就连四面的墙壁上也只有一幅字，准确地说，只有一个字——“寂”。挂在墙壁上的巨大的“寂”字，让整个房间显得更加空旷了。

冯掌柜望着沐清漪，道：“在下不知沐小姐是如何得知这个地方的。不过……既然沐小姐来了，在下便不该多问。当初顾相将此物放在这里，原本以为永远不会有人来拿了。”

“既然如此，顾相又为何要放在此处？”

冯掌柜摇头笑道：“或许就是因为有一天总会有人来拿吧。”

冯掌柜走到那幅巨大的“寂”字前，不知做了什么，回过头来时手中已经多了两本册子，一左一右放到了沐清漪跟前。冯掌柜沉声道：“当初顾相放了这两样东西在此，但是沐小姐只能取走一样。”

“不知这两样有何不同？”

冯掌柜道：“这一本记载了顾家上百年积累下来的财富珍宝，而另一本是顾相的一本手记，再无其他。请沐小姐考虑清楚。”

两本册子的名字都很奇怪，都是一模一样的《礼记》。但是沐清漪知道，它们的内容天差地别。沉默了一会儿，沐清漪抬手伸向左手边，道：“多谢冯掌柜，顾相一代奇才，能瞻仰他的手记是清漪之幸。”

“沐小姐不考虑一下吗？这本书……对你未必有什么用处。”冯止水有些为难地劝道。

这一番劝告却是真心的，这本书对沐清漪来说真的没什么用，尽管他也不希望顾相的遗著蒙尘。

“不用。”

沐清漪翻开书卷，果然还有一层书封，映入眼帘的却是一行熟悉的字：“顾氏手记”。

沐清漪轻抚着眼前熟悉的字迹，怔怔地出神。眼前的这本书她其实并不陌生，上面记载着顾氏数代以来在官场的各种事情，还有为官的心得感悟。这本书原本就放在顾家书房里的书架上，这对于许多官场上的人来说或许是难得的至宝，对顾家的子孙来说却是十分寻常的东西。因为他们从小就看，无论是大哥还是顾云歌自己都可以说是倒背如流了。

见她的神色，冯掌柜以为她失望了，毕竟这本手记对女子来说真的没有任何用处。他当下淡笑道："沐小姐若是不喜……"

"不。"沐清漪回过神来，深吸了一口气，道，"多谢掌柜了，清漪很喜欢。既然东西已经拿了，清漪就此告退。"

"沐小姐留步。"冯掌柜愣了愣，问道，"沐小姐不问问顾家的产业如何处置吗？"顾家是上百年的名门世家，祖上先后出了三位丞相、七位尚书，甚至还出过一位大将军和一位皇后，这样的家族岂会不明白何为居安思危？只是华皇下手太狠，几乎打了顾家一个措手不及，否则顾家也不会沦落至此。

沐清漪淡淡一笑，道："清漪既然选了，便不会后悔。剩下的事情，顾相想必也是有交代的。冯掌柜按顾相的交代办便是。"

冯掌柜深深地看着沐清漪，道："沐小姐可知道，这是多大的一笔财富？"

沐清漪含笑摇头并不好奇。虽然没有仔细算过，但是沐清漪也知道那必定是一笔巨富。三年前顾家被抄的时候，整个顾家除去收藏的古董字画，一共才二三十万两。一个延续数百年的大族只有这么点儿钱，别说外人不信，沐清漪自己都不信。唯一的可能便是这些财富事先被人转移了。

想到此处，沐清漪突然想到一个问题。如果连她都不相信，那么……华皇和慕容煜相不相信顾家只剩下那些财产？如果他们也不信，那大哥……

"属下冯止水，见过小姐。"

就在沐清漪沉思之际，耳边传来冯掌柜的声音。沐清漪不由得一愣，为了冯掌柜自称"属下"，也为他称自己为"小姐"。

看着拜倒在地的冯掌柜，沐清漪连忙伸手扶他起来道："冯掌柜这是何意？"

冯掌柜沉声道："老爷当年有言，若有人来到轻安阁拿走《顾氏手记》，便由此人继承顾氏一族的一切。"

"原来如此。那么若是一直都没有人来呢？"

"十年之后，顾氏所有的一切会被分散给天下百姓。"冯掌柜沉声答道。

沐清漪默然，这确实像是祖父会做的事情，宁可散尽家财也不便宜那些心怀叵测之人。想到这里，沐清漪问道："掌柜就不担心所托非人？"

冯掌柜淡淡一笑，道："属下虽然不知道老爷是如何安排的，但是能够找到轻安阁只怕也并非易事。"

沐清漪不由得莞尔一笑，祖父想得果然周到。如果她不是顾云歌，就算从表哥手中拿到玉佩只怕也是无用。

"冯掌柜可知道大表哥的消息？"沐清漪定定地盯着冯掌柜问道。

冯掌柜一怔，儒雅的脸庞闪过一丝愤恨和无奈，沉声道："知道。"

"为何不救他？"沐清漪沉声问道。

如果顾家的大部分产业还在，如果顾家的故人依旧对祖父忠心耿耿，为什么没有人救一救大哥？

冯掌柜苦笑，望着沐清漪道："小姐以为……我们没有救吗？恭王留着大小姐和大公子，本就是为了……顾家的产业。属下前后一共派出了七路人马，都中了埋伏没有回来。顾家虽然……家产丰厚，但是到底还是书香门第……"

沐清漪沉默，她明白冯掌柜的意思。顾家有再多的钱，也还是普通的官宦人家，论武力是无论如何也比不过皇家的。在京城里，就算沐清漪散尽顾家所有的财富请天下高手相助，也未必能够跟慕容煜抗衡。

"是我错怪冯掌柜了。"

"不敢，是属下无能，没能救出大公子。"冯掌柜含泪道。看了看沐清漪，冯掌柜有些迟疑，问道："小姐……是否还打算救大公子？"

沐清漪坚定地道："这是自然。清漪在这世上……就只剩下大表哥这一个亲人了。"

"小姐，肃诚侯夫人……"想了想，冯掌柜有些拿不定主意到底要不要说。

沐清漪平静地看着他。

冯掌柜叹息了一声，垂首道："肃诚侯夫人去世之前已经有了一个月的身孕。另外……肃诚侯夫人应该是……被喂了堕胎药之后又被人勒死的。"

"你如何知道？"

"属下斗胆，肃诚侯夫人过世之后，曾派人探查过夫人的遗体。"

当时因为顾家自己已经忙得晕头转向了，哪里还有精力去管肃诚侯府，等到他们收到消息，肃诚侯夫人已经死了。冯掌柜选在这个时候将这件事告诉沐清漪，自然也是有私心的。他一心效忠顾家，但是最后接收顾家产业的却是一个沐家人。在顾家被抄家的事情上，沐长明本来就不干不净，虽然沐清漪跟顾家大小姐、大公子是表兄妹，但血源上是沐家人，冯掌柜还是希望沐清漪不要对沐家有什么情分。

沐清漪深吸了口气，道："多谢掌柜。"

冯掌柜正想说话，楼下传来一阵喧闹声。两人不由得皱了皱眉，沐清漪道："冯掌柜，咱们先下去吧。"

"是。"冯掌柜应声，看了看起身要走的沐清漪，忍不住开口问道，"小姐为何相信属下？"

顾家已经败落了，他一个人手握顾家所有的财富，换了任何一个人都会怀疑他会中饱私囊或者干脆背弃顾家。

沐清漪回头嫣然一笑，道："如果连凤章先生的为人都信不过，清漪还能信谁？另外，清漪也相信顾相的眼力。"

冯掌柜，姓冯，名镜，字止水，号凤章，少年时也是江南有名的才子，若是正常科考入仕，顺利的话如今也该是一二品的大员了。

可惜此人运道不佳，十八岁参加会试却遇到了考场舞弊，他的试卷和一位朝中重臣之子的试卷互换了，他便名落孙山。虽然最后查清了真相，但冯止水受了不少磨难，从此对官场心灰意冷。如今算来这已经是三十年前的事情了，冯止水在京城不过是昙花一现，而且这些年来相貌也变了不少，难怪没人认出这轻安阁的掌柜竟然是三十年前的少年才子。

沐清漪能够认出他来，还是因为七年前她陪着祖父出门的时候见过冯止水一面。冯止水离去之后祖父还感叹良久，言道冯止水本来也是国之良才。即使如此，初见面时沐清漪依然没能认出他来，只是听到他的名字才感觉有些熟悉。

不去理会冯止水震惊的神色，沐清漪下了楼。珠儿依然守在厢房门口，沐清漪问道："外面出了什么事？"

珠儿摇摇头，有些疑惑地道："珠儿好像听到了三小姐的声音。"

"沐云容？怎么哪儿都有她？咱们也去看看。"沐清漪蹙眉道。

外间二楼的大堂里，果然是一片喧哗。沐云容正眼神凶恶地瞪着一个穿浅碧色衣衫的清秀少女。跟在沐云容身边的几个名门千金同样神色各异，有的在劝沐云容，有的幸灾乐祸在看热闹，有的干脆火上浇油。周围的宾客也都兴致勃勃地一边看着，一边窃窃私语、议论纷纷。议论的对象显然就是沐云容和那碧衣少女。

"小姐，咱们别出去了。"珠儿躲在沐清漪身后，轻声道。

三小姐真是将肃诚侯府的脸面都丢尽了，要是小姐出去岂不是要跟着她一起被人耻笑。

珠儿却不知道，肃诚侯府越是被人耻笑，沐清漪越是开心，不过热闹要看，架还是要劝的。

沐清漪拍拍珠儿的手算是安抚，走了出去高声问道："这是在做什么？"

虽然上次参加过恭王妃的宴会，但是京城里认识沐清漪的人其实并不多。看到这突然走出来的少女，众人都是一愣。

沐云容皱了皱眉，咬牙道："沐清漪，你来这里干什么？轻安阁是你这种人能来的地方吗？"

哦，原来如此！原来是肃诚侯府嫡出四小姐。不过这沐三小姐的话就有点儿意思了，嫡出的四小姐不能来轻安阁，难道庶出的三小姐就能来？还是说……未来的宁王妃？

沐清漪懒得理会沐云容，走到那碧衣少女跟前，含笑道："三姐这段时间心情不好，若是有什么失礼之处，还请李小姐见谅。"

李小姐有些惊讶地看着沐清漪，显然没想到沐清漪会认识她。李家在这个时候退婚，就算是肃诚侯府有错在先，也难免有些怨气，见沐清漪如此心平气和、落落大方，李小姐倒是有些反应不及了。

"四小姐客气了。"李小姐抿唇淡淡一笑道。

她能感觉到眼前这位四小姐跟那个嚣张跋扈的三小姐并不一样。自诩清流的人家不管行事如何，教养总是不错的。身为李家嫡出的小姐，李小姐是有些看不上自己这个前未婚夫的同母妹妹的。不过沐云容是铁板钉钉的未来宁王妃，即使李家不是恭王一党，也免不了要让着她一些。

“沐清漪，谁要你多管闲事？！”沐云容气急败坏地道。

沐清漪侧首淡淡地看着沐云容道：“三姐还是好好想想，回去怎么跟父亲解释你今天的行为吧？”

恭王和肃诚侯都正绞尽脑汁地拉拢李家，今天沐云容若是真把李小姐给怎么着了，就不只是沐长明动怒的事情了。不过，现在……其实已经得罪了吧？

闻言，沐云容不由得一怔。她在轻安阁意外遇到了李小姐，想起自己二哥如今还躺在床上，肃诚侯府更是走到哪儿都被京城的人议论，一时怒火难抑才冲上前来找李小姐麻烦，却忘了父亲早就警告过她这段时间要安分一些。

在沐清漪面前，沐云容怎么肯丢了面子。她强压下心中的不安，高傲地扬眉道：“我也是为了二哥，父亲不会把我怎么样！你算什么东西，等我成了宁王妃……”

“闭嘴！别丢人现眼了。”沐清漪难得有些烦躁地皱眉道。

根本就没法跟沐云容这样的人讲道理。听说宫里的沐飞鸾精明聪慧，当年孙氏是把三个孩子的脑子都生给沐飞鸾一个人了吧？

“沐清漪！”沐云容尖叫。

“你们，带三小姐回去！”沐清漪扫了一眼跟在沐云容身后的几个丫头，沉声道。

沐云容身边的丫头素来不将沐清漪这个嫡女放在眼里，但是此时被沐清漪冷然的目光一扫，心中却不由得一寒，不由自主地便伸手去拉沐云容的衣袖。

啪！沐云容回身，一个耳光又重又狠地甩在了那丫头的脸上，怒道：“吃里爬外的东西！”

在场的众人看得目瞪口呆，这个……就是未来的宁王妃？听说这宁王妃的生母是肃诚侯身边的丫头，果然，不是明媒正娶的夫人生的就是不一样啊。

众人纷纷在心中暗暗思量回去一定要加强对庶女的管教，若是养出一个跟这未来的宁王妃一样的女儿，面子里子就都丢光了。

“三小姐，王爷请你过去一叙。”正闹得不可开交，两个侍卫模样的男子上楼来，走到沐云容跟前沉声道。

沐云容脸色一白，只看这两人的服饰就知道这是恭王府的人。沐云容最惧怕的人，莫过于恭王慕容煜了。沐云容张了张嘴，却什么都没说出来，恹恹地跟着侍卫走了。

慕容煜在附近？沐清漪挑了挑眉，转身对李小姐歉然一笑，道：“李小姐，让你见笑了，明日府里定然派人上门赔礼。”

李小姐一笑，道：“四小姐客气了，我先告辞了。”

“李小姐请。”

轻安阁对面的明月楼，正是恭王府名下的产业。明月楼二楼临窗的位置，慕容煜和慕容安相对而坐，看着对面轻安阁门口沐清漪和李小姐一道走出来，然后相互道别。

“六哥，这个沐清漪倒是比沐云容那个蠢货聪明太多了。”慕容安挑眉道。

慕容煜淡淡道：“只怕是太聪明了。”

“启禀王爷，肃诚侯府三小姐来了。”门外有侍卫禀告道。

慕容煜淡淡道：“让她进来，另外，去将四小姐请上来。”

“是。”

“沐清漪求见恭王殿下。”沐清漪轻柔淡雅的声音传进房里。

“四小姐请进吧。”慕容煜目光微沉，看着推门进来的少女。

从前慕容煜从来没有注意过沐清漪。一是因为沐清漪确实不起眼，总是低着头默默无闻；二是因为慕容煜不想看到沐清漪，一看到沐清漪他就会想起另外一个女子。不过，似乎顾云歌去世之后，沐清漪倒是变了不少。这一次再见，慕容煜只觉得沐清漪更加美丽了，但是……之前觉得她像顾云歌果然是自己的幻觉，慕容煜心中默然道。

“恭王殿下、宁王殿下。”沐清漪微微一福道。

慕容煜点了点头，道：“四小姐不必多礼。”

不知道什么原因，这一次慕容安倒是没有给沐清漪甩什么脸色，轻哼了一声却还点了点头。沐清漪侧首看了看脸色难看的沐云容，迟疑了一下方才问道：“可是三姐有什么地方失礼？三姐这几日心情不佳还请王爷见谅。”

慕容煜盯着沐清漪，若有所思地道：“哦？三小姐心情不佳，那么四小姐呢？”

沐清漪沉吟了一下，道：“谢王爷关心，清漪尚可。”

“你倒是诚实敢言。”

现在肃诚侯府上下心情都不好，沐清漪还敢说她尚可，果然是胆子不小。

沐清漪抿唇淡淡一笑，道：“清漪实话实说。”

“哦？你倒是不担心沐翎的事？”慕容煜好奇地道。

沐清漪淡淡一笑，道：“二哥的事？虽然这事对肃诚侯府的名声有些影响，不过……一个庶子算什么事？！谁家没有几个不争气的庶子？等到父亲娶了继室，有了嫡子，自然也就无碍了。”

“沐清漪，你……”

“闭嘴！”沐云容刚要朝着沐清漪怒吼，慕容安一个眼神甩过去立刻让她乖乖地闭嘴了。看着沐云容幽怨又委屈的模样，沐清漪不由得心中暗喜，沐云容对慕容安竟然是当真迷恋得很。

慕容煜皱了皱眉，问道："你如此说话，倒是不怕得罪柔妃？"

沐清漪一脸茫然不解，答道："清漪实话实说，大姐身为皇妃必是天下女子典范，怎么会因为这个跟清漪生气？何况，母亲过世这么多年，肃诚侯府若是一直没有嫡子，何以为继？"

慕容安挑眉，有些嘲讽地扫了一眼沐清漪道："如今柔妃正得圣宠，沐云容也要成为本王的王妃，难道本王的王妃还当不得嫡女之位？"

沐清漪有些惊讶地望一眼慕容安，很快又欢喜地笑道："王爷说得是，这事是清漪想岔了。大姐正得宠呢，说不定什么时候就有龙子了，到时候皇上定然会开恩将孙姨娘升为正室，到时候二哥自然就是嫡子了。如此一来……二哥的事情，倒真是要好好思量一番了。还请王爷看在咱们两家也是姻亲的分儿上，出手相助一二才好，莫让外人再非议二哥了。"

慕容安只觉得一口气噎在胸口不上不下，只能狠狠地瞪着沐清漪。他提到柔妃不过是嘲讽沐清漪罢了，没想到沐清漪竟然已经打算得这么远了。

倒是旁边的慕容煜，听到沐清漪提到龙子的时候眼神微闪了一下。父皇现在春秋鼎盛，若是柔妃有了儿子……将来肃诚侯府到底站在哪边就不一定了。说不定……现在沐长明站在自己这边也是为了让柔妃在宫中站稳脚，是在给未来的小皇子铺路。

沐清漪只看慕容煜的神色便知道他对沐长明起了疑心，心中微微一笑并不多言。许多事情，过犹不及，点到为止才是最好的。

"刚刚李家的事情，四小姐做得很好。"慕容煜淡然笑道，"天色不早了，本王派人送你们回去吧。云容。"

一直插不上嘴的沐云容有些惊魂未定地望着慕容煜，只听慕容煜淡淡道："今天的事，本王不希望任何人知道，你明白吗？"

"明……明白了。"

其实沐云容也不知道什么事，沐清漪说的那些话对慕容煜来说很震动，但是听在沐云容的耳朵里反倒什么都没有了。如果连慕容煜都没有怀疑，那么以沐云容的脑子自然也听不明白沐清漪在挑拨沐长明和恭王府的关系。

沐清漪轻轻福身告退，道："清漪告辞。"

回到府里，沐清漪也懒得啰唆，直接将沐云容丢给了沐长明处置，就准备带着人回兰芷院了。沐长明听了沐云容在轻安阁的所作所为，还有沐清漪转述的恭王的话，恨不能立刻一把捏死这个被从小宠到大的女儿。她还没过门就敢仗着宁王妃的身份在外面胡闹了，这样的媳妇儿皇家可不一定愿意消受。

沐长明一边干净利落地训了沐云容一顿，一边在心中琢磨着是不是亲自去恭王府、宁王府和李家赔个罪，但是想起宫里柔妃娘娘传出来的消息，说好像是有了身孕，不由得有些犹豫。

沐长明心中暗想，或许真的如沐清漪所说，肃诚侯府该有一个真正撑得起门面的当家主母了，但是他想起宫中传来柔妃可能有孕的消息……还是再等等吧。

出了沐长明的院落，沐清漪加快脚步往自己的兰芷院走去，从轻安阁带出来的东西她还没来得及看。她有预感，祖父留下来的东西一定不少。最重要的是，她感觉这是一个极好的救出大哥的机会。

顾家留下来的财富果然惊人。冯止水交给自己的册子里就记载着顾家仅在京城就还有二十多家铺子，京城外有三处庄子，更不用说册子后面夹着的全是十万两一张的银票和一万两一张的金票，足有金银一百多万两，另外还有登记造册的各种古玩字画、祖上传下来的珍宝。沐清漪只是粗粗算了一下，仅在京城至少就有三百万两。但是要知道，顾家的根基并不是真的在京城，顾家的产业不只遍布华国，甚至周边各国都有。往上数一百年，顾家曾经也是人丁兴旺的，只是这几十年才渐渐人丁稀少。也正是因此，原本那些分出去的旁支的许多产业又重新归入了顾家，数额就更惊人了。

如此惊人的财富……难怪……难怪慕容煜肯留下她和大哥的性命。沐清漪对慕容煜就算不是非常了解，却也还是知道个大概。慕容煜看着温文尔雅，实则冷酷无情。他素来奉行斩草除根，诸如将她送进萃红阁、将大哥送进宁王府这种事，对他本身来说根本没有什么好处。慕容煜对顾家没有那么深的恨意，也不是非要糟践顾家的后人，唯一的可能就是……留着他们另有用处。

顾家的财富说不上富可敌国，可也绝对不是现在只是亲王、靠着华皇的赏赐度日的慕容煜能够比的。如果得到顾家的所有财产，慕容煜……就算不足以造反，夺嫡绝对是没问题了。

匹夫无罪，怀璧其罪。沐清漪苦笑，如果真是因此，这就解释了慕容煜和华皇为什么要对付顾家。

沉吟了片刻，沐清漪含笑的樱唇微微向上掀起，掠起一丝极淡的冷笑。既然慕容煜没有对顾家的财富死心，那么……就看他有没有那个本事得到了。

翌日，京城里不知从何处流传起一个传言。当年顾家几乎满门抄斩，但是顾家几百年积累下来的巨额财富被顾家人提前一步转移并藏匿起来了。更重要的是，这些宝藏包括早在三百年前就已经销声匿迹的稀世奇宝九转玲珑。传说，得到九转玲珑者当得天下，而前朝大吴的开国皇帝和本朝华国的开国皇帝就印证了这一传言。只是太祖驾崩之后，这九转玲珑便下落不明了。

这消息一出，整个京城顿时暗流汹涌。整个华国皇室的立场也变得有些尴尬，所有人都仿佛恍然大悟，“哦，原来如此”。顾氏满门忠烈可谓尽人皆知，就算顾家真有什么不臣之心，三年前华皇处置得也未免太狠、太快了一些。如果是为了九转玲珑，也就说得通了。

同时，原本早已尘埃落定的顾相一案也再一次被人翻了出来当作谈资。有说顾家怀璧其罪的，也有说顾家藏着这样的宝贝，果然有不臣之心的。别人说的话，传到沐清漪耳中，她也只是置之一笑。顾家满门已经被疑叛国并处斩了，还有比这更糟糕的事情吗？

宁王府里，慕容安懒洋洋地坐在坐榻上看着急匆匆而来的兄长道：“六哥，你怎么有空来看弟弟？”

“顾秀庭在哪里？！”慕容煜沉声道。

慕容安神色微变，坐起身来道：“出什么事了？”

慕容煜走到一边坐下，冷声道：“外面传得沸沸扬扬，你没听见吗？”

慕容安有些心虚地望了慕容煜一眼。这段时间顾秀庭难得没有寻死觅活，偶尔还能说上一两句话，他正高兴呢，哪有心情去理会外面的事情。他对当皇帝或是太子都没有兴趣，也就不去操那份心了。

慕容煜瞪了他一眼，扫了一眼跟在他身后一起进来的幕僚，道：“朱先生，你说吧。”

那朱先生这才将这几日的流言说了一遍。

慕容安皱眉道：“六哥，你怀疑是顾秀庭传出去的？那你还不如怀疑是慕容熙！”

慕容煜脸色有些难看，如果能确定消息是从慕容熙那里传出来的，他还跑这里来干什么？

“如今这京城，跟顾家还有关系的，除了慕容熙，就只有顾秀庭了。更何况，如今出了这种事，你以为你还能把他藏在府里多久？你真的以为父皇不知道你在府里藏了个人？”

慕容安脸色一沉，本就有些阴鸷的脸色更加阴沉起来，冷笑一声，道：“难不成父皇真的相信顾家有九转玲珑？真的相信得到那玩意儿就能够得天下？”说到此处，慕容安皱了皱眉，侧首盯着慕容煜问道，“六哥，你该不会也相信吧？”

慕容煜沉默了一下，沉声道：“得到九转玲珑能不能得天下我不知道，但是……据说太祖开国之后，将放置掠夺来的宝藏的地址放在了九转玲珑中。开国之初，顾家原本都已经衰落了，太祖驾崩之后，顾家却又在短短三十多年里重新崛起，顾相位极人臣……”

慕容安明白慕容煜的意思，就算九转玲珑本身没有什么灵异之处，但是它确实很可能跟能够颠覆天下的宝藏有关。所以，本来早已经衰落的顾家才能凭借它在短短的时间里重新崛起。

“六哥，你想干什么？”慕容安警惕地盯着慕容煜。

慕容煜淡淡地看着他道：“让我带走顾秀庭，你留不住他。”

“休想！”慕容安大声道，猛地起身让他还未完全愈合的伤口被扯得痛了一下，表情顿时狰狞了起来。

“七弟！”慕容煜拧眉道，“这几年我放任你胡闹，你心里也要有个数。等到父皇问你要人，你一样要给，到那时，你只怕连顾秀庭的命都保不住。”

慕容安阴沉着脸，慕容煜说的他何尝不知道？顾秀庭那样的人，三年前他们问不出什么，三年后一样问不出什么来，落到六哥手里，他还是只有死这一条路可走。

“六哥，他什么都不知道。就算他知道，也不会说的。你别逼他了好不好？弟弟求你了。”慕容安恳求道。

慕容煜忍不住皱眉，他实在不明白自己这个弟弟到底是怎么了，原本心狠手辣、任何人都不放在眼里的纨绔皇子，遇到顾秀庭后就像疯了一样，当初为了保下顾秀庭险些跟他这个亲哥哥玩命。如今都过了三年，他依旧执迷不悟。

“七弟，你不是小孩子了，要么让顾秀庭把该说的都说出来，要么让我把人带走，或者……等着父皇问你要人。”慕容煜面无表情地道。

“六哥……六哥，我、你……你再等等行吗？我帮你问，不管用什么办法，我一定帮你问出来。”慕容安心里清楚，顾秀庭一旦落到六哥手里，无论招不招最后都只会是死路一条。

慕容煜垂眸沉思了片刻，他也不想真的跟弟弟有心结，半晌才缓缓道：“我再给你两天时间，两天之后若是他依然什么都不说，我就把人带走。”

慕容安心里叫苦，当初顾秀庭刚刚被抓来，六哥可是什么刑都上过了，能招早就招了。慕容安心里早就相信了，顾秀庭根本什么都不知道。但是如果他不答应，六哥只怕马上就要将人带走。

送走了慕容煜，慕容安一脚踹开想要凑上前来说话的下人，转身往顾秀庭住的小楼走去。

“清轩！”

宁王府深处的小楼里，慕容安顾不得让人通报就直接走了进去，上了二楼便看到一身白衣、身形消瘦的顾秀庭坐在窗前正在看一卷书。

顾家大公子，名秀庭，字清轩。

顾秀庭放下书卷，回头看着他，神色漠然。

慕容安有片刻的黯然，立刻又快步上前想要去拉顾秀庭。

顾秀庭轩眉一皱，沉声道：“何事？”

慕容安有些焦急地道：“九转玲珑是不是在顾家？”

顾秀庭一怔，垂眸淡然道：“我不知道。”

“告诉我九转玲珑和顾家剩下的财产在什么地方！”慕容安厉声道，“你再这么固执下去，等六哥来了就没那么容易混过去了。”

“那又如何？”顾秀庭平静地看着他。

慕容安哑然，平生第一次有些后悔让顾云歌就那样死了。以前无论什么事，只要拿顾云歌要挟，顾秀庭自然会乖乖就范，顾云歌死了之后，顾秀庭就什么都不在乎了。连自己的命都不在乎的人，又岂会在乎别的什么人或物？

“我若是拿沐清漪来威胁你，有没有用？”慕容安气急败坏地道。

顾秀庭挑了挑眉，冷然一笑，道：“你可以试试看。”

“你是不是真的不想活了？！”

“不，我想活。”顾秀庭否认道，“我若是就这么死了，九泉之下怎么去见祖父、爹娘和歌儿？”

“那你……”

顾秀庭重新坐下来翻开书卷，道：“你问的我不知道，我从未见过什么九转玲珑。”

慕容安吸了口气，沉声道：“只要你说出来，我放你走。”

顾秀庭的手微顿了一下，淡淡道：“我要想一想，时间太久了，许多事情……我早就忘了。”

慕容安提醒道：“你只有两天时间。”

顾秀庭不置可否，仿佛没听到一般。

他身后，慕容安阴沉的俊容上闪动着阴狠的目光。无论如何……他都不会放顾秀庭走！

望着窗外的明媚风光，顾秀庭的明眸中多了一股淡淡的担忧。

清漪……你想要做什么？

“小姐，你贸然将消息传出去，大公子会有危险！”轻安阁里，冯止水焦急地望着沐清漪沉声道。

这消息一传出来，毫无疑问会立刻引起恭王的警惕，到时候想要救大公子就难如登天了。

沐清漪捧着茶杯淡淡一笑，道：“冯先生不用着急，大哥暂时不会有事。冯先生再帮我放一个消息出去吧。”

虽然有些疑惑，冯止水还是恭敬地道：“请小姐吩咐。”

沐清漪一手掀起杯盖，浅酌了一口清茶，浅笑道：“龙王诞，玲珑出，有缘者得之。我要将九转玲珑赠送给这世上最有资格得到它的人。”

华国一年一度的龙王诞不久就要举办，多好的机会啊！

冯止水皱眉道：“这……小姐的身份若是暴露……”

沐清漪含笑道：“不，我自有安排。那一天，我不会出现。冯先生只要将话帮我传出去便是。”

冯止水点头领命，又问道：“何谓有资格？”

沐清漪笑道：“谁出的钱最多？谁的权势最大？谁的武功最高强……谁知道呢？”

“小姐是要京城乱起来。”

沐清漪笑道：“越乱越好。”

“趁火打劫。”冯止水也是胸中有丘壑之辈，很快便想明白了沐清漪的意思。

沐清漪点头道：“辛苦先生了。”

冯止水拱手道：“属下不敢，都是属下分内之事。对了，小姐身边并无能够保护小姐安全的人，不知是否需要属下安排几个？”

沐清漪摇摇头，道：“算了，身边突然出现几个高手，太过引人怀疑。宁王府和恭王府有咱们的人吗？”

冯止水点头，有些歉疚地道：“可惜，那些人都接触不到大公子。”

他一直想要救回大公子和大小姐，自然要重点关注恭、宁两府，只可惜那慕容安将大公子看得太紧了，等闲人根本就没办法靠近。

“不要紧，大哥那里我来想办法。倒是恭王府那边，想办法把朱明嫣给我绑了。”沐清漪吩咐道。

冯止水也不再质疑沐清漪的计划，点头称是。

想要从王府里救出被重兵看守的大公子不容易，但是想要吓一吓恭王妃甚至绑了她，只要计划周详还是可以实现的。

沐清漪起身道：“如此就麻烦冯先生了，我先回去了。”

“小姐……”冯止水迟疑了一下，还是忍不住问道，“属下并不记得顾家有九转玲珑。”

顾家有什么没有什么冯止水再清楚不过了。如果顾相另外收藏的话，那么连大公子和大小姐都不知道，身为表小姐的沐清漪是怎么知道的？甚至，还有一种说法，所谓的九转玲珑根本就不存在。一直以来，冯止水都偏向于这个说法。

沐清漪回首嫣然一笑，道：“没错，咱们没有，但是……谁知道？”

冯止水哑然，是啊，顾家有没有，谁知道？别说九转玲珑失踪已经快三百年了，就算现在还在某个人手里，只要那人还没疯就不会自己站出来承认。

“九转玲珑？”西越使馆内，容瑾慵懒地半倚着软榻笑问道。

侍立在一边的侍卫摇摇头，道：“市井间突然就传开了这个消息，属下让人去查了，没有人知道是从哪儿传出来的。不过……四殿下似乎对九转玲珑势在必得。”

容瑾不屑地冷笑一声，道：“这是自然了，若是将九转玲珑带回去献给父皇，说不定老头子一高兴，就把太子之位赏给他了呢。”

侍卫低头肃立，仿佛没听见容瑾的不敬之语。

“他想得倒美，若是真有九转玲珑，华国会允许他带着离开京城吗？”

侍卫有些惊讶地道：“殿下的意思是……这九转玲珑根本就是个幌子？”

容瑾摆摆手，道：“是不是幌子我不知道，但是……在这个时候突然传出来消息，未免太过奇怪了。若是你有了这么一件惊世奇珍，你肯不肯明目张胆地拿出来显摆？”

侍卫连连摇头，对寻常人来说，这个与其说是宝贝不如说是催命符，紧紧捂住都来不及，谁还到处张扬？脑海中灵光一闪，那侍卫道：“殿下的意思是说，有人想利用九转玲珑搅乱华国京城甚至是整个华国的局势？”

容瑾点点头，有一下没一下地轻击着桌面，慢慢道：“会做出这种事情的人……还真没几个。如今天下太平，这样做，可没什么好处。看起来，应该是华国人自己做的。”

侍卫听得一脸茫然，显然是不能理解自家殿下到底想到了什么。

容瑾随意地将手中的书卷一抛，站起身来道：“既然想不明白，就去找个明白的人问问。龙王诞，玲珑出，有缘者得之。本公子倒要看看，什么才算得上是有缘人！”

“殿下，你……”侍卫闻言，神色微变，忧心地看着容瑾。

容瑾俊美的脸上闪过一丝厌恶和不耐烦，没好气地道：“本公子知道！你放心，不管那玩意儿有没有，本公子既然不能拿，西越谁也别想得到！”

两天后，慕容煜还是从慕容安手中带走了顾秀庭，这个消息自然也第一时间传到了一直关注着宁王府动静的沐清漪的耳中。

“见过小姐。”一个面容普通、丫头模样的少女俯身拜道。

“起来。”沐清漪轻声道，“冯先生有什么事情交代？”

少女低声道：“果然不出小姐所料，恭王已经派人从宁王府中将大公子带了出来。我们的人已经趁机接触过大公子了。”

沐清漪心中一紧，坐在书案后面低头盯着自己纤细的双手平静地问道：“表哥被带到哪儿去了？可有受伤？”

这几年，冯止水一直没有放弃救顾秀庭，所以在恭王府和宁王府都安插了不少人。但是慕容安根本就不让人接触顾秀庭，安插再多人也没用。

这两天，慕容煜忙着接待各国使者，还要忙着龙王诞的事，又突来一个九转玲珑的传言，早就忙得团团转了，果然便让早就安插在恭王府的人抓住机会接近了顾秀庭。

少女摇头道：“没有，宁王从头到尾一直跟着。恭王将大公子送到了城外的一处别院，不过咱们的人一时半刻混不进去。”

沐清漪低头想了想，道：“回头派人去宁王府传个消息，就说……不，暗示一下表哥被恭王带走性命堪忧，另外，让宁王知道一下九转玲珑的下落。”

那少女有些不解地看了沐清漪一眼，还是恭敬地应了“是”。

沐清漪问道："我让冯先生准备的事情可妥当了？"

少女点头笑道："冯先生命奴婢转告小姐尽管放心，冯先生定不会辜负小姐的厚望。"

沐清漪满意地点头道："那就好，你下去吧。"

少女福身告退。

沐清漪靠着椅子，漫不经心地轻叩着桌面。

得九转玲珑者得天下，既然都想要，我就给你们一个，就让我来看看你们最后会怎样狗咬狗。

"一定要尽快除了那个贱人！"

孙氏院子里，沐翎将手中的茶杯重重地往桌上一放，沉声道。红木桌边发出沉重的响声，杯中的茶水大半都溢到了桌上。若问现在整个京城最恨沐清漪的人是谁，那么毫无疑问必定是沐翎了。虽然报国寺的事情并没有证据证明跟沐清漪有关，沐翎心里却早已认定这事绝对和沐清漪脱不了干系。

沐翎不得不承认，沐清漪下手比他更狠。他虽然原本就存着坏了沐清漪名声的心思，但那也只是做做样子而已，并没有真的打算将沐清漪如何。但是沐清漪回报给他的……沐翎眼角抽搐，一想起那日的耻辱……对于一个没有怪异癖好的男人来说，这样的打击绝对足够让他大半辈子都抬不起头来。最要命的是，那次的事情似乎还给他留下了一些隐疾，已经足足有大半个月了，他竟对自己房里的人提不起一点儿亲近的兴致。

沐、清、漪！

孙氏同样咬牙暗恨，这沐清漪看着不显山不露水，这些日子他们这一房在沐清漪手里吃的亏可不少。孙氏清楚地感觉到沐长明对自己已经有些不满了。虽然有宫里的柔妃在，还有他们这些年的感情，一时半刻可能没什么，但是时间久了若是一直这样下去，只怕沐长明当真会顺了那死老太婆的意，娶一房继室回来。她如今已是人老珠黄，哪里还争得过那些二八芳龄的女子？

"那个贱人狡猾得很，只怕不好对付。"孙氏皱眉道。

沐翎冷哼一声，道："她再狡猾没有势力也是白搭。正好……这一次龙王诞便是一个好机会。"

孙氏眼睛一亮，问道："翎儿，你有什么好主意？"

沐翎冷笑道："对付那个贱人需要什么主意，只要请大姐处置了她就是了。这还需要娘亲自进宫一趟。"

孙氏连连点头，笑道："翎儿说得不错。明天娘就进宫去求见你大姐，这次一定要将那个贱人弄死！"

这段日子，孙氏都不知道被沐清漪欺辱过多少次了。一看到沐清漪，孙氏就忍不住想起张氏还在的时候自己伏低做小的日子。张氏，你等着，你女儿很快就要来陪你了！

恭王在京城外的别院，风景秀美、雕梁画栋，不失为一个散心养病的所在。但是现在，别院原本的下人都被安排到了前院，不允许踏足后院半步。即便如此，前院的下人们还是心惊胆战、万分惶恐，因为这些日子他们经常隐隐约约听到从后院传来令人毛骨悚然的声音。

与前院不同，后院戒备森严，说得上三步一岗、五步一哨。院落最深处的一座僻静阁楼，原本用作书房，现在被人改造成了一间刑房。踏入其中，一股血腥味便扑面而来。

房间里的人沉默地看着被绑在柱子上浑身是血的奄奄一息的男子，眼中都带着几分不忍和钦佩。但是，再看一眼坐在一边、往日里温雅现在却冷酷无比的白衣男子，谁也没有胆子劝说什么了。

慕容煜神色阴郁地坐在椅子里，看着被绑在柱子上一动不动的人，沉声道："顾秀庭，你还是不想说吗？"

仿佛浴血的男子动了动，慢慢地抬起头来，原本俊美不凡到令京城的少女都芳心暗动的脸庞也染上了血痕。只有那双眼眸依然冷淡平静如昔，仿佛加在他身上的任何痛苦都感觉不到。

顾秀庭唇角动了动，露出一丝嘲讽的笑容，道："我为什么要说？"

慕容煜神色微动，淡淡道："你终于不再说你不知道了？那就证明……你还不想死。"

要知道，三年前顾秀庭刚刚落到他手里的时候，整整一个月，每一天顾秀庭都比现在更惨，但是从头到尾他只得到了三个字——"不知道"。

顾秀庭轻声叹息道："人若想死又何必活着。"

曾经……他是想要死，这样耻辱的人生毫无意义，连唯一的妹妹都不在了之后，他活着与死了又有什么差别？但是……顾秀庭闭了闭眼，敛去了眼中的思绪，重新睁开依然是一片平静。如果连他都死了，祖父、父亲、母亲，还有小妹，他们的仇恨和耻辱还有谁能来洗刷？

慕容煜脸上的神色松动了一些，淡淡道："不想死，就告诉本王……九转玲珑到底在哪儿？！"

顾秀庭有些好笑地看着他，道："恭王当我是傻瓜吗？我若是还想活着……又怎么会现在就告诉你九转玲珑的下落？恭王殿下过河拆桥的本事，在下可是领教过的。"

当年慕容煜也不过是皇帝十几个皇子中普通的一个，若不是慕容煜与顾家大小姐订了婚，若不是慕容煜一开始就一副依靠太子的好弟弟模样却暗中发展自己的势力，恭王府哪里会有今天的威势？大家都没想到，对顾家和太子下手最狠的就是眼前这个以温文尔雅、风度翩翩著称的恭王。

慕容煜神色微沉，冷声道："顾秀庭，本王知道你骨头硬，但是本王不相信你的骨头能比这些刑具更硬！"

顾秀庭毫不在意，轻咳了一声，淡笑道："再熬一个月……总是可以的。不过……呵呵，我怕恭王没有时间等一个月了。看在恭王这么着急的分儿上，我倒是可以告诉恭王一个好消息。"

慕容煜眯眼，有些怀疑地盯着顾秀庭。

顾秀庭也不在意他信不信，靠着身后的柱子有气无力地笑道："王爷知道为什么……九转玲珑的消息会偏偏在这个时候传出来吗？"

"为什么？"

顾秀庭笑道："因为……过了今年的龙王诞，这世上……就再也没有所谓顾家的宝藏了。"

"什么意思？"慕容煜沉声道。

顾秀庭有趣地看着他，笑道："恭王知道顾家有多少财富吗？顾家的历史比华国的两倍还要长，什么样的乱世、盛世顾家都经历过，却一直屹立不倒。呃……当然，现在是倒了。不过这几百年积攒下来的财富，华国的国库里可能都没那么多吧。当然，还有……九转玲珑……稀世珍宝啊……"

慕容煜神色难看地盯着顾秀庭，冷声道："这么说起来，顾家满门抄斩也不算冤枉了。顾家囤积那么多的财富，想要干什么？帮太子夺位？"

顾秀庭赞同地点头道："富可敌国……确实是滔天大罪。那么……恭王那么急着得到那笔财富是想要干什么？屯兵造反吗？是了，肃诚侯，还有平南郡王，虽然向着恭王，但是他们手中的兵马却不足华国的十之一二。真正手握重兵的安西郡王素来与恭王和宁王不睦，另一位手握重兵的护国大将军卫大将军却是八皇子的外公。恭王殿下在京城虽然名声赫赫，在军中却……"

"七弟倒是什么都肯跟你说。"

慕容煜神色冷硬，却无法反驳顾秀庭说的话。他坚持要慕容安娶沐云容那个蠢货为妃，为的便是肃诚侯手中的兵权。

"愚蠢。"顾秀庭淡淡道，"太子和顾家竟然会败在你的手里……"

"你说什么？！"慕容煜冷声道。

顾秀庭却似乎不想再跟他说话，靠着柱子开始闭目养神了，仿佛这一屋子的恐怖刑具和人都不存在。

慕容煜被他如此无视，自然怒不可遏，拍案而起厉声道："给我打！留下一口气就够了！"

慕容煜知道再对顾秀庭用刑也没有什么用处，但若是就这么放过他，无论如何也咽不下这口气。

“住手！”门外，慕容安踢开一众阻拦的侍卫，大步走了进来。他看到房间里鲜血淋漓的顾秀庭，眼睛猛地一缩，狠狠地瞪向慕容煜。

慕容煜冷笑一声，沉声道：“怎么？你要为了他跟本王动手不成？”

慕容安愣了一下，终于还是低下了头，道：“六哥……你别打他了，他要是不肯说，是怎么也不会说的。”

慕容煜何尝不知道这个道理，但是看着弟弟这般没出息的模样，又气不打一处来。慕容煜起身，一脚踢开慕容安，沉声道：“本王用不着你教怎么做事。立刻给我滚回府里去，不然我马上杀了顾秀庭！”

“六哥！”慕容安焦急地叫道。

“看看你这没出息的样子，你是皇子！”慕容煜盯着慕容安沉声道。

慕容安看了一眼依然闭目养神的顾秀庭，咬了咬牙道：“留他一条命，六哥，弟弟求你了。”

“滚！把他给我带出去！”慕容煜怒道。

几个侍卫一拥而上，拖着慕容安飞快地往门外走去，也不管他如何挣扎。慕容煜盯着依然不停地挣扎想要跟侍卫动手的慕容安，冷笑道：“你再动一下，本王让你现在就看到顾秀庭的脑袋从脖子上掉下来！”

慕容安坐在空荡荡的小楼里，原本就显得空寂的小楼或许因为主人的离开显得更加寂寥幽静。慕容安倚坐在软榻上拎着酒壶喝着烈酒，等到酒壶空了就直接往门外砸去。门外的侍卫和丫头都胆战心惊地望着门口，却谁也不敢在这个时候进去自寻死路。

“来人！”

“王爷。”门外，两名侍卫上前听命。

慕容安冷然道：“给本王查沐清漪！这段时间她做了什么、见过什么人，统统查清楚。”

侍卫有些惊讶地愣了一下，一抬眼就看到慕容安满是杀气的眼神，阴冷的声音随即响起：“这事……若是让六哥知道了，你们就不用活了！”

两个侍卫俱是一凛，连忙道：“属下遵命。”

人们都说恭王和宁王兄弟情深，宁王素来唯恭王马首是瞻，如今看来，再亲近的兄弟也还是有自己的小算盘的，不过这些却不关他们这些下人的事。

吩咐完了侍卫，慕容安才重新走回坐榻边坐下。旁边的桌子上还放着一卷没看完的书，他只是怔怔地看着书卷，便仿佛看到了那个消瘦苍白却铁骨铮铮的男子坐在窗前低眉看书的模样。

六哥说顾秀庭是他的孽障。可不是吗……要风得风、要雨得雨，横行无忌的七王爷为一个男人神魂颠倒。其实，最初他也只是一时意气罢了。那年琼林宴上，那人一身状元红袍，温雅如玉、俊秀逼人。只是那无论看谁都十分温和的眼神，却总让人感觉带着一丝冷淡和疏离。他慕容安要什么样的男人、女人会得不到？那个人却敢毫不留情地拒绝他，反倒更让他生起一股征服的欲望。

慕容安还记得顾秀庭刚刚被带到宁王府的时候，足足被六哥大刑折磨了一个月，但那人就是一声不吭地受了下来，几番死去活来，到最后连用刑的人都不敢也不忍动手了。六哥终于放弃了逼供的打算，他才将人从六哥手里要了下来。

慕容安从来不是好脾气的人，那个人在他手里同样受了不少罪。头一年十二个月里，顾秀庭几乎有十一个月在床上养伤。后来他也只得认输了，将人关起来，谁也不让见，自己也只是十天半个月不远不近地看几眼。无论六哥怎么劝、怎么骂，他都不肯将人交出去，或者干脆杀掉。原本的一时意气，早就因为那人磨不平、打不折的傲气熬成了执念。执念成魔，放不开、舍不下……

慕容安慢慢打开手中那张已经被揉得起皱的字条，上面写着“九转玲珑，沐氏清漪”八个字。他不在意这张突然出现的字条是哪儿来的，但是……要让六哥放过清轩，就必须有个替死鬼。沐清漪……正好！

肃诚侯府里，沐清漪正提笔作画，房间里只有一个不起眼的小丫头低眉顺眼地侍候着。

“小姐，这两日有人在查小姐，肃诚侯府内也有人暗暗打探监视。”

沐清漪淡然一笑，有些满意地看着桌上的《万壑松风图》，勾唇浅笑道：“让他打探便是了，我说过……他自己会来找我。”

那丫头皱了皱眉，有些担心地道：“如此，只怕小姐的安危……”

宁王性格喜怒无常，万一不管不顾地来找小姐麻烦，以他们如今的处境确实有些不好处理。

沐清漪含笑看着眼前的小丫头。这小丫头名唤冯盈，是冯止水的亲生女儿，冯止水当年得罪了当朝权贵，四处颠沛流离，为顾相所救。这冯盈五岁便丧母，跟着父亲长大，一直帮着父亲打理手下的产业。虽然她不过年方十五，但那份聪明灵慧不是一般的少女能够比的，所以冯止水才会将她送进肃诚侯府来。果然没几日工夫她便已经顺利混进了兰芷院，做了一个粗使的小丫头。

“他若是直接冲过来找我，一开始就该将字条交给慕容煜。”沐清漪淡淡解释道，“何况，就算他来了又如何？一张字条就能当证据不成？”

冯盈眼睛一转，也跟着掩唇笑了起来，片刻又皱了皱秀眉，道：“若是宁王不上当可怎么办？”

沐清漪笑道：“所以……你们也不能一点儿线索都不给他留。只要他心中有怀疑……就一定会找机会来找我。”

冯盈点点头，好奇地问道：“小姐打算用宁王来和恭王交换大公子吗？”

沐清漪摇摇头，淡淡笑道：“不，我不会用慕容安来交换大哥。”

“那……小姐是要？”

沐清漪眼眸中闪过一丝杀气——她要慕容安……死无葬身之地！

“清清，好好的一幅松风图，被你画得杀气腾腾，在打什么坏主意呢？”温柔得有些缠绵的男声在书房里响起。

冯盈猛地抬头望去，就见一个黑色的华丽身影从房梁上落了下来，却不知道他到底是什么时候躲在那里的。

沐清漪却仿佛丝毫不吃惊，淡淡道：“九公子下次若是要做梁上君子，最好不要用香料。”

容瑾脸上得意的笑容僵住了，撇了撇嘴角，望着沐清漪笑眯眯地道：“这么说，方才清清说的话，是专门说给本公子听的了？”

沐清漪抬头看了他一眼，淡笑不语。

容瑾无奈地叹了口气，女人太蠢了看着就烦，但是太聪明的话男人也受不了，都不好骗了。

“盈儿，你先退下吧。”

“是，小姐。”

看着盈儿退到门外，容瑾毫不客气地坐到沐清漪的椅子扶手上，语气含酸道：“清清好狠的心，从报国寺回来之后竟然连个信儿也不给本公子，难不成当真是看上哥舒翰了？”

沐清漪没好气地翻了个白眼，一手拍开容瑾勾着自己下巴的手道：“这跟九公子应该没什么关系吧？九公子大白天跑到肃诚侯府来，就是为了告诉我你吃醋了？”

“可不是吃醋了嘛。”越不让靠近，容瑾就越乐意往人身上贴。不让他摸他就干脆把半个身体都直接靠到了沐清漪身上，道：“这几日清清这里可是苍蝇到处飞，本公子能进来可真是费了不少劲，够诚意吗？”

沐清漪秀眉微蹙，凝眸望着容瑾，淡淡道：“九公子，清漪并不是一个喜欢绕圈子的人。”

容瑾专注地望着沐清漪，打量了半晌，面上的笑容才渐渐淡去。

容瑾的容貌十分俊美，他眉眼带笑就会让人忍不住心荡神驰。他不笑的时候，那皇家的威仪便很自然地流露出来，俊美的容颜给人的也不再是勾人的魅惑感，而是一种让人发自内心的不寒而栗的压迫感。

看着沐清漪，容瑾有些无奈地叹了口气，站起身来走到距离沐清漪不远的地方坐了下来，淡然笑道：“清清想要本公子帮忙？”

沐清漪垂眸，淡然道："怎敢劳驾九公子帮忙？交易而已。"

容瑾凤眸微沉，偏头看着沐清漪道："交易？不错。第一眼看见清清我就觉得，清清的眼中有恨。清清恨肃诚侯府？或许……还有慕容煜和慕容安？无论清清恨的是谁，我都愿意出力帮清清报仇。"

沐清漪抬手拉开容瑾的手，心中暗暗为容瑾的身手惊讶，道："如果九公子想要九转玲珑，咱们只怕是没办法合作。"

"九转玲珑？"容瑾不屑地轻哼一声。

九转玲珑的消息来得太突然，根本就寻不到丝毫线索，仿佛突然之间就流传开了。只要仔细想想，这件事终究还是会和顾家脱不了关系。如今这世上，跟顾家还有关系的人也只有那么几个了。如果容瑾不知道沐清漪隐藏在平静外表之下的真面目，那么或许他都不会怀疑眼前这个美丽而温柔的少女。谁能想到，这样一个温婉清雅、宛如出水芙蓉的少女的手段会如此狠辣？

不过他喜欢，果然……沐清漪和他才是一道的，只有他们才会了解彼此。至于哥舒翰……容瑾眸中闪过一丝幽冷的锋芒，此人这么久了都没看明白清清的真面目，不足为虑！

沐清漪有些无奈地叹气，容瑾实在不是一个能让她安心的人。在他面前，她所有的掩饰都犹如无物，他总是一眼就能够看清她所有的想法和情绪。容瑾说，他们都是一样的，她眼中、心中有恨。这话，沐清漪相信。若不是同样心中有恨，他又怎么会看得出她心中的仇恨？那是经历烈火焚烧，早已融入骨血的仇恨啊！

沐清漪闭了闭眼，沉淀了自己的情绪，再睁开眼时她的眼神已经宁静平淡如昔了。

容瑾有些失望地叹了口气，他可是难得看见清清的情绪起伏呢。清清对他有了防备，下次想要再撩拨出清清的真实情绪就没那么容易了。

"清清何必如此提防我？虽然本公子知道了清清的真面目，但是……清清不是也知道了别人不知道的吗？"容瑾有些委屈地道。

沐清漪看着眼前的俊美男子淡淡一笑，道："九公子言重了。"

容瑾并不动怒，反而朝着沐清漪叹息道："清清口是心非。"

沐清漪暗暗翻了个白眼，冷然地瞥了容瑾一眼，示意他适可而止。

容瑾只得悻悻地退回座位上，问道："现在清清总该告诉我，先要做什么了吧？总不至于，就是单纯地想要搅乱京城而已？"

沐清漪也不隐瞒，淡淡道："救人、杀人。"

"救谁？杀谁？"容瑾问道。

"顾秀庭、慕容安。"

救的是顾秀庭，杀的自然就是慕容安了。

容瑾赞叹道："清清果然不愧是本公子看中的人，心肠果真狠辣。慕容安有眼无珠，竟然敢退清清的婚，必须杀！不过……看在他这么识相，自知配不上清清的分儿上，本公子会给他留个全尸。”

沐清漪懒得理会他的胡说八道，只是淡淡地看着他。

容瑾只得认输，点头道：“明白了，清清能无迹可循地放出消息，肯定不缺情报了。清清需要能打能杀的高手吗？”

“九公子为难吗？”

身为出使外邦的皇子，身边肯定有高手，但是能用来干私事的绝对不多。

容瑾托着下巴道：“原本确实有点儿为难，不过既然清清要，就必须有啊。”

容瑾抬手打了个响指，一个身着灰衣的青年男子从门外掠了进来，看了一眼沐清漪，对着容瑾拱手道：“公子。”

容瑾指了指沐清漪道：“无心，从现在开始你跟着清清。以后，她就是你的主子了。”

无心平淡无波的眼眸中掠过一丝诧异之色，他却没有多问半句，道：“遵命。无心见过小姐。”

容瑾含笑对沐清漪道：“清清，无心是我的侍卫，以后就是你的侍卫，你可以放心地用，以后他只听你一个人的。本公子的事情他都很熟悉，有他在你会方便很多。”

沐清漪不置可否，只是点头道：“那就多谢九公子了。”

看她的模样，容瑾就知道她不相信，也不在意地笑了笑，站起身来对沐清漪道：“本公子该回去了，清清，我可是很期待你的好戏哦。”

沐清漪垂眸，淡淡道：“那九公子就安心看戏吧。”

一挥手，容瑾潇洒地飘然而去。

华国尊贵的皇宫坐落于京城的中央。宫阙连绵，金黄的琉璃瓦将整个皇宫装点成一片绚丽雍容的金色，使它多了几分尊贵蓬勃的气势。

一身杏黄色绣芙蓉锦衣的美丽女子于软榻上坐着，含笑看着底下的人，举手投足间除端庄优雅之外又多了几分妩媚之色，丝毫没有因为华贵的衣冠而显得呆板无味，让人忍不住看了再看。

“好了，母亲。”听着下面的人喋喋不休地诉苦，女子淡淡蹙眉道，“这事原是母亲和二弟不对。”

座下，正说得起劲的孙氏不由得一愣，望着黄衣女子道：“鸾儿……这、这怎么还成咱们的不对了？”

黄衣女子正是当今柔妃，这华阳宫的一宫之主，同时也是肃诚侯府的长女——沐飞鸾。

沐飞鸾有些不悦，道：“四妹这几年一直都老老实实，你们去招惹她做什么？再过一两年，随便选个人家嫁了便是。何苦去弄那些歪门邪道的法子……也不知道二弟到底是得罪了哪一路的人。四妹孤零零的一个人，那样的事情岂是她能够做得到的？”

孙氏脸上露出一丝不赞同，虽然没有证据，但是她和沐翎一样早已经在心中认定了这件事必定是沐清漪做的。

看到母亲脸上的神色，沐飞鸾也只得叹了口气道：“罢了，横竖也不是什么大事。过两日就是龙王诞，陛下已经答应了要带着本宫一起去，到时候……本宫自会召见四妹，好好跟她说说。”

“娘娘，有什么好跟那丫头说的，何不直接……”孙氏道。

“直接什么？”沐飞鸾道，“难不成母亲想让我直接将她赐死？莫说她是肃诚侯府的嫡女，就是赐死个寻常宫女也要寻个合适的理由。若是想要用那隐秘的法子，母亲又何必找我？！”

孙氏保养得宜的脸一阵青一阵白。正是因为她在府里找不到弄死那个小贱人的法子，所以才进宫来求女儿相助。看着女儿不以为意的模样，孙氏有些不甘地道：“娘娘何必如此顾忌，如今张氏早已不在……”

“母亲！”沐飞鸾神色一变，厉声道。

孙氏吓了一跳。沐飞鸾在她跟前素来都是轻言细语，即使做了皇上的妃子也不曾说过重话。这突如其来的严厉口气让孙氏不由得一呆，一时间有些反应不过来。

沐飞鸾的脸色也不好看，站起身来盯着孙氏道：“母亲，以后不要再提那个人，千万记住！否则，若是出了什么事，本宫也救不得你。”

孙氏呆了半晌，有些不以为然。但是看到女儿难得冷厉的神色，她还是点了点头。

沐飞鸾定了定神，脸色稍缓和，道：“四妹的事情本宫知道了，到时候本宫会看着办的。娘亲回去跟父亲和祖母说一声吧，或许再过六七个月父亲就要做外公了呢。”

孙氏一愣，反应过来之后立刻把目光落到了她搭着手的腹部上，欢喜地道：“娘娘……娘娘真的有了？”

沐飞鸾有些羞涩地点头道：“不错，今天早上太医才确诊了，连陛下都还不知道呢。”

“这……娘娘怎么还没给陛下报喜？”

沐飞鸾浅浅笑道：“本宫想要亲自告诉陛下，给陛下一个惊喜。”

“爱妃要给朕什么惊喜啊？”

门外响起一个洪亮的男声，只见一身明黄龙袍的中年男子大步走了进来。华皇身为皇帝自是养尊处优，虽然今年已经是知天命之年，但是保养得当，倒是一点儿也不显老，看上去倒像是三十七八岁的中年人。

“参见皇上！”柔妃和孙氏连忙起身行礼。

华皇对沐飞鸾果然十分宠爱，快步上前扶她起来，笑道：“爱妃免礼吧。爱妃方才说要给朕一个惊喜？”

沐飞鸾唇边含笑，娇羞地道：“皇上恕罪，臣妾一时任性，便没有让太医禀告。

臣妾……臣妾已经有了两个月的身孕……”

华皇一愣，很快又大笑道：“好，好极了。”

沐飞鸾有些懊恼地道：“原本想要等到陛下万寿的时候再禀告，现在却……”

华皇拉着沐飞鸾走到软榻边坐下，道：“胡说，现在说也是大大的惊喜。来人，去将今年高句国送来的十匹鲛纱都送到华阳宫来。”

“臣妾叩谢陛下隆恩。”

“朕记得宁王和云容的婚事推迟了吧？”心情颇好，华皇也没有立即遣退孙氏。

孙氏连忙答道：“回陛下，正是……婚事改在了今年八月。”

华皇点点头，道：“如此也好，到时候老七的伤也该好了。”说起这个，华皇不知想起了什么，皱了皱眉沉默了片刻，问道，“朕记得肃诚侯府上还有一位姑娘？”

闻言，沐飞鸾神色微变，连忙赶在孙氏回答之前笑道：“有劳陛下惦记，鸾儿确实还有一个小妹。”

“可是……秦国夫人的女儿？这些年怎么没在京城里听说过？”

“正是。”沐飞鸾脸色有些苍白，就连原本柔美的笑容都多了几分僵硬，勉强笑道，“小妹性子有些内向，平日里也不爱出门，养在闺中，自然也就没有什么名声了。”

“哦？”华皇笑道，“虽说是姑娘家，但也不该一直拘在闺房里，那姑娘也该有十六岁了吧？这次龙王诞，爱妃可召来陪伴爱妃玩玩。”

沐飞鸾浅笑道：“多谢陛下，臣妾……多年不见四妹，也正有此意呢。”

华皇满意地点点头，起身道：“爱妃有孕在身，不可过于劳累。就让你母亲好好陪陪你吧。”

“是，恭送陛下。”

“恭送陛下。”

直到华皇的身影在宫门口消失，沐飞鸾才站起身来，身子一软，跌坐在软榻里，脸色一阵青一阵白，哪儿还有半点儿方才的柔美。

孙氏吓了一跳，忙道：“娘娘，这是怎么了？”

沐飞鸾一把抓住孙氏，问道：“清漪现在容貌如何？”

孙氏一愣，转念便明白了沐飞鸾的意思，脸色也难看起来，道：“娘娘是怕陛下……若是以前，那丫头倒是不足为虑。但是，自从上次受了伤醒来，那丫头倒是出落得越来越好了。”

其实孙氏还是误会了沐飞鸾的意思。沐飞鸾离家的时候沐清漪已经十一岁了，虽然年纪还小，但是已经看得出是个美人坯子，那小脸跟她的生母张氏十分相像……

“娘娘……娘娘别急。皇上看重娘娘，未必看得上那个小丫头片子。”看着沐飞鸾难看的神色，孙氏连忙安慰道。

沐飞鸾摇摇头，沉声道：“不能让她见到陛下，绝对不能。”

“那……”

沐飞鸾抓住母亲的手，道：“娘，你回去告诉父亲，无论如何龙王诞那天不能让沐清漪去参加，他会明白的。”

孙氏连连点头道：“好、好、好，你别急，我记住了，回去就告诉你父亲。只是，这些日子你父亲倒是偏着那丫头多一些，只怕不会听我的。”

沐飞鸾也渐渐冷静下来了，沉声道：“你回去将皇上的意思告诉父亲，不，我写封信给父亲，他会知道怎么做的。”

“好，我这就回去。”

送走了孙氏，沐飞鸾独自一人坐在空荡荡的华丽宫殿中怔怔出神。许久，她美丽的容颜上浮现出一抹与柔美的外表极不相称的狠戾和狰狞。

四妹，你可别怪大姐心狠，要怪就怪你生在了肃诚侯府！

华皇出了华阳宫，原本满脸愉悦的笑容瞬间退去，剩下的便只有冷酷和阴狠了。华皇回头看了一眼身后金碧辉煌的华阳宫，眼中闪烁着诡异的神色。

“陛下。”一个内侍小心翼翼地上前侍候。

华皇拂袖，一边往皇帝居住的勤政殿而去，一边问道：“顾秀庭还没有带回来？”

内侍低着头不敢看华皇，战战兢兢地道：“启禀……启禀陛下，派去宁王府的人回来禀告说，那顾秀庭前些日子听说顾云歌自焚之后……便也跟着自尽了。”

华皇冷笑一声，没有再理会内侍，拂袖而去。

跪在地上的内侍犹豫了片刻，才终于站起身来跌跌撞撞地追了上去。

回到勤政殿，华皇一挥手扫开了宫女送上来的茶水，整个大殿中的内侍、宫女都吓得脸色发白，跪了一地。

华皇冷笑道：“真是好巧啊！看来朕的好儿子也长本事了！”

华皇坐在龙椅上，喘着粗气，眼中翻腾着暴戾之色。

“陛下息怒，还请陛下保重身体才是。”身边的内廷总管陆明小心翼翼地劝道。

华皇冷哼道：“保重身体？那些逆子恨不得朕早死吧！”

三年前，慕容煜将顾云歌贬入教坊，将顾秀庭送入宁王府，华皇并没有过多在意，只当慕容煜是一时怒极想要折磨顾家的后人。若不是身为皇帝有些事情不能在明面上做，他也不想让顾牧言死得那么容易。但是如今这九转玲珑的事情一出，顾秀庭和顾云歌还偏偏在这前后死了，就让华皇不得不怀疑——慕容煜是否早就知道顾家有这样的至宝了。

若是这个儿子当真有了这样的野心……

华皇神色冷漠，身为帝王，他要给的，没人能不要，他不想给的，谁也不能自己去拿！

“我知道了，你回去休息吧。”

肃诚侯府书房里，沐长明听完孙氏的话，低头看着长女的亲笔信，脸上没有一丝多余的表情。

虽然不知道女儿在信中写了什么，但是孙氏知道那必然是跟沐清漪有关的事。看到沐长明如此冷淡，孙氏不由得有些失望。

“侯爷，四小姐……”

沐长明皱眉，沉声打断孙氏的话，道：“本侯知道该怎么做。你先退下！”

看到沐长明神色间的不耐烦，孙氏也不敢再多说什么，只得一脸委屈地退了出去。

书房里只剩下沐长明一人。看着被自己扔在桌面上的信，他忍不住长叹一声，陷入了沉思之中。娘娘有了身孕自然是天大的好事，但是如果让皇上见到了沐清漪……只怕就要变成一件祸事了。

但是……沐长明放在桌面上的手微微颤了一下。真按娘娘说的斩草除根，现在却是万万不行的。无论如何，清漪总还是他的亲生女儿，北汉烈王对她也十分关注。即使她上次拒绝了烈王的提亲，事后烈王依然派人送了礼物来，丝毫没有不悦之意。至少，安全起见，在烈王还在华国期间，清漪还是不要出什么意外才好。那么……龙王诞就先不让沐清漪去了吧，能拖一时算一时，说不定过些日子皇上便忘了。

沐长明心中暗暗盘算着，只是脸上阴沉的神色却昭示着他对这个想法显然没抱什么希望。

孙氏离开沐长明的书房，心中犹自愤愤不平。她为侯爷生下了两女一子，长女飞鸾更是如今宫中最受宠的柔妃。侯爷居然还偏袒着张氏那个贱人所生的女儿。如今沐清漪那个丫头不仅害了翎儿，更是要害到娘娘了，侯爷居然还不肯处置她！

“娘，这是怎么了？”刚回到自己院里，沐翎和沐云容就迎了上来。看到孙氏一脸怒气的模样，沐翎连忙问道：“大姐说什么了？”

孙氏将沐飞鸾让她带给沐长明的话，又添油加醋地跟沐翎和沐云容说了一遍。

“大姐说陛下会看上沐清漪？！”沐云容尖声道。

虽然她根本不相信皇上会看上沐清漪那个小贱人，但是平心而论，沐云容也不得不承认自从大病一场之后，沐清漪是越来越标致了。尽管沐云容也是京城出了名的美人，见到沐清漪也会生出一种难言的嫉妒。

“可不是吗？”孙氏咬牙道，“没想到，张氏都死了那么多年了，陛下居然还会记得那个臭丫头，而且还要她龙王诞那天前去觐见！你大姐刚有了身孕，若是陛下真的看中了那丫头……”

沐翎阴着脸笑道：“那就让她去不了！”

孙氏点头笑道：“你大姐也是这个意思，但是你父亲那里……”

沐云容怒气冲冲地道：“爹这些日子也不知道怎么了，总是偏袒着沐清漪。这些日子，因为沐清漪，爹都罚过我好多次了，指望爹还不如咱们自己想办法。”

一想起这些日子自己受的委屈，沐云容就恨不得将沐清漪给撕了。从小到大，她还没有受过那么多委屈。

闻言，孙氏有些迟疑，问道：“这样好吗？”

沐翎眼中闪过一丝狠意，赞同道：“三妹说得不错，沐清漪太狡猾了，肯定会蛊惑爹帮着她，到时候万一真的让她进了宫，对咱们可没有什么好处。”

看到孙氏迟疑，沐云容不耐烦地道：“娘，你担心什么啊，咱们只要……弄花了她的脸，让她那天出不了门就好了。到时候就算她去了，陛下见到一张鬼脸难不成还会看上她？万一真的被发现了也没什么，大不了再禁足几个月，爹总不会为了她不要咱们了吧。”

孙氏心中一动，迟疑道：“云容……”

“娘若是害怕，女儿去办就是了。”沐云容不耐烦地道。

只要一想到能毁了那个臭丫头的脸，她就感到一阵阵快意。

孙氏慈爱地望着女儿，柔声道：“那你千万要小心，不可被你父亲和祖母发现了。”

见母亲答应了，沐云容一阵高兴，搂着母亲的胳膊笑道：“娘，你放心便是了，女儿保证让那个臭丫头以后再也没有脸面出来见人！”

靠着孙氏胳膊撒娇的沐云容，却没有看到沐翎俊秀的脸上闪过的狰狞而轻蔑的笑意。

翌日一早，兰芷院便传出了四小姐吃错了东西脸上长疹子了的消息。听到这个消息，孙氏母子三人也只是暗中得意地相视一笑。

沐长明倒是沉默了片刻，挥挥手让前来禀告的丫头下去了。

“四小姐，宁王殿下来了。”门外，德安院的一个丫头过来禀告道。

沐清漪微微蹙眉，也不叫人进来，隔着屏风问道：“宁王殿下来了，去请三小姐便是，找我做什么？”

那丫头有些为难，望了望里面道：“可是……宁王殿下说是有事要见小姐啊。”

沐清漪沉默了片刻，才回道：“你去回禀宁王，我脸上长了疹子，不宜见客。”

“奴婢遵命。”

不到一刻钟的工夫，院外就传来了一阵喧闹声。盈儿还没来得及出门去看，慕容安就已经带着人如一阵龙卷风般闯了进来，一脚踢开沐清漪房间的大门，沉声道：“沐清漪，你好大的胆子！”

屏风后面，沐清漪戴好了面纱方才从容地走了出来，看着眼前的众人皱了皱眉，沉声道：“这里是肃诚侯府，不是宁王府。宁王殿下如此作为未免太过失礼了。”

慕容安横惯了，从不在意别人的眼光，踏入房中哼了一声，斜眼看着沐清漪道：“怎么？本王要见你还要三催四请不成？你好大的架子啊。”

不理会慕容安阴阳怪气的口气，沐清漪淡淡道：“清漪已经让人禀告过宁王了，清漪脸上长疹子了，不能见风。”

“你以为本王会相信？”

沐清漪也不着急辩解，一抬手就将脸上的面纱扯了下来，果然原本美丽的脸上长满了红色的疹子，甚至还有斑疹，加上那双清冷沉静的眼睛，顿时变得触目惊心。

慕容安愣了一下，有些厌恶地偏过了头去。

沐清漪淡淡一笑，也不在意，直奔正题问道：“不知宁王驾临，有何指教？”

慕容安走到一边坐下，仰着下巴一脸倨傲地盯着沐清漪不说话。

他不开口，沐清漪自然也沉默，含笑走到一边的椅子里坐了下来，笑吟吟地等着。

看着眼前这眉眼含笑不骄不躁的女人，慕容安便气不打一处来。在这京城里，还没有几个人敢在他面前这般装腔作势。

“沐清漪！”

“王爷。”沐清漪轻声应道。

慕容安深吸了一口气，压下心中的怒意，问道：“九转玲珑在哪儿？”

沐清漪一愣，倒是没想到这慕容安居然会如此直截了当地问。

沐清漪垂眸，道：“清漪不明白王爷在说什么，什么九转玲珑？”

“你不知道？”慕容安盯着她怀疑地问道。

沐清漪抬起头来，露在外面的一双眼眸写满了坦诚，道：“王爷恕罪，王爷突如其来问什么九转玲珑，清漪确实是不知道。”

“沐清漪，你是否以为本王不敢动你？”慕容安咬牙道。

沐清漪启唇浅笑，道：“王爷言重了，王爷身为皇子，天潢贵胄，要动谁都是轻而易举的事情，清漪不敢如此自视。但是……王爷所说，清漪真的不明白。”

“你是不是想要顾秀庭没命？！”慕容安盯着沐清漪冷声道，“若是顾秀庭死了，本王定然要你陪葬！”

沐清漪端着茶杯的手顿了一下，垂眸专注地望着杯中的茶水。慕容安对大哥的生死如此关心，是沐清漪早就知道的。也正是因为如此，她才会想到利用慕容安。

早在她还是顾云歌的时候，她就发现了慕容安在面对关于大哥的事情时格外偏执。所以他无比痛恨身为顾秀庭亲妹妹的顾云歌，无所不用其极地折磨她。这些日子，沐清漪经历了许多事情，突然换一个角度来看慕容安此时气急败坏的模样，她觉得自己有些懂了。

但是那又怎么样？！沐清漪心中冷笑一声。慕容安敢如此羞辱大哥，就该做好遭受报应的准备。

“大……大表哥？你想对他做什么？”沐清漪露在面纱外的眼睛写满了惊慌。

慕容安冷笑一声，道：“现在只有九转玲珑才能救顾秀庭的命，若是找不到东西……不用本王做什么，他都会死！”

“不，我……我不知道，我不知道什么九转玲珑。”

沐清漪慌乱地避开了慕容安的眼睛，更是让慕容安眼神一沉。

慕容安看着沐清漪这副慌乱的模样，心中更肯定了她在撒谎。他强压下心中的烦躁，沉声道：“沐清漪，告诉本王东西在哪儿，你想要什么本王都可以给你。听说这些日子孙氏和沐云容老是找你麻烦，本王帮你办了她们怎么样？”

沐清漪缩在椅子里不肯说话，慕容安继续道：“那东西留在你手里没有好处，还会害了你表哥。你若是不肯说……本王便将你交给六哥了。你可能不知道……六哥看起来虽然比本王斯文得多，但是……他动起手来可比本王狠多了。本王曾经亲眼看到一个人被处了刷洗之刑，六哥可是面色不改地从头看到尾。对了，你知道什么是刷洗之刑吗？”

看到沐清漪打了个寒战，慌乱地点头将自己缩得更紧了，慕容安满意地笑道：“现在，告诉我，东西在哪儿？”

沐清漪清丽的眼眸终于涌出了眼泪，呜咽着道：“我……我真的不知道什么九转玲珑。呜呜，我娘亲还在的时候，给过我一个盒子，说是很重要。别的，我真的不知道……我什么也不知道……”

慕容安怀疑地打量了沐清漪许久，确定她并没有说谎，这才皱了皱眉道：“去把盒子拿来给本王看看。”

很快，沐清漪从里间找出来一个盒子丢给慕容安。她一副弃之唯恐不及的模样，仿佛那盒子里有什么吃人的怪物。

那是一个有些陈旧的并不起眼的盒子，若是随便放在房间里，只怕三年五载也没有人会有兴趣去动它，这就是张氏说的十分重要的东西？

慕容安打开盒子，看了看里面的东西却没有直接拿出来，反而重新合上，对沐清漪道：“东西本王拿走了，你最好不要骗本王。若是本王在外面听到什么风声……”

沐清漪咬牙道：“你拿走吧，我不会告诉别人。我也不知道里面是什么，不过那不重要。你说过的……一定要救出大表哥。”

慕容安不屑地瞥了她一眼道：“本王自有分寸！”

看着慕容安离去，沐清漪脸上慌张的神色渐渐淡去，哪里还有半丝的担忧和惊慌。盈儿赞道：“小姐真厉害，随随便便就将宁王骗得团团转。不过……这宁王也太蠢了一些，难怪只能跟在恭王身后。”

沐清漪淡淡笑道：“他不是蠢，他只是以为自己很聪明罢了。”

慕容安这种人幸好没什么野心，若是他跟慕容煜一样野心勃勃，只怕早就不知道死多少次了。

“他会上当吗？”盈儿还是有些担忧地问。

沐清漪点头道：“会，他认为沐清漪绝对不敢骗他。不过……让人设法给恭王府找点儿麻烦，不能让慕容煜现在注意到慕容安，不然的话会很麻烦。”

盈儿掩唇笑道：“之前小姐吩咐的事我爹已经准备好了，就等着小姐下令了。而且，现在恭王也闲不住，昨天恭王从宫里出来似乎脸色就不好看，肯定被皇上问了九转玲珑的事。”

沐清漪淡淡一笑，道：“慕容煜心思缜密，倒是难得出这种纰漏被皇上忌讳。看来九转玲珑的吸引力果然惊人。”

“来人。”宁王府书房里，慕容安收起绢帛，沉声唤道。

“王爷。”一个侍卫推门进来。

慕容安沉吟了一下，问道:“本王记得杨柳江畔的长汀山下有一座别院，那是谁的？”

侍卫低头回忆了一下，幸好那处别院不算特别偏僻，而且颇有些名气，连忙答道：“回王爷，那座翠微苑原本是顾家的别院，是顾相……叛臣顾牧言在顾大小姐十三岁生辰的时候送给她的贺礼，原本要作为顾大小姐的嫁妆。顾家被抄家之后，那座别院被陛下赏赐给了安西郡王。不过安西郡王长期镇守边关，所以一直都没有人住在那里。”

果然跟顾家有关系吗？慕容安心中一动，沉声道：“你带几个人，今晚跟本王去一趟翠微苑。不要惊动其他人。”

那侍卫一惊，犹豫了一下还是提醒道：“王爷，那别院已经是安西郡王府的了，咱们贸然前去只怕不太好吧？”

安西郡王跟平南郡王可不一样。平南郡王站在恭王这一边，无论什么事总会多容忍几分。安西郡王军功显赫却是谁的面子都不给，若是惹急了他，他在陛下面前告慕容安一状也是很有可能的。

“所以，本王才告诉你不要惊动其他人。”慕容安冷声道，对于自己属下的愚钝有些不满。

这是要准备深夜暗探了？

“王爷，要不要……跟恭王殿下知会一声……”

话还没说完，慕容安凌厉的眼刀直接扫了过来，侍卫立刻住了嘴，心中打了个寒战。宁王再不成器也是龙子凤孙，这皇子的威严却不是任何人都可以随意触犯的。慕容安淡淡道：“你是本王府上的奴才，还是六哥的？”

“属下失言，求王爷恕罪！”侍卫打了个激灵，连忙俯身跪下请罪。

果然，就算是亲兄弟，宁王只怕对于恭王处处管制着自己还是有些不满。

慕容安冷哼一声，道：“出去办事吧。”

"是，属下告退。"

恭王府书房里，慕容煜站在书案前一边挥毫，一边听着站在身后的人的禀告，淡淡道："翠微苑？那里原来是顾家的地方，宁王去那里干什么？"

"王爷恕罪，属下不知。"站在书案前的人，俨然正是宁王府的管家。

慕容煜沉默了半晌，方才放下手中的笔，淡淡叹了口气，道："七弟长大了，也开始有自己的想法了。"

管家神色微变，犹豫了一下还是忍不住劝道："六殿下，七殿下或许……只是一时贪玩……"

慕容煜轻哼一声，淡然道："贪玩就要夜闯安西郡王的别院，他嫌赵子玉看他顺眼了是不是？还有，他怎么会突然跑到翠微苑去？"

管家有些茫然地摇了摇头，道："这几天七殿下心情不好，去哪儿都不让府里的下人跟着，只带了几个贴身的侍卫。殿下回府之前，倒是去过一趟肃诚侯府。"

"沐长明？"慕容煜皱眉。

这几日各种事情纷乱，之前他一时不慎引得父皇不满也就算了，那柔妃现在有了身孕，一旦生下了皇子，他就必须考虑沐长明是否忠心的问题了。还有那九转玲珑……若是捕风捉影也就罢了，若是真有其事，就算最后只能……给父皇，也必须由他恭王献给父皇。

之前一直不肯吐露半句秘密的顾秀庭这两天似乎有些松动了，让慕容煜更加谨慎起来。或者……他应该在明天之前，再审一次顾秀庭。

"你回去吧，这事本王知道了。"慕容煜淡淡道。

"启禀王爷，大事不好！"

宁王府的管家还没退出去，门外传来了一阵急促的脚步声，恭王府的总管出现在门口，看了一眼那管家，急声道："王爷，大事不好，王妃失踪了！"

"怎么回事？！"慕容煜脸色一变，沉声问道。

总管喘了口气，定了定神方才道："王妃今早出门上香，回来的路上失踪了，王府的下人只在离官道不远的小道边找到了王妃的马车。王妃……下落不明。"

慕容煜脸色难看地道："好端端的，她出城上什么香？！"

看着慕容煜冷厉的脸色，总管垂眸不答，不敢说王妃嫁入王府三年来没有怀孕，所以这两年每个月的这一天都会到京郊的送子观音庙上香求子。这些王爷自然是知道的，只是事发突然一时怒极忘了。

"立刻派人去找！"慕容煜阴沉着脸吩咐道。

朱明嫣是平南郡王正妃的独生女儿，获得的宠爱比平南郡王府中的男丁更甚十分，也正是因此，平南郡王才会无条件地倒向恭王。若是朱明嫣出了什么事，说不准平南郡王就要和恭王翻脸为敌了。

龙王诞之前的日子在人们忙碌、焦急中一晃而过了。其间大约只有两个人是真正轻松写意的。一个自然就是完全置身事外、只是看戏的西越九皇子容瑾，另一个则是躲在自己院里养病的沐清漪。被大夫诊断为吃错了东西过敏而长了疹子的沐清漪自然是不能去参加那一年一度的龙王诞辰盛典了。对此，沐老夫人漠不关心，沐长明却是暗地里松了口气。

龙王诞当日一早，用过早膳之后肃诚侯府便安静了下来。府里包括沐老夫人在内的主子都坐着马车出城了，大部分下人也得了恩典出城玩耍去了，整个肃诚侯府立刻便变得空空荡荡，沐清漪的兰芷院更是除了珠儿和盈儿以外一个人都不剩了。

小小的暗房幽暗而潮湿，带着一股让人皱眉的腐朽气味。房间被一道铁栏一分为二，朱明嫣跌坐在铺着杂草的地上，一身华丽雍容的王妃服饰与这晦暗不清的房间格格不入。

房间的一角放着一盏油灯，豆大的烛火让房间里有了一丝淡淡的光明。沐清漪站在门口能够看清楚烛火下的朱明嫣，而朱明嫣只能看清楚一个白衣少年的身影。

“你……你是谁？为什么要抓我？你好大的胆子，知不知道我是谁？！”

看到有人进来，朱明嫣顿时就爆发了。虽然没有人伤害她，但是这个房间又小又暗，还有发霉的难闻气味，朱明嫣从小娇生惯养，只怕一辈子都没有受过这样的苦。

沐清漪有趣地看着眼前歇斯底里的朱明嫣，不由得摇头叹息。这个女子，当真不是当年与她相识之时那个语笑嫣然、娇俏慧黠的平南郡王府郡主了。或许顾云歌从未真正地认识过朱明嫣，或许是朱明嫣变得太快了。何况……这世上又有谁是不变的呢？就连她，死过一次，再活过来也变成了肃诚侯府的嫡女。

“我自然知道，平南郡主，恭王正妃嘛。”沐清漪悠悠笑道。

“你到底是什么人？”朱明嫣明白，敢绑架恭王妃的人绝对不会是为了钱财。

沐清漪淡淡道：“敝姓顾，顾流云，字子清。”

“顾流云？本妃不认……”朱明嫣蓦地睁大了眼睛，死死地望向不远处黑暗中的白色身影，慌乱地道，“你是顾流云？这不可能！顾流云……顾流云早就死了……”

“想起来了？”沐清漪挑眉笑道，“恭王妃好记性，也不枉我姐姐与你相交一场啊。”

闻言，朱明嫣顿时吸了一口凉气。

顾流云，顾家嫡次子。顾秀庭和顾云歌之弟，年幼多病，夭折，年方八岁。

朱明嫣惊恐地望着沐清漪道：“你……你真的是顾流云？！不……不可能，顾流云早就死了！”

沐清漪有些烦恼地皱了皱眉，淡淡道：“你不用那么害怕，我不是鬼。”

无论是人是鬼，朱明嫣都不能不害怕。如果顾流云没死，那么毫无疑问他是回来报仇的，自己落在他的手里又岂会有什么好下场？

“顾流云，顾家图谋叛国，罪不可赦，早已经伏诛了。你……你既然还活着，就该好好地活着，也算是为顾家留一个香火。你……你让人放了我吧，我保证不会将今天的事情告诉任何人。”沉默了一会儿，朱明嫣终于恢复了几分理智，放低了声音试图劝服眼前的“少年”。

“呵呵……”看着火光下朱明嫣急切的神色，沐清漪低低的笑声在狭小阴暗的暗房里格外让人不寒而栗，“你们当年对付顾家的时候，可有想到过顾家的后人不会放过你们？”

“顾家……顾家的事跟我无关！顾家通敌叛国，是他们该死！他们是叛贼！”朱明嫣惊恐地叫道。

沐清漪冷笑一声，道：“叛贼？当年顾家叛国的书信，不就是你从顾家偷去印章盖上去的吗？难道才过了区区数年，恭王妃就忘了？呵呵，如果让世人知道，恭王妃的位置是靠做贼得来的，不知道这天下的百姓会怎么想？”

闻言，朱明嫣的脸色顿时变得惨白，惊道：“你……你怎么会知道？”

这是她心中最重要的秘密，这个秘密甚至连她的父亲和母亲都不知道。这世上，知道这个秘密的人，除了她的丈夫以外，都死了。

沐清漪悠闲地靠着墙壁，一边欣赏着朱明嫣惊惧恐慌的模样，一边笑道：“自然是别人告诉我的。说起来还要感激王妃当初对我大姐的不杀之恩呢，若不是如此，本公子怎么会知道这么重要的事情。”

说到此处，沐清漪眼中一片冰冷。

沐清漪永远都不会忘记，她被关在监牢里的那些日子。在那仿佛无天无日的幽暗中，沐清漪以为自己将会在里面一直到生命的尽头，直到有一天，眼前这个女人一身华服、雍容华贵地出现在监牢里。她挥退了所有人，以一种得意的高高在上的语气说出她是如何利用她与自己的亲密关系、利用顾家人对她不设防的态度，悄然从书房里拿走了祖父许久不用的一枚印章。

第二天，顾家男丁被满门抄斩，女眷全部自尽，活下来的只有沐清漪和顾秀庭。半个月后，恭王和平南郡主大婚。再三日后，顾家大小姐顾云歌被贬入教坊。

知道真相的那一日，顾云歌甚至都记不起自己到底是怎么活过来的，先是木然地听着祖父、父亲、叔叔等被处斩的消息，然后是祖母、母亲、嫂子等自尽的消息。那一刻，她只恨自己为什么没有在这之前就死去。只可惜……她不能死。因为，她的亲哥哥，她唯一的哥哥被慕容安带进了宁王府。

从此，让顾家落难的元凶就成了顾云歌永世都不可推卸的罪名。是她的未婚夫诬陷了顾家，是她顾云歌识人不清让朱明嫣有机会盗取祖父的印章，这一切都是她的罪！

暗房里沉默许久，朱明嫣才低声呢喃道：“顾云歌……顾云歌……是顾云歌告诉你的？！”

沐清漪微微蹙眉，朱明嫣提起“顾云歌”这三个字的时候，声音尖锐得让人忍不住想掩耳。

沐清漪不置可否地轻哼了一声，淡淡道：“顾云歌……顾云歌会刺杀宁王，也是因为你派人告诉她……顾秀庭死了吧？”

顾云歌早就该想到，萃红阁虽然是青楼，却是恭王暗地里的产业。她平时的一举一动都有慕容煜的人暗中监视，怎么可能让她那么巧听到大哥的消息？

所有的真面目都被人拆穿了，朱明嫣反而冷静下来，冷笑道：“没错，是我。顾云歌自诩聪明绝顶，还不是被本妃耍得团团转。”

说罢，朱明嫣还有些得意地笑了起来。

沐清漪皱眉，看着眼前笑得有些癫狂的女子，淡淡问道：“顾云歌应该没有做过什么对不起你的事吧？”

朱明嫣一愣，许久才冷笑一声，咬牙道：“没错，她确实没有做过对不起我的事，那又怎么样？！谁说她对得起我，我就一定要对得起她？！从小到大，她是京城第一美人、京城第一才女，所有人都称赞她、效仿她。陛下喜欢她、太后喜欢她，她得到的都是最好的，就连恭王……就连恭王也喜欢她！我呢？我是平南郡王府的郡主，难道我朱明嫣的身份比她低？难道我长得比她丑、才华比她差？凭什么只要我们站在一起所有人看到的就只有她，我就只能站在她身后做一个不起眼的小配角？”

沐清漪拧眉道：“你不愿意做配角，可以离她远一些，想必她也不会强拉着你做配角。”

朱明嫣脸上的笑容一僵，神色变得更加狰狞，望着暗影大笑起来，那笑声凄厉而狼狈。她笑道：“是，我不愿意站在她身边！但是……但是如果我不站在她身边，他眼里根本就看不到我！”

“慕容煜。”沐清漪沉声道。

她疲惫地闭了闭眼眸，朱明嫣做的这一切果然都是为了慕容煜，为了那个现在她一想起来就忍不住作呕的男人。

笑声渐渐弱了下去，朱明嫣坐在地上将自己抱成一团，脸上露出一丝痴迷的笑容，轻声道：“是啊，从我第一次看到他，我就知道……为了他让我做什么我都愿意。顾云歌有什么了不起？天下无双的顾大小姐，最后还不是变成了人尽可夫的妓女！我才是恭王妃，呵呵，最后赢得他的人是我！”

沐清漪眼中最后一丝温度渐渐退去，黑暗中剩下的只有无尽的冰冷。

沐清漪看着眼前一脸癫狂表情的女人，只觉得可笑又可悲，更多的却是那掩不住的恨意。这个女人……她曾经最好的朋友，为了一个男人，毁了她的家，毁了所有最爱她的人，只是因为一个可能根本就不爱她的男人！

"朱明嫣……我不会杀你，但是……"

朱明嫣警惕地盯着阴暗处，这个顾流云说过不会杀她，却没有说不会折磨她。当初慕容煜折磨顾秀庭的手段，她也亲眼见过。

沐清漪有些好笑地看着她，柔声道："告诉我，慕容煜、平南郡王府是怎么陷害顾家的。还有恭王府所有的事情，统统说出来，我放你走。"

"你休想！"朱明嫣硬声道，"你以为我会相信你吗？"

沐清漪笑道："这么说，从一开始你就心存死志了？若是如此，本公子倒是可以高看你几眼，给你一个干净体面的死法。"

朱明嫣惊恐地看着黑暗中模糊不清的人影，脸色发白。她从小娇生惯养，没受过苦，更没受过罪。她不想死，更怕死。

"你……你要杀我？"

沐清漪挑眉笑道："难道我绑你来玩吗？"

"我……我是……"

"我知道你是恭王妃，不然绑你干吗？"沐清漪看着吓得脸色发白的女人，淡然道，"我没有让人对你用刑，并不表示我不会对你用刑。你还有两个时辰可以考虑，最多两个时辰之后，慕容煜应该就能找到这里来了。"看到朱明嫣眼睛一亮，沐清漪继续道，"所以，我们一个半时辰后会离开这里。在这之前，如果我还得不到什么有用的消息，就只好对不住王妃了。"

看着朱明嫣惊恐万分的模样，沐清漪不再理会她，转身推开门走了出去。

"'公子'。"门口，无心和冯止水有些惊讶地看着眼前的白衣"少年"面上未干的泪痕。他们虽然不知道沐清漪到底跟朱明嫣聊了什么，但是只看她的神色也知道不是什么高兴的事情。

沐清漪淡淡地看了冯止水一眼，道："这里交给冯先生，我们该走了。"

冯止水恭敬地点头道："'公子'放心，属下会处理好的。'公子'现在……"

沐清漪勾唇淡笑道："龙王诞，难得一见的盛会，怎么能不共襄盛举？"

京城外的杨柳江上，一反往常的静谧和安宁，人潮涌动、锣鼓喧天，热闹非凡。沿江两岸皆是人来人往，往日里住在京城的人们倾巢而出，各种小贩早就摆好了摊子，路边随处可见各种卖艺的，还有来来往往专程凑热闹的人们。其中，最惹眼的自然就是那些平时普通人难得一见的王孙公子、闺阁千金、名门权贵了。到了这一天，所有人似乎再也没有了身份之别。衣着华贵的王孙公子、珠环翠绕的名门淑女与身着布衣的寻常百姓一样徜徉在热闹的人海中，共享这一年一度京城最喧闹的盛会。

宽阔的江面上，停着数百艘大大小小的画舫楼船。其中最耀眼的自然是停在江中间的一艘庞大的金黄色龙船。龙船全身金碧辉煌，犹如一条金龙横卧江中。龙船上明黄的龙旗飘飘，身着玄色锦衣的大内侍卫肃然而立，还有无数身着华服的宫女来来往往。看在寻常百姓眼中，那龙船犹如高不可攀的仙境，每年他们也只有这一个机会能够真正一睹皇家的威仪和雍容。

慕容煜向华皇请过安后才下了龙船，回到自家的画舫。想起方才在龙船上坐在父皇身边的母妃，还有行踪不明让父皇有些不悦的慕容安，慕容煜剑眉紧锁，隐隐有不祥之感。

“见过王爷。”肃诚侯与平南郡王早已等候在画舫上了。

慕容煜一挥手，道：“免了，王妃有什么消息没有？”

朱爕同样剑眉紧锁，因为女儿的事情十分忧心，他沉声道：“启禀王爷，方才下面的人来报，有人在南山附近发现可疑踪迹，似乎是往山里去了。另外，在往南的道路上，还找到了嫣儿随身所戴的首饰……”

慕容煜皱眉，有些烦躁地打断他道：“南山离京城足足有两百里，绑匪将明嫣绑到那里去干什么？”

朱爕有些为难地摇了摇头，道：“这个……本王也不得而知。但是，这总算是个线索，王爷，嫣儿的安危……”

慕容煜眼神微沉，沉声道：“派人往那边去找，一定要保证王妃的安全。”

朱爕大喜，连忙拱手道：“多谢王爷，老夫先行告退。”

朱爕虽然手握兵权，但是华皇疑心甚重，他们这些在京城的武将不得不步步为营，不到万不得已绝不能动用手中的兵力。但是有了慕容煜的命令就好办多了，一来恭王府就有不少亲卫，二来即便他调用了兵马也有恭王在前面挡着。

看着朱爕退出去，沐长明拧眉有些怀疑地道：“王爷，这个时候绑匪绑了王妃却往南山跑，这其中……会不会有诈？”

慕容煜看了一眼沐长明，自从沐飞鸾怀孕之后，慕容煜对沐长明的信任就变得有限了。但是他听到沐长明这话其实也有几分赞同，只是当着朱爕的面，无论如何他都要做出关心王妃安危的模样。为了平南郡王府的助力，朱明嫣现在不能死。

“就算只有一点儿可能，也要去看一看，王妃的安危要紧。”慕容煜沉声道，“肃诚侯坐吧。”

沐长明谨慎地谢过，在慕容煜的下首坐下。

两人落座，侍女送上了茶水后恭敬地退了出去。慕容煜低头看着跟前杯中清澈的茶水泛起的圈圈涟漪，好半晌才淡然笑道：“柔妃娘娘身怀龙子，本王还未给肃诚侯道喜呢。”

沐长明心中一跳，恭敬地笑道：“多谢王爷。这是柔妃娘娘的福气，也是陛下的恩典。”

慕容煜点点头，道：“肃诚侯说得不错，等到柔妃娘娘为陛下诞下龙子，本王就该称一声贵妃娘娘了。”

沐长明笑道："借王爷吉言，说来这也算是双喜临门。等到云容和宁王殿下大婚，肃诚侯府与云妃娘娘岂非也算姻亲。柔妃娘娘年幼，还望云妃娘娘多多照拂才是。"

沐长明这番话分明暗示：即使沐飞鸾成为贵妃，他依然还是愿意唯云妃马首是瞻，肃诚侯府依然是效忠恭王的。

慕容煜现在虽然怀疑沐长明的用心，但还是知道沐长明即使别有用心，也不会在这个时候有什么小动作。柔妃虽然得宠，到底才入宫没几年，根基甚浅。沐长明也算是朝堂中修炼了半生的老狐狸，绝不会在这个时候跟恭王府撕破脸。

想到此处，慕容煜扬眉一笑，道："侯爷言重了，本王不过随口说说罢了。今日府中内眷可都来了？明嫣如今下落不明，本王就不招待肃诚侯府的内眷了。"

沐长明也暗暗松了口气，笑道："多谢王爷关心，除了清漪前两日误食花粉出了疹子在家歇息以外，其他人都来了。"

出疹子？慕容煜挑了挑眉，也没有多问什么。

"王爷。"恭王府的总管匆匆进来，看了一眼沐长明没有说话。

沐长明乖觉地放下茶杯起身，行礼道："王爷，微臣先行告退。"

慕容煜摆摆手道："不必了，大约是七弟的事。直接说吧。"

总管定了定神，沉声道："岸边突然摆起了一个擂台，说是比武的。夺魁的奖品是……顾家的藏宝图和九转玲珑！"

砰！慕容煜猛地起身，一掌重重击在了桌面上，震得茶杯晃了晃倒在桌面上，茶水流了一地。慕容煜神色阴沉，沉声道："立即派人，将举办擂台的人捉拿了，本王立刻去禀告父皇！"

总管苦着脸道："只怕来不及了。西越的端王和九皇子，北汉的烈王和永嘉公主，还有高句、南安、柔然等国的使臣都过去了。"

慕容煜眯眼，沉声道："若那东西是假的又该如何？"

总管沉默不语。

谁都没见过九转玲珑，也没人见过顾家的藏宝图长什么样子，若是假的又该如何？

慕容煜不由得回想起顾秀庭的笑语："过了今年的龙王诞，顾家的宝藏就将不复存在！"

不复存在……以这样的方式吗？父皇寿诞，诸国来贺，抛出惊世宝藏引得四方云动、京城动荡。顾牧言，你很好！

"派人去禀告父皇，请父皇示下。"慕容煜沉声道。

"是，属下遵命。"

慕容煜定了定神，眼神中已经是一片冰冷，看向肃诚侯道："侯爷，咱们也去看看吧。"

沐长明哪里敢拒绝，连忙道："王爷请。"

擂台就在距离龙船不远的江边的一处空地上。之前，这里搭起的台子并没有引起外人的注意，沿江这样的台子其实并不在少数，有比才艺、诗词、书画的，也有青楼名妓轻歌曼舞的，卖艺的也不少。所以，在擂台的主人道出真相之前，这里竟然没有引起任何人的注意。等到这些权贵赶到的时候，擂台上早已经打起来了，擂台的主人不知去向，却留下了两个武功高强的男子守着跟前的两个锦盒，其中一个半开的锦盒内流光溢彩，在阳光下绽出九色流光，宝光四溢，与传说中的九转玲珑十分相似。

坐在最前方的自然是诸位皇子和各国的使臣。

“哟？六弟，你可来晚了一些。”看到慕容煜带着人走进来，四皇子慕容协似笑非笑地道。

慕容煜也不动怒，淡淡笑道：“我自不及四哥消息灵通，方才听到消息才派人去跟父皇禀告了一声，这才来晚了一些。”

他此言一出，其他皇子的脸色都有些不好看了。不管是因为私心还是因为真的没想到，他们确实都没有派人去禀告华皇，这次竟又被慕容煜抢了先。

八皇子慕容昭笑道：“四哥，六哥平日里最是孝顺父皇，又担心六嫂的安危，所以才来晚了罢了。”

才十八岁的八皇子同样不是省油的灯，他的外祖父是护国大将军，手握天下兵权。虽然他比慕容煜等人小了不少，但是同样有一争储位的野心。

慕容协嗤笑一声，皮笑肉不笑地点头道：“八弟说得对，本王误会六弟了。”

坐在最前方的大皇子福王慕容恪有些头痛地看了一眼底下的诸位兄弟，沉声说道：“四弟、八弟，当着外人的面，少说两句。”

慕容协还算给慕容恪面子，淡淡地点了点头，慕容昭却轻哼了一声直接将头偏过去了。他的母妃是护国大将军之女，而慕容恪的母妃只是一个小小的宫女，他自然看不起慕容恪这个大哥。慕容恪身为皇长子，年过而立却被自己的弟弟如此扫面子，脸色也难看起来。

“大哥，八弟还小，莫要跟他一般见识。”身旁，慕容熙淡淡道。

慕容恪看了看一脸沉静的慕容熙，又看了看底下神色各异的数位兄弟，叹了口气，也不再说话。二弟出身尊贵，刚一出生便被封为太子，如今都能忍得了，他又有什么受不了的？！他倒要看看这几个弟弟到底想要怎么闹腾。

这边几个皇子明争暗斗，另一边的诸国使臣倒是看足了戏：台上刀光剑影，台下唇枪舌剑，真真是一出好戏。

容琰看着对面的几个华国皇子，若有所思。他想了想，方才侧首看向身旁的容瑾，问道：“九弟，华国这些皇子，九弟觉得哪一位才是六妹的良配？”

带公主来华国，自然不会仅仅是为了给华皇贺寿。要和亲，自然还要选出最合适的人。如果西越的公子能够成为华国未来的王自然最好，就算不能……华国下下代的皇帝能是西越血脉也很不错。

容瑾懒洋洋地打了个呵欠，淡淡道："四哥做主便是了，我哪儿懂得这些。不过，四哥与其想着哪个皇子能赢得储位，还不如直接考虑皇位上的那一位，说不定华国下一代皇帝就是咱们西越公主的血脉了呢。"

"九弟慎言。"容琰沉声道。他对这个素来言行无忌的九弟很无奈。

旁边的淮阳公主却有些忍不住了，问道："九哥，你是什么意思？"

同样是和亲，嫁给正当盛年的俊朗王爷和嫁给五十岁的糟老头子的区别可不小。即使那个老头子是一国之君，身为西越公主的淮阳公主也不想委屈自己。她若是嫁给了皇子，无论哪一个都不会怠慢自己，但是如果嫁给华皇，华皇最多封她一个妃位，那她还要跟一群女人争宠。即使华皇看上去不像五十岁的老头子，年方十六的淮阳公主也不会愿意嫁给他。

容瑾漫不经心地看了她一眼，淡淡道："父皇是让你来和亲的，你以为是在招驸马吗？"

"你！"

"淮阳。"容琰沉声阻止了淮阳公主，若有所思，显然容瑾的话也让他有一丝心动。

他奉了皇命来为华皇贺寿，顺便送公主来和亲，自然要为西越争取最大的利益。只要办好了这件事，回国之后父皇定然会龙心大悦……

"四哥……"淮阳公主脸色一变，含泪望着容琰。

容琰无奈地叹了口气，道："现在是在外面，回去再谈吧。"

容瑾淡淡地瞥了两人一眼，站起身来。

"九弟，你这是……"

容瑾不耐烦地看了一眼擂台，不屑地道："有什么好看的？一群傻瓜争一个臭东西，无聊死了！四哥走不走？"

容琰自然不能走。容瑾素来不管国事，任性妄为，容琰却不能如此，无论是顾家的宝藏还是九转玲珑都让他心动。虽然就算得到了九转玲珑自己也保不住，但若是争都没争取一下，回去也不好向父皇交代。

"那九弟先四处转转吧，注意安全。"此刻的容琰仿佛一个好哥哥。

容瑾不屑地轻哼一声，转身走了。

第三章

兄妹相认

江上的一艘楼船上，一个俊秀不凡的白衣“少年”正坐在二楼临窗的位子上，望着江边人潮涌动的地方眉眼含笑。

“清清，你可当真安排了一出无聊的戏码。”悠悠的男声在楼上响起，“少年”回过头来便看到站在楼梯口的俊美的黑衣男子。

容瑾看着女扮男装仿佛金童一般俊俏的人儿，再看看二楼偌大的宁静空间，连连感叹道：“清清好大的手笔，难怪一点儿也不缺钱。”

这艘楼船自然是冯止水准备的，是从前顾家在京城的另一家茶楼的船。楼下依然做客船之用，供人品茶、赏景、听曲，楼上却单独留了出来。

沐清漪望了一眼远处，笑道：“无聊吗？我怎么看大家都很兴奋呢！”

容瑾叹道：“人为财死，鸟为食亡。若不是事先知道清清的打算，说不定连本公子也忍不住要插上一手了。”

沐清漪淡淡道：“这世上谁缺钱，九公子也不会缺钱。”

“清清可有想过怎么收场？九转玲珑……”

容瑾自然知道，那所谓的九转玲珑绝对是假的。

沐清漪无辜地眨眼，问道：“为什么要我收场？那里面……现在有什么人跟我有关系吗？”

容瑾看着眼前的少女因着男装而显得更加稚嫩的面容，一笑道：“清清这搅浑水的手段，本公子佩服得很。”

沐清漪淡然道：“九公子暗地里火上浇油的本事，清漪也深感佩服。”

两人面面相觑，最后相视一笑。谁都不是什么好人，也就谁都不必挤对谁了。

容瑾在沐清漪对面坐下来，抬手为自己倒了一杯茶，一边悠然地喝着茶，一边问道：“朱燮调走了恭王府一半的人马去南山找朱明嫣，剩下的人，就算再加上宁王府的人，你我手中的人马也应该足以应付。但是，清清可有想过，翠微苑和慕容煜的别院距离这里都不远，若是惊动了华皇……”

若是惊动了华皇，调动禁军，那么无论是他的人还是沐清漪的人都是应付不了的。俗话说，强龙不压地头蛇，而在这华国都城里，华皇不仅是地头蛇，也是强龙。论武力，没有人能够在这里跟他抗衡。

沐清漪淡淡道：“慕容煜不会让皇帝知道他将顾秀庭藏在了别院里。若是我猜得不错，他必定告诉华皇顾秀庭已经死了。若是让华皇知道顾秀庭还活着，欺君之罪……慕容煜承担不起。”

“看来清清都算计好了。”容瑾叹息道。

他饶有兴致地打量着眼前仿佛天真无忧的白衣少年，到底有怎样的玲珑心肝和才智谋略，才让这个才十六岁的少女敢将整个华国皇室和天下诸国使臣玩弄于股掌之间？

顾秀庭……容瑾皱眉，他早该发现沐清漪做这一切都是为了救出顾秀庭。无论是所谓的九转玲珑、顾氏宝藏，还是绑架恭王妃、算计慕容安，这一切其实都是为了救出顾秀庭而做的铺垫。顾秀庭对清清来说有这么重要吗？表哥、表妹什么的，最讨厌了！

“九公子不妨猜猜东西最后会落到谁手里。”沐清漪淡笑道。

“华皇？”看着远处慢慢驶向岸边的龙船，容瑾挑眉道。

沐清漪含笑道：“九公子消息灵通，总该知道华国第一高手聂云是华皇身边的贴身侍卫兼大内统领吧？”

容瑾剑眉微挑，偏要跟沐清漪抬杠，道：“就算聂云是华国第一高手，也未必就是哥舒翰的对手啊。”

哥舒翰同样号称北汉第一高手，最重要的是哥舒翰常年征战，战场厮杀无数，论对敌经验只怕远在连京城都没有出过的聂云之上。

沐清漪悠然地晃动着手中的茶杯，淡笑道：“清漪曾经听人说过，当今天下绝顶高手有五。华国第一高手白衣寒枪聂云，北汉第一高手漠北煞神哥舒翰，还有西越的建威大将军南宫绝，另外还有不知道到底该算哪一国人的天下第一富豪魏公子和更加神秘莫测的云隐公子。据说在这五位高手中，聂云和哥舒翰分列第二和第四，怎么说也还是聂云的机会大一些吧？”

这一次，除了叹息，容瑾真的不知道该说什么了，叹道：“连云隐都知道，清清消息灵通得当真让本公子惊讶莫名啊。”

这世上其实并没有所谓的天下五大高手的称谓，最出名的高手自然莫过于哥舒翰、聂云和南宫绝了。至于云隐，就连江湖上知道的人也并不多。魏公子虽然名扬天下，但更多的人都只会认为他是一个富可敌国的商人，而不是一个武林高手。沐清漪不仅知道，甚至连这五个人的实力都有所了解，怎能不让人惊讶？

看着容瑾难得纠结的模样，沐清漪笑而不语。她自然不会告诉他，她对这些所谓高手的了解其实都来自一个人，一个号称江湖百晓生的男人，那个当年曾经在萃红阁住过一个月的男人——文华公子太史衡。

看着沐清漪淡定的模样，容瑾叹道："看来我那好四哥的如意算盘要打不成了。"

沐清漪没什么诚意地安慰道："就算九转玲珑是真的，端王只怕也带不回西越，倒也不必太过失望。"

现在东西是假的，抢到的人才会更加失望，所以端王不是最惨的人。

容瑾笑眯眯地道："若是真的，说不定本公子就下手抢了。"

沐清漪莞尔笑道："若是真的，我可以送给你。"

"这么说，顾家是真的没有九转玲珑了？"容瑾笑问。

沐清漪淡淡笑道："这世上有几个人见过九转玲珑？或许前朝开国皇帝是真的有所谓的九转玲珑，但是，华国太祖皇帝绝对没有。"

"怎么说？"

"九转玲珑，得之者得天下。华国太祖本身便是得位不正，若是他有九转玲珑，他早就拿出来证明自己是天命所归了。但是太祖在位二十多年，从未有人见过九转玲珑。如今所谓的史书记载，多是杜撰。"沐清漪靠着椅子，侃侃而谈。

容瑾赞叹道："清清当真是精通史册，本公子佩服不已。"

沐清漪对他的吹捧不以为意，只看容瑾这丝毫不以为然的态度，她就不相信容瑾会不知道这些。

"启禀小姐，擂台那边决出胜负了。"一个小二模样的男子上来恭声禀告道。

"最后谁赢了？"

"是聂统领。"男子道。

沐清漪也不意外，站起身来对容瑾笑道："祭典要开始了，九公子是去龙船，还是跟我去看热闹？"

容瑾懒懒地伸了下腰，道："龙船有什么好看的，自然是跟着清清走了。不过，你到底将藏宝图画在哪儿了？小心碰巧撞上华皇的人。"

沐清漪淡淡笑道："放心，想要解出藏宝图，还要一会儿时间。另外，还有半刻钟祭典就该开始了，藏宝图已经到手，华皇不会那么着急。至于九转玲珑……至少要过几天他才能看出真假。"

“本公子果然不该怀疑清清的布局，走吧，看热闹去。”容瑾歉然道，只是那双邪气的眼中满是唯恐天下不乱的光芒。

一年一度的龙王诞辰祭典，沐清漪和容瑾都没有兴趣去围观，但是华国的皇子和诸国来贺的使臣却不得不参加——除了以任性妄为闻名的西越九皇子和华国七皇子以外。

此时关押顾秀庭的别院外面，一群身着灰色衣衫的人飞快地潜入，目标直指别院最里面的院子。别院里面隐藏着上百名恭王府侍卫，自然很快便发现了入侵者的身影，双方毫不犹豫地交起手来。一时间，原本静谧的院子里顿时响起了一片打斗声，浓浓的血腥味也开始蔓延开来。

关着顾秀庭房间的大门被人从外面一脚踢开。冯止水带着人冲进去便看到顾秀庭被捆在柱子上，衣服上的血迹已经干透了，成为让人很不舒服的暗褐色。顾秀庭全身上下都是这样暗色的血迹，一看便知他经受了不少酷刑。

“大公子！”

外面传来的打斗声早就让原本昏睡的顾秀庭清醒过来了。看着冲到自己跟前的冯止水，顾秀庭愣了愣，才将人认了出来，道：“冯先生……”

顾秀庭身为顾家长孙，又曾经是太子殿下的左膀右臂，知道的事情自然比大小姐顾云歌要多一些，曾经也与冯止水有过数面之缘。

冯止水连连点头，强忍着眼中的酸涩道：“大公子，咱们快走。小姐在外面等着咱们。”

他一边说着，一边手忙脚乱地为顾秀庭解开身上捆着的绳索。

小姐……顾秀庭有片刻恍惚，才想起来冯止水所说的小姐，应该是自己的表妹沐清漪，不由得淡淡一笑——当年那个羞怯文静的小表妹，竟然已经有了如此能耐。顾秀庭连续被绑了好几天，身上又是伤痕累累，解开绳索的瞬间原本以为已经忽略的疼痛开始一阵阵地袭来，轻哼了一声，皱了皱眉。

跟在冯止水身后的两个男子连忙上前一左一右扶住顾秀庭。

冯止水沉声道：“大公子，咱们先走吧。宁王和恭王应该都快来了。”

顾秀庭点点头，问道：“清漪还有什么安排？”

冯止水道：“还有一些善后的小事，公子不必担心。走吧。”

两个男子扶着顾秀庭出了门，直接从已经清理干净的后院门出去，朝着沐清漪和容瑾所在之处奔去。

离别院后门不远的隐秘处，沐清漪、容瑾与无心三人站在树荫下望着依然厮杀声不断的别院。容瑾懒洋洋地靠着树，仿佛不经意地打量着不远处正望着别院出神的白衣少女。看着她虽然竭力镇定却依然掩不住紧张的模样，容瑾心中不由得有些酸——清清从来没有这么紧张过他啊。

“清清，顾秀庭就这么重要吗？”

容瑾泛酸的语气令一向淡定的无心也忍不住侧目。

“他是我唯一的亲人。”沐清漪回头，淡淡地看了他一眼道。

唯一的亲人？淡淡的几个字不知为何让容瑾又失神片刻，十分难得地住了嘴，没有再问什么。

沐清漪盯着不远处的别院，皱眉道：“慕容安该过来了。”

慕容安在翠微苑寻找九转玲珑和藏宝图，找不到的话必定会往这边来先一步抢走顾秀庭。

容瑾挑眉问道：“清清故意选在这个时候，就是为了等慕容安？”

沐清漪淡淡一笑，并不答话。

“大哥。”

远远地，沐清漪便看到了一身血迹斑斑的顾秀庭，连忙飞快地迎了上去。跟在她身后的容瑾看了看一身狼藉的顾秀庭，皱了皱剑眉，有些无奈地跟了过去。

沐清漪看到顾秀庭这一身的伤痕，眼泪终于忍不住大颗大颗地滴落了下来，问道：“大哥，你怎么样？”

顾秀庭看着眼前女扮男装的美丽少女淡淡一笑，道：“大哥没事。漪儿，辛苦你了。”

沐清漪连连摇头，含泪道：“都是我思虑不周，才害得大哥又受了这么多苦……”

“说什么傻话……咳咳，你做得很好，漪儿长大了。”顾秀庭柔声道。

旁边插不上话的容瑾看着这兄妹俩的互动，只觉得心里像是吃了一颗酸梅一般不舒服。容瑾挑了挑眉，慢吞吞地道：“清清，你打算和顾大哥在这里叙旧吗？慕容安已经往这边来了。”

沐清漪这才回过神来，连忙擦干了眼泪，沉声道：“大哥，我们先离开这里，这儿就交给冯先生吧，马车就在前面。”

顾秀庭也知道自己现在的状况不适宜多说话，点了点头，只是目光在容瑾的身上多停留了片刻，眼中闪过一丝疑惑。

容瑾看了看扶着顾秀庭的沐清漪，挑眉柔声笑道：“清清，你们先走，本公子替你看着这里。”

沐清漪回头看了一眼打斗还在继续的别院，点了点头道：“有劳。”

看着沐清漪和顾秀庭上了马车离去，容瑾回身望向不远处的别苑，偏了偏头，俊美的脸上露出一丝嗜血的笑意：“恭王、宁王吗……哼！也不过如此！”

“公子，宁王来了。”容瑾身后，一个灰衣男子悄无声息地出现，恭敬地禀告道。

容瑾抬眼朝远处望去，果然看到慕容安带着人从翠微苑所在的方向朝这边快马而来。他勾唇一笑，道：“来得好！”

慕容安策马奔到别院门口，马儿尚未停住，他就已经飞身跃下了马背，朝着别院冲了进去。他在翠微苑里找了一整夜却什么也没找到，刚刚得到顾家的藏宝图和九转玲珑已经落到了父皇手里的消息，慕容安立刻便知道不好，心中暗暗庆幸今日是龙王诞的祭典，六哥必须参加，否则只怕六哥当时就赶回别院灭口去了。所以他必须赶在六哥回来之前，从别院里带走顾秀庭。

一进了别院，便有刀光迎面砍了过来，跟在慕容安身后的侍卫连忙冲了上来，双方人马顿时打成了一团。慕容安虽然隐隐觉得有些不对，但是担忧顾秀庭的心还是占了上风，他不管不顾地朝囚禁顾秀庭的院子冲去。等慕容安到了囚禁顾秀庭的房间，那里却已是人去楼空，他本就阴郁的脸上更加多了几分暴戾。

慕容安随手抓过一个重伤的侍卫，厉声问道："人呢？"

"不……不知道……"侍卫看到慕容安也吓了一跳，连忙道。

慕容安脸上闪过一丝煞气，手上一用力，那侍卫都没有挣扎，脖子一歪便失去了气息。

"王爷。"宁王府的几个侍卫赶上前来，有些担忧地望着慕容安。

慕容安沉声道："给本王找人！"

一个侍卫战战兢兢地指了指后院还半开着的门，低声道："王爷……人大概从那里跑了。"

慕容安一脸阴郁地扫了一眼七零八落的院子，沉声道："追！"

"是！"

"大哥，你怎么样？"

顾秀庭靠在马车里的靠垫上，斜坐在榻上摇摇头，含笑道："不碍事，这些日子辛苦你了。几年不见……漪儿倒是让大哥刮目相看。"

"大哥……"沐清漪咬了咬唇角，明眸中泪光点点。

顾秀庭只当她看到自己身上的伤难过，抬手拍拍她的手背，笑道："别担心，当真没事。若不是有你，说不定我已经……"

如果不是那一次表妹突然出现，他现在说不定真的已经随着小妹而去了。毕竟，人若是铁了心要弄死自己，是怎么防也防不住的。

沐清漪用力眨掉了眼中的泪水，故作不悦地道："大哥胡说什么，以后一切都会好起来的。咱们还要为顾家、为……娘报仇呢！大哥还要重振顾家，以后清漪还要大哥照顾呢。"

沐清漪正想说要顾秀庭先歇息一会儿，后面便传来了一阵奔腾的马蹄声。

沐清漪一蹙眉，掀起车帘看向外面问道："无心？"

外面驾着马车的无心沉声道："不是我们的人，应该是追兵。"

沐清漪皱眉，她之前和冯止水的估算应该不会出错才对，为何还会有人追上来？

难不成出了什么意外？

慕容煜决计不会有这么快！沐清漪皱眉在心中将所有的计划过了一遍，并没有发现有什么遗漏的地方，唯一的变数就是……

“容、瑾！”沐清漪切齿道。

虽然不知道容瑾又抽了什么疯，但是刚才容瑾自愿留下善后，她就该察觉出不对。容瑾什么时候那么好心了？

嗒、嗒、嗒……狂奔的马蹄声由远而近，拖着沉重车子的马自然跑不过慕容安的骏马，不过片刻间几匹骏马就从后面追了上来，挡在了马车前面。

慕容安神色阴郁冰冷又满身戾气，就连他身下的骏马也有些不安地在原地走动着。

“顾秀庭，下来！”慕容安沉声叫道，声音里没有丝毫感情。

他为了顾秀庭可以做任何事情，包括背叛一直对他很好的兄长，但是他绝对无法容忍在自己做这些事的时候顾秀庭却有别的打算，甚至自己做的一切都可能是他算计的一部分。

慕容安从来不知道什么叫成全、什么叫温柔、什么叫付出。所以，他当年想要顾秀庭而不得，就可以帮着慕容煜一起陷害顾家，然后趁机将顾秀庭抢入府中囚禁。即使他偶尔觉得自己真的喜欢顾秀庭了，也不妨碍他将人折磨得死去活来。顾秀庭在他不知道的时候与人预谋想要逃走的事情，绝对不在慕容安可以容忍的范围之内。他想要顾秀庭活着，但是这个前提是顾秀庭在他的视线之内，如果顾秀庭想要逃走，那么慕容安宁愿他死了。

无心从马车上站起身来，警惕地盯着眼前的几个人。身后，马车的帘子被人拉起，沐清漪神色从容地坐在马车边上看着慕容安。慕容安第一眼看到的却不是坐在车厢门口的沐清漪，而是坐在里面倚靠着软榻、神色淡然的顾秀庭。而后他的目光才转到了沐清漪的身上，眼中更见暴虐，问道：“你是谁？”

拜精妙的装扮所赐，慕容安并没有认出沐清漪，最多只是觉得眼前这个少年有几分眼熟罢了。

沐清漪也不闪躲，抿唇淡然一笑，道：“顾流云。”

“顾流云？”慕容安皱眉，感觉这个名字十分陌生，道，“顾家的人？交出顾秀庭，本王给你留个全尸。”

沐清漪冷笑一声，淡然道：“那本公子倒要多谢宁王了，不过……宁王还是担心你自己吧。”

慕容安冷笑道：“难不成你以为你们还能插翅飞了？顾秀庭，本王再给你一次机会，出来。”

盯着里面伤痕累累的人，慕容安忍耐着脾气。

顾秀庭动了动，平静地从马车里站起身来。

“大哥。”

顾秀庭淡淡一笑，对沐清漪轻声道：“不用担心。”

顾秀庭从马车里出来，一动弹身上的伤便火辣辣地痛，脸上却没有丝毫痛楚的神色。顾秀庭刚出了马车，只听唰的一声，慕容安手中的鞭子便迎面朝着他抽了过来。

“大哥，小心！”沐清漪惊呼一身。

同样站在马车上的无心皱了皱眉，一抬手抓住了慕容安的鞭子，用力一拉，慕容安从马上一跃而下，抽回鞭子朝着无心甩了过去。

无心一手抓住顾秀庭，一手拉住探出来的沐清漪，跟着飞身下了马车。马儿早被慕容安的这两鞭子吓坏了，撒开腿往前方奔了过去。

“大哥，你怎么样？”刚刚落地，看到脸色苍白的顾秀庭，沐清漪惊魂未定地问道。

顾秀庭淡然一笑，道：“没事。”

沐清漪回头，盯着慕容安的眼神中飞快地掠过一丝杀意。

慕容安恶狠狠地瞪着顾秀庭道：“顾秀庭，好样的！在六哥手里，你居然还有本事算计本王和六哥！”

许多事情，身在局中怎么看也看不明白，一旦跳到圈外就一目了然了。此时若慕容安还不明白自己被人算计了，那他就当真是个白痴了。

顾秀庭垂眸淡然一笑，道：“宁王谬赞了。”

慕容安用手中的鞭子指着顾秀庭，沉声道：“现在，本王再给你一个机会。跟本王回去，本王饶你不死。”

顾秀庭笑容极冷，秀眉一拧，淡淡道：“宁王还是担心自己能不能回去吧。”

慕容安一愣，不由得放声大笑起来，看着眼前的三个人仿佛在看不自量力的蝼蚁一般，道：“哈哈，顾秀庭，你以为就凭你们几个有本事对本王如何？若是你们真有这个本事，又何必使这么多计策？这几年，强闯宁王府想要救你的人不少吧？知道本王是怎么对付他们的吗？”

慕容安幽冷的目光落在沐清漪身上，更多了几分残酷和嗜血的味道。

顾秀庭不着痕迹地将沐清漪挡在身后，淡笑道：“是吗？”

慕容安从来就不是心慈手软、有情有义的人，这一次为了顾秀庭跟慕容煜作对可算表露出了他这辈子难得一见的真心。只可惜这份“真心”却不被顾秀庭接受，于是慕容安自然也没有心情再软磨硬泡。既然顾秀庭要走，那还不如杀了算了！

“动手！顾秀庭留一口气，其他人死活不论！”慕容安阴沉着脸下令道。

慕容安本身武功也不弱，身后更跟着六个侍卫。沐清漪三人却只有无心一人能动手，另外两个纯属拖累。沐清漪心中暗暗将拖后腿的容瑾骂了个狗血淋头。无心上前一步，横剑将沐清漪和顾秀庭挡在了身后。

“啊呀呀，本公子都还没到，宁王怎么能这么心急地动手呢？”一个带着调谑的声音悠悠地从山道上传来。

慕容安微微皱眉，觉得这声音似乎有些熟悉。

慕容安循着声音望去，便见一身黑色锦衣的俊美男子悠然漫步而来，手中还不忘把玩着一支墨玉箫，神态闲适写意，笑意盈盈，仿佛春日出游的王孙公子。

“容瑾！”慕容安眼神一闪，沉声道。

虽然这些日子慕容安都在府中养伤，却也还是见过容瑾两次的。

他问道：“九皇子怎么会在这里？”

容瑾笑眯眯地走到沐清漪身边，对着慕容安十分有礼地一笑道：“这个嘛……自然是来看热闹的。呃……顾大哥，你们没事吧？”

他原本想跟沐清漪搭讪调笑两句，但是看到清清不悦的神色，便明智地转向了顾秀庭。

“多谢九皇子关心，万幸没事。”顾秀庭也不是笨人，自然猜得出慕容安为什么会出现在这里，对这个心思莫测的西越九皇子也多了几分试探之意。

容瑾仿佛完全没听出顾秀庭话中的深意，笑得更加灿烂了，道：“没事就好，要是顾大哥出了什么事……本公子也是会内疚的。”

“你们是一伙的？”慕容安沉声道，“容瑾，你好大的胆子，居然敢管华国的事情。还有你们，居然敢勾结西越皇子！”

容瑾有些不悦地瞥了慕容安一眼，笑盈盈地道：“宁王殿下，不知你可听说过一句话？”

慕容安沉着脸不答，容瑾悠悠地自问自答道：“俗话说，说得越多，死得越快。您这样……让本公子怎么好意思放你活着回去。不过本公子也算对得起你了，要不是本公子一时心软放你过来，刚才在别院你就被人射成刺猬了。”

“你们故意的！”

“是啊。”容瑾诚实地回答道，“不然救了顾大哥咱们就走了，还留在那里等着领赏吗？宁王你别怕，你六哥很快就会来替你收尸。不过……到时候他恐怕要以为是你劫持了顾秀庭逃走，然后，嗯哼，清……小云，我说得对吗？”

沐清漪无奈地翻了个白眼，这浑蛋从来都不肯老老实实地叫她的名字。

慕容安神色冷峻地盯着眼前的四人，虽然看起来依然是自己这边占优势，但不知道为何他心中就是隐隐觉得有些不妙。

“给本王上！”慕容安从来不是善于筹谋算计的人，所以他直接动手！

几个侍卫立刻围了上来，无心仗剑上前，与侍卫交起手来。

容瑾反倒悠闲地站在沐清漪和顾秀庭身边，笑眯眯地看了一眼同样站在一边观战的慕容安，方才讨好地看向沐清漪，道：“清清，你在生我的气吗？”

沐清漪翻了个白眼，淡淡地看着容瑾，道：“慕容安为什么会在这里？”

容瑾笑眯眯道："如果慕容安死在了别院，岂不是很容易让慕容煜怀疑？"

沐清漪挑眉，问道："你认为他死在这里慕容煜就不会怀疑？"

慕容煜生性多疑，做得越没有破绽他就越容易怀疑。因此，容瑾从一开始就没打算彻底骗过慕容煜，只要将他们自己择出来，顺手杀掉慕容安就可以了。

容瑾笑而不语，显然他也不是真的那么在意慕容煜到底会不会疑心。他只是觉得如果慕容安死在了顾秀庭跟前，那慕容安心中该是何等愤怒和不甘呢？想想就让人兴奋啊。

无心能够成为容瑾信任的随身暗卫，能力、武功自然不是慕容安身边的寻常侍卫能够比得上的。虽然无心是一个人面对好几个侍卫，却也丝毫不落下风，一柄长剑剑气如虹，将慕容安的六个侍卫牢牢地牵制在自己身边。

慕容安见此情形，脸上的愤怒更深了，冷哼一声，提起手中的长鞭就朝沐清漪和顾秀庭的方向挥了过来。

容瑾挑了挑剑眉，显然对于慕容安忽视他的行为十分不悦。

容瑾仿佛一道黑色的魅影一闪而过，慕容安那宛如毒蛇的长鞭已经被容瑾抓在了手里。如玉一般修长的手握着玉箫，容瑾漫不经心地敲了敲被自己拽在手中的长鞭，笑眯眯道："宁王，欺负不会武功的伤者可不是君子所为。本公子陪你玩玩如何？"

慕容安阴狠地盯着容瑾，冷声道："容瑾，你想跟华国作对？"

容瑾呵呵笑道："跟华国作对？宁王言重了吧，最多只能算是跟恭王府作对而已。本公子替宁王将秀庭公子送到华皇跟前，也算是替宁王尽孝尽忠了，如何？当然，到时候华皇若是追究秀庭公子为何还活着，就不关本公子的事情了。"

"找死！"慕容安怒斥道。

容瑾轻哼，悠悠道："可不是找死吗？明知道是陷阱还不跑，所以你还是……去死吧！"

容瑾想要与人为善的时候，他就是世上最纯善无辜的人；当他想要为恶的时候，他就是翻脸无情的恶魔。"去死"二字刚刚出口，原本还笑盈盈地站在慕容安对面的容瑾脸色一沉，原本抓住鞭子的手蓦地松开，整个人冲了上来。

慕容安甚至连后退都来不及，容瑾就已经到了跟前，用冰凉的手卡住了他的脖子。慕容安自然也不会坐以待毙，连忙抬手想要去挡开。容瑾却是轻轻一点另一只手中的玉箫，慕容安还未来得及抬起的手臂一麻，顿时失去了行动能力，只能眼睁睁地看着自己被那只白皙冰冷的手掐住脖子动弹不得。慕容安突然想起了之前在别院里那个被自己随手杀死的侍卫，他当时是不是也像自己现在一样无助和恐慌？

最后，慕容安只看到一身暗色血衣的顾秀庭慢慢走过来。顾秀庭的声音带着淡淡的冷漠："别掐死了，他还有用呢。"

秀庭……顾秀庭……顾清轩……

容瑾无辜地看着顾秀庭和沐清漪，眨了眨眼睛，随手以袖摆抽晕了一个看到慕容安遇险想要扑上来的侍卫，他抬起自己的手摇了摇道：“还没死。”

沐清漪上前两步看了看地上躺着的慕容安，他胸口还在微微起伏，果然还没死。

“大哥？”沐清漪看向顾秀庭。

顾秀庭轻咳了一声，道：“把他放上马背。”容瑾眨了眨眼睛，再看顾秀庭和沐清漪都望着自己，才明白顾秀庭是在跟自己说话。

本公子可不是苦力！但是看看顾秀庭和沐清漪，重伤的重伤、柔弱的柔弱，貌似苦力只能他来当。容瑾平生第一次做这种事，真有些后悔没有多带几个人过来。

容瑾嫌弃地将慕容安扔上了马背，朝着顾秀庭拍拍手，表示自己完成了他交给的任务。

另一边，无心也已经解决掉了几个侍卫，走了过来。

顾秀庭盯着马背上昏死过去的慕容安看了半晌，突然一挥手中刚刚从地上捡起来的鞭子，狠狠地抽了一下马儿，马儿吃痛地嘶鸣起来，载着昏迷中的慕容安狂奔而去。

前面不远处便是悬崖，容瑾偏着头含笑看了顾秀庭一眼，笑道：“有趣，不过……只怕还不够。”

他俯身从地上捡起几粒石子，随手一掷，原本狂奔的马儿跑得更快了，朝着前方的悬崖义无反顾地冲了过去，在四人的注视下跌下了悬崖。

“好了，无心，收拾一下咱们该回去了。”容瑾满意地点点头，看着远处慕容安消失的悬崖，顿时觉得到华国之后的这些日子的苦闷、无聊都消失得一干二净了。

“是，公子。”

龙王诞辰的祭典刚刚结束，慕容煜就飞快地赶回了别院。他回到别院看到的却是一片狼藉，仿佛刚刚打过一场仗。地上、墙上、花园中，到处都是尸体和血迹。更让慕容煜惊怒交加的是，这些尸体除了自己留在别院的侍卫之外，就只有宁王府的侍卫。

“混账！”慕容煜气得险些喷出一口血来。

他在龙船上想方设法替慕容安在父皇面前周旋，慕容安却为了一个男人在背后捅他刀子！这是他的亲弟弟啊。平生第一次，慕容煜终于体会到了一丝被人背叛的滋味。

慕容煜一脚踢开关着顾秀庭房间的门，里面果然早就空无一人，只剩下地上的一条染着血迹的绳索，仿佛在嘲笑他。

“还有没有活着的？”慕容煜沉声问道。

“启禀王爷，在前院找到一个活的，不过受了重伤，只怕是……也活不长了。”

“带上来。”

不一会儿，一个浑身染血的侍卫被抬了上来，慕容煜眼眸一沉，低声道：“出了什么事？”

那侍卫奄奄一息地望着慕容煜，哑声道：“宁王……宁王殿下……”

“宁王带人闯进来的？”慕容煜问道。

那侍卫有些艰难地点了点头。慕容煜接着问道：“宁王人在哪儿？”

侍卫微微摇头，气息变得微弱起来，连开口回答的力气都没有了。

慕容煜也知道问不出什么来了，挥挥手让人将他抬出去。

“王爷，有王妃的消息了。”沐长明匆匆进来，沉声道。

慕容煜神色一变，皱眉道：“肃诚侯怎么来了？怎么回事？王妃在哪儿？”

沐长明脸色有些不好看，微微喘息着。刚刚一路进来，他便知道这别院里只怕出了大事，当下也不敢啰唆，飞快地说道：“方才王妃被人扔在了江边的一棵树下，王爷还是快去看看吧。”

“王妃怎么了？”慕容煜端坐着没有动弹，沉声问道。

沐长明脸色一阵青一阵紫，一时也不知道该怎么作答。

一看他的神色，慕容煜便知道不是什么好事，揉了揉眉心，只觉得额头隐隐作痛。他的预感果然是对的，这一次绝对是有人针对恭王府设计的阴谋。实在是太巧了，所有的事情都在同一天里发生。

慕容煜闭了一下眼，定住了心绪，方才起身道：“派人出去，无论如何也要找到宁王！本王去看看王妃！”

朱明嫣被丢弃的地方距离慕容煜的别院并不远，此时她却没有一丝勇气跑到别院去寻找自己的夫君求助。她身上只穿着一件有些暴露的艳色里衣，露在外面的肌肤上尽是青紫的痕迹，更不用说那发丝散乱、面色潮红的模样，让人一看就觉得这是哪家公子爷后院里妖娆的姬妾，而且还是那种刚刚与人翻云覆雨之后春意未散的姬妾。如此模样，寻常男子看了自然是忍不住心驰神往，女子看了便会纷纷羞红了脸。

周围已经聚集了不少人，淫邪的目光时不时从她身上扫过。若是换一个人，只怕此时早就有人上去上下其手了。只是那张红霞未退的美丽的脸，在场的大多数人都认识——那是当朝六皇子恭王殿下的王妃、平南郡王朱燮的爱女。

“滚！都给我滚！”朱明嫣厉声叫道。

朱明嫣想要吓退围观自己的人，但是她此时的模样实在太过让人惊讶了，丝毫没有往日里恭王正妃的端庄。有人甚至怀疑眼前的女子到底是不是恭王妃——堂堂恭王妃，怎么可能会如此伤风败俗地出现在这里？

朱明嫣惊恐地将自己抱成一团缩在树底下，口中发出无措的呜咽声。

她没想到那个顾流云竟然会如此对她。她并没有受刑，就连身上那些青紫的暧昧痕迹，也都是自己眼睁睁看着别人弄上去的。这一刻，朱明嫣才清楚地知道那个顾流云不想杀了她，而是想毁了她，或者说是想毁了慕容煜。

“呜呜……王爷……”

“明嫣。”

慕容煜带人赶到时就看到朱明嫣狼狈地缩在大树底下，一动也不敢动，围观的人的淫邪神色更是让他眼神一沉。

“王爷……”朱明嫣眼睛一红，恨不得立刻冲到慕容煜的怀里痛哭一场。

慕容煜扫了朱明嫣一眼，眼神又沉了沉，她的衣衫根本遮不住身上的暧昧痕迹，他连忙脱下外衣将朱明嫣裹住。

看着朱明嫣一身狼藉、情潮未消的模样，慕容煜厌恶地皱了皱眉，原本伸出去的手也若无其事地收了回去，淡然道：“先回去再说吧。”

如此明显的厌恶，朱明嫣怎么会看不出来。她有些慌乱地拉住慕容煜的衣摆，焦急地道：“我没有……我没有做对不起你的事，你相信我……”

看着她这副模样，谁会相信根本没有发生过什么事情?

慕容煜沉默了一下，终究还是叹了口气，伸手拍了拍朱明嫣的肩膀道：“先回去吧。七弟出事了，我还有事情要办。”

朱明嫣有些绝望地望着慕容煜，哭泣道：“我真的没有……是有人要害我！是顾家的人！王爷，你相信我……”

顾家?

慕容煜挑眉，问道：“顾家什么人？”

“是……是顾流云。”

慕容煜一怔，“顾流云”这个名字对他来说太过陌生了。他恍惚了一会儿，才有一点儿记忆从脑海中浮现出来。

顾流云，顾家第二子，比顾云歌小两岁，比顾秀庭小六岁，八岁夭折。原本男子取字多在成人或及冠之后，顾家却依然为八岁便夭折的小儿取了字，并记入了族谱。

难道顾流云根本就没有死？慕容煜摇头，这不可能！当时的顾家没有任何理由让一个才八岁的孩子诈死。那些年，顾云歌和顾秀庭，甚至慕容熙提起顾流云时流露出的伤感、怀念的情绪也并不是假的，那么……就是有人借用顾家的名头生事了。

慕容煜低头看着朱明嫣，温和地道：“我知道了，你先回去休息。我会查清楚。”说完，他也不看朱明嫣的神色，直接抬手招来两个侍卫吩咐道：“送王妃回府。”

出了这样的事，没一会儿工夫便传得尽人皆知，华皇自然不可能全然不知情。

“立刻去将那两个孽子给朕带过来！”华皇怒吼道。

如今是诸国来贺、普天同庆的日子，却搞出这样的事情来，也难怪华皇愤怒了。

“臣遵旨。”站在门口的禁军统领聂云恭声领命，转身而去。

“陛下……”慕容煜的生母云妃惊慌失措地叫道。

她娘家的势力并不算十分强大，这些年能够享有如此尊荣靠的就是大儿子争气，还有自己的小心谨慎，如今出了这样的事情，即使是在深宫中搏杀了几十年的女人也有些不知所措了。

华皇冷冷地哼了一声，沉声道："云妃教子无方、御前失仪，贬为云嫔。"

闻言，云妃终于彻底软倒在地，再也说不出半句话来了。她辛辛苦苦几十年，如今不过是帝王的一句话，便什么都没有了。

此时，肃诚侯府的画舫上却是一片喜气洋洋。柔妃娘娘亲自驾临自然是肃诚侯府的荣光，虽然柔妃本就出身于肃诚侯府，但是入了宫门就是皇家的人了，就连沐老夫人和身为肃诚侯的沐长明见到了沐飞鸾都要下拜行礼，更不用说别人了。如今柔妃身怀龙种自然更是身份尊贵，还能纡尊降贵亲自驾临，沐老夫人满是皱纹的老脸上也不由得笑开了花。

皇妃驾临，前后随行的人自然不少。沐老夫人连忙让跟前的管事将跟随柔妃而来的宫人请下去休息，这才亲自陪着沐飞鸾进了画舫休息。

寒暄过后，沐飞鸾挥退了众人，只留下沐长明单独说话。

沐长明沉声问道："娘娘怎么亲自过来了？合该让他们去拜见娘娘才是。"

"都是自家人，父亲何必说这些？"好一会儿沐飞鸾才幽幽地叹了口气道，"父亲，还在怪鸾儿吗？"

沐长明眼角的肌肉动了一下，好半晌才干巴巴地笑了一声，道："娘娘言重了，哪里……"

沐飞鸾望着他，有些忧伤地道："但是，自从三年前……你我父女竟然再也没有见过一面。"

自从三年前那件事之后，父亲就再也没有进宫探望过她，显然是心中还存着心结。

"父亲觉得对不起母亲……在心中责怪女儿，所以……这几年才不愿意再来探望女儿，这几年还处处护着四妹，是吗？"沐飞鸾一边用手抚着腹部，一边望着沐长明含泪道。

沐长明眼中闪过一丝恼怒和尴尬，沉声道："鸾儿，以前的事情……已经过去了，就不要再提了。"

沐飞鸾笑容有些苦涩，凄声道："过去了……哪儿有这么容易过去？也不知道为什么，这几日陛下突然记起四妹来了，跟本宫提过好几次，要本宫召四妹进宫觐见。若是……若是陛下当真看中了四妹，本宫要如何是好？"

沐长明眸中闪过一丝火光，再看看女儿楚楚可怜的模样，不由得叹了口气，柔声道："不会的，鸾儿。你如今已经是皇上最宠爱的柔妃——未来的贵妃。咱们肃诚侯府也不需要再出一位皇妃。漪儿不会进宫，父亲保证陛下绝对不会看到她的脸！"

沐飞鸾半垂的眼眸中闪过一丝冷芒，轻咬着朱唇道："女儿知道，强要父亲对四妹不利是女儿不好，四妹与我虽不是同母所生，却也是血缘至亲。可是我……我也没有别的法子，父亲，若是将来四妹知道了夫人的事……一旦泄露出去，只怕咱们肃诚侯府会有灭顶之灾。"

沐长明心中一震，有些不确定地道："不会的，当年的那些人……都死了。"

沐飞鸾幽幽道："世上没有不透风的墙，鸾儿听说这些日子四妹突然开窍了，若是她有心打听，只怕是……"

沐长明沉默了良久，终于沉声道："为父知道了，你放心，为父会处理妥当。"

闻言，沐飞鸾这才破涕为笑，轻声道："父亲放心，鸾儿有七成把握这一胎必定是个皇子，到时候父亲就是小皇子的外祖父了。"

听了这话，沐长明心情不由得也轻松了几分，点头道："正是如此，娘娘才要好好养着才是。"

沐飞鸾抿唇浅笑道："鸾儿知道，多谢父亲关心。"

之前的一些心结虽然没有完全放下，但父女俩的关系也融洽了许多。目的达到了，沐飞鸾也就不再谈论这个让沐长明心情不好的话题了，十分自然地将话题转到了别处，叙了这三年来的父女之情。沐长明又叮嘱她现在还不是和恭王府翻脸的时候，务必好好照顾被贬了的云嫔，沐飞鸾这才起身回龙船上去。

皇帝心情不好，别人自然也不敢心情太好。原本应该是欢乐无比的龙王诞倒是结束得有些尴尬。这一情况没有影响到普通百姓享乐，但是一般的朝中权贵、皇亲国戚都是在皇帝的御驾启程回宫之后就立刻回去了，与往年通常要闹到午夜，甚至晚上更加热闹的情景截然不同。

肃诚侯府里，沐清漪极为难得地拿着针线坐在窗前刺绣。一幅精致无比的墨兰在手中渐渐成形，才不过绣了一半，那细密的针脚、精致的图案却让侍候在一边的盈儿连声赞叹。

沐清漪淡淡一笑，在心中盘算着，大哥最喜欢兰花，回头就做一只墨兰的荷包给他吧。

"小姐，侯爷和老夫人他们回来了。"珠儿进来禀告道。

沐清漪挑眉浅笑道："回来了？怎么这么早？"

珠儿道："听说是出了什么事，皇上很生气。出城去玩的官员们都回来了。"

沐清漪点点头，笑道："这些跟咱们没关系，不用理会。"

盈儿含笑道："小姐，老夫人回来了，咱们是不是该过去请个安？"

沐清漪偏着头看了看盈儿，将手中的针线放下，笑道："你提醒得对，那就过去看看吧。”

到了德安堂，沐清漪很快便被沐老夫人房里的丫头请了进去。正好沐长明和孙氏等人也还没有回去。沐清漪一眼扫过去，沐云容望着自己的时候下巴抬得高高的，更多了几分高傲之意。沐清漪心念一转，不由得在心中暗笑。她怎么觉得这个沐云容十分可爱呢？想必沐云容他们是见过沐飞鸾，觉得有底气对付她了。正好，她也想看看沐飞鸾想要怎么对付她。

沐长明坐在沐老夫人下首，神色有些复杂地看着走进来的少女。虽然遮着面纱，但是此时穿着一身湖色罗衣，衣摆上勾勒着淡淡银色云纹的少女依然显得优雅动人。这样的模样，若是真的进了宫，确实有与鸾儿一争高下的资格，更何况她的容颜……沐长明眼中闪过一丝决绝，绝对不能让沐清漪有入宫的机会！

“祖母、父亲。”沐清漪盈盈一拜，将在座的众人的神色收在眼底。

她心中微微一沉，隐藏在面纱下的菱唇微微勾起——也罢，就算肃诚侯府和沐飞鸾不对付她，她迟早也要出手对付他们。

“起来吧，脸上可好一些了？”沐老夫人问道。

沐清漪浅浅一笑，道：“多谢祖母关心，已经好多了。大夫说再过几日就能够彻底痊愈了。”

沐老夫人满意地点点头，道：“那就好，你身边的人也精心一些，女儿家的脸上有了疤痕可不好。”

“谨记祖母教诲。”沐清漪笑道。

沐清漪在一边的椅子里坐下来，一脸好奇地问道：“祖母和父亲怎么这么快就回来了？往年不是都要许久吗？漪儿好几年没有去玩过了，今年的龙王诞可好玩？只可惜……只能等到明年了。”

看着沐清漪一脸遗憾失落的样子，沐长明淡淡道：“也没什么，明年再去就是了。这几日你们都少出门，特别是云容，回房去把该抄写的经文写完吧。”

孙氏也有些心急，问道：“侯爷，到底出了什么事？”

沐长明摇了摇头，道：“宁王……宁王带人从恭王别院劫走了……顾秀庭。”说起“顾秀庭”这三个字，沐长明身体有些不自在地僵硬，道：“目前，下落不明。”

“顾秀庭？！”沐云容忍不住尖叫道，“他不是死了吗？！”

沐长明没有答话。

虽然京城里知道顾秀庭事情的人不在少数，但是还没到连沐云容这样的闺中女子也知道的地步。不止是沐云容，孙氏、沐翎和沐琛也十分震惊。

倒是沐老夫人很是淡定，只是神色有些阴沉，咬牙道：“这个顾秀庭当真是狐狸精转世不成？竟勾得宁王为了他……”

坐在旁边的沐清漪眼眸微沉，隐藏在衣袖下的手紧紧一攥，清丽的眼眸中闪过一丝煞气。

“这不可能！宁王不会这样做的！”沐云容尖叫道。

慕容安在京城的名声并不好，说是风流成性、男女不忌也不为过。沐云容自然也听过一些传闻，只是她不肯相信罢了。

沐云容刺耳的声音令沐老夫人皱了皱眉，沉声道：“闭嘴！闹什么，天还没塌下来。”

对于沐云容来说，发生这样的事情，跟天塌下来也没什么差别了。沐云容眼中含着泪，咬牙道：“宁王肯定是一时糊涂，都是顾秀庭……都是顾秀庭那个贱人……不知廉耻……”

沐清漪咬牙，强忍着甩一耳光在沐云容脸上的冲动，死死地盯着地面。

沐云容，若不让你生不如死，算我顾云歌对不住你！这世上，谁都不能侮辱大哥，谁都不能！

“清漪，这事你怎么看？”虽然沐清漪竭力忍耐，但并非没有人发现她的异状，沐长明眼睛微微一眯，沉声问道。

沐清漪慢慢抬起头来，似笑非笑地看着沐云容道：“三姐多虑了，宁王总不可能娶个男人回来。不过，若是宁王从此都不肯回来了，那三姐可就要……守望门寡了。如此看来，四妹还要谢谢三姐呢。”

盯着沐清漪半晌，沐长明心中暗道或许是自己想多了。沐清漪大约还是对当初云容抢了宁王妃之位怀有怨恨。何况，顾秀庭到底是清漪的表哥，还有几分感情也不意外。

“沐清漪，你！”

沐云容气红了眼，猛地站起身来指着沐清漪正要大骂，门口管家匆匆来禀告道：“侯爷，恭王殿下来了。”

沐长明还没反应过来，慕容煜就已经大步地走了进来。

“王爷，你这是？”沐长明连忙起身相迎，对于慕容煜突然大驾光临有些摸不着头脑。慕容煜的目光定定地落在了沐清漪身上。

沐清漪也不躲闪，大方地任由他打量，好一会儿才微笑道：“王爷，清漪……有什么不妥吗？”

慕容煜盯着她，冷声道：“前几日七弟来找你做什么？”

沐清漪微微退了一步，避开了慕容煜的气势威压，恭敬地道：“没什么……宁王只是问了清漪一些事情。”

慕容煜冷冷地盯着她，问道：“本王问你，他到底问了什么？”

沐长明一见状况不太好，连忙上前道：“王爷，这到底是怎么了？”

慕容煜扫了沐长明一眼，淡淡道：“其他人退下。”

沐老夫人连忙起身带着其他人退了出去，大厅里只留下沐长明、沐清漪和慕容煜三人。

沐长明道："王爷，有什么话坐下说吧。清漪这几日吃错了东西，身子有些不好，若有得罪之处，还请王爷见谅。"

慕容煜的目光这才落到了沐清漪戴的面纱上，虽然戴着面纱，但是从露在外面的眼眸和被刘海遮住的肌肤也能隐隐看见不少暗红的疹子。

"四小姐，这几日可有出过门？"慕容煜问道。

沐清漪秀美的眼眸中闪过一丝疑惑，微微摇头道："回王爷，并没有。清漪前几日误食了一些东西，脸上长了疹子。大夫说若是疹子没好就见了风，以后会留下疤痕。"

慕容煜点了点头，一边在心中暗暗判断沐清漪这话的真假，一边问道："那么，前几日宁王来找你所为何事？"

沐清漪有些惊恐地道："出……出什么事了？"

"回答本王的问题。"慕容煜沉声道。

他知道眼前这个少女远没有外表看起来那么单纯无害，自然也不会对她有什么怜香惜玉之心。

沐清漪也不在意，只是低声道："宁王……宁王问我知不知道什么顾家的宝藏和九转玲珑的下落。"

"你怎么回答的？"慕容煜眼瞳一缩，定定地盯着沐清漪。

沐清漪摇头道："我不知道……我从来没有见过什么九转玲珑。但是……宁王不信，还说……还说……"

"还说什么？"

"还说，如果我不老实告诉他的话，他就要杀了大表哥！"说到此处，沐清漪适时地露出了几分恐惧和担忧的神情，眼眶微红，低声道，"但是我真的不知道啊。就算真的有什么宝藏，又怎么会在我这里？"

慕容煜盯着她，淡淡道："最后宁王从你这里拿走了什么？"

沐清漪眼眸中闪过一丝惊讶，老实地道："是……母亲留下的一个盒子。里面装的是我小时候戴过的一个银锁，不过……那应该是我三岁以前戴的，并不值什么钱。宁王问我母亲留下了什么东西。母亲留下的东西，我……我只剩下那个了。"

慕容煜看向沐长明。沐长明有些尴尬地轻咳了一声，这几年沐清漪不受重视，连原本住的院子都没了，更不用说张氏留下的东西了。慕容煜也听说过一些沐清漪在府里的处境，自然就明白了沐长明的尴尬所为何来。慕容煜拧眉细细思索了一番沐清漪的话，发现并没有什么破绽，剑眉不由得皱得更紧了。

慕容煜沉思之际，沐清漪也没有闲着。虽然早在行事之前就已经将事情所有可能的发展状况推敲了数次，不过面对慕容煜的时候，沐清漪还是极快地在脑海中回忆了一次今天的计划有无破绽。等到确定并没有什么大问题之后，她才在心中微微松了口气，脸上的神色也更安定了一些。

良久，沐清漪才听到慕容煜问道："你可认识顾流云？"

"顾流云？"沐清漪一愣，似乎过了片刻才反应过来，有些犹豫地道，"王爷你说的是……二表哥？"

顾流云比顾云歌小两岁，却比沐清漪还要大上一些。顾流云夭折的时候，沐清漪才不过六岁半。

沐清漪眼中带着些迷茫之色，道："清漪……不太记得二表哥了。"

那时她不过是一个六岁半的孩子，自然不能强求她记得一个并非朝夕相处的人。

大厅里再一次安静了许久，慕容煜才终于发话道："没什么事了，本王只是有些事情想要问四小姐罢了。四小姐可以回去歇息了。"

"清漪告退。"看到虽然一脸疑惑却还是顺从地起身告退的沐清漪，慕容煜皱了皱眉。

出了肃诚侯府，等候在门外的恭王府侍卫立刻迎了上来，道："王爷。"

慕容煜回头，看了一眼身后富丽堂皇的肃诚侯府，沉声问道："沐清漪这几天的行踪查清楚了？"

侍卫点头，沉声道："回王爷，沐四小姐这几日确实没有出过府。另外，她的脸……似乎是沐三小姐下的手。"

慕容煜轻哼一声，道："愚蠢的女人，不用管她。"

他只需要确定沐清漪没问题就行了，至于谁想害她跟他无关。

一大早，七皇子宁王殿下被恭王府的侍卫从城外几十里的一处山崖下找了回来。宁王殿下从山崖上坠落之后身受重伤，更因为前些日子的重伤尚未痊愈，如今已经是性命垂危。同时，华皇下诏，将朱明嫣贬为恭王侧妃，连个像样的理由也没有给。慕容煜却没有心思安抚伤心悲痛的朱明嫣，因为他必须到宁王府照看慕容安。

宁王府里，慕容煜坐在慕容安房间外的花厅里，看着眼前忙忙碌碌、进进出出的人们。

回想昨天的所有事情，慕容煜身上直冒冷气，这才有些惊骇地发现对方对于时间和局势的把握实在到了令人惊恐的程度。他本该在离开龙船到祭典开始之前去翠微苑将七弟带回来，却偏偏因擂台比武的事情而耽搁了。祭典一结束，他快马加鞭地赶到翠微苑，七弟已经走了。等他回到别院的时候那里已经被洗劫，顾秀庭被带走了，七弟失踪。从头到尾，只留下了一个指证七弟的侍卫，而且这个侍卫只说了几句话就死了。再之后又出了朱明嫣的事情，以至于让他一直没有工夫分身亲自去寻找七弟。最后，慕容煜才发现，对于所有事情，他竟然没有抓住一个可以询问的证人。

到底是什么人，竟会这样百般算计恭王府和宁王府？

“顾流云……顾流云……”

从头到尾，他得到的竟只有一个已经死去多年的人的名字。那么这件事……一定跟顾家有关了！

“王爷，福王殿下、平王殿下、治王殿下，还有八皇子来了。”门外，宁王府的管家匆匆禀告道。

慕容煜一皱眉，起身道：“本王知道了，请他们进来。”

不多时，几位王爷便在管家的陪同下鱼贯而入。

福王慕容恪依然是一贯的长兄之风，关切地问道：“六弟，七弟怎么样了？”

慕容煜摇摇头，道：“多谢各位兄弟关心，七弟……”

那些太医进去有大半个时辰了，却是谁也没有出来禀告过半句。慕容煜却已经从他们的态度中看出慕容安只怕是不太好了。

看慕容煜的神色，慕容恪也明白了几分，抬手拍拍他的肩膀道：“七弟吉人自有天相，六弟也不要太担心了。”

其他人也纷纷安慰了慕容煜几句。兄弟几人正说着话，几个太医从里面走了出来，看了一眼坐了一屋子的王爷、皇子，都吓了一跳，战战兢兢地上前行礼，道：“见过诸位殿下。”

福王一挥手道：“起来吧。七弟的伤势怎么样了？”

“这……”几个太医纷纷踌躇着，一时也不知道怎么开口。

慕容昭扬眉，傲然道：“叫你们说就照实说。我七哥到底怎么了？本皇子恕尔等无罪。”

几个大夫顿时一喜，看了一眼慕容煜，见他并没有开口的意思，为首的一个太医才上前一步道：“启禀诸位殿下，臣等无能，这……宁王殿下实在是伤势过重……”

治王慕容协皱眉问道：“七弟究竟有些什么伤？”

太医道：“宁王殿下有两根肋骨断裂，应该是坠崖时撞到了硬物造成的，这倒并不要紧，养几个月伤也就好了。另外，腹内怕是有些伤，又牵动了上一次尚未痊愈的伤处。若是王爷清醒着，慢慢调理，总能有康复的一天。但是最要紧的是，王爷现在昏迷不醒，无论什么汤药送进去效果都会大打折扣。这就……这就让王爷的内伤很难痊愈了。”

“七弟什么时候会醒？”慕容煜淡淡地问道，问话的同时，目光淡淡地从几个兄弟身上一一掠过。

大夫为难地摇了摇头，道：“宁王殿下似乎是伤到了脑子，臣等已经开了活血化瘀的药方，但是宁王殿下什么时候能醒……恕臣等无能，实在是难以确定，有可能……”

八皇子挑眉道：“有可能这辈子就醒不过来了？”

太医叹气道：“这还不是最糟糕的。最糟糕的是，如果一个月内宁王殿下不醒过来的话，王爷体内的伤就会彻底恶化，也就……”

没有一辈子了，慕容安要么在一个月内醒来，下半辈子当个病秧子，要么就只能等死了。

慕容恪皱眉道：“只是摔落山崖怎么这么严重？不是说山崖不高吗？七弟武功也是不错的啊。”

太医摇摇头，他只管看病救人，不管断案。

慕容协想了想，问道：“七弟身上可有别的什么伤？”

“没有。”太医肯定地道，“宁王殿下只断了肋骨，还有一些掉落下去的震伤。这样的伤……如果宁王殿下原本没有受伤的话，并不算十分严重。只可惜……”

偏偏一个月前宁王险些丢了性命，现在是伤上加伤，还重伤昏迷导致药效无法发挥，简直就是天要灭他。

太医接着道：“还有就是，宁王殿下可能头碰到哪儿，伤了脑子。”

一时间，花厅里的众人都沉默了。慕容煜肯定心情不好，其他人也不知道说什么好。这个时候，无论说什么都像是在幸灾乐祸。

最终还是慕容恪挥了挥手道：“罢了，你们先下去吧。好好照顾七弟。”

几个太医都不由得松了口气，纷纷拜谢告退，都说福王是最好说话的皇子，果然不假。

等到太医告退，花厅里沉默了一会儿，慕容昭便有些不耐烦地站起身来道：“父皇还在宫里等着消息呢，我先回去了。”

慕容协点头道：“如此也好，八弟先回去吧，别让父皇等急了。”

慕容昭点点头，也不跟慕容煜打招呼，直接起身走了出去。

慕容协看着神色黯然的慕容煜，温声道：“八弟就是那个脾气，六弟你别见怪。若是七弟这里有什么需要，尽管派人来通知四哥一声便是，四哥让你四嫂好好准备。”

谁都知道，慕容安没有王妃，慕容煜的王妃现在又出了那样的事。在场的几个皇子也纷纷表示若是有什么不便，尽管派人去府上传话就是。

知道慕容煜此时无心跟他们寒暄，慕容恪等人也纷纷起身告辞。

刚刚还热闹非凡的花厅再一次安静下来，慕容煜起身转入里间看着躺在床上不省人事的慕容安，神色阴沉。宁王府的管家担忧地站在他身边，一时也不知道能说些什么，怅然道：“王爷……”

慕容煜轻哼一声，沉声道：“好好照顾七弟。本王会再派人去寻找名医。”

“是，王爷。”

看着慕容煜毫不犹豫转身离去的背影，管家有些无奈地叹了口气。他也知道如今是多事之秋，恭王根本不可能为了宁王在这里久留。

“王爷，皇上召王爷立刻入宫觐见。”刚出了宁王府，侍卫便上前来禀告道。

原本准备回府的慕容煜只能停下来，转身道：“知道了，进宫。”

肃诚侯府的兰芷院里，肃诚侯府的四小姐正悠然地靠在椅子里闭目养神。只是面纱下，原本只长了红疹的脸上又多了可怖的斑痕和破裂的伤痕，但这似乎不曾影响到她的心情。

离她不远处，容瑾笑盈盈地坐在椅子里，手中端着一杯茶一脸沉醉，悠然叹道：“都说西越的丝、北汉的酒、东华的茶堪称天下三绝。这喝茶，果然还是要在华国才比较好啊。别的地方，即使是喝来自华国的好茶，也失了些味道。”

沐清漪淡淡道：“今年新春刚上的贡茶，肃诚侯府里统共也只有这么多。九公子来得正巧。”

两天前沐清漪陪沐长明吃了一顿饭，原本已经快要好了的脸立刻变得更加严重了，如今无论谁来看都只会看到一张可怕的脸。沐长明大约有些过意不去，这两天往兰芷院送了不少好东西，不过多半都被沐清漪佯装发脾气扔出去了。倒是今早看到刚刚送来的清茶，沐清漪想了想还是留下了。难得的好东西，扔出去还不是便宜了别人？

容瑾偏着头，笑眯眯地道：“看来，毁容也没有让清清难过啊。”

沐清漪看着他，淡然道：“碍九公子的眼了？”

“怎么会？无论清清变成什么样子，在本公子眼中都是天下无双的。”容瑾柔声道，轻柔的语调深情而婉转，仿佛当真是用情至深。

沐清漪却只看到他平静得没有一丝波动的眼眸，深邃而幽静，即使笑意满满也无法掩盖那眼底深处的幽冷。若是十五岁以前的顾云歌，或许会好奇这到底是一个怎样的男子，现在的沐清漪对此却丝毫没有了解的欲望。

“九公子谬赞了，若论天下无双，谁比得上九公子？”

比他更会做戏，也更冷酷无情的人，只怕当真是天下只此一个了。

容瑾有些无奈地望着沐清漪，总是被人看透真是让人觉得失败啊。总是看透了自己的清清却总是让他更加想靠近。

如果我的世界注定是孤独、冰冷、黑暗的，那么为什么不拉一个跟我一样的人一起来享受这份寂寞呢？

“听说恭王在宫里为了王妃不惜违抗华皇的圣旨，如此情深，清清可有什么想法？”放下茶杯，容瑾笑眯眯地问道。

“情深？”沐清漪微怔，一时间很难将这个词放在慕容煜身上，“九公子觉得呢？”

容瑾沉吟了片刻，轻嗤了一声，道：“恭王殿下……说不定哪一天真能百忍成仙呢。俗话说，吃得苦中苦，方为人上人。恭王是个有大毅力的人。”

他说出的话是赞叹，但那语气更像是嘲讽。

“平南郡王府的支持很重要。护国将军支持八皇子，安西郡王明显跟治王的交情更深。慕容煜若是不能得到平南郡王府和肃诚侯府的支持，将来根本就无法跟八皇子和治王抗衡。”沐清漪淡淡道，“更何况，经过了这次的事情，朱nbsp;還不死心塌地为慕容煜效命？”

容瑾望着沐清漪平静的脸庞若有所思，道：“清清言之有理，不过……本公子却没想到清清不仅精于谋划，就连朝堂局势都能看得如此清楚。”

沐清漪一怔，抬眼看着容瑾道：“清漪也没想到九公子身为西越皇子，会对华国的纷争如此感兴趣。”

书房安静下来，良久，容瑾才摸了摸鼻子笑眯眯道：“公子我还不是为了清清吗？清清如今的所作所为本公子看着着实忧心啊，所以才不得不多了解一些以备不时之需。”

容瑾说的自然不是真话，不过沐清漪也不在乎。对于容瑾的话她本就半个字也不会信，容瑾这样的人，若是想骗人，只怕天下没有人能够防得住他，所以猜了也是白猜。而且，有的谜题还是自己来解开更有意思一些。

“启禀小姐，北汉烈王来访。”门外，盈儿脆声禀告道。

容瑾立刻站起身来，不悦地道：“哥舒翰，他跑来干什么？还是对清清不死心吗？”

沐清漪白了他一眼，问道：“九公子要不要跟我一起去迎接北汉烈王？”

容瑾哀怨地斜了她一眼，道：“我就知道哥舒翰一来，清清就要赶我走了。好吧，本公子不打扰就是了。不过……清清可不要被哥舒翰给勾搭走了哦，不然……本公子就把他大卸八块！”

“听说北汉烈王是天下五大高手之一，九公子努力吧。”沐清漪不咸不淡地道。

容瑾轻哼一声，负气而去。

不多时，哥舒翰便在沐长明等人的陪同下走了进来。

沐清漪看到跟在沐长明身后的孙氏和沐云容等人，立刻便沉下了脸，毫不客气地道：“父亲带人来看清漪的笑话吗？”

沐长明本就心中有愧，又当着哥舒翰的面，自然不敢对沐清漪如何。他有些苦涩地笑了笑，道：“漪儿……”

不等沐长明多说，沐云容便忍不住抢先开口了，道：“四妹，咱们好心来看你，你这是什么意思？”

沐清漪抬眼，浅浅一笑，看着她挑眉道：“看我？有这个工夫三姐不如去看看宁王。四妹我的脸一时半会儿好不了也烂不到哪儿去，倒是宁王……说不准什么时候就一命呜呼了。”

哥舒翰皱着眉看了看戴着面纱的沐清漪，虽然遮了厚厚的面纱，却依然能隐约看到狰狞的伤痕，不过……这丫头倒是挺有精神的。哥舒翰挑了挑眉，笑道：“四小姐说得没错，本王听说宁王昏睡不醒。若是一个月内醒不过来，只怕就……”

闻言，沐云容脸色惨白，靠在孙氏身上摇摇欲坠，嘟哝道：“娘……娘……”

孙氏连忙扶着女儿，柔声道：“别怕、别怕，宁王吉人自有天相，一定不会有事的。”

哥舒翰冷哼一声，淡淡道：“再吉人天相也顶不住有个克夫的扫把星啊。”

“烈王，慎言。”沐长明皱眉，沉声道。

哥舒翰也不在意沐长明的无礼，扬眉笑道：“这可不是本王说的，早上出来的时候京城的茶楼里都在说这事呢。倒是侯爷……四小姐伤了脸，你却带个妖妖娆娆、病病歪歪的女儿过来，是真的想看四小姐的笑话呢，还是想把那一身莫名其妙的毛病过给她？”

哥舒翰这样的人，无论笑不笑都会让人感到一种无形的压力。但是事关女儿，孙氏也顾不得害怕，怒气冲冲地道：“你这是什么意思？我们容儿才没有什么病！”

因为宁王接二连三地在婚前受伤，沐云容克夫的名声在京城已经传得尽人皆知了，若是再加上个“有病”的名声，沐云容这辈子就真没指望了。

哥舒翰抱着胸居高临下地盯着孙氏，漫不经心地道：“没病？没病一副东倒西歪站都站不稳的德行干什么？本王听说华国的大家闺秀端庄娴雅，难道这庶女的教养方式就是跟嫡女不一样吗？不过，就是肃诚侯府另外两位小姐，本王也没见这副德行啊。”

这话的意思是，沐云容连二房庶出的沐水莲和沐羽菲都不如了。

沐云容平日里自负美貌，哪里被人这么挤对过，顿时脸色一阵青一阵白。

看着沐云容楚楚可怜的模样，沐长明脸色也不由得一沉。

“烈王，请你慎言。”沐长明神色阴沉地道。

哥舒翰哪里是会听警告的人，闻言也只是轻哼了一声，便不再理会摇摇欲坠的沐云容和一脸怒意未平的孙氏，看着沐清漪道：“你怎么样了？本王怎么听说你这脸是被人给害了的？”

这话一出，从沐长明到沐云容，几个人的心都不由得提了起来。

沐清漪抬手轻触了一下隔着面纱的脸庞，对上哥舒翰满是关心的眼神，心中不由得有些愧疚，戏却还是要继续演下去的，她淡淡笑道：“多谢烈王关心。是清漪一时不慎误食罢了……”

哥舒翰虽然性格洒脱、不拘小节，却也不是傻瓜。他冷冷地扫了沐长明等人一眼，顿时让沐长明只觉得如芒在背。

“上次本王就跟你说了，你跟着本王去北汉，岂不是比待在这小小的京城侯府里要愉快得多？”哥舒翰皱眉道。

沐清漪敛眉微笑，道：“多谢王爷好意，京城才是清漪的家。”

哥舒翰有些无奈地耸了耸肩，他真的觉得如今的沐清漪，与其待在京城，还不如跟自己到北汉快活一些，至少在北汉自己可以护她周全，不让她受什么委屈。对于这个当年在自己最危难的时候帮助过自己的小姑娘，哥舒翰已经是难得地有耐心了。

哥舒翰见她没有改变心意的意思，也不勉强，只得道：“也罢，咱们北汉也有些治疗伤痕的灵药，回头我让人给你送些过来。只要本王还在京城，有什么事你都可以让人到北汉使馆找我。”

其实当年张氏母子对哥舒翰的帮助只是举手之劳罢了，何况哥舒翰还救过她们的命。已经过了这么多年，姨母早已经过世，哥舒翰却还记得这份情义并且真心为沐清漪打算，这份心意沐清漪心中还是十分感念的。自从取代了表妹，这也是顾云歌第一次对一个人产生了好感。

“多谢烈王。”

哥舒翰站起身来，侧首看了看沐清漪，有些无奈地叹道：“你这小丫头跟小时候一点儿都不像了，真是一点儿都不可爱。”

沐清漪心中轻轻叹了口气，面上却浅浅笑道：“人总有长大的时候。”

京城里流言纷纷，各个权贵之家也是暗流汹涌。寻常人依然悠然地过着自己的日子，王侯将相的兴衰起落在他们的眼中也只不过是遥不可及的一则笑谈罢了。

城西秦府是京城里一座并不起眼的府邸。府邸的主人秦老爷经营着一家还算不错的绸缎庄，平日里也算是与人为善的老好人。除此之外，在外人眼中，他跟每一个住在这附近的商人没有任何区别。

秦府后院最深处的一个偏僻院落中的一株榕树下，一身白衣的顾秀庭倚坐在躺椅上闭目养神。他手中还握着一本看了一半的书，因为他的浅眠，书开始慢慢向下滑落。休养了几天，顾秀庭的精神却比在恭王别院的时候更差了。之前在慕容煜的别院，他必须全力以赴地面对层出不穷的刑讯，现在松懈下来了，整个人反而更加虚弱。

一只纤细白皙的手轻轻伸过来，接住了那往下坠落的书卷，也让原本就是浅眠的男子睁开了眼睛。跟前是仿佛十三四岁的俊美少年，顾秀庭淡然一笑，坐起身来道：“清漪啊，你怎么来了？”

沐清漪站起身来，走到顾秀庭旁边，毫不在意地在旁边一块光滑的石头上坐了下来，笑道：“闲着没事，就来看看大哥。大哥这两天还好吗？”

顾秀庭含笑看着她，点头道：“我很好。肃诚侯府出了什么事？”

沐清漪身为肃诚侯府的嫡女，即使不受重视，也不是说想出来就能出来的。沐清漪这般悠然的模样，显然是一点儿都不赶时间，她笃定了在她出来的时间里绝不会有人去找她吗？

沐清漪抿唇浅笑，点头道：“嗯，肃诚侯府的四小姐毁容了，见不了客，也不想见人。”

“毁容？”顾秀庭坐起身来，打量了沐清漪一番，确定她俊俏的小脸并没有丝毫异样才放下了心，重新靠了回去，沉声道，“你到底是沐长明的亲生女儿，他为何要对你下手？”

沐清漪不在意地道：“大约是因为柔妃吧。前几日听说华皇要柔妃召我觐见，然后不知道为什么沐……父亲和孙氏，甚至还有柔妃都觉得华皇会要我入宫为妃。然后就……”

“然后沐长明就想要毁了你的脸？”顾秀庭沉声道，那声音让人不由得生出几分冷意。

沐清漪点头，看着顾秀庭，犹豫了一下方才道：“其实……这也是我今天来见大哥的原因。我想知道，我……母亲以前……”

其实沐清漪也不确定顾秀庭知不知道以前的事情，毕竟顾秀庭也只不过比她大了四岁而已，她完全不知道的事情，大哥知道的概率也很小。若是大哥也不知道，她就只能找机会问问表哥或者肃诚侯府的人了。

顾秀庭一怔，道：“清漪问这个做什么？”

沐清漪轻咬唇角，低声道：“我……清漪想要查我娘的死因……”

顾秀庭默然。

他刚刚被抓入宁王府的头一年几乎天天重伤，半死不活，自然也顾不了别的，等到知道消息的时候张夫人已经死去好几个月了。平时在宁王府里，下人也不会跟他说话，慕容安更不会跟他说这些，所以他并不知道张夫人去世的真相。

沐清漪低声将冯止水和容瑾告诉自己的事情跟顾秀庭说了一遍，秀庭公子不由得变了颜色，神色有些复杂地望着沐清漪，欲言又止。半晌，他才幽幽地叹了口气道：“这事……原本不该大哥来说。那年的事情……我知道得并不清楚，那时候我才刚刚出生。那年的初春，肃诚侯邀姨母出门踏青，每年春日相邀出府踏青游玩的未婚夫妻并不少，自然也没人当一回事。外祖父和外祖母便同意了。就是在这一次踏青时，肃诚侯救了当时微服出宫遇刺的华皇。”

沐清漪心中一动，沉声道：“这么说，是母亲和……一起救了华皇。”

顾秀庭看了沐清漪一眼，点了点头，算是认同了她的猜测，然后继续道：“之后没多久，外祖母就来相府探望母亲，告诉母亲华皇暗中示意外祖父，想要让姨母进宫为妃。”

沐清漪不由得深吸了一口气，虽然已经猜到了，但是当真相被大哥亲口证实的时候，她还是不由得震惊，问道：“外祖父没有同意？”

顾秀庭点头道：“外祖父自然不会同意，姨母已经许配给肃诚侯了。肃诚侯对姨母虽说不上一心一意，却也是十分尊重的，无论如何都比败坏了名声进宫去做个妃子，一辈子不得自由好得多。但是，华皇既然已经跟外祖父要了姨母，这事情又岂是外祖父不同意就能解决的？最后还是姨母自己开口，如果华皇一定要她入宫，她愿意退了与肃诚侯府的婚事，可即便遁入空门，也绝对不会踏入宫门半步。最后华皇无奈，又有姑母在一边苦苦相劝，这事就这么算了。只是没想到……”

谁也没想到，已经过去十几年了，华皇居然还记得这件事。更没想到的是，沐长明居然会将自己的妻子送入宫中，最后更是下手害死了她。

“沐长明！沐飞鸾！”沐清漪忍不住咬牙暗恨道。

“清漪……”顾秀庭抬手，轻轻拍了拍她的肩膀，柔声道，“别为了那些人气到自己……”

沐清漪抬手抹去眼角的泪水，咬牙道：“我只是想到……母亲竟然受了那么多的苦楚和委屈，还那样死去……就恨不能一把火将肃诚侯府给烧得干干净净！”

“傻丫头。”顾秀庭轻声叹息道，“一把火烧了又能如何？大不了他们再建。他们最看重什么，咱们就一件一件地从他们眼前毁去，毁得干干净净，这样姨母在九泉之下才能安眠。只是……漪儿，沐长明到底是你的亲生父亲，你当真……”

“清漪只有母亲，没有父亲！肃诚侯府的人跟我没有任何关系。”望着顾秀庭担忧的眼眸，沐清漪坚定地道。

她不知道表妹会怎么选，但这是她顾云歌的选择！即使将来到了九泉之下表妹恨她，她也绝不会有丝毫改变。

“这些年苦了你了。”看着她冷漠的脸庞，顾秀庭低声道。

从前的沐清漪，是一个不知世事的单纯孩子，被所有人宠爱着。什么样的环境，才能将一个天真无邪的少女磨炼成现在这副模样？

沐清漪淡淡一笑，道：“清漪很好，大哥才是受苦了。”蓦地想起什么，沐清漪飞快地从袖中翻出上次就想要交给顾秀庭的玉佩，道，“大哥，这个还给你。”

顾秀庭摇摇头，将她的手推了回去。沐清漪疑惑地望着他，只听顾秀庭淡笑道：“当年祖父留下了规矩，谁先拿到了就归谁，不能转送。”

“可是，这本就是属于大哥的东西啊，而且……如果大哥方便的话，肯定比我先取到这个。”沐清漪坚持道，“这些本就是顾家的东西，交给大哥以后复兴顾家不是理所当然的事吗？”

“复兴顾家？”顾秀庭眼神一沉，脸上那一道狰狞的伤痕，因为那虽消瘦却俊美非凡的容颜而显得更加触目惊心。许久，顾秀庭才慢慢地摇了摇头，道：“漪儿，还是你收着吧，我不需要这个。”

沐清漪不由得愣住，一时间似乎有些无法理解大哥说的话。

看着她呆滞惊愕的模样，顾秀庭一笑，悠悠道：“漪儿可想过如何复兴顾家？重新扶持一位皇子或者是平王，争权夺位等到新皇登基凭着从龙之功自然可以重新复兴顾家。但是……那又如何？说不定……几十年后又是一次灭门之灾。祖父当年约定了十年之内若无人去取，顾家所有财富就散于天下百姓，漪儿可明白为何？”

沐清漪想要反驳顾秀庭的话，却不知从何反驳。她自然明白祖父的苦心和遗憾，但是难道百年顾氏，流传数百年的书香门第，他们从小长大的家，就这样如风卷残云一般消失无踪，再也找不回丝毫踪迹了吗？

沐清漪想说，但是看着顾秀庭脸上无法掩饰的疲倦，终究还是没有开口，只得低下头沉默了起来。

“清漪，你与容瑾是怎么相识的？”顾秀庭轻声问道。

沐清漪也不隐瞒，将与容瑾相识的事情说了一遍。顾秀庭总觉得容瑾这个人太过危险，但是也不得不承认容瑾确实在一直帮着自家表妹。顾秀庭还是提醒了一声：“这个人……深不可测，清漪自己小心些。”

沐清漪不由得扑哧一笑，连连点头道：“大哥也是这么认为的吗？”

容瑾一天到晚挂着那张无害的俊脸到处晃，若是让他知道才见了一面就给人看穿了，不知道他会作何感想？

顾秀庭淡淡一笑，道：“九公子在西越的日子应该也不好过，竟能在华国都城里和肃诚侯府来去自如，还能匀出人手来帮你，可见是有些手段和决心的。不过，清漪，我担心将来他要的报酬你给不起。”

沐清漪浅浅笑道：“我们说好了只给我给得起的，何况……真给不起大不了就赖账呗。能够将大哥救出来才是最重要的。”

话虽这么说，沐清漪心中却已经开始盘算起来容瑾到底会要什么样的报酬，要知道想赖容瑾这样的人的账可不是一件容易的事。真惹恼了他，他能跟附骨之疽一般缠你一辈子。

听了沐清漪的话，顾秀庭眼中更多了几分暖意和怜惜。即使是在他最绝望的时候，他也没有想过最后救出自己的会是当初那个害羞娇弱的表妹。

顾秀庭的身体还很虚弱，与沐清漪谈了一会儿就显得更加疲惫。沐清漪也不再多留，从旁边取过一个薄薄的毯子为他盖上便起身告辞了。

“歌儿……”

身后，传来顾秀庭轻柔而温和的声音。

沐清漪身子不由得一僵，定了定神才从容地转过身去望着顾秀庭微笑道：“大哥……是想起表姐了吗？”

顾秀庭抬手掩住自己的眼眸，轻声叹了口气道：“是啊，不知道怎么会看到你就想起了歌儿。”

沐清漪只觉得鼻子一酸，眼泪仿佛下一刻便要滑落一般，连忙道：“大哥你别想了，表姐……一定也不希望你再为她伤神。”

顾秀庭掩着双眸，自然没有看到她脸上的神色，无声地点了点头。

沐清漪却觉得自己再也待不下去了，轻声道：“大哥好好休息，过两天我再来。”

说完，她便转身匆匆往外面走去，只怕再晚一刻自己就会忍不住扑进大哥怀中痛哭起来。但是她不能……她不敢与大哥相认，不是因为虚无缥缈的鬼神之说，而是……

她不敢……

大哥，都是云歌的错……

离了秦府，沐清漪便直接往轻安阁去了。进了二楼的厢房，冯止水进来对着沐清漪便是一拜，道："属下恭喜小姐。"

沐清漪亲手扶起冯止水，含笑道："冯先生何必如此客气，请坐吧。"

沐清漪知道，到现在冯止水才算是真正承认了自己这个主人。

冯止水谢过沐清漪后落座，有些担忧地问道："小姐，不知大公子伤势如何了？"

沐清漪轻声道："这也是我来见冯先生的原因。大哥伤势未愈，只怕还要休养不少日子，过个一年半载的总是会好起来的，但是大哥不愿接受顾相留下的一切，这是为何？"

冯止水挑了挑眉，道："小姐跟大公子提了将顾家的产业还给他？"

沐清漪道："这不是理所当然的吗？这原本就是顾相给顾家子孙留下来的啊。"

冯止水摇头道："小姐错了，这确实是顾相留下的，却未必是给顾家子孙留下的。至于大公子不愿接手的原因，属下也能明白一二。"看着沐清漪茫然的模样，冯止水有些纠结地皱了皱眉，犹豫了片刻才道，"小姐，如果大小姐还活着而大公子不在了，你觉得大小姐会接手这一切吗？"

当然会！沐清漪毫不犹豫地在心中道。

一个人到底势单力薄，有了冯止水的协助想要做什么都方便得多，但是冯止水既然会这么问……沐清漪低眉沉思了许久，她若还是顾云歌，她会隐姓埋名暗中行事，或者如现在一般借用顾流云的名字行事。而她……顾云歌这个名字自然是不会再出现了。顾家……世代书香门第、青玉无瑕的顾家，怎么能有一个沦落风尘的女儿？！

想到此处，沐清漪不由得脸色一白。大哥……是了，如果她会这么想，那么从小便接受最正统的文人教养长大的大哥只会比她更看重这些。那么大哥会怎么想？！她不会在乎大哥曾经受过的苦，就如同大哥也绝不会因为她沦落青楼就不认她这个妹妹。但是……她怎么会忘记自己的经历？如果她都忘不掉，大哥又怎么能？现在她解脱了，一把火燃去了那个她认为有辱顾家门风的躯壳，那么大哥呢？大哥要怎么办？！

这一刻，沐清漪无比感激容瑾留下了慕容安一命。怎么能让他那么容易就死了？她要把他碎尸万段，让他求生不得、求死不能！

看着坐在椅子里面色淡漠、浑身上下散发出令人胆寒的杀气的"少年"，冯止水也不由得直冒冷汗。同时，他在心中暗暗惋惜，可惜小姐不是一位少爷，不然只怕当真是前途无量。

沐清漪有些痛苦地闭了闭眼睛，暗恨自己之前太过心急。她三番四次要将玉佩和顾家塞给大哥，想要大哥承担起复兴顾家的责任，根本就是一次又一次逼大哥去面对那些痛苦的过往！顾云歌，你真是该死！

“小姐？”冯止水有些担心地道。

他也知道刚刚说的话可能对小姐冲击太大了，但是小姐这样下去也不是法子，而且坐在旁边的自己也要受不住了。

他只得劝道：“小姐不必担心，大公子并非钻牛角尖的人，小姐不必太过着急了。”

沐清漪有些汗颜，点头道：“多谢冯先生指点。”

冯止水摇了摇头，笑道：“论才智谋略，属下不如小姐多矣。只是小姐到底还年轻，有些事情想不到也是难免的。”

在冯止水看来，沐清漪想不到这些再正常不过了，毕竟沐清漪是个女儿家，根本很难明白有些事对男人的影响。

沐清漪有些不好意思，浅笑道：“先生过奖了，以后许多事情还要先生多多指点。”

冯止水正色点头道：“顾相对冯止水恩重如山，但有吩咐，属下莫敢不从。”

两人不由得相视一笑，再客气下去就显得虚假了。沐清漪正想问一问宁王府的事情，门外的小二匆匆进来禀告道：“掌柜，外面……五公主带着北汉的永嘉郡主和西越的淮阳公主来了。”

冯止水不以为意，有些不悦地皱了皱眉，道：“来就来了，好好招待便是。”

小二有些为难地道：“但是……大堂里已经没有座位了，五公主却坚持不肯坐厢房，非要……非要跟安西郡王抢座位。”

安西郡王？

这一刻即使是一向从容淡定的凤章先生也不由得露出了头痛的表情，对沐清漪道：“算了，这两位……咱们哪一位也得罪不起。属下还是先去看看吧。”

赵子玉今年才二十五岁，作为一个功勋卓著的武将，他年轻得有些过分。他穿着一身玄色云纹的衣衫，堪称英俊的脸上带着冷肃的神色，配上那仿佛沾染了血腥一般的玄色，整个人仿佛一把刚刚出鞘的战刀。此时，赵子玉皱眉望着眼前的三个少女，冷峻的脸上写满了不耐烦。

冯止水走过去的时候，五公主正有些倨傲地瞪着赵子玉，一脸不悦。跟在她身边的永嘉郡主和淮阳公主绝艳的容颜上带着几分看好戏的悠然。

瞪着跟前的男人，明慧公主只觉得心中的怒火无处宣泄。这个赵子玉，她好好地跟他商量，看在她公主的身份上卖个面子给她会死吗？

“明慧公主，不然咱们还是坐那边去吧。”淮阳公主看了一眼一脸冷漠的赵子玉，轻声在明慧公主耳边劝道。

“本公主偏不走！本公主就要坐这里！”明慧公主仰着下巴高声道。

赵子玉放下手中的茶杯，淡然道：“既然公主喜欢，就在旁边等着，本王走了，想必也没人跟你抢这个位置。”

明慧公主不由得一哽，问道：“你什么时候走？”

赵子玉看了看窗外的天色，答道：“傍晚吧。”

现在才不过刚刚过了午时，离傍晚至少还有两个时辰。明慧公主的俏脸顿时就阴沉下来。

“草民冯止水见过郡王、公主。”看到眼前的情形越闹越僵，冯止水叹了口气只得上前施礼。

正要发火的明慧公主愣了一下，回头扫了冯止水一眼，傲然道：“你是什么人？”

“草民是轻安阁的掌柜，不知公主可是对敝店有不满之处？”冯止水恭敬地问道。

明慧公主抬手一指赵子玉道：“你让他立刻给本宫让座！”

冯止水看了看低头饮茶的赵子玉，摸了摸鼻子有些为难地道：“这个……公主，正所谓先来后到，郡王先订下了这里，公主何不看看别的地方？其实还有几个位置景致也十分不错。另外，小店还有几间厢房，同样可以赏景，虽然不及大厅热闹，却也别有一番静谧风韵，正合公主尊贵的身份。”

“我不管，本宫就要这个位置！”明慧公主脸色阴沉，咬牙道。这关系着她公主的面子和尊严。

冯止水无奈地看向赵子玉，希望这位郡王能够好说话一些。

赵子玉自然也察觉到了冯止水殷切的目光。赵子玉早年还没有驻守边关的时候也是这轻安阁的常客，自然是要给掌柜面子的。只是他还未开口，楼梯口便传来了一个温润含笑的男声：“赵兄若是不嫌弃，与在下同坐如何？”

众人将目光齐刷刷地转向楼梯口，刚刚太过专注于公主和郡王的对峙，竟然没人注意到有人走上来了。男子看上去二十七八岁的模样，穿着一身绛紫色绣银鹰的锦衣，外面还罩着一层紫色薄纱，手中握着一柄看上去很普通的折扇，沐清漪却看出那折扇的扇骨并非寻常的竹木、象牙之类。它通体黝黑却泛着淡淡的光泽，很有可能是某种不知名的矿物。那折扇看上去不像是附庸风雅的玩意儿，倒更像是一件危险的兵器。

被人一直注视着，魏公子自然不会没有感觉。他侧目望去却见到角落里坐着一个十三四岁、俊秀非常的白衣少年。见自己被发现，少年也只是对他露出一丝略带窘迫之意的笑容，低下了头去喝茶。魏公子不由得淡然一笑，将目光重新转到了窗口这边。

赵子玉也在看着走上楼来的男子，蓦地淡然一笑，颔首道：“原来是魏公子，幸会。”

“赵兄客气了，在下魏无忌，请。”魏公子笑道。

“请。”面对魏公子这样温文尔雅又不失洒脱的翩翩公子，即使是赵子玉这样的人也很难不和颜悦色，赵子玉起身跟着魏无忌移到了旁边屏风后面的座位。

冯止水松了口气，转身对着明慧公主含笑道：“公主请。”

明慧公主怔怔地望着屏风后面似乎正与赵子玉说话的男子，脸色苍白。从头到尾，魏公子都没有看她一眼。

京城里谁人不知，明慧公主痴恋魏公子数年，可惜却是落花有意流水无情。

魏公子，名无忌。他是天下第一富豪，十年前突然崛起，富可敌国，就连三国皇室也对他敬如上宾。他与古时信陵君同名，无人知其来历。

就连魏无忌都来了，可见这一次的华皇寿辰果然称得上八方来贺。这京城……真是越来越热闹了，沐清漪起身悠然下楼，心中暗暗思量着。

出了轻安阁，无心立刻跟了上来。沐清漪一边漫步而行，一边漫不经心地问道：“魏公子这个人，你怎么看？”

无心不由得愣了一下，显然是没想到沐清漪会问他这个问题。

“回公子，魏公子十年前携巨量财富出现，短短十年便有了天下首富之称。其人长袖善舞，对行商有着无人能及的天赋。但是他原本是什么人，十七八岁之前的背景却是一点儿消息都没有。”

“魏公子似乎与护国大将军交情不错。”无心沉声道。

沐清漪脚下一顿，回头看了无心一眼，笑道：“哦？交情不错……九公子的消息灵通得让我叹为观止。”

无心低着头并没有看到沐清漪脸上的神色，很多时候这位小姐给他的感觉与九公子非常像，总是无形中会让人感到强大的压力。所以无心很少抬头去看她的神色，只是平静地道出自己知道的事情。

沐清漪皱眉，魏公子……魏无忌……

“你们公子跟魏无忌有仇？”沐清漪突然开口问道。

无心惊讶地抬起头来看向沐清漪，只听她淡淡道：“想对付魏无忌让他自己去，我没这个能力招惹魏无忌。就算有，也没必要。”

看着白衣“少年”转身扬长而去的身影，无心一贯肃然的脸上终于出现了几分惊讶、纠结之色。

沐清漪并没有急着回府，而是转身去了城南的一处酒楼。这座名为归林居的酒楼是治王名下的产业，而沐清漪早就约好了的人正在这里等着她。

归林居的后院，慕容协正坐在厢房里对着一盘残棋出神。只是看他专注的神色，绝对不会有人知道他此时的心思完全没在棋盘上。慕容协在等人，在等待的空隙，他不由得有些质疑自己只是收到一张连名字都没有的帖子就同意与对方见面是否太过草率了一些。

“王爷。”门外，小二低声禀告，“客人来了。”

“进来。”

沐清漪一踏入房间，慕容协先是愣住，然后便感到一股怒气从心中涌起，有一种被人耍了的感觉。他本就端正雍容的面容因为这一丝怒气，更多了几分肃杀之意。

沐清漪却不在意，偏着头看着慕容协笑道：“治王殿下似乎不高兴？为什么？在下有何处失礼了吗？”

慕容协冷然地盯着沐清漪道：“阁下就是要求见本王的人？”

沐清漪不在意地点点头，道：“正是。王爷……都不请人坐下吗？”

来人胆子倒是不小，慕容协怒气稍消，抬了抬手示意沐清漪随意。沐清漪也不客气，走到慕容协下首处不远的一个位置坐了下来。这片刻间，慕容协也冷静了下来淡淡道：“这位公子高姓大名？”

沐清漪笑道：“在下姓张，单名清。”

张清，听着便不像是真名，但是慕容协也并不在意。毕竟即使沐清漪说了真名，慕容协也未必会相信。他们这些在钩心斗角中长大的皇子，除了亲眼见到的之外什么都不信。

“哦？那么，张公子见本王有何事？”慕容协一边审视着沐清漪，一边问道。

沐清漪含笑道：“这个嘛……自然是想要帮助王爷了。当然，王爷也可以称之为互惠。”

慕容协眼眸一眯，沉声道：“本王怎么不知道有什么需要张公子帮忙，更加不知道……本王能帮公子什么。”

沐清漪淡笑道：“咱们都免了无聊的试探，如何？在下时间并不多，相信王爷也一样。在下可以帮王爷得到你想要的东西，到时候王爷只要帮在下一个小小的忙就可以了。”

慕容协冷笑一声，道：“本王怎么知道你有没有这个能力？另外，你那所谓小小的忙若是本王办不到又该如何？”

沐清漪笑眯眯道：“我有没有能力，恭王妃和宁王殿下不是已经证明了吗？至于我要的，等到治王得到了你想要的，将慕容煜和慕容安交给我就可以了。”

“你倒是胆大。”慕容协盯着沐清漪沉声道，“你就不怕本王将你抓起来吗？”

沐清漪悠然地抬手，笑问道：“这样做对治王殿下有什么好处？还是说在下误会了，其实治王殿下和恭王兄弟情深，压根儿就没想过太子之位？”

“放肆！”慕容协厉声道，“你好大的胆子。”

皇家的钩心斗角自古有之，但是少有人敢如此赤裸裸地在他面前提出来。

沐清漪耸耸肩，表示闭嘴。

慕容协目光幽冷地盯着沐清漪许久，才冷声问道：“你为什么要对付恭王？”

“我看他不顺眼。”沐清漪笑道。

“你打算用这个理由来说服本王吗？”慕容协冷笑道。

沐清漪无奈，只得淡然道：“在下与慕容安有刻骨深仇。要动慕容安自然免不了与慕容煜为敌，只可惜这次慕容安命大逃过了一劫。”

慕容协皱眉，在心中盘算着要不要相信这个理由。慕容安是什么德行慕容协自然清楚，想要慕容安死的人只怕都能从宫门口排到杨柳江边了。只可惜慕容安身为皇子，能动得了他的人实在不多。若说此人与慕容安有仇，慕容协是有些相信的。

看着慕容协犹豫迟疑的模样，沐清漪淡笑道："王爷何必如此，在下说的是真是假对王爷都没有害处，不是吗？你我的目标，本就是一致的。就算王爷不相信在下，总还是该知道有一句话的。"

"什么话？"

沐清漪笑道："敌人的敌人就是朋友。"

她随手从袖袋中取出两件东西抛了过去，慕容协接在手中一看，是一支女用的发簪和一块男用的玉佩，玉佩上四条龙环绕着一个"宁"字，这样的玉佩慕容协也有一块，那是代表他治王身份的玉佩。这玉佩本该是慕容安不离身的信物。

不再耽搁，沐清漪微微一笑转身往门外走去，刚要踏出门，身后便传来了慕容协的声音："张公子留步。"

听到慕容协的声音，沐清漪低头，唇边勾起一丝淡淡的微笑，再回过头来时俊俏得有些稚嫩的脸上却只剩下一丝淡淡的疑惑了，问道："王爷还有什么事？"

慕容协盯着沐清漪沉声道："若是张公子不嫌弃，闲暇时可以到归林居或者敝府坐坐。"

沐清漪含笑点头道："若是王爷有什么事，也可派人送信到此处。"沐清漪自然也是懂得投桃报李的人，将一张信笺放到了桌上，笑道，"在下告辞。"

"慢走不送。"

恭王府后院。

朱明嫣沉默地坐在房间里出神。依旧锦绣华贵的房间，比起从前却多了几分清冷和死寂。她坐在铜镜前怔怔地望着镜中雍容美丽的女子，比起从前的神采飞扬，到底是多了几分苍白和羸弱。颈上的痕迹在抹了药膏之后早已经消失了，朱明嫣却永远也无法忘记在江边，过往的行人和皇子、皇妃看她的眼神，还有……她的丈夫……

龙王诞已经过去七天了，自从那天回来之后，慕容煜就再也没有进过她的房间，她也已经不再是那个骄傲的恭王妃了。

独自坐在房间里，朱明嫣甚至会忍不住想，在慕容煜看来她被废了是不是一件好事？平南郡王府早已经打上了恭王府的标记，经过这一次的事情，父王自然会对慕容煜更加死心塌地。而慕容煜……甚至可以再娶一个出身名门的王妃。

"王妃，王妃……不好了。"

门外传来丫头慌乱的叫声。朱明嫣皱了皱眉，从城外回来以后，她就不太愿意见外人了，平时连身边侍候的丫头都被她赶出去了。

“什么事？”朱明嫣沉声问道。

小丫头战战兢兢地道：“皇上……皇上将李家小姐赐婚给恭王殿下了。”

“什么？！”手中的玉钗砰然落地，立刻碎成了两段。朱明嫣望着地上的玉钗，一时间有些茫然，好半晌才反应过来——皇上……皇上给恭王指婚了？

前任王妃才被废不过几天，皇上就给恭王指了新王妃。一方面，这可以算是皇帝疼爱儿子，担心儿子被声名狼藉的前任王妃牵连了；另一方面，体现出皇帝对平南郡王府和朱明嫣这个人已经讨厌到一定程度了，所以根本就不给他们半点儿面子，短短时间里就选定了新的王妃。

朱明嫣猛地站起身来，眼前却一阵阵发黑。

“李家？李家不是跟肃诚侯府定了亲？”

虽然李家闹着跟肃诚侯府退了婚，但是皇上也不至于将一个退过婚的女人指给恭王。

朱明嫣的脸色实在是可怕，小丫头战战兢兢地道：“不是，不是那位李小姐，是李家长房嫡出的三小姐，曾经被太后亲口赞过诚孝淑嘉、闺中典范的那个李小姐。”

当初与沐翎订婚的那位李小姐虽然也是李家的嫡女，却是二房的，与这位指给慕容煜的长房嫡女不可同日而语。更重要的是，被太后如此称赞过的女子自然是身价百倍，又怎么会许配给沐翎那样身份的人？

“王爷……王爷回来了没有？”

“王爷刚回来。”

朱明嫣一把推开跟前的小丫头，跌跌撞撞地往慕容煜的书房跑去。

书房里，慕容煜正在跟自己的幕僚和属下议事。这两年，恭王府太过顺风顺水了，以至于这几天突然发生了这么多的事情竟然让他们有些应接不暇。慕容煜万分恼怒，他确实没想到时至今日自己居然还会被人算计得这么彻底。

“王妃，你不能进去！”

书房的院门口，远远传来了守门的侍卫为难的声音。

“滚开！”

然后是朱明嫣气急败坏的声音。

书房里众人正惊愕间，朱明嫣已经闯进了院里。虽然朱明嫣被华皇贬为侧妃，但是到底还是恭王府的主子，还有这平南郡王府郡主的身份，侍卫也不敢硬拦她。

“你来这里做什么？”

朱明嫣一把推开书房的门，看到坐在慕容煜下首的林端和朱明瑞，她愣了一下，却又因为慕容煜的话忍不住红了眼睛。

“你要娶李知宜？”朱明嫣含泪问道。

慕容煜顿了一下，点头道："这是父皇的旨意。"

朱明嫣当然知道这是华皇的旨意，她只是定定地盯着慕容煜问道："那么你呢？你自己想不想娶她？"

慕容煜不答，只是平静地望着她。她从他的眼神中已经看明白，慕容煜自己对华皇指的这门婚事也是满意的，甚至是十分满意。李知宜是出身名门清流世家的嫡出小姐，容貌虽然比不得朱明嫣美丽，却也算得上是秀丽佳人。此外，李家小姐被太后赞为诚孝，更不是如今算得上声名狼藉的朱明嫣能够比的。李知宜，如她的名字一般，永远都知道自己应该做什么、应该做到什么程度，当真不愧是太后称赞的闺中典范。

娶了这样一个女子，对恭王府来说绝对是一个逆转名声的机会。将来只要李知宜不出错，恭王府之前的笑话很快就会被人忘记，甚至慕容煜还会因为没有直接休了声名狼藉的朱明嫣，而得到一个重情宽容的名声。

两人对视这一会儿，其他人都明白此时自己不应该留下，纷纷起身告退了。

许久，书房里才响起朱明嫣仿佛哀求的声音："不要……不要娶她好不好？"

朱明嫣痴痴地望着眼前俊逸且温雅的男子，乞求道。

慕容煜皱了皱眉，淡淡道："明嫣，不要闹了。这是父皇的旨意。"

"但是你明明自己也很高兴！"朱明嫣尖声叫道，"你很高兴可以娶李知宜是不是？就像当年娶我一样，就像当年跟顾云歌订婚一样！所有的一切都是为了你的地位、你的势力，你从来就没有真正喜欢过我，你只是想利用我对付顾家、对付顾云歌……"

啪！一个耳光重重地甩在朱明嫣的脸上，慕容煜目光冰凉如水，淡淡道："闭嘴。我跟你说过，不要再提她的名字，你总是记不住。若是你有她半分聪明，也不会落到如今这般下场。"

捂着红肿的脸庞，朱明嫣呆呆地愣在了那里。这不是慕容煜第一次动手打她，在外人面前温文尔雅的恭王从来都不是一个温柔的人，但是似乎每一次慕容煜对她动手，都是因为……顾云歌。半晌，朱明嫣终于指着慕容煜哈哈大笑起来，眼泪却疯狂地从眼眶里涌出，她大叫："哈哈，每次提到顾云歌你都这么激动。你后悔了是不是？她死了……你就后悔了是不是？王爷……你再后悔她也死了，是被你亲手害死的。她被火烧死的时候，你不就在场吗？是你眼睁睁地看着她被烧死的！你现在这样……做给谁看？！"

"本王说了，闭嘴。"慕容煜一只手握住朱明嫣纤细的脖子，淡淡道，"你总是在不对的场合说一些不该说的话。乖乖地做你的侧妃，不然就回娘家去。"

朱明嫣咬牙道："你就不怕我父王……"

慕容煜冷然一笑，道："你觉得他会相信吗？本王对平南郡王府还不够优待吗？其实本王一直想提醒你，朱燮很看重你没错，但是……你和平南郡王府之间，你觉得他会选哪一个？"

平南郡王府早就已经和恭王府绑在一起了，即使朱燮现在想要投靠别人，他也没有足够的筹码，更没有人会相信他。

“你……卑鄙！”朱明嫣怒道。

慕容煜放开她，淡淡道：“乖乖做你的侧妃，不要给本王惹麻烦。”

看着他冷淡无情的脸，朱明嫣只觉得心中一片荒凉，但是她依然对这个男人生不出一丝痛恨和决绝。曾经她也轻蔑地鄙视过那些被丈夫欺压却不敢反抗的女子，但是事情到了自己头上才知道，当初那所谓的骄傲也不过如此。

原本想要找慕容煜闹一场，最后朱明嫣只能自己掩面哭着回了房间。这世道，与男人争执原本就少有女子能赢，即便是赢了，也不是那女子本身赢了，大多是男子为了她的家世、权力、财富，暂时忍让罢了。

为了在京城里走动方便，沐清漪花了大手笔在城东买了带花园的府邸，光明正大地挂了个张府的匾额，对外宣称是瀛洲张氏的小公子的府邸。瀛洲与旁的地方不同，虽然也隶属于华国，却是一座海外孤岛。朝廷虽然也派了官员前去管理，但是天高皇帝远，朝廷的官员在那里能起到的作用极为有限。

瀛洲距离华都路途遥远，而且交通十分不便，沐清漪随口扯了一个“瀛洲张氏”倒也不怕被人拆穿。倒是沐清漪这白白净净的娇贵模样跟海外孤岛上那些肤色偏重的人有些出入。不过这也只是需要一个能说得通的借口罢了，又有多少人真的去在意一个十三四岁的少年身份的真假?

有了自己的府邸之后，沐清漪比往常更加乐意在京城四处走动了。这些日子京城里的热闹层出不穷，即使是华皇的五十大寿即将到来也挡不住人们看热闹的兴致。魏公子来到京城参加华皇的寿宴，据说还带来了自己神秘的未婚妻。宁王府里，宁王慕容安生死不知。恭王府里，朱明嫣被贬为侧妃之后丝毫不见消停，整日里闹得鸡飞狗跳，让刚刚被指婚的李家险些跟慕容煜闹翻，更触怒了皇太后，赏了朱明嫣三十大板。这些事让京城的百姓颇为津津乐道。

这一日，归林居里便有两个无良人士津津有味地听着隔壁传来的闹剧。

“朱明嫣，你闹够了没有？！”

治王妃的声音从隔壁传来。治王妃难得请一次客，朱明嫣却挑这个时候来捣乱，分明就是在打治王妃的脸。以前治王妃拿朱明嫣没办法，难不成现在还会怕她?

“看来皇祖母赏的那三十大板还是手下留情了，这才几天你又能出来闹腾了？！”

这话一出，朱明嫣美丽的脸上顿时一阵青一阵紫。对于一个出身名门的女子来说，被打了板子这件事的意义反而比被打板子这个事实更加让她难堪——京城里，但凡是有点儿身份的女儿家是绝对不会受这样处罚的。

朱明嫣脑中本就紧绷的一根弦顿时砰的一声就断了。朱明嫣神色狰狞地瞪着治王妃，目眦欲裂地想要扑过去，却被身边治王府的丫头紧紧地抓住了。朱明嫣自然不肯罢休，一边挣扎着，一边怒骂道："你以为你是个什么东西？不过是一个破落户的女儿，也敢在我面前嚣张！"

这话一出，在场的众人都不由得变了颜色。

"放肆！"治王妃果然大怒，重重地一拍桌案，冷笑道，"朱明嫣，你算个什么东西？生在平南郡王府是你命好，可惜你不惜福。或者说你天生就是个命贱的受不得这份福气，堂堂郡主做妾，你也是头一份儿！"看着朱明嫣气愤的神色，治王妃冷笑道，"本妃便是出身寒微，也知道何为女子规范，从不曾有半点儿差错，更没有落到连自己夫君都嫌弃的地步，倒是出身尊贵的朱小姐……"

治王妃并没有再说不好听的话，但是那冷冷的笑声已经说明了一切，旁边坐着的几个李家女眷也不由得掩唇低笑起来。

今天本是治王妃做东宴请几位王妃和李家的女眷，谁知道朱明嫣突然跑过来发疯。

还是福王妃厚道，叹了口气，道："朱侧妃，你又何必如此？早些回去吧。"

朱明嫣却并不领情，一把挥开抓住自己的丫头，一指坐在一边的一个清秀少女冷笑道："李知宜，你敢抢我的丈夫，不敢出来跟我说话吗？"

李家女眷中一个少妇模样的女子忍不住嗤笑道："朱小姐这话可错了，这门婚事可不是咱们家三小姐哭着求着争来的，什么叫抢你的丈夫？更何况……谁是你的丈夫呢？你倒是问问看，恭王殿下肯不肯承认他是你的丈夫？咱们三小姐可是跟恭王有了婚约的，你可别随便攀扯，再坏了她的名声。"

一番话连削带打气得朱明嫣浑身发抖。

那少女看着她微微叹了口气，道："朱侧妃，我与你无冤无仇，你对我有恨是因为恭王。但是你我都明白，此事并非你我或者李家和平南郡王府能够做得了主的。朱小姐与我为难又有何意义？就算今日没有我李知宜，难道陛下不会为恭王殿下指一个张知宜、赵知宜吗？"

朱明嫣神色扭曲起来，李知宜说的她怎能不知道？但是知道又如何？她不能恨慕容煜、不敢恨华皇，她就只能去恨最无辜的李知宜。如果连个恨的人都找不到，那么她就只能恨自己，她就只能发疯了。

雅间里一时寂静无声，好一会儿，福王妃的声音才再次响了起来："朱侧妃，快回去吧，别让平南郡王和平南郡王妃担心了。"

"闭嘴！不用你管！"朱明嫣突然怒吼道，目光如毒箭一般射向李知宜，尖叫道，"都是你的错，都是你！都是因为你，王爷才不要我的，我要杀了你这贱人！"

说着，朱明嫣竟然一把推开了治王府的两个丫头，朝着李知宜扑了过去。

"啊呀！"在场的众女眷不由得都惊叫起来。

这些女眷都是出自书香门第，而朱明嫣纵然是娇生惯养却也是将门之后，一时间竟让她将整个房间的人撞得七荤八素。本就有些富态的福王妃更是直接被撞翻了，压在了有些瘦弱的治王妃身上。李家的几个女眷也是躲的躲、惊叫的惊叫，乱成一团，竟是谁也顾不得去管李知宜。大约谁也没料到朱明嫣会突然发疯，竟然就这么让她扑倒了李知宜，然后狠狠地掐住了李知宜的脖子，大叫着："你去死！去死！"

如此混乱疯狂的一幕，顿时让所有的人都呆住了，连去解救李知宜都忘了。

治王妃和福王妃终于在两个丫头的扶持下站了起来，一看这情形也吓了一跳。治王妃急得直骂："都是死人啊，还不快去拉开？！快拉开啊！"

两个丫头连忙上去，一左一右抓住朱明嫣的胳膊想要将人拉开。只是不知道为何朱明嫣的力气竟然出奇地大，任两个丫头又拉、又扯、又拽就是掐着李知宜的脖子不肯放手，她发狂似的喊道："贱人！我杀了你！"

李知宜也绝不会想到今天会有这样的飞来横祸，被掐得脸色开始发青，痛苦地伸手拼命想要拉开朱明嫣的手，却总是无能为力，眼看着就要翻白眼了。

或许是求生的意志太坚定，又或许是两个丫头的努力终于有了用，朱明嫣的手松了松。就趁着这一瞬间，李知宜奋力地推开了她的一只手，哑声道："顾、顾云歌……"

李知宜被掐了半晌，说出来的话本就有些嘶哑难辨，离她最近的朱明嫣却听得清清楚楚。"顾云歌"三个字仿佛有魔力一般，让朱明嫣顿时如遭雷击一般顿住了，她问道："你……你说什么？！"

李知宜一阵猛烈地咳嗽，喘息着望着朱明嫣道："你……你害死了顾云歌，又想来害我吗？喀喀……所有接近恭王的女人，你都想害死吗？"

"你……你胡说！"朱明嫣厉声叫道，抬手又想去掐李知宜，两个丫头见状立刻一边一个拖着将她拉离了李知宜。

旁边早就被吓呆了的李家最小的姑娘回过神来哇的一声大哭起来，扑倒在李知宜怀里叫道："三姐！三姐你没事吧？"

李知宜倚靠在李家的孙媳妇儿怀里，无力地摇了摇头，看向那一边被丫头制住了的朱明嫣。朱明嫣的突然发狂吓到了在场众人，李家的两个小姑娘都害怕得躲到姐姐和嫂子的背后去了，最小的那个也依偎着姐姐呜呜咽咽地哭着。看着这幅场景，治王妃只觉得额头隐隐作痛——这都是什么事啊？

"朱明嫣，你到底想要干什么？"治王妃厉声道。

朱明嫣却并没有理会治王妃的训斥。明明是朱明嫣把一屋子的小姑娘吓到了，此时的模样倒像是她自己被吓得更重。朱明嫣呆呆地望着李知宜，眼神发直，口中喃喃道："你胡说……不关我的事！不是我害死她的！"

治王妃和福王妃皱了皱眉相视一眼。因为朱明嫣和顾云歌的关系，其实这些传言京城里一直就没有断过。传言毕竟是传言，但是看朱明嫣此时这副模样，难不成还真的跟她有关系？顾云歌不是刺杀宁王不成焚火自尽的吗？

“滚！不要来找我！不关我的事！”朱明嫣惊恐地大叫道，慌乱中拽下头上的珠钗就朝着李知宜扔了过去。

看着朱明嫣这疯疯癫癫的模样，雅间里的众人不由得生出一股不寒而栗的感觉来。仿佛那顾云歌的幽魂真的出现在了这小小的房间里，找朱明嫣索命来了一般，整个房间的温度顿时降了许多。

治王妃忍不住揉了揉手臂，神色僵硬地皱眉道：“够了，朱明嫣，你在胡说八道些什么！还不快些跟李小姐赔个不是！”

“不要！顾云歌，你去死！你已经死了！不要来找我……”

雅间里，众人面面相觑。

福王妃有些烦恼地揉了揉额头，吩咐道：“罢了，你们快送她回去。弟妹，快让人去请个大夫来给李小姐看看。”

治王妃有些懊恼地叹了口气，歉疚地看了一眼李知宜。她素来在妯娌间也算是长袖善舞，今天被这个朱明嫣气得连行事都忘了，道：“大嫂说得是。李小姐，你可还好？”

李家众人都是有修养的大家闺秀，自然也说不出什么难听的话。但是她们脸色都不怎么好看，前两天在治王府差点儿受辱也就罢了，今天在这归林居差点儿连命都给赔进去了。虽然这其实并不关治王妃的事，但是到底是治王妃做东，也怪不得人家给她脸色看。

李知宜轻咳了一声，摇头道：“没……没事，多谢王妃关心。”

朱明嫣刚刚真的下了力气，李知宜这会儿脖子上便有了一圈指痕，一说话喉咙更是火辣辣地疼，脸色也跟着一白。

治王妃恼恨地瞪了一眼还迷迷瞪瞪的朱明嫣，沉声道：“还愣着干什么！将这个疯女人给我送到应天府衙门去！回头本妃再请王爷上门问平南郡王要个说法。”

“是，王妃。”侍女连忙上前将朱明嫣拉出去。

“见过恭王、见过治王。”

门外，一阵急促的脚步声伴着侍卫见礼的声音传来。雅间的门被打开，慕容煜和慕容协出现在门口。

“王……王爷？”看到慕容煜，不知怎么朱明嫣原本还混浊狂乱的眼神渐渐清明起来，还未说话，晶莹的泪珠便从眼角滑落。刚刚被丫头一阵拉扯，朱明嫣本就显得有些狼狈，此时看上去倒真是十分可怜和无辜。

“到底发生什么事了？”看着眼前凌乱的一幕，慕容煜沉声问道。

“王爷……”朱明嫣泪眼蒙眬地望着慕容煜，哽咽着道。

慕容煜眼神微闪了一下，望向里面的福王妃，道：“大嫂，这是怎么了？”

福王妃的心情也不好，她几番劝说，朱明嫣全然不理会也就罢了，还恶语相向，现在又在慕容煜面前做出一副委屈的模样，若不是李知宜脖子上的伤痕还在，只怕外人还以为是她们欺负了朱明嫣呢。

福王妃轻哼了一声，淡淡道："怎么回事？六弟不妨问问她就是了。真是……本妃嫁入皇家这么多年，就没见过这种……"

只要一看到李知宜脖子上的伤痕，谁还能不明白是怎么回事。慕容协看向朱明嫣的目光更多了几分不善，要是今天朱明嫣真把李知宜给掐死了，即使原本不关治王府的事情，只怕他们也要跟着受牵连了。

慕容协冷哼了一声，看着慕容煜道："六弟，男子汉大丈夫，也莫要太过心慈手软了。万幸今天没出事，若是真出了什么事，大家谁也说不过去。"

"王爷……王爷我……不关我的事。"朱明嫣怔怔地望着慕容煜，仿佛现在才回过神来知道自己做了什么事，慌乱地摇头道，"不关我的事！王爷……呜呜……"

治王妃冷笑一声，道："不关你的事？难不成是我们掐着李小姐的脖子，想将她置于死地吗？"

朱明嫣慌乱地喃喃自语，突然觉得自己真的不知道出了什么事。她没有想要掐死李知宜，她根本就不知道为什么会这样。她什么都不知道……

"不关我的事！"朱明嫣尖叫道，"是她！是她……是顾云歌！是她在作祟，不要找我……不关我的事……"

雅间里一片寂静，众人纷纷以看疯子的眼神打量着慌乱无措的朱明嫣。

"你胡说什么？！"慕容煜脸色一沉，厉声道。

朱明嫣一愣，委屈地望着慕容煜喃喃道："是真的……王爷，是顾云歌……是她回来了。她要害我……我什么都不知道……"

朱明嫣神情恍惚、失魂落魄，嘴里说出来的话也是七零八落，倒真有几分疯了的模样。

最初的惊讶过后，治王妃已经回过神来冷笑一声，道："本妃才不管你是真疯还是装疯，是真遇到鬼了还是假遇到鬼了，当着本妃的面杀人就不行。来人！将朱明嫣给本妃抓去应天府，这事无论如何本妃也要给李小姐一个交代！"

"四嫂！"慕容煜不由得沉声道。

"怎么？六弟又想要求情？"治王妃冷笑道，"六弟怜香惜玉也要有个限度，莫忘了……李小姐还在这儿坐着呢。"

李家众女眷脸色都有些难看，李知宜原本就是京城里最得各家权贵主母喜欢的女子、未来儿媳妇儿的最佳人选，说是一家有女百家求也不为过。谁知道她被华皇亲自下旨赐了婚，虽然恭王妃的身份金尊玉贵让无数女子羡慕非常，但是华皇赐婚之后，朱明嫣就没少作妖，今天又发生这样的事，李知宜已经渐渐从众人羡慕的对象变成让人同情的对象了。

治王妃轻哼一声，道："既然六弟没话说，那么……带走吧。"

横竖治王府和平南郡王府也是敌对的关系，她这个治王妃也不怕得罪了平南郡王府。

两个早就等在门外听命的婆子这才进来，一左一右抓起朱明嫣就往外面拖去。朱明嫣并没疯癫到什么都不知道的地步，怎么会没有听到治王妃说的话，立刻死命地挣扎起来，喊道："不要！放开我……王爷救命啊……不关我的事！贱人放开我……放开……"

治王妃厌恶地皱眉，道："把嘴堵上。"

朱明嫣被拖了出去，治王妃命人去请的大夫也来了。大夫看了李知宜的伤之后说没什么大碍，不过嗓子要痛些时日，开了一些止痛润喉的药便告辞了。

原本一个好好的聚会，最后只落了个不欢而散。慕容煜亲自送了李家女眷回去，治王妃也跟着治王走了。

归林居另一处厢房里，容瑾趴在椅子里笑得爬不起来，最后笑得太过分了引发了身上的旧疾，只能趴在软榻上悲催地等待痛楚过去。看到他在软榻里软成一团的狼狈模样，沐清漪没有半点儿同情的意思，只是坐在一边淡然地看着他，看得容瑾直叫"清清狠心"。

容瑾剑眉微蹙，半闭着眼眸忍耐着身上的痛楚。其实现在这样，他并不是十分难受，或者说早已经习惯了。自从得到了沐清漪亲手调制的幽寒香之后，容瑾每天都睡得很好，即使发起病来，痛楚也比往常要轻得多。所以，此时容瑾并没有上一次仿佛浑身上下动一下都要痛死过去的感觉，还有心思分出一些精神来跟沐清漪说笑。

容瑾说道："清清，那个朱明嫣看起来真的要疯了。就算现在还没疯，照这么折腾下去也要疯了，清清不高兴吗？"

沐清漪抬起头来淡淡地看着他道："有什么好高兴的？"

容瑾道："我以为清清很讨厌朱明嫣，看到她这样应该很高兴才对。"

沐清漪淡然一笑，没有说话。她何止是讨厌朱明嫣，然而看到朱明嫣这个下场却也没觉得有多高兴。朱明嫣只是这其中最微不足道的一个，要对付她的法子多的是。

"清清不高兴，是因为……顾云歌吗？"容瑾看着坐在窗口神色悠然的少女，突然问道。

沐清漪一怔，垂眸道："你怎么知道的？"

容瑾笑道："很好猜啊，朱明嫣本身跟清清应该没有什么仇怨才对，不过朱明嫣不是顾云歌最好的朋友吗？清清和顾小姐感情真好。"

沐清漪淡淡笑道："我从小就是和表哥、表姐在一处长大的，感情自然要好得多。"

容瑾撇了撇嘴。他从小跟一群如前世冤孽一般的兄弟姐妹一起长大，完全不能领会从小一起长大感情就会好这种事情。

朱明嫣被人从归林居里拖出去直接送到了应天府衙门，之后李小姐又被人扶着从雅间里出来，人们都看到了李小姐脖子上紫红的指痕。一时间，整个京城里再一次传得沸沸扬扬。虽然没有人亲眼看到，但是那传言却精彩细致得仿佛在房间里看到了一般，而且还不止一个版本。

最真实的版本是，朱明嫣不忿李小姐抢了自己的丈夫，闯入归林居想要谋害李小姐，被人制止之后送入了应天府。最真实无趣的版本往往没有人肯信，于是又有了最深情的版本——恭王为了旧爱不顾新欢，一怒之下要掐死李小姐，最后被治王和安西郡王阻止了，只得亲自送李小姐回去赔罪。但是这个版本因为朱明嫣的入狱而少有人信。最阴谋化的版本是，李小姐怨恨朱明嫣陷害自己未遂，自己掐了自己陷害朱明嫣。朱明嫣被关入大牢，恭王抛弃旧爱，护送新人回府。

无论在哪一个版本中，慕容煜似乎都变成了那个不太讨人喜欢的角色。

平南郡王妃赶到应天府的牢房时，险些认不出自己的女儿来了。不过短短一天，朱明嫣就像是变了一个人一般，眼神涣散、浑身狼狈，看到平南郡王妃也不知道说话，只是直勾勾地盯着她。

“嫣儿……嫣儿，你这是怎么了？我是娘亲啊……”平南郡王妃也顾不得牢房的污秽，扑到牢门的栏杆前伸手要去拉朱明嫣的手，“嫣儿，你怎么了？”

“啊？！”朱明嫣慌乱地拍开平南郡王妃的手，惊恐地坐在地上连连后退。

看着女儿这副模样，平南郡王妃忍不住泪如雨下，叫道：“嫣儿，娘的宝贝儿，你受苦了。我是娘啊，你到底怎么了……”

“娘？”幸好朱明嫣并没有彻底糊涂，渐渐回过神来飞快地扑到平南郡王妃跟前，拉着平南郡王妃的衣摆叫道，“娘，你是来救嫣儿的吗？快放我出去，我不要待在这里了。这里有鬼……娘，快放我出去啊。”

平南郡王妃连声安慰道：“别怕、别怕……哪儿有什么鬼！你放心，你爹已经去想办法了，很快就能放你出去了。”

一听平南郡王妃不是放自己出去的，朱明嫣的脸色顿时就变了，一把推开她道：“为什么还要等？让爹叫那个邵晋立刻放了我啊！我一刻也不想在这里多待了！”

平南郡王妃无奈地叹了口气，若是别人，让人直接放了嫣儿自然不难。但是应天府的府尹偏偏是连平南郡王都不愿轻易得罪的邵晋。这人软硬不吃，偏偏还十分受华皇看重和信任。

平南郡王妃无奈地道：“别怕，很快、很快你就可以出去了。你也是……好端端的，去招惹那个李知宜干什么？”

朱明嫣咬牙切齿道：“我才是恭王妃，凭什么要便宜了那个贱人？！我不会让她得逞的，只要我活着一天，就绝对不会让任何人嫁给王爷！”

“嫣儿！你好好听娘说！”平南郡王妃有些气急败坏地盯着朱明嫣沉声道，“你知不知道你这几天都做了些什么荒唐的事情？你以为这样做恭王就会不娶新王妃，就会记得你的好吗？”

这一刻，平南郡王妃真的觉得自己的女儿快要疯了。自从华皇为恭王重新赐婚，这些日子朱明嫣就不停地和慕容煜闹、针对李家小姐，慕容煜不得不将她送回平南王府冷静。但回到娘家的朱明嫣并没有冷静下来，反而认定了慕容煜不要她了，越发疯狂。

看着朱明嫣怔怔的模样，平南郡王妃无奈地叹了口气，柔声道：“傻孩子，你如今越是胡闹只会越让他感到丢脸，他绝不会认为你这样做是因为你不能没有他。男人将面子看得比什么都重要，更不用说他这样的身份，稍微犯了一点儿错就会成为别人攻击他的口实。这些日子，恭王因为你这事可没少被陛下责骂。”

朱明嫣动了动，仿佛有些无助地望着平南郡王妃。

平南郡王妃心中暗暗叹了口气，又道：“现如今出了这样的事情，若是闹到陛下那里又是一场祸事。若是李家和治王府再跟着起哄，嫣儿啊，只怕你爹拼了老命能保住你的命就算不错了。”

“不……不要……”朱明嫣低声哭泣着，“娘，救我……救救嫣儿……”

平南郡王妃抬手轻柔地拍拍她的肩膀，柔声道：“你是娘亲的宝贝女儿，娘不救你还能救谁？你爹已经去李家了，嫣儿，就算看在你爹豁出老脸不要了的分儿上，你可千万别再闹了。回头娘陪你在外面住一些日子。等到这事过了，你和恭王到底是这些年的夫妻，等到将来……还怕恭王不念起你的好，再将你接回去吗？”

朱明嫣失神地望着平南郡王妃，低声轻喃道：“我知道，娘……我都知道。但是我忍不住……我也不知道我到底怎么了……我就是忍不住……”

她当然知道做这些只会让自己越来越艰难，但是只要一听到关于慕容煜和李知宜的婚事，她就忍不住想要狠狠地掐死李知宜！

“娘亲，我害怕……有鬼……是顾云歌，是顾云歌死不瞑目，是她想要害我！是她想要害死李知宜，不关我的事……”朱明嫣痛苦地掩面哭泣道。

平南郡王妃皱眉，所谓的鬼神之说她是不相信的。若这世上真的有什么鬼神，顾家的鬼魂早该将京城闹个人仰马翻了。

“娘……你快去，快来救我……”

看着女儿恍如疯癫的模样，平南郡王妃只觉得眼睛一酸，连忙转身走了出去。

幽暗的牢房里，朱明嫣低低地喃喃自语：“云歌……你别来找我，不关我的事……不关我的事……”

第四章
受封公主

朱明嫣被送进应天府之后，沐清漪没有再在她身上费心思。朱明嫣的结局其实早已经可以预见。朱明嫣死心塌地爱上慕容煜那样一个人，不得不说从一开始就是一个错误。

无论京城发生多少事情，华皇的寿诞都会如期而至。所有的人也不得不放下所有的事情全心准备为华皇贺寿。原本沐清漪以为华皇的寿诞与自己关系不大，就算有也是趁着京城大多数权贵都进宫了去做一些不能告人的事情。但是就在寿诞的前一天，肃诚侯府接到了华皇突如其来的旨意，册封肃诚侯府四小姐为长宁郡主，召明日进宫赴宴。

接到圣旨，肃诚侯府上下脸色都不好看了。孙氏母子几个自然是险些气歪了脸，肃诚侯表情同样僵硬无比。送走了传旨的公公之后，肃诚侯的脸色立刻就沉下来了。沐老夫人皱了皱眉，没有说话，原本还想要开口恭喜沐清漪的沐琛看看这情形，再看看沐清漪冷漠的眼眸，终于还是摸了摸鼻子闭上了嘴。

“这是怎么回事？！皇上怎么会封她为郡主？！”孙氏尖声叫道，就连装样子都装不下去了，直接指着沐清漪叫着。

沐清漪依然戴着面纱，眸光淡淡地迎上了沐长明怀疑的目光，漠然道：“父亲想问什么？清漪这些日子不是都躲在院子里不敢出来见人吗？”

听到沐清漪略带嘲讽的话语，沐长明的眼眸动了动。显然，这道圣旨更加触动了他心中某一根隐痛的神经。他盯着沐清漪的目光里更多了几分厌恶。

沐老夫人皱了皱眉道：“够了，现在说这些干什么？明天要怎么办？”

沐清漪挑了挑秀眉，随手将手中明黄的圣旨往跟前的桌上一抛，笑道：“这还不简单，父亲直接禀告陛下清漪脸上的伤更重了，或者直接说沐清漪死了，不就好了吗？”

沐长明心中一跳，瞪了沐清漪一眼，道：“胡说什么！好端端的什么死不死的！”

别说沐长明还狠不下心亲手杀女，就算狠得下心，现在也不敢。郡主……如今整个肃诚侯府里反倒是沐清漪的身份最高了。郡主本就是郡王嫡女，甚至是亲王嫡女才能够得到的身份。

沐清漪秀眉微挑，淡淡一笑，对沐长明的话不置可否。

沐老夫人也明白了如今是不能再阻挡沐清漪入宫了，只得叹了口气，道：“罢了，明天就是陛下的寿诞了，漪儿的礼服却还没有准备，你们都去吧，赶快吩咐下面的人连夜赶出来。”

已经到了这个时辰，就算是连夜赶工，烦琐精致的礼服也是赶不出来的。

沐清漪身后的盈儿笑道：“老夫人不用担心，刚刚传旨来的公公私底下跟盈儿说过了，陛下派人将小姐的郡主礼服和配饰都一起送来了呢。陛下寿诞是大事，这么穿着倒也不算招摇。”

沐老夫人脸上的笑容一僵，勉强扯了扯嘴角，道：“既然如此，老身就不用操心了。”

华皇命人送来的东西果然不少，七八个箱子里装的全是各色名贵的绸缎，还有三箱已经做成的衣服，另有四箱各种古玩奇珍、两箱古董字画、三箱古籍书卷，还有一个略小的箱子装的是笔墨纸砚。最前方还有几个小一些的箱子，一打开里面宝光四射。其中的两箱装的全是各种时兴的金银玉器首饰，还有一箱装的是一颗颗大小一般的珍珠。放着珍珠的箱子上还压着一个小匣子，沐清漪拿起来打开，里面是几张银票、地契和金锭。这应该就是每年郡主的俸禄和例银了——郡主该有的东西，竟一样不少地送到了她这里。

即使如此，沐清漪也依然无法领情，永远也不能。她的姨母，姓张，闺名安如，小字长宁。

“小姐，这些东西……”盈儿低声问道。

沐清漪淡然道：“看着处理就是了。”

盈儿从小跟着冯止水，处理这些事情早就轻车熟路，当下也不拘束，含笑道：“小姐请放心，盈儿一定会替小姐打理好的。”

“慢着！”

看着地上摆得满满的箱子，孙氏心中又妒又恨。她当真没想到陛下竟然对沐清漪如此大方，这么多的东西……比侯府库房里的还要多。若是这么多东西白白从她跟前溜走了，孙氏只怕晚上做梦都要后悔了。

沐清漪有些不耐烦地回过头来，孙氏扯着手里的绣帕，道：“陛下赏赐了咱们肃诚侯府这么多东西，当真是陛下天恩和娘娘的脸面。这些东西放在四小姐的院子里恐怕不妥，还是收到府中的库房妥当一些，四小姐什么时候要用再派人去取就是了。”

看着孙氏脸色都没有丝毫变化地扯出这一番言论，盈儿也忍不住咋舌，难怪父亲总说人为财死、鸟为食亡呢。沐清漪看了一眼旁边的沐老夫人，她虽然没有说话，却也明显赞同孙氏的话。

“孙姨娘，你恐怕听错了吧？这些东西都是陛下赏赐给长宁郡主的，不是给沐家的！”盈儿含笑咬牙道。

孙氏脸色一沉，却并没有发作，道：“这是什么话？！难道四小姐做了什么长宁郡主，就不是肃诚侯府的女儿了？果真是飞黄腾达了就连亲爹都不认了吗？”

沐清漪淡淡一笑，道：“飞黄腾达了就连亲爹都不认了的人……仿佛不是我吧？二哥、三姐，你们见过孙家的老爷子、老太太，也就是你们的外祖父吗？说起来，孙家的老爷子、老太太都还健在呢，毕竟也算是咱们肃诚侯府的姻亲吧？这么多年却从没见人上过门呢。倒是……我记得好像是大姐进宫的那年，两位老人家远远地跑来认亲来着，可惜却被人给赶了出去。都是六七十岁的老人家了，真是……可怜啊。”

说着，沐清漪摇了摇头，仿佛不胜唏嘘。

孙氏的脸却顿时铁青了，旁边沐云容和沐翎的脸色也难看起来。如果说孙氏母子有什么死穴，那么毫无疑问便是孙氏的出身——通房丫头如何能跟世家大族的张夫人相比？

站在旁边看热闹的沐琛看着孙氏的脸色，忍不住低头轻笑出了声。他和二弟都是庶子不错，可他母亲也算是官家小姐了，而孙氏是实打实的通房丫头出身。四妹这人……看着温文尔雅，说出口的话却既狠又毒。

沐清漪却不管别人的神色，幽幽笑道：“父亲，你也想要这些东西吗？这些……陛下赐给长宁郡主的东西？”

“长宁”二字，从沐清漪口中说出却多了几分奇异的婉转之意。

“侯爷……”

孙氏哀声叫道，正想要扑到沐长明怀中诉说自己受到的委屈。沐长明却从她身边快步走过，没有片刻停留。孙氏这般柔情似水的模样就像是做给瞎子看了。

沐长明走到沐清漪跟前站定，居高临下地打量着戴着面纱盈盈浅笑的少女，沉声道：“你一定要跟我作对吗？”

沐清漪莞尔一笑，疑惑道：“什么作对？父亲在说什么？清漪什么时候跟父亲作对了？啊……父亲是说这些东西吗？如果父亲也想要的话，长宁郡主……的东西当然可以给父亲用了。毕竟……”沐清漪低眉一笑，幽幽道，“父亲又不是没用过，不是吗？”

“孽女！”沐长明气得脸色发红，一抬手就想给沐清漪一个耳光。

沐长明手才刚开始动，沐清漪就已经往后退了。珠儿和盈儿也立刻忠心耿耿地挡在了沐清漪的前面。沐清漪平静地看着他，微笑道：“父亲，你现在恐怕没有资格跟我动手了呢。别忘了，我是郡主，而你……只是个侯爷罢了。”

“四妹，你怎么敢这么跟父亲说话？！难道这些年不是肃诚侯府养大你的？”沐云容站出来，满脸怒气地道。

沐清漪想了想，微笑道：“很抱歉，这些年我用的是我娘的嫁妆，我娘的嫁妆都是我的钱。一直以来，是我的钱在养你们这一群废物，你明白吗？”

“沐清漪！别以为你做了郡主就可以嚣张了！”沐云容怒道，转身看向沐老夫人道：“祖母，你看看她，才刚刚做了郡主就嚣张成这副德行了，以后只怕连您和父亲都不放在眼里了。”

沐老夫人脸色阴沉地看着沐清漪，沉声道：“四丫头，你还要闹到什么时候？就算你父亲有做得不对的地方，你也该适可而止了吧？”

被沐清漪戳破了真相，沐老夫人的面子也有些撑不住了。肃诚侯府是到沐长明这一代才封的侯，底子自然比不得那些高门世家。当年若不是张氏带着丰厚的嫁妆嫁入侯府，又极善于理家控制侯府的用度，只怕肃诚侯府早就穷得只剩下个空壳子了。

“适可而止？”沐清漪偏头望着沐老夫人，仿佛听到了什么笑话一般，“什么叫适可而止？我为什么要适可而止？花着原配的钱，还欺负原配的娃儿的人难道是我吗？怎么？说你们是废物说错了？这些年养你们的都是我娘，你们以为沐家有钱养你们？我娘在世的时候侯府的家底如何，现在又如何？以为我不知道你们是来干什么的吗？想要这些东西？我告诉你们……我就是把它们一把火烧了，也不会让你们得到一丝一毫。一、群、废、物！”

“你……你！”沐老夫人气得浑身发抖。

“滚！滚回你的院子去！”沐长明终于忍不住怒吼道。

“告退。”沐清漪淡淡道。

孙氏看了一眼地上大大小小的箱子，心有不甘，小声道：“侯爷……”

沐长明冷漠地盯着孙氏。孙氏心中一颤，连忙闭上了嘴不敢再说话，跟在沐长明身后乖顺地出了兰芷院。

书房里，沐长明坐在书案后面唯一还算完好的椅子里，对眼前的一片狼藉视而不见。到底是武将，不过一刻钟的时间，沐长明就将书房毁成这样。沐长明脸色阴沉，垂眸回想着刚刚沐清漪在自己耳边说的话。这个女儿……有着一双极像她母亲的眼睛。而那个女人……是他这一生最愧疚、最无颜以对，也是最痛恨的女人！

在沐清漪对他说出那句话的时候，沐长明就知道，这个女儿早已经恨他入骨了。

一个十六岁的小丫头，居然能够在他面前假装三四年，直到现在觉得可以反抗他了才爆发！如果沐清漪恨的不是他，沐长明简直想要称赞她的忍耐度了。但是……他绝不允许有人破坏他已经得到的一切，将来他还会得到更多！所有的那些隐忍和耻辱，他会全部还给他们！他沐长明才会是最后的赢家！

夜深人静之时，京城秦府的后院，一身白衣的翩翩公子站在屋檐下神色漠然地望着天空中的一轮圆月。银白的月光洒在他身上，整个人仿佛笼罩了一层淡淡的银纱，显得更加寂寥。听到脚步声，男子回头，本该俊美无瑕的脸上却横着一道狰狞的伤痕，让月光下的白衣男子更多了几分诡异之感。

“大哥，我该回去了。”沐清漪站起身来，轻声笑道。

“大哥劝不住你，明日的寿宴，千万小心。”顾秀庭郑重地道。

沐清漪嫣然一笑，道：“大哥放心，他既然封我做了郡主，若是还要一些脸面的话，就不会对我如何。”

“你既然知道皇帝的心思……”顾秀庭皱眉道。

看着眼前少女美丽的容颜，他不由得想起当年自己那位温柔淑雅的姨母。姨母那样的出身，那样聪慧的女子，原本应该一生都平安顺遂，却只是因为救了一个人，从此便再也没有过过一天舒心的日子。帝王家似乎从来都把忘恩负义当作理所当然。

沐清漪冷笑道：“皇帝既然有了这个心思，难道我躲着就能有用了吗？大哥，我……我娘不能就那么白死了。还有顾家那么多人，还有表……表姐，既然这些人都没有心肝，那他们就不用活着了！”

“漪儿……”顾秀庭抬手轻轻抚了抚沐清漪的发丝，淡然一笑，道，“枉费大哥年长你几岁，却比你一个女儿家还优柔寡断，漪儿不会笑话大哥吧？”

沐清漪习惯性地在顾秀庭的手心里蹭了蹭，道：“才不会，大哥是最厉害的！”

闻言，顾秀庭一怔，望着自己刚刚抚摸沐清漪发丝的手，一时间有些出神。很多年前，也有一个美丽的少女总是喜欢在他揉她头发的时候在他手心里蹭蹭，然后抬起头笑眼弯弯地道：“大哥最厉害了！”

云歌……歌儿……

月光下，顾秀庭望着眼前少女的目光中更多了几分复杂之意。

沐清漪见大哥定定地望着自己不知道在想些什么，不由得问道：“大哥，你在想什么？”

顾秀庭淡然一笑，道：“没什么。无论清漪想做什么，大哥都会帮你。不，大哥会跟清漪一起，让那些不该活着的人统统去他们该去的地方！”

月光下，白衣公子淡淡的话语却让人感到几分阴冷的杀气。

“咦？”

看着她惊讶的目光，顾秀庭淡淡一笑也不解释，只是道："明天进宫千万要小心，等你回来，大哥送你一份礼物。现在大哥一时间也帮不上你什么忙，千万要小心。"

沐清漪笑道："大哥要送我礼物吗？太好了，好久没人送我礼物了。不过，大哥现在最重要的是养好身体。"

顾秀庭微笑道："你放心，你肯定会喜欢的，没见过你这么好哄的丫头，当年给你买了几个木雕，你也会高兴半天，还藏着个荷叶木雕死都不给人看。"

沐清漪小脸微红，娇嗔道："我才没那么好哄呢，那不是大哥送的吗？"

顾秀庭含笑不语，只是看着眼前少女的目光更多了几分柔和与怜惜。

直到送走了沐清漪，月光下顾秀庭望着空中的明月叹了口气，有些迟疑地轻喃道："歌儿……是你吗？"

那一年，他刚刚做官，俸禄并不多，买了几件精致的木雕送给家中的女眷。其中，小表妹拿的是一个如意，拿到那荷叶木雕的人……是顾家大小姐，顾云歌。

华皇在寿诞的头一天，将一个肃诚侯府的嫡女封为了郡主，而且是传说中已经毁了容的沐清漪。一时间京城里众说纷纭。

一早，肃诚侯府的人便收拾停当准备进宫去了。万寿节讲究的就是个热闹，因此对身份的限制反倒宽松了不少，像孙氏这样的侧室也是有资格出席的，然而沐琛的生母却被留在了家里。

进宫拜见过皇后，沐清漪一行人便被引到了柔妃的华阳宫。毕竟，柔妃还是沐清漪的姐姐、沐家的长女。

看到沐清漪进来，沐飞鸾眼中闪过一丝复杂的神色，似惧似恨又似嫉妒。

"清漪见过柔妃娘娘。"沐清漪微微一福，淡淡道。

"四妹起来，坐吧。"柔妃神色复杂地看着沐清漪道。

沐清漪谢过，平淡地走到沐老夫人对面坐下。

柔妃打量了她许久，突然勾唇一笑，柔声道："自从大姐进宫之后，咱们姐妹还没有见过呢，一转眼四妹都是个大姑娘了。"

沐清漪抬眼看着沐飞鸾没有半点儿笑意的眼睛，也跟着笑了起来，轻声道："大姐记错了吧？清漪记得我母亲过世的前一晚，大姐还回过家呢。清漪明明看到大姐了，难道是大姐没看到清漪吗？"

"你说什么？！"柔妃一惊，突然厉声叫道，射向沐清漪的目光一瞬间仿佛淬了毒一样。

沐清漪面纱下的唇角浅浅地抿起，她疑惑地看着沐飞鸾，含笑道："大姐怎么了？母亲病重了，大姐回来见母亲最后一面有什么不对吗？"

沐飞鸾坐在椅子里，隐藏在宽袖下的双手紧紧地攥着，整个身体都止不住微微颤抖着。她强迫自己冷静下来，盯着沐清漪的眼眸一动也不动，沉声道：“你看错了，本宫进宫以后从来没有回过肃诚侯府。”

沐清漪却没有那么容易就被她给打发了，双眸中的疑惑之色更重了，眨眼道：“怎么可能？！我才没有记错！我明明就见过大姐回来！”

“四丫头！”沐老夫人看情形不对，连忙阻止道，“四丫头，你大姐说什么就是什么，你还小，这些事情你不明白。回去以后祖母再好好跟你说。”许多事情沐老夫人并非不知道，只是不想掺和罢了。

听了沐老夫人的话，沐清漪不由得在心中暗笑，沐老夫人当她是三岁的小孩儿吗？

沐老夫人这一打岔，沐飞鸾也缓过气来了，心中快速地思量着，她也不知道当年的事情沐清漪到底知道了多少。昨天陛下突然说要将沐清漪封为郡主，她当真是被吓了一跳，一时间几乎六神无主，有些猜不透陛下到底是什么意思。

如果被册封的是沐云容，沐飞鸾还会觉得这是陛下无上的恩典。一旦这事落到了沐清漪身上，沐飞鸾就感觉到一股危险的气息。何况，陛下定下的封号还是“长宁”。别人不知道，沐飞鸾怎么会不知道，当年那位……小字就叫长宁。

以为沐清漪毁容就万事安稳的沐飞鸾再一次慌乱起来，但是华皇根本没有给她时间应对，第二天就是寿诞了，沐清漪刚刚被封了郡主，按理必须进宫谢恩。

沐飞鸾定了定神，柔声笑道：“四妹，刚才是大姐口气不好，你别怕，就像祖母说的，那件事你也别再提了。当年本宫年纪还轻，不知道轻重，一时担心母亲就急着跑回去了，若是旁人知道了，对咱们肃诚侯府可不好。你也知道，大姐在宫中树敌很多，多少人都眼睁睁地等着抓大姐的把柄呢，所以，大姐才有些着急了。你别生大姐的气好不好？”

座下众人见沐飞鸾竟然对沐清漪如此客气，除了沐老夫人以外，其他人都不由得睁大了眼睛。

沐清漪看着时间差不多了也跟着笑了起来，道：“四妹怎么会生大姐的气呢，四妹也做了一件坏事呢，大姐可不要生漪儿的气才好。”

看着沐清漪笑眼弯弯的模样，沐飞鸾心中不知怎么更加不安了。她看着沐清漪道：“你做了什么坏事，要大姐帮你担待？”

沐清漪朝着她粲然一笑，突然一抬手揭开了脸上的面纱。殿中众人不由得惊呼出声，只见面纱下的女子肌肤胜雪，一双盈盈明眸顾盼生辉。她秀雅动人、神态安闲，只是安静地站在殿中就给人一种遗世独立的悠然和清雅之感。原本还为自己的容貌暗暗得意的沐云容等人不由得伸手挡了一下自己的脸，在发觉自己做出这样的动作之后，又更加恼怒地将手放了下来。

眼前的女子，经过精心打扮之后，虽然并非珠环翠绕、贵气逼人，却也更显得清雅秀丽、美丽动人。那张如玉似雪的脸上，哪里有半点儿毁容的痕迹？！

“怎么可能？！你不是毁容了吗？！”沐云容首先忍不住放声尖叫起来。

沐清漪似笑非笑地看了沐云容一眼，道："孙姨娘和三姐叫人送来的东西，我只吃了一半，不过是长几天疹子罢了。至于父亲嘛……父亲大约是忘了兰芷院里是有小厨房的。既然父亲想要陪清漪用膳，怎么能不尝尝我兰芷院的饭菜？"

"你让人把饭菜换了？！"沐云容尖叫道。

沐清漪微笑道："盈儿跟我说，她不小心将厨房送来的菜弄洒了，只好自己重新做了一份，没想到父亲没有尝出来呢。"

沐云容想起沐清漪院中那个牙尖嘴利的丫头，突然觉得沐清漪说的有可能是真的，不然要怎么解释她的脸是好好的？

"那你为什么还要假装毁容？"沐飞鸾有些艰难地问道，目光直勾勾地盯着沐清漪秀丽的脸，一时间仿佛移不开眼了一般。

沐清漪偏着头，微笑道："父亲想要清漪毁容，清漪怎么好违逆父亲的意思呢？但是……今天见到那么多美丽的小姐，清漪又觉得……姑娘家还是长得好看些让人喜欢。大姐，你说是不是？大姐，你不会责怪清漪顽皮吧？"

沐飞鸾觉得自己从来没有这么憋屈过，即使是她当初刚进宫并不得宠的时候，在宫中步步艰难也不曾像现在这样憋屈过。但是看着沐清漪那似曾相识的美丽脸颊上无辜的神色，她却怎么也无法将心头的那股邪火发泄出来，一时间就连腹部都有些隐隐作痛了。

沐飞鸾深吸了一口气，沉声道："罢了，这件事本宫会跟父亲说，不怪你。你把面纱戴起来，不许取下来知道吗？至少……今天绝对不许取下来！"

沐清漪垂眸，面上露出几分不愿的模样。

沐飞鸾冷哼一声，眯眼恐吓道："你不知道陛下是因为你毁了容可怜你才赐了个郡主的封号吗？若是让陛下知道你没有毁容，这可是欺君之罪！你明白吗？"

"爱妃，说什么欺君之罪啊？"

门外，华皇的声音突兀地响起来，沐飞鸾心中一惊，飞快地看向沐清漪，但是再想要提醒她戴上面纱已经来不及了，因为华皇已经大步走了进来。

"见过陛下！"众人连忙起身行礼。

"平身。"华皇挥手道，脚步却在距离沐清漪不远的地方停了下来，大殿里沉寂了片刻，才响起华皇低沉的声音："你……抬起头让朕看看。"

沐清漪眼眸微闪，再抬起头来时却是一片空明和纯粹的好奇之色。

华皇盯着眼前还跪在地上的黄衣少女许久，已经有些昏暗的眼眸里一瞬间闪过了无数的情绪——似乎有怀念、有懊悔、有不甘，还有惊喜。他问道："你……叫沐清漪？"

沐清漪展颜一笑，道："回陛下，臣女正是沐清漪。"

华皇盯着她脸上似乎灿烂得没有丝毫晦暗的笑容，不由得问道："你不怕朕吗？"

沐清漪眨了眨眼睛，疑惑地笑道："怕？清漪为什么要怕陛下？陛下威加四海，泽被天下，清漪只是敬仰陛下。”

“哦？”听着沐清漪的吹捧，华皇似乎心情好了许多，笑眯眯地望着沐清漪道，“你这个小丫头倒是难得机灵，却又比明慧那丫头乖巧多了。”

沐清漪垂眸浅笑道：“清漪比不得明慧公主尊贵。”

华皇笑道：“胡说！你是朕封的长宁郡主，怎么会不尊贵？不然，朕封你为公主如何？”

众人都是一惊，没想到沐清漪只是简简单单的几句话就能将华皇哄得要册封她做公主。

沐清漪却知道，即便是拍马奉承这种事情也是要看天时地利的。若不是沐清漪长了这样一张脸，又是这样的神态，她就是说破了天，华皇也不会买账。现在华皇将她跟明慧公主相提并论甚至提出要封她为公主，无论是真心的还是随口一说，至少都证明了一件事——华皇现在是将她当作张夫人的女儿，也就是晚辈，而不是一个长得像张夫人的女人来看的。张夫人的女儿只有一个，但是长得像张夫人的女人却绝对不止她沐清漪一个。

更重要的是，只要一想到华皇对姨母的心思，她就觉得万分恶心，若是再当了别人的替身，沐清漪很担心自己会不会还没将慕容煜等人给扳倒就先弄死了华皇。

“多谢陛下厚恩，不过清漪无功无德，不敢领受，更不敢因此有辱陛下圣明。”沐清漪脆声道。

华皇这一生可说是一帆风顺了，唯一的遗憾便是对自己的臣子还是自己救命恩人的妻子有了不该有的心思。偏偏他对那女子确实是十分敬重的，她不愿意，他也不敢逼迫，虽然最后得偿所愿了，但是那女子很快就自尽了。看着笑盈盈的少女，华皇却忍不住想若真是他的女儿该多好，听着这少女的话，华皇便觉得仿佛听到了那个从来没有给过自己好脸色的女子的称赞。

对上华皇慈爱的目光，沐清漪心中暗暗松了口气。这是一场赌博，华皇看到她的第一眼，如果他觉得她是他心上人的女儿的话，以后他会将她当晚辈看。但是如果他第一眼觉得她是一个长得像张夫人的女子的话，那么她就要开始想怎么逃离进宫为妃的命运了。

华皇含笑扶起沐清漪道：“你这丫头，倒是懂事得很。来，跟朕说说，你这脸是怎么回事？还有刚刚柔妃说什么欺君之罪呢？”

柔妃早已经起身让出了位置给华皇落座，其他人自然都不敢再坐下来，就跟着一起站着。

沐清漪笑道：“方才清漪跟大姐说了没有毁容的事情，清漪怕父亲生气正跟大姐求情呢。陛下，这算是欺君之罪吗？清漪求陛下恕罪，清漪不是故意要欺君的。”

华皇道：“有一个如花似玉的漂亮女儿，沐长明怎么还会生气？别担心，他不敢生气。朕也不会生气，朕册封你为郡主是因为清漪聪慧，可不是因为什么毁容的事。”

说着，华皇的目光从柔妃脸上一掠而过，犹如刀光的目光让柔妃心中一颤，低下头不敢再说话。

沐清漪点头，真诚地道：“清漪多谢陛下圣恩。”

华皇看起来对沐清漪满意极了，脸上的笑容就一直没有停过。直到有人来请华皇回勤政殿更衣准备下午的宴会，华皇才站起身来，道：“漪儿，晚上的宴会你跟着朕……”华皇想了想，改口道，“跟着皇后一起去吧。”

沐清漪连忙摇头道：“多谢陛下，还是不要了。皇后娘娘事务繁忙，清漪还是不要去添乱了。”

华皇也不在意，笑道：“也罢，柔妃，好好照顾郡主。”

沐飞鸾连忙福身浅笑道：“陛下请放心，臣妾一定好好照顾郡主。”

恭送走了华皇，大殿里一片宁静，似乎所有人都有些回不过神来一般。

许久，沐飞鸾才望着沐清漪低声道：“四妹，好手段。”

沐清漪浅浅一笑，道：“大姐说什么呢？清漪听不明白呢。陛下真是……慈爱又宽和，对不对？”

慈爱宽和？沐飞鸾抽了抽嘴角，陛下对后宫从来没有宽和过！

沐清漪出了华阳宫，便听到御花园方向人声鼎沸，还未走近就有一个熟悉的声音传来：“十一哥加油！十一哥加油！揍他！”

原本还在对弈的众人不知怎么已经离开了棋盘，直接在湖边动起武来，其中一个正是北汉烈王哥舒翰，另一个却是安西郡王赵子玉。围观的人似乎并不着急，看来只是普通的比武切磋而已。

沐清漪并没有走近，只是不远不近地站在假山边上看着。

哥舒翰和赵子玉都是战场上厮杀出来的武将，皆是战功不凡的青年才俊。他们动起手来招式并不繁复花巧，却是凌厉非常。若不是两人都有分寸，只怕早就有人要挂彩了。

“烈王不愧有北汉战神之名，当真是武功盖世。”一旁围观的人中，治王慕容协不由得叹道。

旁边的容琰笑道：“赵将军也是年轻有为，一代豪杰啊！”

永嘉郡主看到自家十一哥渐渐占了上风，立刻高兴地欢呼起来：“十一哥加油！十一哥威武！”

又过了七八招，打斗中的两人突然各退几步停了下来。赵子玉神色冷肃，淡淡地拱手道：“烈王武功高强，本王佩服。”

哥舒翰不以为意，哈哈一笑，道：“安西郡王也很厉害，有机会本王再跟安西郡王切磋。”

赵子玉点头道：“荣幸之至。”

“十一哥，你们谁赢了？”永嘉郡主好奇地道。

哥舒翰还没开口，赵子玉冷冷道：“本王输了。”

永嘉郡主似乎丝毫没有感觉到赵子玉的冷峻，立刻美滋滋地拉着哥舒翰一副与有荣焉的模样。

“北汉烈王武功盖世，淮阳佩服。”另一边，比他们来得更早一些的淮阳公主出现在哥舒翰身边，含笑道。

哥舒翰淡淡一点头，道：“多谢公主。”

打完了架，众人便一起上船喝茶了。永嘉郡主原本嫌船上空间狭小，懒得跟着一起去，却见淮阳公主跟着容琰一起上了船，不知想到了什么又颠儿颠儿地冲了上去。

看着永嘉郡主精力旺盛的模样，沐清漪不由得低头莞尔一笑——这位郡主跟他们平日所见的华国闺秀还真是不一样。

“那个傻妞有那么好笑吗？”

一个阴沉沉的声音在沐清漪身后响起，沐清漪吓了一跳，一回头便看到容瑾那张仿佛她欠了他几百万两不还的脸。还不等她说什么，容瑾一把抓起她的手就拉着她往另一边走去。

沐清漪被容瑾拉着被动地往前走着，无奈地想要挣扎，奈何她的力气跟容瑾比起来简直不值一提，最后她被容瑾拉到了湖边的一处绿柳掩映下的凉亭背面才停了下来。沐清漪甩开他的手没好气地道：“九公子，九爷，你到底想要干什么？”

容瑾的俊脸阴郁得仿佛从里往外冒着森然鬼气一般，看得沐清漪都忍不住想要悄悄后退。

看到沐清漪仿佛不经意的动作，容瑾轻哼了一声，道：“听说清清对哥舒翰有救命之恩？”

沐清漪白了他一眼，道：“小时候的事情，是我娘救了他。”

容瑾抬手勾着沐清漪的下巴，偏着头打量着她美丽的脸，说出口的话酸气冲天：“清清打扮得这么好看，是想要去北汉做烈王妃吗？”

沐清漪没好气地一把拍开他的手，道：“这里是皇宫，别胡闹了。什么烈王妃，我什么时候说要去做烈王妃了？”

容瑾也不在意自己的手被拍开了，收回来又重新勾住了沐清漪的下巴，低声道：“清清不许跟哥舒翰说话，不许跟他去北汉，不然本公子要生气了。”

“你生气又怎样？”沐清漪不以为意，容瑾爱胡闹惯了，他说出来的话有时候就很容易让人以为是玩笑话。

容瑾认真地道：“我要把清清扔进湖里……不，我要把清清绑起来、藏起来，以后再也不给别人看了。呃，还是不好……我要把清清带回西越，关起来，只有本公子一个人能见到……”

沐清漪看着容瑾认真的模样，不由得翻了个白眼，道：“你还不如杀了我。”

容瑾阴沉着脸凑近了沐清漪，偏着头认真地道：“好主意……呃，不要，我舍不得杀清清，我要杀了哥舒翰。”

看着容瑾一脸认真，沐清漪这才发觉容瑾并没有像往常一样跟她开玩笑胡闹。他是真的在认真思考要怎么杀了哥舒翰。想到这里，沐清漪忍不住抚额。她知道容瑾心肠又坏又狠又黑，也知道他唯恐天下不乱，却不知道这人脑子还有问题啊。为了这种事情，随便说说就要去杀北汉烈王？容瑾的脑袋真的没有问题吗？

“九公子，你开玩笑的吧？”沐清漪有些怀抱希望地问道。

容瑾怔怔地望着跟前少女嫣红的樱唇，眨了眨眼，突然俯身在沐清漪的唇上舔了一下，还偏着头回味了一番才放开勾着沐清漪下巴的手，认真地道：“好甜，我是认真的。”

在长长垂柳掩映下的凉亭后方，突然被人轻薄了的沐四小姐怔怔地出神。轻薄了人的容瑾靠在凉亭边上咬着指尖，思索怎么才能又快又安全地杀掉无辜的北汉烈王。

等到沐清漪回过神来发现自己活了两辈子平生第一次被人占了便宜，再看看靠在一边一脸认真地低头苦思的容瑾，她顿时只剩下无语了。轻薄人的人表现得太过理所应当，被轻薄的那个人反而有些不知所以了。难道她要问容瑾你为什么要吻我？何况那根本算不得一个吻，更像被猫儿舔了一口。若是再提起来，反倒像是她自己多上心，但是就这么吃了这个亏，沐四小姐又咽不下这口气！

沐清漪没好气地瞪了容瑾一眼，决定还是出宫之后再解决这件事，反正机会多得是，在宫中还是小心谨慎一些，别闹出什么事来。

“清清不许走！”一察觉沐清漪要走，容瑾想也不想直接扑了过来一把搂住了沐清漪。

“难怪看不上烈王呢，原来早就跟西越的皇子勾搭上了。”

沐清漪正想要推开容瑾，一个尖锐刺耳的声音突然响起。两人回身便看到沐翎冷笑着站在凉亭边的假山旁，一脸轻蔑地望着沐清漪。

容瑾眼睛一眯，沉声道：“无情。”

无情沉默地出现在沐翎身后，不过一眨眼的工夫，沐翎就被拎着扔到了两人脚下。无情也跪倒，道：“属下失职，请公子降罪。”

容瑾轻哼一声，道：“自己回去领罚。”

“是。”

虽然被人拎着摔到了地上，但是沐翎并不在意。他只感觉到兴奋和高兴，憋闷了这么多日子，他终于抓到沐清漪的把柄了。沐清漪害得他有多惨，他只会要这个女人比他更惨。原本以为她毁容了，没想到又被她给耍了。这一次，他一定要让沐清漪身败名裂，被万人唾弃！

容瑾低头扫了一眼地上的人，笑眯眯地看着沐清漪道："怎么办，清清？被人看到了哟，你是想嫁给本公子呢，还是想杀了他灭口呢？"

容瑾一边说话，一边眼巴巴地望着沐清漪，眼睛里仿佛在说"嫁给我吧、嫁给我吧"。

沐清漪同样也在打量着沐翎，认真地考虑了一会儿，道："还是杀了吧。"

容瑾伤心欲绝，沐翎惊骇不已。

"你竟然宁可杀了你二哥也不肯嫁给本公子？"

"你敢杀我？！"

沐清漪平静地看着两人，容瑾见演戏无效，只得撇了撇嘴角，对无情挥挥手道："算了，去吧，下手干净点儿。"

"你……你们……"沐翎惊惧地道，"这里是皇宫，你们不敢在这里杀人！"容瑾嗤之以鼻，道："真是个傻瓜，本公子若是你，才不会在这个时候大吼大叫，这不是等着被人灭口吗？等你死了，记得告诉阎王爷你是蠢死的。"

"救……"沐翎惊恐地大叫。

无情手指一动，轻轻在他背后的穴位上弹了一下，原本想要呼叫的人立刻昏死了过去。无情问道："公子，杀了吗？"

容瑾没好气地扫了他一眼，道："难道留着他说清清的坏话吗？"

沐清漪神色淡定地看着他，心里想：你确定不是因为他知道了你要杀北汉烈王的事情而杀他的吗？

不管是为什么，沐翎这个人显然是不能留了，容瑾挥挥手示意无情去办。看着无情拎着沐翎消失在假山后面，沐清漪微微叹了口气，原本她还没有打算这么快就杀了沐翎。不过……早晚都要对肃诚侯府的人动手，早一些晚一些也没有区别了。那么……就从沐翎开始吧。

"清清不用怕，清清想杀谁，本公子都会为你做得妥妥帖帖。"容瑾柔声道。

沐清漪轻轻摇了摇头，道："咱们走吧，万一再被人看到就麻烦了。你也别胡闹了。"

"胡闹？"容瑾不解。

"北汉烈王！"沐清漪咬牙道。

哥舒翰若是那么好杀，这世上早就没有这个人了，还能轮得到容瑾来杀？

她接着说："我跟哥舒翰没什么关系，你再胡闹我要生气了。"

容瑾有些委屈地皱了皱眉，道："清清老是对我凶巴巴的，却总是对哥舒翰笑。"

沐清漪没好气地瞪着他，难道这是她的错吗？某人怎么不想想自己成天气人的事情？

见她真的要生气了，容瑾立刻改口道："好嘛，不杀就不杀。揍他一顿总可以吧。"

"你打得过的话。"

对于北汉第一高手哥舒翰的实力，沐清漪还是有信心的。至于容瑾那时不时病歪歪的身体……受够了教训就应该知道有些事是做不得的吧。

华皇寿诞的宴会从傍晚开始，将持续到子夜时分。宫门应该在每日日落之时落锁，只有在宫中举行大型夜宴的时候才会推迟到深夜。

"陛下驾到！太后驾到！皇后驾到！"

有些刺耳的尖锐声音一响起，满殿的臣子纷纷起身跪迎："恭迎陛下！恭迎太后！恭迎皇后！"

来贺寿的使臣以及魏无忌这样的人虽然不需要跪拜，却也跟着起身以示敬意。

华皇与皇后一左一右扶着太后出来，将太后扶到龙椅右手边的位置坐下，华皇方才转身面向众人笑道："众卿平身。"

太后今年将近七十高龄，这些年早就退居后宫吃斋念佛。她从不插手后宫的事务，也不管皇子间的争斗，平日里除了必须出席的大型宴会以外，几乎不踏出后宫。或许也是因为太后淡泊名利，皇帝和皇后都十分敬重她。

"谢陛下隆恩。"众人谢恩起身。

华皇坐在高高的龙椅上，居高临下地将下面的所有人看在眼中。在看到坐在明微公主身边的沐清漪时，华皇朝着皇后满意地点了点头，显然对皇后的安排很满意。

众人齐声恭贺华皇圣寿，华皇龙心大悦，朗声宣布宴会开始。

一时间大殿里丝竹声起，身着五彩纱衣的舞姬缓缓入场翩然起舞。宫女们端着各种鲜果佳酿穿梭在大殿中，随时为宾客们奉上美酒佳肴。

参加宴会其实是一件很无聊的事情，当沐清漪还是顾云歌的时候，她每年要随顾夫人参加无数次宴会。即使今晚的宴会看上去前所未有地盛大，却也不会变得更加有趣一些。沐清漪知道，今晚的宴会终究是会有不一样的地方可以期待的，不过那应该要留到最后了，在此之前，她最少还要忍耐两个时辰。

坐在明微公主身边，沐清漪虽然脸色平淡从容，思绪却早不知道飞到哪儿去了。她从无情到底把沐翎弄到哪儿去了，想到如果不来参加这无聊的宴会可以趁机做点儿什么，再想到此时还在应天府大牢里发疯的朱明嫣和独自一人在秦府后院不知道休息了没有的大哥。

"长宁、长宁？"

耳边传来明微公主的声音，沐清漪这才回过神来，眨了下眼睛平静地侧首看向明微公主道："公主，怎么了？"

明微公主低声道："你一直看着魏公子……有什么事吗？"

啊？沐清漪回头望去，果然看到对面的魏无忌正皱着眉望着自己。他身旁还有一个白衣胜雪的柔弱女子，只见那少女秀眉浅蹙，眼眸中盈盈带泪。沐清漪这才反应过来她刚刚出神的时候竟然一直望着魏无忌那边。

沐清漪回头对明微公主笑道：“没有，刚刚不小心想事情出神了。”

明微公主这才松了口气，她当真有些担心沐清漪也看上了魏无忌。魏无忌虽好，却已经是有未婚妻的人了。明微公主问道：“想什么这么出神？”

沐清漪有些无奈地苦笑道：“第一次参加这样的宴会，有点儿无聊。”

明微公主赞同地点头道：“这种宴会确实是很无聊。”

“启禀陛下，为恭贺陛下万寿，我高句国明珠公主特意编排了一支舞蹈献给陛下。”

两人正讨论着无聊的时候，另一边，高句国的使臣便起身开口了。高句国只是华国东南的一个岛国，国小民弱，国民善采珠织锦，却不尚武功。

在华国，大家闺秀可以会琴棋书画，歌舞却是风尘女子才能做的。看着大殿里翩翩起舞的明珠公主，许多人面上虽然隐隐有些不屑，但是也很难说没有羡慕的意思。

明珠公主的舞带着鲜明的高句国的特点，虽然未必比华国的舞蹈更出色，却胜在新奇。在座的许多男人都不由得将目光落到了明珠公主身上，盯着那飞快旋转的身影移不开眼。少女们同样也盯着明珠公主，暗暗在心中幻想着如果自己跳起舞来会不会比她更加好看。

一曲作罢，明珠公主以一个极为优美的姿势停了下来。朝着上方的太后和华皇恭敬地一拜，道：“高句国明珠公主恭祝陛下圣寿、太后万福。”

华皇点头笑道：“很好，公主的舞蹈让朕大开眼界，高句国的舞蹈果真是名不虚传。”

听到华皇的称赞，明珠公主也跟着松了口气。她并不想出这样的风头，但是他们这样需要依附华国生存的小国，是没有如西越和北汉这般大国的傲气的。即使她身为公主，说白了也只是一个送给华皇的礼物罢了。所以，她绝对不能让华皇不满。

“本郡主并不擅长歌舞，就不献丑了。本郡主倒是可以为华国太后献上一段剑舞，还望太后和陛下不弃。”众贵族女子还在犹豫的时候，坐在哥舒翰身边的永嘉郡主突然站起身来朗声道。

太后看着殿下英姿飒爽的红衣少女，不由得对华皇笑道：“听说北汉的姑娘多会武艺，永嘉郡主果然是气度不凡。”

华皇也跟着点头笑道：“母后所言不差。朕也听说永嘉郡主武艺非凡，是难得一见的女中豪杰呢。”

永嘉郡主也不害羞，对哥舒翰笑了笑，便起身抽出内侍送上来的宝剑。只见永嘉郡主手腕一抖挽出几朵剑花，一时间红衣女子身姿宛如游龙，剑光纵横，气势非凡。

显然永嘉郡主并不只是拿着剑玩玩而已，而是当真练过的。

坐在沐清漪身边的公主们对永嘉郡主的表演也很是惊奇，在京城这样的地方舞刀弄枪的女子实在是少见得很。

明微公主含笑道："这个永嘉郡主倒是个直性子。不过，这样的性子……"

这样的性子实在不是个和亲的好人选，永嘉郡主若是真的留在了华国，以后的日子只怕绝不会像现在这样快乐了。

"北汉烈王与永嘉郡主的关系似乎非常好，永嘉郡主若是不愿留下，应该也不会勉强她。"

"说起来，烈王倒是个不错的人选，长宁看不上吗？"明微公主低声笑问道。

哥舒翰亲自上门提亲的事，明微公主也是知道的。更难得的是，身为北汉位高权重的烈王，哥舒翰被拒绝之后没有半点儿生气，连京城里可能出现的对沐清漪不利的谣言都处理好了，至少可以说明这个男人确实是个心胸宽广的人。

沐清漪有些无奈地叹了口气，道："我不想离开华国。"

至少暂时不能……

明微公主只当她不愿远嫁和亲，幽幽叹了口气，道："离开京城也未必不是好事。"

两人说话间，只听噌的一声，原来永嘉郡主已经舞完了一套剑法，归剑入鞘。

"好！"大殿里一片称赞声。

只永嘉郡主最后这一手就可以看出来她的剑术绝对了得，至少对于一个女子来说，能够练到这样的程度已经颇为不易了。永嘉郡主大方地一笑，朝着众人拱手为礼，还不忘朝着沐清漪这边得意地眨了眨眼睛，才跑回了哥舒翰身边。

有了两位公主、郡主的表演，华国这边的贵族女子自然也不肯落后。左相李家的千金、未来的恭王妃弹了一曲《高山流水》赢得满堂喝彩；九公主当殿亲自画了一幅画作为送给华皇的贺礼；另有几家的女眷也各展技艺，虽然京城的闺秀们对歌舞、剑术之类的没有什么研究，但是在琴棋书画方面都有颇高的造诣，也在各国使臣面前为华国保住了面子。

沐清漪虽然身为华皇亲封的郡主，但是这些年来京城里从来没有传过她有什么才能，她自然也就乐得清闲，在一边看戏，顺便听听明微公主对这些闺秀的点评。最让人哭笑不得的是，对面坐在容琰身边的容瑾早已经低着头一副昏昏欲睡的模样，不知道的还以为他前一晚做了什么偷鸡摸狗的事情呢。

"淮阳也愿为太后献上一曲。"西越使臣的座位上，一身宝蓝色宫装，柔美温婉的淮阳公主突然起身道。

见到淮阳公主如此，众人并不意外。毕竟北汉的永嘉郡主第二个上场献艺，而且一段剑舞惊艳了许多人，如果西越公主没有表示反倒是奇怪了。

"永嘉郡主剑法一绝，不知道淮阳公主打算为大家展示什么才艺？"坐在不远处的八皇子笑道。

淮阳公主浅浅一笑，道："淮阳也为诸位抚琴一曲。"

坐在淮阳公主身边的容琰微微蹙眉，显然淮阳公主的选择并不符合他的心意，但是淮阳公主已经开口说出来了，他也不能阻拦。

内侍连忙送上瑶琴，淮阳公主也不多说什么，只是浅浅一笑，捻了捻琴弦，玉指轻轻一拨，瑶琴发出幽婉的乐音。

"有美人兮，见之不忘。一日不见兮，思之如狂。
凤飞翱翔兮，四海求凰。无奈佳人兮，不在东墙。
将琴代语兮，聊写衷肠。何日见许兮，慰我彷徨。
愿言配德兮，携手相将。不得于飞兮，使我沦亡。"

大厅里一片寂静，西越使臣的位置上，原本闭目养神的容瑾睁开眼睛淡淡地看了殿中的淮阳公主一眼，又重新闭上了眼睛，仿佛什么都没有发生过一般。坐在他身边的容琰却是脸色铁青，盯着淮阳公主，仿佛恨不得立刻一把掐死她。

大厅里的众人面面相觑，一时间不知道该不该喝彩。诚然，淮阳公主的琴技不在李家小姐之下，加上那甜美的歌声，令人一听之下心旷神怡。但是……这样的场合，唱这样的曲子真的可以吗？最重要的是……这到底是唱给谁听的啊？

多数人将目光投向了坐在一边神色平淡的慕容煜身上，只是恭王的定力并不差，他从容地坐着纹丝不动，仿佛根本没听见刚刚的曲子一般。

但是也有例外，沐清漪便将目光看向了正跟永嘉郡主说话的哥舒翰。可怜淮阳公主一片芳心错许，烈王殿下根本连听都没有认真听。淮阳公主当然也看到了，脸上的神色多了几分幽怨。

就在众人神色各异，一时间不知道该说什么的时候，华皇突然笑出声来，看着淮阳公主道："朕只听说北汉的女子大方开朗，不想西越的公主也是如此直爽。不错……淮阳公主既然当殿唱出一曲《凤求凰》，想必意中人便在这殿中了。不妨指出来，朕也好成就一桩美事。"

华皇如此说，就表明了没有将淮阳公主留在宫中的打算了。

容琰脸色微沉，也没有说话，只是警告似的盯着淮阳公主，生怕她再说出什么自己不能接受的话来。

淮阳公主轻咬着唇角，看看坐在永嘉郡主旁边从头到尾都没有看过自己一眼的哥舒翰，心中突然生起一股不甘，咬了咬牙道："淮阳多谢陛下隆恩，不过……在此之前，淮阳想要领教一番长宁郡主的才艺，还请陛下成全。"

沐清漪觉得这一晚自己看了一出莫名其妙又无聊的话本戏，特别是在看出了淮阳公主对哥舒翰的心思之后，更是有了几分世人皆醉我独醒的郁闷。但是当淮阳公主将矛头指向自己的时候，沐清漪不仅莫名其妙，而且有了些愤怒。

沐清漪用愤怒而隐晦的目光扫向了容瑾。

容瑾在听到“长宁郡主”四个字的时候，就淡淡地睁开了眼睛。他看到沐清漪愤怒的目光，眼眸中露出一丝淡淡的笑意：早告诉你了她是个疯子，不关本公子的事啊。

方才还笑意盈盈，似乎对于淮阳公主的无礼丝毫没有动怒的华皇这一次脸色却有些阴沉了。看了沐清漪一眼，华皇淡然道：“献艺之事全凭自愿，公主若是想让长宁郡主献艺，不妨回头私下再找机会。”

淮阳公主看着正皱眉望向沐清漪的哥舒翰，只觉得心中又酸又痛，倔强地摇了摇头，挑衅地看向沐清漪道：“难道长宁郡主不愿为陛下和太后献艺？”

所有人目光都落在了沐清漪身上。

“公主琴曲无双，小女甘拜下风。”良久，沐清漪才悠悠道。

殿中众人不由得有些失望，倒也不算太过惊讶，毕竟确实没有人听说过肃诚侯府的千金琴艺如何。

淮阳公主却不肯就此放过，紧紧地盯着沐清漪，扬声道：“不战而退，难道这就是华国名门贵胄的做派？”

“咄咄逼人，难道这就是西越公主的做派？”坐在沐清漪旁边的三公主冷笑一声，反讽道。

淮阳公主却不理会三公主，只是盯着沐清漪笑道：“本公主是真心想要领教长宁郡主的才艺，还请郡主给个面子。”

哥舒翰皱了皱眉，开口道：“淮阳公主，长宁郡主不喜此道，公主何必强人所难？”

哥舒翰不开口还好，一开口淮阳公主的脸色就更难看了，就连沐清漪也忍不住想要在心里问候哥舒翰。虽然哥舒翰是想要帮她，但是这种情况只会越帮越忙。

果然，只听淮阳公主道：“怎么会是强人所难？长宁郡主能够被华皇陛下亲封为郡主必然是有过人之处的，陛下，您说是不是？”

“也许长宁郡主是真的不谙琴艺呢？”突然，一个声音柔柔地道：“郡主选一个擅长的便是了，也算了了淮阳公主的心愿，不是吗？”

魏公子身边那白衣如雪的纤柔少女开口了。她似乎是为沐清漪解了围，却也是逼着沐清漪必须接受淮阳公主的挑战。若是沐清漪当真一样都不选，只怕明天一早长宁郡主平庸无才的名声就要传遍京城了。

沐清漪抬头望去，认出说话的是那位名叫千凌的，据说是魏公子未婚妻的少女。那双温柔似水的美眸里似乎写满了善意，沐清漪却立刻在心中往魏无忌身上狠狠地记了一笔。她不想跟千凌这样菟丝花一样的女子计较，但是养了一个这样的女人还放出来给人添麻烦的魏无忌必须付出代价！

发现沐清漪恼怒的目光，魏无忌愣了一下，低头看了千凌一眼并没有说话。千凌却并不肯就此罢手，轻轻拉了拉魏无忌的衣袖，柔声道："无忌，你说是不是？"

魏无忌沉默了片刻，轻声道："你说得对。"

千凌看向沐清漪，脸上的笑容更加甜美。沐清漪心平气和地在心中默默骂道：魏无忌，你养了个脑子有洞的女人在身边，你知道吗？她跟这千凌无冤无仇，之前连面都没见过，也不知道此人掺和什么。

明微公主皱了皱眉，正想要开口为沐清漪解围，却见沐清漪突然站起身来，含笑对九公主道："公主，您方才的笔墨可否借清漪一用？"

九公主有些惊讶地睁大了眼睛，看看依然站在殿中的淮阳公主掩唇娇笑道："当然可以了，长宁郡主请便。"

她一挥手，身后的内侍宫女立刻送上了笔墨纸砚。沐清漪离开自己的座位走到殿角的空桌前，磨了墨便开始动起笔来。坐在殿中的人们都好奇地看着，有些猜不透长宁郡主到底在做什么。

画画是需要时间的，沐清漪却并没有用多少时间。前后也不过半刻钟，她便放下了笔，示意身边的宫女将画送到大殿中央给众人观赏。

看到沐清漪停笔，淮阳公主美丽的脸上露出了一丝冷笑，她才不相信就这么一会儿工夫沐清漪能画出什么了不得的东西来。毕竟刚刚九公主只是一幅《牡丹争艳图》就用了大半个时辰。

两个宫女小心翼翼地展开画卷给众人欣赏，映入众人眼帘的是一只巨大的几乎占了半张纸的凤凰。《凤栖牡丹》本是一幅很不错的画作，这幅画中的凤凰却有些奇怪，凤凰背对着众人，只能看到一个巨大的凤凰背影，凤首却是向着东边的红日，仿佛展翅欲飞。

"咦？还有题诗？"最活跃的八皇子直接站起身来，盯着画上的题诗朗声念道，"千古一曲《凤求凰》，而今幸闻凰求凤，无奈君心兮冷如铁，佳人哀兮与我何妨？"念完了，慕容昭还有些茫然地问道，"嗯……这是什么意思？"等到反应过来，他立刻又笑出声，几乎在椅子上笑得人仰马翻，还不忘朝着沐清漪竖起大拇指，笑道："长宁郡主高才，本皇子佩服！"

其他人的脸色也十分古怪，几个胆子大一些的直接就跟着慕容昭一起狂笑起来。其实沐清漪的诗书画都算不得多好，其中固然有沐清漪刻意掩饰的成分，但在极短的时间里要画出一幅比九公主的作品更复杂的画作，品质上自然顾及不到了，但也还能看。最让人叫绝的却是她题的诗，虽也是一首连打油诗都称不上的诗，但是在如今的情景下，再配上那幅凤凰背朝阳的画，却让人忍俊不禁。

这首诗很好理解，说得直白点儿就是：《凤求凰》虽然是千古流传的名曲，由一个女儿家唱出来却有些不伦不类。你喜欢的人不喜欢你，你虽然很值得同情，但是你难过伤心不关我的事，你不要找我麻烦啊。

淮阳公主盯着那幅画，脸色铁青，再看看周围所有人都是一副忍笑的表情，但淮阳公主更是恨不得扑过去将沐清漪给撕了。

对上淮阳公主怨恨的目光，沐清漪神色淡然——她没有招惹淮阳公主，但淮阳公主来招惹她，当真以为她好欺负不成？

“淮阳！回来！”容琰瞪了淮阳公主一眼，沉声道：“淮阳不懂事，还请陛下见谅。”

今晚西越已经够丢脸了，没有必要再丢下去。

原本华皇还真有些生气，在看了沐清漪的表现之后怒气就完全消散无踪了，原本看不顺眼的淮阳公主似乎顿时也顺眼了许多。华皇大度地一挥手，笑道：“罢了，小孩子闹着玩，长宁郡主胡闹，端王和淮阳公主也不要见怪。”

容琰勉强笑了笑，望了一眼已经坐回明微公主身边的沐清漪笑道：“长宁郡主才智过人，本王佩服还来不及，怎敢见怪？”

华皇看了一眼沐清漪，满脸慈爱地笑道：“长宁确实是才智过人。嗯……长宁郡主听旨。”

沐清漪一愣，反应过来方才连忙上前跪下，脆声道：“沐清漪听旨。”

华皇含笑道：“长宁郡主端方娴静、幼娴礼训、敏慧多才，晋封为公主，赐号明泽。”

顿时，整个大殿一片寂静。望着跪在殿中的女子，所有的人心中都是五味杂陈。这肃诚侯府嫡女到底是什么来历啊？她无缘无故地被封个郡主也就罢了，现在凭一幅不算特别出众的画、一首打油诗，就成了公主，而且还不是一般的公主。华皇膝下的几位公主封号依次是明微、明玉、明月、明慧……这沐清漪被赐号明泽，不就表示在陛下的眼中，她就跟亲生的公主是一样的地位吗？

“明泽，怎么不谢恩？”见沐清漪愣在当场，华皇还心情颇好地提醒道。

之前他确实是有将沐清漪当成安如的意思，但是现在既然将她当成了女儿，就觉得长宁这个封号有些不太好了。华皇本质上是一个相当独断的人，所以也丝毫不觉得自己突然封一个公主会让人受不了。

别人还没什么，坐在华皇下首的柔妃先就受不了了。柔妃也没想到华皇竟然会如此宠爱沐清漪，封了郡主还不够，现在又册封为公主。柔妃只是一个正二品的妃子，成为贵妃之前，她的身份是压不住身为公主的沐清漪的。

柔妃脸上的笑容有些僵硬，她问道：“陛下，这是不是……太过了一些？”

华皇淡淡地扫了她一眼，道：“有什么太过的？”

另一边，容妃掩唇低笑道：“柔妃妹妹，这可是陛下对肃诚侯府的恩典，怎么会过了呢？何况，太后和皇后娘娘都没说什么，妹妹怎么还不乐意了？”

柔妃的妹妹被封了公主，容妃自然是嫉妒的。但是看到沐飞鸾那难看的脸色，虽然不知道沐飞鸾是在矫情还是真的不乐意，但只要她不痛快，容妃就觉得痛快。

沐飞鸾瞪了容妃一眼，暗暗咬牙。陛下为什么会对沐清漪如此宠爱？难道就因为那张脸？那自己这些年来的辛苦和得到的宠爱算什么？

太后和皇后都足够了解华皇的性情，所以即使她们不知道为什么这么突然就册封沐清漪为公主，甚至她们也觉得有些过了，也不会当着华皇的面反对。如此一来，华皇这突如其来近乎胡闹的举动竟然出奇顺利。

“明泽公主，还不谢恩？可是被吓到了？”皇后甚至还不忘跟沐清漪开个玩笑。

“明泽多谢陛下隆恩。”沐清漪恭恭敬敬地谢恩。

华皇龙颜大悦，挥手笑道：“好孩子，起来吧。”

沐清漪起身落座，几位公主不管是什么心思都纷纷祝贺。殿中众人也纷纷向太后和华皇祝贺皇室又多了一位公主。虽然华皇没有明说，但是大家都清楚这是不成文的规矩，被封为公主的女子便是皇室的女儿，无论有没有皇室血脉，按理都要称呼皇帝一声父皇。

看着华皇高兴的模样，不少人纷纷向沐长明投去羡慕又怀疑的目光：明泽公主真的是你的女儿吗？

沐长明神色平静地接受着来自四面八方的各种目光，桌案下却暗暗地捏碎了手上的一个扳指，破碎的玉器将他的左手割出累累伤痕。

另一边，女眷的席位上，沐云容和孙氏坐在沐老夫人身边，听着旁边的诰命夫人们纷纷向沐老夫人道贺，早已经气得神色扭曲了。孙氏忍不住低声道：“那个丫头有什么能耐，竟然让陛下封她做公主？！”

“闭嘴！”沐老夫人淡淡地瞥了孙氏一眼，冷声道。

不管沐清漪有什么能耐，事实就是她现在是公主了，陛下亲封的明泽公主！

“陛下，前日陛下有言将会在寿宴上展示九转玲珑，不知我等现在是否有眼福观赏？”趁着华皇心情大好，哥舒翰突然开口问道。

华皇心情颇好，大方地笑道：“朕一言九鼎，这个自然。聂云！”

一直守在华皇身边的华国第一高手聂云恭敬地点点头，转身去取九转玲珑。一时间，大殿中众人纷纷交头接耳，低声议论着，坐在前面的人皆是神色肃然地等待着旷世珍宝的到来。

沐清漪看着坐在大殿之上志得意满的华皇，几乎要开始同情他了。那只九转玲珑是她亲自吩咐人做的，自然知道是个什么模样，现在距离龙王诞已经有半月之余，九转玲珑经过这半个月又会变成什么模样……

不一会儿，聂云捧着一个锦盒小心翼翼地出来，送到了华皇跟前。华皇亲自站起身来打开盒子，就在打开盒子的瞬间，华皇先是一愣，然后脸色变得铁青。

很快，华皇便回过神来，神色凌厉地叫道：“聂云，这是怎么回事？！”

聂云怔了怔，看向放在华皇跟前的桌案上的九转玲珑。原本流转着九色光的九转玲珑不知为何已经变得暗淡无光，看起来就像一个拙劣的琉璃制品。虽然这样的琉璃摆件也挺值钱的，但是比起据说得之者可得天下的九转玲珑来说就……

九转玲珑被别人调包了？！这是聂云的第一个想法，但是很快这个想法就被否决了。九转玲珑自从拿回来之后就一直锁在宫中禁卫最森严的藏宝库中，能够接近的人除了华皇本人以外只有负责守卫的聂云自己。身为华国第一高手，聂云自信绝对没有人能够在自己的眼皮子底下将东西调包。

那么就只有一种可能。这个东西……从一开始就是假的！但是此时当着满朝文武、各国使臣，聂云却不敢说出自己的猜测。他只得跪倒在地，吞吞吐吐地道：“属下……属下不知……”

“混账！”华皇一把抓起锦盒中的九转玲珑，映着烛光，却怎么也看不出来刚得到那几日宝光流溢的模样。华皇盯着手中的东西许久，终于忍不住一挥手将它甩了下去。砰的一声，琉璃一般的九转玲珑碎成了无数碎片。这样一来，谁都明白这是一个赝品了——传说中的九转玲珑可是坚硬胜铁，刀砍不断、火烧不烂的。

“华皇，这是……”容琰一眯眼，盯着地上的一堆碎片，心中怀疑是不是华皇不愿意把真东西拿出来才故意弄了个假货来作秀。

华皇一整晚的好心情顿时消失得一干二净，不仅如此，他气得眼前一阵阵直发黑，自己这些日子的志得意满现在看起来就像是一个笑话。还有那份藏宝图……他已经派人照着图去找了，只是地方有点儿远，如果那幅图也是假的……华皇只觉得眼前一黑，几乎都能看到自己成为各国使臣笑柄的模样了。

“将聂云给朕拿下！”华皇冷声道。

不管怎么样，聂云都少不了一个失职之罪。

立刻有人上前来拿下聂云。聂云也不反抗，只是沉默地任由侍卫将自己押下去。华皇冷冷地扫了一眼底下脸色各异的众人，冷哼了一声，拂袖而去。

五十寿宴上，自觉丢了脸的华皇拂袖而去，留下在座的众人面面相觑。在座的这些都是经历过不少大世面的人物，但估计这样的场面也还是第一回见到，一时间谁也不知道该如何应对。地上那一堆半透明的碎片，更像是对这场华丽的盛宴最大的讽刺。

皇帝走了，皇后也不宜久留，只得匆匆交代了几位王爷善后，扶着太后带着众嫔妃走了。

明微公主冷眼看着这场闹剧，淡然地侧首对沐清漪道：“罢了，咱们也走吧。”

宫中夜宴最热闹沸腾的时候，京城的一处大牢里也迎来了一位特别的客人。

朱明嫣独自一人坐在阴暗大牢的一个角落里。往日里明亮骄傲的眼眸早已经变得昏暗混浊，美丽的容颜也因为这几日的担惊受怕而变得消瘦憔悴。

虽然是五六月的天气，但是牢房里显得格外阴冷。朱明嫣惊恐地望了望空荡荡的房间，小心翼翼地抱紧了手臂为自己取暖。

吱呀一声，牢房的大门被人从外面推开，在寂静的深夜里显得格外响。朱明嫣有些茫然地抬起头朝着门口望去，今晚这个时候还会有什么人到这里来？

一个穿着黑衣戴着黑色帷帽的男子慢慢地走了进来，跟在他身后的是两个侍卫模样的男子，其中一人手中拎着一盏灯笼，散发着暗淡的光，朱明嫣看不太清楚三人的模样。

“你们……你们是什么人？”朱明嫣有些惊恐地叫道。

“朱明嫣。”男子淡然道。

朱明嫣愣了愣，突然觉得这个声音有些熟悉，问道：“你……你到底是谁？我见过你！”

男子淡淡一笑，道：“你自然是见过我的。”

说完，男子抬手取下了头上的帷帽，跟在他身后的侍卫也配合地将灯笼拎高了一些。在依然有些幽暗的火光下，一张俊美无瑕的脸出现在朱明嫣眼前。当男子侧过脸来笑着看她的时候，朱明嫣不由得倒吸了一口气。

“你是……你是……”

朱明艳的惊讶不只因为男子俊美绝伦的容颜上那道有些狰狞的疤痕，更是因为那张脸她十分熟悉。顾家的人似乎得天独厚，无论男女都俊秀出众得让旁人汗颜。

黑衣男子点头淡笑道：“我是顾秀庭。”

朱明嫣惊惧地退缩到了大牢的角落里，仿佛背靠着墙壁能让她感觉到安全一些。她当然不会以为顾秀庭突然出现在这里是来找她叙旧的。

顾秀庭含笑望着她，仿佛依然如顾家还没有出事的时候温文尔雅、笑若春风，问道：“郡主这是怎么了？你跟歌儿是好朋友，我这个做哥哥的来看看妹妹的好友，竟让你这般害怕吗？”

朱明嫣岂止是害怕，如果可以，她现在甚至想要哀声求饶。

“你怎么会在这里？你怎么还敢出现在京城？！”朱明嫣警惕地盯着顾秀庭道。

顾秀庭低眉笑道：“我一直就在京城啊。至于为什么会在这里……听说郡主进了应天府大牢，在下特意代替歌儿来看看你。”

“不要提她！”朱明嫣尖叫道，“不要提起她！她已经死了！”

看着朱明嫣狂乱的模样，顾秀庭眼眸中的笑意微冷，道：“是啊，歌儿已经死了。朱小姐既然是歌儿的好朋友，为什么……不去陪她呢？”

“不……不要杀我！我不想死……不要……”

顾秀庭俊美的脸上掠起一丝冷意，问道：“你不想死……难道歌儿就想死，我顾家的人都活得不耐烦了吗？”

“不……不关我的事！顾家的事……顾家的事是慕容煜做的！是慕容煜指使我的，我没想害顾家！”

或许是此时的气氛实在是太过阴冷吓人，或许是这些日子的身心折磨让朱明嫣快要崩溃了，朱明嫣并没有上次在沐清漪跟前那么嘴硬。

对于她的反应，顾秀庭并不意外，只是淡淡地看着朱明嫣笑道：“知道慕容煜为什么看不上你吗？”

朱明嫣一怔，她以为顾秀庭是来找她报仇的，没想到他会跟她说这个。

狰狞的伤痕、俊美得让人不敢逼视的脸，还有那脸上让人沉醉的笑容，如此怪异的组合，在这阴暗的牢房中显得更加诡异。穿着一身黑衣的顾秀庭看上去更像一个冥界归来的幽魂。他冷声道：“因为你实在是太蠢了。你说是慕容煜指使你的，你有证据吗？陷害顾家的事，从头到尾……有哪一件是慕容煜亲手去做的？所有的一切，都是你平南郡王府动的手。就算有人要替顾家翻案，最后倒霉的也只会是平南郡王府而不是恭王府，恭王只是被你们给骗了，明白吗？”

“你胡说！”朱明嫣大叫道。

朱明嫣脸上的神色却显示心中并不是如她所表现的那么不相信顾秀庭的话。

顾秀庭并不生气，只是道：“是不是胡说，你不清楚吗？这些日子以来，在下也找到了不少证据，足够让你们平南郡王府满门抄斩了，却找不到恭王府的半点儿证据。平南郡王府的郡主，你说这要怎么办呢？”

顾秀庭取出一份厚厚的卷宗扔了进去，朱明嫣迟疑了一下，还是忍不住捡起来，就着幽暗的火光看了起来，越看脸色就越苍白。

慕容煜在利用她！这一点朱明嫣一直就知道，毕竟开始本就是慕容煜想要利用她，而她也甘心被他利用。朱明嫣却没想到慕容煜竟然将自己利用得这么彻底，还不忘将他自己干干净净地择了出去，分明是一直将她当成一个随时可以抛弃的棋子。

“知道慕容煜现在为什么放弃你吗？因为平南郡王府早已经在他的掌控之中了。即使没有你这个王妃，朱燮也照样要听他的摆布，他又何必让你占着这个恭王妃的位置？这个王妃之位足够他为自己再拉拢一个跟平南郡王府不相上下的世家了。而且……李家小姐贤惠大度，连太后都赞誉有加，难道不是母仪天下最好的人选吗？”

“住口！不要说了！”朱明嫣终于受不了了，捂住耳朵怒吼道。

这一刻朱明嫣真是恨极了顾家的人，恨极了眼前的俊美男子。他的话就像一根毒刺一般扎进她的心中，让她本就伤痕累累却一直假装不知道的心瞬间被撕扯得鲜血淋漓。

顾秀庭挑了挑眉，虽然没有再说话，但是脸上的神色表明了他对朱明嫣的痛苦不以为意。

许久，朱明嫣终于平静了下来，盯着顾秀庭道：“你想要慕容煜的秘密？想要为顾家报仇？我凭什么告诉你？”

顾秀庭蹙眉想了想，道：“或许我可以为你杀了慕容煜或是李知宜？”

朱明嫣的脸上现出片刻的迷茫，杀了慕容煜或者杀了李知宜？毫无疑问，她想要杀了李知宜，在话出口的瞬间却又犹豫了，杀了李知宜有什么用？就像李知宜说的那样，杀了李知宜还会有张知宜、赵知宜。

许久，朱明嫣终于摇了摇头，道：“不，我不想杀他们。只要你放过平南郡王府，我就告诉你一个慕容煜的秘密。慕容煜的事情……我知道的也不多，但是这一个你肯定会想知道。”

顾秀庭扬了一下眉，并不言语。

许久，朱明嫣才咬牙道：“皇后……先皇后是被云嫔害死的。”

朱明嫣知道慕容煜的事情并不多，就是这件事也是她不小心偷听到慕容煜和云嫔的谈话才知道的。

看着牢房里神色颓然的女人，顾秀庭面色平静，转身走了出去。

看着他离开的身影，朱明嫣突然感到一丝不妙，惊惶地大叫道：“你别走！我知道的都说了，求你放过我吧。”

顾秀庭回头看着她，笑容浅淡，道：“真是个傻姑娘，你当真以为我是来问你慕容煜陷害顾家证据的吗？事已至此，翻不翻案还有什么意义？顾家已经没了。”

朱明嫣惊恐地望着他，问道：“那你……那你是来干什么的？”

顾秀庭平静地一笑，转身头也不回地走了出去。

出了门，淡淡的月色下，顾秀庭俊美的脸上露出一丝极淡却温和的笑意。歌儿，你还是那么聪明。既然你不知道该怎么处理朱明嫣，就让大哥帮你处理了吧。

京城里另一条街道上，北汉使臣的马车正缓缓往北汉使馆的方向而去。永嘉郡主靠在哥舒翰身边有些无聊，昏昏欲睡，蓦地想起什么，她连忙坐直了身体警告道：“十一哥，你也绝对不许娶淮阳公主那个女人！其实八公主、九公主也很不错。”

正低头思考的哥舒翰被自家堂妹这天马行空的警告弄得一愣，哭笑不得地道：“你在胡说什么，淮阳公主是要跟华国联姻的。”

永嘉郡主翻了个白眼，道：“你以为今晚淮阳公主为什么找明泽公主麻烦？”

提起沐清漪，哥舒翰难得有些走神了。那个小丫头……跟小时候真的是十分不一样了。谁能想到，小时候那样羞怯的一个小丫头，居然敢当着那么多人的面在大殿上作了那样一首嘲弄人的诗？无论是才智还是胆量都十分惊人呢。如果说，之前在肃诚侯府看到的沐清漪像是一块温雅的美玉，那么今晚的沐清漪就像是一颗光芒四射的明珠。

看着自家十一哥魂不守舍的模样，永嘉郡主难得地掩唇偷笑起来。她眨了眨眼睛，道："十一哥，你是不是真的喜欢……"

哥舒翰眸光一闪一把推开了永嘉郡主，只听嗖的一声，一道劲风从永嘉郡主的肩头掠过，直接打穿了身后马车的车厢。永嘉郡主被吓得脸色一白，如果不是十一哥推开她，说不定不仅她要被打穿，就连被她靠着的十一哥都要受伤了。华国京城竟然有如此高手！

"待着别出来！"哥舒翰沉声道，起身掀起帘子出了马车。

因为刚刚的突袭，马车已经停了下来。空旷的街道尽头，站着一个身着墨色衣衫的男子。月光下，墨色衣衫上繁复的淡金色流云图案若隐若现，揭示了来者的身份。

哥舒翰看向来人，半掩在发丝下的脸上戴着一个同样的黑色镶金色云纹的面具，只露出下方微微勾起的薄唇。哥舒翰说道："云隐公子，幸会。"

如果说魏无忌的神秘之处在于他善于隐藏的话，那么云隐公子就真的可称得上神出鬼没了。世上只要是听过这个名字的人，无不知道他武功绝世，却从来没有人能够说清楚他的来历，甚至是他的名字。他的名字自然不是真的叫云隐，只是他每次出现的时候都戴着一个刻画着金色云纹的面具来遮掩自己的容颜，因此才被人称为云隐。

哥舒翰同样也没有见过云隐公子，甚至没想到他会出现在华国京城，更没想到他一出手就是毫不留情的杀招。

哥舒翰问道："本王记得与公子素无过节，公子为何出手伤人？"

云隐冷冷地盯着他，面具下的一双眼眸流露出来的尽是阴狠的杀意，冷声道："无他，看你不顺眼。"

哥舒翰脸色一沉，身为北汉烈王的他从来都不是一个好脾气的人，云隐公子如此目中无人，自然也惹得他动怒。哥舒翰冷笑一声，道："好，本王倒要看看云隐公子有什么本事看本王不顺眼！"

一言不合，两人就直接动起手来了。

永嘉郡主从马车里小心地探出头来望着外面，北汉的侍卫早已经将马车团团围住，以保护永嘉郡主的安全。月色下，两个人影以一种令人眼花缭乱的速度打在了一起，即使是北汉侍卫中的高手，想要真正看清楚也有些吃力。

一道剑光闪起，哥舒翰抽出了随身携带的宝剑。同一时间，云隐公子袖间一道银光流过，手中也握住了一柄一尺多长看似轻薄的短刀。只看那锋利的刀锋上若隐若现的红光就知道这是一柄曾经饮血无数的凶刀。

哥舒翰久经沙场，武功大开大合，走的是光明正大的路子。云隐公子却不同，他的武功招式变幻莫测，每一招都凶险无比、神出鬼没。

原本哥舒翰还因为突然被袭而大为恼怒，但是真的动手之后，心中的怒气反而慢慢散去了，更生出了几分棋逢对手之意。

两人就在大街中央打斗起来，虽然现在已经是深夜了，打斗的响动依然引来了不少人。远远地，一阵整齐的脚步声传来，显然是负责京城守卫的人闻声赶来了。云隐公子轻哼了一声，手中短刀划出一道锋利的红光，朝着哥舒翰的胸口划了过去。哥舒翰也不示弱，以长剑把云隐公子的刀拨开，提起左手一掌拍了过去。

云隐公子身子微微顿了一下，飞身后退出十几步，冷眼扫了一眼往这边冲过来的人，飞身离去。

哥舒翰低头看了一眼被划出一道血痕的胸口，皱了皱眉。

永嘉郡主一看人走了，连忙掉转马车冲了过来，急道："十一哥，你怎么样了？"看到哥舒翰胸口的血痕，她更是吓白了脸，惊呼，"十一哥，你受伤了。"

哥舒翰摇摇头，道："皮外伤，没事。他也受伤了。"

抬眼望了望云隐公子离去的方向，哥舒翰若有所思地垂下了眼眸。最后那一掌他原本应该能避过去才对，但是哥舒翰明显感觉到云隐公子本来要闪开的时候突然停顿了一下，反而结结实实地挨了他一掌。虽然不明白是为什么，但哥舒翰也不过分纠结。这一架打得虽然不算痛快，但是云隐公子也算得上名不虚传了。

"烈王殿下，你没事吧？"京城的守卫统领匆匆赶到，看到哥舒翰胸口的伤也吓了一跳，连忙吩咐人去追拿凶手。

哥舒翰淡然道："不妨事，遇到个朋友，切磋一下。"

京畿统领原本紧张的脸顿时僵住了——什么朋友会大半夜跑来砍你一刀啊。京城也明令不许斗武！你不能因为是外来的人就无视规矩。

沐清漪回到兰芷院中，两个小丫头立刻兴奋得叽叽喳喳起来。第一次进宫，两人生怕给自家小姐添麻烦，处处谨言慎行不敢多话，如今好不容易回到府中了，立刻恨不得将这一天没说的话全都补够了。

沐清漪淡淡一笑，也不去管她们，只是看向留在家中的无心，问道："兰芷院中今天可有什么事？"

无心恭敬地道："一切都好，并没有什么意外。"

沐清漪放心地点了点头，虽然她昨天被封为郡主出乎很多人的意料，但是到底只是一个女子，大概也没有多少人会为了这个专程来找她的麻烦。

沐清漪正想着，里间的卧室里传来一声沉闷的响声。沐清漪眼角不由得跳了跳，这个时候还会肆无忌惮地往她房间里跑的人，除了容瑾，京城里大概就找不出来第二个了。

沐清漪看了一眼站在一边的无心，无心默默地点了点头，也表明了里面的人确实是他的前任主子。

沐清漪叹了口气，起身走进房间，入目的一切却让她吓了一跳。往日里总是喜欢懒洋洋地躺在她的床上或者歪在椅子里似笑非笑地看着她的人，此时正卧倒在地上，一头青丝散乱地披在他的身上和地上，沐清漪一眼便看到了地上暗红的血迹。

“容瑾？”沐清漪上前两步，伸手想要扶他起来。

奈何她只是一个才十六岁的柔弱少女，而容瑾就算再病弱也是一个高了她一大截的成年男子。沐清漪试了一下发现自己无法移动容瑾，果断叫无心进来帮忙。

看到躺在地上气息微弱的容瑾，无心脸色也是一变，帮着沐清漪将他扶起来放回床上，又按住他的手腕把了把脉。容瑾这会儿当真重伤而且昏迷了，不然的话，无心碰到他的瞬间就能被他一袖子抽飞出去。即使如此，无心刚扣住容瑾的手腕，他原本还闭着的眼睛也瞬间睁开了，眼中的暴戾和阴狠之意即使是无心也忍不住在心中打了个寒战。

“滚！”容瑾左手抬起来，一道银光飞快地射向无心。

无心吓了一跳，连忙飞身避开，却也感觉到自己的背心瞬间被冷汗打湿了。

沐清漪脸色微沉，一把将想要坐起来的容瑾按了回去，急道：“半死不活的还折腾什么？！”

无心心中一惊，连忙想要提醒沐清漪却已经来不及了。容瑾脾气不好，受伤或者生病的时候脾气更差。容瑾平时就十分忌讳别人碰到他，生病的时候更是严重。

可是，容瑾只是迟疑地看了沐清漪一眼，就重新躺了回去。过了一会儿，他又慢慢地闭上了眼睛。

无心暗中松了口气，同样惊讶地看向坐在床边正担忧得蹙眉的少女。

“无心，他怎么了？又病了？”

无心迟疑了一下，点点头道：“是，而且公子刚刚似乎跟人动手了，正好又发病……”

发病的时候碰上了内伤，也不知道是不是容瑾平日里坏事做多了的报应，他强撑着进入沐清漪的房间里就直接晕倒了。

“跟人动手？真是胡闹！”沐清漪皱眉，心中一动，沉声问道，“你真去找烈王了？”

容瑾并没有睡着，发病时的痛楚也让他不可能这么快睡着，他慢慢睁开眼睛看了看沐清漪道：“只砍了他一刀，没打死。”

沐清漪冷笑道：“没错，现在快死了的人不是你吗？”说话间，沐清漪顿了一下，蓦然想起来，哥舒翰号称北汉第一高手，容瑾身体有病还能砍他一刀，问道，“你……你是云隐？”

某人身上的衣服也很能说明问题，黑色云纹锦缎上还绣着繁复的淡金色云纹，奢华、沉郁而且嚣张。不往深处想没什么，可一旦锁定了一个不大的范围，就很容易猜出来了。

容瑾有气无力地抬眼看了沐清漪一眼，淡笑道："清清，姑娘家这么聪明真的不好。你这么聪明，让本公子怎么舍得放开你呢？"

沐清漪斜睨了他一眼，问道："有没有什么药，还是要给你请大夫？"

请大夫什么的最好不要，她还不想杀人灭口。

容瑾抬手摸出一个黑色的小瓷瓶，单手拨开倒了一粒药送进嘴里，随手将瓶子扔在了床上。沐清漪看着那小巧的黑色瓷瓶暗暗皱眉，那上面繁复而诡异的花纹总是让她不由得生出几分不祥之感。

服过药之后，容瑾的脸色明显有些好转，但抓着沐清漪的手还是微微抽搐着，说明这药并不能十分有效地抑制疼痛。

"每次都这么难受？"

容瑾闭上眼睛淡淡地嗯了一声，道："我有点儿困了，清清这里有幽寒香？"

沐清漪点点头，起身去将幽寒香找出来点上，又唤了盈儿进来将地上的血迹收拾干净，才吩咐无心和盈儿下去休息。

点上幽寒香之后，容瑾的呼吸慢慢变得轻缓而平稳起来。他本身就长得极为俊美，只是平日眼睛睁着的时候，不是让人恨得牙痒痒就是阴冷得让人害怕。此时静静地躺在床上，他却安静无害得仿佛一个初生的孩子。

沐清漪低头看着床上似乎沉睡了的男子幽幽地叹了口气，起身打算出去歇息。

一只微凉的手抓住了她的手，容瑾不知道什么时候睁开了眼睛，低声道："别走。"

沐清漪无奈地看着他道："你在这里歇着吧，我去书房休息。"

"不要走。"容瑾沉声道，握住沐清漪手腕的手更加用力了。

沐清漪皱眉，有些无奈地道："看在你重伤的分儿上我收留你，你该不会还指望我守着你一整夜吧？"

容瑾指了指自己身边的位置，理直气壮地道："陪我睡！"

沐清漪再一次感到自己额头上的青筋欢快得直蹦。

果然，她就不能指望这个浑蛋正常，哪怕一时半刻！

这一次，沐清漪懒得再跟他废话，直接站起身来走人，却不料容瑾似乎早就料到了她的反应，抓着她手腕的手微微用力，直接将人拉到了床上。虽然沐清漪突然跌倒下来撞得他闷哼了一声，但他依然固执地将人圈在了怀里。

"容瑾……"

容瑾一抬手，往她身上轻轻一点。沐清漪立刻发现自己的身体僵硬得动弹不得，该死的点穴！

容瑾有些疲惫地打了个呵欠，将沐清漪往自己怀里圈了圈，道："乖，我困了，睡觉。"

僵直着身子被人搂在怀中，沐清漪望着房间里微微摇曳的烛火，闻着房间里弥漫的淡淡的冷香，顿时觉得刚才还有些心疼某人的自己简直就是个白痴。她根本就应该在看到他的第一时间直接让无心把人给扔出去!

即使已经死过一次，沐清漪也是平生第一次跟一个男子如此亲密地接触。被一个人搂在怀里的不自在让她根本就无法入睡，她只得瞪着床顶的帐子在心中一遍一遍地将某人大卸八块，直到终于瞪得眼睛都酸痛了，才慢慢地闭上眼睛陷入了沉睡之中。

原本一直闭着眼睛沉睡的容瑾慢慢睁开了眼睛，侧首看了一眼怀中和衣而卧的美丽少女，俊美的眉微微皱起，即使是在睡梦中她依然带着一丝恼怒的模样，倒是比平时温婉淡定的模样更多了几分稚气。跟本公子睡有那么不高兴吗？俊美的男子有些恼怒地低头，在少女的樱唇上轻轻咬了一下，原本幽冷的眸子中却更多了几分淡淡的暖意。

整晚被点了穴入睡，明天醒来肯定会浑身都痛，容瑾轻轻解开她身上的穴道。重新躺下来揽着怀中沉睡的少女，容瑾重新闭上了眼睛，放在外面的手轻轻一弹，原本还明亮的烛火瞬间被一道指风刮灭。

清清，本公子想要把你一直留在身边呢。

清晨，沐清漪渐渐清醒过来，发现自己依然被容瑾搂在怀中。或许是身体的原因，容瑾的身上总是和他的手一样带着微凉的温度，仿佛永远也焐不热一般。沐清漪有些困惑地发现，自己竟然一觉睡到了天亮。这是自从重生以来从来没有发生过的事情。自从成了沐清漪，她习惯了很晚入睡很早就醒过来，因为晚上她根本就睡不安稳，总是不断地惊醒，在清醒和睡梦中挣扎不休。

容瑾还没有醒来。明媚的阳光透过窗棂上薄薄的纸射了进来，洒在了地上和桌子上。沐清漪侧首看着依然在沉睡中的容瑾，俊美得令人惊叹的男子此时安宁平静得像是一个纯净的孩子。

沐清漪原本还满心怒气，看到这样的脸庞也发泄不出来了。她只得叹了口气，小心地将自己从容瑾的怀中移了出来，起身下床。她回头看了一眼躺在床上依然睡得香甜的某人，又俯身拉过床上的薄被为他盖上，才转身走了出去。

书房里，沐清漪挑眉看着在跟前一脸纠结的无心和盈儿，问道：“怎么了？”

盈儿娇俏的小脸忍不住扭曲了一下，终于还是支支吾吾地问道：“小姐，那个……九公子……九公子……”

沐清漪道：“他应该没事了，不用担心。”

盈儿顿时有些尴尬：我是在担心他有没有事吗？我是在担心他有没有对小姐你做什么啊!

看着盈儿这副模样，沐清漪无奈地掩唇一笑，摇摇头道：“别胡思乱想了，府里可有什么事？”

“什么事？”盈儿稍微茫然了一下才反应过来，略带兴奋地道，“是有事啊！小姐，昨晚二公子没从宫里出来。”

“哦？父亲派人去找了？没找到？”沐清漪问道。

盈儿忍不住幸灾乐祸地道：“可不是没找到吗，找到了就不算个事了。今天一大早，侯爷又派人出去找了，只怕这会儿把京城都要翻过来了。小姐……话说这二公子好好的怎么就丢了呢？而且还是丢在了宫里，真是太奇怪了。”

沐清漪也不打算多说，只是淡然道：“谁知道呢。还有什么事？”

“还有……”盈儿看了沐清漪一眼，有些小心地道，“昨晚……平南郡王府的郡主朱明嫣在应天府里自杀了。”

沐清漪一怔，微微蹙眉道：“她可不像是会自杀的人。昨晚……有什么人去见过她吗？”

盈儿低声道：“是……大公子。”

看着盈儿紧张的模样，沐清漪笑道：“不过是个不重要的人，大哥想杀就杀了吧，你这么紧张干什么？”

“小姐，侯爷和老夫人还有孙姨娘、大公子、三小姐来了。”珠儿匆匆进来，神色有些惊惶地禀告道。

沐清漪扬眉问道：“怎么了？”

珠儿道：“刚刚……二公子被人从宫里送了出来，说是……今早从御花园的湖里找到了二公子，已经死了。”

“祖母、父亲，这么早过来可是有什么事？”沐清漪踏入大厅，淡声问道，仿佛什么也不知道一般。

沐老夫人神色憔悴，突然失去了一个最看重的孙儿，让她一时间有些难以承受。她盯着沐清漪严厉地道：“你不知道发生了什么事？”

沐清漪摇头，毫无遮掩地道：“我昨晚睡晚了，刚刚才起身连早膳都还没有用。”

旁边，沐长明突然重重地拍了一下桌子，瞪着沐清漪怒道：“发生了这么大的事情，你就想着吃早膳？！”

沐清漪皱眉，沉声道：“父亲，从头到尾你们也没有告诉我到底出了什么事，难道我说一句没用早膳还错了吗？”

坐在旁边的孙氏早已经顾不得再挑沐清漪的刺了，抱着沐云容哭了起来。

旁边，沐琛低声道：“四妹，今早二弟被人从宫中送出来，已经死了。”

沐清漪这才稍微有些动容，但是即使沐长明一直盯着沐清漪，却也只从她脸上看到一丝淡淡的惊讶，然后便平静得仿佛什么事都没发生了。沐清漪只是点头道：“原来如此，父亲、祖母，节哀。”

沐清漪如此平静的模样显然刺激了沐老夫人和孙氏。沐老夫人指着沐清漪半晌说不出话来，只能不停地咳嗽。

孙氏用有些充血的眼睛狠狠地瞪着沐清漪，厉声哭叫道："都是她！都是她害死了我的翎儿！都是她害死了我的翎儿！"

说着，她就想要扑过去抓沐清漪，旁边沐琛上前一步挡住了孙氏，沉声道："姨娘，慎言。"

沐清漪如今可不是无权无势、不受宠爱的肃诚侯府四小姐了，而是华皇亲自册封的明泽公主。只看寿宴上华皇对沐清漪的态度就知道华皇非常宠爱她，若是让孙氏伤了沐清漪，他们只能吃不了兜着走。

"父亲来我这儿是有什么事吗？"沐清漪平静地问道。

沐长明的脸色铁青，咬牙道："你二哥死了，你就是这样的态度？！"

沐清漪偏着头，启唇浅浅地微笑道："父亲想要清漪有什么态度？我跟他关系很好吗？还是父亲希望清漪失声痛哭、呼天抢地？若真是如此，父亲不觉得我虚伪吗？"

这府里，她跟沐翎关系差尽人皆知，她若真的表现出痛苦难过，才会让人感到惊讶。

"沐清漪！二哥现在死了你高兴了吧！"沐云容含恨咬牙道。

沐清漪微笑道："无关紧要的小角色，谈不上高不高兴。"

这样的态度，毫无疑问激怒了悲痛中的沐老夫人和孙氏。沐老夫人怒斥道："沐清漪，你放肆！"

沐清漪脸色微沉，淡漠地看着沐老夫人道："放肆？到底是谁放肆？"

沐老夫人一窒，沐清漪如今是公主，若是真的追究起来沐老夫人也难逃责罚。

沐长明神色阴沉地盯着沐清漪道："你成了公主，就当自己不是沐家的人了，是吗？"

沐清漪含笑看着沐长明，柔声道："父亲有当清漪是您的女儿吗？"

看着沐长明扭曲的脸，沐清漪心中突然感到一丝奇异的愉悦，却又对沐长明的痛苦感到可笑和厌烦，他是因为沐清漪这个女儿的怨恨而感到痛苦？这真是可笑，当初可是他亲自害死了沐清漪的母亲，甚至是她这个人啊。

"行了，你们直接告诉我，你们想要做什么就行了。"沐清漪有些不耐烦地道。

容瑾还在她房里睡着，她可不希望那个浑蛋睡醒了给她找什么麻烦。

大厅里安静了片刻，沐长明才沉声道："你二哥死了，为父打算将你三弟过继到夫人名下。"

"我娘不需要嗣子。"沐清漪毫不犹豫地拒绝道。

沐长明脸色更加难看，咬牙道："本侯说的是孙氏！"

沐清漪默默看了看众人的神色，突然扑哧笑出声来，有些好笑地道："将庶子过继给妾室？父亲是想要做什么？更何况，陈姨娘虽然也是妾室，但到底还是出自家世清白的人家，是进门的良妾，你把她的儿子过继给一个丫头出身的女人，是想要干什么？另外，二哥尸骨未寒，父亲一大早就来张罗这种事情，你们就不怕二哥死不瞑目，以后夜夜回来探望爹娘吗？”

闻言，孙氏不由得打了个寒战。这一次其实她并没有那么迫切地想要过继一个孩子，毕竟她是真心疼爱自己的儿子的。而且三少爷沐珂虽然才十一岁，却已经懂事了，就算过继来了也未必养得熟，只是这一次显然是沐老夫人和沐长明更加心急一些。

沐长明气急败坏地道：“这个不需要你管！”

沐清漪挑眉道：“既然如此，父亲一大早来找我干什么？”

既然根本没打算听她的意见，沐清漪实在不解这些人是来干什么的。

沐长明咬牙道：“我要正式扶孙氏为正室，连着珂儿的事情一起办！”

沐清漪这才恍然大悟，沐翎突然去世必然会影响到宫中的柔妃，将孙氏扶正也算是给柔妃吃了一颗定心丸。

“把他们都给我赶出去！”沐清漪脸色一沉，沉声道。

大厅里众人都是一愣，沐长明厉声道：“你说什么？！”

沐清漪同样也没有好脸色，冷笑一声，道：“我早就说过，肃诚侯府重立正室夫人我不会阻拦，但是如果想将一个贱妾抬到与我母亲同样的位置上，休想！父亲，你是想羞辱我母亲，还是想羞辱你自己？”

对上沐清漪嘲弄的眼神，沐长明顿时气得脸色发青，半晌也说不出话来。

“你……孽女！本侯没有你这样的女儿！”许久，沐长明怒吼道。

沐清漪冷笑道：“正好，我也没想有你这样的父亲。父亲何不昭示天下，将我这个不肖女逐出家门呢？我等着……”

逐出家门？沐长明很想这么做，但是他不敢！

赶走了一大早就上门来胡闹的一群人，沐清漪看着没有跟着离开的沐琛，挑眉道：“大哥怎么还不走？”

沐琛有些无奈地摇了摇头，叹气道：“父亲永远都只会想着孙氏他们母子几个吗？”

沐清漪摇头笑道：“不，他想着的并不是孙氏母子，而是利益，是宫中的柔妃，或者说是柔妃肚子里的小皇子。大哥若是还记得我说的话，就早做打算吧。”

沐琛点头道：“我知道了，事到如今……我也没什么好盼的了。以前只觉沐翎是我的对手，现在沐翎已经死了，他却还是看不见我，我还有什么好说的？”

沐清漪漫不经心地一笑，对于沐琛的痛苦和失落不以为意。

沐琛叹息道：“真是没想到，沐翎居然会……就这样死了。”

沐琛曾经设想过很多次沐翎的结局。比如，他得罪了沐清漪被折磨死，他官场不得志郁郁而终，等到自己抢到肃诚侯之位之后他落魄而死等，却从来没想过沐翎就这么莫名其妙地因为饮酒过量而跌进御花园的湖里淹死了。

"启禀小姐，宫中传旨的公公来了。"门外，府中的管家急匆匆地来禀告。

沐清漪挑眉，起身道："去看看吧。"

肃诚侯府的正厅里，肃诚侯府众人都在。穿着太监总管服饰的人正坐着喝茶，看到沐清漪进来才连忙起身，含笑迎了上去，略带谄媚地道："奴才见过公主。"

沐清漪虚抬了一下手，道："公公免礼，公公前来所为何事？"

那内侍太监赔着笑道："昨晚诸事匆忙，陛下说委屈了公主。今天一早陛下便命奴才前来传旨，有些东西要送给公主呢。"说完，内侍太监从袖中取出一道明黄的绢帛一展，高声道："明泽公主接旨。"

肃诚侯府众人连同沐清漪一起跪下接旨。

"长宁郡主沐清漪，端方娴静、幼娴礼训、敏慧多才，晋封为公主，赐号明泽。另赐杨柳江畔公主别苑一座、良田三千亩、白银五万两、商铺十二家、皇庄三座……"

另有数不清的金银珠宝、珍玩古董等，传旨的太监念了好长一段时间。众人不禁羡慕这么多的财富，更是惊讶于华皇对这位新封的公主的宠爱，难怪就连华皇身边贴身侍候的太监总管都对沐清漪恭恭敬敬。这样的赏赐，即使是在如今已经有封号的公主中也已经算是上上等了。

圣旨宣毕，众人谢恩起身之后，传旨的公公这才将圣旨连同公主宝册一起交给沐清漪，赔笑道："恭喜公主了，如果没事奴才这就先行告辞了。"

沐清漪接过宝册和圣旨，浅笑道："有劳公公走一趟。盈儿，送公公出去。"

"是，公主。"

盈儿盈盈一拜，上前请那传旨的公公一起出去，到了门口才塞了一个素雅的荷包到他手里。荷包虽然看着不起眼，但是只要一上手就能摸出里面的东西是什么。那传旨的公公顿时眉开眼笑地让盈儿留步。这荷包里至少是一张一百两的银票，还有好几颗珍珠。明泽公主出手这么大方，即使在公主、皇妃中也是极为少见的。传旨的公公当即决定回去之后要在陛下面前为这位新封的公主多说些好话。

肃诚侯府的大厅里，一片沉重。有什么事情比自己正承受着丧子之痛另一边却喜气洋洋更让人觉得愤怒的呢？沐清漪虽然并没有喜气洋洋，但是这样的场景看在沐长明眼中就是最大的讽刺和嘲弄。孙氏和沐云容更是恨不得立即掐死沐清漪。

只可惜，无论他们怎么想，却依然拿沐清漪没有办法。从一个多月前，沐清漪再一次睁开眼睛开始，她就注定不再是他们能够控制得了的人。

沐清漪只是淡淡地扫了众人一眼，随手将圣旨和宝册交给身边的珠儿，转身走了出去。

回到兰芷院，容瑾早已经醒了，正坐在书房里握着一本书看得津津有味。看到沐清漪进来，他头也不抬地调侃道："恭喜哟，明泽公主。"

沐清漪斜了他一眼，淡淡道："九公子的恭喜就是这么不咸不淡的一句话？"

容瑾放下手中的书，笑道："反正清清也不喜欢这个公主头衔，本公子还正经八百地来恭喜你，岂不是给清清添堵吗？本公子可是最善解人意的人！"

看着那张笑容满面的俊脸，沐清漪就想起来自己昨晚的遭遇，不由恨得咬牙，道："好一个善解人意！"

见沐清漪神色不善，容瑾立刻识相地转变了话题，道："说起来，华皇会册封清清为公主，本公子还真的被吓了一跳呢。"

沐清漪轻哼一声，也懒得再纠结昨晚的事情，认真地打量着容瑾。即使和容瑾已经认识比较久了，沐清漪也从来没想过容瑾会是被太史衡评为江湖五大高手之一的云隐公子。沐清漪虽然并不习武，却也知道要成为绝世高手需要的绝对不只是天赋，更需要历经辛苦的磨砺，而容瑾身为皇子，却在几乎没有自由的情况下练成绝世武功，何况他还有一身的重病，他到底经历了多少辛苦只怕只有自己能说清楚。

"清清这么看着本公子，是喜欢上我了吗？"容瑾望着沐清漪，笑嘻嘻地道。

沐清漪无奈地白了他一眼，道："九公子若是没事了，可以请便了。"

容瑾脸上的笑容渐渐散去，难得专注地望着沐清漪，叹息一声道："清清这样辛苦，让本公子很担心呢。清清到底想要做什么？如果只是想杀了慕容煜和慕容安，我可以帮你办到啊。"

沐清漪完全相信，以云隐公子的武功，只要有合适的机会，杀掉慕容煜确实不是什么难事，但是她的目的从来就不只是慕容煜或者慕容安这几个人而已。云隐公子武功再高，也不可能一个一个全部帮她杀完，京城里也并不是只有他一个高手。最重要的是，她不会用这种办法报仇。

望着沉默不语的沐清漪，容瑾柔声道："我现在似乎猜到清清要做什么了，但是清清，你现在这样做有点儿危险，本公子很担心呢。"容瑾怜爱地摸摸沐清漪秀丽的脸颊，低声道，"为什么本公子觉得清清一点儿也不像是肃诚侯府的嫡女呢？"

容瑾并不是容易糊弄的傻瓜，事实上他对外界拥有常人无法比拟的防备心和锐利的直觉，沐清漪身上的疑点，他自然早就看在眼中。沐清漪的学识、见识和心性，都绝对不是一个小小的侯府嫡女能够拥有的。无论沐清漪有多么聪明，心中有多少仇恨、多少委屈，她身处的环境都注定了她能力有限，但现在沐清漪所展现出来的却是与她本身完全不符合的卓绝才智。

"清清是怎么认识太史衡的，嗯？"容瑾低声问道，声音带着几分蛊惑。

沐清漪眼神却十分清明，淡淡道："我说过我认识太史衡？"

容瑾含笑拈起沐清漪的一缕发丝，道："除了太史衡，谁会多事排什么五大高手？更何况，这其中还有魏无忌。除了太史家的消息如此灵通，江湖中还有谁能知道魏无忌武功高强？太史家有武林史家之称，确实是知道不少别人不知道的秘密。清清真的不认识他吗？那本公子去杀了他也没关系吧？”

沐清漪顿时一脸尴尬，她相信容瑾绝对说得出做得到。沐清漪没好气地道：“他哪儿惹到你了？”

容瑾挑眉道：“乱说本公子的小道消息，难道还不算惹到本公子了？清清，你到底是谁呢？”

“九公子什么时候开始怀疑的？”沐清漪问道，无形中等于承认了自己的身份。

沐清漪很清楚，一旦容瑾开始怀疑并且问出口了，无论她解释得多么合理，容瑾都绝对不会接受。他会问出口，是因为他心中已经有了结论。

容瑾笑道：“嗯，也许是清清调制出幽寒香的时候，或者是清清设计慕容安的时候。清清如果是清清的话，就不会等到现在才做这些事情，不是吗？这一切都是顾云歌死了之后才发生的。”

“九公子当真是不动声色。”沐清漪有些无奈地苦笑道。

她曾经以为最先揭穿她身份的人可能会是大哥，或者是肃诚侯府的某个人，没想到是一个没见过顾云歌和沐清漪的人。

容瑾专注地望着沐清漪，问道：“所以清清才是顾云歌吗？”

沐清漪垂眸，微微轻叹了一声，没有答话，容瑾却已经知道了答案。如果是这样的话，他倒是能够明白清清对华国皇室的仇恨了。灭门之恨，单单杀几个仇人确实是远远不能平息的。容瑾无法体会家人对顾云歌的重要性，但是容瑾知道，如果有人毁了他最珍爱的东西，他必定要那个人连下了地狱都不得安宁！

“如果清清是顾云歌，那么真正的沐清漪到哪儿去了？”容瑾有些好奇地问道。

他对真正的沐清漪怎么样不感兴趣，只是单纯地好奇而已。因为从一开始，他看中的就是眼前的这个清清，曾经冠绝京华的华国第一美人、第一才女——顾云歌。

沐清漪轻声道：“我就是沐清漪，也是顾云歌。”

这是沐清漪第一次对人说这样的话，虽然对象是一个她从来都没有想到过的人，但是真正说出来似乎并不像想象中那般困难。

容瑾微微一愣，显然是有些不解，不过很快就明白过来了。虽然感觉有些不可思议，但是容瑾并没有怀疑沐清漪的话。

“果真是大千世界，无奇不有吗？那清清以后会不会再变回去？”容瑾很快又有些担心地道。

“你相信我？”沐清漪挑眉道——容瑾的接受能力未免好得有些过分了。

容瑾笑眯眯地看着她道：“为什么不相信？清清，以后咱们又多了一个秘密哟。不过清清最好一直都是现在的清清，不然……”想到眼前这个聪慧绝顶的女子有可能变成一个自己完全不认识的怯弱女子，容瑾顿时觉得心烦意乱，微凉的手轻抚着沐清漪修长的玉颈，状似怜爱，口中吐出的话却充满了凛冽的杀意，“本公子就杀了她！”

既然清清已经是清清了，既然让他遇到了，谁也不能再带走她，包括这具身体原本的主人。如果清清不再是清清，那他宁愿彻底毁了她！容瑾从来都既自私又霸道，既任性又偏执。

“清清，你要记住本公子的话。只有清清才是清清，不然就让她去死吧。”望着沐清漪惊讶的眼眸，容瑾又一次认真地道。

沐清漪心中一惊，也不知道是为了容瑾此时的偏执和杀意，还是为了容瑾这么快就接受了自己的身份。她好半晌才幽幽叹了口气，道：“漪儿若是还能回来，早该回来了。”

容瑾轻哼一声，道：“本公子不管什么漪儿，本公子只要清清。这是咱们之间的秘密哟。”

沐清漪无奈地淡笑道：“对，若是漪儿回来了，你这些日子的辛苦不是白费了吗？”

容瑾恶狠狠地道：“没有人敢欠本公子的债不还！沐清漪那个笨妞，她还不起！”

心中最重要的秘密，就这样被人给看破了，幸好没有被当成怪物，沐清漪一时间有些百感交集。

“九公子今天怎么想起来说这个了？”

容瑾怀疑她肯定不是一两天了，沐清漪有些好奇他怎么今天突然说出来了。

容瑾看着她，正色道：“因为本公子昨晚临睡之前决定了，这辈子只要清清一个人陪着睡。这样一来，自然不能再藏着什么秘密了，不然心里多别扭啊。本公子总不能聪明一世，连一起睡的人是谁都不知道吧？”

陪、睡？！

肃诚侯府嫡四小姐、御封的明泽公主、前京城第一才女，在某人得意的目光中拎起桌上一本又厚又重的书，毫不留情地拍在了他的脸上。

“清清……”容瑾抓过拍在自己脸上的书，揉了揉有些发红的鼻子，委屈地望着沐清漪，也不知道哪根经脉被拍到了，只觉得眼泪控制不住地直往外冒，急道，“我说错什么了吗？”

“容瑾，”沐清漪柔声道，“你还是早点儿去死吧。”

表白失败的容瑾有些伤心地走出了书房，瞥了站在书房门外神色扭曲的前侍卫一眼，问道：“清清为什么要生气？”

无心平生第一次觉得自己是有资格怜悯九公子的。比起九公子，自己那点小小的坎坷身世算什么啊！九公子都快变成白痴了，至少他还是个正常人。

无心轻咳了一声，道：“九公子，您这样的表白……是个人都想拍您。”

“表白？”容瑾诧异地盯着无心道，“你觉得本公子想要表白？”

“难道不是吗？”

容瑾轻哼一声，傲然道："本公子只是在很认真地告诉清清这个事实而已。而且，清清明明都已经……难道那不是表示她也同意了吗？"

身后书房的门从里面被拉开，沐清漪面无表情地站在门口，怒道："容瑾，你立刻给我滚！"

"清清……"

砰！书房的门再一次狠狠地被合上，差一点儿再一次拍到容瑾俊挺的鼻梁。

容瑾无奈地叹了口气，道："清清偶尔发点儿小脾气也是可以的，本公子要大度。"

说罢，容瑾也不再看站在旁边当壁画的前侍卫，心情大好地转身，挥挥手不带走一片云彩。

华皇的寿宴过后，整个京城的权贵圈子便陷入了一种诡异的喧闹之中。华皇在寿宴上丢了面子，心情自然不会有多好，所有人都不得不处处小心，免得自己莫名其妙地惹怒了君王。京城已经是暗潮涌动，因为寿诞这一天发生的事情实在是太多了。

寿宴上，刚刚新封的长宁郡主一鸣惊人，当场被封为明泽公主。寿宴结束之后，北汉烈王遇刺和应天府大牢里平南郡王府的郡主朱明嫣自尽身亡的事情同样闹得满城风雨。哥舒翰来者是客，若是在华国的京城出了什么意外，他们可不好向北汉皇帝交代。他们不想理会朱明嫣的死，但是碍于平南郡王府的权势，不得不给平南郡王府一个交代。

至于肃诚侯府的二公子沐翎饮酒过度淹死在宫中御花园湖中，关注此事的人倒是不多。华皇寿诞之日出了这样的事情，没有下旨责罚肃诚侯府已经算是给明泽公主面子了，何况沐翎生前早已经声名狼藉，即使柔妃在华皇跟前伤心哀哭了半晌，也没能让华皇给沐翎半点儿爵位或官职让他的身后事能够好看一点儿。

"小姐，魏公子和千凌小姐求见。"门外，管家匆匆进来禀告道。

沐清漪怔了一会儿，她跟魏无忌和那个柔柔弱弱的千凌可不熟。她对管家道："请进来。"

不一会儿，魏无忌便挽着千凌一道走了进来。男子俊逸卓然，女子温柔如水，还当真是一对璧人。

"魏无忌见过明泽公主。"魏无忌淡淡拱手道。

沐清漪微微一笑，含笑道："魏公子、千凌姑娘请坐。"

魏无忌扶着千凌在客座上坐了下来。

沐清漪并不看千凌，只是望着魏无忌平静地问道："不知魏公子来访，有何见教？"

千凌轻轻咬了咬樱唇，抬眸望着魏无忌道："无忌，我想跟公主单独谈谈，可好？”

魏无忌犹豫了一下，还是点了点头准备起身出去。

沐清漪却并不打算让他这么就出去了，在魏无忌起身之前先一步道：“清漪与千凌姑娘应该是第二次见面，应该也没有什么需要魏公子回避的。”

千凌不由得呆了呆，幽幽地望着沐清漪道：“千凌只是想跟公主聊一些姑娘家的话，无忌确实不好在一边听着。公主……可是嫌弃千凌……”

沐清漪决定，就算真是她误会了千凌，她也绝对不想跟这个女人交好。这样的性格、行事风格实在不是她能够接受得了的。若是成为朋友，她岂不是天天都要忍耐？那还不如做敌人算了。

“不，千凌姑娘误会了。我跟千凌姑娘并不认识，实在想不出来有什么可以私聊的。”沐清漪淡淡道。

这个千凌是不是忘了她昨天还坑了沐清漪一次呢？

“无忌……”千凌含泪望着魏无忌，幽幽道。

魏无忌脸色微沉，看着沐清漪道：“公主，凌儿初到京城难免有些人生地不熟，想要结交几个朋友，若是有什么失礼的地方，还请看在在下的面子上不要见怪。”

沐清漪脸上的笑容渐渐淡去，有些嘲讽地看着魏无忌，道：“魏公子言重了，千凌姑娘要结交朋友是她的自由，本宫不想结交朋友是本宫的自由。”

“千凌自知出身低微，明泽公主看不起千凌便罢了，何必如此……如此出口伤人？千凌只是想跟公主交个朋友而已啊。”千凌忧伤地低语道。

沐清漪心中暗暗翻了个白眼，想跟她做朋友还在华皇的寿诞上陷害她？这些日子肃诚侯府的气氛阴沉，她的心情也并不十分舒畅。

“姑娘言重了，京城里多的是想跟姑娘结交的人，请恕本宫无暇奉陪。”昨天就因为她走神看了魏无忌一会儿，这个女人就能当着那么多人给她使绊子，这会儿又装什么无辜！

魏无忌沉声道：“千凌真心结交，公主何必拒人于千里之外？”

沐清漪深吸了一口气，望着魏无忌低声道：“魏公子的意思是，本宫连拒绝相交的自由都没有了？”

魏无忌显然也没有想到居然会有人如此毫不在乎地拒绝他，而且还是个女子，一时间无言以对。

“公主……很讨厌我吗？”千凌幽幽地问道。

沐清漪有些失望地叹了口气。她确实很讨厌千凌，觉得她比朱明嫣、淮阳公主，甚至加上沐飞鸾和沐云容还要讨厌！

“千凌姑娘，你是魏公子的未婚妻，我是肃诚侯府的嫡女。按说你我应该没什么交集才对，你又何必在乎我喜欢你还是讨厌你？”沐清漪淡然道。

"千凌只是很羡慕公主，想和公主做个朋友而已。"

"羡慕？"沐清漪挑眉道。

沐清漪眼中的笑意冷淡。如果让千凌知道了她从前经历过的一切，知道了漪儿曾经受过的苦，不知道她还会不会心生羡慕。

看着沐清漪毫不动容的神色，千凌眼神幽怨。

千凌第一次看到沐清漪就感觉到了威胁，总觉得这个女子将会抢走属于自己的一切。

千凌拥有的东西从来就不多，所以她绝对不会允许有人抢走自己拥有的一切！

沐清漪并非没有察觉到千凌幽怨的目光，事实上千凌本身无论如何都不可能对她造成什么伤害。千凌唯一能够依仗的人就是魏无忌，但是魏无忌这个人……沐清漪感觉他并不是一个会被身边的人左右的人。

"明泽公主，你在吗？"门外传来了永嘉郡主欢快的声音。

沐清漪挑了挑眉，一直平静的脸上终于露出了浅浅的微笑。

沐清漪还没来得及起身，一身红衣如火的少女已经从外面冲了进来，道："明泽公主！"

盈儿追在后面跟了进来，有些哀怨地望着永嘉郡主。这个郡主太活泼了，让她连给小姐通报一声都来不及。

沐清漪含笑起身道："永嘉郡主，你怎来了？"

永嘉郡主笑道："我来找你玩啊，昨晚就想找你，可一直没机会。咦？魏公子和魏公子未来的媳妇儿怎么在这里？"

千凌顿时羞红了脸，沐清漪笑道："这是千凌姑娘。"

永嘉郡主丢给她一个"这不是一个意思吗"的眼神。

昨晚的事情永嘉郡主自然也看在眼里，这个女人昨天还明目张胆地针对沐清漪，今天怎么就跑到人家府上了？

"见过永嘉郡主。"千凌勉强笑道。

永嘉郡主不在意地挥挥手，直接绕过了千凌走到沐清漪身边，亲昵地搂着沐清漪的一只手臂，道："清漪，咱们去逛街好不好？华国有好多好玩的东西，我都没有见过呢。我在华国认识的人不多，好可怜……"

沐清漪浅笑道："烈王殿下不是受伤了吗？你怎么还有心情逛街？"

永嘉郡主撇了撇小嘴，道："十一哥只是受了一点儿小伤。清漪也知道十一哥受伤了？你怎么不去探望十一哥……呃，怎么不去使馆找我玩呢？"

沐清漪无奈地看了她一眼，我们根本不熟好吗？

沐清漪浅笑道："使馆重地，我怎么好随便去？陛下赐了我一些极好的伤药和补品，还请郡主带一些回去给烈王吧。烈王助我良多，也算是我的一番谢意。"

对于哥舒翰，沐清漪还是有一些小小的歉意的。虽然他伤得不算重，但是这也算是无妄之灾啊。

“叫我冰儿，我叫哥舒冰！我们去逛街吧。”

有人来找沐清漪，千凌只得跟着魏无忌怏怏地离开了。对于千凌这样弱不禁风的女人，永嘉郡主素来也是敬而远之，自然也没有打算约她一起的意思，满脸欢喜地目送两人走了。

永嘉郡主虽然来华国京城好些日子了，却依然对什么都保持着好奇。她拉着沐清漪在人流中穿梭着，看到好看的商铺也不忘拉着人进去逛逛。两个原本不熟的少女倒是很快便熟稔了起来。好不容易等永嘉郡主逛累了，一行人才随便找了个茶馆歇脚，看永嘉郡主的意思，歇息过了要继续逛。沐清漪也忍不住暗暗赞叹永嘉郡主的旺盛精力。

茶楼里，永嘉郡主趴在桌边双眼无神地望着沐清漪沏茶的优雅姿势。她对淡而无味的茶水没什么兴趣，不过这位新朋友沏茶的模样真是好看极了。对于自家十一哥居然追求不到的新朋友，永嘉郡主心中还是有遗憾的。

沐清漪倒了一杯茶放到永嘉郡主桌边，浅笑道：“这是怎么了？刚才不是还兴致勃勃的吗？”

永嘉郡主无奈地叹了口气，道：“再过一些日子，我们就该走了。清漪，你真的不肯跟我十一哥去北汉吗？人家会想你的。”永嘉郡主对沐清漪的好奇更多的还是从上次哥舒翰求亲未果才开始的。

沐清漪无奈地笑着看她，道：“你和烈王不嫌弃，愿意当我是朋友，我自然万分高兴，别的只能说没有那个缘分了。而且烈王可没有你那个意思，你这么拉线，万一哪天烈王有了心仪的姑娘，还不恨死你啊！”

永嘉郡主懒洋洋地摆摆手，表示不聊这个问题就是了。

“我跟你说哦，其实十一哥根本没打算娶和亲的公主。十一哥只是来迎亲的，回去之后还是送进皇帝哥哥的宫里。只不过皇帝哥哥说如果十一哥看上了的话，也可以自己娶回去。”永嘉郡主笑眯眯地望着沐清漪，低声道，“如果清漪你肯和亲的话，十一哥肯定会自己娶的。”

“听闻北汉文帝也是一代豪杰，是吗？”沐清漪笑道。

永嘉郡主骄傲地点头道：“那当然，皇帝哥哥武功虽然没有十一哥好，却是一个很厉害的皇帝。十一哥都要听皇帝哥哥的，皇帝哥哥最疼我和十一哥了。”看着永嘉郡主眼中崇敬的光彩，沐清漪莞尔一笑。身在皇家还能有如此真挚的感情，实属不易。难怪都说北汉皇帝与烈王兄弟情深呢。

“见过明泽公主，见过永嘉郡主。”正说笑间，两个男子走了上来，看到沐清漪和永嘉郡主怔了一下便走了过来。其中一人，两人都认识，是安西郡王赵子玉。另一个沐清漪有些眼熟，之前在华皇寿宴上见过，但是并不认识。

“安西郡王免礼，这位是……”

另一个男子拱手道：“下官应天府尹邵晋。”

沐清漪眸中闪过一丝暗芒，淡淡笑道：“两位有礼了，若是不嫌弃便一起坐吧。”

邵晋闻言，暗暗松了口气，道：“多谢公主。”

沐清漪眼眸半垂，思索着这两人的来意。有道是无事不登三宝殿，这两个人怎么看也不像那种没事上来打个招呼的人。

永嘉郡主倒是没什么事，眨巴着眼睛笑眯眯地打量着赵子玉，记得这是前两天跟十一哥打架的小白脸。

被一个大姑娘这么盯着看，即使是战场上所向披靡的安西郡王也有些招架不住了。赵子玉沉默地坐着，但是身上的气息却越来越冰冷。

沐清漪无奈地轻咳了一声，低声提醒道：“冰儿。”

“嗯？”永嘉郡主漫不经心地应道。

沐清漪忍不住抚额，难怪赵子玉不喜欢，华国的姑娘胆子再大也不会这么直勾勾地盯着男人瞧。

“你看什么？”赵子玉终于忍受不了了，皱眉盯着永嘉郡主道。

永嘉郡主眨了眨眼睛，道：“看你好看呗，男人还怕人看？”

“咯咯……”坐在对面的邵晋忍不住咳嗽起来。

赵子玉受不住永嘉郡主的打量，他更没见过这么直白的姑娘。

沐清漪悠然地递了一杯茶过去，邵晋连忙伸手接过道了声谢。

沐清漪也早习惯了永嘉郡主喜好美色的性子，在治王府的时候她也一直盯着容瑾看。不过，被容瑾的毒舌打击了几次之后她就不看了。她这样做虽然有些失礼，但是到底没什么恶意。

“郡王和邵大人这是……”看赵子玉快要坐不住了，沐清漪方才含笑开口替他解围。

赵子玉这才将注意力从永嘉郡主身上收回来，看向沐清漪沉声道：“实不相瞒，我等是有事想要请公主帮忙。”

沐清漪挑眉道：“帮忙？郡王和邵大人都是一等一的能臣，我虽蒙陛下册封，但是无权无势，能帮两位什么忙？”

赵子玉看了一眼一脸好奇的永嘉郡主，道：“是因为聂云的事。”

“聂统领？”

聂云是御前侍卫统领，又是华国第一高手，自从寿诞当晚被华皇打入天牢，一直不见任何消息。

邵晋点头道：“我们三人是从小一起长大的好友，私交甚笃。这次的事情聂云实在是冤枉的，还请公主仗义相助。”

沐清漪当然知道聂云是冤枉的，倒是没想到聂云和邵晋、赵子玉之间还有这样一层关系。

沐清漪蹙眉道：“此事清漪并不知实情，更何况我虽敬仰聂统领武功高强，但也是有心无力。”

赵子玉微微叹了口气，道：“九转玲珑之事，真实情况如何，陛下必然能够想清楚。聂云应当也没有性命之忧。只是以陛下的脾气，经此一事必然会厌弃聂云，从此以后……”

沐清漪了然，聂云身为御前侍卫统领风光无限，得罪的人也不在少数。一旦被华皇厌弃，聂云的前程只怕就毁了。

沐清漪迟疑了一下，道：“聂统领是华国第一高手，陛下应当会惜才才是，不至于……”

邵晋苦笑一声，低声道：“当年顾家满门哪个不是国之栋梁，还不是……”

“邵晋。”赵子玉沉声提醒道。

邵晋自知失言，有些无奈地摇了摇头。

沐清漪唇角含笑，仿佛没听见邵晋的话，继续道：“安西郡王是希望我向陛下进言？若是如此，郡王只怕是找错人了。我虽有公主之名，与陛下不过有数面之缘。如今身在宫外更是无可奈何，郡王总不会是想要我为了此事专程进宫一趟吧？”

赵子玉摇头道：“本王岂敢如此强人所难，实在是无可奈何，只是想请公主有机会的话，替聂兄在陛下跟前说几句好话。”

这倒不是什么难事，沐清漪不想得罪了赵子玉和邵晋，便点头道：“若有机会清漪自当尽力，只是如果陛下不听……”

赵子玉道：“尽人事，听天命，绝不敢埋怨公主。”

沐清漪有些好奇地道：“若论在陛下面前说话，宫中的娘娘，还有皇子、王爷们哪一个都比我更说得上话，两位为何……”

赵子玉摇头道：“身为御前侍卫，最忌讳的便是与宫中的人扯上关系。如果去求了他们，聂云就欠下了他们一份人情，将来若是有什么事……”

“原来如此，聂统领身在其位也确实不易。”沐清漪道。

见沐清漪应了下来，赵子玉和邵晋也不多留，道：“如此，我们就不打扰公主了。只要能救得了聂云，算是安西郡王府欠公主一个人情。”

沐清漪心中一动，垂眸淡淡道：“我尽力而为便是。”

“大哥。”

秦府后院，沐清漪神色复杂地望着正坐在树荫下神色宁静地翻着书卷的白衣男子。

顾秀庭握着书卷的手一僵，停顿了片刻才慢慢地转过身来，望着眼前穿着白色男装显得俊秀非凡的少女。

两人沉默无言了许久，顾秀庭才站起身来，走到沐清漪跟前，伸手抬起她的小脸，有些犹豫地轻声道："歌儿？"

"大哥。"一行清泪从她美丽的面容上滑落。从听说大哥亲自去牢房杀了朱明嫣那一刻，她就已经明白大哥已经猜到她的身份了。只是她不知道该如何面对大哥，所以才一直拖到现在才过来见他。沐清漪呆呆地望着顾秀庭想要说些什么，却惊恐地发现自己一时间什么也说不出来，只能轻声叫着，"大哥……"

"果然……果然是你。"顾秀庭的声音同样有些哽咽和激动。

顾秀庭自从猜到了沐清漪的真正身份，就开始陷入了一种诡异的犹豫和矛盾情绪之中。有的时候，他无比害怕，如果这一切都只是自己的幻想，清漪只是清漪而不是自家的妹妹该怎么办？有的时候，他又担心如果沐清漪真的是云歌，她会不会责怪自己这个做哥哥的没有保护好她，让她陷入了她那个年纪的女孩儿原本想都想不到的处境中？直到此时，他心中的那块石头才砰的一声落地，不由得露出一丝释然的笑容。

顾秀庭伸手将妹妹拉入怀中，柔声道："歌儿，你回来了真好。"

是的，他的歌儿，他唯一的妹妹，她怎么会责怪他呢？虽然他这个做兄长的无能，但是他知道，他的歌儿是不会怪他的。虽然有些对不起小表妹，但是这一刻，顾秀庭真的只想笑。他唯一的妹妹啊，在听到歌儿那样惨烈地死去的消息时，他恨不得自己连灵魂也不再存在于这个世界上。但是上天怜悯，他的妹妹又回来了。

"大哥。"沐清漪终于忍不住了，抓着大哥的衣襟哭得像个惊慌失措的孩子。她其实也不过是个才十八岁的少女，顾家毁灭，被迫进入萃红阁的时候她甚至还未满十五岁。在那样一个混乱肮脏、鱼龙混杂的地方，她只能隐忍，小心翼翼地保全自己。

"大哥……大哥……"沐清漪靠在顾秀庭怀里，尽情地宣泄着自己心中的悲伤和痛苦。

顾秀庭耐心地搂着她，柔声安抚道："大哥在，歌儿没事了……"

原本以为难以面对的兄妹相认，却在这一场哭泣中变得轻而易举。等到沐清漪发现自己哭湿了顾秀庭胸前的大片衣服时，才连忙止住了眼泪，只是那一双清丽的眼眸已经被泪水泡得更加明亮了，眼眶都哭得有些肿起来了。

沐清漪羞愧地低下了头，道："大哥……"

她也算得上活了两辈子，两辈子加起来她都没有在大哥面前这么丢脸过。

顾秀庭含笑拉着妹妹坐下来，微笑道："歌儿害羞了吗？你小时候哭着在床上打滚的模样大哥也见过。"

"大哥！"沐清漪微怒，狠狠地瞪着顾秀庭。

顾秀庭无奈地抬起手做投降状，道：“好、好……大哥开玩笑的……”

小院里安静了下来，气氛仿佛也变得静谧了。沐清漪望着眼前的俊秀男子，轻声道：“大哥，还能见到你真好。”

顾秀庭轻叹了一口气，道：“大哥也没想到今生还能再见到歌儿。”

沐清漪浅浅一笑，犹如多年前面对着俊雅的大哥一般，道：“大哥还是叫我清漪吧，万一吓到别人就不好了。”

这世上，除了大哥以外的人，都是外人。她死而复生的事情自然也不必宣扬得尽人皆知，只要大哥知道她是谁，就足够了。当然……还有某个自作聪明的浑蛋！想起某人那一日无厘头的“求亲”，沐清漪含笑的面容不由得扭曲了。

“清漪怎么了？”顾秀庭好奇地看着沐清漪古怪的神色，问道。

沐清漪连忙将某人从脑海里抛开，摇头道：“没什么。大哥以后有什么打算？”

顾秀庭淡淡笑道：“清漪想要做什么，大哥都会帮你。”

沐清漪沉默，她明白大哥的意思，他并不想拿回顾家的产业和祖父留下来的势力，也没有要重振顾家的打算。跟冯止水谈过之后，这些日子沐清漪自己也想了很多。大哥受的苦已经够多了，重振顾家的荣耀远远比不上大哥来得重要。大哥想要过什么样的日子，才是最重要的事情。只要她和大哥还活着，顾家就还在。

看着沐清漪沉默的模样，顾秀庭抬手轻轻揉了揉她的发丝，柔声道：“你知道……大哥本来就没有什么大志向，不过顾家的仇还是要报的。清漪想做什么都要告诉大哥，大哥会帮你。”

沐清漪靠在顾秀庭的怀中，轻声道：“就像朱明嫣那件事吗？”

顾秀庭低眉看着她眼巴巴地望着自己的模样，微笑道：“不错，清漪可是觉得让她死得太早了？”

沐清漪皱了皱眉，犹豫了一下还是点了点头。她原本确实是没有打算让朱明嫣这么早就死去，但是她也明白大哥的用意，道：“我明白大哥的意思，大哥是想离间平南郡王府和恭王府。”

顾秀庭点头道：“不错。朱明嫣知道慕容煜不少事情，她一死，慕容煜固然放下心了，但是朱燮难免会心生芥蒂。另外朱明嫣还告诉我了一件非常重要的事情。”

“什么？”沐清漪坐起身来，大哥说重要那必然是非常重要的事情了。

顾秀庭沉声道：“姑母是被云嫔害死的。”

“什么？”沐清漪惊讶地睁大了眼睛。

姑母也就是慕容熙的母亲、已故的顾皇后，她薨逝已经是十一二年前的事情了。那时候云嫔虽然已经有了两个皇子，却还是后宫里一个不算得宠的嫔。也正是姑母去世那段日子，表哥过得十分艰难，慕容煜才跟表哥渐渐熟悉起来，后来才慢慢与顾家相熟。但是，那时候的云嫔，有什么本事在后宫中害死皇后？

顾秀庭道："姑母和云嫔的关系一向不差，而且云嫔入宫以来一直不争不抢，十分安分。姑母没有防备她也是有可能的。这事回头我会跟表哥商量，让他设法去查查。宫里的事情，还是他比我们方便一些。"

沐清漪犹豫了一下，道："大哥想与表哥相认吗？表哥这几年一直被人监视着，就连华皇都不放心他，只怕他也无能为力，咱们反而会给他添麻烦。"

顾秀庭微笑道："清漪，你也未免太小看你表哥了。别忘了他从一出生便做了太子，多年的太子也不是白做的，真的想做点儿小事，那些人想要盯着他也不容易。他只是心灰意冷了而已。"

沐清漪点头，能不心灰意冷吗？自己的亲生父亲毫不犹豫地灭掉了自己的母族，明明什么都没有做错，却被废了太子之位。或许表哥是有做错的地方，他错就错在做得太好了，而他也太年轻了。顾家的事情，沐清漪知道表哥不可能不恨，他却比她和大哥更加艰难，因为那个人是他的亲生父亲，是他的父皇。普天之下莫非王土，率土之滨莫非王臣。君要臣死，臣不得不死！

沐清漪犹豫了一下，方才道："大哥，我的事情……不要跟表哥说。"

顾秀庭一怔，很快又一笑，道："放心便是，大哥不会告诉任何人，就算是咱们之间的秘密？"

沐清漪有些心虚，这个秘密早就被某个浑蛋给猜到了啊。

"清漪打算怎么对付慕容煜？"顾秀庭望着沐清漪沉声问道。

沐清漪抿唇浅浅微笑道："大哥不用担心，慕容煜跟别人没什么不同。"

在她的眼中，慕容煜早已经不是当初那个温柔和煦的未婚夫了。即使是当年，顾云歌眼中的恭王也只是一个未婚夫而已。

沐清漪这些年唯一庆幸的一件事就是——她，没有爱过慕容煜。

顾秀庭稍稍心安，沉声道："既然如此，慕容煜交给大哥解决吧。"

沐清漪无所谓地点头，道："不过，我现在是治王府的……也算是幕僚吧。"经过上次的事情之后，慕容协虽然没有再请她去治王府，却不时会派人送些礼物到张府，偶尔也会询问一些小事情请她给意见。这么短的时间，想让慕容协真的将她当成心腹也是不可能的。

顾秀庭同样是聪明绝顶之人，一听沐清漪的话便明白她的打算了。他沉吟了片刻，道："既然如此，大哥就帮帮八皇子，清漪你看如何？"

沐清漪掩唇笑道："当年太子殿下的首席谋士能够出手相助八皇子，八皇子一定会感到荣幸之至。"

慕容昭生性骄纵自傲，远比其他几个皇子要容易摆弄得多。

"不过京城里认识大哥的人可不少呢。"沐清漪有些担心地道。

顾秀庭淡淡笑道："不用担心，大哥自然会有办法。这个……也不是全无好处的，不是吗？”

顾秀庭抬手轻抚了一下左脸上依旧狰狞的疤痕，俊美之极的面容配上这狰狞的伤痕，让原本俊秀脱俗的人更多了几分肃杀之气。

“大哥千万小心。”

顾秀庭点头，专注地看着沐清漪，柔声道：“歌儿，若是报复慕容煜和平南郡王府，用不着这么麻烦，歌儿是想……毁了华国吗？”

沐清漪一怔，轻咬着唇角倔强地望着顾秀庭。

顾秀庭轻轻勾住她小巧的下巴，微微用力让她不再咬自己的朱唇，怜惜地道：“傻丫头，大哥说过，无论你要做什么，都可以，即使是毁了华国。”

沐清漪闭了闭眼，道：“我不想毁了华国，但是我要毁了慕容家所有的人！除了表哥……”

沐清漪不管这些人是不是无辜，每每午夜梦回她就觉得自己仿佛依然被火焰包围着一般，永远无法解脱。如果皇权就是那些人用来伤害她和她的亲人的利器，那么她不介意从他们手中将一切都夺走。当初也没有人问过顾家的人是不是无辜的，不是吗？

“大哥知道了。”顾秀庭依然是那个疼爱妹妹的好哥哥，他柔声道，“无论歌儿要做什么，大哥都会帮你做到。”

“小姐。”

无心的匆匆而来打破了沐清漪和顾秀庭之间温情脉脉的氛围。看到两人之间如此亲近，无心不由得在心中默默为九公子担心。虽然小姐和顾大公子之间一直是兄妹相称，但是要知道，表哥、表妹什么的，实在是……而且九公子又是那个样子……

“何事？”沐清漪虽然还没有完全信任无心，却也知道他是很懂规矩的，没有重要的事情是绝对不会在这个时候来打扰的。

无心沉声道：“宫中柔妃娘娘召见。”

第五章 翻手为云

“见过陛下，见过柔妃娘娘。”

华阳宫里，等着沐清漪的却并不止柔妃一人，还有显然在那里坐了不短时候的华皇。虽然不知道华皇是无意还是有意在这里等着，沐清漪还是上前见礼。

沐飞鸾还来不及说话，那边华皇便朗声笑道：“快起来吧。你这丫头，寿宴过后也不知道进宫来请安，非要朕让人宣你进宫才肯来一趟吗？”

沐清漪有些意外地扬了一下眉，看了一眼坐在旁边笑容有些僵硬的沐飞鸾。原来并不是沐飞鸾想要见自己。沐清漪笑道：“哪儿是明泽不想给陛下请安，这不是怕陛下生气吗？”

华皇剑眉微扬，笑道：“你倒是大胆，什么都敢说。”

他这几天心情不好是所有人都知道的事情，却没人敢当着他的面说出来，所有的人都只是小心翼翼地陪着、奉承着。华皇虽然喜欢听人奉承，但是如果身边全都是奉承的人，每个人都是一副噤若寒蝉的模样，也未免无趣。

沐清漪明眸流转，浅笑道：“明泽自然知道陛下不高兴了，不过陛下胸怀广阔，其实犯不着为了这些小事生气。”

华皇笑容一敛，盯着沐清漪道：“哦？你觉得这是小事？现在所有的人都知道朕被人给骗了，白白在寿宴上丢了脸吧？”

沐清漪道："陛下是天子，何必在乎旁人说什么？陛下做的事情，对的自然是对的，即便是错了，那也是别人的错。陛下何必为了别人的错误让自己不高兴？没有九转玲珑陛下同样统御天下、坐拥江山，这种小事当个玩笑便是了。当然，若是以后抓到那幕后之人，陛下不妨再狠狠地惩治他一番。现在，陛下却没有必要为了这些许小事气坏了自己。"

华皇望着沐清漪良久，方才笑道："你这丫头，倒是能言善道。"

沐清漪皱了皱眉，有些烦恼地道："我才不是能言善道，我这是被逼无奈想要向陛下求情呢。"

"哦？"华皇有了些兴趣，含笑看着沐清漪道，"有什么人值得朕的明泽公主亲自跑来求情？"

沐清漪笑道："聂云聂统领啊，昨儿安西郡王和邵大人还专程跑来找我，请我向陛下求情呢。"

华皇笑道："赵子玉和邵晋找你求情？"

沐清漪坦然地道："是啊，我正被永嘉郡主拉着在茶楼里品茶呢，安西郡王和邵大人就找上来，很是郑重地拜托我，还是第一次有人托我办这么重要的事情……"

华皇挑眉道："这么说，你觉得聂云是冤枉的。"

沐清漪笑道："陛下慧眼如炬，身边怎么会留下监守自盗的贼人，聂统领能成为陛下的心腹，必定是个忠心侍君的忠臣。"

华皇叹了口气，看着沐清漪道："这两天，上折子要治聂云的罪的人可不少。"

沐清漪笑道："聂统领是个忠臣，陛下一定不会为难他。其实我也知道陛下一定会放了他，才答应安西郡王来求情，还可以白白让安西郡王欠我一个人情。"

华皇好笑地看着她，问道："哦？你怎么知道朕会放过他？"

沐清漪正色道："古人有云，国士遇我，我故以国士报之。聂统领是华国第一高手，却甘愿成为宫中侍卫统领，必定是陛下君恩深重。聂统领乃是高义之士，怎么会背弃陛下？陛下又怎么会辜负聂统领的忠心，辜负这一段君臣佳话？"

华皇看着沐清漪笑盈盈的娇颜，有些无奈地摇了摇头，道："你这丫头倒是会说话得很，朕若是不放了他，岂不是让你觉得朕昏聩了，让世人以为朕刻薄寡恩？"

沐清漪笑道："明泽不敢，雷霆雨露俱是君恩，陛下肯放了聂统领自是陛下慈悲。"

"罢了。"华皇摆摆手，吩咐道，"去将聂云提出来吧。"

其实聂云是不是无辜的，华皇怎么会不知道？只是当时的情况……他若是不处置聂云又怎么下得了台？皇帝做错事很容易，要认错却很难。每朝每代，只是为了帝王的面子而枉死的人也不在少数。聂云只是被暂时打入天牢，也没受什么委屈。

沐清漪浅浅一笑，不再多嘴。她是求情让华皇将人放出来了，但是华皇到底会不会对聂云生出什么芥蒂就不在她能管的范围内了。

柔妃坐在一边，听着沐清漪与华皇一来一往的对话，心中却惊骇不已。华皇有多难伺候，进宫这么多年她自然清楚得很。什么时候这么轻轻松松的几句话就能让华皇改变主意了？

这个沐清漪对陛下的影响到底有多大？竟然只是这样就……而且陛下似乎还没有丝毫不高兴的模样。一时间，沐飞鸾简直要怀疑沐清漪是不是对华皇施了什么妖法。

“赵子玉倒是个不错的人，你若是有什么事可以去找他。”华皇对沐清漪嘱咐道，看着沐清漪有些惊讶的模样，华皇笑道，“赵子玉跟聂云交情不浅，聂云出了事，若是赵子玉一点儿表示都没有，朕倒是觉得奇怪了。不过，他居然会找上你，朕也好奇得很。”

沐清漪笑道：“我不是蒙陛下隆恩被册封为公主吗？这可是靖安朝的头一份儿，安西郡王自然以为我能够在陛下面前说得上话。不过我听说他来找我是因为他去求见明微公主的时候，人都没见到就被赶出来了。”

华皇闻言，也不由得大笑起来，道：“赵子玉素来沉稳，行事有度，朕也想看看他被人扫地出门的模样。”

看着沐飞鸾坐在一边一脸不自在的模样，沐清漪终于将话题转到了她身上，浅笑道：“还不知道柔妃娘娘召见，有何吩咐呢？”

华皇挥挥手，道：“也没什么大事，寿宴过后就要准备跟西越和北汉联姻的事情了，不过和亲的公主还没有选定，朕估摸着有不少人以为朕这个时候册封你就是为了和亲，你还是到宫里来住几天，等到和亲公主的人选定下来了再回去也不迟。”

沐清漪一愣，犹豫了一下，道：“这……只怕有些不合适。我……”

华皇道：“这有什么不合适的！朕已经打算将淮阳公主指给九皇子做王妃，不过她对华国的礼仪还不熟悉。西越端王想看到淮阳公主大婚之后再启程回国，这些日子淮阳公主就住在宫中的明芳馆学习礼仪。五公主、八公主和九公主也住在那里，你跟她们住在一起也不会无聊。不然朕让人请永嘉郡主也一起住进来？”

沐清漪想了想，还是连忙谢恩婉拒了。永嘉郡主那个性子肯定会嫌宫中无聊，她自己被迫住进来已经够了，就别再祸害她了。

华皇宫中的公主，十五岁及笄之后便都住在明芳馆里一直到出嫁，如今适龄的公主只有五公主、八公主和九公主，但是除了五公主以外，其他两位公主都已经被指婚了。只怕和亲的人是要从宗室的郡主和权贵之家的嫡女中间挑选了。难怪华皇会让沐清漪住进宫来，只怕想着让她这个新册封的公主和亲的人不在少数，如果她还待在肃诚侯府，难保不会有一些倚老卖老的家伙上门来对她晓之以理，动之以情。

不多时，聂云便被人带着走了进来。虽然在天牢里待了好几天，但是聂云看上去除了发丝有些凌乱以外，竟没有什么狼狈之处，显然待遇还算是不错。这也是沐清漪第一次认真地打量这个号称华国第一高手的男子。以容貌而论，聂云不及赵子玉俊美，也不如邵晋儒雅。以永嘉郡主的标准看，他绝对够不上“小白脸”这个评价，容貌看上去略有几分平凡，但绝顶高手的实力让他有一种令人无法忽视的内敛的气度，特别是那一双平静的眼眸，一旦与其对上了就仿佛会被他看穿一般。

“罪臣聂云拜见陛下。”聂云俯身跪拜道。

华皇看着聂云恭敬的模样，满意地点了点头，道：“平身吧。”

聂云拜谢起身，看着坐在华皇下首笑盈盈地望着自己的沐清漪，眼中闪过一丝诧异和疑惑，道：“见过柔妃娘娘，见过明泽公主。”

柔妃含笑让聂云免礼，华皇淡然道：“这次的事情，朕相信你是清白的，这几天委屈你了，从今天起你还是官复原职吧。”

聂云一愣，他对华皇还是有些了解的，自然没想到这次的事情会这么容易就了结，连忙道：“多谢陛下隆恩，臣必定恪尽职守，不辜负陛下的信任。”

“如此甚好，若是再有什么纰漏，莫怪朕不念君臣之情！”

“是，微臣领旨。”

看着聂云恭敬谨慎的模样，沐清漪不由得在心中暗暗惋惜。像聂云这样的高手，若是脱离了皇宫这样的樊笼，天下何处去不得，到时候天高任鸟飞、海阔凭鱼跃是何等自在！天下五大高手，魏无忌富可敌国，容瑾身为一国皇子，南宫绝是威震西越的大将军，哥舒翰是北汉一人之下万人之上的烈王。只有聂云，华国御前侍卫统领，听上去似乎威风凛凛，但是比起其他人相差何止千万！

华皇想了想，又道：“这些天明泽公主要住在宫中，她对宫中不熟，你就先跟在她身边几日吧。”

果然，华皇虽然放了聂云，一时间还是不想让他经常在自己跟前待着。一个帝王，如果他做过一件特别可笑的事情被人从头看到尾，等到回过神来确实很难再将这个人放在跟前，因为每见一次就会想起自己做的蠢事。

聂云当真不是一般的倒霉。

“微臣领旨。”聂云恭声道，面上没有丝毫的不满。

御花园里，沐清漪在前面漫步而行，珠儿和盈儿跟在后面，聂云沉默地走在最后。

沐清漪有些漫无目的地在御花园里走动着。华皇一片好意让她住在宫里，她自然也不能说不住。有聂云这尊大神做侍卫，有好处也有坏处。好处是宫里大概没有多少人敢惹她；坏处是她大概没办法使用太多的手段去招惹别人。

沐清漪停下了脚步，回过头来看向一直沉默寡言地跟在身后的聂云。

聂云也跟着停了下来，恭敬地道：“公主可是有什么吩咐？”

沐清漪摇摇头，打量着聂云半晌道：“陛下要聂统领跟着我实在是有些大材小用，聂统领不觉得委屈吗？”

聂云正色答道："雷霆雨露俱是君恩，陛下的旨意聂云只能遵从，何来委屈？"

"聂统领果然是个难得一见的忠臣。"沐清漪笑道。

聂云的身世沐清漪事先也了解过。他是京城某书香门第不受宠的嫡子，却从小弃文学武，跟着早年的华国第一高手安西郡王赵子玉的父亲学武，跟赵子玉可说是师兄弟的情分。不想老安西郡王没能将儿子教成一代高手，倒是教出来一个厉害的徒弟。不过也正是因此，聂云与聂家基本上早已经完全决裂，就是这一次聂云被华皇打入天牢，聂家也没有人出面替他说过情。如此交情，也难怪赵子玉为了他的事情如此费心了。

沐清漪很自在地在明芳馆住下来了。华皇的几位公主显然都是很懂得进退的，对沐清漪这个突然的外来者虽然没有表示出亲近，却也没有过分的反应，只有同样寄住在宫中的淮阳公主有点儿不阴不阳。淮阳公主显然也知道自己的亲事定下来了，比起之前多了几分毛躁，明显是对自己的婚事并不满意却又无法反抗。挑选的和亲公主本来就有限，又能够有多少自由呢?

聂云回到府中，邵晋和赵子玉早已经等在那里了。三人私下关系很好，这两人也算是聂府的常客，即使主人不在，聂府的下人也一样放人进来尽心招待。聂云看到两人倒是有些惊讶，问道："你们怎么来了？"

邵晋举了举手中的茶杯以茶代酒，笑道："不是来祝贺你终于沉冤昭雪嘛！"

聂云有些无奈地摇了摇头，赵子玉偏头看着他问道："陛下可有说什么？我听说你被从天牢里放出来了，以为你会立刻回府呢，没想到陛下还将你留在了宫中。"

聂云淡然道："明泽公主暂住在宫中，陛下让我跟着明泽公主随身保护。"

"明泽公主？"邵晋和赵子玉对视一眼，都坐直了身子看向聂云。

"怎么？"聂云挑眉。

赵子玉沉吟了一下，道："昨天……我和邵晋去求了明泽公主替你在陛下跟前说情。"

只是他们都没想到明泽公主动作竟然这么快，昨天才刚拜托完，今天人就放出来了。看来，陛下对明泽公主的重视绝对是超过了那些真正公主的。

"陛下怎么会让你跟着明泽公主？是……明泽公主要求的吗？"邵晋犹豫了一下，还是问道。

聂云摇了摇头，道："应该不是，陛下下这个命令的时候明泽公主似乎也很惊讶。"

而且明泽公主虽然一直都言笑晏晏的模样，但是聂云跟在华皇身边这么多年，察言观色的本事还是有的，明泽公主其实并不是特别喜欢被他跟着。

"多谢你们。"聂云看着若有所思的邵晋和赵子玉说道。

他被陛下打入天牢，整个京城还肯真心为他奔走的，大概也只有赵子玉和邵晋了。

赵子玉淡然一笑，道："自家兄弟，说这些做什么。师兄，明泽公主的身份你清楚，你不是做坏人的料，但是也别太心软了。当初的事，原本就不关你的事。"

聂云垂眸，淡淡道："我知道。"

确定他听进去了自己的话，赵子玉才放心地点了点头。

皇宫里的生活比起住在肃诚侯府的时候更加无聊，虽然碍于华皇并没有派人特意来要求沐清漪跟淮阳公主一样认真学习各种规矩和禁忌，但是她也没有兴趣去挑战宫中这些人的底线。第一天去给太后和皇后请过安之后，沐清漪就一直待在明芳馆里鲜少出门。宫中来拜访她的人却是络绎不绝，其中以慕容煜的母妃云嫔和八皇子的母妃容妃来得最勤。

"启禀公主，恭王殿下来了。"殿外的太监匆匆进来禀告道。

沐清漪起身，侧首问身边的聂云道："你猜慕容煜是来做什么的？"

聂云有些奇怪地看了她一眼，道："属下不知，或许是因为云嫔娘娘？"

沐清漪笑道："我也是这么认为的。"

沐清漪还没有迎出门去，慕容煜就已经走进了大殿。沐清漪淡然一笑，道："见过恭王殿下。"

慕容煜认真地打量了沐清漪一会儿，方才开口道："明泽公主不必多礼。"

沐清漪笑道："恭王请坐吧。"

慕容煜并没有多说什么，沉默地在沐清漪的下首落座，看到侍立在一边的聂云皱了皱眉。他当然知道聂云是华皇安排跟在沐清漪身边的，这也更让他惊讶于华皇对这个女子的喜爱。

慕容煜看着坐在上首座位上的女子，一身鹅黄罗衣，想到才不到两个月，这个少女身上的改变却可以称得上翻天覆地了。她从肃诚侯府里一个见到人连头都不敢抬的不起眼的嫡女，到如今这个含笑看着自己的明泽公主，如果不是这张脸确实是沐清漪的，慕容煜简直都要怀疑沐清漪被人给调包了。

突然成为一国公主，并没有使这个少女表现出丝毫一步登天的惊喜和失措。单是这一份宠辱不惊的淡然就已经远远超过京城里大多数大家闺秀了，慕容煜突然有些理解父皇为什么会喜欢这个少女了。

"恭王亲自前来，有何指教？"等到宫女上了茶，沐清漪才轻声问道。

慕容煜看了一眼坐在一边沉默喝茶的聂云，笑容温文尔雅，答道："听母妃说这两天拜访过公主，甚是愉快。母妃这些日子因为七弟的事情，一直郁郁寡欢，所以本王才有些好奇罢了。如果可以，本王还希望公主能够陪母妃多聊聊，免得她寂寞。"

沐清漪发现慕容煜的脸皮之厚果然不能以常人来衡量。沐清漪记得自己醒过来之后第一次见到慕容煜的时候，他对她的态度可不是这么友善，之后的几次见面也不见得有多好，但是慕容煜现在能够自然到仿佛他们当真交情匪浅一般。

沐清漪犹豫了一下，道："这不太好吧。听说云嫔娘娘喜静，清漪恐怕不宜打扰。"

听了沐清漪的话，慕容煜心中微微一松。

既然父皇如此宠爱这个新封的公主，若是能够利用沐清漪恢复母妃的位分，甚至是打压沐飞鸾，也是一件好事。而他也相信一个新封的无权无势却有些聪明的公主明白单凭她一个人是无法在宫中真正立足的。

如果沐清漪真的是一个需要长期在宫中和京城立足且无权无势的公主，那么毫无疑问，慕容煜的推测是对的。但是很可惜，沐清漪并没有打算占着这个公主的身份从此金尊玉贵地安稳度日，所以她也没有打算跟慕容煜做太多的纠缠。

沐清漪不是没考虑过顺了慕容煜的意思接近云嫔，但是沐清漪更清楚，像云嫔这样不得宠却能够在宫中安安稳稳地度过大半辈子的女人，防备心必然非常强。她不想花费那么多时间在云嫔身上，所以她反其道行之，现在慕容安半死不活，对云嫔来说没有什么比慕容煜这个儿子更重要的了。慕容煜是她一辈子的寄托，也是她下半辈子唯一的依靠，只要沐清漪想对付慕容煜，云嫔就绝对按捺不住。

“明泽公主不必担心，母妃生性温和，一定会很欢迎公主。”慕容煜淡笑道。

沐清漪偏着头，美丽的脸带着一丝天真的疑惑，道：“哦？那么恭王凭什么觉得本宫需要经常去陪着一个失宠的妃子说话解闷？本宫想要的话，这宫中肯陪本宫玩的人自然多的是，不是吗？”

慕容煜脸上的笑容一僵，那笑容仿佛是贴在脸上的一般，虚伪且难看。很快，慕容煜将脸上的笑容敛去，盯着沐清漪皱了皱眉。因为聂云在旁边，许多话自然是不方便说的。慕容煜本身也绝对不是一个冲动的人，因此只是淡淡地道：“公主这话是什么意思？”

沐清漪托着下巴，笑道：“恭王来找本宫，不就是想让本宫跟云嫔交好，说不定陛下一时高兴就会恢复云嫔的位分吗？”

看着慕容煜难看的神色，沐清漪在心中暗暗为自己喝彩。她现在的模样肯定像极了一个骄纵得得意忘形的黄毛丫头。不过慕容煜很清楚她并不是这样的性子，也正是因此，慕容煜的神色才更加难看。慕容煜很明白，她是在故意让他难堪。

慕容煜深吸了一口气，竟然忍住怒火，沉声道：“公主误会了。”

沐清漪笑道：“那恭王就是没有要恢复云嫔位分的意思了？那就好，陛下后宫的事情可不是我区区一个新封的公主能够插手的呢。”

慕容煜皱眉，看着眼前语笑嫣然的少女，第一次有一种完全掌握不住眼前人心思的感觉。眼前的沐清漪似乎完全不按照常理行事，进宫这几日，几乎得罪了除了皇后和太后之外的大部分位分高的嫔妃，现在又开始对他这个皇子毫不客气。难道她真的天真地以为只要有父皇的宠爱就可以为所欲为？要知道，这宫中莫名其妙死几个人可是一点儿也不奇怪。

沐清漪却不想给他继续说话的机会，一挥手懒洋洋地道：“本宫累了，如果恭王没什么事的话，就请吧。”

被一个无权无势的公主这样毫不客气地下了逐客令，即使是慕容煜这样百忍成仙的人也忍不住要怒火中烧了，更不用说沐清漪趴在桌边那一副完全不把慕容煜看在眼里的样子。

沐清漪看着慕容煜眼中的暴怒和狠戾几乎在一瞬间被抹平，仿佛刚刚他眼中的杀气根本没存在过一般，也不由得暗叹慕容煜惊人的自制力。同样，她也很期待……如果慕容煜这么多年努力经营的一切都化为流水，他是不是还能够如此沉稳镇定呢?

慕容煜离去后，聂云看着座上漫不经心的少女，皱眉道：“公主不该如此故意激怒恭王。”

沐清漪展颜一笑道：“激怒？你觉得慕容煜被激怒了吗？”

“刚刚恭王身上有杀气。”聂云正色指出。

即使慕容煜身上只有一闪而过的杀气，也逃不过他这样的绝顶高手的眼睛。

“不用怕，我心里有数。”看着聂云毫不掩饰的担忧之色，沐清漪轻声安慰道。

“属下只是希望公主不要故意做那些毫无意义的危险事情。”聂云沉声道。

沐清漪默然，良久方才抬起头来看着聂云道：“我做的事情，在聂统领的眼中只是毫无意义的事情吗？若是如此，聂统领为什么不干脆禀告陛下呢？”

聂云沉默。

沐清漪笑盈盈地望着他，道：“虽然我一直没有说，但是相信凭聂统领的能耐还是能够猜到个五六分的，这些也足够聂统领去禀告陛下了，不是吗？说不定，到时候陛下感念聂统领忠心，就会忘了之前的事情，重新将聂统领调回身边呢？”

聂云望着沐清漪许久，声音有些干涩，道：“我只是希望公主不要以身涉险。”

沐清漪郑重地望着聂云，沉声道：“我只是做我该做的事情，聂统领也可以做自己该做的事情。聂统领尽可以随时去禀告陛下，但是，我希望在这之前你不要干涉我的任何事情。”

说完，沐清漪不再理会聂云，起身转入内殿去了。

“做我该做的事情？”聂云独自一人坐在大殿里，望着自己垂放在膝边的双手黯然出神。

沐清漪和慕容煜闹得不愉快的事情在后宫里很快就传开了，因此云嫔很快就亲自上门求见沐清漪，但是沐清漪并没有再见她。如此明目张胆地将云嫔拒之门外，于是所有人都知道了，明泽公主跟恭王府一系的关系非常不好。

沐清漪如此作为，就连一向不爱管后宫之事的华皇也不由得抽空来问了问。沐清漪并没有说慕容煜什么坏话，只是含蓄地表示了她对当初与慕容安的婚事有些心结，还有慕容煜想要拉拢自己却被自己拒绝的事情。华皇离开明芳馆后便亲自去了云嫔宫中一趟，再出来之后，沐清漪相当肯定这一次云嫔一定感受到了自己对她深深的恶意。因为据说华皇当着许多宫女、太监的面，将云嫔狠狠地骂了一顿。

云嫔虽然多年失宠，但是在宫中的日子其实一直过得都还不错。她不爱出风头，也不争不抢，因此很难让人对她生出什么厌恶之心。这一次，云嫔可算是将这二十多年来的脸面都一次丢尽了。沐清漪也再一次大大地出了一次风头。此时，沐清漪才感受到公主这个封号的好处。有了这个封号，世人只会觉得陛下看重和疼爱这个新封的公主。若是没有这个公主的封号，沐清漪很肯定大概所有的人都要当她是祸国妖姬。至少，沐飞鸾看她的眼神就是这个样子的。

“清清。”

一个懒懒、低沉的嗓音突然传入沐清漪耳中。花园中，沐清漪一回头便看到站在不远处一脸笑意地望着她的某人，不由得皱眉道：“你怎么来了？”

容瑾淡淡地扫了一眼站在一边的聂云，笑容可掬地眯了眯眼，走了过来，道：“清清好无情啊，陛下寿宴一别，本公子对清清很是挂念呢。”

沐清漪暗暗翻了个白眼，道：“清漪命薄，当不得西越九公子的挂念。”

容瑾小心地觑了沐清漪一眼，轻声问道：“清清还在生气吗？”

沐清漪挑眉，问道：“九公子是从哪儿得出我在生气这个结论的？”

容瑾有些不好意思地轻咳了一声，提醒道：“前几天清清把我赶走了，就住进宫里了，难道不是因为生我的气吗？”

这几天，一直见不到沐清漪，容瑾还是认真地反省了的，至少他终于搞清了一件事情，那就是还没有认真地求婚先请求一个姑娘家陪着他睡是非常失礼的。虽然他觉得既然他这辈子只打算跟清清睡同一张床，那他们肯定就是要成亲的，但是很明显，清清对此的理解能力不太高，他还是应该先求婚，然后再商量这件事，清清就不会如此生气了。

“清清，咱们回西越去成亲好不好？”容瑾真诚地道。

沐清漪一愣，一瞬间整个俏丽的容颜都要扭曲了，青筋跳了跳，咬牙道：“你又想玩什么游戏？”

为什么跟预想的反应不一样？

“清清不想嫁给我吗？”容瑾有些伤感地问道。

“这、不、是、很、明、显、的、事、吗？！”沐清漪咬牙道。

这个浑蛋是从哪儿看出来她有想嫁给他这种荒谬绝伦的念头的。

容瑾认真地想了想，挥挥手道：“那就算了，那清清还是要一直跟本公子在一起！”

对于成亲这件事，容瑾没有什么执念。他想成亲的话，也就不会都快二十岁了还连个未婚妻都没有。既然清清不想成亲，他也不能惹她生气。在容瑾看来，成亲就是为了让两个人永远在一起，如果清清答应永远跟他在一起，成不成亲有什么差别！

对于九公子的奇葩想法，前侍卫无心曾劝说：“成亲和不成亲当然是天然之别，不然如果有了孩子岂不是都没有个身份？”容九公子却一挥手，表示：“等清清改变了主意可以再成亲嘛，先哄清清答应永远在一起比较重要！”

沐清漪只想朝他翻白眼，跟容瑾讨论这些事情永远都出不了结果。

“咦？四妹、九公子，你们怎么在这里？”

一个轻柔的声音从花园中传来，柔妃在一群人的前簇后拥下缓步而来。以容瑾的内力怎么会没有听到有人过来，他看到柔妃也只是挑了挑眉，依旧含笑看着沐清漪，仿佛根本没听到沐飞鸾的话一般。

被人如此无视，沐飞鸾眼底闪过一丝恼怒，盯着沐清漪的脸上虽然带着盈盈笑意，眼底却是一片幽冷和恨意。

沐清漪转身看着沐飞鸾，平静地道：“我出来走走，刚好碰到九公子就聊了几句。”

沐飞鸾轻笑一声，掩唇笑道：“明泽公主这就不对了，九公子到底是个外男，公主身份尊贵，又是个云英未嫁的姑娘家，怎么好如此……嗯？那些什么相约花园才子佳人的故事可是话本里才有的，四妹莫不是当真了不成？”

说完，沐飞鸾身边的宫女也跟着偷笑起来。

容瑾半垂的眼眸一沉，还没来得及动手就被一只纤柔的素手按住了。沐清漪淡淡笑道：“多谢柔妃告诫。本公主不劳柔妃操心，柔妃还是先想想……宫中嫔妃无诏不得见外男这件事吧，柔妃明知道九公子在这里，还走过来，听说九公子有西越第一美男子之称，柔妃娘娘也是想见识一番吗？”

容瑾低低一笑，退后一步站到了沐清漪身后，懒洋洋地笑道：“多谢明泽公主称赞，不过……本公子可不爱给一把年纪的老女人看。”

那模样，仿佛柔妃当真觊觎他的容貌，他才躲到了沐清漪的身后一般。

他二人一唱一和，气得柔妃脸色一阵青一阵白，好半晌才恢复过来，柔妃咬牙道：“明泽公主言重了，本宫不过是关心公主罢了！”

沐清漪笑容浅浅、温婉有礼，道：“多谢娘娘关心，现在关心完了，你可以走了。”

“陛下驾到！”

就在沐飞鸾想再说些什么的时候，华皇带着人从花园的另一头走了过来。

“见过陛下。”

看到众人，华皇皱了下眉，沉声道：“这是在做什么？”他看到沐清漪时脸色稍柔和了一些，含笑道：“明泽可是无聊了？”

如此难得的和煦脸色，更是让沐飞鸾眼神一沉。

沐清漪浅浅一笑，道：“回陛下，我在御花园里走走，正好遇到了九公子，顺口聊了几句，然后柔妃娘娘就来了。”

华皇顺着沐清漪的目光看了一眼沐飞鸾，眉头锁得更紧了。柔妃跟明泽公主关系差的事情，华皇自然早就知道了。对此，华皇也并不意外，沐家这些年对沐清漪的亏欠同样让华皇不高兴，但是另一方面华皇又觉得沐清漪越讨厌肃诚侯府的人，他就越高兴。毕竟，他是真心将沐清漪当成自己的女儿来看待的，自然不希望沐清漪心中还有另一个父亲、另一个家。

“哦？柔妃说什么了？”华皇语气平淡地问道，却让旁边的柔妃心中一紧。

沐清漪仿若未觉，浅笑道：“柔妃娘娘告诫清漪，身为闺中女儿不该和九公子在花园里说话，免得坏了名声。清漪正拜谢柔妃娘娘教诲呢。”

华皇朗声一笑，道：“朕当是什么事呢，这御花园里有这么多的宫女、太监在，能有什么事？明泽若是觉得无聊，就是带着人出去走走也无妨。”

陛下对明泽公主真好……在场的所有人都忍不住在心中暗想。

华皇看了看神色各异的众人，道：“罢了，柔妃有孕在身，还是回华阳宫去歇着吧。朕要去贤德殿跟皇后商量和亲的事情，明泽跟朕一起去吧。”

沐清漪自然不会拒绝，微微一福道：“遵命。”

“九公子？”华皇挑眉看向容瑾。

华皇不太喜欢这个看上去太过俊美的西越九公子，容瑾的事情他听过不少，这个皇子除了有一张俊美不凡的脸以外，既没有本事也没有权势，实在是没有任何用处。

容瑾笑道：“四哥也去贤德殿见六妹去了，本公子自然是跟陛下同去。”

华皇不置可否，转身带着人走了，道：“明泽跟朕走吧。”

一行人浩浩荡荡而去，只留下沐飞鸾带着自己的人站在御花园里，仿佛被人遗忘了一般。沐飞鸾盯着远去的人群，幽深的眼神中翻腾着阴冷的笑意。

走在最后的容瑾突然回过头来看了一眼依旧站在那里不知道在想什么的沐飞鸾，不屑地冷笑一声。愚蠢的女人，不到最后她永远也不会知道她所有的情绪和计划都是被人有预谋地调动的吧？

回到华阳宫，柔妃挥退了身边的宫女、太监，一抬手便将桌上摆着的古董瓷器挥落到地上。她气急败坏的模样吓坏了身边的心腹嬷嬷，连忙劝慰道：“娘娘这是怎么了？还请娘娘顾及腹中的小皇子才是啊。”

提起小皇子，沐飞鸾的脸色缓了缓，却很快又难看起来了，冷哼了一声，道：“有了小皇子又能怎么样？在陛下眼中，我的皇儿只怕还不如沐清漪那个贱丫头！”

“娘娘怎么会如此想？”嬷嬷赔笑道，“无论如何，小皇子才是陛下的亲骨肉。那明泽公主就算再受宠也不过是个公主罢了，而且如今都十六岁了，最多再过两年就该嫁出去了，娘娘何必在意她？”

沐飞鸾冷笑一声，道：“若是能将那丫头嫁得远远的倒是好了，本宫只怕陛下舍不得吧？”

嬷嬷默然。陛下这些天的态度已经很明显地说明了是不愿意让明泽公主远嫁的，嬷嬷却并没有明白沐飞鸾话中的真意，只得赔笑道：“就算如此，等公主嫁出去了也碍不着娘娘的眼了。娘娘不如劝陛下早些为公主的婚事打算，也显得娘娘疼爱和关心妹妹。”

沐飞鸾一抬手，将桌上最后一个杯子挥落到地上，冷笑一声，道：“关心？本宫刚刚在花园里关心她的下场就是被陛下给赶了回来！本宫这么多年来陪在陛下身边，难道还不如一个见过两三次面的黄毛丫头吗？”

看着沐飞鸾含泪的怒颜，嬷嬷也只得无奈地叹了口气。自家主子的脾气她自然是明白的，现在这个时候沐飞鸾绝对是什么都听不进去的。

“启禀娘娘，云嫔娘娘求见。”门外，太监战战兢兢地禀告道。

贤德殿外的小凉亭里，沐清漪、永嘉郡主与容瑾三人正在喝茶。贤德殿里面，华皇正与哥舒翰、容琰等人商议和亲事宜。他们三个与此事无关的人自然都觉得无趣便告辞出来了。因为有永嘉郡主在，华皇倒也不在意沐清漪和容瑾走得近了，据说永嘉郡主跟西越九公子的关系更不错。而且，他已经明确地表示了没有让明泽公主和亲的意思，想必西越九公子这点儿分寸还是有的。

永嘉郡主趴在桌上，侧首看看坐在自己左边的沐清漪，再看看坐在对面的容瑾，有些无奈地叹了口气，想她哥舒冰从来都是自负美貌的，来了一趟华国才发现古人说天外有天、人外有人果然是对的。眼前这两个当真是超出了一般美人的标准：男子俊美无俦，眉梢眼角、笑容神态都带着一种让人忍不住沉迷其中的吸引力；女子幽静娴雅、气韵高华，并不是一眼就能让人惊艳沉迷的模样，看久了却总是让人忍不住自惭形秽。当真是世间最挑剔的人都无法从这两个人身上挑出半点儿缺点。更要命的是，这两个人就坐在她的身旁。沐清漪也就罢了，为什么容瑾一个男人也要长得这么藐视众生？！

“丑女，你就是把眼睛瞪出来本公子也不会看上你。”容瑾挑眉，悠悠道。

永嘉郡主险些喷了容瑾一脸茶水，猛烈地咳嗽了许久才终于缓过气来。永嘉郡主愤怒地翻着白眼道：“不自恋你会死吗？本郡主瞎了眼才会看上你，要真是嫁了你这么一个小白脸，本郡主还不如对着镜子自摸！”

“噗！咯咯……”旁边的沐清漪一边咳嗽，一边无奈地看着这两个人。

果然民风不同，但是您二位也不要太彪悍啊，这让我这个没见过世面、土生土长的华国女子怎么活啊？

“清清你怎么了？快……本公子帮你拍拍……”容瑾关心地道。

永嘉郡主一巴掌拍开某人的手，轻轻拍拍沐清漪的背，歉疚地道：“清漪你怎么了？”

沐清漪无力地摇摇头，道：“没什么，大概是我……太孤陋寡闻了。”

容瑾贴心地替她续上一杯茶，得意扬扬地睨着永嘉郡主道：“丑女只有看着本公子自惭形秽的份儿？”

“……”

永嘉郡主觉得自己彻底拜服了，这世上果然是只有更无耻的人，没有最无耻的人！

在容瑾面前，口舌上从来都占不了上风的永嘉郡主不再理会他了，转过身跟沐清漪说话。西越九公子是个病秧子，她不能欺负手无缚鸡之力的小白脸，那就无视他吧。

“清漪，你怎么住到宫里来了？我去肃诚侯府找你才知道你不在呢。宫里多无聊啊。”永嘉郡主道。

沐清漪无奈地笑道：“这是陛下的意思，不然你进宫来陪我好了，前两天陛下也提过接你进宫来的。”

永嘉郡主立马离她远远的了，一点儿义气也不讲，道：“我才不要！皇宫最讨厌了，我才不要进宫住。”

容瑾赞同地点头道：“你也就这句话说得最有见地了。不过，本公子愿意陪清清一起住。”

两个姑娘齐齐地翻白眼，谁要你一起住？不要太自作多情好吗？

很快，华皇便已经和哥舒翰、容琰二人商量妥当了。淮阳公主和九皇子的婚期定在一个月后的七月初七，而准备与西越、北汉和亲的两位女子也已经挑选出来了，一位是华皇的兄弟简亲王的和淑郡主，另一位却是肃诚侯府的三小姐沐云容。沐清漪进宫之后，华皇到底还是答应了肃诚侯府和柔妃的请求，将孙氏升为肃诚侯府的正室夫人，却只赐给了一个三品淑人的封号，顺便还给沐琛的生母赐了个四品封号。

这样一来，肃诚侯府女眷的封号就很有意思了。原本肃诚侯夫人应该是一品侯夫人，沐长明的嫡妻张氏是超一品的国夫人，而他的继妻却只是个三品的淑人，虽然有册封总比没有好，但是这样完全不搭的封号叫出去总是让人觉得格外尴尬。

至于原本的未来宁王妃为什么会成为和亲的女子，自然是因为御医说慕容安醒不过来了，而沐云容看起来不太愿意嫁过去当寡妇。正好宗室因为和亲人选的事闹得厉害，华皇也看肃诚侯府和沐云容不太顺眼，便毫不客气地选择了让她去和亲。为此华皇还颇为大方，将简亲王府的和淑郡主封为明和公主，沐云容册封为和荣郡主。圣旨一下，沐云容再如何闹腾也无济于事了。

至于原本沐云容的婚约，皇帝不提，谁敢多说什么？反正北汉人看起来也不太在乎。

哥舒翰自然知道沐云容和慕容安的婚事，但也确实不在乎。这个什么和荣郡主带回去也是往他大哥的后宫里扔的，北汉后宫里的嫔妃没有上百也有五六十，而且无论华国送个什么样的姑娘，大哥都绝对不会看上。既然如此，又何必在意带回去的是什么人？如果她实在是不安分，等到了北汉，沐云容就可以“病”了。

于是，倒霉的慕容安还躺在床上不省人事的时候，他的未婚妻就再一次没有了。第一次是肃诚侯府先斩后奏，第二次是他父皇直接拿去废物利用了。

听到最后商讨出来的结果，沐清漪和容瑾对视了一眼，隐晦地挑了挑眉。

一场双方谁都没有诚意的和亲，自然要找一个没有任何价值的牺牲品。

华阳宫里，沐云容坐在沐飞鸾的下首哭哭啼啼，整个大殿里尽是她凄切的哭声，听得沐飞鸾秀眉紧蹙，眼中闪过一丝不耐烦，道：“够了，你要哭到什么时候？”

沐云容泣道：“大姐，我不想去和亲，求求你帮我向陛下求情，让别人去吧。”

“求情？”一提起这件事沐飞鸾就火大，冷笑道，“你说得倒是容易！我要怎么求情？自从沐清漪那个丫头进宫来了，陛下就再也没有踏入过华阳宫，本宫连人都见不到怎么求情？”

“怎……怎么会这样？”沐云容也是一呆，她以为大姐很受陛下宠爱，不然陛下也不会答应生下孩子就册封姐姐为贵妃。

沐飞鸾烦躁地道：“本宫怎么知道？！”

这几日，陛下似乎经常去容妃那里。这段时间，宫中与沐清漪最交好的便是容妃了，难道是沐清漪对陛下说了容妃的好话？想到此处，沐飞鸾眼中闪动着懊恼和痛恨。

“那……那我要怎么办？”沐云容含泪道。

沐飞鸾平静地道：“还能怎么办？乖乖地听从陛下的旨意和亲去吧。”

“不要！”沐云容大声道，“我不要和亲，大姐求求你，我不想去北汉……”

沐飞鸾叹了口气，道：“我没有办法，现在我在陛下面前说话的分量远不如四妹，你若是真的不愿意，还不如去求求四妹。”

沐云容咬牙道：“就是她害得我要去和亲的，她怎么会帮我？”

“我……我也没有办法了。”沐飞鸾道。

大殿里沉默了良久，才响起沐云容含恨的声音：“我不好过！沐清漪也别想好过！我不会放过她！”

沐飞鸾眼神微闪，怜惜地轻叹道：“三妹，不是大姐不帮你，大姐现在也是自身难保……”

“沐、清、漪！我不会放过你！”

新封的明和公主、和荣郡主入宫虽然没有得到如明泽公主那么多的赏赐，但是人家到底也算是“为国捐躯”，自然不能怠慢了。等到明和公主和沐云容在宫中稍微习惯了一些，皇后亲自操办了一场家宴，算是为新封的公主和郡主道贺。

明和公主本身也是皇室出身，深知自己的身份、地位，很容易便能够摆正心态。她与公主们从小认识，相处得也还算愉快，对于公主们的示好自然是含笑接受。沐云容就没有那么容易能接受了，总是觉得自己被嫁到北汉是代替沐清漪去的。对于这个自己从小就嫉妒厌恶的妹妹，沐云容从来都只想压过她一头，怎么能容忍自己有一天竟然成了她的代替品？对于其他公主，若是往常，沐云容自然要小心应付，甚至是奉承巴结，但是如果注定要被嫁到北汉去，还巴结这些留在京城里享福的公主们干什么？

于是，整个明芳馆里都能看到沐云容整天顶着一张满是怨气的晚娘脸，对谁都是爱搭不理的模样。即使是原本还想跟她说些什么的公主也当场转身而去了。她们是高高在上的公主，就算沐云容真的是替她们去和亲的，这也是她身为臣女该做的事情，她居然还敢摆脸色给她们看！

沐清漪慢慢睁开了眼睛，她被放在一张床榻上，四周都放下了白色的纱帘，将里面和外面相隔开来。所以外面虽然有人，却因为重重帘幕根本看不到她已经醒过来。沐清漪垂眸看了一眼自己身上被换上的白色衣衫，淡淡一笑。

不久前沐云容突然邀她一起散步说话，倒是没想到沐云容有这个胆子敢在皇宫里动手。不过……她没想到，却不代表她没有准备。

沐清漪手指微动了一下，手腕间露出一个花样繁复的镂空银手环。这手环紧紧地贴在她的手腕上，找不到暗扣的话，除非把手给剁了，否则根本打不开。镂空的手环空心里，几个褐色的小丸子散发出淡淡的暗香。

待在青楼那些年，什么样的迷香、迷药她没有见过！

“大姐，你到底要怎么处置这个贱人？”纱帘外，沐云容不耐烦地问道。

沐飞鸾淡淡道：“这个你不用理会，回头就知道了。”

“反正我要去北汉了，就算死了也有沐清漪给我垫背！大姐，你还没告诉我，你到底要让沐清漪干什么？”

沐飞鸾唇边勾起一丝冷酷的笑意，道：“她不是喜欢勾引陛下吗？我就让她得偿所愿好了！”

“勾……勾引陛下？”沐云容一怔，有些不解地望着沐飞鸾。

沐飞鸾拍拍她的手柔声笑道：“傻容儿，若不是她勾引陛下，陛下又怎么会对她那么好？真是，跟她娘一样下贱！”

沐云容眨了眨眼睛，觉得自己似乎听到了什么了不得的事情，惊道：“大姐……大夫人和陛下……”

寝殿里只有沐飞鸾和沐云容，以及躺在里面的沐清漪。沐飞鸾似乎压抑得太久了，此时听到沐云容的问声竟产生了一种不吐不快的冲动，冷笑道：“怎么？不相信？当年那个女人一进宫就勾引得陛下差点儿连魂都没有了。我刚进宫那几年，陛下连看都不看我一眼，但是那个女人一进宫，陛下必定会来华阳宫……”

沐云容惊恐地张大了嘴，突然想起当年张夫人去世之前曾经在宫中住过一段时间的事情，沐云容忍不住吞了口口水，小心翼翼地道：“大姐，张夫人当年……”

沐飞鸾轻哼了一声，冷笑道：“既然陛下被她勾引得魂不守舍，那本宫何不做个好事成全了他？你看这些年，陛下不是对我很好吗？”

沐云容突然明白过来，猛地转身看向里面，指着床上的人影，颤声道：“大姐，你想……想……”

沐飞鸾脸上的笑容柔媚，低头慈爱地轻抚着自己看上去依旧平坦的腹部微笑道：“陛下是天子，他想要什么本宫自然要帮他得到，你不觉得……咱们四妹跟张氏长得很像吗？”

确实有七八分相似，沐云容默然。

沐飞鸾含笑道：“容儿你不知道吧？咱们陛下对张氏可是痴心一片呢。后宫里……春花宫里养着一大群跟张氏长得像的女子。可惜陛下不愿意坏了张氏的名声，不许她们出现在人前，就连死了也要被毁容之后才送出宫去。”

沐云容有些呆滞地望着沐飞鸾许久，才道：“大姐，你不能这样做！万一陛下真的宠幸了沐清漪，咱们哪儿还有好日子啊。”

“真是个蠢丫头。”沐飞鸾无奈地道，“四妹如今是公主，若是真的做了这种事情……她怎么还有脸活着？自然是要跟张氏一样一死赎罪了。张氏那个女人不就是这样吗？她回到府中没几天就乖乖地去死了，她自己也知道不该活在世上。从那以后，陛下就对我格外不同了。但是，他居然还惦记着那个女人！居然还拉着本宫一起怀念那个女人！”

说到最后一句话时，沐飞鸾几乎在发抖。一个女人，被自己的丈夫拉着每天怀念另一个女人，而且还被迫表现出对那个女人的怀念、崇敬等。沐飞鸾一直觉得自己还没有发疯已经是很不错了。但是她没有办法，她要做这宫中最受宠爱的妃子就必须抓住陛下的心。但是，她的美貌、她的才智、她的聪明，这一切统统没有用，陛下根本就不屑一顾。她只能强忍着恶心，一次又一次地在陛下面前怀念那个死去的女人，那个她曾经称为嫡母的女人。

沐云容看着眼前这个有些陌生、有点儿癫狂的女子，畏惧地往后面靠了靠，暗暗后悔非要来看沐清漪的下场，道：“大姐……我想走了……我有点儿累了。”

沐飞鸾似笑非笑地看着她道：“走？刚刚不是哭着喊着要来吗？你就在这里好好陪大姐说说话吧。容儿，大姐一向最疼你了，无论大姐说什么你都不会告诉别人，对不对？”

沐云容畏惧地点头。

沐飞鸾笑容柔媚，道："大姐知道你不会告诉别人，不然陛下若是追查起来，那可能就是满门抄斩的罪了，你也是肃诚侯府的一员呢，是不是？"

"满门抄斩？"沐云容惊道。

沐飞鸾不悦地皱眉，笑道："本宫刚刚不是说了吗？陛下想要的本宫自然要为他献上。呵呵，就在本宫这华阳宫中，就在这间寝殿里，你知道吗？整整一个多月，别人都以为陛下是在宠幸本宫，但是谁知道陛下每天驾临华阳宫，却是在跟那个女人翻云覆雨……"

"大夫人……"沐云容皱眉。

很快，沐飞鸾似乎又想起了什么，得意地笑了起来："你知道吗？那个女人开始还想自杀，但是那有什么用？本宫只是告诉她，如果她死了，本宫就将她的女儿送进宫来给陛下，她立刻就乖乖的了。可怜，咱们的陛下还以为那个女人是自己心甘情愿地跟着他呢，还跟本宫商量怎么想办法正大光明地接她入宫，还想册封她为贵妃！她怎么配？！她早就该去死了！不过……就算死，她也不能死在本宫的华阳宫里，她只能带着那个小孽种死在肃诚侯府的小楼里！"

沐云容想起来上一次在华阳宫里，沐清漪说她在张夫人过世的前晚见到大姐回府的事情。一瞬间，沐云容整张脸都白了，手指头颤抖地指着沐飞鸾道："大姐，你……是你杀了……"

沐云容心想，是大姐杀了大夫人，还杀了一个未出世的孩子，一个皇子或者是公主？

沐飞鸾不屑地笑道："那又如何？"看着沐云容惧怕的模样，沐飞鸾上前轻轻搂住她，温柔地笑道，"容儿别怕，大姐已经做过一次了，不会有事的。等到沐清漪死了，陛下一定会更加宠爱姐姐。到时候就算陛下不肯收回圣旨，大姐也会求陛下封你为公主，风风光光地远嫁北汉。等你去了北汉，就算真的有什么事也不用怕了，不是吗？"

沐云容只觉得浑身发冷，将自己抱成一团缩在沐飞鸾的怀里，却又觉得沐飞鸾的怀中更加冰冷，但是她不敢挣扎。她是肃诚侯府的三小姐，从小娇生惯养。几乎所有的事情都有娘亲替她安排好，即使恨不得沐清漪去死，她也没有真正地杀过人，更没有杀过皇子或公主。

沐飞鸾低头看着沐云容恐惧的模样，不屑地推开她，站起身。沐飞鸾对这个妹妹从来没有抱多大的期望，对方只会仗着肃诚侯府的势力趾高气昂，其实愚蠢又胆小，若不是有肃诚侯府护着，她什么也做不好。这种人，去和亲正好，省得留在京城给自己添麻烦。

纱帘里，沐清漪微闭着双眸平静地躺在床上。但是如果有人能够看到她隐藏在衣袖里的手，就会发现那双纤细如玉的手已经被自己掐得血迹斑斑了。姨母……姨母竟然受过那样的苦……被沐飞鸾逼着对华皇曲意承欢。更令人作呕的是，沐飞鸾居然还一直利用这件事来邀宠，只因为她制造了一个姨母也喜欢华皇却难以承受道德的谴责而自尽身亡的假象！沐飞鸾，我必定要你……生不如死！

重重纱帘被揭开，沐飞鸾从外面走了进来，居高临下地望着床上昏迷的少女，眼中透露出怨毒和妒恨，轻声道："四妹，你可别怪你大姐，要怪就怪你自己！你若是乖乖地做一个毁了容的肃诚侯府四小姐或者是长宁郡主也就罢了，你居然还敢顶着这张脸在本宫面前耀武扬威，呵呵……等你跟你娘一样了，本宫倒要看看你要怎么办！啊，你不用担心，本宫不会强求你活着。呵呵……母女同侍一人，到时候，你会觉得在这个世上多活一天都是一种耻辱。身为公主，却勾引陛下……呵呵……"

"大姐，你笑得真难听……"房间里，沐清漪的声音轻悠悠地响起。

沐飞鸾得意的笑声就像是突然卡在了脖子里一般突兀地断掉了。沐飞鸾惊恐地睁大了眼睛瞪着床上不知道什么时候醒来的沐清漪，尖叫道："你……你怎么会？！"

沐清漪微笑道："大姐是想问我为什么会醒吗？"

沐飞鸾惊恐地盯着沐清漪，仿佛是在看一个怪物一般，半晌方才笑道："原本还想多留你几日，但是现在……你还是乖乖地去跟那个贱人做伴吧！"

"你要她去跟谁做伴？！"

门外响起一声怒吼。砰的一声，原本紧闭的大门被人从外面狠狠地一脚踢开。华皇怒发冲冠地站在门口，眼神阴鸷、暴戾地瞪着沐飞鸾。他身后，聂云恭恭敬敬地侍立着，仿佛什么也没听见。

沐飞鸾心中一惊，脚下一软，险些跪倒在地上，惊呼："陛……陛下？"她抬起头，有些绝望地望了一眼站在门口的沐清漪，咬牙道："你……你算计我……"

华皇根本没有在意沐飞鸾的话，看到一身白衣的沐清漪时微微愣了一下，但是巨大的愤怒和震撼让他很快就回过神来，问道："明泽，你没事吧？"

沐清漪垂眸，低声道："吸入了一点儿迷香，不碍事。"

华皇冷冷地扫了沐飞鸾一眼，侧身对聂云道："送公主回明芳馆，请个太医来看看。"

"是，陛下。公主请。"聂云沉声道。

沐清漪顺从地点点头，道："清漪告退。"

沐清漪往外走去，华皇却举步跨进殿内。沐清漪回眸看了一眼殿内坐在地上正惊恐地往后退缩的沐飞鸾，唇边勾起一丝戏谑的笑容——既然你这么想要圣宠，我就再送你一个大礼，足够你回味终生了。沐清漪隐藏在衣袖下的玉指微微一动，在无人看见的角落里，一颗红色的药丸落进了旁边巨大的青鸾铜香炉中。下一刻，沐清漪踏出了殿门，身后的殿门立刻被紧紧地关上了。

沐清漪和聂云沉默地站在殿外，寝殿里会发生什么事，隔着两重门的他们自然是听不见的。沐清漪侧首看了一眼聂云，微笑道："聂统领，多谢你了。"

聂云深深地看了沐清漪一眼，道："属下是公主的随身侍卫，自然应该以公主的安危为重。”

在知道沐清漪被人带进了华阳宫之后，他去找华皇是再正确不过的事情。

沐清漪点头笑道：“聂统领说得对。沐云容呢？”

聂云淡然道：“在偏殿，被陛下跟前的侍卫看守起来了。”

沐清漪幽幽吐了口气，笑道：“既然如此，就没有什么需要我们担心的了。咱们回明芳馆吧。”

他们只需要等待这件事的结果就行了，一直站在这里显得太急切了反而不好，而且她相信华皇是不会愿意看到她站在这里的。

第二天一早，沐清漪便得知昨天冒险之后的成果——沐飞鸾小产了，不仅小产了，而且被华皇打入了冷宫。沐云容虽然因为要和亲并没有什么损伤，却也被软禁了起来。肃诚侯府还没有什么动静，但是沐清漪知道，这只是暴风雨前的宁静，或者说只是给北汉使臣面子。毕竟华国不能嫁一个罪臣之女到北汉去和亲。但是当沐云容走了之后，肃诚侯府会怎么样就没有人知道了。

另外还有云嫔，皇后突然下了一道语焉不详的旨意，云嫔被贬为贵人。皇后素来是不轻易得罪这些有皇子的嫔妃的，会如此做很明显是华皇授意的。对于这样突如其来的变化，宫里宫外猜疑纷纷，却不知道云嫔和柔妃到底是怎么得罪了华皇。只有少数的几人心中隐隐猜到这事与某人有着千丝万缕的关系。

不过，沐清漪并没有理会这些事情，一大早便跟皇后禀告出宫去了。华皇昨天想必知道了不少“好玩”的事情，一时半刻间也消受不完。所以，沐清漪也不打算在这个时候再凑到跟前去刺激他了。皇帝的心思变幻莫测，虽然在跟前更容易掌控一些，但是沐清漪觉得她太频繁地出现在华皇跟前说不定也很容易引起他的反感。

身为明泽公主、肃诚侯府千金，出了宫门她能去的地方自然也不多。沐清漪直接就回肃诚侯府了，她也想看看肃诚侯府众人现在是什么表情。

“你还敢回来？！”沐长明双眼充血，恶狠狠地瞪着沐清漪，仿佛恨不得立刻将眼前的女子给掐死一般，“现在你满意了？你这个孽女！你居然害得你大姐……你大姐……”

沐清漪冷笑一声，淡淡道：“父亲怎么不说说大姐害得我娘亲怎么样了？女儿我这也是一报还一报，也算为母亲尽了一份孝心。不是不报，时候未到。父亲，你说是不是？”

对上沐清漪清冽的目光，沐长明不自觉地缩了一下。身后，沐老夫人同样狠狠地瞪着沐清漪，却什么也没有说，只是老泪纵横地哀叫道：“这到底是怎么回事啊？真是家门不幸、家门不幸啊！四丫头，你大姐到底有什么对不起你的地方，你要这么害她？”

沐清漪眨了眨眼睛，无辜地一笑，道：“祖母这话言重了，怎么就是我害了大姐了？分明是她自己触怒了陛下，还害死了陛下心心念念的小皇子，才被贬入冷宫的啊。我害了大姐这种话，祖母是从哪儿听来的？”

沐老夫人一愣，神色有些慌乱。

沐清漪冷笑一声，道：“祖母不用说，我也知道，恭王府吗？现在云嫔和大姐双双被贬，难道祖母还不明白是为什么？只可惜啊，云嫔只是小小地降了位分，只要她儿子还在，总有一天还能升上去的，大姐可就……”

“住口！”沐长明厉声道，他可不像沐老夫人那么好糊弄，狠狠地扫了沐清漪一眼，才转身对沐老夫人道：“母亲，您累了先回去歇息吧，儿子想和漪儿好好谈谈。”

沐老夫人看了神色各异的父女俩一眼，终于摇了摇头起身扶着丫头的手走了出去。

兰芷院的花厅里，只剩下沐清漪和沐长明二人。沐长明盯着沐清漪看了许久，才有些挫败地问道：“你到底想怎么样？”

此刻，沐长明不得不向这个女儿认输。柔妃被废让他的盘算全部付诸东流。

沐清漪有些慵懒地靠着椅子，淡然地打量着眼前的沐长明——他形容消瘦，双眼充血，额头上青筋凸起，气色晦暗，哪里还有她记忆中那个沉稳而有些冷淡的姨父的模样？当人改变了身份、立场和视角再去看另一个人时，很容易发现这个人仿佛根本不是自己记忆中的那个人。

沐长明也在打量眼前的少女——慵懒地倚坐在椅子里的少女不过十五六岁的模样，举手投足间却流露出这个年纪的少女很难会有的雍容和优雅，那浅浅的似笑非笑的星眸漫不经心地打量着花厅里的某处，却仿佛带着一种令人迷醉的、惑人的倦意，这样的女子……真的是她那个从小沉默寡言的女儿吗？眼前的少女，除了容貌以外，没有一处像他的女儿。她的心性甚至是神态，既不像他，也不像已经去世的妻子，反倒是……

“你到底是谁？！”沐长明突然怒吼道。

沐清漪微微勾唇，露出一丝疑惑的表情，道：“我是沐清漪呀，父亲这是怎么了？”

沐清漪……沐长明定了定神盯着眼前的少女。她的眉眼，还有那左耳上淡淡小小的红痣，无不说明了她确实是他的女儿，他和张氏的女儿，沐清漪。

“你到底想怎么样？”沐长明再一次开口问道。

这些日子发生的事情太多了，直到现在沐长明不得不相信这一切都是眼前这个少女一手操纵的。甚至包括沐翎的死，他都不得不怀疑跟沐清漪有关系。这些日子，沐云容、沐翎、沐飞鸾一个一个地出事，除了她还能有谁？

“怎么样？”沐清漪掩唇笑起来，仿佛听到了什么好笑的事情一般。她笑着，晶莹的泪珠却从眼角滑落下来。她蓦地睁开眼睛，盯着沐长明冷声道："我要为我母亲讨回她应得的公道，我要肃诚侯府的人付出应有的代价。这些年你们坐拥母亲的财富，占着因为母亲而得来的地位享受着荣华富贵的时候，可曾想过母亲死去时是怎样的痛苦和怨恨？你们怎么敢……怎么敢如此欺她？！"

"你在胡说什么？！"沐长明惊恐地怒吼道。

沐清漪冷笑道："父亲的肃诚侯之位，是因为当年救了陛下才得到的吧？当初救了陛下的明明是母亲，最后受封的却是父亲。这些年，肃诚侯府的人花着母亲的嫁妆……你们……当真以为这世间没有报应吗？"

沐长明无力地瘫坐在椅子里，问道："你……你是怎么知道这些的？你不该知道……"

沐清漪笑眯眯地道："不仅我知道，现在陛下也知道了。要怪，就怪你寄予厚望的宝贝女儿吧，她可是在陛下面前将什么都招了。不过，父亲你不用害怕，陛下现在肯定不会对付肃诚侯府的，至少……要等到北汉使臣走了之后。"

"你为什么……为什么要这样做？！"沐长明气急败坏地怒吼道，"你知不知道我会替你母亲报仇！总有一天，我会替你母亲报仇！你毁了一切，你知不知道你毁了我布置的一切！"

沐清漪不屑地挑眉道："你那些愚蠢又变数巨大的计划还是早些停止吧。母亲的仇我会亲自报，至于你……若是真心想为母亲报仇，就把你自己给解决掉吧。"

"我是你父亲！"沐长明怒吼道。

沐清漪微笑道："曾经是。"

可惜……你乖巧的女儿被你亲手给杀了啊。

"孽女！"沐长明冲上前来，挥手就想往沐清漪的脸上狠狠地打过去。

沐清漪笑容不改，连动都没有动一下。沐长明的耳光却没有机会挥上她娇俏的面容，一只大手悄然无声地抓住了沐长明的手臂，一用力，只听咔嚓一声，沐长明痛吟一声，整个胳膊便以诡异的姿势垂了下来。

"无心！"

无心垂眸沉默地站在沐清漪身后，淡然道："只是脱臼了而已。"

沐清漪无所谓地点点头，看着沐长明铁青着脸将自己的胳膊弄好。

沐长明盯着无心，警惕地道："他是什么人？怎么会在这里？"

无心无声地看了沐长明一眼，沉默无语。

沐清漪淡然道："他是什么人不重要。不过父亲却太冲动了一些，父亲真的以为我相信你不会伤害我吗？我怎么会没有后招？"

沐长明神色复杂地盯着沐清漪，半晌才道："看来，我们都看错了你。你才是真正的深藏不露。本侯倒是没想到居然会有一个如此工于心计的女儿。"

沐清漪扬眉笑了笑，并不在意沐长明的嘲弄之意，道：“如果父亲也花了几年时间只想着报仇，大约父亲也会像我一样工于心计。可惜，父亲虽然说着要替母亲报仇，但是显然，父亲想要的东西还是太多了一点儿，所谓的报仇……不过是顺便吧？父亲，好好享受剩下的时光吧。嗯……父亲可以考虑求求恭王殿下，说不定还有转机呢。”

沐清漪笑容和善而无辜，在无心看来却更像是猫儿在戏弄老鼠，真是跟九公子……好像啊。这世上有一个九公子已经够恐怖了，再来一个……

沐长明深深地看了沐清漪一眼，转身而去。那一瞬间，整个人仿佛老了十岁一般。

“大哥。”

送走了脸色铁青的沐长明，沐清漪回到书房里就看到顾秀庭正坐在书案后看书。她原本还在奇怪大哥是怎么悄无声息地进了肃诚侯府的，但是在看到坐在另一边一脸得意的某人的时候，就彻底没疑问了。

“大哥……”只看顾秀庭脸上的神色，沐清漪就知道大哥生气了。顾秀庭生气的时候从来不会跟人大吼大叫，或者训斥责骂，他只要淡淡地看着你，什么都不用说就足够让人羞愧汗颜了。从小就是在自家大哥温柔教导下长大的沐清漪对此自然是再熟悉不过了，忙道：“大哥，你怎么来了？万一被人发现了……”

“我若不过来，你一会儿是不是就直接回宫，不打算见我了？”顾秀庭放下书卷，平静地问道。

“我……”沐清漪自知理亏，小心翼翼地觑了顾秀庭一眼，道，“我早就计算好了，不会有什么危险。聂云一直都暗中跟着，若是真有什么事，他自然会救我出来。我……没有冒险。”

“既然如此，为何不来见我？不想看到大哥？”顾秀庭挑眉道。

沐清漪心中暗暗叫苦，狠狠地瞪了一眼旁边看热闹的某人。

容瑾顿时就委屈了，他什么都没有做，为什么清清还是要生他的气？

“大哥，清清知道错了，你就别怪她了。”看着清清苦恼的小脸，容瑾立刻心疼地劝道。

顾秀庭俊眸微沉，目光淡淡地从容瑾身上扫过，轻声道：“九公子客气了，叫顾公子就可以了，咱们没那么熟。”

容瑾笑眯眯地道：“都是自己人，这么生疏做什么？清清，快跟大哥道个歉就是了。”

容瑾一向善于自动忽略自己不想听到的话。

沐清漪没好气地白了容瑾一眼，拉着顾秀庭的衣袖轻轻晃了晃，道：“大哥……我错了。”

“你啊。你就没想过，万一出了事……”顾秀庭无奈地叹了口气，抬手揉了揉她柔顺的发丝。

容瑾嫉妒地瞪着顾秀庭放在沐清漪头上的手，清清在他面前从来没有这么温柔乖巧过！

见大哥似乎消了一些气，沐清漪这才松了口气，连忙拉着顾秀庭坐了下来，道："八皇子那边怎么样？"

顾秀庭无奈地摇摇头，道："一切顺利，不过还差点儿火候。"

沐清漪眼睛一亮，问道："大哥想怎么做？"

顾秀庭淡笑道："这个你不用操心，在宫里就不要再做多余的事情了，早些出宫，大哥也好放心。另外，给慕容协递个信儿，让他跟慕容昭联手对付慕容煜。"

沐清漪蹙眉，想了想道："也好，现在慕容协依然将慕容煜当成大敌，他和慕容昭应该会联手。"

若是再晚一点儿可就不一定了，比起慕容煜，拥有强大母族的慕容昭其实有着更可怕的潜力。

"大哥，云嫔那里……"沐清漪有些犹豫地问道。

顾秀庭摇头道："把云嫔害死姑姑的消息也一并交给慕容协，他自然会去查，也自然知道该怎么做。"

沐清漪点点头，道："我知道了。"

肃诚侯府并不是久留之地，该说的说清楚了，顾秀庭便起身离开了。

"清清，你昨天可排了一出好戏，好可惜，本公子竟然没有亲眼看到。"顾秀庭一走，容瑾立刻就原形毕露了。

沐清漪冷然一笑，道："有什么好看的？柔妃现在还待在冷宫里，你要是有兴趣可以去看看。"

容瑾轻轻从身后环住少女纤柔的身子，将她揽入怀中，低声笑道："清清是觉得自己下手太狠了吗？"

"胡扯！"沐清漪冷声道，抬手想要拉开他的手臂。

但是如果容瑾铁了心不放手，以一个少女的力道是无论如何都拉不开的。容瑾的怀抱即使是在夏日里也并不温暖，自从用了沐清漪调制的幽寒香之后更是一直带着淡淡的冷香。沐清漪却感觉从昨天开始一直有些混乱的脑海在那淡淡的冷香中渐渐清明起来。

"那就是……为了孩子？"容瑾笑道，"清清用不着如此在意，那个孩子生在皇家，有那样一个母亲，还不如不生下来好。最可怜的便是生在帝王家啊。"

沐清漪轻哼一声，淡然道："你想太多了。我怎么会后悔？她当初做了那样的事情，如今我不过是稍微还以颜色罢了。而且，你以为我会心软吗？"

早在顾家毁灭、她被送入教坊、她自焚在烈火之中的时候，她的心就再也不会有多余的柔软给不相干的人了。她早已经不是当年那个骄傲而美丽、聪慧却单纯的顾家大小姐了。

“心里不舒服总是有的吧？”容瑾笑眯眯道，“没关系，慢慢就习惯了。当年本公子第一次杀人的时候也比你好不到哪儿去。”

沐清漪唇角抽了抽，问道：“九公子第一次杀人……是几岁？”

“六岁。”容瑾傲然道，仿佛是什么了不得的壮举一般，“所以清清不用怕，这种事情本公子很有经验。”

沐清漪翻了个白眼，起身推开他，道：“你想太多了。”

沐清漪没有去问容瑾为什么六岁就会杀人，每个人都有每个人的不幸，容瑾自然不可能天生就是三观不正、心狠手辣的。

容瑾却不是那么轻易就肯放手的人，他拉着沐清漪不放，低声笑道：“说起来……清清昨天的行为还真是有些冒险呢，吓了本公子一跳。”

沐清漪挑眉道：“冒险？”

容瑾道：“难道不是吗？清清就这么信任聂云？万一他不肯帮你怎么办？”

沐清漪含笑道：“那我就只好这样了！”

沐清漪含笑侧首，一抬手袖间一道流光激射而出。

容瑾连忙松开了沐清漪飞身让开，再回头看了看钉在墙壁上闪着幽蓝光芒的暗器，有些哀怨地望着沐清漪，道：“清清，你好狠啊！”

虽然没有近看，但是一看那颜色就知道绝对是见血封喉的剧毒，要是沾上一点儿只怕就要没命了。

沐清漪浅浅一笑，道：“我不是相信九公子的身手吗？”

“这玩意儿……聂云？”容瑾有些酸酸地道，宫里还能给清清弄出这玩意儿来的人也只有聂云了。

沐清漪也不隐瞒，点点头道：“没错，不过……原本上面涂的是迷药。”

显然是她自己觉得迷药的效果不够，另外换成了眼前这泛着幽蓝光芒的剧毒。

容瑾不悦地轻哼一声，想了想从怀中取出一大堆东西扔在桌子上，然后拉着沐清漪坐下来慢慢地挑选。

沐清漪有些茫然地看着一桌子零零碎碎的东西，完全看不出这些玩意儿有什么用处。

容瑾却似乎对这些玩意儿很是满意，笑眯眯地拿起一个看似不起眼的珍珠项链递到沐清漪跟前，炫耀地道：“这些可是这几天本公子特意为清清找来的。这个戴着……”

“我能问这是什么吗？”沐清漪抓住容瑾要将项链挂上自己脖子的手，总觉得这玩意儿不是那么安全。

容瑾捏起一颗粉色的珍珠，笑容可掬地道："这个嘛……这是化尸散，杀人灭口、毁尸灭迹的必备佳品。"说着，他又拎起项链上另一颗浅紫色的珍珠，道，"这里面是清毒散，可以解大部分毒，就算不能解的毒也能暂缓毒发。"

沐清漪看着那项链上一粉一紫两颗珍珠，再想想什么化尸散，顿时觉得无比尴尬。

容瑾从那一堆杂七杂八的东西里挑出一个造型古朴精致的白玉指环，上面还镶嵌着缠枝兰花的图案，看上去素雅却不失贵气。容瑾执起沐清漪的手，小心地将指环套在了她纤细的手指上，笑眯眯道："这里……只要这样……里面就会射出淬了毒的小针，别看这只是一个小小的指环，里面一共有十九枚毒针。就算毒针用完了，只要将指环扔出去摔碎了，里面的毒绝对可以马上放倒十步以内的所有人。"

"十九丧魂钉？"沐清漪眨了眨眼睛道。

"咦？看来太史衡真的告诉了清清不少事情。"容瑾挑眉道，"本公子可是花了不少时间才将这东西改造成指环的。嗯，东西带得太多了也不好，毕竟聂云也不是摆设，再挑一个这个吧。"容瑾取出一个精致小巧的白玉盒子塞到沐清漪手里，白玉雕成的盒子还没有沐清漪的手掌大，上面镶嵌了蓝色的宝石，还有繁复的花纹，看上去倒像是一个精巧的小玩意儿，可以拿在手里随意地把玩。沐清漪挑了挑秀眉，疑惑地看向容瑾。容瑾悠然道："这个嘛……暴雨梨花钉。所以不到危急关头清清可千万别用哟。这个一射出去……就算是本公子……只怕也要去掉半条命了。就是因为这个威力太大，所以，暴雨梨花钉从来没有人淬毒。可惜制造这玩意儿的人几十年前就被人弄死了，这玩意儿大概也只剩下这一个了。清清拿着防身吧。"

沐清漪握着手中的白玉盒子，一时间不知道该说什么。容瑾这人当真是心狠手辣，坏得不行了，但是他对自己确实非常好，尽管是为了他那所谓的谋臣计划。至少，不是每一个人都愿意为了一个还未归顺也不知道价值的谋臣费这么多的心力。沐清漪看着容瑾，柔声道："容瑾……"

仿佛知道沐清漪要说什么，容瑾笑眯眯地望着她道："清清感动了是不是？那就早点儿跟本公子走吧，本公子会对清清很好很好的。"

沐清漪忍不住翻了个白眼，觉得自己不该感动得太快了。

容瑾脸上挂着真挚无邪的笑容，说道："清清跟别人是不一样的。"

真是个浑蛋！被黑衣男子搂在怀里动弹不得的少女心中暗恨道。

于是，在所有人都不知道的情况下，明泽公主便带着一大堆堪称恐怖的玩意儿回到宫里了。

一回到宫中，就有华皇身边的太监来传旨说陛下召见，沐清漪挑了挑眉，换了身衣服便跟着公公去了勤政殿。虽然沐清漪不知道经过了昨天的事情之后华皇对她会是个什么态度，但是皇帝的召见显然是不能回避的，原本她还以为华皇应该不会这么快召见她。

“明泽见过陛下。”大殿里，沐清漪看着殿上的华皇盈盈一拜。

一晚上过去，华皇似乎苍老了许多，或许大多数人会以为是柔妃肚子里的小皇子没了而难过导致的，沐清漪却知道，华皇远没有他所表现出来的那么在乎柔妃肚子里的孩子。

华皇神色复杂地望着沐清漪许久，才终于叹了口气道：“明泽，朕对不起你娘……你可会恨朕？”

沐清漪抬眼，不闪不避地与华皇对视，道：“母亲的事情怎么能怪得了陛下？是母亲命苦……”

华皇脸上的愧疚之色更深了，他望着沐清漪道：“都是朕考虑不周，竟然相信了沐飞鸾那个贱人，才害得你母亲……你母亲和皇儿……”

听着华皇诉说自己的懊悔，沐清漪垂眸在心中盘算着——看来华皇听到的并不太多，沐飞鸾显然也没有再说出当初她胁迫姨母的事情。华皇依然一厢情愿地以为姨母对他也是有情的，也正是因此，华皇会更恨沐飞鸾，也更恨肃诚侯府。

如果想让华皇对自己更加信任和宠爱，沐清漪现在应该出声安慰他，这无疑是一件很容易办到的事情，但是沐清漪做不到。沐清漪不能假装姨母真的对华皇有意，然后以姨母的名义去安慰一个害死了她的人，即使是为了算计和筹谋，沐清漪也做不到，所以只能沉默。

显然，华皇也并不在意这个。就如同他这么多年宠爱沐飞鸾一样，他需要一个人陪他回忆，听他诉说他的爱情。而现在，这个人从沐飞鸾变成了沐清漪。沐清漪是张安如的女儿，华皇也想将她当成自己的女儿，对着女儿追忆母亲，显然比对着小妾追忆逝去的爱人更让他觉得真实和舒服。

华皇终于说够了，停下来，慈爱地望着沐清漪道：“明泽不用担心，朕会好好照顾你。你是华国的公主，以后没有人敢欺负你。”

沐清漪垂眸拜谢道：“明泽多谢陛下厚爱。”

冷宫在整个后宫西北角最偏僻的一个角落里，原本叫作清宁宫。对宫中的嫔妃来说，冷宫就是她们心中最深的噩梦。到了这个地方，就等于所有的荣华富贵、帝皇恩宠从此跟她们再无关系。无论她们曾经是什么身份，一进入这里，她们就会变得连普通的粗使宫女都不如。

原本死气沉沉的冷宫里，这两天倒是多了几分人气。柔妃得宠的时间并不算长，前后也不过三四年，恨她的人却不算少。自从她被关进来之后，来打探消息的、幸灾乐祸的都络绎不绝。

沐飞鸾一进冷宫就直接被丢进了宫中最破败的一间屋子里，这样的地方自然也不能指望有宫女随身侍候了。

沐飞鸾就躺在那张满是灰尘的床上。往常哪怕有一点儿灰尘沾上了她的衣摆，她也会大发雷霆，现在她却只能这样狼狈地躺在厚厚的灰尘中，原本华丽的衣衫破败不堪，上面还带着斑斑血迹。原本亮丽柔软的浅红色绸缎被床上的灰尘沾染，肮脏得犹如一团抹布。

床上的人，原本美丽的脸上不知因何出现了一道狰狞的伤痕，她发丝散乱，浑身肮脏还泛着浓浓的血腥恶臭。原本想来嘲讽沐飞鸾的容妃只看了一眼就险些吐出来，一句话都来不及说，直接转身冲了出去。

沐飞鸾无力地躺在床上，艰难地伸着手想抓住容妃，但是容妃离她太远，走得太快，最终她只能无力地将手颓然放下。

“救救我……陛下……”

空荡荡的房间里响起沐飞鸾嘶哑无力的声音。

“大姐。”少女轻柔含笑的声音在门口响起。

沐飞鸾艰难地抬起头，便看到一身白衣的少女静静地站在门口笑望着她。淡淡的阳光在少女背后形成一圈淡淡的光晕，更映衬得绝美的少女犹如天外仙子。沐飞鸾却仿佛看到了地狱里爬出来的恶鬼一般，惊恐地瞪大了眼睛，喉咙里发出咯咯的怪叫声，怎么也说不出话来。

沐清漪抬脚踏入房间，平静地看着躺在床上的女子，柔声问道：“大姐，你……还好吗？”

“沐……沐清……漪……”沐飞鸾艰难地叫道。

沐清漪勾唇浅笑道：“才一天不见，大姐连说话都说不利索了吗？四妹送给大姐的圣宠，大姐觉得如何？”

沐飞鸾惊恐地睁大了眼睛，抬手就要去抓沐清漪，喊道：“是你！是你……”

沐清漪轻巧地往后退了一步，淡淡笑道：“什么是我？那香炉里的药不是大姐自己放的吗？小妹也没想到，大姐当真是舍命博圣宠啊，连肚子里的小皇子都顾不得了。”

沐飞鸾浑身发抖，也不知道是气的还是吓的。昨天发生的一切，对她来说就像是一场突如其来的噩梦。原本一切都计划得好好的，却在沐清漪提前醒来的那一刻开始偏离正道。她偷偷加在香炉里的助兴药物，竟然让陛下失去了控制，然后……回想起那一场堪称惨烈的折磨，沐飞鸾抖得更厉害了。陛下仿佛一头突然发情的野兽，毫无节制、毫无怜惜。她只能忍受着巨大的痛苦，生生感受着肚子里的孩子慢慢消失。

原来这一切都是沐清漪做的！沐飞鸾下的药自己心里有数，陛下绝对不会如此失控，原来沐清漪早就猜到了她的计划！不……这样心狠手辣的人，绝对不是那个胆小懦弱的沐清漪！

“你……你到底是谁？！”

沐飞鸾嘶声道。昨天她浑身上下伤痕累累地被华皇命人丢到了冷宫里，喉咙也同样一说话就痛得不行，她还记得那是华皇怒极之下掐着她的脖子造成的。

沐清漪眨眼，有些无奈。这已经是第几个人怀疑她的身份了？不过这也是没办法的事情，即使她再怎么不想引起太多人的注意，跟漪儿原本的性格也差得太远了。只可惜，沐飞鸾永远也不会有机会知道真相了。

“大姐你在说什么？我自然是清漪啊。”沐清漪浅笑道。

“不……你……你不是……”沐飞鸾咬牙道。

沐清漪抿唇微笑道：“自然不是，只不过……或许我是从地狱回来，找你们报仇的呢。”

对上沐飞鸾恐惧地收缩的眼睛，沐清漪脸上的笑容更加甜美了。

“你为什么要这样做？”沐飞鸾问道。

沐清漪有些奇怪地挑眉，道：“大姐是说你现在这副模样吗？我这样做自然是……为我娘报仇。大姐放心，陛下很高兴母亲有我这样一个孝顺的女儿呢。我还要谢谢大姐，若不是你这么配合，我还真不知道要怎么不着痕迹地将这件事告诉陛下。现在岂不是正好？大姐借了母亲的光享了这么多年的福，现在也该下去陪伴母亲了吧？”

“不！我不要！我不……唔……”本就伤了的嗓子禁不起沐飞鸾如此大吼大叫，话说到一半就痛得说不出来了。

沐清漪嫣然浅笑，道：“大姐还是省着些用，不然你这娇柔的嗓子只怕就要毁了。不过……以后想必也没有人欣赏了，倒也无所谓。”

“你……”

房间里飘着的血腥恶臭让沐清漪隐忍地皱了皱眉，沐清漪有些怜悯地看着沐飞鸾柔声道：“大姐，你好好享受剩下的日子吧，别想在陛下面前再说什么该说不该说的了。你什么都说不了，你没有时间了。”

“你想杀人灭口？”沐飞鸾愤怒地瞪着眼前白衣胜雪的少女道。

沐清漪微微摇头，道：“怎么会是我呢？大姐忘了吗？你在宫中……还有一位你的盟友呢。你将她供了出来，你觉得恭王会怎么对你？”

沐飞鸾躺在满是灰尘的房间里，往日风情万种的眼眸里写满了绝望和不甘。她甚至不知道自己到底是怎么输的，此时的现实却是她浑身是伤地躺在这里什么也做不了。她的孩子没有了，她的脸毁了，她的身子也毁了，就连她原本低柔甜美的嗓音可能都没有了。什么都没有了，她完了……房间里，沐飞鸾喉咙里发出绝望的哀号声。

沐清漪走出了房间，抬头望着头上破败的屋檐。身后传来沐飞鸾破碎绝望的哀号声。她平静地抬头望向天空，一行清澈的泪水悄悄地滑下脸庞。痛苦吗？当初祖母、母亲、嫂子、姨母，还有自己的痛苦又有谁知道呢？这只是一个开始而已。

“啊？！”

不远处的屋檐边传来一声惊呼。沐清漪侧首望去，沐云容神色惊慌地站在屋檐下望着她。

“三姐，你在这里干什么？”沐清漪轻声问道。

沐云容有些犹豫地道：“我……我来看看大姐。”

“哦，是吗？那就进去看看吧。”沐清漪微笑道，朝着沐云容点点头往外面走去。

身后沐飞鸾的哀号声依然不绝于耳，只是渐渐变得更加嘶哑难辨。

沐清漪走到沐云容身边，低声笑道：“三姐，聪明人就要明白什么该听、什么该说。你说是不是？”

沐云容的脸色顿时变得煞白，她连忙退到一边，怯怯地道：“我……我知道了。”

沐清漪满意地点头，道：“我知道三姐不是个坏人，别做多余的事情，不然……三姐进去看看大姐吧。我先走了。”

沐云容怔怔地望着沐清漪离去的背影，犹豫了一下，还是转身往里面走去。刚到门口，一股夹带着恶臭的血腥味扑面而来，看着躺在床上满身尘土血迹、伤痕累累，脸上还带着一道未干的狰狞血痕的沐飞鸾，沐云容仿佛突然从噩梦中惊醒一般，惊叫了一声转身冲了出去。

沐清漪回到明芳馆中，聂云已经在那里等着了。沐清漪很是无奈，不管怎么说，聂云始终都是华皇的人，她可不认为仅仅几天的相处就能够让这位绝顶高手倒戈毫无限度地帮助自己，所以很多时候她只能甩掉聂云去做自己要做的事情。

聂云神色淡漠地打量着沐清漪，最后将目光落到了她手指上的玉指环上，却没有多说什么。

沐清漪并不太喜欢这样的气氛，皱了皱眉，道：“聂统领，我去跟陛下说，将你调回陛下身边如何？”

聂云沉默地看了她一眼，道：“陛下不会同意的。”聂云看着她道，“公主想做什么不必顾及我，属下并不是多嘴的人，只要公主保证不会伤害陛下。”

沐清漪心中微微一跳，有些惊讶地看向聂云。

聂云唇角轻轻扯动了一下，道：“聂云虽然并不是聪明绝顶的人物，但是看了这些天的事情，也已经知道公主想要做什么了。”

沐清漪盯着他，淡淡道：“知道？聂统领怎么会知道？或者说……聂统领本身就是知情的人？”

聂云默然，这样的沉默无异于承认了。

沐清漪闭了闭眼，这才明白了聂云每每望着自己时复杂的眼神意味着什么，那是愧疚。

聂云察觉到了沐清漪眸中的寒意，闭了闭眼，道："公主，我很抱歉……"

沐清漪稳住心神，尽量平静地道："抱歉？聂统领何出此言？"

聂云神色黯然，显然这件事也困扰了他很久。那时候聂云还是个刚进宫没两年的年轻侍卫，他虽然有着技压群雄的实力，却也是从一个最普通的侍卫做起的。他出身名门，即使已经被赶出了聂家，他还是前任安西郡王的徒弟和现任安西郡王的师兄，再加上自己绝顶高强的武艺，很长一段时间里，他在宫里过得非常自在。

直到那一日，他出宫的时候偷懒抄近路路过华阳宫，听到里面传来一些奇怪的声音，他一时好奇便潜入其中。以他的功力，他要去何处，整个宫中自然不会有人发现。那时候他还不是华皇的心腹，自然也没有资格贴身跟随华皇在宫中来去。他进了华阳宫才知道，除了沐飞鸾以外，这华阳宫中竟然还住着一个美丽的女人。

那个女人独自一人的时候总是绝望地哭泣，在华皇到来的时候却又仿佛什么事也没有发生。见到华皇，这个女人虽然称不上高兴，却也看不出不乐意，若不是之前看到过她的绝望，只怕聂云都要以为她是华皇藏在宫中的情人了。再后来，他看到那个女人几欲寻死，却被沐飞鸾以她的女儿相要挟时，聂云才终于猜出了这个女人的身份。

这是聂云二十多年的人生里，第一次见到如此丑陋而肮脏的阴谋，即使在那个让他厌恶的、腐朽的聂家也没有过这样的事情。

"谁来救救我……漪儿……我的漪儿……"

聂云将自己挂在屋檐上，望着殿里那个女子绝望无神的眼眸，他知道，如果不是为了她口中的漪儿，或许这个女人早就已经自尽了。

聂云并没有救她，他无法救她。他是宫中侍卫，就算他能够悄无声息地将她带离皇宫又能如何？她还有一个女儿在肃诚侯府，就算将两人都带出来，两个无依无靠的弱女子又如何生活？最重要的是……他不能背叛陛下。每次看到陛下在那个女子面前轻松愉悦的模样，聂云都很想戳破这虚伪的安宁，但是最后他什么都没有做。

不久之后，那个女人被悄悄送出了宫，回了肃诚侯府。聂云心中暗暗松了口气。或许他的决定没有错，回到了家里她还可以看到女儿，还可以忘掉这一切重新开始。但是……几天之后消息便传入了宫中——肃诚侯府夫人张氏自缢而死。因为当时顾家和张家的事情，张氏自杀一事并没有引起太多的人注意。陛下狠狠地发了一通脾气，喝得烂醉之后醒来，追封张氏为秦国夫人。

一直默默旁观的聂云却只觉得心底仿佛结了冰一般阴寒。从此，他的武功再也没有丝毫长进。

聂云显然没有跟别人吐露心事的习惯，所以他说得非常慢，而且断断续续，沐清漪也费了不少时间才完全听明白聂云到底想说的是什么。等到聂云说完了所有想说的事情，沐清漪望着他愧疚的脸沉默了许久，方才道："聂统领先回去吧，我想静一静。"

聂云张了张嘴，欲言又止，最终却什么都没有说，起身走了出去。

大殿里，沐清漪独自一人静静地坐着。对于聂云所说的事情，她不知道该作何反应。从聂云的角度来说，他并没有做错什么。比起那些毫无愧疚甚至觉得理所当然地伤害别人的人，聂云这个原本就不相干的人，至少还知道愧疚。

但是，沐清漪同时又难以接受，当姨母在承受那些痛苦的时候，有一个人恍如旁观者一般冷静地注视着这一切，看着姨母痛苦挣扎和遭受屈辱却无动于衷。所以，即使知道这些事情并不该由聂云承担责任，她依然无法平静地面对聂云。

"启禀公主，平王殿下来了。"门外，宫女禀告道。

沐清漪有些诧异，为了避免被华皇怀疑，她一直都没有主动联系过大表哥，除了上一次在恭王府别院见面以外，两人甚至没有私下见过面。沐清漪定了定神，淡淡道："请平王殿下进来。"

不一会儿，慕容熙便被人带了进来。

沐清漪挥手让人退下，方才望着慕容熙咬了咬唇角道："大表哥，你可还好？"

慕容熙含笑点了点头，道："我还能有什么不好的。清漪……这些日子倒是你辛苦了……咯咯……"

话音未落，慕容熙便咳嗽起来。

"大表哥，还是要保重身体。"沐清漪轻声劝道。

慕容熙有些苍凉地笑了笑，道："如今这世上……除了你和……还有谁会觉得我该保重身体？"

他的父皇早就不当他是儿子了，至于他那些兄弟，只怕都恨不得他早死免得碍事吧？

沐清漪沉默，她和大哥可以单纯地憎恨华皇，但是大表哥不行，因为那是他曾经敬仰、崇拜过的父皇。

"大表哥……"

慕容熙摆摆手，笑容有些苦涩，道："你看看我这个做表哥的，还要你来安慰，是不是太没用了？"

沐清漪摇摇头，慕容熙今年才刚刚而立，看上去却比真实的年龄苍老了不少。

"大表哥怎么会来明芳馆？"沐清漪有些好奇地问道。

慕容熙勾唇淡淡笑道："是父皇的意思，父皇说你刚进宫人生地不熟，让我没事可以来陪你说说话。不管怎么说，我们也还算是……表兄妹。"

这个表兄妹其实有些讽刺的意味。沐清漪这个人和慕容熙没有丝毫血缘关系，只不过因为慕容熙是顾云歌和顾秀庭的表哥，而沐清漪是顾云歌和顾秀庭的表妹罢了。

如今顾云歌身死，顾秀庭下落不明，华皇倒是想起他们的表兄妹关系来了。

大殿里安静了一会儿，沐清漪方才道："表哥已经见过……大哥了，是吗？"

慕容熙有些奇怪地看了沐清漪一眼，摇摇头，苦笑着挥去这荒谬的想法，看着沐清漪道："不错，之前的事情秀庭都跟我说过了，当真是辛苦清漪了。"

沐清漪定定地望着慕容熙，道："之前的事情大哥都跟表哥说过了，那么……之后的事情，表哥可想过？"慕容熙默然，沐清漪看着他淡淡道，"如今……大哥已经是八殿下身边最信任的幕僚之一，我也有把握能够说动治王。但是……这之后的事情，大表哥要怎么做？"

慕容熙闭了闭眼，有些疲惫地道："我不想再管这些事情了。清漪……若不是我这个太子之位……父皇又怎么会对顾家下手？我不知道到底是父皇真的生性多疑，还是因为这个皇位才变成这样的。但是我不想变成这样……就算得到了皇位又如何？我不想有一天我也会对秀庭下手，若是如此，我与父皇又有何差别？"

沐清漪轻叹了口气，道："看来，大哥要失望了。"

慕容熙苦笑道："我不能跟秀庭说这些，但是我知道，清漪你跟一般的女子是不一样的，所以我说给你听。我不能那样做……即使我还有野心也不能。"

"为何？"沐清漪挑眉问道，她看得出来慕容熙确实是已经对这一切没有了兴趣。

慕容熙低头轻咳了一声，苦笑道："我……大概没几年的时间了，就算……得到了太子之位甚至皇位又怎么样？几年之后，我若是出了什么事……你和秀庭要怎么办？"

一朝天子一朝臣，一旦他死了，那些被他们打压的人只怕就要向顾秀庭和她发难了。与其将表弟、表妹拖进这一潭污水中，他还不如安安静静地过几年。

"怎么会这样？"沐清漪震惊，很快又反应过来了，道，"慕容煜！"

华皇再丧心病狂也不会对自己的嫡子下这样的狠手，只能是慕容煜了。

慕容熙淡淡一笑，似乎并不在意，只是盯着沐清漪道："清漪，我来只是想知道……我母后的事情，当真是朱氏所为？"

沐清漪点了点头，道："这是朱明嫣死前亲口所说，应该不会有假。"

慕容熙慢慢吸了口气，沉声道："我知道了，朱氏的事情，我会处理。"

他曾经的势力虽然十不存一，却也不是完全无用。至少，要对付一个小小的宫妃还不那么困难。或许应该让朱氏知道一下，当年，华皇到底为什么忌惮他这个太子殿下！

朱氏云贵人是一个非常适合在宫中生活的女人，甚至比看似心狠手辣、诡计多端的沐飞鸾更适合。如果不是突然死而复生的顾云歌改变了许多事情，毫无疑问，朱氏很可能会这样看似不起眼却平稳无忧地度日，直到她的儿子登基为帝，她就能顺理成章地成为高高在上的皇太后。但是这世上从来就没有如果，所以当沐清漪开始出手之后，原本的云妃降到云嫔再降到云贵人，前后也不到两个月。

在朱氏被降为贵人的同一时间，她就被命令从原本的宫中搬了出来，搬进了更偏僻的景云宫与早已经失宠的慎嫔共住。因为对方是嫔而她是贵人，朱氏不得不在做了二十多年一宫主位之后再一次搬进了偏殿。

"母妃。"慕容煜神色复杂地看着坐在有些简陋的偏殿里穿着一身素净的贵人衣饰的母亲。

这两天，不知道怎么回事，慕容昭和慕容协突然疯了一样攻击恭王府，就连早已经不管事的慕容熙和慕容恪都暗中给他使绊子，更是让慕容煜忙得头昏脑涨。等到他有机会进宫来探望云贵人的时候，云贵人已经在景云宫里住了好几天。

"煜儿。"云贵人一怔，连忙站起身来迎了上去，问道，"你怎么来了，出了什么事？"

慕容煜摇摇头，道："母妃，宫里到底出了什么事？"

沐飞鸾和朱氏被贬的原因，宫中流传得含糊不清，就连对宫中消息颇为灵通的慕容煜也是迷迷糊糊的，完全不知道其中的原因。毕竟，这也不是什么光彩的事情。

云贵人有些懊恼地叹了口气，道："都是母妃太过心急了……那个柔妃，当真是成事不足败事有余！"

"沐飞鸾？"慕容煜沉声道，看来这主要还是因为沐飞鸾，母妃只是被她连累了。

云贵人将这几日的事情仔细地说了一遍，慕容煜听了以后脸上的神色更沉，道："又是沐清漪！"

云贵人咬牙道："不错，又是沐清漪！"

饶是她这样的城府和心性，对上沐清漪，她还是忍不住感到火大。

云贵人看着慕容煜难看的脸色，很快还是平静下来了。

"煜儿不用担心，只要你好好的，母妃就不会有事。"云贵人强压下了怒气，柔声安慰起儿子。

"母妃自己也千万小心。那个明泽公主……母妃先不要理她了，儿臣会想办法的。"慕容煜恭声道。

儿子的贴心和孝顺让云贵人这几日心中的憋闷消散了许多，她点头道："母妃知道了，不过……那个沐飞鸾，一定要先处理了。"

这几年，她借着沐飞鸾的手做了不少事情。沐飞鸾能在陛下面前卖了她一次，就有可能在绝望的时候将她的老底全部给揭了。如今她被陛下贬为贵人，若是再被人揭了老底，只怕她虽然没进冷宫，处境却要比被打入冷宫更惨了。

慕容煜犹豫了一下，还是点了点头。沐飞鸾的惨状他也知道一些，这个人显然是没有用了，处理了，也好断了沐长明的念头。

云贵人握着慕容煜的手，轻声道："现在小小的挫折算什么，母妃这些年什么苦没受过，笑到最后的才算赢。”

慕容煜点头，沉吟了一下方才问道：“母妃，七弟只怕是……你要不要跟父皇求情，出宫看看他？”

眼看着快一个月了，慕容煜知道，慕容安还能活下来的机会实在是渺茫了。偶尔看着躺在床上日渐消瘦的弟弟，慕容煜也不知道他到底是不是当初直接摔死在山崖下要更好一些。

云贵人犹豫了片刻，方才淡淡地叹了口气，道：“现在陛下正看我不高兴，就……算了吧。你好好照顾安儿。”

慕容煜沉默地点了点头，从那平静的脸上也看不出是松了口气还是失望更多了一点儿。

“来人啊……快来人啊，救命啊……”

冷宫里最偏僻的一个房间里，一个嘶哑得仿佛鬼魂一般的声音不停地响起，时高时低、时隐时现，让不小心路过的人都忍不住露出惊惧的神色，然后飞快地跑过。

沐飞鸾无力地躺在床上，早已经欲哭无泪。在这样残破的地方，沐飞鸾看着冷冰冰的、毫无油水的饭菜，宫中的粗使太监和宫女吃的都比这个好。沐飞鸾知道，即使是被贬入冷宫的宫妃，待遇也不至于如此差。沐飞鸾之所以会如此，只不过是因为有人想让她不好过罢了。然而，平日里怨恨她的人太多了，即使是她自己也猜不出这是谁想折辱她。

刚进来的那两天，沐飞鸾以为她会死去。差点儿被华皇掐死不说，她又因为华皇毫无怜惜的临幸而小产。华皇连个太医都没让她看就直接将她丢进了冷宫。沐飞鸾动弹不得，躺在满是灰尘的地方忍饥挨饿，当真以为自己活不下去了。几天之后，她依然没有死，却觉得自己比死了还痛苦。身体的某一处传来的恶臭即使是在这本就阴湿且满是霉味的房间里也掩盖不住，每天为她送饭菜的太监也是匆匆丢下饭菜便厌恶地转身跑了。

沐飞鸾知道，自己被放弃了，没有人会来救她，也许再过些日子她就会死去，即使她不会死，也会在冷宫中渐渐疯掉。但是她不甘心，几天前她还是高高在上的皇妃，未来的贵妃，她还怀着陛下的小皇子，一切都是那么美好，为什么转眼间她却成了阶下囚？

“救命啊……谁来救救我……”

“柔妃娘娘。”

一个低沉的声音在门口响起，沐飞鸾侧首望去，一个看不清面目的宫女站在门口。

沐飞鸾一愣，问道：“你……你是谁？”

那宫女浅笑道：“柔妃娘娘何必在乎我是谁？奴婢是来救你的。”

柔妃怔住，怀疑地问道：“你……你来救我？”那宫女走了进来，不知怎么，沐飞鸾却突然感觉到了危险，大叫，“不，你别过来！你到底是什么人？”

那宫女笑道：“我真的是来救你的。柔妃娘娘，你看你现在这副模样，活着也是受罪啊。奴婢……是来帮你解脱的。”

“你！你……你要杀我！你是云妃的人？！”惊惶中，沐飞鸾早已经忘了云妃现在已经是云贵人了。

那宫女并不承认，只是笑道：“柔妃娘娘勿怪，若不是你太多嘴了何至于此？原本……我们主子还可以救你，只可惜……现在只能请你闭嘴了。”

“不,不要杀我……”沐飞鸾惊恐地睁大了眼睛,死亡从未离她如此近过,她不想死,她不甘心……她还没有成为贵妃、成为高高在上的皇后。在宫中战战兢兢这么多年，她什么都没有得到!

宫女冷笑一声，一条白绫飞快地绕上了沐飞鸾的脖子。早先伤了喉咙的沐飞鸾根本无法大声呼叫，而被白绫缠住之后更是叫不出声来。何况此时夜深人静，又有谁会专门跑到最偏远的冷宫的最偏僻的角落来见证一场谋杀?

白绫飞快地收紧，沐飞鸾明显感觉到脖子被狠狠地勒住，痛得喘不过气来。她甚至听到了自己喉咙发出的声音,她的手慌乱地挣扎着,但是那宫女显然不是一般的宫女,她那点儿无力的挣扎行为很轻松地便被压制了下去。

望着屋子里晦暗的烛火，沐飞鸾的眼神渐渐开始涣散，手上挣扎的动作也渐渐停了下来。她似乎看到了几年前的那个夜晚，那个苍白而悲伤的白衣女子也是这样被人勒住了脖子，只是对方却比她平静许多，眼眸中是淡淡的眷恋和解脱之色。

渐渐地，沐飞鸾的思绪似乎飘得更远了。她看到了豆蔻年华的自己，还有那温婉娴雅的白衣女子。那是她的嫡母，张氏。她还记得，张氏曾经为她挑选了一门亲事——嫁给一个二品大员家中的嫡次子，当时她不满意地拒绝了，选择了进宫。

沐飞鸾眼前的情景一晃，又浮现出那个白衣女子苍白而痛苦的脸：“我死了……求你放过漪儿……飞鸾，你会后悔的……”

她会后悔的……她知道，但是现在……她后悔也来不及了。如果当初……听从张氏的话嫁人，是不是……这一切都不会发生……可惜……她不甘心啊……

一行泪水滑过满是污渍的脸，床上的人彻底停止了挣扎，只是那大大地睁着的无神的眼睛还在诉说着她的不甘。

那宫女停下了手中勒紧白绫的动作，抬手在沐飞鸾的鼻间探了一下，才轻哼一声抬手合住了她大睁着的眼眸。尽管这个宫女不是第一次做这样的事情，但是大半夜看着这样冤死的人的眼睛还是有些瘆人。

干净利落地将人挂在了房梁上，做出悬梁自尽的模样，那宫女才拍了拍身上的灰尘，转身走了出去，走到门口还回头看了一眼，冷笑道：“这就是曾经宠冠六宫的柔妃啊，也不过如此。”

空荡荡的房间里，烛火在墙壁上映出一个微微晃动的剪影。

静夜，清寒如水。

夜深人静，勤政殿里华皇并没有召幸后宫嫔妃，甚至都还没有休息。

“陛下，柔……沐飞鸾死了。”一个黑影闪入大殿内，恭声禀告道。

华皇并不吃惊，面上也没有丝毫的愤怒之色，只是淡淡道：“哦？谁的人？”

华皇很了解沐飞鸾，她绝对没有自杀的勇气，这些日子一直不死不活地吊着，若是她想死早就死了。

“是……应该是恭王殿下的人。”犹豫了一下，黑衣人还是照实说道。

“哦？恭王？他倒是沉不住气。这几天，明泽公主有没有去看过沐飞鸾？”

黑衣人点头道：“去过一次，说了几句话公主就离开了。公主当时……的脸色似乎十分不好。”

华皇满意地点了点头，道：“明泽是个聪明且有孝心的孩子，不用管她。退下吧。”

黑衣人虽然因华皇对明泽公主的信任和宠爱而惊讶，但是依然明智地什么都没有问，只是沉声应是。

黑衣人飞快地退了出去，和刚刚出现的时候一样无声无息。华皇低头继续批阅手中的折子，过了一会儿又停了下来，沉声道：“恭王……这两年是不是太过得意了？”

他身后不远处，恭敬地侍立的太监总管低着头不敢答话。陛下想要说什么都可以说，他们这些做奴才的却不是随便什么话都可以接的。华皇显然不是想听人给自己意见，也不在意，只是轻哼了一声便不再多话了。

沐飞鸾死了，沐清漪和沐云容自然要回一趟肃诚侯府。她们二人一大早就出宫，回到肃诚侯府的时候沐长明并不在府中。沐清漪也没有兴趣欣赏沐云容奔到德安堂去哭诉自己的委屈和恐惧的场景，转身便又出了肃诚侯府直接往轻安阁去了。

沐清漪依然是少年的装扮，带着无心走上轻安阁的二楼，才刚上了楼梯便看到一身华丽黑衣的容瑾懒洋洋地坐在大堂靠窗的角落里笑眯眯地望着她。沐清漪无奈地撇了撇嘴，走了过去。

“张小弟，好久不见哟。”容瑾欢快地挥手笑道。

“九公子，许久不见。”沐清漪点头道。

容瑾丝毫不见外地过来揽住沐清漪的肩膀，亲热地道：“咱们都这么熟了，张小弟还这么见外做什么？”

沐清漪忍不住抽了抽嘴角，心想我不见外的话你还想干什么？沐清漪抬起手中的折扇在容瑾揽着自己的手背上敲了敲，淡淡道："九公子，自重。"

容瑾委屈地望着沐清漪：咱们都这样那样过了，为什么还要自重啊？

沐清漪咬牙，她居然看明白了容瑾那诡异的眼神所代表的含义！谁跟你这样那样了啊，浑蛋！

忍无可忍地拨开了容瑾的爪子，沐清漪问道："这么早，九公子怎么在这里？"

容瑾不悦地皱眉道："叫九哥就行了。这个嘛……本公子听说今天有好戏看，就猜到张小弟你要出来了，所以就先挑个位置等你呗。"

消息传得真快，或者说……容瑾在华国的消息真是相当灵通。

不远处，好不容易再次凑到一起的无心和无情忍不住各自抽了抽嘴角——什么都还没有发生，您二位就这一副凑在一起准备八卦人家的模样是不是不太好？

轻安阁的客人渐渐多了起来，早朝结束的时间也渐渐临近了。很快，沐清漪和容瑾等待的消息也来了。

据说，今天早朝，满朝的大臣仿佛吃错了药一般地拼命弹劾恭王，而且理由各有不同，例如恭王结党营私啊、恭王收受贿赂啊、恭王欺压忠臣啊，就连恭王纵弟行凶强抢民女这种事都出来了。要知道，慕容安的爹还活着呢，弹劾身为兄长的慕容煜，还不如直接骂华皇教子无方更加名正言顺一些。这些官员可不管，各种莫名其妙的控诉声齐出，仿佛一夜之间慕容煜就跟这些人结下了不共戴天之仇一般。

当然，慕容煜也不是站在那里任人敲打的傻瓜，与慕容煜一党的朝臣自然竭尽全力为慕容煜辩护甚至是想要反扑。但是奈何这次的事情来得太过突然，他们全然没有准备，慕容煜的人缘似乎一夜之间坏了不少，他们最终还是因对方人多势众而溃不成军。

沐清漪和容瑾坐在靠窗的位置，笑眯眯地看着一个男子正在兴致高昂地讲述着恭王如何灰头土脸、失魂落魄地被华皇斥责，那模样仿佛他当场所见一般，比茶楼里说书先生讲得还要精彩。

容瑾笑嘻嘻地朝沐清漪伸出大拇指，赞道："高手，本公子佩服。"

沐清漪谦逊地浅笑，道："九公子谬赞，这跟我可没什么关系。"

"你说华皇会怎么处置慕容煜？"容瑾有些好奇地问道。

"我怎么知道？"沐清漪扬眉淡然笑道。

"九公子？"

两人正说话间，一个低沉的声音从身后不远处传来。沐清漪侧首，便看到不远处魏无忌带着千凌朝他们走了过来。再看容瑾，他原本还带着笑意的脸已经阴沉了下来，只是冷冷地扫了一眼魏无忌，并没有说话。看来不管是西越九公子还是云隐公子，跟魏无忌的关系都不太好。

"九公子这是……张公子，幸会。"

魏公子消息灵通，自然也知道治王身边最近出现了一个叫张清的神秘少年，虽然对方鲜少在人前露面。只是他显然没想到容瑾和这个少年的关系居然这么好。

沐清漪点点头，淡然道：“魏公子，幸会。”

容瑾不悦地扫了魏无忌和千凌一眼，轻哼一声，道：“真是阴魂不散。”

魏无忌似乎有些无奈，笑了笑，道：“难得在华国遇到九公子，过来打个招呼罢了。”

容瑾懒洋洋地斜睨了他一眼，道：“打招呼就打招呼，你带个丑女过来干什么？”

原本靠着魏无忌的手臂没说话的千凌那苍白的脸顿时涨得通红，眼泪也在眼眶里酝酿着，仿佛下一瞬就会哭出来。千凌绝对算不上丑女，容瑾的嘴巴素来是又毒又损，就连永嘉郡主那样的绝色美女都能被他挤对是丑女，千凌在他眼里就是不折不扣的丑女了。所以，虽然挤对得千凌都快要无地自容了，但是容瑾没有丝毫愧疚之意。

魏无忌苦笑着摇了摇头，扶着千凌坐了下来，道：“在下这次来华国正好途经西越，还拜见过皇帝陛下呢。”

他话音未落，容瑾身边的空气便是一凝，四周的气氛仿佛也在瞬间结了冰一般。容瑾冷冷道：“你想说什么？”

魏无忌道：“九殿下言重了，只是九殿下第一次出远门，有人很不放心……”

容瑾冷笑一声，道：“本公子死不了！现在你可以放心了？”

魏无忌打量着他笑道：“看起来，九殿下确实是很不错。”

“魏公子和千凌姑娘怎么在这里？”看着容瑾眼底翻腾的煞气，沐清漪连忙开口打断了魏无忌，她怕再说下去容瑾就要直接抽刀捅上去了。

魏无忌含笑看了看沐清漪道：“千凌想吃轻安阁的点心，我正好没事就跟她一起过来了。”

旁边眼泪欲滴的千凌也跟着露出一丝带着羞怯的甜蜜笑意。

容瑾冷哼一声，直接一仰头靠在窗边闭目养神了，道：“快点儿把他们打发了，丑女伤眼……”

沐清漪忍不住抽了抽嘴角，几乎有些怜悯地看着千凌。千凌脸色苍白，咬着唇不敢说话，显然千凌是很怕容瑾的。

沐清漪有些歉意地朝魏无忌点了点头，魏无忌抬手安慰似的拍了拍千凌，柔声道：“九公子脾气不好，你也知道，别跟他计较了。”

千凌含泪点点头，强笑道：“我知道……我不会在意。”

魏无忌这才扶起千凌朝沐清漪点了下头，道：“张公子，我们先告辞了。”

“慢走，不送。”沐清漪轻声道。

看着魏无忌带着千凌离开的背影，沐清漪忍不住在心中暗想：魏无忌，你真的爱千凌吗？容瑾这么骂她，你居然安慰她容瑾脾气不好？千凌那一副孱弱的样子其实是被你气成了内伤吧?

沐清漪摇了摇头，看着闭目养神的容瑾依然不太好看的脸色，伸手戳了戳他，低声笑道：“九公子，你跟魏公子到底有什么恩怨？我可没见过你对谁气性这么大的？”

容瑾这人蔫坏，但是很多人对他来说都是过了就忘的。魏无忌这个人，似乎从第一次提到他的名字起，容瑾的反应就有些大，甚至作为云隐公子的他都跟魏无忌有仇。

容瑾轻哼了一声，道：“魏无忌阴险得很，清清你别理他，小心被他坑了。”

“阴险？这么说九公子被他坑过？”沐清漪挑眉笑道。

容瑾脸色更难看了，咬牙道：“那时候本公子才八岁！”

沐清漪很是包容地点了点头表示自己理解，容瑾的脸色却更加难看起来。虽然在深宫中长大，但是八岁的容瑾显然还不如现在腹黑狡诈，被已经十七八岁的魏无忌整治大概也不是什么意外的事情了。鉴于容瑾恶劣的性格，沐清漪还是坚持认为绝对是某人先挑的事。不过被整治后的容瑾显然是知耻而后勇，没过几年就化名云隐找上门去，险些弄死了魏无忌的未婚妻。

容瑾气呼呼地瞪了沐清漪半晌，才终于在沐清漪笑盈盈的脸前泄了气，眼巴巴地望着沐清漪道：“总之，清清不许对他好，必须讨厌他！”

沐清漪无语，问道：“九公子，你从哪儿看出来我打算对他好了？”

就冲着魏无忌身边那个随时随地弱柳扶风的千凌，她短时间内也没有打算跟魏无忌有什么交集。

容瑾这才满意地笑了，道：“本公子就知道，清清最好了。”

沐清漪无奈地翻了个白眼，也懒得纠正他的称呼了。窗边，容瑾低下头正好看到底下扶着千凌的魏无忌回过头来望向楼上的窗口，还朝着容瑾的方向点头笑了笑。容瑾俊美的眼眸中飞快地闪过一丝冰冷的杀意。

几天后，八皇子慕容昭再一次甩出了一个震惊朝野的消息。四年前，顾家叛国的案子是被人嫁祸的，而这个幕后主使者似乎正是跟当时的太子慕容熙关系极好的慕容煜。

这件事一出，顿时朝野动荡。要知道顾家几代为相，门生故吏遍布天下，只是当初华皇的旨意下得太快，人也杀得太快了。人们不仅仅是被皇帝的铁血手腕吓住了，更有许多人根本还没反应过来，顾家就已经被满门抄斩了。如今这件案子再一次被翻了出来，立刻便有许多曾经是顾相门生的大臣争相呼应，请求皇帝重审顾家的案子，更有许多外放的官员甚至是在野的文人雅士纷纷上书为顾家鸣冤。当民意太过沸腾的时候，即使是贵为天子的皇帝也不得不顺应民意。无奈之下，华皇只得下令重审当年顾家的案子。

这一道旨意，彻底将慕容煜放到了不利的位置上。但是为了避嫌，他又不能干预案子的重审。这一次，华皇将这件案子交给了应天府、大理寺和刑部会审。听到这个消息，正坐在窗前看书的沐清漪唇边露出了淡淡的微笑。

“聂统领。”

“是，公主。”聂云沉声应道。

自从那一日之后，明泽公主并没有像他以为的那样怨恨怒骂他，甚至连眼神里都没有一丝怨恨，聂云却知道，明泽公主心中对他并不是真的毫无芥蒂。

沐清漪侧首看着他，淡淡道：“本宫记得邵大人曾经说过欠我一个人情。”

聂云心中微沉，听完顾家的消息之后明泽公主突然问这个，聂云岂会还不知道她的用意？他凝目道：“公主不该插手此事。”

沐清漪浅笑道：“不该做的事情多了，我不是都做了吗？”看着聂云凝重的神色，沐清漪含笑摇了摇头，道，“聂统领不用担心，我不是想要邵大人假公济私帮我做什么，我只是希望邵大人能够尽力一些，给顾家一个公正的交代。”

聂云淡淡道：“陛下不会希望这样。”

沐清漪有些惊讶地回头看着聂云，原本还以为聂云只是忠心耿耿地效忠华皇，根本不关心这些事情呢，没想到他居然连华皇的想法都一清二楚。

对上沐清漪的视线，聂云突然有些窘迫，撇开了脸看向窗外，道：“我毕竟在陛下跟前待了好几年。”

他又不是傻瓜，就算不爱管却也不能不看，看久了许多事情自然就明白了。

沐清漪莞尔一笑，点了点头道：“既然如此，聂大人应该明白，我只是想要给顾家一个公道而已。顾家历代忠心为国，不敢说是鞠躬尽瘁，至少也是无愧无心，落得如此下场，难道聂统领不感到心寒吗？”

聂云望着沐清漪认真地道：“我会跟邵晋说，但是他如何决定是他的事情。另外……人情是聂云欠下的，自当由聂云来还。我希望公主不要以这件事为难邵晋和子玉。”

沐清漪沉默了一会儿才轻声道：“抱歉，可能是……突然听到此事让我有些……以后我不会再提此事。”

聂云深深地望了窗前突然显得有些落寞的少女一眼，低声道：“属下先行告退。”

勤政殿里，华皇正气喘吁吁地面对着眼前的一片狼藉，一回头便看到御案上那堆得高高的一摞，全部都是为顾家鸣冤的折子。这些浑蛋是什么意思？！为顾家鸣冤是在说他这个皇帝昏庸滥杀忠臣吗？

众目睽睽之下，他却不能不理。慕容协和慕容昭联手呈上来的许多证据都说明了当初的案子有问题，他不可能当着所有朝臣的面将这些疑点统统压下。老四和老八，这两个混账东西是想反了吗？！

这两天顾家的案子重新被翻出来，给了华皇不小的压力。华皇对底下的臣子之所以无法做到如他羡慕的西越皇帝那样的独断专行，就是因为他多少还是有些在意自己的名声的。毕竟，从一开始就奔着暴君、昏君去的极品皇帝到底还是极少数的。

这几天，暗地里华皇几乎想要掐死慕容协和慕容昭这两个给他惹事的儿子，还不如老六省心呢！现在，他却不得不理会这件事了。如果任其发展下去，他这个做皇帝的却不闻不问或者是一力打压，对他的名声是绝对不利的。

华皇眯了眯眼睛，身为皇帝他自然知道什么叫作两害相权取其轻。若是如此……慕容煜这个儿子就不得不牺牲了。华皇这段时间对慕容煜很是不满，对于要牺牲这个儿子自然没有太多的愧疚。何况，当初的事情确实是慕容煜做的，倒也不算冤枉他。不过……若是顾家平反了，慕容熙……

想起这个曾经做了二十年太子的儿子，华皇更加头痛。如果顾家平反了，那么慕容熙到底是继续在平王的位置上待着，还是要复位为太子呢？这两年，华皇对慕容熙的忌惮已经不如从前那般深重了，也许是因为这几年慕容熙太过苍白无力，完全不复当年的锐气和卓越。但是有了几年前的事，心中已经存了芥蒂，华皇也绝对不愿意慕容熙再一次坐上太子之位。

“你说，熙儿最近怎么样了？”华皇突然开口问道。

侍立在华皇身后不远处的总管太监愣了一下。他跟着华皇也有几十年了，要知道华皇上一次称呼平王殿下“熙儿”已经是十年前的事情了。难不成……平王殿下要复宠了？

犹豫了一下，他还是决定照实说：“听说……平王殿下身体不太好。”

“身体不好？”

太监总管点了点头，小声道：“前些日子平王府中传了太医，听说平王殿下……跟先皇后是一样的病，只怕是……”

华皇又是一怔，对于早逝的顾皇后，华皇的印象已经不算深刻。他只记得那是一个美丽而娴静的女子，出身名门大族注定了她高贵的气度和母仪天下的风范。若是太医真的确认慕容熙已经得了跟先皇后一样的病了，那么……只怕这个儿子也没有几年时间了。一时间，华皇不知道自己到底是松了一口气还是更难过一些。

“传给平王诊病的太医过来，朕有话要问。”华皇沉声吩咐道。

“是。”

没一会儿工夫，为慕容熙诊病的太医就被带进了勤政殿。

“微臣叩见陛下。”太医有些战战兢兢地下跪行礼，他只是太医院里一个名不见经传的太医，完全不明白自己为什么会被陛下召见。

华皇居高临下，扫了一眼跪在地上的瘦弱老头儿，皱了皱眉，问道：“是你为平王诊病的？”

太医一愣，连忙道：“回……回陛下，正是。”

华皇虽然做了多年的皇帝，但他也是从皇子做起的，自然知道宫中一些隐藏的规则。这个老头儿一看便知不是太医院里的重要角色，这些年来慕容熙不受重视，连上朝的资格都被剥夺了。太医院的人当然也是看人下菜碟，随便派个不起眼的人去平王府应付一下。华皇虽然对此感到不悦，但是也知道正是自己的忽视才导致了这样的情况，脸色更加难看起来，问道：“平王身体如何？”

太医颤巍巍地禀道：“启禀……陛下，平王殿下身体虚弱……以微臣之见，只怕……只怕……”

“只怕什么？”华皇冷声道。

太医打了个寒战，道：“只怕是……活不过五年了。微臣……微臣医术不精，求陛下恕罪。”

华皇眼睛微微眯起，凛冽的目光射向跪在地上的太医，道：“哦？医术不精，你就可以断定平王活不过五年了？”

太医脸色一白，连忙道：“那是因为……臣将平王殿下的病例跟先皇后的对照了一番。先皇后……先皇后病逝前五年的情况，只怕还没有平王殿下现在严重……”

华皇冷声道：“直接告诉朕，平王还有多长时间？”

“不……不出三年。”太医颤声道。

“三年？”华皇若有所思，半晌才淡淡道，“你退下吧。”

“是，微臣告退。”太医松了口气，连忙退了出去。

勤政殿里沉静了许久，华皇的声音才重新响起：“让赵太医去给平王诊病。”

身后的总管太监一怔，连忙应声道：“是，奴才遵旨。”

赵太医是华皇的心腹，也是太医院中医术最高明的太医，平日里除了华皇和太后，就连皇后都不能用他，只是不知道陛下是关心平王殿下的病情还是怀疑平王殿下病情的真假。

第二天早朝，华皇宣布令皇长子慕容恪、皇四子慕容协和皇八子慕容昭，协助应天府、大理寺以及刑部重新调查几年前顾家谋反案的旨意。这一道圣旨也向所有人传递了一个信息：恭王慕容煜，已经被陛下彻底放弃了。

俗话说，树倒猢狲散。慕容煜面对的情形却是他这棵树还没有倒，昔日追随他的人就已经迫不及待地想推倒他了。不断地有昔日恭王府麾下的臣子倒戈相向，在不知不觉间慕容煜终于发现自己已经是孤家寡人了。

顾家的案子其实并不难查，毕竟当年顾家被满门抄斩时的证据本就有些牵强。想要证明顾家的清白，只要上位者愿意去查，绝对是轻而易举的。相比之下，慕容煜陷害顾家的证据则要难查得多，毕竟当初知道这件事的人并不多，而真正参与这件事的朱明嫣已经死了，证明这件事和慕容煜有关的证据同样很牵强。反倒是平南郡王府在朱明嫣死了之后再一次被牵连进去了，因为有很多证据都证明当初那封伪造的叛国信函确实出自朱明嫣之手，而当时朱明嫣跟慕容煜还没成婚，自然就只能算到朱夔的头上了。

即使知道自己再一次被慕容煜给坑了，朱夔也只能打落门牙和血吞。倒不是他不想为自己辩驳，而是参与这件案子的几个皇子显然下了决心，不仅要击溃慕容煜，还要折断他所有的势力，而平南郡王朱夔是早已经绑到了慕容煜的船上的人，自然不能够放过。

“王爷。”平南郡王妃端着一杯参茶走进书房，看到坐在书案后面神色憔悴的平南郡王顿时红了眼眶。

朱夔心中恨不得将已经死去的朱明嫣拖出来鞭尸泄愤。他当初确实是陷害过顾家，但那是在顾家下狱之后，他做了一些趁火打劫的事情罢了，最开始顾家叛国的事情他可是一点儿也不知道。只可惜，他那年纪不小的女儿却是此事的主凶之一，现在她已经死了，谁还肯相信这件事跟他朱夔无关？即使是陛下……也绝不会相信他的。朱夔心知肚明，陛下需要一个替死鬼！

想到朱明嫣，朱夔看平南郡王妃的眼神也多了几分冷意。

对上他含恨的眼眸，平南郡王妃一怔，眼中的泪水立刻就滑落下来，委屈道：“王爷……”

事已至此，再生气又能有什么用？

朱夔有些疲惫地挥挥手，道：“罢了，你去吧。”

平南郡王妃点点头，道：“对了，王爷，方才妾身在房间里发现了一封信。”平南郡王妃取出一封密封的信笺来，道，“妾身也不知道……突然就出现在了房里。”

平南郡王接过信封一看，是很普通的信封，只是在封口的位置写着一个小小的“平”字。平……平南郡王府？还是……平王？！

平南郡王心中一颤，飞快地打开了信封。

“王爷？是谁的信？”看到他神色有异，平南郡王妃连忙问道。

沉默了许久，朱夔终于叹了口气，道：“王妃去告诉守在外面的人，本王要见福王殿下。”

慕容恪虽然是华皇众多子嗣中年纪最大的，却也是所有的皇子中最无缘皇位的那一个。只因为他的生母出身太过低下，若是立他为太子，别说众皇子不服，就连皇室宗亲也没有人会信服。

这一次接到华皇的旨意重审顾家的案子，慕容恪当场就觉得有些头大。此外，华皇的旨意隐隐有以他为主，慕容协和慕容昭为辅的意思。慕容协还好说，至少面上还都过得去，慕容昭却是从来都没有隐藏过自己看不起这个大哥的事实。相比领着这样的两个人办事，慕容恪宁愿继续待在府里无所事事。

之后几天的事情也一一印证了慕容恪的想法，也让慕容恪对这些事情更加不上心起来。横竖无论他怎么做，那两位弟弟都会努力地往老六身上安插证据，根本就不需要他操心。所以在接到平南郡王要求见他的消息的时候，慕容恪一点儿也不高兴，只觉得更加头大。等到从平南郡王府出来之后，慕容恪就已经不只是头大了，走起路来都有些摇摇欲坠，让人看了十分担心。

“王爷？”等候在门口的侍卫看着慕容恪这副模样，连忙上前想要搀扶他。

慕容恪闭了闭眼睛，挥手推开了侍卫的手，道：“备轿，本王要立刻进宫！”

虽然不知道王爷这么急着进宫有什么事，但侍卫还是立刻听命去备轿去了。慕容恪回头看了一眼身后的平南郡王府，无奈地叹了口气。六弟，这一回你当真是摊上大事了。

第六章
繁华落尽

乾清殿是华国朝政议事的地方，一般只有早朝的时候这个地方才会有人。但是今天，早已经过了早朝的时间，乾清殿里却依然站着不少人。当然，那高高在上的龙椅上，华皇也赫然在座。

“启禀陛下，平王殿下求见。”门口，守门的太监小心翼翼地禀告道。

华皇抬起头来，淡然道：“宣。”

慕容熙穿着一身寻常的浅蓝色锦衣漫步而来，跟殿堂中一干或穿着厚重的朝服或穿着亲王皇子服饰的人形成鲜明的对比，那唇角带着淡淡的、倦怠的微笑，更见他与众人远远地隔开，仿佛是两个完全不同世界的人一般。

“臣慕容熙，叩见陛下。”慕容熙掀起衣摆，往地上一跪恭敬地道。

众人却不由得吸了口凉气，虽然平王殿下已经好几年没有上朝了，但是不该连规矩和礼仪都忘了才对，竟然连父皇都不肯叫了，平王殿下当真有这么大的胆子吗？

“平身吧。”许久，华皇的声音才淡淡地响起，却出人意料，并没有什么怒气。

慕容熙平静地起身，道：“多谢陛下。”

起身之后，慕容熙并不着急开口，只是慢慢扫了在场的众人一圈：神色凝重的慕容恪、事不关己的三皇子和五皇子、一脸沉着的慕容协和志得意满的慕容昭。当然，还有神色阴沉、气急败坏的慕容煜。

慕容熙漫步到慕容恪身后站好。

华皇扫了一眼下面的众皇子，方才淡淡道："都来齐了？"

慕容昭看了慕容煜一眼，道："父皇，这个时候您召儿臣们来，可是有什么吩咐？"

华皇冷哼了一声，目光冷冷地扫过慕容煜身上，慕容煜心中顿时生起一丝不好的预感。

"带上来吧。"华皇的声音冷漠得没有丝毫的感情，仿佛让人带上来的并不是一个人，而是一件毫无关系的事物一般。

一个穿着浅绿色衣衫的女子被人押着走进了殿里，那女子容貌秀丽，虽然有了一些年纪，却风韵犹存。更重要的是，这个女子他们都很熟悉——慕容煜的生母，如今的云贵人朱氏。

"陛下，皇后娘娘和众位娘娘来了。"

"让她们进来吧。"华皇道。

片刻后，皇后穿着一身明黄色的凤袍走了进来，跟在皇后身后的同样是穿着代表各自身份服饰的宫妃和公主。原本沐清漪是不用来的，但是不知道出于什么原因，皇后将她也带了过来。

知道事情非比寻常，所有的妃子、公主都神色肃然地朝华皇行礼，然后到了各自的位置上。皇后坐在了华皇的左首，其他人则由容妃带着，坐到了屏风后面。

"朱氏，你可知罪？"华皇淡淡问道。

云贵人一怔。她也是突然被御前侍卫捉拿后带到这里的，根本不知道发生了什么事情，就连跟慕容煜通个信儿的时间都没有。她此时只得在心中暗暗盘算是不是沐飞鸾的事情暴露了。

"臣妾……臣妾不知所犯何罪。"云贵人迟疑了一下，还是矢口否认。

华皇冷笑一声，道："不知？"

云贵人点头，咬牙道："请陛下恕罪。"

慕容煜突然出列，跪到云贵人身边道："父皇容禀，儿臣不知母妃到底做错了什么事让父皇如此大动肝火，竟然需要惊动皇室宗亲以及母后和各位母妃，但是……儿臣愿意代母妃领罚。"

华皇并不是一个容易感动的人，所以他只是冷笑了一声道："你倒是孝顺，朕只怕你代替不起。"

慕容煜知道如今的情形对自己非常不利，无论母妃有什么事被父皇抓住了把柄，他的下场都不会更加糟糕了。就算是为了名声，父皇总归不会杀了自己的儿子。代母领罚，还能落个好名声，终有一日他还会东山再起！

慕容煜咬了咬牙，道："请父皇责罚。"

华皇岂会不知道慕容煜的心思，若是换了别的场景，他会为慕容煜的心机喝彩，只是这一次慕容煜却显然要失算了。

华皇道："福王，你说。"

慕容恪在心中无奈地叹了口气，在满殿人的注视下出列，沉声道："启禀父皇，平南郡王朱燮宣称，当年已故的母后之死另有蹊跷，乃是云贵人下毒所害。"

此话一出，顿时满殿哗然。

慕容恪继续道："此事事关重大，儿臣不敢专擅，只得禀告父皇，请父皇示下。"

"竟然有这种事情？！"

"顾皇后竟然是被人毒死的……"

大殿里，皇室宗亲们不由得议论纷纷。比起现在这位不作为的皇后，顾皇后在皇室宗亲们眼中一直是慈和宽厚、雍容大度且处事公允的好皇后，皇室中这些皇叔、皇伯甚至是关系远一些的宗亲对她的印象都相当不错。

"此事纯属诬蔑！请父皇明鉴！"慕容煜朗声道，同时心中也吓出了一身冷汗。

谋杀当朝皇后，这样的罪名他确实担不起。别说是惩罚了，若朱氏不是皇家的人，只怕就是诛了九族都不为过。

慕容恪看了慕容煜一眼，平静地道："儿臣只是如实禀告。一切事情父皇可以亲自审问平南郡王。"

他跟慕容煜没有什么仇，虽然知道了这件事的时候也难免震惊，却也不想自己卷入其中。

华皇沉默了片刻，点头道："带朱燮进来吧。"

很快，朱燮被人押了上来。这几日的软禁和各种事情让朱燮显得苍老了许多。他一进殿，双膝一软便跪倒在了地上，道："陛下……罪臣朱燮叩见陛下。"

"平身。"看着跪在殿中的朱燮，华皇淡然道。

朱燮战战兢兢地起身，再也没有了往日身为平南郡王的意气风发。

"平南郡王，福王言道你告恭王生母云贵人毒杀已故的先皇后，可是实情？"宗室中，一位王爷站出来沉声问道。

朱燮看了慕容煜一眼，道："罪臣不敢胡言乱语，所言句句属实，请陛下明鉴！"

慕容煜和朱氏显然没有想过他们竟然会栽在朱燮的身上。朱氏终于失去了一贯的从容镇定，尖声叫道："他胡说！陛下，是他胡说八道诬陷臣妾！"

这个罪名若是落实了，别说是她，就连慕容煜从此也会一蹶不振——华国未来的皇帝绝对不能有一个谋害嫡母的生母。

朱燮此时却已经冷静下来了，既没有去看慕容煜和朱氏，也没有去看站在慕容恪身后的慕容熙，只是朝着殿上的华皇深深地磕了一个头，道："此事是小女亲耳听到云贵人跟恭王说的，请陛下明察。"

朱氏脸色一白，她确实跟慕容煜说起过这件事，却没想到竟然会被朱明嫣听到了。

不过幸好朱明嫣已经死了！

“朱明嫣已经死了，死无对证，平南郡王自然想怎么说就怎么说。”慕容煜脸色有些阴沉，却并没有失了分寸，他盯着朱燮冷声道，“到底是什么人想要陷害本王，让平南郡王这么大费周章地在御前诬告我母妃？”

朱燮咬牙，他确实是没有证据。如果恭王一口咬定他诬陷的话，他确实没有办法为自己辩驳，但是……看慕容煜和朱氏的反应，朱燮觉得那封信上写的很可能是真的，那么……慕容煜和朱氏就跟平王有杀母之仇，朱燮不相信平王会丝毫没有准备。

事到如今，平南郡王和恭王可说是彻底撕破脸了，朱燮也没什么好犹豫的，咬牙道：“本王不仅知道云贵人当年给先皇后下药的事情，本王还知道……恭王殿下也给平王殿下下了同样的药。如果陛下不信，可以宣太医为平王殿下诊脉，看看症状是不是和当年皇后娘娘的一样！”

一时间，满殿肃然。所有人都将惊异的目光投向了朱氏和慕容煜。这两个人胆子未免太大了一些，做母亲的毒杀皇后，做儿子的就有样学样毒杀兄长。要知道，平王还是太子的时候，对恭王可是不薄的。

慕容煜神色僵硬，他抬头看着殿上不知道在想什么的华皇，咬牙道：“父皇，儿臣冤枉。”

目光落到了从进殿里请安之后就一直没有再说话的慕容熙身上，华皇问道：“前两日朕已经派赵承为平王诊治过了。赵承。”

赵太医不知何时已经被人带到了大殿的角落里等着，一听到华皇叫自己的名字，连忙站了出来，道：“微臣在。”

“说说平王的身体状况。”

赵承领旨，看了看在座的众人，沉声道：“平王殿下确实是中了一种慢性毒药，据推算已经有三四年时间了，症状与先皇后一模一样。请陛下恕罪，微臣才疏学浅，一时间还不能断定平王殿下中的是什么毒。”

华皇挥挥手，示意赵承退下，目光落在了朱氏和慕容煜身上，问道：“你们还有什么要说的？”

慕容煜沉声道：“父皇明鉴，就连赵太医都说不知道是什么毒，由此可见二哥也未必就是中毒了，分明是有心人利用此事诬陷儿臣与母妃。当年宫中那么多太医，难道连母后是病了还是中毒了都分不清楚？”

站在旁边的慕容昭嗤笑一声，道：“六哥，据我所知母后当年习惯用同一个太医，而那个太医……不，应该说是为母后诊过病的所有太医，在母后薨逝之后都陆续失踪了。我听说，其中一个……似乎是云贵人的同乡。”

慕容煜冷声道：“八弟当时才几岁，倒是记得清楚。”

慕容昭当然知道慕容煜在影射什么，却也并不在意。因为这次的事情根本就不是他暗中做的手脚，无论是真是假他都乐意给慕容煜添一些堵。

一番辩论下来，在场的多半人相信确实是慕容煜母子俩谋害了先皇后和平王。虽然没有确凿的证据，但是众人看着慕容煜的眼光都有些不同了。

若是从前慕容煜接收了慕容熙的势力还不时地打压他只能算是忘恩负义的话，那么现在这样的行为就可以算得上是狼心狗肺、丧心病狂了。谁能想象，那个昔日里人前温文尔雅的慕容煜居然会这么阴狠毒辣？其实也不意外，只看慕容煜是怎么对付顾家大小姐的就能够知道这人的心性了，不是吗？

慕容煜盯着殿中众人惊异的目光，脸色铁青，咬着牙沉默不语。他很清楚这样的事情无论如何都绝对不能承认，一旦承认了那就是万劫不复。慕容煜阴冷的目光从慕容协和慕容昭身上扫过，若不是这两个……

"恭王，你还有什么话要说？"华皇淡淡问道。

他已经彻底放弃这个儿子了。华皇虽然不介意自己的儿子们明争暗斗，但是不代表他不介意他们自相残杀。他们今天敢杀兄，明天就会想弑父！

"儿臣冤枉，儿臣绝没有做过这样的事情。请父皇明鉴，二哥对儿臣恩重如山，儿臣绝不会做出这样不仁不义的事情。"慕容煜沉声道，甚至表情看起来都是那么真诚。

只可惜在场的人都不是好糊弄的，一个宗室王爷冷哼一声，道："既然是恩重如山，当初平王落难的时候似乎也没看到恭王殿下求半句情。"

慕容煜无言以对。跪在慕容煜身边的朱氏咬了咬牙，突然抬起头来，道："陛下，都是臣妾的错，请陛下责罚。这一切与煜儿都没有关系，他什么都不知道！"

"母妃？"慕容煜震惊地看向朱氏。

朱氏含泪看了慕容煜一眼，朝着华皇点头道："所有的一切，都是臣妾所为，请陛下降罪。"

慕容昭不屑地嗤笑一声，像是谁看不出来朱氏是要弃卒保车一样。

华皇盯着朱氏道："这么说……你是承认你毒杀先皇后了？"

朱氏苦笑道："事已至此，难道臣妾还能不认吗？"

华皇冷笑一声，淡然道："好，你倒是胆子不小。恭王，你怎么说？"

慕容煜有些呆滞地望着朱氏，显然朱氏这突如其来的一手让他有些反应不过来。他怔怔地望着朱氏，一时间不知道该说什么。

朱氏望着儿子，她最出色的儿子。她这一辈子什么都不出色，容貌、才情、家世，这宫里压她一头的人比比皆是。但是最让她骄傲的是她有一个聪明、优秀又孝顺的儿子。无论如何，她都必须保住这个儿子。

"儿臣……"慕容煜望着朱氏许久，终于咬牙撇开了脸，道，"儿臣不知。"

"这不可能！"慕容昭先忍不住叫了起来。

他们在这里可不是为了看父皇惩罚一个小小的云贵人的，若是这一次还让慕容煜逃脱了，他实在是气不过！

“就算云贵人毒杀母后的事情你不知道，对二哥下毒的事情你怎么可能不知道？二哥可是住在宫外的，一个小小的妃子哪儿有本事对身在宫外的皇子下毒？”慕容昭愤愤地道。

他敢肯定慕容煜不仅知道毒害慕容熙的事情，而且根本就是他下的手。

听到慕容煜的话，朱氏既欣慰又有几分失落，却还是强打起精神应对慕容昭的质问：“八皇子非要将这件事安在恭王头上又是什么意思？难道八皇子是看恭王不顺眼，非要给他安一个谋害兄长的罪名？”

一直没有开口的慕容协道：“云贵人言重了，八弟只是觉得应该还二哥一个真相，也让九泉之下的母后瞑目。毕竟，他们才是受害者，不是吗？”

一句话，将所有的目光都引向了一直没有开口的慕容熙。

慕容熙抬眼，神色淡漠地看着满殿的人，回头望着跪在地上的两人问道：“母后有什么地方对不起云贵人吗？”

朱氏沉默，顾皇后没有什么对不起她的。身为皇后，顾皇后确实也没有什么失职的地方。她不打压嫔妃，也不薄待不受宠的皇子。但是……这后宫不就是一个天生的战场吗？朱氏要为自己的儿子铺路，就必须先越过顾皇后这座几乎不可逾越的大山。

“看来是没有了。”慕容熙淡然道，目光淡淡地落在慕容煜脸上，问道：“为兄可有什么对不住六弟的地方？”

对上慕容熙淡漠而幽深的眼神，慕容煜也不由得怔住了。自己到底是从什么时候开始有了野心的呢？虽然当初接近二哥是母妃的意思，但未尝没有自己的真心。毕竟对一个不受宠的皇子来说，待人宽和、风采卓绝的太子兄长也是自己崇拜和想要亲近的对象。

如果他一直都是那个在深宫中苦苦挣扎的不受宠的皇子，或许这份对兄长的感情会一直保持下去。可惜人终究是会长大的，他得到的越多，想要的就越多。同样是皇子，只因为二哥是皇后的嫡子，天生便是太子，便是一国储君，而他却只能做一个不起眼的皇子。

他渐渐成为太子最看重的兄弟，他和顾家的大小姐订婚，他渐渐有了自己的人脉和势力。他为什么……不能取而代之？

“人心不足……蛇吞象啊。是本王自己养虎为患，又能怪谁？”慕容熙苦笑一声，不再理会朱氏和慕容煜。他转身对华皇一拱手，道：“微臣相信陛下会给臣和母后一个公道。此事微臣不便再参与，微臣……告退……”

说完，慕容熙也不理会在场众人的神色，转身便往殿外走去，即使经过慕容煜和朱氏身边的时候也没有片刻停留。

“平王殿下？！”

慕容熙刚出门，门口便响起了太监惊恐的呼叫声。慕容恪连忙快步奔到门口，也跟着惊呼起来："二弟！快……将人扶起来……"

殿内，华皇脸上闪过一丝复杂的神色，沉声道："赵承，去看看平王。"

"微臣遵旨。"赵太医连忙领旨奔出了大殿，身为一个太医他实在不想卷入皇室这些纷争之中啊，自然巴不得快点儿离开。

大殿里一片宁静，大多数人都以看死人的眼神看着跪在殿中的朱氏。

朱氏显然也明白自己逃不过此劫，颓然地跌跪在地上茫然失神。

"此时，尔等有什么看法？"许久，华皇才沉声问道。

"启禀陛下，朱氏谋杀皇后、谋害皇子，其罪当诛！"宗室中有人道。

立刻便有更多的人齐声附和。

慕容煜望着朱氏，眼神深沉而复杂，道："父皇，母妃所犯的错都是因儿臣而起，求父皇饶母妃一命，儿臣……愿意替母妃分担。"

华皇淡淡地望了慕容煜片刻，然后看向坐在旁边的皇后，问道："皇后，朱氏是后宫女眷，你怎么看？"

皇后起身跪倒在华皇跟前道："臣妾管理无方，才让朱氏谋害了平王殿下，请陛下降罪。朱氏谋害先皇后与嫡子，其罪当诛，请陛下重罚！"

"朱氏其罪当诛！请陛下圣裁！"大殿里众人起身道。

后殿屏风后面，容妃也带着几个位分高的嫔妃和公主出来，跪倒在皇后身后，道："请陛下圣裁！"

朱氏绝望地瘫倒在地上，所有的宗室皇亲、嫔妃和公主都想置她于死地，连她自己都觉得丝毫没有活下去的希望了。

华皇目光从慕容煜的脸上闪过，看见慕容煜慢慢地低下了头。很明显，慕容煜也明白只凭他一个人根本无法抗衡这么多的皇室宗亲和嫔妃。

华皇点了点头，道："既然如此，云贵人朱氏谋杀皇后、谋害皇子，废除一切封号，赐死。朱氏满门抄斩，以儆效尤！"

闻言，朱氏浑身上下的力气仿佛被抽干了一般，无力地软倒在地上。现在她不仅仅是害了自己的性命，还害了自己全族人的性命。

华皇看也不看朱氏一眼，继续道："恭王慕容煜、宁王慕容安，削去亲王封号，闭门思过。"

慕容煜闭了闭眼，没有再看朱氏，跪倒在地上，谁也看不出他在想什么。

"不……陛下……"朱氏也回过神来了，惊惶地叫道，"求陛下开恩……臣妾……臣妾……"

华皇神色冷酷，怒道："闭嘴！你不再是后宫嫔妃，叫什么'臣妾'？！押下去吧。"

两个侍卫进来，毫不怜惜地一左一右抓起朱氏便拖了出去。

处理完了这一切，华皇眉宇间也多了几分疲倦之意。皇后看在眼里，连忙道：“既然此事已了，陛下不如先回宫歇息吧。”

华皇看了皇后一眼，点了点头，道：“都退下吧。明泽，你去看看平王。”

“是，臣等告退。”

“明泽遵旨。”

“王爷……罪臣……”片刻间走得空荡荡的大殿里，朱燮有些战战兢兢地看了一眼依然跪在地上没有说话也没有动的慕容煜，才看着慕容协问道。

慕容协挑了挑眉，心情颇好地道：“平南郡王先行回府吧，一切是非自有公论。”

“是、是，罪臣告退。”朱燮松了口气，连忙退了出去。

大殿里的人渐渐走光了，慕容煜默默地跪在大殿里一动不动。等到他回过神来，整个大殿里一片寂静清冷，空荡荡的，只有最上方那金灿灿的龙椅引人注目。

慕容煜低头，才感觉到膝盖上传来的刺痛，原来他已经在这大殿里跪了一个多时辰了……

“表哥，怎么样了？”宫中的一处清静的殿宇里，沐清漪悄然进门，挥退了殿中侍候的宫女、太监，才轻声唤道。

原本还躺在床上闭目养神的慕容熙睁开眼睛，神色淡淡地笑道：“不碍事。”

刚刚在殿上，他确实有些不舒服，但是也没严重到晕倒的地步，至少还可以控制，只不过走出殿门之后晃了一下，然后才顺势而为罢了。看看，效果现在不就出来了吗？

看着站在跟前面带忧色的沐清漪，慕容熙微笑道：“不用担心，还能控制得住。”

沐清漪轻轻叹了口气，在床边坐下来，道：“刚刚在殿上吓了我一跳呢，幸好表哥没事。”

慕容熙含笑挑眉，问道：“慕容煜和朱氏怎么样了？”

沐清漪笑容微敛，答道：“朱氏择日问斩，慕容煜被削除了爵位，闭门思过。”

慕容熙点点头，并不意外，道：“若是父皇现在就立刻重罚了慕容煜，反倒是显得他心虚了。即使心里已经决定了要慕容煜做替死鬼……总还是要等到四弟和八弟把证据送到他面前。父皇一心想做个明君，怎么能忍受亲手逼死自己儿子的名声？”

沐清漪耸了耸肩，也不在意。横竖慕容煜都蹦跶不了几天了，早几天晚几天的事情罢了。

慕容熙轻咳了两声，淡淡笑道：“既然父皇还想要留六弟几日，正好……朱氏行刑之日，请六弟一道去观刑吧。”

话语平淡，在这空荡荡的殿宇中响起，却有一股凛冽之意。

沐清漪一愣，低眉浅笑道：“表哥说得极是。”

有什么比亲眼看到自己的亲生母亲被问斩更能让人痛苦得撕心裂肺的事情？如

果……慕容煜还有心的话。

朱家不是什么名门望族，但是因为出了一个云妃，生了慕容安、慕容煜两个皇子，再加上这几年慕容煜的风头正盛，朱家在京城也算是有些影响力的家族了。只可惜，这样的朱家还未到鼎盛之时就以迅雷不及掩耳的速度衰败了。刑部和大理寺的官员接到华皇的命令，便立刻领兵围住了朱家。朱家满门全部打入死牢，择日问斩。这样突如其来的变化，让京城里一众看热闹的人也不由得目瞪口呆。

"沐清漪！"看着眼前气韵出众、优雅闲适地踏入肃诚侯府的沐清漪，孙氏目眦欲裂，恨不得立刻扑上去狠狠地咬她一口。

一切都是沐清漪的错！自从沐清漪变了个样子，府里就接二连三地出事，现在翎儿死了、飞鸾死了，就连云容都要远嫁到北汉，她什么都没有了……这一切，都是沐清漪造成的！

"放肆！"沐清漪身后，盈儿冷声道，"明泽公主的名讳也是你能够胡乱叫的？！"

孙氏眼眸充血，眼神中隐隐透出狂乱之意。盈儿警惕地瞪着她，不着痕迹地上前两步，站在了沐清漪的身侧。

"都是你！都是你这个扫把星！"孙氏怒骂道，"都是你害死了我的翎儿和鸾儿！"

沐清漪平静地看着眼前宛如疯妇的女人，唇边微微勾起一抹极淡的笑容，低声道："就算是我……你又能如何？"

"我要杀了你！"孙氏一怔，突然更加疯狂起来，挣开扶着她的丫头的手就朝着沐清漪的方向扑了过来，却被身边的丫头死死拦住了——明泽公主现在可不是肃诚侯府能够得罪得起的人。

沐清漪从容地看着眼前这混乱的一幕，看着孙氏不甘又疯狂的眼神，脸上的笑意更加恬静动人。

沐清漪走到孙氏跟前，居高临下地望着还在奋力挣扎的孙氏，淡淡道："我不喜欢随意对女人出手，但是……你和你的鸾儿实在是踩到了我的底线。我若是活着……她怎么能不死？"

孙氏恶狠狠地瞪着沐清漪。沐清漪莞尔笑道："别这么看着我，孙姨娘。杀死沐飞鸾的是云贵人的人，现在朱氏也要死了，也算是替你的女儿报仇了，你该满意了才对。"

孙氏的眼眸猛地一缩，凌厉地瞪向眼前笑盈盈的沐清漪。真的是她……真的是她害死了鸾儿……

"为什么……为什么……"孙氏凄厉地哭叫着，那声音仿佛野兽的嘶鸣一般，让在场的下人都忍不住胆寒。

沐清漪幽幽道："当初，我的母亲是不是也问过沐飞鸾为什么？为什么要那么做？"

"我要杀了你！"孙氏不知道哪儿来的力气，猛地推开了身边的丫头朝着沐清漪扑了过去。

嗖！

一道劲风从身后掠过，孙氏还没碰到沐清漪的一片衣角，身子蓦地停顿了一下，便痛吟一声跌倒在了地上，原本要抓住沐清漪的右手染了血花。

沐清漪抬头往前方望去，果然看到一身雍容黑衣的容瑾懒洋洋地横卧于墙头上，笑盈盈地望着底下的一切，只是他看向孙氏的目光里充满了肃杀的冷意。

“清清，真是太不小心了啊，要是伤到了……本公子可是会心疼的。”容瑾低沉温柔的声音淡淡地响起。

“你怎么来了？”沐清漪挑眉道。

容瑾笑眯眯道：“自然是为了救美而来，本公子若是不来，清清不是要被那个疯女人给欺负了。”

沐清漪没好气地白了他一眼，就算容瑾不在，他以为盈儿和无心都是摆设吗？

容瑾却没有在意她的白眼，心情颇好地从墙头上落到地上，走到沐清漪身边，偏着头看跟前的孙氏。

孙氏同样愤怒地瞪着容瑾，问道：“你是什么人？为什么要阻止我？”

容瑾不悦地道：“连本公子都不认识，果然是疯了。”

孙氏捂住染血的肩膀，痛得直发抖，不知道什么东西直接从后面穿透了她的肩膀，想不痛是不可能的。

“这里是肃诚侯府！你……你竟然敢伤我？！”

容瑾无辜地眨眨眼睛，抬起手来道：“本皇子可没有伤你哟，本皇子手无缚鸡之力怎么可能伤你？”所有人都将怀疑的目光射向某人，容瑾摸摸鼻子，道，“可能是本皇子的侍卫忘了拿捏轻重吧。”

明明是他救了清清，为什么还要隐藏自己的功劳？幸好，清清是知道他对她好的。

沐清漪侧首，当没看到某人朝自己眨眼睛。

墙头上，有一个灰色的身影落下，坐实了容瑾口中那忘了拿捏轻重的侍卫身份。无情小哥心中同样十分委屈，做贴身侍卫就是要为主子挡刀、挡剑、挡一切祸事。幸好这一次九皇子伤的只是肃诚侯府的夫人，要是下一次主子不小心伤了华国的皇后，无情有九条命都不够赔！

“出了什么事？！”沐长明的声音突兀地响起。

沐清漪有些嘲讽地勾起了唇角。她的这位父亲，总是来得这么是时候。

“侯爷……”孙氏捂着不停渗血的肩膀，楚楚可怜地望着沐长明。

沐长明的目光从她的肩膀上一扫便移开了，看向沐清漪道：“这是怎么回事？”

沐清漪并未开口，站在她身边的盈儿上前一步，道：“刚才肃诚侯夫人要当众谋杀公主，在场的人都能够做证。我们公主可是手无缚鸡之力的，幸好九皇子路过此地，是他的侍卫救了公主。”

容瑾赞赏地看了一眼盈儿，偏着头看向沐长明似笑非笑地道：“肃诚侯，你们这府里的人真是有趣啊，本皇子在外面就听到有人尖叫着要杀了明泽公主了。嗯……本皇子虽然远来是客，但也不能眼睁睁地看着华皇的公主被人给伤了是不是？这可是诛九族的大罪。肃诚侯是不是该感谢本皇子？”

沐长明嘴角抽搐。兰芷院在肃诚侯府的内院，在府外面就听到有人要杀人的声音，九皇子的耳力得有多好啊？沐长明勉强扯了扯嘴角，道：“拙荆一时糊涂，请九皇子见谅。”

“糊涂？”容瑾震惊地道，“一时糊涂就可以去刺杀公主？那要是真的糊涂了岂不是要去弑君了？”

“九皇子慎言！”沐长明吓了一跳，弑君这种话可不是可以随便说说的。

容瑾无辜地眨眼，心道：我说错什么了吗？

沐长明无奈地看向沐清漪。沐清漪淡淡一笑对容瑾道：“有什么话还是进去说吧。”

“侯爷，我们的女儿死得不明不白，你却不闻不问，你一定要替鸾儿做主啊。”孙氏扑到沐长明跟前哭泣道。

容瑾嗤笑了一声，自言自语道：“说得像是只有沐飞鸾才是肃诚侯的女儿似的。”

沐长明的脸一阵青一阵白，良久，他才咬牙道：“飞鸾的事情，不关清漪的事！”

“就是她！就是她害死了鸾儿，她刚刚自己都承认了！”孙氏尖叫道。

沐长明看向沐清漪。沐清漪眉眼弯弯，悠然地看着沐长明道：“孙姨娘坚持要把这事栽在我身上，我就顺口认了。反正事情的真相自有公论，难道我还要站在门口跟她一句一句地辩驳不成？”

看着沐长明脸色扭曲的模样，容瑾心情舒畅，心中感叹：论起拉仇恨什么的，清清的能耐丝毫不在本公子之下。嗯，清清果然很需要本公子保护！

清清，本公子会好好保护你的！容瑾朝着沐清漪殷切地眨了眨眼。

你又在发什么疯？！沐清漪一脸无奈之色。

好半晌，沐长明的脸色终于正常了。他狠狠地瞪了孙氏一眼，道：“够了，此事到此为止。你回自己的院里去休息，没有本侯的允许不许再出来！”

“你又要包庇这个贱人？！”孙氏怒叫道。

啪！沐长明一个耳光狠狠地甩在孙氏脸上。孙氏顿时被打蒙了，一时惊诧道：“你……你……”

“够了！来人，扶夫人回房歇息！”沐长明当机立断，直接下令。

两个身材粗壮的丫头从门外进来，一左一右扶起孙氏，不顾她的挣扎，直接往外面去了。

她们走出好远，孙氏的挣扎和叫骂声都还能传过来。容瑾挑了挑眉，看向沐清漪。

“冒犯公主，居然这么轻描淡写就化解了，难怪京城的人都说肃诚侯是情圣呢。”容瑾喝着茶，悠悠地感叹道。

如今这个世道，情圣可不是什么赞美的词，何况还是为了一个丫头出身的小妾。虽然现在孙氏已经被扶正了，但是京城里肯承认她正室身份的人很少。

沐长明的脸色有些发青，他望着容瑾道：“本侯有些事情要跟小女谈，不知道九皇子可否回避一下？”

容瑾挑眉，道：“本皇子是专程来探望明泽公主的，侯爷的事情难道不能晚些时候再谈吗？还是本皇子探望公主要另外选侯爷方便的时候？”

沐长明皱眉，也无法反驳。容瑾的身份注定了只要不触犯华国的律法，他就可以肆意妄为，华国的王公大臣甚至是皇子公主都得让他三分。

沐清漪揉了揉眉心，淡淡吩咐道：“盈儿，请九皇子去书房坐坐。”

盈儿从沐清漪身后出来，对着容瑾福了福身，笑道：“九皇子，请跟奴婢走吧。”

容瑾不满地望着沐清漪。沐清漪看着他平静地道：“九皇子，我有正事。”

“好吧。”容瑾撇了撇嘴，不满地瞪了沐长明一眼，才看向盈儿道，“小丫头，带路吧。”

“九皇子请。”盈儿连忙在前面带路。

跟无心相处多日的盈儿自然知道这位皇子有多么难伺候，现在他肯配合，她简直是感激不尽。

哼！容瑾高傲地跟着盈儿走了。

花厅里重新安静下来，但是坐在花厅里的两个人谁也没有先开口。直到沐清漪觉得有些不耐烦了，方才开口问道：“父亲，你还要跟我说什么？”

沐长明反射性地想要出口讽刺，却在最后一瞬间忍下，深深地望着沐清漪许久，才问道：“这次的事情……跟你有没有关系？”

沐清漪有些诧异地看着沐长明道：“这次的事情？父亲说的是什么事情？”

“不要装傻，你知道我说的是什么！”沐长明沉声道，“恭王和平南郡王的事情，跟你有没有关系？”

沐清漪抿唇笑道：“父亲怎么会认为这些事情跟我有关系呢？”

沐长明含怒咬牙道：“因为我不是傻瓜！这些事情……所有的事情都是从你进宫之后才发生的。你到底做了什么？”

沐清漪挑眉笑道：“哦？我进宫才发生的？父亲……你确定吗？难道……不是从更早的时候就开始了吗？”

沐长明闭了闭眼，又睁开眼睛瞪向沐清漪，厉声道：“果然是你！当初在报国寺，翎儿的事情也是你做的！”

沐清漪勾唇笑道：“确实是我，那又如何？父亲难道打算去向陛下告状，说我陷害你已经过世的宝贝儿子？父亲你觉得……陛下是会站在我这边，还是站在你那边呢？”

沐长明无力地坐回了椅子里，华皇当然不会帮他。沐长明现在怀疑就算沐清漪杀了他，华皇也只会帮沐清漪遮掩，顺便在心里高兴而已。

“父亲你放心，清漪绝对不会杀你。”沐清漪仿佛看透了沐长明的心思，柔声笑道。

至少，不会用这双手去杀了他。想起那温柔文静的小表妹，沐清漪的目光多了几分淡淡的温暖。如果是漪儿，染上了父亲的鲜血，她是会难过的吧？

沐长明定了定心神，看着沐清漪道：“本侯不是来找你讨论这件事情的。”

沐清漪挑眉，不在意地耸耸肩，重新坐回自己的椅子里，问道：“那么，父亲是来说什么的呢？”

沐长明沉默了片刻，抬头看着她问道：“要怎么样，你才肯放过肃诚侯府？”

沐清漪偏着头，有趣地打量着她，道：“父亲……您这是……在求我吗？因为恭王府和平南郡王府的下场，您害怕了？所以，您今天才没有冲我发火，才来求我的吗？”

沐长明紧握着的双手咔咔作响，咬牙道：“你想要肃诚侯府，难道还不够吗？你二哥和大姐都死了，你三姐如今也要远嫁北汉了。我知道你跟哥舒翰和永嘉郡主关系都很好，只要你说一声，甚至云容都可能死在北汉，还不够吗？”

沐清漪悠然地托着下巴，眼神清澈，望着眼前怒不可遏的沐长明，道：“父亲的意思是，即使三姐死在了北汉也没关系，只要我放过肃诚侯府？”

沐长明咬牙，额头上青筋毕露。他知道，沐清漪在逼他，逼他承认自己的无能，逼他承认自己的卑劣和无情。

看着沐长明扭曲狰狞的神色，沐清漪不以为意，也不再继续刺激他。她只是轻松地靠回椅子里，平静地看着挣扎中的沐长明，清澈的眼眸中却带着淡淡的悲哀。姨母……这就是你的丈夫、漪儿的父亲……如果看到这一幕，您是否会后悔当初的坚持呢？

许久，就在花厅里的气氛几乎要压得人透不过气时，沐长明终于开口道：“是，无论你想怎么样都可以，只要你放过肃诚侯府。”

长期以来，沐长明用来伪装欺骗世人也欺骗自己的面具终于被彻底击碎了。没有什么事会比当着自己的亲生女儿承认自己宁愿牺牲另一个女儿，甚至其他的儿女也要保全自己的荣华富贵更令人羞耻。

沐清漪有些失望地叹了口气，虽然她一直在逼迫沐长明，但不得不说她心中还存着一丝希望。她希望沐长明拒绝她的要求，以保全他最后的一丝骨气和尊严，也让她觉得当年姨母为了这个人违抗君命、忍气吞声至少还是有一丝价值的。

可惜，沐长明依然让她失望了。

沐清漪有些无奈地摇了摇头，淡淡地道：“父亲，你搞错了。这次的事情……与我无关，不是我做的。”

这些事都是大哥和表哥在暗中操作，身在宫中的她最多也只是推波助澜而已。

沐长明又惊又怒，他觉得自己被沐清漪给耍了，沐清漪接下来的话却又让他定住了。

“不过，我知道是谁。现在，请父亲告诉我……当年，顾家的事情肃诚侯府有没有参与？”沐清漪幽幽道。

“什么？”沐长明怔怔道。

沐清漪并不着急，重复了一遍，问道：“顾家的事情肃诚侯府有没有参与？”

“不……没、没有！”沐长明断然道。

“当真？”沐清漪挑眉。

沐长明咬牙道：“自然是真的！那时候……肃诚侯府和恭王府的关系并不亲近。”

沐清漪淡笑道：“肃诚侯府和平南郡王府的关系却一直都很不错。”

沐长明有些无力地扶住扶手，道：“不管你信不信，顾家的事情……跟本侯没有关系。”

半晌，沐清漪点了点头，道：“我知道了。那么……父亲告诉我知道些什么吧。”

沐长明沉默不语。

沐清漪浅笑道：“现在连朱夔都背叛了慕容煜，难道父亲还要为慕容煜遮掩不成？”

这一次，沐长明沉默得更久。

就在沐清漪打算起身走人的时候，她才听到沐长明道：“我告诉你……”

沐清漪回到书房，容瑾正懒洋洋地坐在椅子里，半倚半躺地将书盖在脸上睡觉。

听到声音，容瑾拿下脸上的书，抬起头来，笑道：“清清的事情都办完了吗？”

沐清漪有些无奈地看着某人道：“到底有什么事让九公子你大白天的就跑到肃诚侯府来找我？”

容瑾看着沐清漪，难得正经地道：“小心点儿慕容煜。”

沐清漪握着茶杯的手微微一顿，抬眼道：“慕容煜？他要干什么？狗急跳墙吗？”

容瑾不在意地挑眉，他对慕容煜要干什么没有任何兴趣，这也跟他没关系。如果不是担心沐清漪受到伤害，他根本就不去理会。

“九公子，慕容煜到底做了什么？”沐清漪轻声问道。

哼！容瑾傲娇地扬起下巴，心想：本公子的气还没有消呢。

“九殿下？九皇子？九爷？”沐清漪轻声唤道。

容瑾犹豫，望着眼前难得温柔的少女，道：“亲我一下？”

“你还是憋死吧。”沐清漪淡淡道，随手将他俊美的脸蛋拍到了一边。

容瑾揉揉自己的脸，苦着脸道：“清清真是冷酷无情！”

沐清漪无奈，柔声道：“九公子，告诉我你知道什么，乖……”

“好吧，本公子吃亏一点儿就是了。”容瑾点头道，“慕容煜暗中跟容琰有联络。”

这个沐清漪自然是知道的，但是……容琰身为西越皇子，而且关系再好，他有必要去帮助一个已经注定要没落的皇子吗？

“你觉得他会怎么做？”沐清漪问道。

论看透人心险恶的本事，这世上没有比容瑾厉害的人了，所以问他绝对没问题。

容瑾一脸满足地蹭了蹭沐清漪的发丝，笑道：“这个嘛，如果是本公子，到了这种地步……先要弄死慕容协和慕容昭，当然还有慕容熙。呵呵……然后，最好是再弄死皇帝，说不定还有机会翻盘登基为帝。如果不成功……也可以设法逃离，然后……嘿嘿……”

“九公子该回去了。”抬手拍开不知道什么时候黏上来的某人，沐清漪毫不犹豫地过河拆桥。

“清清好无情。”容瑾委屈地眨巴着眼睛。

“我一直都很无情。”沐清漪淡淡挑眉道，“如果最后我不肯跟你走，九公子打算怎么办？”

容瑾不知道从哪儿摸出来一把黑色描金的扇子，躲在扇面后嘿嘿一笑，道：“这个嘛……清清果然想欠账不还吗？不用担心，本公子……对要账很有心得哦。”看着沐清漪眼底的怒意更甚，容瑾只觉得心情更好了，笑眯眯地站起身来，道，“本公子要回去准备一下了，毕竟，等到淮阳大婚之后，咱们就该启程了。嗯嗯……清清要乖哟。”

不跟他走？怎么可能？就算绑也要把清清绑回西越啊，不然的话，他以后的日子可怎么过呢？没有清清的日子好无聊啊！

看着容瑾大摇大摆地走出去，沐清漪无奈地叹了口气，望着容瑾放在桌面上的书默然出神。很快，京城的事情就该结束了，而她也确实应该好好想想将来的路要怎么走了。

慕容煜的结局几乎已经成了定局，而许多人也开始思考慕容煜落败之后的事情了。

轻安阁的厢房里，顾秀庭含笑看着坐在他对面的慕容熙和沐清漪。

“看来慕容昭那边很顺利？”沐清漪浅笑道。

顾秀庭淡淡笑道：“出了一点儿意外，总的来说没什么。”

慕容熙轻叩桌边，看着沐清漪道：“清漪觉得六弟会对我和九弟动手？”

沐清漪点头道：“只是猜测，不过我听说……慕容煜和西越端王容琰这几日暗中交往甚密，很可能会狗急跳墙。”

“既然清漪这么说，表哥，这些日子你还是小心一些为好。”顾秀庭劝道，“你府上的侍卫只怕也不管用，不如另外带几个回去？”

慕容熙摇头拒绝，淡笑道："算了，我府里虽然算不上固若金汤，但慕容煜若是要在皇城里刺杀皇子，只怕也没那么容易。"

"不怕一万就怕万一。"顾秀庭提醒道。

慕容熙淡淡一笑，将话题绕了过去，显然没有把两人的劝说放在心上。

顾秀庭和沐清漪有些无奈地对视了一眼。对于一个注定快要死去而且本身已经不留恋这个世界的人来说，病死在床上和被人刺杀而死或许是没有什么差别的。

慕容熙沉吟道："与其等着看慕容煜想做什么，不如咱们逼他先出手。"

顾秀庭看向他，皱眉道："表哥的意思是？"

"朱氏。"慕容熙淡淡道。

对于朱氏这个害死自己母后的女人，慕容熙自然是恨之入骨。让她的儿子亲眼看着她被砍头，或许是个不错的主意。

"表哥想要去问候一下朱氏吗？"沐清漪挑眉笑道。

她自然明白慕容熙的心情，如果此时关在大牢里的是慕容煜，她肯定会忍不住想去围观。

慕容熙沉默了一下，摇摇头道："算了，到了行刑那天，本王会去送她一程。"

阴暗的天牢最里面，一年四季没有丝毫阳光，充满了阴冷的气息和古怪的恶臭。黑漆漆的牢房里只有两盏油灯燃着豆大的灯火，让这六月的牢房显得既阴湿又闷热，在这里待半刻钟都是一种折磨。

这里是牢房的最里面，想越狱都难上加难，所以天牢的狱卒也几乎不怎么进来，整个牢房里只有犯人嘈杂的声音。这间牢房原本很少关人，这一次却一下子关进了一大堆人，挤满了整个天牢。其中最里面、最阴暗的一间关着一个衣衫狼藉、发丝散乱，身上血痕累累的女人。

这人便是朱氏。她在宫中养尊处优二十多年，一朝便沦落到最阴暗幽冷的天牢。朱氏从被扔进牢房起，便一直趴在地上爬不起来。她被扔出宫之前，还被太后命人来传旨赏了五十板子。若不是打板子的人还顾及她要择日问斩，只怕她当场就被打死了。

朱氏趴在湿漉漉的草堆里，听着耳边的族人们声嘶力竭的辱骂声，眼泪从眼角慢慢地滑落，滑过了她满是污秽的脸，滴落在地上的草堆中。不过才短短几天，如今不过四十多岁、保养得宜的朱氏已经苍老了许多，甚至连鬓间的白发也依稀可见。

嘎吱——

牢房的大门发出难听的声音，被人慢慢从外面推开。原本还在高声叫骂的众人顿时安静下来，齐刷刷地盯着门口，眼里带着期望的目光。

一个披着淡青色薄纱披风的绝色少女出现在门口，平静地看着眼前拥挤且肮脏的牢房。

若是平时，朱家的几个男丁看到这样的少女说不定就要上前去搭讪了，现在他们却只剩下了深深的失望。一个不认识的少女，不是恭王……

少女身后，刑部掌管天牢的官员小心翼翼地道："公主，这里面太脏了。您要见什么人，卑职将人带出来如何？"

眼前这少女可是陛下最宠爱的明泽公主，他自然要小心侍候着，哪里敢让这里的污秽污了公主的眼睛。

沐清漪浅浅一笑，点头道："如此，就有劳大人了。"

里面确实是脏得无处下脚，她当初在天牢里待过一段日子，却也没有遇到这么糟糕的环境。

那位大人显然对这位亲切和蔼又没有架子的公主十分有好感，连连道"不敢"，请沐清漪到前面的房间去喝茶，然后才吩咐人进去将朱氏给带来了出来。

沐清漪悠闲地坐在显得有些空旷却干净的房间里，等着朱氏到来。表哥和大哥都不想再见朱氏，或许他们觉得身为男子再为难这样一个快要死的女人很没有意思，沐清漪却还是希望见朱氏一面。她……绝对不会让朱氏安安心心地上路。

很快，朱氏便被人带了进来，扔到了离沐清漪不远处的地上。

"云妃娘娘，你可还好？"沐清漪居高临下地看着朱氏，悠悠笑道。

朱氏抬起头来，恶狠狠地瞪着沐清漪。

沐清漪偏着头含笑望着她，不解地道："云妃娘娘这是干什么？清漪好心来探望你，你这么看着我……好像我有什么对不起你似的。"

朱氏冷笑一声，道："本宫不用你假好心！你以为本宫不知道你的真面目吗？"

"本宫？"沐清漪掩唇浅笑道，"呵呵，云妃娘娘好像已经被陛下给休了……逐出宫廷了，只怕不能自称本宫了。是不是，朱氏？"

"你就是来幸灾乐祸的吗？"朱氏冷冷地道，丝毫不愿意在沐清漪面前表现出自己的狼狈和软弱。

沐清漪摇头道："幸灾乐祸？不，本宫没那么无聊。本宫只是来看看云妃娘娘，顺便……跟你聊聊。"

"我跟你没什么聊的。"朱氏断然否决道。

"没什么可聊的？"沐清漪有些遗憾地望着她道，"我专程过来一趟，云妃娘娘却说没什么可聊，要知道，或许我会是……最后一个听到云妃娘娘说话的人。"

朱氏警惕地盯着沐清漪，道："你想干什么？"

沐清漪低头，望着自己放在膝上修长、白皙、纤细的双手，微笑道："云妃娘娘不用这么紧张，我现在不会杀了你。陛下既然说了要择日问斩，我怎么敢违抗陛下的旨意？何况……若是让云妃娘娘这样悄无声息地死在了天牢里，我也实在是觉得有些对不起恭王殿下。”

“你……你想聊什么？”只要一提到慕容煜，朱氏立刻紧张起来，恶狠狠地瞪着沐清漪，若不是沐清漪身后站着盈儿和无心，说不定朱氏就直接扑过去了。

沐清漪满意地点头，笑道：“这不就好了吗？我实在是不想对云妃娘娘太过无礼。何况，娘娘临死之前难道没有什么想说的吗？”

朱氏垂眸，有些无力地道：“你想要我说什么？”

沐清漪盯着她，淡淡道：“比如说，云妃娘娘当初是怎么毒害先皇后的，又或者……云妃娘娘给先皇后和平王下的到底是什么毒？”

朱氏一愣，猛地抬起头来看向沐清漪，冷笑道：“原来你是慕容熙的人！对了，本宫倒是忘了你和顾家那两兄妹是表兄妹，会帮着慕容熙也不奇怪。本宫只恨……之前竟然没想到让你这丫头给骗了！”

沐清漪平静地道：“云妃娘娘现在知道也不迟，那么……你是不是应该告诉我想要的答案？”

朱氏苍老的脸上露出一丝诡异的笑容，盯着沐清漪，半晌，才缓缓吐出几个字来：“你休想！”

沐清漪并不动怒，神色漠然地望着地上的女人。朱氏的笑容里带着几分兴奋之色，仿佛终于在沐清漪面前占了上风一般。朱氏望着沐清漪哧哧地笑道：“慕容熙死定了，你想救他？本宫告诉你，本宫下的毒，天下无人能解。”

沐清漪淡笑道：“这世上没有不能解的毒。”

朱氏眼眸动了一下，很快又笑道：“不错，这世上没有不能解的毒。不过……却有你们永远也找不到解药的毒。哈哈……慕容熙必死无疑。顾氏那个女人……自以为高高在上，最后还不是死在了本宫手里？这天下的一切都是本宫的煜儿的，煜儿一定会为本宫报仇！”

啪！一个耳光又狠又重地甩在朱氏的脸上，沐清漪望着自己有些发红的掌心，漠然地扫了朱氏一眼，道：“看来，这些日子你受到的教训还不够。”

唇角溢出血丝，朱氏却不以为意。她抬起头来，笑盈盈地看着沐清漪，眼中满是挑衅之意，仿佛在说，你还能将本宫如何？

沐清漪冷笑道：“我是不能将你如何，对于一个连死都不怕的人还能如何？但是，你要不要试试我能不能将慕容煜如何？”

朱氏一怔，原本眼中的挑衅僵住了。

“就凭你？”许久，她终于还是强撑着挤出一句嘲讽的话来。

沐清漪微笑道：“就凭我。我有什么本事你不是清楚吗？你可以试试看，我能不能让你在死之前看到你儿子比你更惨？”

“不！你不能……煜儿是皇子，你不敢动他！”朱氏厉声叫道。

沐清漪淡淡道："慕容安也是皇子。"

朱氏一愣，等到反应过来方才惊恐地望着眼前微笑的少女。

"你……你是……"

沐清漪点头，承认道："是我。"

可惜你没有机会告诉别人了。

想起躺在床上不知生死的慕容安，朱氏看向沐清漪的目光仿佛淬了毒一般，却又隐隐暗藏着一丝恐惧。虽然朱氏对慕容安这个儿子并没有对慕容煜那么重视和疼爱，但他们二人到底都是她十月怀胎生的。慕容安无缘无故地落得这么个下场，朱氏心中也很难过。此时知道了凶手就在自己的跟前却无能为力的挫败感，顿时将朱氏击垮了。或许，早在被打入天牢的时候她就已经被击垮了。

"告诉我，你给平王下的什么毒？"幽闭的房间里，沐清漪沉声问道，"云妃娘娘是聪明人，别告诉我你不知道。不然……我也不知道明天早上慕容煜的早膳里会有什么东西。"

"你敢？！"

沐清漪含笑不语，只是她脸上淡漠的笑容已经告诉朱氏——她真的敢。

房间里的两个人沉默了许久。朱氏终于认输一般地低下了头道："是……九阳散魂草。"

"那是什么玩意儿？"沐清漪有些不解地挑眉问道。

对于医药，沐清漪自然不会精通，却也涉猎一二。但是这个九阳散魂草，她确实半点儿也没有听说过。

无心茫然地摇了摇头，不仅沐清漪没有听说过，他这个算是半个江湖中人的人同样没有听说过。

朱氏有些高傲地扫了两人一眼，轻哼一声道："这是世间难得一见的珍稀奇药，你们自然没有见过。"

沐清漪挑眉道："我们没见过自然不奇怪，我倒是比较好奇，为什么连宫里的太医也没有见过？"

朱氏沉默了一下，淡淡道："平王的书房里应该有一株绿色的状如兰花的盆景。"

沐清漪眯眼道："那就是九阳散魂草？"

朱氏点了点头，道："不错。一般的大夫绝对不会查出那个东西有什么异状。它不仅无害，而且是难得一见的好东西。放在房间里，对身体虚弱或者经常劳累的人还有好处。但是，那东西不能用太久，只要超过一年……神仙也难救！那株散魂草送进平王府里最少也有四年了吧。"

那还是在顾家被抄家之前的事情。

"你怎么会有这种东西？"沐清漪怀疑地问道。

朱氏似笑非笑地看着沐清漪道："本宫为何不能有这样的东西？若是论医术，这世上……比本宫高明的人绝不会超过五个。"

"看来我还是小看了你。"沐清漪起身走到朱氏跟前，淡淡道，"告诉我，怎么救平王？"

"没有办法，吸入散魂草香味过量的人无药可救！"朱氏咬牙道，"你就是现在杀了我，我也没办法！"

沐清漪盯了朱氏许久，才重新坐了回去，又过了很久才无奈地叹了口气，道："我相信你。"朱氏有些诧异地望着沐清漪。沐清漪淡淡道，"就算你说你有办法救平王，我也不放心真的让你去救。九阳散魂草是吗？我会找到解药。"

朱氏冷笑一声，显然觉得沐清漪是异想天开。

沐清漪也不在意，侧首对盈儿和无心道："我没什么话要说了，走吧。"

无心沉默地点头，盈儿陪着沐清漪走了出去，他留下来善后。

一看到房门打开，等候在外面的掌管天牢的官员连忙迎了上来，道："公主。"

"有劳大人了，方才朱氏有些无礼，本宫略加教训了一下，还望大人海涵。"沐清漪轻声道。

"公主说笑了，那朱氏胆敢冒犯公主，就是杀了也不为过。"

沐清漪浅浅一笑，道："大人说笑了，陛下既然说了要斩首，自然要让她活到行刑那天，还要有劳大人了。"

盈儿上前，暗中递过去一张银票。

那看守天牢的官员一喜，连忙恭敬地送沐清漪出去，道："公主慢走，公主放心，直到行刑那天谁也别想再见到朱氏。"

沐清漪笑道："不会有人来看她了，本宫不会让大人为难。"

"是。多谢公主，恭送公主。"

离开天牢，沐清漪就直接去了轻安阁，顺便叫无心去传话给某人。沐清漪刚刚吩咐冯止水暗中去查查九阳散魂草的事情，容瑾就兴冲冲地到了。

"清清，你想本公子了吗？"

沐清漪无奈地翻了个白眼，正色道："九公子，我有正事。"

容瑾不满地小声嘟哝："清清小气。"

沐清漪只当没听见，问道："九公子，你可听说过九阳散魂草？"

容瑾眨了下眼睛，沉吟了半晌方才道："这个嘛……好像听说过……不过，没什么印象。清清怎么突然问起这个来了？"

沐清漪淡淡地看着他。

容瑾干笑一声，撑着下巴道："想起来了，清清刚去了天牢是不是？难不成跟平王中的毒有关？”看着沐清漪秀眉微蹙的模样，容瑾有些惊讶地道，“慕容熙的毒，不会真的跟九阳散魂草有关吧？”

“你真的知道？”沐清漪问道。

容瑾傲然地轻哼，道：“本公子上知天文下晓地理，有什么事不知道？”

“九阳散魂草。”沐清漪道。

容瑾冷哼一声，道：“谁说本公子不知道。这个九阳散魂草嘛……只是一些用毒的人取的名字，这个东西……叫作九阳幻兰。”

沐清漪挑眉，无论是九阳散魂草还是九阳幻兰，对她来说都是完全陌生的东西。

容瑾道：“这东西并不是中原的物种，而是生长在极南的炎热之地。据说在那个国家有一个地方，生长着成片成片这样的幻兰，花开的时候碧色清雅，有不少外地人觉得好看都纷纷将之带回去。最后这些人都无缘无故地死于美妙的幻觉之中。那个地方，即使对本地人也是望而却步的禁区。”

“姑母生前，还有表哥现在，并没有产生过幻觉。”沐清漪指出。

容瑾不爽地道：“这是自然，九阳幻兰的香味浓郁，很容易引起别人的注意，而且一不小心连种植的人也会中招。当初将它带回中原的人想了个法子，将它种植在寒玉制成的花盆里面，放在极寒之地以雪山雪水浇灌，最后才长成了现在的九阳散魂草。其实，它的药性比起原本的九阳幻兰差了很多。”

“原来如此。”沐清漪垂首沉吟着，“可有解药？”

容瑾眨了眨眼睛，轻咳了一声摸摸下巴，道：“这个嘛……真没有。”

“如今这世上，还有什么人有九阳散魂草？”沐清漪凝目问道。

“我虽然不知道到底谁有这个东西，但是既然这玩意儿还没有绝迹，那么最可能在药王谷。”

九阳散魂草，也就是原本的九阳幻兰并不适合在中原的土地上生长。当年带着它回来的人带来的并不少，却很快就消失了，偶尔听说出现一两株都是娇贵得很，跟它的原生地那种满山遍野恍如野草一般的模样大相径庭。

“药王谷？”沐清漪皱眉。

容瑾挑眉笑道：“清清连天下五大高手都知道，居然不知道药王谷？药王谷在江湖上可是很有名的。”

沐清漪甩给他一个有些狰狞的假笑，道：“小女子不及九公子见多识广、博学多闻。”

五大高手之类的传闻，是当初太史衡当成笑话讲给她听的，而她不是江湖中人，自然也不会对这些有什么兴趣。至于药王谷，如果真的很有名，太史衡反而没有兴趣讲了。

看到她生气，容瑾连忙赔笑道：“相传药王谷兴自千年前的医圣杜宇。药王谷的弟子世世代代研习医术，也悬壶济世，所以无论是在江湖中还是在百姓中的声誉都非常好。不过，药王谷有规矩，不得参与天下大事、不得与皇室交往过密、不得成为皇室太医。所以，在朝堂上反而不见其名。当今天下，医术最高明的大夫，十个里最少有七个都出自药王谷。”

沐清漪想了想，道：“这么说……药王谷的大夫说不定有办法救治表哥？”

容瑾耸耸肩，道：“有可能，不过……京城很少会有药王谷的人出现，就算有，你也找不到他们。药王谷的弟子武功一般，但是他们大都精通毒术和易容之术。另外，如果知道慕容熙的身份，有的人也未必愿意为他解毒。还有……慕容熙的毒，我估计一般的药王谷弟子也解不了，药王谷谷主说不定还有几分机会。”看了看沉思的沐清漪，容瑾笑道，“清清想要让慕容熙去药王谷吗？药王谷在西越哟，本公子知道药王谷的位置。”

“九皇子不会还想说，你认识药王谷谷主吧？”沐清漪淡淡笑道。

容瑾顿时有些泄气，道：“本皇子也不认识药王谷谷主，谁稀罕认识他！”

沐清漪厚道地不去跟恼羞成怒的容瑾计较，微微叹了口气，道：“无论有什么打算，都得将京城的这些事情处理完了才能去。对了，这个朱氏有没有可能是药王谷的人？”

“这怎么可能？！”容瑾皱眉道，“药王谷的规矩很严，一般人与皇室结交都不行，像朱氏这样不但嫁入皇室还参与夺嫡，甚至谋害皇后和皇子的，早就被丢去喂毒虫了。”

“但是朱氏告诉我医术比她好的人全天下不超过五个，鉴于她会培育九阳散魂草，我觉得可以相信她的话。”

容瑾托着下巴低眉苦思，有些好奇地道：“你就没有问问她吗？”

沐清漪叹息道：“有些事情，是无论如何都不能说的，很明显，对于朱氏来说，这件事就是。”沐清漪摇摇头，道，“算了，总算还有时间，至少现在已经有了线索。”

不得不庆幸，这并不是什么急发的毒。至少一年半载内表哥应该不会有什么问题，那时候他们应该早就将京城的事情都解决了。

宁王府里，慕容安的卧室里静悄悄的，除了躺在床上依然昏睡不醒的慕容安，空无一人。

床上的人微微动了一下，好一会儿原本紧闭着的眼皮也开始颤动。慕容安有些艰难地睁开了眼睛，喉咙传来的干涩让他感到十分不悦，他呢喃道：“来……来人，拿水来……”

好一会儿，房间里也没有人应声。

慕容安怔了怔，猛然侧过头去看向外面。不远处坐着一个白衣男子，虽然慕容安只能看到一个背影，但是他凭直觉认出了对方的身份，道：“清轩。”

白衣男子转过头来，俊美无俦的脸淡漠而悠然，即使脸上的那道明显的疤痕也丝毫没有破坏他的俊美，反而更添了几分英气，不是顾秀庭是谁？

片刻间，慕容安也想起了他昏迷之前发生的事情，猛然想要坐起身来，问道："这……这是什么地方？"

但是他在床上躺了快一个月，之前又接二连三地身受重创，此时刚刚要起身就觉得头一晕，浑身如针扎般疼痛，很快便无力地躺了回去。

顾秀庭显然对他的情况知之甚详，也不阻止，只是平静地看着他躺回床上痛楚地抽搐。

好一会儿，慕容安终于感觉身上的痛楚减轻了一些，才发现自己在宁王府的卧室中。他心中感到安慰之余又多了几分惊讶，道："你怎么会在这里？你……被六哥抓回来了？沐清漪在哪儿？"

话刚出口，慕容安又觉得有些不对，以六哥的脾气，如果顾秀庭是被他给抓回来的，根本就不会再留下活口。慕容安却无法解释顾秀庭为什么在宁王府里，自己醒来这一会儿，连一个下人也没有进来过，这也让慕容安感到不安。

"恭王……你是说六皇子吗？"顾秀庭挑眉淡笑道。

慕容安有些奇怪地看着顾秀庭，世人谁不知道他六哥是恭王？倒是这些年已经很少有人以"六皇子"来称呼六哥了。

顾秀庭淡然道："六皇子刚刚被陛下削去了爵位，当然，也包括七皇子你。另外，还有你的母妃——朱氏，如今正在天牢里待着，择日问斩。"

"什么？！"慕容安震惊道，捂着一阵阵抽疼的脑门儿，慕容安紧盯着顾秀庭道，"怎么会这样？是你？！"

顾秀庭低眉淡笑道："七皇子你总算是回过神来了。"

慕容安怔怔地出神，满脸难以置信，不知是因为自己的母妃和兄长的遭遇还是因为这一切的主使者是顾秀庭。半晌，慕容安才问道："既然如此……你现在来这里做什么？你和沐清漪果然是一伙的，上一次让她见你的时候你们俩就偷偷地联络了？本王真是……真是不该……"

顾秀庭神色平淡地看着慕容安痛苦的模样。

过了好一会儿，慕容安总算是平静下来了，看着顾秀庭道："既然是这样……清轩，你在这里做什么？"

顾秀庭抬手将手中的茶杯放回桌上，道："七皇子还不明白？我现在在这里，自然是为了给你……送行。"

"送行？"慕容安一惊，警惕地道，"你要杀我？！"

顾秀庭不置可否，只是淡淡地看着慕容安。慕容安绝对不是一个不怕死的人，他比别人更嚣张、更放肆是因为他有一个厉害的哥哥，因为他是皇子，一旦这些都没有用了，他只会比一般人更加惶恐和畏惧。

“不……”慕容安恐惧地挣扎着，却更加惊恐地发现自己许多日子没有动弹的身体根本就不听使唤，甚至连高声喊叫都做不到。他想扯着嗓子大叫，喉咙里传出的声音却低哑得刺耳，甚至传不出这间内室。

“何必如此？七皇子也算是死过一回了，不是吗？”顾秀庭淡然道。

慕容安猛烈地摇头，正是因为死过一回了才更加惧怕死亡。慕容安低声下气地求饶：“不要……秀庭。清轩，放过我……我……我这几年对你不薄啊。”

顾秀庭看着他道：“放过你？我放过了你，谁放过我的歌儿？谁放过我们顾家？”

“顾云歌？！”提起顾云歌，慕容安习惯性地感到厌恶，但是在看到顾秀庭眼中的寒意时，他又很快地收敛了起来，低声道，“不……秀庭，顾云歌不是我杀的……她死了不关我的事啊。”

“我不是来听你废话的。”顾秀庭看了看外面，道，“时候不早了，一会儿也该有人过来了。七皇子，走好。”

“不……”慕容安恐惧地盯着面带微笑的顾秀庭手中摆弄着的一个茶杯，眼睁睁地看着他将一个黑色小瓶里的液体倒进了茶杯里，然后朝着床边走了过来。

如果是从前，文弱书生顾秀庭是很难强迫慕容安喝下茶杯里的东西的。现在却不一样，慕容安两度重伤未愈，又在床上躺了这么久，刚刚醒来，动弹得太过剧烈的话，脑袋都会像要炸了一样疼痛，也就更没有什么力气来挣扎了。

顾秀庭毫不费力地捏住慕容安的下巴，慢条斯理地将茶杯里的水倒进了他的嘴里。

顾秀庭用的并不是复杂奇怪的毒药，只是单纯地为了要人命而准备的，所以，效果也很直接。茶水刚刚下肚，慕容安就感觉胃里火辣辣的，仿佛一瞬间整个胃都被灼烧了一般。很快，这种火辣辣的感觉就变成了剧烈的绞痛，一股腥甜之味涌上喉咙，黑色的血迹便从唇边溢了出来。

慕容安原本就灰败的脸更加黯淡了，很快，他连挣扎的力气都没有了。他只能怔怔地望着站在床前手中还拿着茶杯的俊美男子，思绪仿佛在一瞬间回到了许多年前。那时候眼前这个淡漠的男子还是一个俊秀温雅的少年。琼林宴上，一身红衣的少年状元风采绝伦，引得一片称赞和爱慕的目光。那时的慕容安，不过是个不被父皇重视的顽劣皇子。

他最开始招惹顾秀庭到底是因为对方隐藏在平静温雅之下的傲然，还是因为父皇对对方的称赞和重视？对此，慕容安早已经分不清楚，只记得那一年，上林苑，海棠花下，红衣如火……

“清轩，我……我真的……”

顾秀庭垂眸，平静地看着眼前的人从最初的恐惧到挣扎无望的绝望，再到最后的放弃和黯然。慕容安本就黯然无神的眼眸失去了最后一丝光彩，慢慢地合上了，原本还在剧烈起伏的胸口也很快地平静了下来，房间里一片宁静。

很快，慕容安唇边原本溢出的黑色血迹渐渐消失了。某人提供的毒似乎总有一些独到之处，此时的慕容安看起来倒像是在睡梦中寿终正寝而不是受过一番痛苦的折磨之后才断了气的。

顾秀庭转身将茶杯放回桌上，平静地走了出去。

“启禀王爷……刚刚宁王府来人禀告，七皇子……薨逝了。”

虽然早就知道了慕容安会不久于人世，但是在这个当口儿，这个消息还是让慕容煜的旧仇新怨立刻纠结到了一起，所有的怒火都冲向了慕容熙和沐清漪二人。

“慕容熙！好手段，真是我的好二哥，真是……好厉害的太子殿下！”慕容煜咬牙道。

“王爷……”

慕容煜端坐在书案后面提笔疾书，不一会儿一封短信就写好了。慕容煜将信密封好，递给总管道：“送出去，送给端王。”

“是，王爷你……”总管见慕容煜的脸色实在是有些不好看。

慕容煜冷笑一声，道：“七弟死了，难道本王还能躲着不出去见人吗？他们不是想看本王狼狈的模样吗？本王倒是让他们看看，最后输的到底是谁！”

一个皇子死去自然不会是小事，即使这个皇子已经被华皇削除了爵位，而且已经昏睡不醒将近一个月，几乎所有的太医都断定他必死无疑。

原本还在闭门思过的慕容煜被放了出来为弟弟操办丧事。不过因为慕容安的身份，也因为之前朱氏的事情和下个月淮阳公主与九皇子的大婚，华皇也下旨葬礼一切从简，让慕容安尽快入土。

慕容煜一身白衣，站在慕容安的房间里。虽然慕容安的尸体已经被收殓，但是房间里的一切都没有动。站在有些寂静的房间里，慕容煜剑眉紧锁。

七弟是在他去探望过后不久死去的，现在外面那些人大概又不知道编造了什么稀奇古怪的罪名想要往他身上扣。这也不奇怪，就连他自己都觉得慕容安死得太快了。

他离开宁王府的时候太医还说过，一两天内慕容安不会有什么事，但是现在还不到一个时辰慕容安就死了，怎么能不引人怀疑？

“王爷。”王府的管家小心翼翼地跟在慕容煜身边，不用想也知道王爷现在的心情肯定非常不好，他不得不更加小心。

慕容煜坐下来，沉声道：“本王走了之后，有没有人来过？”

管家摇头道：“没有啊。自从七殿下受伤，除了最开始的时候众位王爷和皇子来探望过，已经很久没有人来过宁王府了。”

慕容煜盯着跟前桌上的两个茶杯，道："既然没有，那么……这两个茶杯是怎么回事？"

两个空着的茶杯，其中一个里面还有半杯残茶。但是，总不可能是有两个人进来杀了七皇子还坐下喝了两杯茶才走吧？

管家默默地咽回了口中的话，迟疑了一下，道："太医已经检查过了，七殿下身上并没有外伤，也没有中毒的迹象。"

看上去一切正常，就好像慕容安真的是在睡梦中就这样死去了。

慕容煜知道真相绝不是这样的，对方故意留下这样一个破绽，分明就是想故意激怒他。

但是现在……即使有怀疑的对象，他也没有证据，只得忍了。

"王……六殿下，福王殿下、平王殿下等各位王爷来了。"门外，宁王府的下人匆匆来禀告道。

慕容煜闭了闭眼，沉声道："本王知道了。"

慕容安的丧礼几乎不咸不淡地过去了，没有人会记得这位曾经在华国都城嚣张一时的王爷。不只是不相关的人，他的父母、兄弟姐妹，甚至是他同胞的亲哥哥都不会特意去记得他，因为慕容煜有更多更重要的事情要去做。

华皇是彻底厌弃慕容煜了，而且华皇本身也不是一个心慈手软的人，绝不会因为一个儿子死了就对另一个儿子心软。慕容协和慕容昭的调查依然在有条不紊地进行，慕容煜虽然不能离开恭王府，却依然有消息来源。他得到的消息却是对自己越来越不利了。

是时候做些什么改变这样的局面了！

深夜，肃诚侯府里，沐清漪正坐在卧室里的灯下翻看着书卷。看着看着，她的思绪便不知不觉飘到什么地方去了。她微微闭眼闻到房间里淡淡的冷香，唇边不由得露出了淡淡的笑意。

嗒——一声轻微的响动惊醒了沐清漪，猛地抬起头来望向声音的来处，问道："什么人？！"

一个黑衣男子不知什么时候出现在房间的入口，阴郁的双眸正盯着眼前穿着一身白衣长发披肩的少女，还有她手中的书。

"《十五国志》？明泽公主好雅兴，难怪有如此心机。"

看到眼前的人，沐清漪心中微微一惊，从容地放下了手中的书卷，淡淡笑道："不及六皇子，这么晚了还有空闲夜探姑娘家的闺房！"

"姑娘？"慕容煜仿佛听到了什么笑话，冷然一笑。平日里总是穿着浅色衣衫，显得温文尔雅的人也因为穿着夜行衣更多了几分危险的气息：“哪个姑娘家有明泽公主这样的心机和手段，将京城权贵和本王甚至是父皇都玩弄于股掌之间，说是毒妇还差不多。”

沐清漪敛眉轻笑，道：“毒妇？六皇子是在说云妃娘娘吗？”

“你在激怒本王？”慕容煜眼神一沉，冷冷问道，“你……”

慕容煜正想要说什么，脑后一道劲风袭来，他心中一惊，显然没想到沐清漪身边居然还有这样的高手，连忙侧身避开。虽然早知道华皇派了聂云保护沐清漪，但是聂云不是随时随地都守在沐清漪身边的。比如说，为了明泽公主的名节，聂云晚上就从来都不会留在明芳馆或者兰芷院。

无心一出手便是一阵快攻，将慕容煜逼退了好几步后，他落到了沐清漪身边，才暗暗松了口气。作为一个随身侍卫，他让一个闯入者跟小姐说了这么久的话后才出现，显然是极大的失职。

只是这并不能怪无心，沐清漪原本需要用到高手的情况并不多。沐清漪也不愿意让无心晚上还要待在外面守夜，何况无心只有一个人，总是需要休息的，每时每刻都要这样的高手守着的话，那以后沐清漪就什么也别做了。

“盈儿怎么样了？”沐清漪有些担心地问道。

无心警惕地盯着慕容煜，沉声道：“小姐不用担心，她只是晕过去了。”

闻言，沐清漪这才松了口气。

慕容煜眯眼，盯着无心看了看，方才转向沐清漪问道：“他是什么人？”

沐清漪挑眉，淡然道：“这似乎与恭王无关。”

慕容煜冷笑一声，道：“你以为凭他就能拦得住本王？”

无心道：“试试看就知道了。”

“那就试试看！”

说罢，慕容煜也不再多言，直接抽出腰间的一柄软剑朝着无心直刺过去。无心神色一凛，迎了上去。慕容煜虽然跟容瑾、魏无忌这样的绝顶高手还有不小的差距，但是他能够有文武双全的名声，武功只是略低于赵子玉而已，也算得上是一个高手了，只是他平时并不怎么需要亲自动手，所以注意到他武功的人一直以来都并不多。

两人一交手，无心就清楚地感觉到了慕容煜实力不凡，抽空朝沐清漪使了个眼色示意她快走。沐清漪虽然看懂了无心的示意，但是无奈她确实是一个手无缚鸡之力的弱女子，房门的出口被打斗中的两个人挡住了，让她从窗口出去显然是不太可能的事情。

慕容煜冷笑一声，一剑挡开无心的剑，道：“武功不错，不过想要挡住本王，还差一点儿。”

“未必！”无心沉声道，手下的攻势越发凌厉起来。

被无心缠着，慕容煜也有些烦躁起来，道：“来人！”

两个黑衣人出现在门口，不用慕容煜命令就直接朝着无心攻了过去。慕容煜立刻便腾出了手去抓沐清漪。无心连忙上前想要拦截他，无奈被两个黑衣人锁住了去路，只能眼睁睁地看着沐清漪落入慕容煜的手中。一惊之下，无心身上也多了一道伤口。

抓住了沐清漪，慕容煜立刻便心满意足了，冷冷地看了打斗中还想冲过来的无心一眼，冷声道：“不用留活口！”

黑衣人缠住了无心，慕容煜抓起沐清漪便往城外而去。

“放下手中的人，本公子饶你一命。”一个阴冷的声音从背后传来，慕容煜心中一惊，猛然回头便看到慢慢从阴暗处走出来的黑衣男子。

“你是什么人？”

手中的修罗刀掠起一丝绯红的光芒，黑衣男子道：“云隐。死，还是放人？”

慕容煜冷笑一声，道：“你以为本王只有一个人吗？！杀了他！”

随着慕容煜一声令下，一群隐藏在暗处的黑衣人冲了出来，毫不留情地朝着云隐冲了过去。云隐公子冷笑一声，修罗刀一扬轻而易举地扫开了一个黑衣人，然后是第二个、第三个……

慕容煜惊骇地看着这个自称云隐的黑衣人惊人的武功修为，他很清楚，这些人只怕都不是云隐的对手。

看着被自己抱在怀里昏睡的女子，慕容煜眼底掠过一丝杀气，既然不能留，那就只能杀了！

几乎没有任何犹豫，慕容煜抬起手一掌拍向怀中的女子。

“放肆！”容瑾毫不犹豫地一刀劈向慕容煜，同时也欺身扑了过去。

慕容煜连忙闪开，却只觉得怀中一松，原本怀中的人儿已经不见了。

慕容煜抬眼一看，站在不远处的云隐公子怀里抱着的不是沐清漪是谁？救了沐清漪，容瑾只是阴冷地扫了他一眼，转身从身后的山崖上跳了下去。

“王爷？！”

“去找！如果还活着，不惜一切代价，杀了沐清漪！”

“是！”

沐清漪悠悠醒来，眼前却是一片漆黑，道：“这是……容瑾？你怎么在这儿？”

容瑾就坐在她身边不远处，含笑望着她。

容瑾笑眯眯地道：“清清，本公子救了你一命。你要记得……救命之恩，当以身相许哦。”

看着容瑾有些发白的脸色，沐清漪皱眉道：“你怎么了？”

“病发了。”容瑾有些无奈地苦笑道。

如果不是他突然发病，慕容煜那区区几个人怎么是他的对手？他又怎么会带着清清跳崖逃跑？

“很难受？我们找个地方歇歇。”沐清漪抬手探了下他的额头，轻声道。

她很清楚，容瑾会大半夜在这里发病，都是为了她。

“好啊……本公子的安危就交给清清了啊。”容瑾含笑道，丝毫不在乎身上传来的阵阵痛楚。

“你……”望着眼前俊美无俦的黑衣男子，沐清漪终究还是什么都没有说。

第二天，慕容熙和顾秀庭找过来的时候已经是黎明了，照顾了容瑾一整夜的沐清漪脸色有些憔悴。沐清漪浅浅一笑，道：“让两位兄长担心了。”

慕容熙摇摇头，道：“是我们考虑不周，没有想到六弟竟然会铤而走险绑架你。”

顾秀庭皱眉道：“我们的事情被慕容煜知道了？”

沐清漪点了点头，道：“昨晚的事应该是慕容煜临时起意，他从别处得到了大哥的消息，然后猜出了我在其中动了手脚，所以才会去肃诚侯府找我。”

“慕容昭。”顾秀庭淡淡道。

如今整个京城里，除了慕容熙、沐清漪和容瑾，只有经常接触的慕容昭可能知道他的事，而慕容煜在慕容昭处还有他们都不知道的细作。

沐清漪摇摇头：“慕容煜这次应该是通过西越端王知道这个消息的。”

“端王？”

沐清漪点头，看着慕容熙犹豫了一下还是道：“慕容煜大约和容琰在谋划什么事情。”

虽然沐清漪说得含蓄，但是慕容熙能够明白她的意思。慕容煜现在的处境跟容琰勾搭在一起还能有什么意思？完全失宠于华皇的慕容煜在华国根本就没有任何能够被西越利用的价值，除非是“叛国”！

慕容熙有些迟疑地看了一眼身后的破庙。虽然容瑾一直帮着沐清漪，但是他毕竟还是西越的皇子，慕容熙也不确定这件事容瑾到底知不知道。

“本公子跟容琰可不是一路人。”容瑾出现在门口，慵懒地望着慕容熙道。

慕容熙看向沐清漪，她轻轻地点了点头。慕容熙这才放下心来，对于这个表妹的能力和才智，慕容熙都颇有了解，自然也相信她看人的眼光。

顾秀庭抬头看了看天色，道：“城门应该已经开了，咱们该回去了。”说着，他的目光淡淡地从容瑾身上扫过，道：“九公子也该回去了，免得西越的人担心。”

容瑾并不在意，笑容可掬地道：“多谢大哥关心，不用担心。”

容瑾在西越皇城住着都能够化身云隐公子到处晃，何况是区区一个华国的西越使馆。淮阳现在在宫里，容琰现在肯定比他更忙，就算容瑾失踪一两天也没人会知道。

“大哥，我不能回去。”沐清漪突然轻声道。

顾秀庭蹙眉，问道：“为何？”

慕容熙若有所思地看了沐清漪一眼，道：“秀庭，清漪说得没错。这一次……也可以算是清漪脱身的一个机会。”

虽然华皇对沐清漪疼宠有加，但是皇宫那样的地方到底不是久留之处。现在所有的事情几乎快要到尾声了，沐清漪留在京城反而处处受到身份的掣肘，行事多有不便，现在借着慕容煜的手，倒是可以顺水推舟。

顾秀庭自然也明白这个道理，低眉沉思了片刻，方才点头道：“既然你已经决定了，就如此吧。”

沐清漪含笑点头道：“大哥和表哥可以将我被慕容煜绑架的事情透露给陛下。”

慕容熙点点头，可以想见到时候华皇必定勃然大怒。这些日子，慕容煜连番行事偏颇，就算华皇想要放过他也不可能了。

没到上午，明泽公主失踪的消息就传到了华皇耳中。当先倒霉的人便是沐长明。原本沐长明还想要压下这个消息，他有不少把柄在慕容煜的手里，如果沐清漪被慕容煜给杀了，他想个法子弄个沐清漪病逝的理由也就罢了。

恼怒之下，本就看沐长明万分不顺眼的华皇这一次连北汉使臣的面子也不看了，毫不犹豫地就让人将肃诚侯府的一家老小锁了下狱了，当然，将要和亲的和荣郡主除外。

沐云容被接进了宫中由皇后亲自教导，横竖哥舒翰已经跟华皇请辞，马上就要启程了。华皇倒也不急着削沐长明的爵位，至少和荣郡主启程离京之前沐长明还是肃诚侯。

不过，华皇也知道自己这事做得有些难看，为了表示和亲的诚意，华皇另外选了一位礼部尚书的千金，加封为和琳郡主一起和亲。虽然因为沐云容和亲的旨意已经公布天下不能换人，但是华皇还是委婉地跟哥舒翰暗示完全可以当和琳郡主是和亲的正式人选，至于和荣郡主，就当是白送的好了。

之后华皇立刻委任了聂云协助邵晋调查明泽公主失踪的事情。因为有人暗中指引，他们自然很快便查到了慕容煜身上。虽然邵晋觉得事情顺利得有些过分，但是查出的内容确实做不得假，也只得跟华皇禀告明泽公主坠入江中生死不明了。

华皇当场大发雷霆，直接下令抓捕慕容煜。可惜等邵晋和聂云赶到恭王府的时候，恭王府已经人去楼空。当天，华皇便颁发了圣旨：六皇子慕容煜野心勃勃谋害皇子、加害明泽公主，枉为皇室子弟，将慕容煜逐出皇家，勾除玉牒。

华皇还下令全天下通缉慕容煜，若有反抗，就地正法。

简简单单的一道圣旨，若是放在寻常官员或权臣身上，甚至不会引起太多人的注意。每年被杀的朝廷大员没有十个也有七八个，但是放在一个皇子而且还是曾经盛极一时的皇子身上，就不得不让人侧目了。这甚至可以说是华国建国以来对皇子最严厉的处罚了。

对于皇室子弟来说，最严厉的处罚不是剥夺爵位，也不是赐死，而是勾除玉牒，这是从根本上否定了他们的存在。从此，慕容煜成了一个无名无姓的无根之人。

西越使馆内，听着属下禀告的消息，容琰当场砸毁了一个上好的青花瓷茶杯，怒道："慕容煜那个废物，真是成事不足败事有余！"

这件事一出，慕容煜的利用价值就直线下降。至少他们之前谋划的事情，成功的概率已经是无限接近于零了。一个声名败坏被逐出皇室的皇子能有什么用？何况，慕容煜现在连皇子都不算了。

跟前的侍卫垂眸，低声禀告道："王爷，慕容煜失踪了，看来我们筹谋的事情并没有暴露。"

容琰闭了闭眼，道："如果连这件事都被人知道了，慕容煜就当真是没有任何用处了。不过，以防万一，你准备一下，我们要尽快回西越。"

"是，王爷。"

这一日京城里人潮涌动，显得比往日更加热闹几分。前往刑场的路上早已经人山人海，想起当初顾相对百姓的恩德和顾家贤名的百姓越发愤怒，沿路纷纷向着囚车里面的人投掷臭鸡蛋、烂瓜果，首当其冲的就是最前面一辆车里的朱氏。

朱氏形容枯槁、衣衫褴褛、发丝杂乱，被投入天牢的时间并不长，却已经消瘦得只剩下一把骨头了，双眼空洞无神，即使被臭鸡蛋砸到脸上也没有丝毫的反应，仿佛整个人已经傻了一般。

朱氏也确实应该傻了，自从华皇的旨意传到天牢里，朱氏就失去了所有的生气。一切都完了，她的儿子，她曾经心心念念的荣华富贵……都没有了……

监斩的行刑官有些焦急地看了看时辰，将近午时了，六皇子却一直都没有出现。今天监斩朱氏满门固然是一件大事，但是暗地里还有更重要的事情，就是六皇子慕容煜可能会出现在这里，刑场周围早已经埋伏了不少人马，慕容煜一出现便能抓住他。现在看来，陛下和治王他们要失望了啊，慕容煜根本就没有出现，同时也不得不让人感叹恭王的心狠。

"平王殿下到！"

慕容熙一身月白色常服，脸色苍白得有些不健康，神态却十分平和。他低头从轿子里出来，看着迎上来的官员们点点头，道："打扰各位大人了。"

监斩官连忙道：“不敢，此地腌臜，不知平王殿下驾临，是……”

陛下对平王殿下最近的态度很不一般，何况如今顾家平反了，于情于理至少近期陛下都必须厚待这位前太子殿下。

慕容熙淡笑道：“本王有些话想要跟云……朱氏说，不知道方不方便？”

“这个自然，横竖时间还没到，平王殿下自便。”

无论平王想要跟朱氏说什么，抑或平王就是想要痛殴朱氏一顿，甚至掐死她，都没有人会觉得意外，毕竟朱氏对平王殿下的伤害更甚。

慕容熙温和地点点头，道：“多谢。”

走到朱氏跟前，慕容熙居高临下地看着这个几乎完全看不出原本模样的女人，神色淡然。

朱氏虽然哑了，但是眼睛没瞎，耳朵也没聋。她看到慕容熙，那原本还空洞无神的眼睛微闪了一下，神色狰狞起来，嘴里呜呜咽咽地狂叫着什么，如果不是被一左一右两个人押着，只怕还想扑向慕容熙。

慕容熙淡淡一笑，轻声道：“云妃娘娘，你想说什么？”

朱氏自然不能说什么，她只能恶狠狠地瞪着慕容熙。这个慕容熙和沐清漪那个贱人一样会恶心人。现在这副模样，称呼她云妃娘娘比称呼她朱氏更加让她难堪，那代表着她大半辈子的谋划和隐忍都成了一场笑话。

慕容熙并不将她恶毒的眼神看在眼里，只是微笑着摇摇头，道：“云妃娘娘，你猜六弟现在坐在哪儿？以本王对六弟的了解，他现在一定坐在这附近的某个地方看着你呢。可惜……他不会来救你，甚至，他也不会来见你。”

朱氏呜呜地叫着，眼神里尽是怨毒之意。

慕容熙轻叹了一声，道：“云妃娘娘不用担心，我早就知道六弟不会这么容易出来，所以今天我一点儿也不会失望。不过，父皇、四弟和八弟可能会有些失望，六弟可是杀了父皇最疼爱的公主呢。”

朱氏怔了怔，显然不明白慕容熙跟她说这些是为了什么。

慕容熙也是一笑，摇摇头道：“我跟你说这些做什么，其实父皇决定这么快就行刑，本王还有些失望呢。如果再过几天……云妃娘娘说不定就可以看到六弟的下场了。云妃娘娘想知道六弟最后会怎么样吗？”

朱氏警惕地盯着他。

慕容熙微笑道：“他会声名狼藉，众叛亲离，无家、无国、无姓，被天下唾弃，被整个华国皇室追杀。他生不能再入华国皇室，死不能为华国亡灵，成为无家可归的孤魂野鬼。”

不!

朱氏痛苦地摇晃着发丝凌乱的脑袋，作为这个时代的女子，朱氏几乎想不出来还有什么样的情形比慕容熙描述得更加可怕了。不能这样，煜儿是她的儿子，是皇子，他怎么可以像慕容熙说得那样悲惨?

不要……求求你……

朱氏无法说话，眼眸里满是绝望和哀求。

慕容熙淡然一笑，转身走下刑场。就是这样，他的母后当年薨逝的时候是多么放心不下他，朱氏就会更添一百倍的担心和绝望。而这份绝望，便是她生命中最后的记忆。

监斩台上，监斩官再一次看了看时辰，有些无奈地叹了口气。时辰已到，看来六皇子早就知道这是一个陷阱，不会来了。轻咳了一声，监斩官挥手示意身边的小吏上前宣布侯斩的罪犯的姓名，核对人数、身份。等到一切准备就绪，监斩官抬手从跟前的桌上取出一支令牌往前方的地上一扔，沉声道："行刑！"

就在这一声"行刑"之后，朱家上下上百口绑在身后写着姓名的牌子被刽子手抽去，脑袋被押在刑台上。

死到临头，朱氏脑海里一片空白。不知是巧合还是天意，脑袋被压向刑台的时候，朱氏空洞的目光往远处望去，看到的就正好是慕容煜所在的那扇窗户。慕容煜虽然是与往日截然不同的打扮，甚至只露出了半个头，但朱氏还是一下就认出了自己寄予厚望的儿子，可惜她还来不及有什么反应，头顶上的刀已经轰然落下……

煜儿……

围观的百姓忍不住惊呼出声。一声令下，上百个前些日子还耀武扬威的权贵就人头落地，人们再一次见识了皇权的威严和不可侵犯。

"母妃！"眼睁睁地看着刑场上刽子手手中的刀落下，慕容煜只觉得眼前一片空白，脑海里只剩下那随着血光掉落的头颅和朱氏临死前空洞、恐惧的眼神。

这一刻，慕容煜终于明白了慕容熙和顾秀庭的报复，当真是以牙还牙、以眼还眼。四年前，慕容熙和顾秀庭虽然没有亲眼看到顾家众人人头落地，但是今天实实在在地让他在最落魄的时候看到了自己的亲生母亲人头落地的一幕。

比起生母的惨死，对慕容煜冲击更大的其实是他的无能为力，他只能眼睁睁地看着母妃在自己跟前被问斩却什么都做不了。因为他现在只是一个人人喊打的皇室败类，因为他现在什么都没有了。

慕容煜直接拎起酒壶朝着自己的嘴里倒酒。不过片刻工夫，原本还剩下大半壶的酒都进了他的肚子。

"拿酒来……"

旁边的容琰挑了挑眉，示意身边的侍卫出去拿酒。

容琰低眉看着眼前一脸颓废的慕容煜，皱了皱眉没有说话。不一会儿，侍卫便端着一壶酒回来，轻轻地放到了慕容煜的跟前。慕容煜一把抓住酒壶，却并没有像方才一样往嘴里倒。慕容煜怔怔地望着眼前的酒壶许久，猛然抬起头来，道：“端王，帮我！”

许久没有休息好的眼睛里充满了血丝，此时更是燃着熊熊的火焰，让慕容煜整个人看起来更多了几分阴沉、暴戾之感。

容琰看着他，淡淡道：“本王为什么要帮你？你应该知道，咱们之前商定的事情，因为你的意气用事，已经不可能实现了。”

“不！”慕容煜咬牙道，“我还有办法。”

容琰眼神微动，犹豫了一下，道：“即使如此……只怕……”

慕容煜定定地盯着他，道：“只要你肯帮我，本王保证报酬会让你满意。”

容琰深深地望着慕容煜许久，终于点了点头，道：“既然如此，希望……这一次恭王不会让本王失望。”

慕容煜点了点头，抬头望向窗外，慕容熙的轿子已经在人群中慢慢消失，慕容煜的目光却依然仿佛淬了毒一般阴狠毒辣。

慕容熙……慕容协、慕容昭，你们以为……这样就完了吗？

朱氏被斩首的第二天，哥舒翰便走了。虽然北汉使者走得太快，却也没有人太过在意，毕竟哥舒翰身为北汉烈王，位高权重，本就不可能如其他使臣一样悠闲地长时间留在华国。现在，所有人更在意的也不是哥舒翰这个北汉王爷的去留，而是对他们来说更重要的东西，比如说……慕容煜的下落、即将到来的淮阳公主和九皇子的大婚，还有对肃诚侯府的处置，以及恭王府覆灭之后利益的分割。

之前慕容煜还在，慕容协和慕容昭之间虽然没有明确地表示过合作，但是行动上都在不由自主地配合着对方，这当然少不了沐清漪和顾秀庭暗地里对他们的影响。但是现在，最大的敌人慕容煜不在了，慕容协和慕容昭和平共处的理由也就消失了，谁也无法阻止他们将对方当作自己的敌人，也没有任何人会觉得这样的转变有什么奇怪。身为有野心、有能力的皇子，不斗难道等皇位自己掉到身上来？

“张公子，如今慕容煜已经彻底完了，接下来不知道公子有何指教？”归林居二楼专门留出来的房间里，慕容协望着坐在对面悠然喝茶的白衣少年问道。

沐清漪抬头看了一眼慕容协，清楚地看到他眼中隐藏的兴奋和跃跃欲试。她摇摇头，毫不留情地泼凉水道：“过犹不及，王爷。刚刚弄垮了恭王，王爷若是还想对别的皇子出手，只怕不是陛下愿意看到的。”

慕容协一怔，叹了口气，道：“公子所言，本王如何不知？但是就算本王不出手，八弟又岂会放过本王？”

慕容协知道，他这个八弟已经长大了，开始知道权力的好处了。而慕容昭身后还站着一个护国大将军府和一个高高在上的容妃，这样的优势绝不是慕容协能够比得上的，也难怪慕容协有些撑不住了。

沐清漪漫不经心地轻叩着桌边思索着，半晌才淡淡笑道："既然如此，王爷与其专注于争斗，不如先帮陛下解决一个难题。毕竟，比起只知道跟自己兄弟争权的皇子，或许陛下会更喜欢一个会办事却没有野心的皇子。"

"难题？"慕容协一怔。

朱氏伏诛，六弟虽然失踪了，却也掀不起什么风浪，父皇现在还能有什么难题？

沐清漪淡淡提醒道："顾氏。慕容煜嫁祸诬陷顾氏的案子已经真相大白，但是要怎么处置顾氏成了一个难题。在寻常情况下，陛下可加恩于顾氏后人，但是现在顾家已经没有人了。另外，就只能下罪己诏了。"

"罪己诏？"慕容协骇然。

罪己诏是帝王向天下人昭示自己犯错的诏书。这固然可能给天下人留下一个帝王知错能改的印象，但同样也让天下人记住帝王所犯的错误。所以，不到万不得已，历代皇帝谁也不会愿意下罪己诏。

犹豫了一下，慕容协道："罪己诏……是不是太严重了？"

沐清漪挑眉淡淡笑道："治王不相信？最迟三天，陛下肯定会提出要下罪己诏。"

慕容协皱眉，显然是不相信沐清漪的话。对自己的父皇，慕容协还是有些了解的，华皇最爱的便是自己身为君王的面子，怎么可能自己打自己的脸去下罪己诏？

"这是公子自己的猜测？这未免有些……父皇绝对不会……"慕容协犹豫道。

沐清漪笑道："陛下自然是不会，他只是想要表明他打算下罪己诏的态度而已。"

"公子的意思是？"慕容协眼睛一亮。

沐清漪淡淡道："如今朝中群情激愤，陛下一旦开口说要下罪己诏，附和者必然人数众多，到时候……陛下必定会下不了台。"

慕容协已经想明白了，接口道："如果那个时候本王力劝父皇收回旨意，甚至代替父皇去为顾家祭奠的话……"

沐清漪垂眸，淡淡道："王爷英明。"

慕容协皱眉道："但是如此一来，本王的名声……"

沐清漪挑眉道："圣宠和名声，犹如鱼和熊掌，不可兼得。王爷，恕在下直言，名声这种事情……同样是过犹不及。当年，平王殿下的名声不好吗？"

慕容协心中一凛，认真地打量了沐清漪许久方才起身，对着沐清漪恭恭敬敬地一揖，道："听公子一席话，本王方才茅塞顿开，多谢公子指点。"

沐清漪的话确实是点醒了慕容协。谁敢说当年的太子殿下名声不好？文武双全、为人谦和、勤政爱民，当年的慕容熙简直就是历朝历代皇太子的典范。几乎所有人都能够想象，这么一位太子殿下若是顺利登基，将来必定是华国的一代明君，甚至可能开创一代盛世。

但是那又如何？再好的名声，也不过皇帝的一句话便什么都没有了。身为帝王，名声自然万分重要，但是身为皇子……父皇的信任和宠爱才是一切。

沐清漪起身道："治王言重了。"

果然，沐清漪所料不错，第二天早朝上华皇便半真半假地提出了要下罪己诏的事情。这自然引得文官清流一片称道，只是他们丝毫没有看到殿上皇帝扭曲的脸。

虽然几个善于察言观色的近臣可能猜出了皇帝的意思，但是众意难违之下也只得装聋作哑，不是有一句话吗——法不责众。皇帝总不能一生气把满朝文武都给砍了吧？他们没有跟着起哄就很够意思了。

甚至连最近风头最盛的慕容昭都一副举双手赞成的模样。这段时间办的几件事，让原本还被当成小孩子的慕容昭也得到了许多人的注意和赞赏，慕容昭自然更加兴奋，为顾家平反的功劳必须往自己身上揽啊，他全然不顾他父皇难看的脸色和外祖父频频对他使出的眼色。

慕容协的表现就显得十分异类了。慕容协坚决反对皇帝下罪己诏，并称所有的错都是众皇子不孝，不能体会父皇的慈爱。虽然皇室对顾家的事情有责任，错却不在父皇。父皇因为此事而下罪己诏虽然为皇子担了责任，却也有损父皇的英明，万万不可！这个"皇子"指的自然就是已经失踪的慕容煜。

憋屈了半天的华皇眼睛一亮，顿时觉得这个一贯有些沉默却十分稳重的儿子今天如此顺眼，连忙问道："既然如此，治王你以为应该如何？"

慕容协恭敬地禀告道："儿臣以为应该追封顾相和顾氏满门，另外，由诸皇子代替父皇亲临顾相灵前祭奠，以彰父皇圣德。"

虽然要追封顾牧言这事让华皇觉得有点儿硌硬，但是顾牧言到底也算是自己的老丈人，而且慕容协提出的办法确实已经将影响降到最小，也能够最大限度地挽回皇室的声誉。

华皇点了点头，一挥袖道："就这么办吧！此事交给治王处置，追封顾家的事情，礼部议个章程上来。就这样，退朝！"

说完，也不等众人反应，华皇挥挥手起身回后宫去了。只留下满殿的官员面面相觑，特别是被华皇临走时还冷冷地扫视了一眼的慕容昭等人，他们这才回过神来——原来陛下说下罪己诏根本就是说说而已，这不是耍着他们玩吗？

慕容昭恨恨地瞪了慕容协一眼：小人！谄媚！

对上自家八弟愤恨的眼神，慕容协淡定地点了点头，转身回府去了。

很快，对顾家的追封安排就出来了。丞相顾牧言被追封为“忠义公”，顾牧言两个儿子、夫人、儿媳妇，甚至连“已故”的顾云歌和顾秀庭都有追封。横竖现在顾家一个人都没有了，封一堆的爵位连个俸禄都不用发，何乐而不为？就连为顾家众人重修墓地的事情，也不需要花朝廷的钱，当年顾家被抄了家，那些钱用来修墓地也绰绰有余了。

只有护国将军府的卫鑫和慕容昭看到对顾秀庭的追封，嘴角抽了抽——人都还没死，追封个屁啊！

刑部大牢里，沐长明面无表情地坐在牢房的一角默然无语。另一边是沐老夫人和孙氏，以及几个姨娘和还不懂事的沐珂。至于沐琛母子，早已经在进来的第一天就被治王属下的人接出去了。直到这一刻，沐长明才知道这个他从来都没有在意过的儿子早已经默默选择了自己的路并且与他渐行渐远了。

虽然是以保护明泽公主不利还意图为慕容煜掩盖罪行的罪名被关进来的，但是沐长明心里清楚得很，这并不是华皇想要杀他的真正原因。无论有没有沐清漪这事，只要北汉的使者带着要和亲的沐云容走了，华皇就会对自己下手。

进来不过几天，沐家的一众女眷哭过闹过之后终于渐渐绝望了，就连孙氏和沐老夫人也都无精打采地坐在牢房的一角——没有人会来救他们了。

“圣旨到！肃诚侯沐长明勾结罪人煜，谋害明泽公主，其罪当斩，朕念其曾有功于朕，特赐其自尽。钦此。”

沐长明终于等到了他一直等待的结果。

“自尽？”

沐长明脸色一白，他不想死……他还有太多的事情没有做完，他不甘心。他付出了这么多，却什么都没有得到……他不甘心！

太监挑眉，冷冰冰地看着沐长明道：“肃诚侯，接旨吧。”

旁边，孙氏焦急地问道：“公公，陛下可说了……我们要怎么办？”

在面对生死的时候，孙氏自然也顾不得沐长明的命了。何况即便是她从前跟沐长明再怎么恩爱，这些日子也将感情磨光了。

太监轻哼了一声，斜睨着她道：“这个嘛……陛下说了。既然你们这么多人连个明泽公主都保护不了，可见是你们侍候公主不周，就干脆为公主殉葬吧。到了地下，记着些君臣尊卑，好好侍候公主。”

“什么？！”孙氏忍不住尖叫起来，连沐老夫人都忍不住晃了晃身子栽倒在地上再也跪不住了。

为公主殉葬？陛下这是铁了心要他们沐家满门的命啊。

“不！我不要……我不要死！”牢房里回荡着孙氏的尖叫声。

那太监不屑地冷笑，想死还是不想死是他们自己能决定的事吗？不，他们只能决定自己想死，从来都没有不想死的权利。只要高高在上的君王想要他们死，他们的命从来都不是自己的。

“侯爷……侯爷……我不想死啊……救救我……”

沐珂虽然还小，但是什么是殉葬、什么是死也还是知道的，也跟着哇哇大哭起来：“爹……我不要死，珂儿不要死……呜呜……”

在一片鬼哭狼嚎中，沐长明脸色灰败，现在的他还能救得了谁？

那传旨的太监显然是奉了华皇的命令而来的，他挥挥手让人将沐长明送到众女眷对面的一个单独的牢房里。那里已经摆好了毒药、匕首和白绫，显然华皇还是打算给沐长明选择的。

对面的肃诚侯府的其他人就没有那么好的命了。一些身强体壮的太监走进去，捏开嘴直接将毒药倒了进去，即使想挣扎，这些娇滴滴的女子又怎么挣扎得过这些男子。不一会儿，包括沐珂在内的所有人都被灌了毒药。

传旨的太监满意地点了点头，回头对沐长明笑道：“侯爷，咱家这就回宫复命去了，就不在这儿陪你了。”

传旨的太监并不担心沐长明会违抗圣旨，关在这天牢之中，就算沐长明不肯遵命自尽，也自会有人帮他，拖得越久，他只会越痛苦。

“明儿……救救娘，娘不想死啊……”沐老夫人痛苦地呻吟着。

沐老夫人出身名门，后半生更是显贵无比，哪里受过这样的苦？

“母亲……娘……你怎么样了？”隔着两重铁栏，沐长明也只能眼睁睁地看着痛苦的沐老夫人而无能为力。

“痛……”沐老夫人痛苦地呻吟着。

“啊……”旁边的沐珂也痛苦起来，接着是孙氏和其他的妻妾。

沐长明看着对面倒了一地痛苦哀号的女眷，也忍不住开始颤抖，特别是母亲的哀号声让沐长明恨不得立刻就抓住案上的匕首一刀捅死自己。

“不……为什么？！”

为什么会这样？！他这一生到底算什么？他赔上了妻子，赔上了女儿，将男人的尊严踩在脚下，但是到最后依然一事无成，还要看着养育自己长大的母亲痛苦而死！老天为什么要这么折磨他？！

“张氏……张氏……安如、安如……为什么……为什么啊？！”沐长明忍不住抱着脑袋仰天长啸，痛苦地想要堵住自己的耳朵，但是房间里绵绵不断的哀号声依然丝毫不停地传来。

“明儿……明儿……”

“啊？！”

沐长明怒吼一声，一把抓起桌上的匕首却并没有朝着自己的脖子割去，反而反手掷出，匕首又准又狠地钉到了沐老夫人的心口上。沐老夫人连惊叫都没有，便睁着眼睛咽下了最后一口气，只是那有些混浊的眼睛里写满了震惊和难以置信。

“牢房里弥漫着浓郁的血腥味，但是谁也没有去理会，整个牢房里一片痛苦的哀号声，宛如人间地狱。

“真是热闹啊。”

一个低沉、悦耳的声音突然从门口传来，在一片渐渐微弱下去的哀号声中竟然显得格外清晰。沐长明一怔，有些茫然地抬起头来，便看到牢房门口不知何时站着一名身穿墨色锦衣绣着金色祥云的男子。男子脸上戴着一副银色金纹的面具，面具下的眼睛里闪动着明亮的光芒，优美的唇微微勾起，仿佛眼前是一幅无比动人的画卷一般。

“你……你是什么人？你是来救我的？！”沐长明愣怔道，他实在想不出来这个人这个时间突然出现在这里是为了什么。

“救……救我……”孙氏艰难地爬到牢房的铁栏边上，伸出手想要抓住男子的衣摆。

男子毫不在意地从孙氏的手上踩过，在沐老夫人的尸体跟前停了下来，偏着头欣赏了片刻方才回头对沐长明称赞道：“做得真是华丽啊，不愧是冷酷无情的肃诚侯。”

“不……”

沐长明脸色铁青，直到此时他才真正地回过神来，他……他居然杀了自己的亲生母亲！这样的事情……即使是畜生也不会做的，而他，在刚刚的痛苦和混乱中，杀了养育自己的亲生母亲！

“不！母亲……”沐长明痛苦地叫道，“不，我不是故意的，母亲……”

容瑾笑眯眯地靠着牢房的铁栏，看着眼前沐长明放声痛哭的模样，只觉得心里万分舒畅，连对牢房中的脏乱差的嫌弃也没有了。

看到别人痛苦，容瑾表示他心情舒畅极了。

“喂喂，肃诚侯，哭够了没有？哭够了该走了。”等到牢房里只剩下沐长明的号哭声时，容瑾皱了皱眉开口提醒。

虽然有顾秀庭和慕容熙打点，但是这刑部大牢也不是想进就进、想出就出的地方，他可不想在这里跟什么人来个相见欢。

沐长明愣了愣，似乎终于想起来牢房里还有一个人，犹豫了一下问道：“你……

为什么要救我？”

容瑾不屑地嗤笑一声，道：“少自作多情！本公子什么时候说了要救你？有人要见你，跟我走吧。”见沐长明迟疑着，容瑾瞥了一眼牢房桌上摆着的毒药和白绫，道，“难道你还会比现在更倒霉吗？”

留在这里只能是一个死，出去说不定还能有活着的机会，或者说还能多活一会儿。

看了看对面已经悄然无声的牢房，沐长明颤了颤终于还是站起身来。

容瑾轻哼了一声，一抬手，袖中修罗刀轻吟一声，一道暗红的刀气闪现，牢门上的铁链应声而断。

沐长明震惊地看了一眼神秘的黑衣男子，他也算是武将，却连对方怎么出手的都没有看清楚，可见这男子身手不凡。

“走吧。”容瑾有些不耐烦地道。

没有好戏看，所有的毛病立刻就都回来了，这臭烘烘的牢房他一刻也不想多待。

张府里，清冷的月光下，沐清漪与顾秀庭相对而坐正在月下品茶。当然，沐清漪品的是茶，顾秀庭手中的却是酒。

一道黑影从房顶跃下，容瑾一脸不满地瞪着月下十分悠闲的两个人。

顾秀庭悠然地看着容瑾，挑眉笑道：“回来了？人呢？”

容瑾轻哼一声，一挥手将沐长明扔了下来，砰的一声跌落到地上，撞得那人头晕眼花，忍不住闷哼一声。

顾秀庭满意地点点头，笑道：“公子动作果然是干净利落。没有惊动什么人吧？”

都打点好了，如果还会出什么差错，那就是容瑾能力的问题。

容瑾直接给了顾秀庭一个大白眼，走到沐清漪身边坐下来，直接拿起沐清漪的茶杯就往嘴边送，挑衅地瞪了顾秀庭一眼。顾秀庭眼眸微眯，一抬手，手中的折扇朝着容瑾手中的茶杯拍了过去。但是，凭容瑾的武功，怎么可能让顾秀庭拍到？容瑾一挑眉，茶杯换到了另一只手上，又朝着顾秀庭扬了扬眉，方才嚣张地仰头一饮而尽。

“记得大哥跟你说的，男人什么都不重要，最重要的便是‘品行’二字。若是连长辈都不知道尊重，这种人……”顾秀庭看着对面的小妹，笑盈盈地道。

沐清漪无奈道：“大哥教训得是。”

长辈什么的最讨厌了，有机会一定毒死你！容瑾脸上的表情扭曲了一下，很快又恢复了一脸的笑容可掬。他执起酒壶亲自为顾秀庭倒了一杯酒，道：“大哥，是本公子不对。来，本公子敬你一杯。”

“你是西越九公子？！”沐长明好不容易从地上爬起来，就看到正笑得一脸虚伪的容瑾。

容瑾不悦地扬眉，扬着下巴傲然道：“怎么？你有意见？”

人在屋檐下，沐长明当然不敢有什么意见。他只是有些疑惑地看向戴着面具的顾秀庭和坐在一边斟茶的沐清漪，总感觉这两个白衣男子都有些眼熟，却想不起来在哪儿见过。

“两位……就是九公子说的想要见本侯的人？”

沐清漪放下茶壶，侧身看向沐长明浅笑道：“父亲，几日不见可还安好？”

沐长明一愣，定定地望着淡淡的月光下的白衣少年。那眉眼、那神态，不是失踪了好几日的沐清漪是谁？因为是晚上，沐清漪并没有刻意装扮，看上去也比白日里更多了几分女子的娟秀和妩媚。

“你……你还没有死？！”沐长明惊叫道。

沐清漪浅浅一笑，道：“多谢父亲挂念，清漪一切尚可。”

一切尚可……这在沐长明听来绝对是一个无与伦比的讽刺。她一切尚可，肃诚侯府却满门死绝。即使知道这只是华皇找的一个借口而已，但是肃诚侯府也是因此而被抄没的，不是吗？

看着沐清漪娴静悠然的模样，沐长明只觉得浑身一阵一阵地发冷，道：“你……你既然没事，为什么不回来？”

“回来？”沐清漪笑道，“父亲让慕容煜将我带走的时候，怎么不问问我想不想走，走了还能不能回来？回来做什么……替父亲和肃诚侯府向陛下求情吗？很抱歉父亲，清漪做不到呢。”

“为什么？！”沐长明狠狠地瞪着沐清漪，不甘地怒吼，“我是你父亲！就算你再恨我，我也是你的亲生父亲！血缘关系是永远也无法断绝的！”

沐清漪偏着头，平静地道：“正是因为你是沐清漪的亲生父亲，所以你现在还没有死。”

“姨父，几年不见你可还好？”旁边，顾秀庭突然开口问道。

沐长明怔住，问道：“你又是谁？”

这世上，叫过他姨父的人并不多，而男子……只有一个。沐长明心中隐隐有了一个猜测，死死地瞪着顾秀庭。

顾秀庭抬手，揭下了脸上的面具，露出一张俊美无俦的脸。

沐长明震惊地盯着月光下的白衣男子，惊道：“你……你是顾秀庭？！”

沐长明一直都知道顾秀庭活着，但是对此他并没有给予太多的关注。一个已经破灭的家族的后代，一个被宁王当成禁脔一般关押了几年的男子，还能有什么作为？

他也从来没想过，沐清漪竟然会跟顾秀庭有关系。沐清漪、顾秀庭、慕容熙，这条原本不甚清晰的线几乎在瞬间被串联起来。

“你怎么会在这里？”

顾秀庭微笑道：“姨父这是做什么？说起来……秀庭能够脱险，还多亏了清漪的暗中筹谋呢。”

“脱险……宁王……龙王诞……”

许多事情，只要点明了其中的关键，其他的问题很容易便能够想通了。沐长明几乎是在刹那间就想清楚了许多从前几乎是想破了脑袋也想不明白的事情。从一开始……沐清漪就算计了所有的人。龙王诞、沐飞鸾、慕容煜、云妃等，所有的事情里没有一处没有她的踪迹。只可惜，他们所有人竟然都对此视而不见。从头到尾，除了她自己承认的，鲜少有人怀疑过她什么。

这个女儿……什么时候变得如此可怕了？沐长明忍不住胆战心惊。

“大哥，我想跟父亲单独聊聊。”沐清漪淡淡道。

顾秀庭看向容瑾，沐长明毕竟是习武之人，顾秀庭并不放心让沐清漪跟他单独相处。现在沐长明已经被逼到了绝境，很难说他会做出什么事来。

容瑾挑了挑眉，左手两指连弹了两下，沐长明便闷哼了一声，唇边溢出了一丝血迹。容瑾满不在乎地道：“带下去吧。他的武功废了，我保证半个时辰内他连手指头都动不了。”

侍立在一边的无心干净利落地上前，拎着沐长明往里间的房间里走去。

沐清漪朝容瑾淡淡一笑，起身也走了进去。

看到沐清漪离开，原本还一副正直和顺模样的容瑾立刻就变了样，朝着顾秀庭轻哼一声，懒洋洋地靠向身后的树干，道：“小人！”

他恨顾秀庭离间他和沐清漪的感情。

“九公子是正人君子吗？”顾秀庭挑眉，上下打量着容瑾道，从容瑾身上他没有看到一丝跟正直有关的品质。

容瑾轻蔑地翻了个白眼，道：“正人君子？那是什么玩意儿？正人君子能吃吗？”

顾秀庭笑了笑，也不再纠结于这个话题，正色看着容瑾道：“九公子为何要带清漪回西越？”

容瑾一怔，脸上轻蔑的笑意也渐渐退去，狠狠地盯着顾秀庭道：“清清是本公子的，自然要跟本公子在一起。”

顾秀庭摇头，淡然道：“清漪不是任何人的，只是她自己的。”

“那又如何？”容瑾傲然道，“本公子看上了就是本公子的。”

顾秀庭淡然笑道：“九公子不是那么幼稚的人，总该知道这世上有些人和物……无论你怎么努力，不是你的……就怎么都不是你的。”

容瑾默然，院子里突然安静了许久。容瑾靠着树干低头沉思，就在顾秀庭怀疑他是不是已经睡着了的时候，容瑾突然抬起头来望着他，认真地道："我会对清清很好很好的。"

顾秀庭一愣，有些不解地看着眼前一脸认真的黑衣青年。早就习惯了容瑾没有一刻不招人厌的模样，此时他突然正经和严肃起来，反差太大，即使是顾秀庭也有些反应不过来。

他这是发病了还是在演戏？

顾秀庭认真地盯着眼前的人，却没有从他的眼中看到一丝一毫的虚假，反而更多了几分从未在容瑾的眼中看到过的紧张。

容瑾是真的很紧张——如果沐清漪自己不同意，她可能就不会跟他一起回西越吗？

容瑾眼巴巴地望着顾秀庭，他想要跟人谈判的时候必然能够说得天花乱坠，此时他却只是认真地望着顾秀庭，认认真真地将刚刚的话重复了一遍："我会对清清很好很好的，我会保护她。"

顾秀庭心中一动，容瑾在请求自己相信他。

"你凭什么让我相信你会对清漪好？"

容瑾毫不犹豫地答道："只要本公子还有一口气，就不会让清清受到任何伤害。只要本公子有的，都可以给清清。"

顾秀庭挑眉道："这是西越九公子招贤纳士的诚意吗？若是如此……何愁天下名士不争相投靠？"

容瑾愣了愣，认真地道："清清是不一样的。她是……清清要和我永远在一起。"

顾秀庭眼眸一转，似笑非笑地道："哦？若是清漪要你手中的权力，你也会给吗？"

容瑾低眉沉思了片刻，道："我可以跟清清分享。"

他不会将所有的权力都交给她，但是只要他有的都可以分享给她。

顾秀庭微微点头，若是容瑾一口答应下来，他反倒是不相信了，不过……

这世上什么都可以分享，唯独权力，是从来都不能分享的，所以历朝历代才有那么多的兔死狗烹、鸟尽弓藏的例子。

容瑾挑眉，斩钉截铁地道："本公子说可以就可以，只要本公子有的，都可以和清清分享！"

顾秀庭轻哼一声不再说话。

容瑾眨了眨眼，道："大哥这是同意清清跟本公子一起走了吗？"

顾秀庭淡然道："难道我不同意，清漪就不会走了吗？"

容瑾眨着大眼睛，咧着嘴得意地笑了起来，道："嘿嘿……本公子就说嘛，这世上就没有本公子搞不定的人！大哥，你说过的话不可以反悔啊，回头就告诉清清，你同意她去西越，你很高兴她去西越！”

顾秀庭看着某人得意忘形的模样，额头上的青筋欢快地跳了起来：这货刚才是在演戏吧？

“歌儿，你决定了？”半个时辰后，容瑾带着半死不活的沐长明走了，顾秀庭没有问沐清漪到底跟沐长明说了什么，只是望着沐清漪沉声道。

沐清漪一愣，垂眸淡淡道：“我欠了他不少人情，答应帮他也是应该的。只不过……我不知道他是哪儿来的信心觉得我可以帮他。”

这是实话，沐清漪从不否认自己聪明，但是如果说容瑾需要一个合格的谋士，就算是找大哥也比找她要靠谱，至少大哥是男子，可以毫无顾忌地出入朝堂，不是吗？

“歌儿不必妄自菲薄。”顾秀庭抬手轻轻拂开沐清漪散乱耳边的发丝，轻声道，“容瑾这人，我到现在也看不透他。不过……他的眼光倒是不错。”

自家小妹的本事，顾秀庭这个做哥哥的自然是再清楚不过了。

不过两个月时间里，她能够在什么都没有的情况下从容地谋划布置出针对敌人的所有计谋和策略，这样的云歌，也确实不适合再如寻常闺中女子一样过日子了。

现在的云歌，或许远比他这个做兄长的更能适应那些权谋争斗，容瑾的眼光确实是不差。

“大哥……”沐清漪有些惊讶，她一直以为大哥对容瑾很没有好感。

顾秀庭含笑看着她，柔声道：“歌儿已经是个大姑娘了，总有一天……是要离开大哥的。”

“大哥……”

沐清漪有些难过地望着大哥，在同意陪容瑾去西越的时候就已经知道了必然是要和大哥分开的。大哥本身对权势名利并没有兴趣，而经过了顾家的事情之后，他对这些就更是敬而远之了。虽然没有问容瑾，但是沐清漪知道，西越的事情只怕比华国更加棘手，她也不希望大哥再涉入其中。

“傻孩子。”顾秀庭柔声笑道，“你表哥的身体不能再拖了，这次华国的事情过后，我要去为你表哥寻访名医。原本是想要你跟着大哥一起去的，现在看来……歌儿长大了，你自己决定了的事情，尽管去做便是了。”看着沐清漪不舍的眼眸，顾秀庭笑道，“大哥会去看你的。现在大哥若是说不准你去西越，你也不肯答应，是吧？”

沐清漪低头，就如同小时候做错了事情一般，只要在大哥面前低下头什么都不用说，大哥总是会原谅自己的。

果然，顾秀庭一笑，道：“大哥也不能一辈子将你拘在身边。只是万事要小心，有什么需要大哥帮忙的随时派人捎个信来，大哥就会去西越看你。”

“表哥的事情……”沐清漪有些歉疚地道。

大哥和表哥是她在这世上唯一的亲人了。如今表哥虽然说不上命在旦夕，却也确实是危险，她帮不上什么忙还要远行让大哥挂心，实在是有些过分。

“表哥的事情交给大哥就是了。倒是你……去了西越之后，大哥也帮不上你什么忙了……”

沐清漪连连摇头，沉声道：“是我答应了容瑾，与大哥无关。我也不希望大哥牵涉其中。”

她答应容瑾是自己的事，与大哥完全无关。

一个时辰后，无情来禀告，沐长明在城外张夫人的墓前自尽了。至此，原本显赫一时的肃诚侯府彻底覆灭了。

之后，平南郡王府的处置结果也出来了。平南郡王朱燮自然是死罪，看在他先祖的功劳上被赐自尽。平南郡王府所有人发配边关，平南郡王这个爵位自然也不复存在。从此，安西郡王成为华国唯一的异姓王。

短短一个月间，京城三座王府、两位皇妃、两家权贵烟消云散。整个京城里都透出一种阴沉压抑的感觉，因此，接踵而来的九皇子与淮阳公主的大婚就备受期待了。就连华皇都希望借着这次大婚将这段时间的晦气洗一洗。婚礼比原本计划的更加隆重了三分，这也让原本并不很受重视的九皇子有了几分扬眉吐气之感。

七月初，依然是盛夏炎热的时节，这一日京城里喜气洋洋、热闹非凡。九皇子和西越公主的大婚，闲来无事的京城百姓自然少不了围观一番。

沐清漪坐在轻安阁二楼的窗口含笑看着下面喧闹的大街。公主的礼车还没有经过，底下就站满了围观的百姓。或许正是因为今天的婚礼，就连平日里生意极好的轻安阁也清冷了几分，京城里的权贵名流都去九皇子府道贺了。

“盈儿，慕容煜那边……”

站在沐清漪身边的盈儿低声笑道：“‘公子’放心吧，恭王……已经开始行动了。”

“九皇子府……”

无心沉声道：“九皇子府一切妥当，九公子说请‘公子’放心。”

“很好，那么……这儿暂时没有我们什么事了。”

今天的事情过后，华皇肯定会更加警惕，甚至整个京城都会变得更加戒备森严，他们再想做什么也难了。

皇宫里，华皇正在批折子。大殿里也是一片宁静，袅袅的檀香从殿中的香炉中冒出，更加让人心旷神怡。显然，九皇子府的婚事并没有影响到华皇。

过了许久，大殿里的华皇似乎已经批完了跟前的折子，他抬起头来揉了揉眉心，问道："找到那个孽子了吗？"

"启禀陛下，现在还……没有消息。"

"这个孽障！"华皇怒斥道，语气充满了愤怒。

"陛下……"侍立在华皇身后的太监总管犹豫了一下，道，"陛下，是否立刻召聂统领回宫？万一恭……对陛下不利……"

华皇冷哼一声，道："朕倒要看看他有几个胆子！"

"既然父皇都这样说了，儿臣岂敢让父皇失望？"

华皇的话音未落，慕容煜的声音便在殿外响起。华皇一抬头就看到慕容煜负手站在殿门口，神色漠然地盯着自己。

"你这畜生，你还敢出现在朕的面前！"华皇怒斥道，"来人！"

原本守在殿外的侍卫却没有丝毫动静。慕容煜的眼中闪过一丝得意的笑意："父皇是在找你那个新封的御前侍卫副统领吗？那种废物能有什么用？若是聂云还在此地，儿臣或许还会头疼一下，不过，聂云现在可正在九弟府上保护各位兄弟和宾客呢。"

"住口！不要叫朕'父皇'，你不是朕的儿子，也不是华国的皇子。'父皇'这个称呼，你不配叫。"华皇冷声道。

慕容煜脸上的笑容霎时消退得一干二净，原本得意的眼眸充血，仿佛入魔一般可怖，他道："不配？！好一个不配！"

华皇居高临下，傲然地盯着慕容煜道："你这个时候进宫来，是想做什么？想逼宫谋反吗？"

慕容煜也不否认，道："既然父皇明白，就不要让儿臣为难了。"

华皇冷哼一声，不屑地道："你以为人人都能逼宫吗？就是逼宫也是需要资格的。你一个被逐出皇室、无名无姓的叛徒，你以为拿到了玉玺就能够登基为帝了吗？"

慕容煜自然没有那么天真，华皇那句"无名无姓的叛徒"却是戳中了他的痛处。慕容煜冷笑道："只有玉玺自然是不成，但是如果还有父皇的传位诏书，那就不一样了。所以，父皇，还要劳烦你另外写一道诏书，撤销之前的旨意。"

"你休想！"华皇毫不客气地拒绝。

慕容煜脸色一沉，淡淡道："儿臣觉得父皇还是好好考虑清楚了再回答不迟。"

华皇漠然道："不用考虑，朕现在就告诉你，想要朕写传位诏书给你，做梦！"

慕容煜心中早就因为这些日子的各种事情憋了怒气，此时华皇毫不犹豫的拒绝和嘲弄之举更是让他控制不住这股怒气。慕容煜眉毛一挑，道："既然如此，就别怪儿臣无礼了。”

慕容煜的武功不弱，即使华皇年轻时也还算不错，但是这么多年过去了武功也早就放下了，根本不是慕容煜的对手。慕容煜抽出腰间的软剑，足下一点，便朝着殿上的华皇掠了过去。

华皇身后的太监总管惊呼一声就想挡在华皇的前面，但是他一个不会武功的内侍又能有什么作用？慕容煜一挥手便将他摔倒，头撞在殿阶上当场昏死了过去。

明晃晃的软剑当场架到了华皇的脖子上。看着被压在剑下脸色铁青的华皇，慕容煜心中突然生出一股奇异的快感。这一生，他几乎都是战战兢兢地仰视着这个高高在上的父皇，即使是顾家的事情，何尝不是他察觉到了父皇对顾家的忌惮和厌恶之后才动了心思。但是最后，他的父皇依然轻而易举就夺走了他的一切。

现在，他从来都只能仰视的父皇，却被他拿剑架着，甚至只要他一动念，就能够决定父皇的生死。这就是权力的力量……只要他有了绝对的力量，便是君临天下的帝王也只能在他手下任他主宰死生。

“父皇，认命吧，你老了。”慕容煜突然愉悦地笑道。

华皇脸色未变，只是淡淡地盯着颈边的软剑问道：“你要弑父吗？”

慕容煜犹豫了一下，很快便回过神来，道：“现在儿臣还有选择的机会吗？”事到如今，他不成功便成仁，别无选择，“父皇若是想等宫中的侍卫来救你，就别抱这个希望了。儿臣从来都不敢小看父皇的御前侍卫，所以，特意请了寒雪楼的人来招呼他们。”

寒雪楼的杀手要价都不菲，慕容煜能够悄无声息地进宫，在所有人都没察觉的情况下进入勤政殿，请来的杀手只怕不是以个位数计算了。很显然，为了今天的事，慕容煜确实是豁出去了。

寒雪楼干完了今天这一票，短时间内是别想在华国境内立足了。

“你这个混账东西！”若是原本华皇还对慕容煜留有一两分的父子情义，这会儿当真是一丝一毫也没有了，华皇冷笑道，“朕就告诉你，即便是这华国皇室子弟都死光了，朕也绝对不会将皇位传给你这个叛逆之徒！”

这话倒是当真，寻常人谋逆叛国就是死罪，身为皇室子弟甚至是皇子如此作为更是让人痛恨万分。莫说是华皇不许，此事传了出去，只怕是朝堂内外也绝不会同意慕容煜登基为帝，即便慕容煜手中握着华皇的传位诏书。

慕容煜唇边勾起一丝冷酷的笑意，道：“皇室子弟都死光了也不会传位于我吗？儿臣也想知道今天到底会死几位皇子。父皇，你觉得呢？”

华皇冷笑一声，道：“不知死活的东西！”

慕容煜一怔，有些警惕地看着被自己牵制住的华皇。华皇绝不是不怕死的人，此时的态度让慕容煜不得不提防他是否还有后手。慕容煜警惕地问道："你不怕死吗？"

华皇冷哼一声，还没说话，慕容煜便感到不对劲了，华皇没有被牵制的手腕上露出一支袖箭。慕容煜心中一惊，连忙飞身往后退去，他与华皇离得太近，若是真的被射中了只怕不死也伤。

慕容煜退开的同时，华皇手上的袖箭也射了出来。同时，华皇背后的屏风后两道黑影掠起，朝着慕容煜毫不留情地挥剑。

慕容煜虽然安然落地，却还是不免为剑气所伤，咳出了一丝血迹。两个手持利剑的黑衣人落在了华皇的左右，神色冰冷地盯着底下的慕容煜，只要他有半分的妄动便要立刻将他格杀于剑下。

华皇盯着慕容煜冷笑道："你以为朕身边只有聂云一人吗？若是不见聂云被派出去，你只怕也不敢来吧？"

慕容煜抬手拭去唇边的血迹，咬牙道："你知道我会来？"

华皇摇头道，"朕不知道，朕只是习惯未雨绸缪。不过你既然有如此大逆不道的心思，就不用再活着了。杀无赦！"

两名黑衣人毫不犹豫，华皇的话音未落，便已经飞身朝慕容煜刺了过去。慕容煜脸色惨白，他已经受了内伤，根本就不是这两个人的对手。跟着他一起来的寒雪楼的杀手又要应付宫中的侍卫，只怕也赶不来支援。

"就算是死，能拖上几个兄弟陪葬也值了！"慕容煜惨笑一声道。

华皇冷笑道："你想说的是老四和老八吗？他们这些日子野心确实是大了一些，让他们消停一些也好。"

慕容煜脸色变了变，原来华皇不仅不在乎他这个儿子，连慕容协和慕容昭也同样不在乎。那一瞬间，他几乎觉得自己与这些兄弟当真是有些同病相怜了。

噌！一柄长剑挡开了两个黑衣人的利剑，一个同样一身黑衣掩面的男子突然掠入殿中，隔开了慕容煜和两名黑衣侍卫。

华皇能够将这两个人当作底牌留在身边，足以证明这两个人功夫不凡，但是这突如其来的黑衣人还是一剑便将这两个人震开了好几丈远。

"你是谁？"慕容煜沉声问道。

"闭嘴！"黑衣男子声音低沉而奇异，他扫了一眼殿中众人，一挥手，一道凌厉的剑气冲向华皇。

"陛下小心！"

两名黑衣侍卫也顾不得慕容煜，双双扑向华皇，同时那黑衣男子一把抓起慕容煜掠出了大殿。

两名黑衣侍卫挡开了男子的剑气，再抬头时大殿里已经没了那两个人的踪迹。黑衣侍卫跪倒在地，道："属下无能，请陛下降罪！"

华皇轻哼一声，道："那黑衣人是什么人？"

其中一个侍卫犹豫了一下，恭声禀告道："那人武功极高，应该不在聂统领之下……恕属下无知，猜不出来人的身份。"

武功能与聂云匹敌的人并不多，但是这世上总有许多隐世的人物不为人所知。方才那人的武功招式，他们确实猜不出到底是什么人。

"那个孽障……"华皇沉声道。

"六……罪人煜伤了心脉，应该命不久矣。但是如果有绝顶高手相助，只怕是……"

原来，华皇从一开始就想要慕容煜的性命，所以最开始那一次交锋两个黑衣侍卫就下了死手，震伤了慕容煜的心脉。

"受了伤他逃不出京城，活要见人，死要见尸！"华皇沉声道。

"是，属下遵命。"

"启禀陛下！九皇子府……"底下，有人匆匆进来禀告。

华皇沉声道："九皇子府怎么了？"

"启禀陛下，三殿下、四殿下、八殿下、九殿下都受了重伤，还有……淮阳公主和西越端王也受了伤。另外……二殿下受了轻伤，但是突然发病也十分危险……五殿下和十殿下……薨了。"

华皇猛然起身，虽然他与这些儿子并没有太深的父子亲情，但是一次折损了这么多也是始料未及的，怒道："这个孽障！聂云不是在场吗？聂云在干什么？！"

两个皇子死了、四个皇子重伤，这样的损失，即使是华皇也不得不在意。毕竟，他今年已经五十岁了。儿子太多固然是个麻烦，但是后继无人更是个麻烦。

"封锁城门！立刻给朕将这些乱臣贼子抓住，就地处决！"华皇暴怒道。

"是，属下遵旨。"

离城门外不远处，沐清漪淡淡地望着身后高大巍峨的城墙。这一生……两世，这还是她第一次准备远离这座城池，或许很多年，甚至永远都不会再回来了。她在这里出生、长大，所有的喜乐悲愁、欢欣痛苦都在这座城池里面。从今以后……这里与她再也没有任何关系了。这里没有她的亲人也没有朋友，更没有她曾经的家了。

"小姐？"

"没事，走吧。"沐清漪叹了口气，最后看了一眼身后的城池，转身准备离开。

"哎呀，抱歉这位姑娘……"

刚刚转身，沐清漪便险些和一个匆匆而来的男子撞了个满怀，旁边的无心连忙一把拉过了沐清漪。

“这位姑娘，实在是抱歉，在下……这位姑娘，咱们……是不是在哪里见过？”一个穿着青衣书生装扮的青年男子望着沐清漪，有些疑惑地问道。

沐清漪摇头道：“小女子没见过公子。”

青年男子打量了她许久，方才摇摇头，道：“是在下看错了，抱歉抱歉，姑娘与在下一位友人有几分相似。只可惜，她已经……告辞。”

青年男子叹了口气，朝沐清漪拱拱手，转身往城里走去。

无心盯着男子消失的背影，道：“他似乎有些武功底子，小姐认识他？”

沐清漪淡然一笑，道：“江湖百晓生，文华公子太史衡，你没听过吗？”

“听过，九公子说有机会要宰了他。”无心恍然大悟。

沐清漪无语，又忍不住莞尔一笑，道：“大哥他们已经走了，咱们也走吧。”

几个月前，顾云歌还以为这一生就将终结在这华国京城里了，现在，她却以另一种身份离开了这个她出生和长大的地方。

盛世谋臣

凤轻　著

【下册】

青岛出版社
QINGDAO PUBLISHING HOUSE

第十三章
皇位之争

奉天府大牢并不是关重犯的地方，真正杀人不眨眼、罪大恶极的犯人早被送天牢里去了，所以这里的守卫并不森严。自从沐清漪就任奉天府尹之后，有了前御前侍卫统领的指点和豫王殿下的无条件协助，奉天府大牢的防御绝对堪比层层禁卫驻守的天牢和皇宫大内。

这一切，正是为慕容煜准备的。

沐清漪亲自将慕容煜送进了牢房，看到慕容煜打量着牢房里简陋阴暗的模样嫌弃得直皱眉头，心情不由得大好。落到她手里，慕容煜还有工夫嫌弃牢房，是笃定了会有人救他吧，真是没想到慕容煜经过这么多的事情反倒越来越天真了。

打量完了牢房，慕容煜回过头来盯着沐清漪道："你到底是什么人？"

沐清漪抿唇浅笑道："安顺郡王可是糊涂了？本官自然是顾流云。"

"你撒谎！"慕容煜盯着她冷声道，"顾流云不满八岁就死了！你绝不可能是顾流云。"沐清漪偏着头，笑盈盈地看着眼前暴躁的男人，道："那……恭王殿下你猜猜看，我到底是谁呢？"

慕容煜心头一窒，他若是猜得出来早就拆穿这个顾流云的身份了。顾家的二公子顾流云是肯定死了，顾家的旁支本来就早已经人丁凋落，慕容煜就是想破了脑袋也想不出来眼前的顾流云到底是谁，跟自己有什么深仇大恨要如此不遗余力地与自己作对。

慕容煜轻哼一声，不屑地道：“连姓甚名谁都不敢说吗？畏首畏尾的小人，也不过如此。”

沐清漪却丝毫没有动怒，只是眨了眨眼睛笑道：“这么说……安顺郡王敢当着全天下的人的面说你是该姓慕容，或是姓朱，还是姓莫呢？比起当了二十多年华国皇子的安顺郡王，在下至少没强占不属于自己的东西。说起来，华国皇帝现在说不定还在心里感激本官呢，如果没有本官，华国皇帝真的不幸将皇位传给了安顺郡王，这慕容家的江山岂不是要就此断送了？”

“果然是你！”慕容煜目眦欲裂。沐清漪说的这些，不仅提醒了慕容煜尴尬的身世，更是提醒了他曾经与华国的皇位失之交臂。

沐清漪含笑颔首道：“确实是我。”

“顾流云！本王决不会放过你！”慕容煜咬牙道。沐清漪有些感叹地望着他摇了摇头。下一瞬，她却玉颜如冰，声音微沉冷笑道：“慕容煜，你真是越来越蠢了。被药王谷的药熏坏了脑子吧？你以为……我为什么跟你说这么多？”

慕容煜自然不蠢，几乎是立刻就反应过来了，冷声道：“你想杀人灭口？”沐清漪嗤笑道：“本公子需要杀人灭口吗？你受端王指使毒杀庄王失败，本就该死。你以为端王还会救你不成？另外……你难道就真的没有怀疑过，药王谷医毒双绝，药王谷的灵枢长老亲自下手，居然毒不死一个小小的容瑄……”

慕容煜脸色微变，沉声道：“你什么意思？”

沐清漪好笑地看着他道：“你自己不是也在怀疑吗？真是个蠢货……你当真以为药王谷是那么容易让你一个什么都不懂的人掌握的？他们之所以想要赶走莫问情，是因为莫问情聪明而且不听话。你刚好相反……听话又愚蠢。前代谷主的血脉，忠心于药王谷谷主，灵枢是不是这么跟你说的？恭王殿下，你怎么不想想，灵枢若是真的那么忠心于药王谷谷主，又怎么敢做出以下犯上、驱逐谷主的事情来？”

“住口！”慕容煜脸色阴沉，厉声道。

慕容煜并不想相信顾流云的话，内心却忍不住顺着他的话去想。越想就越感到不安，慕容煜不由得打了个寒战，朝着沐清漪厉声道：“你给本王滚！本王不会相信你！”

沐清漪不以为意，精巧的折扇在手中漫不经心地转了个圈，淡淡道：“既然如此，安顺郡王就好好待着吧。有空……本公子会来看你。”

沐清漪转身走到门口，想了想突然回头看向牢房里的慕容煜道：“对了，恭王殿下，当年……您陷害顾家的时候可有想过今天？”

在慕容煜愣怔之时，沐清漪毫不留恋地转身而去。慕容煜怔怔地望着空荡荡的牢房门口，眼前回荡着的却是刚刚顾流云临走时那回眸的淡淡一笑。那样明朗、端方，又仿佛带着一点点俏皮的笑颜，好像……

“云歌……云歌……”果然是顾家人吗？顾家的人回来找他报仇，但是，为什么不是顾秀庭，而是那么像她的……顾流云？

站在牢房门外，沐清漪听着里面传来慕容煜呼唤顾云歌名字的声音，那声音中仿佛蕴含了无数的深情一般。她唇边不由得掀起一抹嘲弄的笑意，现在叫顾云歌做什么？顾云歌就算回来了，也是从地狱爬起来的恶鬼罢了。

果然如沐清漪所料，慕容煜寄希望于容琰根本就是痴心妄想。且不说容琰现在都自身难保，就是没事，出了这样的纰漏，容琰第一个想法便是将慕容煜灭口，哪还会想到要救他。慕容煜被押入大牢两天，奉天府就连续遭到了好几次刺客袭击。这些事情沐清漪自然也毫不保留地告诉了慕容煜，他的脸色也一天比一天苍白起来。

深夜，幽暗的大牢里亮着两点幽幽的烛火，让阴暗潮湿的房间里也多了两分暖意。关着慕容煜的牢房外面，容瑾歪着身子，懒洋洋地斜倚在椅子里昏昏欲睡，一只手还不忘揽着有些艰难地坐在另一边的沐清漪的腰肢免得她掉下去。没办法，九爷不仅性格任性霸道，连坐椅子的方式也霸道得很。

容瑾半眯着眼，笑眯眯地望着有气发不出在烛火下气得俏脸微红的沐清漪。谁让清清不肯靠着他呢，靠着他一切不就都解决了吗？

牢房里，坐在稻草堆上的慕容煜有些不屑地看着眼前卿卿我我仿佛他根本不存在的两个人。接收到慕容煜不屑的目光，沐清漪淡淡一笑抬手拍开容瑾的手顺便将他往另一边推了推，为自己争取到更多的空间。她开口问道："安顺郡王，你还没想清楚吗？"

慕容煜偏过头去，冷然道："本王不知道顾大人说的是什么。"

容瑾睁开眼，懒懒地看着慕容煜道："子清就是太心软了，将他交给南宫翼，大理寺多的是能让人开口的办法。"

沐清漪挑眉道："九爷的意思是本官就没有法子让人开口？"

容瑾察觉到她的不悦，连忙赔笑道："当然不是，本王这不是怕子清累着吗？"沐清漪看着慕容煜，淡笑道："坦白说，这个案子……最后到底是端王幕后指使要杀庄王，还是安顺郡王你自己要杀庄王，对本官来说没什么区别，到时候本官一样能结案，因为……毒杀庄王殿下的药已经查出来了，正是药王谷的独门秘药'断魂散'，这在江湖中可是就此一家别无分号，就凭这一点本官就可以顺利结案。"

慕容煜冷笑道："既然如此，你还跟本王废什么话？"

沐清漪笑道："这个嘛……大约是本官不喜欢别人总是借本官的刀杀人吧。"慕容煜沉声道："本王答应做证能有什么好处？反正无论如何都是一死，本王为什么要让你称心如意？"

沐清漪悠然道："好处大概就是……如果安顺郡王说出真相，本官可以给你一个痛快的死法。但是如果……你知道的，在西越谋害皇子是要凌迟处死的。恭王殿下见多识广，不会不知道什么叫凌迟吧？"

“卑鄙！”慕容煜变色，他当然知道什么叫凌迟，他还见过人被凌迟处死。但是，他从来没有想过有一天自己会被凌迟。

沐清漪不以为忤，反而笑眯眯地道：“我若是不卑鄙……恭王殿下怎么会有今天？所以恭王殿下总该知道本公子说出的话就必然能够做到。”

慕容煜猛地冲了过来，却被拦在跟前坚固无比的铁栏困住了，只能狠狠摇动着纹丝不动的铁栏，喊道：“顾流云！”

慕容煜打从心里觉得，他这辈子从来没有这么恨过一个人。就是眼前这个仿佛笑得云淡风轻的少年，夺走了所有属于他的一切。而这一切，这个少年甚至不是为了占为己有，只是为了夺走他的一切。因为知道眼前的顾流云并非真正的顾流云，慕容煜甚至不确定顾流云处处跟他作对到底是不是真的为了报仇。这种让他茫然无力的痛恨，就仿佛自己用生命守护的一切，却被人只是因为觉得好玩随意夺取一般。

“顾流云！你为什么……为什么要这样对我？你说啊，你到底是谁？难道你连自己的真实身份都不敢说出口吗？你这个卑鄙小人！”慕容煜双眼充血，愤恨地瞪着沐清漪。

沐清漪轻声叹息，她知道慕容煜已经在崩溃的边缘了。这几天他虽然被关在牢房里，但是沐清漪让人一字不漏地把外面的事情转告给他了，他很清楚……灵枢早已背叛了他，或者说……灵枢从未忠于过他。

“公子，魏公子来了。”门外，无情走进来低声道。

沐清漪好奇地挑了挑眉，道：“魏无忌，这个时候他来干什么？”无情摇头道：“魏公子还带了一个人来，说是……想要见一见安顺郡王，或许可以帮到公子。”

沐清漪点点头，道：“罢了，请他进来。南宫大人也只给了我几天的时间而已。若是再问不出来，我也只得将慕容煜交给南宫大人了。如此一来……本公子岂不是颜面尽失？”

容瑾轻嗤一声，懒洋洋地蹭着她的肩头，道：“清清想要他开口，本王动手帮你就是了，哪那么费事！本王将他的骨头一寸一寸捏断了，再拼回去……慕容煜看起来又不像是铁骨铮铮的英雄豪杰。”旁边的无情嘴角抽搐：骨头一寸一寸捏断再拼回去，就是真正的铁骨铮铮的英雄豪杰也受不了啊。

沐清漪白了容瑾一眼，侧首吩咐道：“请魏公子进来。”

不一会儿，魏无忌就走了进来。在有些暗淡的烛火下，魏无忌依然一身紫色锦衣，外面罩着一件绛紫纱衣，手持黑金折扇，风流倜傥，一派王侯气度。他身后跟着一个披着黑色披风的人，大大的兜帽连脸也一起遮住了，只从脚步和身姿隐约看得出来是个女子。

魏无忌看着歪在椅子里还不忘搂着沐清漪的容瑾，忍不住抽了抽眼角，有些嫌弃地道：“怎么这么暗？”说罢，魏无忌抬手从袖袋中取出几颗明珠随手一挥，只听噌噌几声，明珠嵌进了牢房里各个角落的柱子和墙壁里，原本有些阴暗的牢房顿时泛起了明亮而柔和的光。

容瑾半坐起身，不屑地勾唇道：“魏公子不愧是天下首富，当真是挥金如土。无情啊，这些……魏公子赏你了，一会儿别忘了带走。”

无情大喜，笑嘻嘻地道：“多谢王爷、魏公子。”谁说暗卫就不爱钱？只不过是取之有道罢了，没钱生活就不美好啊。

魏无忌无语，倒也不跟容瑾计较这种小事。

另一边，牢房里面的慕容煜却是有些震惊，只是从刚刚那一手，就能看得出魏无忌的武功修为极高。魏无忌含笑朝慕容煜点点头，笑道：“恭王殿下，许久不见。”

慕容煜警惕地盯着他道：“魏公子此来，总不会是专程跟本王问好的吧？”

魏无忌挑眉道：“恭王就是这么对你的救命恩人的吗？”

“救命恩人？”慕容煜有些莫名其妙，他跟魏无忌也就是点头之交，他什么时候被魏无忌救过？

魏无忌低眉提醒道：“恭王真是健忘，华国，皇宫。”

慕容煜一怔，蓦地醒悟过来，道：“你……你是那个带人闯入宫中的黑衣人。你是……寒雪楼主！”慕容煜当然知道当初救了他的人是寒雪楼主，只是当时不知道寒雪楼主为什么亲自出马救他，只当是莫问情或容琰所托，但是现在想想……容琰根本就不知道魏无忌的身份，只怕也请不动魏无忌。

“她又是谁？”

黑衣人抬手，拉下了头上的兜帽，露出一张秀丽温婉的容颜来，道：“属下见过谷主。”

“灵枢！”慕容煜眼前一黑，险些栽倒在地上。

灵枢依然如从前一般温婉和顺，望着慕容煜的脸上依然带着恭谦温和的笑容，还是那个名震天下的素手观音。“为……为什么？”慕容煜有些艰难地问道。

灵枢有些遗憾地叹息道：“谷主，属下罪该万死，还请谷主恕罪。”

“为什么背叛我？”慕容煜厉声道。灵枢摇摇头，笑道：“背叛？灵枢背叛了莫谷主，背叛了药王谷，却唯独没有背叛谷主你啊。”

“……”慕容煜不解。

沐清漪淡淡笑道：“因为从一开始，安顺郡王就只是灵枢长老手中的一颗棋子吧？”

灵枢嫣然一笑，含笑看着沐清漪道：“顾公子聪明绝顶，果真是名不虚传。只怕，顾公子早就已经看透了吧？”

沐清漪也不否认，只是道：“我有些好奇，灵枢长老既然并不是真的在意前代谷主的骨血，又为何非要费尽心机驱逐莫谷主？”

灵枢叹息道："莫谷主……虽然并不喜俗务，更不爱钩心斗角，但是老实说……灵枢实在不敢在他面前轻举妄动。为了灵枢心中所思之事，只得委屈莫谷主了。不过幸好，莫谷主对这些身外之物也并不在乎。"

沐清漪了然地点了点头，莫问情其人，冷若冰霜，仿佛容不得半点杂质。寻常人到了他跟前，被那一双寒眸一扫都忍不住心惊胆战，哪还敢打什么歪主意?

慕容煜脸色阴郁，现在他才明白从头到尾他都是被一个女人玩弄于股掌之中。

"贱人！本王有什么地方对不起你，你敢如此算计本王？"慕容煜厉声道。

灵枢轻叹摇头，道："谷主没有对不起我的地方，只是……谁让公子需要药王谷而你又刚好是前代谷主的血脉呢？谷主你放心，这次的事情虽然是谷主指使的，但是陛下一定会念在谷主曾经是华国皇子，并未在药王谷长大，心念故国利用了药王谷，且药王谷……愿意献出所有的灵药而宽恕药王谷上下的。"

总之一句话，毒杀庄王的罪名要慕容煜一个人背了。

灵枢侧首望着魏无忌，眼中充满了女子对待心爱的人独有的柔情。魏无忌仿佛并不在意，只是站在一边含笑看着这一幕。

沐清漪看到这一幕，只是靠着扶手暗暗叹息。察觉到沐清漪打量自己的目光，魏无忌回头悠然一笑，道："顾公子突然也觉得在下风采非凡了？"

沐清漪淡然笑道："在下一直就认为魏公子光彩照人。"

魏无忌似笑非笑地望了一眼容瑾道："原来如此，在下真是荣幸之至……"

一道指风贴着魏无忌的俊脸划过，身后的一盏油灯应声落地。原本还闭目养神的容瑾慢慢睁开了眼睛，眼眸淡漠如秋水寒潭，凝然无波。

魏无忌无奈地苦笑，摇摇头不再去看沐清漪和容瑾。

另一边，灵枢还在跟慕容煜说话："谷主，端王殿下知道您的失误之后非常生气。说来也是奉天府的防御实在厉害，听说端王已经派了好几拨杀手来了，居然连门都没有进来。不过谷主现在不用担忧了，因为端王殿下已经自顾不暇了。给庄王下毒的人已经抓到了，正是……谷主的心腹呢。"

慕容煜面色如土，他终于知道真的是大势已去了，再也没有人能够救得了他了。"贱人！本王要杀了你！"慕容煜疯狂地伸手想要去抓站在外面的灵枢，他的手离灵枢只有一两寸的距离却再也无法前进分毫。灵枢平和地看着他，有些惋惜地道："属下拜别谷主。"

"贱人！我要杀了你！"慕容煜疯狂地怒吼道。

灵枢微笑，柔顺地退回了魏无忌的身后。

看着眼前冷眼望着自己的几个人，慕容煜知道自己此时必定是丑态百出，对死亡的恐惧是所有人天生便带有的弱点。慕容煜本身并不是大无畏对世界毫无眷恋的人，所以他不能不恐惧。

沐清漪站起身来，看着慕容煜淡淡道："明天一早毒杀庄王一案便会开审，准备决定……恭王殿下最好好好考虑一下。其实……本官还是比较希望恭王殿下能坚持到最后，什么都不要说。"

什么都不说，所有的罪名自己揽下，凌迟处死。当初害了顾家的罪魁祸首被凌迟处死，可算是天理循环、报应不爽。

说完，沐清漪转身往门外走去。她走了，容瑾自然也不会多留。魏无忌含笑看了看一脸土色的慕容煜，也跟了上去，笑道："我觉得他坚持不到最后。"

凌迟，本就是最严酷的死刑。没有几个人能够想象和承受那样的痛苦。

灵枢跟在魏无忌身后，道："公子说的是。"

"等……等一下。"牢房里，传来慕容煜绝望而微弱的声音，"我……我会指证端王。我……还有与端王交往的书信和证据……"

沐清漪停步，垂眸轻轻叹了口气。她真的是心硬了吧？这样的结局本就在意料之中，但是她居然有些失望。

出了牢房，一行人移驾到书房里坐下。容瑾盯着魏无忌道："你当初跑到华国去就是为了慕容煜？从一开始，他就是你们计划好的棋子？"

魏无忌摇摇头，笑道："怎么会？慕容煜可是华国皇子，要将他逼到西越来何其困难？当时……不是你闹着要去华国的吗？"一句话，当初魏无忌跑去华国是为了保护容瑾的。

"呵。"容瑾意味不明地冷笑一声，拉着沐清漪走了。

次日一早，奉天府大堂里一片肃然。大堂之上坐着的是负责审讯这次庄王中毒案的三位官员。中间坐着的是刑部尚书，两侧坐着的则是奉天府尹顾流云和大理寺卿南宫翼。

刑部尚书今年也有五十来岁了，大约是因为今天的案子重大，本就爬上了不少皱纹的脸此时更是皱成了一团，跟坐在他两侧美如天人的少年府尹和俊逸卓绝的大理寺卿比起来，就更加显得苍老又不起眼了。

大堂下，与往日截然不同的是放着两排座椅，依次坐着西越的几位皇子以及德高望重的老臣。

"时辰到了，尚书大人，你请。"沐清漪含笑道。

刑部尚书瞥了一眼下面虎视眈眈的王爷们，摸了摸额头，笑道："还是顾大人来吧。"

沐清漪淡笑道："下官岂会如此不知礼仪？还是尚书大人请。"尚书大人心中默默擦汗，本官一点儿也不介意你不知礼仪啊。他转向南宫翼道："那……还是南宫大人来吧。"

南宫翼轻哼了一声，抬手一拍惊堂木，道："带疑犯上来。"

慕容煜很快便被带了上来。南宫翼盯着慕容煜沉声道："慕容煜，你府上的下人说是你指使毒害庄王的，此事可属实？"

慕容煜朝在座的王爷们望去，果然没有看到容琰的身影，觉得心中一沉，垂眸道："是。"

砰！南宫翼一拍惊堂木，厉声道："你好大的胆子，你可知道谋害皇子是诛九族的大罪？"

慕容煜点头道："知道。"

"你为何要谋害庄王？庄王与你有仇？"南宫翼问道。

慕容煜摇摇头，沉吟了片刻，道："是端王命令我这么做的。"

"你胡说！"十皇子容瑆猛然起身指着慕容煜厉声道，"四哥和二哥是亲兄弟，怎么会谋害他？诬蔑皇子，也是死罪！"

南宫翼微微皱眉，道："十殿下，这里是公堂，还请十殿下少安毋躁。"

慕容煜看了一眼容瑆，沉声道："我有与端王交往的书信密函。"

南宫翼点头，沉声道："呈上来。"

底下的衙役呈上了一盒书信，南宫翼和沐清漪请刑部尚书一起看了，刑部尚书皱眉道："这……虽然能证明安顺郡王和端王确实私交甚笃，但是似乎还不能证明是端王指使他下的毒。"

沐清漪垂眸沉思片刻，道："不如请端王殿下来说话？"

其他二人自是赞同。

"端王殿下到！"容琰因为被告指使毒杀容瑄，虽然没有证据，但是他作为被怀疑的人也没有资格旁听审讯，只得在偏厅等着。

容琰从容地跨入大堂，淡淡地扫了一眼堂上的三人和站在堂中的慕容煜。南宫翼犹豫了一下还是道："顾大人，后面由你来问？"沐清漪也不在意，点了点头，道："端王殿下，慕容煜指控你指使他谋害庄王，你可承认？"

容琰表现得十分从容，淡然道："本王自然不认，本王与二哥关系虽然算不上好，却也是兄弟，本王怎么会毒杀自己的兄长？"

沐清漪拿起桌上的书信问道："这些书信你作何解释？"

容琰一愣，垂眸沉思了片刻，道："当初慕容煜是跟着本王一起来西越的，本王与他的交情自然比一般人好一些，偶有书信往来有什么奇怪？"

沐清漪似乎也无意纠缠这个，只是淡淡道："这么说，端王承认与慕容煜交情不浅了？"容琰有些谨慎地回答："还说得过去。"沐清漪淡然一笑，道："既然端王殿下与慕容煜关系不错，他为何还说是你指使的，而不说是别人？比如说循王、豫王？"

容琰眼眸一闪，垂眸道："这个本王怎么知道？或许是……他天性好出卖朋友吧。华国顾家不也是因他而毁的吗？"

"顾家倒了，恭王从此在朝堂上独占鳌头。如今……若是端王倒了，安顺郡王能够得到什么？"沐清漪平静地问道。

容琰闭眼道："这个你似乎应该去问安顺郡王。"说完，他便侧过身去，显然是拒绝再回答任何问题。

沐清漪耸耸肩，再次开口，道："端王殿下，前些日子我奉天府收到四五十封状告庄王以及与他关系深厚的重臣的状子。有人说你是幕后主使，不知是否属实？"

容琰霍然睁开眼睛，厉声道："顾流云，你不要血口喷人！"

沐清漪也不辩解，继续问道："次日，本府又收到几十封状告端王府的状子，据说是庄王府指使的，端王以为是吗？"

"本王不知道，这不是奉天府的事情吗？那些大人现在还被顾大人关在奉天府里，难道顾大人还没查出来？"容琰咬牙道。

沐清漪从容道："还没全部查出来，不过有几件已经水落石出了，端王殿下是否想要了解一下？"

容琰心中升起一股不祥的预感，正想拒绝，只听旁边的容璋淡淡道："虽然与此案无关，但若是三位主审官都觉得可以证明些什么，听听也无妨。"

南宫翼自然同意，沐清漪也没有问题，倒是那刑部尚书犹豫了片刻，终于还是避过了容瑆射过来的凌厉目光，道："本官……也没有意见。"

沐清漪含笑转身接过身后步玉堂递过来的卷宗，淡声道："经本官调查，两年前南宫羽纵马伤人案，虽然确有其事，但是事后南宫家确实补偿了伤者，而且伤者两个月后基本痊愈。这人不久前却莫名其妙地死了。端王妃娘家侄子伤人致死案，属实。哦，死的那个人仿佛刚好是两年前被南宫公子的马踢了的人。端王府世子收受贿赂案，属实。李大人强抢民女案，据查……那个女子似乎是李大人从青楼里买回来的女子。当然……身为官员，却留恋青楼，只有御史弹劾……"

沐清漪洋洋洒洒地念了一长串，在场的人都是熟悉官场的，自然分得清楚哪些是端王的人，哪些是庄王的人。众人惊讶地发现，端王府的案子一般都罪证确凿，而庄王府的案子有一半是被人陷害的。

念完了之后，沐清漪挥挥手让人将卷宗送到各位王爷跟前供他们查看。容琰的脸色有些难看，他说道："顾流云，你……"

其实，两家的案子差不多，都是半真半假。但这也是一个技巧，沐清漪一眼看过那些案子大半能判断出一部分真假。她挑端王府的真案子、庄王府的假案子先办，结果自然就成这样了，却是谁也说不出来什么。如果所有的案子都结完了，大家就会发现其实庄王、端王是半斤八两。

当初容琰只顾着给容瑄和沐清漪找麻烦，只怕根本就没想过还有这么一出。

沐清漪淡定道：“本官以头上的官帽和性命担保，这些案子若有错处，本官以死谢罪。”

话音未落，沐清漪便察觉到一道冷幽幽的视线射了过来。她不用低头去看也能知道必定是容瑾正一脸不悦地望着自己，只得无奈地摇了摇头，平静地与容琰对视。

容琰正是知道这里面的真假，才无话可说。半晌，容琰才冷笑一声，道：“就算是如此，又能证明什么？证明本王跟二哥关系不好？难道本王跟二哥关系不好就要毒杀他？那本王是否可以理解为，所有跟顾大人关系不好的人死了都是顾大人杀的？”

沐清漪点头承认道：“如此说……确实有些牵强。但是……如果加上这个呢？”在众人诧异的目光中，沐清漪从跟前的盒子里取出一块并不太起眼的玉佩道：“据安顺郡王说，这是端王殿下派去催他尽快动手的人落下的。嗯……据说是经常跟在王爷身边的心腹侍卫。这块玉，王爷应该也见过吧？”

容琰心中一惊，断然否定道：“一派胡言，本王从来没有见过这块玉！”

“另外，庄王府的地图也是从端王府传出去的。我看看……这份地图是用端王最常用的金霞笺绘成的，角落里还有一个端字。”沐清漪漫不经心地拿起折叠的信笺淡淡道。

容琰心中一动，道：“你胡说！本王怎么会在地图上写下自己的字号？本王根本没有绘过什么地图，一定是有人偷了本王的信笺想要陷害本王！”

沐清漪冷笑一声，道：“这上面确实没有端王的字号，既然不是王爷亲笔画的，王爷又何必觉得有人偷了你的信笺？没有字迹的金霞笺，难道端王府的和外面卖的有什么差别不成？还是说王爷自己也知道这金霞笺确实是出自端王府的书房？另外，这块玉佩……二两银子一个的仿玉，因为款式简洁大方，极受京城里的普通人家喜爱，在端王府的侍卫和下人中，随便找出七八块来也是轻而易举。王爷怎么会说从来没有见过？”

“顾流云！”容琰咬牙切齿地瞪着顾流云。沐清漪秀眉微挑，淡定地看着容琰。这个案子从一开始她就知道没有结果，或者说……就算有了结果，最后的罪责还是要慕容煜来承担。皇家不可能将兄弟相残的事情公之于众，这也是当初西越帝压着不让查容璜之死的原因之一。

要毁掉一个皇子，其实根本就不需要证据，只需要让人觉得他做了什么就可以了。

之后的事情倒不像公堂审讯，更像几拨人吵架，有坚持容琰才是幕后凶手的，有信誓旦旦认定容琰被人陷害的，也有觉得容琰根本就跟此事无关的。吵到最后，反倒没有三个主审官什么事了。他们官职最低，说不上话。

最后，容瑾有些不耐烦地道：“有什么好吵的，将审讯的过程拿进宫给父皇看看不就行了？你们要是还有什么意见，一人写一份折子也行，啰唆得跟老女人似的。本王饿了！”

众人顿时哑然，最后还是容瑄轻咳了一声，道：“九弟说得对，父皇只要咱们听审，并没有叫咱们插手，此事还是由几位主审定夺吧。”

刑部尚书连忙道不敢，容瑄却已经挥挥手转身出门去了。

“顾大人，本王能走了吗？”容琰冷着脸沉声道。

沐清漪笑道：“自然可以，王爷请便。”

容琰盯着沐清漪看了半晌，低声道：“顾大人，凡事适可而止。”

“四哥，你在和子清说什么？”容瑾幽冷的声音从背后传来，容琰只觉得背心一冷，说了句“没什么”便转身走了。

沐清漪让人将慕容煜押回去，又同南宫翼和刑部尚书告了别才跟着容瑾一起进了后堂。

后堂里一片寂静，却有一坐一站的两个人。西越帝穿着一身秋香色常服坐在屏风后面垂眸不语。没有了明黄的龙袍带来的距离感，沐清漪清楚地看到西越帝确实已经老了，脸上的气色也不如在宫里的时候好。

“陛下。”沐清漪上前行礼，西越帝挥挥手指了指旁边的椅子示意他们坐下说。沐清漪还没来得及谢过就被容瑾拉着直接坐了下来。

西越帝靠在垫着软垫的椅子里，神色有些闲散，仿佛就是一个不甚起眼的寻常老人，只有那不时泛着精芒的眼眸让人不由自主地记起他的身份因而不敢有丝毫放肆。

西越帝看着沐清漪，挑眉道：“这个案子，你怎么看？”

沐清漪垂眸，淡淡笑道：“其实，事情的始末陛下心中不都有数了吗？所谓的审讯也不过是走个过场罢了。最后怎么样……还是要看陛下的心意。”

西越帝盯着她半晌，方才淡淡道：“你胆子倒是不小。”沐清漪淡笑不语，恭敬地垂首坐着。

西越帝冷哼一声，道：“一群孽子！朕还没死，他们就等不及了。”

沐清漪心中暗暗吐槽：您若是死之前还没能定下帝位，只怕也要落个诸子床前争位，无法安葬的结局了。

西越帝扶着蒋斌的手站起身来，沉声道：“那个慕容煜，你看着处理了吧。”沐清漪垂眸应是，心知西越帝是想要压下这件事。看来西越帝果真是老了，若是二十年前，这些皇子只怕一个也落不得好。只是……这件事只怕也不是西越帝想要压就能够压得下去的了。无论是险些遇害的容瑄和南宫家，还是隔岸观火的容瑄，都不会允许这件事就这么平平顺顺地过去。

“朕回宫了，你们……看着办吧。”

“恭送陛下。”沐清漪恭敬地道。

沐清漪送走了西越帝，才看向坐在一边的容瑾道：“怎么了？居然没顶嘴。”容瑾睁开眼睛，淡淡道："老头子果然病了。"

"嗯？"沐清漪挑眉。容瑾道："他身上有漱玉丹的味道。"

"那是什么？"

容瑾淡淡道："那是西越皇室独有的延命药，本身对身体有害，不是真的病重得无可挽救，是不会有人愿意吃的。我八岁那年就剩下一口气了，最后就是用半颗漱玉丹吊着命后来才找人救回来的。"

闻言，沐清漪心中一惊。"有什么危害？难道你……"她想起容瑾偶尔无法自控的脾气和那隔一段时间就疯狂发作的病症，还有时不时的痛苦吐血，忙问道。容瑾摇头笑道："只是一部分而已，那个药对身体的损害也不是固定的，有的人会耳聋，有的人会失明，有的人甚至会全身瘫痪。不过药效在我身上还没来得及完全体现出来，又出了一些事，使这药对我的影响降到了最小。而且，我当年才八岁，所以只服了半颗。"

沐清漪皱眉道："若真如你所说，陛下现在就应该准备后继人的事情了，为何他还要将端王的事情压下来？难道他就不怕他身后……兄弟阋墙吗？"

容瑾也跟着皱眉，沉默了一会儿才轻哼一声，道："险些被老头子骗了！他若是真服了漱玉丹只会怕我看出来躲得越远越好，怎么还会专程跑到奉天府来？清清不用担心，本王会好好查清楚。现在……还是听老头子的将慕容煜解决了，免得再出什么风波。"慕容煜真是活得太久了！

沐清漪微微点头，道："我知道了。"

奉天府大牢里，幽暗的烛火下慕容煜失神地坐在有些杂乱的草堆上，颓然的神色让人完全看不出一年前他还是华国最具声望的六皇子恭王殿下。

看着眼前晦暗不明的幽冷牢房，慕容煜已经完全不知道自己还能做什么，还能想些什么了。其实他心中早就明白，在当初答应端王逃离华国的时候他就已经完了，只是他不甘心地想要挣扎罢了。这一年来的苦心经营、小心翼翼，到头来却依然是一场空。

他不由自主地想起了在一年前萃红阁那场火灾中死去的那个红衣女子。他不由得想到，如果当年自己没有生出那样狂妄的野心，他是不是早已经娶了那个风华绝代的女子，依然安稳地做着华国的恭王，早已经儿女成群了？

可惜，这世上从来就没有什么如果！

他害了顾家，风光一时，换来的却是顾家人的疯狂报复，母妃、弟弟、妻子死于非命，自己狼狈地逃离华国。

他陷害莫问情夺得药王谷谷主之位，最后却被药王谷的人利用和背叛。当真是应了那句话，不是不报，时候未到。

"云歌……等到了地下，你会原谅我吗？"空荡荡的囚室里，慕容煜的声音幽幽地回荡着。

吱呀，原本紧闭着的牢房大门从外面被人打开，沐清漪托着一壶酒走了进来。慕容煜呆呆地望着她，又慢慢地将目光移到她手中的酒壶上，神色微变，问道："已经审完了吗？"

沐清漪随手将酒壶放到一边的桌上，坐下来平静地道："所谓的审讯，本就是个幌子而已，你难道不明白吗？皇家怎么会让这样的丑闻有机会流传出去？"

慕容煜不由得惨笑，道："所以，你要我指证端王，也不过是想要破坏他的名声？最后罪名还是会落到我身上？"

"难道你觉得自己冤枉吗？"沐清漪偏着头，有些奇怪地问道。不管容琰能不能伏法，慕容煜命人毒杀庄王的事情总还是事实。慕容煜一愣，终于摇头笑了起来，道："你说得对，我不冤。"

挣扎了这么久，慕容煜都有些不知道自己到底为什么坚持。原来从他离开华国的那一刻开始，他就是别人的一颗随时都可以抛弃的棋子罢了。慕容煜有些悲哀地笑了笑，甚至有些恨自己当初为什么不直接死在华国。

沐清漪悠然地执起酒壶往酒杯里倒了酒，淡淡道："恭王可还有什么要问的？"

慕容煜死死盯着沐清漪，沉声问道："你到底是谁？"

这个问题慕容煜问过不止一次，却从来都没有得到过真正的答案，他想知道，自己到底败给了谁。

真是执着啊，沐清漪有些好笑，问道："我是谁有那么重要吗？"

慕容煜不语，眼神却已经说明了他的想法。

沐清漪秀眉微挑，抬手拉下了头上绾起的发丝。柔顺的青丝将原本就精致无比的容颜衬托得更加柔美。原本慕容煜还不明白她此举何意，但是很快，当她抬手抹去了脸上的易容时，慕容煜才震惊地发现眼前自己一直以为是白衣少年的人竟然是一个柔弱少女。

"你是沐清漪？"原来，张清就是沐清漪，顾流云就是沐清漪。

"不对！你若是沐清漪，本王自问跟你没有什么深仇大恨！"慕容煜咬牙瞪着眼前的美丽少女。虽然慕容安退了他跟沐清漪的婚事，但是那也怪不到他慕容煜身上。

慕容煜问道："七弟……七弟也是被你害死的？"

沐清漪勾唇笑道："是又如何？"

"你到底是谁？你……你绝对不是沐清漪！"慕容煜怒吼道。沐长明绝没有本事养出这样的女儿来，眼前这个女人也绝不会是沐清漪本人。

沐清漪叹息一声，低声吟道："忆韶华兮，梦成殇。落尘埃兮，心如霜。怨兮恨兮，永世难忘。君既无道兮，国何不亡……"

慕容煜脸色一变，震惊地盯着眼前的少女，道："你……你是顾云歌？这不可能！顾云歌已经死了！"顾云歌已经死了，他亲眼看到她走进了火海里，烧得连尸骨都找不到了。难道有人救了她？不……慕容煜很快冷静了下来。顾云歌今年已经十九岁了，眼前的女子却明显不过十五六岁。她根本就不可能是顾云歌。“这种时候还要骗本王，有意思吗？”慕容煜有些愤怒地冷笑道。

沐清漪低眉浅笑，道：“你也说了……你都要死了，我还骗你做什么？难道你就没想过，我若真是清漪……怎么会那么轻易拿到顾家的产业？你找了很久吧？应该也不是没有打清漪的主意，毕竟，自顾家抄家之后，她也算是除了表哥以外唯一与顾家有关系的人了。”

“顾家……你，你真的是云歌？你怎么会……”慕容煜怔怔地望着她。

沐清漪笑道：“我若是死了，你怎么会有今天？不……应该说，我若是不死，你怎么会有今天？清漪的身份……确实比顾云歌的身份好用多了，不是吗？”

“你是回来找我报仇的？”慕容煜沉声问道，“你真的是云歌……”

沐清漪端起酒杯漫步上前，含笑道：“我是来给你送行的。饮下此杯，从此你我恩怨两消。”

慕容煜有些失神地望着眼前的绝色少女，将她渐渐与记忆中的顾云歌重叠起来。沐清漪长得本就有几分像顾云歌，他还记得有段时间他看到沐清漪总觉得眼熟。只怕他当时觉得眼熟的不只是沐清漪的容貌，还有顾云歌的气质。

看着眼前浅笑盈盈端着酒杯的女子……少年时，他曾经也想象过等到自己与云歌大婚，洞房花烛之夜她穿着一身大红的嫁衣，朝自己举杯敬酒，道：“饮下此杯，愿你我从此白头偕老。”

慕容煜伸出手去拿沐清漪手中的酒杯，却在将要触到她手的时候猛地向前一把抓向沐清漪。

嗖！沐清漪指间一道银光射出，将杯中的酒泼向了慕容煜的脸，慕容煜这看似全力的一抓竟然落空了。等他避开了暗器再望过去，沐清漪已经退到了他触不到的地方，冷然地笑看着他。

“云歌……你当真这么恨我吗？”慕容煜望着她低声道。

沐清漪冷笑一声，道：“我不恨你，只是想要你死而已。慕容煜，我既然活着，你怎能不死？你若是不死，我父祖和族人的亡灵如何能安？”

“不，云歌。我知道错了……你原谅我吧。”慕容煜抓着铁栏哀求道。沐清漪有些失望地摇了摇头，道：“顾家败在你的手里，当真是奇耻大辱。你怕死吗？你怎么知道别人不怕死？顾家的人都死了，你还活着干什么？让你见一个人如何？”

“修竹，进来。”

夏修竹推门进来，并没有戴面具的冷峻容颜让慕容煜一眼就认出来了，他惊道：“聂云，你怎么会在这里？”

夏修竹淡然道：“奉陛下圣谕：罪人煜叛国无赦，诛！”

沐清漪淡淡一笑，道：“修竹，这里交给你了。”

夏修竹点头道：“属下谢过小姐。”沐清漪挥挥手，转身走了出去。

“不，云歌！你别走！云歌……”慕容煜惊恐地叫道。夏修竹微微蹙眉，却没有多问什么，只是默然地看着眼前神色灰白的男人。

出了门，沐清漪深深地吸了口气，只觉得心中突然轻松了许多，有一种豁然开朗的感觉。除了华皇……当初害了顾家的人终于死光了。虽然没有亲手了结慕容煜，但是沐清漪觉得这已经不重要了。重要的是，从此这世上再也没有慕容煜这个人了。“清清。”容瑾快步走过来，解下身上的披风披在她身上连头发一起盖了起来，道，“变天了，小心着凉。”

沐清漪无奈地一笑，道：“走吧，咱们回去。”

回到顾府的时候，府中却有一个意料之外的人在等着他们。沐清漪看着坐在庭院中的梅树下白衣胜雪的冷漠男子，脸上也不由得露出一丝惊讶的神色。她转念一想，突然又有些明白了。

“莫问情。”沐清漪从容地走上前，白衣男子站起身来淡淡地点头，正是许久不见的莫问情。

对于莫问情能够找上门来，沐清漪虽然有些惊讶却并不十分震惊，药王谷谷主总会有一些不同于别人的手段。

“沐清漪？”莫问情点头道，“许久不见。”

沐清漪低眉一笑，道：“莫谷主会出现在这里，倒是让我十分惊讶。”莫问情打量了她一眼，摇头道：“易容也是有破绽。你是女子，易容成男子更不可能全无破绽。”

沐清漪无奈，只能在心中暗暗叹服莫问情的眼力。

“莫谷主是什么时候到京城的？”沐清漪好奇地问道。

莫问情迟疑了一下，道：“刚过完年我就到京城了。”

“原来如此。”难怪莫问情这么快就能找到沐清漪，还知道了她的真实身份。只怕这些日子京城里的闹剧他都看在眼里了。

容瑾走过来将沐清漪拉到自己身边，挑眉道：“莫谷主今日来此，所为何事？”

莫问情平静地道：“我已经不是药王谷谷主了，不必如此称呼。我为了慕容煜而来。”

容瑾眨了下眼，扬眉道：“你来晚了，慕容煜已经死了。你若是为了慕容煜怎么不直接去奉天府反而要坐在这里？那样说不定还能救他一命。”

莫问情淡然点头道：“我知道他死了，我来为他收尸。”

听着莫问情毫无起伏的语气，即使是容瑾也忍不住抽了抽嘴角。原来莫问情就是在这里等着给慕容煜收尸的。容瑾倒是没有小肚鸡肠到跟一具尸体过不去的地步，何况为了一具尸体得罪一位使毒的大师，简直就是自己跟自己过不去。

“没问题，回头本王让人将慕容煜的尸体给你送出城。”容瑾挑眉道。

“多谢。”

沐清漪有些好奇地道：“莫谷主只是为了此事？”

“我还有别的事情要办。”莫问情淡然道。

沐清漪突然觉得有些不妙，迟疑了一下问道：“可有什么需要帮忙的地方？”莫问情看着她，平淡地道：“灵枢长老，背叛药王谷，杀！”

沐清漪抚额，果然没好事。不过……只是杀灵枢的话……倒也无所谓了，想到这儿，沐清漪道：“想必京城的情况莫谷主都清楚了，魏公子与清漪略有交情，还请莫谷主不要见怪。”

“随便。本王和清清跟那个女人没什么交情。好走不送。”容瑾懒洋洋地道。

莫问情点点头，望了一眼沐清漪道：“你上次跟我说请我救的人，我看到了。”

沐清漪一怔，问道：“你见到他们了？他们可还好？”

莫问情道：“我去步夷族采药的时候遇到了他们。他们似乎是要去找什么东西。”

“步夷族？”沐清漪皱眉，她没有见过步夷族人，但是古书上有记载，步夷族世居南方炎热之地，藏于深山之中不与外人往来。大哥和表哥去那种地方能找什么东西?

“他们……”沐清漪有些担心，大哥一介文人，表哥又中毒在身。

莫问情淡淡道：“我替慕容熙看过了，他的毒解得差不多了，只需要一样东西就可以全部祛除。虽然他中毒日久，难免影响寿数，但是若精心调理，活过天命之年总是不成问题的。我也是为了这个，才来京城的。”

容瑾皱眉：“你需要什么？本王派人去找。”

“漱玉丹。”莫问情道。

沐清漪心中一跳，道：“漱玉丹不是对身体有害吗，而且……”莫问情有些意外地看了容瑾一眼，似乎没想到沐清漪会知道这个。莫问情剑眉微挑，似乎对此十分不屑，道：“漱玉丹在别人手中自然对人有害。”言下之意，漱玉丹在他手里就会大为不同。见沐清漪凝眉不语，莫问情犹豫了一下才淡声解释道：“漱玉丹本是药王谷第一代谷主研制的，传至四代的时候药方被人偷走了，辗转流入皇家。漱玉丹本身对人体有害且有伤天和，所以药王谷中的记录也不多，之后药王谷也没有了。”

“有伤天和，怎么说？”沐清漪问道。

莫问情漠然道：“漱玉丹中有一味药引子是阴年阴月阴日出生的孩童的血，因此并不好炼制。但是，据我所知十九年前，西越皇室曾经炼制了一瓶，应该有四颗。”

容瑾脸色有些阴沉，沉声道：“本王知道了，本王拿到之后就会交给你。”

莫问情点点头，见没什么事便转身出门去了。

皇宫清和殿里，西越帝刚回到殿中，身子一倾险些栽倒在软榻上。跟在身后的蒋斌大惊，连忙上前扶住，忙道："陛下……陛下你怎么样了？奴才……奴才传太医来吧？"

西越帝坐在软榻里，摇摇头，道："不必了，朕心里有数。"

"可是……"看着西越帝难看的脸色，蒋斌只感到心惊胆战。其实从去年开始陛下的身体就不好了，只是一直都隐瞒着罢了。陛下自己也是一代高手，对自己的身体情况自然也是清楚的。

西越帝靠着软榻有些疲惫地闭上了眼，挥手要蒋斌退下。蒋斌虽然担心，却也不敢违逆，只得战战兢兢地退了出去。

金碧辉煌的宫殿里一片幽静，只有香炉里的沉香飘起缕缕青烟。西越帝很清楚，他的身体支撑不了多久了，但是……那些孽子一个比一个不成器。原本以为老四还算是个好的，现在看来也是不行的。老大的死和老二也脱不了关系，南宫家在军中影响太盛，若是再让老二登上帝位……难道要在那些小的里面挑？还有一个老三……容璋！随时随地虎视眈眈……除非，将前面那几个都杀了！西越帝苍老的容颜渗出一丝杀意。

还有……还有他的小九……小九这些日子倒是长进了。西越帝皱眉，眉宇间闪过一丝淡淡的后悔之意。

西越帝睁开眼睛，满是皱纹的手慢慢从怀里取出一个绿色的小瓷瓶。他有些颤抖地倒出一颗药丸，一股淡淡的清香顿时弥漫在鼻尖，乳白色的药丸看上去让人觉得干净而纯澈。

看着手中的药丸，西越帝眼中闪现出挣扎之色。从去年开始他的身体就已经渐渐崩溃，服用这漱玉丹固然能够让他再拖一段日子，却也绝不会超过一年。最重要的是，这一年中会出现的各种症状让一世骄傲的西越帝无法忍受。与其那样苟延残喘，他宁愿死了！

西越帝抬手，重新将药丸放回了小瓷瓶中，苍老的眼中闪过一丝锐利的锋芒。罢了……就让朕来看看你们能做到什么程度。

很快，一个极为隐秘的消息，以各种隐秘的方式传到了每一个应该知道的人耳中。

西越帝已经写下了传位遗诏！遗诏就放在清和殿中的"建极绥猷"匾额后面！

循王府书房里，容璋靠着椅子坐在书案后面，消瘦的脸上带着淡淡的疲惫之意。魏无忌站在跟前，有些担忧地看着他道："义父，请保重身体。"容璋摆摆手，道："本王没事。你说的消息属实？"

魏无忌凝眉道："消息是从清和殿传出来的，应该属实。若是义父不放心，无忌亲自进宫去看看。”

“不。”容璋摇头道，“这消息传得太突然了，很可能是个陷阱。但是……这至少证明父皇的身体确实是撑不住了。这么多年了，也该到时候了。若是再这么下去，本王当真不知道……最后到底是他耗死了我，还是我磨死了他。不管怎么说……那个位置一定要是瑾儿的！咳咳……”说到此处，容璋儒雅的容颜有些扭曲，似乎带着许多怀念和痛苦。

“义父！”

“没事。”容璋沉声道。

魏无忌点头应道：“那么义父，遗诏的事情，咱们就静观其变吗？”

容璋摇头道：“不……现在先不管遗诏，现在重要的是……庄王和端王。只要除了这两个人，其他的都不足为虑。”

“义父是打算？”

容璋冷笑道：“也该让本王真正见识一下药王谷的本事了。那个灵枢，这一次不会再让本王失望了吧？”

魏无忌心中一动，问道：“义父是说，还是用毒？”

“办法不怕老用，只要有用就行。”容璋淡淡道。魏无忌疑虑地道：“这……庄王府恐怕有了防备，没那么容易得手。”容璋冷笑道：“谁说要对庄王下手？釜底抽薪……”

魏无忌眼底不由得一震，道：“义父你是说……”

容璋微微点头，道：“去办吧。”

魏无忌犹豫了一下，终于还是点了点头，应声道：“无忌领命。”

回到魏府中，魏无忌只觉得心底冰凉，怔怔地望着空荡荡的窗外不禁苦笑。兄杀弟，弟杀兄，父杀子，子弑父……这是个什么世道啊。

“公子。”门外传来一个轻柔婉约的声音，灵枢端着茶点走到门口，轻声笑道，“我可以进来吗？”

魏无忌飞快地收敛了脸上的神色，又是那个仿佛一切都在掌控之中的魏公子了。他看了一眼门外，淡然道：“进来吧。”

灵枢踏入书房，将茶点放到魏无忌跟前的桌上，柔声笑道：“公子这两天心情不好吗？怎么一个人坐在书房里发呆呢？”

魏无忌平静地看着灵枢张罗着一切，她仿佛一个贤惠的妻子。魏无忌眼中没有丝毫波动，道：“这些事情交给下人做就是了，你怎么亲自送过来？”

灵枢清婉一笑，眼波盈盈地望着魏无忌道：“灵枢只是想要为公子做一些力所能及的事情而已。自从……六年前遇到公子，灵枢便……如今终于能够随侍公子身边，灵枢只感到万分欢喜。”

魏无忌望着她道："你身为药王谷长老，身份尊崇，跟在我身边只会委屈了你。"

灵枢眼神一黯，有些忧伤地道："公子是嫌弃灵枢吗？灵枢厚颜，依旧不能求得公子一丝垂青。我不在乎什么药王谷长老，也不在乎什么素手观音的名号。若不是想要为公子分忧……灵枢又何必要那些虚名？"

当年灵枢也是个芳龄少女，第一次出谷历练便为魏无忌所救，从此一颗芳心落在了魏公子的身上。知道魏无忌心怀大志，所谋非小，她迟迟不肯回谷，小心翼翼经营着素手观音的名号。回到药王谷之后，她收敛谷中的权力，甚至不惜利用自己的表妹素问，赶走了并不好控制的莫问情。灵枢是个极聪明的女子，她很清楚以色事人的弱点。她也是一个骄傲的女子，她不屑于如千凌那样完全依附于魏无忌，看似万千宠爱在身，实则随时都可以被抛弃。她要成为魏无忌身边最不可缺少并倚重的那一个。魏无忌平静地打量着灵枢，半晌方才道："这些年，辛苦你了……"灵枢心中暗喜，正要谦逊几句，魏无忌脸色突然一变，道："何方高人，既然来了何不出来一见？"

一道白影飘落到院中。从打开的窗口往外望去，只见门外的庭院里站着一名白衣男子，神色冷漠如冰，一双眼眸清寒如九天冷月。灵枢却是倒吸了一口凉气，低声道："谷主！"

魏无忌眯眼，淡淡道："原来是莫谷主大驾光临，在下有失远迎，还请见谅。"

莫问情负手而立，神色漠然地从灵枢身上扫过，道："你出来，还是我进去？"

灵枢紧咬唇角，原本嫣红的朱唇有些发白，清婉的眼眸中带着一丝恐惧。是的，即使是名震江湖的素手观音，即使她的毒术和武功都属一流，她还是本能地惧怕莫问情。灵枢如此就是因为她太清楚彼此的差距，也太清楚莫问情的性格。莫问情生性冷漠并不只是外表冷酷而已，如果她不出去，莫问情真的敢将整个魏府的人全部毒死。

魏无忌眯眼，沉声道："不知莫谷主大驾光临，有何贵干？灵枢姑娘现在舍下做客，若是想为难灵枢姑娘，还请莫谷主自重。"

莫问情显然并没有心情跟魏无忌交谈，微微抬起手，俨然是要动手。灵枢连忙道："谷主，请听属下一言！"

莫问情不语，只是淡漠地看着灵枢。灵枢咬了咬唇角慢慢走出了书房，看着站立在庭院中的莫问情，问道："不知谷主有何吩咐？"

莫问情道："我已经不是药王谷谷主了，你不必如此称呼我。慕容煜死了，你怎么不去死？"

"难道谷主是为了慕容煜？"灵枢有些惊讶地道。

莫问情负手而立，道："慕容煜总是义父唯一的血脉，他虽然该死，但是他死了我也不能不为他报仇。"

灵枢神色微变，强笑道："谷主要为他报仇，不是应该去找顾流云和南宫翼吗？"

"你不必狡辩。"莫问情眼神平静无波，灵枢却觉得仿佛一眼就被他看透了一般，心中隐隐升起一股寒意。

灵枢不由得惨笑，有些讥讽地看着莫问情道：“这么说，慕容煜的死谷主也是知道的？其实你也看慕容煜不顺眼，也想要他死，如今来找我麻烦不过是为了向前代谷主交代而已。”

莫问情沉吟了片刻，却并不否认，点头道：“是。”

“那你跟我有什么区别？”灵枢咬牙道。

莫问情侧首想了想，道：“没有区别，我想杀你，你若是有本事，也可以过来杀了我。”

“既然如此，就请谷主赐教。但是灵枢希望谷主不要伤到魏府的其他人。”灵枢道。莫问情点头，算是同意了她说的话。

“等等。”书房里魏无忌也跟着走了出来，盯着莫问情道，“莫谷主，虽说莫谷主来者是客，但是未免太过无视在下这个主人了。在下先来领教莫谷主几招如何？”

“公子……”灵枢有些焦急，心中却也不由得微甜。魏无忌愿意为她出头，她虽然担心他的安危，却也还是十分开心的。灵枢朗声道：“谷主，灵枢知道不是你的对手，但是如果我跟魏公子同时出手，你只怕也没有几分胜算吧？谷主何必为了一个慕容煜闹得两败俱伤？”

莫问情看了看魏无忌，问道：“你是顾流云的朋友？”

魏无忌一愣，有些不太明白莫问情为何有此一问，反应却也极快，点头道：“在下与顾公子确实有些交情。”

莫问情点头道：“好，看在顾流云的面子上，这次就算了。不过……死罪可免，活罪难逃！”

莫问情一掌拍向不远处的灵枢。灵枢本能地想要躲避，却不知为何突然觉得浑身无力，连挪动一下也做不到，只能眼睁睁地看着莫问情一掌拍了过来。

莫问情这一掌若是拍实了，灵枢必死无疑，他却突然改掌为指，飞快地在灵枢身上点了几下。灵枢惨叫一声，跌倒在地上，一缕血丝从唇边溢出。她脸色苍白，忙道：“你……你废了我的武功……你下了什么毒……”莫问情道：“红颜杀。”

“这……这是什么？”莫问情却没有回答她，一闪身消失在黑夜中。

魏无忌站在旁边，平静地看着跌坐在地上的灵枢，问道：“你还好吗？”

灵枢轻咬着唇角，眼眶微红。辛辛苦苦二十年，灵枢素来以自己的武功修为自傲。她虽然算不上绝顶高手，但是在这世间的女子中，她的武功绝对是数一数二的，如今却一朝化为流水。她痛苦道：“公子……我……”

魏无忌叹了口气，将她扶起来，道：“没有武功也无所谓，以莫问情的性格过了今天也不会来找你麻烦了，不然，以后时时刻刻要提防他反而更加费神。”

灵枢只得柔顺地道：“我知道，公子……会不会嫌弃灵枢？”

魏无忌笑道："怎么会？难道我看中你是为了你的武功？"灵枢闻言，才展颜一笑，道："我知道公子对我极好。"

魏无忌淡笑不语，他当然不是看中灵枢的武功，他是看中灵枢对药王谷的掌控能力以及医术和毒术罢了。

灵枢靠着魏无忌，虽然带着温和的笑意，眼底却也藏着一片阴影。公子说得没错，以莫问情的高傲对她下手一次之后绝不会再出手。但正是因为如此，她觉得莫问情对她做的绝不仅是那么简单。红颜杀……到底是什么东西？

慕容煜死了，夏修竹亲手将鸩酒灌进他的口中，顺便捏断了他的喉咙。这个曾经高高在上、野心勃勃，据说是最有希望得到华国皇位的男人，最后却默默无闻地死在了奉天府阴暗的牢房里。慕容煜的死却并不能消弭皇城里越来越汹涌的暗流和硝烟。随着秦王府彻底退出，原本还算和平的端王府和庄王府的矛盾也已经变得无法掩盖且无法化解了。每天，朝堂上总有人家破人亡，总有人人头落地。早已经杀红了眼的庄王和端王仿佛都已经忘了朝堂并不是他们可以随意厮杀的地方。本该制止这一切的西越帝却一副视而不见的模样，也让原本还存着些试探心理的人们胆子更大起来。

身为奉天府尹的沐清漪虽然清楚地感知到这一切的变化，却依然置身事外，一派悠然安适，让多少战战兢兢地算计着一切的人羡慕嫉妒不已。

顾府的后院里，沐清漪披着披风，依然倚坐在树下抬头看树梢刚刚冒出的新芽。容瑾抱着火儿走了过来，扫了一眼桌上的两个茶杯，问道："南宫翼来做什么？"

沐清漪含笑道："你看到他了？"

容瑾轻哼一声，道："刚遇到了。"

火儿在容瑾怀中艰难地挣扎着，吱吱直叫。容瑾皱眉道："这小东西怎么尽学老鼠叫？该不会是从小便没见过几只狐狸，根本不懂狐狸语吧？"

火儿会不会狐狸语没人知道，但是小东西显然感到了容瑾的不怀好意。它猛地一阵挣扎，趁着容瑾松手便化作一道红光扑进了沐清漪怀里，"吱吱……嗷嗷呜……"

沐清漪也觉得火儿的语言有点儿复杂，哪天它嘴里蹦出猫叫，她也不会觉得奇怪。

"九爷会不知道他来做什么？自然是为了拉拢九爷。"沐清漪抱着火儿，含笑道。

容瑾轻哼一声，靠着她坐了下来，抬手继续撩拨着奓毛的小狐狸。沐清漪道："南宫家在军中的影响依然不容小觑，我以为你会心动呢。"

容瑾嗤之以鼻，道："南宫绝已经老了，南宫羽想要成才还有的是时间磨。何况，南宫绝已经多年未上战场，虽然名声依旧，但是若说对军队的掌控力有多强，却也未必。尽管有些可惜，但是……如果将来我动了容瑄，你看南宫绝会不会跟我翻脸？"

沐清漪嫣然一笑，他们显然想到一起去了。容瑾自然也知道她的心思，愉悦地摩挲着她柔顺的发丝，道："本王就知道，我跟清清是心有灵犀的。"

沐清漪无奈地拨开他的手，问道："宫里怎么样了？刚刚你好像心情不太好。"容瑾眼神微闪，淡淡道："今天去梅园的时候，我顺便去了一趟清和殿。"

沐清漪一怔，为火儿顺毛的手也顿了顿，蹙眉道："清和殿？你去……"刚刚传出西越帝立下了遗诏的消息，容瑾就跑过去，未免太急了一些。容瑾笑道："本王会那么笨吗？我自然不是为了遗诏去的，而是为了……确定一下老头子的病情罢了。不过，倒是让我发现了一件有趣的事情。"

沐清漪挑眉，好奇地看着他。容瑾勾唇笑道："有人给老头子下毒。"

"下毒？！"沐清漪一惊，皇宫中戒备森严，皇帝入口的东西更是要经过层层检验。在这样的情况下，还能有人给西越帝下毒，能做到的只有……药王谷！

莫问情不可能做这种事情，那么就只有灵枢了。

"她当真是不遗余力地想要毁了药王谷吗？"容瑾冷笑道，"多此一举。老头子若是真服了漱玉丹，短时间内任何毒药对他都不会再有效。若是没有服漱玉丹，也没多少日子好活了，还下慢性的毒药有什么用处？"

想起灵枢背后的那个人，沐清漪轻叹了口气，望着容瑾，低声道："容瑾，你当真不后悔吗？"

那些人不是不相干的别人，是容瑾的父亲或者是祖父。容瑾一怔，微微垂眸，抬手圈住沐清漪纤细的腰，一把抓过火儿放到自己膝上，侧过身将头枕在了沐清漪的膝上，淡淡道："为什么要后悔？嗯……或许等他们死了本王会考虑会不会后悔吧。"但是现在，他却只想让这些人统统去死！

沐清漪苦笑，等他们都死了就来不及了啊。

沐清漪不是软弱的人，对华国的皇子她可以毫不留情地算计，但是对西越帝和容璋却忍不住要保留三分，并非因为他们，而是因为她跟前这个时而张狂时而桀骜，时而又脆弱无辜的男子。

她终究，还是将他放到了心上。

"好，听你的。"沐清漪淡淡笑道，将来你若是后悔了，这份罪孽我替你担便是。容瑾抬手握住她留恋在自己脸上的玉指，低声笑道："清清，这些事我要亲自来做。清清看着就好，只有亲手了结了这些，我才会高兴。"沐清漪皱眉道："容瑾，你是个笨蛋吗？"

容瑾笑眯眯地道："正是因为本王聪明绝顶，所以本王的决定都是对的。"所以，我怎么能让清清为了那些人而留下心结呢？

三月初，沸沸扬扬闹腾了一个多月的庄王和端王之争终于在西越帝的强力干预下告一段落。最后的结果是，容琰被降为郡王，端王一党也损失惨重。容瑄虽然保住了亲王之位，但是卧病在床，明眼人都知道他大势已去。

一时间，几个年轻一些的皇子的心思也不由得活络起来，但是他们还没来得及有什么打算，西越帝病重的消息终于再也压不住了。早朝还未结束，西越帝直接在朝堂上吐了口血，委顿得在龙椅里坐不起来了。

众皇子和朝臣们这才发现，那个曾经让他们惊惧敬畏的陛下已经是一个消瘦而衰老的老人了。原来西越帝早就没有了众人记忆中那高大挺拔的模样，剩下的只有岁月赐予的皱纹和白发。

“父皇怎么样了？”寝宫里，众臣都跪在外面翘首以盼，里间里几位皇子殷切地注视着正在为西越帝把脉的御医。

三月初，御医却已经汗流浃背了。御医在众人的目光中小心翼翼地放下西越帝枯瘦的手，颤声道：“启禀各位王爷……陛下，陛下的身体……极度衰弱，已经……已经……臣等无能，实在是无法下药。”

容琨不耐烦地道：“本王是问父皇到底得了什么病！”

太医摇头道：“陛下，没有病。”

众人默然，没有病才是最麻烦的病。西越帝已经快要七十了，在皇室中已经算得上是高寿了。年纪大了，时候到了，自然是谁都没有法子的。

“下去煎药吧。”最后，还是容琰开口沉声道。所谓的煎药，也只是一些调养的药罢了，聊胜于无。

“是，臣等告退。”太医恭敬地应了一声，小心地退了出去。

寝宫里一片寂然，众皇子面面相觑、神色各异，目光却都不由自主地盯着床上依然昏迷的西越帝，一时间心情也是万分复杂。

“父皇，你醒了！”西越帝昏迷得并不太久，御医刚刚退出去，他便慢慢地睁开了眼。他最先看到的十一皇子连忙凑上前去。

“瑾儿……”西越帝低声唤道。

众人的目光瞬间落到了容瑾身上，似妒还恨地盯着一脸坦然的容瑾。容瑾挑了挑眉，走到床前，道：“父皇。”

西越帝侧首扫了一眼众人，有些虚弱地道：“你们回去吧，朕有话要跟豫王说。传位的诏书朕已经放到了清和殿的匾额后面，等到朕死了你们就去取出来看吧。至于现在……都给朕安分一些！”即使已经极度虚弱，西越帝说出口的话还是让人感觉到一股凛然的杀气。

一时间，在场的所有皇子心中都不由得生出一股委屈的情绪。或许在父皇的心中，他们这些皇子当真就从来都不算什么，只是传宗接代的工具而已，父皇根本就没有将他们当成过儿子。

“是父皇，儿臣告退。”众人齐声道。

“去吧。”西越帝淡淡道。众皇子退了出去，只留下容瑾一人站在西越帝床边。

西越帝挣扎着坐起身来看着容瑾，淡笑道：“瑾儿等着这一天，等很长时间了吧？”

容瑾眼神一闪，神色平淡地道：“父皇言重了，儿臣不敢。”

西越帝低头淡淡一笑，道：“你从小便怨恨朕，不是吗……不，你怨恨这宫里甚至是整个皇城里的一切。不过，这不怪你，是朕不好，这些年，瑾儿受苦了。”

容瑾垂眸不语，虽然不知道西越帝到底想要说什么，但容瑾本能地感觉到此时看似虚弱无比的西越帝其实非常危险。

“瑾儿别怕，父皇不会伤害你。”西越帝靠着背后的软枕，望着容瑾俊秀的容颜叹息道，“如果你母妃还活着，看到瑾儿如今的模样一定也会十分高兴。瑾儿想要这帝位吗？”

容瑾淡淡道：“父皇肯给我吗？”

西越帝摇头笑道：“虽然瑾儿如今的模样让朕很高兴，但是朕有些不放心。瑾儿说得没错，当初……朕确实想过有这么一天的话，就带着瑾儿一起去见你母妃。不过现在……”西越帝皱眉道，“瑾儿比朕以为的更加厉害了啊，瑾儿怕是不肯吧？”

容瑾唇边勾起一丝淡淡的冷笑，脸上的神色却越发冰冷起来。

“你果然什么都知道。”容瑾盯着西越帝漠然道。西越帝似笑非笑地看着容瑾低垂在绣袍下的指间一闪而没的红芒，笑道：“瑾儿想要杀了朕吗？其实……朕也不是从一开始就知道的。只是，自瑾儿从华国回来之后，就变了不少啊。朕总要去查一查是什么让朕的儿子变了吧？但是还有许多事情是朕不知道的，瑾儿愿意告诉父皇吗？”

容瑾神色冷漠如冰，盯着西越帝的眼里没有丝毫感情。西越帝叹了口气，摇摇头，道：“罢了。你不愿说就算了，横竖朕也看不了你多少时日了。”

容瑾冷笑一声，道：“一个侍卫都不留，你是当真不怕我杀了你？”

西越帝笑道：“瑾儿不是想要皇位吗？一个弑君杀父的皇子可是当不了皇帝的。除非，你能将这皇宫和皇城里的权贵都杀光了。既然不想动手，便坐下来陪父皇说说话吧。”

容瑾沉吟了片刻，还是走到距离西越帝不远不近的地方坐了下来。容瑾不知道西越帝武功有多高，但是这个时候西越帝还敢跟他独处，必然是有所依仗的。到了这个时候，容瑾倒也不那么在意这些了。眼前的人不管有多强都已经注定了命不久矣，而他，容瑾，终究会得到一切。

“你想说什么？”

西越帝怜爱地看着容瑾道：“容璋是不是告诉你，他才是你的亲生父亲？”

容瑾抬眼，定定地望着西越帝。西越帝笑道：“朕知道，你肯定是不会承认他的，但是……其实你在心里还是相信他，是不是？真是个傻孩子，你若不是朕的亲骨肉，朕岂会如此疼爱你？你见过朕疼爱哪个皇孙吗？”

“疼爱？”容瑾挑眉，神色有些古怪地看着西越帝，唇边勾起一丝嘲讽的笑。

西越帝叹气道：“你小的时候朕确实冷落了你，但是，那也是为了你好。你母妃早逝，梅家的人……也没了。朕若是再疼你，你可知道有多少人会对付你？朕虽然是皇帝，但也无法时时刻刻守着你。你看看，你住在梅园那些年不是一直过得很平静吗？”

确实很平静，虽然从六岁开始时不时就有刺客拜访，但是现在回想起来，那些刺客的手段其实低劣得让人不忍目睹。唯一的作用大概就是激起了他心中的恶念和阴暗面吧。

“你别怪朕……以前朕一直以为你当真身体十分虚弱，若是朕走了，你定然是要受苦的。你母妃辛辛苦苦生下你，还没看过几眼就去世了，朕想着……若是将来带着你一起去见你母妃，咱们一家三口团团圆圆的，不是很好吗？现在看来……倒是不用朕替你费心了。”西越帝一口气说了这么多话，面色有些难看，也不管容瑾难看的神色，笑道，“不过，不管怎么说……朕还是西越的皇帝，瑾儿既然有志于此，朕自然也要给你一个机会。当然，朕也会替你安排一些，这几日，瑾儿就先住在宫里吧。”

容瑾挑眉，有些挑衅地看着他道：“你想软禁我？”

西越帝笑道：“现在宫里有人拦得住你吗？你在宫里陪陪父皇又怎么样？你不是想要漱玉丹吗？前几年没给你是怕你自己不知轻重吃了，现在看来，是朕想岔了。但是……你若不肯，朕可就将剩下的一颗半都吞下去了。漱玉丹的方子，十九年前就毁了，朕手里这一颗半是世上仅存的了。”

容瑾沉默良久，方才点头道：“好，正好儿臣也想看看父皇想要做什么。”

西越帝打量着容瑾，叹息道：“瑾儿果真将顾流云看得很重要吗？不过……父皇劝你，你若是真想做个合格的皇帝，儿女情长……不沾也罢。”

容瑾不屑地冷笑道：“本公子不是你，清清也不是母妃。本公子偏要江山和美人两样兼得。若是没了清清，我便毁了你的江山！”

“看来……你也做不了一个明君。”西越帝摇摇头，闭上眼睛不再说话，满是皱纹的脸上多了一丝隐晦的遗憾和无奈之色。

几十年前，西越帝初登基未及而立，意气风发，志在天下。前二十年，他也曾励精图治、富国强兵，堪称一代雄主。他本以为自己会一生无情无爱，在孤独的帝王之路上一个人走到底，却没有想到……遇到那个如梅花一般清艳的女子之后，他才知道自己并非无情，而是没有遇到那个人罢了。

从那以后，他半生都陷入癫狂之中。他不顾帝王身份强夺儿媳，朝中反对的大臣和权贵被他杀尽，曾经一统天下的雄心壮志也早就灰飞烟灭了。这二十年，他竟是过得浑浑噩噩，如今回过神来，却已经是年近古稀的老人。下了黄泉，他这副老朽的模样要如何去见夕儿？一人独处的时候，他也从不敢问自己到底后不后悔。

容瑾倚靠着椅背，漫不经心地看着床上渐渐睡去的老人，心中轻哼一声：当真不怕死了吗？

循王府书房里，容璋听着属下的禀告，脸色渐渐沉了下来，道："本王知道了，下去吧。"

魏无忌坐在一边，不由得皱起了眉头，道："义父，陛下将豫王扣在宫里已经两天了……不如无忌进宫去探探？"

容璋摇摇头，凝眉道："宫里现在必定戒备森严，豫王府那个顾流云有什么动静？"

魏无忌摇头道："没有，顾流云依然如往常一般每天到奉天府衙门办差。"

容璋沉思片刻，道："那么……瑾儿应该还没有危险，咱们还有更重要的事情要办。父皇他……撑不了几日了。"

魏无忌默然，西越帝对于京城里所有的权贵来说都是一座压在头顶上不可撼动的大山。这样的一个人，突然就快要死了，总是会让人产生几分荒谬虚无之感。

"准备得怎么样了？"容璋问道。

魏无忌低声道："一切都准备好了，不过，几位王爷和皇子府上似乎……"容璋冷笑道："高高在上的皇权，只要是有资格的，谁不想要奋力一搏？无忌，真到了那个时候，你设法牵制住南宫绝便是了。"

"是，无忌明白。"魏无忌点头道，沉稳的眼眸中多了几分跃跃欲试之意。一直以来，因为要隐藏自己的身份和武功，魏无忌真正交过手的绝顶高手也只有容瑾一人而已，能有机会与南宫绝交手，他自然是不愿错过的。

容璋缓缓吐了口气，盯着跟前的烛火，有些苍白的脸上露出一丝淡淡的笑意，道："本王有预感，就在这两天了……父皇，你可别让儿臣失望了……"

"启禀王爷，陛下有旨请王爷立刻进宫见驾。"门外循王府的总管急匆匆而来，恭声禀告道。

容璋抬眼，问道："知道了，还有别的皇子吗？"

总管道："陛下已经下旨宣所有皇子进宫了。"

"很好。你去吧，本王立刻进宫。"容璋站起身来，看向魏无忌道，"无忌，就是今晚了，去办事吧。"

"无忌遵命。义父……保重。"魏无忌沉声道。

"嗯。"容璋淡淡点头，侧首望向皇宫的方向，轻声叹道，"也该有个了结了。"

皇宫里，往日里尊贵无比的皇子、皇孙在清和殿外跪了一地。此时虽然已经是三月，但是夜色如水还是带着淡淡的凉意。

容璋赶到时看到的便是那跪了一地的兄弟和侄子。每个人都低垂着眼眸，仿佛恭敬又哀伤，其实心里、眼底无一不在打着自己的算盘。容璋嘲讽地一笑，走过去准备跪在容琰的旁边。

“循王殿下，陛下宣您进去。”还未来得及跪地，蒋斌急匆匆地过来恭声道。

在众人复杂的目光中，容璋淡淡一笑道：“蒋公公，父皇……”

蒋斌低声恭敬地道：“陛下请循王殿下快些进去呢，殿下快去吧，别让陛下等久了。”

容璋点头道：“如此，有劳公公带路。”

“殿下请。”

容璋跟着蒋斌，在众人的注视中，沉稳地走向紧闭的清和殿门。

一踏入殿中，容璋就看到据说已经快要不行了的西越帝正端坐在殿中的矮榻上对着棋盘沉思。虽然西越帝脸上的气色十分不好，却似乎还不到快要一命呜呼的地步。

容璋飞快地扫了一眼殿中，却没有看到容瑾的身影。

西越帝头也不抬，淡淡道：“你来了？过来坐吧。”

容璋沉默地走过去，在西越帝对面坐了下来。西越帝道：“陪朕下盘棋。瑾儿从小就没耐性，从不肯陪朕下棋。”容璋默然执起白子，在棋盘上落了一子。西越帝摇摇头，跟着落下一颗黑子，有些感叹道：“这么多皇子中，也就你的棋艺还不错，又有耐心。”

一时间，容璋脸上闪过一丝恍惚的神色，却又很快消失于无形。他和西越帝的关系自然不是天生就这么坏的。当年西越帝还是那个英明神武的皇帝，虽然对后妃子女同样不亲近，却总还有自己的喜好。

二十年前，容璋才华横溢、聪明睿智，比起身为长子却有些优柔寡断的容璜、文武双修却都不算十分出众的容瑄、虽然聪明生母家世却太差的容琰，容璋才是那个最让西越帝满意的皇子。只可惜……这二十年来，父子两人见面的次数寥寥可数，更不用说下棋了。

大殿中一片寂静，只有棋子不时落下的轻响。虽然棋盘上厮杀得仿佛十分激烈，但是两个人都心知肚明，谁都没有将心思放在棋盘上。

最终，棋局还是西越帝占了上风，容璋低头看着下了一半的棋局沉吟了片刻，突然抛下手中的棋子淡淡道：“儿臣输了，不必再下。”

西越帝淡淡地看着他道：“倒是没想到，你韬光养晦了二十年，杀气反而更重了。二十年前朕就跟你说过，你一错，太过急于求成；二错，不能坚持，胜则气势如虹，败则一泻千里。这一点，你远不如瑾儿。”

容璋垂眸，仿佛恭敬地听着西越帝的教诲。

“你想要皇位吗？”看着跟前沉默的儿子，西越帝突然开口问道。

容璋一怔，有些意外地看向西越帝。很早以前容璋就清楚，无论父皇将皇位传给谁，都绝对不会传给他。现在西越帝问这个问题又是什么意思？

西越帝笑道："你是个聪明人，所以这二十年来你从来没有考虑过自己登上皇位的可能性，你都是在替瑾儿铺路是不是？你觉得……他登上皇位，就跟你登上皇位一样了吗？"

除了最初的一惊，容璋整个人显得格外平静，道："果然什么事情都瞒不住父皇。瑾儿……"容璋心中隐隐有些担忧，如果父皇已经知道了容瑾的身世，那么……

西越帝仿佛没听见他的话一般，望着眼前的棋盘，眼神却悠远得好像穿过了容璋，到了不知名的地方。

"夕儿的事情……"西越帝淡淡道。

"住口！"听到"夕儿"两个字，容璋顿时仿佛被戳到了痛处一般。冲口而出的话却被一阵猛烈的咳嗽打断，他好半天才缓过来。不知是因为剧烈的咳嗽还是愤怒，原本苍白的脸色也变得通红，他怒视着西越帝道："不许你提夕儿！"

西越帝平静地打量着他，半晌才冷笑一声，道："夕儿的事情，当年确实是朕有错在先，但是……难道你没有私心吗？"

容璋刚刚通红的脸色又是一白，他死死地盯着西越帝，眼睛通红，仿佛眼前坐着的不是他的亲生父亲，而是不共戴天的仇敌。

西越帝抬眼，定定地盯着容璋，冷笑道："朕是皇帝，整个西越都是朕的，朕即便要夕儿又如何？你若当真那么有骨气，当初便一剑杀了她，朕说不定还能赞一声不愧是朕的儿子。若是不敢，你有何资格跟朕争？夕儿既然已经入宫，便跟你再没有丝毫关系，若不是因为你……她怎么会芳龄早逝？容璋……若不是答应过夕儿，朕有生之年不会伤你性命，你以为……这些年你还能这么暗地里到处蹦跶吗？"

容璋怒极，低声吼道："夕儿是我的妻子！"

西越帝不屑地一笑，道："可惜，你没本事保住她，也没本事给她一个安宁的生活。"

容璋消瘦的手指死死抓住座下的软垫，身为一个男人，没有办法保护自己的妻子本就是最大的耻辱。他是天家皇子，生来便比寻常人更加骄傲。那个与他有夺妻之恨的男人，却是他曾经最尊敬和崇拜的父亲……

西越帝并不将他的愤怒看在眼中，继续道："夕儿进宫后本就该与你毫无关系，你……却利用与她从前的感情，指使她来暗杀朕。真是朕的好儿子，璋儿……其实朕很久以前就在想，你到底是因为朕抢了夕儿心中愤怒不平想要置朕于死地，还是……从开始知道朕看上了夕儿就在想方设法地将她送入宫中借机刺杀朕呢？"

"你胡说！"容璋猛地站起身来，瞪着西越帝的眼睛几乎要喷出火来了，"本王决不会做那种无耻的事情！是你拆散了我和夕儿，是你逼死了夕儿！你已经有了天下，为什么还要这样做？！我是你儿子，夕儿是你儿媳妇啊！"

"住口！"西越帝冷然道，"夕儿是朕的贵妃，你给朕记清楚。夕儿是你害死的，若不是你逼她给朕下毒，她怎么会死？"

为什么要那么做？西越帝心中有一丝茫然。或许是在循王府的梅林里看到那个白衣如雪的女子纯真无邪的笑容时，他就早已经忘了这世间的一切伦理纲常。他是在世上最黑暗诡谲的皇宫中从一个小小的皇子一步一步爬到了西越至尊之位。他的心早就已经沉沦在黑暗之中了，他身边所有的人都在算计着，他无时无刻不在小心警惕，防备着所有的人。

在看到那个女子的瞬间，他终于发现原来这世上还有如此干净纯粹的存在。想要拥有这样纯粹、美丽的女子的欲望从那一刻开始便胜过了一切。

容璋有些颓然地跌坐在软榻上，眼神怨恨地望着对面的西越帝，没有了往日的沉默和恭谦。这就是两人原本应该有的关系，两个有着夺妻之恨、杀妻之仇的男人，本就是宿世的仇敌，即使他们曾经是父子。

原本温润的面容变得狰狞而扭曲，容璋盯着西越帝的眼睛充满了杀意。西越帝却只是失望地摇了摇头，道："这么多年了，你还是让朕失望。既然这么恨朕……为什么不冲过来杀了朕？你害怕是吗？怕朕是骗你的，怕朕根本没病是不是？你跟瑾儿的性格当真不像。"

若是容瑾，莫说谁抢了自己的心上人，只怕就是稍微碰一下，他也能立刻不管不顾地冲过去拼命。所以说，这么多儿子中，西越帝还是最喜欢小九的性子。虽然在皇室中人看起来，容瑾略显冲动桀骜，不像皇室中人，但是这样的性情才让人感到真实和快意。容瑾的爱和恨都是最真实的，只可惜无论是爱还是恨，他都很少给予别人。

容璋无言以对，身为男人的自尊让他想快意恩仇。身为皇子从小到大的教育却教会了他审时度势和忍耐。如果二十年前他没有冲出去直接跟西越帝拼命，二十年后他一样不会这么做。

西越帝笑道："你不用怕，这一回朕不骗你，朕真的要死了。"西越帝抬手毫不在意地抹去了唇边的一抹血丝，甚至还有闲心接过身后的蒋斌送上的水簌了口，道，"既然你依然不想杀朕，就好好地坐下来陪朕看看今晚这场戏到底要怎么演。为了这一天，朕可是想了不少时间呢。朕还有一个问题，如果……朕说，只要朕死后你将夕儿追封为朕的皇后与朕合葬，朕就传位给你，你会答应吗？"

容璋沉默不语，西越帝似乎也不在意他的答案，只是笑了笑便低头重新去摆弄棋局了。

"陛下……刚刚传来消息，御林军、京畿驻军，还有城外神策营、健锐营都有异动。"一个暗影进来，看了容璋一眼低声禀告道。

西越帝挑眉笑道："哦？他们的手倒是都不短。璋儿，哪一路人是你的？你们难道就没想过……今天要是朕没死，你们可怎么办？这也未免有些心急了。"

听着西越帝的笑语，大殿中另外三个人却半点也不觉得好笑。心急了固然是大错，但是太慢了被人捷足先登同样也是大错。

西越帝挥挥手，道：“去吧，不用理会他们。朕也想看看他们到底想做些什么。”

城外，一队人马正飞快地往京城而来。最前方为首的翩翩之人正是建威大将军南宫绝。

蓦地，一队人马从一个方向出来，生生拦住了南宫绝的去路。为首之人却是天下首富魏无忌魏公子。南宫绝一怔，显然在此处看到魏无忌让他有些意外，他眯眼扫了一眼魏无忌身后的一众黑衣人和穿着士卒服饰的兵马，沉声道：“神策营？老夫怎么不知道，魏公子什么时候竟然能够调动神策营的兵马了？”

南宫绝是西越老将，听了他的话，神策营领兵的几个统领神色都有些窘迫和尴尬。魏无忌却是丝毫不受影响，坐在马背上依然风度翩翩，笑道：“在下也同样不知道原来南宫大将军竟然有权力直接调动健锐营的兵马啊。南宫将军十几年不曾领兵，倒是虎威犹存啊！”

大家都是私自调兵，谁也不会比谁高尚。

南宫绝脸色一沉，眸中精芒四射，问道：“魏公子，你在此拦住老夫的去路是什么意思？”

魏无忌笑道：“在下才要问南宫大将军，这夜深人静，城门已经落下，南宫将军带着这么多人看样子是想要往京城去的，南宫将军这是想要去做什么？”

南宫绝脸色微沉，目光如利箭一般射向魏无忌。在他的目光下，魏无忌却是从容自若、淡然以对。半晌，南宫绝方才淡淡道：“老夫倒是看走眼了，没想到魏公子也是一代高手。”

魏无忌平静一笑，道：“大将军过奖了。在下无意与大将军作对，但是……私自调兵只怕是有些不妥。还请南宫将军三思。”

南宫绝冷笑道：“三思？难道你身后的不是神策营的兵马？老夫要带兵进京护驾，你敢阻拦？”

魏无忌笑道：“护驾？京城有人造反不成？不然何来护驾之说？大将军……为他人作嫁衣，当真值得吗？只怕到最后却是鸟尽弓藏，兔死狗烹。”容瑄已经注定了与皇位无缘，豫王又拒绝了庄王府投来的橄榄枝，那么庄王府能够支持的也就是和庄王关系不错的六皇子了。南宫绝沉默不语。魏无忌笑道：“在下也不为难大将军。这京城郊外若是你我双方兵戎相见只怕事后谁也脱不了干系。只要大将军能从在下手下过去，在下立刻带人离开这里，决不阻挠大将军。如何？”

“好狂妄的年轻人。”南宫绝盯着魏无忌淡淡道。

魏无忌淡笑不语。

南宫绝长笑一声，道：“也罢，若是老夫连魏公子的这一关都过不了，这京城不去也罢！传我军令，全军后退。”

魏无忌满意地点头，朝着身后的兵马抬手，道：“退！”两路人马不一会儿就都消失在了黑暗之中。魏无忌飞身下马，含笑对南宫绝道：“大将军，请。”

南宫绝轻哼一声，也跟着下马。两人相视一眼，谁都没有先动手，周围的气氛却渐渐变得凝重起来。

不知何时南宫绝手中已经握着一柄长剑，魏无忌也放弃了自己惯用的折扇，手中同样是一柄秋水寒剑。

许久，魏无忌发出一声轻啸，长剑划出一道青色的寒芒扑向南宫绝。南宫绝长剑一挥，一股厚重无比的剑气便铺天盖地地朝魏无忌席卷而来。不愧是沙场上百战而回的老将，南宫绝的剑并不快，也不算如何精妙，但是一招一式总是带着让人无法闪避的霸道杀气，令人不敢轻易与之争锋。

魏无忌早就知道南宫绝的厉害，也不急着与之一争高下，一开始也只是小心地试探，四处游走避开南宫绝的锐气。南宫绝是久经沙场的老将，岂会不知道他的打算，冷哼一声，手中宝剑连绵不绝地袭向魏无忌，一时间魏无忌竟然有些手忙脚乱。

不知何时，离两人打斗的不远处出现了几个人影。一身白衣的沐清漪站在路边的一棵老杏树下。她肩膀上火红的小东西乖巧地趴着，时不时还伸出小舌头舔舔她如玉的脸颊。

身后，夏修竹和无心一左一右立着。夏修竹手中握着一杆银枪模样的兵器，只是那银枪却只有普通枪的一半长短，用来做锏或者棍使更适合一些。无心一手握着剑，一手撑着纸伞为沐清漪遮住头顶轻轻飘下的春雨和花瓣。

不同于紧紧盯着不远处打斗的两人，沐清漪却是眼神悠远地望向远方，幽幽叹了口气。春雨润如酥，这样的夜晚突然下起雨来，总是让人觉得有些不安和烦躁。

魏无忌和南宫绝都是世间一等一的高手，周围出现了三个人自然不可能没察觉。两人双双退开，目光齐刷刷地射向不远处的树下，魏无忌却是莞尔一笑。南宫绝功力高深，不愧是太史衡评价的天下五大高手之一，魏无忌很清楚，若是一直打下去，自己最后绝对无法全身而退。“顾大人，真是巧啊，这么晚了还有闲情出门散步。”魏无忌含笑走了过去，仿佛当真跟沐清漪关系非常好一般。

沐清漪在树下微微抽了下嘴角，道：“魏公子、南宫将军，打扰了。”

“怎么会？顾大人来得正是时候。”魏无忌笑道。

“顾大人，你怎么会在此？”与魏无忌的愉悦放松不同，南宫绝警惕地看着沐清漪三人，最后将目光落到了夏修竹身上。

沐清漪浅笑道：“今晚……京城里好像很热闹，下官有些睡不着便出门走走，倒是没想到会遇到两位。”

如果沐清漪身边站着的不是夏修竹，如果再换个时间、地点，这副模样倒真像是出来散步的。南宫绝就是再怎么没有戒心，也不会相信这大晚上有人出城来散步。

南宫绝叹了口气，淡淡道："看来你们是一定要拦老夫了？"

沐清漪也有些无奈，幽幽地叹了口气，道："大将军功勋彪炳、名震天下，何必插手这些事情……平白污了将军一世清名。"

南宫绝神色微黯，他又何尝想卷入这些事情之中，不过是身在其中不得不为罢了。南宫绝沉声道："既然如此，你们动手吧。"

夏修竹看向沐清漪。沐清漪轻声道："不可伤了大将军。"

夏修竹沉默地点点头，手中那半截枪一扭一拉，便渐渐拉成了一柄真正的长枪。原来这银枪的枪杆竟是以精铁打造的，其中有精巧机关，可长可短。

"大将军，请。"

南宫绝点点头，道："出手吧。"

夏修竹没有太多讲究，南宫绝让他出手他就出手，手中长枪一挺直刺向南宫绝的心口，南宫绝抬剑挡住，片刻间两人便打得难舍难分。

这一次魏无忌没有急着出手，而是悠闲地走到了沐清漪身边，笑道："今晚多亏顾公子了，若不是你来了，说不定在下就要有麻烦了。南宫绝果然不愧西越第一战将之名。"

沐清漪淡淡瞥了魏无忌一眼，道："魏公子不去帮忙？"

魏无忌笑道："暂时不用，刚刚跟南宫将军打了一场，总要让我喘口气儿。两个人打一个老人家太难看了，等夏公子打累了我再上。"

比起二打一，车轮战更加无耻一些吧？

沐清漪有些奇怪地扫了魏无忌一眼，没再说话。

魏无忌见沐清漪不再说话，便自己找话，一边看着不远处的打斗，一边絮絮叨叨地说着一些闲话。等到发现没有引起沐清漪丝毫的注意之后，他才有些挫败，叹了口气，抬头仰望着天空任由花雨打在自己的脸上，叹息道："十九年了……终于都要结束了……"

沐清漪侧首，看着魏无忌。魏无忌笑道："顾公子想知道当年的事情吗？"

沐清漪挑眉，问道："魏公子……是循王的义子？"沐清漪听到过魏无忌称容璋为义父。魏无忌摸着下巴沉吟了片刻道："应该算是吧。"

沐清漪不解，魏无忌摇摇头，道："没什么。难道比起容瑾的事情，顾公子竟然更好奇本公子的事？"

沐清漪淡笑道："魏公子会告诉我吗？"

魏无忌笑道："没什么不能说的，这个嘛……你也知道豫王的生母曾经……总之自从梅贵妃过世，豫王便被丢在了梅园无人照料，那时候，豫王还不到一岁。不过那样也好，梅贵妃生前在宫里的仇人可不少，若不是皇帝将他扔在梅园不管不问，又将梅园立为禁地，只怕他也活不到现在。"

沐清漪心中一颤，一个不满周岁的孩子被丢在偌大的院子里只有一个太监照顾，幸亏薛任还颇为忠心，若是换一个只怕容瑾也不用等到别人要他的命了。

“这梅园虽然安全，却也让豫王与世隔绝。为免他将来不知人世险恶，义父便时不时派一些人去做一些事情吓唬吓唬小孩子。倒是没想到，他六岁的时候居然就敢杀人了。他第一次杀人之后，每一次义父派出去的人都会被他给杀了。当时我便有些好奇，到底是什么样的孩子竟然如此厉害，这才趁着进宫的机会偷偷潜入梅园看他。嗯……怎么说，他也算是我弟弟，不是吗？原本我以为会看到一个阴沉冷漠甚至是邪恶的小鬼。我倒是没想到，八岁的豫王竟然还天真可爱得很。只要他没有感觉到你的恶意，他根本就不懂什么是怨恨，什么是邪恶，什么是仇恨，就连杀人的时候，他脸上都没有半点表情，可是把我吓得不轻。”魏无忌有些怀念地道。

沐清漪微微点头，魏无忌说的她可以理解。一个才八岁的孩子，完全没有情绪却干净利落地干着许多成年人不敢做的事情，确实很吓人。因为他没有是非善恶的想法，没有仇恨、愤怒，也没有高兴、感恩，自然也没有动手杀人的罪恶感。稍不注意，容瑾很可能会变成一个什么都不懂的杀人机器。

“循王殿下觉得容瑾……所以循王疼爱容瑾的方式就是教他怎么杀人？”说一个六岁的孩子一开始就知道怎么杀死一个成年人，沐清漪是决不会相信的，只能是有人有意暗中引导。

魏无忌摇头道：“不，义父觉得他能教会豫王如何生存，还会把高高在上的皇位交给他。”

“荒谬。”沐清漪淡淡道。

魏无忌低眉一笑，道：“确实是有一些。”只可惜义父要怎么对自己的儿子，却不是他这个做义子的可以改变的。

沐清漪和魏无忌说话的时候，夏修竹与南宫绝已经打得越发激烈了。南宫绝手中的长剑削铁如泥、所向披靡。夏修竹手中的长枪同样宛若游龙、银芒四射。虽然南宫绝的修为确实要比魏无忌和夏修竹高上一些，但是也还远没有高到可以毫不费力碾压两人的地步。何况南宫绝已经年过七旬，体力和精力也远远比不得年轻人，他刚刚又跟魏无忌打了一场，渐渐地，夏修竹跟他打成平手，打斗陷入僵局。

魏无忌站在沐清漪身边，打量着远处打斗的两个人，赞叹道：“顾公子身边的人果真不凡，竟然连华国第一高手也甘愿随侍公子身边，在下佩服。”

之前魏无忌还猜不出来夏修竹的身份，现在夏修竹使出全力与南宫绝动手，魏无忌再猜不出他的身份就有些奇怪了——冷面银枪聂云，华国第一高手。“魏公子过誉了。”沐清漪淡淡道，既不承认也不否认。魏无忌叹气道：“看来是用不着在下出手了。”

南宫绝的武功并不比他们高特别多。之前他与魏无忌打了一场，消耗了不少体力，这会儿夏修竹跟他打基本上也没有什么问题了。

渐渐地，年轻人的优势便体现了出来。南宫绝出手的速度开始慢了起来，夏修竹的银枪却依然凌厉无比。良久之后，打斗中的两人交错而过，又飞快分开。夏修竹连连倒退了十几步终于收住了脚步，手中银枪一展，凌厉地指向南宫绝。闪烁着银芒的枪尖不知什么时候染上了一抹血红。对面，南宫绝却并没有后退，双脚陷入了地下足足两寸有余，唇边溢出了一丝血迹，月光下胸口的衣衫也绽放出一朵血花。

“咳咳……老夫输了。”南宫绝轻咳了两声，声音有些干涩地道。他头顶花白的头发在月光下仿佛一瞬间都变得雪白，整个人也显得更加苍老了。美人迟暮，名将白首，本就是世间最无可奈何也最伤感的事情。南宫绝纵横半生，武功盖世，如今却在这春夜的京城郊外输给了一个之前连名字都鲜为人知的年轻人，如何能够不感到伤悲？

夏修竹沉默地拱了拱手，道：“大将军武功高强，在下佩服。”

夏修竹很清楚，如果不是南宫绝之前与魏无忌已经打过一场了，他未必打得过南宫绝。魏无忌手中的长剑早已经不知去向，手中依然握着那把乌金铁骨扇含笑走了过来，道：“大将军，胜负已分，不知您可否遵守承诺，让健锐营的将士回去？”

南宫绝冷哼一声，道：“老夫岂会出尔反尔？不过话说回来……今晚赢了老夫的似乎不是魏公子，还是说魏公子想要再跟老夫打一场？”

魏无忌一怔，不由得摸摸鼻子，苦笑道：“不敢，在下也不愿与大将军起冲突，还请大将军高抬贵手。”

南宫绝看着眼前的两个年轻人，只得叹了一句江山代有才人出，提着剑转身往来的方向而去。看着南宫绝的身影渐渐消失在夜幕中，魏无忌回头朝着沐清漪拱手笑道：“顾公子，今晚真是多谢你了。”

沐清漪低眉浅笑，道：“不用谢，我也不是专门来帮魏公子的。你若是道谢，我又怎么好意思？”

魏无忌脸上的笑容微僵，道：“呃……顾公子的意思是？”

沐清漪挑眉笑道：“南宫大将军走了，魏公子这三万神策营的兵和寒雪楼的人打算怎么办？”

魏无忌有些谨慎地望着沐清漪道：“顾公子有什么提议？”

沐清漪笑道：“不如……借给在下用用？”

魏无忌愣住，沐清漪竟然想要来跟他抢兵权？他很快便回过神来，笑道：“顾公子说笑了，这神策营的兵马……可不是说借就借的。”

沐清漪笑道：“健锐营认人不认令，南宫大将军凭着无上军威方能调动。神策营却是认令不认人，劳烦魏公子将手中的兵符借给在下用一用吧。”

“若是在下不答应，顾公子想强抢不成？”魏无忌眼神锐利，直刺向沐清漪。沐清漪却并不在意，站在描着烟雨江山的纸伞下，在飘着细雨的夜色中依然雅致得犹如名门世家精心教养的公子。她有些遗憾地看着魏无忌道："大家都是斯文人，我并不太想对魏公子动粗。"

魏无忌朗声大笑，道："顾公子，你确定你有本事从本公子手中夺走兵符？"

"如果加上我们呢？"一个笑盈盈的声音出现在沐清漪身后。魏无忌抬眼望去，几个身着黑衣的青年男女手持各式兵器走了出来，个个虎视眈眈地盯着魏无忌。他们虽然不算绝顶高手，却也不容小视，再往后不远处还出现了不少同样穿着黑衣的人。跟寒雪楼的杀手不同，这些人不仅武功不凡，而且一听那整齐、错落有致的脚步声就知道，这些人都是训练有素的高手，论实力，绝对比号称西越最精锐的御林军要强得多。

这让魏无忌不由得想起了在彭城时沐清漪和容瑾身边带着的那六十名侍卫，事后却怎么也查不出来这些人到底是从哪儿来的。

"这几位是？"魏无忌挑眉道，一眼扫过去，就认出了两个，都是当初在彭城见过的，其中一个女子叫霍姝。

为首一人拱手道："豫王座下天枢，见过魏公子。"

魏无忌有些无奈地叹气，道："没想到豫王手下还有这样一张王牌。"

沐清漪微微蹙眉，抬头看了一眼暗淡的夜空，道："魏公子，你考虑得怎么样了？在下还有事情要办，想必魏公子也并不清闲。或者说，魏公子打算现在让我们先跟寒雪楼打过一场？"

魏无忌看看已经堵住了自己四周去路的几个黑衣人，摇摇头从怀中摸出一块金牌丢了过去。无心接到手里检查了一下，才朝着沐清漪点了点头。魏无忌苦笑道："螳螂捕蝉，黄雀在后，没想到在下倒是栽在了顾公子手中。其实顾公子完全不必如此，你知道的……你我之间并没有冲突。"

都是为了豫王不是吗？沐清漪把玩着手中令牌，笑道："有没有冲突，并非你我能说了算的，不是吗？"

魏无忌无奈，显然容瑾还是在跟义父较劲。这种时候较劲不会太儿戏了吗？

"就算有了兵符，顾公子要怎么调兵？要知道，就算是认令不认人，也不可能随便一个什么人拿着令牌就能调动兵马。"魏无忌挑眉笑道。沐清漪抿唇浅笑，道："这就不劳魏公子操心了。在下先行告辞。"

"什么意思？"魏无忌变色。

沐清漪淡笑道："天枢，你留下陪魏公子赏月吧。"

"是，公子！"天枢沉声应道。

今晚根本就没有月亮！魏无忌没好气地怒视着某人，沐清漪含笑折过身边的一枝杏花在手中把玩，道："杏花带雨，也别有一番风情不是吗？"

"呜呜嗷！"趴在沐清漪肩膀上沉睡的火儿被杏花挠到了鼻尖，打了个喷嚏醒过来，愤怒地伸爪去抓眼前的花枝。沐清漪含笑摸摸它的大尾巴，转身往京城而去。

“魏公子，在下新练了一套阵法，还请魏公子不吝赐教。魏公子最好不要用轻功离开，若是伤了魏公子，王爷和公子会怪罪在下。”天枢一挥手，两队黑衣男子飞快地从两个方向包抄过来，将魏无忌紧紧地围在了中间。魏无忌本想笑他大言不惭，却在看到暗处不时闪动的银芒时只剩下叹口气的力气了，轻声道：“既然如此，得罪了！”

皇宫里，清和殿外的细雨中，众皇子、皇孙依然只能跪着。细雨绵绵打在身上并不太舒服，但是西越帝没有发话，这些皇子、皇孙既不敢起身也不敢换个地方避雨，只得这么生生淋着。

殿内，容璋沉默地坐在一边看着还在研究棋盘的西越帝，心中暗暗揣测西越帝摆出这样的阵势到底想要干什么。

“陛下，豫王殿下来了。”蒋斌悄悄走过来，低声道。

西越帝搁下了棋子挑眉笑道：“哦？快让他进来。”

不过片刻，容瑾便从偏殿走了进来。夜色中，黑色的衣衫更像浓墨一般衬得他整个人眉目如画、俊逸非凡，他带着一身淡淡的水汽，又带着寻常时候少见的锐利的锋芒。

容瑾沉默地扫了一眼西越帝和容璋，道：“父皇。”

西越帝含笑招手道：“瑾儿来了，快过来。这么晚去哪儿了？”容瑾轻哼一声，并不说话，只是走过来随意找了一把椅子坐下。

容璋不由得握紧了手，紧紧盯着眼前笑意盈盈，仿佛十分慈爱的西越帝。

西越帝淡淡道：“瑾儿，想知道你母妃是如何过世的吗？”

容瑾抬起头来看了他一眼，目光又在容璋紧绷的脸上停留了片刻，漠然道：“没兴趣。”

“不孝的孩子！”西越帝没好气地道，并没有生气，他只是有些无奈地道，“你母妃那般疼你，朕却没将你教好……以前只当你不懂事，现在这些事情总还是应该告诉你的。”

“你住口！”容璋突然瞪着西越帝，厉声叫道。

西越帝淡然地挑眉，毕竟是做了几十年皇帝的人，就算容璋这么多年苦心孤诣地谋划，论气度却还是比西越帝差了不止一筹。

显然梅妃的死对于容璋来说是一个不可触摸的伤痛，他一听到这个竟然连之前对西越帝的忌惮都抛到了脑后，一双眼眸夹带着仇恨的锋芒恶狠狠地瞪着西越帝。

西越帝却并不将他看在眼里，只是看着容瑾道：“当年，你母妃有了你之后，容璋派人进宫暗中与她接触，要她趁机在朕平日里喝的茶水中下毒，并且许诺，将来他若登基为帝，依然愿意立你母妃为后。后来……”西越帝摇头叹息道，“你母妃一直拖到生下了你都没有下手，最后无奈，自己将毒药给吞了。”

“我叫你住口！我没有逼夕儿，不是我做的！”容璋怒斥一声，终于忍不住，不管不顾地扑了过去。虽然这些年身体被毁得差不多了，但是容璋年少时也是学过武的，不知何时他手中已经握了一把匕首，飞快地刺向西越帝。

西越帝轻哼一声，抬手之间竟然快如闪电。不过一瞬间，手中的匕首已经被西越帝夺到了手里，容璋整个人也被摔了出去。

容璋突然暴起刺杀西越帝，更是将旁边的蒋斌吓了一跳，蒋斌急道：“陛下！”

西越帝淡然地抬手，道：“不要声张，朕没事。”

“但是陛下，你……”蒋斌担忧地看着西越帝唇边溢出的血丝。西越帝的身体这半年来衰弱得极快，如今根本就不宜动手。西越帝却并不在意，只是冷冷地看着被他摔倒在地上的容璋，把玩着手中的匕首，道：“就凭你？还想要来刺杀朕？不自量力。”

“瑾儿，杀了他！”容璋眼底闪过一丝阴霾，突然对着旁边坐着的容瑾道。

容瑾抬手，修罗刀优雅地滑落到手中。容瑾专注地望着手中绯红精致的短刀，挑眉道：“为什么？”

容璋咬牙道：“是他害死了你娘，杀了他为你娘报仇！”

容瑾抬眼，淡淡道：“我没见过我娘，不过……你们两个，倒是可以一起杀了。既然你们都那么爱她，都下去陪她如何？”

有个不受控制的儿子绝对不是一件好事，容璋现在大概十分后悔这十几年来对容瑾放任自流，导致他根本就不听任何人的话。再怎么完美的棋局，若是棋子不听指挥也必败无疑。

西越帝仿佛听到了什么好笑的事情，不由得放声大笑起来，道：“哈哈，不愧是朕的儿子，有趣……瑾儿，朕现在都有些舍不得死了，朕想看看……这西越皇城以后会变成什么模样。”

“蒋斌，去将朕的遗诏取过来吧。”

“是，陛下。”蒋斌匆匆而去，很快便捧着明黄的遗诏回来了。西越帝接在手中，含笑朝容瑾招招手，笑道：“瑾儿，过来看看朕的选择怎么样？”

容瑾起身踱过去，看了一眼西越帝手中的遗诏，皱了皱眉一把抓了过去。最好的丝线织就的绢帛，在他手里不过一瞬便化为一堆碎片。西越帝却并不动怒，笑道：“怎么？瑾儿不喜欢？朕给你留了不少东西。”

“没有皇位，本公子要那些东西干什么？嫌死得不够快吗？”容瑾撇嘴道。西越帝有些无奈地看着他道：“都怪朕以前太疏忽了，瑾儿……你知道的，就算朕留下遗诏传位给你，你也坐不上皇位。”“重写！”容瑾皱眉道，“要死了还那么多废话，以后怎么样是本王的事。”

西越帝不由得一笑，道："你当真不怕朕动怒吗？"

容瑾冷笑道："你以为我是在跟你耍赖发脾气吗？本公子……是在威胁你。"原本还算暖和的宫殿瞬间弥漫着一股阴凉的气息。蒋斌心惊胆战地盯着豫王手中那精巧得犹如玩物一般的绯红短刀，生怕九殿下一不小心真的给了陛下一刀。

西越帝扬眉笑道："瑾儿，你不是这么天真的孩子啊，你当真以为拿着朕的遗诏出去，你外面那些皇兄、皇侄就会乖乖地奉你为帝？"

容瑾淡淡笑道："会不会一直乖乖的本王不知道，但是……现在他们恐怕只能乖乖地听话了。"西越帝一怔，很快便想明白了其中关键，问道："你控制了御林军？是谁……东方旭吗？"

容瑾轻哼一声，并不答话。西越帝道："就算你控制了御林军，还有京畿守备步兵和城外的神策营、健锐营，你也都拿下了？"

容瑾似笑非笑地看了一眼容璋，道："南宫绝的健锐营的兵马不是有人去帮本王拦住了吗？你说……一个魏无忌、一个聂云，挡不挡得住南宫绝？父皇，你说……我的清清拦不拦得住魏无忌？"

西越帝点头道："好主意，不费吹灰之力便能拦下两路兵马。"

容瑾笑得仿佛一个得意的孩子，道："还不止呢，清清还顺道跟魏无忌借了一些人，这样……凭着她奉天府尹的身份出其不意……京畿守备步兵应该也可以拿下吧？"

"你就没想过，若是事后神策营和健锐营动乱怎么办？"西越帝挑眉道。容瑾勾唇一笑，道："儿臣还在城外准备了五万步兵和一万骑兵，父皇觉得够不够？"

这一次，即使是西越帝也忍不住微微变色了。他抬头看着眼前俊美无俦的青年，点头道："能让六万人马神不知鬼不觉地出现在京城附近，看来朕还是小看你了。若是朕现在问你哪儿来的兵马，你肯定不会回答吧？看来上一次你去彭城收获颇丰。"

容瑾淡笑道："多谢父皇成全。"彭城距离京城不过两日路程，如今冯止水控制了彭州，天阙城的将士出谷之后完全不用担心被发现。只要日伏夜行，三四天便可以到京城附近。

西越帝叹了口气，似笑非笑地看了一眼地上的容璋道："看到了吗？这小子是你能控制的吗？"说完，也不再多说什么，西越帝提笔开始在跟前明黄的遗诏上写字。

"你……你将无忌拦在了城外？"容璋有些艰难地问道。魏无忌带的神策营是他手中的一张暗牌，却没想到竟然被容瑾截了下来。容璋道："我说过，我会帮你。"

容瑾淡笑道："我也说过，不需要，我也不信。"

其实信不信在其次，他不需要容璋的帮助。

西越帝写好了遗诏，看着容瑾满意地点点头，对蒋斌吩咐道："去宣他们进来吧。瑾儿，你可满意？"

容瑾看着西越帝跟前摊开的圣旨满意地点了点头，若是老头子继续顽固不肯写，他还要费许多事情。

西越帝盯着地上的容璋，淡淡道："三皇子容璋，意图行刺……先拿下等候处罚。"

容璋死死地盯着神色已经有些灰白的西越帝，冷笑道："他不会杀我，你若是不放心，何不现在就杀了本王？"

西越帝淡笑道："朕答应过不会杀你就不会杀你。你当真以为……瑾儿是你的骨肉？"

容璋一愣，很快又冷笑道："你不想承认吗？"

脸上的笑容更多了几分诡秘，西越帝道："真是个傻孩子……你以为你收到一封夕儿的绝笔信就是真的？那封信，是朕让人送给你的。若不让你以为瑾儿是你的骨肉，这些年你早就想要杀了他吧？朕既然不能杀你，自然也不能让你动他。只是一封信，就让你乖乖地替朕暗中保护瑾儿不是很好吗？只是朕没想到你竟然如此无用，连个孩子都保护不好！"

一瞬间，容璋的脸再一次扭曲起来，他道："你有什么资格说我？你将他留在梅园几年不闻不问，难道不是因为怀疑他不是你的骨肉吗？"

西越帝默然。外面传来一阵有些急促的脚步声，西越帝眼神一凝，轻轻一弹指，一道劲风掠过容璋。容璋身上的几处穴道一麻，顿时动弹不得。

"儿臣等叩见父皇。"

容瑄和容琰领头，一众皇子、皇孙走进了殿内，看到坐在软榻上的西越帝有些意外地愣了愣，连忙俯身请安。

西越帝轻咳一声，淡声道："你们来了。"他也不叫平身，众人也只得继续跪着。

容琰扫了一眼跪坐在地上神色难辨的容璋，再看了一眼站在西越帝身边的容瑾，皱了皱眉没敢开口说话。

西越帝淡然地扫了他们一眼，外面细雨如烟，众人身上虽然还没有湿透，衣服和发丝却也染上了湿气。西越帝淡淡道："这么晚了，你们倒是孝顺。"

容琰恭声道："孝顺父皇是儿臣们应该做的。不知父皇龙体可还安好？"

西越帝淡然地点头，随手将圣旨递给蒋斌，淡然道："朕天命将近，以后也管不了你们了。你们自己好自为之吧。"

众皇子、皇孙连忙道："父皇必定长命百岁……"

"长命百岁？"西越帝嘲讽地冷笑一声，道，"这世上哪有那么多长命百岁？朕已经年近古稀，倒也算得上是寿终正寝了。西越下一任的皇帝，朕也已经挑好了。朕在位四十年，虽然算不得盛世明君，西越却也没有败在朕的手中，这以后的事情朕也管不着了，你们自己看着办吧。"

这也是西越帝足以自傲的地方，这二十年他确实没有做出什么宏图伟业，但是就凭前二十年的基础，即使他杀功臣，诛权贵，贬文臣，打压武将，西越在他手中依然并没有衰落太多，依然是中原三国之中最富庶的国家。至于以后，身前的事情都管不完，谁还管身后的事情？

说完这些，西越帝皱了皱眉，一股淡淡的血腥味在宫殿中弥漫开来。西越帝抬手，鲜血从口中喷出顺着指缝流了出来。整个人的脸色更是以肉眼可见的速度极快地衰老下去。

“父皇！”众人大惊，刚刚看到西越帝端坐在软榻上还有人心中有些忐忑，没想到才说几句话人就要倒下去了。

站在旁边的容瑾皱了皱眉，抬手扶住了他。西越帝喘了口气，淡淡笑道：“还知道扶朕，总算朕也没有白养你这么多年。”

容瑾轻哼一声并不说话。

西越帝有些厌烦地扫了一眼在场的皇子、皇孙，道：“扶朕进去躺着，闹得朕心烦。”

原本哭天抢地的众皇子、皇孙停了一停，大殿里一时鸦雀无声。西越帝扶着容瑾的手站起身来，往屏风后面的龙床而去。容瑾素来不会侍候人，即使西越帝病得快不行了，容瑾扶得也不怎么尽心。跪在地上的容琰犹豫了一下，还是站起身来扶住了另一边，将西越帝扶进里间去。

西越帝看了容琰一眼，倒也没有拒绝。

进了里间躺下，西越帝便道：“瑾儿留下，你出去吧。”

容琰看了一眼一脸漠然的容瑾，虽然心有不甘却也只得快快地退了出去。这里是清和殿的后殿，平日西越帝起居的地方。龙床和外间只是隔着一道山水画屏风罢了，外面的人基本上也能看清楚里面的人，听见里面的声音，倒也不至于西越帝会跟容瑾说什么秘密不让他们知道。

父皇此时依然对容瑾如此亲近宠爱，却不得不让容琰有了一些不好的联想。

容琰转过屏风，正好对上容瑄深思的眼眸，显然两人是想到一起去了。容琰走到容瑄身边跪下，跪地之前却对着跪在后面的十皇子容瑆使了个眼色。容瑆点点头，看看左右的兄弟，悄悄往后挪去，在众人的目光都落在屏风后面的当头悄无声息地退了出去。

原本跪在容瑆旁边的八皇子和十一皇子对视一眼，都没有说话仿佛没看见一般。

大殿里的气氛隐隐有些古怪，沉闷得让人心口隐隐作痛。

宫殿里，西越帝躺在床上平静地望着坐在自己床边的俊美青年，有些混浊的眼里慢慢绽出一丝和蔼的光芒。仿佛有什么释然了一般，他抓住容瑾的手低声道：“九儿，你记着，你是容瑾，是朕的九皇子，永远都是。”

容瑾微微蹙眉，平静地点了点头。

西越帝唇边扯起一丝微笑，有些艰难地从怀里摸出一个小瓷瓶，道：“这是漱玉丹……原本也是该交给你的。但是……你记着，这个你不能再用了。”原本也不是打算自己用，容瑾不在意地点了点头。西越帝摩挲着手中的瓷瓶，低声道：“瑾儿不知道……这个当初是用你妹妹的血炼出来的，只可惜……”只可惜什么，西越帝并没有说，容瑾却能猜到。漱玉丹炼了四颗，当初容瑾只用了半颗，如今只剩下两颗半了，还有一颗自然也是被人用了。

引起容瑾注意的却是西越帝提到的那个妹妹。容瑾死死盯着西越帝手中的瓷瓶。他也是阴年阴月阴日所生，碰巧漱玉丹又是在那一年炼成的，所以莫问情说起漱玉丹炼制的时候，他就有些不舒服，却没想到自己竟然还有过一个双胞胎妹妹。原来这小小的四粒药丸竟然牺牲了一个刚出生的婴儿的性命，难怪莫问情说有伤天和，怎么可能只是简单地取几滴血而已？

“你不后悔吗？”容瑾盯着西越帝，沉声问道。

西越帝扬眉道：“后悔？朕为什么要后悔？若不是有它……你母妃会死得更早，若不是有它，当初也救不回你来。虽然……朕也想看看一个长得像夕儿的女儿是什么模样，但是……若是为了夕儿的性命，自然什么都可以牺牲。”

“服用了漱玉丹至少能延长一年的寿命，但是我母妃才三个月就死了，你就没想过为什么？”即使张狂如容瑾也忍不住有些想要作呕。他看到那精致的小瓷瓶里装着的东西，就仿佛看到了极为厌恶的脏东西。

西越帝脸色一变，神色扭曲了一下，终于长长地叹了口气，道：“现在说这些还有什么用！你性情古怪桀骜，以后自己好好的吧。朕……看那个沐清漪倒是个不错的，瑾儿倒是跟朕一样有眼光。只可惜……夕儿却没有沐清漪那样的手段和能耐。”

容瑾想说，本王可比你有眼光多了，但是看到西越帝那消瘦灰白的脸色，终究还是沉默不语。

里面两个人虽然一直在说话，外面的人却没有听到任何声音。隔着屏风，众人也只能看到容瑾坐在床前似乎一动不动的模样。

“启禀公子，收到王爷传信了。”一个黑影翩然落入奉天府大堂中，沉声道。

沐清漪满意地点了点头，站起身来道：“陪本官……往京畿守备府走一趟吧。”

“是，公子。”

整个京城笼罩在夜色中，虽然外城依然如往常一般沉静如水，内城里真正睡得着的人却并不多。

外城东门城楼上，京畿守备将军沈定武有些焦躁地走来走去，不时向城外望去。魏无忌明明说好了从东门带神策营的人入城，怎么这个时候都没见人影？

“混账！不是说今夜警戒吗？怎么还有人出城？”他有些愤怒地道，一侧首沈定武就看到不远处的大街上一队灯火蜿蜒着往这边而来，显然对方来的人不少。

“属下立刻派人去问！”身边的副将也被他这不同于往日的脾气吓了一跳，连忙派人下去询问。不一会儿，下去的人便回来了，朗声禀告道：“启禀将军，是奉天府尹顾大人，说是奉陛下圣谕出城办事。”

“奉天府尹？顾流云？”沈定武皱眉，有些疑惑地道，“这么晚了他办什么事？”明明听说陛下已经病得快不行了，怎么还会吩咐奉天府尹深夜出门办事？

“让他回去，天亮再说。”想了想，沈定武坚定地道。

“沈将军好大的口气，耽误了为陛下办的事，你担待得起？”一个低柔的声音在身后响起。城楼的阶梯上，披着白色披风的白衣少年缓步走了上来。因为下着细雨，少年还撑着一把白色的烟雨江山纸伞。

沈定武心里有些不屑地轻嗤一声。这个顾流云果然是个弱不禁风的世家子，这点儿毛毛雨居然还要撑着伞！

看着眼前撑着雨伞，一副身娇肉贵模样的白衣少年，沈定武立刻便对他多了几分轻视之意。

“这么晚了，顾大人不在府中好好歇着，出城来做什么？”沈定武扬眉道。

沐清漪淡然一笑，道：“沈将军这么晚了，不也在此吗？陛下若是知道沈将军如此尽责，想必会十分欣慰。”沈定武想起自己今晚在这里的目的，不由得有些心虚，再看看跟在沐清漪身后明显不是寻常人物的一干侍卫，更是多了几分警惕。沐清漪抬手露出手中的金牌，淡淡道：“奉陛下旨意，请沈将军开城门。”

沈定武一惊，断然道：“休想！本将怎么知道你这金牌是真是假？”

沐清漪笑道：“将军可看清楚这金牌，你当真不开门？”

沈定武眼神猛地缩紧，盯着那金牌上“如朕亲临”四个大字心中犹豫不决。他当然知道金牌是真的，但他同样知道豫王随身就带着这样一块金牌。如果眼前这顾流云的金牌是豫王的那块而并不是陛下亲赐的……

“这么晚了，不知道顾大人想要出城干什么？”沈定武试探地问道。

沐清漪浅浅一笑，道：“我不出城，只是想要请沈将军放几个人进来罢了。”

“这个……请恕本将无法从命。”沈定武沉声道，“京城安危更关系着陛下和西越的安危，顾大人深夜若是要出城，本将可网开一面，但是若想要带人进城……万万不可！”

沐清漪低眉一笑，有些嘲弄地道：“沈将军这么晚了还在这里不就是等着放人进城吗？这会儿人来了你又不肯开城门，却是为何？”

“什么？你……”沈定武心中一惊，猛然抬头瞪向沐清漪，右手搭到了腰间的剑上。

沈定武动作虽快，却还有比他更快的。他手中的剑还没来得及拔出，一把明晃晃的长剑就已经架在了他的脖子上。他甚至连对方到底是怎么拔剑的都没有看清楚。

看着原本站在白衣少年身后还有几步远，现在已经到了自己身侧还将剑架在了自己脖子上的黑衣男子，沈定武只觉得额头上的汗一滴滴地往下流淌。

“你们想干什么？”沈定武颤声道。

沐清漪淡淡笑道：“开城门，把京畿守备军的兵符给我。”

沈定武终于变了颜色，道：“你好大的胆子，区区一个奉天府尹，就敢夺京畿守备军的兵权？你想要造反吗？”

沐清漪浅笑，道：“沈将军这么晚在这里等着，难道不是为了……嗯哼？”

沈定武无言以对，只是死咬着牙关道：“本将是陛下亲封的京畿守备，你休想！”

沐清漪叹气，有些惋惜地抬手轻触了一下夏修竹架在沈定武脖子上的剑锋，道：“虽然说今晚难免有些混乱，我却实在不想见血。既然将军如此节义，本官自当成全了你。杀了吧。”

“你！”沈定武只来得及说出一个“你”字，只觉得脖子一痛，咔嚓一声，夏修竹连剑都没有动直接拧断了他的脖子。

把玩着从夏修竹手中接过的令牌，沐清漪冷眼看着闻声匆匆赶来的副将和驻守城门的几个小校尉。他们显然没有想到竟然有人会在京畿重地如此光明正大地杀了京畿守备将军，一时间竟然有些反应不过来。

沐清漪举起手中的金牌，沉声道：“本官奉命行事，沈定武执意阻拦怪不得本官手下无情。各位可是想要跟沈将军一样一意孤行？”

对上夏修竹和沐清漪身后众人冷冽如冰的眼神，副将和几个校尉都不由得打了个寒战，看了看沐清漪手中的金牌终于还是识趣地低下了头，道：“请顾大人吩咐。”

城门在夜色中慢慢打开，早已经隐藏在城外暗处的人看到信号，立刻朝着京城涌了过来，不多时便已经进京城了。

“顾……顾大人，这样真的没问题吗？”副将看着足足上万的人马涌入城中，不由得有些心惊胆战地道。沐清漪含笑看着他道：“不用担心，有什么事本官一人承担。过了今晚，副将说不定就能升将军了。修竹，京畿守备兵马交给你了。”

夏修竹皱眉道：“不行，我不能离开。”沐清漪有些无奈，道：“修竹，有无心他们保护我，天枢等人很快也会回来，这里确实非你不可。无心经验全无，控制不了这么多人马。”

夏修竹默然，身后突然传出一个冷漠的声音：“今晚本座保她无性命之忧。”

众人齐齐回头，只见一身白衣的莫问情在夜色中翩然落到城头。他冷漠地扫了众人一眼，目光最后落到了沐清漪的身上。所有被他目光扫过的人，都不由得觉得好像被刀锋划过了肌肤一般又冷又疼，连忙低下头去。

夏修竹看了看莫问情，回头去看沐清漪。沐清漪大方一笑，拱手道："那就有劳莫谷主了。"

夏修竹闻言这才点了点头，莫问情无论是武功、能力还是人品都是足以信任的。沐清漪将兵符和金牌都交给了夏修竹，沉声道："修竹，有劳了。"

夏修竹看了看沐清漪，终究只是点了点头没再多说什么。

上万的兵马进城，就算再小心也绝对不可能不惊动人。外城的百姓却没有什么好奇心，在天子脚下住久了的百姓深谙生存之道，这种时候好奇心越重死得越快。

站在皇宫门口，莫问情神色复杂地看着眼前俊雅温文的白衣少年。夜色中的少年被纸伞衬得比平时更加脆弱。他却知道，眼前这看似无害的少年不过转念之间便能翻云覆雨，让多少曾经野心勃勃的王孙贵胄黯然收场。

"你当真要进去？"莫问情皱眉问道。

沐清漪点头道："自然。"虽然容瑾传出来的消息是一切皆在掌握中，但是没有亲眼看到总是让人不放心。沐清漪微微苦笑，现在她才知道，自己竟然不是一个真正能够运筹帷幄之中、决胜千里之外的人。

只因为，这深深的宫闱之中有一个她挂念的人，她就不得不进去。

莫问情望着她沉默良久，点了点头，道："我陪你进去。"他这一生虽然才短短不到三十年，见过的各种或绝色或能力卓著的女子却不少，但从未见过这样的女子。

她做女子时婉约脱俗、聪颖灵慧；做男子时温文尔雅，行事手段丝毫不输男儿。这样一个出身名门、才华横溢，又风华绝代的女子，本该是所有人千疼百宠、追捧呵护的对象。她却放弃了一切跟着一个西越皇子来到这人生地不熟的西越，放弃女儿身做一个三品府尹，竟也做得有模有样。如今，她还要帮助豫王夺取皇位，甚至不惜以身犯险。

莫问情不得不承认，沐清漪这样的女子，世间千千万万女子中也难再找出一个。容瑾……真是好福气。莫问情心中不由得升起一缕淡淡的羡慕之意。

"多谢。"沐清漪低声道。如今宫中情况并未分明，以他们的交情莫问情愿意陪她冒险，除了感谢她不知道还能说什么。

"我答应了别人，要保护你。"莫问情淡然道，"何况，我以为我们也算是朋友。"

沐清漪莞尔一笑，点头道："说得是，我们是朋友。"

莫问情淡淡地转过脸去，道："走吧。"在沐清漪看不见的地方，外人眼中冷酷无情的药王谷谷主莫问情悄悄地红了耳朵。莫谷主素来高高在上，平生第一次主动说要跟人做朋友，那人还是一个不满十八岁的少女。

第十四章
帝王陨落

清和殿里，容瑾从屏风后面走出来，原本跪在地上的众皇子都纷纷站起身来，只有被西越帝点了穴道的容璋动弹不得。

容琰有些奇怪地看了容璋一眼，担忧地问道："九弟，父皇怎么样了？"

容瑾淡然道："崩了。"

所有人面色都是一僵，一副半天反应不过来的模样，怔怔地望着屏风后面的龙床上躺着的老人，崩了……怎么这么快就……

回过神来，容琰先一步闯了进去，其他皇子自然也连忙紧随其后。里面很快便传出来哀痛的哭声。蒋斌一直捧着圣旨站在那里，见这情形也知道自己伺候了几十年的主子是真的去了。

"陛下驾崩了！"不多时，宫墙最高处的楼上响起了丧钟的声音，整个皇城里都能听到咚咚的沉重的钟声，显示着一代君王的陨落。

这一天，内城里的大多数人其实都是有准备的，所以还不到两刻钟，皇室宗亲和从一品以上的大臣就都已经聚集到了宫中。能够进入清和殿的却只有皇室宗亲。

西越皇室里，跟西越帝亲近的宗亲并不多。西越帝那一代也只剩下了一个兄长、一个弟弟和几个侄子，其余的关系都已经远得没有资格参与皇家的事务。

"王伯、王叔。"众皇子连忙上前见礼。

这两位王爷，便是如今西越仅存的与西越帝同辈的兄弟——璐王容慕礼和齐王容慕风。容慕礼比西越帝年长四岁，今年已经七十三岁了，虽然须发皆白，但因为这些年保养得宜、养生有道，倒也是精神奕奕。容慕风是先帝最年幼的儿子，比西越帝和容慕礼的年纪都要小很多，今年才不过五十出头，虽然红着眼睛一副哀伤的模样，但是精神不差。

容慕礼年纪大了，被自己的儿子扶着进来，摆摆手道："免了，陛下驾崩本王也是十分悲痛，但是这身后之事……却还是要你们这些儿孙来料理。你们千万不可过度悲哀。"

"多谢伯父教诲。"众人谢道。

容慕礼问道："陛下身前，可有留下什么旨意？"

蒋斌上前一步，恭敬地捧着圣旨道："启禀王爷，陛下的遗诏在此。"容慕礼犹豫了一下，抬眼去看众人。容慕风沉声道："皇兄，这里也没有外人，皇兄是长辈，就由你主持吧。"

容慕礼这才接过了遗诏慢慢打开。

"奉天承运，皇帝诏曰……"西越帝生前显然兴致还不错，洋洋洒洒地写了一大堆。等到容慕礼念到最重要的地方时却险些卡壳，"皇……嗯，九子容瑾才智卓著，深肖朕躬，传位皇九子容瑾，钦此。"

别说跪着的众皇子了，就是拿着圣旨的容慕礼也忍不住眨了眨眼想看看自己是不是眼花看错了。但是他就是把眼睛眨抽筋了也不得不接受，那明晃晃的圣旨上写着的就是皇九子容瑾五个大字。

容慕礼不由得在心中暗暗叹息，他这位皇弟天纵英才，只可惜自从遇到那个女人之后就昏了头了到死都不能清醒。

容慕礼摇头叹息，神色有些复杂地看了一眼底下穿着一身黑衣的沉默的容瑾，道："豫王殿下，接旨吧。"

"王伯，你是不是看错了？父皇怎么会将皇位传给九哥？！"容瑾还没来得及起身接旨，跪在他身后的十一皇子就忍不住跳出来了。

容慕礼脸色微沉，皱眉道："本王还没有眼花。十一皇子若是不信，也可上来检查。"

十一皇子自然知道容慕礼不可能看错，他只是不甘心而已。别说他不甘心，在场的皇子就没有一个人是甘心的。十一皇子脸色一变，盯着容瑾道："是你……是你篡改了父皇的遗诏！"

容瑾慢条斯理地站起身，漫不经心地看着眼前的十一皇子道："篡改？遗诏是你们进来之后父皇才亲手交到蒋斌手里的。本王要如何篡改？"

"那就是你逼父皇写的！本皇子绝不承认父皇会传位给你！"十一皇子怒叫道。

容琰等人纷纷对视了一眼，几乎立刻明白了十一皇子想要做什么了。容瑾在朝中根基全无，只要他们协商妥当了……所谓的遗诏不过是个糊弄寻常百姓的玩意儿罢了。

“二哥，你怎么说？”容琰看向容瑄问道。

这一晚上折腾下来，容瑄早就已经脸色苍白有些摇摇欲坠了。旁边的人连忙将他扶到一边坐下。容瑄面上虽然一脸疲惫虚弱，心里却是一片清明。舅舅这会儿还没有消息，只怕是城外的事情也不是那么顺利，罢了……

容瑄睁开眼，淡淡道：“本王自然是遵从父皇的遗诏。”

“但是，这个遗诏明明就有问题！”六皇子高声道。

容瑄闭上眼，漠然道：“本王累了，各位兄弟商量着办吧。”

众人这才明白了容瑄的态度，他不争皇位，所以也别将他扯进去。最后谁能够胜出，他就奉谁为帝。

“本王认为四哥是最适合的继位人选！”十一皇子道。说着这话，十一皇子心中也并不是没有遗憾的。明明容琰都已经开始失宠了，只要再给自己几年时间未必不能取而代之。只可惜，父皇突然驾崩，所有的计划全都乱了。“我也支持四哥！”五皇子沉稳地表态道。

大殿里顿时一片喧闹，众人仿佛都忘了西越帝的尸体和那明黄的遗诏还摆在那里，甚至把容瑾这个人都直接给遗忘掉了。容慕礼和容慕风对视一眼，坐在一边没有说话。他们也是当过皇子的，这些皇子的所作所为他们岂会不懂？

容慕风若有所思地打量着坐在一边沉默不语的容瑾，这个九皇子似乎并没有传言中的那么暴躁易怒。他若真是一个什么都不懂只会发脾气的纨绔，听了这些皇子的话早就发火了。众皇子正忙着争执皇位的归属根本就没有在意容瑾，容慕风却敏锐地从这样的沉默中感受到了一丝危险。

容慕风不着痕迹地拉了拉自己的大哥，示意他看容瑾。容慕礼也跟着望过去，同样也是一怔。很快，容慕礼轻咳了一声，道：“遗诏就在这里，各位皇子不如问问九皇子的意见。”

众人一愣，这才想起他们吵得热火朝天，倒是把正主给撇到一边了。众人神色不善地看了容瑾一眼，还没说话，容瑆快步从外面走了进来，脸上带着一丝志在必得的神色，傲然道：“本王绝不承认父皇会将皇位传给他！父皇分明是传位给四哥的！”

话音未落，门外便传来一阵整齐的脚步声，显然有不少人将清和殿给包围了。容慕礼脸色微变，道：“十殿下，你做了什么？”

容瑆笑道：“没什么啊，父皇驾崩，本王不过是调了御林军前来护驾而已。”

“十弟你大胆！竟敢擅自调动御林军！”六皇子怒斥道。六皇子是庄王党的，庄王中毒之后一直自以为最有机会取代容瑄。

容瑆不屑地挑了挑眉，这个时候谁还讲究什么规矩，谁先抢到了兵权，先控制了皇宫，谁就是赢家。他道：“本王是来护驾的，六哥还是好好歇着，一会儿多给父皇磕几个头吧。哪位兄弟还有意见，不妨站出来说话。”

众人沉默，容瑆不善的神色已经说明了一切。

蓦地，殿中传来一个幽冷的声音：“容瑆，你想造反吗？”

大殿里一片宁静，好一会儿容瑆才有些迟疑地转向容瑾，挑眉冷笑道：“是你在跟本王说话？”

容瑾不屑地嗤笑一声，道：“一个还没封王的皇子，也好意思自称本王？”

“容瑾！你活腻了！”容瑆怒吼一声，拔出随身带进来的长剑指向容瑾。西越帝的皇子们对容瑾素来都是比较客气的，这份客气和谦让却从来都不是因为容瑾本人，而是因为西越帝。现在一直压在他们头顶上犹如泰山一样的西越帝死了，他们为什么还要忍耐容瑾？

容瑾眼底掠过一道寒芒，抬手漫不经心地将指着自己脖子的剑移开，问道：“你的胆子不小，当真以为区区御林军就能成什么大事？”

容瑆冷笑道：“你说呢？”

容瑾冷笑一声，站起身来淡淡地看向容慕礼和容慕风，道：“璐王、齐王，你们有什么话说？”

容慕礼和容慕风对视一眼，知道此时容瑾是在逼他们做选择了。沉吟了片刻，容慕礼沉声道：“我们自然是谨遵陛下的遗诏。”

容瑾满意地点点头，伸手去拿放在桌上的遗诏。容瑆脸色一变，上前一步就想要去抢。容瑾轻哼一声，一挥袖容瑆便被扫到了一边，遗诏平稳地落入容瑾手中。容瑾把玩着手中的遗诏道：“既然如此……从今天开始，西越以本王为尊，想必是没有问题了。”

一时间，众人的脸色都有些难看起来。容瑆有些恍惚地被人扶着站稳。他有些不明白自己怎么会这么轻易地被容瑾给推开这么远。“你以为有了遗诏就能够登基了吗？”容瑆不屑地冷笑一声，心中深深觉得父皇真是将容瑾教得又蠢又天真。

容瑾并不理他，慢悠悠地道：“王伯、王叔，你们怎么说？”

“有什么话说的，你根本就没有资格继承皇位，何必逼两位王爷表态！”皇孙之中，一个容瑾看着有些眼生的青年傲然道。

容瑾挑眉，有些疑惑地问道：“你……哪儿来的？”

“你！”那青年气得脸色发青，“本王是端王府二公子！”容瑾点点头，悠悠道：“将你方才的话，再说一遍给本王听听。”

皇孙一辈跟容瑾打的交道都不多，现在更不惧怕容瑾。那青年朗声将方才的话又一字不差地重复了一遍。

容瑾前一刻还笑容满脸，下一刻却是脸色一沉，冷笑道：“违抗先皇遗诏，想造反吗？给我杀了！”

两道黑影飞快地出现，只听唰唰两声，两道寒光朝着那青年男子砍了过来。一前一后，无论那青年往哪里躲都必然要挨上一刀。其他人也吓了一跳，他们谁也没想到这清和殿中竟然还藏有容瑾的人。

"住手！"容琰大怒，若是任由容瑾在这里将他的儿子给杀了，他也没脸争这个皇位了。

说话间，容琰一掌朝着距离自己近的一个黑衣人拍了过去。那端王府二公子所幸也并不是废物，趁着容琰偷袭这一瞬间的工夫，一矮身避开了迎面而来的刀锋就地一滚总算是保住了性命，但是……

"啊！"一道血光溅起，那青年虽然保住了性命，一只手却被刀锋给生生削断了。他惨叫一声痛得晕了过去。

"容瑾！"容琰气得目眦欲裂，这虽然不是他的嫡子，但是容琰膝下本身就只有一个嫡子和两个庶子，如今在这清和殿中庶子被人斩断了一只手，他如何能忍？

"属下无能，请公子降罪！"两个黑衣人一看这情形便知道没什么机会杀人了，只得果断地跪下请罪。容瑾侧首扫了一眼地上昏迷不醒的人，悠然道："算了，看在父皇的面子上，也不好在他灵前就杀了皇孙。给他一个教训就行了，你们退下。"

两个黑衣人大喜，没完成任务还没有惩罚，公子今天的心情肯定不错。虽然陛下驾崩了还能保持这么好的心情实在是有些大不敬，但是为了他们的生命安全，还是保佑公子心情一直都这么好吧。

"容瑾！你太过分了！"容琰沉声道，"你还没登基，就敢随意残杀皇孙，若是真让你登基了还得了！"

容瑾不屑地轻嗤一声，道："他敢质疑父皇的旨意，就是不忠。本王不杀他，何以立威？捡回一条小命算他走运，本王不对废物动第二次手。"

容瑆横剑一指，怒道："容瑾，你算什么东西！本王说了，圣旨是假的就是假的！在场的所有皇子、皇孙都可以做证，你们说，是不是？"

不少人都被刚刚那一下吓得不轻，对比一下两边的实力，却还是果断地站在了容琰和容瑆这边，纷纷点头称是。

容瑆得意地笑道："听到了吗？乖乖地砍下你自己的手给四哥赔罪，说不定四哥还能饶你一条狗命。"

容瑾本就不是有耐性的人，跟这群人在这里磨了大半天更是让他的心情前所未有地糟糕。这些废物还活着干什么？统统死了不是更好吗？杀气在容瑾的眼底悄然弥漫。

容慕礼到底是经历过一次夺嫡，活了七十多岁的老人精。这次不用容慕风提醒就敏锐地察觉到容瑾身上的杀气，心中也不由得一惊。只见容瑾慢慢地抬起头来，眼神阴郁地盯着容瑆道："把你的破剑拿开，这种破玩意儿能当什么事？"

容琩冷笑一声，道：“你试试看就知道有没有用了。”容琩一剑朝着容瑾刺了过去，剑尖在半途一偏朝着容瑾手中的遗诏而去。容瑾冷笑一声，随手将遗诏往旁边的蒋斌身上一扔，对着那朝着自己直直而来的长剑就是一抓。

只听咔嚓几声，容琩手中的长剑已经断成了几段，容瑾手一挥，容琩便被扫飞了出去，这一次却是直接撞到了旁边的柱子上。

嗖嗖几声，容瑾手中的碎片飞出，将容琩整个人钉在了柱子上。冰冷的断剑贴着容琩的皮肤钉入柱子里，容琩清楚感觉到只要再差毫厘，这些东西就会钉到自己的身上。

“不自量力。”容瑾轻蔑地扫了被钉在柱子上脸色如土的容琩一眼。

殿中众人的脸色都不好看，他们以为是一个什么都不会的废物的容瑾居然拥有如此高深的武功，就这份功力，在场的皇子、皇孙谁也不敢说自己有。“咯咯……”坐在旁边的容瑄低咳了几声，唤回了众人的神志，“九弟……好功夫。”

容瑾淡淡道：“雕虫小技罢了。现在还有谁有意见？站出来让本王瞧瞧。”

众人默然，容琰盯着他沉声道：“九弟难道想以武力胁迫我等不成？还是说九弟想把我们这些兄弟都杀光了？”

容瑾震惊地望着他道：“四哥的意思是，你们宁愿全部被我杀光也要违抗父皇的遗诏吗？”

我什么时候说过这种话？

被钉在柱子上的容琩也缓过气来了，咬牙道：“你别忘了，外面都是我们的人。就算你武功高强又能怎么样？”

容瑾偏着头含笑看着容琩，不得不说，九公子如果不说话不恐吓人，皮相看上去还是相当赏心悦目的。此时他整个人霸气地倚坐在软榻上，黑衣如墨、容颜俊逸，仿佛一幅名家绘成的佳作。

容瑾说出的话却实在不怎么中听，他打量着在座的人，微凉的薄唇冷冷地吐出来的话尖酸又刻薄：“一群蠢货！本王要是你们一开始就直接杀了本王，毁了圣旨。现在……晚了……”

众人一愣，正在不解之时，门外又传来一阵喧闹的脚步声，一个年轻爽朗的声音在夜色中响起：“御林军东方旭，奉命前来护驾！”

东方旭？大公主的儿子……平素跟所有的皇子都没有交情，唯独……容瑾！东方旭就是因为当初救了容瑾才被西越帝安排进御林军的！

这并没有完，很快外面又传来一个有些冷漠而且陌生的声音：“奉天府尹顾流云奉命率神策营、京畿守备军前来护驾。”

“御前侍卫统领率大内侍卫恭请新皇圣安。”又一个沉稳的声音加入。

容瑾笑眯眯地撑着下巴，道：“原来御前侍卫还在啊，本王以为都死光了呢。”

大晚上御林军都进宫来了也没看到半个御前侍卫，还以为都死光了呢。

“这些……都是你的人？”容琰脸色苍白，声音干涩无力。

容瑾漫不经心地道：“大内侍卫……大概不是吧。”他要是能掌握大内侍卫，早就篡位了，还用等到现在吗？

“不可能？你怎么会调得动神策营和京畿守备？”容琰不信，他不信容瑾在他们这么多人的监控之下还能有如此大的势力。难道他们这些皇子都瞎了吗？

看着他挫败的神色，容瑾满意地笑道：“本王不用那些，本王只要有金牌令箭和子清就可以了。子清，先进来吧。”容瑾的声音不高，却奇异地穿过了大殿直接传到了外面。

外间的殿门被人推开，外面响起轻缓的脚步声，不一会儿，一身白衣的沐清漪便带着莫问情一起出现在了内殿门口。

容琰等人死死地盯着眼前这俊秀无双的少年，就是这样一个仿佛弱不禁风的少年，竟然就让他们这么多人动弹不得，所有的计划毁于一旦。这样一个未及弱冠的少年，竟然能够轻易地掌握大半个皇城的兵权！今晚别说西越帝传位给容瑾，就算遗诏上写的不是容瑾，他们又能如何？

沐清漪走到容瑾跟前，看着坐在软榻上神色如常的容瑾，眼底这才闪过一丝安心。沐清漪低头一笑，一掀衣摆便要往下跪，道：“臣顾流云叩见陛下！”

“子清！”容瑾动作极快，人还未完全跪下去就被他握住手臂拉了起来。容瑾有些不满地瞪着沐清漪。沐清漪淡淡一笑：外人面前，礼不可废。

“顾大人，你区区一个奉天府尹，深夜无诏带兵入宫，是想要造反吗？”容琰盯着沐清漪阴恻恻地道。他很清楚，若是此时再压不住容瑾和顾流云，今晚他们就算是彻底输了。

沐清漪回头看着容琰，淡淡笑道：“回王爷，下官说过了，是奉诏带兵前来护驾。”

容琰冷笑一声，道：“带兵？你一个文官带的什么兵？神策营自有神策营统领，京畿守备自有京畿守备将军，哪个需要顾大人你带？”

沐清漪淡然道：“这个嘛，神策营统领自然要留下安抚军心，至于京畿守备将军沈定武，抗旨不遵，已经被就地正法了。”

容琰暗吸了一口凉气，道：“你好大的胆子！你一个从三品的文官就敢斩三品将军！”

容瑾挑眉，不以为意地看着容琰道：“斩了又如何？”

“你纵容属下斩杀朝廷命官，你以为朝中官员还会支持你登基吗？”容瑆冷笑道。

容瑾傲然道：“这西越是本王的，本王不需要他们支持，他们只需要……顺从！本王倒要看看，比起家中妻儿和身家性命，他们那点儿骨气算什么。蒋斌，出去宣旨吧。”

“是，陛下。”蒋斌捧着遗诏，暗暗松了口气。两个黑衣侍卫一左一右护送蒋斌往门外宣旨去了。大殿外不仅是那些御林军和大内侍卫，还有早就等在外面的朝中权贵。

“璐王、齐王？”容瑾淡淡道。

容慕礼和容慕风对视一眼，干净利落地跪了下去，道：“老臣叩见陛下！”

很快外面传来了蒋斌宣布遗诏的声音，等到蒋斌的声音落下，外面又沉寂了好一会儿才又热闹起来：“臣等参见陛下！”

容瑾愉悦地扫了容琰等人一眼，道：“看来……四哥，你的那些心腹对你也不是那么忠心啊。子清，咱们出去吧。”

无视容琰难看的脸色，沐清漪微笑道：“陛下先请。”

清和殿大门外的台阶下跪着一大群穿着一品朝服的官员。他们神色各异但很明显没有一个是高兴的。辛辛苦苦经营了这么久，险些把老命折腾进去，结果一个都没有押对，能高兴得起来才怪。

清和殿的大门从里面被人完全拉开，容瑾脸色有些阴郁地走了过来。原本他是拉着沐清漪一起走的，可惜她却不肯与他一起出门站在一起，而是坚持后退一步跟在他后面，这让容瑾有些不太高兴。

“臣等叩见陛下！”众臣下跪高呼。即使再不情愿，先帝的遗诏已经颁布了，从今天开始，这西越就属于豫王了。

容瑾冷冷地扫了众人一眼，道:“礼部尚书、钦天监负责主持父皇的葬礼，其他人……留在宫中为父皇守灵！”

礼部尚书和钦天监连忙上前应声道：“臣等领命。臣启奏陛下，登基大典……”先帝驾崩，礼部和钦天监要忙的不仅仅是先帝的葬礼，还有新皇的登基大典。这两者孰轻孰重傻子都分得清楚，先帝再重要也是死了的，眼前这一位才是他们以后的主子。

容瑾有些不耐烦，冷声道：“从简。”

“是，陛下！”

容瑾轻哼一声，扫了一眼众人，直接走人了。

所有人面面相觑，这位新皇陛下在做皇子时就是出了名的性情古怪，谁也拿不准他这拂袖而去到底是什么意思。

沐清漪无奈地抚额，淡淡笑道：“诸位各自办事去吧，众位大臣还有王爷们……请安心留在宫中为陛下守灵便是。”说完，沐清漪看了跪在后面的东方旭一眼，这才转身朝容瑾离去的方向而去。

梅园，三月天已经没有了梅花。枝头片片翠叶下挂着一颗颗还没有指头大的小青梅，院中却仿佛依然隐隐飘着梅花的香气。

沐清漪踏入梅园的小楼中，果然看到容瑾正趴在楼顶的露台边上往下看。想必他刚刚就已经看到她进来了，只是她在下面看不到上面而已。

沐清漪含笑道："直接跳过太子登基为帝了，九公子怎么还不高兴了？"

容瑾拍拍自己身边的位置，道："清清坐下。"

沐清漪挑了挑眉，直接坐在了容瑾衣摆铺着的地方，刚刚坐下，就被容瑾揽入了怀中。

容瑾眯着眼紧紧地搂着她，闭眼嗅着她身上能够让人平静的幽香，幽幽道："他说我是他的儿子。"

"他？谁？陛……先帝？"沐清漪挑眉道，轻柔地拂开他颊边有些散乱的发丝，"这个对你很重要吗？"

容瑾沉默了一会儿，方才冷笑道："本王倒是希望跟他们都没有关系！"无论是西越帝还是容璋，容瑾对他们都没有好感。

容瑾八岁的时候就明白了，西越帝之所以突然对他倍加宠爱，不过是突然发现如果他死了，这世上唯一跟梅夕儿有关的人就没有了而已。沐清漪叹了口气，这当真是一笔糊涂账。"跟我说说今晚的事好吗？说完了……咱们就该去做正事了。别忘了，还有一堆人在觊觎你的皇位呢。"沐清漪浅笑道。容瑾轻哼道："本王的东西，就算不要也不会给他们。"

静悄悄的梅园小楼里，响起容瑾低沉的声音，不时还有沐清漪轻柔的劝解和安慰，淡淡的夜色下比起宫里气氛诡秘的其他地方，这里倒是更多了几分静谧和安宁。

清晨，微凉。整个皇宫却已经淹没在了一片白色之中。哀哀凄凄的哭声在皇宫里响起，西越帝已经入殓，灵柩被安放在了奉先殿里。

一片哭嚎声中，容瑆看了看四周微微皱眉，低声对容琰道："四哥，怎么没看到容璋？"

容琰微微皱眉，确实，他们从昨晚父皇驾崩进入查看之后就再也没有见过容璋。只是之后的事情让他们都无暇去理会，自以为容璋身体不适自己退下了。就算身体再不适，这种场合也是不能缺席的，此时容璋却依然未现身。

"该不会让老九给……杀了吧？"容瑆低声道。

容琰摇摇头，道："不知道，现在无须理会此事。"

容瑆冷笑道："那可未必，若是还未登基就杀害兄弟，我倒要看看容瑾怎么登基。"

"十弟，不要冲动。"容琰低声道，"他手中有父皇传位的遗诏，就是名正言顺。何况……十弟，你觉得九弟跟父皇比起来谁更像心慈手软的人？"

容瑆漠然，父皇冷酷，容瑾狠绝，谁都不像心慈手软的人。早些年父皇可没少杀皇兄、皇弟。要不然，如今宗室里的老王爷又怎么会只剩下两位了？难道容瑾也……

容琰淡淡道："这会儿我才回过味儿，昨晚……容瑾分明是故意在激怒咱们。若是我们昨晚真的忍不住动手了，你觉得会怎么样？"

容瑆一愣，道："我不信他真敢血洗宫闱。"

"他为什么不敢？昨晚父皇的遗诏上若不是他的名字，那架势，他只怕是打算逼宫。"容琰道。什么顾流云奉诏带兵护驾？顾流云出城去节制兵马的时候，只怕容瑾自己都还不知道遗诏上写的是什么呢。

容瑆默然，容琰淡淡笑道："真是没想到，咱们几个兄弟争斗了这么多年，最后倒是便宜了九弟。"

容瑆轻哼一声，道："以后怎么样还难说。"

容琰点点头，冷笑道："说得是，以后怎么样……难说。"

一场原本会是腥风血雨的夺位之争，就这样不温不火地尘埃落定了。慢人一步的众皇子看着宫中那些虎视眈眈的御林军和大内侍卫，谁也没敢再有什么多余的心思。这却也预示了容瑾登基以后的路绝不会太平。

此时的梅园里，容瑾正满脸遗憾地望着沐清漪道："清清，你说他们怎么就不反不闹呢？"

若是多几个像容瑆那样的人多好啊，再闹下去，他刚好名正言顺地宰了他们。为什么就不闹了呢？真是一群孬种！

旁边的一众人等一脸尴尬，纷纷将疑惑的目光投向沐清漪。九爷不是真有什么毛病吧？沐清漪无奈地摇摇头，表示自己也没办法。

还是东方旭胆子最大，笑道："还不是本公子霸气威武吗？御林军收拾得妥妥帖帖，容瑆那几个人能掀起什么大浪！"

没有兵马，说什么都是白费。京城附近的兵马就那么多，大内侍卫谁的话都不听，御林军全是世家子弟，其中派系林立，谁想完全控制都不成。健锐营被挡在了城外，神策营和京畿守备在顾流云手里，别人还有什么可玩的。

容瑾没好气地瞥了东方旭一眼，不悦地道："你来那么快干什么？"以容瑾的武功，那些人想要杀他纯属白日做梦。等到他们真正动手了再来不是刚刚好？

东方旭顿时耷拉下了脑袋，他在外面啊，怎么知道里面的情形？万一九哥被弄死了，他还不得自刎谢罪啊。

看着东方旭可怜巴巴的模样，沐清漪不由得莞尔一笑，道："行了，九爷，你想太多了。"想要一次将所有的皇子、皇孙杀干净，根本就是不可能的事情。容瑾若真办成了，只怕西越也差不多该玩完了。

容瑾轻哼一声，淡淡道："外面怎么样了？"

步玉堂笑道："陛下尽管放心，南宫绝今早回到城中之后便待在府中足不出户。

神策营和健锐营也还算平静。京畿守备有夏公子负责，一切都有条不紊，并没有引起任何骚乱。”

步玉堂觉得自己这会儿都还没有回过神来，似乎这一晚就这么平平淡淡地过去了，夺位、喋血宫廷统统没有发生，九公子就这么登上皇位了？如果仔细思索，就能够想明白其中九公子和顾公子付出了多少心力，每一个环节都计算得分毫不差。步玉堂自知就算再过二十年自己也不会有这份心智，因此看向眼前这两个平均还不到十八岁的公子的眼神就更多了几分尊崇和敬畏。

容瑾满意地点点头，道：“没事就好。若是有人想找事……天枢、开阳，不用给本王客气！”

“是，公子！”天枢和开阳对视一眼，恭敬地道。

当初城主刚刚执掌天阙城的时候不过是个十二岁的少年，谁也没有想到短短数年时间便已经成为九五之尊。以后，他们天阙城也不用再隐藏在暗处了。

“东方旭。”容瑾慢悠悠地看着跟前笑得一脸愚蠢的东方旭道，“靖远侯……在家赋闲够了吧？”

东方旭一愣，眨巴着眼睛望着新任皇帝陛下，笑道：“陛下的意思是？”

容瑾道：“劳烦大姐夫，去帮本公子把健锐营搞定，不为难吧？”东方家也是将门世家，祖上比南宫家底蕴还要深厚，后代子孙竟然混得跟纨绔子弟差不多了。

东方旭连忙道：“没问题是没问题……不过，陛下你就不担心我爹他……”东方旭跟容瑾交好，靖远侯东方飞跟容瑾可没什么交情。

容瑾斜睨着他笑道：“不是还有你吗？告诉你爹，做不好……本王活剐了你！”

东方旭抖了一下，长得好看的都是有毒的，还是子清最好了。东方旭可怜巴巴地对着沐清漪挤眉弄眼，完全没注意到容瑾阴郁的脸色，也忘记了昨晚他心中最好的顾公子可是一人就节制了神策营和京畿守备，还眼都不眨就杀了一个跟她官职相当的将军。

东方旭回到府中时已经夜深人静了，靖远侯府大堂的灯火却依然通明。东方旭一进门，大公主就立刻迎了上来拉着儿子问长问短。坐在一边的靖远侯东方飞虽然没有说什么，但是从他关切的眼中也能看到他在为儿子担心。东方旭哭笑不得地拉下母亲想要查看自己身体的手，道：“娘！你看儿子好好的，像是受伤的样子吗？你又不是不知道，宫里根本就没动武，怎么会受伤？”大公主叹了口气，道：“没事就好……真没事？”

“真没事！”东方旭顿了一下，望向父亲眨了眨眼睛，道，“不是，有点儿事……”

东方飞皱眉，问道：“怎么了？”

东方旭随手将一块令牌抛给父亲，道：“这个。”

东方飞接在手里一看，不由得吸了口气，道："健锐营的令牌？"

东方旭点头道："陛下要父亲去接手健锐营，务必在一个月内将健锐营收拾妥帖。不然……他就要活剐了你儿子。"

大公主大惊道："陛下这是什么意思？"

东方旭耷拉着脑袋，道："爹，您可千万别掉链子，儿子的小命就在你手上了。"

东方飞没好气地笑骂道："你小子就知道给你爹惹麻烦。"东方旭挑眉道："那老爹你干不干？不干还我，我去还给陛下。"东方飞抬手拍开东方旭的手，紧紧地将兵符攥在手里。东方家从东方飞父亲那一代开始就一直被打压着，但是身为将门之后，谁不想驰骋沙场建功立业？东方飞很清楚，这很可能是自己这辈子唯一的机会了。何况儿子都已经跟着新皇了，他还能拆儿子的台不成？

东方旭有些不放心地看着他爹道："爹，健锐营……没问题吧？"东方飞狠狠地瞪了他一眼，道："能有什么问题！为父虽然没怎么领过兵，却也还有几个同袍，健锐营里有几个统领以前是你祖父手下出来的……想必陛下也是知道这些，才让为父去的吧？"

东方旭眨了眨眼，他哪里知道啊，大概……是吧。

看着儿子一脸茫然的模样，东方飞有些绝望地偏过了头去。他算是看明白了，这小子这次纯粹就是瞎猫碰到了死耗子。

虽然还没有举行登基大典，但是容瑾身为即将继位的皇帝已经搬进了宫中，沐清漪当然也一起留在了宫里，奉天府的一应事务都交给了步玉堂。

深夜，奉先殿的方向依然隐隐约约传来哀哭声，先帝刚刚驾崩，灵前一天十二个时辰都是有人守着哭灵祭拜的。

容瑾牵着沐清漪的手漫步在重重宫闱之中，身后宫女太监们远远地跟着，看到两人手牵手并肩而行的模样也只能低下头当作什么都没看见。

嘎吱——沉重的大门被人打开，沐清漪微微皱眉看了看里面有些昏暗的烛火，这里是宗人府的大牢，是专门用来关押皇室宗亲的。如今，这里面正住着先皇的一位皇子——三皇子容璋。

容瑾拉着沐清漪的手踏入牢房里，抬手挥退了跟在后面的官员和狱卒。宗人府的大牢虽然有些阴冷，却远比一般的牢房要好上许多倍。即使是犯了错，这些皇室贵胄也比寻常百姓高贵。与其说这里是牢房，不如说是一间有些朴素的房间，床、桌椅一样不缺，甚至还有一个小小的书柜和一些笔墨纸砚。他们进去的时候，容璋正坐在书桌后面练字，听到脚步声才抬起头来，望着站在外面的容瑾神色有些复杂。

"你来了。"容璋搁下笔，望着容瑾淡淡道。

容瑾一抬手，牢门上的锁链应声而断。推开门，容瑾拉着沐清漪走了进去。

容璋打量了容瑾许久，顺着他的手又看了看被他牵着的沐清漪，道：“本王倒是小看了你们。”

容瑾轻哼一声，道：“本王说过，不需要你多事。”

容璋挑眉笑道：“若不是本王，你能找到那么好的机会控制神策营吗？如果没有无忌，就凭顾流云，只怕也挡不住南宫绝吧？现在你想做什么？遵从父皇的旨意杀了我……然后安安心心做你的西越帝？”

容瑾勾唇一笑，道：“这不是你的愿望吗？你想要本王登基继位……现在就算死了，也该瞑目了吧？”

容璋脸上的表情不由得一僵。他想要容瑾继位那是建立在容瑾是他儿子的基础上，如果从头到尾这就是一个骗局，那自己岂不是一个笑话？

容璋紧紧盯着眼前的黑衣青年，想要从他的身上找出更多与自己的相似之处，却挫败地发现：容瑾的容貌像夕儿，神情和气质却显然更像自己恨了二十年的父皇。

容璋怔怔地望了容瑾许久，终于有些颓然地跌回了椅子里，摆摆手道：“罢了，本王输了。要杀要剐随你的便吧。”

看着眼前这个仿佛刹那间苍老了十几岁的人，沐清漪也只能在心中暗暗叹了口气。

容瑾轻哼一声，道：“本王没兴趣杀一个废人，你老老实实在这儿待着，别给本王添乱，不然……”容璋望着容瑾俊美无俦的容颜，有些迟疑地道：“你……不想知道当年的事情吗？”

容瑾挑了挑眉，道：“你想说本王不介意听听。”

沐清漪微微一笑，低声道：“我先出去，你们慢慢聊吧。”

沐清漪转身欲走，却被容瑾伸手拉住。容瑾道：“清清怎么要走了？一起听吧。”

沐清漪无奈地看着他：你以为这是听故事吗？

本王就是这么认为的。

看着容瑾拉着沐清漪在自己对面坐了下来，一副亲密无间的模样，容璋微微皱了皱眉，却也知道自己无可奈何，只得眼不见为净，垂眸看着眼前的茶杯。

沉吟了好一会儿，仿佛是在思索该从什么地方说起，容璋方才淡淡道：“你母亲是西越首富梅家的嫡女，那一年，本王奉父皇之命前往灾区赈灾，路过彭城的时候恰好碰到梅家在施粥。当时……你母亲就穿着一身寻常的布衣，亲自为灾民施粥。那时候她脸上的笑容我一辈子也不会忘记……”

“回到京城以后，本王便以赈灾的功劳和奖赏向父皇请求迎娶夕儿为妻。父皇虽然不太满意梅家的家世，却也没有反对。毕竟……父皇的儿子多得是，本王在他眼中自然也没有重要到连皇子妃都要精挑细选的地步。”说到此处，容璋怅然地看了一眼容瑾。虽然他恨西越帝，但是作为一个儿子，对于西越帝对容瑾的宠爱，容璋还是难免有些感慨的。在发生夕儿的事情之前，容璋曾经一度以为自己的父皇是个没有感情的怪物。西越帝这辈子只对两个人好过，一个是梅夕儿，一个是容瑾。

“本王和夕儿成亲的时候，正好遇到西边动乱，父皇当即便决定御驾亲征。父皇连夕儿的茶都没有喝，也没有见到夕儿。本王因为新婚，被父皇留了下来与大哥一起监国。那段日子……是我这一生最开心的日子。”

容璋有些神色恍惚，一会儿“我”，一会儿“本王”，他连自称混乱都不自知。

“夕儿出身大家，也是难得一见的才女，那段日子，我们琴瑟和鸣，夫唱妇随。我甚至想过……从此以后远离那些朝堂纷争，和夕儿做一对神仙眷侣。但是……”

说到此处，容璋神色蓦地一变，沉声道：“夕儿生性温柔内敛，不爱热闹，成婚之后几乎足不出户，因此我们成婚两年因为各种情况，父皇并没有见过夕儿，也没有在意。直到……第二年的冬天，父皇微服出宫，一时兴起到了循王府。他竟然在循王府的梅园里看到了带着丫头折梅花的夕儿，从此……”

从此，循王神仙眷侣一般的日子再也不复存在。开始的时候西越帝还只是不时让母妃召夕儿入宫，等到容璋发觉不对的时候已经晚了。当父皇光明正大地开口问他要夕儿的时候，他的脑子里一瞬间仿佛炸开了一般。他实在是很想狠狠地怒骂西越帝毫无廉耻，怒斥他悖逆伦常，但是最后，他却什么都没有说……

容璋垂眸，掩去了眼底深藏的痛意。或许，他这一生最大的痛苦和怨恨不是西越帝夺走了他的妻子，而是……他无能为力，让另一个男人从自己面前带走了自己的妻子。

他永远都忘不了夕儿被带走的那一刻望着自己的眼神。

容瑾俊美的容颜上没有一丝情绪，只是淡漠地看着容璋道：“然后呢？我母妃又是怎么死的？”

容璋脸色微变，低声道：“夕儿入宫之后……自然是三千宠爱在一身。没有人能想象……冷面无情的皇帝竟然能如此宠爱一个女子。一时间，后宫的嫔妃、权贵、御史、大臣，所有人都慌了。虽然父皇对夕儿的身份做了掩饰，甚至错开了循王妃病逝的时间，但是……夕儿就算再不喜欢热闹，京城里见过她的人也不在少数，怎么瞒得住？这些人不敢得罪皇帝，所有的错自然都要算在夕儿身上。而且，夕儿本身也不是自愿进宫的，进宫之后步步艰难，自然是心中郁郁。后来父皇为了她，几乎杀光了满朝的御史和半数权贵。若不是夕儿因此大病了一场，只怕还不止于此。”

“再后来，夕儿便有了你。”

“父皇告诉我，我原本还有一个同胞的妹妹。”容瑾冷冷道。即使他不知道从前的事情，也听得出来容璋是在避重就轻。或者说，容璋跟西越帝一样，都是只说自己觉得重要和对的事情。

容璋脸色一变，握着茶杯的手抖了一下，闭了闭眼有些艰难地道：“不错。夕儿生下的……原本是一对双胞胎，只是……”

“只是她最后被炼成漱玉丹了，因为母妃被人下了毒，无药可解。而那毒，是你下的。”容瑾道。

“不是！”容璋猛地起身，跟前的茶杯被撞翻跌落到地上，砰的一声碎得四分五裂。容璋瞪着容瑾高声道，“不是我下的毒！还有，那个孩子……那个孩子生下来就先天不足，本就养不大……”

容瑾冷淡一笑，道：“不是你下的毒？那你怎么会知道那个孩子，还有漱玉丹的事情？这件事，好像连皇后和宫里的其他妃子都不知道。母妃不肯听你的话毒杀父皇，所以你就想要毒死她，是不是？最好连她肚子里的孩子都一起毒死。”

“不是的！”容璋跌坐在椅子里，脸色惨白，低声轻喃道，“不是……我从来没有想过要杀夕儿。”他怎么会想要杀她？本就是他对不起她……是他不配为人夫，他连自己的妻子都保护不了。

容瑾冷笑以对。

沐清漪微微皱眉，看了看容璋犹豫了一下，道：“淑妃娘娘似乎只比梅妃娘娘早过世两个月。”而且，淑妃死后，淑妃的娘家被满门抄斩。只是当年西越帝杀的人太多了，满门抄斩的人也不少，所以并没有引起太多人的注意。

容璋的目光如利剑一般射向沐清漪：“顾流云，你太聪明了，不是什么好事。”

容瑾不悦地扫了容璋一眼，思考着沐清漪的话，片刻后方才沉声道：“是淑妃下的毒。”

沐清漪轻声道：“当初……要梅妃娘娘毒杀陛下的，应该也是淑妃娘娘吧？”淑妃本身就无宠，西越帝还抢了自己儿子的妻子做宠妃，明晃晃就是将他们母子的脸面放在脚下踩。梅妃性格温柔无争，对淑妃这个婆婆应该是颇为恭敬礼让的。淑妃若是恨毒了西越帝，为了自己的儿子着想确实可能会这么做。毕竟，西越帝在世她只是一个被后宫嫔妃讥笑的妃子，但是如果她的儿子登基，她便是高高在上的皇太后了。

只是大概没想到梅妃竟然会拒绝她，淑妃恼羞成怒给梅妃下毒倒也不是不能理解，只是……“以先帝对梅妃娘娘的保护，怎么会让淑妃下毒成功？”

容璋痛苦地低吟一声，道：“夕儿对母妃一直怀有内疚，只要母妃吩咐的，她大都会听从。有时候母妃会找她去做伴、聊天，虽然……父皇不高兴，但是如果夕儿坚持，父皇还是会放行。”

沐清漪默然，淑妃下的是慢性毒药，梅妃并不是粗心大意的人，只怕也未必就真的没有发现。只是一个出身商家的弱女子，夹在曾经的丈夫和君王之间，只怕活着比死更加难受。听许多人说起梅夕儿，沐清漪知道，她并不是一个坚强得足以面对一切伤害的女子。

容瑾握着沐清漪的手看着容璋，淡淡道：“本王只想知道……淑妃要母妃对父皇下毒的时候，你知不知道？”

容璋的脸上闪过一丝愧疚之色，他并没有答话。

“本王知道了。”容瑾站起身来，淡淡道，“清清，咱们走吧。”沐清漪叹了口气，皇家的事情……实在是让人无话可说。

“瑾儿！”看到他要走，容璋连忙叫住他，沉声道，“瑾儿……不管父皇说的……是真是假，你是夕儿的孩子，就是我……”

容瑾回头冷漠地打断他道：“本王谁都不是！我只是我自己。”

说完，容瑾拉着沐清漪头也不回地走了。

有些简陋的牢房里，容璋坐在椅子里，缓缓打开一幅放在桌子上的画卷怔怔出神。画卷笔墨犹新，显然是刚刚画成的。画卷上穿着白衣的绝色女子跪坐在桃树下，手中拈着一朵开得正艳的桃花，眼中却带着浓浓的哀愁和脆弱，就连那娇艳的桃花都不能掩盖住她的悲伤……

“夕儿……”

出了大牢，两人并肩而行。察觉到容瑾的心情不好，沐清漪轻声安慰道：“这些事情……原本就没有谁对谁错，但是无论如何……都不是你的错，何必耿耿于怀？”

容瑾侧首看着沐清漪，犹豫了一下，问道：“清清，你……会嫌弃我吗？”

沐清漪一愣，有些疑惑地看着他问道：“你有什么地方让我嫌弃的？”容瑾容貌、武功、权势都成为天下一等一的了，还有谁敢嫌弃他？

容瑾幽幽地望着沐清漪，她眨了眨眼睛顿时恍然大悟，有些无奈地笑道：“我怎么不知道九公子如此多愁善感。我若要嫌弃一个人，必定是嫌弃他品行不好，没能耐，怎么会……”

容瑾有些心虚，貌似他的品行也不怎么好。不过这不是重点，他问道：“清清真的不讨厌我吗？”虽然沐清漪生性豁达，并没有什么世俗之见，但到底是出身书香名门，从前的顾家也都是家庭和睦，父母相敬如宾，兄弟姐妹感情深厚，西越皇室这些糟心事情，这样的人家别说是见了，只怕连听都没听说过。书香门第正统出身的人，总是不会喜欢这些糟心事情的。

沐清漪只得无奈地叹气。她以为容瑾是在为容璋、西越帝和梅妃之间的纠葛不高兴，原来他却是在想这种不着边际的事情。她没好气地白了他一眼，伸手扯着他往前走去，道：“时间不早了，该回去了。”

容瑾美滋滋地被沐清漪拉着往前走，只是回头淡淡地看了一眼宗人府大牢的大门。月光下，他脸上的阴郁之气也消散了不少。

容瑾刚回到宫中，蒋斌立刻就带着一群人迎了上来。西越帝驾崩了，蒋斌作为西越帝宫中的太监总管，如今依然是太监总管。蒋斌还没进门，容瑾就不悦地皱起了眉头，道：“这里怎么会有人？”西越帝刚刚驾崩，容瑾也没有住进清和殿而是选了清和殿旁边的含章宫暂住。蒋斌抹了一把汗，小心翼翼地赔笑道：“启禀陛下，是……几位王爷和先帝的太妃们。”

容瑾冷笑一声，道：“都吃撑了没事干是吧？父皇驾崩，这些太妃不老老实实在宫里待着，大半夜往含章宫跑，是想要给先帝殉葬吗？”

容瑾并没有压低声音，一边说话一边往里走，那句“是想要给先帝殉葬吗”更是清清楚楚地传进了等在殿中的先帝的众嫔妃耳中，众人不由得脸色一白，许多人脸上都多了几分退却之意。

容瑾拉着沐清漪走进去，冷漠地扫了众人一眼，道:“这么晚了，都在这里干什么？”

说话间，容瑾已经走到主位上坐了下来，道：“子清，坐吧。”

沐清漪淡淡一笑，在容瑾下首的位置坐了下来。

“顾大人，这么晚了还在宫中？果然是深受陛下宠爱啊。”六皇子有些阴阳怪气地道。

沐清漪也不在意，淡然一笑道：“六殿下过奖了。”

六皇子抽了抽嘴角，他有夸奖这个顾流云吗？

容瑾不悦地扫了众人一眼，道：“这么晚了，你们是来含章宫喝茶的吗？”

众人纷纷看向坐在前面的容琰。容琰脸色微沉，却十分恭敬地道：“禀陛下，臣等是有事请教陛下，不过陛下这几日事务繁忙，迫不得已才选了这个时候，请陛下恕罪。”

容瑾看着容琰挑了挑眉，道：“哦？什么事情这么重要，要大晚上的来请教？”

容琰道：“父皇身后的太妃们，不知陛下打算如何安置？”

容瑾疑惑道：“安置？这个需要安置吗？都搬到冷宫去不就完了吗？礼部是怎么回事？这点儿小事都办不好！”皇宫确实很大，西越后宫也很大，但这些都属于在位的皇帝。一旦新帝登基，就算是后宫全部都空着，先皇的妃子也是没有资格再住的。这话一出，西越帝的嫔妃们顿时都喧闹起来了。西越帝前半生冷心冷情，自然不会花心思去找民间美人，这些妃子无一不是出身名门。如今新帝登基却要将她们打入冷宫，她们如何能受得了？

更不用说那些育有皇子、公主的嫔妃了，她们此时早已经坐不住了。

“皇上这是什么意思？本宫伺候先帝一辈子，为陛下生育皇子……现在先帝尸骨未寒，皇上就要将我们打入冷宫吗？”一个五十出头模样的妃子站起身来，愤怒地道。

容瑾也记不太清楚这是哪个皇子的母妃，只是懒洋洋地靠在椅子里斜睨着她道：“那你想怎样？西越皇室历代都是这么处置先帝嫔妃的，你有什么不满意？难不成……你还想住在后宫里？”说着，容瑾嫌弃地打量了她一番，道，“也不看看自己老成什么模样了，朕看着碍眼。不想住冷宫，就去给父皇陪葬吧，你不是已经伺候父皇一辈子了吗？那就继续伺候去吧。”

“容瑾！”七皇子拍案而起，对着容瑾怒目而视。

“放肆！”容瑾脸上的笑容一敛，沉声道。一股凌厉的压力在一瞬间朝着七皇子铺天盖地地压来，七皇子脸色一变，只觉得自己一瞬间仿佛被寒冰裹住了一般，从头到脚凉了个透，连挣扎都挣扎不了，心口一痛，一股鲜血直接从口中喷了出来。

容瑾冷哼一声，重新靠了回去，漫不经心地道：“都给我老实一点儿，该干什么干什么去。”

容瑾一放松，七皇子立刻感觉到原本压在身上让他动弹不得的压迫感消失了，仿佛从来没有出现过一般，不由得又惊又惧地望着容瑾，半天也说不出话来。

在座的人不由得面面相觑，西越帝驾崩那晚他们就知道了容瑾很厉害，却还是没有想到容瑾竟然会这么厉害。一时间，众人的神色都有些复杂起来。容琰心中更是一紧，思绪万千。这么深藏不露的容瑾，真的是他们能够对付得了的吗？但是……无论如何，他们都不能坐以待毙。“皇儿！”七皇子的母妃看到儿子吐血更是吓了一跳，什么也顾不得便扑到儿子跟前，急道，“皇儿，你怎么了？陛下……七皇子是你亲哥哥啊，你怎么能这么无情……”

容瑾不屑地轻哼一声，无情？今天若是坐上皇位的不是他，或者说他控制不住这皇城中的局势，他的下场只怕是比这些人都要惨吧？

“统统给我滚出去给父皇守灵！既然你们闲着没事，今晚都不用睡了，全部去父皇灵前跪着吧。”容瑾冷声道。

“你……”年纪最小的十一皇子想要反驳。容瑾冷冷地扫了他一眼，道：“这是圣旨，明白吗？”

皇命难为，一句圣旨便逼得一群养尊处优的皇子、皇孙、后宫嫔妃深更半夜跪在西越帝的灵前。虽然现在已经是三月，夜里却依然有些微凉，更何况在这深宫之中，一年四季总是有一股除不去的阴冷之感。

皇子、皇孙们还好，除了脸上不好看以外忍一忍也就过去了，但是这些后宫嫔妃何曾受过这样的苦？她们白天已经跪了一天了，居然还要跪一个通宵，一时间不由得怨声载道，心中对鼓动他们到含章宫找事的容琰等人也多了几分不满。

容瑆跪在容琰身边，看了看身边的众人，有些不忿地道：“四哥，容瑾太过分了，难道咱们就这么被他折辱？”

容琰侧首看了他一眼，低声淡淡道：“他是君，咱们是臣，还能如何？”容瑆咬牙不屑地道：“他算是哪门子的君？父皇真是太偏心了！”容瑆抬起头望向殿内西越帝的灵位，眼中多了几分怨恨。

俗话说，国不可一日无君。虽然这位新继位的君王并不让大多数人满意，但是举办登基大典还是一件刻不容缓的大事。没几日工夫，钦天监就选好了日子，登基大典就定在四月二十。那时候正好西越帝的梓宫也送入了皇陵，各国前来道贺新皇登基的使臣也差不多到了。

含章宫里，容瑾看着下面一脸恭敬的钦天监和礼部尚书点了点头，道：“就照你们说的办吧。”

“臣等遵旨。”礼部尚书和钦天监齐声道。这些日子，朝中的一品大员里大概也就他们俩的日子好过一些了。别的权贵重臣，可都被关在宫中给陛下守灵呢。他们还能自由出入宫廷为新皇办事，已经非常不错了。

对于这位即将登基的新皇，两人心中也都暗有了个底。他们以前只觉得这位骄横跋扈，除了胡闹什么都不会，这几日下来这位新皇的表现却让人刮目相看。别的不说，朝中各部的主事者都被关在宫里，但是朝堂上的事情丝毫也没有混乱的迹象，所有的事情都处置得妥妥帖帖，就足以证明这位新皇陛下的手段非凡。

两人恭敬地退下，沐清漪方才从殿后走了出来，挑眉道：“那些给先帝守灵的大臣，该放出去了。”将人押在宫里固然于大局有利，但押久了也是要出事的。

容瑾挑了挑眉，点头道：“清清说得没错。宣那些人过来吧。”

蒋斌领命去传旨了，容瑾这才拉着沐清漪到自己的椅子里坐了下来，愉悦地道：“清清，以后有什么打算？”

沐清漪扬眉，有些疑惑地道：“九公子这是什么意思？还是说，九公子现在登基为帝了，就不需要我碍手碍脚了？”

容瑾顿时垮下了脸，道：“清清你明知道我不是这个意思，清清……本公子登基做皇帝了，难道你不觉得少了点什么吗？”

“少了什么？”沐清漪挑眉笑道。

“皇后。”容瑾磨牙道。

沐清漪一愣，浅浅一笑道：“原来陛下想要皇后了，这个还不简单，就算陛下不说，等你登基了那些大臣自然会替你选的。到时……天下的名门淑女还不是任你……唔……”

容瑾脸色微沉，一把将沐清漪拉入自己怀中恶狠狠地吻了下去。其实沐清漪也不过是跟他开个玩笑罢了，容瑾的心意她虽然未能完全接受，却也从来不曾轻视过。

“容……”这一吻却远不如从前那样的温柔缱绻，而是夹带着一丝怒气和势在必得的霸气，半点儿也容不得沐清漪推拒，容瑾只是恶狠狠地吸吮着她口中的馨香。

虽然算得上是两世为人，还曾经在萃红阁待过几年，但是沐清漪何曾遇到过如此疾风骤雨般的情况。她挣扎不过，很快就被容瑾吻得昏昏沉沉，只能无力地靠在他怀里……

等到肩头微微一亮，沐清漪不由得打了个寒战方才回过神来，连忙推开容瑾道：“容瑾！”

容瑾一怔，深吸了一口气慢慢放开了沐清漪，只见眼前的人虽然穿着一身白色的男装，却已经发丝凌乱，衣衫半褪露出了雪白莹润的肩头。那刚刚被他轻吻噬咬过的樱唇变得嫣红欲滴。她美丽的容颜满是粉色，面如桃花，美得不可方物。

“清清……”容瑾俊美的容颜上，凌厉的凤眼染上了血色，他意外地清醒而冷静，小心翼翼地替沐清漪拉好了衣服，将她搂入怀中，自责道，“抱歉，清清，是我不好。清清……清清不愿意嫁给我吗？”

他以为清清是喜欢自己的啊，为什么清清还是不愿意嫁给他呢？猩红的眼眸里写满了不解和失落的情绪。

如此狼狈的模样让沐清漪忍不住脸上一片火辣辣的燥热。但是她看到容瑾如此小心翼翼的模样，又不由自主地觉得心疼。沐清漪轻轻叹了口气，道：“我不是……不愿……”

容瑾惊喜地抬起头来望着她，沐清漪道：“如今只有我一个人在西越，就算要成亲也要知会大哥和表哥一声吧。”要是大哥知道她连说都没有说一声就把自己给嫁出去了……沐清漪简直不敢想象会发生什么事情。

“另外……我不想做皇后。”沐清漪低声道。

容瑾不解，沐清漪淡淡一笑。她知道就算做了皇后，容瑾也不会介意她插手政事，但是她不想那样。容瑾在西越根基未稳，再弄出来一个皇后干政并不是什么好事。何况，重活一次，她不愿再循规蹈矩地按照一个女子的人生轨迹去生活。做皇后，自然是天下女子最高的目标和尊荣，但是沐清漪知道，自己还可以做得更多。

虽然沐清漪不肯做皇后让容瑾有些失望，但是他也并不在意——只要清清肯嫁给他，皇后之位他自然会留下来，早晚都是清清的。

相处了这么久，容瑾自然也明白沐清漪的许多想法。他搂着她，轻柔地拂起她柔顺的发丝，道：“那清清做我的丞相好不好？”

沐清漪有些惊讶地望着容瑾。容瑾笑眯眯地看着她道：“有什么不对吗？”皇后是后宫之首，既然他没打算娶别人，皇后不皇后的自然也就没有什么意义了。丞相是百官之首……容瑾深觉这个主意实在是不错。

沐清漪低声笑道：“入朝不到半年，便升为丞相，我这可不是平步青云，简直是一步登天了。陛下就不怕天下百姓骂你昏庸吗？”

容瑾愉快笑道：“这不是有清清作陪吗？清清既然不乐意做皇后，那么就要劳烦清清做一回……权臣了。”

沐清漪眨眼，权臣吗？这个说法她喜欢！不过，她还是忍不住跟他抬杠，道：“权臣？是佞臣吧。”

容瑾笑道：“权臣加佞臣，只是不知道将来史书上要怎么写清清呢？”

史书？沐清漪淡笑不语，这个……重要吗？

容瑾搂着沐清漪笑得万分得意，还不忘在她脸上偷了几个香吻，道：“本公子真是太喜欢清清了！”容瑾本身就不是循规蹈矩的人，丝毫不觉得沐清漪的想法有什么大逆不道。

“启禀陛下，右相及众位大人求见。”门外，蒋斌尖声禀告道。

容瑾这才放开了沐清漪，朗声道：“进来吧。”

十几个年过半百的老臣走了进来，看到正倚坐在椅子里的容瑾，脸色都有些郁郁。这些人都是先帝的重臣，有几个甚至是历经两朝的老臣了，无论是哪个皇子登基，都得对他们礼敬三分，偏偏这位豫王殿下从来都不按常理出牌。他这几日让他们在宫中守灵就是真的守灵，从来没有召见或者拉拢他们的意思。每天五六个时辰的跪拜，折腾得这些老头子也渐渐没有了脾气。

众人在看到容瑾这般慵懒的模样还有站在他身边的俊美少年的时候，心头的怒火还是不打一处来。

“臣等叩见陛下。”众人跪拜道。

容瑾挥手道：“免了，几位大人这几日辛苦了。今儿大家就回府吧，为父皇守灵虽然重要，但若是为此误了朝政，想必父皇在天之灵也是不愿的。”

这些大臣早就不想留在宫里了，自然是直呼陛下圣明。

容瑾满意地点头，示意众人平身，笑容和善地盯着头发花白的右相大人，心中有些遗憾地想着当初老头子贬了周家的时候怎么没有连这个老头子一起贬了。

右相发现新皇陛下正笑眯眯地望着自己，心中不由得一抖。要知道，这位陛下从继位前的皇子时期，到继位后的这短短不到十天光景，从来就没有做过什么让广大臣民觉得舒服的事情。

容瑾有些不满地看着这个一脸警惕的老头子，遗憾地发现这一位不愧高居右相之位多年，把皇后的娘家周家都生生压过了一头的老狐狸，居然没有什么可以让他发作的把柄。

但九公子是谁？九公子想要整治一个人的时候，有理由自然是毫不客气，没有理由制造理由也要整治得他服服帖帖。

“右相……马上就要是三朝元老了吧？”右丞相小心谨慎地低头道：“陛下过誉了，老臣不过是侥幸多活了些年头罢了。”先帝在位近四十年，到了如今还能混个三朝元老的绝对不是简单人物，这位右相便是其中翘楚。这自然与他极会做人做官有关系，他跟朝中的同僚关系不差，从不拉帮结派，从不反对先帝的任何事情。比起那些烦得要死的御史，先帝自然乐得有这么一位有跟没有差不多的右相。

先帝喜欢这样听话的丞相，但是容瑾可不喜欢。更何况这老头儿还占了清清的位置，就更加让容瑾恨不得直接一脚将他踢出去。

容瑾点点头，道：“右相劳苦功高，朕自然不能不赏。这样吧……加封右相为太子太傅、文昌阁大学士，如何？”

“老臣惶恐。”右相却没有想象中的欢喜，直接跪了下来战战兢兢地道。无功受封，右相就算是脑子坏了也知道不是什么好事。太子太傅、文昌阁大学士，这几乎就是文官尊荣的顶点了。但是……文昌阁大学士是个虚衔，太子太傅……新皇都没有大婚，太子在哪里？所以，太子太傅这个高高在上的职位……也是虚衔！

右相大人顿悟，新皇这是要他回家颐养天年啊。两个虚衔换一个有实权的右相，肯定是不划算的。但是当着座上某人虎视眈眈的眼神，右相大人的骨气实在是不足以支撑他跟皇帝讨价还价。所以，他只得哭丧着脸道：“臣……多谢陛下隆恩。”

容瑾满意地点点头，为的是这老头儿的识相。看在他这么识相的分儿上，就暂时不追究他属下贪墨了多少钱，想了想，容瑾道：“朕听说太傅的嫡长孙这两年在翰林院干得不错。”

老头儿可怜巴巴地道：“陛下谬赞了。”他的孙儿今年二十有四，还是翰林院从六品修撰。以官职品级来看，这个年纪已经算得上非常高了，但是若说不错……翰林院那种闲着没事做的地方能有什么错不错的！容瑾摸摸下巴，道：“既然这样，回头让他去吏部上任吧，吏部侍郎。话说……吏部的王大人这段时间事太多了……多添个侍郎帮帮他吧。”

老头儿心中一跳，有些疑惑地偷窥了一眼殿上一脸严肃的皇帝陛下：陛下，你真的没有暗示我家孙儿干得好又听话，随时可以把吏部那还在奉天府坐牢的某人拉下来取而代之吗？

殿上容瑾意味深长地一笑，打一棒子给个甜枣什么的，朕不是不会而是懒得用。这老头儿虽然没用又碍眼，但难得的是他不站队，没跟别的皇子混过。果然，前右相现太子太傅、文昌阁大学士立刻心领神会，欢喜地拜谢道：“老臣多谢陛下恩典。老臣一定督促劣孙尽忠职守以报陛下隆恩。”说着老头儿还感动得涕泗横流，呜咽不已。

容瑾只觉得无语，能在老头子手底下混了几十年还屹立不倒的果然是个人物。就这演戏的功夫，他若是不知道只怕还真以为这老头儿感动得无以为报，恨不能鞠躬尽瘁了。

在场的其他人见状都不由得各自对视了几眼，心思迭起。新皇将右相捧得高高的，事实上却是明升暗降，西越从来就没有可以兼任太子太傅的丞相。鉴于现在太子殿下还不知道在哪个姑娘的肚子里，右相大人其实已经可以算是致仕回家歇着了。那么，空出来的丞相之位……

所有人都不约而同巴巴地望着殿上的新皇陛下。一般新皇登基都要大赦天下，嘉奖群臣。新皇打压了他们这么多天，是想要先给个下马威，然后再打赏吗？

“陛下，右相大人荣升太子太傅，如今这左右二相之位便都无人主持，还请陛下定夺。”除了右相以外，资历最深的兵部尚书上前一步道。他心中暗暗盘算着，就算轮不上右相，至少一个左相之位是跑不了吧?

“这个啊，”容瑾轻抚着下巴，含笑看了一眼旁边的沐清漪，又转头问道，“太傅，你可有什么建议？”

太傅大人心中一抖，一滴明晃晃的汗水挂在额边，心中却是暗暗叫苦。他能猜到先帝五六分心思，但对这位新皇，他是一分也猜不透。

“这……老臣糊涂了，丞相人选关乎朝政天下，当由陛下乾坤独断才是。”

容瑾心中暗暗赞叹，这位右相若是不用那么多心思揣摩皇帝的心意而是多干点实事的话，说不定还是个人才。“这样吗？”容瑾沉吟道，目光在底下众人身上徘徊不去。众臣虽然面上淡定恭敬，但是心里都绷得紧紧的，生怕皇帝看不到自己。容瑾有趣地打量着下面众人各异的神色，好不容易玩够了，方才幽幽道：“既然如此……子清。”

沐清漪平静地上前，俯身一拜，道：“臣顾流云叩见陛下。”

容瑾笑道：“顾流云护驾有功，治理奉天府期间也功绩卓著，破格提拔为丞相，统领百官。”

底下众人顿时头昏眼花，眼前直冒金星。

顾流云？这太无理取闹了吧？论政绩，论声望，论资历，论年龄，这殿上无论哪一个都能甩顾流云八条街去好不好?

如果有人去问容瑾，容瑾必然会得意扬扬地告诉他：没错，论政绩，论声望，清清都比不上这些老头子，但有一样是这些老头子拍马都赶不上清清的啊，那就是圣宠!

圣宠是个好物，有了圣宠，就算你真是无能的废物，只会吃喝拉撒，也能一步登天。没有圣宠，就算你有经天纬地之才，也得乖乖地找个旮旯待着。现在圣宠天下第一的顾流云当然可以做丞相，有问题吗?

自诩忠臣的老臣们忍不住在心里喷了口血。他们都是造了什么孽，运气才这么背啊？前二十年遇到一个爱江山更爱美人的先帝，为了个女人杀了半数的朝中重臣，难道后几十年还要忍受一个有龙阳之好，将一个才不过十五六岁的佞幸捧上丞相之位的皇帝？这是天要亡西越吗?

“臣顾流云，叩谢隆恩。”仿佛没有察觉底下的老臣们几欲喷火的眼神，沐清漪淡定地低头谢恩。

“子清起来。”容瑾愉快地起身扶起沐清漪道，“子清以后便是百官之首，当好好督促文武百官尽忠职守，为西越尽力。”看着容瑾笑意满满的凤眼，沐清漪唇边也不由得扬起了浅浅的微笑，道：“是，微臣领旨。”

伤风败俗！殿上的两人含笑以对，若是一男一女必然是一对璧人，两个男人如此却让这些老顽固觉得无法直视。

“陛下，此事万万不可！”终于有人忍不住开口道。

容瑾垂眸，清冷的眼眸掠过一丝冷意，你们终于忍不住了吗？

容瑾抬眼看着底下一脸浩然正气的御史大夫，挑眉道：“有何不可？”御史大夫朗声道：“顾大人身为华国人士，入朝未满半年，不见寸功，得先帝敕封奉天府尹已经是天大的恩典，若是再封为一国之相，如何能堵悠悠众口，又如何让我西越官员心服口服？顾氏年少无知，只因容貌出众与陛下交好便一步登天……”御史大夫显然是在先帝一朝憋坏了，一开口就有些刹不住，从国籍、年龄、资历、名声，以及局势各个方面毫无死角地将沐清漪抨击了一遍，说到最后甚至还有些意犹未尽地告诫沐清漪，“顾大人身为华国顾氏后裔，当珍惜祖先名声，以色侍主，乃是佞幸所为，令顾氏一族蒙羞……”

容瑾越听脸色越难看，若不是沐清漪暗中按住了他，只怕他立刻就会将这老头儿拉出去打死了。难怪老头子讨厌御史，御史果然是一种令人厌恶的生物！

沐清漪垂眸，平静地听着御史大夫滔滔不绝的告诫。好不容易等到老头儿说完了，沐清漪方才抬眼含笑看着他道：“流云多谢御史大夫忠告，大人尽管放心，本官一定会秉承顾家先祖之风，认真、努力地做一个好丞相。顾家历代名相辈出，流云纵然不济，也能学到两三分，御史大人家中不也是世出谏臣，才会有御史大人如此正直敢言的直臣吗？流云必不会让御史大夫失望。”

御史大人愣了愣，回过神来险些喷出一口血来。这个浑蛋小子是在嘲讽他家里从来就没有出过真正掌权的重臣，全都是言官吗？这小子在炫耀他家世世代代都是当丞相的，所以没人比他更知道怎么当丞相！

看着站在殿上风雅的少年，年迈的御史大夫一口血哽在喉咙里硬是喷不出来也咽不下去。如果不是此时容瑾还在上面坐镇，御史大夫就要骂一句“小子猖狂”了。

此时在这位御史大夫眼里，这个叫顾流云的小子就是一个以色媚主的佞臣，是所有御史的天敌！

容瑾坐在上面，看着下面的老头儿脸色一会儿青一会儿紫一会儿黑，突然又觉得这老头儿不是那么糟糕了。当然，如果这老头儿不说那么多骂清清的话，他也不介意做个能纳谏的明君，让这老头儿颐养天年。

容瑾揉了揉眉心，扬眉道：“钱老大人，御史的职责是监察百官德行，不是让你对朕说三道四，更不是让你来质疑朕的决定。明白吗？”

御史大夫一哽，好半天才硬憋出来一句话：“陛下行事不妥，老臣是为了陛下好才出言劝谏的。老臣对西越忠心耿耿，还请陛下明察。”

容瑾挑眉，冷笑道：“哦？为了朕好？钱大人升为御史大夫七年，朕怎么听说钱大人从来没有劝谏过父皇什么？”

御史大夫脸上不由得一红，有些说不出话来。西越帝当年因为梅妃的事情杀御史杀得太顺手了，后半生二十年，朝中御史一职如同虚设，哪个不要命了才敢去劝谏。

虽然古有言官不获罪一说，但那也只是说说而已。君王真的龙颜大怒，谁管你是不是言官？看着御史大夫窘迫的神色，容瑾心中冷笑。为了他好？忠心耿耿？此人不过是看到老头子崩了，以为他是个好说话的就忍不住想要来指手画脚罢了。只可惜……他九爷比老头子还不好说话！

看着下面的老头儿一副羞愧得要晕倒的模样，沐清漪轻咳了一声，示意容瑾适可而止，万一把这老头儿气死了，还真不好收拾。容瑾会意，挥挥手道："行了，此事朕主意已定，不必再议。"

下面的众人见他如此模样，也知道这没什么可说的了，只得退而求其次，道："陛下，我西越素来设左右二相，不知顾大人……"

容瑾挑眉道："没有左右二相，从今天起，顾流云就是西越唯一的丞相。"

一瞬间，沐清漪觉得自己收到了无数怨恨的眼神，只得在心中叹了口气。现在，容瑾想要收拢权力坐稳皇位，就只能集权。若是再将相权分出去，只会越来越麻烦。既然如此，这丞相之位她就当仁不让了。

在众人隐晦的眼刀攻击之下，沐清漪站在殿阶之上含笑而立，风姿卓然。这些对她有无数意见且怨恨她的重臣也不得不承认，这少年果真是兰芝玉树、风流倜傥。

一群被容瑾敲打抨击了一遍的朝廷重臣神色恍惚，面色憔悴地出了宫门。宫门外早有各家的下人、家眷前来迎接了。

新任太傅大人颤巍巍地走出宫门，抬眼看了看头顶淡淡的暖阳，不由得松了口气。他还能平平安安地出来，真是运气不错了。听到一声殷切的"祖父"，他抬头便看到不远处一个穿着月白衣衫的青年男子正快步向自己走来。

"誉儿啊。"青年正是老太傅的嫡长孙姜誉。姜誉也算得上是少年英才，二十二岁科举为一甲殿试榜眼，如今二十四岁，正在翰林院任修撰一职。

看到祖父安然无恙，姜誉也松了口气，扶着祖父往马车走去，问道："祖父，你没事吧？"

直到上了马车，太傅方才叹了口气望着孙儿道："誉儿，以后咱们姜家就要靠你了。"

"祖父，你这话……"姜誉一怔，自己不过是个从六品修撰，品级在这京城里排不上号，官职更是没有半点实权。姜家哪里靠得上自己？

太傅笑道："祖父老了，也该休息了。明儿起你就不用去翰林院了，去吏部吧，做吏部侍郎。"

"什么？"姜誉大惊，翰林院修撰不过是个从六品官职，礼部侍郎却是从二品，一下子连跳数级，让姜誉怎能不震惊？

太傅笑眯眯地看着孙子道："吓到了？"

姜誉苦笑，能不吓到吗？太傅笑道："不用怕，你这不算什么。还有一个直接由从三品跳到正一品的丞相呢。他比你更显眼。”姜誉一愣，这才反应过来，道：“祖父……你……”

太傅笑道：“你这是什么反应？陛下也没亏待我，太子太傅加文昌阁大学士，我这老头子在右相位置上战战兢兢了十几年，如今能得到这么一个结局，已经是邀天之幸了。何况，陛下还给了你一个吏部侍郎的位置，还有什么不值的？”

别人都当他这个丞相平庸无能，呵呵……那又如何？那些不平庸、有才能的，坟头的草都不知道长多高了。他却能够坚持到如今新皇荣封嘉惠后人，还有什么不满足的？只要新皇站稳了，孙儿再争气一些，过个二十年姜家再出一个丞相也不是不可能的。毕竟……誉儿还不到三十岁呢，一切还早得很！

老头儿虽然在朝政上未必有什么高明之处，但是对于朝堂上的生存之道却是了然于胸。

“祖父……”姜誉不由得红了眼，在他看来，祖父是牺牲了自己的丞相之位成全了自己。太傅虽然尊荣，却是个虚衔，哪里有百官之首的丞相风光。

太傅拍拍孙儿的肩膀，道：“好孩子，就如祖父说的，以后姜家就靠你了。你要记得……不管发生什么事，效忠陛下才是真理。”

姜誉有些疑惑地看着祖父，陛下夺了祖父的丞相之位给了一个还未及弱冠的少年，难道祖父一点儿也不怨？

太傅摇摇头，笑道：“外面不是说话的地方，回去再说。”

“是，祖父。”

新皇连登基大典都还未举行就封了一个才十六七岁的少年做丞相的事情在皇城里自然引起了轩然大波。无奈各位王爷正在宫里先帝灵前尽孝，京城内外的兵权又被新皇以极快的速度收拢在了手里，这些人也只能议论着，不能对宫里的某人产生任何影响。

当然还有几位自视甚高的老臣因此而消极怠工，却发现即使他们不干活，原本属于他们的工作也被人料理得妥妥帖帖。新皇并不是非他们不可，这让他们生出一股危机感，原本想要怠工刁难新皇和新任丞相的心思也悄无声息地消失了。

因为先帝刚刚驾崩，整个皇城也显得有些苍白。春日里本该是处处姹紫嫣红，却被重重的白纱遮掩住了几分春色。国丧期间禁宴饮禁舞乐，也让往日里热闹喧腾的西越皇城多了几分清静。

城中一处有些喧闹的茶楼里，人们一边喝着茶一边兴致勃勃地议论着这些日子皇城里的事情，其中议论得最多的自然就是刚上任不久的少年丞相顾流云。人们对于顾流云的评价自然也是褒贬不一、五花八门。

有人说，顾流云不愧出身相门，小小年纪执掌奉天府也是有模有样，又有护驾之功，成为丞相也是理所当然，是当之无愧的少年英才。

也有人说，顾流云柔顺媚上，凭借出众的容貌得到新皇的宠爱，不过是个侫幸罢了。

茶楼里最偏僻的一角，坐着两个俊秀男子。年长的大约三十出头，一身淡青色衣衫，沉稳之中带着一丝让人无法忽视的尊贵气质。年轻一些的不过二十三四岁，穿着一身素色布衣，极为寻常的打扮却丝毫不会让人觉得庸俗，反倒有一种温文尔雅的气质萦绕于身。若是看了男子的脸，所有人都会忍不住暗道一声可惜。这素衣男子有一张极为俊美的脸，脸侧却有一道狰狞的疤痕，硬生生破坏了原本完美的容颜，也让男子原本温雅的气质平添了几分冷肃。

这样的容貌，若是没有那道疤痕，只怕也不会比即将登基的新皇和皇城第一美男子顾流云差了。

这两人，自然便是失踪许久的顾秀庭和慕容熙。慕容熙握着茶杯，含笑看着跟前显得有些魂不守舍的表弟道："当初在华国时就该想到，清漪的本事当真是让人惊叹不已。"

沐清漪今年也才十六七岁，这样的年纪便成为一国之相，别说是女儿家，就是男儿从古至今也屈指可数。

顾秀庭低头喝了一口茶，淡淡笑道："清漪比咱们强得多。"只是正因为如此，他也就更心疼这个妹妹。

人生而不同，每个人的阅历、想法都不一样。同样经历了毁家灭族之恨，秀庭公子反而彻底看淡了世间的权势，从此只愿逍遥天下。身为妹妹的顾云歌却恰恰相反，经历过一切之后，干脆投身进去，开辟出一片属于自己的天地。

对此，顾秀庭有些惭愧，却更加心疼这个从小被自己捧在手心上疼爱的小妹。

"你说不愿再插手这天下的事情，还不是为了清漪巴巴地往西越跑，当真是没有清闲的命。"慕容熙扬眉笑道。虽然体内的余毒未清，但是经过莫问情治疗之后，慕容熙的身体已经好了许多，不然也没办法陪着顾秀庭天南地北到处跑。

顾秀庭喝着茶，道："天下事我是没有什么兴趣，清漪却是我的妹妹，总要来看看她过得好不好。如今看来……她是要跟着那个容瑾了，姑娘家，没有娘家被人欺负了怎么办？"

慕容熙的嘴角暗暗抽搐了一下，这世上哪个不要命的敢欺负沐清漪？看看她这一年多所到之处无不是天翻地覆的光辉战绩，只要那容瑾还有点儿脑子就不会去欺负这样一个凶悍的女子。

看着顾秀庭一脸忧虑的模样，慕容熙摇头叹息道："所以，这次来西越，你是打算不走了吗？"顾秀庭摇头道："不，就算我再如何……这里是西越。容瑾是西越的新帝，我留在这里对清漪并没有什么好处，清漪也不需要我这个做大哥的随身看护。"

慕容熙摸着下巴沉默了片刻，方才抬头看着顾秀庭叹气道："难怪你非要拉着我往南边跑。值得吗？"

顾秀庭淡笑道："那是我妹妹，有什么值不值得。"

慕容熙扬眉一笑，摇头道："也罢，你乐意怎么做就怎么做，不过先说好了，帮你忙没问题，别想把事情丢给我，我对那些玩意儿……没兴趣了。"比起顾秀庭，慕容熙更讨厌那些东西。顾家被君王抛弃，而慕容熙被父皇抛弃，也不知哪一个伤得更重一些。

顾秀庭淡然道："不过是暂时的。容瑾虽然看着对清漪不错，但是手里多一些资本总是好的。最是无情帝王家……"

一时间两人都不由得默然，最是无情帝王家，他们都深有体会。所以他们怕了、退了。沐清漪却反其道而行之，说起来，他们两个大男人反倒是不如一个女子有勇气。

"大哥！"愉悦的呼声从背后传来，顾秀庭一怔，回过头去便看到楼口站着一个俊美无俦的白衣少年，他正双眸微红地望着自己。

这茶楼处在皇城的闹市之中，坐在这里喝茶的大多是普通百姓，看到沐清漪也只是惊叹今天这里竟然同时出现这么多俊秀人物，倒是没有联想到名震京城的少年丞相身上去。

沐清漪快步走到顾秀庭跟前，道："大哥……表哥……"

顾秀庭笑容温和，怜爱地揉揉她的发丝，笑道："哭什么，看到大哥不高兴不成？"

沐清漪连忙抹了眼泪，拉着顾秀庭往茶楼的厢房而去，道："大哥，你们来了怎么不去顾府？若不是收到莫问情的消息，我还不知道你们到了呢。"厢房里，沐清漪望着顾秀庭娇嗔道。

看着自家小妹这副俊雅扮相和与方才全然不同的女儿家娇态，顾秀庭和慕容熙都不由得低声笑了起来。慕容熙摇头道："清漪，你若一直都是在秀庭跟前这副模样，西越那满朝文武是瞎了吗，居然没有认出你的身份？"

沐清漪赫然一笑，放开了顾秀庭的衣袖，朝慕容熙微微挑眉，傲然道："本公子扮相完美无缺，他们怎么认得出来？"

"这倒是有点儿样子。"慕容熙赞道，在华国京城也见过几次沐清漪穿男装的模样，比起现在来显得有些柔弱。她来到西越这段时间，或许是在朝堂上历练过了，倒真是多了几分沉稳和锐气。慕容熙笑道："十六七岁的丞相，便是顾家也没有过吧？表妹，恭喜啊。"

说起这个，沐清漪有些无奈，道："表哥你别提这个，你没听到那些人怎么说我吗？佞幸媚主。"慕容熙挑眉，问道："你不在意？"

沐清漪笑道："我为什么要在意？能媚主至少也算赞我生得好，身为女子，就算我现在这样，别人说我真的好看，我也是高兴的。更何况……他们若是能抓住我别的把柄，也就不会拿这个说事了。现在他们骂我，是因为他们不如我。”

慕容熙含笑朝顾秀庭挑了挑眉，道：“现在看来你不用担心她了，就凭这份心智，再加上她的手段和容瑾的扶持，朝堂上也没有几个人算计得了她。”

顾秀庭轻叹了口气，拉着沐清漪坐下，道：“到底是个女儿家，哪能当真放得下心？清漪，你跟容瑾是怎么打算的？还是说……大哥以后还得另外寻一个如意的妹夫？我看……那位莫谷主就很不错。”

“大哥！”沐清漪俏脸微红，低声叫道。

看她这模样，顾秀庭便知道妹妹是留不住了。虽然当初小妹跟着容瑾来西越的时候他就预想到了今天，却还是免不了对抢走了自家小妹的男人有些不满。

见大哥不悦，沐清漪也不想大哥当真对容瑾不满。这两人若是掐起来倒霉的还是她，于是便将自己与容瑾的打算认真地说了一遍。听完之后，莫说是慕容熙，就是顾秀庭也有些意外，原本心中对容瑾的不满倒是消散了许多。

“他只会有你一人？即使你不愿入宫为后，他也决不立妃？”顾秀庭确认道。这一点对于一个男子特别是一个帝王来说殊为不易。沐清漪认真地点了点头，顾秀庭却没那么好说话，问道：“清漪相信他的话？”

沐清漪沉吟了一下，重重地点了点头，望着自家大哥轻声叹道：“大哥，如果我连他都不能相信……这世上还有谁能够相信？”

顾秀庭怜惜地轻抚着沐清漪清丽的脸颊，云歌受了那么多苦，连生死都经历过了，还有在萃红阁那几年的经历，她对于这世上大多数人其实是带着戒心的。容瑾能让她坚定地相信，顾秀庭知道容瑾对她必定是真心的。

“好，清漪说相信，大哥自然也相信你的眼光。”顾秀庭微笑道，“不用怕，有大哥在，谁也不敢欺负你。”

“大哥……”

旁边，慕容熙有些无奈地抚额，这俩真的是表兄妹吗？顾秀庭比当初跟云歌表妹还黏糊。

“表哥。”沐清漪有些歉疚地笑道。慕容熙摇摇头，笑道：“听说容瑾是个醋坛子，你们还是收敛一些，免得让人误会。”

沐清漪无奈，只得转开话题，道：“表哥消息真是灵通，表哥的身体可好些了？”

慕容熙点头道：“好多了，若不是有莫谷主相助，还真是有些麻烦。清漪，多谢你了。”

沐清漪笑道：“我叫你一声‘表哥’，你便是我兄长，说什么谢！”

慕容熙一笑，只觉得这个没有血缘的表妹果然是个妙人，也不枉顾秀庭对她如此疼爱。他从小身在皇家，面对那些兄弟姐妹从来都是小心翼翼地算计着，也只有顾秀庭和顾云歌才真心拿他当兄长，如今再多一个妹妹却也不错。

叙过了离别，三人才坐下来细说分别这大半年的各种事情。比起沐清漪这边的权谋算计，顾秀庭和慕容熙日子过得也很是精彩。

顾秀庭和慕容熙离开华国京城之后，为了躲避华皇派出的杀手，一路往南而去。为了慕容熙的身体，两人一路寻找名医，找到了隐居深山的步夷族，两人更是险些被抓起来做了压寨夫君，幸好遇上了去采药的莫问情，这才化险为夷。不然的话，两人这会儿不是做了某个部落的上门女婿，大概就是在深山里做野人了。

听了两人的讲述，沐清漪也不由得目瞪口呆，盯着两人看了半晌才叹道："那些夷族女子倒是有眼光。"

顾秀庭无奈地摇头，拍拍她的脑门，笑道："顽皮。"

慕容熙笑道："清漪，你大哥压寨夫君是没做成，现在却是南方最大部落的军师了。"

"咦？"沐清漪惊讶地望着顾秀庭。南方与西越和华国接壤的地方，十万大山，幅员辽阔，但是自古便是蛮荒之地。那里并没有君王统治，百姓也过着十分原始的部落群居生活。那里土地贫瘠，蛇虫繁多，荒无人烟，历代中原霸主在国力最强盛的时候几乎都征讨过这块地方，却从来都是无功而返。顾秀庭淡笑道："机缘巧合罢了，那边如今也不安宁，各个部落为了争夺资源打得不可开交。我碰巧帮了他们一个小忙。"

顾秀庭说是小忙，自然不可能真的只是个小忙。"大哥还要回去吗？"沐清漪皱眉，有些担心地道。表哥也就罢了，好歹武功还不错，就算是那些蛮族一对一也未必是表哥的对手。大哥却不一样，他是真正的书香门第出来的文弱书生，而且因为前几年的事情，身体也不好。

顾秀庭微笑道："自然还要回去，外人不知道……大哥却知道，南夷之地看似荒芜，实际上却是一座宝库。大哥还要为清漪准备嫁妆呢。"

"大哥！"沐清漪盯着他，轻声道，"我只希望大哥平平安安做自己想做的事情，我能够照顾自己。"

顾秀庭含笑道："大哥最想做的事情就是看着清漪过得幸福安乐，有个如意郎君。你既然要帮容瑾夺天下，大哥自然也不能袖手旁观。何况，我还答应了别人一个承诺呢，也不能撒手不管啊。"慕容熙的病，用掉了步夷族的镇族之宝，这个恩情不能不还。

"是我拖累了大哥。"沐清漪有些黯然地低声道。

顾秀庭淡笑道："傻话，比起皇城里这些钩心斗角，南夷那些人可爱多了。你若是求大哥帮你辅佐容瑾，大哥倒是真的要好好考虑了。"

"朕有清清就够了，什么时候要你辅佐了？"门外，容瑾懒洋洋的声音响起，带着一丝显而易见的挑衅。

厢房的门被人从外面打开，容瑾依然一身黑衣，俊美出尘、风流倜傥。他盯着秀庭公子的神情却不怎么和善，特别是在看到顾秀庭正放在沐清漪肩上的手的时候，更是眼神如刀，若不是沐清漪在场，说不定他就想将顾秀庭的手剁下来了。

虽然知道清清跟顾秀庭是亲兄妹，但容瑾就是本能地不喜欢看到别的男人离清清太近。这种仿佛与生俱来的占有欲，即使是容瑾自己也无法控制。

顾秀庭俊秀的眼眸掠过一丝寒芒，面上却带着温文尔雅的笑容，他道："原来是西越新皇陛下。陛下不是快要登基了吗，怎么还有空到这种小地方来？"

不知道是有意还是无意，顾秀庭原本放在沐清漪肩头的手直接越过了后背扶住了她另一边的肩膀，看起来就像是沐清漪靠在了顾秀庭怀里一般。顾家子嗣单薄，自从弟弟夭折之后，顾家就只剩下顾云歌和顾秀庭两个孩子，兄妹俩从小便亲密惯了，沐清漪也没有觉得有什么不对。这场景却使容瑾不由得怒火中烧。

容瑾轻哼了一声，走进来顺手关上了门，道："顾大公子和平王殿下驾临西越，朕若是不出面招待一二，岂不是有失礼数？清清，你说对吧？"容瑾朝沐清漪讨好地眨了眨眼睛，面不改色地将她从顾秀庭身边拉了回来。

沐清漪有些疑惑地看着容瑾。容瑾笑道："清清，大哥和平王远道而来肯定累了，咱们还是不要打扰他们太久为好。"

沐清漪有些愧疚，好久没有见到大哥了，一时间兴奋竟然忘了这些事情，一直拉着大哥和表哥说话，却没问他们一路远来累不累。

顾秀庭淡淡笑道："清漪不必担心，我跟表哥一路游山玩水，哪里会劳累，我们昨晚在城外的小镇歇了一夜，今早才进城。"

"那就好，既然如此，大哥和表哥直接住到我府上吧。"沐清漪欢快地道。偌大的顾府只有她一个人，有了大哥和表哥也热闹一些。

顾秀庭满意地点头道："如此也好，听说莫谷主也在京城，正好可以请他为表哥再看看。"

沐清漪笑道："确实是巧了，我派人去请莫谷主一起到顾府便是了。"

容瑾恨恨地瞪着顾秀庭，俊美的容颜仿佛染上了墨一般阴沉。哼！想要跟他抢清清……顾府送给他们住便是了，清清跟他住皇宫！

可惜，容瑾还没想完，就听见沐清漪道："容瑾，你待会儿自己回宫吧，我不回去了，这几天我要陪着大哥和表哥。"

顾秀庭满意地点了点头，含笑看着一脸郁闷的容瑾道："在下与小妹许久未见，正想叙叙旧，陛下应该不会介意吧？"

容瑾侧首看着笑吟吟地望着顾秀庭的沐清漪开心不已的模样只得咬牙，从牙缝里挤出几个字来："当然，不，介意！"

顾秀庭点头，朝沐清漪笑道："那就好，清漪这几天就别进宫了，大哥正好也有一些事情要跟你商量。在下也知道陛下必定是个宽厚之人，这姑娘家若是找了一个小肚鸡肠不能容人的夫婿，以后是要受苦的。陛下，您说是不是？”

你都这样说了，朕能说不是吗？容瑾咬牙，在心中暗暗将顾秀庭骂了一百遍。自己的感觉果然没有错，这个顾秀庭就是一只狡猾又坏心肠的狐狸，绝对不能让沐清漪跟他在一起待得太久了。

“清清……宫里还有好多事情呢……”发现对顾秀庭占不了便宜，容瑾暂时不想跟他针锋相对，只得改用哀兵之策，可怜巴巴地望着沐清漪。沐清漪想了想，登基前的杂事本来就多，何况她一个刚刚上任的丞相好几天不办事也说不过去，只得道：“我知道了，你先回去，我明天一早便进宫去。”

容瑾见好就收，得意地回头扫了顾秀庭一眼，柔声道：“那我先回去了，清清明天早点儿进宫来，我等你啊。”

当着大哥和表哥的面，沐清漪也自觉有些窘迫，只得连忙应下来，顺手将容瑾推了出去，门外还传来容瑾恋恋不舍的声音：“清清，我等你哦。”

沐清漪无奈地翻了个白眼，道：“大哥、表哥，见笑了。”

顾秀庭俊眸微眯，淡淡道：“还不是你惯的。我怎么不知道你那么有耐性由着他胡闹？”

平心而论，顾家大小姐其实从来不是一个很有耐性、很能包容人的人，能如此包容容瑾已经让身为大哥的顾秀庭吃醋了。想当初，就是他这个亲哥哥偶尔跟妹妹闹腾一下，自家小妹都是一脸“你怎么无理取闹”的模样望着自己，然后默默地走开。

沐清漪想起容瑾的脾气，也只得叹气。说不准还真是她纵容出来的，不过容瑾那性子不顺着他，他能烦死你，她可不想自己受罪。

顾秀庭淡淡道：“还没成婚呢，醋劲儿就那么大，以后你在朝中为官，接触的都是男子，照他这么闹下去，你还办不办事了？”

沐清漪有些无奈，道：“大哥不用担心，我会提醒他，他也不是不讲道理的人。”

见状，顾秀庭也只得叹一句“女子外向”。

顾府，如今应该是丞相府了。虽然这原本是一个从三品奉天府尹的府邸，但是西越帝赐宅子的时候，这府邸的规格就远大于从三品官的。与豫王府比邻而居的府邸能是寻常地方吗？所以沐清漪升为丞相之后也没有打算搬家，直接换一个匾额就行了。

看着明显被人精心布置过的府邸，顾秀庭心中对容瑾的不满也减少了一些。除非真心将人放在了心上，否则这世上没有几个人能有这份心思连细枝末节都注意到，何况容瑾本身就不是一个温柔仔细的人。

“公子。”碰巧夏修竹也在府中，见到慕容熙和顾秀庭倒是一怔，道，“顾公子、平王殿下。”

看到夏修竹，顾秀庭和慕容熙同样也吃了一惊，问道：“聂统领怎么会在这里？”听说了聂云的事情，以及改名为夏修竹跟着沐清漪之后，慕容熙长叹了口气没有再说什么。就连聂云都走了，他的父皇到底在想什么啊？如今华国最重要的将领便是赵子玉，而聂云和赵子玉师出同门，感情颇深，难道父皇就没有想过聂云若是出了什么事，赵子玉岂会没有唇亡齿寒之感？还是说……父皇其实连赵子玉都一起忌惮了？

慕容熙摇摇头，自从离开华国，他就跟华国皇室没有任何关系了，这些事情也不是他该操心的。

“修竹可是有什么事？”沐清漪问道，现在夏修竹依然掌握着京畿守备大军，同样繁忙，夏修竹没有事白天应该不会来找她。

夏修竹微微点头道：“新丧七日已过，陛下已经将那些王爷放出宫了。陛下让我回来保护公子安全。”

沐清漪蹙眉道：“那京畿守备……”

夏修竹淡然道：“有副将，陛下另外派了开阳监察，不会有事。”

“那就好。”沐清漪点点头道。如今靖远侯坐镇健锐营，神策营也渐渐被天枢等人控制，京畿守备有夏修竹，御林军有东方旭，京城附近的兵马都在他们的掌控之中，倒也不用担心有什么大乱子。

正说话间，门外的下人禀告魏公子求见。沐清漪只得向顾秀庭和慕容熙告退，先去前厅见魏无忌。

顾府前厅里，魏无忌坐着喝茶。往日里轻松写意的俊颜上更多了几分凝重和疲惫之色，显然这些日子魏无忌过得不轻松。

“魏公子，久等了。”沐清漪踏入大厅，含笑道。

“顾公子。”魏无忌起身拱手笑道，“现在应该叫顾相了。”沐清漪莞尔一笑，道：“让公子见笑了。”

魏无忌摇头道：“虽然不想这么说，但我还是要说每次见到顾公子，都会让在下惊叹不已。”

沐清漪笑道：“如此，是流云的荣幸。公子请坐。”

宾主落座，魏无忌沉吟了一下也不兜圈子，沉声道：“想必顾公子知道在下所为何来。”

沐清漪轻叹了口气，道：“为了循王？”除了这个，沐清漪也想不出来她跟魏无忌还有别的交集。

放下茶杯，沐清漪淡淡道：“实在是抱歉，此事……在下无能为力。”

“顾公子……”魏无忌皱眉，显然没有想到沐清漪拒绝得如此干脆利落。沐清漪抬手阻止了他想要说的话，沉声道：“魏公子也算是局中之人，许多不为外人所知，甚至是在下和容瑾也不知道的事情魏公子都清楚。所以，也请魏公子不要为难容瑾。至少，在下可以保证，循王不会有生命危险。”

魏无忌皱眉，那一夜他被沐清漪的人拦在了城外，等到他摆脱天枢等人回到城中的时候已经尘埃落定。所以他根本就不知道容瑾为什么会囚禁容璋，这在魏无忌看来奇怪又荒谬，容瑾就算再顽劣也不该囚禁自己的生父。除非……义父出来之后可能会对容瑾不利。想到此处，魏无忌不由得变了脸色。

看着魏无忌的脸色变化，沐清漪在心中叹了口气。魏无忌本就是个极为聪明的人，只怕心中早就已经有了猜测和怀疑，来她这里也不过是为了验证他的怀疑。

“魏公子……以后有什么打算？”沐清漪淡淡问道。

魏无忌默然，半晌才问道：“宫中守灵的皇子都已经出宫了，容瑾不会打算关义父一辈子吧？请顾公子告诉豫王……魏无忌绝不会跟他作对，也请他高抬贵手，放义父一条生路。”

沐清漪有些奇怪地打量着魏无忌。魏无忌却似乎并不在意，显然刚刚得到的信息让他有些难以接受。魏无忌看了沐清漪一眼，叹了口气便起身告辞了。

一直关着循王确实不是个事，但是容璋能在西越帝的眼皮子底下忍耐二十年，还能培养出魏无忌这样厉害且对他忠心耿耿的人物，甚至控制一部分神策营和御林军，足见绝不是一个简单的人物。若是他出来之后给容瑾添乱，就更加麻烦了。

但是放不好放，杀也不能杀。皇家的事情……真是麻烦，还是交给容瑾自己解决吧。

被关在皇宫里整整七天与外界断绝一切联系的皇子们一脸菜青色，回到了各自的府邸，就被随之而来的消息弄得头昏脑涨、眼冒金星。先是朝中的大臣，虽一品以上的众臣还没有什么变化，但是在其副手的位置上或多或少出现了一些年轻的人物。左右丞相之位齐集于顾流云一身的情况更是让众人气急败坏。

丞相之位不同于别的朝臣，是名副其实的百官之首，本就位高权重，所以才会分设左右二相加以制衡。正一品的丞相论品级自然不如超品的王爷尊贵，但是若论接触的朝政和实权，这些皇室王爷其实远不如丞相。

庄王府书房里，三月中旬天气已经回暖了，但是容瑄依然穿着厚实的锦衣，消瘦的脸上苍白得没有一丝血色。时不时的咳嗽更是牵动得心肝肺都仿佛一起震动了一般，让人看了担忧不已。

若不是亲眼看到，谁敢相信一两个月前这位庄王殿下还是号称西越众皇子中最英武也是唯一立过军功的一位？

“父王？你怎么样了？”庄王府世子站在书案边上，小心翼翼地道。

容瑄苦笑道：“还能怎么样？吊着一条命罢了。”见状，庄王世子有些焦急地转身看向坐在一边的南宫绝和南宫翼道：“舅公，你武功盖世，难道也没有办法吗？”

南宫绝叹了口气，摇摇头道：“我并不精通毒术。何况，庄王殿下中的毒……”有些毒看着厉害但可以解，有些毒却是无论如何也解不了的，因为那毒对身体造成的是永久的伤害。

南宫绝内力精深，自然也看得清楚。容瑄的肺脉损伤严重，心力衰竭，除非真有传说中的灵药仙丹，否则回天无力。

“听说药王谷前任谷主莫问情如今就在京城，请他也不行吗？”庄王世子问道。

旁边的南宫翼沉吟了片刻，道：“虽然不知道有没有用，但是试一试未尝不可。不过……莫问情是顾流云的朋友。”

莫问情性格古怪，来去无踪，就算在京城他们也未必能够找得到，因此要找莫问情难免就要去求顾流云。如此一来，无论容瑄的病痊愈与否，庄王府都要欠顾流云一个人情。

庄王世子看了看坐在椅子里神色疲惫的父王，咬牙道：“不管怎么说，总要试一试！”

南宫翼点头道：“我知道了，回头我会亲自去求见顾流云。”

容瑄歇息了一会儿，方才打起精神来问道：“这几日，京城里可有什么事情？”

南宫翼摇了摇头，道：“京城里非常安定，京城的各路兵马都已经在陛下的掌控之中，就算有人想要做什么也无能为力了。不过……我发现，神策营中似乎多了不少兵马，这些兵马无一不是能以一当十的精锐。我可以肯定，这些人……原本并不是神策营的人。”

容瑄蹙眉，想了想看向南宫绝问道：“舅舅怎么看？”

南宫绝摇头道：“那就只可能是陛下暗中练了一支兵马，而且……还让这路数万人的兵马一路畅通无阻地来到了京城。王爷……只怕京城附近的几个州郡也都已经在陛下的控制之下了。”

容瑄不由得苦笑道：“九弟果真是有备而来，咱们这些人还在京城里斗得热火朝天的时候，九弟却已经另辟蹊径了，难怪父皇会将皇位传给他了，果真是了得。”

南宫绝点头道：“如今……姜家和靖远侯府已经被陛下收拢到手中了，他对文臣武将都有了一定的掌控力。另外，那顾流云身边有一个武功不低于我的高手，还有那个立场不明的魏无忌……王爷千万要小心行事。”

庄王世子有些惊讶，道：“武功不低于舅公的高手，那岂不是……”庄王世子脸色一变，硬生生将到了嘴边的话吞了回去。

容瑄对自己的儿子自然是了解的，抬眼看着他道：“岂不是什么？”

庄王世子犹豫了一下，道：“他们几个说……顾流云媚上祸国，要派人去……为陛下除害。”

"什么？"容瑄一怔，怒斥道，"胡闹！容泱，本王教过你如此胡作非为？"

庄王世子连忙道："父王息怒，孩儿并没有参与其中，只是听……容涟他们几个说的。"

容瑄这才稍敛了怒色，盯着嫡子道："顾流云虽然年纪比你们都小，却绝不是个容易招惹的人物，没有本王的命令你什么都不要做。有什么事情也要多跟你舅公和舅舅商量，明白吗？"

容泱顺从地点头道："孩儿明白。"

南宫绝点头道："王爷说得不错，世子……若是没事千万不要去招惹顾流云。"

虽然听从了父王的命令，容泱心中却也还是有些小小的不平，道："舅公，顾流云当真那么厉害？不如回头你带外甥一起去见识一番？"

南宫翼无奈地苦笑，跟顾流云比起来，他们这些年过而立的人倒像是脑子长到狗身上去了。

南宫绝叹息道："那晚若不是顾流云一手掌控住皇城内外的兵马，最后到底会怎么样，还不好说。"

容泱默然，这些事情他自问自己是做不到的。

"启禀王爷，端王殿下和十殿下求见。"门外，管家急匆匆来禀告。

容瑄脸色一沉，道："容琰？他来干什么？"

南宫翼挑眉道："大约是来联合对付陛下和顾流云的吧。"

容瑄冷冷一笑，道："好，他还敢来，本王怎么能不见他？请端王到书房来！"

"是。"

不一会儿工夫，容琰和容瑆便出现在了书房门口。看了一眼书房里坐着的南宫绝等人，容琰依然是面带笑容、温文尔雅地朝着容瑄打招呼："二哥。"

容瑄冷淡地点点头，道："四弟怎么有空到二哥这里来？刚刚出宫，事情应该不少才是。"

容琰笑道："二哥说笑了，如今新皇登基在即，咱们这些做臣子的能有什么事？还是二哥不欢迎弟弟？"若不是在场的人都还算沉得住气，只怕当真就要冷哼几声嘲弄他脸皮厚了。

庄王府世子张了张嘴想要说什么，最终还是看了看自己的父王和舅公，闷闷地住了口。容琰望着容瑄正色道："二哥，之前的事情……咱们确实是有些误会。但是事已至此，二哥还要跟弟弟计较，平白让他人得利吗？"

容瑄有些漫不经心地拿起手中的书卷翻了翻，抬眼看了容琰一眼，道："误会？计较？让他人得利？谁是他人？难不成在四弟的眼中，咱们才是一路人？若是如此，二哥倒是有些同情跟你作对的人了。一路人，你二哥都得了这么个下场，若是你的对手，只怕早就家破人亡、死无全尸了吧？”

容琰背后，容瑆皱眉有些不悦地道：“二哥，现在都什么时候了，你还有心思跟四哥计较这些鸡毛蒜皮的小事？”

容瑄顿时被气乐了，却也有些佩服起容琰来了。

“十弟这话有些意思，原来这是鸡毛蒜皮的小事？”容瑄冷笑道。容瑆一窒，其实谁都知道这两人因为容瑄中毒这事已经有解不开的结了。他们却依然不得不来拉拢容瑄。

“二哥，之前的事情都是弟弟的错。这些事情过了之后弟弟任凭二哥处罚。但是，今天还请二哥听弟弟一言。”容琰朝着容瑄恭敬地一拜，沉声道。

容瑄挑了挑眉，淡然道：“说来听听。”

容琰看着容瑄问道：“二哥可知道三哥如今正被关在宗人府中？”

容瑄不解，问道：“那又如何？”

容琰道：“无缘无故，三哥被九弟关在宗人府中也没有一个交代，难道二哥不觉得这件事有些奇怪吗？要知道，父皇驾崩前，清和殿中只有三哥和九弟。更何况，九弟还没登基就关了三哥，若是将来登基了又会如何对待我们这些兄弟？”

容瑄不以为然，容琰所说的什么事后任他处罚不过是句空话罢了。若是事后真的让容琰得了势，谁处罚谁还不一定呢。至于容璋的事情，他们什么时候那么兄友弟恭了？

容瑄知道容璋的事情却比容琰多一些。那日进入清和殿中，容瑄当时就注意到了容璋跪坐在地上动弹不得，分明是被人点了穴道。父皇本身就是武功高手，若说是容瑾趁着父皇不知不觉点了容璋的穴道，就算当时父皇已经命在旦夕，容瑄也是不信的。那就只能是父皇点了容璋的穴道或者说是父皇默认了容瑾的行为。那么……很可能是容璋确实做了让父皇不悦的事情。

至于容璋是被关还是被杀，关他什么事？“四弟多虑了，如今九弟为君，你我为臣，只要咱们尽忠职守，一心为国，九弟自然不会对咱们如何。”容瑄淡淡道。

容琰叹了口气，道：“二哥不为自己想，难道也不为侄儿想一想？”

容瑄脸色一冷，沉声道：“本王正是为了他们着想才如此说。四弟不必再说了，二哥也劝你一句，你三哥的事情你最好别管。”

“二哥……”容琰皱眉道。

“不必再说！”容瑄一拂袖，冷声道，“本王有些累了，泱儿，送你四叔出去。”

“是，父王。”容泱点头，转身对容琰和容瑆道，“四叔、十叔，请吧。侄儿送两位出去。”容瑆轻哼一声，道：“四哥，咱们走吧。他愿意做容瑾的走狗，对容瑾俯首帖耳是他的事情，咱们走！”

容琰有些无奈地叹了口气，朝着容瑄拱了拱手转身走了出去。

容瑄随手一挥将桌上的茶杯扫落在地，茶杯砰的一声摔得粉碎。容瑄脸色阴沉，狠狠地瞪着书房门口半晌不语。

南宫翼轻声叹了口气，重新倒了一杯茶送到容瑄跟前，道："表哥，何必跟这种人计较。"

容瑄冷笑一声，道："好一个容琰，好一个容瑆！本王倒是想知道他们哪来的信心以为本王会帮他们！"若不是因为容琰，他何以至此？容瑾不是好人，但容琰又是什么货色？当真以为他容瑄是傻子不成？

"容璋的事情，你怎么看？"容瑄喝了口茶平息了心中的怒气，方才看着跟前的南宫翼问道。

南宫翼凝眉道："王爷的想法是对的，循王的事情我们不能插手。且不说陛下的手段了得，我们贸然插手未必能讨得了好处，就说循王……只怕也不是什么省油的灯。"

"怎么说？"

南宫翼道："父亲说先皇驾崩那晚是魏无忌带着神策营的兵马拦截他的去路的，但是……魏无忌并不是容瑾的人，顾流云和夏修竹都是后面才去的。最后魏无忌反倒被顾流云的人拦住了，足以证明他们不是一路人。那么……魏无忌到底是谁的人？"

容瑄脸色微变，要知道魏无忌是天下首富，手中的财富富可敌国。能够指使得了魏无忌的人必然不会是个寻常之辈。容瑄将皇城里这些皇子一个个看过去，竟只剩下容璋了。

"好一个深藏不露的三弟。"半晌，容瑄才长长地叹了口气。

南宫翼垂眸道："深藏不露又如何？最后还是被豫王殿下抢先了一步。"

容瑄沉默了一会儿，终于摇了摇头道："罢了，让他们争吧。本王当真是有些累了。"抬起手看着自己瘦得骨肉嶙峋的双手，容瑄有些心灰意冷。这样一副破败得不知道什么时候就会一命归西的身体，还有什么好争的？不过……就算他不行了，他也不会让容琰好过！

四弟，要怪，就怪你当初没杀死二哥吧。

"父王。"容泱从外面进来，年轻的脸上夹带着一丝隐藏不住的怒气。容瑄并不吃惊，挑眉道："你十叔说什么了？"

容泱沉默了一下，道："没什么……十叔一向口无遮拦，父王不必放在心上。"

容瑄冷笑一声，不用问也能猜到容瑆会说些什么，淡淡道："你真以为你十叔是气不过想要骂我出气？他是说给你听的。"

容泱一愣，有些不解地看着容瑄。容瑄有些头疼地皱了皱眉，挥手道："罢了，你只要记着容淮的下场便是了，别听了人家三言两语的闲话，就跟吃错了药一样在外面胡闹。”还争什么争？自己身体不行了，儿子也不成器。就容泱这愣头愣脑的模样，还不够容瑾和顾流云塞牙缝。

容泱立刻想起了前段时间还风光一时的容淮，立刻觉得有父王撑着是一件多么幸福的事情。比起突然一步登天又重重从上面摔下来的容淮，容泱觉得做个踏踏实实的皇孙也不是那么难过的事情。

“孩儿明白了，孩儿不会将十叔的话放在心上。”虽然对于登基的九叔多少有点儿羡慕嫉妒，但是容泱更讨厌口无遮拦还挑拨离间的容琨。

容瑄点点头，道：“明白就好。”没本事翻云覆雨，就安安分分吧。身在皇家，能过得安安分分也是福分。看向南宫翼，容瑄有些无奈地笑道，“表弟，以后泱儿就麻烦你了。”

南宫翼叹了口气，自然明白了容瑄的意思。容瑄这是彻底没了争位的心思。如此也罢，除非容瑄登基，否则无论南宫家投靠谁最后都未必有什么好下场，那还不如安安分分地跟着先帝传位的新皇。至少……他们跟新皇的关系还不算坏，不是吗？

“表哥放心便是了。”

容瑄指了指容泱，叹气道：“我也不指望他建功立业，将来能撑得起庄王府的门户便是了。舅舅，你们先回去吧。本王想一个人待会儿。”

南宫绝和南宫翼对视一眼，心知容瑄这会儿的心情绝不会好，点了点头，南宫翼道：“世子，跟我一起出去走走吧，正好去一趟顾府见见顾相。”

“是，舅公。”

书房里只剩下容瑄一人，怔怔地望着不远处墙上气势宏伟的千里山河图。许久，他突然猛地抬手将茶杯朝画卷狠狠地砸了过去。若是以往，茶杯必然会重重地砸到画上，现在茶杯却飞出了不过两三丈便颓然落地，砰然碎裂。

容瑄愣了一会儿，脸上渐渐露出一丝古怪的笑容。然后，他因为消瘦而深陷的眼眶里却悄然流出了晶莹的泪水。

“容琰……容琰……本王定要你不得好死！”

书房里传出凄厉的呜咽声……

顾府花园里，几个人悠然地坐在院中赏花，闲适安然的模样几乎让人想不起现在外面正是暗潮汹涌。

沐清漪站在石桌边，看着顾秀庭挥毫泼墨，一幅美丽动人的仕女图渐渐在笔下成形，只见在百花之中，一名白衣少女拈花而笑。那少女的模样与沐清漪有六分相似，明眸善睐，清丽绝俗。少女脸上带着愉快的笑容，将原本静谧的画卷衬托得仿佛活了一般。

"许久不见，大哥的画工更加炉火纯青了。"沐清漪轻声赞叹道，她看着画中的少女，脸上也多了几分感慨之色，顾秀庭画的自然不是现在的沐清漪，而是曾经的顾云歌。沐清漪永远也不会再有这样明媚而单纯的笑容了。

"清清说得没错，若是哪天秀庭公子没钱吃饭了，还可以去摆摊画画，保证客似云来啊。"一个有些阴阳怪气的声音从一边传来，还带着不屑的哼哼声。

顾秀庭并不动怒，抬头含笑看着坐在不远处树上一脸怨色的容瑾，挑眉笑道："听说九公子的画也不错，不如来试试？"

容瑾轻哼一声，只当没听见。虽然九公子对自己的仕女图也颇有信心，但是比起顾秀庭确实是差了一点儿。有本事跟爷比武功啊，浑蛋！

沐清漪一听说顾秀庭要给她画像，居然就将容瑾辛辛苦苦画好的画扔到了一边。一个大男人把仕女图画得那么好，也不知道是画过多少姑娘才练出来的！

顾秀庭笑吟吟地道："确实是画了不少才练出来的。话说当年……刚开始学画的时候也没这么好，多亏了小妹肯让我画，画了千百次，自然是得其神采。九公子，你说是不是？"

咔嚓！容瑾身边足足有食指粗细的树枝应声而断。

"大哥本就天赋过人，若是换了别人，一辈子也未必能画得出来。这幅画大哥送我可好？我要好好收藏起来！"沐清漪含笑称赞道。

顾秀庭宠溺地笑道："你想要多少大哥都可以画给你。"

"清清，我也可以画！"容瑾从树上跃下来，一边磨牙一边道。

沐清漪不甚在意："你画得又没有大哥好。"平心而论，容瑾的画也不差，但也只是不差而已，而顾秀庭，可以想见将来必定是一代宗师。容瑾的画若是想要与顾秀庭的同样有价值，只有一个办法——盖上玉玺。

果然没办法与顾秀庭愉快地相处！容瑾心中恨恨地道。这一刻，容瑾无比希望顾秀庭不是清清的大哥，这样自己就可以一指头戳死他！

"清清，我可以练，本公子很聪明。"

沐清漪不解，蹙眉道："你很闲吗？乖乖地去批折子，画画这种事情看天赋。你已经画得很好了。"

顾秀庭看着容瑾郁闷得无言以对的模样，俊美的容颜上勾起一丝极淡的笑意，道："清漪，你过来瞧瞧，这儿好像有些不妥。"

"好，我瞧瞧。"听到大哥的话，沐清漪连忙转身去看画，"咦？果然有些不对。大哥看……这样怎么样……"

顾秀庭！本公子跟你势不两立！

低头看了一眼正认真看画的小妹，顾秀庭抬头给了容瑾一个愉悦的微笑。

这绝对是挑衅！容瑾咬牙，却不得不悲哀地承认他拿顾秀庭没有办法。如果是魏无忌，他还可以冲过去把人揍个半死，但若是顾秀庭，只怕他打一拳就能要了人家的小命。如果是别的什么人，他还可以设计捉弄得对方再也不敢跟他抢人，但是顾秀庭……一点儿也不比他笨！

容瑾悲伤地发现自己现在除了拿政事做借口，竟然丝毫没有办法跟顾秀庭抢人。但是……他一点儿也不想跟沐清漪讨论政事啊！

“启禀公子，南宫大人和庄王世子来了。”花园门口，管事恭敬地禀告道，看到站在一边生闷气的容瑾，连忙低下了头。他没有看到本该在宫里忙着政务的陛下出现在丞相府里！

沐清漪有些诧异地挑眉，问道：“南宫翼？他现在来做什么？”

容瑾正生着闷气，郁郁地道：“来打探消息的呗。南宫家都不是好人，清清别理他。”

顾秀庭一边执笔在画上题字，一边淡淡道：“还是见见吧，这个时候能打探什么消息？想必是有事相求。”

听到顾秀庭这么说，容瑾开始想要抬杠，道：“那就更不能见了，谁知道他们想要求清清干什么！清清这么心软，到时候不忍心拒绝怎么办？”

心软？顾秀庭挑眉，含笑看着沐清漪：他说的是你吗？

原本的云歌或许会心软，但是现在的沐清漪……心软？容瑾从哪儿看出来的？

容瑾抽风，不用理他。沐清漪无奈一笑。

顾秀庭若有所思：她对容瑾或许是真的太心软了。

“直接请南宫大人进来吧。”沐清漪淡淡道。顾流云是顾家后人的事情西越皇城的人差不多都知道，这会儿就算顾秀庭出现在顾府也不奇怪。

“是，公子。”

容瑾不悦地轻哼一声，狠狠地瞪了顾秀庭一眼，转身消失在花园里。

“顾相，恭喜。”进了花园，南宫翼看了一眼站在石桌后面低头作画的白衣男子，面色丝毫不变地朝沐清漪拱手笑道。

沐清漪含笑道：“南宫大人客气了，顾流云见过庄王世子。”

容泱好奇地打量着眼前的白衣少年，之前只是在一些宴会上远远见过几次，只觉得他是一个长得极为精致秀丽的少年。走得近了，容泱才察觉到少年的容貌虽然精致动人，眉宇间却带着一股不怒自威的慑人气势。“顾相不必多礼。”容泱沉声道。

容泱对沐清漪好奇，沐清漪对容泱同样好奇。对于见过的几个西越皇室的第三代，沐清漪都觉得有些失望。别说是如同他们祖父那般强悍，就是比起他们的父辈都远远不如。这一位庄王世子……看上去倒是少有的沉稳端凝，眉宇间明显带着武者的气质，看着倒是比其他的皇孙要顺眼一些，想必是要归功于南宫家的影响了。

“世子、南宫大人，请坐吧。”沐清漪从容笑道，吩咐花园中侍候的丫头上茶。

南宫翼好奇地看了一眼旁边，道：“这位公子……有些眼生。”

沐清漪也不隐瞒，笑道：“这位是我兄长，顾秀庭。”这些天各家的王爷都被禁足在宫中，所以消息才慢了一些，就算她不说，不出两天大哥来到京城的消息同样会被这些人知晓。“原来是秀庭公子，久仰。”南宫翼连忙道。顾秀庭抬眼，淡然一笑道：“南宫大人见笑了，子清年少，这些日子多谢南宫大人关照。”

“惭愧，顾相天姿卓绝，倒是舍弟多受顾相关照才是。”南宫翼笑道。同时，他也在心中暗赞华国顾家果然是人才辈出，只这幸存的顾秀庭和顾流云兄弟二人便是世间难得一见的人中俊杰。顾秀庭虽然容颜半毁，却似乎对自己的容貌毫不在意，这一份风度气质便足以令人折服。

听到顾秀庭的名字，容泱也是一愣。他自然也听说过华国顾家的事情，目光在顾秀庭脸上的伤痕停留了片刻便移开了。他虽然不及父辈精明睿智，什么该说什么不该说却还是明白的。

顾秀庭搁下笔，含笑道：“南宫大人和流云有事相商，在下就先行告退。”

南宫翼连忙阻止道：“公子不必客气，不过是些私事想要劳烦顾相，并不是什么大事。”南宫翼看人的眼光极为敏锐。这顾秀庭虽然温文儒雅，似乎还不及其弟气势逼人。但是只看顾流云对他的恭敬和亲昵便知道此人不宜得罪。

顾秀庭挑了挑眉，垂眸淡淡一笑并不再多话。

沐清漪问道：“南宫大人有什么事情，需要在下效劳？”

南宫翼连忙道不敢，旁边容泱起身朝着沐清漪恭敬地一揖，道：“听闻顾相与莫谷主颇有交情，还请顾相代为引荐。容泱感激不尽。”

沐清漪连忙让开，道：“世子不必多礼，在下愧不敢受。”

容泱道：“家父自从中毒之后，身体大不如前，莫谷主医术天下无双，还请顾相垂怜小王一片孝心，成全一二。”

沐清漪有些为难地叹了口气。莫问情这会儿倒是真在顾家，但是若说让莫问情去给容瑄看病，沐清漪却开不了这个口。莫问情生性冷漠，沐清漪知道他对自己这个朋友是当真不错，她却少有能回馈莫问情的地方。如今若是再为了拉拢庄王府而去勉强莫问情，沐清漪自己都觉得羞于见人。

南宫翼见沐清漪如此，道：“顾相……可是有什么为难的地方？在下只求见莫谷主一面，无论莫谷主是否愿意出手相助，在下和庄王府都对顾相感激不尽。”

沐清漪苦笑道：“南宫大人想必也知道，莫谷主的性子……”

南宫翼点头道：“这是自然，若是不成，也只当庄王命该如此，在下和世子爷只是尽力而为。还请顾相成全世子的一片孝心。”

沐清漪看着容泱殷切的眼神，只得在心中苦笑着摇了摇头，话都说到这份儿上了，若是再断然拒接就显得有些不近人情了。

“罢了，我命人去跟莫谷主说一声，成与不成，都请两位莫要放在心上。”沐清漪轻声道。

两人大喜，道：“多谢顾相。”

沐清漪转身招来霍姝吩咐她去见莫问情，看着霍姝转身往顾府里面走去，南宫翼二人不由得对视一眼。原来莫问情竟然就住在顾府，难怪满京城都找不到他。如此看来，莫问情跟沐清漪只怕也远不是泛泛之交了。

既然沐清漪愿意帮忙，南宫翼自然也懂得投桃报李的道理。他淡淡笑道：“陛下登基在即，这几日皇城里想必会十分热闹，还请顾大人小心一些。”

沐清漪一愣，很快会意，含笑道：“多谢南宫大人提醒，流云感激不尽。”

南宫翼含笑摇头道：“区区小事，便是不提醒想必顾大人也是知道的，顾大人不嫌在下多嘴便是了。倒是……今儿端王殿下来探望庄王的时候提起，循王殿下至今未出宫，十分担心。”

“原来如此，南宫大人有心了。”沐清漪低眉笑道，“新皇登基，诸事烦琐，大理寺的事，还请南宫大人多多费心。前几日陛下跟我说，南宫羽颇有大将军年轻时的风采，南宫家后继有人当真是可喜可贺。”

南宫翼一怔，深深地看了沐清漪一眼。沐清漪却是神色自若、笑容宁静，仿佛什么都没有说一般。南宫翼沉默了片刻，低声道：“多谢顾大人。”

沐清漪含笑不语。

“公子。”不一会儿，霍姝便回来了。见身后并没有人，南宫翼和容泱都有些失望，道：“莫谷主……”

霍姝取出一个瓷瓶和一张信笺递过去，恭敬地道：“莫谷主说了，庄王的毒他知道。想要完全治愈，除非真有仙丹妙药，否则莫谷主也无能为力。莫谷主只能祛除余毒，再以此方细心调养，只要不太过劳累，不再受伤、中毒，寿数也不至折损过多。”

虽然不能痊愈，但是莫问情比起那些直接让人回家等死的太医已经好得太多了。因此两人倒也并不十分失望。容泱接过药瓶和药方仔细收好，恭敬地对沐清漪拱手道：“多谢顾相。”

沐清漪淡淡笑道：“世子客气了，若是莫谷主不愿，在下也无能为力，世子不必言谢。”这容泱虽然品行如何尚不可知，但是对父王倒是真心孝顺，沐清漪对他的印象又好了几分。

目的达成，南宫翼起身笑道：“既然如此，就不打扰顾相了。告辞。”

沐清漪点头道：“霍姝，送世子和南宫大人出去。”

"是，公子。"

"南宫家……信得过吗？"等到霍姝带着南宫翼和容泱离去，沐清漪方才若有所思地道。顾秀庭淡淡道："南宫家能否信得过，要看庄王如何处置。南宫绝是一代名将，除了北汉哥舒翰，无人能出其右，可惜哥舒翰正当壮年，而南宫绝却已经年过七十。但是……即便如此，除了他，西越也找不出来能独当一面的大将了。"

沐清漪点头，明白大哥这是在提醒他庄王府虽然棘手，但是南宫家若是能留还是要留下来的。她和容瑾果然是一路人，遇到阻碍第一个想到的便是除掉，而不是怀柔，但一味杀戮是不可能成大事的。他们可以以诡计夺天下，却不能以诡计治天下。诡者，鬼也，终究是难登大雅之堂。

沐清漪思索了片刻，点头道："多谢大哥提点，清漪明白了。"

顾秀庭点点头，道："明白就好。过善则懦，过厉则暴。王者之道，恶毋忘善，当生则生，当死则死，儒法相兼，方是长久。"

沐清漪点头，含笑道："多谢大哥指点，清漪谨记在心。"

顾秀庭摇摇头，淡笑道："清漪聪明得很，从来不用大哥担心，便是大哥不说，你迟早也会明白。"

沐清漪了然，大哥既然不是担心她，就是担心容瑾了。不过容瑾那性子，只怕就是他自己知道，也未必会忍耐。顾秀庭看着她道："正是因为他那脾气，你才要多加管束。你既然选了他，大哥也不多说什么，只是大哥不希望有一天你被他连累了让大哥一个人伤心。"

"大哥……你放心。"沉默了片刻，沐清漪轻声道。

顾秀庭叹了口气，道："若以选择明君的标准看，就是下辈子，顾家人也断不会选容瑾。不过……他对你的心思倒是还不错，若真是个做明君的料，我反倒是不放心了。罢了，不管怎么样，还有大哥在。"当真是心怀天下的明君，顾秀庭也不能相信他对沐清漪一心一意了。所谓的明君，不就是爱江山不爱美人吗？明君为了天下什么都能牺牲，这样的人，若是以往顾秀庭就算不欣赏也能理解，但是现在，他还是更喜欢为了自己的妹妹可倾城、倾国、倾天下的人。

"大哥。"沐清漪眼睛微红，投入顾秀庭怀中沉默不语。

顾秀庭有些好笑地看了看某处，拍拍她的背道："罢了，都是一国丞相了还要哭鼻子不成？你把画收起来吧，我去看看表哥。"

"嗯。"沐清漪也有些不好意思，她往日里可没有这般多愁善感。顾秀庭拍拍妹妹的肩膀，含笑转身往后院去了。

顾秀庭肯定知道容瑾在偷听！走廊的拐角处，容瑾神色扭曲地盯着顾秀庭潇洒而去的背影磨牙。他是故意说给本公子听的吧？一定是！

“大哥的话你都听见了吧？”沐清漪一边低头收拾画卷一边淡淡道。

容瑾撇撇嘴走了出来，道：“听见了，不就是不能杀南宫绝和容瑄吗？我不杀就是了。”

沐清漪叹了口气，淡淡道：“你心里都明白吧？九公子聪明绝顶，哪儿还需要人讲什么道理？”

看着她秀眉轻蹙，容瑾不由得心里抽疼起来。原来沐清漪一直都在为他担忧吗？想起顾秀庭刚刚的话，容瑾拉起她的手柔声道：“我知道大哥说得对，以后我会注意，这次我不是没杀人吗？本公子还要称霸天下呢，怎么会半路翻船？”

沐清漪默默地看着他，你确实没杀人，你只是故意纵容他们，等到他们闹大的时候才好一鼓作气全部给杀干净了。

看着容瑾小心翼翼地望着自己的模样，沐清漪不由得莞尔一笑，倾身靠在他怀里低声笑道：“也怪不得你，我明知道……不是也没劝你吗？我们……”无论外表如何光风霁月，他们的心底都隐藏着一股杀气。大哥说得没有错，他们凭着聪明才智和出其不意，或许可以夺得西越，却未必能夺得天下，夺得天下也未必守得住天下。人都杀光了，他们总不能什么都自己来。至少……南宫家是可以留下的，虽然原本他们是打算斩草除根的。

感受到怀中的温香软玉，容瑾顿时满足地笑了起来，道：“那么……现在就让本公子看看清清收服人心的手段如何。如果他们听话，本公子也不介意做个明君。不过这个可以以后再说，清清今天要跟我回宫去哦。”

沐清漪扑哧一笑，容瑾只怕是下辈子也不会有明君的样子。不过不要紧，她也不是贤臣。

“不成，我答应了大哥，他在西越的时间我都要留在家里陪他。”沐清漪无奈地拒绝道。

“大哥到底对本公子有什么不满意！”容瑾咬牙道。沐清漪暗暗发笑：总不能告诉他，大哥就是单纯看他不顺眼吧？

第十五章
血流成河

“子渊。”

顾府后院一处幽静的院子里，莫问情正坐在树荫下摆弄着桌上的药材，旁边还放着几个模样各异的药瓶和几本古旧的书卷，他显然是在钻研医术。

其实沐清漪走进院子的时候，莫问情就已经听到响动了，毕竟她是个没有练过武的人。只是不知道为何，莫问情并没有如往常一样停下手中的事情转身跟她说话。

“何事？”莫问情抬头，淡淡问道。

被他如此一问，沐清漪反倒觉得为了这件事专程来道谢有些太虚伪了。只是，莫问情这样的人总是会给人一种必须慎重对待的感觉，不愿轻视了他。

沐清漪犹豫了一下，还是道：“方才……庄王府的事情，多谢你了。”

莫问情垂眸，漠然道：“举手之劳罢了，回头将灵枢交给我处置即可。”

沐清漪沉吟了片刻，想到灵枢是魏无忌的人，不过……倒也无妨，便点头道：“好，等到京城的事情了了，我保证将灵枢带到你跟前。你……是打算回药王谷吗？”如今药王谷群龙无首，若是庄王府执意要追究的话，药王谷自是难逃一劫。如果说有谁能收拾这个烂摊子，大约也只有莫问情了。莫问情如果当真对药王谷毫无感情，也不会关注灵枢的事情了。毕竟他已经不是药王谷谷主了，灵枢如何也与他无关了。

莫问情沉默了一会儿，点头道：“药王谷是义父毕生心血。”

沐清漪明了，莫问情看似冷酷无情，实则是极为重情重义的。他若真的冷血无情，当初完全就可以不管慕容煜的死活，只怕也不会有后来被逼出药王谷的事情，更不用说他还千里迢迢专程跑来京城替慕容煜收尸。

“我明白了，我会跟容瑾和庄王府商量。处置了灵枢也算是给了庄王一个交代，绝不会牵连药王谷。”沐清漪轻声道。

“多谢。”莫问情道。

沐清漪笑道：“原本我是来道谢的，这会儿倒是你跟我客气起来了。不必如此。”

“你也一样。”莫问情淡然道。莫问情只做自己想做的事情，所以……不必道谢。

沐清漪一怔，倏尔才莞尔一笑不再多说什么。

庄王府里，容瑄看着放在跟前的瓷瓶和药方半晌沉默无语。容泱恭敬地站在书案前方，小心地问道：“父王，这药……用吗？”

容瑄沉声问道：“莫问情就在顾家？”

容泱点点头，道：“虽然没有见到莫问情本人，但是看顾流云的意思，莫问情肯定就在府中。”不然，他们也不会那么快就能拿回药和药方。

容瑄叹了口气，道：“这个顾流云果然不简单，就连冷心冷情的药王谷谷主也对他另眼相待。”容泱皱了皱眉，有些迟疑地道：“父王，您中毒的事情跟药王谷也脱不了关系，这事……九叔……”虽说这事是容琰的算计，但是很难说容瑾到底有没有插一手。

容瑄摇头道：“不会，我虽然不了解九弟，但是……以他的能耐、武功和心性，是不会用下毒这种法子的，若真是下毒，只怕也不会留下半点余地。”

即使不了解容瑾，容瑄也能够看出来，容瑾不下手则罢，一出手就绝不会留下余地。

“莫问情已经离开药王谷，这个消息想必不假。”

“但是我们到现在也还没有找到给父王下毒的人。”容泱有些愤怒地道。虽然慕容煜已经死了，但是谁都知道出生于华国皇室的慕容煜没有那个本事，下毒的人自然还是药王谷的人。最有可能的便是药王谷那个叫灵枢的女人，但是自从慕容煜死了之后，那个女人也不知所终了。

容瑄淡然道：“总会找到的，不用着急。”

“那这药……”

容瑄拿起药瓶握在手中，道：“用，药王谷谷主亲自开的方子怎么不用？”何况，现实也由不得他不用，他的身体越来越虚弱，虽然莫问情说不可能完好如初，但也比现在这样苟延残喘要好得多。

容瑄倒出一粒药丸，就着手边的茶水服下，方才望着儿子，问道：“你也去见了那顾流云，感觉如何？”

容泱一怔，踌躇半晌也没说出什么来。容瑄看着有些心烦，挥挥手道："罢了，以后跟着你表舅多学学吧。顾流云此人，就算不能跟他深交也绝对不可得罪。你明白吗？"得罪了顾流云就等于得罪了容瑾，这些日子容瑄冷眼旁观，倒是越发对这个弟弟的手段感到心惊了。

"儿子明白了。"

转眼间新皇登基的日子将近，各国的使臣也陆续赶到了西越。西越帝驾崩得突然，葬礼自然是赶不上了，但是新皇的登基大典是必须参加的。

身为丞相，百官之首说难自然是难，说易也易。沐清漪接手朝政一个月不到的时间，有容瑾的帮助和顾秀庭、慕容熙暗地里指点，倒也上手得极快。这在外人眼里，竟当真像是这位少年丞相无师自通，天生相才一般。这些人自然不会知道，沐清漪夜夜拉着容瑾、顾秀庭、慕容熙批折子，每天一有空就抱着一堆折子请教顾秀庭和慕容熙。阴谋阳谋或可无师自通，但是朝堂上的事情有的时候是重不得轻不得，若不是有顾秀庭和曾经有过监国经验的慕容熙在，容、沐两人少不得还要焦头烂额一段时间。

所以，想要震慑世人，若不是真的多智近妖、无师自通，那就必须有极其强大的后援。

西越新皇登基，身为丞相的沐清漪自然免不了要亲自接待这些贵宾。只是让沐清漪有些没想到的是，这一次华国派出的使臣竟然是皇长子慕容恪和安西郡王赵子玉。慕容恪倒是好说，赵子玉却不是个简单的人物，只是一照面沐清漪便知道赵子玉认出了自己。

"张公子，去年华国一别，别来无恙？"华国使馆里，赵子玉若有所思地打量着沐清漪，以及她身后的夏修竹，冷峻的眼眸微微缩了一下，最后将目光落到了沐清漪身上。

好锐利的眼，不过数面之缘而已，竟然记得这么清楚。

"安西郡王好记性。"沐清漪笑道，显然是承认了自己的身份，"安西郡王称呼在下顾流云便是，当时胡闹让郡王见笑了。"

赵子玉淡然道："顾相的胡闹当真是……让在下大开眼界。"

沐清漪敛眉淡然一笑，道："安西郡王客气了，郡王和福王殿下远道而来，一路辛苦了。若是有什么招待不周的地方，还请见谅。"

赵子玉挑了挑眉，并不说话。

慕容恪同样也在打量着沐清漪，当初在华国京城他自然也见过张清，但如果不是赵子玉说破，慕容恪未必想得起来眼前这个气度天成的少年丞相就是当初华国京城那个俊美少年。因此，他对沐清漪的态度也就更加慎重了起来。

“顾相年少有为，本王佩服至极，若有机会还想向顾相讨教一二，还望顾相不吝赐教。”慕容恪朗声笑道。面上虽然亲切和睦，但是实际上慕容恪还是感到有些尴尬的。全天下都知道顾流云是华国顾家的人，顾家在华国被华皇弄得险些灭门，在西越，顾家的子孙却以未及弱冠的年纪登上丞相之位。这摆明了就是昭告天下人华国皇室枉害贤良，华皇无法容纳能臣。

沐清漪大方地笑道：“福王殿下客气了，在下不过机缘巧合得陛下看中，实在难当殿下的称赞。”

“顾相客气了。”福王笑道。

“王爷远道而来，一路辛苦了，流云就不打扰王爷了，请王爷稍做歇息，明日一早再入宫觐见陛下。”沐清漪含笑起身道。

知道她事情多，福王也不多留，跟着起身，笑道：“如此，本王就不送了。”沐清漪笑道：“王爷留步。”

“在下送顾相出去。”赵子玉沉默地起身，淡然道。福王也不以为意，笑道：“如此也好。”

沐清漪淡淡一笑，也不在意，只是道：“那就有劳安西郡王了。”

告别了福王，三人沉默地往使馆外面而去。赵子玉出了门也完全没有要回去的打算，沐清漪侧首看了看跟在自己身边的夏修竹，心底叹了口气。赵子玉既然能一眼认出她，又怎么会认不出从小一起长大的夏修竹？

“郡王？可是有什么话要说？”走到一处僻静的小巷，沐清漪停下来看着赵子玉问道。赵子玉挑眉看着沐清漪道：“你到底是什么人？张清还是顾流云？或者……都不是？”别人不知道，赵子玉久居华国京城，当初赵家与顾家的关系也不差，怎么会不知道顾流云夭折的事情？

沐清漪淡然一笑，道：“如今在下身在西越，到底是什么身份安西郡王又何必在意？郡王，你说是吗？”

赵子玉冷笑一声，突然一掌朝着沐清漪拍了过去。身后的夏修竹一把拉开沐清漪，只是单手与赵子玉拆招，却并不还手，一时间竟然被赵子玉逼得节节后退。赵子玉却不急追，在一掌将要拍到夏修竹心口的时候停住了，盯着夏修竹冷声道：“果然是你。”

夏修竹叹了口气，抬手取下了脸上的面具，看着赵子玉的俊美容颜带着一丝复杂的神色。见到夏修竹的容颜，赵子玉眼中闪过一丝安心，很快却又染上了怒色。他看着夏修竹道：“好得很，堂堂华国御前侍卫统领，前代安西郡王的嫡传弟子，跑到西越来给人家当侍卫。”

夏修竹有些无奈，道：“师弟……”

赵子玉盯着他道："我倒是忘了，你现在可不只是随身侍卫了，你还是西越的京畿守备统领，西越新皇用人倒真是不拘一格。你若还认我是师弟，登基大典之后便跟我回去。"

夏修竹摇头道："不成。"

他既然答应了容瑾保护沐清漪就绝不会食言。何况华皇的恩情他还了，华皇的行事他却无法认同。比起在华国皇宫做受人忌惮的侍卫统领，他更喜欢留在西越过自己喜欢的生活。

赵子玉怒极反笑，道："好一个不成，那就动手吧。"

"你不是我的对手。"夏修竹垂眸，淡然道。

赵子玉冷哼一声，随手抽出软剑就朝着夏修竹刺了过去。夏修竹侧身让过，两人再一次交起手来。看着两人在小巷里你来我往打得激烈，沐清漪无聊地靠着墙壁观战。"呦，这怎么打起来了？"这世上从来不缺无聊的人士，素来神出鬼没，好些日子不知道跑哪儿去了的文华公子太史衡笑眯眯地从房顶上跃下来，刚好落在了沐清漪身边。

"……"

"哎呀，沐姑娘，好久不见。"太史衡一点儿也不感到不好意思，熟稔地跟沐清漪打招呼。沐清漪无言，低头看了一眼自己身上还穿着的白色绣银色云纹衣衫，道："太史公子，太聪明的人都活不长。"她好像没有告诉过太史衡她的身份，但是看太史衡这理所当然的模样，绝对不是刚刚才知道的。

太史衡摸摸鼻子，笑道："这个……沐姑娘前些日子还有意招揽在下，怎么这会儿就翻脸无情了？难道我就不能考虑一些时间吗？"

沐清漪挑眉道："太史公子的考虑就是去将我的身份翻个底朝天？"

"呵呵。"太史衡傻笑。不翻怎么行，跟着天阙城主和跟着西越皇帝，虽然同样是为人做牛做马，待遇和前途却天差地别。

沐清漪浅笑道："其实我本来想说，看在你跟表姐交情的分儿上，太史公子若是实在不愿意的话，那就算了。但是……谁让太史公子好奇心太重了呢？正好，我手里还有一个位置，太史公子一定会有兴趣。"

太史衡眼睛一亮，道："史官？"

史官好啊，史官的妙处不在于可以记录现在的事，而是可以挖到很多原本以他的身份绝对不会知道的秘闻，以期让他江湖百晓生的名头晋升为天下百晓生。

沐清漪唇边绽出一个清冷的笑意，道："监察御史，以后就麻烦太史公子了。"

太史衡的俊脸顿时就垮了下来，以为他混江湖就不知道朝堂上的事情吗？监察御史虽然也挂着个御史的名头，却是个从八品的小官儿。每天的事情就是明察暗访，然后给皇帝打小报告。官职不高，地位没有，还招人嫌。至于那些代天巡狩的监察御史，如果不跟地方官员同流合污，八成就是要被人一路追杀的倒霉鬼。

沐清漪懒洋洋地道："太史公子游历天下，想必各地的风土人情都是十分熟悉的。这个职位……应该是再合适不过了。"

太史衡幽幽地看了她一眼，明白了，就是要本公子替你收集消息？你直说呀，消息嘛，本公子多得是！

无论太史衡怎么折腾，沐清漪都不再搭理他。送上门来的人不用白不用，她原本以为太史衡遛了，不过他既然又自己跑回来了，就别怪她不念往日的交情。

看着眼前少年一副铁石心肠的模样，太史衡只得无奈地认栽，自己送上门来的还能怪得了谁？

"咦？聂云怎么会打不过赵子玉？"看着不远处被赵子玉打得节节败退的夏修竹，太史衡不解道。虽然聂云、赵子玉的武功都是前任安西郡王教的，虽然赵子玉是安西郡王的亲生儿子，但实际上聂云才是安西郡王武功的真正传人。赵子玉最多学到六成，居然能将聂云打得没有还手之力。

沐清漪无语地瞥了他一眼，太史衡的武功是有多差才看不出来夏修竹是在让着赵子玉？

太史衡当然没那么差，他只是没话找话说而已。看着赵子玉一掌打在夏修竹的肩膀上，太史衡百无聊赖地道："不去帮忙吗？赵子玉虽然打不过聂云，但是如果聂云一味退避，他还是有可能被赵子玉弄死的。"聂云的武功肯定比赵子玉高，但是赵子玉杀的人绝对比聂云多得多。万一一个不小心一剑戳过去，说不定聂云就一命呜呼了。

沐清漪瞥了他一眼，问道："帮忙？谁去……你还是我？"

"算了，聂云好歹是天下五大高手之一，哪那么容易受伤啊。"太史衡抬头看天道。

沐清漪倒是不担心聂云，赵子玉出手确实狠，却并没有杀气，显然并不是真的想要杀了夏修竹。至于想要发泄怒火之类的，沐清漪觉得也可以理解。只是……"安西郡王，你想要打得整个京城都知道华国使者一到西越就挑衅京畿守备统领吗？"

闻言，赵子玉冷哼一声飞身退开。他主动停手，夏修竹自然也就立刻停下来，垂手站在小巷里望着赵子玉，道："师弟……"

虽然一直是赵子玉压着夏修竹打，但这会儿反倒是赵子玉脸色更加难看一些。赵子玉收起剑走过来，盯着沐清漪道："顾相好本事。"

沐清漪抿唇淡笑道："过奖。"

赵子玉轻哼一声，转身看着夏修竹道："既然是你自己选的路，你好自为之。不管怎么样……你还是我师兄。"说完，赵子玉转身头也不回地走了。

被留下来的三人沉默了一会儿，太史衡茫然地问道："这位到底是干什么来的？一言不发就开打，打了一半又跑了。"

沐清漪轻叹一声，淡笑道："安西郡王倒是有些意思，不愧是修竹的师弟。"这样的人才……只可惜是华皇的人，不过若是想要拉拢赵子玉，短期内是不可能的了。

夏修竹沉默不语，显然刚刚见到师弟的事情让他的心情有些阴郁。

与赵子玉耽搁了不少时间，沐清漪回到顾府已经是晚上了。不过今天显然不是什么好日子，还没到府门口，只听嗖的一声，羽箭破空而来，笔直地朝着走在最前面的沐清漪射了过来。

一群手持刀剑的黑衣人从各处涌了出来，飞快地将三人围住了。

扫了一眼眼前的黑衣人，沐清漪并不着急。夏修竹冷然扫了众人一眼，沉声道："什么人？"

"要你们命的人！"为首之人沉声道，"识相的就将顾流云交出来，可饶你一条小命。"

闻言，沐清漪忍不住暗笑。若是夏修竹还需要求人饶命的话，这世上只怕也没有几个人还能平安地活着了。

夏修竹俊脸微沉，道："滚，不然死。"

被人如此轻视，黑衣人顿时眼冒火光，道："好狂妄的小子，受死吧！"气急败坏的黑衣人不再多说什么，一挥手，一群人便朝着夏修竹冲了过去。

这群黑衣人的运气显然并不太好，夏修竹刚刚跟赵子玉打了一架，心情也不好。他一抬手，一截短枪从袖中划出。在众人的目光中，夏修竹伸手一拉，立刻将原本银色的短枪拉出五六尺长，抬手一挥轻而易举地扫倒了一大片。

枪乃长兵器之王，在战场上特别是在混战之中最合适不过。所以战场上的士兵用长枪的居多。普通士兵的枪法和夏修竹这样的绝顶高手的枪法是不可相提并论的。只见夏修竹银枪在手，银光所到之处势如破竹、所向披靡。

太史衡护着沐清漪站在一边观战，一刻多钟时间竟然连一个能突破夏修竹的防护冲到他们跟前的刺客都没有，让原本打算一显身手的太史衡颇有些英雄无用武之地的感慨。只见宽阔的大街上银光闪烁间，鲜血和惨叫声齐飞，地上早就横七竖八地躺了一大堆黑衣人，伤的伤死的死，没有一个还能动弹的。

"好枪法，这聂……夏统领若是上了战场，必定是一员虎将啊。顾相手下真是能人辈出。"太史衡称赞道。

沐清漪点头赞同，安西郡王的武功本身就是从战场厮杀里磨砺出来的。夏修竹的武功与他一脉相承，单打独斗其实并不占优势。但是若论对普通人的杀伤力，只怕天下五大高手还是要以夏修竹为最。

容瑾的修罗刀虽然刀下无活口、狠戾非常，但是如果上了战场，却远不如夏修竹的银枪顺手。

"这些都是什么人？如今皇城都是豫王的天下了，居然还有人斗胆刺杀顾公子？"太史衡好奇地道。

沐清漪淡淡地瞥了他一眼，道：“太史公子不是消息灵通吗？怎么会问我？”

太史衡默默地摸摸鼻子，发现这个据说是云歌的弟弟实际上是云歌的表妹的姑娘实在是太不好相处了。半晌，他才叹了口气，道：“我总觉得……事情要糟。”早不行刺晚不行刺，偏偏选在这个时候行刺顾流云，西越皇室这些皇子、皇孙的脑子是被狗啃了吗？

“我也觉得。”沐清漪幽幽叹了口气，抬头看着空中的一轮圆月。那清冷的月色仿佛也染上了一层淡淡的血色。

这次的刺客人数并不少，质量也不算差。如果真的只是刺杀一个普通的丞相大约已经得手了。不幸的是他们刺杀的是顾流云，身边还有一个华国前御前侍卫统领和江湖百晓生文华公子太史衡，因此别说刺杀了，就连一滴血也没有溅上她雪色的衣衫。

等到将所有的黑衣人摆平了，夏修竹原本还有些沉郁的神色也好了不少，显然发泄一通对他的心情是有所帮助的。

“公子，这些人要怎么处理？”夏修竹抬脚踢了踢脚下的黑衣人。黑衣人痛苦地呻吟了一声，显然是还活着的。

沐清漪挑眉道：“辛苦修竹了，让人送奉天府去吧。”夏修竹下手很有分寸，并没有全部打死。

“是。”夏修竹恭敬地点头，正要转身去料理这些人，突然猛地转身一把抓住沐清漪往街边闪去。

嗖嗖！几支羽箭破空而至，贴着太史衡的脖子飞了过去。

“该死的！”太史衡自行走江湖以来大概都没有受到过这么大的惊吓，怒吼一声飞身朝着羽箭射出的方向扑了过去。太史衡武功不济，轻功却当真称得上一绝。

躲在暗处的人还来不及反应，就见太史衡犹如一只大鹏猛扑了过来。一惊之下，黑衣人哪还顾得上沐清漪，齐齐举起弓箭想要朝太史衡放箭。太史衡冷笑一声，凌空一个翻身，身子在半空以一个极为诡异的角度倾斜扭转，同时广袖一挥，几道暗器射向了来不及改变方向的黑衣人。

扑通几声，躲在暗处的三个黑衣人颓然倒地。

“白痴，真以为本公子会跟你们拼武功吗？”看着倒在地上的黑衣人还睁着眼睛愤怒地瞪着自己，太史衡毫不犹豫地踹了两脚，冷笑道。

再一看其中一人，太史衡惊讶地朝另一边的沐清漪道：“都残废了还来做杀手，这是跟顾公子有多大的仇恨啊？还是说……这位真是……身残志坚？”

闻言，沐清漪走过来果然看到躺在地上的三个黑衣人，其中一人断了一臂，面容看上去……有些眼熟。

“他们怎么了？”

太史衡撇嘴道：“没什么，软筋散而已。”

打量了地上的人半晌，沐清漪想起一个人来，犹豫了一下，挑眉道："端王府二公子？"

黑衣男子咬牙道："是又如何？"

沐清漪淡淡评价道："不知死活。"

黑衣男子气得呼吸有些急促，厉声吼道："顾流云，你不过是个媚上惑主的佞臣，你敢拿我如何？"

沐清漪微笑道："我确实不会拿你如何，不过……还请二公子往奉天府走一趟。回头，本官再跟令兄商量到底该如何。"

"带走吧。"沐清漪也懒得理会这些人，挥挥手让夏修竹叫人来将这些刺客押走。等到容瑾知道了这事之后，只怕又是一场祸事。不过，京城里这些皇子、皇孙确实是该教训了。

奉天府里，大晚上的却是灯火通明，刚刚上任的奉天府尹步玉堂脸色阴沉地盯着堂下刚刚被送来的捆成粽子一般的黑衣人。他们居然敢在皇城重地刺杀当朝丞相，最重要的是刺杀的居然还是顾公子，真是不想活了！

被步玉堂盯着的人并不将他放在眼里，一脸傲然地道："还不放开本公子，你不想活了吗？"

"放开？！"步玉堂冷笑一声，"你以为你是个什么东西？"

"大胆！本公子是端王府二公子容浩！"黑衣男子怒斥道。

步玉堂摸摸下巴，道："原来是端王府的人啊，很好……知道身份了就好办。来人，去请端王世子来奉天府一趟，端王府二公子谋杀当朝丞相未遂，还请端王府给本官和陛下一个交代！"

"是，大人。"门口的衙役匆匆领命去了。

容浩失手被抓，虽然有些懊恼，但是并不太过惧怕。他是端王府的公子，正经的西越皇孙，难道还抵不过一个以色媚主的佞臣吗？

步玉堂看着他张狂的神色，淡笑道："当街刺杀当朝丞相，王子犯法与庶民同罪。"

容浩冷笑一声，道："顾流云他算什么丞相？不过是靠着容瑾的宠爱爬上去的佞幸罢了！"

步玉堂神色不变，淡淡道："不管顾大人是什么，只要他一天在朝为臣，就是西越的臣子。同样，本官一日为奉天府尹，就会一日为陛下监督京城的安宁！"

容浩哪里想到步玉堂居然如此大胆，怒斥道："步玉堂，你好大的胆子！区区一个从三品小官居然敢对本公子无礼！本公子劝你，乖乖把我们放了，本公子留你一条狗命！"

“不放。”步玉堂平静而从容地道。

“信不信本公子宰了你？”容浩怒道。

“容浩，你想宰了谁？”

黑影一闪，容瑾已经出现在了大堂门口。他负手而立，一身黑色锦衣仿佛与墨色的长发融为一体，别人只能看到那如冷玉一般冰冷白皙的容颜和指间闪烁着不祥绯色光芒的修罗刀。

众人甚至不知道容瑾是什么时候走进了院子里的，只是一回头就看到他神色冷肃地站在门口。

“臣步玉堂叩见陛下。”一看到容瑾，步玉堂顿时松了口气，连忙俯身跪地参拜。

其他人这才回过神来，拜道：“叩见陛下。”

容瑾轻哼一声，踏入堂中。他走到容浩身边的时候停了下来，上下仔细地打量着眼前被捆得跟粽子一样的容浩，柔声问道：“是谁让你去刺杀子清的？”

容浩愤怒地瞪着容瑾，却怎么也挣扎不开夏修竹亲手捆上去的绳子。容瑾并不在意，抬手用修罗刀在绳子上一挑，原本捆得容浩动弹不得的绳子立刻便落地了。容浩睁大了眼睛，惊恐地看着那锋利的刀锋在自己身上慢慢移动。那么粗的绳子根本没有用力就被挑断了，足见这看似华而不实的绯红短刀绝对是一把可吹毛断发的利刃。

“回答我，是谁让你去刺杀子清的？”容瑾很耐心地又问了一次。容浩张了张嘴，有些艰难地道：“没……没有谁……”

“这么说，就是你自己一个人想要杀了子清？”容瑾幽幽地问道，“很好，你说本王该怎么对付你？把你剁了喂狗怎么样？不……子清养了一只小狐狸，一天割你一块肉喂狐狸怎么样？”

“你……你……”

容浩惊恐地看着容瑾手中的刀慢慢在自己身上轻轻划动，几乎立刻感到一阵剧烈的疼痛，然后容浩眼睁睁地看着鲜血从自己的身上渗出，染湿了身上的黑色衣衫，也将容瑾手中的刀衬得更加鲜艳夺目。

容浩甚至感觉到一股彻骨的寒意从刀锋下的伤口飞快地侵入了骨子里，整个人顿时如堕寒窟。

“不……不要！不是我……不是我一个人！”容浩颤抖着叫道。

容瑾眼中闪过一丝冷厉，问道：“还有谁？”

在那妖红的刀锋下，容浩只得颤抖着吐出一个一个名字，都是各家王府的皇孙和一些跟容浩关系不错的世家子弟。

容瑾冷冷一笑，收回了修罗刀，侧首吩咐步玉堂道：“去把这些人都带过来。”

“是，陛下。”步玉堂小心翼翼地道。虽然容瑾并没有暴跳如雷，但是步玉堂本能地感觉到一股危险的气息，心中不由得打了个寒战，陛下登基在即，这不是打算大开杀戒吧？先帝才刚刚死了，现在就对皇孙动手，真的好吗？到底要不要去通知顾公子一声呢？

“还有皇室宗亲、侯以上的勋爵、从一品以上的大臣，统统都过来吧。”容瑾继续道。

“是，陛下。”心知事情大概不好收场，步玉堂飞快地应了声，脚下不停步地奔了出去。冷静的陛下好可怕！

大堂里寂静无声，容瑾慵懒地坐在上面，神色默然地盯着下面的人。之前还硬撑着一脸傲气的容浩此时却委顿在地，身上的伤口慢慢地渗出血液，仿佛完全无法愈合一般，他的脸色也渐渐苍白起来。

今晚本该是一个平凡的夜晚，但是皇帝陛下一声诏命，京城里所有重臣几乎都到了奉天府。除了少数几个人之外，也没人知道到底发生了什么事，一时间大家都有些惶惶不安。他们没有忘记奉天府里如今还关着不少重臣呢。

奉天府大堂外面已经被宫中的御前侍卫重重包围。如今容瑾身份不同，一旦出宫自然有不少侍卫随侍。他们都恪尽职守，不让外面的人上前一步窥探里面的一切。

大堂外面的空地上已经站满了朝中重臣、皇室宗亲，他们三三两两地站着，暗地里小声交换着各自的情报，想要弄清楚到底发生了什么事情。

“父王，你说到底出了什么事？”容泱扶着容瑄走了过来，低声问道。此时夜已经深了，陛下却突然将这么多人叫到奉天府来，肯定不是什么小事。

容瑄淡淡道：“这些日子，你们没有跟那些人混在一处吧？”容瑄用了莫问情的药，身体也好了不少，虽然还是不健康，但是比起往日走几步路都要喘上一喘的模样是好多了。

“谨遵父王的吩咐，儿臣不敢有违。”容泱恭敬地道，蓦地醒悟过来，震惊地道，“父王……你是说……”

“八九不离十。”容瑄淡然道。

容泱只觉得额头上直冒冷汗。若不是前些日子父王三令五申，说不定他也被说动跟着那些堂兄弟一起胡闹了。若是如此，那自己……幸好……

“庄王殿下。”看到容瑄，不少人纷纷上前见礼，隐晦地想要打探出一些消息。容瑄自从中毒之后，身体差了不少，性情倒是越发沉稳圆滑了。说了半天，众人依然是迷迷糊糊什么都没有打听出来，只得遗憾地退开了。

“看样子陛下是在里面？”容泱好奇地道。御前侍卫守在大堂门口，陛下肯定就在里面。只是不知道……容泱想起那日在顾府见到的那个如春风般和煦的俊美少年，不知道他有没有事？

“顾相到！”一辆马车稳稳地停在了奉天府门口，一个戴着面具的青年男子和一个温文尔雅的蓝衣青年同时跃下了马车。那戴着面具的男子已经有不少人认得，正是如今的京畿守备统领，而那蓝衣青年却十分陌生。

太史衡好奇地看了一下眼前乌压压一片的人，无一不是玉带紫蟒、富贵逼人，不由得笑道："好大的阵势啊。丞相大人，请下车吧。"

马车里，沐清漪淡淡一笑，道："太史公子好兴致。"

太史衡含笑不语，喜好挖掘秘闻的人一般都有爱看好戏凑热闹的天性，太史衡自然也不例外。如今闹这么大的阵势，难道即将登基的西越新帝真的打算冲冠一怒为红颜……蓝颜吗？

夏修竹揭起帘子，沐清漪从容地从马车里走了下来。她看了一眼跟前焦急等候着的众人，不由得莞尔一笑。

"顾相好啊。"

"见过顾相……"

"顾相……"谁不知道顾流云是新皇最宠信的人？一时间众人纷纷涌上前来打招呼。沐清漪也不着急，淡然向众人一一回礼，举手投足风度翩然。

"顾大人，陛下请你快进去呢。"大堂里，蒋斌匆匆走出来，恭恭敬敬地道。

沐清漪点头道："我知道了，有劳公公。"

蒋斌连忙道："不敢，顾大人请。"

"各位大人，先失陪了。"沐清漪含笑朝众人拱手，然后跟着蒋斌往大堂里走去，只留下身后众人神色各异的眼光和纷纷议论。蒋斌是先帝跟前的贴身太监，如今先帝驾崩依然还在新皇身边侍候着。他虽然是个太监，却是皇帝的亲信，这么多年谁见过蒋斌对哪个臣子如此客气恭敬？可见这顾流云在陛下心中的地位。

"子清，快进来。"一直闭目养神的容瑾睁开眼睛，朝沐清漪招手道。

沐清漪无奈，只得顺着他的意思进门踏上了高高的台阶，走到了桌案前。容瑾直接伸手拉过沐清漪，道："这么晚了，子清怎么来了？坐下说话。"沐清漪暗中叹了口气，淡淡笑道："陛下不是吩咐从一品以上的官员都要来此候旨吗？"

容瑾一呆，没好气地嘟哝道："步玉堂那个笨蛋！"这点儿小事哪里需要清清大晚上跑出来？

步玉堂当然不是笨蛋，也不是不知道容瑾根本就没想要沐清漪来，但是一看容瑾那一身的肃杀之气，就知道今天的事情绝对不好收场。所以，别说容瑾没有特意吩咐不让沐清漪来，就算吩咐了，他也得偷偷设法让人去报个信儿。毕竟，如今这西越皇城里，真正能够劝得住皇帝陛下的，大概也只有顾相一人了。

沐清漪低眉一笑，看了一眼底下神色有些古怪的容琰和容瑆，以及一副被蹂躏过模样的容浩，问道："陛下，这么晚了，将这么多人召过来做什么？明儿不用办差了？"

容瑾点头道："子清说得不错，明天北汉的使臣也该来了。子清还要负责接待呢，早些回去休息吧。”

我走了让你把这些人都杀光吗？沐清漪无言，叹了口气道：“明天我不去，让没什么关系的人先回去吧。至少……礼部尚书先回去，不能在外人面前失了礼数。”万一把礼部的人给吓着了，明儿接待北汉使臣的时候一个个魂不守舍、担惊受怕的模样，丢脸的还不是他们？

容瑾眼睛微微一亮，这次北汉来的使臣又是那个讨厌的哥舒翰。他可没有忘记在华国的时候哥舒翰还向清清求过亲，虽然被清清拒绝了，但自己还是不能轻敌。清清不乐意见他再好不过了。于是，心情大好的容瑾大手一挥，特赦礼部和几个不怎么重要的部门官员回家睡觉去了。前提是，他们睡得着。

容瑾揉了揉眉心，扫了一眼地上的容浩，不耐烦地道：“去问问，人都到齐了没有？”大晚上听到清清遇刺的消息，让容瑾十分不悦。那种感觉就像是，一件自己唯一拥有并且爱如生命的绝世珍宝差一点儿被人打碎了一样糟糕。事实上，容瑾没有一到奉天府拔刀就砍，已经是忍耐良多了。

蒋斌领命连忙出门去看了，那迅捷如风的模样丝毫看不出来是一个已经上了年纪的老人家。

不一会儿，蒋斌回来禀告道：“启禀陛下，已经到齐了。那几位……已经被押在外面候旨。”

“很好。”容瑾满意地点头，看了看宽敞的大堂，道，“这儿太小了，出去说吧。给顾相拿一件披风过来。”

“不必了。”沐清漪抬手阻止了蒋斌忙着想要转身去拿披风的动作。她只是冬天怕冷而已，这已经四月中旬了还怕冷就真的要看大夫了。

门外，整个西越最有权势的权贵都站在宽敞的空地上焦急又茫然地等待着。等到几个明显是各王府公子的年轻人被奉天府的衙役押到门前跪下之后，所有人的神色就更加凝重起来了。更让人惊讶的是，里面居然还有早已经被西越帝软禁的负恩侯容淮。一时间，所有人都在心中暗暗揣测，今晚的事情只怕不简单。

正在众人茫然不解的时候，原本紧闭的大门突然被人从里面砰的一声撞开。一团黑乎乎的东西从里面砸了出来，众人一惊连忙闪开让出了一片空地。那团东西闷哼一声落到地上，众人这才看清楚，原来竟然是端王府的二公子容浩。

“二弟，你怎么在这里？”端王府世子连忙上前问道。

容浩被这么突然一脚踢出来，痛得半晌说不出话来，只能狠狠地瞪着眼前的端王府世子。

“人都到齐了？”容瑾和沐清漪一前一后走了出来。一黑一白的两个人，同样俊美出尘却给人截然不同的感觉。一身黑衣的容瑾就仿佛暗夜的化身一般，给人一种冷酷而血腥的感觉。一身白衣的顾流云却让人觉得心中多了几分柔软和温馨，干净而温雅犹如春风拂面。这样两个截然不同的人，站在一起却让人觉得出奇地和谐与舒适，就仿佛光与暗、昼与夜、暖阳与寒月，看似截然不同却是永远也不会少了谁。

“参见陛下！”众人齐声道。

几个御前侍卫抬着两把椅子出来，一把就放在奉天府大堂外的台阶上，一把放在右手方往下一些的地方。

容瑾沉默地坐了下来，看着沐清漪在自己下首的位子坐下，有些不满地皱了皱眉。虽然容瑾不满沐清漪不能与自己并肩而坐，却也知道这必定是她的意思，也就不再多说什么。

“平身吧。”许久，容瑾方才淡淡道。

众人暗地里松了口气，道：“谢陛下。”众人起身。

容瑾斜靠着椅子，修长的手指漫不经心地在扶手上轻叩着，闲适地道：“知道为什么要你们来这里吗？”

众人各自对视了几眼，齐声道：“请陛下示下。”

容瑾冷笑一声，道：“容浩，说说看，你都干了些什么？”

容浩这会儿总算是缓过了一口气，再看看门外这阵势便知道事情不妙了，道：“陛下……臣、臣冤枉啊……臣是被冤枉的！”

“很好！”容瑾冷冷地盯着容浩，这两个字仿佛是从牙缝里挤出来的一般。他盯着容浩看了好一会儿，方才问道，“这么说……你没有刺杀朕的丞相？”

容浩慌乱地点头道：“臣冤枉……臣没有做这些事情……”

“那你身上的衣服是怎么回事？端王府的二公子大晚上带着一群人穿着夜行衣在京城里闲逛？东方旭，你给朕出来！”容瑾冷声道。

人群里，原本还悠然看戏的东方旭脸色一垮，苦着脸走了出来，干净利落地往地上一跪，道：“臣东方旭叩见陛下！”

容瑾挑眉道：“朕的丞相在皇城里被几十个刺客围攻，这件事……你有什么说法要给朕吗？”东方旭只觉得嘴里发苦，他哪知道这些皇子、皇孙发的什么疯啊，居然在皇城里刺杀当朝丞相。虽然御林军在内城权势颇大，但是这些皇子、皇孙到底是皇室宗亲，总有一些别人没有的特权，特别是这次还不止一个人，以至于竟然有人刺杀顾流云，御林军居然连一点儿消息都没有收到。

“臣……失职，请陛下降罪。”东方旭无话可说，只能上前请罪。

容瑾淡淡地瞥了他一眼，道：“一边儿去，一会儿再收拾你。”

“是，陛下。”东方旭松了口气，心中暗暗盘算着若是逃过了这一劫，一定要在顾府附近多加三倍的人巡视，免得下次再出问题真的要他的命了。

东方旭摸摸鼻子，乖乖地跪到另一边去了。

一看连明显是陛下亲信的东方旭都倒了霉，众人的头皮绷得更紧了。

“容浩，朕的问题……你想出来答案了吗？”容瑾悠悠问道，原来刚才突然问罪东方旭，是在给容浩留时间想借口啊。

容浩哪能想到什么答案？皇城里是有宵禁的，除了一些特殊人士，晚上不睡觉出来乱逛本身就是大罪，更不用说还穿着夜行衣乱逛了。就算容浩能说得天花乱坠，他也解释不了自己到底为什么会在顾流云遇刺的地方被抓住。

“臣……臣……臣冤枉……”无话可说的容浩只能抵死不认。

容瑾不耐烦地打了个哈欠，目光转向了同样被押着跪在地上的众皇孙身上。虽然都是皇孙，但是除了容淮以外，容瑾一个都不认识。容瑾问道：“你们，容浩说今晚的事情你们都有份儿，说说看吧。”

“臣等冤枉！”众皇孙异口同声，还不忘将所有罪责都推到容浩身上去。既然容浩不仁就别怪他们不义，更何况被当场抓住的可不是他们，当然不能认。

“你们！”容浩怒瞪着众人，当初事情明明是他们商量好的，现在这些人看他落难了就落井下石。众皇孙对容浩同样是满腹怨气，哪个皇孙会白痴到亲自跑去行刺，居然还被抓住连累他们？端王叔看起来那么精明，怎么会有这么愚蠢的儿子？出了事居然还将他们都给供出来了！

“此事臣等并不知情，请陛下明鉴。”被押跪在地上的人朗声喊冤。

容瑾挑了挑眉，问道：“这是？”

他身后，蒋斌低声道：“这是五殿下府上的大公子。还有……悼恭太子的三公子、六殿下府上的四公子、七殿下府上的大公子……”八皇子年纪比容瑾大不了几岁，还没来得及生出能出来惹祸的儿子来。

“看来，大家都对朕很不满啊。嗯？”容瑾幽幽道，“来，说说，你们对朕有什么不满？”

众人沉默。

斜靠在椅子里的容瑾换了一个坐姿，居高临下地盯着底下的众人道：“没有吗？既然如此……你们给朕听清楚了，敢在朕的眼皮底下胡作非为，朕会让他后悔生在这个世上。容浩，你还有什么话要说？”

容浩早就被容瑾一身的戾气吓得胆战心惊，只是愣愣地不敢说话。容瑾挑眉道：“看来是没有话要说了，刑部尚书。”

“臣在。”刑部尚书战战兢兢地走出来，虽然四月的深夜并不炎热，他的额头上的汗珠却清晰可见。

“行刺当朝丞相，该当何罪？”容瑾懒懒地问道。

刑部尚书踌躇着。容瑾冷哼一声，道：“你若是不知道，就换个有本事当刑部尚书的人来回答朕的问题。”刑部尚书心中一颤，新皇这意思是如果他不回答，刑部尚书这个位置他就别坐了。

“回……回陛下，刺杀朝廷命官……满门抄斩。”刑部尚书颤抖着道。

容瑾饶有兴致地看了看下面的众人道：“满门抄斩啊……”

“陛下！”终于有端王党的人忍不住站出来，“启禀陛下，二公子虽然行事冲动，但是还请陛下看在先帝刚刚驾崩的分儿网开一面！”

“请陛下网开一面！”端王党的人纷纷上前求情。

容瑾漫不经心地扫了一眼似乎在发呆的容浩，点头道：“也罢，父皇刚刚驾崩朕也不想在这个时候大肆牵连。端王府容浩，凌迟。就到这里吧，别的人就不用牵连了。”

端王党众人都是一愣，慢慢地又松了口气，谋杀丞相罪证确凿，只是杀了一个容浩，他们也算是对得起端王府了。

“呵呵……哈哈……”一直呆滞的容浩突然放声大笑起来，目光狠厉地瞪着眼前的众人，挣扎着想要站起来。他失去了一只手，平衡能力本就极差，身边的衙役只是随意一按他便挣扎不了了。坐在一边的沐清漪若有所思，抬手朝押着容浩的衙役微微示意了一下，衙役犹豫了一下便放开了手。

容浩挣扎着站起身来，厉声道：“陛下，我有证据！我有证据，他们……他们都是同伙！”

“容浩！你疯了是不是？”端王府世子不由得色变，他当然知道这件事若是真的将众皇孙都牵扯进去的话，对端王府有多大的害处。容浩朝他露出一个古怪的笑容，道：“你当然希望我自己一个人死了。可惜……我偏偏不喜欢一个人死，要死大家一起死吧！”

“陛下，我有证据。那些刺客都是他们找来的。陛下可以派人去查。刺客隐藏在顾府附近没有被发现，也是他们打理的，我留下了所有的证据，就放在端王府我的书房里！”一时间，所有人的脸色都变得难看无比。只有坐在最上方的容瑾心情好极了，他面带笑意，看着眼前神色各异的众人，仿佛在看一个笑话。

“修竹，你走一趟吧。”容瑾吩咐道。

一直默默跟在沐清漪身后的夏修竹点点头，身影一晃消失在了夜色中。有夏修竹亲自前去，就算有人想要半途截杀也要掂量一下有没有那个本事。容琰绝望地闭了闭眼，望向容浩的眼神里充满了冷漠之意。

夜色下，所有的人都沉默不语，被这冷凝的气氛压得喘不过气来。

角落里，太史衡趁着月色下笔如神。脸上如痴如狂的神色让那张原本堪称俊雅的脸在月光下显得格外诡异，让身边的人忍不住离他三尺远。

“你在写什么？”不知何时出现在身后的魏无忌好奇地问道。若是往常，魏无忌这样的人物一出现必然是众人瞩目的焦点，但是这会儿所有人都把目光落在了前方的众人身上，哪里有空注意偏僻的角落里突然出现的人物。

太史衡将手中的笔纸一收，对着魏无忌呵呵傻笑，问道：“魏公子，没想到你也来凑热闹。"

魏无忌挑眉道："连文华公子都来了，在下怎么能不来？"

太史衡继续傻笑，他可是光明正大地跟着顾丞相来的，只是比起一干高官权贵实在是太不起眼，直接被人给忽略了。

"西越帝一怒为蓝颜，皇家子血溅奉天府？"魏无忌讥笑道，他的眼神何等锐利，太史衡收得再快他还是看清楚了最前面的内容。他倒是没想到江湖有名的百晓生文华公子原来还有些写章回话本的天赋。

"呵呵。"太史衡赔笑道，"魏公子好眼神。"若是让在场的人看到了他写的东西，不用等容浩被凌迟，他就要被人给弄死了。

魏无忌挑眉，问道："你觉得容瑾会杀了他们？"

太史衡惊讶道："难道魏公子以为……只是想吓吓他们？"容瑾可不是那么无聊的人，他只会嫌杀得太少，绝不会嫌杀得太多。

魏无忌但笑不语。

太史衡小心地收拾好自己的册子，问道："魏公子怎么会在这里？"魏无忌靠着墙壁站着，懒懒地道："看热闹。"

太史衡抹汗道："是挺热闹的。"

魏无忌默默地看着前方台阶上坐着的容瑾，他虽然看似笑容慵懒，但是魏无忌分明从他身上感受到一股狠厉的杀气。太史衡说得没错，今晚必定会有人血溅此处了。此时的容瑾……已经不是往日那个人前肆意妄为的纨绔皇子了，眉宇间那不经意流露的霸气和冷漠的神色，越来越像那个刚刚驾崩的西越帝了。不，也有不像的地方。西越帝绝不会那么温柔地看着一个人，或许……曾经有过，却已经是很久以前的事情了。

"我走了。"魏无忌站起身，淡淡道。

"咦？"太史衡不解地望着魏无忌离去的背影，难道魏公子大半夜跑过来就是为了跟他打个招呼？看着魏无忌的背影消失在夜色里，太史衡皱了皱眉，终究还是放弃了探究。

因为夏修竹还没回来，容瑾也没有什么表示，在场的众人也不敢开口说什么。只是众皇子、皇孙的脸色渐渐难看起来。如果不是有御前侍卫虎视眈眈地盯着，只怕这些人早就扑上去将容浩给撕成碎片了。容浩却似乎完全不在意，带着古怪的笑容盯着众人嘿嘿冷笑。坐在旁边的沐清漪清楚地看到容浩眼神涣散，眼瞳放大，带着狂乱的神色，显然整个人的精神已经崩溃了。

沐清漪无声地叹息了一声。如果只是因为她遇刺的事情，她不会赞同容瑾牵连这么多人，虽然这些人都称不上无辜，但是现在……需要的不仅是处置这件事，更重要的是容瑾需要立威，告诉这些大臣什么事情该做，什么事情不该做。怀柔仁厚，那是给有这个资本去怀柔的人的。容瑾并没有这样的资本，那么就只能反其道而行之：清楚明白地告诉那些想要两头讨好的人，到底该往哪儿站！

“陛下。”内城说大不大，说小也不小，夏修竹回来得很快，手中还托着一个不起眼的木盒。

容瑾接过来看了看，冷冷一笑，随手抛给了底下跪着的众人，道：“看看吧。朕等着你们的解释。”

众人脸上现出绝望之色，他们当然知道这些是什么东西，看与不看都没有什么意义了。几个胆子小一些的当场便瘫在了地上。

“你们胆子大了，还是说朕对你们太过温和了才养大了你们的胆子？”容瑾的声音轻缓而低沉，却让人不寒而栗，“朕等着你们的解释。你们若有谁觉得朕不配坐这个位置，走上来，朕将皇位让给他。”

容瑾的声音越柔和，众人的心里就绷得越紧。

“臣……臣等不敢。”

“嗯，确实是不敢。你们自然不敢明着反驳父皇的遗诏，只想暗地里下手弄死朕是不是？可惜……”容瑾勾唇一笑，“这世上能杀朕的人未必没有，却绝不会是你们这些废物。明白吗？”

容瑾有俊美无俦、犹如天人的容貌，他优美的薄唇吐出刻薄而冰冷的话却让人生不起一丝反抗的意思。最桀骜不驯、看容瑾不顺眼的容瑆也只得乖乖地跪下，挫败无力地盯着地面。

看着底下沉默的众人，容瑾满意地点了点头，道：“很好，看来大家都没有什么意见了。刺杀当朝丞相，凌迟处死。刑部尚书，让人行刑吧。”

刑部尚书扑通一声跌倒在地上，脸色灰白，汗如雨下，那模样比他自己要被凌迟处死还要狼狈。六七个皇子、皇孙啊，就这么当众被凌迟处死，别说是西越，就是天下各国大概也没有过这样惨烈的事情。

“陛……下……”刑部尚书颤抖着道。

“嗯？你想说什么？”容瑾耐心地问道。

“各位公子……是皇室血脉，按……按规矩，是可以减罪的。”刑部尚书战战兢兢地答道。不是他想要替这些人求情，他现在只想找个洞钻进去。但是如果他不说，等到事情过去了被人再提起来就是他这个刑部尚书的过错。

“规矩？”容瑾挑眉，“朕怎么不知道有这个规矩？”

“这……这是西越律法中明文记载的。”刑部尚书抹汗道。

“那就是说，不能凌迟了？”容瑾道。

必须不能啊，在场的众人暗暗抹汗。

容瑾自觉是个善解人意的君王，点头道：“行，那就算了。”

众人松了口气，容瑾道：“那就腰斩吧。”

所有人的脸都扭曲了，腰斩、凌迟到底哪个更痛苦真的很难说。腰斩并不是说一刀斩了就算了，据说腰斩之后的人最多哀号了三天三夜才死，即使是旁观的人回去也要做几个月的噩梦。

“容瑾，你够了没有！”终于有人忍不住了，容瑆突然站起身来，高声怒斥道。

容瑾撑着下巴，淡淡地看着他，问道：“你有意见？”

容瑆怒道：“我当然有意见，他们都是皇室子孙！你居然为了一个佞臣要残杀这么多的皇室子孙，父皇尸骨未寒，你就如此残杀皇孙，让父皇的在天之灵如何安息？”

砰！一道劲风扫过，原本还一脸大义凛然的容瑆往后飞了出去，重重跌落在身后的石板地上。容瑆跌落到地上，不由得闷哼一声，肩膀上和胸口传来的剧烈疼痛告诉他右肩和肋骨都撞断了。

“容瑾，你……”容瑆一口鲜血喷出，染红了他跟前的石板。

“容瑆，你想死朕成全你！”容瑾的声音听在众人耳中犹如寒冬突降，所有人心中都不由得一颤。只见大门口黑影一闪，原本容瑾坐的位置已经变得空荡荡了。就在众人震惊之下，容瑾已经到了容瑆跟前，跌落在地上的容瑆被容瑾一把抓了起来，冰凉的手指落到了容瑆的喉结上。

“陛下恕罪！”旁边众人大惊，容琰高声叫道。

容瑾冷哼一声，淡淡地盯着容瑆问道：“你想死吗？”

“放……放开我……”平生第一次，容瑆真正体验到死亡的临近，此时在容瑆的眼中，容瑾比地狱里的恶鬼还要恐怖。容瑾只是轻哼了一声，听在容瑆耳中让他心口又是一堵，顿时隐隐作痛。

“陛下，请三思。”一直没有说话的沐清漪突然站起身来，淡淡道。

容瑾微微挑眉，漫不经心地放开了容瑆。

容瑆一被扔开，旁边的众皇子立刻接住了。此时的容瑆，右肩诡异地凸起，胸口凹进去一块，显然是肋骨断了。他脸色煞白，刚刚喷出的血染红了衣襟，显得格外触目惊心。

一时间，所有的皇子看向容瑾的眼神都多了一丝恐惧和隐忍的愤怒情绪。容瑆的下场让他们不禁生出一种兔死狐悲的感觉来。只有站在人群中冷眼旁观的容瑄看上去最为冷静。

原本容瑄也打算上前的，毕竟是兄弟，如果让容瑾把容瑆弄死了，他们却一句话都没有，那才会惹人诟病。就在容瑄想要上前的瞬间，他却被站在身边的南宫绝暗中一把拉住了。

容瑄有些意外地侧首看向自己的舅舅。南宫绝神色肃然，眼神复杂地看了一眼容瑾，压低了声音道：“不要靠近陛下，危险。”

“怎么？”容瑄挑眉。

南宫绝低声叹息道：“陛下的武功修为……绝不在我之下。”如今想来，当初那些挑衅九皇子的人是多么命大。

容瑄十分震惊：怎么可能?

武功不低于南宫绝的人，全天下也不会有几个。但是容瑄知道，南宫绝是绝对不会骗自己的。容瑄神色漠然地看向容琰和容瑆，眼神中倒是更多了几分怜悯之色。武功无法单纯地决定皇位归属，有的时候却能改变整个局势。

看着不过片刻间原本还活蹦乱跳的容瑆就只剩下半条命了，容琰忍住气，沉声道：“陛下，就算十弟冲撞了陛下，陛下教训一二便是了，下如此重的手……”

容瑾走回座位上坐下，冷然道：“朕是看……十弟学不会规矩，所以才出手教教他。有什么不对？”

容琰一窒，转身道：“皇伯、皇叔、二哥，还请你们主持公道。”

一直作壁上观的容慕礼和容慕风对视了一眼，双双叹了口气。他们当真是没想到，当初的容慕天不好应付，如今上位的容瑾更不是省油的灯。容慕礼颤巍巍地走出来，朝着容瑾拱手道：“启禀陛下……今日之事确实是容浩等人之错，但是还请陛下看在先帝刚刚驾崩，尸骨未寒之际，饶他们一条小命吧。”

容瑾偏过头看着沐清漪，道：“子清，你怎么说？”

沐清漪抬眸，看向容瑾淡淡一笑，道：“微臣相信，陛下自有公断。”

容瑾满意地点头，含笑道：“子清是朕的功臣，是西越百官之首。朕自然不能寒了臣子的心。俗话说……王子犯法与庶民同罪，皇伯，此事朕恐怕不能答应你。不过……容瑆御前犯驾之罪，看在皇伯的面子上免了便是。”

众人无言，默默地看了一眼躺在八皇子怀里奄奄一息的容瑆。只剩下半条命了，陛下你还想怎么着?

容慕礼愣了一愣，似乎没想到容瑾竟然这么不给他面子。他再看看容瑾俊美冷傲的脸，又觉得是理所当然的事情。容慕礼叹了口气，道：“还请陛下网开一面，饶过这些孩子吧。”

“皇伯，你不用劝他，他就是铁了心要将咱们这些皇子、皇孙赶尽杀绝。”六皇子高声道。

其他官员也纷纷低头窃窃私语起来。经过了西越帝二十年的铁血统治，西越的权贵并不想再要一个比西越帝更加冷血无情的君王。一时间，人心纷乱起来。

容瑾拿出极少有的耐性听着下面的众人在六皇子的挑唆下你一言我一语的控诉。就连原本还算安分的官员和权贵也开始议论起来，神色间明显更偏向这些皇子。容瑾心中冷冷一笑，目光冷肃地盯着折腾得欢快的六皇子。

他们终于忍不住了吗?

“父王……”容瑄身边，容泱扶着父王有些担忧地看着六皇子。

容瑄冷漠地看着六皇子，淡淡道：“不用管他，什么都不要说。”六皇子跟他到底不是同母所出的亲兄弟。原本他实力雄厚自然能够压得住六皇子，但他中毒之后失去了夺位的可能，六皇子的态度立刻就转变了，现在却出来搅局……看来他这位六弟也打算赌一把。容瑄倒要看看，这些年这个六弟学了些什么本事。

“请陛下开恩！”被众皇子一搅和，许多权贵大臣纷纷跪下来求情。原本被吓傻了的众皇孙也回过神来，抓住机会号哭起来。这个场景，说是求情不如说是逼迫更恰当些，容瑾就是再狠，也不能把人全给杀了。容瑄有些好奇地挑眉，他也想看看这位九弟要如何应付。

“朕若是不开恩，你们打算如何？”容瑾靠着椅子淡淡地问道。

众人一窒，六皇子咬牙道：“陛下尚未登基，就对子侄不仁，好杀成性有违先帝遗德，请恕我等不能尊奉父皇遗诏，想必父皇也不会怪罪我等。”

容瑾盯着六皇子半晌，终于低声笑了出来，道：“终于说出来了吗？你们也是这个意思？”

众皇子沉默不语，这些要被容瑾弄死的皇孙都是他们的亲骨肉，何况容瑾登基原本也实非他们所愿。

许多时候，沉默就是默认了。

“还有谁觉得六皇子说得有道理，站出来让朕瞧瞧。”容瑾淡淡地道。

大堂外一片宁静，众人面面相觑，却没有一个人站出来。六皇子一看，心中暗暗发急，朗声道：“众位大人不必怕他，神策营大军已经将此处团团围住，今日本王和众位皇兄弟便要清君侧，以慰父皇的在天之灵！”

六皇子一挥手，果然无数身着盔甲的将士从暗处涌了出来，将整个奉天府围得水泄不通。

容瑾有趣地勾起了唇角，果然有点儿意思。他这六哥倒是个聪明人，还知道拉上所有的皇子一起。不过，这还不够！

“清君侧？”容瑾笑道，“刚刚还要朕放过这些人，这会儿怎么一转眼就变成清君侧了？还是……六哥，谁准你擅自调动神策营兵马？”

六皇子得意一笑，道：“九弟，你以为神策营的兵马真的被你掌控了吗？不巧，神策营的统帅是本王的人。”容瑾垂眸，漫不经心地道：“六哥想要如何？”

六皇子道：“本王也不愿违背先皇的旨意，只要九弟杀了顾流云这个逆贼，你依然是皇帝。”

半垂的眼眸中掠过一丝猩红，容瑾慢慢地抬起头来，道：“胆子不小。”

有神策营大军在手，六皇子并不担心。想到此处，六皇子的心情不由得更好了起来，朗声道：“顾流云区区无知小儿，陛下受其魅惑就封他为丞相，更是为了他不惜斩杀皇室血亲，这样的佞臣，难道不该杀？各位皇兄弟，各位大臣，你们说是不是？”

六皇子显然很擅长蛊惑人心，众人道：“六殿下说得没错……”

“正是，这顾流云果真是个妖孽……”

回应的人越来越多，容瑾脸上的笑容却越来越愉悦。果真是没见过血，这些人就怎么都学不乖，很好，实在是……太好了。

人心，有的时候就是这么有趣又可笑的东西，只需要稍微撩拨一下，就能够让许多人对自己言听计从。“请陛下诛杀顾流云！”众人齐齐跪地，齐声道。一时间，只有少数人还站着，大堂外的空地上乌压压跪了一片。

“朕，不允。如何？”容瑾神色冷漠如冰，沉声道。

六皇子咬牙道：“陛下受顾流云魅惑，不辨是非。如此，就只有臣等替皇上清除逆贼了。神策营，诛杀顾流云！”

沐清漪身边的夏修竹脸色一沉，上前一步想要挡在她的前面，却被沐清漪抬手拦了下来。

在众人的注目中，一直沉默不语的沐清漪慢慢站起了来，淡淡道：“六殿下，用这种拙劣的计谋就想逼死顾某，是您想皇位想疯了还是觉得我顾流云是傻子？”

六皇子的脸色顿时难看起来，他显然没想到顾流云面对这种局面还敢面不改色地嘲弄自己，冷笑一声，道：“顾流云，你不必嘴硬。今天就是你的死期！”

沐清漪有些疑惑地偏着头，道：“说起来，六皇子似乎对本相怨恨颇深，不知道本相什么时候得罪过六皇子？”

“又或者，本官做了什么让陛下昏昧荒唐的事情，让六殿下如此急匆匆地想要清君侧？”沐清漪淡淡笑道。

六皇子冷声道：“因为你，陛下要将七八个皇室血脉凌迟处死，难道还不是媚主？”

沐清漪笑容冰冷，道：“哦？这么说，身为皇室子孙就可以刺杀当朝丞相了？六殿下，你似乎搞错了一件事情。西越，不是容家的，而是……陛下的。皇室宗亲之所以享受荣华富贵，是因为陛下念及同出一脉，不是说你们有资格跟君王共享江山！本相为臣，尔等同样为臣。因为你们姓容，陛下就连处置几个妄图杀害朝廷重臣的逆贼的权力都没有了吗？”

“你强词夺理！”六皇子怒斥道，“就是你巧言令色，才让陛下根本不听朝臣谏言，肆意妄为屠杀皇室血脉的！”

“谏言？”沐清漪漫不经心地扫了一眼跪在地上的众人，“这难道不是在逼迫陛下吗？”

“陛下做得不对，我等劝谏何错之有？”六皇子道。

沐清漪笑道：“这么说……六殿下认为几位皇孙刺杀朝廷重臣没有错？”

“不错！”六皇子傲然道，“你这种佞幸，人人得而诛之。”

“好。”沐清漪点头，淡淡一笑。六皇子却是一愣，警惕地盯着沐清漪不知道她想要搞什么鬼，只见眼前的少年俊美的容颜一凛，厉声道：“修竹，把六皇子给本相杀了！”

“是。”夏修竹应声，随手拔过身边侍卫手中的长剑就朝着六皇子直直刺了过去。这突然的变化，让众人大惊失色，六皇子连忙往一边闪去。但是以他的武功怎么可能躲得过夏修竹的一剑，即使那只是极其随意甚至连一分力都没有用上的一剑。

旁边的容琰等人一见事情不好，也顾不得其他连忙拔剑去挡夏修竹的剑。此时六皇子好不容易扳回了一城，若是让夏修竹将六皇子给杀了，之前好不容易凝聚的士气又要烟消云散了。

容琰和旁边的五皇子一左一右，两把剑架住了夏修竹的剑。夏修竹微微皱眉，剑锋微微一转，再一次刺向六皇子。六皇子得到了一丝喘息，连忙躲到了众人身后，慌乱中将身边的一个侍卫送到了夏修竹的剑下。

“修竹，算了。”

长剑在那侍卫胸口不到一寸的地方停了下来。夏修竹皱眉，虽然一击没有成功，但只要这一剑刺下去，就算中间挡着一个侍卫，他也可以保证六皇子必死无疑。

“顾……顾流云！你好大的胆子！竟敢当众刺杀本王！”六皇子吓得脸色惨白，就连说话都有些气喘了。

沐清漪悠然地坐回了椅子里，淡淡道：“既然六皇子认为皇孙刺杀丞相无罪，那么，本相杀了对陛下不敬、意图犯上的皇子，也不是什么大事。六殿下，你说……是吗？”

“你敢！还愣着做什么，还不给本王杀了这个逆贼！”六皇子气急败坏，明明自己占着上风，却被顾流云如此数落，怎么能忍？他连忙高声呵斥神策营的将士。

“哧！”

旁边，容瑾毫不客气地嗤笑，道：“你当朕跟你一样白痴吗？神策营不听话，朕还会将他们放在内城里？天枢、开阳！”

“属下在！”神策营将士中，天枢和开阳排众而出恭敬地道。

容瑾淡淡道：“把这些白痴给朕带下去，看着就心烦。”

“是，陛下。”天枢沉声应道，一挥手，神策营的士兵立刻上前，将之前蹦跶得最欢的几个权贵、大臣都扣了起来。

“这……怎么会……”六皇子立时傻了眼，他一直以为神策营是自己最大的底牌，是连容瑄和南宫绝都不知道的底牌。看着容瑾盯着他如毒蛇一般阴冷的眼神，六皇子哪还会不知道自己完了。但是此地被自己调来的神策营团团围住，他根本插翅难逃。扫了一眼周围的人，六皇子突然飞身向沐清漪扑了过去。

众人只见黑影一晃，原本距离沐清漪还有一段距离的容瑾已经出现在两人之间挡住了六皇子的去路。一道绯红的刀光流过，半空中的六皇子惨叫一声，颓然倒地。

跌落在地上的六皇子身上完好无损，比起惨状瘆人的容瑆好看多了。但是，鲜血从他的手腕上淌出，不一会儿就染湿了身下的大块地面。这模样就算六皇子不死，手也要废了。

“容瑾！”双手被废的六皇子又恨又怒，全然忘了之前的谨慎和对容瑾的戒备，怒吼道，“容瑾，有本事你就杀了我！”

容瑾冷笑，道：“你当朕不敢吗？”

容瑾广袖一挥，刚刚还疯狂叫骂的六皇子脖子一歪顿时没有了声息。六皇子脖子上一道血痕慢慢绽开，双眸还睁得圆圆的，充满了愤怒和震惊，仿佛不相信容瑾真的这么轻易就杀了他一般。

一个刚刚还得意非凡、嚣张不已的皇子，这么轻易就丢了性命。所有人都沉默了，连呼吸都不敢大声。众人看着眼前站在血泊中垂袖而立的黑衣青年，那俊美不凡的脸上带着阴鸷和冷酷的杀意，仿佛从地狱归来的修罗。

他们……到底在挑战一个什么样的人?

所有人心中都不由自主地泛起了一股寒意，眼前这个冷酷得让人喘不过气来的男子，真的是当初那个被西越帝千娇百宠的纨绔九皇子吗？“你们，给朕听清楚，这西越，是朕的。朕也不需要人告诉朕该做什么不该做什么。如有再犯，他就是你们的下场！”低沉的声音清楚地传进了每个人的耳朵里，胆子小的人早就双腿一软跌坐在了地上。

“臣等万死，求陛下恕罪！”许久，原本还义愤填膺地控诉着沐清漪罪状的朝臣重新跪了下来，这一次却是恭恭敬敬地臣服。

容瑾冷然一笑，既然不知道什么叫忠心，那就教会他们什么叫畏惧!

“现在，刑部尚书，行刑!”容瑾走回台阶之上沉声道。

“是……是……臣，遵旨。”刑部尚书颤抖着道。

容瑾犹豫了一下，看向坐在一边的沐清漪，淡淡道：“天色已晚，明日还要接待北汉使臣，丞相先回去歇着吧。”

凌迟的场面太过凄惨血腥，容瑾并不想让沐清漪被吓到。沐清漪微微叹了口气，淡淡开口道：“陛下登基在即，凌迟之刑有伤天和，还请陛下从轻发落吧。”

容瑾点头道：“朕心中有数，子清先回府吧。来人，送顾相回去。”

“臣遵旨！”跪在一边当壁画的东方旭难得机灵了一回，抢在御前侍卫之前开口，然后飞快地冲到沐清漪跟前，道，“顾相，请。”

他可一点儿也不想看血流成河的场面，更不想等陛下忙完了之后再回过头来找他算账。沐清漪点点头，起身道：“有劳东方大人了。”

看着沐清漪上了马车离去，在场的所有人心绪都不由得紧紧地绷了起来。有沐清漪在场，容瑾多少还会收敛一点儿，当沐清漪离去之后众人才发现，原来他们刚刚见到的并不是陛下最可怕的一面。

“既然丞相替你们求情……凌迟也确实是有些浪费时间，就罢了。”容瑾斜靠在宽大的椅子里，懒洋洋地斜睨着底下的众人道。

“方才各位都急着想要清君侧，进忠言，为朕分忧，朕心甚慰。”容瑾悠悠道，“这会儿……也就劳烦众位一并为朕分忧了吧。”

说完，容瑾仿佛漫不经心地点了几个人的名字。他们都是朝中掌握着比较重要的权势但摇摆不定的人。容瑾淡淡一指，道：“就由各位大人来行刑吧。”

扑通！

刚刚站起来还没多久的朝臣们又跪倒了一片。这些人大多数都是手无缚鸡之力的文臣，要他们算计别人，让人家破人亡，他们眼都不会眨一下，但是要自己拿着刀子去杀人，还是在众目睽睽之下杀皇室子孙，他们确实没有那个胆子。容瑾似乎也没有勉强他们的意思，说完这些话之后便撑着额头靠着扶手闭目养神了。底下众人面面相觑，一时间不知道此事要如何收场。

许久，容瑾才睁开眼睛淡淡地看了他们一眼，叹息道：“这就是……父皇留给朕的忠臣？嗯？”

底下一片沉寂，谁也不敢开口说什么。

“陛下。”一个御前侍卫模样的男子飞快地走过来，低头在容瑾耳边低语了几句。容瑾神色一冷，原本就不太好看的神色更加冷漠起来。他盯着下面的众人道，“既然你们不愿为朕分忧，就在家好好待着吧。来人，负恩侯容淮、端王次子容浩等人谋杀当朝丞相，御前犯驾，赐死！十皇子容瑆、六皇子容琤，意图谋反，赐死。所有从犯，与之同罪。其余人等，贬官一等。若有再犯，诛族！”

“多谢陛下！”众人颤声道。

如果之前容瑾一次处置这么多人，绝对会又是一场波澜。但是此时，众人大约已经被吓得麻木了，听到贬官一等，只觉得松了口气，突然有一种死里逃生的感觉，哪还顾得上其他？容瑾淡然挑眉，沉声道：“大将军南宫绝，即刻起执掌神策营。庄王府世子容泱，晋封安郡王。靖远侯东方飞，加封骠骑将军，统领健锐营。”

“臣等多谢陛下隆恩。”被点到名的众人出列谢恩，最意外的自然要数容泱了，现在几乎所有皇族都遭了殃，只有他一人被晋封为郡王。这是隆恩，也是烫手山芋，端看庄王府以后要怎么自处。

南宫绝也同样有些意外，西越帝已经多年不让他领兵了。虽然是他并不太熟悉的神策营，但是以南宫绝的威望，无论是哪一支兵马到了他手里，他都绝对指挥得动。抬眼对上容瑾平静无波的眼眸，南宫绝觉得他在容瑾的眼中看到了类似于挑衅的傲然。

很明显，容瑾不怕南宫绝掌握兵权，他有自信无论南宫绝要干什么他都控制得住。

南宫绝心中暗暗叹了口气，难怪最后登上皇位的是这一位。

“臣领旨，谢恩。”南宫绝俯身一拜。

这一夜发生了多少事，外城的寻常百姓并不深知。内城的权贵们也三缄其口。外人只知道，有几位皇室子弟再也不见踪影，不少朝中大臣被抄家灭族，更多的人地位下降，许多重要的位置也空了出来，让底下的官员们眼神火热，跃跃欲试。

只有当晚在场的人和奉天府的衙役知道，当晚的血几乎染红了奉天府堂前的所有土地。

容瑾回到宫里的时候东方的天边已经泛起了鱼肚白，刚刚处置了那一群完全不懂得什么是安分守己的废物，容瑾的心情依然不太好。

一回到含章宫，容瑾便一脚踹开了挡在跟前碍事的香炉，冷声道：“到底怎么回事？！”

一个灰衣男子跪倒在身后，低声道：“两个时辰前，有人闯入宗人府劫走了循王殿下。”

容瑾沉默了许久，却并没有发作，许久方才低声咬牙道：“魏、无、忌！”

宗人府大牢虽然不如天牢戒备森严，但也不是什么人想闯就能闯的，也只有魏无忌这样的高手能够来去如入无人之境。毕竟，当年在皇宫里魏无忌还能独自一人摸到梅园去。

好极了！

容瑾眼眸中掠过一道寒光，本公子倒要看看你是不是铁了心要跟本公子作对！

“下去吧。”容瑾淡淡地道。

灰衣男子有些意外地抬起头来，容瑾这么轻易就放过了他，反倒让他有些反应不过来。见状，容瑾不悦地沉下了脸色，沉声道：“下去！”

“是，陛下。”回过神来，灰衣男子也不由得吓出了一身冷汗。陛下没有追究是天大的好事，他居然在发呆，简直是嫌命太长了。

看着属下飞一般退了出去，容瑾轻哼一声只当没看见。都怕他吗？怕他好啊。等到朝堂上那些人也都怕他了，他们也就消停了。

这一日的早朝显得格外安静，容瑾神色悠然地坐在高高的龙椅上，满意地看着下面无比恭顺的臣子们，心中冷笑：许多人就是给脸不要脸，非要狠狠地收拾一顿才知道什么叫作安分。

容瑾还没有正式登基，原本也是不必早朝的。只是昨天傍晚华国使臣才赶到皇城，因为天色已晚，容瑾并没有接待他们，自然只能早朝补上了。

昨晚奉天府外的一幕想必让很多人都睡不着觉，此时站在大殿中的一大半人眼底都有深深的暗青色。

人们看着站在前方一身雪色绣银色云纹，外罩一层薄纱俊秀非凡的白衣少年，心中、眼底都满是羡慕。朝堂之上，跟对主子就能一步登天，这位少年丞相就是最好的例子。紧随其后的容泱、东方飞、东方旭、姜誉、步玉堂等人，无一不是连跳数级。不少人突然回过味儿来，新皇脾气古怪不假，心狠手辣不假，但是……似乎也并不刻薄寡恩啊。前提是，你要效忠于新皇。同样站在下面，姓容的皇室贵胄的脸色却是格外难看。经过昨晚，皇室宗亲损失惨重。最重要的是，经过了昨天容瑾的杀鸡吓猴，朝中若不是真的关系铁得绑成一团拆不开了的朝臣，也没有多少还有胆子再跟容瑾作对了。

但是经过昨晚的事……他们这些人跟容瑾根本就不可能再握手言和了。就算他们肯放下心结真心臣服于容瑾，他也绝不会再相信他们了。

“华国使者觐见！”

大殿外，响起了有些尖锐的通禀声。容瑾懒懒地道：“宣。”

不多时，慕容恪与赵子玉便一前一后走了进来。

“华国福王慕容恪，见过西越皇帝陛下。”

容瑾挥手，淡然笑道：“福王和安西郡王远道而来，昨晚歇息得可好？”

慕容恪嘴角微微抽动了一下，奉天府和华国使馆都在内城，昨晚京城里发生的事情慕容恪和赵子玉虽然没有亲眼所见，却也还是知道的，发生了这么大的事情，他哪还能睡得好？

看着眼前高坐在皇位上，只穿着一身玄色龙纹锦衣，连龙袍都没有穿的西越新皇，慕容恪也不由得在心中暗暗惊叹。谁能料想，去年那个根本没人看在眼里，看似嚣张任性却病歪歪的西越皇子居然会一跃成为西越的继位者。更没想到的是，这个容颜俊美得足以让无数女子心醉神迷的西越新皇居然会如此心狠手辣。他再看一眼殿中的群臣，就连据说权势最大的两个王爷端王和庄王都沉默寡言，那些朝臣更是一脸的敬畏。原本还以为西越帝骤然驾崩，西越皇室必然会因为皇位而大动干戈，没想到这位谁也没有想到的九皇子登基之后，竟然能够这么快掌握住局势。看来，父皇的算盘只怕是打不响了。

“多谢陛下关心，我等一切安好。”福王拱手道。

容瑾点点头，对慕容恪这个使者还算满意。因为慕容恪的识趣，容瑾也更加和颜悦色起来，笑道：“如此便好，若有什么不便之处，尽管吩咐礼部的人去办便是。另外，朕的丞相也是来自华国的，福王若是有什么事情同样可以与丞相商量。”

福王强笑道：“多谢陛下。”我不找你麻烦，你也别找我麻烦好吗？当着这么多人的面提起华国皇室这件尽人皆知的丑闻，真的不是在打我的脸吗？

其实福王想太多了，容瑾纯粹只是想要跟人嘚瑟一下而已。

“福王殿下，请多指教。”沐清漪似笑非笑地看了一眼殿上的容瑾，转身朝慕容恪拱手道。慕容恪这才一笑，回礼道：“顾相言重了。”

下了早朝，沐清漪跟着所有的朝臣一道退出了大殿转身准备回府。登基之前的事情太多，她自然也没那个闲工夫跟容瑾歪腻。只是临出门前看到容瑾那幽怨的眼神，她不由得暗暗好笑。“顾相。”在众人犹豫探究的眼神中，容瑄带着南宫翼和容泱大方地上前跟沐清漪打招呼。这一次容瑄没有跟着闹事，容瑾也承了他的情启用了南宫绝，册封容泱为郡王。如今在外人眼里，庄王显然已经站在了新皇这一边。不少人眼红之余，也不得不感叹庄王和南宫绝虽是武夫出身，但站位的眼光倒也不差。所谓识时务者为俊杰，现在这个时候跟新皇死磕……奉天府的血还没洗干净呢。

虽然外人觉得庄王府可以高枕无忧，但是容瑄自己知道，庄王府和皇帝之间也并不是没有矛盾。只要这个矛盾不解决，总有一天，容瑾只怕还是容不下庄王府。既然连对皇位的奢望都断了，还有什么不能舍的？

容瑄也不是那种犹犹豫豫、出尔反尔的人，既然安下心要做臣子，就不要留下后顾之忧。他容瑄就算只是做王爷，也要做所有的皇子王爷中的独一份！

“庄王殿下。”沐清漪微微挑眉，再看了一眼穿着簇新的郡王服饰的容泱，拱手笑道，“恭喜郡王。”

容瑾并没有西越帝的那些毛病，花钱白养着那么多的皇亲贵胄多不划算，只要是封了爵位的皇子皇孙全都要上朝办差。今天倒是容泱平生第一次上朝，他显然也有些兴奋。

“多谢顾相。”目睹了这些日子庄王府从强盛到岌岌可危，再到现在重新站稳脚步，又有容瑄和南宫翼的指点，容泱看上去倒是显得颇为沉稳。“顾相这是要回府？”容瑄问道。

沐清漪淡笑道：“正是，北汉使者大约今天也会到达京城，有些事情要先处理了，免得怠慢了贵客。”

容瑄道：“犬儿愚钝，不过尚可驱遣，顾相若是有什么吩咐，差他去办就是了。”容瑄这样一个王爷亲口说出这样的话，确实难得。

沐清漪沉吟了片刻，便答应了下来，道：“如此，以后就有劳郡王了。”

容泱连道不敢，只道：“以后有劳顾相指点。”见沐清漪答应下来，容瑄神色也缓和了不少，笑道：“在下也还有一些事情想要请教顾相，不知道是否叨扰了？”

沐清漪笑道：“王爷客气了，请。”

看着沐清漪一行人离去，跟在身后的朝臣和权贵各个神色复杂，有人感叹，有人羡慕，有人记恨。往日里还前呼后拥的端王目前却显得有些凄凉。“四哥。”几个皇子看着远去的容瑄等人，神色都有些苦涩和难堪。“二哥倒是好眼力。”五皇子感叹道。原本最有力的皇位争夺者之一容瑄，本以为已经被踩到了谷底，谁能想到竟然又借着新皇重新爬了起来。容琰叹了口气，道："不是谁都能有他的好运气的，若是没有南宫家……换了咱们这些人，陛下指不定还嫌碍事呢。"

从一开始容瑾想要拉拢的就不是容瑄本人，也不是庄王府，而是庄王府身后的南宫家。只不过南宫家与庄王府关系太过紧密根本无法分割，容瑾才退而求其次从庄王府下手，现在看来效果倒也不错。

顾府书房里，等到送茶上来的丫头退了出去，沐清漪方才含笑对容瑄等人道："寒舍简陋，只是这清茶还算不错，王爷不妨试试。"容瑄虽然自从中毒之后对外人都更多了几分戒备，倒也不至于怀疑沐清漪会在茶里下毒。他端起茶杯浅酌了一口，有些惊讶地挑眉道："这似乎不是西越的茶。这茶的味道却半点儿也不比西越最好的贡茶差，甚至还多了几分别样的滋味。"

沐清漪淡淡一笑，道："家中兄长从南夷之地回来，正好带了一些当地的茶。听说庄王殿下也是好茶之人，不如一会儿带些回去。"

容瑄自然知道顾秀庭就在皇城里，便说道："秀庭公子才名远播，若能一见也是本王三生之幸。陛下登基……不知秀庭公子是否会出席登基大典？"

沐清漪点头道："这是自然。"

容瑄笑道："本王久仰秀庭公子风采，到时候一定要共饮一杯。"沐清漪笑道："庄王亲临，原本也该为兄长引见，不过大哥今早出城游玩去了，还请见谅。"

容瑄自然不会怪罪，只是笑道："如此，倒是有些遗憾。"

"不知……庄王殿下可是有什么指教？"看着容瑄有些犹豫的神色，沐清漪直接将话题转向了正事。容瑄看了一眼坐在旁边的容泱。容泱会意，立刻站起身来，道："听说顾府景致如画，颇有华国的特色，不知小王是否可以欣赏一二？"

沐清漪含笑招来管事，要他带容泱出去。书房里便只剩下容瑄和南宫翼、沐清漪三人了。沐清漪挑眉，有些好奇地道："是什么事情，竟然连安郡王也不能得知？"容瑄淡淡笑道："泱儿年纪虽然比顾相大许多，但是若论见识、智谋与顾相却是天壤之别，性子也不够沉稳，有些事情还是不知道的好，免得被人利用而不自知。"

沐清漪凝眉，定定地盯着容瑄，心中猜测着他到底想要说些什么。她转念一想，却也有了几分底，脸上的笑容也淡了一下，浅笑道："庄王请说，在下洗耳恭听。"

容瑄皱了皱眉，凝视着淡然自若的沐清漪，半晌才问道："有人告诉本王，九弟武功盖世绝不在南宫大将军之下，此事当真？"

沐清漪垂眸，淡淡一笑，道："这是……南宫大将军所言？南宫大将军纵横沙场遇人无数，能得大将军金口一赞，陛下想必也是深感荣幸。"她不承认，却也没有否认。容瑄的眉头不由得皱得更紧了，盯着沐清漪道："说起来……自从九弟登基之后，本王就一直觉得有些眼熟。黑衣，使刀，武功盖世，性情桀骜……顾相可认识云隐公子？”

沐清漪轻声叹息，对于容瑄猜到容瑾的身份并不惊讶。“如果只是如此，本王原本不该多问，但是……有一件事本王却不得不问。如果本王没记错的话，当初……大皇兄悼恭太子薨逝的时候，九弟也是在彭城的！”这才是所有一切的关键，如果云隐只是云隐，如果九皇子只是九皇子，那么无论容瑾隐藏着什么容瑄都不会过问。但是，如果容瑾就是云隐，那么当初在彭城发生的一切，到底是因为他们的贪念而起，还是他这位好九弟算计所致？

沐清漪垂眸，微微叹了口气，道：“王爷的记性自然不会有错。”

容瑄沉声道：“那么……请顾相告诉本王，当初，悼恭太子的死到底是怎么回事！”容璜意外身亡，朝堂的平衡被打破，庄王党和质王党互相攻讦难解难分，端王容琰乘虚而入。这半年来京城里的风风雨雨，最开始便是因为容璜的死，最后得利的却是容瑾。即使先帝传位，如果嫡长子还活着，新皇也难以自处。如果早在半年前九弟就已经算到了这些……容瑄不由得打了个寒战。

“顾相，本王……只想知道一个真相而已。”

“既然二哥想知道，何不直接来问朕？”门外，容瑾的声音淡淡响起。容瑄先是一惊，很快又放松了下来，起身道：“见过陛下。”

“陛下怎么来了？”沐清漪跟着想要起身，容瑾却已经到了她跟前，抬手将她按在了椅子里，道：“坐着说话就是了，刚刚听说二哥到子清府上来了，我也正好想起来似乎有些事情昨晚忘了跟二哥交代，所以，就跟着过来了。子清嫌弃我打扰了吗？”

沐清漪翻了个白眼，容瑾毫不客气地挤到了她身边坐下，甚至毫不避讳地将手枕在了沐清漪背后，另一只手随意一挥道：“有什么话都坐下说吧，二哥坐。”

容瑄苦笑，大概是第一次听到容瑾正儿八经地叫他一声二哥。只是不知道这一声二哥他能不能担得起。

“二哥想问什么？”容瑾问道。

容瑄抬头与他对视，问道：“大哥到底是怎么死的？与九弟到底有何关系？”

容瑾有些好奇，道：“二哥居然会关心大哥是怎么死的？我怎么没看出来两位感情这般好。”

容瑄摇头道：“我只是想要知道真相而已。”容璜死都死了，他容瑄跟容璜也没有什么不共戴天的仇恨，只是这件事牵连到了他容瑄而已。容瑾摸摸下巴，想了想道：“大概……有那么一丝关系吧。”

容瑄摇了摇头道：“大哥死的时候，九弟应该已经回到了京城吧？”容瑾靠着椅背，笑眯眯地道：“二哥既然已经猜到了这么多，何不继续猜下去？”

容瑄闭了闭眼，道：“确实……从我知道九弟就是云隐公子之后就一直对一件事情非常疑惑。”

容瑾挑眉，示意容瑄直说。容瑄盯着坐在容瑾身边的沐清漪，沉声道：“云隐说过……华国明泽公主沐清漪是他的未婚妻，那么……现在明泽公主去了哪儿？论关系，明泽公主似乎是顾相的表妹……”

容瑾笑而不语，容瑄继续道：“曾经，听四弟说起过华国顾家。据说，顾家二公子顾流云……未满八岁就已经夭折了。”

这番话说得看似混乱、毫无头绪，在场的却无一不是聪明人。原本一直坐在一边沉默不语的南宫翼脑海中蓦地闪过一道灵光，目光定定地望着容瑾把玩着沐清漪发丝的手。他许久方才回过神来，猛地睁大了眼睛瞪着沐清漪道：“顾相！你……你是……”犹豫了半晌，南宫翼却怎么也说不出口。容瑄叹了口气，神色复杂地望着沐清漪，道：“顾相……就是明泽公主吧？从头到尾，根本就没有顾流云这个人。”从头到尾，从华国到西越，那双翻云覆雨的手都是一个女子的。

“表哥！这怎么可能！他怎么可能是……”南宫翼绝望地道，这样一个手段、智谋世间罕见的人怎么可能是一个女子。

容瑾低声一笑，赞叹道：“二哥不愧是二哥，果然是不简单呢，仅凭一点儿猜测就敢在朕面前这么直截了当地说出来。”若是别人，只怕就算手里有了证据也会忍不住再三确认，就算确认了也会忍不住自欺欺人觉得不可能。

容瑄苦笑道：“再自欺欺人，也改变不了事实。”事实就是，满朝文武权贵，还有他们这些皇子皇孙，被同一个女子操纵于股掌之间而不自知。这样的女子，不得不说确实是世间独一无二的奇女子，容瑾能够无声无息地将她拉拢到自己手下，确实是深藏不露。

沐清漪淡淡一笑，道：“让庄王殿下见笑了。”

声音温婉，却不同于男子，更多了几分温柔清脆。南宫翼忍不住扶额，有些痛苦地呻吟了一声，心道：这是什么世道啊！一个十多岁的女子登上了西越丞相之位，若是让朝中那些老古董知道了，不知道要气死多少个。

容瑾有些不悦地轻哼一声，道：“二哥就是想问我是不是云隐，清清是不是明泽公主？”

容瑄摇头道：“不，我只是想要先确定一下我的猜测，我想问的是……从大哥的死开始，这一切都是九弟布的局，对吗？”

“这个嘛……一半一半吧。”容瑾也无意隐瞒，挑了挑眉，道，“二哥真当我是神仙不成？嗯哼……大哥的死，确实是我的意思，又如何？”容瑄与他对视半晌，突然低下头，淡淡道：“成王败寇，不如何。”就算是容瑾杀了容璜嫁祸给他又如何？早已经时过境迁，何况，他也找不到证据。

容瑾懒懒地道：“大哥的死也不能全怪我啊。若是你们不去抢那个盒子，到底死的是谁还未可知呢。更何况……九霄仙芝的局可不是我布的。我不过是顺势而为，谁让清清跟莫问情交情不错呢，顺手帮他摆脱那些江湖中人的纠缠而已。”容瑄只剩下了苦笑，事已至此，他还能说什么。容瑄坐起身来，望着容瑾正色道：“最后一个问题，我中毒的事情，跟九弟到底有没有关系？”

容瑾平静地回望着容瑄，淡然道：“没有。”容瑄点点头道：“好，我没有问题了。”站起身来望着容瑾看了许久，突然深吸了一口气，一掀衣摆跪倒在地上。容瑄恭恭敬敬地朝着容瑾行了一个大礼，沉声道：“臣，容瑄，叩见吾皇万岁！”

这一拜，表示了庄王容瑄彻底臣服。从此以后庄王一党退出皇权之争，忠心辅佐新皇。

容瑾盯着容瑄看了许久，终于淡然道：“平身。只要庄王府和南宫家不生异心，朕保证……有生之年决不负庄王府和南宫家。”

“谢陛下。”容瑄沉声道。

沐清漪送走了释然的容瑄和茫然的南宫翼，心情十分不错。南宫家是西越最重要的武将世家。尤其在这个先帝驾崩新皇登基朝政未稳的时候，获得南宫绝这个西越第一名将的忠心就显得格外重要了。

“清清这么开心？”看着沐清漪含笑的模样，容瑾有些吃醋地道。

沐清漪挑眉道：“南宫家和庄王府的事情解决了，难道你不高兴？”容瑾不以为然，道：“还好。容瑄识趣自然是好事，若是还想闹，本公子也不怕他。”

沐清漪无奈地抬手去捏他那完美无瑕的脸颊，道：“九爷，吓唬几个武功平平的人也就算了，你真当自己天下无敌啊？”容瑾伸手将她搂入怀中，懒洋洋地将头靠在她肩上，道：“总之，清清不许为了不相干的外人高兴。”

沐清漪抬手，毫不留情地掐了下去，道：“原来，我连高兴的权力都没有了？嗯？”

“清清……”顶着被掐得红彤彤的脸颊，容瑾可怜巴巴地望着沐清漪道，“我不是……”他当然不是那个意思，他只是在吃醋而已。最近的事情太多，还有那讨厌的顾秀庭和慕容熙，分去了沐清漪太多的注意力，让容瑾感到了寂寞。

“我知道。”看着容瑾可怜巴巴的模样，沐清漪含笑靠在他怀里，笑道，“九爷，你也想点儿正事成吗？”

容瑾眨眼睛，道：“什么正事？求亲的事情吗？顾秀庭到底对本公子的聘礼有什么不满意？他已经拒绝本公子三次了！”说起这件事，容瑾就满腹怒气，虽然没将顾秀庭看在眼里，但是经过慕容熙隐晦地提醒，容瑾还是非常识趣地准备了丰厚的聘礼前去求婚，虽然他一点儿也没觉得在清清答应嫁给他之前做这件事有什么意义。但是如果顾秀庭从中作梗，就算清清答应了，他也有可能临时反悔。

所谓……宁得罪君子不得罪小人！顾秀庭在容瑾的眼里妥妥是个小人。

但是，即使容瑾诚心十足，顾秀庭连看都没看一眼就直接给他打回来。一次也就罢了，接二连三，让容瑾十分火大。

沐清漪无奈，打定了主意，决不插手大哥和容瑾之间的争斗，只得笑道："这个……或许是大哥想要考验你的诚心吧……大哥没跟我说，我也不知道。"

"诚、心！"容瑾咬牙，本公子难道不够诚心吗？那个浑蛋分明就是故意刁难本公子！

见状不好，沐清漪连忙不着痕迹地转换话题，道："我刚刚想说的是……朝堂上的事情，还有跟华国和北汉的关系，你该好好考虑一下了，别整天想着打打杀杀。你刚刚登基，根基不稳，华国和北汉的心思只怕不是单单道贺那么简单。"

容瑾俊眉微扬，将沐清漪搂在怀中，笑道："这些我自然知道，清清你放心，我心中有数。"

哥舒竣的野心容瑾自然知道，即使是老头子在的时候北汉和西越的边境也没有真正安宁过。哥舒翰这一代名将的出现，更是助长了哥舒竣的野心。不过……本公子还怕他不成？

沐清漪抬眼看着容瑾道："你起用南宫绝，就是为了防备北汉？"不仅是南宫绝，还有东方飞。

果然，容瑾什么都懂，只是不愿意说罢了。容瑾得意地轻哼一声，道："清清觉得我做这个决定怎么样？"

沐清漪称赞道："很好。"

容瑾愉悦地吻吻她的眉心，笑道："清清做了本公子的大丞相，只要安心治国就好，其他的事情都交给本公子来处理。我会给清清一个前所未有的强大帝国。"

野心，不是只有哥舒竣才有的。容瑾的野心几乎与生俱来地蕴藏在他的骨子里，而十几年危险重重的皇室生涯也更加滋养了他的雄心壮志。早在还未染指半分权力的时候，他就已经在心中将这个天下描画了无数次，所以他才会在天阙城藏下数万精兵。这些兵马如今都是他手中最重要也最忠心的砝码，也会是他将来征战天下的利刃。

其实所有的一切都在容瑾的计划之中，唯一的变数大概就是眼前的人了。容瑾抬手，轻柔地抚摸着她精致美丽的脸庞，不由得满足地笑了起来。他喜欢这样的变化，若说从前，他想要夺得天下却不知道自己得了天下之后要干什么。现在他知道了，他想要将这天下作为礼物送给她，想要和她一起站在这天下的最顶端俯视苍生，看着她明媚愉悦的笑颜。

"清清，我想到送什么聘礼了，清清嫁给我好不好？"容瑾搂着沐清漪欢快地道。

沐清漪有些敷衍地点头，道："嗯……送什么？"送什么都没用，只要大哥不同意就什么都没得说。虽然这样对一直锲而不舍的容瑾有些不公平，但是沐清漪是不可能为了这件事去违逆大哥的意思的。"本公子把这个天下送给清清做聘礼！天下为聘……顾秀庭总不能还不满意吧？"容瑾霸气无比地宣告。

沐清漪无言，问道："天下？"

容瑾想了想，道："嗯……现在只有西越，很快就会有全部了。嗯哼，本公子知道要准备什么了。这一次顾秀庭一定会同意了。"容瑾信心满满地道。如果他还不同意，本公子就把他绑了扔回南夷去，保证做得神不知鬼不觉！容瑾在心中阴恻恻地想着。

午后，沐清漪出门迎接北汉使团去了。后花园里，顾秀庭略带嫌弃地扫了一眼跟前的一张纸，挑眉道："这就是西越陛下所谓的诚意？一张纸？"

容瑾的脸扭曲了一下，咬牙切齿道："这是普通的纸吗？这是圣旨！"

"所以你的诚意就是下旨要我同意把清漪嫁给你？我可不是西越的人。"顾秀庭淡笑道。

"你敢看完了再说话吗，表哥？"他还真以为自己是沐清漪的亲大哥啊，在外人面前也不过是个表哥而已！一表三千里，只听过求亲的时候亲大哥不同意的，长兄为父也没办法，还没听说过表哥也能发表意见！

顾秀庭扬眉，拿起桌上的纸看：

"西越新皇容瑾在此立誓，今生只娶沐清漪一人为妻。永不纳妾，共享江山，同享富贵，永世不悔。如有违背，江山易主，天下共诛！"

圣旨下方还有两个火红的印记。一个是西越历代皇帝的玉玺印记，一个是容瑾身为皇帝的私印印记。看着容瑾得意非凡的模样，顾秀庭淡淡挑眉一笑：有点儿意思。

"怎么样？本公子够诚意了吧？这可是本公子的一个私印印记。"容瑾斜睨着顾秀庭道。除了本公子，全天下还有谁能这么真心地对清清好？

旁边，慕容熙好奇地接过了顾秀庭手中的纸张。能够让他家表弟都惊讶的东西，想必是有些意思的。

待到低头看了纸上的内容之后，慕容熙真诚地看着顾秀庭，道："表弟，可以同意了。"

看吧，连华国前太子都被本公子感动了！

"西越新皇如此诚意，若是再不答应岂不是显得咱们不识趣了？何况……这一纸婚约当真不错……哪天清漪不想要这个丈夫了，塞个女人给他就可以带着整个西越改嫁了。相信到时候即便清漪已经嫁过人了，这世上想要娶她的人也会从青州一路排到瀛洲去。"慕容熙淡淡笑道。

浑蛋，本公子才不会把清清让给别人！

容瑾傲然地斜睨着两人道："清清对本公子一片真心，尔等小人休想离间我们。"

顾秀庭仔细收起了那贵逾万金的求婚书，抬眼看着容瑾道："婚礼你打算怎么办？”

“咦？”还打算和顾秀庭大战八百回合的容瑾没想到他居然这么容易就松口了，一时间有些反应不过来。顾秀庭无奈地抚额，把歌儿交给这种时灵时不灵，随时都可能犯傻的傻瓜真的没问题吗？

“怎么？九公子不打算成亲？”顾秀庭没好气地道。

“当然不是！”容瑾一跃而起，道，“本公子这就去准备，很快就可以了。嗯……登基大典之后就举行婚礼！本公子要昭告天下！”

慕容熙悠悠道：“陛下，关于婚期的事情，最好还是跟清漪商量一下比较好。”

“我这就去找清清。”容瑾足下轻轻一点，如一朵黑云一般飘出了顾府，留下顾秀庭和慕容熙面面相觑。

半晌，慕容熙才有些好奇地问道：“你说清漪会不会同意？”

顾秀庭摇头道：“现在时机不对。”慕容熙有些同情兴致勃勃的容瑾了。容瑾也算是天纵奇才，偏偏遇上了永远理智大于感情的兄妹俩，这些天被顾秀庭折腾得没脾气，这会儿可以预见还要被沐清漪打击。

“他对清漪倒是真心，这世间除了容瑾只怕没人敢许下这样的承诺。”慕容熙挑眉道。顾秀庭悠然地弹了一下手中的求婚书，道：“他若没有这样的觉悟，我怎么放心将清漪嫁给他？就算真的嫁了……将来也必不能长久。”

这些年的经历对小妹绝对不是没有丝毫影响的。虽然她看上去甚至比作为顾家大小姐的时候更加温婉如水，但是这静水深流之下隐藏着的是令人惊心的波澜。曾经的顾家大小姐或许不会阻止丈夫纳妾，但是现在的沐清漪……如果容瑾身边有任何一个女人，他们也绝对走不到今天，如果将来容瑾背叛了她，只怕又是一场祸事。

慕容熙有些惊讶，道：“难怪这几天你一直折腾容瑾，原来就是为了这个。看来容瑾的悟性不错。”顾秀庭淡笑不语，只是道：“婚事推后一些也无妨，既然容瑾准备了这份厚重的聘礼，嫁妆总不能太薄了。”

皇城城门口，沐清漪带着容泱和礼部一干官员准备迎接北汉的使者。他们远远地便看到一路队伍朝着这边过来，队伍最前面却是一个红衣女子策马扬鞭疾驰而来。

还未走近，众人就看到那女子容貌明艳动人，骑在马背上更是风姿飒然。她骑着马一路狂奔，倒是将北汉的队伍远远地甩在了身后。

骏马一转眼就到了城门跟前，那女子停也不停，朝着沐清漪冲了过来。跟在身边的侍卫连忙上前挡在了沐清漪跟前。站在沐清漪身后的夏修竹更是直接放出了一丝凛冽的杀气。那马儿顿时受到了惊吓嘶鸣一声，险些将马上的女子甩下马背。

“哎呀！”马背上的红衣女子惊呼一声，连忙拉住缰绳安抚马儿，叫道，“清弟弟，你不记得我了吗？”

沐清漪忍不住抚额，道：“永嘉郡主，许久不见别来无恙。”

红衣女子，正是北汉的永嘉郡主哥舒冰。

哥舒冰骑术显然十分不错，马儿很快就被安抚住了。哥舒冰从马背上一跃而下，跑到沐清漪跟前笑道：“果然是清弟弟哦，我远远地看着就像。咱们真是有缘啊。”

沐清漪一脸尴尬之色：你的眼力得有多好才能那么远就认出我。

说话间，北汉的使臣也已经到了城门口。以沐清漪为首的西越众臣跟着迎了上去。

“顾流云恭迎北汉恒王、烈王大驾。”沐清漪拱手笑道。

为首一人正是许久不见的北汉烈王哥舒翰。哥舒翰翻身下马，打量了沐清漪几眼，拱手笑道：“有劳顾相相迎。”

沐清漪笑道：“两位王爷远道而来，在下岂能不恭迎大驾。”

哥舒翰身后，一个身形高大、威风凛凛的中年男子走了出来，挑剔地打量了沐清漪一眼，道：“你就是西越的大丞相？西越是没有人了吗？怎么是一个跟大姑娘似的小子？”

这位恒王……对她有敌意呢。沐清漪垂眸，心中暗暗笑道。

“本相正是顾流云，这世上如烈王殿下一般文武兼修的英雄自然是少见，在下出身书香世家，素来不谙武艺，不及恒王英武。不过……在下是文官，倒也不妨事。”沐清漪淡淡笑道，笑容温润，眼神却没有半点儿温度。

“顾相过誉，本王荣幸之至。”哥舒翰笑道。

恒王轻哼一声，道：“顾相这哪是不谙武艺啊，分明是比本王的爱妃还要柔弱得多啊。”说罢，他便放声大笑了起来，其中讥讽的意味不言而喻。在场的西越众臣都有些尴尬。

沐清漪身边的容泱冷笑一声，道：“顾相出身名门，天人之貌自非常人所能及。恒王所谓的爱妃容貌连个男人都不如，本王倒不知道有什么可得意的！”

“你！”恒王显然没想到有人敢当着这么多人的面嘲讽自己，顿时大怒。

哥舒翰有些不悦地皱眉道：“八哥，咱们是来做客的。”

“王爷。”一个轻柔的声音响起，一个人穿着华丽的北汉服饰款款走下了马车，看着对面的沐清漪微微一笑，道，“云容见过顾相。”

毫无疑问，沐云容很美丽。她当年在华国京城也是有名的美人。但是，沐云容显然还不够美丽，至少在见过了梅妃、德妃等上一代西越美人的老臣和看惯了容瑾、顾流云等一干绝色风姿的年轻官员都表现得很淡定。

恒王以为的众人赞叹爱妃的绝色风姿的情景只可能发生在他的臆想之中。至少在西越众人的眼中，那一身红衣鲜艳夺目的永嘉郡主都比这位恒王妃要耀眼几分。

若是再与跟前白衣翩然的少年丞相相比，她就更不知道被甩出几条街了。难怪恒王羡慕嫉妒恨啊，这种货色也好意思拿出来跟顾相比。西越的官员看看自家风华绝代的丞相，再看看站在恒王身边，虽然华服美饰、珠环翠绕却依然显得光芒黯淡的恒王妃，心中莫名升起几分自豪之意。

沐云容出神地望着眼前侃侃而谈的白衣少年，心中莫名升起了几分嫉恨之意。其实沐云容无论是跟顾流云还是跟张清都不熟，只是……想到自己在北汉的各种遭遇和苦楚，想到下场凄惨的肃诚侯府，这一切的一切都要怪到沐清漪身上。但是现在沐清漪下落不明，这个跟沐清漪有关系，又跟其有几分相似的少年自然成了沐云容迁怒的对象。

现在身为恒王妃看似风光无限，并不代表沐云容就没有受过苦。在遇到恒王之前，沐云容过得并不容易。也正是那段日子，让原本还有些天真的沐云容迅速成长了起来。没有了肃诚侯府的依靠，远在异国他乡的沐云容只能靠自己，人的潜力是无限的。所以她才能抓住机会攀上了恒王，而不似和琳郡主、明和公主一样被北汉皇帝哥舒竣扔进了冷宫里。

沐清漪平静地看着眼前变化颇大的沐云容，才不过一年多，沐云容的脸上已经没有了曾经身为肃诚侯府庶女的骄纵，眉宇间反倒是更多了几分妩媚和温柔之色。这样娇柔的女子，确实是许多自以为英雄了得的男子最喜爱的模样，难怪恒王能对她如此宠爱。

“恒王妃有礼。”其实沐清漪只看了一眼，就淡淡地转开了眼，甚至还侧身让了半步。他现在到底是男儿装扮，自然是不太方便盯着别国的王妃看了。沐清漪抬头对哥舒翰笑道：“烈王殿下、恒王殿下，请先入驿馆稍事歇息。”

哥舒翰若有所思地看了沐清漪一眼，点头道：“有劳顾相。请。”

“烈王请。”

恒王自己讨了个没趣，又见沐清漪对哥舒翰殷勤有礼对自己却不闻不问，心中也是十分不悦。只是碍于哥舒翰的威势不能多说什么，他只是轻哼了一声，拉着沐云容跟在两人身后。

哥舒翰侧首看着还不到自己肩膀的白衣少年，扬眉笑道：“不过一年时间，顾相如今已经是西越百官之首，真是让本王惊叹不已。”

沐清漪笑道：“烈王过奖了，不过是承蒙陛下看重罢了。倒是烈王之名威震诸国，本相才是感佩不已。听说烈王殿下去年又打了个大胜仗。”

哥舒翰笑道：“顾相消息灵通。区区北方弹丸小国，不值一提。”北汉西北方诸多小国林立，与北汉也是时和时战，这几年哥舒翰声威渐盛，那些小国才收敛安分了一些，不过偶尔还是免不了要打上几次仗。

沐清漪淡淡道：“在下少时在家念书也曾读到过，柔然兵强马壮，民风悍勇，国虽小兵却不弱。烈王过谦了。”

“顾相果然学识广博，在下佩服。”哥舒翰笑道。北汉西南和西越西北都与外族接壤，化外之民悍勇好斗，以至于北汉和西越民风也同样颇为尚武。反倒是华国，有西越和北汉为屏障，自来鲜少受外族骚扰，因此文采风流，名士辈出，民风却偏于柔弱。

沐清漪淡然微笑，哥舒翰看着沐清漪道：“在下想要跟顾相打听一个人，不知顾相可知道她的行踪？”

沐清漪一怔，暗觉不好。哥舒翰道：“华国明泽公主、肃诚侯府嫡女沐清漪，算来也是顾相的表妹，不知道顾相可有她的消息？”

“明泽公主……”沐清漪垂眸，有些勉强地笑了笑，道，“让烈王失望了，在下……并没有明泽公主的消息。”

哥舒翰眼中闪过一丝失望之色，他点头道：“无妨，本王也不过随口一问。”

沐清漪心中无奈地一叹，她很清楚哥舒翰已经开始怀疑她了。虽然不知道到底是哪儿引起了哥舒翰的怀疑，但是也清楚这一年多发生的事情太多，根本就不可能做到毫无破绽。哥舒翰之所以会注意到她，都是因为当年漪儿对他有恩。但是……她已经不是曾经的那个沐清漪了。

将哥舒翰一行人送回了使馆，沐清漪便转身准备告辞了。北汉的使臣却显然没有华国的那么好打发。且不说若有所思的哥舒翰和一脸阴郁的恒王，只是永嘉郡主哥舒冰和沐云容就让沐清漪十分头疼。

永嘉郡主兴奋不已地要沐清漪陪她逛街，沐云容同样一脸温柔殷切的模样赞同哥舒冰。

沐清漪没好气地瞥了哥舒冰一眼，要西越丞相陪着逛街，亏她想得出来。若沐清漪真的陪她上街走一圈，不用等到明天就不知道会有些什么样的传言。沐清漪挑眉一笑，道：“要人陪逛街是吧？不如在下替郡主找个人？”

哥舒冰倒也没有真的非沐清漪不可，只是觉得喜欢这个漂亮又厉害的弟弟，想要跟他闹着玩罢了。听到沐清漪如此说，哥舒冰也好奇地道：“什么人？”

沐清漪笑道：“郡主你出了大门，去对面的那座宅子，那里肯定有你认识的人。不如找他陪你逛街？不……你们可以一起逛街，反正都是初来乍到。西越皇城还是有不少好玩的地方的。若是还担心迷路，安郡王也可以陪着一起去。”

“对面？那不是华国的使馆吗？”哥舒冰惊讶道。华国来的人……还是本郡主的熟人……她在华国除了沐清漪以外没有别的交情好的人了呀。

沐清漪笑道：“是啊，安西郡王赵子玉。郡主还记得吗？”

“那个小白脸儿？”哥舒冰叫道。沐清漪无语，真是不知道这永嘉郡主的眼睛和脑子是怎么长的。赵子玉容貌俊美，身形修长略显单薄，确实是不像战场上战无不胜的猛将。除了那有些冷肃的气质，他跟哥舒翰比起来还真像个手无缚鸡之力的文人。但是再怎么样，赵子玉那长相跟小白脸儿也有很大的差距，说得不客气一点儿，她现在的模样就比赵子玉更像小白脸儿。但是在哥舒冰面前，小白脸儿似乎不是个形容词，而是赵子玉的别称。

哥舒翰无奈地叹气，道：“永嘉！”

哥舒冰吐了吐舌头，朝着哥舒翰扮了个鬼脸，笑道：“那个小……赵子玉，也可以啦，咱们去找他！”

沐清漪挥挥手道：“安郡王，劳烦你陪郡主走一趟。”

容泱当然没有意见，这个永嘉郡主美则美矣，但这性子实在是让人吃不消。不过，这显然是安西郡王赵子玉的麻烦，而不是他这个安郡王的麻烦。华国使馆离这里也不远，走一趟又如何？

“郡主，请。”容泱侧身，礼貌地道。

沐清漪似笑非笑地看向沐云容道：“恒王妃也是华国人，要不要跟永嘉郡主一道去见见福王和安西郡王？”

沐云容脸上的笑容微僵，淡淡道：“不用了，本妃身为女眷，不好贸然去见外男。”言下之意便是嘲讽永嘉郡主不知羞耻，自己巴巴地跑去见别的男子。但是北汉对这些本就不怎么在意，永嘉郡主从小到大在草原上到处跑，去找个男人逛街怎么了？她轻哼一声，不屑地瞥了沐云容一眼，直接转身走人了。

沐清漪浅笑道：“恒王妃果然不愧是出身名门的大家闺秀。如此便是极好，王妃就跟着恒王好好歇息吧。西越男儿多是不拘小节，小心唐突了王妃。”

沐清漪说完，也不再看沐云容的脸色，直接转向哥舒翰道：“请烈王和恒王稍事休息，本相先回宫复旨了。”虽然相处不过半个时辰，但沐清漪也看出来了这次的北汉使团是以哥舒翰为主，恒王不过是个配角罢了，自然也就懒得多在他身上费心思了。沐清漪虽然没有睚眦必报的记仇性子，却也没有兴趣去敷衍应酬一个明显对自己怀有敌意的人。

“顾相，请。”哥舒翰点头道。

“告辞。”

哥舒翰送走了沐清漪，一回到大厅里就看见恒王在发火。大厅里的椅子也被恒王踹得东倒西歪，他怒道：“什么玩意儿！竟敢对本王如此无礼！”

哥舒翰眼底闪过一丝不悦之色，他淡淡道：“八哥，适可而止。”

恒王一怔，不服气地瞪着哥舒翰道：“你这是什么意思？那个顾流云，那是什么态度？不过是个仗着被西越新皇宠爱才爬到丞相之位的男宠，居然敢如此对本王！”

你除了仗着自己是北汉亲王，还有什么别的本事吗？还好意思说别人！想到这儿，哥舒翰沉声道：“八哥，他是西越丞相。在西越跟他闹，你以为你能占什么优势？”

恒王当然知道这个道理，所以他方才也只是出言嘲讽顾流云而已。若是在北汉，只怕他就直接动手了。

沐云容站在一边，看着被哥舒翰三言两语便说得没了声息的恒王，眼底闪过一丝不满和不甘。但是哥舒翰在北汉的权威只在身为皇帝的哥舒竣之下，就连身为兄长的恒王都怕他，更不用说沐云容了。她即使不甘，也只得沉默。

哥舒翰神色淡然地扫了一眼沐云容道：“恒王妃，有空儿劝劝八哥平心静气。皇兄对这次西越新皇登基很是看重，若是出了什么岔子，回去只怕不好对皇兄交代。”

沐云容打了个寒战，慌乱地点了点头。比起高大英武、似乎不好接近的哥舒翰，沐云容更怕那个看起来温文、有些不像北汉人的哥舒竣。

沐清漪出了北汉使馆，正好看到哥舒冰拉着赵子玉出门。赵子玉俊美的脸上写满了僵硬和不耐烦，却显然有些招架不住哥舒冰的热情。正好看到沐清漪从对面出来，赵子玉朝他甩来一道恨恨的冷光。沐清漪只是朝他挑眉淡然一笑。

沐清漪目送赵子玉被永嘉郡主和容泱一左一右拉着往繁华热闹的大街走去，正想要转身回府。

“清清……”容瑾的声音从身后传来，沐清漪一回头就看到容瑾一身黑衣，兴奋不已地朝着自己扑了过来，将沐清漪搂了个正着。

“清清！”

被人搂在怀里动弹不得，沐清漪的一张俊脸顿时就黑了。这里可是华国和北汉使馆门口，被人看到了新皇和丞相搂搂抱抱像什么样子！

“容瑾！”

容瑾听到清清咬牙的声音，这才反应过来，连忙放开了她，依然万分愉悦地望着她，道：“清清……”唤着沐清漪名字的声音更是缠缠绵绵。

沐清漪叹气道：“又有什么事？”

“表哥同意本公子的求婚了！”容瑾欢快地道。

“表哥？”沐清漪挑眉道。

“顾秀庭！”容瑾决定了从此就将顾秀庭固定在清清表哥的位置上。大哥什么的太讨厌了，太爱多管闲事了。

沐清漪面无表情地点点头，道：“嗯，既然如此，你回去娶他吧。”

“咦？”容瑾目瞪口呆地望着沐清漪转身而去的背影，有些茫然地望着旁边的夏修竹，道，“清清为什么生气？”

夏修竹摸摸鼻子，默默地跟着沐清漪走了。望着沐清漪远去的背影，容瑾委屈极了。

他自然舍不得对清清发脾气。

“无情！”

无情无声无息地出现在他身后，道：“公子。”

“限你十个字以内，告诉本公子清清为什么生气！”容瑾咬牙道。

无情犹豫了一下，道：“顾相大概是不好意思吧？”他怎么知道顾相为什么会生气？不过容瑾有时候还是很好骗的。

“原来如此。”容瑾满意地点头，挥挥手道，“你回去，本公子要去追清清。”言罢，不再理会一脸纠结的无情，容瑾飞身朝着前方掠去。

北汉使馆院内，哥舒翰靠墙壁站着若有所思。院外街道上的对话自然也一字不漏地传入了他的耳中。

“清清……顾流云，原来如此……”说不上是惊讶还是失望，北汉对女子的歧视远不如西越和华国，哥舒翰更是一个心胸宽广的男子，对此倒是没有不能接受。只是没想到……“这个沐清漪，当真是他当年遇见的那个胆小如鼠的小姑娘吗？”

“哥舒翰，你来晚了，清清是本公子的，你给本公子离远点儿！”一个极细的声音带着嚣张的语气不知从何处传来。站在院子里的北汉侍卫却仿佛根本没有听到一般。哥舒翰眼神一凛，传说中原有一种武功叫作传音入密，只有内功极高的人才能够做到，这个西越新皇……西越九皇子……云隐！

“清清……”容瑾找到人的时候，沐清漪已经坐在含章宫的书房里批折子了。

倒不是容瑾脚程太慢，而是他给了哥舒翰一个下马威之后，心情舒畅，脑子里灵光一闪又去干了点别的事情。沐清漪将容瑾甩下之后直接回了皇宫。登基在即，各种事情堆积如山。前几日，容瑾刷掉了一批重臣，堆积下来的事务自然要落到她这个丞相身上了。

只是，那时而停下笔有些愣怔的神色，也表明了刚才的事情对她并不是全无影响的。回过神来，看着折子上多了一个清晰的墨点，沐清漪有些好笑地摇了摇头。本就不是什么大事，怎么还真的跟个待字闺中的姑娘一般？

将这些杂事抛到脑后，沐清漪开始聚精会神地处理政事，直到门外传来容瑾依旧非常欢快的声音。今天是个不错的日子，无论发生什么事情都影响不了容瑾的好心情。

沐清漪有些挫败地搁下笔，抬头看着已经踏入殿中的某人，挑眉道：“又有什么事？”

容瑾取出一个精致的盒子放到沐清漪跟前，眨巴着眼睛望着她，道：“打开看看，喜不喜欢？”

沐清漪疑惑地挑了下秀眉，小心地打开盒子，锦盒中放着的并不是什么稀奇古怪的东西，而是一块精致小巧的玉佩。

一块极品的白玉，不过掌心大小，雕琢得十分精美，一面雕着龙凤呈祥，另一面雕着花开并蒂。龙的下方还隐藏着一个隽秀的“瑾”字，在凤的下方是一个“歌”字。

容瑾的手素来十分灵巧，平日里也爱亲手雕刻一些首饰送给沐清漪。虽然她多半是用不着的，却也喜悦于这份心意。但是之前收到的所有首饰都远没有眼前这一件来得精致美丽。沐清漪一看就知道容瑾费了不少心思。

容瑾笑眯眯地在圆形的玉佩上轻轻一按，原本完整的玉佩便被拆成了两块。一块是龙腾四海，一块便是凤舞九天。容瑾笑嘻嘻地将刻着龙的玉佩塞到沐清漪手中，另一块刻着凤凰的玉佩自己小心地收了起来。

“清清喜欢吗？”

沐清漪把玩着手中的玉佩，一时间不知道该说什么，好一会儿才问道：“怎么想起来送这个？”她一看容瑾左手上有一道明显的伤痕，不由得叹了口气。容瑾理所当然地道：“表哥说华国成亲之前，要送给对方玉佩做订婚的信物啊。清清觉得不好看吗？”

沐清漪默默地收下了玉佩，决定还是不要告诉他，大哥肯定是忘了告诉他华国的规矩是订婚之后女子要送玉佩给未来的夫君表示同意了这门婚事，而不是由男子送给女子。

看到沐清漪收下玉佩，容瑾更加高兴。他从沐清漪手里拿过玉佩，不知道从哪儿抽出了一段红色的丝线，小心地系好了玉佩，然后挂在了沐清漪的脖子上。

容瑾一脸满足地偏着头打量着沐清漪胸前挂着的莹润的龙形玉佩，还有那个精巧的“瑾”字，只觉得无比满足。

“清清，登基大典之后咱们就成婚好不好？我要办一个盛大的婚礼，让全天下人都知道我们成亲了。”容瑾搂着沐清漪，摩挲着她柔顺的发丝，低声道。

“胡扯。”沐清漪无奈地道，“现在是说这些的时候？你要怎么跟人解释我的身份？”容瑾挑眉道：“本公子为什么要跟他们解释？本公子就要名正言顺地告诉所有人，西越的大丞相就是女子，怎么样？”

“你就不怕那些老头子疯了，跟你一哭二闹三上吊？”沐清漪好笑地道。

容瑾嗤之以鼻，道：“连个女子都比不过，他们还有什么脸闹腾。不管不管，清清，登基之后咱们就成婚。不然等到顾秀庭走了，以后咱们成婚的时候顾秀庭参加不了，你岂不是会遗憾吗？”

“这个……”沐清漪犹豫，大哥对她来说很重要，若是大哥和表哥都不能参加婚礼，不只是她会遗憾，大哥肯定也会很失望。

“随便办个婚礼不成吗？”沐清漪娇颜微红，低声道。

“不行！”容瑾搂着她纤细的腰肢，下巴在她的颈边磨蹭着，道，“那太委屈清清了，本公子要让全天下人都知道清清是我的妻子。而且……与其等到以后被人拆穿，还不如咱们自己来宣布，我可不想清清一直穿着男装被人暗地里嘲弄。”

沐清漪无奈地叹气，被人暗地里骂男宠佞臣，或者被人骂祸国妖女，到底哪一个更糟糕一些啊？

“清清本来就是女子，为什么要假装成男子？就算清清是女子，一样可以成为一代名相。”容瑾用额头靠着沐清漪的额头，低声道。

“你……”沐清漪神色复杂地望着容瑾真诚的眼眸，终于还是无奈地叹了口气，低声道，“都听你的便是。”

“清清！太好了！”容瑾惊喜地睁大了眼睛，欢快地将沐清漪搂入怀中，低头深深地吻住那优美的唇，道，“清清……本公子会对你很好很好，最好……只对你一个人好。”

“我知道。”沐清漪轻叹，抬手环住了他的肩膀。

“清清……我……”容瑾不知道想要说什么。我喜欢你？我爱你？他觉得这些话完全不足以表达自己的想法，只能更深地亲吻着眼前的女子，道，“清清，你是我的……”

“启禀陛下，北汉烈王和……”东方旭急匆匆地闯了进来，却在看到书房里的情景时脸色一白，飞快冲了出去，“啊啊……我什么都没看见！”东方旭惨烈的声音在含章宫中回荡着。

第十六章
太庙之殇

含章宫外，姜誉有些奇怪地看着缩在墙角撞墙的某人，问道：“你看到什么了？”

东方旭哀怨地望了他一眼，张了张嘴，终究只是小声说了三个字：“没什么。”

姜誉忍不住一脸困惑，你那副一脸如丧考妣的模样，谁看了都觉得有什么好不好？东方旭也很忧郁，作为一个心腹的痛苦，姜誉这种刚刚投靠的人怎么会理解呢？

不一会儿，容瑾和沐清漪并肩走了出来。东方旭躲到了姜誉的背后，道：“陛……陛下……”

心情不错的容瑾难得没有记恨刚刚某人坏了他的事，淡淡斜睨了他一眼，道：“你方才想要说什么？”

东方旭这才想起来自己原本是有大事要禀告的，连忙道：“启禀陛下，那个……北汉烈王跟夏统领打起来了。”

“怎么回事？”沐清漪抬起头来，沉声问道。

东方旭看着眼前白衣无瑕的俊美少年，想起刚才在含章宫里他倚在容瑾怀中，面带桃花、眼如秋水的模样，俊脸少见地红了红，忍不住更往姜誉背后缩了。姜誉看了一眼躲在自己身后的东方旭，嘴角忍不住抽搐了一下。这位靖远侯公子到底是什么毛病？有人这样面君奏对的吗？

“禀丞相，烈王和夏统领似乎是旧识，不知怎的说了几句就打起来了。”那两人看着不像是有仇，倒像是比武切磋，这宫里却不是随便什么人都能动手的地方。

容瑾不在意地挥了挥手，道："无妨，让他们打。"打死一个少一个。

沐清漪叹了口气，道："还是去看看吧。烈王来者是客，若是受了伤也不好交代。"

沐清漪的话，容瑾自然不会反驳，他立刻笑道："那就听子清的，咱们去看看。"

姜誉松了口气，虽然有些惊讶于陛下对顾相言听计从，面上却没有丝毫惊讶的表情。沐清漪看在眼里，微微点头，难怪那位前任右相宁愿丢了实权回家养老也要捧起这个孙儿，看来姜誉确实是个可造之才。

沐清漪和容瑾赶到的时候，夏修竹和哥舒翰已经从宫门口打到了御花园里。繁花似锦的御花园里两个人影时分时合，时高时低，每一次交手都是兵器撞击火花四溅，更不用说那些被劲风扫了的花瓣，一时间落英缤纷煞是好看。

就在众人看得眼花缭乱之时，一道黑影如闪电一般冲入花园中，原本的两人对战立刻变成了三人混战。也不管是谁打谁，一时间三个人影倒是打得不亦乐乎。

"怎么回事？"沐清漪稍晚一步过来，就看到容瑾已经兴致勃勃地加入了战局。原本看到容瑾过来，夏修竹就打算退出，但是哥舒翰打上瘾了不肯让他退。夏修竹帮容瑾对付哥舒翰的时候，容瑾却毫不留情地对他下手，而当哥舒翰准备捡便宜的时候，容瑾又转攻哥舒翰。不一会儿，一向性格冷静的夏修竹也被打出了火气来，手中银枪一展，毫不犹豫地杀入了战团。

于是，众人就看到了这一场让人眼花缭乱的混战。

在花园里围观的不只有宫女、太监，还有跟着哥舒翰等人一起进宫的恒王、沐云容，以及永嘉郡主和赵子玉。

赵子玉淡淡地看了沐清漪一眼，道："不知道，哥舒翰看到夏统领就直接动手了。"

哥舒冰却容不得别人非议自己的十一哥，立刻瞪着夏修竹道："什么叫直接动手？十一哥明明说了请夏统领指教，夏统领也没有反对。"

赵子玉无言地扫了她一眼，那是因为哥舒翰甩下"请赐教"三个字就直接杀过来了。

旁边，沐云容若有所思地道："那位……夏统领，似乎在哪儿见过。"

赵子玉神色漠然地看了沐云容一眼，没有说话。沐云容睨了一眼旁边的沐清漪，却有些不依不饶的意思。

"顾相，你们这是什么意思？两个打一个，是欺负咱们北汉无人吗？"沐云容尖声道。

沐清漪侧首，淡淡地看了沐云容一眼，淡笑道："恒王妃倒是关心烈王。"

"容儿，闭嘴。"恒王也有些不悦地看了沐云容一眼。哥舒翰真的被人围殴了他才高兴呢，怎么会替哥舒翰抱不平？

沐云容只得快快地住了口，看着靠在一边柱子旁观战的白衣少年更加不满了。

“清弟弟，你看他们谁会赢？”哥舒冰挤到沐清漪身边，兴致勃勃地问道。沐清漪看着御花园里打斗中的三个人只觉得头晕。作为一个完全不会武功的弱女子，她真的无法欣赏这么高深的比武场面，只得靠着柱子旁边的栏杆坐了下来，无奈地摇了摇头，侧首问赵子玉：“安西郡王，你觉得呢？”

赵子玉沉吟了片刻，沉声道：“都差不多，谁输谁赢看运气。”

三人足足打了将近半个时辰，才终于渐渐收住了手，最后一击之后，各自朝后方退去。哥舒翰落到了花园里的空地上，夏修竹和容瑾却是一左一右，一个落在了假山上，一个落在了不远处的凉亭顶上，居高临下地盯着哥舒翰。

这一战三人都打得酣畅淋漓，心情也都十分不错。哥舒翰抬手爽朗地笑道：“没想到，西越新皇武功居然如此高强，本王佩服。”哥舒翰背在身后的手微微发抖，外表却看不出什么异样。

容瑾背靠着假山，懒懒地点头道：“烈王也不差。”同样，长袖之下，容瑾握着修罗刀的手也青筋凸起，指节握得发白，半掩在发丝下的眼眸染上了一丝淡淡的猩红。

夏修竹轻哼了一声，收起银枪飞身掠下了凉亭。最后一击并没有他什么事，所以他反倒是三个人中受影响最小的。

哥舒翰走了回来，神色复杂地看了沐清漪一眼，拱手道：“本王一时兴起，惊动了陛下和顾相，还请两位见谅。”

容瑾一挥手，淡淡道：“无妨，烈王若是有空，常进宫来跟朕切磋切磋也好。”本公子揍不死你!

哥舒翰深深地看了容瑾一眼，低眉一笑道：“如此，恭敬不如从命。”

在场的人默默看了一眼虽然算不上一片狼藉，却也满地落英的御花园，总觉得……西越的皇宫很快就要翻修一遍了。

容瑾笑眯眯地看着哥舒翰，眼睛一转继续道：“其实……西越皇城之中还有一位高手，烈王若是有空也可以去跟他讨教几招。”

哥舒翰笑道：“陛下说的是南宫大将军？本王确实有意跟南宫将军讨教几招。”

容瑾鄙视地瞥了他一眼，道：“南宫绝都快七十了，你能有点儿出息吗？”

“那陛下说的是？”哥舒翰摸摸鼻子，对容瑾的嘲讽倒是不太生气，他只是更好奇能让容瑾承认是高手的到底是谁。容瑾笑道：“寒雪楼主，魏无忌。”

寒雪楼在北汉的势力并不大，但是并不表示寒雪楼的杀手不到北汉杀人，更何况魏无忌是天下首富，名震诸国。只是哥舒翰倒是没想到他还是一位绝顶高手。

“确实是有些意思。多谢陛下赐教。”哥舒翰笑道。

容瑾轻哼一声，不以为意，心中暗暗道："使劲儿打吧，不管是谁打死谁都是一件大快人心的好事。"

一看容瑾的表情就知道他没安好心，沐清漪也只得暗暗叹了口气，为魏无忌和哥舒翰默哀。

沐清漪回到府中还没有坐定，下人就来禀告烈王求见。沐清漪叹了口气，该来的还是要来。

听到沐清漪的叹息，坐在一边看书的顾秀庭抬起头来看了看她，笑道："怎么了？不想见哥舒翰？大哥可是听说当初在华国，哥舒翰还亲自去肃诚侯府向你求亲来着。"

沐清漪无奈地道："大哥，我不是漪儿。"

哥舒翰求的是当年那个沐清漪而非她。

顾秀庭合上书，挑眉笑道："你怎知哥舒翰看上的不是现在的沐清漪？我倒是觉得哥舒翰为人比容瑾更好一些。"

"现在说这个有趣吗？"沐清漪无奈笑道，"大哥还是看容瑾不顺眼？那为何还要答应他……"无论哥舒翰看中的是谁，都已经不重要了。现在的沐清漪、曾经的顾家大小姐选定了容瑾，只要容瑾不变她就不会变。顾秀庭笑道："看不顺眼？没这么严重……只是，就是忍不住想要刁难他而已。清漪心疼了不成？"

沐清漪耸耸肩，道："大哥随意。刁难妹夫是做大哥的权力。我去见见烈王。"

大厅里，只有哥舒翰一人。就连平素总是跟在十一哥身后，像个甩不掉的小尾巴的永嘉郡主也不在。

沐清漪刚刚走到门口，原本坐在大厅里喝茶的哥舒翰便抬起头向门口看来。深邃而坚毅的目光中带着一丝让沐清漪有些心虚的神色。

"烈王。"沐清漪心中轻叹了口气，走进大厅，在哥舒翰对面坐了下来。哥舒翰打量了沐清漪许久，方才挑眉道："本王该称呼你顾公子呢，还是沐姑娘？"

沐清漪无奈，低眉一笑道："让烈王见笑了，若是方便……烈王称呼在下一声顾公子便是了。"

哥舒翰眼神一凛，这是要断然斩断他们之间曾经的交情吗？见他如此，沐清漪便知道他误会了，连忙道："烈王……你眼前的人，或许是沐清漪，却并非烈王想要找的那个沐清漪。烈王本就是天下少见的英雄人物，若能与烈王为友，顾流云荣幸之至。"

哥舒翰皱眉，虽然有些不理解沐清漪所谓的"眼前的沐清漪并不是他要找的那个沐清漪"是什么意思，却也只当她不愿再提及从前的事情。他只是凝眉道："本王并非迂腐之人，当初……你说不愿离开华国，如今却成为西越丞相，甚至……这又是为何？”

沐清漪有些歉疚，浅笑道：“当初所说并非虚言，因为在下在华国还有许多事情要做，确实是不能与烈王一道离开。之后事情做完了，华国……又岂会有顾流云容身之地？”

沐清漪在华国做了什么，哥舒翰自然是知道的。惊讶于这个看似温文尔雅的少女的狠绝手段，哥舒翰也更加对眼前的女子多了几分好奇和探究之意。哥舒翰是北汉第一高手、第一名将，说是盖世英雄也不为过。这样的男子，眼界自然是比寻常男子高得多。眼前的少女，却是他遇到过的堪称最独特也最美丽的一个了。这种美丽无关容貌，哥舒翰觉得即使眼前的少女容貌平平，站在人群中依然会是最耀眼夺目的一个。

“既然如此……”哥舒翰盯着沐清漪，挑眉道，“现在……沐姑娘可愿意与本王一起前往北汉？”

沐清漪一愣，明眼人一看就知道她现在的身份根本就不可能前往北汉，哥舒翰这一问等于白问了。

哥舒翰认真地看着沐清漪脸上惊愕的神色，半晌方才点头道：“本王明白了。”

沐清漪低头淡笑道：“多谢烈王美意。其实烈王实在不必……当年的事情不过是举手之劳罢了。”

哥舒翰抬手阻止了她，淡然道：“既然顾相说如今的沐清漪已不是当年的沐清漪，那么……本王也请顾相不要干涉本王的作为。沐姑娘需不需要是一回事，本王做不做是另一回事。”

沐清漪叹了口气，不再多说什么。如果她只是个旁观者，必定会为有一个这样优秀的男子诚心对待漪儿而感到高兴。即使哥舒翰对沐清漪未必是爱情，但是哥舒翰这样的男子只要承诺了就必定会负起应有的责任。现在，她却是沐清漪，也就怎么也笑不出来了。

哥舒翰倒是也不多做纠缠，坐了一会儿便起身告辞了，让沐清漪也暗暗松了口气。

转眼间便已经到了登基大典的当天，一大早整个皇城便热闹起来了。自从西越帝驾崩之后就一直有些空寂的皇宫也跟着热闹了起来。

含章宫内，沐清漪亲手捧着一件玄色的帝王冕服给容瑾穿上。虽然如今各国皇家都崇尚明黄、金黄等耀眼的颜色。容瑾却素来不喜这样的颜色，即使是登基的礼服也依然是一件玄色冕服。只在领口、袖口、衣摆有五爪金龙图样，冕服上有十二章纹图样。容瑾戴上缀着十二冕旒的黑羽冕冠，虽然没有明黄色朝服的尊贵耀眼，却更给人一种高高在上的霸气之感。容瑾那张过分俊美的脸半隐藏在冕旒之下也更多了几分威严。

容瑾不耐烦地挥袖喷气，道：“清清……”即使是身为帝王，容瑾也不像别的帝王那样对仪容要求近乎苛刻。比如说他从来不戴冕冠，也几乎不穿代表帝王服色的明黄色衣饰。若今天不是登基大典，只怕他绝对不会如此郑重其事地穿戴。

沐清漪没好气地压住他想要作乱的手，道：“好好待着，不要一会儿出去了给西越丢脸，下面可都是各国的使臣。”

容瑾轻嗤道：“本公子站在哪儿都是众人瞩目的焦点。靠衣裳装点只能证明此人不堪入目。”

沐清漪没好气地推开他的脸，安抚道：“九爷这身装扮绝对威风凛凛，惊艳天下。所以……你就忍忍吧，就今天一会儿工夫。”

容瑾笑眯眯地把玩着沐清漪发间的暗金色发带，笑道：“真的吗？清清……那咱们成婚的时候我也穿给你看。”

“随便。”沐清漪只希望他现在安安分分地去参加登基大典。

容瑾总算放开了沐清漪，懒洋洋地靠着身后的软榻坐着，打量着沐清漪道：“其实清清完全没有必要在意这个。”西越皇帝的登基大典，有什么值得在意的？等到他们真的得到了天下再说也不迟啊。嗯嗯……清清真是好看。

因为自己容貌出众，容瑾对美人的容貌可谓极为挑剔。但是眼前的人，无论是男装还是女装，无论是雍容华服还是粗布青衫，都让他觉得美丽得无可挑剔。因为今天是普天同庆的大喜日子，沐清漪并没有穿平常习惯的白衣，而是换了一身淡青色云纹衣衫，外面罩着一层暗金色龙纹薄纱，少了几分温文纯善，却更多了几分一朝丞相的尊贵之感。

“启禀陛下，礼部尚书求见。”门外，蒋斌小心翼翼地禀告道。

容瑾轻哼一声，懒洋洋地道：“进来吧。”

殿门被人从外面推开，蒋斌带着礼部尚书、钦天监等一众负责登基大典的臣子走了进来，道：“臣等叩见陛下。”

“平身。”

众人谢恩起身，看到坐在一边的沐清漪也是一愣。还是礼部尚书反应最快，恭敬地道：“登基大典已经准备就绪了。请陛下启程前往太庙祭祖。”

容瑾点点头，登基大殿之前，新皇陛下先前往太庙祭祖，这是西越皇室一直以来的规矩。容瑾站起身来，道：“子清，你跟朕一起去。”

钦天监连忙颤巍巍地站出来，道：“陛下，万万不可。祭祖之事只能陛下独自一人前往。”新皇登基之前昭告上天和祖先之事，别说是丞相了，就是皇后也不能参与，只能皇帝一人去。

容瑾不悦地皱眉，沐清漪淡淡一笑，道：“臣自然会跟随陛下一道去，微臣会在外面等陛下出来。”

容瑾满意地点头，拉着沐清漪往外走去。

身后，钦天监连连叹气摇头，看着旁边的礼部尚书道："你看着……"陛下对这个少年丞相实在是太过于宠爱和依赖了，就连祭祖这样重要的事情都离不开，实在不是什么好事啊。

礼部尚书摸着胡须摇摇头，笑道："老大人不必太过担心，陛下虽然有些任性，但是顾相看起来并不是不知道分寸之人，想必不会有什么事。"比起钦天监，这些日子他跟这位少年丞相接触得并不少。他自然知道这个看似金贵无害的少年的能耐和手段。这位少年丞相似乎也并不是外人传说的只知道媚上惑主的佞臣。

"老大人，快走吧。陛下已经出宫了。"礼部尚书提醒道。他还要去打理宫中的宴会，而太庙的事情就只能交由钦天监主持了。

西越的太庙并不在宫中，而是在距离皇宫三里外的一处专门供奉祖先灵位的离宫。宫中正中心筑有一处高台，台高四十九阶，只比皇宫里最高的建筑摘星楼矮上一点点。这高台之上就是西越皇室历代先皇的灵位所在。

站在高台之下，容瑾回头对沐清漪道："子清，你在此处等我。"

沐清漪含笑点头，道："这是自然。"

容瑾伸手握住他的双手，低声道："祭祖清清就别去了，进去了还要跪来跪去。总有一天，本公子要清清和我一起站在这天下最高的地方。"

两人都穿着华丽正式的礼服，在宽大的袍袖遮盖下，跟在后面的钦天监只觉得两人离得太近了，完全没发现两人暗中的动作。

沐清漪浅浅一笑，道："好，我等你。"

"陛下，该上去了。"钦天监上前几步小声提醒道。

容瑾这才放开了沐清漪，回头看了她一眼，在她温和带笑的凝视下转身朝高台上走去。

看着容瑾往上走去的背影，沐清漪忍不住微笑起来。虽然才不过短短一年，却已经发生了太多的事情。现在，容瑾终于要真正掌控整个西越了。这不仅是他们曾经的目标，也是他们这一年以来努力的结果。以后，他们还会携手走得更远。

容瑾神色淡然，跪在祖先的灵位前，按照专门打理太庙祭奠的官员提醒，一步一步进行着几百年不变的祭奠仪式。他心中却是没有半点波澜和敬畏之心。"从此以后，这西越的天下属于本公子。而我，会比你们做得更好！"容瑾平静地望着上方摆得满满的灵位，在心中道。

"陛下，请上前为历代先皇灵位添香油。"

大殿里，燃着九盏长明灯。偌大的油缸里面注满了弥漫着龙涎香的灯油。旁边的官员小心翼翼地奉上一个精致的油壶，这本就只是一个仪式而已，容瑾只需要拿着油壶往九个油缸里倒一些油就算是完成了。容瑾默默接过油壶，淡淡看了一眼身边的官员，朝着大殿四周的油缸走去。

容瑾走过一个又一个油缸，在最后一个油缸跟前停了下来，回头看了一眼殿中的众人，轻哼一声，一抬手将壶中最后的香油倒进了缸中，与此同时，整个人却朝身后疾退而去。

只听轰的一声，最后那一个油缸里突然蹿出幽蓝的火焰，靠得近一些的人，只是被迸溅出来的油星沾到便立刻倒地抽搐，七窍流血而死。

"雕虫小技，也敢在朕面前卖弄！"容瑾冷笑一声，神色冷肃地盯着眼前的官员和殿中虎视眈眈的侍卫。那官员脸色一白，完全没有想到这样万无一失的算计居然会被容瑾躲了过去。为了降低容瑾的警惕，他特意将换成了毒液的油缸放在了最后一个，只要容瑾稍停片刻，迸射出来的带着剧毒的油星就会溅到他的身上。

"胆子不小。"容瑾饶有兴致地打量着地上已经气绝的人，可见这毒药的厉害，"让你的主子出来吧，这点儿虾兵蟹将还不是朕的对手。"

那官员有些惊惧地往后面退了退，犹豫地看向后殿。后殿传来轻巧的击掌声，不一会儿容琰从里面走了出来，看着容瑾笑道："九弟好眼力，好功夫，真是让四哥佩服。"容瑾皱眉，盯着容琰道："叫后面的人一起出来吧。朕就知道，斩草不除根必留后患。"

容琰脸色阴沉，阴恻恻地道："九弟果然早就想要将咱们这些兄弟一网打尽了。既然如此，也怪不得四哥无情了。九弟……上一次是你运气好，这一次，你觉得你还能逃得过吗？"容瑾淡淡挑眉，道："何妨一试？"

容琰呵呵笑道："本王知道九弟武功高强，本王绝对不是你的对手。所以，本王也替九弟请来了一位绝顶高手，想必九弟一定会感兴趣。"容琰轻轻击掌，几个人从后殿走了出来。为首一人，却是前些日子被魏无忌救走的容璋，容璋身后跟着的便是天下五大高手之一——魏无忌。

"魏无忌，你果真要跟本王作对？"容瑾淡淡道。

魏无忌淡淡一笑，笑容却有些苦涩。他抬头看了一眼身边的容璋，没有说话。魏无忌身边，跟着的是千凌和素问，还有一个被厚厚的披风遮住了整张脸的女人。容瑾靠着柱子，挑眉笑看魏无忌道："本公子还没见过谋逆还带着红颜知己的。"

魏无忌笑道："九公子不也无论走到哪儿都带着红颜知己吗？"

"这个女人，有什么资格跟朕的清清相比？"容瑾不屑地扬眉道。

"何必跟他多说，直接杀了他便是！"那个披着披风的女人突然开口，声音沙哑而苍老，又显得格外尖锐，让人忍不住皱眉。那女人转向容瑾，笑声阴鸷而诡异，道："容瑾，别幻想会有人来救你了……外面早已经被我布下了毒阵，无论多少人进来都是死路一条。”

容瑾有些不耐烦地皱了皱眉，道：“闭嘴，难听死了！你们……来得正好，今天，一个也别想活着出去。”容瑾冷冷一笑，慢慢抬起手来，手中握着一柄看似古朴无华的短刀。容瑾手腕微震，刀鞘便飞了出去，钉入了旁边的柱子里。

没有了刀鞘的桎梏，绯红的光芒和凛冽的杀意毕露。

“呵呵，九公子是否太不将在下放在眼里了？”在众人紧张的神色中，魏无忌上前一步含笑道。手中的乌金折扇悠然一展，魏无忌风度翩翩，俨然一派王孙公子的潇洒倜傥。容瑾冷笑一声，修罗刀直指魏无忌，道：“第一个要杀的就是你！”

魏无忌眼神微暗，轻轻叹息了一声，拱手道：“九公子，请指教。”

容瑾冷哼一声，并不接话，手中修罗刀划出一道绯红的劲气朝着魏无忌就扑了过来。魏无忌也不敢大意，连连挥动手中折扇，两人便在这大殿之中你来我往地打了起来。这高台上的大殿是西越皇室的太庙，宽阔宏伟不亚于皇宫中的清和殿，两人你来我往地打斗却半点也不觉得拘束。大殿的大门早就已经关上了，而且外面还布下了毒阵，容瑾和魏无忌虽然内功高绝，但不到万不得已也不会以身试毒。

大殿外，沐清漪望着高高在上的太庙秀眉微蹙，总觉得哪儿不对。“老大人，祭祀祖先需要这么长时间吗？”沐清漪抬眼看了看天色，皱眉道。钦天监皱了皱眉，神色也有些迟疑，道：“会不会是……陛下有什么话要跟列祖列宗交代？”沐清漪摇头，若是别人确实有这个可能，容瑾只怕没这个想法，也没这个需要。

“老大人，能否派人上去看看？”沐清漪问道。

钦天监摇头道：“顾相切勿冲动。太庙乃是皇家重地，没有陛下旨意擅入者，守卫太庙的侍卫可以就地格杀。”太庙重地沐清漪岂会不知？沐清漪望了一眼上面森严的侍卫，淡淡道：“我上去看看。”

“咦？顾大人……”钦天监连忙想劝，沐清漪却已经转身往高台走了上去。跟在沐清漪身后的无心和无情自然也都连忙跟上。

“站住！太庙重地，擅闯者格杀勿论！”刚走了几步，她就被驻守的两名侍卫拦了下来，上面的众多侍卫也纷纷抽出了兵器虎视眈眈地盯着他们。沐清漪沉声道：“陛下逾期未出，本相要上去看看。”

“太庙重地，擅闯者格杀勿论。无论是谁！”侍卫沉声道，并不因为沐清漪的身份而有所迟疑。

沐清漪淡淡挑眉道：“哦？既然如此，那么这个呢？”一抬手，沐清漪素白的手心里躺着一块暗金色蟠龙令牌，上面清清楚楚刻着四个字——如朕亲临！容瑾担心平日里自己不在身边，沐清漪会被人轻慢，特意将这块令牌交给了她。有了这块令牌，别说太庙了，就是皇陵地宫，她只要愿意就能进。

驻守太庙的侍卫却只是犹豫了一下，依然固执地道："顾相请回，陛下完成了祭祖仪式自然会出来。"

沐清漪凝眉，定定地盯着眼前的人。沐清漪身后，无心沉声道："大胆！见到陛下的印信还敢拦路？难道还要陛下亲自来跟你们说不成？"

那侍卫无话可说，只是咬牙道："顾相请回。"

"你们到底是什么人？"沐清漪眼眸一沉，厉声道。

侍卫一惊，勉强笑道："顾相说笑了，我等自然都是奉旨守护太庙的侍卫。"

沐清漪冷笑道："奉旨守护太庙就敢拦本相的路？你们是活腻了还是脑子出问题了？让开！陛下若是出了什么事，本相诛尔等全族！"沐清漪说话间，无心和无情同时拔出了佩剑，将沐清漪护在中间。挡在跟前的侍卫也都变了颜色，纷纷拔出兵器挡住了三人去路。

"这……这是怎么回事？"下面的钦天监见这突如其来的状况也吓了一跳，登基当天若是出了什么事可不好。他连忙看向沐清漪道："顾相，这是……"沐清漪沉声道："陛下出事了！所有人，跟我上去护驾！"

"这……这……"

随同容瑾和沐清漪前来的有不少大内高手和御林军将士。只是强闯太庙一事干系太大，一时间众人都有些犹豫。沐清漪冷哼一声，举起手中令牌，道："护驾！所有罪责本相一力承担！"

"是！"闻言，众人立刻齐声应是，气势汹汹地朝着太庙冲去。守护太庙的侍卫自然不肯，双方立刻打了起来。

"顾大人……顾大人，这可不是闹着玩的。"钦天监看着眼前一团糟的场景，急得满头白发都要奓起来了，连忙拉着沐清漪急声道。沐清漪一手扶住年迈的钦天监，道："老大人见过敢跟御林军和大内侍卫动手的守卫吗？更何况本相手中还有陛下的令牌，这些人却执意拦路，必然有鬼。此处危险，老大人先离开吧，免得误伤。"说完，沐清漪招手唤来一个御前侍卫，让他带着钦天监先行离开。

钦天监也知道自己根本只能帮倒忙，叹了口气，深深地看着沐清漪道："希望顾相是对的。"

沐清漪淡笑道："本相从不做没有把握的事情，老大人尽管放心。"

钦天监吸了口气，朗声道："走！老夫去传令调兵来救驾！"说罢，钦天监也不再耽搁，转身毫不犹豫地离去了。

"顾相，不好！前面的兄弟中毒了！"一个御林军将士冲回来急匆匆地禀告道。

沐清漪一惊，抬眼望去果然见到台阶上不少御林军和大内侍卫纷纷倒地，守着高台的侍卫却并无异样。看来她没有猜错，果然出事了。沐清漪深吸了一口气，沉声道：

“先撤下来，无情，立刻去请莫谷主过来。”幸好，顾府就在前豫王府旁边，距离皇宫和太庙都不远。

沐清漪闭了闭眼，抬眼凝望着前方看似不远现在却丝毫不知情况的太庙。容瑾，你可千万别都走到这一步了阴沟里翻船。

“公子，咱们现在怎么办？”无心焦急地盯着上面，低声问道。

沐清漪平静地睁开眼眸，淡然道：“传本相的命令，京畿守备大军立刻封锁内城，任何人不得出入。胆敢强闯者，斩！令奉天府尹步玉堂，立刻带人围住京城所有宗室府邸，擅自出入者，斩！再令，御林军统领东方旭，包围太庙方圆两里之内所有地方，许进不许出，违者，斩！大内侍卫统领，封锁皇宫，所有宫中官员、家眷、太妃、公主皆不得随意出入，有违者，斩！”

接连四个斩字，让在场的众人心中皆是一凛，但是看到眼前的少年冷静如冰的眼眸，他们心中却都不由自主地平静了下来。

“属下等尊令！”几个侍卫领命，飞快地前去传令了。

沐清漪垂眸沉思了片刻，方才淡然道：“去请靖远侯和南宫大将军过来。”

无心犹豫了一下，低声道：“公子，靖远侯和南宫大将军……”这两位可都手握重兵，特别是南宫绝，武功盖世。他们若是没有异心便罢了，若是有异心只怕是引狼入室。沐清漪轻声道：“去吧，除了京畿守备军，健锐营和神策营是京城附近最大的两路兵马了。按说东方飞和南宫绝不会有什么问题，但是也不可大意。”

“若是他们不肯来……”无心低声道。

“去了就知道了。若是他们不来……再说。”最后两个字说得既轻又柔，无心却敏锐地感受到一股阴冷的杀意，心中明了若是这两人不识好歹，这次的事情过不了便罢了，若是这次的事情过了，这两个人是绝不能留了，无论他们对西越有多大的作用。

“是！”

沐清漪吩咐完了所有的事情，负手站在高台下，盯着台阶上手握兵器与他们对峙的侍卫，玉颜冰冷如水。

“启禀顾相，内城中突然出现数千人马，朝着这边杀过来了。”一个御林军将士急匆匆地禀告道。

沐清漪转身看着他，皱眉道：“数千人马？内城里哪来的数千人马？”

“属下不知。”

沐清漪沉吟片刻，冷笑一声，道：“传令御林军，立刻给本相截住他们，就算是所有的宗室都参加了，各王府的亲兵相加也不会超过两千人。不过是虚张声势罢了，不要告诉本相，西越精锐的御林军连这点儿人都拦不住！”

御林军出身普遍较好，自然有自己的骄傲。听到沐清漪的话，原本还有些慌张的御林军将士立刻挺直了腰杆，沉声道："属下领命！"沐清漪满意地点头道："告诉东方旭，有一个人到了太庙跟前，本相让他今年一年都不好过。"

"属下领命！"御林军士兵打了个寒战，飞一般地奔走了。这就是统领大人所说的心善人美的顾相？太可怕了！东方统领，你的眼睛长到脑袋后面去了吗？

莫问情来得极快，沐清漪只觉得眼前白影一晃，莫问情已经站在了跟前。他平静地望着沐清漪道："出事了？"

沐清漪叹了口气，指了指上面道："劳烦你了。"

莫问情抬眼望去，微微眯眼道："雕虫小技。此事……也算是药王谷的事情，不必言谢。"

沐清漪挑眉，问道："灵枢？"药王谷有那个本事又还在京城的，就只有灵枢了。

"她活腻了。"莫问情淡然道，也不理会上面还虎视眈眈的众人，直接抬步朝着高台走了上去。

"站住！"一看到莫问情上来，上面的守卫立刻警惕地盯着他。莫问情步履从容，沿着台阶漫步而上。

"顾相，我们？"

"跟上。"沐清漪淡淡道，跟在莫问情身后也踏上了台阶。

"闪开，本座不想对普通人出手。"莫问情冷漠地道。

这些守卫自然没那么轻易就听话，莫问情也不在意，只是微微蹙眉，抬手从袖中取出一个精致的水晶小瓶，拔掉瓶塞，一股淡淡的幽香瞬间便弥漫了整个高台。在众人的愣怔之中，莫问情看向沐清漪道："可以上去了。"

跟在沐清漪身后的众人惊讶不已：这样就完了？

莫问情淡淡挑眉，似乎在问：不然还要怎么样？

沐清漪浅笑道："莫谷主医毒双绝，天下无双，果然名不虚传。动手吧！"只要没有了那诡异的毒，御林军和大内侍卫自然不会怕这些小小的太庙守卫。他们立刻如狼似虎地扑了上去，莫问情也不着急上去，不紧不慢地走在沐清漪身边。"容瑾身为男子，还要你来救，你倒是对他很好。"莫问情淡淡道，看着眼前这在刀光剑影中穿梭却神色坦然的女子若有所思。沐清漪浅笑道："我不去，他也未必会有事。我上去，只是为了安心而已，安我自己的心。"

莫问情深深地看了沐清漪一眼，侧过脸不再说话。

沐清漪等人登上高台的时候，大殿里的打斗已经如火如荼了。整个大殿几乎被容瑾和魏无忌打得七零八落。为了避免不小心打翻了长明灯点燃整个大殿，容瑾毫不犹豫地直接扇灭了所有长明灯。这是西越开国数百年以来，太庙里的长明灯第一次熄灭。

"咯咯……九公子，看来还是在下略胜一筹。"魏无忌轻咳一声，淡笑着看着对面的容瑾。胸口刚刚挨了一掌，这会儿正隐隐作痛，让他的笑容也维持不了原本的风度翩翩。容瑾抬手随意地抹去了唇边的一缕血丝，扫了一眼倒下的素问，不屑地冷笑道："让一个女人偷袭本公子，你倒是越来越长进了。"

魏无忌苦笑道："成王败寇，原来九公子也是俗人。"

"说得好。"容瑾挑眉笑道，"成王败寇……你们，觉得胜券在握了吗？"

旁边，神色有些紧张的容琰笑道："九弟，你还想要垂死挣扎吗？你连魏公子都对付不了，何况我们还有这么多人，你以为都是摆设吗？"

"那么……端王殿下以为，顾流云也是摆设吗？"紧闭的大门外，沐清漪的声音响起，隔着门却正好传入殿中众人的耳中。

容琰脸色一变，道："顾流云？该死的！"

轰的一声巨响，太庙的大门应声而倒。莫问情一身白衣如雪，神色如冰地站在大门口，显然大门是被他一掌打开的。

"莫问情！"一直没有再说话的那披着披风的女子突然厉声叫道，如一道黑影一般朝着莫问情扑了过去。莫问情微微蹙眉，抬手一挥，一股冷香随着袖摆挥出，立刻就将那女子打了回去。莫问情冷声道："本座早就说过了，雕虫小技不要在本座面前献丑。难看。"

"莫、问、情！"那女子咬牙切齿，跌落在地上的瞬间，原本披在头上的披风滑落下来，露出那一头灰发和满是皱纹、斑点的脸。莫问情侧首看了看她，皱眉道："你自己解过毒了？自以为是。我下的毒，以你的本事还要十年才能解得开。"

要一个年轻美丽的女子顶着这副鸡皮鹤发的模样十年，跟杀了她也没什么两样。所以地上的女子一脸愤恨地瞪着莫问情，若不是爬不起来，只怕又跟着扑上去了。

"这是……灵枢长老？"莫问情身边，沐清漪有些惊讶地道。虽然那张脸苍老了四十岁都不止，但隐约还能看得出灵枢的影子。"清清？"看到沐清漪，容瑾愉悦地笑了起来。他能耐心地跟魏无忌动手，就是因为他知道有清清在外面绝对万无一失。沐清漪没好气地看了他一眼，又看了一眼神色莫测的容璋，道："你没告诉我循王出来了。"

容瑾自知理亏，可怜巴巴地望着沐清漪。容瑾知道清清一直担心他跟容璋之间的关系不好处理，所以容璋被魏无忌救走了之后，他就没有告诉沐清漪，免得她担心。"顾相好能耐。"容琰神色冰冷，阴恻恻地盯着沐清漪道。沐清漪敛眉浅笑道："不及王爷，居然连太庙的守卫都能够掌控在手中。不过……这多半要归功于循王吧？"

容璋似乎现在才回过神来，淡淡一笑，竟是比当初在宗人府大牢的时候更多了几分文雅之态，道："顾相过奖了，不过是举手之劳罢了。"

举手之劳，就能够掌控住太庙的驻军刺杀容瑾，容璋蛰伏这二十年果然也不是白耗日子的。沐清漪淡淡道："只是，王爷此番未免太过心急了一些。"容璋朗声一笑，道："心急？怎么会？若是不急，等到小九登基了岂不是什么都晚了？"

沐清漪只得叹了口气，站到容瑾边上不再说话。

容琰盯着容瑾，冷笑道："九弟，你以为现在你就赢了吗？你根本就不配登上我西越的皇位。你知道有多少皇亲、大臣不想看到你登基吗？"容瑾淡然道："本公子不知道，也不必知道。本公子只知道，过了今天……想必没有人再敢反对了。"

"你也想学父皇血洗皇城吗？果然不愧是父子！"容琰恨恨地道，"如此狠毒，难怪父王最疼你。原来不是我们不够好，只不过是……不够狠而已！"

容瑾懒懒地打了个哈欠，道："你若是废话完了，就自己洗干净脖子等本公子砍。废话那么多。"

容琰狂笑道："只怕你没那个本事！本王的人已经将太庙附近团团围住，你不妨走出去试试看。只要你死了……本王倒要看看顾流云如何还能力挽狂澜。"

沐清漪摸摸鼻子，淡笑道："端王殿下，你以为……御林军真的是只会吃喝玩乐的纨绔吗？区区两三千人，想要围住太庙？"

容琰眼睛猛地一缩，冷冷盯着沐清漪道："你做了什么？"

沐清漪淡笑道："这会儿，东方旭带领的御林军只怕已经跟端王殿下的亲兵交上手了。说来……在下也十分佩服端王殿下的能耐，如今在这样的情况下，还能说动各位皇子、王爷将府中的亲兵交给端王殿下。不过……这纯属自寻死路！"

容琰脸色一变，望向站在一边的容璋，道："三哥，你怎么说？"

容璋垂眸，沉默了半晌，抬起头来，目光在容瑾的脸上流连了许久，方才淡淡笑道："瑾儿，有的时候并非武功高、兵马多就能够得胜。莫谷主，听说你毒术天下无双，你看看，这是什么？"

容璋突然抬起手来，手中放着一颗莹剔透的珠子。

一直面无表情的莫问情却突然变了颜色，目光如刀一般射向地上的灵枢，怒道："你好大的胆子！"

灵枢看了看捧着那颗珠子的容璋，又看了看莫问情，突然呵呵笑了起来，好一会儿才渐渐收住，眼中却带着得意，道："我是药王谷的灵枢长老，有什么是我拿不到的？呵呵……药王谷真正的镇谷之宝——无回珠，里面藏着的剧毒可以一瞬间将方圆一里内的人全部杀死。谷主……即使以你的本事，最多也只能自己逃走吧？"

药王谷珍宝无数，大多数人却不会武功，自然有令人不敢侵犯的防御手段。这无回珠正是药王谷最狠戾的手段之一。里面隐藏的剧毒，只要一打开，刹那之间方圆一里之内人畜皆亡，无药可救。容璋含笑看着容瑾道："瑾儿，现在……你还觉得自己能赢吗？"

“你不想活了？”容瑾眯眼，淡淡道。

容璋点头笑道：“这二十年来……生和死对我来说已经没那么重要了。不过，你应该是不想死的吧？”

就连旁边的容琰也不禁变了脸色。他只是想杀了容瑾，可不想跟容瑾同归于尽，他说道：“三哥，你疯了吗？”

容璋似笑非笑地看着容琰道：“你同意跟我一起来这儿的时候，不就已经知道我疯了吗？四弟，莫非你后悔了？”

容琰没好气地道：“要同归于尽你自已玩，我没心情跟你玩这个。”说着，容琰就想往殿外走去。

“站住！”容璋的声音一冷。在人前，他一贯是有些虚弱无力的苍白模样，此时突然语出如冰，倒是让容琰不由自主地站住了。容瑾淡淡地看着容璋道：“既然来了，就别走了。来人，去把各位皇子都请过来吧。若是瑾儿不在了，西越总还是需要一位皇帝的。”

殿内的侍卫连忙想要出去，刚走到门口却被门外的御林军给堵了回来。沐清漪叹了口气，挥挥手道：“让他去吧。”

门外，御林军让开一条路，那侍卫回头看了一眼殿里，匆匆而去。

大殿里的气氛一时间凝重得让人有些喘不过气来。容瑾剑眉微微一皱，扫了一眼不远处一脸漠然的莫问情，沉声道：“清清，你先出去。”

沐清漪淡笑道：“只怕循王殿下还有话想说，不会让我出去。”

容瑾冷笑一声，似笑非笑地看着容璋道：“是吗？本王倒要看看他是不是真的想这么快跟我同归于尽。清清，先出去。”

容璋闻言，似乎有些伤感地看着容瑾叹气道：“你说得不错，本王虽然也不愿意顾公子这么快离开，但是……如果你坚持要让他走，我也没法子。不过……既然你都要死了，你将他留在世上干什么？”

“干卿何事？”容瑾冷眼以对。

容璋叹了口气，道：“罢了，顾流云，你走吧。”

沐清漪若有所思地扫了一眼在场的众人，摇摇头站回了容瑾的身后，淡笑道：“看起来一时半会儿还不会有危险，该走的时候我再走也不迟。”

容璋皱了皱眉，打量着沐清漪的眼光有些复杂，好一会儿才对容瑾道：“你的眼光倒也不差。”

容瑾轻哼一声不予理会，淡淡一笑低下头也不再说话。“三哥，你到底要干什么？”容琰有些焦躁地道。容琰快要被这个不按常理出牌的三哥给逼疯了，好好地杀了容瑾就能完结的事情，搞到现在要同归于尽。容璋淡笑道："四弟，别怪三哥骗你，你不也在利用我吗？你说今儿若真的将瑾儿给杀了，这皇位，是归你还是归我？若是皇位归你了……将来你杀我不杀？"

"我……"容琰咬牙道，"三哥这样做只是因为不相信四弟吗？"旁边，沐清漪低声淡淡一笑，道："端王殿下，看到魏公子和灵枢、素问两位长老，你还没有想明白吗？"

容琰一愣，有些怀疑地看向倒在地上的灵枢和素问，又猛地看向容璋手中的东西，不由得变了脸色。

"药王谷……是三哥的人？"

如果是这样……那么药王谷是什么时候投靠容璋的？如果是他设计毒杀容瑄之前还好说，但如果药王谷一直都是容璋的人，那么……之前他跟容瑄拼得死去活来又算什么？

"慧极必伤，年轻人太聪明了不好。"容璋看着沐清漪，竟然有些温和地道。容璋看了看沐清漪，目光又转向了容琰道："四弟，别怪三哥心狠，这些年……看着你们闹腾，三哥也很累。"

虽然容璋一直神色悠然地跟众人说话，但是沐清漪明显注意到从头到尾他的注意力都没有离开过手心那颗晶莹剔透的珠子。容璋很仔细地将握着珠子的手放在了身后，就算容瑾这样武功高强的人想要突然攻击，第一个攻击到的也绝不会是他的手心，而在受到攻击的一刹那，他就可以捏破手中的东西，跟所有人同归于尽。更何况他身边还站着一个武功跟容瑾不相上下的魏无忌，最重要的是，现在魏无忌和容瑾都受了伤。

大殿里，一时间安静了下来。容琰显然还沉浸在自己从头到尾都被容璋利用了的打击中无法自拔。

另一边，千凌惊恐地倚靠着魏无忌，道："无忌……我们先离开这里……"千凌怎么都没想到，这里竟然发生这么恐怖的事情。如果事先知道的话，就是给她一百个胆子，她也不会跟着来。

魏无忌依然十分好脾气地看着千凌，微笑道："不是你要来的吗？怎么又要走了？听话，不会有事的。"

千凌将这句话理解为"我会保护你的"，虽然对容璋手中的东西十分畏惧，但是对魏无忌实力的信任还是让千凌安心了下来。

"表姐，你怎么样了？"素问俯身扶起了地上的灵枢。在众人的注目下，灵枢羞愤地抓住手中的披风想要遮住自己苍老的脸。

"莫问情……你到底给我下了什么药？"灵枢用嘶哑的声音说道。她一出江湖便倾慕魏无忌，甚至为了魏无忌不惜背叛药王谷，如今却在魏无忌面前显露出自己最丑陋的模样，怎么能不让她羞愤欲绝？

莫问情淡然道："'红颜杀'。韶华白首，芳华刹那，看来效果不错。"

"你！"灵枢气绝，却无可奈何。莫问情确实是冷心冷情，所以他永远知道用什么方式折磨一个人会让人更痛苦。灵枢怨恨地盯着莫问情，冷笑道："你不让我好过，你也别想好过！大家一起死就是了！"

莫问情垂眸，淡淡道："这就是你将无回珠交给循王的原因，为了杀我？"

灵枢得意地笑了起来，只是那嘶哑苍老的声音在大殿里响起显得格外刺耳："我知道谷主你的规矩，你亲自下的毒绝不会再解，既然如此，那就一起去死吧。谷主怎么不问问，我怎么知道你一定会来这里？"

"闭嘴。"莫问情微微蹙眉，有些厌恶地道，"本座对你的想法没有兴趣。"

灵枢不由得一窒，原本得意的笑声戛然而止，只能愤恨地瞪着眼前白衣若雪、恍如九天仙人一般高高在上的男子。

素问秀眉紧皱，担心地看着灵枢，又望了望莫问情，却见他连一个眼角的余光也没有抛给自己，眼底不由得涌起一丝失望之色。

太庙距离皇宫并不远，所以原本已经在宫中准备参加登基大典的皇室宗亲来得极快，最先到达的却还是东方飞和南宫绝二人。两人踏入大殿，看到眼前这一幕不由得都有些发蒙了。到底南宫绝最是德高望重，他先一步站出来沉声道："循王殿下、端王殿下，你们这是做什么？"

容璋淡笑道："南宫大将军这不是明知故问吗？"

看着容璋，南宫绝不由得长叹了一声，道："循王殿下，这是何苦？"

南宫绝是西越老臣，曾经又是手握重兵的重臣，当年发生的事情他自然是一清二楚的。可叹循王原本是所有皇子中最得西越帝喜爱的一个，却因为一个女人默默无闻地过了二十年，如今还闹到如此地步。

容璋笑容微苦，道："多谢大将军挂心，大将军既然来了，就和靖远侯一起在门外站一会儿吧。容璋也不想……不慎误伤了大将军。"

南宫绝何等眼力，怎么会看不出来此时殿中众人对容璋的忌惮。他虽然不知道为何如此，却也明白容璋此时只怕是极度危险的存在。

容瑾挑了下眉，淡然道："此地确实是没有大将军和靖远侯的事，两位门外等候吧。"

南宫绝和东方飞对视一眼，齐声应道："微臣遵命。"

"三弟、四弟，你们这是在干什么？"跟在后面的容瑄带着众皇子走了进来，看到眼前的局面也是忍不住剑眉深锁。

容琰抢先一步，沉声道："二哥，当初对你下毒的人是老三指使的！"

容瑄一愣，看向容璋，目光同时也落到了容璋身边的魏无忌、灵枢和素问等人身上。虽然容瑄已经认不太出来灵枢的模样，但他也是见过素问的，自然知道她是药王谷的人。

容璋冷冷一笑，道："我指使的？四弟，是本王让你去勾结慕容煜下毒的？"容琰脸色一僵，不管药王谷到底是谁的人，当初让人给容瑄下毒的人却实实在在是他自己。

"那是你利用本王！"容琰咬牙道。

"哦？本王跟你说过让你对谁下毒，还是让你杀了谁吗？"容璋似笑非笑地问道。

容瑄眼眸一沉，平静地扫了众人一眼，道："三弟和四弟这个时候到太庙来，就是为了讨论是谁下毒害了本王吗？若是如此，大可不必。本王身体已经好了不少。"

容璋淡淡一笑，不再说话。容琰虽然心有不甘，但确实是他有错在先，根本无话可说。

"三哥、四哥，这个时候叫咱们来此所为何事？"容瑄背后五皇子皱眉道，看向容璋的目光却很是不安。容璋含笑打量着众人道："这个嘛……瑾儿今天是没办法登基了，但是国不可一日无君，所以……还是得从各位皇弟中选一位登基继位才行。"

闻言，众人一怔，又不由得有些激动，但是看了一眼站在一边面无表情的容瑾，又心中一冷。那一夜奉天府的事情他们可还没有忘记。

看着众人惊疑不定的神色，容璋唇边勾起一丝不屑的笑意，道："看来，是没有人对皇位感兴趣了，既然如此，你们可以走了。"

"这……"五皇子望着容璋，沉声道，"今天是九弟登基之日，三哥这是什么意思？"容璋冷笑一声，道："本王说过了，瑾儿不方便登基，各位皇弟可以另立新皇。"

其他人齐齐看向容瑾。容瑾却只是拉着沐清漪站在一边，丝毫不理会众人，仿佛事不关己一般。众人这些日子见惯了强势嚣张的容瑾，哪见过他竟然会如此沉默无言，心中对容璋的话又信了几分。

容璋饶有兴致地看向容瑄，问道："二哥，你怎么说？"

容瑄沉默良久，淡淡道："三弟，今天是陛下登基之日，你适可而止吧。本王既然已经说过了不再参与皇权争夺，就不会出尔反尔。"容璋挑眉笑道："二哥，你当真甘心如此吗？今天……瑾儿还有四弟大概要留在这里陪我了。就留下这些兄弟，你要甘心为臣？"

旁边，容琰想要开口，却被魏无忌上前一步点住了穴道，顿时动弹不得，只得瞪着眼干着急。容瑄看了一眼魏无忌道："原来魏公子是三弟的人，好手段。"容璋满意地一笑，环视了一圈大殿中的众人道："不错，现在你们总该相信，我说话是能算数的了吧？二哥，你怎么说？"

容瑄深深地看了容璋一眼，沉声道："本王对皇位没有兴趣。"说完，他转身直接走了出去。

见他毫不犹豫地转身而去，容璋垂眸不语，并不阻止。等到容瑄出了门，容璋才看向其他人，淡淡道：“跟二哥一个想法的，出去。”

剩下的五皇子、七皇子、八皇子、十一皇子对视一眼，却是谁都没有动作，只是定定地望着容璋。

“看来……几位皇弟都有意一争帝位了？”容璋似笑非笑地看着众人。五皇子淡淡道：“三哥，你到底想要做什么？还请明示。”容璋笑道：“本王自然是想要为西越选出一位合格的新皇。其他人……可以走了，几位兄弟都留下吧，咱们可以好好讨论一番。”

沐清漪握着容瑾的手，微微变色，容璋该不会是打算跟所有的皇子同归于尽吧？不对，还有容瑄在外面。容瑾低头拍了拍她的手，示意她别怕。

“清清，先出去，让所有人都退开。”容瑾淡淡道。

沐清漪叹了口气，低声道：“小心。”

容瑾淡淡一笑，道：“放心。”

“无忌，你也出去。”容璋沉声道。

“义父！”魏无忌断然拒绝，“无忌留下陪义父一起。”

容璋脸色一沉，厉声道：“本王说过了，滚出去！”

“义父……义父保重。”魏无忌咬牙，一手拉起千凌掠出了殿外，莫问情同样拉着沐清漪跟在魏无忌身后掠了出去，之后是素问和灵枢。两人刚刚出门，就听见身后的大门砰的一声被人关上了。

“顾相，这是怎么回事？”看到沐清漪出来，南宫绝等人立刻一拥而上，纷纷问道。

沐清漪看向莫问情。莫问情点头道：“是真的，无法可解。”沐清漪深吸了一口气，沉声道：“所有人，退出一里外。”

容瑄等人还在疑惑之中，南宫绝却已经反应过来了，沉声道：“循王殿下……真是冤孽！”能够让药王谷谷主和魏无忌神色如此凝重，南宫绝怎么还会想不到容璋想干什么。只是没想到这个沉寂了整整二十年的皇子行事居然如此狠绝，果然不愧是西越帝曾经看中的儿子。

“退！”南宫绝长叹了一声，也只得沉声道。事情闹得如此大，早已经没有了回头路，再想劝只怕也劝不了了。

静悄悄的大殿里，一时间除了容璋等几个西越皇子，就只剩下那些一直守在殿中的侍卫了。这些侍卫仿佛早已经石化了一般，只是神色肃穆地站在一边，仿佛丝毫不知道容璋手中握着可以瞬间将所有人都送入黄泉的危险东西。

容瑾瞥了容璋一眼，淡然道：“武功不错。”

容璋微笑道："我的身子是真的不行了，武功也不是天天都这么好的。"

"三哥，你到底想做什么？若是没事……臣弟也走了。"看着面带微笑的容璋，五皇子不知怎的感到有些不妙，转身想要离开。

容璋冷笑一声，道："五弟既然来了，又何必要走？"

五皇子怒道："三哥，你这是什么意思？"

容璋的笑容越发冰冷，道："我的意思就是，你们都留下陪我。"

"……"

沐清漪等人都站在一里外的地方望着那高高耸立的太庙。魏无忌看着一脸沉静的沐清漪，挑眉笑道："顾公子，不担心吗？"沐清漪侧首，淡淡看了魏无忌一眼，道："魏公子都不担心，本相担心什么？"

魏无忌苦笑道："担心又有什么用，义父他……早就已经决定了后面的路。"容璋早就已经不想活了，魏无忌不知道是从什么时候开始的。或许是从被容瑾关入宗人府，或许是西越帝驾崩之后，更甚者，可能是梅妃去世之后。而他身为义子，除了帮助义父完成最后的愿望，什么也阻止不了。

沐清漪默然不语。

旁边，莫问情目光森冷地看向灵枢道："擅自动用药王谷的禁物，你可知罪？"

灵枢一头白发，不过一会儿似乎更加苍老了。对上莫问情的质问，她却只是不屑地冷笑道："就算动用药王谷的禁物，也是药王谷的事情，与你何干？你已经不是药王谷谷主了。"

莫问情眼眸一沉，并不说话，背在身后的右手却慢慢地举了起来。

"谷主！"素问大惊，连忙跪倒在莫问情跟前，道，"谷主，求你饶了表姐吧。"素问虽然任性骄纵，但是对灵枢这个表姐却是真心实意的。"莫谷主，这个人，可否交给本王处置？"旁边的容瑄突然开口道。莫问情沉默了片刻，点头道："随意。"

灵枢一把推开素问，看着容瑄冷笑道："就凭你也想对付我？"

"灵枢长老，是否忘了老夫的存在？"南宫绝厉声道。

灵枢一怔，她确实是忘了南宫绝了。若是南宫绝出手，以她现在的实力绝对逃不出去。"公子……"灵枢看向魏无忌。魏无忌神色默然，仿佛什么都没有听见一般。反倒是千凌朝她看了过来，道："灵枢姑娘，你得罪了庄王是你的事情，你可别赖到无忌身上。当初无忌可怜你才收留了你，你可别恩将仇报。"

灵枢怨毒地望着千凌，若是可以，她恨不得抓花千凌那张可恶的笑脸。灵枢接着道："你以为……魏公子是真心喜欢你的吗？"

千凌脸上的笑容微微一僵，却很快又隐藏了起来，搂着魏无忌的一只胳膊，笑得格外甜蜜，道："无忌自然是喜欢我的，我是无忌的未婚妻，他不喜欢我，难道喜欢你这个年过花甲的老太婆？”

“你……”灵枢神色狰狞地望向莫问情道，“莫问情，都是你……都是你毁了我！既然杀不了你……我要你后悔一辈子！”说罢，灵枢突然狠狠地将身后的素问朝着莫问情的方向推去，却在素问撞向莫问情的同时朝着正专注地盯着不远处的太庙的沐清漪冲了过去。

灵枢的武功本就不弱，速度之快竟然十分惊人。她本就距离沐清漪不远，莫问情被素问挡住了，魏无忌一只胳膊被千凌搂住，就连南宫绝也因为刚刚要与灵枢对峙走到了与沐清漪相反的方向上。

“表姐！”

“小心！”

灵枢手中的匕首狠狠地刺入人体，鲜血飞快地涌了出来。灵枢不由得得意地笑了起来，却还没来得及笑出声，笑容就僵在了脸上。挡在她跟前的人，胸口插着一把明晃晃的匕首，鲜血一瞬间染红了大片衣襟。美丽的容颜上还带着惊骇的神色和痛楚，但是……这人并不是灵枢最初想要杀的人，而是千凌！

千凌一只手还抓着魏无忌的衣摆，但是整个人却挡在了沐清漪和灵枢之间，正好替沐清漪挡住了这一刀。千凌痛楚地吸着气，震惊地望着身侧神色温柔的魏无忌道：“无忌……为、为什么？”

千凌自然不会自己想要替沐清漪挡刀。显然，她是在千钧一发的时候被人给硬生生推了过去的。震惊之下，她甚至还抓着魏无忌的一片袖摆没有放开。

魏无忌平静地注视着千凌，眼眸中带着一点点淡淡的遗憾之意，道：“你不该抓着我。”

刚刚站得离沐清漪最近的就是千凌，魏无忌却被千凌挡住了。原本魏无忌也来得及挥开灵枢，不想同一时刻千凌却紧紧地抓住了他的手，只是一瞬间的迟缓却已经来不及了。就算魏无忌再拍飞了灵枢，沐清漪还是免不了要挨上一刀。于是魏无忌只好将千凌推了出去，将原本站在那个位置的沐清漪撞了出去，而这一刀自然是不偏不倚地落在了千凌的身上。

“你……你……为什么？”鲜血不停地从千凌的口中涌出，若是魏无忌为了灵枢放弃自己，她虽然怨恨，却也能够想明白。但是为了一个只见过几次面的顾流云将自己推出去送死，千凌无论如何都想不明白，道，“你答应……答应我娶我的……”

魏无忌点头，认真道：“我自然是真心想要娶你的。”只可惜，死人是不能嫁给他的。

“为什么……”千凌的眼神黯淡下来。

魏无忌怜爱地看着她，仿佛一直以来的宠爱一般，道：“俗话说兄弟如手足，她是容瑾的人，我自然不能让她死在我面前。”

千凌怔怔地望着魏无忌，已经说不出话来了。她的一生，就像是一个虚无缥缈的梦。一个卑微的丫头，因为一次救命之恩成了天下首富、名震天下的魏公子的未婚妻。她小心翼翼地、近乎胆战心惊地守着这个梦，却不知道从来美梦易碎。千凌在魏无忌眼里，就连一个根本不承认他的义弟的下属都不如，所以他毫不犹豫地将她推出去替顾流云挡刀。你到底……为什么要答应娶我……如果他没有许诺娶她为妻，或许她还是一个卑微不起眼的小丫头，或许早已经嫁人生子，或许……

"你想嫁给我，我需要一个未婚妻。"仿佛看明白了千凌眼中的疑问，魏无忌柔声道。

原来如此，千凌眼中最后一丝光芒散去，她本就不是身体强壮的人，当年被容瑾刺了一剑一直没有痊愈，如今再受灵枢一刀，不死也难。

这突如其来的变故，让所有人都不由得呆住了。灵枢怔怔地望着眼前风度翩然的男子，只觉得浑身发冷。她一直都知道，魏无忌并不是什么心慈手软的好人，却从来没有一刻如现在这般清晰地认识到魏无忌的冷酷无情。是什么样的人，才能在推着未婚妻出去送死之后还如此温柔地跟她说"我是真心想要娶你的"？

这一刻，灵枢突然可怜起已经死去的千凌来了。真是一个可怜人！同样，她更可怜自己。她到底爱上了一个什么样的男人，或许，她从来都没有了解过他。

"你……"

魏无忌平静地看着灵枢道："我们素来交情不差，你自己了断吧。"

灵枢此时已经顾不得自己丑陋的面容被魏无忌看到了，苦笑一声抽出了千凌身上的匕首笑道："魏无忌……当初我们相遇，是不是你刻意安排的？"

魏无忌默然。

沉默在很多时候就已经代表了答案，灵枢忍不住放声狂笑，道："素问，表姐对不住你。魏无忌！我诅咒你，永远也得不到真心所爱之人，一生孤独！"说完，灵枢毫不犹豫地将匕首反手刺进了自己的胸口。

"表姐！"素问惊叫一声，冲过来接住了慢慢倒地的灵枢。鲜血如水一般从伤口喷涌而出，瞬间染红了大片的地面。奇异的是，在大片的血腥之中，灵枢灰白的头发却慢慢变得乌黑，仿佛每流出一些血，她就会变得更年轻。当灵枢彻底闭上眼睛的时候，躺在素问怀中的又是那个美丽清婉的药王谷长老了。

"表姐！"

魏无忌平静地看着眼前的一切，慢慢垂下的眼眸中带着一丝苦涩和悲哀之色。何必你诅咒？这不是早已经注定了的事情吗？

沐清漪默默注视着眼前的一切，心底深深地叹了口气，却什么都没有说。她转身望向身后的太庙，那高高耸立的庙宇在日光下诡异得给人一种不祥的静谧之感。

砰！沉静之中突然发出一声巨响。众人转身望去，就见太庙的门轰然倒塌，然后一个人影从里面飞了出来。说是飞出来，不如说是被人给打了出来。来人显然是没有防备突然被人给打了出来的，到半空中方才反应过来，飞身在空中一转朝着这边掠了过来。

若是平时，在场的不少人只怕要赞一声好轻功。此时，众人却只能紧张地盯着那砰然落地的黑衣男子——容瑾！

容瑾刚刚在空中那一转显然耗尽了所有的力气，一落地便倒在了地上。

“容瑾！”沐清漪心中一颤，连忙将他扶坐起来。

莫问情蹲下身检查了一下，抬手扳开容瑾的手心，里面放着一颗蓝莹莹的珠子。莫问情毫不犹豫，直接将珠子塞进了容瑾的口中。

“避毒珠，不会有事。”忙完了这一切，莫问情方才抬起头对沐清漪道。

避毒珠效果果然神奇，片刻工夫容瑾便慢慢地睁开了眼睛。虽然表面看上去并没有什么变化，沐清漪却清楚地感觉到他平静的眼神中流露出一种让人感到莫名悲伤的情绪。

“陛下？”沐清漪低声叫道。

容瑾慢慢地眨了一下眼睛，很快便站了起来。

“陛下？”容瑄等人也连忙上前，虽然不知道发生了什么事情，但是容瑾方才显然并不是自己出来的。看着容瑾有些阴郁的神色，众人一时间都有些忐忑。

容瑾垂眸，漠然道：“靖远侯，留下处理残局。回宫！”

“是，陛下。”东方飞沉声道。

容瑄犹豫了一下，低声问道：“陛下，五弟他们……”太庙里还有先帝留下的六名皇子。

容瑾轻哼一声，并没有说话，拉着沐清漪便往皇宫的方向走去，只是淡淡地留下了一句话：“端王等人图谋造反，暂且将一干人等全部押下去，登基大典之后再行发落。”

望着容瑾离去的背影，众人都有些出神。魏无忌怔怔地望着不远处高耸的太庙，神色惨淡地叹了口气。

东方飞挥手招来人准备去查看太庙里的情况，莫问情淡然道：“一个时辰内，任何人不要接近太庙，否则中了毒，后果自负。”说完，他也不再看众人的神色，直接飞身而去。

“这……庄王殿下、大将军……”东方飞为难地看着容瑄和南宫绝。南宫绝望着太庙的方向叹了口气，眼神悲悯，道：“听莫谷主的吩咐吧，里面的人……没救了。”

饶是东方飞和容瑄这样的人也不由得一震，容瑄沉声道：“舅舅，你是说……四弟、五弟他们……全死了？”

说到此处，容瑄也不由得冒出了冷汗。他突然想起了之前他拒绝容璋的时候，容璋看着他的眼神。如果他当时有半点儿心动，只怕……最后也要跟所有的皇子一起留在太庙里了。

“三弟怎么会？”容瑄失声道。

南宫绝有些茫然地摇了摇头，道：“谁知道呢。”默默无闻的三皇子循王，这辈子大约就只有两件事足以留名史册了。二十年前，他被先帝抢了嫡妃，二十年后，在太庙与五位皇子同归于尽。这件事想来，但是，谁又能真正了解最后他到底是怎么想的呢？

东方飞同样脸色煞白，怔怔地望着不远处的太庙半晌无言。

外面虽然几乎乱成一团，但是皇宫里依然是歌舞升平一片热闹祥和之象。举行登基大典的清和殿外，满朝文武和各国使臣早已经依次落座，一面品尝着美酒佳肴，一面等待吉时的到来。

哥舒翰一脸悠然地倚坐在椅子里，只是随随便便坐着也给人一种难以抗拒的气势和威压。哥舒冰坐在他身边，无聊地听着宫中乐师的奏曲。

另一边，恒王握着酒杯打量着在座的众人，挑眉道：“十一弟，这西越是否有些不对劲儿啊？”

哥舒翰剑眉微扬，问道：“八哥觉得哪儿不对劲？”

恒王皱眉道：“都这个时候了，西越的宗室王爷一个都没有出现，还有那些重臣，也都没有出现，难道还不是不对劲？西越人到底在搞什么鬼？”

“少安毋躁。”哥舒翰淡淡道，“八哥担心什么？就算西越真的出了什么事，难道还有人敢对各国使臣不利？咱们只要坐着等就是了。”

恒王轻哼一声，道：“以本王看，今天这登基大典能不能举行还是一回事。”说着，恒王脸上也更多了几分幸灾乐祸之色。

“未必。”哥舒翰不以为然，抬手取过桌上的美酒，平静地浅酌了一口又放了回去。

“吉时马上就要到了，西越皇室的人却一个都没有出现，难道不是出了意外？”恒王冷笑道。

哥舒翰笑道：“出了意外不代表西越新皇解决不了。”

“哦？那本王倒要拭目以待了。”恒王不屑地道。恒王并不把西越这一代新皇看在眼里。如果是容瑄或者容琰的话还好说，但是这个容瑾，不过是个刚满二十的毛头小子，甚至之前还一直顶着个无所事事的纨绔皇子的名声，能有什么出息？

哥舒翰不置可否。

哥舒冰有些担心地拉了拉哥舒翰的衣袖，低声道："十一哥，清弟弟不会有事吧？"

哥舒翰挑眉道："冰儿对顾流云倒是十分上心。"

哥舒冰嘻嘻笑道："十一哥不觉得清弟弟很好看吗？而且……他跟清漪也很像啊。"

"原来你也发现了。"哥舒翰挑眉道。哥舒冰皱了皱琼鼻，笑道："他们是表兄妹，长得像有什么奇怪的！"

哥舒翰意味深长地看了自家堂妹一眼，摇了摇头没有说话。

"陛下驾到！"

"吉时将到。"负责主持登基大典的官员朗声道。

"恭迎陛下圣驾！"西越的官员齐齐起身，跪地迎接。为表尊敬，各国的使臣也都跟着站起身来。

清和殿前长长的汉白玉铺就的道路上，一行人浩浩荡荡而来。最先开道的是大内御前侍卫，十二名御前侍卫齐齐鸣鞭。新皇登基，前面开路的却不是宫女太监，而是一群穿着崭新的金甲、手持刀戟的将士。

一时间，众人倒是吓了一跳。恒王忍不住皱了皱眉，张嘴就想要说话，却被身边的哥舒翰淡淡瞥了一眼，硬生生噎了回去。

道路的尽头，一身玄色冕服的容瑾漫步而来。玄色的冕服上十二章纹和金色的龙纹熠熠生辉，半垂在眼前的冕旒遮住了他大半的面容。看不清脸上的神色，却更加让人多了几分不敢直视的压力。

在座的使臣不由得暗中吸了口气，之前只听说西越的新皇长得十分好看，做皇子的时候更是十分荒唐。但是现在，只看这一份令人窒息的气势就让人不敢小觑。

比起令人倍感压力的玄衣帝王，许多人纷纷将目光移向了跟在容瑾身后穿着暗金色锦衣、俊美尔雅、金贵无比的少年身上。

前面有一个气场如此强大的帝王，世间绝大多数人在他面前也黯然无光。但是眼前的少年，并未如何张扬华丽，却自有一种温润如玉的金贵之感，并不如何夺目，却让人无法轻易忽略。少年跟在帝王身侧只慢了两步，已经是冒犯帝王威严的距离了，却让人觉得仿佛是天经地义。

眼前的两个年轻人，同样俊美绝伦，气质却是截然不同。一个如日般耀眼，一个如月般静谧；一个如冰般苦寒，一个如水般温顺。一时间，所有人都忘记了言语。

"恭迎陛下圣驾！陛下万岁，万万岁！"

"陛下万岁，万万岁！"

容瑾走上了清和殿的殿阶，居高临下地俯视着底下恭敬跪拜的臣子，平静地听着礼官洋洋洒洒地念着冗长的传位遗诏。他的目光慢慢落在了站在自己跟前只隔了一步的沐清漪身上。

清清……

沐清漪抬头，对着他浅浅一笑。

从此，我与清清共享天下，只有清清与我共享天下。

我会永远陪着你。

我知道。

殿阶之上，明媚的暖阳下，暗金色衣衫的少年丞相抬眼望着殿上俊美的玄衣帝王，唇边勾起一丝清浅却温暖的微笑。

殿阶之下，这一幕震动了多少人本应沉稳的心。

“……诏告天下，咸使闻知……钦此！”随着礼官高亢的声音，众臣再一次拜倒，行三拜九叩大礼，“臣等叩见陛下万岁金安！”

“平身。”容瑾的声音在大殿上响起。

“谢陛下！”

登基大典一结束，容瑾立刻便转身回宫了。后面的事情自然有人操心，而大宴群臣的晚宴更是要等到傍晚才会开始。

含章宫里，顾秀庭和慕容熙悠然地坐在偏殿里打量着西越皇室的宫廷陈设。“大哥、表哥。”沐清漪从外面走进来，轻声唤道。

顾秀庭挑眉道：“容瑾怎么肯放你出来了？”

沐清漪淡笑道：“他需要休息一会儿，不过这宫里宫外还有许多事情需要处理，我自然就出来了。”

顾秀庭轻叹了一声，问道：“太庙里出事了？”

虽然顾秀庭和慕容熙一早就进宫了，但是以顾秀庭的聪慧还有什么是他想不到的。沐清漪的笑容有些发苦，她道：“除了庄王以外，西越帝膝下所有的皇子都死了。”

这件事现在自然还秘而不宣，但是最多也只能隐瞒到明天了。容璋这一回倒真是闹出了惊天动地的大事。只是让所有人都想不通的是，容璋最后竟然不是拉着容瑾这个西越先帝最宠爱的皇子以及继承人陪葬，反而在最后关头将容瑾给扔了出来。

还有最后容瑾出来的时候手中握着避毒珠，显然……容璋是早就已经算计好了的。

不知内情的人，真的很难想明白其中的关键，这些人中却不包括沐清漪。

顾秀庭和慕容熙也不由得一怔，沐清漪简明扼要地将太庙发生的事情说了一遍。听完了她的话，顾秀庭二人也只能沉默了。许久，慕容熙方才低声叹了口气，道：“本是人间痴情者，何苦生在帝王家？”

顾秀庭沉吟了片刻，道：“循王如此做，倒是让你们将来的许多事情都变得方便了不少。只是……循王只怕是得不到什么好名声了。”

不管怎么说，容璋在太庙意图谋杀皇帝，最后又杀了那么多的皇室血脉，即使死了也难赎其罪。

沐清漪轻声叹息道："他会这么做，只怕也不会在意身后的名声了。"

"启禀顾相，魏公子求见。"门外，侍卫沉声禀告道。沐清漪愣了一下，点头道："知道了，请魏公子到书房相见吧。大哥，含章宫内外的事情有劳你们了。"

顾秀庭点头道："去吧。"

沐清漪踏入书房，就看到了魏无忌正打量着书房墙壁上的字画。他听到沐清漪的脚步声方才回过头来，淡然一笑道："沐姑娘……还是叫你顾公子吧。"

沐清漪也不在意，淡然道："称呼不过是个代号而已，魏公子随意。魏公子请坐吧。"

魏无忌转身在一边坐了下来，侧首打量着坐书案后面的俊秀少年。皇宫之中即使现在还算是在西越先帝的丧期，依然有着别的地方无可比拟的尊贵雍容，与沐清漪这样温润尔雅、光风霁月的气质本应该是不相合的，然而沐清漪坐在书案后面，却让人感到难得的和谐融洽，仿佛她天生就该如此一般。

"魏公子特意前来，可是有什么事情要说？"沐清漪淡然道。

严格说来，魏无忌这一次也是图谋造反的人之一。只是容瑾和沐清漪都没有表示，其他人各忙各的，竟然将他抛到了脑后，才让他这个时候还能晃悠进皇宫。沐清漪敢肯定，魏无忌进宫走的都不是正常的路。

魏无忌看着沐清漪叹了口气，一抬手将一个看似朴素的锦囊抛到了沐清漪跟前的桌案上，道："这是义父留下的东西，顾公子替我交给容瑾吧。"

沐清漪打开锦囊，里面的东西并不多，但每一件都非同凡响：循王的私印、寒雪楼主的令牌，还有魏无忌手中一半的产业，以及循王手中掌握着的朝中文官、武将的名单等。

沐清漪有些疑惑地看向魏无忌。魏无忌摊手道："我不是寒雪楼主，寒雪楼……是义父为了……准备的，只是后来容瑾渐渐长大，义父又改变了主意，所以才由我暂时接掌。至于天下首富……若是没有大量的财力支撑，我就算再有本事也不可能不到十年就成为天下首富啊。义父吩咐了，这些东西，一半给容瑾，一半我自己留下。"

沐清漪叹了口气，道："陛下……"

魏无忌抬手阻止了她想要说的话，淡淡道："他要不要是他的事情，给不给是义父的事情，跟本公子没有关系。他若是不想要，随便拿去铺桥修路还是换成金锭往河里扔都与我无关。"

沐清漪叹息，伸手将锦囊放到了一边，道："魏公子，早就知道循王的打算？"

魏无忌沉默，沐清漪点点头，道："我明白了。"

魏无忌垂眸，淡淡笑道："现在这般不是正好吗？义父求仁得仁，从此我也可以自由了。"

容璋的所作所为自然轮不到旁人来评价是非对错。沐清漪看着魏无忌道："我只是有些好奇，魏公子……并不是愚忠愚孝之人，这些年竟然一直都对循王言听计从，就连明知道他做得不对也从不阻止。"

"忠孝？"魏无忌有些好笑地挑眉道，"顾公子觉得……我对义父言听计从是因为对他忠心孝顺？"

沐清漪扬眉，平静地看着他道："我确实一直对魏公子的所作所为感到十分不解，魏公子对循王一直是言听计从。但是，魏公子若是真的孝顺忠心于循王，以公子的性格和手段，应该不会眼睁睁看着他自寻死路，而是……想办法杀了容瑾。"

"因此，我在想……魏公子或许并不是为了循王，而是为了……梅妃。"沐清漪淡定地看着对面的魏无忌。

魏无忌一怔，有些惊讶地望着沐清漪，半晌，方才摇头笑道："顾公子果然是聪慧过人，难怪能够将西越和华国两国皇室玩弄于股掌之间。"在沐清漪的注视下，魏无忌悠悠叹了口气，低声道，"你说得不错……我之所以称呼循王为义父，最初并不是因为他收养了我，而是因为……梅妃是我的义母。那年……我才六岁，家破人亡，流落街头。一个六岁的孩子，若不是被人拐去坑蒙拐骗，多半就是要饿死在街头了。当时义母和义父刚刚大婚，两人一起回彭城探亲的时候救了饿晕在路边的我。"

回忆起小时候的事情，魏无忌剑眉微皱。虽然他现在已经是天下首富，坐拥金山银河，但是回想起小时候的遭遇还是让他感到十分不舒服。

"那时候义父和义母刚刚大婚，感情正笃，自然不会愿意收养我这样一个不相干的小孩儿夹在两人中间，分去义母的注意力。义母却坚持要将我留在身边，教我读书习字。若是按照义父原本的想法，将我随便扔给底下的侍从收养，今天的我或许就不是魏无忌了。"魏无忌淡淡笑道，"最初在循王府那一两年是我从小到大最快乐的日子。虽然义父不喜欢我抢走了义母的关注，却还是像一个称职的父亲一般教导我。我五岁父母双亡，说起来……我这一生竟也只有那段时间体会到了父母的关爱。即使后来义母被带入宫中，依然嘱咐义父要好好抚养我……"

看着魏无忌面带缅怀的神色，沐清漪就知道梅妃在他心中的位置只怕比相处了几十年的循王还重要得多。

"那时候，义母和义父还经常说笑，若是有了孩子，我必定会做一个好哥哥。只可惜，他们一直都没有孩子。所以，等到义母生下容瑾，暗地里我还是很高兴的，我很想进宫去看看弟弟长什么样子。可惜……皇宫并不好进，直到容瑾八岁的时候我才第一次看到他。果然……跟义母曾经说的一样，非常可爱……"

沐清漪叹息，魏无忌是真的将梅妃当成自己的母亲，那么容瑾自然是他的弟弟了。对于容璋来说，容瑾可能是别的男人的孩子，但是对于魏无忌来说，无论容瑾是谁的儿子，都是他的弟弟。所以，从头到尾……魏无忌竟然都是站在容瑾这边的。

“这些话……为何不直接跟容瑾说？”沐清漪问道。魏无忌扬眉笑道：“这些事情有什么可说的？难道你以为……告诉他这些他就不会讨厌我了，就会乖乖地叫我哥哥？另外……我也很讨厌他，现在把义父留下的东西交给你，以后本公子不想再跟你们纠缠了。他若是认我这个哥哥，以后再见别对我喊打喊杀就成了。本公子以后只想过点人过的日子。”

沐清漪淡然一笑，道：“辛苦魏公子了。”

魏无忌轻哼一声，站起身来道：“没有其他事情要说了，我先告辞了。”

“等等。”沐清漪道，“今晚的晚宴魏公子还是来参加吧。”

魏无忌挑眉道：“这个……不必了吧？”

沐清漪挑眉笑道：“难道魏公子打算隐居山林从此避世不出了？别忘了……今天太庙里的事情还有你一份儿。若是以后你不想在西越行走了，就当我什么都没说。”

魏无忌侧首，含笑望着沐清漪，有些感慨道：“容瑾真是好运气，我知道了。”说完，魏无忌转身朝门外走去。

“魏公子，今天的事……多谢。”身后，沐清漪的声音淡淡地传出。

魏无忌脚下顿了一下，挥挥手，头也不回地走了出去。

望着魏无忌的背影消失在门口，沐清漪出神片刻，良久也只是幽幽叹了口气，敛去了眉宇间的复杂神色，专注地处理起桌上的卷宗和折子。

一下午的时间，外面热闹喧天，含章宫的书房里却是一片宁静。沐清漪见了几个人，将所有的事情都处置妥当的时候，晚宴快要开始了。今天发生的事情虽然没有影响到宫中的登基大典，但是各处兵马调动和善后也十分劳神。沐清漪从书房里走出来，等候在外面的太监、宫女连忙迎了上来。

“顾相。”

沐清漪揉揉眉心，有些意外地看着眼前的蒋斌道：“蒋公公怎么在这里？”

蒋斌苦笑道：“陛下回去之后一直将自己关在寝殿里，到现在还没出来。老奴想着是不是请顾相去劝劝？”

沐清漪点头道：“走吧。”

空荡荡的寝殿里寂然无声，沐清漪轻轻推门进去就看到容瑾正坐在一角的软榻里发呆。双眼空茫的模样让人明白他现在就是单纯地发呆，容瑾这副模样可以说是前所未有的。沐清漪缓步走了过来，柔声道：“容瑾，怎么了？”

容瑾抬起头来，幽幽地望着沐清漪，半晌，方才伸手道：“清清，来……陪我坐一会儿。”

沐清漪也不拒绝，握住容瑾的手走到他身边坐下，任由容瑾将自己搂入怀中，下巴靠着她的肩头轻轻磨蹭着。

“还在想循王的事情？”

终究，容璋还是选择了帮助容瑾。无论这个帮助是不是容瑾需要的，是不是容瑾想要接受的，他都决然而强势。

容瑾的额头靠着她的眉心，许久方才低声道：“清清，你说他为什么要这样做？”容瑾慢慢闭上眼睛，脑海里却忍不住回想起最后那一刻的情景。那个曾经让他恨不得杀之而后快的男人，将避毒珠塞进了他的手里，轻声问道：“瑾儿，你叫我一声父王可好？”

在众人惊骇的目光中，容璋一掌将容瑾打出了太庙的大殿。容瑾甚至都从未想过那个男人居然会有那么深厚的内力，在被迫飞出大殿的那一刻，他看到那个男人望着他的眼神里带着淡淡的笑意和从未有过的温柔之色。

沐清漪抬手轻抚了一下他有些散乱的发丝，柔声道：“或许，他只是想做一些自己一直想要做的事情。”

“我不会感谢他的！”容瑾咬牙道。容瑾恨不得将容璋碎尸万段！自以为是的蠢货！

沐清漪浅笑道：“循王未必指望你感激。”此时如此愤怒的容瑾，眼中却深藏着淡淡的悲哀。或许连容瑾自己都没有察觉，他根本就不希望容璋死吧，所以当初在宗人府他没有杀容璋，魏无忌救走容璋之后，容瑾也没有深究。可惜，容璋依然走上了绝路。

沐清漪从袖袋中取出魏无忌交给她的锦囊，柔声道：“这是魏无忌留下的，说是循王要给你的。”

容瑾握着手中的锦囊，虽然没有看，却也能大致猜出会是什么东西。容瑾一手搂着沐清漪，闭了闭眼，哑声道：“我不是……”

“那不重要。”沐清漪轻声道，“他既然想要将这些东西留给你，就证明事实到底如何他已经不在意了。最后他选择了这样的结果，必定心中已经有了抉择。容瑾，你可以不承认，也可以继续讨厌他，但是不要否定一个亡者的心意。从头到尾，他毕竟没有做过什么伤害你的事情。”

是的，沐清漪相信，最后在容璋的心中，容瑾到底是不是自己的亲生儿子已经不重要了。或许容璋留下这一切，布置这一切的时候依然当容瑾是他的儿子，也或许只当他是自己最爱的女人的血脉。但是这些都不重要了。逝者已矣，上一代的恩怨也早就应该结束了。

容瑾紧紧搂着沐清漪，低声道："清清，有你在真好。"

沐清漪笑道："你知道最好，现在起来准备一下吧，马上就要开始晚宴了。身为皇帝，你就算不能全场出席，至少也得露一面。"

容瑾拉着沐清漪站起身来，微笑道："我知道。从此以后……西越便在本公子的掌握之中，清清……以后就要劳烦朕的爱卿了。"

沐清漪莞尔一笑，道："臣，自当竭力辅佐陛下。"

两人稍做收拾，蒋斌便在门外提醒他们该赴宴去了。容瑾牵着沐清漪的手，缓步走了出去。

从今而后，握住彼此的手，我愿与你共享天下。

从今而后，执掌江山，争霸天下。我与你携手，开创万世基业。

或许是因为不知道白天发生了什么事，晚上的宴会上所有人都很识趣，整个夜宴竟是难得一见的平顺无波。只是许多皇室宗亲缺席还是让不少人心中忐忑不已，夜宴一结束，所有人都无心逗留，纷纷争先恐后地出宫去了。

含章宫里，容瑄跟容慕礼、容慕风一起坐在书房里，皆是一脸肃然。"庄王，今天太庙里到底发生了什么事情？"容慕风沉声问道。容瑄抬头看了他一眼，道："循王和端王预谋行刺失败，最后循王和其他的人同归于尽了。"

循王预谋行刺，最后却将皇帝抛出来跟别的兄弟同归于尽了。这话你说着不别扭吗？

容瑄苦笑，他说的可都是实话。参加完登基大典之后他又出了一趟宫，跟着负责善后的东方飞进了太庙。太庙里横七竖八躺满了尸体。他除了容瑾以外的所有兄弟都在里面了。看到容琰痛苦狰狞的遗容，容瑄也不由得半晌没反应过来。明争暗斗了这么多年，最后容琰竟然就这样死了？

容慕礼和容慕风自然也都知道当年循王、西越帝以及梅妃之间的纠葛，只得长叹了一口气，无话可说。

"现在陛下打算怎么办？"容慕礼问道。并不是说这些人死了就一了百了了，这些皇子都有王妃、子嗣、姻亲、亲信，若是牵连下来只怕大半个朝堂的人都脱不了关系。容瑄犹豫了一下，道："此事……想必陛下自有定夺。"

容慕礼和容慕风齐齐看了容瑄一眼，清楚地从这位原本有些傲然的皇侄眼中看到了敬畏和臣服。沉默了片刻，容慕礼点头道："也罢，陛下英武睿断，只怕也听不进咱们的劝。"

"陛下到！顾相到！"门外，响起了太监的尖声通禀。

三人齐齐抬头，容瑾已经带着沐清漪出现在书房的大门口了。神色有些淡然地踏入书房里，容瑾淡然道："让皇伯父、皇叔和二哥久等了。"

三人连忙起身见礼，齐声道不敢。容慕礼看了一眼跟在容瑾身后只有一步之遥的沐清漪，皱了皱眉。

"三位坐吧。"容瑾在首位上坐了下来，一挥袖对三人道，又指了指距离自己不远的一个空椅子道，"子清，坐下说话。"

沐清漪沉声道："多谢陛下。"

"三位这么晚了求见朕，所为何事？"容瑾挑眉问道。

三人都不由得看了一眼神色从容自若地坐在距离容瑾最近的椅子里的俊美少年，心中却再不敢生出半分轻视之意。今天的事情他们自然也都是知道了的，容瑾被困在太庙里的时候，所有的指令都是这个少年发出的。若不是这个少年当机立断，今天的登基大典甚至整个皇城还不知道要闹出多大的乱子。容慕礼起身，恭敬地道："启禀陛下，臣等只是想要请示陛下，今日太庙之事……该如何善后？"

容瑾淡然道："照实昭告天下便是。"

三人心中一惊，这样说就是容瑾不打算放过各位皇子的家眷了。犹豫了一下，容慕礼道："那……各府家眷……"

容瑾似笑非笑地看着容慕礼道："皇伯父，难道你不知道刺驾和谋逆是什么罪名？"

容慕礼默然，他怎么会不知道？满门抄斩。

旁边，容瑄犹豫了一下，起身道："陛下刚刚登基，宜大赦天下以彰陛下宽厚仁德之意，还请陛下三思。"皇帝心狠手辣，手底下的人自然会安分守己得多。但若是太心狠手辣了，也难免人心涣散，忠心难存。

容瑾微微皱眉，沉吟了片刻淡然道："既然二哥这么说……朕就饶他们一次。只端王容琰，满门抄斩。其余人等各自安分守己，无诏不得擅出内城，违令者，杀无赦！"

容瑄神色稍变，知道这样的决定已经是格外开恩了，也不再多劝，道："臣，叩谢隆恩。"

容瑾摆手道："二哥不必如此，这些事情交给刑部和大理寺处置吧。二哥若是有空，不妨关心一下北汉和华国的事情。"

容瑄一怔，道："陛下这是何意？"

容瑾轻哼一声，道："北汉哥舒竣野心勃勃，朕初登基，他自然不会放过这么好的机会。还有华国那个老家伙，这些日子华国的慕容恪跟那几个西陲小国的使臣走得倒是勤快，这些人私底下可没那么安分。"

容瑄神色亦是肃然，西边许多小国部落林立，西越强大的时候对西越称臣，但这些国家却从来不知安分，总是时不时就要反一下。容瑄点头道："臣领旨。"

容瑾满意地点头道："如此就劳烦二哥了。"

说完了事情，容瑄三人才齐齐告退出来。出了含章宫，容慕礼回头看了一眼身后的宫殿，皱眉道：“已经将近午夜，这顾流云怎么还没出宫？”容瑄在心中有些无奈地苦笑，这顾流云可是西越未来的皇后，出不出宫有什么差别？这么晚了，只怕陛下也不会放她出宫了。

“皇伯父，陛下的私事咱们就别管了。”就算想管也管不了。

若是换了别人，容慕礼免不了要吹胡子瞪眼，但是一想到容瑾这些日子以来的血腥手段，容慕礼也只觉得心中一愣，什么不满的话都说不出来了。他长叹了口气，道：“罢了，本王老了，也管不了这些事情！”容慕礼顿足又叹了口气，转身出宫去了。

容瑄含笑回头看了一眼身后的含章宫，等到众人知道了顾流云的真实身份，还不知道要闹出什么轩然大波呢？

三弟，你当真是够狠啊。真没想到，你竟然能为九弟做到如此地步……

说到底，这世上没多少人真是傻子。

从宫里出来之后，几乎所有的人受到的惊吓都不轻。原来在他们完全不知道的时候，西越皇城里竟然又有不少皇室血脉陨落了。如今，西越先帝身后还留下的血脉就只剩下新皇容瑾以及庄王容瑄了。

特别是在路过端王府门口的时候，看到门外那重兵围困的模样，所有人都在心中暗暗捏了一把汗。

各国的使臣也吓得不轻，原本对容瑾这位新登基的帝王还有几分轻视之心的使臣吓得脸色苍白，匆匆回了各自的使馆。

北汉使馆内，恒王端着茶杯的手还有些颤抖，只是不知道是气愤，是激动，还是恐惧。看着坐在一边神色沉稳平静的哥舒翰，恒王忍不住道：“十一弟，你就没有什么想说的吗？”哥舒翰扬眉道：“这是西越的内政，咱们有什么好说的？”

哥舒冰坐在哥舒翰身边，美丽的俏脸同样有些苍白，不过此时却已经能笑出来了。她望着恒王笑嘻嘻地道：“十一哥说得对，八哥你不用怕，就算西越帝再怎么样，也不会杀到咱们头上来。”

恒王轻哼一声，不悦地道：“这个本王自然知道。”哥舒冰笑语如珠，道：“何况，今天这些人也不是西越新帝杀的啊。不是说了嘛，是跟那个什么循王同归于尽的。”

恒王抽了抽嘴角，道：“所有的皇子都死了，就他一个人逃出来了，哪有那么巧的事情？”

哥舒翰沉声道：“八哥，西越的事情咱们不要插手。过些天咱们就准备启程回国。”

恒王眼神微闪了一下，道：“这个容瑾看上去并不简单，只怕陛下不会这么想。”恒王很清楚，哥舒竣志在天下，这次之所以派他跟着哥舒翰一起来，就是因为哥舒竣知道哥舒翰不善也不喜欢权谋，所以才要他也跟着来看看西越新登基的这个年轻皇帝到底如何。

哥舒翰皱眉，淡然道：“皇兄没有跟本王说过还有什么事情。何况，就算有……现在是在西越，你能如何？”

不喜权谋并不代表哥舒翰完全不懂。不是他看不起八哥，别说容瑾了，就是沐清漪，只怕他也玩不过人家一只手。

恒王轻哼道：“这是为兄的事情，十一弟既然没兴趣，那就别管了。”说话间，恒王眉宇间多了几分得意之色。哥舒翰战功显赫，跟哥舒竣是兄弟又如何？这种事情哥舒竣还不是不信任他的亲兄弟而要交给他办？他看着哥舒翰的目光也更多了几分挑衅之意。

哥舒翰却仿佛根本没看见，低头喝了口茶，道：“既然八哥坚持，那就照你说的办吧。”

恒王带着沐云容得意地离去，哥舒冰才皱了皱眉看着哥舒翰道：“十一哥，八哥是在挑拨你和皇帝哥哥的关系，你可千万别听他的。”

哥舒翰抬手敲了一下她的脑门，笑道：“你想得倒是多，早些歇着吧，不用去理会他。”

哥舒冰仔细看了看，哥舒翰脸上确实没有任何不悦的神色，这才放下心来，起身离去，道：“是，十一哥也早些歇着。”

次日一早，新皇登基的第一场正式朝会就意料之中地引起了轩然大波。早朝上，容瑾当场宣布了端王府满门抄斩，以及对其他王府的处置。

其实，单以谋逆的罪名来看，容瑾可谓真正手下留情了。这一次牵连的人实在是太多了。何况半个月之前容瑾还斩杀了两名皇子和几位皇孙。如此一来，新皇登基这一个月，竟接连有近十位皇子和皇孙被杀，上观各朝历史也称得上骇人听闻了。

这些皇子、皇孙，自然都有妻室，如此一来，牵连的人也就更多了。

只是如今，因为这些日子以来的雷霆手段，容瑾的威严已经远不是西越先帝刚刚驾崩的时候所能比的了。这些朝臣即便再怎么不满，也断然不敢公然反对，只得找出一些鸡毛蒜皮的理由来企图请皇帝改变主意。但是就连如今皇室还硕果仅存的三位王爷都已经默认了皇帝的处置，这些人又能有什么作为，最后都在容瑾阴郁的眼神下默默住口了。

皇帝不好说话，一时间所有人都将目光放到了另一个人身上——丞相顾流云。在众人的印象中，这位俊美无俦的少年丞相虽然一直跟皇帝有那么一些不清不楚的关系让人诟病，但也正是因此，皇帝几乎从未拒绝过顾流云的任何提议，于是顾府门庭若市。

顾府书房里，几位德高望重的老大人一脸殷切地望着座上的沐清漪。沐清漪一眼扫去，这几位都是各府的皇子妃或者皇孙妃的娘家人。“顾相，陛下刚登基，实在不宜妄动干戈，还请顾相劝劝陛下才是。”坐在最前面的须发花白的老头儿殷切地说道。

沐清漪抬眸，淡淡道：“妄动干戈？除了端王府以外，陛下并未再多杀一人，何来妄动干戈之说？”

“但是……各府的皇孙们，到底是西越皇室血脉……”老者窒了窒，勉力道。

沐清漪道：“正是因为他们都是西越皇室血脉，才更该安分守己。须知，皇室子孙稍有不慎皆可动摇国本。若是这一次陛下就这么轻易地放了他们，岂不是等于变相鼓励别人以身试法？这一次，陛下洪福齐天侥幸脱险，若是再来一次……在座的各位大人和本相都是千古罪人。”

闻言，众人的脸色一阵青一阵白。“顾相，陛下刚刚登基，皇室兄弟就死得只剩庄王一个。这让天下人如何看陛下？陛下年轻气盛，顾相却该多劝着一些。这个时候应该大赦天下，广施恩德才是啊。”

沐清漪眼眸微闪，淡笑道：“大人这话言重了。六皇子和十皇子当初当众谋逆犯上被杀是事实。但是，其他几位跟陛下可没什么关系。更何况，谋逆者死！若是那几位昨天没死，只怕今天也免不了一杯毒酒的下场！”

“你！”怎么劝也不听，众人也有些恼怒了，“顾大人，你休要仗着陛下宠信就得意忘形！怎么说这些人都是皇室血脉，是陛下的至亲。有朝一日陛下后悔了，最先追究的必然是你！”

沐清漪抬手端起茶杯，却并没有喝，只是淡淡道：“这是本相的事情，不劳各位操心。”

这是端茶送客的意思，众人自然也没脸继续留下了，纷纷怒气冲冲地走了。

“这西越的臣子当真有些意思。”书房的屏风后传来慕容熙笑盈盈的声音。顾秀庭和慕容熙从屏风后面走了出来。虽然华国的臣子也有些让人厌烦，但是西越的这些臣子的胆子似乎格外大。

顾秀庭笑道：“大约是在西越先帝时被压抑得太狠了，没想到如今新皇登基又是一个心狠手辣的，这是在试探新皇的底线呢。”

慕容熙皱眉道：“容瑾可不是一个容易被试探的人。”这些人就不怕容瑾一怒之下，将他们一锅端了？

顾秀庭挑眉笑道：“容瑾再狠心，总不能将所有人都杀了吧？再试探个一两回他们就知道分寸了。这些日子西越也没什么大事要办，正好趁着这个时候将那些不安分的人剪除了，再往后要办事就方便多了。清漪，是吗？”

沐清漪浅笑道：“大哥料事如神。按规矩，今年七月还会有一场恩科考试，到时候自然会有一批新的官员填补空缺。这些人虽然没有经验，但是胜在年轻，少有党羽牵扯。”

顾秀庭轻叹道：“容瑾的性子，倒是不怕大刀阔斧地行事。”慕容熙若有所思地道：“如今的局面对你们倒是颇为有利。皇室王爷只剩下容慕礼、容慕风和容瑄三人了。若是没有皇室中人挑头，这些官员也闹腾不到哪儿去。毕竟……乱臣贼子不是谁都愿意当的。”

如此一来，容璋倒真是帮了容瑾不小的忙。所有有心染指皇位的兄弟都死了，而且罪名还不会落到容瑾身上。沐清漪轻叹一声，道：“容瑾也未必在意那些骂名。不过表哥说得对。”

顾秀庭道：“在不在意是一回事，有个好名声却远比当个暴君行事方便得多。”

“大哥教训得是。”沐清漪点头道。

想了想，沐清漪看向慕容熙道：“昨天夜宴上，福王想必是已经见到大哥了，只怕这两天也要找上门来了吧？”昨天顾秀庭和慕容熙自然也参加了宫中的宴会，而且位置还十分靠前。京城里虽然有不少人知道顾秀庭早就到了西越，但是知道慕容熙身份的人并不多。昨天的气氛有些沉重，所以也没有人上前搭讪，但是今天回过神来了只怕找慕容熙和顾秀庭的人不会少。

慕容熙淡然道：“找上门来又如何？华国与我已经没有关系了。”

“表哥当真放得下？”沐清漪有些好奇地道，“如果将来，华国……有倾国之祸，难道表哥也能袖手旁观？”慕容熙沉默良久，淡淡道：“世上哪有万世江山？改朝换代本就是必然，我如今已不是皇室中人，华国国运如何，自然与我再无关系。”

沐清漪和顾秀庭对视一眼，双双在心中叹了口气。如果不是几年前顾家之变，局势当真还不好说。慕容熙到底是华国皇子，虽说不在意，只怕也不是那么容易就能够放得下的。

“表哥……”

慕容熙抬手阻止了顾秀庭的劝慰，笑道：“不必如此，虽然确实是有些……但是，我当初既然离开了华国，就没打算再回去了。何况，慕容熙能力有限，就是当真回去了真能够力挽狂澜吗？”只怕现在华皇根本就不认为自己的国家出了什么问题，就算慕容熙真的回去了也只是重新被囚禁，甚至一条白绫或一杯毒酒了结了。

“启禀公子，华国福王殿下求见。”门外，管事恭敬地禀告。

沐清漪莞尔一笑，道：“刚说起福王，福王就到了。表哥？”

慕容熙起身道：“我去见见他便是。”

不说慕容恪如何劝说慕容熙回国却被拒绝，只得怏怏不乐地回了驿馆，朝堂上沐清漪和容瑾也没有闲着。

容璋的后事果然是不好处置，在一众权贵求情无果，眼看着各自经营多年的皇室姻亲关系被新登基的皇帝干脆利落地收拾得干干净净之后，似乎所有人都将怨气转嫁到了罪魁祸首容璋的头上。容璋没有儿女，没有王妃，甚至连侧妃都没有，自然而然也就没有什么姻亲了。于是，一时间弹劾容璋的折子飞快地堆满了容瑾的御案，无一不是怒斥容璋谋逆犯上、意图刺驾，最后更是杀害数位皇室血亲，其罪名罄竹难书，即使挫骨扬灰也不为过云云。看到这些折子，容瑾的脸色顿时难看起来。

看着他阴郁的神色，沐清漪无奈地叹了口气。

早朝一结束，容瑾便拉着沐清漪走了，留下一众大臣面面相觑，他们明显能够看得出来，陛下心情不太好，一时间却想不太明白所为何事。容璋意图行刺，最后虽然失败自杀，但是陛下应该讨厌容璋才对，他们现在上折子弹劾容璋分明是体恤圣意，陛下为什么还会不高兴？难道是陛下怪他们没有连端王一起骂？不少人在心中犹豫着回去重新上个折子要不要将端王的名字加进去。

“庄王殿下，陛下这是？”一个大臣凑到正准备出宫的容瑄跟前，小心探问道。容瑄似笑非笑地扫了众人一眼，道：“前几日各位大人还在求陛下开恩，今天又要陛下将容璋等人挫骨扬灰。所谓……死者为大，虽然容璋罪不可恕，但是人都死了，若是再做些别的，未免让人觉得陛下小肚鸡肠不能容物，陛下怎么能不生气？”

“原来如此，多谢殿下赐教。”那官员恍然大悟，匆匆拜别而去。

南宫翼走在容瑄身边，看了看周围没有什么人，才低声笑道：“表哥，你真的这么想？”

容瑄淡笑道：“我怎么想不重要，重要的事陛下想要他们这么做。这些人……当真是以为父皇驾崩了就不知道天高地厚了，三弟、四弟怎么样是皇家的事情，将先帝血脉挫骨扬灰，他们倒是真敢想。”

南宫翼点点头，低声道：“我也觉得……陛下应该不太讨厌循王。不过，这事若是轻易过去只怕也不行。”谋逆犯上毕竟是大事，不可能那么轻易就了结了。容瑄想了想，道：“回头请舅舅也上个折子，循王、端王削去爵位，依然安葬皇陵便是了。”

“这……行吗？”南宫翼有些怀疑。

“有什么不行的？”容瑄淡淡道，“三弟无子，原本爵位也没有人继承，老四更是，满门抄斩，留着个爵位有什么用？”南宫翼打量着容瑄，有些意外地道：“我还以为表哥恨容琰入骨。”

容瑄淡然一笑，往宫门外走去，道："帝位之争，关乎自身的利益，自然是你死我活，有什么恨不恨的。如今人都死了，本王还要带着这些怨恨进棺材不成？"看着容瑄离去的背影，南宫翼笑了笑跟了上去，道："表哥想得开就好。"容瑄想得开、放得下，对南宫家也是一件好事。

西越最繁华的大街上，一处茶楼厢房里，慕容恪正坐着喝茶，只是他盯着眼前茶杯的神色谨慎得不像是在看一杯茶，倒像是如临大敌一般。许久，他才叹了口气，略有些富态的脸上绽出一丝苦笑，道："罢了，事已至此，还能如何……"

"王爷？"身边的近侍听到他自言自语，有些担忧地上前道。

近侍是跟着他二十多年的心腹，即使是在他最落魄的时候也不曾背弃过，慕容恪自然也没什么不放心的，低声道："本王当真没有想过，沐清漪竟然有这样的能耐。"茶杯旁边的桌面上放着一张写满了字迹的信笺。近侍自然也知道那上面写着什么，刚刚看到陛下命人传来的消息时，王爷险些打翻了跟前的茶杯，就连他自己也忍不住暗暗震惊。那个西越朝堂上淡定从容、指点江山的白衣少年丞相，竟然就是当初华国那位备受陛下重视的明泽公主。如今陛下知道了这一切是个骗局，恼怒之下，想要置明泽公主于死地也是难免的。只是……将这件事交给他们去办，他们真的是明泽公主的对手吗？

"王爷，北汉恒王来了。"门外有人低声道。

慕容恪伸手将桌上的信笺收了起来，淡然道："请恒王进来。"

不多时，恒王便带着沐云容走了进来，道："福王殿下，幸会。"

慕容恪淡淡点头，道："恒王、恒王妃，幸会。"

沐云容上前盈盈一福，道："云容见过福王。"

慕容恪微微点了点头，道："和荣郡主。"

看了看沐云容和恒王，慕容恪笑道："恒王与王妃鹣鲽情深，真是让本王羡慕之极。"恒王笑道："容儿来自华国，一直十分思念故国。今天听说本王要来见福王，才一起跟着来的，福王莫怪。"

慕容恪笑道："怎么会？本王正好带了不少华国的小玩意儿，王妃若是不嫌弃的话，可以带回北汉赏玩，如何？"沐云容浅笑道："多谢福王殿下。"

众人落座，慕容恪若有所思地看了沐云容一眼，道："说起来，今天请恒王过来商议的事情，与王妃也颇有些关系。"

沐云容一怔，不解地看向慕容恪。慕容恪笑道："顾流云，王妃可认识？"

沐云容轻哼一声，道："西越大丞相，云容哪有那个荣幸认识。"对于那个之前只在第一天有过交集的顾流云，沐云容打心里不喜欢。慕容恪摇头笑道："不，恒王妃自然是认识他的，不但认识，而且应该还关系匪浅。"

沐云容皱眉，有些不明白慕容恪的话，皱眉道：“他姓顾，就算是顾家的人，也跟肃诚侯府没有关系，我怎么会认识？”当年肃诚侯府和顾家关系确实是不错，但是那也只限于沐清漪和顾家的人。顾家那一对被京城里人人称赞的兄妹同样眼高于顶，除了沐清漪，根本看不上肃诚侯府的其他庶出姐妹。慕容恪笑道：“不，别的人王妃或许不熟，顾流云却一定熟悉。王妃可还记得明泽公主？”

“沐清漪！”沐云容沉声道，“那又如何？”

慕容恪轻声叹道：“如今的西越丞相顾流云，就是华国的明泽公主沐清漪。”

“什么？”宁静的厢房里，沐云容的声音显得格外尖锐刺耳，却没有人有心思去理会。就连恒王也不由得呆住了，半晌回不过神来。好一会儿，恒王方才轻咳了一声，将刚刚不小心溢出的茶杯放到一边，道：“福王在说笑吧？”

顾流云是个女子？这怎么可能？顾流云如果是个女人，为什么会成为西越的丞相？容瑾是根本就不知道还是疯了？

慕容恪挑眉道：“恒王觉得本王闲着没事，专门来这里跟你说笑吗？”他从袖中取出刚刚收起来的信笺放到两人跟前。沐云容根本就顾不得恒王还在，一把抓过桌上的信笺低头细看，越看脸上的神色越狰狞难看。

“沐清漪……沐清漪，竟然真的是她！”沐云容咬牙道。恒王疑惑地取过信笺细看了一遍，同样也忍不住倒吸了一口气。信笺上记载着沐清漪从华国到西越的许多事情，包括如何女扮男装混迹在华国和西越皇城，设计让慕容煜倒霉以及辅佐容瑾登基的事情，算不上巨细无遗，但是只要认真去看，就很难不让人吓一跳。

“这个沐清漪……竟然这么厉害。”恒王低声道。

沐云容拉住恒王，含泪道：“王爷，就是她……就是她毁了肃诚侯府，你一定要替我爹爹报仇啊。”

恒王看着爱妃泪眼蒙眬的模样，心中不由得一酥，连忙柔声安慰道：“爱妃放心，本王一定不会让她好过的。”

“真的？”沐云容抬起头，眼中还带着晶莹的泪珠，模样楚楚可怜。恒王笑道：“自然是真的，何况……福王请本王过来，又告知本王这件事情，想必也是这个意思吧？”慕容恪叹了口气，点点头道：“不错，明泽……沐清漪欺瞒父皇，父皇已经雷霆大怒，华国绝不可能轻易放过沐清漪。”

“那就好。”沐云容含泪笑道，柔顺地靠在恒王怀中，道，“有王爷和福王联手，何惧沐清漪那个贱人！”

旁边，慕容恪暗暗在心中摇头叹息。同是肃诚侯府的女儿，差别怎么就这么大呢？沐清漪自然是聪明过人，沐飞鸾脑子也不差，这个沐云容却是个满脑子豆腐渣的蠢货。偏偏她运气不错，竟然能够得到恒王的宠爱。

等两人歪腻够了，慕容恪才问道：“恒王有什么打算？”

恒王若有所思，挑眉笑道：“那个沐清漪倒是个绝色美人儿，如果……”只一看恒王眼中的淫邪之意，慕容恪就知道他在打什么主意。垂眸掩去了眼中的厌恶之意，慕容恪沉声道：“听说北汉烈王跟沐清漪的交情也非常不错，恒王还是慎重为好。”

恒王冷哼一声，道：“本王这么做也是为了北汉，十一弟有什么理由阻止？难道他不是北汉的王爷？来的时候陛下已经言明了，这些事情都交给本王处置，没有他说话的余地。”

听了恒王的话，沐云容却是万分不高兴。她自然知道恒王好色成性，当初若不是看她貌美柔顺，又怎么会为了她而贬了原本的恒王妃？但是那沐清漪……沐云容却不得不承认，一年不见，沐清漪即使是穿着男装也比她美丽不少。若是换了女儿装扮……但是转念一想，沐云容又笑了起来。恒王好色是一方面，却喜欢柔顺妩媚的女子，以沐清漪的高傲又怎么会对恒王曲意承欢，被恒王嫌弃也是迟早的事情。到时候，沐清漪便落到她的手中……最重要的是，曾经华国宠极一时的明泽公主、西越高高在上的少年丞相，如果落得如此下场，该是一件多么让人高兴的事情啊！

“王爷，妾身那位四妹确实是一位不可多得的美人儿，便是臣妾也不及万一。妾身以茶代酒，祝王爷早日如愿以偿。”

恒王一口饮下沐云容送到唇边的茶水，为了爱妃的贤惠朗声大笑起来，道：“好极了，不愧是本王的爱妃。爱妃放心，本王最疼的还是你。”沐云容柔声娇笑，道：“王爷最会糊弄妾身了。”

慕容恪神色淡然地听着两人打情骂俏，面上虽然没有一丝波动，心中却对恒王生出了淡淡的鄙夷。难怪他争不过哥舒竣和哥舒翰兄弟俩，色迷心窍了吧？他不仅愚蠢还自以为是，当真以为哥舒竣派自己同母的亲弟弟来是给你做保镖的吗？不过是哥舒翰不适合做某些事情，所以才对你物尽其用而已。何况要跟西越的大丞相作对，再加上容瑾这么一位护短不讲道理的皇帝，其中的危险自然是不用说，哥舒竣怎么舍得让自己的亲弟弟身陷险境。这恒王不过是哥舒竣推出来打头阵的一个替死鬼罢了。

沐云容含笑望着恒王，美丽的脸上带着恒王最喜欢的柔顺和崇敬之意，柔声道：“王爷如果如愿以偿了，正好可以启奏西越皇帝，将四妹带回北汉。四妹贵为西越丞相，身份自然不同凡响，妾身愿意以王妃之位相让，也算是为王爷和北汉尽心了。”

恒王搂着沐云容笑道：“爱妃真是有心了。不过本王倒是觉得不用那么麻烦。只要到时候将沐清漪的身份一公布，西越朝堂上那些人自然容不下她，本王不信西越帝会为了一个残花败柳跟北汉交恶。”沐云容柔声道：“王爷说得是。”她靠着恒王的肩膀微微低下头，柔顺的发丝掩去了她恶毒的眼神。沐清漪，你竟然能够成为西越丞相，真是好本事！但是本王妃就要让你试一试从高处重重地摔落到尘埃里的滋味，让你尝一尝我当初受过的苦楚！本王妃一定会把这一切都还到你身上，你等着瞧！

想到此处，沐云容笑得越发娇艳。

旁边的慕容恪将她的笑容看在眼底，却暗暗打了个寒战。最毒妇人心，古人诚不欺我！

“启禀公子，北汉恒王和王妃请公子一叙。”顾府书房里，霍姝进来恭敬地禀告道。沐清漪从重重卷宗中抬起头来，抬手揉了揉眉心，道：“恒王和恒王妃？所为何事？”

霍姝摇头道：“说是恒王妃思念故人，与公子一见如故，所以想要跟公子说说话，叙叙旧。”

沐清漪抬眼，似笑非笑地道：“你看，沐云容像是跟我一见如故的模样吗？回恒王，本相没空。另外，男女有别，本相也不适合跟恒王妃叙旧。”

霍姝道：“属下说过了，但是对方说恒王殿下有要事想跟丞相商议，请公子务必去一次。”

霍姝跟在沐清漪身边已经有不少日子，身为天阙城专门培养出来的七星堂主之一，自然远比盈儿能力更加卓越。因此，盈儿便自动打理起沐清漪身边的琐事，而外面的事情就都交给了霍姝。霍姝自然知道沐清漪的性格和这些日子的繁忙，若是恒王只是以恒王妃这样的借口来拜访，霍姝根本就不会禀告沐清漪，直接推了。

沐清漪手下停顿了一下，皱眉道：“哦？恒王的人怎么说？”

霍姝皱眉道：“恒王派来的人说，是想要跟公子讨论一下明泽公主的事情。公子……”

沐清漪秀眉微挑，沉吟了一会儿，唇边露出一丝若有所思的笑意，道：“知道了，你去转告恒王派来的人，本公子到时候一定前往。”

“公子……说不定恒王已经知道你的身份了，贸然前往，会不会……”霍姝有些担心地劝阻道，“不如先将这件事禀告陛下，由陛下定夺？”

沐清漪抬手阻止了她，道：“不必了，他们若是知道我的身份，想要算计，这一次不成就一定还会有下一次，既然如此，我何不成全了他们？修竹可回来了？”霍姝松了口气，连忙道：“属下立刻就去请夏公子回来。”无论公子去哪儿，有夏公子跟着至少就安全了八分了。沐清漪本想说就是随口一问，但是看着霍姝明显放松的神色，只得淡淡一笑由她去了。上一次不小心出了意外，容瑾就差点暴走，这些虽然她心中有数，但是带着夏修竹让人放心也是好的。

沐清漪实在有些好奇，知道了她身份的沐云容和恒王打算怎么对付她。

夏修竹回来得很快，沐清漪稍做收拾便带着夏修竹和霍姝等人往恒王所说的地方而去了。

恒王跟沐清漪约好的地方是城内一处精致的园子。往日里也有不少权贵之家的公子、千金闲来无事到这里走走。这段时间，或许是因为局势紧张，园子里倒是显得格外安静。

沐清漪一进园子，恒王便带着沐云容迎了上来。

“顾相，顾相大驾光临，本王真是荣幸之至。”恒王拱手笑道，一派风度翩翩。只可惜恒王是土生土长的北汉人，身形高大，长相粗犷，扮起温文的翩翩公子难免有几分画虎不成反类犬的感觉。

沐清漪仿佛不见，拱手笑道：“恒王、恒王妃。”

沐云容有些嫉妒地望着对面温文尔雅的白衣少年。这沐清漪命真好，在华国就被华皇宠爱有加，还封为公主，到了西越又勾搭上了俊美无俦的西越帝容瑾，他甚至不惜让她女扮男装做了丞相。只要一想起这些日子看到的沐清漪穿着丞相朝服站在百官之间挥斥方遒的模样，沐云容就忍不住嫉妒得眼睛都要红了。

沐云容尖声笑道：“顾相少年有为，真是让本妃羡慕极了。”

沐清漪暗暗翻了个白眼，还以为沐云容变聪明了，原来她只是遇到了一个更蠢的男人。“王妃说笑了，王妃天姿国色，本相也……羡慕得很。”沐清漪笑容尔雅，风度翩翩。

恒王看着眼前如玉一般的少年，眼睛不由得亮了亮，一双眼眸一直在沐清漪身上打转。沐清漪身后，夏修竹不悦地轻哼了一声，霍姝更是脸色阴郁狠狠地瞪着恒王。若不是恒王身份特殊，她就把他的眼珠子抠出来了。

恒王这才注意到沐清漪身后的两个人，笑道：“这两位……”

沐清漪淡淡道：“这是修竹和霍姝，王爷不必在意。”

恒王了然，必然是沐清漪的随身侍卫和丫头了，有些不悦地道：“难道顾相对本王还不放心？还专程带着随身侍卫过来？”

沐清漪不以为意，淡笑道：“这些日子皇城里有些不安稳，多带个人也是好的，还请王爷见谅。”

恒王不着痕迹地看了沐云容一眼，沐清漪带着两个人，其中一个还是个丫头，无论到哪儿说不定都会跟着沐清漪，那就有些不好动手了。

沐云容抿唇一笑，娇声道：“本妃和王爷已经略备薄酒，顾相里面请。”

沐清漪淡淡挑眉，道：“两位请。”

这座园子不愧是京城的才子佳人们最喜欢来的地方之一，现在虽然已经是四月末，却依然繁花似锦，更有一簇簇雍容华贵的牡丹竞相绽放，姹紫嫣红，美丽动人。

恒王选定的地方就在牡丹深处的一座幽静的小阁之中。进了房间，沐清漪见房间里果然已经摆好了一桌酒席。沐云容含笑道："顾公子，本妃和王爷有些重要的事情要跟公子商议，这两位……"

沐清漪挑了挑眉，回头对霍姝和夏修竹吩咐道："修竹，你们在外面等等吧。"

沐云容笑道："两位若是觉得无趣，不妨到外面走走。这园子的景色还是十分不错的。"夏修竹淡然道："多谢王妃，属下在这里等着便是。"

沐云容笑容一僵，轻哼一声转身进房间去了。

关上了门，恒王方才坐了下来含笑看着沐清漪，举起酒杯笑道："顾相年纪轻轻就荣登西越大丞相之位，可谓是一人之下万人之上，本王佩服极了。来，本王敬顾相一杯。"

沐清漪含笑看了看两人，轻声道："本相不善饮酒，只怕要辜负王爷的好意了。"

恒王笑道："略饮一些又有何妨？难道顾相不给本王面子？"

沐清漪目光沉静，慢慢从两人身上淡淡扫过，浅笑道："既然如此，恭敬不如从命。"沐清漪举起酒杯，朝两人举了举，喝了一口。

沐云容和恒王交换了一个得意的眼神，也跟着举起酒杯来共饮了一杯。

"不知恒王和王妃约在下来此，有何见教？"喝过了酒，沐清漪含笑问道。

沐云容轻声笑道："自然是有重要的事情。四妹，你当真不记得三姐了吗？"

看着沐云容得意的模样，沐清漪微微叹了口气，道："你既然已经做了北汉的王妃，又何必再搅和到这些事情中来？"沐云容将脸上的笑容一敛，冷笑着盯着沐清漪道："四妹，你可真是让三姐我刮目相看。离开华国之后你竟然还能够成为西越的丞相，真是了不起啊。"

沐清漪淡定地笑道："去年在华国皇宫中，三姐难道没有对我刮目相看吗？还是，三姐的记性不太好？"

沐云容脸色一白，蓦地想起了沐飞鸾死的时候的情形。沐云容想起沐清漪如今在他们的掌控之中又更加恼怒起来，冷笑一声，道："四妹，现在你可在我们手里，你就不害怕吗？你猜三姐会怎么招待你？"

沐清漪不以为意，挑眉笑道："你能如何待我？别忘了……这里是西越。说起这个，我倒是更想知道……你是怎么知道这件事的？"以沐云容的心计，若是头一天就认出自己来了，绝对不会隐藏这么久，只怕当天就闹起来了。

沐云容笑道："四妹还不知道吗？这个消息当然是华国的福王殿下告诉我们的。华皇已经知道了所有的真相，四妹……这个公主的身份可是保不住了。"沐清漪淡然道："有了西越丞相之位，我还要华国公主的身份做什么！"

沐云容轻哼道："西越丞相？你以为你还能坐得稳西越丞相的位置吗？一个女人……女扮男装做西越的丞相，不知道整个西越的官员会是个什么反应呢。呵呵……四妹，不如跟咱们一起去北汉吧。我们王爷对四妹十分赞赏，四妹去了北汉，姐姐也好照顾你一些。"

"王妃说得不错，顾相……啊不，沐姑娘跟了本王，本王保证你以后荣华富贵享用不尽。"恒王望着沐清漪清丽的容颜笑道。得到沐清漪对于恒王来说不仅仅是美色的问题，他知道哥舒翰曾经亲自去肃诚侯府向沐清漪求过亲，却被沐清漪拒绝了。如果他能够得到沐清漪，那到时候哥舒翰的脸可就丢光了。

沐清漪有些嫌恶地扫了一眼两人，对沐云容淡淡道："你的眼光，倒是越来越奇怪了。"

沐云容顿时气红了眼，忍不住咬牙切齿。什么叫她的眼光越来越奇怪？难道沐清漪以为是她自己喜欢恒王的吗？在北汉那种地方，除了恒王她还能靠谁？"沐清漪！本妃定要你生不如死！"沐云容咬牙道。

沐清漪笑容浅淡道："你只怕没有那个本事。"

沐云容笑道："你以为门外那两个人救得了你吗？只怕等他们发现的时候已经晚了。四妹，你有没有觉得头晕眼花浑身没力气？"

原本没有，但是现在既然你提醒了，自然可以有了。

沐清漪脸色微微一变，身子晃了晃晕了过去。

"这药效果然不错，没想到才喝了半杯就晕了。"见沐清漪趴在桌上，沐云容含笑赞道。

恒王沉声道："别废话，先把人带走再说。"

沐云容却并不在意，道："为什么要带走？王爷在这里不就可以了？若是不方便，妾身先退下便是了。"这座小阁本就是为了赏花准备的，前来的自然都是非富即贵，因此整个小阁修筑得也十分体贴，厢房的外面隔着月形门还连着一个小厅，不仅远远地隔开了和门的距离，同时空间也大了许多，让人可以有个回避的地方。

恒王一怔，犹豫了一下，还是摇头道："不行，先把人带走。"

外面那对男女武功明显不弱，万一被他们发现功亏一篑就亏大了。不管如何，他今天一定要得到这个女人！恒王看向趴在桌边的白衣少年，眼中闪过一丝火热。

沐云容只想无所不用其极地羞辱沐清漪，见恒王坚持，心中即使有些不悦却也不敢反对，只得道："那就快一些，免得被外面的人发现了。"

门外，霍姝和夏修竹一左一右站在门口。夏修竹靠在门上闭目养神，过了好一会儿突然睁开眼睛，朝着霍姝点了点头。霍姝微微一怔，轻轻点了下头，夏修竹站起身来转身离去。

霍姝回头看了一眼紧闭的房门，房间里还隐隐传来低声交谈和说笑的声音，仿佛相谈甚欢。霍姝眼底掠过一丝杀意，最好顾公子没有被伤到一丝一毫，不然……

"怎么还没醒过来？"一处隐秘的房间里，沐云容有些不耐烦地道。恒王皱眉道："是不是药下得太重了？"

沐云容不耐烦地道："不管了，拿水将她泼醒！"

沐云容刚刚端起茶杯转身，就看到沐清漪已经睁开眼睛并慢慢坐了起来。沐云容吓了一跳，道："你……你什么时候醒的？"

沐清漪挑眉笑道："刚醒。"她有些好奇地看了看眼前房间里的陈设，问道，"这里是什么地方？"

沐云容冷笑道："四妹，三姐真是佩服你，现在你还有心情理会这里是什么地方？难道你就不想知道……你会怎么样吗？"

沐清漪淡淡道："三姐你只要知道……得罪了我你会是什么下场就可以了。原本我以为三姐虽然不聪明，却至少还知道什么叫趋利避害，现在看起来……实在是让我有些失望。"

"沐清漪！你现在可在本妃的手里！"沐云容怒道，不敢相信落到了她的手里，沐清漪居然还敢威胁她，"信不信本妃立刻杀了你？"

"杀了我？三姐觉得你还能活着走出西越吗？"沐清漪笑问道。

沐云容冷笑道："你以为容瑾会为了你得罪恒王殿下吗？你女扮男装做了西越的丞相，本就是欺君之罪，只要一传出去，西越的那些大臣都恨不得你早些去死，谁也不会救你的。沐清漪，你完了！"

沐清漪淡笑道："三姐，难道你不明白吗？这世上只有我不想杀的人，没有我沐清漪杀不了的人。慕容安、慕容煜、沐翎、沐飞鸾、朱明嫣啊……还有咱们的父亲……当初放你一马，我是否太过心慈手软了，才让你今天如此胆大妄为？"

"沐清漪！你这个贱人！你闭嘴！"听着沐清漪悠然地念着这些人的名字，沐云容的脸色越加惨白起来，"是你，是你害死了爹爹和娘亲，你这个魔鬼！"

沐清漪抿唇微笑道："三姐你说错了，父亲可是自杀的，就在我跟前……"

"我要杀了你！"

"你疯够了没有！"恒王一把抓住要冲向沐清漪的沐云容，有些不满地道，不仅是对沐云容如此歇斯底里的模样感到不满，更是因为沐清漪的话让他无形之中产生了一股不安的压迫感。眼前这个坐在软榻上仿佛手无缚鸡之力的少年，硬生生给了他一种毛骨悚然的感觉。

"王爷……"沐云容总算回过神来，怔怔地望着恒王含泪道，"王爷，你一定要替容儿报仇。是这个贱人害死了妾身的爹娘，都是这个恶毒的女人……"

沐长明跟他有什么关系？恒王自然不在意沐长明是怎么死的，但是也不介意在这个时候讨好安慰一下自己的爱妃。他说道："好了，我知道了。爱妃快出去吧，本王会替你报仇，你记得咱们说好的事情。"

沐云容这才抹了眼泪，笑道："容儿知道了，容儿这就去办。"沐云容有些恶毒地看了沐清漪一眼，转身出了门。

"沐姑娘，现在咱们该好好聊聊了。"恒王含笑看着沐清漪道。

沐清漪平静地低头道："王爷想要跟我聊什么？"

恒王笑道："自然是聊聊沐姑娘跟着本王去北汉的事情。"

"只怕是王爷想多了，沐清漪没有要去北汉的意思。"沐清漪道。

恒王笑容阴冷道："现在没有没关系，等到沐姑娘成了本王的人自然就会有了。呵呵……本王也想要看看，这西越新帝千娇百宠的第一宠臣到底是个什么滋味……"

恒王一边说着，一边上前伸手朝沐清漪的领口探去。

"再往前一下，小心你的脖子。"一个冰冷的声音从身后传来，原本还笑得得意非凡的恒王的脸顿时僵硬了。只见他跟前的沐清漪也慢慢抬起头来，手指上的一只精致的白玉指环上不知什么时候弹出了一根又细又长的针，绿莹莹的针尖正顶着他心口的位置，只要稍微一用力就能够刺进去。恒王顿时吓出了一身冷汗。

"修竹，你来得太快了。"沐清漪叹气道，"我还以为北汉有什么高明的手段，无趣。"

夏修竹上前一步点了恒王的穴道一脚将他踢开，淡淡道："北汉化外之地，能有什么好计谋？"沐清漪站起身来，悠然地将手中的指环恢复原状，含笑看着恒王道："恒王应该感激修竹来得及时，不然的话……"

恒王想起那绿莹莹的针尖，脸色更加难看起来，道："你……你怎么会？"

"我怎么会知道你们想要干什么？"沐清漪偏着头微笑道，"其实我也不知道你们想要干什么，不然……我就不会来了。但是……明知道我跟莫问情是朋友的你们居然还能想到给我下毒这一招……实在是让我有些失望。"

自己精心设计的计谋却被人嫌弃得一文不值，恒王气得脸色发青。他好一会儿才缓了过来，盯着沐清漪打量了半晌嘿嘿冷笑两声，道："就算被你识破了又如何？堂堂西越丞相居然是女儿身，这个消息传出去……不知道西越那些权贵会是什么反应。就算本王想要做什么，那又如何……本王是西越使臣，你们能如何？"

说到最后，恒王反倒得意地笑了起来。不能得到沐清漪又怎么样，整垮沐清漪也一样是件让人开心的事情。他就不信等到西越人知道真相之后，沐清漪还能坐得稳丞相宝座，到时候……总会有机会……

似乎看出了恒王的想法，夏修竹眼眸一沉，抬脚一踢，恒王顿时变了颜色。比起刚刚将他踢倒在地的那一脚，夏修竹这一脚踢得并不重，恒王的身子甚至连动都没有动一下。恒王却明显感到心口一阵钻心的刺痛，就在他想要开口质问的时候，刺痛又消失无踪了。恒王愣了一下，有些疑惑地看了一眼夏修竹，身体并没有什么不适，便只得忽略了。

“沐姑娘现在想怎么样？总不会想要杀了本王吧？”恒王有些挑衅地道。沐清漪坐回软榻上，含笑道：“杀了你？怎么会呢？恒王殿下可是西越的贵宾，虽然恒王殿下有些……但是也应该由北汉处置才对。本相相信，北汉会给本相一个合理的交代。”

“交代？”恒王仰天大笑，“你想要什么交代？告诉外人本王想要对你意图不轨？到时候……”

“不。”沐清漪抿唇浅浅一笑，“明明是，恒王意图行刺本相！”

门外，沐云容引着一行人飞快地走了进来，一边走还不忘一边道：“王爷就在前面的暖阁休息……”

“恒王说找咱们议事，到底有什么事情需要到这里来商议？”走在一边的赵子玉皱眉道，又看了看走在自己身边显得有些心不在焉的福王。

沐云容掩唇笑道：“王爷要说的自然都是正事，妾身一个妇道人家哪知道呢？”

容瑄给了站在自己身边的容泱一个少安毋躁的神色，淡定地打量着在场的人。恒王叫来的人还真不少，北汉、华国和几个比较大的国家的使臣，西越的王爷，还有几个重臣。既然容瑄都没有开口，这些西越的臣子自然也不会开口了，他们只是在心中暗暗猜测，这北汉的恒王到底要搞什么鬼。

哥舒翰和哥舒冰走在最前面，剑眉微皱，若有所思。哥舒冰搂着堂兄的胳膊，低声嘀咕着：“十一哥，八哥到底要干什么？”

哥舒翰摇了摇头。哥舒冰低声道：“他自个儿找死可别拖上咱们，西越的那个容瑾是个疯子！”刚刚相见的时候惊讶于容瑾的容貌，七八回交锋下来，哥舒冰对容瑾的好感是半点都不剩了。自己若是真的嫁了这么个男人，指不定被玩死了都不知道。哥舒翰淡淡一笑，安抚地拍了拍哥舒冰的肩膀。

“就是这里，王爷，烈王殿下他们来了！”沐云容作势禀告了一声，就直接推开门冲了进去，“王爷，你们……”

沐云容原本早就准备好的震惊表情僵在了脸上，震惊的叫声也堵在了喉咙里。沐云容呆呆地望着眼前房间里的情景，一时不知道该作何反应。

被沐云容堵在门外，哥舒冰有些不耐烦道：“恒王妃，你怎么还不让开？”哥舒冰伸手推开沐云容走进大厅，惊喜地叫道：“清弟弟，你怎么在这里？你比咱们来得早吗？哎呀……你怎么受伤了？”

房间里，恒王倒在地上。沐清漪坐在软榻上，夏修竹守在旁边一动不动。地上，距离恒王不远的地方有一把染血的匕首，只看那匕首上的纹饰和装饰的宝石就知道必然是北汉之物，沐清漪的肩膀上也同样有一朵小小的血花。

“八哥！你……”哥舒冰吓了一跳。眼前的场景实在是太容易让人误会了。无论是谁，第一眼看到了必然以为是恒王刺伤了沐清漪。

众人进来后，脸色也是一变，忙道：“顾相，你伤得怎么样了？”容瑄和容泱直接上前询问。容瑄一脸正色，盯着哥舒翰道：“烈王，此事只怕贵国必须要给我西越一个说法。”

哥舒翰深深地看了沐清漪一眼，点头道：“这个自然。”

容瑄轻哼一声，道：“顾相是我西越大丞相，如今却被恒王所伤……不知道贵国到底意欲何为？”

一个是一朝丞相，一个是一国王爷，到底哪一个更加金贵一些？从爵位上看自然是王爷更加尊贵，毕竟是皇室血脉。但是……丞相只有一个，王爷却有一堆。西越的大丞相更是集军政、民生大权于一身，地位仅次于西越皇帝容瑾。这样的人物，被恒王刺伤了，北汉自然必须要给个交代。

“他们胡说！不是本王……她根本没有……”恒王怒道。

“恒王的意思是，是顾相自己没事干请恒王劫持到这里来，然后自己拿着恒王的刀刺了自己一刀？”旁边，夏修竹冷冷道。

“劫持！”众人惊呼，齐刷刷地看向恒王。夏修竹轻哼一声，道：“恒王和王妃约了顾相在院中东阁说话，等到我们进去的时候却早已经人去楼空。我在远离东阁的西面这座暖阁找到了顾相，不知道恒王要作何解释？”

所有人看向恒王的目光都带上了疑惑之色，约了他们这么多人来这里，却又在这之前约了顾相去东阁，然后又将人劫持到这里，说恒王没有打什么主意，谁信？

第十七章
大婚终成

“八哥，这到底是怎么回事？”哥舒翰盯着恒王，沉声道。

原本哥舒翰还以为恒王是个有分寸的人，没想到恒王竟然敢直接对西越丞相出手。再想想那位登基的西越新帝的脾气，只怕这一次恒王能不能活着离开西越都是未知之数。

处于如此境地，再一看众人打量着他的眼神，恒王也知道事情对自己不妙，连忙大声叫道：“本王是冤枉的，都是他们冤枉本王！”

容瑄挑眉道：“那就请恒王解释清楚，这到底是怎么回事？”容瑄心中也很清楚，恒王说冤枉绝对是胡扯，至少他确实事先有一些阴谋。说他行刺西越丞相，容瑄却也是不太相信的。

看了一眼坐在一边淡然自若的沐清漪，容瑄心中若有所悟，同时眼中更生出了几分兴味。

夏修竹眼神幽冷地盯着恒王。恒王张了张嘴却什么都没有说出来，现在说西越丞相是个女人，他意图对沐清漪不轨？若是真说出来了，到底谁更丢脸还真是不好说。但是，如果真的被安上了一个刺杀西越丞相的罪名，他也吃罪不起。

恒王咬牙道：“这是误会！本王跟顾相不过是发生了一些口角罢了。”

容泱冷笑道：“所以恒王就刺了顾相一刀？”

恒王怒道："本王说了，这不关本王的事情。那一刀是顾流云自己扎的！"在场的所有人，尤其是西越的权贵们纷纷以"你是白痴吗"的眼神瞪着恒王。看看顾相肩头那一片嫣红，再看看顾相那俊雅秀气的模样，这样的一个书香世家的贵公子没事干会拿刀扎自己？难道他不知道痛吗？

哥舒翰转身看向沐清漪，沉声道："顾相，到底是怎么回事还请顾相告知。如果当真是八哥的错，我北汉一定给顾相一个满意的交代。"

沐清漪目光淡淡地从恒王和沐云容身上扫过，淡然道："本相应邀前往东阁赴约，但是喝了一杯酒之后便不省人事了，醒过来的时候就在此处……然后……"沐清漪欲言又止，目光却慢慢从地上那把带血的匕首上扫过，众人顿时生出几分了然之意。

哥舒翰神色微变，心中却渐渐有些明白了。他知道沐清漪的身份，恒王未必不能从别的渠道知道，而恒王一贯……哥舒翰冷冷地瞥了恒王一眼，沉声道："此事是我北汉不对，请顾相看在本王的面子上饶过八哥一次，本王一定给顾相一个满意的交代。"

容瑄不满地盯着哥舒翰冷笑一声，道："恒王意图行刺顾相，不知道烈王打算给我们什么样的交代？若是让烈王就这么把人带走了，我西越颜面何在？"

哥舒翰微微皱眉，如果可以的话他当真不想理会这个八哥。但是身为北汉使臣，如果恒王在西越死了，同样……北汉也要颜面扫地。这已经不是简简单单的善恶对错的问题了，而是关系到国家体面。

哥舒翰叹了口气，道："此事本王会亲自与西越帝交涉，还请顾相网开一面。"

"烈王有什么要跟朕当面交涉的，不如现在就说吧。"哥舒翰话音刚落，容瑾的声音已经在门口响起，声音里带着一股森冷肃杀之意。恒王当场就脸色一白，望向哥舒翰求助。

哥舒翰微微移动了一下身子，阻断了容瑾盯着恒王的目光，沉声道："陛下见谅。"

容瑾冷哼一声，大步踏入房中，神色阴鸷地扫了众人一眼，在看向沐清漪肩头的血色时神色又是一变，快步上前道："子清，伤得如何？"

沐清漪微微摇头表示自己不碍事，容瑾却并不相信，俯身盯着沐清漪肩头的血迹看了看，神色微变后才缓和了一下，轻声道："就算不要紧，也该先去包扎伤口。子清先回去吧，这里的事情由朕处置。"

沐清漪犹豫了一下，还是摇头道："不，我也是当事者，自然也要在场。"

容瑾拗不过她，只得轻哼一声在沐清漪旁边坐了下来，只是看着在座众人时眼神很是不善。

容瑄简单地将事情说了一遍，容瑾盯着恒王和沐云容的眼神也越发阴郁。哥舒翰一看就知道不好，一不小心今天恒王就别想活着离开这个房间了。

果然，就在众人胆战心惊的静默之中，容瑾突然出手，一道指风毫不犹豫地射向恒王。哥舒翰早就有了准备，一直暗中提防着，见这情况却也来不及去挡，只得一脚将恒王给踹开。恒王被踹飞出去的同时，原本恒王所在的地板上噌的一声留下了一个手指粗细的小洞。一时间，众人脸色煞白。

容瑾一向喜好捉弄别人，不把人气得发疯就不会高兴。但是如果真的有谁把他给气疯了，他一般都是一言不发先动了手再说。

哥舒翰捡回了恒王一条命，却给自己惹上了麻烦。容瑾怒道："哥舒翰！你确定要替他出头？"

哥舒翰苦笑着摸摸鼻子，难道他还能有别的选择吗？哥舒翰沉声道："此事本王会让人快马禀告皇兄，必定会给陛下一个满意的交代。但是现在，还请陛下高抬贵手放恒王一条生路。"

容瑾盯着恒王，阴恻恻地道："将他的命交给朕，就是朕最满意的交代。"

哥舒翰坚定地摇头，道："现在不行。请陛下给本王一些时间，此事本王做不了主。"

容瑾挑眉，似笑非笑地看向哥舒翰道："现在不行？那么……烈王的意思是要在西越多留一些日子了吗？"

哥舒翰点头道："可以，本王这就立刻传讯回北汉，等待皇兄的旨意。"哥舒翰艺高人胆大，自然也不怕容瑾软禁他。容瑾冷冷道："难道此事……就这么算了？烈王现在，总要给本王和子清一个交代吧？"见容瑾缓和了许多，哥舒翰心中也暗暗松了口气。如果容瑾执意要现在杀了恒王，他还没有法子。人在屋檐下，不得不低头。

"这是自然。"哥舒翰深吸了一口气，一闪身已经到了恒王跟前。然后只听咔嚓几声，恒王发出一声惨烈的哀号，原本就跌坐在地上的人彻底倒在了地上。恒王惨叫道："啊！哥舒翰你敢！"

哥舒翰轻哼一声，手下连点了几下，恒王又是一阵惨叫，整个人瘫在地上浑身抽搐，陷入了昏迷。哥舒翰这才住手，垂眸肃立道："不知陛下是否满意？本王保证，皇兄的圣旨到来之前，他会一直都是这个模样。"恒王的四肢都被哥舒翰折断了，哥舒翰言下之意就是北汉皇帝的旨意一天没到，恒王就得在床上躺一天。容瑾有些挑剔地轻哼了一声，勉强算是满意了，淡淡道："如此也好，正好……朕也想请各位使臣在西越多留一些时间。"

慕容恪微微一怔，其他几个小国的使臣也有些不安地对视了几眼，一时间不知道西越新皇这是什么意思。若是想要软禁他们……

容瑾笑道："各位不用紧张，不是什么坏事。我西越即将有一件大喜事，朕想要邀各位共襄盛举呢。"

旁边容瑄看了看并肩而坐的两人恍然大悟。

容瑾有些嫌弃地看了一眼地上躺着的昏迷中的恒王，道："带他下去，烈王最好遵守承诺，无论在什么地方，朕若是知道他能下地走路……那他这辈子都不用动了。"

哥舒翰平静地点了点头。容瑾这才笑吟吟地转向躲在一边不敢出声的沐云容，幽幽道："现在该你了……你说，你想要怎么死？朕成全你。"

看着容瑾仿佛带笑却冰冷如寒霜的眼眸，沐云容吓得心中一颤，尖声叫了起来，道："不……不要！不关我的事！"

容瑾冷笑道："不关你的事？你在这里做什么？"

沐云容咬牙道："是王爷带我来的。"

"子清，是这样吗？"容瑾侧首，望着沐清漪柔声道。

沐清漪平静地注视着沐云容哀求的眼神，不觉有些好笑。沐云容到底以为她是谁？是活菩萨吗？沐清漪摇摇头，道："不是，是恒王妃跟恒王一起挟持我的。昏迷中我还听到恒王妃跟恒王说下的药药效不错。"

"不是的！你胡说！"沐云容惊恐地叫道，刚刚看到容瑾是如何对待恒王的，沐云容早就已经被吓得不轻。她虽然这一年多也受了不少苦，这样的皮肉之苦却是从来没有过的。她实在不敢想象如果容瑾将对付恒王的手段都加在她的身上，她会多么痛苦。

沐清漪秀眉微挑，淡然不语。

容瑾冷笑一声，道："不管子清是不是胡说，你在这里就脱不了干系。烈王，这个女人你该不会也想要救吧？"

哥舒翰淡然道："这个女人与我北汉无关。"救恒王是因为他是北汉的皇室血脉，但是这个沐云容跟他们有什么关系！

"不……你们敢！我是恒王妃……"沐云容色厉内荏地叫道。

容瑾不屑地轻哼一声，挥手道："没关系就好，带走。"

门外，两个御前侍卫装扮的男子进来，一左一右押着沐云容往外走去。沐云容心知自己难逃一劫，越加愤怒地瞪向沐清漪，厉声道："沐清漪！你陷害我！你不得好死！"

"闭嘴！"容瑾脸色一变，一个耳光甩了过去。容瑾距离沐云容颇远，他身形连动都没有动一下，一个耳光却啪的一声重重甩在了沐云容的脸上。沐云容当场吐出了一口鲜血，血中还有两颗牙齿。

"沐清漪，你这个贱人！你不会有好下场的！你女扮男装……呜呜……你这个妖孽……"

啪！这一个耳光却是容瑾站到了沐云容跟前亲自打的。容瑾盯着沐云容的脸，冷声道："朕说过了，不许诅咒子清。"

"啊……放……啊……"沐云容抬手紧紧抓住容瑾掐着自己脖子的手，艰难地想要将他的手掰开。但是容瑾的力气岂是她一个手无缚鸡之力的女子能够撼动得了的，眼看着她眼睛翻白了，容瑾方才抬手放开了她。一跌落到地上，沐云容便疯狂地咳嗽，贪婪地呼吸着新鲜空气，一时间涕泗横流，惨不忍睹。

"带出去。"容瑾厌恶地瞥了一眼在地上不停喘气的沐云容，冷声吩咐道。

沐云容被两个侍卫拖着往外走去，或许是刚刚经历了生死，沐云容原本还有的几分胆子也被吓破了。她一边挣扎着一边哭泣道："四妹！我错了……你饶了我吧……我错了……"

可惜，沐云容再如何也挣扎不过两个身手不弱的侍卫，很快便消失在门口了，只传来她尖锐的哭叫声。

房间里，所有的人都没有心情去理会她的哭叫，因为他们都被刚刚听到的话吓呆了，目光齐齐地望向坐在容瑾身边的俊美少年。

沐清漪……这个名字不算熟悉，但是也不算太过陌生。毕竟只要是关注过华国皇室事情的人，或多或少还是听过这个名字的。但是……西越的大丞相、少年封相的顾流云，怎么会是华国的公主？最重要的是，她怎么会是个女人？

"咳咳……陛下……"在众人殷切的目光注视下，容瑄无奈地上前一步开口道。他当然并不惊讶，因为他早就知道内情。他旁边的容泱却早就呆住了。这些日子容泱一直跟在顾流云身边办事，对于这个比自己年纪小得多的少年佩服得五体投地，甚至隐隐将这个少年视为自己的老师。现在突然被告知眼前的人并不是一个少年，而是一个少女……容泱觉得自己需要找个地方静一静了。

容泱木着脸，有些绝望地望着容瑾道："九皇叔……那个女人……疯了，胡说八道吧？"一时间，容泱连陛下这个称谓都忘了，直接称呼容瑾为"九皇叔"。

容瑾挑了挑眉，淡笑道："不，她说得没错。子清……清清确实是女子。你可以叫她一声九婶。"

咚！容泱往后一仰，后脑勺正好撞上了身后的柱子。容泱抬手摸了摸自己的后脑，有些晕乎乎地道："父王，孩儿脑袋有些疼，要回去歇歇。"容瑄不忍直视，沉声道："泱儿，陛下面前不可无礼！"

容泱还是晕晕乎乎的，容瑄只得叹了口气，偏过头去不再理他。

容瑾这番话，等于直接向众人承认了沐清漪的身份，除了哥舒翰和容瑄以外，所有人都是一脸震惊的表情。哥舒冰指着沐清漪的手指头不停地发抖，道："你……你……你是清漪？"慕容恪神色有些复杂，看着沐清漪低声道："明泽公主。"他虽然早就知道了真相，但是真的听到容瑾承认还是免不了有些冲击。赵子玉同样盯着沐清漪，没有说话。

"陛……陛下……"西越的几个权贵终于回过神来了，颤声道。

容瑾含笑，抬手抽掉沐清漪头上束着发丝的发带，一头乌黑的秀发垂下，将原本俊秀的少年衬得更加柔弱清丽。原本还看不出来，如今再看，这长发披肩、清丽脱俗的人……不是个绝色少女是什么？

他们竟然一直都没有认出来！

容瑾满意地笑道："朕近日便会与清漪大婚，到时候……还请各国使臣赏光，一起喝杯喜酒。"

容瑾的目光特意在哥舒翰身上停留了好一会儿才转开。哥舒翰望着坐在容瑾身边、笑容浅浅的少女，一时间有些恍惚。

众人的神色显然取悦了容瑾，他愉悦地轻抚着沐清漪的长发，柔声道：“清清，你受了伤，先去歇歇，顺便包扎一下吧。”

沐清漪低头看了一眼肩上的血迹，无奈地浅笑，点头道：“也好，我先回去了。”剩下的事情，还是交给容瑾来处置吧。沐清漪起身，带着夏修竹和霍姝离去。

“沐姑娘。”哥舒翰突然开口叫住了她，沐清漪回头，哥舒翰沉声道，“我很抱歉。”

沐清漪回眸浅笑，道：“烈王言重了，此事……怪不得烈王，还请烈王也莫要放到心上。”

说罢，沐清漪转身出门去了，只留下一屋子的人面面相觑。

这一年，西越的大小官员注定要经受接二连三的精神摧残。似乎从去年悼恭太子薨逝开始，整个西越皇城就没有过片刻的宁静。先是庄王和秦王斗，后是端王和庄王斗，最后西越帝驾崩豫王渔翁得利。偏偏各位皇子还不肯消停，突然跑出来一位已经沉默了二十年的循王玩了一出同归于尽。好不容易新皇顺利登基，众人暗地里悄悄松了口气，突然又爆出来一个惊人的消息将满朝文武震得七荤八素。

新皇陛下最宠爱的臣子，当朝一人之下万人之上的顾相竟然是个女子，还是华国公主！

刚刚听到这个消息的西越众臣眼珠子和下巴都掉了一地。更不用说这个消息的后边还附带了另一个消息，陛下近期将迎娶沐清漪！这怎么可以？

顾府里，郁郁葱葱的大树下，沐清漪和顾秀庭悠然地靠着椅子对弈。顾秀庭看着沐清漪神色淡定地拈着棋子思索，含笑挑眉道：“外面都要闹翻天了，你倒是放心得下。”

沐清漪抬头笑道：“容瑾若是连这点儿事情都处置不了，大哥也不会如此自在了。”顾秀庭笑道：“还没成婚呢，胳膊肘就往外拐。西越那些老顽固可不是那么好说服的。”这件事看似没什么大不了的，实际上却是比之前的任何事情都要大。如果顾流云是个男人，无论容瑾再怎么宠信，那些人大不了骂一声佞幸。但是，沐清漪是个女人，就完全不同了。

从皇室婚姻的角度来看，皇帝喜欢一个女子自然比喜欢一个男人要好得多。一个佞幸做了丞相和一个女子做了丞相却是天壤之别。前者，世人只会骂皇帝昏聩，后者，世人却要骂整个西越的男人无用，让一个女人踩在头上了。

更不用说自古以来男尊女卑的规矩早已深入人心，人们可以忍受自己因为一个女人是皇后、皇妃而下跪参拜。因为这是皇帝的附属，跪皇后就等于跪皇帝。丞相却不同，丞相是完全独立于皇帝的存在，是属于皇家以外的男人人生的顶峰，怎么能让一个女人占去？这已经不是什么江山社稷的问题了，这是关系到西越所有男人尊严的问题！

沐清漪淡笑道："不服……他们又能如何？"

如今容瑾手握着京城附近的几乎所有兵马，皇室中除了容瑄也没有再拿得出手的皇族。除非他们能够同时说动东方飞、南宫绝和容瑄造反，或者干脆自己揭竿而起，不然的话，又能奈容瑾何？

顾秀庭笑道："你倒是不担心这些人。"

沐清漪淡淡笑道："文人造反，三年不成。"不是她看不起读书人，而是事实如此。文人可以乱政，但是从来夺天下的都是武将。顾秀庭一笑，落下一子道："看到你如此淡定，大哥才真的放心你做这个西越大丞相了。"

位极人臣，说来风光，能力和心性却一样重要。有的时候沉稳的心性甚至比能力更加重要。即使小妹有容瑾的偏袒，顾秀庭也不能完全放下心来。"让大哥担心了。"沐清漪浅笑道。

顾秀庭摇摇头，道："你和容瑾大婚后，大哥也要回南夷去了。"

沐清漪不舍地望着他俊秀的脸道："大哥，就不能不走吗？"顾秀庭摇头道："西越有你和容瑾就够了，再多一个人……就多了。何况，大哥答应了别人的事情就要办到。另外……容瑾既然志在天下，到时候……你要表哥如何自处？"他们姓顾，或许无所谓，慕容熙却是姓慕容的，有朝一日西越和华国真的兵戎相见，慕容熙情何以堪？

看着自家小妹不舍的神色，顾秀庭宠爱地揉揉她柔顺的发丝，轻声笑道："等到你们真的天下在握，大哥也会送你一份大礼。"万一失败了，大哥还可以为你留一条后路。这话，秀庭公子自然不会当着妹妹的面说出来。

"我只是……舍不得大哥。"沐清漪眼眶微红。顾秀庭笑道："天下无不散之筵席，咱们是亲兄妹，无论走到天涯海角都还是亲兄妹，永远也不会变。"妻子可以休，丈夫可以离，朋友可以散，但是生为兄妹，便一生一世都是兄妹。

沐清漪有些不好意思地低头一笑，为的是自己这突如其来的小女儿情绪。

顾秀庭也只是含笑看着她，淡笑不语。自从小妹成为沐清漪之后，已经鲜少看见她如此了。

含章宫御书房里，容瑾神色阴冷地望着地下喋喋不休的众臣，脸色越来越难看。

只是这些往日里可说得上极为惧怕容瑾的官员却仿佛压根儿没看到他难看的脸色，继续滔滔不绝地陈述着自己的谏言，大有不将容瑾说到幡然醒悟誓不罢休之意。

其中不仅有朝中身居高位的权臣，更有清闲的御史言官，甚至连许久不上朝的一些老头子都来了。容瑾眼底闪过淡淡的冷意：好，很好。

等到一位大臣说完了，正喘气的时候，容瑾淡淡问道："你们说……清漪身为女子不配出入朝堂？"

"启禀陛下，正是如此。"那大臣昂起头，一脸傲然之色道，"女子就该谨守闺训，在闺阁之中绣花抚琴、相夫教子。封侯拜相是男人的事情，岂能乱了规矩？"

容瑾冷笑道："清漪确实是个女子，但是你们这些所谓的科举才子、书香名门，连个女人都不如，朕要你们这群废物还不如让一群女人当官呢。"

"陛下！"众人脸色都有些难看起来，却不得不承认顾流云的手段确实是他们比不上的。

自从顾流云来到西越，到底做了些什么，这些朝中大臣也不都是傻子，自然都看得明白。若让他们昧着良心说顾流云根本没有丝毫本事，全是靠容瑾的宠信，这些臣子也没有那么厚的脸皮。

"陛下，那沐清漪不过十六七岁。先在华国兴风作浪，又到我西越来玩弄朝政，必定是个祸国的妖女，请陛下下旨诛杀妖女！"一个胡须花白的老臣颤巍巍地道。

"放肆！"容瑾眼神一沉，沉声道，"朕看分明是你嫉妒清漪才华横溢，想要置她于死地。气量狭小，不能容物，不怪先帝看不上你。给朕滚回去待着养老吧！"

"陛下，你……"那老臣脸色一阵青一阵白，胸口起伏了半晌终于一口鲜血喷了出来。这位老臣已经七十高龄，只可惜一生都郁郁不得志。他年轻时还颇有才名，但是直到最后也不过是个三品的侍郎。还是容瑾登基之后，沐清漪看他一辈子清高，不与人同流合污也不容易，才恩封了一个一品的虚衔。没想到这一品的恩封还没捧热呢，又来给容瑾找不痛快，难怪容瑾毫不留情了。

容瑾挥挥手，让人将他扶下去，轻蔑地扫了众人一眼道："你们给朕听清楚了，想要让清漪离开丞相之位，可以。"在众人惊喜的目光中，容瑾淡然道，"证明给朕看，你们比她更厉害，更适合丞相这个位置。不然，就统统给朕滚得远远的。她是男是女，朕都敢用。没本事就给朕闭嘴！"

众人面面相觑，一时间有些摸不着头脑，道："陛下……要臣等如何证明？"谁适合做丞相，这种事情总不能一人轮着做几天丞相试试看吧？

一个人想了想，出列试探地道："臣等愿意与沐清漪比试才艺。"

容瑾冷笑道："才艺？琴棋书画吗？你们打算一个一个比还是轮着比？这琴棋书画与治国又有什么关系？更何况……想要比书画的给朕往墙上看看，觉得能胜过清漪再上前说话。"

顺着容瑾的视线，众人才看到御书房的墙上挂着两幅字画。一幅是梅园晴雪图，另一幅是手书的心经，落款都是顾子清。平日里进御书房，众人无比肃然端凝，哪敢东张西望，谁都没有注意到这两幅字画，此时再看，却都有些变色了。

这两幅字画，若说堪称大家自然是过了，但是也可算得上上品。特别是那隽秀的字迹，已经颇有风骨。即使在西越朝中，除了极少的几个才华横溢之士，只怕也无人能及。只是这些人虽然比沐清漪更强，却大多已经是名满天下的一方大儒。欺负一个十六七岁的小姑娘的事情，他们还做不出来。

容瑾满意地扫了一眼众人，冷笑一声，随手拿起桌上的一堆折子便砸了过去，冷冷道："这些全是清漪写的折子。拿回去看看，看完了……来告诉朕，你们比她更厉害，朕就把丞相之位给你们。现在，统统给朕滚出去！整天除了谏言你们还会做什么？朕要文武百官是来治理朝政的，不是听你们废话的！"

君王加上绝代高手的威压，绝不是普通人能够抵挡的。再不愿意，这些臣子也只能捡起折子灰头土脸地滚出了御书房。

"你还在这里干什么？"容瑾没好气地扫了一眼站在一边发呆的东方旭。东方旭连忙赔笑道："陛下息怒……微臣可没有劝谏的意思，陛下可别迁怒于小臣。"

容瑾冷哼，淡淡斜睨着他道："那你这是想要干什么？"

"这个……我就是想问问，顾相……真的是个姑娘吗？"原来，这位都还没回过神来，根本不能接受那位风度翩翩的美人丞相是个姑娘的事实。

"你说呢？"

"真的是？"东方旭眼睛一亮，"那我可不可以……"话还没说完，在容瑾不善的目光下东方公子总算想起了这个惊人的消息后面还附带了一条消息，连忙赔笑道，"那什么，恭喜陛下择得佳偶，微臣可不可以先去拜见一下未来的皇后娘娘？"

容瑾看他一脸诚恳之色，总算是满意地哼了哼，淡淡问道："宗室中有什么反应？"虽然东方家只是侯府，但是大公主到底是西越先帝的长女。容瑾也不是小气的人，登基之后就加封了大公主为长公主。如今在西越先帝子嗣凋零的时候，大公主在宗室里也能说得上话。

东方旭连忙道："这个嘛……就那样呗。老王爷……好像被气到了，另一位倒是没说什么。其他的宗室都隔得远了，说什么陛下想必也不会在意的。至于公主们……娘这两天往各府走了走，大家都是聪明人，不会多说什么。"

主要是这些公主都被容瑾登基以来的作为吓得不轻，她们本来在西越先帝在时就不受重视，如今皇弟登基更隔着一层了，就算有什么也没人敢说了。

容瑾满意地点头道："很好，做得不错。告诉长公主，替朕安抚好宗室里那些人，朕自然不会亏待了靖远侯府。"

"是，臣遵命。"东方旭自然知道容瑾的性格，对外人狠，却不会亏待效忠于他的人，"那些文臣，陛下就让他们这么闹下去吗？"

容瑾不屑地挑眉道："让他们闹几天，朕也想看看他们能闹出什么名堂来。"

东方旭心头一凉，小心翼翼地瞄了一眼某人，这位……不会是还没有杀够吧？将东方旭小心翼翼的神色看在眼里，容瑾微微挑眉心中暗笑：东方旭也太看得起这些人了。若是这些人真有骨气，朝堂上的文臣都该死光了。等到他们发现自己无论哪方面都比不上清清的时候，他们也没那个脸再叽叽歪歪了。

南宫府里，南宫绝苍老的脸上满是疲惫和无奈，看着庄王和南宫翼问道："你们早就知道了？”

南宫翼有些无奈地道：“应该也不算太早吧，比……外面的人早一点儿。”

南宫绝看向容瑄。容瑄无奈地摊手道：“舅舅，顾流云是男是女咱们又能如何？就说现在这局势，别说顾流云是个女人，她就是个傻子，陛下想要她当丞相，别人也无可奈何。”

南宫绝轻哼一声，道：“现在的情况，只怕比她是个傻子更严重一些。”南宫绝虽然也是个大男人，比起那些迂腐的文人却也看得开多了。容瑄说得一点儿都不错，无论陛下想要做什么，他们都管不了。

容瑄有些不以为然，道：“若是父皇刚刚驾崩那会儿这事爆出来，或许他们可以闹，但是现在……闹个几天也就差不多了，除非那些人都不怕死。”

南宫翼叹了口气，道：“老实说，无论顾流云是男是女，咱们都不如她。这是那些人刚刚送来的，表哥和父亲看看吧。”南宫翼从袖袍中取出几份折子递过去，道，“陛下说了，谁若是有本事写出比顾流云更好的策论和折子，丞相之位就交给谁。”

容瑄挑眉看向南宫翼。南宫翼有些苦涩地摇头，他虽然不是出身书香门第，但是这些年为了辅佐容瑄也可以说是饱读诗书典籍，但是沐清漪写的这些，别说他写不写得出来，他连想都没有想过。这样的治世之策，竟然是一个女子写出来的！

容瑄和南宫绝都接过了折子翻看，坐在旁边的容泱也小心地取过一本翻看着。南宫绝和容瑄也精于这方面的东西，到底一个出生于皇室、一个见多识广，看了都不由得变色。看得出来，这只是一些最基础的东西，不然陛下也不会拿出来给外人看，但就只是这些，每一条都毫无例外是治国良策。

“这……老夫记得……顾秀庭和华国平王还在皇城，会不会……”南宫绝皱眉道。

“不会！”旁边，容泱沉声道。三人齐齐望向容泱。容泱有些窘迫地扬了扬手里的折子道，“这个……是我亲眼看到顾相写的。”

三人面面相觑，良久南宫绝方才沉声叹道：“如此天纵之才，竟是个女子。可惜，可叹。”

南宫翼轻咳一声，道：“父亲，现在不是感叹顾流云是男是女的时候，咱们到底该怎么表示？虽然陛下没有说话，但是如果庄王府和南宫家一直没有表态的话，只怕以后陛下心中会不高兴。”

南宫绝淡淡地扫了他一眼，道：“咱们还有选择的余地吗？庄王也说了，无论咱们怎么选，陛下的决定都不会改变。”南宫翼点头道：“那么……孩儿晚一些就去写折子。”

南宫绝摇摇头，道：“罢了，还是老夫亲自去吧。陛下年轻气盛，桀骜不驯，难得听得进劝谏。这顾流云……既有此才华，难得陛下又肯听她的话，咱们不支持还能如何？只是……老夫希望顾流云是当真一心向着陛下，否则，后果必定不是西越所能够承受的。”

南宫绝和容瑄对视一眼，容瑄有些不确定地道：“这个……应该是真心的吧？若不然，她一个女子何必千里迢迢跟着陛下到西越来？”当初顾流云来到西越的时候，容瑾还只是个什么都没有的皇子而已，甚至她在答应容瑾一起来的时候，容瑾连个封号都还没有。

南宫绝点头道：“但愿如此。”

“那个……”容泱迟疑了一下，问道，“据说陛下打算近期迎娶顾……沐姑娘为妻，那到时候沐姑娘到底是皇后还是丞相？”如果是丞相，那皇后之位要怎么办？如果是皇后，那现在朝中那些老头子又在争什么？下次见面，他要怎么称呼顾相呢？

三人闻言皆是一怔，容瑄沉吟了一会儿，道：“这个……还是要陛下决定吧？”看陛下现在的态度，可不像是准备将丞相之位再交给别人的模样。京城另一边的已经更名为太傅府的姜家书房里也是同样的情况。姜家一众老小都小心翼翼地看着姜太傅，姜太傅却盯着手中的折子看得津津有味，仿佛根本没有体会到子孙们忧心如焚一般。

最后还是姜誉小心翼翼地道：“祖父，这事咱们要怎么办？”

姜太傅抬起头来，淡淡道：“什么怎么办？陛下要娶谁是陛下的家事，跟咱们有什么关系？”

姜家长子一脸尴尬，苦笑道：“父亲，我们说的是……顾相的事情。”

姜太傅一怔，低头看着手中的折子最后几个字——“臣顾流云上”，字迹清丽清隽，称不上铁画银钩，却更有一番出尘雅致之意。良久，姜太傅方才摇头道：“顾流云确实是相才。”

“但是顾流云是个女人啊！”姜家众人忍不住齐声道。

姜太傅一瞪眼，道：“瞎嚷嚷什么，老夫还没有聋！誉儿，你说说看。”姜誉虽然年轻，却是姜太傅最看重的晚辈，就连身为他父亲的姜家嫡长子都不能及。这些日子，身在吏部侍郎的位置上，姜誉比起从前也更稳重了。他沉吟了片刻才道：“陛下对顾相……的心思只怕不是别人反对就能够动摇的，若是满朝上下一致反对，把陛下逼急了……”

后面的话姜誉没说，众人却都能够想象到。奉天府那一夜，姜家也有人在场。就算没在场的，也听人说起过，众人不由得打了个寒战。

“难道真的就这么……让一个女人做一国之相？到时候……咱们西越读书人只怕就要成为天下的笑柄了。”有人不甘地道。

“不服气你就写一份比顾流云更好的折子呈上去！”姜太傅没好气地瞪了一眼没出息的儿孙。他老人家一辈子在朝堂上始终屹立不倒，凭借的就是“审时度势”四个字。倒不是他真的就喜欢让一个女子做西越丞相，但是在明知道反对不了的时候，又何必去惹陛下厌烦？“一群没出息的东西，沐清漪是个女子，就是再厉害她也要成婚，婚后也要相夫教子，她能在丞相之位上坐一辈子？你们若是不服气，还不如自己努力，将来从她手里将丞相之位接过来！”姜太傅没好气地道，目光却望着自己的孙儿姜誉。姜家虽然也算是儿孙满堂，但是姜太傅寄予厚望的还是这个嫡孙。

“你们若是实在不能将她当丞相，就当她是皇后。横竖她做了皇后你们也要跪她！”姜太傅继续道。

姜誉有些哭笑不得，这也算是一种安慰吗？不过，一旦打破了男女之别这一层偏见，单以能力而论，姜誉也觉得自己没什么不服气的，最多大约是有一些竟然输给一个比自己还小的女子的羞愤。所谓知耻而后勇，他还年轻，有朝一日未必不能超过顾流云。

见孙儿神色渐渐坚定，姜太傅这才满意地点了点头。

姜誉恭敬地问道：“祖父，明天早朝咱们就上折子支持顾相吗？”

姜太傅摇头道：“不，咱们不能最先出头。明天上朝之后你看着，如果有人先站出来支持，你们就立刻跟上。如果还没有，就先不要轻举妄动。但是，绝对不要跟着那些蠢货攻击顾相，明白了吗？”

姜誉点头道：“孙儿明白。”

“儿子明白。”众人也跟着齐声道。姜太傅如今不用上朝了，姜家在朝堂上也还有那么几个人，自然都要叮嘱清楚。姜太傅满意地道：“俗话说枪打出头鸟，姜家立家最要紧的便是一个稳字。风头太盛，不是好事。”

姜誉有些好奇地问道：“祖父觉得……明天谁会最先站出来支持顾相？”

姜太傅抚着胡须，思索着道：“不是靖远侯就是南宫家。”

姜誉点头道：“孙儿明白了，姜家会紧跟着南宫家和靖远侯。”

“孺子可教。”姜太傅含笑点头。

御书房里，几本折子送到了容瑾跟前的御案上。正低头批阅奏折的容瑾搁下了笔，取过折子来翻看。毫无意外，折子上写着的正是南宫家和姜家等一些重要权贵的动作。南宫绝这样的绝世高手不能靠近了查探，姜家书房里的谈话却是一字不漏地记录在了折子上。

容瑾看完之后扬眉一笑，满意地点了点头，道：“不愧是历经三朝的老狐狸，还算识相，也免了本公子多动手脚。”容瑾收起跟前的折子淡然吩咐道，“送去给清漪看看，另外告诉她，可以多跟南宫家和姜家接触一些，必要的时候给一些好处也无妨，难得他们听话。”

无情默默地出现在容瑾身后，接过折子恭敬地行了一礼，转身出门去了。

身后侍候的蒋斌眼观鼻、鼻观心，仿佛完全没有看到无情一般。容瑾淡淡问道：“那个老头子死了没？”

蒋斌一愣，总算想起了容瑾说的是谁，连忙道：“陛下是说李大人？听说李大人回府之后，吐血不少……还养着呢。”

“那就是没死。”容瑾有些遗憾。蒋斌心中为那倒霉的李大人默默擦汗，小声道：“还没有。”

容瑾皱了皱眉，道：“算了，传朕的话给东方旭，把慕容恪给朕盯紧了。”既然命大，饶他一命好了，免得沐清漪回头知道了，又要怪自己跟一只脚踏进棺材的老头子较真儿。蒋斌恭敬地道：“老奴遵命。”

容瑾哼了哼，低下头继续批折子。沐清漪不在，他一下子忙碌了许多。那个慕容恪，就先蹦跶几天好了，若不是看在慕容恪帮了他一个大忙，还有几分利用价值的分儿上，哼……

第二天，沐清漪依然如往常一样早就上朝了，身上穿着的却已经不再是之前那一身银白色朝服，而是一身同样款式却能够清楚地看出来是女装的衣衫。白衣银纱，暗绣银色的祥云和四爪银龙的女装更加衬托得她肤白若雪，面容精致美丽。她并没有什么特别雍容华贵的配饰，只用一根银色云纹的发带将一头青丝绾起，远远走来却仿佛九天下凡的仙子一般美丽动人。

原本还在心中腹诽的人们，也不由得惊叹。西越的美人不少，如眼前这般美丽又气韵高华而不显高傲，淡淡一笑只让人觉得如春风拂面的女子却是绝无仅有。难怪陛下那样性子的人都能对她死心塌地，果真是世间一等一的美人儿。

若是在别的地方见到这样的美人，这些自诩风流倜傥、才华横溢的才子文豪必定要倍加赞赏，吟诗作赋、笔墨丹青歌颂美人的绝色风姿。当这个美人站在朝堂上要与他们一争高下的时候，大多数人的心情却是万分复杂的。

“陛下驾到！”

容瑾步履沉稳，从后殿走了出来，神色平淡地扫了众人一眼，道：“平身吧。”

容瑾看着殿下一身白衣、美丽出尘的沐清漪，心情更加愉悦了几分，淡然道：“有事便说，没事就散了吧。”

众人面面相觑，你看看我我看看你谁都没有勇气出来说话。容瑾轻哼一声，淡淡道：“既然你们没话说，那么朕就说一下。顾相……各位现在都知道了，本是华国肃诚侯府嫡女，沐清漪，以后就称沐相吧。”

众人心中一沉，陛下果然还是坚持要将沐清漪留下做丞相。

容瑾继续道：“另外，着礼部尽快准备大婚典礼。”

几个位高的老臣交换了一下眼神，其中一人站出来道：“启禀陛下，陛下与沐姑娘大婚之后，沐姑娘便是我西越的后妃。自古……后妃不得干政，请陛下三思。”容瑾冷笑道：“朕什么时候说过要封后了？”

“可是陛下……”陛下难道只打算将沐清漪纳为妃？如此就更好了，陛下总是要立后的，到时候沐清漪必定会跟陛下产生矛盾……

容瑾冷然道：“后位从缺。”

“这，陛下三思，后宫不可无主……”

容瑾不屑地冷笑道：“朕只听过国不可一日无君，还没听过后宫不可一日无主的。朕的话，各位爱卿听不明白吗？大婚，封后暂缓！”

众人怎么会不明白容瑾的意思？大婚，自然是以正宫之礼迎娶沐清漪。但是封后大典却要压后，既然没有封后封妃，沐清漪自然也不算后宫中人，那么后妃不可干政这一条自然也就不是限制了。

其实这些可怜的人并不了解，容瑾岂会在乎什么后妃不可干政？在他看来，沐清漪完全可以同时兼任丞相和皇后。只是她竟然不愿意，而后宫……本身也不存在，那皇后这个位置就先留着，什么时候清清喜欢了再拿回去就是了。

“臣等……遵旨……”被容瑾几番折腾的礼部和钦天监飞快地答应了下来。“陛下，请陛下三思啊。”几个老臣老泪纵横，可惜容瑾心肠冷硬无比。

“除了这个，还有什么话说？昨儿朕说过了，谁想要当丞相……证明自己比清漪能力更强就可以。你们谁？嗯？”

方才还一脸义正词严的老臣顿时老脸通红，很快又转黑。

“还有谁要说话吗？”容瑾淡淡道。

“臣，南宫绝有本上奏。”武将最前列，南宫绝站出来沉声道。比起这些义愤填膺的文官，武将倒是显得安静了许多。虽然同样惊讶于沐清漪女子的身份，但是……沐清漪当的是文官又不是武将，跟他们有什么关系？就算丢脸丢的也是文官的脸。自古以来朝堂上便是文武相轻，有人来打这些酸儒的脸，他们高兴还来不及呢。就算沐清漪真是个武将，如果他们这么多大男人连个女人都打不过，大将军之位给她也无妨啊。不然的话，占着位置更加丢脸。

当然，其中也有身为武将之首的南宫绝一直都没有表态的原因。此时南宫绝一站出来，所有人的目光都不由自主地落到了他的身上，那些不愿沐清漪继续为官的文臣更是一脸殷切地看向南宫绝。在他们看来，英明神武、性格老辣的南宫大将军肯定也不会容忍一个女人在朝堂上瞎闹。

容瑾挑眉一笑，道：“说。”

南宫绝沉声道：“沐相虽是女子，但是文采卓绝，政绩斐然，丝毫不逊于男子。臣南宫绝请陛下为西越计，依旧任用沐相以辅佐我西越千秋伟业。”

容瑾满意地点头，南宫绝果然是个聪明人，总算不辜负本公子对南宫家的优待。

“臣姜誉附议！”

“臣东方飞附议！”

“臣容瑄附议！”

“臣……”

随着一声声附议，这些老学究震惊地发现，朝中大多数握有实权的大臣和宗室居然都毫无异议地接受了这个震古烁今的决定——女子封相。眼看着自己已经无力回天，当场又有几位两朝老臣晕过去了。

虽然依旧有不少人反对，但是礼部已经毫无阻碍地迅速开始筹办起大婚事宜来了。钦天监也火速选好了大婚的日子，各国还没有离开的使臣们正好可以继续留下参加完大婚典礼再走。虽然被西越帝要迎娶丞相这样的消息震得七荤八素，但是各国的使臣们还是在第一时间纷纷上表表达了恭贺之意。

至于西越的普通百姓，反而没有那么在意了。寻常百姓，就连谁当皇帝也不一定在意，更何况是谁当丞相？而且不得不说，沐清漪之前风度翩翩、俊秀尔雅的模样给京城的百姓留下了极好的印象。如今突然听说那美若天人的少年丞相竟然是个女子，所有人也不觉得突兀，反倒更加好奇。不过是一夜之间，就连茶楼里的说书先生也开始说起了少女丞相的传奇故事。京城的老百姓也听得津津有味，远比听那些酸儒讲什么女子不得干政有趣多了。

婚礼素来是件很烦琐的事情，更不用说是皇帝大婚了。不过容瑾亲自请了长公主来帮忙，倒是让沐清漪省掉了许多麻烦。长公主虽是女子，但也是性格爽利的人，又为了自己儿子的前程着想自然要将婚事打理得妥妥帖帖。容瑄身为亲王不好做什么，却也派了容泱和南宫家小姐南宫雅来帮忙，也算是表明了宗室的态度。

长公主亲自上门拜访之后，每天都有人陆续上门拜访。这些人自然不是来拜访沐清漪的，而是来拜访身为兄长的顾秀庭的。也不知道容瑾是怎么挑选或者敲打这些人的，这些人竟都没表现出任何对沐清漪的不满来惹顾秀庭不悦。

皇家的东西源源不断地送入顾府，顾家上下同样也没有闲着。虽然顾家现在已经没有当年相门的权势，但如果只论财力，若不是容瑾刚刚得到了魏无忌一半的财产，又不算国库，还真比不过顾家。因为要准备大婚的事情，沐清漪也暂停了每日的早朝，也算是给那些还不能接受的老臣一个缓冲的时间。

只看每天诸如安郡王、姜誉、步玉堂这些年轻官员纷纷上门请教政务，就可以知道沐清漪继续当丞相已经是板上钉钉的事情了。那些官员的不能接受也不过是自欺欺人罢了。

奉天府大牢幽暗阴冷的房间里，沐云容双目失神地坐在稻草堆上，望着空荡荡的牢房发呆。就连一只蜘蛛从她跟前的墙上爬过，她的目光也没有丝毫的波动。沐云容突然后悔针对沐清漪了。以沐清漪的脾气，如果自己什么都不做，沐清漪也不会理她。但是……她当时到底为什么会那样做？当初在华国皇宫的时候，她明明那么惧怕沐清漪。沐云容惊惧地抱着头，缩在牢房里最阴暗的一角。

吱呀一声轻响，牢房的大门被人从外面打开。突然洒进来的光让沐云容有些不适地眯起了眼睛。外面应当天气正好，淡淡的光影中，一身白衣的沐清漪缓步走了进来。

沐云容呆呆地望着已经换回了一身女装的沐清漪，回过神来，突然扑到牢房的边上，叫道："放我出去！放我出去！"

"三姐，可还好？"沐清漪平静地看着跟前一身狼藉的女子，眼中没有丝毫波动。沐清漪并没有非杀沐云容不可的理由，顾家和姨母的事情沐清漪也不至于迁怒于什么都不懂的沐云容。所以一直以来沐清漪对沐云容都是视而不见，只要沐云容不要太过分，她都懒得理会。但是这一次，沐清漪觉得自己并没什么耐心，沐云容不能对她造成多大伤害，但是如果沐云容经常在她面前晃悠，也很烦人。

沐云容一把抓住沐清漪的衣摆叫道："沐清漪，你放我出去！我是你三姐啊！"

沐清漪挑眉，笑问道："那么，三姐跟恒王一起算计我的时候，可有想起来我是你的四妹？"

沐云容语塞，她从来没有将沐清漪当成自己的亲姐妹，又怎么会想到这个？

"四妹……我错了，你原谅我吧，我真的是一时鬼迷心窍。四妹……沐家只剩下咱们姐妹俩了啊。求求你，放过我吧。"

沐清漪淡淡地抬手拉回来自己的衣摆，往后退了一步道："三姐多虑了，我记得……大哥还在呢，说不定……三弟也还活着。沐家怎么会就剩下咱们俩了？三姐还不如说一些我感兴趣的事情。"

看到沐云容有些茫然，沐清漪挑眉问道："是谁告诉你我的身份的？"

沐云容犹豫了一下，道："我说了你就会放了我？"

"你不说，我一定不会放你。"沐清漪淡笑道。

沐云容脸色一白，沐清漪有多心狠她是见识过的，所以她也绝不会以为沐清漪现在是在跟自己说笑。沐云容心中只是暗暗后悔自己怎么就一时鬼迷心窍来招惹这个煞星。沐云容犹豫了半晌，有些苍白的嘴唇颤了颤，终于还是忍不住招了，道："是……是福王告诉我们的。"

沐清漪秀眉微挑，对这个答案并不感到意外，只是淡淡道："为何？"

沐云容摇头道："不知道，恒王说是华皇派人传给他的消息。当初华国的事情，华皇很生气，所以要福王设法杀了你。福王知道自己不是你的对手，就找上了我和恒王。"

沐清漪抬手揉了揉眉心，轻声笑道："倒是有点儿意思，那么……哥舒竣派恒王来又有什么打算？"

沐云容垂泪道："我不知道，哥舒竣并不相信华国去的人，我也打听不到什么消息。只是听恒王说过，哥舒竣要恒王试探一下西越新帝的底，之前北汉的注意力都在庄王、端王和质王身上，对西越新帝根本就不了解。"

沐清漪笑道："所以，恒王算计我，只是为了试探陛下？"

沐云容脸色苍白，点了点头，道："恒王说……西越新皇登基，如果不想江山不稳的话，你的身份暴露之后就只能舍弃你。而且西越新皇也不会为了一个女子得罪北汉，只是没想到……”没想到容瑾根本就不按常理出牌，虽然没有当场杀了恒王，却逼着哥舒翰亲手折断了恒王的手脚。这样的惩罚只怕比直接杀了恒王还重。如果恒王这次死了也就罢了，他若是逃过一劫，将来必定记恨哥舒翰。沐清漪淡淡一笑，心里很清楚，恒王绝对是活不了了。就算她和容瑾不杀他，哥舒竣也不会容他再活下去。

沐清漪继续问了一些北汉的事情，沐云容虽然身为北汉恒王妃，但是时间并不长，对北汉皇室也只有个大概的了解，对北汉更是一问三不知，还不如西越皇家收集的资料详尽。沐清漪问了几句便失去了兴趣，直接转身走了。

“你别走！放我出去！”看到沐清漪转身要走，沐云容连忙叫道。沐清漪回身，含笑看着她道：“对了，忘了告诉你，慕容煜就是死在这个房间里的。”沐云容一愣，顿了一顿才反应过来慕容煜是谁，脸色更是变得惨白。

“求你饶了我吧，我知道的都告诉你了……呜呜……我错了，四妹……你别走！”沐云容软倒在牢房边上，紧紧地抓着栏杆哭叫道。沐清漪淡然一笑，转身出门去了。门外，步玉堂恭敬地伫立着，望着沐清漪的神色很是复杂。知道了顾流云就是沐清漪，第一时间步玉堂就有些傻了，当初在彭城他可是见过沐清漪的，再仔细一想还有什么是不明白的?

只是明白了，步玉堂也只是无奈地苦笑一声，摇了摇头，别说他没有证据证明当初的事情是沐清漪和容瑾算计的，就算有又如何?至少最后沐清漪和容瑾还将他救出来了，如今更是让他高居奉天府尹之位，除了当初受了些不大不小的惊吓之外，这两位当真没有什么对不住他的地方了。或许……当初遇到那件事，也算得上是他今生最大的机遇吧?

出了奉天府，沐清漪刚转身要回府，却看到不远处的街对面站着两个人。其中一个红衣女子正一脸兴奋地朝着自己招手。不是哥舒翰和哥舒冰是谁?

“小姐。”霍姝和无心一左一右站在沐清漪身边，有些警惕地盯着对面的人。哥舒冰却是不管不顾，直接朝她们的方向跑了过来，喊道：“清……呃，清漪。”哥舒冰有些艰难地将“清弟弟”三个字给咽了回去。眼前的沐清漪一身白衣如雪、清丽脱俗，容貌气度比起当初在华国京城时仿佛更甚几分，美丽得让人不忍侧目。

哥舒冰有些惋惜地看了一眼自家十一哥，再看看沐清漪，无奈地叹了口气。

“郡主、烈王。”沐清漪淡淡笑道。

哥舒冰惊叹道：“清漪，你可真了不起，本郡主平生还没佩服过几个人，如今却当真是服了。”沐清漪含笑看着依然一脸坦然的永嘉郡主，挑眉笑道：“烈王和郡主这是……”

哥舒冰笑眯眯地道：“本郡主没什么事，只是很想来见见你啊，是十一哥有话要说。你们聊，本郡主去找赵子玉！”说完，哥舒冰也不理会两人的反应，朝沐清漪挥挥手便一脸愉快地跑开了。

哥舒翰有些无奈地摇了摇头，道："永嘉一向爱胡闹，沐姑娘勿怪。"

沐清漪摇摇头，想了想道："前面有家茶楼，不如过去坐一坐，烈王意下如何？"

哥舒翰自然没有意见，侧身示意沐清漪先行。

在茶楼中坐下来，沐清漪神色淡然地望着楼下来来往往的人。哥舒翰坐在她对面，望着她清丽的容颜却是有些出神。

等了好一会儿，也没见哥舒翰开口说话，沐清漪只得道："烈王今天来，可是为了恒王的事情？"

哥舒翰微微一怔，道："八哥的事情……本王……"他当然知道恒王当初是想怎么算计沐清漪的，在听明白了的那一瞬间，他甚至有一种想要一把捏死恒王的冲动。这样的想法让一向威震三军的烈王也不由得有些措手不及。哥舒翰怔怔地望着沐清漪，心里有几分失落和遗憾。北汉烈王虽然从未钟情过任何女子，却并不表示哥舒翰就是个什么都不懂的傻子。

他明白自己的想法，只是……很显然已经晚了。

沐清漪垂眸，平静地道："恒王的事情，我已经问明白了。烈王不必自责，陛下那里我也会劝说，必定不会影响西越和北汉两国的交情，烈王尽管放心便是。"

哥舒翰摇摇头，道："上次没有将八哥交给西越帝处置，并非本王有意护短。八哥虽然并无实权，但是他的母族如今依然是北汉最重要的权贵重臣。若是本王什么都不做便将人交给西越，皇兄也不好向北汉的朝臣交代。不过，皇兄会有什么打算，本王也能猜到一二。你放心，本王离开京城的时候，一定会将他交给你们处置。本王今日前来，是……恭喜沐姑娘即将大婚。"

沐清漪低眉浅浅一笑，道："原来如此，多谢烈王。"

哥舒翰望着沐清漪，犹豫了片刻问道："如果……当初在华国，本王坚持要你跟我一起回北汉，你会答应吗？"

沐清漪平静地摇头，心中却只能暗暗叹息。他根本就不知道，坐在他眼前的这人早就不是那个当年救过他的性命、赠送他明珠的善良少女了。

"不会。"沐清漪看着哥舒翰，坚定地道。她犹豫了一下，轻声道，"烈王，上次我说过沐清漪早已经不是从前的沐清漪。其实……自从表姐去世之后，我受了些伤，从前的事情早已经忘得差不多了……"

哥舒翰点头道："本王明白。"

沐清漪起身道："我府中还有事情，若是无事，就此告辞。"

哥舒翰点点头目送她转身而去，望着她渐行渐远的窈窕背影，哥舒翰俊朗的眼眸中闪过一丝苦涩。她以为……他喜欢的是从前那个帮了他的沐家小姑娘。可是……那时候她才不过十岁……怎么可能呢？

只是，终究是晚了，多说无益。当初在华国他没能够想明白，这就注定了他永远比容瑾晚一步。如果能够带你回北汉，从此一起策马扬鞭共赏北汉的风光该多好……

沐清漪回到府中，府里还有不少人正等着她。她走进大厅，看着顾府一向宁静的大厅里熙熙攘攘，再对上东方旭和南宫翼那戏谑的眼神，沐清漪强忍住了转身就走的冲动。

“大哥、表哥。见过两位王爷、长公主、南宫大将军、姜太傅。”沐清漪上前，一一跟众人打招呼。虽然沐清漪身为一国之相，但是在座的南宫绝和姜太傅无论是品级还是官衔都绝不输她，论年龄和声望更是沐清漪远远不及，沐清漪执晚辈礼也不为过。

顾秀庭点点头，满意地看了看自家小妹笑道：“清漪去奉天府了？”

沐清漪点点头，朝顾秀庭投去一个疑惑的眼神。顾秀庭笑道：“璐王殿下、齐王殿下和南宫大将军还有姜太傅是来提亲的。”

容瑾这一次可算得上是诚意十足了。璐王和齐王是容瑾唯一还在世的两位叔伯。南宫绝，西越战功第一人。长公主，西越先帝长女。姜太傅，西越先帝十几年的丞相，如今的太子太傅。若是姜太傅活得久一点儿，等到容瑾的儿子长大，他就算什么也不做也是名义上的皇子老师。

这些人，一个就足够镇住场面了，何况一次就来了五个，也难怪一向看容瑾不顺眼的顾秀庭此时脸上也是笑如春风，没有半点不悦。

至于容慕礼、南宫绝这些人，既然已经对容瑾服软支持他迎娶沐清漪，甚至支持沐清漪继续做丞相，那么亲自上门替陛下提个亲算什么大事！于是，一屋子的人相谈甚欢。只有沐清漪一人有些坐立不安。她虽然能够在朝堂上侃侃而谈力压一众文臣武将，但是面对此时的情形，一屋子的人都在谈论自己的婚事，还是免不了有了几分羞涩。

慕容熙看了一眼坐得有些不自在的沐清漪，淡笑道：“清漪先回去歇着吧。”在场众人自然谁也没有意见。从古至今也没有提亲的时候姑娘还会在场的。沐清漪自然也是松了口气，起身朝众人微微一福便退出了大厅。

看着沐清漪离去，容慕礼含笑对顾秀庭赞道：“沐……姑娘秀雅娴静、才华出众，能聘得沐姑娘为妻，当真是我皇之福。”来之前，容瑾已经吩咐过了，顾秀庭年纪轻轻的却很会刁难人，绝对不能让他不高兴后找到借口从中作梗，所以容慕礼使劲夸沐清漪和顾家，顺便贬容瑾两句，反正陛下自己也不在意。虽然从头到尾坐了这么久，他也没看出来这位风度翩翩的公子到底哪有容瑾说得那么可恶。从头到尾，顾秀庭一直都很温和地跟他们交谈，完全是一副很好说话的样子。

再联想一下自家陛下的性格，容慕礼也只能认为容瑾虽然对沐清漪是真心的，但是跟这位公子有些不对盘罢了。

顾秀庭微笑道："王爷过誉了，以后清漪在西越，还有劳诸位照顾了。"

众人连忙道不敢，沐清漪可是西越未来的皇后、如今的大丞相，谁敢说要照顾她？

转眼间，便到了大婚头一天。虽然还不是大婚当日，但是整个京城也都已经热闹起来了。因为刚刚过去不久的登基大典，许多前来京城观礼的人还没来得及离开。今年连续两场大喜事，也让原本从去年悼恭太子薨逝到今年西越帝驾崩，淹没在一连串倒霉阴影中的皇城多了几分喜气。

深夜，书房里，顾秀庭神色温和地望着坐在跟前的白衣少女，心中也是万分感叹，道："歌儿……"

"大哥。"沐清漪望着大哥，一时间也不知道要说些什么。顾秀庭温柔地轻抚着沐清漪头顶的发丝，轻声道："一转眼，你已经要出阁了，只可惜……"只可惜祖父、父母亲看不到这一天了。

眼前的少女，有几分似当年华国皇城中那个风华夺目的顾家大小姐，又有几分不像。顾秀庭淡淡一笑，就连他自己不也变得不像当年名扬华国的秀庭公子了吗？顾秀庭抬手轻触了一下脸上的伤痕，心中想着。

原本以莫问情的神医妙手，要祛除顾秀庭脸上的疤痕自然是易如反掌。但是不知道出于什么原因，顾秀庭最后并没有请莫问情治这道疤痕，甚至连普通的祛疤膏药也没有抹过，自从伤愈之后就一直听之任之。沐清漪和慕容熙虽然偶尔惋惜顾秀庭好好一张俊脸多了一道疤痕，但是在这件事上谁都没有多说半句话。

"大哥……我会幸福的。"沐清漪靠在顾秀庭怀中，低声轻喃道。

顾秀庭笑道："这是自然，我将咱们顾家的大小姐嫁给了容瑾，他若是让你不高兴，大哥一定帮你收拾他。"

闻言，沐清漪也不由得莞尔一笑。这些日子，容瑾倒是真有些怕顾秀庭找他麻烦了。其实无论是沐清漪还是顾秀庭，他们都心知肚明，以容瑾如今的武功、地位、权势，他完全没有必要怕顾秀庭。顾秀庭轻声叹息，拉着沐清漪坐下来道："虽然祖父和父亲、母亲都不在了，不过，有些东西还是要给你的。"顾秀庭从旁边座位上拿起一个并不大的盒子推到了沐清漪跟前。沐清漪一怔，道："大哥已经准备好了很多嫁妆了。"

沐清漪的嫁妆确实是不少，几乎剩下的整个顾家都给她了，顾秀庭自己半分也没有要。虽然之前就是由沐清漪继承了顾家的产业，但是在沐清漪心中其实很大程度上是替大哥暂管的。

另外，皇家送来的聘礼自然也不少。虽然容瑾现在并不打算封后，但是皇家的聘礼是实打实按照皇后的聘礼送的，甚至还要多。毕竟顾家的嫁妆很多，总不能让人说皇家占了顾家的便宜吧？顾秀庭更是一转手直接将这些聘礼全部重新塞进了沐清漪的嫁妆单子里。因此，沐清漪的嫁妆之重，就算不一定是绝后，至少也是空前的了。

顾秀庭似乎打定了主意，顾家从此退出中原的权力纷争，如今整个西越还能属于顾秀庭的，就只有这座容瑾赠送的前豫王府加前顾相府合一的豪华宅邸了。

顾秀庭笑道："该准备的早都准备好了，这不是什么值钱的东西，而且本来就是给你准备的。看看吧，喜不喜欢？"

沐清漪小心地打开盒子，一盒子的珠光宝气险些闪花了她的眼睛，并不算大的盒子里装着的全是各种精致的珠宝首饰。每一件都是精品中的精品，这小小的一盒子也可称得上价值连城了。

如果只是因为这个，沐清漪也不会那么惊讶。毕竟无论是顾家的嫁妆还是皇家的聘礼中也有不少与这些珍宝能够相提并论的东西。最重要的是，这些东西中的每一件沐清漪都看着十分眼熟。

在她还很小的时候，娘亲就经常抱着她打理这些东西，那时候还没有这么多。娘亲会带着温柔的微笑告诉她，这些都是为她准备的嫁妆。然后每年她生辰的时候娘亲都会选一件最精美的饰品再放进去。顾家什么时候得了皇家的赏赐或者从别处得到了饰品，也总是选择最珍贵、最美丽的放进去。于是，在她十四岁那年，那妆匣已经装得满满的了。娘亲还曾经笑语幸好她明年就要出嫁了，不然就要考虑重新换一个盒子或者再多弄一个盒子了。

而这些，在顾家被抄家的时候自然都已经没有了。不过现在看来，或许这些东西也并没有被抄没进皇家的私库里，而是流落在了外面。大哥能够一件一件将这些全部收集回来，想必也费了不少心思。

看着她双眸微红，顾秀庭怜爱地轻抚着妹妹的发丝，柔声笑道："哭什么，带着这些东西开开心心地出嫁，父亲、母亲还有祖父在天有灵也会感到开心。"

沐清漪将盒子抱在怀中，重重地点头道："我知道了，大哥……谢谢你。"

"傻丫头，我是你大哥。"顾秀庭轻声叹道，"大婚以后你就是别人家的了。到时候大哥和你表哥也要走了，你要好好照顾自己知不知道？"

沐清漪强忍住了眼泪，连连点头道："大哥胡说，不管什么时候我都是顾家的女儿。"

"好了，早些去休息吧，别没睡好明天弄得一脸憔悴，容瑾得不找我麻烦。"顾秀庭拍拍她的手笑道。

告别了顾秀庭，沐清漪捧着盒子出了门，霍姝和盈儿早在外面等着了。霍姝伸手接过沉甸甸的盒子，心中也忍不住暗暗惊叹顾大公子对自家小姐的疼爱。这些日子跟在沐清漪身边，她可是也将沐清漪的陪嫁看得清清楚楚。顾秀庭将顾家近乎全部的财产和皇家的聘礼连眼睛都不眨一下给了小姐。

现在虽然不知道这盒子里的东西是什么，但是就凭顾秀庭这么晚了才亲手交给小姐，就凭这重量，这些东西也是不凡。霍姝心中不由得暗暗擦汗，幸好城主现在已经继承了西越皇位，又有循王留下来的一半财产。不然，只凭天阙城还真是娶不起她家小姐啊。

“咦？那不是莫公子吗？”走在前面引路的盈儿有些惊讶地道。

闻言，几个人齐齐望去，果然看到夜色里莫问情独自一人坐在院子里的石桌边上不知道在做什么。沐清漪沉吟了片刻，示意霍姝先将东西送回去，自己带着盈儿朝着莫问情的方向走了过去。莫问情武功极高，两人还离得很远，便已经听到了脚步声，回过头来看到沐清漪，有些惊讶地挑了挑眉。

沐清漪走过去，淡笑道：“莫……子渊怎么还没休息？”虽然和莫问情的交情可说是不浅，但是沐清漪一直都没能习惯叫莫问情的名字。莫问情挑眉道：“你不也没睡吗？明天就要大婚了，睡不着？聊聊如何？”

沐清漪也不在意，点点头走到莫问情对面的凳子上坐了下来，淡笑道：“难得莫谷主有这个兴致，深夜独自一人在此赏月。”莫问情神色淡漠地望着沐清漪道：“我在这里等你。”沐清漪微微一怔，有些无奈地叹了口气，平静地望着莫问情道：“你有什么事要跟我说？”

莫问情点头道：“慕容熙的毒已经没有大碍了，等到明天大婚典礼之后我就要离开京城了。现在先跟你说一声，到时候就不用再专程道别了。”沐清漪望着他依然淡漠的容颜，半晌才点了点头，笑道：“也好。子渊是世外高人，这些日子在京城待着，想必也是十分烦闷。一路顺风。”

莫问情眼神微闪了一下，点了点头。他从袖袋里取出两个精致的玉瓶和一张药方放到沐清漪面前，道：“贺礼。”

沐清漪惊讶地取过药方看了看，抬头看向莫问情。莫问情道：“上次容瑾那颗避毒珠，我代药王谷收回。这是我亲自炼制的避毒丹，效果虽然比不上避毒珠，但是一共有二十粒，用处远比用一次就必须重新炼制一次的避毒珠要好得多。另外这个，容瑾的身体我看过了，确实是非常强大的内力强行灌注进体内造成的后遗症，想要短时间内痊愈绝无可能。这是清神丹和药方，长时间服用外加自己慢慢调理，等到容瑾年纪渐长，或许会慢慢好转。”

沐清漪垂眸，低声道：“多谢你。”

“不必。”莫问情漠然道，“我拿走了避毒珠，自然该给予补偿。”其实避毒珠本来就是药王谷的东西，现在莫问情要收回谁也不能多说什么。不过沐清漪清楚莫问情的性格，他这么说不过是不希望让别人觉得欠他人情罢了。见他如此，沐清漪也不多说什么，只是认真地道：“御药房里有很多不错的药材，你若有需要可以去看看。”

莫问情点点头。他执着于医道，对于各种珍稀药材和秘方自然十分感兴趣，明白沐清漪的心意，他也不拒绝她的好意。他只是平静地望着月色下的少女许久，方才淡淡道："天色不早，你该回去休息了。"沐清漪莞尔一笑，含笑起身道："是，我先回去了。你也早些休息。"

莫问情点点头，却并没有起身离开的意思。沐清漪只得带着盈儿转身回自己的院子去了。走到走廊转角处，盈儿忍不住悄悄回头看了一眼，却看到月光下那个白衣胜雪的冷漠男子似乎显得更加冰冷孤寂了。

"小姐，莫谷主……"跟在沐清漪身后，盈儿有些犹豫地道。

沐清漪回头，问道："怎么？"

盈儿有些困惑地摇了摇头，道："没什么。"应该是没什么吧，小姐明天就要大婚了，说这些不过是徒添困扰，而且说不定……就是自己想多了呢。看着一脸困扰的盈儿，沐清漪淡淡一笑，道："回去吧，别想太多了，明天还要忙呢。"

"是，小姐。"盈儿点点头，整了整精神，将刚刚的想法抛到脑后，跟着沐清漪回去歇息了。

次日一早，整个顾府就忙成了一片。清逸轩里，沐清漪坐在梳妆台前，任由长公主带着几位贵妇给她梳妆打扮。南宫雅等几位京城里的名门闺秀站在一边帮着打下手。沐清漪身上穿着一身鲜艳夺目的大红色嫁衣。嫁衣是宫中数位最手巧的绣娘连续赶制了大半个月方才完成的，是华国女子出嫁的时候最喜欢也是最名贵的茜云锦缝制，以西越最精巧的天针绣法绣成的凤舞九天的嫁衣。淡金色绣线绣成的九只凤凰在大红的嫁衣上栩栩如生，仿佛振翅欲飞。

南宫雅轻抚着嫁衣上的凤凰，赞道："果然不愧是专门为历代皇后刺绣的天针绣法，当真是天衣无缝。好美啊。"

沐清漪任由长公主等人为她绾发，笑道："雅儿若是喜欢，等到你成婚的时候我让人也绣一件送给你？"

"那可不敢。"这些天相处下来，南宫雅倒是对这位传奇女相多了几分亲近，连忙笑道，"这样的绣技可是宫中秘传的，只有正宫皇后才能用。"她虽然出身尊贵，却从来不是不知轻重的人，就算是再好看再羡慕，不该属于自己的就不能去奢求。沐清漪淡淡道："这有什么，不过是绣技而已，真有心研究，只要是有些本事的绣娘都能研究出来。"只不过是忌讳皇室，没有多少人会去做这个罢了。沐清漪挑眉笑道："说定了，你大婚的时候我便让人做了送你一件，还有……其他人，也一样。"

长公主含笑道："你们还不谢谢沐相，其实也没什么，若是陛下钦赐的自然是可以的。今儿沐相既然说了，难道还怕她食言不成？"众闺秀皆是一怔，顾不得羞怯纷纷欢喜地谢过了沐清漪。天针绣法的美丽自不用说，最重要的是，若是能够穿着陛下钦赐的嫁衣出嫁，那可是无限的荣光啊。

沐清漪浅浅微笑，望着跟前铜镜里照出的红衣潋滟的女子一时间有些出神。自从成为沐清漪之后，她就极少再穿颜色夺目的衣衫了，大红色的自然更不必说。她最后一次作为顾云歌存在于这个世上便穿着一身如火的红衣，还有那……漫天的火光……

“平日里看惯了沐姑娘一身白衣，如今才知道穿着红衣的沐姑娘才更是风华绝代呀。”长公主赞叹的声音传入耳中，沐清漪眼前渐渐清晰了，淡淡笑道：“公主谬赞了。”

“长公主说得不错，在这西越皇城中当真没见过颜色比得上沐相的女子。”旁边的贵妇也跟着称赞道。

一番谈笑气氛倒是让大家和睦了许多，众人也觉得这位丞相兼未来皇后并不是那种高高在上让人觉得高不可攀的存在，一时间房间里倒是热闹起来，直到外面的管事进来禀告，迎亲的队伍到了。

长公主等人再次为沐清漪整理了衣衫、首饰，重新查看了妆容，两个少女一左一右扶着沐清漪站起身来，身后两个女子取来一件淡金色的纱衣为她披上，众人不由得赞叹起来。

沐清漪本就生得极美，如今就说是西越第一美女也不为过。她穿上这一身大红嫁衣之后更显得雍容尊贵、绝艳脱俗。许多女子即使本身生得美丽，也容易让大红色的衣衫给压得失去了几分光彩，沐清漪却不会。她穿着白衣的时候清丽绝俗如世外天仙，穿着红衣的时候却又清贵无比，让人忍不住被她吸引了目光。

“好美啊……”南宫雅痴痴地赞道。

长公主笑道：“好了，吉时到了还不快些扶新嫁娘出去，盖头在哪儿？”长公主从旁边的丫头手中接过红色的绣着龙凤呈祥的盖头，轻轻盖在了沐清漪的头上。原本豫王府的大堂里，外面热闹沸腾的声音不绝于耳，大堂里倒显得宁静。顾秀庭坐在首位上平静地打量着下方的容瑾。容瑾极为难得地穿着一身大红的礼服，衣服上绣着九条金龙，龙腾九天，气势非凡。若是平时，容瑾断然不会穿如此“愚蠢”的衣服。今天却是个例外，容瑾不但愉悦地穿着这大红的衣服，更觉得自己俊美非凡、天下无双。

被顾秀庭这样的目光盯着这么久还能无动于衷的人，这世上基本上没有。若是平日，容瑾只看在沐清漪的面上不愿得罪顾秀庭，那么今天就是绝对不敢得罪顾秀庭。若是大婚当天顾秀庭还给他弄出什么幺蛾子，容瑾怕自己真的会忍不住捏死顾秀庭。

似乎察觉到了容瑾的不自在，顾秀庭淡淡地叹了口气，道：“以后好好照顾清漪。”

容瑾不由得一愣，有些不太相信顾秀庭居然真的没有找自己麻烦，回过神来连忙道：“这是自然。”

看着他难得呆滞的模样，秀庭公子不悦地哼了哼。“新嫁娘来了！”门外，一声欢喜的声音响起，沐清漪在众人的搀扶下走了进来。

“清清！”容瑾眼前一亮，欢喜地上前几步握住了沐清漪的手。然后，他毫不犹豫地揭起了头上红色的盖头。盖头下，经过仔细装点的容颜更加美丽动人，容瑾也不由得呼吸一窒。原本新娘的盖头是不能随便掀的，但即使是长公主也没有那个胆子指责这位皇帝陛下的所作所为。“咯咯。”身后不远的位置，慕容熙低声轻咳了两声，好心提醒容瑾背后某人有些不悦了。可惜容瑾并不领情，他不悦地扫了慕容熙一眼：打扰本公子看清清！

“清清……”好多天没有见到，清清好像更加好看了，容瑾在心中暗暗道。沐清漪同样也看着眼前的容瑾，他嗜好黑衣，就连登基大典也未曾例外，如今倒是第一次看到他穿着如此艳丽的颜色。容瑾俊美无俦，但是穿着这样的红衣却并不显得女气艳丽，反倒是平添了几分锋利之感，只是脸上带着的明显的喜气冲淡了那份让人忍不住退避三舍的煞气罢了。

“清漪。”身后，顾秀庭提醒道。

“大哥。”沐清漪这才推开了容瑾，上前几步盈盈一拜，“大哥……小妹告别，还请大哥以后珍重。”

顾秀庭神色温和，含笑道：“傻丫头，以后又不是不见了。去吧。”

“大哥……”

顾秀庭也忍不住有些伤感，站起身来轻轻将沐清漪搂入怀中，无视跟前露出一副想要杀人一般目光的容瑾，柔声道：“以后好好照顾自己，知道吗？”沐清漪连连点头，道：“大哥、表哥，保重。”

慕容熙温和地点头笑道：“大喜日子，哭什么！漪儿，保重。”

旁边，长公主看看时辰，低声提醒道：“陛下，该启程了。”

容瑾点点头，将沐清漪从顾秀庭怀里拉出来，道：“清清，咱们该走了。”虽然明白清清对家人的不舍，但是容瑾表示这个真的不能感同身受，从此以后远离顾秀庭这个倒霉催的，九公子不知道多开心呢。

旁边南宫雅连忙送上被容瑾揭下的盖头，他拿在手里看了看，嫌弃地往一边的椅子上一扔，道：“清清是本公子的爱妻、西越的大丞相，见不得人吗？清清，咱们走吧。”说完，他牵着沐清漪的手便往门口走去。

大门口，长长的迎亲队伍从顾府门口一直排到宫门口。街道两边还挤满了京城的百姓，他们都在等待着围观刚刚登基的皇帝陛下迎娶西越历史上第一位女相的场面。

不一会儿，众人终于看到顾府大门里有人走了出来。一身红衣的俊美帝王，牵着同样一身红色嫁衣美丽绝艳的女子。阳光下，几乎所有人瞬间失了神。俊美无俦的红衣男子和美丽绝伦的红衣女子并肩而立，双手相牵，无比融洽和谐。淡淡的阳光洒在罩着淡金色纱衣的礼服上，仿佛整个人都散发出一层淡淡的金色光芒。

“好美啊……”不知是谁低声轻叹道，却说出了在场的所有人的想法。

“恭迎陛下！恭迎沐相！”

“恭迎陛下！恭迎沐相！”

容瑾满意地看着眼前跪了一地的人，回过头含笑看着身边美丽动人的红衣女子道：“清清，你喜欢吗？”只有我们两个人，并肩而立，在众生之上。

“谢谢。”沐清漪低声道。只要能与你站在一起，无论站在哪里都好。

容瑾朗声一笑，一弯腰将她横抱上了旁边只有迎接皇后才有的三十六人的明黄色凤辇。然后，容瑾翻身上马，高声道：“回宫！”

直到很多年后，即使许多人已经记不清楚这场盛大豪华的典礼了，也依然能记得阳光下那一对璧人令人不忍侧目的倾世风姿和年轻帝王明朗的笑容和爽朗的笑声。

“这位西越新帝倒是性情中人。”顾府门口，慕容熙望着远去的红色身影低声笑道。

顾秀庭眼底同样闪过一丝笑意，却没好气地道：“他以为他在抢亲吗？霍姝，去替我传信给魏公子、莫谷主、夏统领和北汉烈王，别忘了今晚的晚宴。”

“是，大公子。”霍姝有些茫然地应道，心中默默然：谁会忘记这么重要的事情？

皇帝所居的清和殿和皇后所居的清宁宫之间的交泰殿，是平日里宫中祭祀的地方，也是这一天整个西越皇城最热闹的地方，因为西越新帝的大婚典礼就在这里举行。

各国皇室的大婚典礼其实都是大同小异的，不外乎将皇后从正门迎入，然后举行各种参拜礼仪，封后诏书，授予皇后凤印，再送入皇后宫中。剩下的便是大宴群臣，基本上没有皇后什么事了。但是这里面绝对不会包括一个普通人家婚礼必不可少的步骤——拜堂。

帝王是不会和任何一个女人拜堂的，即使是皇后，帝王的妻子。寻常人家无论是升斗小民还是王孙权贵，都说妻者，齐也。皇后却永远不可能与皇帝齐，册封从来都不是所谓的珠联璧合，从此夫妻一体荣辱与共。封后是对皇后的娘家以及皇后本人的恩典。今天的大婚却明显有些不同，没有那些冗长繁复的从一入宫门就不断地跪拜的礼仪。迎亲的凤辇直接停在了交泰殿外面。在众臣的恭迎声中，容瑾翻身下马，亲自将凤辇中端坐的沐清漪抱了出来。

沐清漪有些惊讶地望着跟前的交泰殿，皇室大婚的过程她多少还是有些了解的。眼前的场景显然是不符合规矩的，想必又是某人自作主张了。容瑾靠在沐清漪耳边低声道：“那些规矩麻烦得很，我可舍不得清清一路不停地跪拜。”

“陛下，呃……沐相，请沐相先到偏殿歇息，吉时一到便可行礼。”须发皆白的钦天监颤巍巍地走过来，恭敬地道。

容瑾点头，牵着沐清漪的手直接去偏殿了，留下交泰殿外的文武百官。大臣、贵宾们惊叹于新郎、新娘的容貌气度，同时也对这于皇室而言可谓别开生面的婚礼赞叹不已。

“容瑾……”偏殿里，沐清漪有些疑惑地望着眼前红衣飞扬的俊美男子。容瑾笑眯眯地道："清清不喜欢吗？今天的婚礼都是本公子亲手安排的哦。"

"喜欢。"沐清漪轻轻点头，只是觉得有些不对劲儿罢了，"吉时选在什么时候？""戌时。"

"这么晚？"沐清漪挑眉。容瑾得意地笑道："拜堂不都是这个时候吗？"黄昏之时行礼，故称昏礼，当然要选在这个时候。容瑾又道，"难道清清不想跟我拜堂？清清又要……"

看着某人又要做戏的模样，沐清漪连忙一把捂住他的嘴，认真地道："我很高兴。"

那所谓万人之上的荣耀又怎么比得上真正的结发交拜的婚礼让人高兴呢？即使一直都知道容瑾对自己很好，沐清漪依然感到惊喜。

容瑾看到沐清漪美丽的脸上的点点愉悦之色，笑容也更加温和了。他低头在沐清漪唇边落下一吻，轻声道："我要出去了，我让人进来陪你？"

婚礼在傍晚，还有那么几个时辰的时间，容瑾自然不可能放着那么多宾客不管不顾。沐清漪点点头，低声嘱咐道："不要胡闹。"

"怎么会？"容瑾轻声笑道，低头再亲了亲怀中的人儿，起身出门去了。

因为如今后宫中并无嫔妃，容瑾一时高兴将大半个后宫都开放了，让宾客们可以自由出入，也免得整个京城的权贵全挤在交泰殿附近太过拥挤。

容瑾刚刚出了门，蒋斌就来禀告说北汉烈王、魏公子等人请陛下过去小叙。容瑾挑了挑眉，一甩袖便跟着蒋斌去了。

一处距离交泰殿有些路程的宫苑内，几个容貌俊美、气质非凡的男子正坐在树下闲聊。容瑾一进来看到众人就剑眉微挑，轻哼道："你们怎么会在一块儿？"

不仅有哥舒翰和魏无忌，还有夏修竹、莫问情、赵子玉以及慕容熙和顾秀庭。赵子玉看了看众人，他只是跟着师兄来凑热闹的，哪知道他们会聚在一起？

魏无忌神色悠然，笑眯眯地道："自然是为了恭贺你大婚。说吧，你是想群殴还是单挑？"

容瑾眯眼，道："什么意思？"

魏无忌道："要不你单挑我们这一群，要不我们群殴你一个。"

"大表哥！我跟你有仇吗？！"容瑾咬牙道，准确无误地知道了仇人。他就算再狂妄也还是有几分自知之明的。他就算是再厉害，也不可能挡得住魏无忌、哥舒翰和夏修竹三人联手。顾秀庭想要弄死他吗？

顾秀庭把玩着手中的折扇，淡淡笑道："不用担心，点到即止。"

相信你，我就是傻子！容瑾愤愤，难怪这些天都没有动静，原来真的打算等到今天找麻烦！本公子不是你妹夫，清清不是你妹子吗？

"清漪当然是我的亲妹子，所以你放心……绝对不会耽误正事的。九公子武功盖世，让我看看你是不是真的有能力保护清漪吧。"顾秀庭微笑道。

本公子没有能力，难道你这个什么都不会的弱书生有吗？容瑾怒瞪了他一眼，道："别废话了，一起上吧！"反正都要挨揍，还不如霸气一点儿，九公子丢什么都不肯丢脸。

其他几个人也没打算跟他客气，容瑾话音未落，三四个人影就直接扑了过来。魏无忌、哥舒翰、夏修竹，还有一个莫问情，真是让人绝望的豪华阵容。

一个绝顶高手不难对付，两个也能勉强支撑，但如果是四个，即使强悍如容瑾也只有挨揍的份儿。当然几位高手出手还是非常有分寸的，绝对不打脸，不伤筋不动骨，就是有一点儿——疼！

旁边的几个人，顾秀庭和慕容熙倒是没什么感觉，赵子玉的一张俊脸却直接麻木了。这几个绝对不想让容瑾参加婚礼。反正如果是他，被这样揍一顿，就算是爬他也爬不过去了。

"秀庭……真的很讨厌容瑾！"慕容熙也看出了一些门道，有些好奇地道。"怎么会？"顾秀庭淡笑着饮茶，眼中淡淡的笑意和赞赏表示他对这个妹婿以及今天的婚礼都还颇为满意。

慕容熙挑眉看着他，顾秀庭淡淡道："我只是发现……容瑾喜好动拳头解决问题超过了动脑子，这样不好。好好挨一顿揍，他说不定就能醒悟了，能不动手就别动手，免得将来清漪担心。"

顾秀庭，你想得太远了。

"秀庭公子，这几位……跟西越陛下有仇？"赵子玉有些迟疑地扫了一眼打斗中的众人。

顾秀庭侧首想了想，犹豫了一下道："大约是心里有些堵，发泄一下对大家都好。"顾秀庭目光如炬，怎么会看不出来，这几个人不管是怀着什么样的感情，或多或少都对清漪有些好感，可惜大多数还在朦胧之中就被容瑾捷足先登了。既然如此，容瑾让他们揍一顿出出气，也是一件好事。

赵子玉有些僵硬地转过身喝茶去了，有这样一个大舅子简直是天下所有男人的噩梦。太恐怖了……即使是征战沙场所向披靡的安西郡王也觉得有些发寒。

轰！砰！在院中几处假山报废之后，终于有人率先住手。魏无忌率先停了下来，神清气爽、笑容可掬地道："云隐公子的武功果真是不错。"

"确实很不错，很耐打。"哥舒翰也停了下来，道。

接着是夏修竹和莫问情。莫问情有些遗憾地扫了一眼依然站立在院中神色阴郁的容瑾，如果现在下药的话，绝对可以万无一失。

"你们……给本公子等着！"容瑾咬牙道。眼前这几个，都没成亲。好得很！不要让本公子逮到机会！

容瑾浑身上下都很整洁，乍一看跟刚刚进来的时候没什么两样，但是只有他自己知道，他现在浑身上下都很疼！如果可以的话，他现在只想找张床好好躺躺，但是……

他可以吗？

魏无忌笑眯眯地看着他，道：“不舒服吗？要不要回去养养？沐姑娘宽宏大量，不会介意的。”

容瑾直接甩给他一个眼刀，咬牙道：“多谢关心，本公子很好！”

“千万别忍着，不用勉强。”

“别晕倒在礼堂里，丢清漪的脸。”哥舒翰有些不悦地道。

容瑾冷笑道：“本公子，好、得、很！”

哥舒翰有些遗憾地耸了耸肩，转身坐回了石桌边上。魏无忌也毫不客气，坐到顾秀庭对面，含笑指了指站在一边浑身僵硬的某人道：“顾公子，如何？现在总该放心了吧？”顾秀庭似笑非笑地望了他一眼，稍稍举了举手中茶杯道：“有劳魏公子了。”

“你们！”容瑾恨恨然，轻哼了一声转身而去。他今天要娶沐清漪为妻，不屑跟这些羡慕嫉妒恨的失败者和觉得妹妹被人抢了的浑蛋计较！不过……你们这些混账最好祈祷一辈子都不用成亲，不然……哼哼！

望着某人如被风卷走的红云一般飘然而去，院子里的众人却是神色各异，半点也没有幸灾乐祸的意思。

顾秀庭和慕容熙含笑看了看众人，又相视淡然一笑。妹妹太过优秀了有的时候也是一种烦恼啊，幸好清漪处理得还算不错。今天这几个人一起揍了容瑾一顿出口气大概也就差不多太平了。若真是闹到几男争一女，于清漪的名声却是不好。清漪毕竟是个女儿家，将来还要在官场上混。

旁边，赵子玉看了看众人各异的神色，也是若有所思。

傍晚，交泰殿里灯火通明，喜气盈盈。皇城里的各国使臣，以及西越三品以上的权贵都聚集在此，为今晚的婚礼观礼。

大殿一侧的礼部尚书是婚礼的司仪。礼部虽然一直都负责这方面的事情，但主持这样的婚礼是前所未有的，因此礼部尚书大人脸上的喜意也不由得有几分僵硬。

“陛下驾到！沐相到！”

一声有些尖锐的唱名，在座的众人脸色不由得扭曲了一下，谁听过哪国的皇帝要跟丞相成婚的？

大殿门口一阵环佩叮当，十八名穿着红色宫装的美丽宫女在前引路走进了大殿。宫女们分两行站开，后面便是一身红色嫁衣的沐清漪和身穿大红色礼服的容瑾。烛光下，一对新人被映衬得光彩夺目。男子冷峻无俦，女子清丽绝俗，只凭这相貌也让人觉得果真是天作之合。这世上，容貌配得上顾相的男人自然不多，容貌比得上新皇陛下的女子也挑不出几个，果真是绝配！

两人手牵手在大殿中站定，礼部尚书方才暗暗吸了口气，高声道："一拜天地，拜！"

大殿之上，两人相视一笑，朝着交泰殿上的天地神位郑重地拜下。

"再拜！"

"三拜！"

"二拜高堂！拜！"两人面对西越祖先灵位，恭敬地一拜。西越列祖列宗若是有灵，必定要热泪盈眶。容瑾这辈子大约还没有这么认真地拜过祖先。

"再拜……"

"……"

"夫妻对拜……"

新人转过身来，面对面。容瑾望着眼前红衣鲜艳的女子微微一笑，俯首深深拜下。沐清漪浅浅一笑，没有红盖头的遮盖，绝美的脸上绽放出令人心折的微笑。

"再拜！"

"三拜！"

两人当着天下所有人，恭敬而虔诚地九拜，从此许下彼此的一生。今生今世，我只与你携手同行。

"礼成！"

随着一声礼成，大殿里响起了欢快的礼乐，殿外整个皇城的上空绽放出了华丽夺目的焰火。

"恭喜陛下新婚大喜！"大殿里、大殿外，恭贺声如潮。

容瑾伸手扶起沐清漪，低头朝她一笑，再回头看向众人的时候却又一脸肃然，道："朕在此立誓，今生只有沐清漪一人，如违此誓，天人共诛！"

一时间，众人哗然，望向殿中两人的目光各异，却都不乏震惊之意。人群最前方，慕容熙低声笑道："这位皇帝陛下……果真是有点儿意思。"而且还很有魄力，不管天下人对容瑾的誓言的看法是什么，震惊、钦佩、轻蔑还是不赞同，只要将来容瑾做了对不起沐清漪的事情，全天下人都会唾弃他。

身为帝王，金口玉言不是说来玩的。

哥舒翰身边，哥舒冰望着殿中的两人忍不住叹道："原本还以为容瑾是个浑蛋，没想到……"当然，只对沐清漪好的容瑾，对别的女子来说还是个浑蛋！嘲笑美女容貌的罪名，是不可饶恕的！

哥舒翰有些失神，哥舒冰看着明显有些不在状态的堂兄，无奈地叹了口气，低声问道："十一哥，怎么了？"她当然知道十一哥怎么了，但是谁叫十一哥开窍晚呢。哥舒翰摇摇头，淡笑道："没什么，只是在想……就算当初……或许我也会输。"哥舒冰一脸茫然，哥舒翰却是淡淡一笑侧过了脸去。

在所有人震惊、羡慕、惊叹的目光中，新娘被送回了位于含章宫的新房。身为新郎的容瑾却还需要在清和殿大宴群臣。

容瑾也不是足够有耐性的人，匆匆饮过三杯就准备退场了。在场的朝臣、使臣也都是过来人，自然能够体谅皇帝陛下大婚的喜悦和焦急，自然也都是睁只眼闭只眼，但并不是每个人都能够这么通情达理。容瑾还没走出大殿，肩膀上就被人重重拍了一下。原本容瑾也有察觉，抬手便要甩开那人，不想对方也不是个庸才，另一只手一挡，手掌还是稳稳地落到了容瑾的肩膀上。

“西越陛下，恭喜！本王敬你三杯。”回头，北汉烈王爽朗地望着容瑾。别人都是敬一杯，草原儿女比较豪迈，直接敬三杯了。

容瑾轻哼一声，一言不发地接过酒杯，一饮而尽。接连三杯下肚，哥舒翰挑了挑眉转身走了。

“陛下大喜！”魏公子的声音悠悠然响起，魏无忌一手握着酒杯，一手端着酒壶，挑眉笑道，“请？”

容瑾咬牙，接过酒继续喝。接下来莫问情、夏修竹、赵子玉等也纷纷上前敬酒。北汉和华国的使臣都敬了酒，其余小国的使臣自然也不好意思不表示一下，纷纷捧着酒杯上前来，硬着头皮在容瑾冷冽的目光下敬完了酒后匆匆告退。

“酒量不错，陪大哥喝一杯吧，妹夫。”顾秀庭温文尔雅的声音传入容瑾耳中，容瑾一回头就看到那张笑得格外温文的俊颜。容瑾一言不发地接过顾秀庭递过来的酒杯一饮而尽。然后，手中的酒杯咔嚓一声便碎成了粉末，仿佛那不是一个酒杯，而是某人的骨头。

看着他这模样，顾秀庭难得地叹了口气，道：“真是好心没好报。”容瑾没好气地道：“难道我要感谢你请人揍我？”

顾秀庭摸着下巴道：“原来你喜欢他们闹洞房的时候揍你，早说我就不忙活了啊，现在……他们大概不好意思一天揍你两回了。”

容瑾咬牙道：“狗屁闹洞房，要是让本公子看到半个碍眼的东西，我保证，以后每天晚上送个漂亮姑娘到你床上。不信，你试试看！”丢下一句威胁的话，容瑾狠狠地转身而去。

望着他远去的背影，顾秀庭无奈地叹息，道：“这世上，做个好人怎么这么难呢？”他难道不是为了他们好吗？别的人不用说，哥舒翰和莫问情肯定得找容瑾麻烦啊。让他们提前把气出了，他们哪还好意思再去闹洞房啊？要是真留到最后，呵呵……顾秀庭很怀疑某人还有没有那个福分入洞房，直接被人打死还差不多。

“你倒是煞费苦心，可惜容瑾不能理解啊。”慕容熙低声笑道。

顾秀庭无奈地摇了摇头，还是好好看着那几个吧，万一真的出了什么纰漏，他相信容瑾真的说得出做得到。

含章宫新房里，沐清漪坐在装点得喜气盈盈的新房里，娇颜微红。她抬手小心地按住怦怦直跳的心口，烛火下美丽的容颜也多了几分羞涩和甜意。一群衣着华美的少女正围在沐清漪身边陪她说话。

“沐相真是好福气。”一个明丽的少女坐在对面的凳子上，羡慕地道，“若是有哪个男人跟说我今生只有我一个，如违此誓，天人共诛，让我做什么我都愿意了。”

身后的蓝衣少女没好气地拍了她一巴掌，道：“你害不害臊，没出嫁的姑娘家想什么呢。”不过虽然这么说，但蓝衣少女的脸上也有几分羡慕向往之意。哪个女儿家不期待一生一世一双人，但是世上又有哪个男人愿意许得起这样的承诺？南宫雅笑眯眯地道：“我觉得陛下今天这一番表白，倒是让那些打着陛下主意的老头子歇了心中的念头。”虽然京城的大家闺秀基本没有倾慕九公子的，但是这不代表这些闺秀的家人没有什么心思啊。若是能跟皇家攀上关系，牺牲一两个女儿算什么！何况看陛下对沐清漪的宠信，也不像原本传说的那样恶行恶状啊。

紫衣少女不屑道：“一群白痴，还没我那没学问的老头子看得清楚。”

众人好奇道：“唐将军说什么？”

紫衣少女傲然道：“我爹说，想送女儿进宫的人都是白痴！沐相是百官之首，就不怕沐相给他们穿小鞋吗？官大一级压死人，要是再加上枕头风……哼哼……”

众人一脸尴尬，蓝衣女子连忙一把捂住她的嘴，歉疚地对沐清漪道：“沐相，我表妹小时候用脑袋磕破了门，你别见怪。”

你的脑袋才能磕破门！紫衣少女瞪大了眼睛，可惜空有一身武力却不敢反抗温文清秀的表姐。

沐清漪也不由得被逗笑了，道：“唐将军说得没错，谁送人进宫本相就是打算给他穿小鞋来着。”

众少女瞪大了眼睛，道：“这个……可以告诉别人吗？”她们也不想进宫，皇帝陛下长得好看是好看，但是那个脾气，真没几个人能受得了。每次看到皇帝陛下对沐相一脸温柔的模样，没有几个少女能不沉溺其中。但是只要沐相一转身，现实总会给她们泼一桶冰水。所以，陛下是好人，这个纯属幻觉。

“当然可以。我就是这个意思。”沐清漪微笑道。

不知为什么，众闺秀忍不住抖了抖，感觉沐相也好可怕……

“陛下驾到！”远远地，宫门口响起太监的声音，众人连忙起身朝着沐清漪微微一福，恭敬地告退了。原本也不用急，但是少女们实在是不太想跟英明神武的皇帝陛下碰面。皇帝陛下一向乐于恐吓他人，让别人都怕他。她们已经很害怕了。

原本热闹的新房突然安静了下来，一时间沐清漪有些不自在起来。不一会儿，门外便传来了容瑾不紧不慢的脚步声，他道：“都退下！”

“是，陛下，奴婢们告退！”

容瑾踏入新房，燃烧着的龙凤花烛照得整个新房一片红艳。那端坐在床边，穿着大红嫁衣的美丽女子在这一片鲜艳的红色中却依然美丽独绝。

“清清……”

容瑾痴迷地望着眼前美丽的人儿，低声道：“我终于娶到你了。”清清终于是我一个人的了……无限的满足感从心间溢出，让容瑾感到无比愉悦和欢喜。原本他并不在意婚礼的仪式，只要清清永远在他身边，什么时候成婚都是一样的。但只有真正到了那一刻，在天下人面前拜堂成亲，当着天下人许下诺言，他才真正深切地感受到从此以后清清便是他一个人的了，这世上谁也不能拆散他们。

“容瑾……”沐清漪轻声微笑，“喝了不少酒。”

容瑾有些委屈地道：“大哥让人灌我酒，清清帮我骂他。”

“好，我帮你。”沐清漪笑道。

容瑾满意地道：“清清最好了。”其实容瑾并没有醉，虽然喝了不少，但是顾秀庭最后敬的那杯酒似乎是醒酒的东西，所以容瑾回来的时候才走到半道上就半点醉意都没有了。但是看到清清如此美丽娇艳地坐在房中等着自己的模样，他觉得自己又醉了，他说道：“酒不醉人人自醉……”

端过放在一边的酒，容瑾微笑道：“合卺酒。”

沐清漪伸手接过，两人手臂勾连，一饮而尽。

“清清……”放下手中的酒杯，容瑾怜爱地望着怀中的女子，低头轻轻吻上了她被美酒熏染带着水色的樱唇。

不同于往日或浅尝辄止，或缠绵嬉戏，这个吻更加缠绵，也更加火热。沐清漪微微一怔，一时间整个身体都有些僵硬了。

“清清，别怕……”容瑾低声叹道，修长的双手轻盈地勾勒着她窈窕的身姿，火热的唇也渐吻渐深。

“容瑾！”

即使经历过无数的大风大浪，沐清漪依然只是个未经人事的闺中女子。此时那个叱咤风云的沐相仿佛瞬间不见了踪影，只有那个柔弱婉约的美丽少女。

“清清……云歌……”红色的帐幔缓缓地落下合拢，掩去了满室的烛光，也掩住了半室春色。

大红的嫁衣和礼服被人从帐幔里抛出，准确无误地搭在了一边的凳子上。少女羞涩的娇吟在新房中渐渐响起。红帐里，被翻红浪，俊美的男子和美丽的女子相依相偎，抵死缠绵。

“容瑾！疼……”少女低声痛呼。

“清清……别怕……”男子声音低沉，带着淡淡的隐忍。渐渐，一丝细碎的轻吟从红帐中流出，很快便加入了更多低沉的喘息，渲染出一室旖旎春光……

红帐外，龙凤花烛高照，映出一室的绯红。凳子上，绣着龙纹的衣衫和绣着凤纹的礼服重叠着，在烛火下映出一幅龙凤呈祥的图样……

夜深人静，新房里一片宁静，只有烛台里的花烛依然在静静地燃烧着，不时绽出轻轻的响动。

床上一对璧人交颈而眠。

容瑾慢慢睁开眼睛，俊美的容颜上满是满足和愉悦的笑意。他低头看着身边沉睡的女子，脸上的笑意更加明显。

“清清……”容瑾低头亲吻着少女嫣红的嘴唇，低声道。

“容瑾……”睡梦中的女子娇红的容颜带着鲜见的疲惫，秀眉微蹙。容瑾怜爱地吻了吻她，抬手勾起一缕自己的发丝，再勾起沐清漪的一缕发丝，十分熟练地将两缕发丝打了一个漂亮的蝴蝶结。

容瑾满意地看了看自己的杰作，笑得更加开心。发丝相缠，为免扯得太远惊醒了沉睡中的女子，他小心翼翼地将人搂入自己的怀中，把玩了一会儿手中缠绕的发结，方才缓缓入睡。

结发为夫妻，从此我便是你的，你便是我的……

清晨，沐清漪慢慢睁开眼睛，身边不同于往常的温度让她不由得往旁边闪去，却被纠结在一起的发丝扯了一下，一只手臂轻轻将她勾了回来。容瑾的声音在耳边响起：“清清，醒了？”

映入眼帘的是满室喜庆而尊贵的大红色，还有跟前的男人俊美且没有一丝缺陷的笑颜。沐清漪不由得脸上一热，美丽的容颜染上了一抹淡淡的嫣红，看在容瑾的眼中却更加娇艳动人，他含笑的眼眸不由得一黯。

浑身上下仿佛被碾过一次的酸痛让她想要起身也无能为力。

“清清要什么？难受吗？”容瑾柔声问道。沐清漪低头看到跟前缠在一起的发丝，问道：“这是什么？”

容瑾笑道：“结发夫妻，自然要结发才行。”

沐清漪无语，问道：“你就打算这么一直跟我绑在一起吗？”

容瑾剑眉微挑，抬手捻起绑在一起的发丝，指缝轻轻拂过，发丝齐齐断开。只见容瑾满脸愉快地起身下床，从不远处的梳妆台上取出一个显然早就准备好的锦囊，小心地将发丝装了进去，然后仔细系好又放回了锦盒里。

沐清漪看着他做这一切，唇边也扬起了一丝淡淡的笑容。一夜之间，容瑾眉宇间的阴郁之气似乎散去了许多。无论是什么人现在看到了都会轻易猜出他现在的心情非常好。

沐清漪慢慢撑着床想要坐起身来，容瑾忙道：“清清，你要什么？我帮你拿。”

沐清漪道："我要起床了,时间已经不早了。"

容瑾连忙将她压了回去，道："今天不用早朝，朝政我已经找了人处理，清清不用担心，好好休息吧。一会儿早膳送来了，用一些之后再休息一下，然后咱们出去玩。"

沐清漪现在也确实不愿意见人，既然容瑾这么说，她自然也没有什么意见，顺从地躺了回去。

等到沐清漪再次醒来的时候却已经接近正午了，她睁开眼睛便看到不远处容瑾正坐在桌案边批阅折子。他俊美的容颜上往日的阴郁和煞气似乎一扫而空，他半垂着脸认真地看着手中的折子，沐清漪只看到半边完美的侧脸。认真的容瑾似乎更俊美了，沐清漪唇边勾起一丝浅浅的笑容。

"清清醒了。"沐清漪一睁开眼睛，容瑾便发觉了。他搁下手中的折子抬头就看到新婚妻子正面带微笑地望着自己，快步走到床边扶起沐清漪，道："来人！"

门外早就等候着的宫女连忙进来，恭敬地一福，道："见过陛下，见过沐相。"

沐清漪挑了挑眉，道："盈儿和霍姝呢？"

容瑾含笑，亲昵地吻了吻她的眉心，道："盈儿去准备午膳了，我让霍姝去准备咱们出行用的东西。"

沐清漪有些惊讶，问道："出行？"

容瑾点头道："五天不用上朝，我们出去玩。"沐清漪轻声叹息，容瑾伸手，一根手指轻轻点住她的朱唇，道："不用担心，一切我都会安排好。清清只要跟夫君一起出去散散心就好了。不许反对！同意就亲亲我。"

看着眼前笑容可掬，眼神却分明在告诉她"不同意我就亲你"的男人，沐清漪也只得认输了。她微微一笑，倾身在他唇边轻轻落下一吻。

虽然觉得沐清漪太敷衍了，不过容瑾还是没有挑剔，满意地拍拍手道："进来。"

几名宫女连忙进来侍候，其实也没有什么需要她们侍候的地方，除了端水进来以外，别的诸如更衣、绾发等事情都被皇帝陛下包揽了，他甚至还打算亲自为新婚的爱妻化妆。

幸好，沐清漪看到他拿着东西在自己脸上比画，顿觉不妙，连忙一手拉过表示自己来就可以。容瑾错失了夫妻之间的画眉之乐，有些失望。但是在沐清漪坚持的目光下，他只得怏怏地放弃了。

容瑾坐在床边，看着坐在梳妆镜前的女子穿着一身雪青色罗衣，如云的青丝绾成一个松松的发髻，几支精致的发簪斜斜地插着。一支凤凰展翅的流苏金步摇在沐清漪发间轻颤着，清雅脱俗又不失新婚的喜庆和华贵。她随意地轻描黛眉，无须脂粉便是一个美貌绝伦的俏佳人。

容瑾一瞬间眼眸温柔如水。在遇到沐清漪前的十九年里，他一直都是一个人。无论是八岁之前，还是八岁之后在西越九皇子和云隐公子的身份之间徘徊，无论是哪一条路，一直都是他一个人独行，从来不知有何处可归，有何处可恋。但是现在……他终于有了一个家，有了一个需要永远守护的人。

这样的感觉……是从未有过的圆满和充盈……

被容瑾的目光盯着，沐清漪忍不住转身对上他温柔的眼眸。

“好看吗？”

容瑾认真地点头道：“这样就好，脂粉只会污了清清的美丽。”

沐清漪莞尔一笑，女人总是喜欢听好听的话的。

用过了午膳，容瑾心情愉悦地和新婚妻子换了一身便装带了几个人就出了皇宫，然后直接出京去了，让正在含章宫里卖力处理政务的庄王等人傻了眼。才刚刚登基就将朝政丢给曾经还一起争过皇位的庄王，皇帝陛下当真是放得下心。

容瑄仔细想了想，没放在心上。陛下就算离京必定也不会去太远的地方，如今京城里重要的位置上都是皇帝信任的人，短短几日能出什么事？

“我们这是要去哪儿？”出了城，沐清漪有些好奇地看了看外面，马车正朝着与京城相反的方向而去，只是容瑾不说，连她也不知道目的地到底是哪儿。

容瑾倒也不吊人胃口，含笑道：“彭城。”

沐清漪挑眉，有些不解地望着容瑾。容瑾笑道：“都说彭城号称花城，一年四季繁花似锦。但是清清可知道彭城哪个季节最美？”沐清漪沉吟了片刻，有些好奇地道：“四五月，牡丹？”

容瑾点头赞道：“清清果真聪慧无双，彭城位置偏西北，别的地方五月已经过了牡丹最盛的花季了，彭城的牡丹却开得正好。咱们这个时候去，正赶上了，何况清清不想去看看冯止水在那边做得怎么样了吗？”

彭城距离京城并不远，快马加鞭的话一天就能到。倒是如果坐马车……

容瑾低声笑道：“前面镇上就换快马。而且，也不用那么拘泥于时间，京城出不了乱子。”

“你倒是放心。”

“不是有大哥在吗？就算真出了什么事，他也一定有法子控制住局面。这些日子皇城里那些人也老实了不少，绝对不敢在这个时候兴风作浪。”沐清漪无语地望着某人，真会撂挑子，这算是对大哥的报复吗？

看着沐清漪似怒非怒的眼神，容瑾也只是朗声一笑，俯身噙住了她的朱唇。

一行人一路上走得不紧不慢，第三天正午就到达了彭城。果然如容瑾所说，彭城的牡丹开得正好。与上次来的时候大街上来来往往的都是带着兵器的江湖中人不一样，这次来到彭城，大街上行走的大都是穿着儒生袍子的斯文有礼的读书人和风流倜傥的文人雅士。牡丹的尊贵绚烂与菊花的清逸脱俗相比，有一种不同的美丽让人们世代传颂。

悠然行走在大街上的人们神色悠闲愉悦，时不时听到有人吟诗作赋，仿佛淡淡的花香中也蕴含了点点墨香。

这才是彭城作为西越花都应有的模样，去年的菊花会可真是被糟蹋了。

冯止水显然早就接到了消息，虽然容瑾和沐清漪都说了不得声张，却还是在府门口早早地恭迎着。他看到跟在沐清漪身后的盈儿更是满脸欢喜。发妻早逝，冯止水只有这一女，自然是万分疼爱。如今看到女儿跟在小姐身边一切安好，他也放心多了。

“陛下……小姐！”将两人引入厅中，冯止水方才恭敬地上前行礼。容瑾挥挥手示意他不必多礼，冯止水笑道：“陛下和小姐大婚，止水还未曾道贺呢，恭祝陛下与小姐百年好合，早生贵子！”

沐清漪娇颜微晕，浅笑道：“冯先生的贺礼我看到了，怎么能说没有？”彭城距离京城不远，冯止水虽然不能回京，却还是派人送了贺礼回去。那是两盆开得正艳的牡丹和魏紫姚黄，皆是牡丹之中的珍品。即使是皇宫之中，品相那般好的也是难得一见，可见冯止水还是费了不少心思。

这话倒是颇合容瑾的心意，他满意地笑道：“承凤章先生吉言。”

沐清漪只得恨恨地瞪了某人一眼。

看到两人之间的互动，冯止水心中也是十分高兴。小姐和陛下的关系和睦，自然是再好不过的事情了。宾主君臣落座，冯止水方才道：“听闻大公子到了京城，不知大公子和慕容公子是否安好？”

沐清漪将慕容熙和顾秀庭的事情简单地说了一遍，冯止水虽然对于顾秀庭的决定有些惋惜，却也没有多说什么。顾家对他有恩，他也愿意付出一生报答顾家的恩情，却不能仗着自己和顾家的关系倚老卖老，只要大公子考虑清楚了，下定了决心，他也不会多说什么。

这半年来在彭城，冯止水自觉过得十分充实。他本身就不是视功名利禄如浮云的人，否则当年也不会去参加科举。如今已经年近四十才开始仕途之路，冯止水却也做得十分努力，不过短短几个月，便已经将整个彭城治理得妥妥帖帖了。

叙完了旧，冯止水便请两人先在府中稍事歇息，有些惋惜地笑道：“可惜陛下和小姐晚来了几天，不然还能赶得上彭城的牡丹花会。都说西越花都名扬天下，微臣第一次见到这牡丹会的时候也是十分惊讶。就是如今，彭城里还住着不少文人雅士，不等到牡丹花季过去，他们大约是不会走的。”

沐清漪微笑道：“刚刚进城便看到满城牡丹绽放，绚烂如锦，如此美景，说是人间仙境也不为过。能够住在这里，当真是有福了。”

冯止水笑道：“可不是嘛，这城里现在就住着不少准备参加今年恩科的士子。彭城离京城近，又没有那些烦琐的事务，那些不想攀关系走后门，只想一心读书的人便暂住在城中，等到科举将近了再启程前往。”

沐清漪和容瑾对视一眼，沐清漪莞尔一笑，道："那倒是很有趣，有空不妨去见见。"

冯止水愣了愣，这才想起来眼前的沐清漪还有另一个了不起的身份——西越大丞相。冯止水回过神来哈哈一笑，道："只顾着和陛下、小姐叙旧，倒是忘了拜见沐相。"说罢，他便深深地一揖，正是官员见到上峰高官的礼仪。

"冯大人免礼，自己人私底下不必如此拘礼。"沐清漪连忙笑道。

冯止水恭敬地道："多谢小姐。"

彭城果真是个人杰地灵的地方，比起京城里的人声嘈杂更让人心情愉悦。清晨，连早饭都没有用，沐清漪便被容瑾拉着出门了。原本盈儿也要跟着，却被沐清漪拦住了，道："你也是个太守小姐，那些事情交给别人做就是了。这么久不见，多陪陪冯先生吧。"

至于霍姝，自然也不必带着。暗中有侍卫跟着，在彭城这地方，能跟容瑾动手的人只怕还没有出生，也就没有什么可担心的了，还不如自己自在一些。

两人携手走在彭城的大街上，出众的姿容自然引来不少路人的注目。两人却都不在意，边走边欣赏路边开得正艳的牡丹，不知不觉就来到了一座有些眼熟的楼前，容瑾不由得笑了，道："清清还记不记得这地方？"可不正是那倒霉的彭城第一客栈慕华楼吗？

容瑾拉着沐清漪进去，掌柜的一看两人衣着不凡立刻就迎了上来，但是看清楚容瑾后，笑容就僵住了。掌柜的自然不会忘记半年前，这位云隐公子在他这家小店做了什么可怕的事情。

"云……云隐公子。"掌柜的笑脸僵硬。

"掌柜怎么认出他是云隐公子的？"沐清漪有些好奇地问道。上次来容瑾一直都戴着面具，这一次却是光明正大地走进来的。掌柜的赔笑道："这个嘛，云隐公子气势非凡，而且……还有这位姑娘……"如果容瑾一个人来，掌柜的或许就觉得有点儿眼熟，但是如果身边再跟着一个沐清漪这样美丽的女子，那么就很好认了。

看着掌柜明明一副想要关门送客却又不敢的可怜模样，容瑾挑眉一笑，道："不用担心，今天本公子不找你麻烦。"

您随便找谁麻烦我也吃不消啊，掌柜的在心中默默道。

一眼看出掌柜的心中所想，容瑾没好气地翻了个白眼，拉着沐清漪上楼去了，道："别废话，赶紧送些好吃的早点过来。饿着了本公子的夫人，拆了你的慕华楼！"

遇到如此不讲理的人，还能如何？掌柜的交代了伙计一声，亲自去厨房吩咐了。

二楼上，如今已经过了牡丹花会最热闹的时候，慕华楼即使是彭城第一的客栈，里面的人也并不特别多。毕竟，第一就表示价格不菲。

整个二楼上也不过坐了十几桌的模样，不算安静，却也不吵闹。

两人一出现在楼梯口，便吸引了不少人的注意力。毕竟，无论是容瑾还是沐清漪，容貌、气质都不是一般人可比的。容瑾也就罢了，再好看也是个男的，所有人的目光都落到了沐清漪的身上。众人心中不禁暗暗遗憾，这样美丽的女子竟然已经名花有主。同时，众人也不得不气馁地承认自己无论容貌、气度跟女子身边的俊美男子根本就没得比，连刚刚生出的半点争强之心也被掐灭了。

看着众人纷纷避开的目光，容瑾满意地点点头，然后郁闷地发现了另一个问题，如今沐清漪恢复了女儿身，势必会惹来更多好色之徒的垂涎。难道以后要将不喜美色作为官员每年考评的标准？嗯……谁敢看清清一眼，就贬到穷乡僻壤去种地、放羊！

“想什么呢？”看着容瑾一脸阴险的笑意，沐清漪有些奇怪地问道。容瑾轻咳一声，连忙道：“没什么，想刚刚那个掌柜的真是不识相，本公子和清清肯光顾，是他这慕华楼八辈子的荣幸。”

沐清漪点头笑道：“那倒是，你走的时候如果肯给他写个匾额，他肯定把你供起来天天参拜。”值钱的不是容瑾这个人，而是他的落款。

“休想！”容瑾嫌弃地道。那老头儿居然敢嫌弃他，还想赶他和清清出去。写匾额？刷那老头儿一脑门儿墨汁还差不多。

沐清漪好奇地看了看大厅中三三两两一桌的书生，低声道：“恩科不是分文科和武科吗？这些大多是举子吧？怎么不见武举呢？”

容瑾低声笑道：“武举不用准备，只要熟读一些兵书，到时候比的就是武功高低了。”

沐清漪低眉一想，也不由得莞尔一笑。“清清好奇的话，回京了开始考试的时候我带你去看。”容瑾低声笑道。沐清漪点头道：“也好。”

容瑾挑眉拿下巴指了指不远处的那些读书人，道：“清清现在也可以看看这些人，说不定以后他们还要叫你一声老师呢。”

“咦？”沐清漪有些惊讶地看着容瑾。容瑾不在意地抚着下巴，道：“清清刚刚入朝，根基未稳，今年的恩科正好是个机会，如果清清能够收服这批年轻官员，以后的事情就会好办许多。”

一直以来的规矩便是如此，每一届科举的主考官，上榜的学子需称之为座师，这些学子也就相当于主考官的门生。而这些学子入朝为官以后，除了某些本身就有派系的，一般的学子都是绝不会背叛座师的，因为欺师灭祖对读书人来说是不可饶恕的大罪。

沐清漪蹙眉道：“只怕我资历不够。”

要担任科举主考官，需要位高权重、德行声望，缺一不可。容瑾轻哼一声，道：“有什么不够的，当朝丞相亲自主考是他们的荣幸。一旦上榜便是丞相门生，嗯……说是天子门生也可以啊。”

虽然经过殿试上榜的士子也都能称天子门生，但是这能一样吗？若每个士子都觉得是天子门生就无后顾之忧了，朝堂上大约也就没有那么多成为党争炮灰的倒霉蛋了。但是如今的天子门生可不一样，皇帝和丞相是夫妻，多么好攀关系的捷径啊，这些士子只要还没傻，就都会对沐清漪恭恭敬敬地言听计从。

闻言，沐清漪没好气地瞥了容瑾一眼，偏过头去不再理会他。

不多时，掌柜的便亲自送来了各色精致的早点，态度殷勤得让周围的读书人都不由得多看了他们几眼。

沐清漪有些遗憾地看看自己身上的衣衫，女儿装扮还真是有些不方便。若是穿着男装，现在就可以去跟那些读书人聊聊，如果现在她过去，这些读书人就算看在她是个长得不错的姑娘的分儿对她礼貌相待，也绝对没有人想跟她聊政事。

两人一边吃着早点，一边听着读书人有一句没一句地闲谈。突然有人聊起了京城里的事情："各位同窗，你们说……这新皇陛下跟那位沐丞相到底是怎么回事？"

这个话题显然很有些意思，在座的众人看了看四周，除了新来的那对男女以外都是读书人，也就不再在意了，你一言我一语地说了起来。

"听说那沐丞相是华国的明泽公主。"

"华国公主怎么能做我西越的丞相！"有人愤愤道。一个三十来岁的青衣儒生笑道："这个嘛……你们都不知道，这明泽公主根本不是华皇的公主，据说是一个什么侯府的嫡女，被华皇赞赏才封为公主的。要不怎么华国皇室姓慕容，她姓沐呢。"

"我以为沐清漪是化名呢。"有人兴致勃勃地道。

"她原本就化名顾流云，如今再化名沐清漪，不累吗？"男子摇头晃脑地道，"据说这明泽公主颇得华皇宠爱，不知怎么就失踪了。没想到竟然是跟着陛下回西越了。你们记不记得去年使臣去华国给华皇祝寿的时候，陛下也是随行的。"

"难道说……"有人低声道，"这明泽公主是跟陛下私奔了？听说咱们陛下可是有皇城第一美男子之称。"

扑哧！这些话自然是一丝不落地落进了窗口的两人耳中，容瑾闷笑起来，望着沐清漪的眼中还带着点点水光，显然是笑得不轻。他还不忘朝着沐清漪挤眉弄眼：清清，你要跟我私奔吗？

沐清漪暗暗咬牙，朝着容瑾嫣然一笑，却在容瑾失神的时候狠狠地在他身上掐了一把，痛得某人再也笑不出来了。容瑾委屈地望着她：清清要掐本公子居然还用美人计，就算你不笑，本公子也愿意给你掐啊。

"你们到底知不知道重点？"旁边一个看上去年纪最长的男子忍不住拍案道，"沐清漪身为华国公主，又是女子，居然做了咱们西越的丞相，你们难道不觉得这不合礼法吗？"

这些人显然都不太喜欢这个男子，虽然他说的他们也想过，但是这一脸轻蔑是怎么回事？有本事你自己去做西越丞相，别考了几十年还是个秀才啊。"咯咯，这事就连京城里的权贵们都认同了，咱们说这些也没什么意义吧？"有人想要将这个话题岔过去，那男子却有些不依不饶，道："京城里那些权贵只会拍陛下的马屁，哪敢说半个‘不’字？咱们身为读书人，就该据理力争，以正天下之风！”

其他人纷纷皱眉，以看疯子的模样看着这中年男子。一个年轻一些的人有些不耐烦，没好气地道：“那贾兄你说说，要怎么据理力争？”

贾姓男子傲然道：“我们要联名上书陛下，罢免沐清漪！如此不守闺训的女子，当立即休离，打入冷宫，以儆效尤！”

另一边，原本还一脸笑意的容瑾神色一冷，俊脸立刻就阴沉了。他正要起身，却被沐清漪抬手压住了胳膊。容瑾低头，有些疑惑地看着她。沐清漪浅浅一笑，道：“读书人胡言乱语，你着急什么！”

容瑾冷哼一声，道：“这种东西，本公子保证他一辈子也别想考中！”正生气时，一个有些平淡的声音从楼梯口传来：“贾兄，你说要罢免沐相，还要陛下将她打入冷宫，这沐相跟你有何仇恨，你竟如此恨她？”

闻言，众人齐齐回头，便看到一个穿着蓝色布衣的青年书生站在楼梯口，他正淡淡地看着那姓贾的中年书生。那人一身洗得发白的衣衫虽然跟这慕华楼的装潢有些格格不入，但是他脸上并没有什么自卑之色，只是不卑不亢地站在楼梯口。

“云月封！你怎么会在这里？”那贾书生脸色微变，高声叫道。

虽然这青年确实不像是住在慕华楼的人，但是这贾书生反应也太大了一些，其他人都忍不住皱眉。

“云兄。”其中一个青年男子连忙站起身来，道，“云兄是在下的朋友。”

那叫云月封的青年上前，取出一本书双手奉上，道：“多谢林兄慷慨借书。”那青年男子接了过来，笑道：“小事一桩，云兄才高八斗，前几日听君一席话，小弟茅塞顿开，还要多谢云兄才是。”

其他人见原来是熟人，也跟着笑了起来，道：“既然是朋友，不如坐下喝杯水酒。”云月封犹豫了一下，便拱手谢过跟着坐了下来。倒是之前那慷慨激昂的贾书生被云月封一番话堵了回去，脸色一阵青一阵紫，又见这云月封后来居上，居然比自己还受欢迎，顿时脸色更加难看了，轻哼一声道：“林公子也算是书香门第，怎么会结交这种下九流的朋友！”

整个楼上顿时一片宁静，所有人都有些不可思议地看向那贾书生。俗话说，万般皆下品，唯有读书高，说一个读书人下九流，简直就跟骂一个身份高贵的贵族是乞丐差不多。

贾书生却并不以为意，得意地笑道：“难道不是吗？你们怎么不问问他是个什么身份？不过是青楼女子生的野种，居然也敢来参加科举，真是有辱斯文！”

“贾兄！你休得胡言乱语！”那姓林的青年男子也气得脸色发青，云月封是他请来的朋友。

西越虽然不如华国礼教森严，但是对于科举学子的身份核查得也十分严格。若是云月封的身份真如他所说的那般不堪，他根本就考不上举人，更不用说参加恩科考试了。

其他人脸色也都不好看，读书人都好高谈阔论，偶尔说些闲话，这贾书生的话说得太过分了。

“云月封！你怎么不反驳？还是不敢吗？”对于众人的不满犹不自知，贾书生得意地笑道。

云月封沉默不语，俊秀的容颜上却是一片漠然。

坐在窗边的沐清漪看在眼里，心中却是暗暗一叹，这云月封的身份或许没有这贾书生说得这般不堪，但是估计也相差不远了。

其他人见云月封一直不说话，神色也有些变了，有些怀疑地望了望云月封又看了看贾书生。那贾书生更加得意忘形起来，道：“云月封，你以为你不说别人就不知道你的底细吗？我跟他可是一个县的，谁不知道他娘从良前是……”

“住口！”云月封脸色一变，含怒瞪着他道，“有什么你冲着我来，背后论人长短算什么读书人！你不就是嫉恨我乡试的时候成绩比你好吗？”

那贾书生老脸一红，很快又有些发紫，强笑道：“你胡说！我会嫉妒你这种人？”

云月封傲然地冷笑一声并不说话。众人看了看两人，心中便明了了。这贾书生自然是嫉妒云月封的。贾书生年过不惑才考了个秀才，这云月封看上去刚刚及冠，也是个秀才，而且排名还在贾书生之上，那贾书生能不嫉妒吗？他们此时却也关心另一个问题，贾书生说的到底是真是假，只是看云月封的反应，八成都是真的。一时间，众人看向云月封的眼神也有些复杂起来。

众人的神色云月封怎么会看不见，他默默地站起身道：“多谢各位的酒，告辞。”

“哎？云兄，你……”

“古语有云，英雄不问出处，云公子，不如过来喝几杯？”窗口，一个温婉的声音淡淡响起。众人一怔，齐齐侧首望过去，却发现说话的竟是那位之前让他们看呆了的美丽女子。

云月封也是一怔，看了看沐清漪又看看容瑾，只看两人的衣着、容貌、气度就知道他们不是寻常人。云月封笑容有些苦涩，道：“在下身份卑微，不敢高攀……”

沐清漪笑道：“君子之交何必拘于身份？更何况若没有才华、心胸，便是王侯将相又有何益？公子莫不是看不上我们？”

云月封道了声“不敢”，走过去在两人对面坐了下来。沐清漪秀眉微挑，满意地点了点头，这人有点儿清高或者还有因为身份的自卑，却并不孤僻，也不算偏激，若真有真才实学倒是个不错的人。

“这是外子云隐。”沐清漪浅笑道。

云月封一愣，拱手道：“云公子、云夫人。”他原本还不觉得，此时再看眼前这一对男女，男子俊美无俦，女子清逸无双，果真是一对璧人。

容瑾微微点了点头，好奇地道："你明知道他会找你麻烦，为何还要为了沐相驳斥他？"

云月封倒是没想到他会问这个，怔了一下方才道："沐相虽是女子，却能力卓著，并未有负丞相之责。若是不愿沐相为相，从能力、才华说说也就罢了，只是单说是个女儿家就不配，若是如此……我等还不如沐相一个女儿家的读书人，岂不是该去死了？"

"说得好。"容瑾满意地点头，对眼前的书生倒是多了几分欣赏。容瑾不是正儿八经从御书房里读书出来的，素来不怎么待见朝堂上的那些老学究，这会儿肯夸云月封一句，也算是难得了。

沐清漪举杯笑道："如此，就先预祝云公子金榜题名了。"

"多谢夫人……"云月封举杯回敬。不管这对夫妻想要做什么，但是在刚刚如此难堪的局面下还出言挽留请他喝酒，云月封心中便记下了这一份恩情和善意。

"哧！"三人背后传来一声嗤笑，那贾书生还不肯消停，斜睨着他们，语气尖酸地道，"这位夫人，只怕你要失望了。这种身份的人想要高中根本是痴心妄想，不过就是想要奉承沐清漪几句罢了，只可惜……人家远在皇城里，哪听得到他的奉承啊？倒是听说沐清漪长得貌美如花，才借此迷惑了陛下，云月封，你倒是可以……啊？"

一道暗影朝着那滔滔不绝的贾书生激射而来，嗖的一声贴着贾书生的脸飞了过去，咚的一声钉入了贾书生身后的柱子里。那长长的筷子竟然深深地钉入柱子，只留下两寸左右在外面。可以想见，若是这一下钉在贾书生的脸上，只怕就要直接钉穿整个脑袋了。

"你？"贾书生惊叫一声，抬手捂住脸，鲜血从指缝中涌出，他回头看了一眼那柱子上的筷子，脸色一阵白一阵紫，跌坐了下去。

在座的却没有一个人可怜他，刚刚他说话的时候，原本坐在他身边的书生就忍不住嫌弃地离他远了一些，众人都嫌他说的话不堪入耳。

容瑾神色阴冷地盯着那吓得不轻的中年书生，道："再让本公子听到你口出秽言，这辈子你就不用说话了。你该庆幸，本公子最近不杀生。"

那书生说话的时候义愤填膺，但是说到底不过是个文弱书生而已，哪见过这等场面，早就吓得浑身发抖说不出话来了。沐清漪淡淡一笑，拉着容瑾起身对云月封笑道："云公子，咱们先行告辞，希望能在京城看到公子金榜题名。"

云月封点头道："多谢夫人，慢走。"

两人下了楼，慕华楼的掌柜才匆匆上来，一看上面并没有什么损失这才松了口气。虽然这位云隐公子也不是不给赔偿，但好好一个酒楼经常出事可不是什么好事。

再一看那瘫在桌边发抖的书生和其身后柱子里插着的筷子，掌柜的险些叫出声来，道：“这……这又是出了什么事？”

在座的众人也有些好奇沐清漪二人的身份，问道：“掌柜的，这云隐公子是什么人？”

掌柜的苦着脸道：“什么人？煞神。去年就在这儿，那云隐公子可是当场把一个闹事的江湖中人给切了！幸好有……云夫人在，不然还不把我这慕华楼给拆了？”掌柜的战战兢兢地下去找人来将筷子拔出来，楼上的众人也是面面相觑同情地看向贾书生。惹上这么个煞星，也不知道是他运气好还是不好？

容、沐二人从慕华楼出来，手牵手走在大街上。沐清漪看着容瑾一脸阴郁就知道他还在生气，无奈地道：“真的那么生气，你回去将那人杀了便是，我不拦你。”

容瑾挑眉道：“不杀！本公子要他活得长长久久的！更何况现在咱们新婚，见血不好，不管他了！清清，冯止水说这彭城附近的风景都很不错，咱们出城走走。”

“好啊。”沐清漪也不在意，本来就是出来玩的，也没有什么固定的目的地，自然是想去哪儿就往哪儿走了。

第十八章
恩科弊案

五月末、六月初已经有些炎热了。幽静的古道上，一匹骏马载着两个人在道上漫步而行。马上的一对璧人相依在一起悠然地闲聊着，放任马儿慢悠悠地往前走着。马儿一边走，一边时不时停下来啃着路边的青草，这样的速度实在是有些辜负它千里挑一的名驹的名头。

马上的两人自然便是容瑾和沐清漪。赏完了彭城的牡丹之后，两人便抛下了霍姝、盈儿等人，甚至连侍卫都没带就慢悠悠地四处晃荡，虽然才不过几天时间，却也过得十分悠然。只可惜，两人都是日理万机、身份不凡的人，即使偶尔抛下俗务也不得长久，因此看着时间差不多了，两人便直接掉转了马头往京城的方向悠然而行。

“清清，看那儿，好看吗？”马背上容瑾从身后搂着沐清漪的腰，轻声问道。

沐清漪循着容瑾的目光望去，只见不远处的山崖上长着一簇十分美丽的花。淡淡的蓝色的小花，在阳光下仿佛泛着淡淡荧光，虽然不华贵绚丽，却也清婉动人。

“很好看。”沐清漪笑道。容瑾拉起缰绳放到沐清漪手中，低声笑道：“清清抓紧。”等到沐清漪抓住缰绳，容瑾便在马背上一跃而起，犹如一只黑色的大雕扑向了山崖。名驹不愧是名驹，马背上突然少了一个人的重量，也不见丝毫受惊的模样，依然在古道上悠然而行，仿佛散步一般。

容瑾一起一落也不过片刻时间，沐清漪还未回过神来，容瑾却已经落到了马背上，手中捧着一大簇浅蓝色的花朵。容瑾面带微笑，偏着头看了看沐清漪，手指轻巧地翻飞，不一会儿，手中一大捧花朵就变成了一个浅蓝色的花环。容瑾将剩下的花放到沐清漪手中，抬手将花环戴到了沐清漪头上。因为出游在外，沐清漪也只是随意地用一根银色的发带将发丝随意地绾起，此时戴上了浅蓝色衬着点点翠绿的花环，一身白色镶浅蓝色花边的衣衫，看上去仿佛一个明丽清婉的林中仙子。

容瑾得意地在她眉心落下一吻，笑道："本公子的媳妇儿真漂亮。"

沐清漪浅浅一笑，抬手将手里的一朵花插在容瑾的衣襟上，微笑道："本相的眼光也不错，九公子长得真俊。"

第一次被沐清漪如此光明正大地调戏，容瑾不由得愣了愣，顿时哭笑不得。但是看着清清美丽的容颜上愉悦的笑容，他又突然觉得没什么大不了的了。

"清清送给我的吗？本公子会好好收藏的。"

沐清漪挑眉道："九公子真不挑。"拿他送的花再送给他也这么高兴，难道自己平时真的对容瑾太坏了？

"清清送我什么我都高兴。"容瑾笑道。

闻言，沐清漪浅浅一笑，道："嗯，你送我什么我也很高兴。"所以，无论是名贵珠宝、容瑾亲自做的首饰，还是只是一簇随手可采的花，由他亲手送她手里，价值便是截然不同的。两人手拉手，沐清漪轻松地靠在容瑾的怀中，一边享受着午后淡淡的阳光，一边任由马儿慢悠悠地往前走着。

容瑾一边把玩着她的玉手，一边轻声笑道："真想就这么一直走下去。"

沐清漪扬眉笑道："哦？九公子舍得皇城里的龙椅了？"

容瑾认真考虑了一下，摇头道："舍不得。"

沐清漪挑眉，回头笑着看他。容瑾悠悠道："我想要与清清自由自在地行走在这世间，先就要……这世上没有什么地方本公子不能去，没有什么人敢让本公子不开心。等到这天下都在本公子掌握之中了，天下何处不能去？"

沐清漪叹息，虽然理由不一样，但是这也算是殊途同归吧，现在就算要她抛下一切跟容瑾游山玩水，她也做不到，所以……他们才会走到一起。因为他们都喜欢权势，他们都眷恋这个天下，他们都不是甘心做闲云野鹤的人。

沐清漪靠在容瑾怀中，笑道："很不错的理想，我等着。"

"不是等着，是我们一起等着。"容瑾低头摩挲着她如玉一般的娇颜，低声笑道。

沐清漪点头笑道："是，我们一起等着。"

一阵急促的马蹄声从身后传来，几匹快马飞快地奔过来，很快就超过了两人飞驰而去。走在最后的一人似乎看路边的两人有些奇怪，明明骑着难得一见的骏马，走得却比老牛还慢，忍不住勒住缰绳回头看了一眼，没好气地道："两个傻子，眼看这就要下雨了，要卿卿我我不会先找个避雨的地方？"说完，他不再理会这傻乎乎的二人，打马狂奔而去。

第一次被人骂傻子，两人不由得一愣，再抬头看看天边，原本还金灿灿的太阳已经被半片乌云遮住了，一边的天空也是黑云沉沉，眼看着就要下暴雨了。两人不由得对视一笑，容瑾将沐清漪搂在怀中，拍马往前狂奔而去。

骏马到底不比寻常的马儿，不一会儿工夫就追上了前面的几个人，再转眼的工夫便超了过去。路过之前说话的那人身边，容瑾还好心情地赏了对方的马儿一鞭子，笑道："看看今天到底谁淋雨！"话音未落，马儿已经绝尘而去，只留下一行人咬牙暗恨，无奈自己的马儿不争气，如之奈何?

快马狂奔一阵，容、沐二人便看见不远处有人家了。同时，大雨也落下来了。容瑾连忙一挥广袖将沐清漪遮住，片刻工夫马儿已经冲到了门口，容瑾抱起沐清漪直接掠入了屋檐下。外面的雨已经噼里啪啦地作响了。容瑾轻轻放下沐清漪，她果然一点儿雨也没有淋到，倒是容瑾的俊脸上沾着几滴雨水，衣服和头发都有些湿了。看着一身无恙的沐清漪，容瑾得意地笑道："很好，看来我们没被淋到，淋到的才是傻子。"所以，九公子还是记恨人家骂他是傻子，即使人家其实是好意提醒。

"你淋湿了。"沐清漪淡淡提醒道。

"我没有。"容瑾直接运起内力将全身上下蒸干，原本就只是滴了几滴，不过片刻就干透了，容瑾得意地举起衣袖，笑道，"没有。"

"……"

这是一座开在路边专供来往的行人投宿歇脚的客栈，因为是在前往西越京城的必经之路上，距离皇城也不算太远了，所以客栈也不小。

进去的时候大堂里倒是只坐了两三桌人，那些人看到两人也只是愣了一愣，便各顾各地继续吃饭和喝酒了。经常在外面走动的人多少还是有些眼力的，外面下着那么大的雨，进来的两个人浑身上下却没有半点湿意，足见这二人不是寻常人。这容貌俊美的黑衣青年一看就不像是好惹的。

容瑾牵着沐清漪找了个空位置坐下来，立刻便有掌柜的来招呼了，道："两位住店还是打尖？"

容瑾挑了下眉，淡淡道："要一间上房，有什么菜拣好的端上来便是。"掌柜的看了看两人，道："这位公子见谅，这乡野小店没有什么上房，倒是贱内的手艺还可入口，还请两位……"这种路边上给人投宿的小店，不会如京城里的客栈有布置精致的好房间。沐清漪淡淡一笑，道："无妨，掌柜的去吧。"

"多谢夫人！"掌柜的连忙谢过，匆匆转身去了。开客栈的，什么样的人物没有遇到过。容瑾一看就不是好惹的人，掌柜的生怕这是一个不讲理的煞神。幸好，那位夫人不仅美若天仙，性情也好。

"清清……要不等雨停了，咱们快点儿回京城吧？"容瑾犹豫地道。容瑾也在江湖上闯荡过，自然知道这种小店的条件不会很好。他虽然不在意，却不愿委屈了清清。

沐清漪淡笑道："现在回去，翻城墙？不用担心，就连荒郊野外我也住过，何况是客栈！"

容瑾笑道："本公子怎么能让清清受那种委屈。"

正说话间，又冲进来几个人，正是刚刚他们在路上遇到的那几个。果然一个个浑身上下都湿透了，仿佛从水里捞出来的一般。可见外面的雨下得果然不小。

一看到容瑾，那大汉便瞪大了眼睛，道："又是你这小子！"

容瑾剑眉微挑，却并没有动怒，悠悠道："谁淋雨，谁傻子。"

那大汉不由得气结，敢情这小子刚刚一鞭子抽得他的马险些蹦起来将他甩下马背，就因为他说了这小子一句"傻子"！

"有好马了不起吗？我倒要看看你这小子有什么本事！"说罢，他气冲冲地朝着容瑾冲了过来。

"这位先生，有话好好说。"沐清漪叹了口气，轻声叹道。

"咦？"那人一怔，这才注意到坐在容瑾身边的沐清漪，"乖乖……老子还没见过这么好看的姑娘呢，难怪这小子高兴得连马儿都骑不动了……"

沐清漪这辈子大概还没有听到过如此直白得有些粗俗的夸奖，但是也听得出来这人其实并没有什么恶意，就像刚刚在路上骂他们傻子一样，大约是天生性格如此。

沐清漪有些无奈地抬手拂开脸颊边的发丝，才发现容瑾戴在她头上的花环竟然还在。她连忙伸手取下来小心地放在一边。沐清漪淡笑道："外子无状，刚刚多有得罪，还请见谅。"

那大汉顿时一副牙酸的模样，道："一看就是读书人家出来的千金小姐，说起话来都是文绉绉的。我老霍听着可不习惯，最怕你们这些读书人了。"

沐清漪莞尔一笑，道："是我们不对，霍先生见谅。"

大汉看看沐清漪，面上不由得有些发热，幸好黝黑的肤色也看不出有没有脸红，他有些慌乱地道："咱叫霍元方，叫我老霍就成了。"

沐清漪点头笑道："外子姓云。"

跟着霍元方进来的两个人见他迟迟不过去，也跟着走了过来，其中一个不过二十多岁、看上去更斯文一些的年轻人抱拳道："霍大哥脾气直，如有得罪还请两位见谅。"

这三人显然都是习武之人，沐清漪自然不会在意，笑道："公子言重了。霍大侠性情耿直，之前是我们失礼了。相逢便是有缘，三位不如坐下来一起喝一杯。"不过片刻工夫，沐清漪便已经大概猜到这三人的身份了，想了想便含笑道。

三人都是一愣，有些犹豫地看向容瑾。从头到尾都是这漂亮得像仙子一般的女子开口说话，反倒是那俊美男子一声不吭。容瑾剑眉微挑，有些挑衅地看向霍元方，道："怎么，不敢？"

“谁说爷不敢！喝就喝！”霍元方显然是个一点就着的炮仗性格，被容瑾这么一激，当场就坐了下来，其他二人无奈，也只得跟着道了谢坐了下来。正好掌柜的也送上了菜肴和美酒，另外二人也各自报了姓名。这三人果真都是准备上京城参加恩科的武举人。原本下一次武举应该在后年，只是新皇登基加了今年的恩科，三人才匆匆从边城赶回来。他们之前一直都在剿杀出没于边城的盗匪。那青年男子叫梁修武，另一个三十出头的男子叫罗云。

“三位一直都在边城剿匪吗？”边城是西越、北汉和华国交接之处，因为三国交界，其中一段地方反倒成了三不管的地带，匪患丛生，调动军队剿灭，过不了多久便又会出现一拨，仿佛永无止境。霍元方笑道：“这是自然，边城的盗匪多，杀起来多爽快啊，比到处去抓什么盗贼方便多了。以后若是从军，自然也要去边境，早些熟悉一下环境岂不是更好？”

霍元方瞥到容瑾轻蔑的眼神，嘿嘿笑道：“边城那儿都是男子汉去的地方，你这种小白脸儿……不成！”

容瑾连回击他的兴趣都没有了：本公子在边城耍着那些盗匪玩的时候，你还不知道在哪个山脚旮旯里练大砍刀呢。

沐清漪垂眸，掩去了眼底的笑意。其他二人也很是无奈地看着霍元方，一看那黑衣公子就知道不是个平庸之辈，这老霍神经得有多粗才一无所知啊？

说到小白脸儿，霍元方不知怎的兴奋起来了，挑剔地看着容瑾道：“你这小子，带着这么漂亮的一个美人，连个随从都没带，脾气还敢那么冲！是爷脾气好，若是遇到个脾气不好的，进门来就能一拳揍扁你，知不知道？居然敢抽爷的马！”

容瑾微微眯起双眼，笑容可掬地盯着霍元方点头道：“你很好。”

霍元方有些莫名其妙，道：“我当然很好。”

容瑾拍拍他的肩膀，笑道：“你肯定会高中。”

霍元方不屑道：“这还用你说？”

容瑾淡淡一笑，霍元方只觉得这长得不错的小白脸儿十分莫名其妙，却不知道容瑾内心里正阴暗地想：你当然会高中，你若是落榜了，本公子要怎么折磨你、奴役你？

其他人不懂容瑾，身为妻子的沐清漪怎么会不懂他在想些什么。看着一无所知的霍元方和笑容狰狞阴森的容瑾，沐清漪只得在心中暗暗叹了口气，心里盘算着要不要建议霍元方等几年再来参加武举，等容瑾把这事忘了再说。

两人在小店里住了一晚，第二天一早启程，还不到午时就回到宫里了。两人回宫后才发现，一路慢悠悠地走着，霍姝和盈儿等人却早一步回来了。原本沐清漪跟盈儿和冯止水留下了话，让盈儿不用再跟着自己回京了。毕竟，如今盈儿也是堂堂的太守千金，跟着自己做丫头总不是那么回事，却不想这丫头还是跟着跑回来了。

“你这丫头是怎么想的？待在冯先生身边不好吗？”

盈儿笑容俏丽，道："难道小姐嫌弃盈儿了？盈儿就先跟着小姐，盈儿本就是小姐的丫头啊。"

沐清漪叹了口气，道："罢了，回头我问过冯先生再跟你说。"

"爹爹也答应了，不然我怎么能回来？"盈儿眨眨眼睛，扮了个鬼脸笑道。沐清漪淡淡一笑，盈儿跟在自己身边虽然才不过一年多，但确实是尽心尽力，也帮了她不少忙。其实沐清漪也有些明白冯止水的用意。盈儿转眼便要到适婚的年纪了，冯止水再疼爱女儿也是个大男人，对于这些女儿家的事情自然不懂得。何况盈儿跟着她，在婚事上的选择也要更多一些。

沐清漪想了想，点头笑道："既然如此，那就先这样吧。"权贵人家的女儿入宫做女官的也并不是没有，寻常的女官自然是不行，但是如果是含章宫的女官，到了合适的时候随便指婚一个权贵之家的嫡次子都很容易。另外，冯止水的本事沐清漪也有几分了解，只要再给他几年时间未尝不能再往上升一升，到时候盈儿的家世也更好看一些了。跟在她身边侍候，就算晚几年出嫁也不会有人说什么。

"启禀沐相，顾公子和慕容公子求见。"门外，宫女恭声禀告道。

"大哥？请他们进来。"

很快，顾秀庭和慕容熙便被领了进来，沐清漪连忙起身相迎，道："大哥、表哥。"

顾秀庭侧首打量了一番，见她气色红润、神态安然，半点也没有旅途疲惫或者是不开心的模样，这才满意地点点头，调笑道："看来这些天过得很开心。"

沐清漪虽然不是寻常的闺中女子，但是对上大哥似笑非笑的模样也忍不住娇颜微红，道："大哥！"

顾秀庭安抚地拍拍她的肩头，笑道："你过得开心大哥就放心了。"沐清漪一怔，心底生出一丝不好的感觉。果然，顾秀庭轻叹一声，柔声道："西越也没有什么事情了，大哥和你表哥也要准备回南夷去了。"

"什么叫回南夷？南夷是大哥的家吗？大哥不想看到清漪了吗？"沐清漪有些焦急地抓住了顾秀庭的衣袖，不依地道。

"傻丫头，你也知道大哥答应了别人的事情总要办到。"顾秀庭微笑道，"你如今也成婚了，这些日子大哥处处刁难容瑾，他那个脾气还能忍得下来，可见是真心对你的，大哥也放心了。"

"如果大哥放心就不要我了，我宁愿大哥不放心！"沐清漪眼眶微红，这世上，她也只剩大哥和表哥这两个血脉亲人了。顾秀庭一去南夷，相隔万里，怎么能让人放心得下？

"傻话！"顾秀庭笑道，"你可是西越大丞相，若是让人看见这副模样可是要笑话你的。如今，清漪既然已经找到了自己要做的事情和要保护的人，大哥也该去做一些自己该做的事情了，总不能……做大哥的还不如做妹妹的吧？将来见到祖父和父亲，他们可不会放过我的。”

沐清漪扯着顾秀庭的袖摆，又看看站在一边含笑望着两人的慕容熙，叮嘱道：“大哥和表哥，千万要小心。”

慕容熙淡笑道：“清漪放心便是了，表哥会保护好你大哥的。”

沐清漪无言，真的可以放心吗？表哥虽然会武功，勉强也可以算得上是个高手，但是南夷那种地方又正在内乱之中，比西越和华国危险了百倍不止。

只看沐清漪的神色便知道她在想些什么，顾秀庭无奈地笑道：“大哥和表哥不是都从南夷出来的吗？”

沐清漪眨眼，很想说要不是遇到莫问情，说不定大哥真的变成了哪个寨子的压寨相公了……

“清清，这是怎么了？”刚刚处理完政事的容瑾回到殿里，一进门就看到沐清漪扯着顾秀庭的袖摆水眸泛红的模样，连忙问道。

沐清漪轻声道：“大哥和表哥要走了。”

“要走……了啊。”惊觉自己的语气太过兴致勃勃，容瑾有些生硬地扭转了语调，十分诚恳地看着顾秀庭道，“大哥一路保重。”

顾秀庭哪里会不明白容瑾的想法，也不以为意，淡淡笑道：“多谢，你们也保重。”

“本公子派人送大哥和表哥？”容瑾问道。

“容、瑾……”沐清漪咬牙，暗地里狠狠地掐了某人一把。容瑾顿时一脸纠结，道：“清清，我是担心大哥和表哥路上遇到危险，打算派人护送他们回南夷，不好吗？”

沐清漪自然明白容瑾心里的想法，倒也懒得揭穿他。派人送大哥和表哥的提议倒是很不错，这样她也放心一些，想到这儿，她说道：“如此也好，我让人安排。”

顾秀庭笑容淡然如风，看着容瑾道：“多谢妹夫想得周到。清漪也不用伤心，等到有了小外甥，大哥还会来看你。”

九公子俊脸扭曲：本公子和清清最近几年都不会生孩子，所以你就在南夷待着吧！

顾秀庭和慕容熙都不是拖拖拉拉的人，跟沐清漪辞了行第二天一早便启程离开了京城。沐清漪虽然不舍，但还是跟容瑾一起亲自将大哥和表哥送出了城，看着两人带着一路随行护送的人马不见了踪影。

容瑾察觉沐清漪心情低落，什么也没说，只是紧紧握着她的手并肩而行。

“清清，咱们该回去了。”容瑾轻声道。

沐清漪点点头，深吸了一口气振作起来，笑道：“好，咱们回去吧。以后……还有很多事情要做。”

容瑾见她如此，也放下心来，微笑道：“是啊，以后清清就是西越的大丞相了……”从现在起，西越才算是真正地掌握在了他们的手中。以后西越如何就全看他们的能力了。

送走了顾秀庭等人，各国的使臣也纷纷准备启程回国了，除了北汉和华国。北汉哥舒翰没打算走，还要处理恒王的事情；华国的福王殿下却是走不了了，被容瑾软禁了。

说是软禁也不尽然，福王想要在使馆里自由活动，可以；想要在皇城里到处逛逛，也可以；想要告辞回国，不行；想要出城，也不行。

使馆里，赵子玉剑眉微皱，看着眼前急得团团转的福王。福王一边在大厅里不停地踱步，一边连连地叹气，心中懊悔不已。当初他怎么就想到联合北汉恒王那个蠢货去对付沐清漪呢？但是再转念一想，不这样做他又能如何呢？直接对沐清漪出手？只怕这会儿断手断脚躺在床上的人就是他了。什么都不做打道回国？回去之后父皇也饶不了他！

“王爷，西越皇帝到底想做什么？”赵子玉凝眉问道。其实他真正想问的是，你到底做了什么惹到西越帝了？

福王连连叹气一言不发。

赵子玉也不是傻子，除非容瑾现在想要跟华国开战，否则不可能无缘无故地软禁华国的皇子和郡王。

“上次……恒王的事情跟王爷有关？”赵子玉问道。

福王吓了一跳，惊讶地望着赵子玉。赵子玉挑了挑眉，道：“王爷有什么打算？”

福王叹了口气，赵子玉年纪轻轻能统率华国大军，自然不是个傻子。这些事情他虽然是瞒着赵子玉的，但是赵子玉又怎么会猜不到。慕容恪道：“如今人为刀俎，我为鱼肉，还能有什么打算！”

赵子玉皱眉道：“王爷也不必太过悲观，以西越帝的性格，他若是想要对王爷动手的话……”福王绝对活不到现在。赵子玉的沉稳让原本还慌乱不已的福王也渐渐镇定了下来。他坐到一边的椅子里问道：“安西郡王……你说西越帝这是想要干什么？”

赵子玉沉吟了片刻，摇了摇头。虽然他认为他们暂时不会有危险，但是猜不到容瑾想要做什么。他是武将，对朝政以及国与国之间的钩心斗角并不精通。福王长长地叹了口气，坐在椅子里半晌说不出话来。

“陛下驾到！”门外，响起宫中内侍特有的有些尖锐的声音。

大厅里，两人对视了一眼立刻站起身来迎了上去。他们还没走到门口，一身黑色蟠龙锦衣的年轻帝王已经快步跨了进来。

“见过西越陛下。”两人上前行礼。

容瑾轻哼一声，一挥袖坐在了首位上，道：“福王和安西郡王免礼。”

两人这才谢恩站起身来。福王上前一步拱手笑道：“不知陛下御驾亲临，所为何事？”

容瑾抬眼，淡淡看着福王道：“所为何事？福王不知道？”福王心中一凛，知道对方只怕是来者不善。赵子玉不动声色地上前一步站在了福王身侧，以防容瑾突然发难。

这些容瑾自然都看在眼里，不屑地轻哼了一声。他若是要出手，又岂是赵子玉能够拦得住的？

容瑾慵懒地靠在椅子里，淡然道："华国福王，在西越皇城算计西越大丞相，朕该如何谢你？"

福王心中一颤，果然是为了这件事。他勉力笑了笑，道："陛下，此事……只怕是有些误会。"

"误会？"容瑾挑眉冷笑，俊美无俦的容颜上一片肃杀之意。他一挥袖，几张信笺落到福王跟前。福王连忙接在手中，打开一看，脸色顿时一白。从他进入西越皇城之后，做的每一件事、说的每一句话都记载得清清楚楚。就连他跟恒王商议的事情，虽因为双方都很小心，并没有详细的对话记录，但也清清楚楚地记载了他们在哪儿见面，用了多少时间，之前之后的表现和作为等，还附上了对他们这些言行的推测。

福王惊恐地盯着容瑾，原本以为容瑾新皇登基根本不可能得心应手地掌控西越，没想到竟然已经到了这样的程度。

不得不说，这是一个美妙的误会。沐清漪跟华国皇室可是有着血海深仇的，容瑾怎么可能不注意华国的人？

"既然陛下事先就知道，为何还……"

容瑾神色一冷，道："朕也需要有一个合适的机会公开清清的身份，但是……朕倒是没想到，你和北汉那个废物的胆子当真不小，敢如此算计清清！"

那完全是北汉恒王的想法，与我无关。福王很想解释，但是他知道容瑾根本就不会相信。慕容恪有些颓然地叹了口气，道："事已至此，本王任凭陛下处置。"

容瑾盯着福王打量了半晌，方才勾唇冷漠地一笑，道："你不用担心，朕没打算要你的命。"

福王谨慎地望着容瑾，并没有放松。出生于皇室，他当然知道，这世上有许多事情，本就比死还要痛苦一百倍。

容瑾淡淡道："朕只想请福王在西越多待一段时间。"

福王眼神微微一缩，沉声道："陛下想要扣下本王为质子？"容瑾想了想，皱眉道："质子，勉强也可以这么算吧。当然，如果福王不愿意的话，也还有别的办法。"

"请陛下指教。"福王沉声道。

容瑾淡然道："让安西郡王留下也可以，不过……这可能需要华皇陛下同意吧？"

如果是从前，在华皇眼中赵子玉绝对比福王值钱。华皇有很多儿子，而能征善战又忠心耿耿的安西郡王只有一个。但是现在，二皇子慕容熙出走，慕容安、慕容煜皆死，其他的皇子同样死的死、伤的伤，再往后的皇子还小得很，福王这个皇长子自然也就重要了一些。但是，在容瑾看来，只怕福王还是比不得赵子玉。不过他并不在意，无论留下哪一个，西越都是赚了的。

福王有些惊讶地看了一眼赵子玉。赵子玉面色平静，沉稳无波。

“陛下如此做，只是因为沐……丞相吗？”

容瑾淡笑不语。

福王看在眼中，却只能在心中挫败地叹了口气，有些衰颓地道：“一人做事一人当，若是陛下执意如此，本王留下就是，只是父皇那里……”

容瑾淡然道：“福王放心，朕请福王留下也是为了交流一下我们两国的感情，想必不会影响两国的交情。时间到了，朕自会派人送福王回华国。不过……福王真的不考虑一下吗？华皇说不定舍不得福王呢？”

福王苦笑，就算父皇再舍不得儿子也绝对不会认为一个皇子会比手握华国重兵的安西郡王重要。更何况，父皇对他这个儿子又有过几分父子之情？虽然福王心里想得清楚明白，但是在看向赵子玉的时候眼神还是有些复杂。身为华国皇子，他在自己父亲的眼中居然还没有一个毫无血缘关系的外人重要，也不知道是该让人恨安西郡王府的权势、军功和盛宠，还是怨自己的父皇毫无父子亲情？

刹那间，福王觉得自己有些明白容瑾这么做的用意了。不管最后留在西越的是赵子玉还是他，若是死在了西越也就罢了，若是将来平安回去了，只怕无论如何也不会完全不与华皇心存芥蒂。

福王闭了闭眼，沉声道：“陛下就这么肯定父皇会同意留下本王为质子？”

容瑾挑眉笑道：“若是华皇不同意，朕自然就不这么做了。只可惜……华皇现在大约还没有想要跟朕兵戎相见的意思啊。”他慢悠悠地从身后的侍从手中取过一封信笺递过去，悠然道，“华皇陛下还是很爽快的，对于安西郡王倒真是皇恩浩荡。”

上次的事情已经过去这么久了，以容瑾的小心眼怎么可能一直不处理？事实上当时容瑾就已经为福王安排好了归宿。几乎是第二天，他就发国书送往华国了。这一来一去，也有将近一个月的时间了。如今，这封书信便是压倒福王紧绷的神经的最后一根稻草。

福王打开一看，身子一个踉跄险些跌倒在地。赵子玉伸手扶了他一把，却被他一把推开。他几乎是有些仇恨地看了赵子玉一眼，手中的书信颓然落地。

被自己的父皇毫不犹豫地舍弃，无论是谁都不可能不伤心。其实福王很清楚，这一切根本怪不得赵子玉。事实就是父皇更看重赵子玉而舍弃了他这个皇长子。人有的时候就是这么奇怪，明知道不该恨却偏要恨，明知道不该抱着希望的，却还是忍不住抱着希望。“既然如此……本王自然是谨遵父皇旨意。”福王跌坐在椅子里，颓然道。

容瑾满意地点头，淡淡一笑，道；“很好，安西郡王随时可以启程回国，至于福王，暂时就请福王住在使馆里吧。过几日，朕便会命人安排福王以后的居所。”

“多谢……陛下……”

出了华国使馆，因坑人成功而心情愉悦的容瑾悠然地往对面的北汉使馆而去。

北汉使馆的大厅里，哥舒翰坐在主位上有些沉默地看着坐在下首低头喝茶的沐清漪，旁边坐着的永嘉郡主看着自家堂兄这般模样，也只能暗暗在心中叹了口气。

沐清漪对面坐着的却是北汉的恒王，他虽然坐在椅子里，双腿和双手却是无力地耷拉着，显然哥舒翰信守承诺，这一个多月来当真没有替恒王把手脚接回去。如今过了这么久，就算恒王这次侥幸逃过一死，只怕以后手脚也不会灵便了。

沐清漪轻轻合上茶杯的盖子，上好的瓷器撞击出清脆的响声，清丽的眼眸中掠过一道淡淡的寒光。恒王一看到沐清漪便死死地瞪着她，一副目眦欲裂的模样。他身为堂堂北汉恒王，却被人如此对待，让他怎么能不恨？这一切，却都是因为眼前这个女人！喝了一会儿茶，沐清漪方才悠然道："烈王请我前来，可是恒王的事情，北汉皇帝陛下已经有了定论？"

哥舒翰微微点头，侧首看了恒王一眼，不知怎的恒王心头忽而一冷。

哥舒翰取过跟前桌上的一本折子道："这是皇兄命人快马送来的国书，恒王行刺西越丞相，罪不可恕，就交给西越皇帝陛下处置。"

"什么？这不可能！"恒王一愣，突然厉声叫道。

哥舒翰平静地看着他道："如今，北汉与西越两国和平，百姓休养生息，殊为不易。八哥因区区私人恩怨便欲置西越丞相于死地，岂是北汉皇族所为？事已至此，还请八哥为了北汉与西越的和平，以大局为重。"

恒王脸色一阵青一阵白。狗屁以大局为重！以大局为重要的就是他的命啊！

"我不信！哥舒翰，一定是你伪造陛下的国书！"恒王怒吼道，"本王是陛下亲自指派的北汉使臣，陛下不可能如此对我！"

旁边，哥舒冰有些怜悯地叹了口气，轻声提醒道："八哥，十一哥才是陛下指派的正使。"恒王最多只能算个副使，不，他其实连副使都算不上，因为使团中原本就有左右副使，恒王只是个多余的人。哥舒冰心中不由得一寒，原来，皇帝哥哥早就有了想要除掉八哥的想法了，所以才这么轻而易举地放弃了他。不然，堂堂的一国王爷，只要没有弄出人命，总还有谈判的余地。也许，就算八哥不针对沐清漪，皇帝哥哥也会用别的法子让他回不了北汉。

如今这样倒是正好，既能够让恒王回不了北汉，也不会丢了北汉的颜面。只可惜……八哥……

恒王一怔，猛地抬起头来狠狠地瞪着上方坐着的哥舒翰。半晌，他却发现自己没有什么可以指控的，所有的事情都是他自己做下的，无论是哥舒翰还是哥舒竣都从来没有让他做过这些事情，所以当哥舒竣舍弃他的时候，所有的恶果都只能由他自己承担。

"陛下到！"

恒王一惊，有些惊恐地望向门口。一身黑衣的容瑾从外面快步走了进来。

"清清。"

"见过陛下。"哥舒翰和哥舒冰也跟着起身。容瑾淡然挑眉道："烈王和永嘉郡主不必多礼，看来……北汉皇帝是打算给朕一个满意的交代了？"

沐清漪将刚刚看完的北汉皇帝的国书递到容瑾面前，他随意翻看了一遍，满意地点了点头道："很好。"

哥舒翰淡淡点头道："既然如此，恒王便交由陛下处置。本王和永嘉也要准备启程回北汉了。"

容瑾自然不会多留他，很是平和地笑道："如此也好，朕便祝烈王一路顺风了。"

"多谢。"哥舒翰望了一眼站在容瑾身边的沐清漪，眼神沉了沉，侧身对哥舒冰道，"永嘉，回房收拾行李吧。"

哥舒冰有些不舍地看了沐清漪一眼，只得跟着哥舒翰一起回自己的院子收拾行李了。恒王的下场不再是他们能够过问的了。

"告辞。"哥舒翰看了沐清漪一眼，淡淡道。

"烈王保重，郡主保重。"

"不……十一弟，不要留下我一个人！"直到这时候，恒王才真的恐惧起来。他很清楚，哥舒翰还在的时候，就算给哥舒翰面子容瑾也不会对他做什么。一旦哥舒翰带着人离开了西越，自己的苦日子只怕就真的到来了。

哥舒翰沉默地看了恒王一眼，转身而去。

"十一弟，不要走！"恒王哀号道，可惜手脚俱断让他无能为力。看着瘫在椅子里动弹不得的恒王，容瑾心情颇好，抬手唤来随身侍卫，笑道："送去奉天府给步玉堂，把他跟沐云容关在一起。"时隔一个多月，总算解决了这两个讨人厌的家伙，讨厌的顾秀庭和哥舒翰都走了，容瑾心情十分舒畅。

送走了所有的使臣，整个皇城也渐渐恢复了原有的秩序。差不多半年来，皇子之间的明争暗斗，先帝驾崩之后皇子、大臣们与新帝斗，新皇登基，皇室中人死得七七八八。这么多的事情，其实所有的人都挺累的。如今新皇登基、大婚，一应事情总算办完了，所有人也都纷纷松了口气。看起来，这场纷纷扰扰的皇位交替，就这么过去了。

虽然新皇才刚刚即位，但是很明显，未来的史书上，这位年轻的皇帝陛下跟"仁爱、宽厚、大度"等字眼是绝对沾不上边的。

新皇不仁爱宽厚，从他杀皇室子孙半点都不手软就能看出来。新皇也不勤于政事，他把许多事情都推给丞相和几位重臣处置。沐清漪这位女相虽然依然为人诟病，但是她的能力渐渐得到了大多数人的认可。更重要的是，很多精明的大臣发现，朝堂上根本离不开这位丞相大人，因为每当皇帝陛下大发雷霆时，他们只能找丞相大人来灭火。

主管户部的大臣和西越的百姓对新皇陛下与丞相的印象很不错。宫里只有一位女眷，而且还是一位不爱铺张的女眷，户部和内务府需要花费的银两大大减少。虽然西越不缺钱，但是国库丰满一点儿总是好的。

至于百姓，皇帝陛下和大丞相这郎才女貌的一对璧人，给百姓留下的印象就先好了三分，更不用说皇帝陛下刚刚登基就下令减轻赋税，大量裁撤宫女，等等，都让百姓觉得这位新皇虽然少年时有些荒唐，但是谁没有个年少轻狂的时候，如今登基继位不就改邪归正了吗？

所以说，普通的百姓是最善忘，也最容易感恩的。即使容瑾之前恶名昭著，只要对他们好一些，他们很快就会忘记之前的事情。

转瞬间，已经到了七月初。

恩科考试定在七月中旬。刚到七月，皇城里就多了许多来参加考试的文武举子。

天然居是举子最喜欢入住的地方，这里曾经连续三届出过状元，因此这里又被称为状元楼。有了这个活招牌，只要一到科举之期，这里就会宾客盈门。就算来晚了没有房间了，来这里喝两杯状元红也算讨个吉利。

沐清漪穿着一身寻常的素衣，带着同样装束的容泱坐在天然居的一角，饶有兴趣地看着来来往往的士子。

“沐……嗯，子清，这有什么好看的？”容泱有些不自在地坐在角落里问道。他是天潢贵胄，走到哪儿都是仆佣成群，哪有过这样穿着一身布衣跟人坐在熙熙攘攘的客栈里的经历？沐清漪淡笑道：“这些人，将来很可能都要跟你同朝为官，郡王难道就不想先看看？”

容泱不以为然，这些人就算是高中状元最多也只能从翰林院编修做起，等到真的能参与朝政了，大抵也是三五年甚至是十年后了。不过既然沐清漪这么说，容泱自然也不会驳了她的面子，坐在一边跟着打量起来。

这些前来参加考试的士子自然各有不同：有出生书香门第身在富贵之中的，也有出身贫寒的，有年少得志未及弱冠的，同样也有半百须发皆白的。

容泱有些茫然，道：“这个……也是来考科举的？”

沐清漪看了一眼他看的人，距离他们不远的一桌坐着一个儒生，已经是满脸皱纹须发花白，一看便知年岁已经不小了。沐清漪点头笑道：“可不是嘛！”

从前西越帝不许皇孙参与朝政，容泱即使是庄王府世子，对这些了解得也并不多。他只是有些嫌弃地道：“都这一把年纪了还考什么科举？到时候别被抬着出考场。就算考上了，都一把年纪了能做什么？”

沐清漪微微点头道：“确实。”沐清漪不是看不上人家一把年纪，也不是不赞成锲而不舍奋斗的人。毕竟许多人就是大器晚成的，但是有许多像这样一辈子什么事都不干就考试的，就算考出来了也只是个会死读书的酸儒，根本不可能在仕途上有什么成就。这样的，就算最后考上了，大约也是被扔到翰林院去养老。

大约两人的神态太过悠闲，不一会儿就引起了旁人的注意，原本高谈阔论的年轻人走了过来。为首一人拱手笑道：“两位公子也是来应试的？”

容泱看了沐清漪一眼，淡笑道：“正是。”

那个年轻人有些惊讶地看了一眼沐清漪，道：“这位公子年纪轻轻，竟然也是一位举子，真是了不得。”沐清漪穿着男装远比穿着女装显小，这会儿一身素色的儒衫穿在身上，看上去就是个十四五岁的少年。十四五岁就能参加会试的不是没有，只是极少，而且这样的人必然是难得一见的天才。一时间，众人看向沐清漪的目光都有些复杂起来：有惊讶，有佩服，有怀疑，也有嫉妒。

只有容泱在一边默默吐槽：举子算什么！你们跟前这一位明明是当朝大丞相，未来的西越皇后好吗？

“不知两位公子贵姓，何方人士？”

沐清漪淡淡道：“免贵姓张，彭州人士。”

“彭州？没听说彭州有这么一位年轻的举子啊？”有人有些怀疑地道。沐清漪淡淡一笑，并不开口反驳。众人也不在意，原本就是随口一问，道：“两位公子气度不凡，跟咱们一起温书，大家也好互相学习，如何？”

沐清漪笑道：“多谢几位好意，我们并不住在这儿，只怕辜负了几位的好意。”

说话的青年有些失望，不过看着两人器宇不凡才过来打个招呼，说不定以后还能有什么交情呢。既然两人并不愿意结交，倒也无须勉强。

“这两位公子一看就是出身权贵之家，岂是你们这些穷酸举子能够高攀得起的？”一个有些得意的声音从后面传来，众人纷纷回首，看到一个身着锦衣、腰系玉带、一副纨绔公子模样的男子走了过来。他身边还跟着三五个仆从，很是有排场。

那纨绔公子似乎丝毫没有看到在座众人的脸色，得意非凡地指了指容泱道：“这位公子身上穿的可是贡品，一看便知道身份不凡。在下年敬成，青州人士，祖父是工部尚书，两位公子是？”

沐清漪低头看了一眼容泱。容泱身上的衣服虽然不起眼，但是露在外面的一丝内衬可不就是去年冬天刚刚送到京城的贡品吗？

容泱被人揭破了身份，也有些恼羞成怒，淡淡地瞥了那公子一眼，道：“年公子既然是工部尚书的孙子，怎么会不认识我们？”

那纨绔公子一噎，有些尴尬地笑道：“本公子刚从青州来，还真是没见过两位。不如大家交个朋友，本公子请两位喝酒如何？”

沐清漪淡淡笑道：“不必了，年公子有这个时间不如回去好好温书，听说年大人今年对公子可是寄予厚望啊。”

年公子一喜，道：“公子果然认识我祖父？”

沐清漪道：“年尚书位高权重，怎敢不认识？”

那年公子听她这么说，顿时得意起来了，笑道：“不用担心，本公子考试岂有不中之理？两位公子跟本公子去喝一杯如何？到时候……本公子也让人照拂照拂两位？”

沐清漪凤眼微微一闪，低声笑道：“年公子如此有信心真是让在下万分佩服，只可惜……在下却很是不安，还是要回去多多温习才是。”

年公子看着眼前白衣少年俊雅精致的俏脸，眼底不由得闪过几分热切之色，笑道：“小兄弟别担心，你既然是本公子的朋友，本公子自然保你……”

“公子！”那年公子身后一人连忙低咳一声，提醒道。

那年公子一怔，这才恍然大悟，笑道：“小兄弟说得对，应试之前确实不该分心。等到小兄弟高中之后，咱们再把酒言欢。”说完，他便带着人匆匆离去了。

那年公子离去之后也没有人再来找两人说话了。这些士子大多家境平凡，这个时候对这些出身高门的子弟多少还是有些复杂的心结的。何况，两人还有意隐藏身份又拒绝了他们的邀请，这些人难免觉得这二人自恃身份看不上他们了。

沐清漪脸色阴冷如水，淡淡道：“回去让人查查年邵均。”沐清漪对工部尚书的印象并不太深刻，只觉得他是个有些沉默寡言的老头儿，但是这个老头儿的孙子未免太活跃了一些。

“您的意思是？”容泱愣了愣，刚刚那年公子的话，他多少也听到了一些，心中不由得一惊。沐清漪淡然不语，沉吟了片刻抬眼含笑看着容泱道：“郡王可有兴趣下场去试试？”

“我？”容泱惊讶地道。

沐清漪点头。容泱犹豫了一下，道：“这……好吗？从来没有……”从来没有皇室中人下场去考过试。别说是皇室，就连寻常的王侯之家也很少有子弟会亲自去参加科考。王侯之家的子弟一般都是可以略过科举直接入朝为官的。

沐清漪道：“你到现在还没有一个固定的官职，若是能够考上一个不错的名次，以后入朝为官也方便些。当然，你是郡王，不参加科举也是可以的。另外……我打算启奏陛下，渐渐废除贵族荐官的制度，到时候……”

容泱一怔，一时有些激动，道：“如果我考上了名次，是不是……”皇室子弟做官，跟一般的朝臣是不一样的，他们几乎永远不可能掌握什么实权，除非拉拢一大票掌握实权的官员，比如说各部尚书、丞相。武将里面的大将军这样的位置，无论你多么才华横溢，永远都不会属于你。

沐清漪微笑道：“你若是有本事，尚书、丞相的位置也未必不可能。”

容泱高兴过后，冷静下来才慢慢回想起沐清漪剩下的话，顿时整个人都僵硬了。废除贵族荐官，就等于断了那些权贵之家子弟的入仕之路，这绝对是一件得罪人的事情。

沐相现在告诉他这件事……是想要干什么？

沐清漪笑容宛若春风，道："安郡王不妨努力，为皇城的权贵子弟做个表率？你若是能考上甲榜，我请陛下封你为兵部侍郎，如何？"

兵部侍郎？容泱眼睛一亮，那可是有实权的位置，跟他现在跟着人办差或者如他父王那般等着皇帝交代下来差使，是不一样的。但是……"我会被京城的权贵打死。"

"别怕，你也算是我的学生，我会派侍卫暗中保护你。"沐清漪微笑道。

"我可以说不行吗？"容泱犹豫道。

沐清漪点头道："当然可以，兵部侍郎的位置我给别人了，听说皇叔家的世子似乎能力也不错，而且从小就喜读诗书，说不定到时候还能够金榜题名得个状元呢。"

"沐相……"容泱苦着脸望着眼前的人，您是要把我往死里逼啊，"老师……"

沐清漪和蔼地拍拍他的肩膀，笑道："好好考虑，别怕，我跟陛下，还有你父王都会替你撑腰。"

"公子。"霍姝匆匆进来，低头在沐清漪耳边低语了几句。沐清漪淡淡一笑，看着还在发呆的容泱笑了笑，道："我还有事先回了，回去好好考虑。"

"是。"容泱恹恹道。难怪父王老说沐相狡猾，这么大一块肥饵，要是不咽下去他自己都觉得亏心。但如果咽下去，他很可能被噎死……回去问问父王再说吧……

天然居外停着一辆马车，沐清漪上了马车毫不意外地看到了马车里笑脸盈盈的男子，问道："怎么出来了？"

容瑾抬手拉着沐清漪在自己身边坐下，笑道："来接清清啊。清清怎么就带着容泱那小子到处跑？"

沐清漪无奈地翻了个白眼，道："不带着他跑难道要带着皇帝陛下到处跑？"

容瑾嫌弃地看了一眼身上绣着龙纹的衣衫，道："从彭城回来之后，清清都不喜欢我了。清清每天都到处跑，还不告诉我。"

沐清漪看着他哀怨的模样，忍不住莞尔一笑，抬手捏捏他俊美的脸，笑道："真该让满朝文武百官看看，他们又惧又怕的皇帝陛下私底下就是这副德行。"

容瑾一把握住她的素手放在唇边亲了亲，含笑吻上她温润的朱唇，道："本公子这个模样只有清清才能够看到。其他人看到，都得去地下。"

沐清漪抬手扶住他的肩头，道："难怪人家都怕你，你故意的？"

容瑾微笑道："他们越怕我才会越感激你。"他低头以吻封缄，不让她再说话，二人享受着难得的一刻悠闲时光。

沐清漪轻叹一声，抬手环住他的肩膀，唇舌纠缠，两情缱绻……

北汉，烈王府。

比起华国和西越，北汉的皇城更多了一种辽阔粗犷的气魄，烈王府是距离北汉皇宫最近的一座王府。

王府后院中，哥舒翰正在练剑。剑光所到之处尽是一片杀气。好一会儿，哥舒翰才终于停了下来，走到一边的石桌旁拿起桌上的酒壶一仰头直接往嘴里倒酒。

“十一弟。”一个低沉的男声从外面传来。哥舒翰回头，毫不意外地挑了挑眉道：“皇兄？”

来人正是哥舒翰的同母兄弟，北汉皇帝哥舒竣。北汉大部分地方都是辽阔的草原，因此北汉人生来勇武强悍。哥舒竣看上去却更像华国人或者西越人，比起高大挺拔的哥舒翰，哥舒竣还要矮上几分，容貌也更加俊秀一些，带着一种南方人才有的温润。但哥舒竣决不像他的外表那么温和无害，相反，二十出头登基，如今还不到十年时间，哥舒竣对于北汉的掌控可说已经是得心应手了，俨然有一代明君的气势。

哥舒竣看着眼前的哥舒翰，不由得皱眉道：“十一弟，你这是怎么了？从西越回来你就有些不对劲。”身为哥舒翰的亲哥哥，哥舒竣亲手将弟弟带大，他就算不是最了解哥舒翰的人，也绝对是其中之一。

哥舒翰摇头道：“没什么。”

哥舒竣拍拍他的肩膀示意他坐下说话，道：“十一弟，你是不是对我处置你八哥的事情有意见？”

哥舒翰一愣，连忙摇头道：“怎么会？我知道皇兄的难处。”这是真话，恒王虽然没什么本事，但是恒王的母族是北汉大族，皇兄想要完全掌控北汉，除掉恒王是必然的。哥舒翰就算再讨厌皇权倾轧，也还是皇室中人。当年为了保皇兄登基，他也亲手斩杀过兄弟，对这些并不陌生。

哥舒竣若有所思地望着哥舒翰道：“既然不是这件事……难道真的如永嘉所说，你看上了西越的那个女相？”

“三哥！”哥舒翰一怔，有些恼羞成怒地道。

哥舒竣不由得哈哈大笑，拍着弟弟的肩膀道：“真是没出息，多大点儿事。喜欢抢过来就是了。不就是西越丞相吗？你若是能够收服她，朕就是封她做北汉丞相也没事啊。”

“十一弟，你年纪也不小了，早就该娶个王妃了。”哥舒竣沉声道。

“以后再说吧。”对于皇兄的提议，哥舒翰并不太感兴趣。哥舒竣不赞同地摇头道：“身为男儿，就该拿得起放得下。要不，你就放下沐清漪乖乖地娶个王妃；要不，你就去把人抢回来。磨磨蹭蹭像什么样子！难道我十一弟还配不上她？”

“她……已经成婚了！”哥舒翰没好气地瞪着兄长道。

“那又如何？”哥舒竣不以为然。他们虽然不像那些塞外蛮族，兄终弟继，父死子继，但是成过婚这种事只要自己不在意，完全不用理会。

“所以，想要就去抢回来！”哥舒竣拍拍弟弟的肩膀，认真地道，“反正西越和北汉之间迟早有一战，到时候三哥帮你抢回来就是了。别整天一副没精神的模样，朕看着不舒服。”

哥舒翰没好气地抬头问道：“三哥想要先动西越？”三哥的志向他是知道的，也是赞成的。身为男儿，开疆扩土才是真正的雄心壮志，儿女情长不过是一时的郁结罢了。

哥舒竣皱眉道：“这次虽然损失了老八，不过朕也看出来了，这个容瑾也不是个省油的灯。就算咱们不动西越，迟早他也要动咱们。”哥舒竣叹气道，“原本我倒是打算先收拾了华国再说，华国除了一个赵子玉也没有别的拿得出手的人。但是现在，还真有些不太好说。”如果北汉和华国开战，很难说西越会不会趁火打劫。若是到时候弄个螳螂捕蝉，黄雀在后，那我们就丢脸丢大了。

哥舒翰点点头，沉声道：“西越应该也想要吞并华国。”柿子都要挑软的捏，就算是容瑾也不会打算一上来就捏北汉这个硬柿子。

哥舒竣若有所思，道：“如此……能够与华国结盟最好，若是不能，就先与西越结盟，灭了华国！”

抬手之间，看似斯文的帝王已经定下了一国的存亡、无数百姓的生死。

虽然北汉那边正在计划着，但是西越这边容瑾毕竟没有长千里眼、顺风耳，并不知道已经有人开始算计他亲爱的清清和他刚刚抢到手的皇权了。

此时的容瑾面临着登基以来第一件大事——科考。

科考是挑选人才最重要的途径，自然是半点也出不得错的，更不用说这一次的科考是新皇登基以来的第一次恩科，这次选拔上来的人才很大一部分是要作为新皇未来得用的人才来培养的。所以，在沐清漪将自己猜测的事情告诉容瑾的时候，他当场便捏碎了一个茶杯。

“姓年的那老头儿，他活得不耐烦了！”

沐清漪抬手拍拍他的手背，沉声道：“年尚书主管工部，跟科考八竿子打不着，他有什么本事做这种事情？”

容瑾轻哼一声，道：“他自然是没本事做这事，但是……礼部那些人……”沐清漪沉吟了片刻，道：“既然这次恩科考试由我负责，那么……这件事也由我来办，可好？”

容瑾低声笑道：“清清肯办自然是好的，难道我还信不过清清？只是……这么多事情，不要累着……要不，还是将步玉堂调过来给你帮忙吧？横竖之前在王府和奉天府他也是给你帮忙的。”

沐清漪摇头道：“步玉堂才刚刚上任奉天府尹不久，贸然调动不好。从翰林院挑两个长史先用着，等到这段时间忙过了就差不多了。”

容瑾摇头道：“不成，翰林院那些人无论老少都是一副酸儒脾气，跟着你只怕他们也是出工不出力。回头我下旨，从朝中调几个年轻能干的帮你。容泱那小子还算老实，清清怎么想到让他……”容泱多老实、多勤快啊，看着就是个方便奴役的好材料，干什么让他去考试，浪费时间又浪费精力。沐清漪淡笑道：“就是因为容泱老实能干，所以才让他去。庄王如今也还算尽心，总要给一点儿回报吧？若是容泱考不上也就罢了，若是考上了给个不错的官职，庄王自会领情。”

容瑾心领神会，道：“顺便让他把京城里大大小小的权贵得罪个遍，以后废除荐官制度这事也顺便交给他做？”

沐清漪微笑道：“陛下英明。”

容瑾哈哈一笑，搂着沐清漪低头偷了个香吻，道：“是朕的爱卿深谋远虑，平常人肯定想不到这里……”寻常人也不会人家才说个开头，自己就能心领神会、融会贯通。归根结底，谁都不是什么好人。

庄王府里。

“你说沐相要你去参加科考？”容瑄顿了顿，搁下了手中的笔有些诧异地道。

容泱点点头，道：“沐相说……只要我能考上甲榜，就向陛下举荐我做兵部侍郎。”

容瑄一惊，自古以来皇家子弟就没有担任官职的例子。明面上自然是说皇室子孙尊贵无比，爵位远比官职高得多，根本没有必要再担任什么官职，实际上是为了什么，大家都心知肚明。

“父王，孩儿去吗？”容泱小心翼翼地问道。

容泱皱眉道：“你怎么想？”

容泱点头道：“孩儿想去试试。”容瑄想了想，道：“沐相还说了什么，一字不漏地说给本王听听。”

容泱自然从命，从头到尾将今天外出的事情跟容瑄回禀了一遍。半晌，容瑄方才苦笑道：“沐相果真不愧是女中诸葛。这诱饵……果真不是那么好吃的，偏偏，咱们还不得不吃。”

“父王？”

容瑄沉声道：“沐相既然说出来了，就表示这件事陛下想必是已经下定决心了。你这次若是不去，将来……再想要去就难了。一旦荐官制度完全废除，你不去参加科考，就只能一辈子当个闲散的宗室郡王。”

“但是如果我带头去了，以后这事……”废除荐官制度肯定要遭到京城权贵们的反对。到时候……主动参加科考的他——庄王府世子安郡王就是个最好的正面旗帜，当然，也是所有权贵仇恨攻击的对象。

容瑄点头道：“你能想到这个已经不容易了。不过……也不必太过忧心。这件事横竖咱们也是摆脱不了的，那何不试一试？”

“请父王赐教。”容泱道。

容瑄淡淡道："陛下只怕是想要将这件麻烦事交给本王来办。既然都是要得罪京城的权贵，得罪一次跟得罪两次大概也没什么差别了。"

"孩儿……"容泱有些不安地看着容瑄，不知道是不是自己给父王惹回来了麻烦。容瑄挥挥手，道："与你无关，此时陛下正是用人之际，绝不会让咱们闲着。本王是陛下唯一还活着的亲兄弟，这件事自然是交给本王来办最为妥当。"

容泱松了口气，点头道："儿臣明白了。"

容瑄望着儿子长长地叹了口气道："既然沐相这么说了，咱们也别客气。以后你跟着沐相多学学，就是当真执弟子礼也没什么，反正你也不是最初吃亏的那个。"沐清漪嫁给了容瑾，本身就是容泱的九皇婶，他叫一声"老师"又有什么？容瑄挥退了儿子，坐在书房里沉默了良久，方才叹了口气，轻声道："没想到，九弟竟然能有如此决断，本王不如……"

或许，如今这位年轻的皇帝陛下能够给他们带来一些惊喜也说不定。

京城某处客栈里，熙熙攘攘地坐满了进京来应试的学子。每次科考之期，整个京城的大小客栈里总是会住下不少应试的学子。

沐清漪坐在客栈里最不起眼的一个角落，坐在他身边的两个年轻人都穿着一身寻常的儒衫，仿佛也是来应试的学子，只是脸上的神色有些不自在。

"沐……公子，咱们要做什么？"

沐清漪满意地看着眼前的两个青年。虽然其中一个也是高门出身，不过完全不会像容泱那天一样闹出乌龙。他们完全是老老实实地按普通学子的模样来装扮的。

眼前这两个人，一个上一届科考的进士，只是家道贫寒又不善钻营，如今还在翰林院当着不起眼的小编修。另一个虽然是高门子弟，但是个庶子。沐清漪抬头看了一眼客栈大堂与他们遥遥相望的对角处，那里也坐着几个人，淡淡道："看到了吗？弄清楚他们在干什么，顺便买一份他们卖的东西回来。"

两人略显尴尬，您都知道他们在卖东西了，还需要弄清楚他们在干什么吗？

沐清漪看着一脸木然的两人，挑眉道："你们不会告诉我，不知道他们在干什么吧？"这么单纯真的能在官场上混吗？

小编修小心地看了沐清漪一眼，低声道："下官知道。"他好歹也是从整个西越数十万的考生中一层一层杀出来的，怎么会不知道这些私底下的隐晦之事，只是没想到这些人竟然已经明目张胆到如此地步了。在客栈里卖考题，当真以为全皇城的官员和考生的眼睛瞎了吗？

沐清漪满意地点头，道："知道就好，去吧。"

两人点点头，却并没有行动，反倒是沐清漪自己起身走了。两个年轻的官员对视一眼，双双叹了口气。虽然一个出身贫寒，一个出身高门，但这会儿倒是生出了几分惺惺相惜之意。他们一个没有门路无法升迁，一个被家中嫡兄打压，动弹不得，如今运气好被陛下点名来跟着沐相，做得好的话，说不定能为自己拼出一个好前程。

沐清漪出了客栈，却发现迎面来了几个熟人，连忙侧身让过。这几个人正是前段时间在彭城的时候遇到的那几个书生，其中便有云月封。只不过云月封虽然跟着这些人一道走，无形之中却还是有些距离，只有那个姓林的书生缀在后面跟他说话。沐清漪挑了挑眉，不紧不慢地跟在这群人身后往前走去。

他们这一行人来得有些晚，许多客栈里住满了人，最后也只得找了一家不起眼的小客栈进去了。

沐清漪进去的时候，客栈的掌柜连忙迎了上来。沐清漪的神态、气质跟那些来赶考的书生截然不同，若是平常这样的人物根本不会光顾他这家小店，只怕也是如今京城里的客栈都住满了，才会屈就来此，掌柜的自然十分殷勤了。

“见过公子。公子住店还是用膳？”掌柜的殷勤地道。沐清漪挑了挑眉，问道：“本公子有几个朋友要应试，替他们订两间上房。”

掌柜的眼前一亮，连忙笑道：“没问题，小的立刻让人收拾两间最好的上房。公子如果不放心，一会儿可以亲自去看看，绝对不比那些大客栈差。”沐清漪点点头道：“也好。”

掌柜的请了沐清漪到一边坐下用茶，连忙吩咐老板娘亲自去收拾两间最好的上房出来。沐清漪有些好奇地看着掌柜的道：“掌柜的对每个客人都这般热情？”

掌柜的呵呵一笑，小心翼翼地瞟了一眼沐清漪腰带上的玉扣。掌柜的也有些见识，能够用得起这种品相的美玉的，绝对非富即贵，自然要好好奉承了。

沐清漪也不在意，淡淡一笑不再多说什么。

“掌柜的，你这是什么意思？”掌柜的还没离去，之前上楼去的人又急匆匆地冲了下来，那位跟云月封相熟的林公子满脸怒气地道：“我们又不是没钱付账！你将云兄的房间放到那种地方是什么意思？”

掌柜的皱眉，有些为难地看了看那林公子和跟在他身后下来的云月封。

“林兄，不要说了。那房间虽然偏了一些，但是也还不错。现在不是挑地方的时候。”云月封一把拦住林公子低声道。只是看他脸上的神色也知道他并不是真的无动于衷，只是已经习惯了忍耐罢了。林公子怒道：“那分明是店里的伙计住的地方，嘈杂肮脏，云兄住在那里还怎么温书？更何况咱们给了一样的房钱，凭什么让你住那种地方？”

掌柜的连忙道：“公子息怒，不如这样……小店只收这位公子一半的房钱便是。实在不是小店狗眼看人低，而是……两位的几位朋友都嘱咐了小的，不愿与这位公子……”林公子一愣，脸上的神色也有些尴尬起来了，更多的却是愤怒。这几日他已经将云月封的事情问清楚了，虽然云月封的母亲确实是青楼女子，本身却是个苦命的女子，且早已经从良，何况这跟云月封有什么关系？这些人……宁愿跟着那个姓贾的小人混，也不愿跟云月封结交，真是莫名其妙！

掌柜的也很为难，做生意的有钱就行，谁管客人是什么出身，那些读书人却不一样，要是将这位云公子安置在前面的房间里，那些读书人说不定就不肯住了。那他这店里的损失可就大了。

“掌柜的。”在旁边听着的沐清漪秀眉微挑，淡淡道，“将这位公子的房间，安置在我订的那两个房间中间。”

掌柜有些惊讶地看向沐清漪，犹豫着道：“那两位……”

“他们不会有意见。”沐清漪淡然地道。听她如此说，掌柜的也松了口气，连连称好，道：“小的这就去为这位公子收拾房间。”

掌柜的匆匆而去，那林公子有些好奇地看向沐清漪，道：“多谢这位公子，公子贵姓？”沐清漪微笑道：“公子客气了，免贵姓沐。”林公子笑道：“一看公子器宇不凡，肯定不是那等俗人。在下林璟玉，这位是云兄，云月封。”

沐清漪拱手道：“幸会。”

云月封看了看沐清漪，眼底闪过一丝疑惑，犹豫了一下还是问道：“听起来公子的房间并不是自己住的，是否还要问问那两位入住的人。在下……”沐清漪打断他的话，淡淡道：“既然同是应试之人，只论才学不论其他。至于住在谁旁边，更是与考试无关，他们能有什么意见？”

“沐……沐公子！”门外，派出去的两个青年走了进来，看到沐清漪在跟人说话不由得愣了一下，才连忙叫道。沐清漪回过神来，淡笑道：“梦龙、正元，你们来了，我已经帮你们订好房间了，就在这两位公子旁边，互相也好有个照应。”

我们为什么要订房间？两人对视一眼，表情却是丝毫不变。其中一人笑道：“多谢沐公子。见过两位兄台，在下叶梦龙，这位是许正元。”林璟玉二人也跟着通报了姓名，大家也算是认识了。沐清漪含笑看着两人道：“既然如此，你们就先在此安置，好好用功读书吧。”

“是，多谢沐公子。”两人拱手，恭敬地道。可怜他们好歹也是前科或者前前科的甲榜进士，现在竟然沦落到要重新回去读四书五经的地步。

这两个人虽然年轻，却是十分机灵的，沐清漪满意地点头道：“你们先安置着，回头到我府上取行李吧。”

“是。”

说完，沐清漪便向叶、云二人告辞了。看着她离去，林璟玉有些好奇地道：“这位公子长得真是俊美不凡，他是什么人啊？”这人看上去就不像是普通人物。叶梦龙苦笑道：“家中长辈托付沐公子照拂咱们一些。其实……咱们跟他也不是很熟。”

“既然请了他照拂，怎么不住在他府上？”林璟玉更加好奇了，有这么照拂人的吗？看着那公子贵气不凡，就将两个人塞到这种小客栈里。许正元笑道：“咱们来得有些晚，沐公子家里……嗯，很大，不适合安静温书。”皇宫当然是很大，地方其实也很多，后宫十几座宫殿全空着，晚上一个人进去能被吓死。既然沐相安排他们住进这里，那就住着呗。希望沐相不会真的让他们再下考场考试。要知道……胡乱进考场也是犯法的。

沐清漪回到含章宫，容瑾正苦着脸批阅桌上成堆的折子。他看到沐清漪进来立刻抛下笔扑了过去，道："清清，你总算回来了。"沐清漪挑眉，抬手拍开他扣在自己腰间的爪子，问道："怎么了？"

容瑾摇摇头，有些哀怨地望了一眼御案上仿佛永远也批不完的折子，道："清清倒是轻松，每天都在京城里闲逛。"

沐清漪从袖袋中取出一叠纸张递给他，挑了挑眉没说话。容瑾接过来一看，原本哀怨的俊脸顿时就一片铁青，怒道："一群混账东西！"

这几张纸上，写的正是不久前才刚刚拟定的考题。沐清漪笑道："一百两一份考题，还挺贵的。一千两连答案都能写上，而且还每张不同，绝不重复。"

"来人！"容瑾沉声道。

"陛下！沐相！"

"宣南宫翼和步玉堂入宫！"容瑾道。

"是。"

沐清漪看着容瑾气得不轻的模样，轻声安慰道："你也不必太过生气，科考弊案历朝历代屡禁不止，也不是到了你这会儿才有的。"容瑾盯着跟前的考题，冷笑道："确实不是从我这儿开始有的，但是，朕就要从我这儿开始断绝！"

沐清漪看着他冷漠的表情，也只得在心中暗暗叹息一声。容瑾年纪尚轻，但是杀伐之气委实太重了，难怪大哥一直都不放心。这会儿南宫翼和步玉堂都在衙门里办公，来得也快，不过两刻钟时间两人就到了含章宫里。

"臣南宫翼见过陛下、沐相。"

"臣步玉堂见过陛下、沐相。"

容瑾冷哼一声，手一挥几张纸落到了两人跟前，道："你们看看吧。"

两人捡起地上的纸张一看，心中顿时一惊。虽然他们并不知道这次科考的题，但是看着眼前的纸上写得密密麻麻哪里还能想不明白？南宫翼犹豫了一下，问道："陛下，这……"

"看不明白？"容瑾声音一寒。两人不由得一凉，齐声道："臣明白，请陛下示下。"

容瑾淡然道："着大理寺和奉天府，给朕狠狠地查。所有涉案之人，一个也不放过！买过考题的人……取消考试资格，十年之内不得参加科考。至于……此事的主谋，抓起来，朕亲自处置。"

步玉堂二人只觉得背脊发凉，心中暗暗为那些倒霉蛋默哀。惹谁不好偏要惹上这么一位爷，简直就是活得不耐烦了。两人毫不犹豫地收起手中的考题，沉声道："臣等遵旨。"

容瑾冷哼一声不再说话。南宫翼和步玉堂只得望向沐清漪求助。这位新主子是一万个不好侍候，唯一庆幸的就是还有一个能够治得了他的人在。就算他们曾经多多少少对沐清漪的身份有些不适应，如今也只剩下庆幸了。

沐清漪看了看两人，含笑道："起来说话吧。"

"多谢沐相。"两人谢过起身。沐清漪轻声道："这一次容泱也会下场考试。另外，还有叶梦龙和许正元，他们现在住在城西的福云客栈，这两份试题就是他们买回来的。两位若是有什么需要帮忙的，可以派人去那里找他们，应该可以帮上不少忙。"

两人齐声应是，南宫翼沉吟了片刻，道："叶梦龙和许正元都是前科的进士，沐相派他们去，是想要……"沐清漪笑道："没什么，他们年纪合适，碰巧遇上了就让他们先替我看几个人。"

南宫翼笑道："沐相算无遗策，自然不必担心。"

沐清漪笑道："南宫大人不必恭维我，若是算无遗策，也不会弄出这次的事情。若不是碰巧出去遇上了，只怕我还真想不起来这事。"南宫翼道："人心不足，科考弊案屡禁不止岂是沐相的错？如今试题已经泄露出去了，不知沐相可有补救的方案，现在换题……可还来得及？"

沐清漪笑道："这件事倒是不用担心，前两天我就已经让人开始准备了。至于最后的策论……到快要开考了再公布也来得及。"

南宫翼一笑，赞道："沐相好主意。等到开考了再公布考题，自然是谁也别想再玩什么花样了。"

"此事就有劳南宫大人和玉堂了。"沐清漪正色道，"科考是国之大事，不能有丝毫闪失，无论是谁……一概严惩。"沐清漪从一边桌上的一个木盒中取出一面令牌递给南宫翼道："两位尽管去办事，有什么问题来找我便是。"南宫翼接在手中，这虽然不是皇帝如朕亲临的令牌，但也是代表丞相相权的令牌。除非遇到皇室亲王，否则也没有多少人敢阻挡丞相的令牌。

"多谢沐相。"南宫翼接过，恭敬地谢道。

转眼便是科考的前一天了，礼部负责科举的官员们看到考题的时候却瞬间变了脸色。考题上的内容，没有半题跟之前的相同，至于最后，也是最重要的策论，则根本没有。

"这是怎么回事？"礼部左侍郎望着跟前桌上的试卷高声道。

送来试题的官员一脸的不解，礼部右侍郎没好气地道："这上面的考题，跟咱们之前拟的不一样！"

"这是丞相大人会同姜太傅亲自拟的试题。"官员答道。

"这……"礼部右侍郎险些气歪了脸，道，"会试的试题素来都是由礼部、翰林院和国子监学正拟的，策论是由陛下钦定的。什么时候变成由丞相拟题了？"

那送来试题的官员也是一脸茫然，道：“下官不知啊。”他只是奉命将试题送过来，哪知道到底试题为什么会变了啊？“咱们去请示尚书大人！”左右侍郎对视一眼，齐齐起身往礼部尚书办公的地方而去。

“大人，下官有要事禀告！”一行人急匆匆冲进礼部尚书的书房，叫道。

礼部尚书不悦地皱了皱眉，道：“无礼，还不见过沐相。”

众人这才发现，一边的椅子里还坐在一个清丽绝俗的白衣女子。只是此时，却是谁都没有心情欣赏眼前的美人，众人只是匆匆上前见礼，道：“见过沐相。”

沐清漪笑容和煦如风，道：“各位大人不必多礼。既然各位有事情要禀告，本相就先行告辞了。”

左侍郎上前一步道：“沐相请留步，此事与沐相也有些许关系。”沐清漪秀眉微挑，重新坐了回去。

礼部尚书蹙眉道：“何事如此急躁？”

右侍郎道：“启禀大人，刚刚送来的考题为何全部被沐相更改，而下官等人却丝毫不知情？”礼部尚书皱眉，有些不解地看了沐清漪一眼，显然他也并不知道这件事。他想了想，还是想息事宁人，道：“沐相是本届恩科的主考官，何况现在尚未开考，就算改了考题也无关紧要，可是考题有何不妥？”

左右侍郎齐齐语塞，就因为不是无关紧要，所以他们才着急啊。至于考题……他们只是看了一眼考题被改了就急忙出来找尚书询问了，哪有空考虑考题是不是不妥？

沐清漪淡然笑道：“考题确实是本相改了的，至于不妥……本相亲自请教过姜太傅。姜太傅曾经也做过几任主考官，据太傅所言，并无不妥，大人尽管放心便是。”

“那就好。”礼部尚书松了口气，在他看来此事不过是沐清漪新官上任急于求成想要做出一些成绩来罢了。只要考题没有问题，他也并不介意卖丞相一个面子。礼部尚书扫了一眼手下的官员，不悦地道：“既然如此，还能有什么问题？开考之前变换考题也并非没有先例。明天恩科考试就要正式开始了，这不仅关系到天下学子的前程，还关系到西越的未来，尔等还不快去准备。”

左右侍郎脸色灰白，却无法可想。无论怎么说，想要再将考题换回来都必然会引起别人的怀疑。最重要的是，沐相突然变换考题的事情让他们心中不得不有了大事不妙的预感。

“还不下去准备，磨磨蹭蹭干什么！”看着手下人一副犹犹豫豫、如丧考妣的模样，礼部尚书不悦地道。他侧首有些惭愧地看向沐清漪道，“下官驭下无方，让沐相见笑了。”

沐清漪淡然笑道：“尚书过谦了。至于这几位……也不用忙着走了。其实本相今日前来，也是要找左右侍郎谈谈。”

旁边，左右侍郎和几个官员都忍不住脸色一白。

沐清漪回头对着身后的侍卫低语了几句，侍卫立刻恭敬地点点头转身出去了。不一会儿，步玉堂和南宫翼走了进来，道："见过沐相，见过大人。"

"沐相，这是……"礼部尚书茫然地道。

沐清漪看着眼前这须发花白的老头儿，心中暗暗叹了口气。这次的事情跟这老头儿虽然没什么关系，但是不得不说，这位好不容易挺过了西越帝驾崩、容瑾登基和容瑾大婚的倒霉尚书，终于还是被自己的属下给连累了。"南宫大人，你们说说吧。"沐清漪道。

"是，沐相。"南宫翼朝礼部尚书拱了拱手道，"启禀大人，数日前就有人发现，有人在京城的各大客栈、酒楼兜售恩科考试的试题，下官和奉天府尹步大人奉陛下的旨意和沐相的命令彻查此事。这是证据，请大人过目。"南宫翼从身后的侍从手中接过一摞厚厚的卷宗送到礼部尚书跟前。

礼部尚书只听了南宫翼的话，脸就已经跟堂下的属下们一样白了。新皇登基第一次恩科考试出了这样大的娄子，无论跟他有没有关系，一个治下不严的罪名是绝对跑不了了。

礼部尚书颤抖着手翻了翻桌上的卷宗，瞪着底下的几个人，恨不得将这几人给凌迟了。

他一抬手，将这些卷宗狠狠地砸在了左右侍郎的身上，怒道："一群混账！你们自己看看！"

几个官员哪敢看，慌乱地接住卷宗当场双腿一软跪倒在了地上。

"大人……下官等……下官冤枉啊……"还有人心存着侥幸，想要推脱。礼部尚书冷哼一声并不说话。沐清漪淡淡笑道："几位若是觉得冤枉，不如看了这些东西再来辩驳。"

"沐相的话没听到？还不看！"礼部尚书咬牙道，他现在恨死了这几个连累自己的属下。无奈，几个官员只得小心翼翼地打开手中的卷宗，上面的内容却让他们本就苍白的脸失去了最后一丝血色。上面不仅写着他们如何兜售考题，甚至连卖了多少，钱都到哪儿去了，卖给了什么人都记得清清楚楚。

其实他们也不过是将考题拿出来，事情都是给下面的人做的，就连他们自己都不是十分清楚。也正是因此，他们才更加惶恐。

看着眼前抖得如筛子一般的下属，礼部尚书的脸色更加难看起来，他虚弱地望着沐清漪道："沐相……这事……"沐清漪抬手，含笑安抚道："大人尽管放心，大人与此事无关，陛下已经知道了。"礼部尚书感激地点点头，同时也在心中暗暗松了口气。倒霉被贬官只怕是免不了了，只要不更加倒霉，他就心满意足了。

"各位大人，还有什么话要说吗？"沐清漪淡淡问道。

"沐相饶命！"礼部众官员面如死灰。

"饶命！"沐清漪冷笑一声，"新皇登基，开恩科意在选拔有才之士入朝为官。

你们倒好，大半个礼部欺上瞒下，当街兜售恩科考题，陛下的脸面都被你们丢尽了，你们还好意思叫饶命？”冷眼扫了一眼跪地的官员，沐清漪看向南宫翼道，“这种事情，该怎么处理？”

南宫翼有些怜悯地看了一眼众人，沉声道：“泄露科举考题，论罪当诛。出售牟利，罪加一等，满门抄斩！”

“沐相饶命啊！下官知道错了。”左侍郎哭得一把鼻涕一把眼泪，年过半百了还哭得一塌糊涂。若是平常看到这幅场景，沐清漪八成是要心软的，现在沐清漪心中却没有半点儿心软之意。敢将脑筋动到科举上面，这已经不是胆大包天可以形容的了。

“带下去吧。”沐清漪平静地道。

很快，侍卫便进来将这些人全部拉了出去。大堂里一时间一片宁静，礼部尚书颤颤巍巍地望着沐清漪道：“沐相……”沐清漪轻叹了口气，道：“后面的事情当由陛下处置，不过科考就在明日，大人还是好好准备吧。”

礼部尚书心中一喜，连忙道：“多谢沐相。”礼部尚书明白，沐相这是在提醒他陛下现在还没有夺了他礼部尚书的职位。只要尽心做事，办好这次的科考将功赎罪，说不定此事还有转圜的余地。

沐清漪站起身来道：“如此，本相就不打扰大人了，先行告辞。南宫大人、玉堂，这里交给你们了。”

“是，恭送沐相。”三人起身道。

科考的前一天，京城里同样是风雨不断。当天傍晚，不少应考的学子被突然闯入的官差带走。一时间，所有的学子都惶惶不安起来。这对于科考来说却不是什么好事。

“这是怎么回事？”

福云客栈里，同样也有两个学子被抓走了。整个客栈的学子纷纷出了房间，聚集在楼下大堂里。

“是啊，孙兄怎么被抓走了？”有人焦急地问道，“莫不是犯了什么事？”

“听说别的客栈也有人被抓走了，只怕是出大事了。”不知道是谁说了一句，所有的人顿时更加不安起来。

林璟玉几人坐在角落里的位置，看了看坐在身边的叶梦龙和许正元两人一脸安泰的模样，有些诧异地问道：“你们不担心吗？”

叶梦龙笑道：“咱们安分守己地来考试，有什么好担心的？”

林璟玉一愣，若有所悟道：“你是说……”

许正元笑道：“林兄，你没发现吗？被抓走的人家世都十分不错，而且……”

林璟玉和云月封二人不由得沉默起来，心中已经隐隐有些明白了。林璟玉凑到叶梦龙身边，笑眯眯地道："话说，叶兄、许兄，两位来历应该也不简单吧？不然怎么会知道这些？"

叶梦龙摸摸鼻子，笑道："这个嘛……一般一般。"

林璟玉轻哼一声，有些不满地撇嘴，觉得这两人有些不够朋友，不过他也只是好奇并不是真的想要打探两人的家世，也就这么过去了。看到旁边的云月封若有所思的模样，他不由得问道："云兄这是在想什么？"云月封放下茶杯淡淡笑道："我在想……来历不凡的应该是那位沐公子。"

叶梦龙和许正元二人对视了一眼，心中不由得抹了一把冷汗。怪不得沐相看中这个人，他果然聪明不凡。林璟玉有些疑惑，他怎么没看出来那位沐公子有什么不凡之处，那就是一个长得漂亮的公子哥儿而已。云月封摇摇头，同样有些疑惑，但并不再多话。

"有消息了。方才陛下命人传旨，礼部左右侍郎勾结手下官员泄露了考题。那些被抓的人都是买过考题的。陛下的旨意就贴在贡院外头。大家快去看看！"出去打探消息的人急匆匆地回来叫道。很快，大堂里的人就一拥而出，纷纷往贡院的方向跑去。林璟玉看看其他三人，问道："咱们也去？"

云月封犹豫了一下，点了点头。叶梦龙笑道："林兄和云兄先去吧，我们就先不去凑热闹了。"

云月封也不多说什么，只是深深地看了两人一眼，拖着还想要说话的林璟玉走了。

"许兄，你说他是不是猜出来我们的身份了？"叶梦龙有些担心地道。

许正元摇摇头，道："他没见过我们，不太可能。"叶梦龙想了想，点点头道："也是。"全天下能够跟沐相一样想法奇怪的人肯定不多。

"叶大人、许大人。"等到人都走光了，一个灰衣男子出现在两人跟前，低声道，"沐相吩咐了，两位今晚就可以离开这里了。"两人双双松了口气，若是真让他们进贡院考试就麻烦了。先别说重复应考是不是违法，就说万一一个运气不好没考上，那就真是贻笑大方了。

两人欢喜地点头道："多谢沐相。"

灰衣男子看了看两人，继续道："沐相说请两位今晚好好休息，明天跟她一起到贡院监考。"

咔嚓！两人脖子僵硬地扭头望着对方，这两天见过他们的考生可当真不少，若是到时候让人认出来了……要完！

贡院门口的公告牌上贴着明黄色的圣旨，上面盖着红彤彤的帝王印玺，显示着这张明黄的绢帛上写的内容的真实和帝王的权威。看完了圣旨，不少人忍不住破口大骂，也有人高呼陛下圣明。容泱有些窘迫地站在人群里，虽然已经在这些学子中混了好些日子，但是他这个龙子龙孙毕竟不是那么容易就能够习惯的。穿着一身布衣儒衫站在这些人中间，容泱还是有些不自在。再看看圣旨上写着的那长长的一串名字还有满门抄斩等字样，他也忍不住一阵头皮发麻。

“舅舅。”从人群里退出来，正好看到同样穿着一身布衣的南宫翼站在不远处看着自己，容泱松了口气连忙走过去叫道。南宫翼打量了一番容泱，不由得点头笑道：“不错，还有些样子。”容泱无奈地苦笑，南宫翼拍拍他的肩膀笑道，“你母妃托我来瞧瞧你，看你可还习惯，看起来……还不错。”

容泱点头道：“还行。舅舅，万一我……”

南宫翼笑道：“尽力便是，你原本就不是读这个的，就算考不上，也没人会怪你。”

容泱这才放心了，点头道：“多谢舅舅，舅舅回去告诉母妃，我一切都好，不用担心。”

南宫翼点头应了下来。容泱有些好奇地问道：“舅舅怎么会来这里？”容泱扫了一眼前方不远处的公告牌，低声道：“奉沐相之命来看看这些考生怎么样了，别因为今天的事情影响了明天的考试。”

容泱笑道：“应该不会吧？今天的那些人被抓了，他们应该高兴才对。”不仅是因为公平，更因为少了不少对手。

南宫翼含笑点头道：“看来确实是沐相多虑了，这些人都还不错。”

竞争对手少了，对这些学子来说也是一件好事。十年寒窗苦读，想必这些人也没那么容易受到这些事情的影响。南宫翼满意地点点头觉得自己可以回去交差了，又叮嘱了容泱几句便转身离去了。

容泱望着南宫翼的背影，再看看跟前来来往往的人，有些无奈地叹了口气。这些年身为庄亲王世子，他一直觉得自己是个很优秀的人，但是直到离开了庄王府的光环，与这些不知道他身份的人混在一起，他才知道自己竟然连融入这些人都显得格外困难，更不用说想要混得如鱼得水了。

清晨，一大早贡院门外就挤满了人。所有的考生都要带着自己的名帖依次进入贡院考试。进门之前，守卫还要进行例行检查，看有没有人夹带小抄入场作弊。

这原本并不是什么奇怪的事情，而能够让一大群可说是西越的读书人中最优秀的人才都震惊不已的却是站在贡院门口的那名白衣女子。

只见贡院外面的匾额下方站着一位容貌清丽绝尘的白衣女子。上等的贡品雪蚕丝织成的白色罗衣上绣着银色的祥云和仙鹤图样，她的一头青丝绾成一个简单清雅的发髻，发髻间簪着一支五翅凤凰流苏银步摇。她看上去宛如冰清玉洁的九天仙女，却又更多了几分令人不敢冒犯的尊贵威仪。几乎是刹那间，所有人都猜到了这个女子的身份——当朝大丞相沐清漪。

不说这样的装扮和姿容气度，就看她站的位置，连礼部尚书和太学学正等一干官员都恭恭敬敬地站在下首，就知道这女子是何等的位高权重了。

人群中，林璟玉看到沐清漪的刹那间险些当场跌倒。幸好云月封站在身边顺手扶了他一把。林璟玉有些失态地抓住云月封的衣袖，低声叫道："云兄……那个……那个……"

"噤声！"云月封低声道，"你想让所有的人都听到吗？"

林璟玉抹了一把汗，拉着云月封退出了人群，退到一个人少的角落里才身子一软靠到了身后的墙上，道："那个居然是……怎么没听说过沐相去了彭城……啊……那天跟沐相一起的是……"

"是当今陛下。"云月封沉着地道，只是背后紧紧攥着的手显示了他其实也并不如表面看上去那么平静。云月封看着一脸冷汗的林璟玉，犹豫了一下道，"其实咱们在京城……应该也见过沐相。"

"嗯？你是说……"林璟玉也是聪明人，来到京城之后为了温书根本没有见过多少人，姓沐的……就一个！

"天哪……我们会不会跟沐相太有缘了？"最重要的是，他们居然还有眼无珠，根本就没有认出人家。云月封回头，有些怔怔地望着远处贡院门口那白衣如雪的美丽女子，一时间有些恍惚。

沐清漪平静地看着贡院门口的考生，这些人都是西越朝堂未来的希望，也是整个西越读书人中的佼佼者。但是，这些人中的很大一部分都注定了要落榜。他们有的会继续准备下次甚至下下次会试，有的干脆就一蹶不振。

"诸位学子，奉陛下圣谕：本届恩科会试今日开始。各位都是西越未来的希望，本相也希望能够在榜单上看到各位的大名。将来能与诸位同朝为官，本相甚幸。至此，望诸君一切顺利。"沐清漪沉声道。

"多谢沐相教诲！"众学子谢道。

沐清漪点点头对身边的礼部尚书道："开始吧。"

难得沐清漪身为女子，倒是没有往届那些主考官长篇大论的啰唆。这让礼部尚书稍稍愣了一愣，他回过神来才连忙宣布："恩科会试开始，诸位举子准备入院应试。"

众学子排着队一一进入贡院。主考官原本也没什么大事。只是在开始之前讲几句话勉励一番，然后三天的考试需要在场监督罢了。看着考生一一入内，礼部尚书低声道："沐相，不如先入内歇息。"

沐清漪淡然微笑道："不必了，等所有考生都进去了再说。他们连续三天都不累，本相略站一会儿也无妨。"

科考考验的不仅是考生的学识，对身体也是一个很大的考验。连续三天都待在只有两人宽的小小号舍里，白天考试、晚上睡觉。身体不好的人八成都要被抬出贡院。

虽然排成了好几行，所有的考生进入贡院却也前后花了将近半个时辰。沐清漪这才在众官员的陪同下进入贡院。

沐清漪走过两行号舍之间的道路，正好看到坐在里面正一副浑身不自在的容泱，不由得淡淡一笑。

再往前走，沐清漪看到了林璟玉和云月封。林璟玉依然是一副震惊得没回过神来的模样，倒是云月封看上去十分沉稳平静，仿佛心境无波，丝毫不为外物所动摇。

走到贡院最前方的大殿门口早就摆好的椅子里坐下，沐清漪朝下首的官员点点头道："开始吧。"

"恩科考试开始！派考卷！"

礼部的小吏捧着考卷沿着号舍往后面一一派发。沐清漪和其他监考的官员便坐在殿阶前闲聊。

监考的工作从古至今都是无聊的，只有偶尔有被抓到做小抄的可以给众人添一些乐趣。不过一个时辰，原本还精神抖擞的官员们纷纷萎靡起来，道："沐相，您若是累了，可以先入内歇息。"

沐清漪抬头看了一眼跟前一脸无精打采的官员们，心知肚明。她坐在这里，这些官员说话做事都难免要有所顾忌，根本不能畅所欲言。沐清漪沉吟了片刻，道："各位大人，分成两轮留守在此便是，不必顾忌本相。"也就是说，丞相大人就是打定主意要坐在这里看了。众考官心中暗暗呻吟，纷纷对视了一眼却也有些无奈，只得道："多谢沐相体恤。"

沐清漪悠然地坐在殿阶上的椅子里，闲适地随手拿着一本杂记看，甚至还直接让人将需要她处理的折子送过来看。其余的官员也只得打起精神，一半人到后殿休息，一半人留下陪着坐着。三天下来，不仅是考生们无精打采，考官们也有些吃不消了。这些养尊处优的高官哪里这么辛苦过，一个个也同样蔫头耷脑。等到所有考生考完交卷离场，年纪最大的考官都险些站不稳了。

"陛下驾到！"此时，考官们在贡院后殿正忙着整理、批阅试卷。科考的规矩历来如此，考完之后贡院立刻封锁，所有考官也只能批阅完试卷之后才能离开贡院。

听到陛下驾到的声音，众人连忙起身相迎，道："叩见陛下。"

容瑾踏入大殿，看着眼前一个个灰头土脸、困顿不堪的官员，再看看气色还算不错的沐清漪，满意地点了点头道："这次辛苦各位了，考卷封存，各位先歇息一天，明日开始阅卷。来人，传朕旨意，赐众考官御膳一席！"

"臣等叩谢陛下！"所有人眼睛一亮，齐声谢恩。御膳用的都是不可多得的材料，美味自不必多言，更重要的并不是那份口腹之欲，而是被陛下赐予御膳的荣耀。

容瑾满意地点头道："很好，各位歇着吧。清清咱们走。"

沐清漪有些意外地起身，问道："去哪儿？"

容瑾笑道：“今天武科考试，难道你这做丞相的不去看看？”

沐清漪这才想起来，惊喜地跟着容瑾走了。目送二人离去，殿中一众考官才站起身来，太学学正捋着花白的胡子道：“这……陛下似乎也不是那么的……”

其他人也纷纷应是。只是监个考就有陛下钦赐的御膳，这可是历朝历代的考官们都没有享受过的荣耀。看起来，皇帝陛下杀人的时候虽然干净利落，该赏的时候似乎也是毫不含糊。

礼部尚书若有所思地道：“若不是咱们这几天一直尽心竭力，只怕也不会有今天的赏赐。”

这几天他们这些人可累得不轻，只怕陛下就是进来看到众人一脸疲惫才给予的赏赐。

众人皆是一愣，仔细想了想，心中原本对沐清漪还有的几分不满也渐渐消失了。只是辛苦几天就能得到陛下的赏赐和称赞，说不定还会在陛下心中留下不错的印象，对未来的仕途可是有着极大的好处，这可是再划算不过的事情了。

武举的考试在城北的一处演武场举行。之前两天考的是笔试，容瑾派了容瑄和东方飞监考。今天才是最精彩的比武，容瑾带着沐清漪到达演武场的时候比武早就开始了。看到两人前来，容瑄和东方飞连忙起身相迎。

“陛下、沐相……”

容瑾挥挥手，示意两人不必多礼。容瑄、东方飞连忙让出了最中间的主位请两人坐下。

底下的武举们看着台上突然来了一黑一白的一对青年男女，皆是一怔，很快便回过神明白了两人的身份，一时间更加心情激昂，比武台上的人也打得更加卖力了。

容瑾悠然地看着台下众人，比武台上的那些小打小闹自然都不会被他看在眼里。他的目光精确地锁定了那些武举中的一人。

人群中，梁修武拉了拉看得正兴起的霍元方的胳膊，道：“霍兄，看看台上。”

霍元方有些茫然地抬眼望去，正好对上了容瑾似笑非笑的眼神。霍元方不由得一惊，惊叫道：“那小子怎么会……”

身边梁修武和罗云连忙一左一右拉住了他想要指向容瑾的手，一个人一把捂住了他的嘴。罗云没好气地低声道：“你疯了！也不看看那位……是什么身份！”

霍元方也不真是傻子，他茫然地看了看容瑾和沐清漪，再看看已经坐在了他们下首的容瑄和东方飞，顿时冒出了一头冷汗，不停地喃喃道：“完了，完了……我上次骂那小……不，陛下什么来着？”

罗云同情地看了他一眼，低声道：“你骂陛下小白脸儿。”梁修武继续道：“还说要一拳揍扁陛下。”

看着霍元方哭丧着脸，梁修武拍拍他的肩膀安慰道：“没关系，陛下也说过，你一定会高中的。陛下金口玉言，一定没问题！”

为什么他一点儿也不觉得自己被安慰到了？

俗话说，内行看门道，外行看热闹。坐在看台上的几位考官中，沐清漪就是那唯一一个看热闹的人。不过她辛苦了三天，没事干看看比武放松一下也没什么不好。所以沐清漪也心安理得地坐在看台上看着底下的打斗，听着东方飞和容瑾以及在座的武将们时不时点评几句。

霍元方能让容瑾记仇这么久，显然是有些本事的。他一上台就连续挑翻了四五位高手。东方飞赞赏地笑道：“这一个倒是有些真本事，倒像是上阵杀过敌的。”

容瑄也笑道：“不仅气势如雷，身手也不错。说不定这一次就是这个霍元方拔得头筹。”其他几个将领对这个悍勇的青年男子也颇有好感，已经有人在暗暗商量着若是他考上了要请陛下将他分到自己的手下了。

容瑾饶有兴致地听着众人议论，挑眉道：“当真不错？”

东方飞含笑点头道：“别看这人看上去粗犷得很，他的笔试试卷我还有些印象，居然还不错，粗中有细。陛下，若是这人上榜，不如分到微臣手下？微臣手下正缺一个能打的校尉呢。”

容瑾站起身来，笑道：“能打吗？让朕试试看再说。”众人一怔，还没反应过来就见容瑾足下一点，已经如惊鸿一般，翩然落到了下面的比武台上。

“这……陛下……”

“不用担心，陛下自有分寸。”沐清漪含笑道，让他现在出出气，总比以后再刁难霍元方要好得多。

比武台上，霍元方望着突然落到自己跟前的容瑾，睁大了眼睛，道：“你……你，陛下……”

容瑾笑容可掬地点点头道：“功夫不错，跟朕过两招看看。”

“这个……还是算了吧。”霍元方小心翼翼地道。若是弄伤了陛下一根手指头，那可都是灭九族的重罪。

容瑾轻哼一声，淡然道：“你若是能赢，朕封你为武状元。”

霍元方眼睛一亮，很快又冷静了一下，问道：“那我若是输了呢？”容瑾狞笑道：“那你就去守城门。”

霍元方深深吸了口气，他辛辛苦苦学武读兵书，可不是为了去守城门的。为了武状元……拼了！

霍元方长啸一声，一拳打向容瑾，果真是声势不凡。容瑾剑眉微挑，只是稍稍侧身便轻而易举地避过了他这一拳。若不是霍元方还存着试探之心只用了六成力，这一拳落空说不定他就直接冲到台下去了。

“有点儿意思。”容瑾笑眯眯地道。

霍元方一拳落空，很快便折身又是一拳挥了过去。这一次容瑾却不再躲闪，微微抬手毫不意外地一掌挡住了霍元方的拳头。劲力轻吐，霍元方只感到手臂一震，连连后退了几步，在比武台边上险险地稳住了身形。

霍元方心知眼前这看似薄弱的青年皇帝竟然是难得一见的内家高手，心中不由得震惊不已。

容瑾闲适地站在几步外看着他笑道："你可以挑一个自己觉得趁手的兵器再来。"

霍元方也不客气，比拳脚他绝对不是内家高手的对手。霍元方冲到一边的兵器架边上，毫不犹豫地拿起了一对长锏，试了试觉得趁手立刻就攻向了容瑾。重逾百斤的双锏竟让他使得虎虎生风。

沐清漪好奇地看着容瑾不停地避让着霍元方。旁边的东方飞看了看沐清漪笑道："沐相不用担心，霍元方不是陛下的对手。"

沐清漪点点头，道："霍元方选这兵器……若是一直碰不到陛下，等到他力气耗尽岂不是任人鱼肉？"

东方飞笑道："霍元方应该是看出来了陛下的武功偏向轻盈快捷。比这个他是怎么也比不过陛下的，所以才想要以力敌之。俗话说，一力降十会，这霍元方应该是个天生力大无穷之辈。只可惜……跟陛下的武功相差太远了。若是一个跟他差不多的，只怕还真是要输给他了。"

果然如东方飞所言，容瑾如一只黑色的蝴蝶在比武台上轻盈地闪动，就连修罗刀都没有出鞘。霍元方那一双长锏每一下都是力敌千钧，砸在脚下的比武台上，也生生砸出一条条裂痕。他却连容瑾的衣摆都没有碰到过。

"如何？不行就认输吧？"容瑾挑眉，傲然笑道。

"只会躲……算什么英雄！"霍元方怒道。他被容瑾这赖皮的打法给打出火气来了，也顾不得对方的身份直接怒吼着。

容瑾扬眉笑道："哦？你想我动手？我怕你在我手下撑不到十招。"

"男子汉大丈夫，战死犹荣！"霍元方傲然道。

"很好。"容瑾满意地点头，噌的一声，一道红光闪过，修罗刀泛出一丝绚丽的光芒。霍元方还来不及反应，就感到眼前红光一闪，修罗刀带着凛冽的寒意直刺而来。他心中一惊，连忙翻身让过，容瑾却并不着急，手中短刀一折，回斩向霍元方的胸口。霍元方连忙举起双锏挡住了修罗刀，心中却是一惊。那修罗刀又短又窄，居然直接穿过了双锏之间的空隙刺向了自己的胸口。

当然，容瑾并没有真的要杀霍元方的意思，所以修罗刀在他胸口半寸的地方停了下来。容瑾对着霍元方勾唇一笑，回身抽刀，一挥袖霍元方整个人便飞了出去。

霍元方砸到人群中，底下的人总算都是习武之人，堪堪将他接住了。霍元方头昏脑涨地站稳了身子，一抬头便看到容瑾站在台上居高临下地望着自己笑道："如何？

服不服？”

“服！”半晌，霍元方才终于憋屈地吐出一个字。

容瑾满意地点头，笑道：“那么……去守城门？”

“守！”愿赌服输，霍元方再憋屈也无可奈何。谁让他得罪了这个小心眼的皇帝，而最该死的是他居然不知道这个年轻的皇帝是个高手。

容瑾心情舒畅地掠回了看台坐下。东方飞和容瑄对视了一眼，小心地问道：“陛下，这个霍元方……也算是个人才，真让他去守城门？”

容瑾挑眉笑道：“开个玩笑。确实是有几分本事，若是成绩不错……就给个探花吧。”

众人哗然，居高临下地看着底下人群中一副蔫蔫模样的高壮大汉。虽然说武科不比文科，探花也未必非要俊雅倜傥，但是这副彪形大汉的模样，也太委屈探花这个称谓了。

沐清漪含笑看了容瑾一眼，知道他是故意想要硌硬霍元方的，也不以为意。既然霍元方的实力得到了各位监考将领的认可，那么是探花还是别的什么倒也不是特别重要。

沐清漪含笑看着容瑾道：“既然差不多了，咱们先回宫吧。后面的事情辛苦庄王和靖远侯了。”

众人连忙站起身来道：“恭送陛下，恭送沐相。”

人群中，霍元方无视众人投来的敬佩的目光，一脸如丧考妣的绝望表情。

“霍兄，这是怎么了？”梁修武二人跟他关系最好，连忙上前来询问，“没想到陛下武功竟然如此高强，就算输了也不丢脸。”敢情这两人站得太远了，没听到容瑾刚刚的话。

霍元方绝望地道：“兄弟明天就要去守城门了。”

“呃……”原本还想安慰他的二人也无话可说了，只得默默地拍拍他的肩膀以表同情。谁让他非得罪皇帝陛下？没有掉脑袋已经算是不错了。

会试结束之后，经过了几天让人焦心的等待，总算是到了放榜的日子。整个京城里更是人声沸腾、热闹不已。一大早，无论是文科举子还是武科举子都早早地在贡院门口等待着放榜。

直到正午时分，贡院的大门才打开，几个官员将写满了名字的红色纸张贴在了贡院外墙的公告牌上。官员还没来得及离开，一众举子就一拥而上挤到跟前来看成绩了。

贡院斜对角一处茶楼里，沐清漪透过窗口看着远处的人群，含笑问道：“不去看看吗？”

沐清漪对面，容泱有些纠结地看了看外面，还是摇了摇头。他堂堂庄王府世子、新皇亲封的安郡王居然也有担心自己成绩的一天。沐清漪了然一笑，对身边的叶梦龙道：“梦龙，你们去看看，顺便看看……”

叶梦龙含笑点头道：“下官明白，看看林公子和云公子有没有高中。”

沐清漪点点头，道：“那个云月封应该不成问题，林璟玉看着也还不错，就是不知道有没有被吓着。”若是因为吓着了而发挥失常，那她还真有些对不住林璟玉了。

叶梦龙和许正元领命而去。他们好不容易挤进人群中，顺着那大红色的榜单往下看。果然看到了云月封的名字，而且排名居然还不低。第四名，这成绩若是殿试也是二甲头名了。林璟玉也上榜了，四十七名。相比之下，容泱要差一些，但是以他的出身，能够上榜已经实属不易了，得了个七十八名。两人对视一笑，转身出了人群准备去向沐清漪和容泱报喜，却正好碰上了匆匆赶来的云月封和林璟玉。

“云兄、林兄，恭喜两位！”叶梦龙笑道。

两人都是一愣，蓦地反应过来，惊喜地望向被围了里三层外三层的榜单。叶梦龙笑道：“云兄中了第四名，林兄第四十七名，恭喜两位。”

两人皆是大喜，就是云月封这喜怒不形于色的人也忍不住快步朝人群里挤去。叶梦龙连忙拉住两人笑道：“两位，咱们说的还能有假？不如先跟咱们去见一个人。”

云月封和林璟玉对视一眼，压抑住心中喜悦的同时也稍稍冷静了下来。林璟玉眯眼道：“话说回来……两位兄台……似乎应考的时候没有看到两位。”

叶梦龙拱手笑道：“惭愧惭愧，在下……不过是沐……公子手下的小吏，忝为上届二甲第十七名。”

“那么这位也是了？”林璟玉挑眉道。

许正元朝两人拱拱手，淡笑道：“以后大家同朝为官，见谅。”林璟玉瞪了两人半晌，也无话可说。

“林兄、云兄，你们可看了榜单了？”后面赶来的都是跟两人相熟的举人，那跟云月封交恶的贾书生也在其中。他从云月封身边走过时还有些高傲地瞥了云月封一眼。

许正元有些奇怪地看了看那人，问道：“这位贾兄……才高八斗吗？刚刚没看见一甲榜单上有姓贾的人啊？”云月封淡淡一笑，摇头道：“许兄、叶兄，咱们不是要去见人吗？别让……沐公子久等了。”

叶梦龙一拍脑门笑道：“说得是，沐公子还等着消息呢。”

四人刚刚转身要走，人群中突然传出来一声怒吼：“这种人怎么也会上榜？！这种人居然能得第四名！不公平！”

声音有些熟悉，林璟玉脸色一沉，咬牙道：“贾敬！云兄，咱们先走。”林璟玉心知那贾书生的心性，若是光天化日之下让他把云月封的身世捅出来，难看的绝对是云月封，说不定以后的仕途也就此毁了。

叶梦龙和许正元二人隐约也知道一些，一左一右拉起云月封往茶楼的方向走去。

“云月封！你站住！”却不想，他们有退避之意，那贾书生却不依不饶，直接从人群里冲出来扯住了云月封的衣袖。

“贾敬，你这是什么意思？”林璟玉怒道。

贾书生没好气地推开林璟玉道：“多管闲事，林璟玉你好歹也是书香门第出身，处处巴结这个贱籍之人，真是有辱斯文！”

原本还在关注榜单的人一时间都被引到了这边，原本不少因为落榜而顿足长叹、沮丧落泪的人都纷纷因为贾书生突然爆出的话而愣住了，齐刷刷地看向一身布衣的云月封。众人再看看那大红的榜单上第四的位置上的云月封三个字，眼睛里写满了好奇和探究之意。

林璟玉冷笑一声，道：“自己考不上就肆意侮辱旁人，贾敬，别忘了云兄如今是会试第四名，就算还没有经过殿试也是进士出身，你区区一个举子也敢口出狂言？”

贾书生冷笑道：“就凭他也能考上第四名？一个风尘女子生的野种……若是如此，将全天下读书人置于何地？本公子怀疑他作弊！”

“你说怀疑就怀疑？”

云月封拉住想要上前跟他理论的林璟玉，沉声道：“林兄，你别管这事了，你们先走。”

林璟玉轻哼一声，轻蔑地看向贾书生道：“走什么走？本公子又不理亏！这种自己没本事就嫉恨别人的小人，难怪一辈子都考不上，八成所有的精力都拿去嫉妒别人了吧？”

“林璟玉！你欺人太甚！”贾书生气红了脸，他年轻时候也是有名的才子，二十岁就考上了举人，又考了二十多年却依然还是一个举人。

“本公子欺你，如何？”林璟玉傲然道。

“这里出什么事了？”一个轻柔的声音从后面传来，众人让开一条路。沐清漪一身白衣，神色淡然地带着容泱走了过来。众人一怔，不由得一惊，道：“参见沐相！”

“参见沐相！”众人齐声拜见。

沐清漪神色平淡地扫了众人一眼，双眸平静无波，没有半丝多余的情绪，却让许多原本还想跟着起哄的人不由得羞愧地低下了头。

那个叫贾敬的书生显然也认出了沐清漪，愣了一愣，眼中闪过一丝慌乱和羞愧之色，很快却又重新高傲起来，甚至连别人对着沐清漪参拜的时候他都依旧仿佛一身傲骨地站立着。

沐清漪看了看他，秀眉微蹙，淡淡问道："怎么回事？"

不等别人说话，贾敬抢先开口道："这次考试不公！我等不服！"

沐清漪冷冷一笑，道："你等不服？除了你以外还有谁？"她清丽的眼眸扫过众人，却没有一个人敢站出来。

那贾敬原本以为许多落榜的考生应该会跟着自己一起闹，没想到根本没人回应，不由得有些焦急，高声叫道："陛下派个女人来做主考，是对我们全天下学子的羞辱！而且，这个女人原本就跟云月封相识，说他们没有作弊，谁信？"

沐清漪闲适地挥退了想要教训那贾敬的侍卫，平静地等到他说完，方才低眉笑道："原来如此。"

"贾敬，你对我有什么不满尽管冲着我来，东拉西扯算什么东西！"云月封上前一步，冷冷地盯着贾敬道，"我跟沐相确实是见过，但是当时你……还有好几位考生都在场，还有当今陛下也在，你这么说是什么意思？"

众人恍然大悟，原本他们听了贾敬的话确实是想偏了一些，暗暗冒了一身冷汗。贾敬的话被云月封堵了回去，顿时气得脸色通红。旁边的林璟玉也跟着道："不错，当时在彭城，本公子也在场。姓贾的，你不会是想要说云兄跟沐相有什么私交吧？沐相是华国人，去年才到西越。云兄是绵州人，除了进京赴考跟我们一起路过彭城小住，从来没有出过绵州。你还想要说什么？"

贾敬强忍住心中的慌乱情绪。他之所以找云月封的麻烦，说白了也不过是嫉妒，一时嘴快，谁知道会牵扯出沐清漪来。但是人既然已经得罪了，贾敬以小人之心度君子之腹，自然不认为沐清漪会轻易放过他。因此他才索性豁出去，把事情闹大了，就算沐清漪想要对他怎么样也不敢轻易下手了。

"总之，云月封身份低贱，根本没有资格参加科考，更不用说入朝为官！"无话可说，贾敬硬着头皮道。

沐清漪挑眉，问道："云月封，户籍可在？"

云月封低头，沉声道："禀沐相，族里荐书、户籍、路引一应俱在，请沐相过目。"云月封双手呈上了各种证明身份的东西。这些都是每个考生入场之前必查的东西，云月封自然会随身携带。

沐清漪随意翻看了一下，微微举起看着贾敬道："贾举人是想要说这份东西是假的吗？考虑清楚再告诉本相，当众诬蔑新科进士是什么罪名，不用本相提醒你吧？"

贾敬脸色苍白，咬牙道："就算那是真的，也改变不了云月封的亲娘是个妓院的烟花女子的事实！"

云月封脸色煞白，有些顾忌地站着并不说话。从小到大便是这样，无论他多聪明、多厉害，只要拿出他的身世说话，他总是会输得一败涂地。“那又如何？”沐清漪不以为然，淡淡道。

“你……你……”没能得到自己想要的反应，贾敬气得脸色一阵青一阵紫，“烟花女子所生的野种，有辱斯文！有这种人在朝中，谁还愿意入朝为官？”

沐清漪抬手轻弹了一下手中的册子，悠悠道：“别人愿不愿意入朝为官，本相不知道，但是本相知道你肯定是没有机会入朝为官了。新皇登基大赦天下，开恩科取士，一为朝堂输送新人，二为嘉惠天下学子。论才德，不论出身。只要有志效忠于陛下，效忠于西越者，皆可取之。听明白了吗？”

“不！我不服！”贾敬高声叫道，“我考了二十多年，为什么……凭什么他这种人都能够考上？为什么……是你？一定是你在彭城听到我说你坏话，你故意让我落第！我不服……”

“沐相！”一直沉默的云月封咬了咬牙，突然一掀衣摆，当场跪在地上，沉声道，“多谢沐相不曾歧视学生！云月封，愿意放弃这次成绩，请沐相就此抹去我的名次。”

沐清漪垂眸，平静地打量着云月封，半晌才道：“哦……你可知道你的名次非常靠前？若是殿试表现上佳，未必不能取得更好的名次。这次放弃了，就算下一次再上榜也未必就有这么好的成绩。”

云月封坚定地道：“学生绝不后悔！学生有信心，下一次考试定会更上一层楼。”

“云兄！”林璟玉不忍，起身提醒道。不说凭空多耗费三年的时间，沐相说得一点儿也没错，就算三年后云月封再次考上，也未必就能取得这么好的成绩。

云月封沉声道：“学生，绝不后悔！”

沐清漪凝眉想了想，侧首看向同样站在一边有些傻了的贾敬，淡淡道：“贾……贾敬？当着全天下学子的面，本相再给你一个机会。”

贾敬也没有想到云月封说放弃就放弃了这次的名次。要知道，这可是第四名。贾敬望着云月封的眼睛突然多了一些畏惧，更多的却是嫉妒。“什……什么意思？”

沐清漪指了指云月封，淡然道：“本相再给你们一次考试的机会，你们两个当着所有学子的面。如果你考得比他好，第四名就是你。如果你依然不如他，那么……冒犯当朝丞相，贡院门口闹事诬蔑新科进士的罪名，你应知道该当何罪。”

贾敬涨红了脸。这一次却不是吓的、气的，而是激动的。他当然不会认为自己不如云月封，考了七届都没有考上，他只会觉得是自己的运气不好而已。但是这一次，他只要赢了这个自己素来看不起的云月封，就可以得到第四名，简直是天上掉下来的大好机会。

犹豫了一下，贾敬问道：“若是我赢了，他怎么样？”

云月封咬牙道：“如果我输了，云月封愿以作弊论处！”

众人暗暗吸了口气，科考作弊，而且还是已经上榜了的，这可是杀头的大罪。沐清漪满意地点头，看着贾敬道："很好，当着所有考生的面，你赢了，你是第四名，他死。他赢了，你死。"

沐清漪的声音很轻柔，带着淡淡的温雅气息，没有半点冰冷和怒火，却听得贾敬心中一寒，额头上已经沁出了豆大的汗珠。

沐清漪回头吩咐身边的人道："去请姜太傅、太学学正，以及庄王和齐王过来一趟，就说本相有事请他们帮忙。"

跟在沐清漪身边的人应了声匆匆而去。沐清漪走到云月封跟前，淡淡道："男儿膝下有黄金，除了天地君亲师，莫要随意下跪。"

云月封抬起头来，望了一眼站在跟前美丽绝伦的白衣女子，在林璟玉的搀扶下慢慢站了起来，哑声道："云月封……多谢沐相。"

沐清漪微笑道："本相可是赌你赢的，云月封，不要让本相失望。"

云月封恭敬地点头道："云月封遵命！"

容瑄等人赶到的时候，贡院门口已经摆好了几把椅子。台阶下的空地上摆了两套桌椅，桌上放着笔墨纸砚。

容瑄有些好奇地笑道："沐相，今天这是……"

沐清漪抬眼笑道："我不相信王爷不知道发生了什么事。"容瑄当然知道发生了什么事，听沐清漪这么一说也只得一笑，在沐清漪左侧的位置坐了下来。跟在他身后的姜太傅等人也都到了。姜太傅如今虽然已经不再上朝，却可说是文官中品级最高的一位。就是沐清漪这个丞相，单论品级的话虽然跟太傅一样都是正一品，但是实际上也要低他半筹。太学学正更是天下学识最高的那群人的代表。至于容瑄和齐王二人，则是代表着西越皇室的权威。这样的组合，可说是给足了贾敬面子。同样，一旦输了，贾敬非死不可。

沐清漪淡笑道："为了公平起见，出题这事就交由学正大人和老太傅共议吧。"

姜太傅也不客气，只是有些遗憾地看了看坐立不安的贾敬，摇了摇头。这样的人他见得多了，只是像贾敬这么大胆子的，或者说这么蠢的，还真是不多见。

两位老者商议了片刻，便拟下了题目。姜太傅提笔在纸上写了两个大字——"治水"。

看到题目，贾敬一片茫然。云月封低头思考了一会儿便开始磨墨。看到云月封开始动手，贾敬自然也不愿落后，有些慌乱地开始磨墨。明眼人都能够看得出来他心中根本没有底。

姜太傅和学正这一题其实出得有些难度。"治水"两个字倒是简单，但就是在朝为官几十年的老臣也不敢说能治得好水，更不用说这些根本连朝堂的大门都还没进过的考生了。

两人开始答题，等待的时间确实有些无聊。围观的考生却并没有人离开，都站在贡院外面等着这一场比试的结果。

贡院门口摆着的一排椅子里，坐着的都是当朝最有权势和威望的权贵和高官。容瑄端着茶杯靠在椅子里，似笑非笑地看着沐清漪道："沐相，为了两个考生，搞得这么大有必要吗？"

沐清漪神态悠闲，淡淡地笑道："我很看好那个云月封，虽然三年后他也有信心能高中，但是光阴苦短，既然有机会又何必再浪费三年时间？"

容瑄看了一眼正端坐在桌边下笔行云流水的云月封，点点头道："看上去倒是不错，不过太年轻了，只怕还不堪大用。"

"庄王这话可不对。"另一边，姜太傅含笑捋着胡须道，"有志不在年高，老夫看如今只怕也是年轻人的天下了。"

虽然古有"五十少进士"之称，但是真正能够大器晚成的又能有多少？那些真正能够做出一番功业的，就算不是少年成名，至少也应是正当盛年。五十岁才中进士的，其实大多一辈子能做到三品官就算不错了。

再看看如今的朝堂，被新帝一番杀伐之后不动声色地换上的人，大丞相沐清漪自不必说，二十尚未足。如今重用的这些，南宫翼、步玉堂、姜誉、东方旭等，一个比一个年轻。

姜太傅揣摩了一辈子帝王心思，这些日子下来多少也有些明白皇帝陛下的想法了。陛下年轻气盛，只怕是嫌弃他们这些老头子碍手碍脚，想要大量起用新人了。如此算来，自己先一步退下得了太傅的尊荣，又将最看好的孙儿推了出去，陛下对姜家竟是当真不错了。

容瑄一愣，也跟着笑了起来，道："太傅所言极是。"

贡院门口被文科的考生们围得水泄不通，但是考武科的考生们却没有这个兴趣，大多是在看完了自己的名次之后无聊才过来看戏的。自古文武相轻，酸儒们闹什么幺蛾子，这些未来的武将自然不怎么理会。

霍元方神色有些呆滞地站在红榜底下望着第一张第三行写着的霍元方三个大字怔怔出神。

原本他是真的不抱希望了，毕竟这从古至今得罪了皇帝还能有好命的都可以算得上传说了。霍元方自然没有以为自己会有那么好的运气。今天跟着过来也不过是陪着梁修武和罗云看榜单罢了。谁知道最先看到的却是自己。

"霍兄……恭喜啊！"

"啊！"霍元方还有些回不过神来，"这么说……我不用去守城门了？"罗云低头闷笑道："霍兄，那八成是陛下跟你开玩笑的。陛下身为一国之君，武功也那么高，想必也不是心胸狭隘之人。"

"是吗？"他怎么觉得不太像啊。

"必须是！"两人齐声道，狠狠地瞪向霍元方。敢说陛下心胸狭隘，你不想活了！

"那……是吧。"霍元方点头承认，反正他觉得不像。不过就算他高中了最好也不过是分到军营里做个小校尉，十年八年之内应该也不用再见这位陛下了，应该也不用担心。

再看看榜单，梁修武和罗云也各自高中，不过名次靠后一些。三人互相道了贺才朝着贡院门口看热闹的地方而去。三人远远就看到坐在大门口与容瑄等人言笑晏晏的沐清漪。

霍元方忍不住咂嘴道："上次怎么就没看出来，那娇滴滴的姑娘竟然会是当朝丞相。真是……"

旁边梁修武没好气地拿胳膊捅了他一下，道："霍兄，早晚有一天你要倒霉在这张嘴上！"

霍元方愣了愣，摇头道："不是，我是想说，这姑……沐相可真不简单。"

"那倒是真的。"罗云笑道，"沐相看上去只怕还未满二十，坐在那一堆王爷和老臣中间竟然一点儿也不失色。可叹是个女儿身，若是个男儿，只怕更加了得。"

霍元方一挥手道："罗大哥这话我不爱听，女儿身怎么了？女儿身不是照样当大丞相吗？听说把那群啰哩八嗦的酸书生管得死死的，真是好本事。最要紧的是，这沐丞相居然不酸也不啰嗦。"

习武之人都没读过什么书，就是他们这些读了一些兵书的，听着那之乎者也也是头痛欲裂，因此他们看沐清漪这样一个虽然是女子，却并不软弱，也不啰嗦，更不是酸儒的女相，就更加满意了。反正女相是文官，被女人压着丢脸的也不是他们这些武人。等哪天出来一个女大将军再来讨论男人的尊严问题吧。

因此，大多数武将和习武之人，对沐清漪这个女相远没有那些文官那么排斥。

写一篇策论最多也不过一个时辰而已，云月封早早完成了，默默地坐在自己的位置上等着。反观不远处的贾敬，天气并不炎热，却是满头大汗，甚至汗水还滴到了纸张上，弄得更加狼狈。

终于，贾敬抬手抹了一把额边的汗珠，也跟着搁下了纸笔。沐清漪身边的叶梦龙和许正元二人上前收起了两人的策论想要呈给沐清漪。沐清漪抬手阻止了，淡淡道："给两位王爷和太傅、学正大人看就可以了。"

"是，沐相。"

四人拿到试卷，两个人一张一起看了起来。拿到贾敬试卷的齐王和容瑄只是略看了看便放下了，从两人脸上的表情倒也看不出什么结果来。倒是姜太傅和太学学正拿着云月封的试卷仔细地研究着，还不时低声讨论两句。两位都看完了，方才与齐王和容瑄交换试卷。

两张试卷，四人看了也不过两刻钟的时间。沐清漪含笑道："四位觉得如何？"

四人对视了一眼，最终还是太学学正站起身来道：“老朽等认为，还是云公子的策论更胜一筹。”

贾敬的脸色一变，他顿时软倒在椅子里，咬牙道：“凭什么这么说？我不服！”

太学学正脸色微变，很是不悦。他能成为太学学正，自然代表着无论是学识还是声望都是一等一的。在天下学子面前被这样一个人质疑，他不高兴是难免的。他轻哼了一声，沉声道：“这位贾公子的文章确实是写得花团锦簇，不过，老朽也能明白贾公子为何考了这么多年依旧不能高中了。通篇辞藻华而不实，完全是词不达意。科考考的是策论，不是要你们写废话！至于这位云公子，文章倒是平实，治水之题虽然有些为难，倒是难得云公子还能提出一些不同的见解，也能因地制宜。想必平日云公子也是博览群书的。很不错。至于贾公子不服，两位的文章一会儿便会张贴在贡院门口，由天下学子评鉴！但是，老朽的结论绝不会变！”

完了……

贾敬顿时蒙了，心中一片慌乱，甚至觉得自己连耳朵里也在嗡嗡作响。周围的无数考生都用鄙视的眼神望着自己，更让贾敬羞愧得无地自容。更重要的是，他还记得沐清漪说的话。他输了……就要死！

“沐相饶命！”贾敬砰的一声跪在了地上，痛哭流涕，“沐相饶命！学生知道错了，学生不该鬼迷心窍嫉妒云兄。云兄……求求你，替我向沐相求求情吧。咱们是同乡啊……”

看着贾敬没有半点骨气的模样，众人都不由得厌恶地移开了视线。云月封默默站在一边，仿佛完全没有听到贾敬的话一般，也不知道在想些什么。

沐清漪若有所思地看了看云月封，淡淡挥手道：“带下去吧。今天的事情到此为止。”

两个侍卫过来，一左一右拎起贾敬便走了。容瑄站起身来挥袖道：“如此也没有本王什么事了。本王先行告辞。齐王叔，一起走？”齐王容慕风点头一笑道：“也好，沐相，告辞。”

“恭送王爷。”沐清漪点头笑道。

两位王爷走了，姜太傅和太学学正自然也不多留，跟着告辞了。见此事了，考生也渐渐散去了。

“云月封，多谢沐相。”重新回到了茶楼里，云月封郑重地拜谢道。

沐清漪打量了云月封许久，方才淡淡一笑道：“不必如此，你若是没有真本事，今天便是本相站在你这边，你也保不住榜上的名次。”

如果云月封发挥失常，最后交出的策论不能够服众，就算他比贾敬好一些，若是不能入太学学正的眼，今天他这个第四名也是保不住的。云月封漠然道：“无论如何，还是谢过沐相。”

沐清漪点点头，问道：“贾敬，你觉得该如何处置？”

云月封有些意外地抬眼看了沐清漪一眼，很快又低下了头沉声道：“自然是由沐相处置，学生不敢有任何异议。”

沐清漪凝视着云月封许久，方才淡淡道：“也罢。贾敬那种小人死不足惜，但是……做人还是莫要太过心狠了才好。”

云月封一愣，垂眸道：“多谢沐相教诲。”

“沐相，云兄他……”林璟玉有些担心地看了一眼云月封，上前一步想要替他说几句话。沐清漪抬手阻止了他，淡笑道：“无妨，本相不过是随口说一句。至于贾敬，本相既然已经说了，他既然同意了，结果如此也无妨。”

林璟玉这才暗暗松了口气，只是心中越发觉得这位沐相高深莫测。

看着他们不自在的模样，沐清漪不由得笑道：“殿试之前，本相也不宜与你等交往过密。先回去吧。”

“是，学生告辞。”两人齐声告退。直到出了客栈，林璟玉才吐了口气，道：“这位丞相大人……真的才十几岁吗？”就这份威仪，他们这样二十多岁的人在她面前都仿佛喘不过气来一般，真是想想都觉得丢脸。

云月封默默地看了他一眼，转身道：“咱们回去吧。”

林璟玉一把抓住他，道：“别呀，咱们不是应该好好庆祝一下吗？”

“三天后就是殿试。”云月封淡淡提醒道。林璟玉一窒，连忙点头道：“你说得是，庆祝什么的，还是等殿试过了再说吧。不过云兄……刚刚沐相那句话是什么意思？”

云月封沉默不语，半晌才道：“没什么。”

静谧的厢房里，只剩下沐清漪和不知何时到来的容瑾了。容瑾透过半开的窗口打量着楼下渐渐融入人流中的两个人，挑眉道：“清清之前不是很看重云月封吗？刚刚好像是……对他不太满意？”

沐清漪摇头道：“也不是不满意，云月封此人……才华确实出众，就是点为状元也当之无愧，不过……心性只怕是有些阴狠，睚眦必报。”贾敬确实可恨，论罪也该死。一般人，就算是为了自己有个大度宽宏的名声，在沐清漪问起这个的时候，即使是虚情假意也必然是要替贾敬求两句情的。但是云月封并不如此，不只是因为他不屑于如此，更重要的是他真的希望贾敬死，所以不愿出口求情，以防她顺水推舟真的赦免了贾敬。

这世上有的人生性宽和、大肚能容，而有的人也确实是眼里容不得沙子，睚眦必报。只要不公报私仇，陷害忠良，沐清漪也并不会因为这样的性格就看低云月封这个人。但是这样的性格在官场上并非什么好事，所以她才会出言提醒。至于能够领会几分就要看云月封自己的悟性了。云月封是个很努力也很有才华的人，沐清漪也不希望这样的人因为性格而半途折戟沉沙。

“原来如此。”坐在沐清漪身边，容瑾将她锁入怀中，有些吃味地道，“清清如此为他着想，本公子都要吃醋了。”

沐清漪没好气地白了他一眼，道：“九公子天天吃醋，不如咱们在宫里建一个醋坊，就叫云隐醋坊，如何？”

容瑾见沐清漪打趣自己，更加不依了。他双手抓着沐清漪的玉手把玩着，道：“清清多关注本公子一些，本公子就不用去卖醋了。”

沐清漪无奈，抬手仰望着容瑾的俊脸。不得不说，容瑾实在是世间不可多得的美男子。即便从小看惯了顾秀庭，沐清漪也不时惊艳于容瑾的俊容。九公子任性桀骜的时候傲气凌人，令人不敢触其锋芒，胡搅蛮缠的时候却又像是一个任性的孩子，更有许多时候仿佛是个孤单无助的纯真孩童。抬起头，沐清漪轻轻在他唇边落下一吻，轻声道：“除了九公子，我还能关注谁？”

容瑾搂住她，毫不犹豫地加深了这个吻，直到沐清漪呼吸有些急促才放开了她，心满意足地笑道：“除了本公子，谁也不配让清清关注。”

盛世谋臣

凤轻 著

【中册】

青岛出版社
QINGDAO PUBLISHING HOUSE

第七章

初到西越

寂静的夜晚，漆黑的小院里只有外面传来让人急躁的蝉鸣声，无端让人生出几分山雨欲来的不祥之感。

外面的院子里传来几声轻响，显然是有人落入了院子里。

“莫谷主，咱们既然来了，你也不必躲着藏着了，还请将九霄仙芝交出来，咱们也不愿为难药王谷谷主。”

一个有些沙哑刺耳的声音响起，让这深夜更添了几分诡异之感。

院子里一片寂静，过了片刻那人又道：“莫谷主，你身怀九霄仙芝的消息如今早已经传遍天下，虽然你药王谷势力庞大，只怕也保不住这样的宝物吧？老夫并不想跟药王谷为敌，只要谷主交出东西，老夫绝不为难谷主。”

“聒噪！”许久，一个冰冷的声音传出，那声音冷硬无情，没有丝毫婉转。

这一次，院子里安静了更久，那人才放声笑道：“既然如此，就莫怪老夫得罪了！”

言罢，院子里突然亮起了火把，将原本幽暗的小院照得十分亮堂。

“你待如何？”一个白衣男子从房间里走了出来，他白衣如雪、冷若冰霜。

为首之人冷笑一声，道：“老夫的来意莫谷主也知道了，还请莫谷主将东西交出来。”

“我给，你们敢拿吗？”白衣男子淡淡地问道。

为首之人不由得一噎。

药王谷谷主给的东西，普天之下还真没几个人有胆子伸手去拿。

为首之人冷笑一声，道："既然如此，只怕还要请莫谷主跟咱们走一趟了。还有那边屋子里的两个小辈，出来吧！"

另一边一直紧闭的房门被轻轻推开，两个人从里面走了出来。

"咦？是个不会武功的女娃儿？"为首的那个黑衣人皱了皱眉，有些惊讶地道。

"我们路过此地，在此借宿，打扰各位了。"白衣少女轻声道。

黑衣人打量了她两眼，道："你这个小丫头倒是有几分胆识，既然会走这条路，想必也不是什么规矩的人物，今天遇上了我们也只得算你们倒霉了。"

很明显，这些人并不打算放过目睹了这件事的两个过路人。

白衣少女无奈地叹息道："多谢前辈夸奖，飞来横祸，不认命又能如何？"

"有趣的丫头。"黑衣人点头笑道，"既然如此，让你们多活一会儿又何妨？"

一个青年男子还带着一个不会武功的女子，自然没有什么威胁。

对面，白衣男子神色平淡地看了一眼无辜被自己牵连进来的两个人，眼中没有半点儿愧疚之情。

"莫谷主，是你自己走，还是咱们请你走？"为首的黑衣人问道。

"这位先生，你只是想要这位……呃，莫谷主身上的什么东西的话，也许小女子可以略尽绵薄之力。"

"哦？"院子里所有人的目光瞬间落到了那白衣少女身上。

少女垂眸，似乎有些紧张地抿了抿唇，道："但是，小女希望事成之后先生可以放我们一条生路。"

为首的黑衣人盯着眼前的少女，似乎在评估她此番话的真实性。

少女道："药王谷谷主的名头，小女子也听说过，如果他不配合，只怕……各位即使是杀了他也得不到九霄仙芝。我们二人只是碰巧路过，对什么九霄仙芝没有兴趣，只是希望阁下放我们一条生路而已。"

为首的黑衣人想了想，终于点头道："好，你可以试一试。不过，若是失败了……"

少女无奈地苦笑一声，道："试一试总是还有一线希望的，若不试，我们就只有死路一条。"

那黑衣人终于认可了少女的话，点头道："你过来吧。"

"扶我一把，我腿有点儿软了。"

那黑衣人并没有反对。他早就看出来这个少女确实是半点儿功夫底子都没有的普通女子，而且看那模样只怕还是书香门第出身。她遇到这样的阵仗，没有当场被吓晕就已经是胆识过人了，此时有些腿软也不意外。

少女扶着黑衣人的手，慢慢地走近白衣男子。

"莫谷主，我不知道九霄仙芝到底有什么神效，不过……有句话说得好，留得青山在，不怕没柴烧。你如此固执……就算保住了东西，人却没了……又能有什么用呢？你说……是不是？”少女定定地望着白衣男子无情的双眼，轻声劝道。见莫问情沉默不语，少女上前一步更靠近了几分，轻声道：“莫谷主……你又何必……”两人距离白衣男子只有半步之遥，少女温柔的声音突然一冷，道：“无心，动手！”

院子里情形突变，少女从手中丢出一物，伴随着一道清脆的玉碎之声，一股白烟在人群中升起，一个黑衣男子已经一手拉着少女一手拉着白衣男子，飞快地退到了房间门口。

“啊啊……”

小院里一阵惨叫声响起，不过转瞬之间院子里的人便已经倒下了大半。

“好你个心狠手辣的小丫头！”为首的黑衣人反应迅速，逃过了一劫，气急败坏地怒吼道。

少女有些无奈地叹了口气，道：“老先生，比起无缘无故就要杀我二人灭口，小女子这也算是师出有名了吧？”

黑衣人冷笑一声，道：“你以为这样就能够逃过一劫？”

少女浅笑道：“这样大约不能，不过……或许老先生会对我手中的人质感兴趣。”

“人质？”

“药王谷谷主啊。”少女笑道，“劳烦老先生让出一条路让我们离开，否则……我就只好先让药王谷谷主给我们陪葬了，谁让这一切都因他而起！”

黑衣人冷笑道：“我怎么知道你们不是一伙的？”

少女叹息一声，道：“我看横竖我们逃出去的机会也不大，不如先杀了莫谷主再说。莫谷主，如此一来……只好对不住你了。不过，我们也算是被你连累了吧，所以，也算是两不相欠了。”

“等等。”黑衣人皱眉道。九霄仙芝事关重大，莫问情死了事小，如果拿不到九霄仙芝，问题就大了。想到这儿，黑衣人道：“小丫头，你也不用耍花样。如果拿不到九霄仙芝，我们这些人回去也都活不成。所以，除非你将这里的人都杀光，否则说什么都没有用。”

少女无奈地叹息道：“这么说，这岂不是个死局？那还有什么好说的，将莫谷主杀了吧。”

“等等。”黑衣人忍住怒气道，“姑娘如此，还不如早些劝说莫谷主将九霄仙芝交出来。只要交出九霄仙芝，老夫保证不为难三位。”

“连真面目都不敢露出来的人的承诺可信吗？”

“你想怎么样？”

“我们跟莫谷主不是一伙的。我们带着莫谷主离开这里，只要你们不为难我们，等到了方便脱身的地方我们就放了他，到时候自然还是你们之间的事情。”

黑衣人道："老夫凭什么相信你们？"

"那老先生是想跟我们一起死吗？"少女笑问道。

黑衣人沉默了许久，终于点头道："好。但是你们只能到镇外，到了镇外之后必须立刻交还莫谷主。"

"没问题。"

于是，在一群黑衣人虎视眈眈的目光中，两人一左一右拉着莫问情往外面走去。少女笑颜如花，道："对了，老先生，你可千万别在后面吓我，万一我手一抖，刚刚那个玩意儿，我这儿还有七八个。"

黑衣人不屑地冷哼了一声，怒视着她不说话。

很快，三人便退出了客栈。客栈里这么闹腾，整个镇上的人却仿佛失聪了一般，没有半个人出来看一眼，并不宽敞的街道依然十分寂静。

就在那黑衣人带着人也要跨出客栈的时候，原本还被挟持的白衣男子突然抬手，一道掌风朝着那黑衣人扫了过去，然后被一左一右抓着的人换成了白衣少女，两个男子一人一边抓起沐清漪飞快地往镇外掠去。

"奸诈小辈！"那黑衣人怒吼一声，一掌朝着白衣男子拍了过去。白衣男子并不去迎他的掌风，回首间一道淡淡的烟雾从其袖口喷出。黑衣人连忙飞身闪开，那三人却早已经飞奔而去。

直到出了小镇，看到没有人追过来，两个男子才落到地上，呼吸都有些急促。三人再回头时，夜色里的小镇似乎都蒙上了一层淡淡的粉色烟雾。

"好厉害的毒！莫谷主既然有这样的毒，为何不一开始就用？"沐清漪问道。

沐清漪原本以为对方并不会回答，没想到对方回头看了两人一眼，淡然道："为首的那个老头武功极高，没有什么毒能够百分百放倒他。待得太久了，我自己也会中毒。"

"药王谷谷主，不是应该百毒不侵吗？"

"这世上没有百毒不侵这种事。"药王谷谷主漠然道。

"药王谷谷主果然非同凡响，小女佩服。"沐清漪含笑拱手道。

莫问情看着眼前的少女毫不做作地朝自己拱手为礼，丝毫没有一般姑娘家的羞涩和不安，刚刚经历了几乎危及生命的危险，她依然安静从容。淡淡的月色下，少女浅浅的笑容带着一种莫名的温暖，让莫问情冷漠的神情不由得缓和了一些。

"在下连累了两位，多亏姑娘机警。"莫问情淡淡道。

沐清漪淡笑道："也多亏了莫谷主的配合。"

莫问情看着两人，道："两位也是往西越去的？"

沐清漪点头道："正是。"

莫问情沉吟了片刻，道："既然如此，同行如何？"

沐清漪有些惊讶，按说莫问情身怀异宝，不怀疑他们别有用心就已经不错了，居然还邀请他们同行。

从这小镇前往西越本就只有一条路，除非原路返回，不然不同行也不行了。

沐清漪看了看无心，点头应道："如此，就打扰莫谷主了。"

因为担心那些黑衣人还有余党，三人趁着黑夜赶忙往西越的方向而去。又走了将近一个时辰，见并没有人跟上来，莫问情才停了下来，看着面上有些倦色的沐清漪道："休息一会儿，天亮了再赶路。"

沐清漪点点头，她也确实是累了。一个没有丝毫武功底子的女子跟着两个男人走了一个多时辰的夜路本就是很不容易的事情。

"小姐……"

无心低声叫醒了沐清漪，她慢慢睁开眼睛，发现天色已经不早了。

"小姐，莫谷主……似乎有些不太好。"无心低声道。

沐清漪坐起身来朝莫问情的方向望去，果然看到原本一直维持着坐姿的莫问情不知什么时候已经躺在了地上。他脸色通红，呼吸也有些急促，看起来不像是睡着了，倒像是昏迷了。

"怎么回事？"

无心摇了摇头，昨晚他也没有察觉到莫问情有什么不对劲，今早醒来就看到人已经晕过去了。

沐清漪站起身来朝莫问情走了过去，无心关切地道："小姐，小心。"

莫问情使毒的手段一流，身上未必没有防身的毒药。沐清漪贸然接近他实在是一件很危险的事情。

沐清漪有些无奈地叹了口气，皱了皱眉，回头吩咐无心捉一只活物过来。

无心动作极快，这深山之中的动物也不少，不一会儿他就拎着一只野兔走了回来。

沐清漪指了指地上的莫问情，无心会意将奄奄一息的野兔往莫问情身上一扔。过了好一会儿，野兔依然在挣扎，只是爬不起来，无心方才将它拎了回来，道："没有毒。"

"至少应该不是什么立刻发作的毒吧。"

沐清漪上前一步，执起莫问情的手把了把脉。她对医术只能说是略有涉猎，并不精通。她只是觉得莫问情的脉搏有些快，却看不出来是什么毛病。

无心也跟着上前帮忙，虽然不通医术，但到底还是习武之人，他皱了皱眉道："莫谷主似乎受了内伤。"

"以药王谷谷主的医术，受了内伤会昏迷不醒吗？"

无心犹豫了一下，道："莫谷主的身体似乎并不太好，可能是累着了吧。小姐，咱们……"

沐清漪无奈地叹息，道："去打些水来，总不能见人倒在这里就走了吧，好歹也得等他醒过来再走。”

这深山老林里谁也不知道有没有野兽出没，堂堂药王谷谷主若是被野兽吃了，还不如让沐清漪杀了。

无心点头道：“莫谷主身上应该有药。”

两人找出一瓶看起来像医治内伤的药给莫问情服下，又照看了他半天，将近午时莫问情方才缓缓地醒过来。

“你终于醒了。”看到他醒来，沐清漪抬手擦了擦耳边的汗珠，浅笑道。

莫问情冷淡的眼眸有片刻失神，很快就回过神来，声音有些沙哑，问道：“什么时候了？”

沐清漪道：“快要到午时了。”

莫问情看着她道：“你们快走吧，很快就会有人追上来了。”

沐清漪摇头淡笑道：“那就一起走吧。”

“我昨晚受了内伤，会拖累你们。”莫问情道。

沐清漪淡笑道：“现在丢下你，还不如之前就见死不救呢。莫谷主若是觉得还能动，咱们就快走吧，后面真的有人追上来了。”

莫问情深深地看了沐清漪一眼，终于没有再多说什么，默默地撑着身后的树站了起来。

原本只需要两天的路，三人在山里走了将近五天。无心一个人带着一个不会武功的女子和一个受了内伤的男子，还要绕过不少追踪而来的人，等到走出了群山，所有人都不由得松了口气。

“这几天有劳两位了，我们就在这里分手吧。”快要到达西越边境的一座小城前，莫问情转身对两人道。

沐清漪二人原本也没有和莫问情再同行的打算，也不客气，点头道:“莫谷主客气了，咱们就此别过。”

莫问情看着沐清漪皱了皱眉，抬手取出一枚银色的令牌递过去，道：“这几天多谢两位了，以后有什么事情可持此物到药王谷来找我。”

沐清漪心中微动，药王谷谷主的承诺自然不能不要。她伸手接过，道：“莫谷主，告辞。”

莫问情点点头，转身头也不回地走了。

“小姐，这位莫谷主……”无心皱着眉低声道。

这几天相处下来，这位莫谷主除了话少了一些以外，看起来倒不像个坏人。

把玩着手中刻着一个“莫”字的银色令牌，沐清漪淡淡一笑，至少，这几天也不是完全没有收获的。药王谷谷主的人情，多少人求都求不来呢。

皇城九皇子豫王府里，刚刚踏入书房的容瑾右手衣袖一震，一道劲风扫出，门外传来一声闷哼，还有重物落地的声音。无情同时飞身而出，一把制住了跌落在院子里的一个下人打扮的男子，将他拉进了书房里。

容瑾坐在灯下，神色冷淡，盯着眼前一脸惊惶的男子，问道："你，在这里做什么？"

"没……小的……小的起夜，路过……路过这里，就突然被……"

"说实话，不难吧？"容瑾唇边勾起一丝嗜血的笑意，冰凉的手指落到了男子的脖子上。

"小的……小的说的是实话啊。殿下饶命……小的真的……真的……"男子哀声求饶，突然眸光一变，从衣袖中抽出一柄闪着幽蓝光芒的匕首朝容瑾刺了过去，站在旁边的无情却仿佛根本没看见一般。

容瑾不屑地轻哼一声，男子握着匕首的手腕便以诡异的姿势垂了下去，匕首砰然落地。

男子惊骇地叫道："你……你会武功！"

"显然，比你好。"容瑾冷笑道。

他修长的十指看似随意地从男子的手臂上拂过，并没有看到他如何使力，只听一阵咔咔声，男子哀号一声跌倒在了地上。

旁边，无情的脸绷得紧紧的，盯着那男子的眼神里满是同情。公子用内力震断了男子整条手臂上的每一块骨头。男子原本强健的手臂现在软得犹如一根面条。这样的伤势，就是神仙来了只怕也是回天无力了。

容瑾坐回椅子里，漫不经心地用帕子擦着自己的手。他的眼光依然停留在地上的男子身上，问道："谁派你来的？说出来，本王给你一个痛快。"

"没……没有……"男子痛苦地呻吟着，依然不改初衷。

"很好。"容瑾俊美的脸上泛出一丝淡淡的笑意，就连声音也透着愉快："无情，割了他的舌头……将他绑到院外的大树上，给本王抽！"

"公子，抽多少？"无情问道。

"抽死算数。少于一千下，剩下的你就替他去挨。"容瑾漫不经心地道。

无情心中抽搐了一下，公子罚人的鞭子，稍微用点儿力气十鞭子就能抽死个人，一千下，公子是想要把这名男子给打成血葫芦啊！不，是打成一堆血块儿。为了避免最后那些鞭子落在自己身上，无情还是决定亲自执行。要成为一个合格的随身侍卫兼心腹，仅仅武功好是不够的。

无情一脸惨淡地拎着那倒霉的细作出去，不一会儿院外就传来了噼噼啪啪的鞭子抽打在人身上的声音。容瑾冷笑一声悠然地靠回椅子里闭目养神。这个细作刚进来就往他跟前凑，以为他是瞎了吗？

第二天一早，西越皇城内外便流传出了一个恐怖的消息：昨天晚上九皇子突然大发雷霆，将一个下人给活活抽死了。听说人被从九皇子府抬出来的时候根本不成人形了。人们只能看到血糊糊的一团，让不小心撞到的人当场吓晕了过去。

从此，九皇子又添了一笔“丰功伟绩”。他成功地将自己从人见人怕上升到了能止小儿夜哭。

西越皇城作为一座与华国京城并称于世的皇城，还是无愧其繁华壮丽之名的。因为毗邻诸国，皇城里面各国的商旅也颇多，甚至有不少各种发色、眸色的人，皇城里的百姓也早已经习以为常，不似华国百姓那般觉得奇异。

沐清漪来得也正是时候，正好赶上了西越皇城内外芙蓉花盛开。芙蓉花又称木芙蓉、拒霜花，花朵大且色彩明丽，多有红色、粉红色、银白色等。有的芙蓉花早开为白色或浅色，午时或傍晚开为深红，一日数变，人称“三醉芙蓉”。

整个西越皇城内外都种满了这种芙蓉树，也让整个西越皇城在这临近深秋的季节少了几分萧瑟，多了几分美丽和生机。

沐清漪悠闲地坐在茶楼里，含笑欣赏着外面的美景。

“这位小兄弟，在下有礼了。”

一个含笑的男声从旁边传来，沐清漪挑眉，侧首望去只见是一个穿着蓝色锦衣的青年男子。这名男子容貌硬挺，却眉目含笑，眉宇间带着一种潇洒大方的姿态，一看便知道是非富即贵。

沐清漪点了点头，道：“这位……”

男子歉然笑道：“在下南宫羽，还没请教小兄弟大名？”

沐清漪有些惊讶，忙道：“原来是南宫大将军的公子，幸会。”

虽然来西越的时间并不长，但是该知道的沐清漪还是一点儿都没有落下地记清楚了。她素来都是个喜欢谋定而后动的人，自然不会到了一个地方连一些重要的人都记不住就出来乱晃。

这男子正是如今西越第一高手建威大将军南宫绝的次子南宫羽。南宫绝不仅是西越的建威大将军，更是西越二皇子庄王容瑄的舅舅。如今朝中的诸皇子大致分成三派，虽然看上去势均力敌，但是在军中是二皇子一党独占鳌头。

听到沐清漪的话，南宫羽的笑容有些无奈，道：“看小兄弟不像是皇城的人，没想到……父亲的名声竟然如此响亮，竟然连在下也跟着得了不少好处。”

沐清漪淡笑道：“南宫将军威名远播，在下怎能不知？”

南宫羽挥挥手，道：“还没请教小兄弟的大名呢，小兄弟如此俊雅的人物，只怕再过两年风姿当不输……呃，不知可否见告？”

自知失言，南宫羽有些生硬地断掉了之前想要出口的话。

沐清漪也不在意，拱手笑道：“在下顾流云，见过南宫公子。”

“顾流云？来去随风，潇洒如云，果然是好名字。”南宫羽赞道。

沐清漪含笑道：“公子谬赞。”

南宫羽在沐清漪对面坐了下来，爽朗地笑道：“流云一看就是书香门第出身的雅士，我是个武夫，不喜欢那些客套话。流云如果不嫌弃，我叫你流云，你叫我南宫即可。”

沐清漪笑道：“岂敢，南宫……一向这么……平易近人吗？”

南宫羽的身份也算是敏感了，沐清漪实在有些好奇，他这样身份的人当真会随意在茶楼里遇到一个顺眼的人就上前折节相交吗？

南宫羽摇头，有些疑惑地笑道：“我虽然爱交朋友，却也不是随便什么朋友都交的。不过……我看到流云第一眼就觉得十分投缘，有何不可？来，我以茶代酒敬流云一杯。”

沐清漪举杯与他轻轻碰了一下，淡笑道：“是我该敬南宫才对。”

两人不由得相视一笑，南宫羽有些好奇地道：“流云到皇城来所为何事？”

沐清漪笑道：“在下祖上是华国人，家中略有些薄产，平日里也读了些书。这次来皇城是打算四处看看长长见识罢了。”

南宫羽点了点头，也不问他一个华国的富家公子为什么要跑到西越皇城来增长见识，只是道：“流云在皇城若是有什么需要帮忙的，尽管说。”

沐清漪微笑着道谢，并不多说，她侧过头看向窗外，自然地换了个话题，道：“西越皇城与华国果真是十分不同，华国虽处江南，这个时节却也有几分萧瑟了，倒是西越皇城如今还都是姹紫嫣红、郁郁葱葱。”

南宫羽也不由得一乐，道：“虽然我已经看够了，不过每年确实有不少雅士文人专程跑到皇城来看这芙蓉花。流云想必也是喜欢的。”

沐清漪点头笑道：“千林扫作一番黄，只有芙蓉独自芳。怎能不喜欢？”

两个人分明是第一次见面，却很有几分一见如故之感，南宫羽毫不客气地邀请沐清漪一块儿去城中最热闹的马场看一匹新来的极品良驹——雪花骢。

人声鼎沸的马市里，最里面一处马圈里圈着一匹通体雪白的骏马，第一眼看上去就让人觉得神骏非凡。那马儿在马圈里走来走去，显得十分烦躁不安，还不时朝着围观的人喷气。

南宫羽眼神火热，望着那雪白的骏马叹息道：“真是万里挑一的神驹啊！”

沐清漪挑眉道：“这马儿似乎……性子有些野。”

南宫羽道：“性子野才是好马啊，这雪花骢可是野马，据说当初围捕它时有好几十个人受伤了。它要是上了战场……”

沐清漪摸摸鼻子沉默不语，心想：你就不怕上了战场它给你来个窝里反？

“果真是好马，如此名驹……一万五千两当真不算贵。”旁边，一个衣着贵气的男子开口赞道。

旁边另一人挑眉道：“何止，如此神骏，就是三万两也值得。”

听着两人的对话，旁边的南宫羽顿时黑了脸。别说三万两，就连一万五千两他也拿不出来。这些人买马大多数是为了炫耀，根本就不懂得马儿，反倒是他们将价格抬高到离谱的地步，真是太讨厌了！

“何兄说得是，正好下个月家父做寿，将它当作寿礼也是十分有面子的。”

“在下也正想着，将此马送给岳父大人呢……”

看着南宫羽的脸色越来越难看，沐清漪不由得在心中低笑。她走到南宫羽身边低声问道：“南宫，这匹马当真那么重要？”

南宫羽无奈地叹了口气，道：“千金易得，名驹难求。出身将门的人哪个不盼着有一匹稀世良驹相伴以纵横沙场？”

沐清漪低眉想了想，从袖中取出来一沓银票塞到他手里，道：“借你。”

“嗯？”南宫羽一愣，低头一看手中的一沓银票，每张都是五千两，足足有五张。

“这……这，流云……”即使是爽快大方的南宫羽也不由得愣住了。

两万多两可不是一个小数目，他们第一天认识，流云就借给他这么多钱……

沐清漪笑道：“南宫不是说咱们投缘吗？朋友有通财之义，何况，你又不是不还我，我难道还怕建威将军府跑了？”

南宫羽有些不好意思地捏着银票，笑道：“是我小人之心了。”

看了看手里的银票，再看看那雪白的雪花骢，他心中当真是挣扎两难。借刚刚认识的朋友这么大一笔钱固然是不好意思，但是如果错失了雪花骢，他肯定会后悔终生。

“大丈夫行事干净利落，你怎么还如此磨叽？”沐清漪挑眉道。

南宫羽挣扎了许久，终于咬了咬牙，点头道：“好，多谢流云。我一定尽快还给你。”

沐清漪淡淡一笑，点头道：“我自然相信南宫。”

有了银子，南宫羽也兴奋起来。他是真正的爱马之人，千金买马自然也是毫不吝啬。南宫羽有了借来的两万多两，再加上自己手中原本还有的八九千两，也有三万多两了。

骏马自然是人人都想得到的，马的主人也想卖个好价钱，一场竞拍便开始了，价高者得。

“九皇子到！”

众人皆是一愣，九皇子在皇城里除了容貌出众外，名声当真不怎么样。而且，谁也没听说过九皇子喜欢名驹啊。

众人还没回过神，就看到穿着一身黑色绣四爪银龙锦衣，外罩着一件素白纱衣的俊美青年走了进来。

容瑾的名声再坏，谁也不能否认他的容貌确实十分出众。即使是一脸阴鸷，他浑身阴沉的气质也难掩他俊美无俦的容貌。即便他什么都不做，只是静静地站着，也显出仿佛能将人割伤一般的锐利。

“见过豫王殿下。”众人起身拜道。

从前容瑾并没有爵位，京城权贵只称呼他九皇子，如今他已经被封了豫王，人们就要以爵位称之了。

容瑾淡淡地扫了众人一眼，道：“免了。”

容瑾有些阴鸷的目光从沐清漪身上慢慢扫过，落在了站在她旁边的南宫羽身上。

被豫王的目光扫过，南宫羽也不以为意。九皇子性格喜怒不定，前一刻笑逐颜开，后一刻就能翻脸杀人，京城里的众人早就已经习惯了，只当现在九皇子的心情不好罢了。

容瑾的心情确实是不太好，沐清漪来了皇城却一直没有去探望他。她今天好不容易出门了，居然是陪南宫羽来马市这样臭烘烘的地方玩。这怎么能让九皇子高兴得起来？

容瑾大摇大摆地走到沐清漪身边坐了下来，也不理人，只是斜了那马儿的主人一眼问道：“怎么还不开始？”

“是……是……这就开始……”马儿的主人欢喜地连连道。

连皇子都亲自驾临，可见他的马儿何等珍贵。那卖马的主人在心中暗暗盘算着要不要将价格再提高一些，他看了看九皇子不耐烦的模样，到底还是没有那个胆子。

雪花骢的底价是一万五千两，很快就有人开始往上面加价。南宫羽也很快加入其中，双眉紧锁，眼光恶狠狠地瞪着前方不远处的马儿，自有一股不成功便成仁的气势。

“两万一千两。”

“两万两千两。”

“两万五千两……”

“三万两……”

“三万一千两。”

价格到了三万两以上之后，加价的人就渐渐少了。大多数人只是想买个炫耀的玩意儿，能炫耀的东西也不光是一匹骏马，价格太过离谱自然就放弃了，也只有真正爱马的人才舍得一掷千金。

“三万一千五百两。”南宫羽咬牙道，他警惕地看了看周围，已经没有多少人出价了，心中不由得一喜。

“三万两千两。”

南宫羽的神经绷得更紧了，道：“三万两千二百两。”

“三万两千五百两。”

“三万四千两！”南宫羽咬牙，一口气加了一千五百两。

这一次他是真的豁出去了，若是对方还要加钱，他也只能认输了。

好一会儿，总算没有人开口了，但是南宫羽还没来得及松口气，坐在沐清漪旁边的人突然开口，悠然道：“三万四千一百两。”

“你……”要不是开口的人是容瑾，南宫羽当场就要破口大骂了，他深吸了一口气，压上了自己最后的家当，道：“三万四千五百两。”

“三万四千六百两。”容瑾悠然道。

“豫王什么时候也喜欢起马儿来了？”南宫羽有些愤愤地道。

九皇子挑眉，问道：“本王什么时候说我喜欢了？”

不喜欢你花这么多钱买来干什么？所有的人都不约而同地望向一身黑色锦衣的俊美王爷。

容瑾朝着南宫羽愉悦地一笑，一口白森森的牙齿寒光毕现，道：“看着很不错，宰了来吃味道一定也不错。”

只是他那模样看起来不像是要吃马肉，倒像是要吃南宫羽的肉。

如果容瑾真的想吃南宫羽的肉，说不定南宫羽还不会那么愤怒。南宫羽也不顾身份尊卑，有些愤怒地瞪着容瑾，道：“王爷是故意的？”

容瑾挑眉，笑道：“是啊。”

“王爷看南宫羽不顺眼？”

“是啊。”容瑾大方地承认。

“王爷一定要跟我抢这匹雪花骢？”

容瑾点头，认真地道：“没错啊，无论你出多少，本王都比你多一百两。”

这是明摆着要抢了。

南宫羽却无可奈何，咬牙道：“我要是出十万两呢？”

容瑾笑眯眯地道：“你出价不就知道了吗？”

“我……”南宫羽险些一口气喘不上来，恋恋不舍地望着马圈里那通体雪白的雪花骢，只觉得心口一阵阵抽疼。

“看来南宫公子是不想要了，怎么样，小兄弟，跟本王去吃烤马肉怎么样？”看着南宫羽吃瘪，容瑾愉悦地伸出一只手勾住沐清漪的肩膀笑道。

沐清漪抬手将他的胳膊移开，道：“多谢王爷，在下不吃马肉。”

“没关系，本王将马皮剥下来送你怎么样？”

“我出十万两！”南宫羽终于忍不住冲口而出。

众人惊呼出声，齐齐看向容瑾。

在所有人的注目中，容瑾优雅地一挑眉，道：“十万两嘛……看来南宫公子果然是爱马之人。这匹马……就归你了。本王还是会成人之美的。”

嘁！众人默默在心中吐槽，像看冤大头一样看着南宫羽。唯有卖马的人满脸笑容，欢欣鼓舞，心中对九皇子感激不尽。

“九皇子今天玩得高兴？”茶楼的厢房里，沐清漪头疼地看着眼前的男子。

容瑾嗯哼一声，幽怨地望着沐清漪，道：“清清好狠心，来皇城这么多天，居然都不肯来看看本公子。亏人家还心心念念地等着清清，清清居然去跟南宫羽那个傻小子玩……”

“南宫羽跟你比起来确实是不够聪明，坑了人家你就那么高兴？对你有什么益处吗？”沐清漪没好气地道。

有一种人专门干那损人不利己的事情，容瑾显然就是其中翘楚。

容瑾哼了一声，道：“谁说没有益处？本公子高兴就是最大的益处。谁让那傻小子让本公子不高兴！”

傻小子？南宫羽怎么看也比你要年长好几岁。

沐清漪懒得在南宫羽的事情上跟他胡扯，抬眼道：“你来找我，可是有什么事？”

容瑾不悦，道：“没事就不能找你吗？清清，本公子以为你到了西越会直接来我府里一起住。我好不容易才想法子搬出宫来。”

沐清漪有些无奈地道：“无缘无故，我要怎么跑到你府里去住？”

容瑾眼睛闪闪发亮，道：“你做了本公子的王妃，不就可以在府里住了吗？我立刻进宫去求旨意，娶你做豫王妃。”

沐清漪毫不留情地将他靠近的俊脸推到一边，冷笑道：“所以，九皇子打算娶一个来历不明的‘男人’当王妃？还是说……之前九皇子所谓的需要谋士只是说说而已？你只是需要一个品貌配得上你这张脸的女人？”

“既然清清也承认是本公子的谋士，不是更应该住到府里，方便本公子随时请教吗？哪儿有谋士住得大老远，见个面还要拐几道弯儿的啊。”容瑾立刻打蛇随棍上，笑眯眯地道。

鉴于容瑾难得不死缠烂打，沐清漪也难得愉悦地点头应道：“等冯先生他们到了我就过去，可好？”

得到她的承诺，容瑾顿时笑逐颜开。那明晃晃的、俊美的笑颜险些晃花了沐清漪的眼，她不由得在心中暗骂了一声妖孽。

“清清最好了，本公子一定会为清清准备好院落，清清一定会喜欢。”容瑾笑容满面地道。

外面的人们若是看到这幅情景必定被吓得不轻，恶名昭彰的九皇子豫王殿下居然会有如此纯粹的笑容！

得到了自己想要的答案，容瑾终于有心情谈正事了，问道："对于慕容煜，清清有什么打算？"

沐清漪挑眉道："刚到皇城就听说他被西越帝封为安顺郡王了，就算是为了西越皇族的威信，西越帝也要保他一阵子，我能怎么办？"

初到西越，沐清漪就听说了慕容煜被西越帝册封为安顺郡王的消息，只是不知道慕容煜出卖了华国多少消息才换来了这个郡王之位。

容瑾懒洋洋地趴在桌子上，笑看着沐清漪道："我可不相信清清真的就一点儿打算都没有，就这么放慕容煜逍遥快活。父皇可是将老大家里的平湖郡主指婚给他了，婚期就定在年后。"

"平湖郡主吗？"沐清漪不以为意，不得西越帝信任的话，慕容煜就是娶个公主回家也是徒劳。

容瑾抬起头来，望着她的眼眸更加明亮了，问道："清清觉得父皇不会信任慕容煜？"

沐清漪淡淡道："如果是九皇子处在那个位置上，你会信任慕容煜吗？"

容瑾眼眸一眯，冷声道："本公子会立刻杀了慕容煜。"

敢为了权势叛国的人，就没有什么是不敢做的。慕容煜今天能背叛华国，明天就可以背叛西越。

"西越帝也会，只不过他显然没有九皇子这么着急罢了。"喝着杯中的清茗，沐清漪平静地笑道。

容慕天那样的性格，对自己的皇子、臣子都下得了手，更何况是一个别国来投奔的落魄皇子。身为上位者必定最讨厌叛徒。

慕容煜背叛了华国，在西越帝那里就注定永远没有翻身的机会。

好不容易安抚好容瑾，两人方才起身出茶楼，却不想刚刚下楼就看到迎面而来的人，原本还言笑晏晏的容瑾的脸色就变得有些僵硬了。

来者是一个穿着月白色云纹锦衣的俊雅中年男子。那男子肤色有些惨白，显然身体并不太好，身形也是十分消瘦，眼神幽深沉静。看上去，他应该未及不惑之年，那鬓间的头发却已经花白。

"三哥。"容瑾微微垂眸，沉声唤道。

沐清漪心中一惊，这中年男子竟然就是西越帝第三子循王容璋。西越帝诸子年纪相差不少，最年长的质王容璜是西越帝还做皇子的时候与正妃所生，今年已经四十有五，身为第三子的容璋今年也有三十八岁了。四皇子端王容琰却是西越帝登基以后出生的，今年三十五岁。二人只相差了三岁，容璋跟容琰比起来竟像是老了十几岁。

容璋原本并没有看到容瑾，他一边漫步而行，一边望着路边满树淡粉色的芙蓉花有些出神，听到容瑾的声音才停下了脚步。他看到容瑾先是怔了一下，方才淡淡地点了点头道："是九弟啊。"

容瑾点头，一时间两人竟是沉默无语。容瑾一贯刁钻伶俐，没话也能找话说的能力在容璋面前似乎消失了。

容璋显然也没有想跟这个小弟弟倾心交谈的意思，见容瑾没话要说，目光在容瑾身后的沐清漪身上淡淡扫过，道："九弟自便。"

说完，他便直接从容瑾身边走了过去。

沐清漪定定地看着同样望着前方很难得面无表情的容瑾，有一瞬间，她都怀疑容瑾会当场哭出来。

"容瑾。"沐清漪有些担心地低声道。

容瑾的生母梅妃的身份在民间多有传言，据说梅妃曾经是西越帝皇三子容璋的王妃，被西越帝强纳入宫生下容瑾不久便郁郁而终了。如此，也就难怪这兄弟两人之间的关系如此尴尬了。

容瑾回头，望着沐清漪许久才突然笑了起来，眨眨眼睛，道："三哥一直都不太喜欢本公子。本公子这么玉树临风，他居然不喜欢本公子，真是太让人伤心了。"

沐清漪也不点破他，含笑道："是啊，九皇子如此玉树临风，全天下人都要为你神魂颠倒了，少一两个你就放过人家吧。"

"本公子才不稀罕别人神魂颠倒，只要清清对本公子神魂颠倒就行了。"容瑾笑眯眯地道。

与容瑾分手之后，沐清漪缓缓往顾府的方向走去。

"无心。"

不多时，穿着一身顾府寻常侍卫服饰的无心出现在她的身后，道："公子。"

沐清漪一边走一边把玩着手中的折扇，问道："容瑾和循王的关系如何？"

无心沉吟了一下，道："还好。"

"还好？"看容璋和容瑾的表现，他们二人的关系可称不上还好。

无心道："跟九皇子与别的皇子的关系比起来，确实是还好。"

闻言，沐清漪忍不住想要抚额，问道："他跟别的皇子关系到底有多差？"

无心低头回忆了一下道："九皇子曾经……打过质王家的大公子，骂过庄王妃老女人、丑八怪。去年九皇子应端王府世子妃及其亲妹妹之邀去喝茶，结果把那杯茶全倒到世子妃和那姑娘的脸上了。五皇子……五皇子想把侧妃的表妹送给九皇子做侍妾，九皇子一鞭子将那女人抽得毁容了，还奏请陛下将那女人赐给五皇子做继妃。另外，九皇子不小心一脚把七皇子踹到水里了，还嘲笑七皇子胖得像头猪。还有，八皇子……”

“够了……”沐清漪有些痛苦地呻吟，以手轻抚着眉心阻止了无心的讲述。

总之就是一句话，皇城人民讨厌容瑾不是没有根据的，因为此人的恶行、恶状简直就是罄竹难书。

“他这么闹，皇帝就没有说什么？”

无心也有些疑惑地摇了摇头，陛下对九皇子的宠爱不是假的。别的皇子无论是放在哪朝哪代这般嚣张也早就混不下去了。西越帝却完全不同，几乎是毫无底线地宠爱着九皇子。无论容瑾做了什么，西越帝从来不问谁对谁错，若是别人不对，他固然要狠狠地罚，就算是错真的在容瑾，他也从来都当作没看见。

“很有趣。”沐清漪点点头道。

西越帝这么做到底是真的宠爱容瑾这个皇子，还是想要养废这个儿子呢？沐清漪现在看来，只怕是后者居多。

几日后，将顾家的事务托付给冯止水，沐清漪带着盈儿和无心二人踏入了新落成的豫王府。

此时的豫王府里却是哀声一片。一大早，整个王府就已经是鸡飞狗跳了。虽然已经不是第一天这样了，但是大多数的人还是无法适应。

九皇子在宫里被陛下宠得无法无天，偏偏他还身体虚弱，稍不顺意就要大病一场，府里的人哪一个不是小心翼翼地伺候着，但是这位王爷可不是你小心就能够伺候好的。

昨天一早，王爷身边伺候的四个大丫头被扔出来三个，每人被赏了十鞭子，一个个娇滴滴的姑娘家被打得连叫都叫不出来。前天早上，王爷吃饭吃到一半掀了桌子，厨房里的所有人，从掌勺的厨子到烧火的丫头，一个没跑地统统挨罚。

“启禀王爷，外面有位公子求见。”

容瑾眼睛微亮，抬眸淡然道：“哪个公子？”

“那位公子说是姓顾，应王爷之邀而来。”

容瑾立刻站起身来，匆匆往外面走去，道：“请‘他’进……算了，本王亲自去！”

“这……”管家震惊于自家小主子居然会如此礼遇一个人，“这位顾公子是……”

看着一阵风一般离去的容瑾，管家默默地将话咽回了肚子里。

沐清漪被府里的管事带着往里走。一路行来，她看得出来西越帝对容瑾确实不错，整个王府不仅面积大，规格也远在普通的王府之上。府中的景致更是美不胜收，说是王府却比得上一座皇家园林了。

容瑾一阵风一般卷到了沐清漪面前，满脸欢欣地拉起沐清漪的手，笑道：“清清，你终于来了。”

他完全不顾领着沐清漪进来的管事惊愕的模样，脸上的笑容明亮得让人怀疑九皇子是不是被人调包了。

“九皇子……”沐清漪无奈地拉开容瑾拉着自己的手，她可不想穿着男装过来还要被人怀疑以色事人。

容瑾淡淡地瞥了那一脸呆滞的管事一眼，对方顿时觉得背脊一凉，十分识趣地悄悄遁了。

“清清你终于来了，怎么不提前说一声，我好去接你啊。”容瑾笑眯眯地道。

沐清漪无奈地笑了一声，道：“九爷，你还记不记得我是来干什么的？”

容瑾委屈地撇撇嘴道：“清清这么认真做什么！好吧，清清跟我走。”

“我叫顾流云，字子清。劳烦王爷叫我流云或者子清。”

清清什么的，私底下叫沐清漪还能够忍受，当着外人的面如此口无遮拦，她担心自己总有一天会想弑主。

“清……呃，子清，这样叫着多生疏啊。”容瑾不满地道。

“我们本来就不熟，谢谢。”沐清漪毫不留情地道。

容瑾还想说什么，奈何他们已经到了前院书房所在的院落，只得不甘地将还没说完的话吞了回去。

院子里，王府里的内外管事早已经候着了。整个王府面积颇大，容瑾出宫的时候西越帝的赏赐不少，分配给他的管事也不少，内外管事男男女女加起来足足有二三十人。

这些人都是突然接到王爷的命令匆匆赶来的，正猜疑着王爷突然召集他们做什么，毕竟这些日子王爷表现出对府里府外的事情一点儿兴趣都没有，这位王爷每天除了发脾气就是准备发脾气。此时，众人看到王爷愉悦地带着一个白衣少年走进来，都不由得一愣。

“见过王爷。”众人行礼。

容瑾神色漠然，一挥手道：“起来吧。”他走到最前方的椅子前坐下，又指了指旁边空着的椅子道：“清……子清坐吧。”

在众人惊愕的目光中，沐清漪有些无奈地走过去坐了下来。

容瑾仿佛丝毫没有看到下属震惊的模样，淡然道：“这是顾公子，顾流云。从今天起，‘他’就是王府的大总管。王府里的任何事情‘他’都可以处理，‘他’说的话，就是本王的意思。你们，明白？”

院子里一时间寂静无声，所有人都是一脸茫然地望着前方看上去长得比自家王爷还要精致三分的白衣少年，那一身看似寻常的白衣与自家王爷的黑色云纹锦衣放到一起竟十分和谐。

“王爷，不妥。”一个五十来岁的中年男子回过神来，连忙道。

“不妥？”容瑾挑眉，眯眼看着那中年男子问道，“你是哪根儿葱，跟本王说不妥？”

那中年男子脸上不由得一阵发青，咬牙道：“属下豫王府外管事夏冬。”

“哦？说说看，有何不妥？”容瑾问道。

夏管事道：“这顾流云来历不明不说，而且年纪尚小，怎么能担得起豫王府大总管一职？”

容瑾不屑地笑道：“本王觉得‘他’担得起，‘他’就担得起。明白吗？王府是本王的，本王高兴怎么做就怎么做。”

夏管事气得顿足，急道：“王爷怎可如此？！属下忠言逆耳，还请王爷慎重三思。”

另一边，一个看似精明的中年妇女也站出来，道：“夏管事说得是，请王爷三思才是。这位顾公子年纪尚小，怎么管得了王府里这么多事情？”

容瑾懒懒地托着下巴道：“区区王府能有什么事？子清是本王刚交的好友，本王亲自请‘他’来做王府的大总管，有什么问题？何况……子清管不过来，不是还有你们吗？难道你们都是吃白饭的？”

众人不由得面面相觑，王爷竟将一个刚刚认识的人请来做王府的大总管，这简直就是儿戏。就算王爷无心嫡位之争，但总还是一个王爷、皇子，岂可如此草率？虽然九皇子任性妄为之名早已经名震皇城，但众人还是不由得觉得下限再一次被突破了。

根本不给众人再说话的机会，容瑾独断地道：“本王就是通知你们一声，就算有意见也给我憋着！”

众人默然，面对如此不讲理的主子还能说什么？

慕容煜一到，西越帝便非常大方地册封他为安顺郡王。西越帝如此作为，果然是因为慕容煜贡献出了足以让他满意的信息力量，同样……现在只怕就是说破了嘴也不会有人相信慕容煜没有出卖华国了。

郡王府里，慕容煜脸色难看，瞪着坐在跟前握着茶杯神色淡漠的莫问情，忍不住怒吼道：“我告诉过你，我绝对不会去什么药王谷！”

“你会去的。”莫问情平静地看着他，淡定地陈述事实。

“你到底想怎么样？你救了本王，本王很感激，但是那不代表你能够干涉本王的自由！”慕容煜咬牙道。

慕容煜实在不明白自己到底是哪儿招惹这个煞星了？他在华国宫中受了重伤，被突然出现的莫问情救了，之后他什么都不说就非要慕容煜跟他一起回什么药王谷。

莫问情眼中闪过一丝不耐烦，沉声道：“我说了，我答应过一个人保你性命。我不想待在外面，你自然要跟我一起回药王谷。”

“疯子！”慕容煜气结。

因为莫问情答应过什么人保他性命，他就要一生受制待在那个药王谷不许出来？

若是就这么躲进药王谷，那他跟死了有什么差别？

“你是想自己走还是我带你走？”莫问情问道。

慕容煜咬牙，看着莫问情冷笑道：“你说你答应了别人保护我？”

莫问情点头。

慕容煜扬眉道：“那好，我告诉你……你若是强行带我去什么药王谷，我立刻就自杀。”

莫问情不以为意，淡淡道：“你不会。你若是想死早就死了。”

慕容煜无话可说，半晌才忍无可忍地道：“不管是谁拜托你保护我，我都不要你保护，这总可以了吧？”

莫问情凤眼微微一眯，隐隐透出一丝寒芒，问道：“你确定？”

“什么意思？”慕容煜警惕地问道。

莫问情缓缓道：“你既然不想要我保护，我之前救过你……那么，你就去死吧。”

说完，莫问情便站起身来抬手想要结束慕容煜的性命。

慕容煜吓了一跳，连忙退得远远的，问道：“你这个疯子，你到底想怎么样？”

莫问情道：“跟我回药王谷，终生不出。”

“凭什么？！”慕容煜怒吼道，二十多年翩翩公子的风度荡然无存。

莫问情淡淡地道：“你心性阴损毒辣、人品卑劣，本没有资格让我救你，更不该再活在世上。但是……他临死前求我保你，你就不能再离开药王谷。”

慕容煜脸上已经没有什么表情了。“阴损毒辣、人品卑劣”“不该活在世上”，这种话若是被人义愤填膺地骂出来慕容煜或许还没什么感觉，但是被莫问情这么毫无感情地说出来，慕容煜只觉得自己的心已经扭曲得不知该作何反应了。如果他是莫问情的对手，他早就冲上前去将眼前这个人戳出几个窟窿了。

“谷主，属下求见。”

就在慕容煜不知道要如何解决眼前的难题的时候，门外一个低沉的女声响起。

“进来。”莫问情完全没有自己在别人府中的自觉，平静地道。

一个穿着朱红衣衫的少女走了进来，有些好奇地看了看慕容煜，对着莫问情拱手禀告道：“启禀谷主，药王谷飞鸽传书。”

莫问情接过红衣少女呈上的信，飞快地浏览了一遍，皱了皱眉对慕容煜道：“我要先回药王谷一趟，一个月后回来带你走。到时候你若还不走，就去死吧。”

“莫问情，你别太过分！”

莫问情只是随意地扫了他一眼，转身出去了。

看着莫问情主仆二人离去，慕容煜原本堪称俊美的脸已经狰狞得扭曲起来，咬牙道：“莫问情……药王谷……本王不会放过你们！”

“启禀王爷……端王府的使者来了，请王爷前去赴宴。”门外，下人战战兢兢地禀告道。

“滚！”慕容煜怒吼道。

“是……是……王爷息怒……”门外的下人吓了一跳，连忙连滚带爬地跑了出去。

沐清漪新任豫王府的大总管并不怎么费劲，原因有二，一是身为王爷的容瑾不问缘由全然支持她，二是豫王府新立，这些管事和下人即使想要抱团也还没成气候，被沐清漪用一番雷霆手段整治下来，顿时换了一个样子。

“见过顾总管。”

沐清漪一走进容瑾居住的静心苑便发现有些不对劲。往日里人来人往的静心苑此时却是空荡荡的，一路行来连一个洒扫的丫头都没有看见，好不容易有一个丫头也是行色匆匆。

“这是怎么了？王爷在哪儿？”沐清漪蹙眉，淡淡问道。

那小丫头脸色发白，慌乱地看了沐清漪一眼，道：“回总管，王爷……王爷病了。”

沐清漪心中一跳，她也连着见过几次容瑾发病的模样，其间的痛苦自然不言而喻。沐清漪没想到今天容瑾的病居然又发作了，连忙快步往他房间的方向走去。

“哎呀，总管……”那小丫头连忙拦住沐清漪道，“总管，王爷……王爷发起病来可吓人了，你千万别过去啊。”

虽然沐清漪这几天的凌厉手段吓到了不少人，但是底下的这些小丫头对这个俊美得仿佛仙人一般的总管还是很有好感的。顾总管长得好看，而且对人十分亲切，从来不会无故责骂、惩罚底下的人。

沐清漪浅浅一笑，道：“谢谢你，不用担心，我过去看看。”

那小丫头俏脸一红，只得呆呆地看着她转身而去。

沐清漪来到容瑾的房间门口，果然看到几个侍卫站在门口严阵以待，无情也站在不远处抱剑靠树干站着，只看神情就知道他有些紧张。看到沐清漪过来，众人都松了口气。

“顾公子，小心。”

沐清漪点了点头，迈进房间随手关上门。容瑾的房间比想象中的更大，里里外外隔出来三间，最里面才是容瑾的卧室。

走进空荡荡的房间，沐清漪熟练地走到墙角的柜子边，从袖袋中取出容瑾交给自己的那块据说是信物的玉佩，放进了机关里的凹凸处。沐清漪轻轻往下一按，玉佩转动了一下发出沉重的响声。原本靠墙放着的柜子向另一边移了过去，露出一扇厚重的石门。

沐清漪小心地推开石门，里面的情景却吓了她一跳。那个房间并不大，但四面墙壁都是用最坚固的花岗石砌成的，里面除了一张床以外，空荡荡的什么都没有。容瑾倚坐在石墙边，几条铁链子将他的四肢都锁在了墙壁上，让他的行动被限制在那小小的一方天地里。

“容瑾！”

“清……清……”

容瑾显然是极度痛苦的，但那看起来并不粗的铁链也不知道是什么做的，竟然让武功极高的他动弹不得。更加让沐清漪震惊的是，容瑾往日里幽深漆黑的眼睛不知道为什么变成了血红色，配上那苍白的脸色和散乱的发丝，就像是一个择人而噬的恶鬼。

“容瑾……”虽然猜到容瑾这一次发病可能不同寻常，但沐清漪没想到会看到如此情形。她心中不由得抽疼了一下，来不及细想便朝容瑾走去。

“不要，不要过来……清清……”容瑾靠着墙壁，全身的衣服早已经被汗水浸湿了，就连那乌黑的发丝也被打湿，凌乱地贴在他的脸上。

很显然，他在极力忍耐着什么。

“不要过来，清清。”容瑾摇头，艰难地道。

锁住他双手的铁链被拉扯得咔咔作响，身下的石床上也满是抓痕和血迹，再看容瑾那双血迹斑斑的手，很容易便能明白这些痕迹是怎么来的。

“容瑾……怎么会这样？”沐清漪咬牙，低声喃喃道。

她一直以为容瑾每次发病只是疼痛无比、身体虚弱而已。

“清清……唔……救我……”容瑾痛苦地望着站在门口的白衣少女，心中矛盾至极。

他既渴望沐清漪靠近自己，又明白一旦她真的靠近，他肯定会伤害到她。就是这种无法抉择的挣扎让容瑾仿佛被针扎了一样一阵一阵地痛着，也让他更加狂暴起来。

“啊啊！放开我……我要杀了你们！杀了你们……”容瑾怒吼着，充血的双眸闪动着妖红的光芒。

几条链子在他的拉扯下绷得紧紧的，沐清漪甚至觉得只要他再多用一点儿力气，那些链子只怕就要断了。

“容瑾，你到底怎么了？”沐清漪焦急地喊道。

“痛……唔，清清，头痛……好想……好想杀人……血……不，清清……清清救我……”容瑾断断续续地说着毫无逻辑的话，不停地挣扎着想要扯断锁着自己的链子。

看着眼前仿佛被汗水浸泡过的、在痛苦中挣扎着的妖异男子，沐清漪不知怎么只觉得眼睛一阵阵酸涩，一滴清泪不自觉地滑出了眼眶。

她救不了容瑾，她没有绝世武功可以靠近他、安慰他，她也没有绝顶医术可以知道他现在到底怎么了。她唯一能做的，就是站在这里看着他在痛苦中煎熬。

沐清漪闭了闭眼，转身往门外走去。

“清清……不要走……”小小的石室里，容瑾的声音显得绝望而无力，“不要走，清清……不要丢下我一个人……

“放开我！放开我！我要杀了你们，杀了你们！啊……”

容瑾睁着血红的双眸望着空荡荡的石室，一股无比冰冷的、孤寂的感觉将痛苦中的他包围了起来。他极力压制的杀气也跟着无节制地疯狂涌动。都走了……没有人会留在他的身边……杀了吧，把所有的人都杀掉……就再也不会这么痛苦了……

“不，清清……别走……”

别离开我，一个人……好孤单、好冷啊……

狂乱中，一丝琴声突然传进了他的脑海。琴声幽婉而平静，仿佛一阵淡淡的清风抚慰着他痛苦的心。琴声中带着淡淡的暖意，让容瑾冰冷幽暗的心中仿佛慢慢升起了一丝温暖。

容瑾有些茫然地抬起头，便看到石门旁边的人儿已经去而复返。她席地而坐，将一方古琴放在膝上用素手轻轻地拨动着，古朴而平和的乐声从她的指间缓缓流了出来。

“清清……”

你没走吗……你不怕我……清清……

沐清漪一边抚弄着琴弦，一边望着床上的容瑾，柔声道：“别怕，我会陪着你。”

“清清……清清……”容瑾靠着墙闭上了眼睛，竭力忍耐着又一波疯狂涌来的痛楚和嗜血的冲动，将所有的注意力都集中在那幽婉的琴声上。

清心普善咒吗……

无情小心地推开石门，石室里的一幕却让他呆了呆。容瑾不知什么时候已经醒了过来，那双原本妖红慑人的眼眸已经恢复了往日的平静，正静静地凝视着靠在他怀里睡着了的白衣“少年”，他俊美的脸上带着一丝淡淡的疑惑和不解。

容瑾听到石门被打开的声音，眼眸里掠起一道寒芒，眸光冷酷地射向门口的无情。

“公子……”无情心中微寒，虽然公子这副模样他已经见过无数次了，但每次到了这个时候心中依然忍不住阵阵发寒。无情暗暗吞了口口水，小心翼翼地拎着饭盒走到床边，将饭盒放下，道：“公……公子，属下替你打开。”

“钥匙留下，你出去。”容瑾淡淡道。

无情点点头，小心地将钥匙放在床上，然后无声地退了出去。

容瑾平静地打量着自己怀中沉静的少女，她精致美丽的眉毛在沉睡中仿佛被什么困扰着一般微微蹙起。容瑾抬手小心翼翼地摩挲着那玉一般的清丽脸庞，眼中的疑惑之色更甚。

清清……为什么不怕我呢？

容瑾很清楚自己发病的时候到底多么吓人，即使是跟在他身边这么多年的忠心的无情和无心二人，每到这个时候也都是能跑多远就跑多远——没有人愿意接近一个随时随地都可能疯狂嗜血的人。

“清清……”容瑾眨了眨眼睛，望着她沉睡的娇颜，只觉得心里有一个地方升起一股淡淡的暖意，有点儿不习惯，却不讨厌。

容瑾盯着沐清漪嫣红的樱唇愣了半晌，突然低下头，轻轻地吻上了上去。

容瑾抬起头来，舔了舔自己的唇角，甜甜的……清清，他喜欢……

想到此处，容瑾阴鸷的脸上绽放出一丝浅浅的笑容，低头再一次吻上了睡梦中少女的樱唇。

“嗯……”

被人如此骚扰，累得不轻的沐清漪还是睁开了眼睛。她睁开眼便看到容瑾正怔怔地盯着自己，意犹未尽地咂舌。唇边尚未散去的余温，清楚地告诉了她刚刚发生了什么事。

“容瑾！你刚刚做了什么？”睡梦中被人轻薄，还是被自己辛苦照料的某人，沐清漪顿时感觉自己自作自受，白玉一般的脸顿时沉了下来。

容瑾眨眼，无辜地望着她道：“亲亲。”

沐清漪翻了个白眼，没好气地坐起来，才有些尴尬地发现自己居然睡倒在容瑾的怀里。这还是在容瑾四肢被制住的情况下，显然不是容瑾将她带进去的，而是她自己……

“亲亲啊。”容瑾真诚地道，眼睛闪闪发亮地盯着她还带着水泽光彩的樱唇。

沐清漪一愣，这才反应过来他说的是什么，一瞬间俏脸微红，颊染桃花。

“容、瑾！”

沐清漪气急败坏，这个浑蛋平日里胡闹也就罢了，现在居然还敢趁她睡着轻薄她！若是寻常女子，此时容瑾就该负责人家的终身了。若是养成了他这样的坏习惯还得了？

容瑾靠着墙壁，痴迷地望着她。每次发病之后浑身无力的感觉总是让他万分心烦气躁，但是现在看着气急败坏的清清，他的心情突然好了许多。

“清清为什么要生气？”容瑾认真地问道。

沐清漪忍不住咬牙，怒道：“你问我为什么要生气？男女授受不亲你不知道吗？我告诉过你多少次，不许胡闹！”

容瑾眼眸明亮得宛如星星，道：“但是……清清现在是男的啊，圣人只说男女授受不亲，没说男男也不亲啊。而且……刚刚明明是清清要本公子抱的，清清占了我的便宜，想要不认账吗？”

好委屈、好伤心的容瑾低着头默默地哀怨着。

沐清漪只觉得额头上的青筋欢快地蹦着。沐清漪咬牙瞪了容瑾许久，才终于深吸了一口气，在容瑾抓不到自己的地方坐了下来，沉声道："容瑾，咱们好好谈谈。"

容瑾抬眼，平静地望着沐清漪。

沐清漪并不看他的眼睛，望着石室的一个角落慢慢道："在华国的时候你帮了我很多忙，我很感激。你说你要做西越的太子，我不知道我能不能做到，但是我发誓我会尽我所能来帮你登上太子之位。"

容瑾默默望着显得十分孤寂的沐清漪，他知道清清的这个承诺有多么沉重，以他现在的情况这几乎要赌上她的命。容瑾高兴不起来，他从来都不是个笨蛋，相反他比一般人聪明太多了。他知道，清清说这些是在告诉他，他们以后只能是君臣关系——主公和谋臣，王爷和幕僚……

容瑾抬手，想要拂去沐清漪眉宇间的孤寂之色，才发现他的手还被铁链锁着。容瑾抬手动了动，原本还紧紧锁在他身上的铁链自动脱落。容瑾双手一揽，重新将沐清漪搂入了怀中。

"清清……不要……"

沐清漪垂眸，并不看他也没有答话。

"清清跟别人不一样，我不喜欢清清离我太远。"容瑾的语气十分平静，却透露出极为少见的认真，他说道，"我喜欢清清，我要永远跟清清在一起。"

沐清漪掩在衣袖中的手微微一颤。她抬起头，坚定地移开了容瑾搂着自己的双手，望着他道："容瑾，我当你是朋友。"

容瑾有些疑惑地偏着头想了想，道："朋友也没关系啊。"

只要清清是他一个人的，是朋友还是别的有什么关系？

"既然是朋友，就不能这样搂搂抱抱，我不喜欢这样。"沐清漪平静地道，"你今天已经很累了，吃了药和晚膳，好好休息吧。你好好想想，咱们还有许多事情要做。"

说完，沐清漪起身下床，将放在旁边的食盒打开，把里面的饭菜和药一一拿出来，然后转身走了出去。

很快，石室里只剩下容瑾一人了。容瑾沉默地望着摆在跟前色香味俱全的食物，折腾了整整一天，本该饥肠辘辘的他此时却没有半点儿胃口。

容瑾一拂袖，所有装着饭菜和药的瓷器统统碎成了粉末。容瑾面无表情地下了床，眼眸中一道红芒掠过，一掌拍出去，原本坚固的石床顿时裂开了一条巨大的口子。容瑾低头望着不停流血的左手，淡淡道："没关系，等本王把他们都杀了，清清就不会难过了。"

容瑾看了一眼手上的伤痕，俊美的脸上露出一丝委屈。

我受伤了……找清清包扎一下吧。

清宁轩里，沐清漪难得没有处理府中的事务，独自一人坐在书房里出神。虽然容瑾这人说话别扭得让人难以忍受，他的意思她却并不是不明白。只是……低头望着自己如玉的双手，沐清漪唇边泛起一丝有些苦涩的笑容。

萃红阁三年，看尽世情冷暖、人间爱恨缠绵，她早就不知道自己还有没有能力再去爱什么人。那一场翻天覆地的劫难，毁灭了她原本的人生和世界，也彻底烧毁了曾经少女心中青涩的期盼。

至于容瑾……容瑾是她平生见过的最复杂的人。他心狠手辣，为达目的不择手段，但很多时候他又像个孩子一样无辜而任性。沐清漪想，容瑾并不爱她。他想要她永远留在他身边，他想要她的爱，因为他没有，可惜……她也没有。

“清清……”不知何时，容瑾已经站在了书房门外，沉静地望着书房里沉思的人。

他依然穿着那一身在石室里穿的单衣，有些发皱的白色单衣穿在他的身上，让早已习惯了看他那身华丽的黑色锦衣的沐清漪感到有些不适。她只觉得站在门口望着自己的男子在白衣的映衬下显得更加单纯和无害。

容瑾走到沐清漪跟前，居高临下地望着她，问道：“清清，你在生气吗？”

沐清漪回过神来，摇头道：“没有，怎么还不休息？”

“疼。”容瑾抬起左手放到沐清漪跟前。

血迹斑斑的手让沐清漪不由得一颤，她问道：“怎么回事？”

沐清漪连忙叫盈儿取来了包扎伤口的药、纱布和净水。她小心地用湿布清理干净他手上的血迹，然后上了药包扎好伤口。在整个过程中，容瑾只是平静地望着忙碌的沐清漪。即使偶尔沐清漪的手不小心碰到他的伤口，他脸上的神色也没有丝毫变化，仿佛那只鲜血淋漓的手不是他的一般。

容瑾头一天发病消耗了太多的精力，之后也没有好好歇着反而跑去跟沐清漪耗着，第二天一早侍候容瑾的大丫头就发现王爷早已发热，烧得迷迷糊糊了。一时间，所有人都被吓了一跳，连忙去请了太医。

幸好，对容瑾的这个情况，太医似乎早已驾轻就熟。太医开了几服调理的药，然后嘱咐要好好休养，也就没说别的了。沐清漪握着手中的药方秀眉微皱，容瑾明明病得十分古怪，这些太医却表现得好像他只是不小心得了风寒，根本没有人提起过他之前的病情。

薛任送走了太医，才上前来对沐清漪道：“总管，老奴让人去抓药吧。”

沐清漪皱眉，扬了扬手上的药方问道：“这玩意儿，当真有用？”

这算什么药方，只是寻常的调理养生的方子罢了，稍微精于养生的人只怕也能背出七八个来，西越太医就用这玩意儿给皇子治病？

薛任有些无奈地道："太医们，也没有别的法子……"

沐清漪依稀记得，容瑾说过他的病别说是莫问情，就是莫问情的师父也没有法子。她沉默了一下，方才开口道："薛管事，你是看着王爷从小长大的。他到底得了什么病？或者……中了什么毒？"

薛任脸色微变，他打量了沐清漪半晌才无奈地摇了摇头，道："顾总管是王爷信任的人，老奴也没什么好忌讳的。其实……王爷小时候并不是这样的。王爷小时候也生得健健康康，一直到七八岁都是无病无灾。直到……直到王爷八岁那年，不知怎的他竟然在宫中中了毒。陛下命人请了当时皇城内外所有的名医，花了好几个月才终于将王爷救活了。王爷的身子却从此毁了。"

沐清漪微微蹙眉，问道："然后？"

薛任眼中闪过一丝赞赏之意，叹息道："若只是如此，也就罢了。只是王爷自小便命苦，七年前，十二岁的王爷被闯入宫中的刺客给挟持出了宫。直到两个月后，他才被南宫将军在边城的一处荒漠边缘找到。从那以后，王爷平日里依然身体虚弱，但每过几个月便会突然狂性大发，到了那时，他便眼如赤血、状若厉鬼，见人便砍……有一次，王爷险些将他居住的梅园里的宫人杀光了。无奈之下，陛下才让人专门打造了那几条玄铁锁链，在王爷发病的时候可以将他锁起来免得再伤人伤己。"

说到此处，薛任老迈的双眼也不由得泛红了。他也不知道上天为什么要将这么多苦难加在一个孩子的身上，王爷从小便失去了母妃，一个人在宫中孤零零地长大，这难道还不够可怜吗？

"没有人知道是怎么回事？"

薛任摇了摇头，道："为了治王爷的病，几年前陛下险些发兵围剿药王谷，最后药王谷谷主亲自为殿下诊治，依然找不出病因。"

闻言，沐清漪也只能无奈地叹息，抬手将药方交给薛任道："薛管事派人去抓药吧。"

薛任点头道："老奴告退。"

看着薛任出去，沐清漪站起身来走进了内室。卧室里，容瑾正躺在床上，虽然人醒着，但是只看他那无神的眼眸便知道他此时只怕也没什么力气再折腾人了。

沐清漪居高临下地看着恹恹的容瑾，淡淡道："还闹吗？这么胡闹对你自己有什么好处？"

容瑾眨了眨眼睛，道："清清……疼……"

"哪儿疼？"

容瑾犹豫了半晌，方才道："都疼……"

沐清漪叹了口气，看了一眼旁边的无情。无情立刻心领神会，从旁边的水盆里捞出一块湿毛巾拧干了送到沐清漪手里。沐清漪小心地替容瑾擦了汗，又换了一块湿毛巾覆在他额上，道："以后再胡闹，你可以看看我还会不会管你。"

容瑾垂眸，低声道："我没胡闹……一直都这样……"

反正每次发作之后他都要病上两天，什么都做不了，为什么不趁着还有力气做一些想做的事，把自己要说的话说了呢？

"好好休息吧，很快就会好起来的。"沐清漪柔声道。

容瑾眼中闪过一丝愉悦的笑意，无声地点了点头。

"启禀王爷，启禀顾总管，质王、庄王，还有各位王爷和皇子殿下来探望王爷了。"门外管事匆匆前来禀告道。

沐清漪皱眉，容瑾现在这个样子并不适合见客，而且以他的心性只怕也不会想见他们。果然，沐清漪一回头就看到容瑾已经偏着脑袋装睡了。

"算了，请几位王爷到大厅喝茶，我马上过去。"想了想，沐清漪吩咐道。

王爷、皇子亲自上门，总不能让人家放下礼物就走吧。如今府中没有王妃，除了容瑾这个王爷以外，就只能由身为总管的她接待这些王爷了。倒是……容琰……沐清漪淡淡一笑，躲得了一时躲不了一世，除非她一辈子躲在豫王府不出去，否则不仅是容琰，就是慕容煜又怎么可能不见面？

豫王府恢宏的大厅里，西越皇室的几个王爷都在坐着喝侍女送上来的茶水，眼中带着若有所思的意味。

虽然容瑾开府已经一月有余，但是他们这些兄弟都是实打实地第一次驾临豫王府。只是这豫王府的摆设和面积，就足以让在场的所有人心生怨恨，其中自然以身为皇长子的质王容瑱为最。

容瑱身为西越帝的长子，又是嫡子，原本应该是板上钉钉的皇位第一继承人。但是西越帝早在数年前就已经明确说过了，西越的太子之位，不立嫡、不立长，只选能。其实，容瑱身为嫡长子，这么多年都没能坐上太子之位，本身就已经很能说明问题了。

其他的皇子心里自然也不怎么舒服，年纪最小的十一皇子容琪冷笑一声，道："父皇果然最疼九哥了，这府里就是比起皇宫也丝毫不差了。"

"可不是吗……"八皇子也跟着搭腔，怪声怪气地道。

坐在容璋下首的容琰打量着大厅里的陈设，淡淡道："九弟府上的人倒是都乖巧得很。三哥，你说是不是？"

虽然没有主人出来招待，但是从将他们引到大厅就座，到丫头上茶等都是有条不紊的，丝毫没有他们之前听说的豫王府里乱成一团的模样。看来，这个新来的顾总管倒真是有几分本领。

“确实不错。”容瑄依然面带病容，听到容琰的问话只是淡淡回了一句，仿佛对此毫无兴趣。

容琰对于他这副模样也早就习惯了，并不以为意，只是淡淡地笑了笑。倒是旁边的七皇子容琮嗤笑了一声，虽然没说话，但是其中嘲讽的意味不言而喻。

“七弟。”容琰皱了皱眉，警告似的扫了七皇子一眼。

七皇子轻哼一声，不再出声。

十一皇子有些不耐烦地道：“九哥这是什么意思？咱们来探望他，他连个面都不见吗？”

“十一弟，九弟病了。”容琰淡淡道。

十一皇子嘁了一声偏过头去也不再说话。

“顾总管来了。”

外面传来一个侍女的声音，众人齐齐往门口望去。

众人只见白衫晃动，一个俊美的白衣少年已经站在了门口。大家逆着光，并不能看清少年的脸，这少年只是在门口那样站着就已经给人一种清逸出尘的感觉。

“在下顾流云，见过诸位王爷、皇子。”沐清漪缓步踏入大厅，朝着众人微微拱手一礼。

沐清漪抬起头来，众人这才看清，即使再挑剔的人也不得不在心中赞一声好容貌。原本以为容瑾那副容貌在男子中就已经算得上极致俊美，但是眼前这少年竟丝毫也不输给容瑾。因为年纪尚小一些，这少年的轮廓看上去甚至比容瑾更精致几分，和容瑾每时每刻都带着仿佛要伤人的锐气不同，这少年只让人觉得和煦如风，却又坚韧如修竹。他眉目俊美，言谈举止间满是沉稳优雅，从容中又存三分洒脱之意。

容琰紧紧地盯着站在厅中的少年，虽然有些改变，但是他依然一眼就能认出这少年。他就是一个多月前还在华国京城跟着慕容熙和顾秀庭翻云覆雨，搅得整个华国皇室鸡犬不宁却一直隐藏极深的白衣少年张清。

对上容琰的目光，沐清漪也不退避，只是从容一笑，道：“我家王爷卧病在床，不方便亲自出来招待诸位，还请诸位海涵。”

“九哥当真病了？”十一皇子高声道。

其实他也不是不相信容瑾病了，毕竟容瑾的身体一直都那样，他只不过是闲着无聊故意想要找碴儿罢了。

沐清漪点头道：“这是自然，未能亲自出迎，王爷也很是遗憾，待到我家王爷病好了，一定亲自上门谢过诸位王爷、皇子。”

众人不由得抽了抽嘴角，这位新来的顾总管绝对是不了解老九的为人才这么说的。容瑾嚣张了这么多年，哪儿对兄弟们生出过半丝愧疚和遗憾？他只会嫌弃他们送的东西不合心意，然后顺手扔出去。

沐清漪仿佛没看到众人的表情，依旧从容不迫地站着。

“你这么年轻怎么会成为豫王府的总管？你是怎么认识九哥的？”

沐清漪笑道：“前几日在马市上碰巧遇到了九殿下，我们二人十分投缘。九殿下诚心相邀，正好在下也要在皇城留些时日，便答应了。”

十皇子惊讶地睁大了眼睛，问道：“你是说，你跟九哥才认识不到十天？”

“流云跟九殿下确实是刚认识不久，不过却是一见如故。”沐清漪淡淡道。

顾流云跟容瑾确实是刚刚认识的，之前容瑾认识的是沐清漪和张清。

“顾公子是华国人？”一直没有开口的容琰突然问道。

沐清漪并不惊讶，含笑道：“在下……家中在华国也有些产业，也算是华国人吧。”

容琰眯眼，淡淡道：“本王在华国京城见过一位少年，跟顾公子长得颇为相似。他跟九弟也是认识的，不知道顾公子可认识他？他姓张，名清。”

容琰紧紧地盯着眼前的白衣少年，几乎可以肯定顾张二人绝对是同一个人。容瑾找一个来历不明的人当总管他不在意，但如果是张清这样的人，他就不得不留意了。

“张清？”沐清漪淡淡一笑，摇头道，“端王恕罪，在下不认识此人。”

“这么说，顾公子也不认识顾秀庭了？”容琰道。

沐清漪挑眉笑道：“这个吗……秀庭公子当年名满华国，在下怎么会不认识？何况……在下也姓顾。”

对于华国的这些事，西越皇子虽然不了解全部，但至少也了解一个大概，七皇子挑眉盯着顾流云道：“难不成，你还跟华国的顾家有什么关系？”

沐清漪坦然地点头笑道：“在下家中确实和顾家有些关系。只是……几年前因为一些事情，家中的产业大多转移到了西越。”

“四弟怎么对顾总管的身世感兴趣起来了？”二皇子容瑄看着容琰若有所思地道。

容琰一怔，淡淡笑道：“只是看到顾公子和那位张公子长得十分相似，如此兰芝玉树之姿，世间能有一个已是罕见，何况是两个，一时好奇罢了。”

沐清漪笑道：“想必如在下这般模样的人，世间也不在少数。不过能得端王一赞，在下三生有幸。”

容琰皱了皱眉不再说话。这个顾流云太过坦然，就连眼神都没有丝毫破绽，仿佛他们当真是第一次见面。若不是容貌太过相似又太过巧合，容琰只怕都要怀疑自己多疑了。

容琰倒是越发好奇这个九弟到底想干什么了，容瑾从华国带回来这样的一个人，若说他没有什么图谋容琰是绝对不会相信的。

沐清漪站在厅中不卑不亢地陪着众人说话，众人虽惊讶于这还未及弱冠的少年竟然有如此气度和心性，却也并没有太放在心上，不一会儿便起身告辞了。

“顾公子，本王那表弟前些日子劳烦公子了，本王还没谢过。”临走时，庄王容瑄突然开口道。

只是一瞬间，沐清漪便明白了容瑄说的是什么事，含笑道：“王爷客气了，在下与南宫颇为投缘，也不是什么大事。”

容瑄淡淡笑道：“一出手便是两万多两，怎会不是大事？表弟手上有些不方便，回头本王便让人将银票送过来，如何？”

沐清漪垂眸，淡然道：“我家王爷胡闹，还请庄王见谅。”

这个容瑄显然并不是只会舞刀弄剑的武夫，既然连沐清漪借钱给南宫羽的事情都知道，自然也不会不知道南宫羽被容瑾给坑了的事情。

容瑄微微蹙眉，看着眼前的少年，好一会儿才淡淡笑道：“顾总管客气了，九弟深得父皇宠爱，一贯爱玩爱闹，本王怎会怪罪？本王先走一步，转告九弟好好养病。”

沐清漪点头，恭敬地将人送出大门。看着一群穿着四爪龙纹锦衣的王孙贵胄若有所思的眼光，沐清漪心中无奈地叹了口气。华国的那些皇子一个个钩心斗角，这西越的皇子也都不是省油的灯。

等到容瑾病好了一些，沐清漪果真押着愤愤不平的豫王殿下挨家挨户到王府拜访回礼。一时间，众王爷、皇子纷纷觉得受宠若惊，将人送走了之后还盯着桌上放着的回礼直皱眉头，仿佛那不是豫王府的回礼，而是要人命的毒药。

回礼，本身是一件非常寻常的事情，但是当这件事摊在了从不知道什么叫礼节的九皇子豫王身上，就顿时震惊了皇城中的人。

九皇子殿下居然能够送出正常的回礼，并且亲自上门拜访每一位王爷、皇子。难道九皇子殿下终于长大了？只是……九皇子殿下年少无知的时间未免太长了一点儿。

这些默默感到欣慰的人却不知道，豫王府里，他们以为已经长大了的九皇子又瞬间变小了。

“清清……你送那么多东西给他们干什么？还有南宫羽那些银票，那是本公子给清清的零花钱……”容瑾有气无力地趴在桌上，从来只知道收礼不知道回礼的他感觉各种不适应。

沐清漪搁下笔，抬眼淡淡地看了容瑾一眼，道：“你很穷吗？回礼是应有的礼貌，不回礼以后谁还送你礼物？”

容瑾得意非凡道：“本公子从小到大从来不回礼，谁敢不给本公子送礼？”

这种事情……很值得得意吗？

完全不知道某人在得意什么的沐清漪无语地撇了撇唇角。不过话说回来，容瑾确实是挺穷的。沐清漪翻了翻手里的账册，一抬手将账册往他的脑门儿上拍了过去。

容瑾一抬手，账册便落到了手里，无辜地眨眼道："清清？"

"解释清楚，上面的钱都去哪儿了？"沐清漪淡然道。

"解释……"容瑾眼神漂移，"解释什么？"

沐清漪冷笑道："别跟我说被你那些管事给坑了，十成里他们敢坑你一成就算胆子大了。梅妃娘娘留给你的产业，每年至少应该有七十万两的盈利，更不用说她应该还给你留下了不少现银，还有这些年陛下的各种赏赐，各家皇子、娘娘、朝臣送的礼物。鉴于你从来不回礼的吝啬性格，保守估计你现在最少应该有……一千一百万两的身家。但是现在……"沐清漪挑眉冷笑，"王府内外所有的家当加起来竟然不足一百万两！"

九皇子不是不知道回礼，是他真的太穷，根本就回不起礼。除了那些铺子、庄子不能动以外，整个王府真正能动用的银两居然不足十万两。这些钱在寻常百姓看来就算是锦衣玉食也够一家子过两辈子了，但是对于这些送个古董动辄万两的皇子来说，根本就不够用。

"清清家里不是做官的吗？怎么算账也这么厉害？"容瑾呆滞地道。

沐清漪冷笑一声，端起手边的茶喝了一口，淡淡道："我不反对王爷存零花钱。不过……你是不是将零花和正事给弄反了？还是，王爷……私底下干了些什么不能见人的事情？"

一千万两能干些什么自然不必说，而且以梅家的家底只怕这还只是保守的估计。沐清漪很难想象容瑾在外面装疯卖傻，私底下到底干了什么需要这么多钱，总不会私底下养了军队真想造反吧？

"清清……"容瑾谄媚地叫道。

"嗯哼？"沐清漪似笑非笑地看着他。

"现在不能告诉清清。"容瑾小心翼翼地看着沐清漪道。

沐清漪挑眉，满不在意地道："无所谓，下回九爷想要挪用银两时记得多给府里留点儿就行了，豫王府还要过日子呢。"

"清清怎么不问为什么不能告诉清清？"

沐清漪从善如流，问道："为什么不告诉我？"

容瑾笑眯眯地道："清清做了我的娘子，我才能告诉清清。"

"哦。"沐清漪点点头，皮笑肉不笑地道，"那你就憋在心里吧。"

"可是我想告诉清清。"容瑾不悦地道。

"你想如何？"沐清漪挑眉。

容瑾眼眸一转，以迅雷不及掩耳之势扑向沐清漪，将她纤细的身体揽在怀中，笑容充满了贱兮兮的意味："清清让我亲一下。"

说完，容瑾也不等沐清漪反应，直接就低头向着微凉的薄唇贴了上去。

“容瑾！”沐清漪怒极，只是她的力气又怎么推得开他。

幸好容瑾并不想惹她生气，只是一脸满足地咂了一下嘴唇笑道：“这算是咱们的定情之吻吧？清清以后要对本公子负责哦，本公子也会对清清负责的。这样……本公子就可以告诉清清了。”

未婚妻也是妻嘛，当然可以共享一切秘密了。

沐清漪无奈地叹息，道：“容瑾，在你不需要我帮忙之前，我不会离开，所以你能别再玩这些黏人的把戏了吗？”

容瑾眨了眨眼睛，有些忧伤地垂下了眼眸：“清清真的很讨厌我吗？”

沐清漪摇摇头，她不讨厌他，只要了解容瑾，就能发现他绝对不是一个会让人讨厌的人，沐清漪只是讨厌感情而已。

“清清不要离开我。”容瑾低声道。

“好。”沐清漪淡淡道，“那么……”

容瑾沉声道：“以后本公子不提王妃的事情了。”

沐清漪微微松了口气，点头道：“很好。”

“那么清清发誓，不会离开我。”容瑾道。

“好，在你不需要我的帮助之前，我不会离开你。”沐清漪认真地道。

容瑾满意地搂住她，将下巴枕在她肩头上，道：“那就好。”

那么，本公子绝不会有不需要你的时候，清清就一直留在本公子身边吧，容瑾想着。他认为王妃什么的，不过是个名号而已，总有一天，他的一切都会与清清分享。

“过些日子，咱们去一个好玩的地方。”容瑾道。

沐清漪有些不自在地点了点头，她也不知道这样跟容瑾纠缠下去到底会怎么样。大哥的担心果然不是没有道理的，身为女子想要纯粹地做些事，总是比男子更难。更重要的是，她……居然无法真正地拒绝容瑾。容瑾答应的这所谓的条件，不过是一个看似不错实则漏洞百出的借口罢了。

她或许有一些……但是，绝对不是现在……

容瑾虽然是皇子，却不是需要上朝办差的皇子——他是皇城里有名的闲散皇子。西越并没有皇子不得擅自离京的规定，所以容瑾离开京城也没有人拦他，等到西越帝召见却找不到人的时候，才知道豫王殿下早已经带着人离京不知所终了，气得西越帝将几个儿子狠狠地骂了一顿，骂得几个皇子灰头土脸直在心中骂娘。

也不怪西越帝派出来的人找不到容瑾和沐清漪，一出皇城容瑾便换了一身衣裳，摇身一变成了西越声名显赫的神秘人物云隐公子，而沐清漪也换下了一身男装，一袭雪色罗衣清丽脱俗、风华绝伦。这样一对仿佛神仙眷侣的男女走在一起，即便是西越帝派出来的人从他们身边路过也不会怀疑这是他们苦寻不见的人。

沐清漪在被容瑾带着穿过了危险重重的峡谷，看到眼前突然出现的一座城池的时候，她也不得不惊叹了。绝非夸张，这当真是一座城池。比起西越皇城它或许不够大，比起一般的城池却也绝对不差什么。更重要的是，这种城池建在这样的群山险要之地，需要花费多少辛苦不言而喻。这样的城池，也绝非一朝一夕能够建成的。

“这是？”沐清漪惊讶地看着容瑾。

容瑾含笑道：“这就是我要告诉清清的秘密啊。除了无情和无心，清清可是第一个知道这里的人。”

“这是什么地方？”沐清漪问道。

“这里是天阙城。”容瑾淡淡笑道。

“天阙城？”沐清漪哑然，她自幼熟读史册，就连许多正统文人不屑一顾的野史也多有涉猎，自然知道天阙城的存在。

据说天阙城是数百年前的奇人冷天阙所建。彼时正是天下大乱、群雄逐鹿的时候，冷天阙同样是逐鹿天下的枭雄中的一位。只是不知道为什么，这人突然之间便销声匿迹了。如若不然，只怕如今这西越的天下到底是姓冷还是姓容也未可知。

此人的事迹也从来不见于正史，在华国还有些野史中有一些记载，西越的人却大多根本不知道有这么一个人存在过。正是因为这样奇特的现象，以及顾氏藏书中的部分记载，沐清漪当初才略微留心了几分，没有真的把这件事当成传奇小说给忽略掉。

容瑾说眼前这座恢宏的城池就是天阙城……在这群山环绕的地方修建这样一座宏伟庞大的城池，它若不是天阙城，那这世上大约也没有天阙城了。

城门被人从里面打开，一行穿着黑色衣衫的男女从里面匆匆走了出来。

“见过城主！恭迎城主回城！”众人齐齐跪地，恭敬地道。

容瑾淡然挥手道：“起来吧。”

众人这才谢过起身，纷纷将好奇的目光看向了站在容瑾身边的沐清漪。为首的一个青年男子忍不住问道：“城主，这位姑娘是？”

容瑾淡然道：“这是沐清漪。”

男子一怔，有些惊讶地道：“华国明泽公主？”

沐清漪淡淡一笑，道：“天阙城好灵通的消息。”

虽然隐藏在群山之中，不为世人所知，但是显然天阙城对天下的形势甚至是一些微不足道的消息都掌握得十分精准。

男子一笑，低头道：“公主过奖了。”

其实沐清漪虽然惊讶于天阙城的存在，眼前的众人却比她更加惊讶。要知道，城主接掌天阙城已经有数年之久，这位明泽公主却是第一位被城主带到天阙城来的人。

这说明，在城主心中这位公主是绝对值得信任的对象。这样的信任，只怕是对他们这些人也是没有的。

“我姓沐，称我沐姑娘就可以。”沐清漪道。

容瑾拉着沐清漪的手，微微拧眉。

那青年男子一见，顿时反应过来，连忙侧身道：“请城主和沐姑娘先入城歇息吧。”

容瑾脸色稍霁，这才点了点头拉着沐清漪当先踏入城中。

踏入隐世数百年的古城，沐清漪也不由得十分好奇。容瑾已经重新戴上了属于云隐公子的面具，城中的街道上也有百姓悠然地漫步着，仿佛世间许多的寻常城池一般，如果忽略这其中大多数人都明显有武功底子的话。

沐清漪这样一个完全不会武功的人突然出现在城中，还跟城主并肩而行，让许多人纷纷投来好奇的目光。

容瑾牵着她的手，一边走一边低声笑道：“清清喜欢这里吗？回头我带你出来逛逛可好？”

沐清漪微微一笑，道：“这一次我当真对九公子有些好奇了。”

容瑾笑道：“清清肯对本公子好奇，真是本公子的荣幸呢。清清尽管好奇便是，有什么需要解答的，本公子知无不言，言无不尽。”

沐清漪似笑非笑地看着他道：“我倒觉得，九公子无事献殷勤，非奸即盗。”

容瑾摸摸鼻子，笑而不语，被沐清漪拆穿了什么的，时间长了就习惯了。

城主府并不如一般的皇宫建在城池的最中央，而是建在城中正东方靠山的地方。整个城主府与山体连为一体，后面便是高得看不见顶峰的百丈绝壁。那光滑得仿佛有人精心打理过的绝壁上刻着一个巨大的龙行云端的图案，远远地从城外望去便能感觉到一股磅礴的霸气铺天盖地而来。

处在这种环境下的城主府巍峨宏伟，更加让人不敢直视。虽然面积远不及西越和华国的皇宫，但是它给人的压力更甚，这不得不让人惊讶于天阙城设计者的才智。

容瑾等人回到城主府，立刻便有侍女仆人迎了上来将众人引进了大厅。

容瑾拉着沐清漪坐在城主府大厅的主位上，居高临下地望着底下的众人，淡淡道：“这些日子，天阙城可有什么大事？”

之前跟沐清漪说话的男子开口回答：“天阙城一切都好，属下幸不辱命，没有辜负城主所托。”

容瑾点头道：“很好，你办事我自然信得过。”

“谢城主赞赏。”男子恭敬地道。

“这是沐姑娘，以后她说的话，就是我的意思，你们明白吗？”

见他这么说，众人又是一愣，那男子反应过来看到容瑾冷漠的目光方才连忙上前见礼，道：“天阙城天枢见过沐姑娘。”

天阙城众人显然都以这个名叫天枢的男子为首，其他人也纷纷上前见礼，道：“属下天璇、天权，见过沐姑娘。”

沐清漪有些好奇地笑道：“既然有天枢、天璇、天权，必然还有摇光、玉衡、开阳、天玑了？”

天枢笑道：“沐姑娘所言正是，只是此刻其他人都不在城中。”

容瑾靠着椅子，侧首对沐清漪道：“清清，天枢主管天阙城的防御，天权主管天阙城的内政，天璇主管与外界的诸多事宜。”

沐清漪明白了，容瑾是在告诉她天阙城众人之中天枢的武功最高，天权应当是类似于谋士的存在。沐清漪点了点头，浅笑道：“我初来乍到，以后还请各位多多指教。”

站在天枢之后明显更加开朗温和的青年男子笑道：“沐姑娘在华国的手段可是让我等叹为观止，以后有什么事情还请尽管吩咐就是了。”

这位明泽公主能够被城主带到这里来，很明显就是他们未来的城主夫人了。

另一个一直没有说话，却显得更加温文尔雅的男子也跟着点了点头，笑道：“天璇说得不错，夫人尽管吩咐便是，属下天权。”

如果不是穿着一身黑色的劲装，沐清漪几乎要以为这是一个儒雅温和的书生了。

沐清漪微微勾唇一笑，道：“如此，我就不客气了，到时候就有劳天权了。”

天权儒雅的容颜露出一个淡淡的笑容，点了点头。

等到天枢等人告退，容瑾方才含笑道：“清清有什么话说？”

“我只是好奇，九公子是怎么成为天阙城主的？”沐清漪挑眉道。

容瑾忍不住嘴角抽搐了一下，难得的一脸不堪回首之态。在沐清漪好奇的目光中，他只得摸摸鼻子，道：“当年我被一个老头子当成尸体给扔了，刚好就是扔在了天阙城的城主府上。”

沐清漪忍不住震惊地抬起头望向门外，想起城主府后面那高得看不见顶峰的悬崖，问道：“你怎么没被摔死？”

容瑾轻嗤一声，道：“因为我砸到了一个快死了的人。”

即使淡定如沐清漪，也忍不住对容瑾的经历万分好奇起来了。

得到沐清漪如此关注的目光，容瑾心中原本还有些不乐意说的想法立刻消散了，道：“我被扔下来的时候正好砸到了快要死了的上一任天阙城城主身上，他认为我从那么高的悬崖上掉下来，一身的伤病居然还没死，就救了我，然后把城主之位传给了我。”

这个故事如果到此结束，自然是容瑾从此接掌天阙城成为新一代隐士高人的结局。但是当年十二岁的容瑾的心理比正常人阴暗了无数倍，三番五次被折腾得死去活来的他可是半点儿也没有当隐世高人的想法。既然他活下来了，不将那些折腾过他的人挨个折腾一遍，他都觉得自己白活了。

所以说，容瑾这种人天生就是来报复这个世界的，不然为什么怎么弄都弄不死他呢？沐清漪在心中默默地道。

容瑾有些忧郁地望着沐清漪道：“清清以为我捡了便宜吗？”

沐清漪挑眉，问道：“你说呢？”

容瑾冷笑道：“本公子刚到天阙城的时候，那些白痴一个个饿得面黄肌瘦，若不是我直接掉在了城主府里，本公子怀疑我会被他们给吃了。”

“饿？”沐清漪有些不能想象。

容瑾道：“这些人几百年都不肯出城去看看，这天阙城附近的土地也勉强只够天阙城的人果腹，若是再遇到个天灾人祸……几百年下来，当年冷天阙留下来的那点儿家底早就被他们给折腾光了。这些人居然还半点儿都不知道上进，宁愿饿肚子也不肯到山外去。所以，清清你明白本公子这些年的钱都用到哪儿去了吧？”

说到最后，容瑾难得地咬牙切齿了起来。一千多万两白银啊，用在外面他能够暗地里养一支不少于五万人的军队，能收买朝廷三成以上的三品大员，能用钱砸死那些让他糟心的兄弟！但是用在天阙城，他只能喂进这些废物的嘴里！

沐清漪飞快地在心中盘算了一下，不由得有点儿同情容瑾了。天阙城固然是无数人梦寐以求的，但如果还附带着好几万需要喂养的拖油瓶，就不是一般人能够消受得起的了。难怪前任城主这么轻易就把城主之位交给一个外人，分明是天阙城里已经没有人敢接手了吧？

容瑾苦着脸道：“本公子花了好几年时间鞭策这些废物，如今好不容易有了一点儿样子。清清，本公子好辛苦……”

沐清漪同情地拍拍他的肩膀，道：“我会帮你的。”

容瑾满意地点头道：“本公子就知道清清最好了。天璇是管外面的商铺的，天权是管天阙城的内务的，他们两个就交给清清你了。你尽管使唤，本公子只要很多很多的钱，他们两个……留条命就可以了。”

沐清漪理解地点头，造反确实是个烧钱的活儿。容瑾投入了几乎全部的家当，若不能从天阙城身上扒下几层皮来，他肯定会觉得不自在。

几乎一夜之间，天阙城的百姓都知道城主带着未来的城主夫人回来了。一时间，平日里门可罗雀的城主府外几乎比大街上还热闹。人们来来往往，总想要趁机看看城主夫人长什么模样。

说起来，容瑾这个城主虽然从接任城主之位到现在，在天阙城居住的日子总共加起来可能还不到三个月，他在城中百姓心目中的地位却丝毫不逊于前任城主。

为什么？因为新城主让他们每年都能吃饱肚子啊。自从新城主接任之后，原本几乎与世隔绝的天阙城渐渐和外面有了一些联系。城中的粮食多了，各种稀奇古怪的东西也多了，百姓纷纷觉得日子过得比从前愉快多了。还有一些胆子比较大的年轻人被城主带出去闯荡，偶尔回来一次也能带回更多的新鲜物品。

虽然人们在这没有丝毫纷争的天阙城中生活了几百年，大都不愿涉足那滚滚红尘，但是那不代表他们就喜欢只穿着粗布、吃着粗食啊。而这一切新的改变都是容瑾这个成为城主时还是个孩子的少年带来的。如此，也就不难理解人品如此恶劣的某人为何在城中备受拥护了。

容瑾果然是说话算话，中午用过膳之后他便带着沐清漪骑一匹马出城去了。沐清漪虽然从华国到西越一路上学会了骑马，但是面对天阙城这样复杂的地形还是无能为力，只得任由容瑾兴高采烈地搂着自己骑上同一匹骏马在山林间奔驰。

西越本就多山林，天阙城能够隐藏数百年而不为人所知，不只是因为地势险要隐蔽，更是因为周围数百里都是茂密的山林，几乎杳无人烟。二人穿梭在山林中，不时还可以看到许多飞禽走兽。这里显然是野生禽兽的乐园，而不是寻常人类敢于随意踏足的地方。

骑马带着沐清漪的容瑾却显然不是寻常人。沐清漪总觉得容瑾像是一柄会伤人伤己的剑，但是到了这里她才明白什么是真正的绝世名剑，悠然地穿梭在山林中的容瑾敛去了往日的伪装，整个人仿佛一把浴血横空的绝世名剑，就连周围的飞禽猛兽见了也唯恐避之不及被其杀气所伤。

沐清漪靠在容瑾怀中，欣赏着两边急速后退的风景，在胡思乱想中慢慢睡了过去。

容瑾一边策马而行，一边低头看到靠在自己胸前已经熟睡的绝美少女，冷酷的俊美脸上勾起一丝淡淡的微笑。

“这样还能睡得着，清清真的不怕我吗？”

他真正气势外放的时候，几乎就跟他发病的时候一样，周围十尺之内无人敢靠近。沐清漪却能在他怀中安稳入睡，这是不是说，清清也跟他相信她一样地相信着自己？

“清清……你不能离开我。”

沐清漪醒来的时候发现自己正躺在一处悬崖边上，蓝天白云，四周环绕着碧绿的树林，草地上百花盛开，竟半点儿没有秋日的萧瑟。最重要的是，躺在地上的她居然还感觉暖暖的。

“呵呵，清清醒了吗？”

下面似乎微微震动了几下，传来容瑾低沉的笑声，沐清漪这才发现自己竟然是趴在容瑾的胸膛上睡着了。她身上还披着一件淡青色的披风，难怪在这接近深秋季节的高山之巅上竟然一点儿也不觉得冷。

沐清漪连忙坐起身来，刚刚睡醒的娇颜染上了一丝淡淡的红霞，容瑾看得不由得一呆，俯身在她的眉心落下一个淡淡的吻，道："清清睡着了真是可爱。"

"容瑾！"沐清漪咬牙道，奈何是她自己不争气睡着了，容瑾不可能不占便宜。

"清清，刚睡醒就发火可不好。瞧瞧，可好看？"容瑾连忙转移话题。

沐清漪抬眼望去，虽然已经是秋季，但是山林里依然郁郁葱葱，丝毫不见萧条之色。他们所在之处正好是一处悬崖，草地上开满了一簇一簇颜色各异的菊花。虽然只是寻常的山野小花，但在此时此地看来倒是比那些娇贵的名品更具几分情趣。

"好漂亮。"沐清漪轻声叹道。

她生在华国京城，长于丞相府邸，即使偶尔出游又何曾见过如此美丽的山野景致。没有精雕细琢的匠气，没有帝都的富贵，这份完全自然纯朴的景致更加让人流连忘返。

容瑾见她喜欢，脸上的笑容更甚。他起身走到旁边的花丛边，仔细地挑选其中开得最美丽的花朵一一采摘下来。

沐清漪看着容瑾认真采花的模样莞尔一笑，他那一身低调却奢华的黑色锦袍，还有那俊美得不像凡人的容颜总是给人一种与这样野趣的小花格格不入的感觉，他蹲在地上采花的模样更是让人一时回不过神来。

等到容瑾笑眯眯地捧着一束五颜六色的花朵往沐清漪走来，她才突然醒悟过来他想干什么，一时间竟然有些手足无措了。沐清漪刚刚睡醒，双腿还隐隐有些发麻，竟连起身离开都做不到，只得瞪着一双美眸警告他不许靠近。

容瑾却恍若不见，面带笑容地走到她跟前将花塞到她的手中，道："清清，好看吗？送给你。"

沐清漪有些无措地捧着花束发呆。并不是没有人送过她花，只是那些人送的花无一不是难得一见的稀有品种，还用更加精致的玉盆或瓷花盆种好了，弄得金贵雅致，送到她跟前请她鉴赏。

他这样随便摘了一把野花塞进她的手里，沐清漪是平生第一次经历。这就像……就像小的时候在城外玩耍听到的那些寻常的山野少年追求心仪少女的招数。她曾经或许也幻想有一个锦衣少年捧着一束鲜花塞到自己手中，那却早已经仿佛是上辈子的事情了。

高高的悬崖边上，满地的鲜花盛开，身侧是苍茫的云海，俊美不凡的黑衣少年将一束野花塞到她手里，面带笑容地道："清清，送给你。"

不知为何，沐清漪突然眼眶一热，有什么从里面静静地流了出来。

"清清，你怎么了？"看着突然流泪的少女，黑衣少年突然紧张起来了，有些慌乱地想要为她擦去眼角的泪珠，又仿佛不知道该如何是好，他连忙一把抢过她手里的花束，道，"清清不喜欢吗？那我扔掉便是了。"

少年俊美的眼眸有些黯淡，扬起手想要将花往悬崖下丢去。

纤细的玉手抓住了容瑾的手腕，沐清漪咬了咬唇角，从他手中抢过了花束，道："这是我的。"

"清清喜欢吗？"容瑾呆了一下，看着沐清漪小心地将花束整理好，小心翼翼地拿在手里，容瑾立刻又高兴起来了，道，"清清喜欢就好。"

容瑾一抬手，花丛中一朵开得正艳的浅紫色小雏菊飞了起来，正好落在他的指间。

容瑾小心地将小花簪在未施粉黛的少女乌黑的发间，很快又皱了皱眉，摇头道："这种小花不适合清清，下次我送给清清更好看的花。"

他的清清是世间最美丽的姑娘，这样小巧不起眼的花确实不适合她。清清更适合冰清玉洁的玉兰、幽雅美丽的兰花。

容瑾眼睛亮了亮，重新取过沐清漪手中的花束，在她惊异的眼神中飞快地将一捧野菊编成了一个五彩的花环，并将它轻轻地戴在了她没有头饰点缀只是以一根银色的发簪绾起的发间，满意地笑道："这样就好了。"

淡淡的夕阳下，美丽的少女白衣如雪、青丝如云，精致而美丽的五彩花环戴在她的发间，更添了几分颜色，让她看上去仿佛九天之上落入凡间的仙女。

沐清漪呆呆地望着眼前对着自己温柔浅笑的锦衣男子，心中不由得升起一股许久未有过的温暖和柔软。

容瑾，如果……我不爱你，必然也绝不会爱上任何人。

容瑾温柔地望着眼前的少女，仿佛看懂了她心中所想，伸手将她揽入怀中。

清清，这世间除了我，你谁也不能爱。

夕阳西下，终于有人想起了正事，沐清漪问道："你带我出来就是为了看这里吗？"

哎呀，心情太好把正事给忘了。容瑾愉悦地望着沐清漪。

容瑾扶着她站起身来，含笑道："清清，抓紧我。"

沐清漪一怔，还没反应过来，容瑾已经搂着她一跃而起跳下了悬崖。被人搂在怀里，沐清漪依然感觉到在不停地下坠，但是这种飞快坠落的感觉却因为有了一个可以依靠的人而让她丝毫不觉恐惧。

落地的时候，还有些眩晕的沐清漪暂时无法离开容瑾的扶持。

"属下见过城主！"

整齐而肃然的声音传来，沐清漪抬起头望向旁边，不远处的平地上早就恭立着几个穿着黑衣的青年男女，一看便知他们也是天阙城的人。

为首的一个青年男子一脸戏谑地望着两人，笑嘻嘻地道："城主，咱们兄弟从午后一直等到太阳快落山了，还以为你们不下来了呢。"

沐清漪俏脸微红，显然这些人早就知道他们在上面了，只不过碍于容瑾的脾气不敢上来打扰而已。

容瑾冷哼一声，淡淡地扫了众人一眼，道："等我？我让你们等了吗？你们果然还是太闲了。"

为首的男子脸色顿时一变，苦着脸恹恹地闭了嘴。城主什么的最不好玩了，属下连开个玩笑都会遭到城主丧心病狂地打击报复。不过……未来的城主夫人似乎脾气很好。

"属下开阳，见过城主夫人。"

"属下见过城主夫人。"

沐清漪嘴唇僵硬了一下，淡淡道："叫我沐姑娘就行了。"

开阳扬了扬眉，看向旁边的容瑾，一来是询问城主的意见，二来也不乏"城主你怎么还没将人家姑娘拐到手"的意思。

容瑾扫了他一眼，淡然道："听清清的好了。"

"见过沐姑娘。"众人起身道。

沐清漪敏锐地发现，这些人的武功应该都很不错。沐清漪虽然看不出他人的武功修为，但是这些人脸上身上无处不显示出他们都是习武之人。若不是在这幽静的群山深谷之中，沐清漪几乎要以为他们是刚刚从战场上下来的将领了。

"这是什么地方？"沐清漪好奇地问道，直觉告诉她，这里才是容瑾最重要的秘密。

容瑾拉着沐清漪往前方走去，笑道："清清过去看看不就知道了？"

沐清漪点点头，不着痕迹地将头上的花环取了下来。这五彩的花环是很好看，也很有趣，可沐清漪觉得还是不要戴着这玩意儿去见容瑾的属下了，不过她又不忍心随手扔了，一时间倒有些为难。

容瑾含笑取过她手中的花环，转身递给身后的一个黑衣女子，淡定地道："找个地方放好。"

"是，城主！"黑衣女子朗声道，双手捧着花环，仿佛那不是一个普通的野花编成的花环，而是价值连城的王冠。她可不敢想不小心把城主吩咐要放好的东西弄坏了会是什么下场。

其他人同样惊讶地看着一脸淡定，牵着白衣少女往前走的自家城主。

城主什么时候变得这么温柔了？

城主什么时候变得这么体贴了？

城主……好像变得更可怕了！

被某人虐习惯了的众人只觉得温柔的城主大人更恐怖。因为城主的温柔素来都意味着阴谋和令人发指的陷阱。

"他们都很怕你？"沐清漪侧首看着身边的容瑾，含笑道。

容瑾觉得自己很无辜，道："我只是偶尔鞭策他们上进一点儿而已，短短几年时间，把一群整天无所事事只知道吃喝玩乐等死的人调教成这个模样，本公子也很不容易。"

所以，时间越短、成果越好，越是证明这群人确实是被某人惨无人道地折磨过。沐清漪理解地点了点头。

容瑾茫然，总觉得沐清漪对他有点儿误会。

众人总觉得未来的城主夫人是被城主骗过来的，城主夫人肯定不知道城主险恶的真面目。可怜一个美丽、柔弱、天真、善良的姑娘要落入魔掌，跟在后面的众人在心中默默地同情着沐清漪。

众人穿过了狭窄的山涧暗道，眼前顿时一片开阔。几乎一马平川的地方让沐清漪不得不怀疑他们已经离开了西越西南，来到了地势开阔的西越边境。

这里只是一片在群山环绕中相对开阔平坦的盆地而已，远方依然能够看到四面环山的模样，这里简直就是一个天然的、自成一体的天地。宁静的草地上还有许多牛羊甚至是马匹悠然地徜徉着。远处的山脚下修建着许多矮小的房屋，还有许多穿着黑色衣衫的人在房屋前的草地上练武。

“这里……”沐清漪惊叹着。

容瑾笑道：“清清现在知道当年冷天阙为什么会选择在这里修建天阙城了吧？这里是一个有着天然屏障的世外桃源。无论外面如何风云变幻、改朝换代，无论出动多少军队，这里永远都无法被攻破，只可惜……”

沐清漪明了，只可惜聪明过人的天阙城第一代城主没有想到，过度地与世隔绝没有让天阙城因为战乱而毁灭，却因为闭塞和毫无斗志而渐渐衰落。

“你在这里练兵？”沐清漪挑眉道。

容瑾有些无奈地皱眉道：“天阙城本身人口不多，外人更是不可能进来，只能是聊胜于无。”

“多少？”

容瑾抬手比出两个手指头，道：“精锐五千，特殊时候最多可以抽调出三万。”

毕竟，天阙城的居民大多数都是习武的，只要稍加训练，男丁几乎都可以马上上战场，比那些征调的普通百姓要强得多。

沐清漪安慰地拍拍他道：“知足吧，你那些兄弟除了庄王以外，大概连五百都没有。”

庄王也只是因为建威大将军是他舅舅，才有机会染指兵权。西越帝可一点儿也不蠢，兵权全部牢牢掌握在自己手里，皇子们碰都别想碰，没有兵权，再怎么折腾也是徒劳。

容瑾傲然地轻哼一声，道：“如果出其不意，本公子三万大军足够在两天之内攻破皇城。”

毕竟，天阙城距离西越皇城实在不远。不知道如果西越历代皇帝知道当年跟他们抢天下的冷天阙的天阙城就在自己的眼皮子底下，会是什么表情。

沐清漪毫不留情地打击他，道："然后被御林军和皇城附近的驻军前后包抄？"

扑哧，跟在他们身后的开阳忍不住喷笑，在被容瑾狠狠地瞪了一眼之后，他连忙咬着拳头躲到了一边。

这里的建筑并没有天阙城考究和壮观，只是寻常的木制房屋而已。接待容瑾和沐清漪的屋子也是一样的，只是稍微大一些罢了。进了大厅坐下，众人再一次依次向容瑾和沐清漪见礼。沐清漪才知道那个黑衣女子名唤霍姝，竟然是天枢的副手，武功除了容瑾以外在天阙城也能排前三，只是在天枢和开阳之下，与天权几乎势均力敌。

看到沐清漪打量着霍姝，容瑾挑了下眉，道："清清喜欢她？可以让霍姝做清清的随身侍卫，倒是比无心要方便一些。"

"胡闹。"沐清漪淡淡道。

霍姝能成为天枢的助手，在座的众人对她似乎也十分敬重，显然能力不凡。这样出色的女子只是做一个贴身侍卫确实屈才了。

沐清漪有些好奇地打量着眼前的黑衣女子。论容貌，霍姝只能称得上清秀，却带着一丝清淡和坚定的气质，让人知道这必定是一个十分坚强的女子。

面对沐清漪的打量，霍姝倒是有些紧张了。她微微皱了皱眉，方才问道："不知……沐姑娘有什么吩咐？"

沐清漪莞尔一笑，掩唇笑道："听说霍姑娘武功很厉害？"

霍姝低声道："姑娘过奖了，属下的武功是天枢……堂主教的。"

"原来如此，连开阳都赞你的武功好，想必是真的不错。你可愿接手摇光堂？"

"啊？"霍姝一惊，显然没想到沐清漪居然会说这件事。虽然之前天枢也有意让她接手摇光堂，但她毕竟是女子，发出的命令很难服众。霍姝有些疑惑地看了一眼坐在一边的容瑾。

容瑾垂眸，淡淡道："清清的意思便是我的意思。"

沐清漪挑眉道："怎么？不敢吗？"

霍姝连忙摇头，清秀的脸上闪过一丝坚毅，起身单膝跪地沉声道："不是，属下……属下多谢沐姑娘，多谢城主！"

沐清漪满意地点点头，将她拉起来的同时也将一块令牌塞进了她手中。一块通体漆黑的令牌上刻着北斗七星的图案，其中摇光位置的那颗星上镶嵌着一颗紫色的宝石，象征着摇光堂堂主的身份。令牌背面，以古朴的篆体写着"天阙"二字。

"从现在开始，你就是天阙城的摇光了。"

霍姝眼睛一红，道："摇光多谢沐姑娘大恩。"

这原本是霍姝数年以前就应该拥有的，却只因她是女子而落空。她是一个努力上进的姑娘，对此并不是没有丝毫委屈的。这块令牌不仅是对她的能力和努力的肯定，更让她有了与她追随的人并肩而立的资格。

霍姝本身的能力也受到众人的认可，对于她突然高升，众人也没有表现出任何的不满。

“摇光，恭喜。”开阳爽朗地笑道，“既然做了摇光堂堂主，摇光是要跟城主和沐姑娘一起回城的吧？”

相处了两三年，开阳对霍姝的印象也不错。不过这姑娘虽然做事很努力、沉稳，在这里却过得并不太开心，开阳也知道她还是想回天阙城的。

容瑾点点头，要跟着沐清漪的人自然是要一起回去的。见状，霍姝沉静的眼眸也不由得亮了亮。

“开阳，你挑一些人手出来，交给霍姝，回头跟着一起回去。”容瑾吩咐道。

开阳一怔，问道：“城主是要带人出城吗？”

天阙城本身就易守难攻，城中的防御也已经足够，城主要人自然是外面要用。

容瑾点头道：“不错。”

“城主要多少人？”

容瑾思索了一下，皱眉道：“一千精兵就够了。”

“是，属下这就去办。”开阳眼前一亮，飞快地转身而去。

自这个地方开始训练士兵开始，城主还是第一次往外调人，很显然城主要有所行动了。他们这些人虽然常年居于天阙城，对外面没有丝毫了解，但自从城主入主天阙城之后，他们心中还是渐渐起了变化。毕竟都是年轻人，骨子里永远都会藏着雄心壮志的烈火。这些年下来，他们渐渐也都明白了城主要做什么。

沐清漪微微蹙眉，道：“你带一千精兵出去干什么？”

一千精兵用在战场上是杯水车薪，用在别的地方却十分显眼。一千精兵在江湖中足够建立起一个庞大的门派，一千精兵混入皇城，无论再小心都绝对足以引起当权者的警惕。

容瑾笑道：“用处自然大了，可以用来抢九霄仙芝，可以用来欺负魏无忌，还可以带回京城以备不时之需。”

沐清漪没好气地白了容瑾一眼，低头沉吟了片刻，点头道：“知道了，我会想法子安置他们。”

容瑾笑眯眯地道：“辛苦清清了。”

霍姝站在一边惊讶地看着两人交谈的模样，虽然城主的年纪甚至比他们七星堂的几位堂主还要小一些，但是无法否认的是他们都怕城主。霍姝没想到沐姑娘看上去弱不禁风，却能够如此自在地与城主交谈甚至反驳他的提议。果然，能让城主看上眼的人绝不是凡俗之辈。

容瑾淡淡地瞥了霍姝一眼，道：“以后你要对清清的安危负责，不要让我失望。”

霍姝肃然道：“请城主放心，属下誓死保护沐姑娘安全。”

察觉到沐清漪不满的眼神，容瑾想了想觉得自己确实应该对属下好一点儿，于是他理所当然地道：“你若是保护得好清清，本城主便做主将天枢赏给你了。”

嗞——原本在伸手为容瑾拨开肩上长发的沐清漪手一抖，扯下了某人的一撮发丝。

“城……城主……”霍姝原本冷静肃然的容颜顿时比秋熟的苹果还红，手足无措得不知道该说什么，她只得无助地看向沐清漪。

沐清漪淡淡一笑，道：“霍姝，你先去忙吧，我有话想跟城主单独谈。”

霍姝松了口气，感激地看了一眼沐清漪，飞一般地跑了。

“清清……”容瑾委屈地控诉道，“好痛。”

沐清漪没好气地白了他一眼，问道：“你说话长点儿脑子成吗？”

容瑾不悦道：“她喜欢天枢，本城主将天枢赏给她，她不是该感恩戴德吗？”

沐清漪冷笑道:“要是天枢不乐意怎么办？你还记得天枢的地位比她高吧？这些年，七星堂还没造反绝对是因为你大多数时间不在天阙城！”

距离产生了美感，所以天阙城的众人还能自欺欺人地以为他们的城主是英明神武的少年英才。

第八章
九霄仙芝

彭城地处西越中部，以花卉最负盛名，其中更以牡丹为最。现下并不是赏牡丹的季节，菊花却开得颇为艳丽动人。

“几位客官，里面请。”慕华楼是彭城最好的客栈，掌柜的一看到几人衣着不凡，立刻殷勤地迎了上来。

“掌柜的，你们这慕华楼生意可真好。”天璇挑眉笑道。

掌柜的几乎笑眯了眼睛，拱手笑道：“想必几位都是外地来的，这几日正好是一年一次的品菊会，因此客人便格外多，小店儿的生意也才显得特别好。”

彭城以花卉闻名于世，又有花城之称。一年之中几乎每个月都有花卉活动，例如二月品兰会、三月桃花节、四月牡丹会等，因此各地的游客从来不少，这慕华楼作为彭城最好的客栈，自然赚了个盆满钵满。

容瑾挑眉，扫了一眼淡淡道：“原来如今江湖中人都喜好赏花了。”

此时楼中大堂里坐着的一半以上都是带着刀剑的江湖中人。虽然都是人，但江湖中人和寻常富家是一眼就能区分开的。

掌柜叹了口气，摇摇头道：“公子说得不错，这一次也不知怎的，来了许多江湖中人。小店往年的一些熟客只得换了别家客栈落脚。”

而且，这位公子你不也是江湖中人吗？掌柜的在心中默默想着。

寻常百姓多半不愿意招惹江湖中人，往年住在这里的大多数来赏菊的文人雅士因看不惯江湖中人的粗犷，也不愿意招惹他们，自然就搬走了。

“有趣，看来咱们来得正是时候。”容瑾笑道。

天璇点点头，吩咐道：“我们要一个清静的大院子。”

说着，他递上了一张银票。掌柜的一看，眼睛便是一亮，他果然没看错，这群人绝对是贵客中的贵客，一出手就是五百两银票。他连忙伸手接过银票，道：“没问题，正好还有两个十分不错的院子，小的这就命人去准备。”

天璇挑眉笑道：“让人重新打扫干净，别让我们公子住得不舒服。另外，还有我们家的侍卫也要找地方安排。”

掌柜的早就看到了门外还有大半没进来的黑衣男子，犹豫了一下，问道：“不知贵客的侍卫有多少人？”

“六十人。”

掌柜的咂舌，出门在外带着六十人的侍卫队伍，这都能比得上王爷、皇子的排场了。他连忙道：“小的这就去办。这位公子……是先用膳还是先回房歇息？咱们慕华楼的菜肴也是一绝。”

容瑾低头看看沐清漪，道：“那就先用膳吧。”

掌柜的一边殷勤地将一行人请去楼上的厢房，一边吩咐柜台里算账的老板娘亲自去跟后厨打招呼，准备菜肴，不想如此殷勤备至的态度却让在场的另一行人格外不爽。

砰！大厅的一角，一个满脸戾气的中年男子狠狠地将酒壶往桌上一砸，怒道：“掌柜的，你是什么意思？刚刚本大爷要雅间你说没有，现在这几个小子来了怎么就有了？”

“这……”掌柜的脸色一僵，他怎么能说他是担心这人付不起钱才说没有的呢？

倒不是掌柜的狗眼看人低，他开了几十年客栈，能将慕华楼做成彭城第一的客栈，自然有识人的眼光。不说衣着如何，这大汉从气度到神态再到模样，都不像有钱人。

霍姝和天璇对视了一眼，这明显就是来找碴儿的。二人双双上前拦在了那掌柜的和大汉之间，天璇笑道：“这位朋友何必这么大的火气？你看咱们这么多人，这大厅的桌子也坐不下不是？公子、姑娘，先请上去吧。”

容瑾点点头，这样的小角色他还不屑理会，拉着沐清漪就要往楼上走去。

那大汉被天璇拦住，再看看天璇满脸笑意的模样和容瑾冷淡到扫都没有扫这边一眼的傲然，更加觉得天璇是在嘲笑自己。

“走什么走？那个小子是不敢见人吗？还有这两个小娘子，长得可真不错，来陪大爷喝杯酒如何？”

大厅里的众人哄然大笑起来，落到沐清漪身上的目光也就更多了。霍姝看上去便是个秀丽佳人，那戴着面纱的姑娘却明显更加美丽动人。

这些大笑的人却不知道，容瑾隐藏在面具下半垂的眼眸中酝酿着杀气。

沐清漪抬手按下了想要动手的容瑾，淡淡道：“咱们走吧。”

容瑾轻哼一声，转身拉着沐清漪往楼上去了。

后面那男子却不知道自己刚刚逃过一劫，还不依不饶道：“怎么走了，怕了大爷不成？既然怕了，还不让你身边的小娘子过来陪大爷喝酒，说不定大爷心情好……”

“糟了！”看着越说越得意的人，天权猛地察觉到一股凛冽的杀气，低低地咒骂一声，一把抓起天璇便往后退去，同时霍姝也一跃而起远远地退开了。

众人还没反应过来，只见眼前黑影一闪，刚刚还得意扬扬的大汉已经被人拎在了手里，之前已经站到了楼梯上的黑衣青年不知怎的重新到了那大汉跟前，用看似消瘦苍白的手轻而易举地将一个比他高出一大截的彪形大汉掐着脖子拎了起来。

“喀喀……”刚刚还得意非凡的人此时只能痛苦地挣扎着，喉咙里发出喀喀的声音，却连求饶的话也说不出来。

容瑾轻哼一声，慢慢将他放了下来。那大汉腿一软直接跌坐到了地上，若不是脖子还被掐着只怕直接就倒在地上了。容瑾居高临下，淡声问道：“你刚刚说什么？你想喝酒？公子我陪你喝如何？”

男子眼中现出恐惧的光芒，想要疯狂地摇头，脖子上那冰凉的手指却让他连动一下都不能。

容瑾唇边勾出一丝残忍的笑意，一抬手，柜台上一坛陈年美酒便轻飘飘地飞到了手中。在场的众人不由得惊诧：凌空摄物……当今天下能做到的不出十人。

在众目睽睽之下，容瑾慢条斯理地捏开男子的下巴，直接将一坛酒慢悠悠地倒进了他的口中。虽然有不少洒出来了，但男子还是被迫喝掉了大部分。

“如何？好喝吗？”容瑾挑眉笑道，似乎发现了极为有趣的事情。

容瑾随手扔开空酒坛，旁边的天璇已经很有眼色地送上了另一坛。城主很火大，务必通过折磨这个倒霉鬼来息怒，毕竟是他自己惹的祸，不是吗？

容瑾赞赏地点了点头，在众人惊恐的目光中，继续往男子口中倒酒。即便是千杯不倒的酒国英雄，在这么短的时间内被人倒进去一坛酒也是吃不消的，更何况是两坛。在容瑾手中挣扎不能的男子也说不清自己此时到底是就这么死了更舒服一些，还是活着受罪更好一些。

容瑾俊美的眼眸中闪动着只有他手中的男子才能看到的残忍光芒，男子哀求道：“唔……放……放过我……我错了……”

容瑾仿佛没听见一般，手中没有丝毫停顿，仿佛不将整个客栈的酒都灌进男子的肚子里就誓不罢休一般。

男子的脸色渐渐开始发青，被人拎着脖子不停地灌酒，肚子、喉咙、心口没有一处不痛，眼看着就要不行了。

等到容瑾终于觉得够了，随手放开了他，那男子几乎立刻便开始疯狂地呕吐起来。几乎顾不得自己还在浑身无力地呕吐着，那男子恐惧地望了容瑾一眼，跌跌撞撞地往客栈外面奔去。

男子背后，容瑾冷笑一声，袖中几道红芒划过。狂奔中的男子蓦地一顿，然后在所有人的注视下倒地气绝。暗红的血花溅得到处都是，如果有人走近了看，就会发现他整个人已经被砍成了几块。只是那刀法极快，几刀几乎同时落下，整个人才保持得如此完整。

"修罗刀！云隐公子！"有人暗中惊呼道。

银色金纹面具、黑色金纹锦衣，不是云隐公子是谁？不少人在心中暗骂自己有眼无珠，竟然没有早一点儿猜到对方的身份。

无论是百姓还是江湖中人，都很难区分云隐公子是正是邪。他剿过匪，杀过不少大奸大恶之人，可他杀过的好人也不少。像今天这样不过是言语冒犯就痛下杀手，更不是正道中人所为。

容瑾对此却全不在乎，接过霍姝送上的手帕擦了擦手，便转身往楼梯口走了过去，沐清漪还在那里等着他。

众人也有些惊异地发现，越靠近那戴着面纱的白衣少女，云隐公子身上的杀气就越淡。

"这又是怎么了？什么人如此大胆惹得云隐公子大开杀戒？"

门外，传来一个淡定而低沉的笑声。只见一个紫衣男子扶着一个柔弱的白衣少女从外面走了进来，男子路过那地上尸体的时候却连眼皮都没有抬一下，仿佛那不是一个鲜血淋漓的死人，而是一块挡在路上的石头。他身边的白衣少女倒是惊呼了一声，更加靠入他的怀中。

"魏无忌！"容瑾眯眼，冷冷地看着踏入客栈中的人。

魏无忌一笑，淡然点头道："云隐公子，又见面了。"

"魏公子？"

原本躲在一边暗叹自己倒霉的掌柜的飞快地跑了出来，对于生意人来说，魏公子可比这些江湖中人重要多了。魏无忌身为天下首富，手中掌握的财富不计其数。等闲人物只要能够与他扯上一丝关系就受用不尽了，没想到魏公子今天居然驾临慕华楼，当真是让掌柜的有些受宠若惊。

魏无忌含笑点了点头，大部分注意力却依然放在云隐身上。跟云隐打交道也不是一次两次了，魏无忌深知云隐性格莫测，万一他突然在此时发难还真有些不好收拾，毕竟这世上知道魏无忌是个高手的人可没有几个。

魏无忌的目光落到了沐清漪身上，有些惊讶地挑了挑眉，问道：“这位姑娘是？”

面纱下的那双眼睛似乎有些眼熟，但是一时半刻魏无忌也记不起来到底在哪儿见过这个姑娘。但是他可以肯定，这绝对是一位容貌极美的女子。云隐素来都是独来独往的，身边突然多了这么多人还真是有些奇怪。

容瑾轻哼一声，也不理会魏无忌的问题，直接牵着沐清漪的手上楼去了。

身后，天权三人戒备地盯着魏无忌。别人不知道魏无忌会武功，他们的天阙城主跟魏公子可是死敌，他们岂会不知道魏无忌的深浅？

魏无忌有些无奈地叹了口气，道：“云隐公子，好不容易遇上了，连请一杯酒水都不肯吗？在下还想要跟公子谈谈前些日子凌威镖局的事情呢。”

楼上，容瑾冷笑一声，道：“既然如此，你上来便是。”

二楼最大的一间雅间里，容瑾拉着沐清漪坐在主位上，冷眼看着后面进来的魏无忌。天枢、天璇和霍姝也跟着坐在两人的下首。魏无忌摇摇头，也不挑剔，直接拉着千凌在最下方坐了下来。跟着魏无忌上来的两名侍卫就只能在门口站着了。

魏无忌一边打量着沐清漪，一边道：“在下没想到云隐公子居然也会对九霄仙芝有兴趣。”

容瑾冷笑道：“谁说本公子是为了九霄仙芝来的？本公子就不能是为了彭城这一年一度的品菊会而来？”

魏无忌笑道：“若是如此甚好，实不相瞒，九霄仙芝在下势在必得，到时候还请公子不要插手。”

容瑾不知从哪儿摸出来一把折扇，唰的一声打开，悠然地扇了两下道：“这事……不成。”

魏无忌神色微沉：“云隐公子不是对九霄仙芝不感兴趣吗？”

容瑾笑道：“原本是不感兴趣，但是你想要，本公子突然就有兴趣了。本公子怎么知道，你得到它会不会用来提升功力对付我？”

魏无忌低头看了千凌一眼，淡淡道：“公子应该还记得，几年前你那一剑险些要了千凌的命。”

“你是为她找的？”容瑾皱眉轻哼一声，道，“浪费。”

“那么，云隐公子呢？”魏无忌皱眉问道。

容瑾唇边勾起一丝冷笑，道：“本公子的夫人正是芳华妙龄，本公子要试试看九霄仙芝能不能让她从此青春永驻。”

“原来是云夫人，在下魏无忌，失敬。”

沐清漪点点头，淡淡笑道："魏公子言重了，外子素爱胡闹，还请魏公子莫怪。"

魏无忌道了声"岂敢"，看向容瑾皱眉道："难道在云隐公子眼中，一条性命还及不上尊夫人的容貌？若是如此，在下愿意为尊夫人收集天下养颜圣品。"

容瑾嗤之以鼻，道："魏无忌你脑子坏了，在本公子眼中当然是你女人的十条命都比不上本公子夫人的容貌。更何况……那一剑不是本公子刺的吗？若是本公子刺了一剑又给你灵药将她救回来，还不如当初就省了那一剑。"

魏无忌淡淡道："这么说，云隐公子是不打算让了？"

容瑾挑眉道："难不成你还想先下手为强？"

容瑾话音未落，魏无忌便清楚地感觉到坐在一边的那三个男女身上流露出来的敌意和杀气，他们显然不是一般的侍卫。

"无忌……"整个雅间里顿时杀气沉重，身体最虚弱的千凌的一张俏脸早已经白了。

"云隐公子说笑了，此时自然是公子占了上风，既然如此，咱们就各凭手段吧。"看着千凌难受的神色，魏无忌垂眸淡淡道。

"啰唆。"容瑾不屑地道。

魏无忌起身，扶着千凌往外走去。他走到门口方才回头，看着沐清漪若有所思地道："在下是否在哪儿见过云夫人？"

一道阴风险险地从魏无忌脸边刮过，魏无忌淡然一笑，扶着千凌走了出去。

雅间里，沐清漪摘下了面纱看向容瑾，皱眉道："九霄仙芝就在彭城？"

容瑾挑眉笑道："看来彭城要热闹起来了。不是九霄仙芝在彭城，而是莫问情在彭城。"

"莫问情？他不是回药王谷了吗？"

容瑾淡淡道："九霄仙芝本该是药王谷的不传之秘，却几乎一夜之间传遍了大江南北，清清你猜这消息是谁放出来的？"

沐清漪沉吟了片刻，道："药王谷的人，或者是……莫问情自己。不过，莫问情不像会做这种无聊事情的人。"

容瑾点头道："不错，那么只有一个可能——药王谷……出事了。"

"出事？"转瞬间沐清漪便明白了他的意思，"你是说……药王谷的人不服莫问情，想要……"

"没错，药王谷有人叛乱了。"容瑾心满意足地笑道。

沐清漪蹙眉道："就算如此，我们依然不能确切地知道药王谷到底有没有九霄仙芝。"

容瑾挥手道："有没有九霄仙芝不重要，重要的是我们可以趁机做点儿什么。当然……如果有的话自然是最好。"

"你是想……"

容瑾笑容清冷，道："清清要不要猜一猜，这一次皇城里会出来多少人？"

沐清漪恍然大悟，九霄仙芝这样传说可以延年益寿的至宝，有哪一位君王会不动心？

沐清漪凝目沉思了片刻，道："上一次在华国，端王已经拔得头筹，这一次……应该是质王或者庄王吧？你是想……"

容瑾思索着，淡淡道："我觉得很可能是两个一起来。如果得到九霄仙芝献给父皇，父皇必定龙心大悦。老四因为华国的事情，这段日子必定被老大和老二联手打压，肯定出不了京城，不是他们还能有谁？如果能够将其中一个……留在外面，也算不错。"

留在外面，就是永远也回不去了。容瑾竟然想要杀了容璜或者容瑄。

对此，沐清漪倒也不惊讶，只是淡淡问道："你中意哪个？"

容瑾挑眉道："两个都很麻烦，不过……南宫绝更加麻烦，所以还是……容璜吧。"

一个是皇后之子，一个是贵妃之子、建威大将军的亲外甥。他二人背后的势力自然是盘根错节，牵扯深远。若是这两个人出了什么事，确实是很麻烦。但是人在江湖，总是容易出意外的。

西越朝堂上，素来都是大皇子容璜、二皇子容瑄和四皇子容琰三足鼎立的形势，如今容瑾想要入局就必须打破这个平衡，所以容瑄或者容璜必须死。

沐清漪点点头，道："我知道了，霍姝。"

"霍姝在。"霍姝上前，沉声道。

沐清漪淡淡道："仔细留意彭城附近的情形，特别是京城来的人。"

霍姝肃然道："属下领命。"

沐清漪淡浅的眸光扫向天璇和天权，两人心中一凛也连忙起身，道："恭听姑娘吩咐。"

城主大人轻描淡写间便决定了一个皇子的生死，这位未来的城主夫人也同样面色如常，看那模样已经在心里盘算要怎么办了。很明显，这两个人都不是省油的灯。认为城主夫人比较和蔼善良的开阳的眼睛绝对被什么东西给糊住了。

沐清漪嫣然一笑，道："不用紧张，我只是想说你们都常年待在天阙城，对外面也不熟悉，可以趁着空闲多去外面逛逛。另外，天璇，这个给你。你去京城的顾家找一个叫冯止水的人，他会告诉你做什么，你听他的吩咐就是了。"

天璇接过沐清漪递过来的玉佩，虽然有些惋惜看不成彭城的热闹了，却也明白沐清漪吩咐的都是正事，也不多问什么，直接转身出去了。

一个女子被一群男子围着打，那是欺负弱女子，但一个男子被一群女子围着打，又该叫什么呢？

街边的一处空地上，一个穿着蓝色布衣的男子正跟一群女子打成一团。准确地说，是一个男子正被一群女子围着群殴。那男子武功显然很一般，但是轻功还算不错。那群女子武功也很一般，但是她们人多，被围在中间的男子想要逃走也是不可能的。

看清那中间的蓝衣男子，沐清漪脸色微变，秀眉轻蹙。

“清清认识？”容瑾挑眉道。

“太史衡。”沐清漪低声道。

那男子正是江湖百晓生太史衡，江湖人称文华公子。

“这不是彩衣阁薛彩衣那个女人手下的吗？这小子怎么这么倒霉得罪了这群疯婆子啊。”有人忍不住替太史衡惋惜。

彩衣阁是江湖中一个并不大的组织，本身武功也没有什么出奇之处。但是彩衣阁阁主薛彩衣十年前号称江湖第一美人，因此彩衣阁在江湖中也颇有些名气。

彩衣阁只收女弟子，而这些女人对男人普遍怀有敌意，个个心狠手辣。惹上了她们，武功不如她们的自然是死得难看，武功比她们高的只要不是邪派中人谁好意思对一群女人下手太狠？所以，一般的江湖中人对这些女人都是能避则避。

容瑾挑眉道：“太史衡？薛彩衣倒是聪明。”

虽然都传说莫问情就在彭城里，但是谁都没有见过莫问情。太史衡是太史家这一代唯一一个行走江湖的人，不问他问谁？

“太史衡，我们阁主要见你是看得起你，你推三阻四是什么意思？”一时半刻拿不下太史衡，为首的一个紫衣女子厉声道。

太史衡狼狈地躲过了身后刺来的长剑，没好气地道：“我说过了，我不知道莫问情在哪儿！还有，叫薛彩衣那个女人死心吧，她那模样当药王谷谷主的阿姨都够了，莫问情怎么会看上她？”

众人哄笑，原来是江湖百晓生啊，原来彩衣阁阁主喜欢药王谷谷主啊，原来彩衣阁阁主的年纪已经那么大了啊，美人的年纪果然是个秘密啊。

“大胆！”彩衣阁众女子怒斥道。

她们对薛彩衣敬若神明，怎么能容忍太史衡的嘲讽？太史衡一见不好，连忙想要逃走，但是一个人又怎么抵得过七八把剑同时刺过来。

“救命啊！”

江湖百晓生的眼力自然是不差的，他直接朝站在一边看热闹的容瑾和沐清漪扑了过去，大叫：“云隐公子，救命啊。”

容瑾不为所动，太史衡直接躲到了两人身后，一手拉着沐清漪的衣袖道：“好姑娘，救命啊。”

容瑾垂首，眼眸淡淡地从他抓着衣袖的手上扫过。太史衡只觉得手上仿佛有一把刀划过，他连忙松手，尴尬地笑道：“抱歉抱歉，我不是故意的，在下可是个君子。”

“太史衡，躲在别人身后算什么英雄？”

太史衡坚定地站在沐清漪身后，道:“追着一个男人到处跑，你们又算什么女人?难怪莫问情看不上薛彩衣，本公子如果是药王谷谷主，宁愿自插双目也不会看你们一眼。”

太史衡毒舌至此，要是死当真不冤。

果然，那群女子被气得脸色铁青，长剑一指容瑾和沐清漪道：“两位最好少管闲事，让开。”

容瑾漠然地瞥了她们一眼，居然难得地没有计较她们的冒犯。

“清清，咱们走吧。”

太史衡是清清的朋友，容瑾觉得要是动手弄死他的话清清会生气，所以……还是就让他被彩衣阁的女人杀了吧。

沐清漪一阵尴尬，道：“几位姑娘，得饶人处且饶人，这位公子已经说过了他并不知道药王谷谷主的下落。”

那声音悦耳如西山清泉，宁静澄澈如秋夜寒月，太史衡睁大了眼睛，眼中露出一丝惊讶。只以声音便能让人觉得惊艳的少女，无论容貌如何，气质必然是上佳的。而且太史衡可以肯定，藏在面纱下的必定是一副绝色容颜。

为首的女子看了看沐清漪和容瑾，眼中闪过一丝妒意，冷笑一声，道：“彩衣阁办事轮不到你来啰唆。既然不肯让，我就先杀了你！”

说罢，她便一剑朝着沐清漪刺了过来。容瑾皱眉，一手搂着沐清漪，另一只手抬起在凌空而来的剑面上轻轻一弹。原本还气势如虹的女子只觉得整个手臂一麻，手中的长剑颓然落地。同时，一股腥甜涌上她的喉头，唇边溢出了一丝血红。

“唔……”

“大姐，你怎么了？”众女子也顾不得太史衡了，连忙扶着那女子焦急地道，她们惊恐地盯着容瑾，恍然想起刚刚太史衡的话，问道：“你……你是云隐公子？”

云隐公子杀人可是不分善恶、不分男女的，他也没有一般江湖正派人士不对女子下杀手的想法，惹到他的人只有死路一条。

“云隐公子，我等不知公子驾临，多有得罪，还请恕罪。”彩衣阁的人也不是不惜命的。就算再恨男人，面对云隐公子这样的煞神还是只能恭恭敬敬的。

容瑾淡然道：“本公子今天心情好，不杀生。你们走吧。”

“是。”不甘地看了一眼躲在云隐公子身后的太史衡，众女子也不敢再计较，便扶着那紫衣女子匆匆离去。

当然，容瑾也不是真的那么好心放过了那个紫衣女子。一个江湖女子，而且还是颇有姿色又树敌不少的江湖女子，被废了武功之后会是什么下场不用想都知道。薛彩衣可不是心慈手软之辈，不会武功还得罪了云隐公子的女人，还会被养在彩衣阁不成?

没有好戏看了，众人便纷纷散去。虽然有不少人想跟太史衡打探消息，但是彩衣阁得罪不起云隐公子，他们同样得罪不起。

太史衡终于摆脱了彩衣阁众人，立刻笑逐颜开起来，道：“多谢云隐公子和这位姑娘的救命之恩。在下太史衡，有什么需要在下的两位尽管开口。”

容瑾拉着沐清漪转身离去，连眼神都没有分给太史衡一丝。

“嗯？这是什么意思？”太史衡呆立，难道云隐公子没有听出来，自己是在暗示他有什么想知道的尽管问吗？看着那相携离去的一对璧人，太史衡眨了眨眼睛，立刻飞快地跟了上去：“姑娘，好姑娘，请问姑娘芳名。”

“太史衡，信不信本公子将你的眼珠子挖出来？”耳边，容瑾阴森森的声音响起。

太史衡连忙讪讪地收回了盯着沐清漪的目光。

沐清漪有些无奈地摇头笑了笑。太史衡这人平常总是时不时颠三倒四，让人忍不住怀疑他到底是怎么得到江湖百晓生这个称号的，但其实只要接触几次就会明白，他并没有什么坏心。即使是看到美丽的女子，他也仅限于欣赏而已，并不如许多男人一般会生出龌龊的心思。

“好姑娘，我可不可以跟着你们？”看了看一身阴冷气息的容瑾，太史衡还是决定跟沐清漪商量一下。

沐清漪惊奇道：“为什么？”

太史衡苦着脸道：“这段时间找我麻烦的人可真不少，特别是彩衣阁的那群疯女子。我又不是江湖神算子，我这会儿怎么知道莫问情到底躲在哪个角落里啊。”

“莫问情在彭城吗？”

太史衡犹豫了一下，还是点了点头，道：“我虽然不知道莫问情到底在哪儿，但是，他肯定还在彭城。姑娘，带上我吧，我很有用。”

沐清漪微笑道：“江湖百晓生愿意相陪，许多人求都求不来呢。”

“这么说，你同意了？”太史衡大喜道。

沐清漪轻轻点头，侧首看向身边的容瑾。

容瑾有些不满地轻哼了一声，到底没有再说话。

太史衡大喜道：“多谢姑娘，多谢云隐公子。”

沐清漪浅笑道：“不必客气，我姓沐，沐清漪。”

“沐清漪……沐……你是明泽公主？”太史衡震惊地望着眼前的一双璧人。

华国失踪的明泽公主和云隐公子在一起吗？

他们出门一趟就收获了江湖百晓生，也算是一件喜事。一行三人，容瑾脸色阴沉，沐清漪面带微笑，太史衡兴高采烈。

三人一同回到了慕华楼后面的单独院落。看着装潢得丝毫不亚于一般富家庄院的客栈后院，太史衡更加高兴了，道："如今这彭城想要找一家好客栈可真不容易，幸亏跟着云隐公子和沐姑娘了。"

天权和霍姝惊讶地看着眼前这个不知死活的布衣书生，虽然不知道这是何方神圣，不过在城主如此低气压下还敢摸虎须的，想必不是一般人物。

沐清漪淡笑道："这位是文华公子太史衡。"

霍姝恍然大悟，道："原来是江湖百晓生，久仰大名。"

这就难怪城主肯带他回来呢。

太史衡摸摸鼻子，拱手笑道："惭愧，虚名而已。我也没想到云隐公子居然会是……居然会是天阙城城主！"

当今天下，最了解天阙城的大约只有太史家了。太史衡能够猜到容瑾的身份倒也不足为奇。太史衡却宁愿自己没有猜到，如今这江湖已经够乱了，连隐秘了几百年的天阙城都要来插一脚，看来九霄仙芝的吸引力果然十分惊人。

容瑾点点头，盯着太史衡淡然道："既然如此，太史公子，劳驾说说吧，九霄仙芝的事情。"

太史衡苦着脸，小心地看了容瑾一眼，问道："我不说会怎么样？"

容瑾淡笑道："看在清清的分儿上，我不会对你怎么样。"

就在太史衡想要松口气的时候，他听到容瑾阴冷的声音："本公子会亲自将你送给薛彩衣。"

太史衡斯文的脸顿时皱成了一团，他看了看在座的众人，无奈地道："这个……这世上，其实根本就没有九霄仙芝。"

容瑾也不着急，漫不经心地以手指轻叩扶手，淡淡地看着太史衡。

太史衡有些焦急地道："我真的没有骗人啊，从古至今，除了一百多年前的那位还有谁见过九霄仙芝？"

天权道："难道就不能是以前没有人发现过吗？"

太史衡翻了个白眼，道："那东西若真有那么神奇，总不能是一夜之间长出来的吧？怎么那么巧几千年没有出现过的灵药突然就百年一出了？最重要的是……除了当年的天下第一高手韩问天，从来没有第二个人见过九霄仙芝！"

容瑾淡然地点头道："言之有理，那么……太史公子不妨再跟本公子说说，当年的韩问天是怎么从一个普通的高手在极短的时间内变成绝世高手的，甚至……还能活那么久，青春永驻？"

"这个嘛……"太史衡沉吟了许久，方才道，"其实关于这个，太史家也研究了许久。延年益寿、增强功力的宝物并不是没有。药王谷的长春丹，就可以让人在六十岁的时候保持着三十岁的容颜。另外，紫玉参和千年灵芝，据说都有增强功力之效。所以，太史家怀疑当年韩问天确实是寻到了一处藏宝的洞天福地，不过里面应该是一些珍稀药材和武功秘籍，并没有让人一步登天的九霄仙芝。”

“难道韩问天是骗人的？”霍姝疑惑地道，“他为什么要骗人？”

太史衡轻哼道：“九霄仙芝已经被他吃了，谁也得不到了。但是如果他说他得到的是武功秘籍，你说会怎么样？”

霍姝没好气地叹了口气，道：“真是讨厌，原来是捕风捉影。”

太史衡得意地扬眉道：“这种明显就是谎话的事情居然也有人相信，果然，江湖中人的脑子……真是不能期望啊。”

大厅里，四个“脑子不能期望”的人同时变了脸色，神色不善地看向兀自得意的太史衡。

“这件事……你告诉过哪些人？”容瑾声音轻柔地问道。

太史衡一怔，摇头道：“没告诉过任何人，我说了也没有人信啊。”

所有拦住他的人都只知道问九霄仙芝到底在哪儿，从来没有人问过到底有没有九霄仙芝。

“那么，从现在起忘掉刚刚的话。”容瑾柔声道。

“什么意思？”太史衡不解道。

容瑾平静的视线却让他不由得毛骨悚然，容瑾悠然道：“既然药王谷说了有九霄仙芝，那就是有，明白了吗？”

“明……明白了。”太史衡苦着脸点头，开始有点儿怀疑自己选择跟着云隐公子是不是正确的，但再想想跟在他后面追了他好几天的那群母夜叉，还是觉得跟着云隐公子安全一些。至少……清漪姑娘还是十分友善的。

看到沐清漪对自己温和地微笑，太史衡在心中默默安慰自己。

“清清可是失望了？”遣退了众人，容瑾看着沉思中的沐清漪轻声问道。

沐清漪淡淡一笑，轻叹道：“说不失望自然是假的，不过……也不算意外。”

这样近乎传说的异宝出现得太突然了，就算真的有，也不是那么容易得到的，没有……也在意料之中。

容瑾柔声道：“清清不用担心，慕容熙的病总会有法子的。大不了，回头本公子帮你去绑了莫问情就是了。”

沐清漪无奈地笑叹道：“现在连表哥他们在哪儿都还不知道呢，倒也不急着说这个。倒是你自己，难道你就不担心吗？”

容瑾笑道：“我的身体我自己知道，活不舒坦，也死不了。”

摘下面具，容瑾脸上的笑容淡淡的，没有丝毫勉强之意——这是完全放弃了才会有的接受和释然。见过容瑾几次程度不一的发病情况，沐清漪不知道一个八岁的孩子是怎么撑到现在的。如今的这份淡然，只怕也是长时间被痛苦磨砺之后的绝望。

沐清漪伸手轻轻握住容瑾微凉的手，柔声道："会好的。"

容瑾淡淡一笑，握住她的纤细素手没有说话，有些空旷的大厅里却萦绕着一种淡淡的名为温馨的气氛。

慕华楼里如往日一般宾客满座，一个白衣男子从楼下走了上来，原本还熙熙攘攘颇为热闹的二楼立刻安静了下来。

那男子一身白衣若雪，面容冷如冰霜，整个人给人一种只可远观的距离感。他扫了楼上的众人一眼，最后目光在窗口的一桌停顿了一下，走到角落里一个没有人的位置上坐了下来。

"莫……莫问情。"太史衡低声叫道。

药王谷谷主虽然天下闻名，但是真正见过莫问情的人并不多。

莫问情点了一杯清茶，独自一人坐在角落里饮茶，仿佛周围一切探究的目光和议论声都跟他无关。

魏无忌赞赏地点了点头，道："药王谷谷主果然是风采绝伦。只可惜，这样的人……却不该涉足红尘。"

沐清漪点头赞同，莫问情生性冷漠，对周遭的事物都漠不关心，给人一种游离于世外的缥缈之感。这样的人，本该是隐世不出的高人，涉足这滚滚红尘，难免给他带来无尽的困扰。

"莫问情出现了，薛彩衣也不远了吧？"太史衡轻声道。

魏无忌挑眉道："在下与彩衣阁阁主也有过一面之缘，她确实是难得一见的绝色佳人，倒是没想到太史公子畏之如虎。"

太史衡苦笑道："彩衣阁的女人，整个江湖上谁不畏之如虎？"

以魏无忌的财势，就算最骄傲的公主在他面前也要收敛三分，区区彩衣阁何足为惧？

果然，不一会儿一群身着各色衣衫的美丽女子走了上来。最后上来的一个女子穿着一身白色衣衫，容貌艳丽无比，眉眼间带着无尽的妩媚风情。千凌的柔美纤弱让人想怜惜，她的妩媚妖娆却更容易让男人痴迷。只是这样的绝色本该是艳丽无比的华贵牡丹、春睡海棠，然而此时她穿着一身如雪的白衣，倒是生生将她原本的风情压下去了两分。

薛彩衣走上楼来，并没有看楼中的任何人，甚至连天下首富魏无忌也只是淡淡地扫过，目光定定地落在了角落里那一身白衣胜雪的冷漠男子身上。

薛彩衣缓步轻移，走到莫问情的桌边，娇声道："莫谷主，近来可好？莫谷主竟然驾临彭城，为何不到彩衣阁小聚一番？"

莫问情慢慢抬起头来，平静地看着薛彩衣。薛彩衣轻咬着樱唇，站在桌边望着他，眼中带着一丝期盼的光芒。

众人不禁暗暗羡慕这白衣男子好艳福，虽然彩衣阁的名声不太好，但薛彩衣实打实是个绝色大美人。

就在众人竖起耳朵，想要听莫问情说什么的时候，莫问情冷淡的声音在楼中响起："你是谁？"

"噗！"

楼上喷水的绝对不止一个人，太史衡轻咳了几声有些愧疚地看向沐清漪。沐清漪浅浅一笑表示无碍，有碍的是魏无忌的扇子。太史衡将茶水喷出的瞬间，魏无忌将手中的黑金折扇一展挡在了沐清漪的跟前，结果沐清漪丝毫没有被茶水波及，魏无忌的折扇和衣袖却遭了殃。

"多谢公子。"沐清漪浅笑道。

魏无忌淡淡道："举手之劳。"

"莫问情居然不认识薛彩衣！这不对啊，莫问情明明见过薛彩衣。"

若是他们没有见过，以薛彩衣的骄傲怎么可能到处追着男人跑？太史衡也记得，莫问情似乎还曾经为薛彩衣看过病，这才引得绝色美人芳心暗许。

"见过也不一定就能记得啊。"霍姝理所当然地道。

另一边，莫问情侧首看了一眼他们这边的桌子，目光在沐清漪身上停顿了一下，依然平静无波。

薛彩衣却是娇颜惨白，咬着唇望着莫问情，有些艰难地道："你……你不记得我？"

莫问情挑眉，那神色仿佛是在说：我见过你吗？

薛彩衣颤声道："我是薛彩衣，我是想……多谢公子五年前的救命之恩。"

莫问情皱眉，沉思了许久，脸上方才闪过一丝了然。

薛彩衣欣然道："你想起来了，是不是？"

莫问情点头道："你不用谢，我收了你一万两白银。"

众人哄然，真是太不怜香惜玉了。美人明显想要以身相许，这位却说什么银子，真是太俗气了！

薛彩衣有些难堪地道："救命之恩，岂是一万两银子可以抵销的？"

莫问情皱眉，显然是有些不悦，淡然道："既然如此，你可以再给我一万两！"

"薛阁主，你直接告诉莫谷主，你想要以身相许不就行了。"不知道是谁，阴阳怪气地起哄，众人也是一片附和。

薛彩衣娇颜微红，欲说还休地望着莫问情。

莫问情丝毫不为所动，道："药王谷诊病，只收银子，不收人。"

薛彩衣脸色一白，身子也不由得晃了晃。

"莫问情，我们阁主对你一片真心，你太不识抬举了！"薛彩衣身后，一个女子怒斥道。

莫问情抬头，问道："她的真心，与我何干？"

如此冷漠、不近人情的话语，稍微有点儿人性的男人大概都不能在这样的绝色美女面前说出来。莫问情不但说出来了，而且说得十分自然，十分理所当然。

薛彩衣大概这辈子也没有被人如此忽视过，而眼前这个冷傲的白衣男子，却看着她一脸漠然地说"与我何干"，这让薛彩衣又羞又怒，同时心中却更加坚定了要得到莫问情的决心。

征服欲，并不是只有男人才有的。

"莫问情！你好无礼！"

薛彩衣并没有动怒，她身后的彩衣阁众人却已经忍不住了，若不是阁主当前，只怕早就拔剑冲上来了。

薛彩衣抬手，挡下了身后想要冲上前来为自己出气的属下，幽幽地望着莫问情道："莫谷主，可是嫌弃彩衣配不上你？"

虽然这么问，薛彩衣的语气中却没有半点儿觉得自己配不上的意思。莫问情未必是江湖第一美男子，她薛彩衣却是实打实的江湖第一美女。

莫问情有些不耐烦地皱了皱眉，起身准备离开这里。他进来坐在最角落里本就想安静地待一会儿喝杯茶，既然得不到安静，他自然也就要走了。

"莫谷主……"见莫问情要走，薛彩衣也有些急了。她不顾面子在大庭广众示爱，若是莫问情就这么走了，那她当真就成了江湖中的笑柄。薛彩衣咬了咬唇角，低声道："莫谷主不担心九霄仙芝的事情吗？我彩衣阁愿意全力帮助谷主。"

"不必。"莫问情随手推开薛彩衣往楼梯口走去。

自己投怀送抱还被人无情地拒绝，薛彩衣妖娆的俏脸顿时一阵青一阵红，她咬牙道："莫问情，你站住！"

眼看着就要打起来了，坐在窗口的沐清漪这桌的魏无忌突然开口笑道："薛阁主，你们要动手好歹也去外面，若是伤及无辜可就麻烦了。"

薛彩衣一怔，这才回头看到魏无忌。之前她自然也看到了魏无忌，只是所有的注意力都在莫问情身上，并没有认出他罢了。此时认出来魏无忌，薛彩衣的态度自然就缓和了很多，柔声道："魏公子，见笑了。"

魏无忌笑道："哪里！莫谷主，幸会。"

莫问情回头，点了点头并没有说话。薛彩衣却已经先一步注意到了坐在一边一直没有说话的沐清漪。同行相忌，美人相轻，即使沐清漪蒙着一层面纱，薛彩衣依然能够感觉到这是一位足以跟自己相提并论的美人。

一股无名的妒意从心中升起，薛彩衣盯着沐清漪笑道："这位姑娘是……"

一个彩衣阁的女子连忙上前，在薛彩衣耳边低语了几句。

薛彩衣脸色微变，道："原来是云隐公子的夫人，真是幸会了。"

沐清漪浅浅微笑，道："薛阁主，幸会。"

那声音温婉柔媚，沉稳中带着一种少女的清越。

薛彩衣紧紧地盯着沐清漪道："云夫人可否将面纱取下来，让小女子一睹芳容？"

沐清漪皱眉，有些不悦地道："薛阁主这个提议是否有些过分了？"

薛彩衣笑道："云隐公子丰神俊朗，想必云夫人也是国色天香，让小女子见识一番又何妨？"

霍姝冷笑一声，道："我们夫人身份尊贵，又岂能轻易抛头露面？"

薛彩衣神色微变，咬牙切齿地道："倒是小女子冒犯了。"

身份尊贵……薛彩衣最恨的便是身份尊贵的女人。她有绝色之姿，有不错的武功，有不错的谋略，本该天生就是人上之人，但是她唯一没有的就是尊贵的身份。

虽然江湖中人对于身份尊卑看得远比寻常人要淡得多，但是真正名门大派的世家公子却谁都不愿意娶一个没有任何背景的女子做正妻。

就在众人以为此事到此为止的时候，薛彩衣却突然发难扑向沐清漪。

"放肆！"霍姝怒斥一声。

薛彩衣冷笑一声，手腕一翻向沐清漪的脸上抓去。霍姝脸色微沉，抬手几个回合间紧紧地扣住了薛彩衣的手腕，一掌拍了过去，薛彩衣被逼退的同时却也将沐清漪脸上的面纱给带了下来。

"好功夫。"退出几步远，薛彩衣盯着霍姝冷笑道。

霍姝坐着而薛彩衣站着，原本薛彩衣就比对方要有优势，却依然被对方几招就打退回来，只能说明霍姝的武功比她高。握了握隐隐作痛的手，薛彩衣侧首看向霍姝旁边的沐清漪。

二楼一片寂然，众人望着那面纱下显露出来的清丽面容，一时间有些回不过神来。这位号称云隐公子夫人的女子显然远比薛彩衣更适合穿白色的衣衫。她白衣若雪、青丝如云，眉不画而黛、唇不点而朱，琼鼻星眸，气质更是沉静如月、温雅幽静，只是看上一眼就能让人觉得心中莫名少了几分烦躁，多了几分宁静和喜悦。

如此美人……薛彩衣江湖第一美女的称号果然要保不住了。不少人有些同情地看向薛彩衣，人家不给看你非要看，现在看了果然是自取其辱吧？

"明泽公主果真是绝色无双，云隐公子好福气。"魏无忌淡淡地赞道。

沐清漪没好气地瞥了一眼唯恐天下不乱的魏无忌。

魏无忌却是淡淡一笑不以为意，他并不全是想要看好戏，这一句赞叹也是当真的。眼前的沐清漪虽然容颜未变，但是风采似乎远胜当初在华国京城总是光华内敛的明泽公主。之前在华国京城的明泽公主，美则美矣，但大多数时候总还是让人觉得缺了些什么。眼前的少女一颦一笑却都带着无可比拟的优雅气韵，以及只有真正世代簪缨的书香门第才有的底蕴和气质。肃诚侯府能养出这样的女子，却也不得不让人啧啧称奇。

魏无忌一声“明泽公主”，更是让所有人都将目光落在了沐清漪的身上。江湖中人不理朝堂事，但公主总还是知道的，帝王之女，果然当得起一句身份尊贵。

沐清漪嫣然一笑，挑眉道：“魏公子谬赞了，不过……若是知道魏公子如此盛赞别的女子，千凌姑娘难免要伤心了。”

魏无忌想这女子当真是半点儿亏也不肯吃，无奈地苦笑，道：“千凌性子有些敏感，若有什么得罪的地方，还请姑娘见谅。”

沐清漪笑道：“无妨，魏公子不介意就好。”

她跟千凌无亲无故，看得顺眼就看看，不顺眼就算了，只要魏无忌觉得没问题就行了。

被晾在一边的薛彩衣脸上的神色变幻不定，她回头看向莫问情，却见莫问情似乎并不急着走，反而也在打量着沐清漪。她心中不由得更怒，冷笑一声，道：“云夫人跟魏公子的关系倒是不错。”

沐清漪凝目，淡淡道：“几面之缘，何谈不错？”沐清漪朝着薛彩衣嘲弄地一笑，道，“其实我跟莫谷主的关系更不错。莫谷主，别来无恙。”

一直神色冷漠的莫问情脸上的寒意居然淡了两分，他淡淡点头道：“救命之恩，莫问情没齿难忘。”

薛彩衣咬牙，手指微微一动却还没来得及有任何动作就已经被一只微凉的手握住了。她侧首看到莫问情冷漠的脸，他说道：“你若是不想要这只手了，就尽管动手试试。”

“你……莫问情，我不会放弃！”在众人幸灾乐祸的戏谑眼神下，薛彩衣终于经受不住，咬牙冲下楼去。

莫问情皱了下眉，不以为意。莫问情看了一眼坐在那边的沐清漪，犹豫了一下还是转身下楼去了。他现在麻烦缠身，不宜与人太过接近，特别是在沐清漪不会武功的情况下。

沐清漪自然也明白莫问情的意思，领情之余更加觉得莫问情这人绝不是与慕容煜同流合污之辈。沐清漪想了想，问道：“莫问情和华国恭王慕容煜是什么关系？”

在座的三人都是一怔，有些不明白沐清漪问的是谁。霍姝摇了摇头，天阙城的消息还没有细致到这种程度。魏无忌挑眉，若有所思地看着沐清漪道：“沐姑娘问这个做什么？”

沐清漪淡淡道：“随便问问。”

魏无忌摇头道：“莫谷主和慕容煜的关系……姑娘怎么会认为他们有什么关系？”

沐清漪挑眉道：“他们若是没关系，以莫问情的性子怎么会救慕容煜？”

莫问情救了慕容煜这事魏无忌自然知道，但是魏无忌没想到，沐清漪居然也知道其中的内情。

旁边，太史衡沉吟了一下，淡淡道："药王谷的前代谷主，也就是莫谷主的父亲曾经在华国待过几年。而且……论年龄，莫谷主应该就是那个时候出生的。另外，前代药王谷谷主终身未娶。"

"莫问情是华国人？"

"莫谷主的母亲很可能是华国人。"太史衡耸肩道。

他只负责说出他知道的，至于其他的猜测那是他们自己想象的，跟他没有关系。

魏无忌扬眉，笑道："有趣！那么，莫问情有没有可能跟慕容煜有血缘关系？表兄弟……或者是……同母异父的兄弟。"

朱氏医术不凡，甚至连九阳散魂草那样的毒药都能够找到，足以证明她绝对不是自学成才，至少有一个神医级别的人教导过他。如果这个人是前代药王谷谷主的话，那么朱氏的医术如此也就说得过去了。

只是……谁能想到药王谷谷主莫问情会有这样的身世？

虽然沐清漪的猜测也基本与魏无忌相差不多，但是沐清漪并没有说出来。她只是淡淡道："魏公子，无凭无据的事情……没有意义。"

魏无忌挑眉，似笑非笑地看着沐清漪道："看来沐姑娘对莫谷主的印象不错。"

相交几次，魏无忌怎么会看不出来沐清漪对自己暗藏的警惕。她如今却肯替莫问情说话，显然在这位明泽公主眼中，本该跟她敌对的莫谷主给她留下的印象比他要好得多。不知怎的，这个想法让魏无忌略感不悦。

"莫谷主走了，魏公子不去看看吗？"沐清漪挑眉笑道。

魏无忌不疾不徐，淡然笑道："何必急于一时。"

"魏公子随意。"沐清漪也不在意。

魏无忌若有所思地打量着她道："似乎，沐姑娘对此并不感兴趣？"

沐清漪道："此事有云隐打点便是，我何必多费心思？"

魏无忌有些无奈地摇头，彻底放弃了想从沐清漪这里套话的想法。

楼下大街上传来一阵整齐的马蹄声，沐清漪扬了下眉，心想：能在城中跑马的人，想必身份不凡。

太史衡探出窗口望了一眼，笑道："九霄仙芝果然名不虚传，连皇家的人都来了。"

沐清漪站起身来，走到窗边望过去，果然是容璜和容瑄各自带着一群侍卫策马而来。一般江湖中人虽然不待见朝堂上的人，却也不愿与皇家为敌，这两个人带着侍卫直接策马进城，倒也没有人出来跟他们为难。

太史衡皱眉道："这两位……应该是质王和庄王吧？"

西越帝的皇子年龄相差颇大，与眼前这两个人匹配的也只有皇长子质王和皇次子庄王了。

沐清漪点头道：“确实是这两位。”

“这两位不是应该去彭城的太守府歇息吗？为什么会跑到客栈里来？”

沐清漪笑道：“客栈里人多。”

慕华楼的掌柜也不知今年是吉星高照还是霉运当头，平日里求都求不来的大人物这几天源源不断地往他这楼里住。高兴之余，掌柜的也不由得胆战心惊，要知道，这些人没有一个是好惹的。今天来的这两位就更不得了了，这二人是当朝皇子，而且还是相当有实力的皇子。

掌柜的小心翼翼地将两个人引到楼上，往雅间里请。

容璜剑眉微皱，淡然道：“不用了，咱们坐外面就行了。”

掌柜的连忙赔笑道：“这怎么好，外面嘈杂，万一冒犯了两位王爷……”

容瑄不耐烦地道：“废什么话！本王在边关什么样的环境没见过，害怕这点儿吵闹？”

不管本性怎么样，西越帝的皇子倒鲜少有吃不了苦的，因为成为西越帝的儿子本身就已经很苦了。

“是，小的这就去办。”

客栈本就是人来人往的嘈杂之地，容璜和容瑄自然也不会在这里谈什么机密的事情，只是坐着喝茶闲聊几句罢了。他二人对于坐在他们身后不远不近的沐清漪等人却是半眼都没有多看。这两位论年龄也已经过了年轻小伙子喜好美色的时候，重新戴上面纱看不清容貌的沐清漪自然也不会吸引到他们太多的注意力。

等到消失了一上午的容瑾带着天权慢悠悠地晃上楼来，他一眼便看到了坐在窗口位置的容璜和容瑄。这两位虽然不挑地方，但是那身为皇子的傲气却也没有跟着放下，依然是一身亲王袍服生怕别人不知道他们是天家皇子。

容瑾挑了挑眉，看向不远处朝自己浅笑的沐清漪。沐清漪抿唇一笑，淡淡地瞥了一眼不远处的容璜和容瑄。

容瑾这样的人，原本就是无论走到哪儿都注定要成为别人注目的焦点的，即使戴着面具让人根本看不清容貌，只那份令人窒息的气势也足够吸引所有人的注意力了。

原本还相谈甚欢的容璜和容瑄也停了下来，打量了容瑾片刻，容瑄方才笑道：“这位公子，过来一起喝杯酒如何？”

容瑾扬眉，淡然道：“多谢，不必了。”说完，他大摇大摆地走到沐清漪身边坐下，只当没看到坐在对面的魏无忌，柔声问道：“清清今天可还好？”

沐清漪点头笑道：“看了一场好戏，还不错。”

容瑾眼眸一闪，含笑道：“哦？什么样的好戏让清清如此高兴？”

沐清漪轻哼一声，没打算跟他解释。

旁边，霍姝收到容瑾疑惑的目光，连忙低声将之前发生的事情禀告了一遍。

容瑾皱眉，冷笑一声，道："原来是薛彩衣那个女人。"

沐清漪笑道："彩衣阁阁主倒当真称得上江湖第一美人。怎么？云隐公子和她有交情？"

容瑾嗤笑道："她若是早些嫁人，儿子都能跟本公子差不多大了，本公子怎么会跟她有交情？"

"是吗？"

"清清这是在吃醋吗？"容瑾笑眯眯地问道。

"吃醋？"沐清漪挑眉。

容瑾愉悦地笑道："难道不是吗？不然清清为什么那么关心本公子跟薛彩衣有没有交情？"

沐清漪沉吟了片刻，点头道："嗯，确实是有点儿酸，云隐公子要陪我一起吃吗？"

容瑾顿时觉得心旷神怡，欢快地道："这是自然。"

清清身边的人，无论是顾秀庭、慕容熙，还是南宫羽、哥舒翰和莫问情，一个个都是那么令人讨厌。容瑾心里还当真是有些酸。

沐清漪点头道："很好！霍姝，去取一碗醋过来。公子渴了。"

呃……

渴了……需要喝醋吗？太史衡同情地看着云隐公子，难怪这位沐姑娘能成为云隐公子的未婚妻，这也不是一个好惹的角色。

霍姝看了看容瑾有些呆滞的眼神，再看看自家沐姑娘含笑的眼眸，掩唇偷笑着起身而去。

不过片刻工夫，一碗又香又浓的醋便送到了容瑾的跟前。

沐清漪微笑道："喝吧。"

"清清，可不可以不要？"容瑾哀怨地道。

沐清漪微笑道："这么说，云隐公子不吃醋了？"

容瑾咬牙道："吃！谁说本公子不吃！"

容瑾深吸了一口气，一把抄起桌上的醋碗，直接一口往嘴里灌。

咝——

周围的人不由得对这位凶残的云隐公子有了几分同情和钦佩。整碗醋有多难喝，没喝过的人是绝对不能明白的，但只要想想就可以领略其中的三两分滋味。

"清清……"容瑾苦着脸，虽然戴着面具看不到他的俊脸，但那双眼睛里清清楚楚地写着委屈和控诉。

沐清漪轻叹了口气，亲手递上一杯温热的茶水。容瑾连忙接过漱了口，再狠狠地灌上了两口，才感觉那股难以言喻的感觉好了一点儿。舒服点儿了的容瑾立刻想起自己刚刚的模样都被魏无忌看到了，立刻眯起眼丢过去威胁的眼神：看什么看？再看本公子把你们的眼睛全挖出来！

魏无忌低头闷笑不语。

云隐公子还是那么凶残，明泽公主，赶紧把他带回去使劲调教吧！刚刚同情某人的众人深深地觉得自己是傻瓜。

彭城是个花城，对于城中的百姓来说，每年的各种花会是比什么都重要的事情，即使今年来赏花的文人雅士可能寥寥可数，原定的品菊会也不能就此耽搁了。

这几天，彭城内外好戏连台，不过所有的戏码都是围绕着一个人上演的——药王谷谷主莫问情。

莫问情先后遭遇的各种刺杀、围攻数不胜数，不只是一些没什么名气的小帮派和绿林众人，甚至不少名门正派也暗中插了一脚。莫问情的武功虽然不算绝顶却也是一流，更兼那一手出神入化的毒术，死在他手里的人已经不计其数。只怕彭城之事过了之后，药王谷谷主的头上又要多出来一串什么魔之类的头衔了。

连日的腥风血雨，让本该风雅怡人的品菊会也无端多了几分血色。

品菊会当天风和日丽，是个难得的好日子。城中的百姓早早地将自己家里养的各种菊花搬出来放到大街两侧供人们观赏。更有不少远道而来的爱菊雅士也带着自己精心培植的菊花来共襄盛举。仿佛一夜之间，整个彭城都被淹没在了菊花的海洋之中。举目望去，无处不见各种妖娆多姿的花中隐者。沐清漪和容瑾便在这样的花海之中携手而行，十分悠然自在。

“您二位可是云隐公子和云夫人？”几个穿着官差服饰的男子走了过来，朝着沐清漪和容瑾恭恭敬敬地拱手一揖。

或许是那声“云夫人”取悦了某人，容瑾难得好心情地挑眉道：“何事？”

男子恭敬地道：“太守大人已经为二位准备好了最好的赏菊位置，还请两位赏脸移驾。”

容瑾侧首去看沐清漪。沐清漪浅笑道：“有劳太守大人费心，如此，就请这位大人领路吧。”

男子连忙道“不敢”，侧身请两人先行。

彭城的这位太守大人果然了得，沐清漪和容瑾到达会场的时候，只见整个会场都掩映在各色娇艳的花海之中。会场正前方的看台上，已经坐了不少人。放眼望去，魏无忌和千凌、容瑄和容璜，还有一位身着战袍一看就是武将的中年男子，另两个空位置自然就是留给容瑾和沐清漪的。就连那些江湖中的名门豪杰以及一些有名望的文人雅士都要往下一些坐在次一等的位置上，给容、沐二人留的果然是好位置。

沐清漪暗叹这位太守大人机变过人。有两位皇子、一位天下首富、一位绝顶高手和一位将军坐镇，这些江湖中人想要闹事只怕也要掂量一下了。

容瑾附在沐清漪耳边，低声道："那个……是镇守彭、渝、青三州的平戎将军孙泽陵。他手下统领着二十万兵马，可比南宫绝那个被皇帝架空的建威大将军有实权多了。"

南宫绝确实是名震天下，甚至还兼任西越兵马大元帅，但除非战事紧急，这几年南宫绝几乎都被西越帝留在京城，连兵权的边儿都碰不到，哪里有这些真正手握重兵的将军自在？

这个孙泽陵看上去也不过三十出头的模样，眼神凌厉，气势磅礴，一看便知能力不弱，只怕再过个十年八年，又是西越的一代名将。

沐清漪看着容瑾挑了挑眉，道："你想拉拢他？"

容瑾摸摸鼻子，含笑不语。

容瑾和沐清漪的位置碰巧在魏无忌和孙泽陵之间，与容瑱和容瑄隔开。

千凌一如既往地惧怕容瑾，纤弱的小脸白了白，笑得有些勉强，朝沐清漪点了点头，道："沐姑娘、云隐公子。"

沐清漪含笑道："魏公子、千凌姑娘。"

魏无忌笑道："两位倒是来晚了一些。早些知道两位也会过来，咱们就一起走了。"

沐清漪笑道："虽然来迟一步，但也还不算晚。倒是千凌姑娘气色不太好，可是有什么不适？"

千凌沉默地摇摇头，沐清漪心中一笑，有容瑾在身边，果然连千凌都变得不那么讨厌了啊。因为在容瑾面前，千凌根本就不敢说话。

"这位公子便是闻名西越的云隐公子？"坐在旁边的孙泽陵突然开口道。

容瑾侧首看了他一眼，挑了下眉没说话。

沐清漪回头淡淡一笑，道："孙将军，久仰大名。"

孙泽陵扬眉，似乎有些挑剔地看着沐清漪道："哦？云夫人也听过在下的名字？"

沐清漪面不改色，淡淡道："孙将军镇守西南边境，大小数十战从无一败，西南百姓受将军庇佑才能安然度日，谁人不知？"

"姑娘谬赞了，都是在下分内之事罢了。如此如花美眷，云隐公子好福气。"

虽然两位都是当世俊杰，但是这云隐公子的眼光明显比魏无忌好得多。

"多谢孙将军，能得清清相伴，确实是本公子的福气。"容瑾望着沐清漪，含笑道。

如此爽快倒是让孙泽陵多了几分好感，他哈哈笑道："云隐公子好爽快，将来两位大婚之日，在下可要来讨一杯水酒。"

"这个自然。"容瑾举杯与孙泽陵轻轻碰了一下，淡笑道。

孙泽陵是个武将，并没有文人那么多的弯弯绕绕，他觉得容瑾是个江湖中人，与他没有什么利益瓜葛，正好两人也算投缘就兴致勃勃地聊了起来。最后，孙泽陵甚至直接将凳子挪到了容瑾这一桌来拼桌，横竖他一个人坐着也有些无趣。

沐清漪也不在意，容瑾和孙泽陵说话，她便安静地坐在一边听着，为两人斟酒，偶尔也能插上两句，倒是让孙泽陵更加惊讶。寻常女子若说到诗词歌赋可能还有几分天赋，但若是说到行军打仗、治军理事，往往一脸茫然、词不达意。沐清漪显然也是个外行，但她偶尔说出的话依然很有见地。她既不急于表现自己，也不会畏畏缩缩不敢说话，不知道的也不羞于问，这样的女子倒是世间少见。

旁边一座的千凌望着这边，脸上柔弱的笑容更多了几分僵硬。魏无忌与容瑾说不上什么话，只得侧首到另一边跟容瑄和容璜闲聊。千凌却无法像沐清漪一样自在地参与到男人的交谈中，不仅是因为千凌本身并没有沐清漪那样丰富的学识和强大的能力，更因为身为皇子的容璜和容瑄远比孙泽陵这个将军更加看不起女子，岂会给千凌插话的机会？

“无……无忌。”千凌低声道。

魏无忌低头，看着眼中泪光闪动仿佛快要哭出来的千凌，轻声道：“怎么了？”

千凌咬了咬唇角，道：“你……能陪我出去走走吗？”

魏无忌微微皱眉，道：“品菊会马上就要开始了，这会儿离开恐怕不太好。你是哪儿不舒服吗？我让人先送你回去？”

“不……不用了。”千凌的声音已经带着几分哭腔了。

旁边的容瑄皱了皱眉，千凌的来历他们自然是知道的，魏无忌身边的一个从小侍候的丫头，居然越过无数想要嫁给魏无忌的名门千金、郡主、公主，成为未来的魏夫人。若是千凌当真有那个能力、气度也就罢了，但是这副要哭不哭的模样，分明是酒楼歌姬的手段罢了。容瑄着实不明白魏无忌到底看上她哪点，不过这是魏无忌自己的事，也轮不到旁人多言。因此容瑄也只是轻哼了一声，侧首去和容璜说话。

千凌自然也察觉到了容瑄不屑的表情，立时脸色泛白，眼睫轻颤，泪珠欲落不落，好不可怜。

“清清喜欢什么样的菊花？”

沐清漪看了看容瑾，想了想道：“墨菊吧。”

其实，沐清漪原本更喜欢名贵的绿牡丹，雍容华贵却不失清雅脱俗，正是菊花中的名门。现在，沐清漪却觉得那绝艳多姿的墨菊更加妖娆动人。

容瑾望着她美丽的脸庞愉悦地一笑，便突然腾空而去，在所有人惊讶的目光中朝着看台下摆放着最名贵菊花的地方扑了过去。在众人的惊呼声中，一个黑影翩然掠过，众人回过神的时候容瑾已经重新站在了看台上，手中托着一盆墨色妖娆的菊花。

寻常墨菊名为墨菊，其实花朵大多为深紫色，容瑾手中这盆墨菊却显然不同。它同样是深紫色，却更加接近黑色，花瓣也比普通的墨菊更加细长多姿，少了几分普通墨菊的端庄，却更多了几分华贵和妖娆，与托着它的一身黑色锦衣的云隐公子交相辉映，一时间倒让人不知是看花还是看人，就像是一幅名家勾勒的水墨名画。

“清清，好看吗？”容瑾小心地将墨菊放到沐清漪跟前的桌上，含笑问道。

沐清漪微微点头，低头看着桌上的墨菊，唇边掀起一丝浅浅的笑容。

容瑾这神来一笔却让下面的会场一片混乱。原来容瑾选中的这盆墨菊正是今年品菊会上夺魁呼声最高的一盆。这盆墨菊的主人更是一位爱菊成痴、在彭城也颇有名望的老人，一见自己精心培植的墨菊被人这么轻飘飘地拿走了，这还得了？这位老人当场就跟太守大人急了。

彭城太守步玉堂不过二十五六岁的模样，也跟着头痛起来。他虽是彭城的一方父母官，但这些人他一个也惹不起。老人家的宝贝心肝命根子被人抢走了，也不能不给个说法。太守只得亲自陪着老人家上去找云隐公子理论。

“别碰我的花！”老人家一上看台便看到坐在一边的孙泽陵正打算拿他那蒲扇般的大手去碰那娇滴滴的花，顿时怒吼一声冲了过去。

那速度快得让步玉堂都为之一愣，老人家真是脚下生风啊。

“叫你别碰！”看到孙泽陵的手还要往前招呼，老人家立刻毫不犹豫地一巴掌拍开孙泽陵的手。

孙泽陵顿时也怒了，自己堂堂一个大将军，被这个干瘦的老头儿在大庭广众之下如此呵斥，面子都丢光了！

“凭什么本将军不能碰？本将军偏要碰！”说着，他就直接伸手去掐花瓣儿。

孙泽陵是武人，对花花草草可没有怜香惜玉之心，今天与其说是来参加花会，倒不如说是看在步玉堂的面子上过来压阵。

“孙将军，”沐清漪连忙抬手隔开他的手，浅笑道，“孙将军息怒，这位老先生也是好意。”

孙泽陵不乐意地皱眉道：“什么好意？这老头儿分明是看不起本将军！”

沐清漪微笑道：“这墨菊有毒，孙将军若只是稍微碰一下倒是无妨，这一掐只怕大大不妙。这位老先生只怕也是担心将军下手没有轻重才急着阻止的。”

“有毒？”孙泽陵变色，怒瞪着那老人家道，“老头儿，你拿一盆毒花来是想要干什么？”

老人不屑地瞥了孙泽陵一眼，傲然道：“毒花难道不是花？何况老夫早已经注明了这花只能远观，谁让你们招呼也不打就拿走了。”那老人家说完也不理会孙泽陵黑了脸，转身饶有兴致地打量着沐清漪道：“你这丫头倒是有些见识，你怎么知道这花有毒？”

“晚辈曾经有幸见识过一株这样的墨菊，据说此花名为墨妖，如今这模样还不算全盛之时，全盛之时大如牡丹，姿态妖娆，世间罕见。这花全株皆可入药，花瓣却是蕴含剧毒的。”沐清漪轻声道。

老人上下打量了沐清漪半晌，方才点头道：“你这个小姑娘能有如此见识，也算不凡。”

沐清漪笑道：“前辈谬赞，云隐无礼，还请老先生见谅。”

说着，她将整盆墨菊恭敬地送到老人跟前。

容瑾有些不悦地撇撇嘴道：“清清不喜欢吗？”

沐清漪温和笑道：“培植这盆墨菊不易，它必定是这位老先生的心头之宝，何必夺人所爱？”

容瑾轻哼，问道：“他放到花会上不就是来卖的吗？”

老人胡子撅得老高，道：“小子狂妄，谁说老夫是拿来卖的？老夫还不缺这点儿钱，就算是缺钱……也不卖！”

“那就是拿出来显摆的？”

老人得意地笑道:“是又如何？这世上除了老夫，还有谁有本事养出如此好的墨妖？小丫头，你说是不是？”

“爱显摆被雷劈。”容瑾冷冷地吐出这句话。

沐清漪无奈地叹了口气，暗地里扯了扯容瑾的衣袖，示意他适可而止，万一把老人家气出个好歹来不好收场。

旁边，正被魏无忌搂在怀中轻声安慰的千凌突然开口道:“无忌，这株花好漂亮啊。”

魏无忌微笑道：“确实是风采非凡。”

见他没有丝毫表示，千凌咬了咬唇角，柔声道：“无忌，我……我想要这盆墨菊，可以吗？”

魏无忌犹豫了一下，还没开口，老人已经回头狠狠地道：“不可以！”

以为小声说话我老人家就听不见吗？

魏无忌有些为难地低头看向千凌，道：“千凌……不如咱们再看看别的？”

魏无忌虽然是天下首富，却并不愿意在大庭广众下夺人所好，特别是对方还是一位年过花甲的老人家。

一向对他百依百顺的千凌这一次却固执得惊人，摇头道：“不……我只想要这盆墨菊，无忌……求你了……”

魏无忌皱眉，有些不解一向善解人意的千凌为什么如此固执地在这种情况下非要从一位老人家手中抢东西。

另一边，容瑄和容璜都事不关己地看着这边的情形。容璜还好心情地戏谑道：“魏公子，不过是一株菊花罢了，难得少夫人喜欢，何必如此为难？”

魏无忌苦笑了一下，抬手轻柔地拍拍千凌，起身朝着那位老人恭敬地一揖道："老先生，还请你割爱一次。若有什么要求，在下一定竭力而为。"

老人家冷笑一声，指着千凌道："割爱？那老夫问你，你喜欢这个丫头吗？"

"这是自然。"魏无忌道。

"那你能杀了她吗？"

"老先生说笑了。"

老人家翻了个白眼，道："那老夫也不能割爱。"

魏无忌哭笑不得，道："老先生，这花如何能跟人一样？"

老人家冷笑道："在老夫眼中，那丫头还不如老夫的墨妖呢。"

魏无忌叹了口气，低头看着千凌道："千凌，墨妖虽然稀少，但也不是没有，回头咱们再买一株可好？"

千凌连连摇头，道："不，我就要这一株。"

魏无忌皱眉，千凌虽然爱花，但是对菊花并没有太多偏爱，更不用说从未见过的墨妖了。她怎么突然就对一株花如此执着起来了？

老人家不屑地扫了一眼魏无忌和千凌，小心翼翼地抱起自己的墨妖要离开这里。

"老头儿，本公子劝你还是将这株墨妖留下吧，别一会儿回去了却落个花落人亡啊。"容瑾靠着椅子，看着老头儿手中的墨菊懒洋洋地道。

"你什么意思？"老人家瞪大了眼睛问道。

"云隐公子，你这是什么意思？"魏无忌沉声道，云隐的话分明是含沙射影暗指他事后会杀人夺花。

容瑾轻哼道："没什么意思，随便提个醒。"

听到魏无忌的声音，那老人家怔了一下，显然这才想起来刚刚被自己拒绝的人是天下首富。虽然说为了一盆花杀人有些荒谬，但是这世道什么事情是不可能发生的？

千凌站起身来，走到老人家跟前盈盈一礼，道："老先生，小女子真的很喜欢这盆墨菊，求您割爱相让，可好？"

老人皱眉道："这墨菊虽然可以做药，但是药用价值并不大，用别的药材也可以替代。唯一的不同便是它的毒，你这丫头不是想要用它害人吧？"

千凌连忙摇头道："千凌可以发誓，绝对不会用它害人，求老先生成全。"

看着一个娇滴滴的小姑娘在自己面前哭得泪眼婆娑，老人家也不是铁石心肠。但是奈何这墨菊是他花费了好几年心血培育出来的宝贝，着实是他的心头之宝，是多少钱也不能换的。

容瑾笑眯眯地看着这一幕，悠然道："老头儿，选吧，你的花到底卖给魏无忌还是卖给本公子？横竖今天这花你怕是搬不走了。"

老人家没好气地瞪了容瑾一眼，要不是这个人突然抢走了他的花，哪儿会有这么多的麻烦。老人朝着千凌摇了摇头，道：“这位魏公子是天下首富，就像魏公子说的，墨妖虽然难得，却也不是独一无二的，以魏公子的能力，想必过不了几日姑娘就收到其他株墨妖了。这盆墨菊，还是小老儿自己留着吧。”

千凌显然没想到老人居然会拒绝她，她先是愣了一愣，见老人抱着花盆转身要走，不由得一着急伸手便去拉那位老人。老人已经年过花甲，抱着不小的花盆本就有些吃力，被她这一拉，一个不防往一边的桌子撞了过去。

“小心！”

距离老人最近的孙泽陵低吼一声，飞快地上前一步一把扶住了快要撞到桌边的老人。老人手里的花盆却掉到了地上，砰的一声碎了。

孙泽陵扶住了被吓了一跳，脸色有些难看的老人家，再回头看看罪魁祸首，顿时没好气地道：“你这个女人是怎么回事？一盆花难道比人命还重要吗？”

“我……我……”千凌含泪道。

老人家被孙泽陵扶住，也吓得不轻。他刚刚被拉了一下没有站稳就直直地朝桌子撞了过去，如果撞实了只怕当真是凶多吉少。

“老先生，你可还好？”看到千凌如此作为，魏无忌也跟着皱了皱眉，但眼下不是追究这些的时候，最重要的还是善后。

“多谢魏公子关心，老头子命大，还没死。”

“无忌……”

魏无忌有些不悦地皱眉，沉声道：“够了，千凌。你喜欢墨菊回头我让人买给你就是了。”

“这株墨菊，我要了。”

一个冷漠的声音从不远处传来，在众人的注目下，一身白衣的莫问情出现在了看台的边缘，他正看着地上的墨菊微微皱眉。

“莫问情！”

这几天，彭城内外血雨腥风不断，只怕药王谷这十几年来杀的人加起来都没有这几天莫问情一个人杀的人多。一见莫问情现身，江湖中人自然都坐不住了。若不是同样不好惹的云隐公子在场，还有一位手握重兵的大将军，这些江湖中人只怕已经冲上来了。

莫问情毫不在意恨不得将他撕了的众人，看向容瑾和沐清漪二人：“这株墨菊让给我，当我欠两位一个人情。”

莫问情堪称天下第一神医，他的人情自然是欠得越多越好。容瑾却不以为意，挑眉笑道：“莫谷主还是想想有没有命走出彭城吧。否则，我们这个人情岂不是白卖给你了？”

莫问情抬眼看着容瑾，眼神如古井无波，问道：“云隐公子是在提议我将彭城所有的人都毒死吗？”

闻言，众人不禁变了颜色。那些江湖中人耳力好的自然也都听到了，更是大骂莫问情邪门歪道。可笑，曾经被视为救命活神仙的药王谷谷主，仅仅因为一个不知道是真是假的九霄仙芝，就成了人人喊打的邪门歪道。

莫问情见沐清漪不应，微微蹙眉，想了想道：“这株墨菊已经伤了根茎，除了我，没人救得回来。”

沐清漪浅浅一笑，道：“莫谷主恕罪，这株墨菊并非我所有。老人家，你怎么看？”

对于这位老人，沐清漪着实有些愧疚，若不是容瑾拿走人家的花，大概也就没有这事了。

老人低头看了看地上的墨菊，露在外面的根茎确实已经折损了一些。这墨妖十分娇贵，稍有损伤便会枯死，也正是因此，他花费数年的工夫也不过才培植出这样一株开花的。虽然交给别人十分心疼，但是总比就这样让它枯死要好得多吧。

老人有些心灰意冷地点了点头，摆摆手道：“罢了，你要就拿去吧。只是……望公子看在小老儿的面子上，莫要以此毒害人。”

莫问情虽然表情冷硬，却还是点了点头，道：“这是自然，多谢。”他拿出一叠银票递过去，却被老人摆摆手拒绝了。老人先前也不是信口胡说，不是花农还能花数年时间培养一株菊花的人本就不缺钱。

老人显然不想久留，摇摇头便转身下台去了，他的背影看上去很是萧索。

步玉堂叹了口气，吩咐身边的官差护送老人离去。

一身白衣胜雪的冷峻男子俯身小心地将泥土中的墨菊扶起，旁边早有机灵的人送上了新的花盆。莫问情也不挑剔，小心翼翼地将墨菊扶正放入花盆中。接着，他取出一个精巧的小瓷瓶，将里面的不知名的药水全部倒了进去。然后，莫问情将花盆放在桌上，从怀里取出一双薄如蝉翼的手套戴上。他轻巧地从菊花的花蕊中取出一些浅紫色的花粉。在场的众人也看不明白他在做什么，只得安静地看着。等到做完了这一切，莫问情皱着眉又取出一瓶药水倒进了花盆中。而后，莫问情才将花盆推向沐清漪道：“多谢姑娘。”

沐清漪挑眉道：“莫谷主这是？”

莫问情道：“此花虽然依旧有墨妖之态，却已经不再有墨妖之毒了。姑娘若是喜欢，可以尽管留下玩赏。”

言下之意，莫问情不仅取走了墨妖一部分花粉，而且连整株墨妖的毒都给清除了。

沐清漪沉吟了一下，还是点了点头，道：“那就多谢莫谷主了。”

好好的品菊会，被这么一搅和，沐清漪也没什么兴趣了，便和容瑾带着刚刚得到的墨菊向众人告辞，先行离去了。

彭城里靠近城边的一处不太起眼的客栈，是彩衣阁暂时落脚的地方。薛彩衣虽然是江湖第一美人，但是她性格倨傲，除了几年前见过莫问情从此一见倾心以外，对谁都不予理睬。一群女人也没有太多产业，彩衣阁的日子过得也并不十分宽裕，只是找了一家不太起眼的客栈包了下来落脚。

“薛彩衣，你给我出来！”一个白衣女子站在楼下高声叫道。

“原来是药王谷的素问姑娘，怎么有时间大驾光临我彩衣阁？”

白衣女子抬头望去，却见另一个姿态妖娆的白衣女子从楼上款款而下，眉宇间俱是她这样的年纪没有的风情。只是……

“是你？”楼下的白衣女子见过这个女人，虽然已经好几年了，但是她还记得这个女人当初在药王谷想要勾引谷主的事情。没想到她就是江湖第一美人，早知道，当初在药王谷就该杀了她！素问眼底闪过一丝杀意。

薛彩衣抿唇笑道：“可不就是我吗？听说素问姑娘求爱不得就勾结外人背叛莫谷主，真是让本阁主佩服啊。”谷主流落在外被人追杀，药王谷却不闻不问，甚至还流传出莫问情叛出药王谷的消息，显然是药王谷有人趁着谷主不在起了反心。

素问脸色一黑，沉声道：“莫问情在哪里？”

薛彩衣一怔，冷笑道：“莫谷主的下落，我怎么会知道？”

素问冷笑道：“你以为我不知道吗？你这个女人一直恬不知耻地缠着谷主，怎么会不知道他在哪里？”

薛彩衣怒极反笑，咯咯的笑声如银铃般动听。她说道：“我再怎么恬不知耻也不会恼羞成怒，得不到人家的心就伤害人家吧？你小小年纪心肠却狠毒至此，幸亏莫谷主没瞎了眼看上你，不然娶了这么一个毒妇，夜里该如何安枕？我便是知道莫谷主的下落又如何？我凭什么告诉你？”

“你找死！”素问怒斥道。

“怕你不成？”薛彩衣扬起下巴，冷冷道。

一言不合，两个女人立刻就动起手来了。两人身边都有不少属下，他们看到主子打起来了自然也不能闲着，跟着动起手来。整间客栈顿时乱成一团，血光四溅。

女人对付起女人来果然比男人更狠，薛彩衣武功比素问高，招招往素问的要害招呼。素问身上有很多稀奇古怪的毒，虽然手法不及薛彩衣快，却一次一次都往薛彩衣的脸上招呼，一时间也弄得薛彩衣手忙脚乱。

剩下的人就更不用说了，直接混战成一团。

嗞——薛彩衣手中的长鞭毫不怜惜地在素问身上留下一道血痕，同时鞭梢的倒刺也将素问身上的白衣拉出一条口子。薛彩衣得意地扬眉道：“药王谷长老也不过如此。你这个长老之位是徇私得来的吧？”

素问沉着脸，毫不犹豫地还以颜色。一个精致的瓷瓶被摔碎在地上，溅起的药水狠狠地灼伤了薛彩衣手臂上的皮肤，痛得薛彩衣脸色一阵阵发白。

“你也不怎么样，半老徐娘，脸上要施多厚的粉才能掩盖住你的皱纹？要不要本姑娘施舍你一粒养颜丹？”素问毫不留情地讥讽道。

“臭丫头！找死！”薛彩衣最痛恨的就是别人提自己的年纪，这个素问显然正好戳中了她的痛处，薛彩衣手中长鞭一扬，鞭影铺天盖地卷向素问。

对面不远处的房顶上，容瑾一只手搂着沐清漪，一只手的手心里放着香脆的瓜子供一起看戏的清清磨牙。参加完品菊会，两人在城中随意逛逛，没想到就看到这样一出好戏。

“清清，怎么样？薛彩衣鞭子使得还不错吧？”

“嗯，素问的毒术也不错，如果能再准一点儿就好了。”

所以，素问简直是个废物，武功不行，连使毒都不行，难怪莫问情看不上她。

沐清漪靠着容瑾坐着，听着容瑾滔滔不绝地点评，时不时低头往下看一眼。她对女人打架没有兴趣，只要知道个结果就可以了。容瑾显然很有兴趣看着两个美人在他面前渐渐凋零。

“这一次彩衣阁要被灭了吧？”沐清漪蹙眉道。

容瑾不在意地耸肩道：“应该是吧，彩衣阁总共也不过几十号人。而且，如果薛彩衣死了，就算没被灭门也差不多了。”

惹上了药王谷，彩衣阁想要全身而退都不行。

但是，很多时候计划是赶不上变化的，就在容瑾满意地看着薛彩衣一鞭子劈向素问的脑门儿时，一个清脆的女声蓦地响起：“薛阁主！手下留情！”

一道青影晃过，原本应该打向素问的鞭子被人硬生生地抓在了手里。一个青衣女子神色平静地站在薛彩衣和素问之间，修长如玉的素手被鞭梢的刺扎出了点点血迹。

“表姐，你怎么来了？”素问逃过一劫，看着来人脸色一变，惊讶地问道。

“都住手！”青衣女子看着眼前到处是血的场景，皱眉沉声道。

这青衣女子在药王谷显然也很有威望，素问带来的人只是犹豫了一下便飞快地退到了两人身后。彩衣阁的人自然也不好再穷追猛打，只是原本好几十人的彩衣阁现在只剩下不到十个人了，药王谷那边也折损了七八个人。

“见过灵枢长老！”

原来，这女子竟是药王谷中二长老之一的灵枢。

房顶上，预期的好戏被人破坏，容瑾顿时大怒。面具下俊美的容颜满是阴鸷之气，他咬牙道：“本公子讨厌这个女人！”

见到灵枢，素问却是松了一口气。她从小几乎没有出过药王谷，怎么知道外面的险恶。彩衣阁还只是一个名不见经传的小帮派，这一番交手自己就险些送了命。素问向那青衣女子说道：“表姐，你快杀了她！”

素问武功、毒术都不济，灵枢却不一样。灵枢早几年也曾在江湖上行走过，武功自然不差。能够成为药王谷另一位专门掌管医者的长老，说明灵枢的医术更是仅次于莫问情，可说是当世数一数二的天才。她早些年在江湖上的时候还得了一个“素手观音”的美称。

“放肆！”灵枢看着眉眼清秀、慈眉善目，对着素问却一点儿也不客气，一个耳光狠狠地甩了过去，怒道，“你还没闹够？！”

素问被她这一耳光顿时给打蒙了，捂着脸怔怔地望着灵枢。

灵枢怒道：“你还是小孩子吗？为了一点儿小事便闹出如此大的动静？还是你有那个本事善后？刚刚若不是我来得快……”

素问显然也想起来，刚刚若不是灵枢来得快，薛彩衣那一鞭子就落在自己脑袋上了。以薛彩衣的功力，只怕就会将她的脑袋打个四分五裂。她顿时后怕起来，望着灵枢哇的一声大哭起来。

灵枢教训完了表妹，又回头看向薛彩衣道：“薛阁主，都是舍妹不懂事，今天的事情还请见谅。”

薛彩衣看着自己死了一地的属下，脸色一阵青一阵紫，彩衣阁几乎被打了个七零八落，要她怎么见谅？彩衣阁和药王谷分明已经是不死不休的局面了。

看着薛彩衣的神色，灵枢淡淡道：“素问虽然素来冲动，却也绝不是这样无缘无故就喊打喊杀的人，此事只怕是有人暗中挑唆。”

薛彩衣不屑地轻哼一声。素问从来就看她不顺眼，她冲过来喊打喊杀实在太寻常不过了。

灵枢并不动怒，反倒转身看向身后的房顶，脆声道：“云隐公子，为何不下来一见？不知舍妹什么地方得罪了公子，你要这样算计她？”

容瑾轻哼一声，手中还剩下的十几颗瓜子齐齐飞出，朝着灵枢射了过去。

灵枢并不动容，青色的衣袖一扬，似卷起一朵青色云彩，将那十几颗瓜子都卷在了衣袖里，再向外面一掷，齐刷刷地钉在了地上。虽然灵枢也被震得往后退了一步，但是并没有失态。

容瑾挑眉啧了一声，道：“武功不错。”

灵枢苦笑道：“公子谬赞了。舍妹有什么地方得罪了云隐公子，还请公子念她年少，恕罪。”

“本公子看她不顺眼。”容瑾淡然道，“还有，这个老女人年纪比本公子还大，算什么年少？”

容瑾今年才十九岁，素问身为长老虽然年轻，但是年龄却已经二十出头了，灵枢也有二十五六岁了，在场的除了沐清漪，倒是都当得起他一句“老女人”了。

“你？”

素问还想发脾气，却被灵枢给拦了下来。灵枢有些无奈地苦笑道：“想必是舍妹无礼得罪了公子，灵枢在此给云隐公子和云夫人赔礼。药王谷和云隐公子的恩怨，还望能就此了结。”

云隐公子不讲理也是出了名的，不管是谁的错，先道歉总是没错。

灵枢说完又转身看向薛彩衣道：“薛阁主，此事是舍妹冲动了。药王谷愿意赔偿薛阁主一切损失，希望能化干戈为玉帛。”

薛彩衣冷笑一声，半点儿也不领情，道：“本阁主记得药王谷是姓莫的，难不成现在是灵枢长老做主了？”

灵枢沉吟了一下，道：“之前的事情都是素问胡闹，灵枢之前闭关一时失察，此次前来就是为了解决此事并且迎谷主回谷的。至于素问……等找到谷主之后再行处置。”

“表姐……”素问一呆，显然是没想到自家表姐来这里竟然不是帮自己的。

灵枢淡淡地扫了她一眼，道：“闭嘴，还嫌你惹的麻烦不够多吗？等谷主回来了看他如何惩罚你！”

容瑾淡淡地扫了三人一眼，对沐清漪挑了挑眉，道：“看来是没戏看了，清清，咱们走吧。”

因为灵枢的到来，药王谷很快改变了口风，称之前的事情是一场误会，莫问情依然是药王谷谷主。

事情到了这样的地步，却也不是灵枢出来说一句话就能够解决得了的了。被莫问情杀了的那些江湖中人也活不过来了，这些事情想要和平解决根本就是不可能的。何况，即使药王谷放出了话，莫问情依然没有出现在人前，明显对灵枢的话并不领情。

“启禀公子，质王求见。”书房里，沐清漪和容瑾正闲聊着，霍姝进来禀告道。

沐清漪放下手中笔墨，挑眉道：“质王？他来这里干什么？”

容瑾悠然地斜倚在椅子里，懒洋洋地道：“还能有什么事，自然是为了容瑄。”

沐清漪凝目道：“难道质王也动了心思？想要在此地就……质王未免太过心急了。”

容瑾不屑地勾唇一笑，道：“质王本身不擅军事，他背后的皇后母族也是文人出身，几年前国丈过世之后，皇后的势力更是一落千丈。即使南宫绝被皇帝压制着，毕竟……南宫绝还没死，南宫家的兵权还在。若是就这么下去，就算将来皇帝将皇位传给他，只要容瑄还在，他也未必登得上皇位。”

武将看似比文臣地位略低，但是那些改朝换代的事情从来就不是文人能够做得到的。哪一国的开国皇帝不是从战场上下来的？这样才有了“文人造反三年不成”之类的话，所以历朝历代的皇帝才死命地压制武将，不是因为他们真的比文人地位低，而是因为他们远比文人危险。

“那他怎么会想起来找你合作？”沐清漪道。

容瑾笑道：“不然他还能找谁？魏无忌？还是药王谷？还是哪个江湖名门？”

云隐公子简直是太合适了，武功高强、性格桀骜、独来独往，没什么实力攀附。无论是想要控制还是将来想要灭口，都比别的人方便得多。若是选魏无忌，凭容璜的资本能不能拉拢人家还未可知。

“见吗？”沐清漪笑问。

容瑾弹指，微笑道：“怎么能不见？请他进来吧。”

不多时，容璜便在霍姝的带领下走进了书房。他看了一眼书房里的两个人，那一身白衣的美丽女子端正地坐在书案后面写着什么。身为主人的云隐公子则软软地趴在一边，若不是他脸上还戴着面具，容璜就会怀疑自己是不是会看到一副半睡半醒的懒怠模样。

这样的人……真的可以合作吗？容璜心里有些怀疑。

“质王此来，可是有什么事情？”容瑾好不容易坐正了身子，懒洋洋地问道。

容璜有些谨慎地看了旁边正提笔疾书的沐清漪一眼。

容瑾摆摆手，说道：“王爷不必担心，本公子与清清是一体的，没什么是她不能知道的。”

容璜点头，看着容瑾问道：“九霄仙芝的事情，不知云隐公子怎么看？”

容瑾扬眉笑道：“九霄仙芝？自然是无价之宝，若是能得到如此宝物，想必也是一桩美事。”

容璜从容瑾的话语中听出了一丝别的意味，有些惊讶地道：“公子似乎对九霄仙芝不以为意？”

容瑾笑道：“怎会？既然外面将九霄仙芝的功效传得神乎其神，拿来给清清养颜也是不错的。”

容璜忍不住抽了抽嘴角，世人抢破了脑袋的东西，在云隐公子眼中就只是一个养颜圣品而已？

容璜打量了容瑾片刻，迟疑了一会儿终于开口道：“既然云隐公子对九霄仙芝并不在意，本王想要跟云隐公子合作一番，不知云隐公子意下如何？”

容瑾嗤笑道：“谁说本公子对九霄仙芝不在意？不在意本公子来这里做什么？”

容璜连忙道：“当然，事成之后本王会补偿云隐公子与九霄仙芝价值相等的东西。”

容瑾这才侧首正眼看向容璜，似乎有些兴趣的样子。

容璜见他心动，连忙道："在下只想要云隐公子相助，替本王夺得九霄仙芝即可。事后，本王可以给云隐公子黄金万两以作为补偿。"

"看来……质王是把本公子当要饭的了？"

黄金万两，什么玩意儿？还不够他塞牙缝呢。

容璜脸色微沉，显然没有想到云隐公子的胃口不小，不过若真能得到九霄仙芝，别说是黄金万两，就是十万两也是值得的。

"那么，云隐公子想要什么？"容璜问道。

容瑾挑眉笑道："黄金十万两，先付一半定金。"

"云隐公子未免太过狮子大开口！"容璜霍然起身道。

容璜虽然心中早有了算计，但是云隐一出口就要十万两黄金还是让他十分愤怒。十万两黄金他不是拿不出来，但拿出来几乎要掏空他大半个王府了。

容瑾冷笑一声，也不在意，道："既然如此，请便。本公子拿到九霄仙芝再去叫卖也是一样的。想必，庄王会对这个价码有兴趣。"

容璜咬牙道："你凭什么确定你一定能拿到九霄仙芝？"

容瑾笑道："就凭我知道莫问情的下落，还是说，王爷你也知道？"

容璜当然不知道！他知道的话就直接让人杀过去了。容璜咬牙，犹豫了半晌，终于道："好……本王先给你五万两，但是如果你食言……"

容瑾笑眯眯地道："在下不过是一介江湖浪子，如何敢与西越皇室对抗？王爷放心，到时候咱们银货两讫各不相欠。"

"最好如此！"说定了此事，容璜一刻也不想多待，匆匆告辞而去。

容瑾心中暗想，就算容璜最后拿到了九霄仙芝，甚至父皇一时龙心大悦封他为太子，这十万两黄金也补不回来了。但是……如果成了太子，将来要什么没有？

容瑾送走了容璜，想到将要进账的五万两黄金，顿时大悦。

沐清漪将手中的笔放在一边，含笑道："九公子真会做生意，不知道到时候你打算拿什么换另外那五万两？"

容瑾有些无奈地叹了口气，道："另外五万两咱们只怕是拿不到了，或者可以去容瑄那里看看？"

沐清漪没好气地扫了他一眼，道："你还是消停一些吧。若是玩露馅了，你就知道轻重了。剩下的事情我来做，过几天你就启程回京。"

容瑾不悦，问道："为什么？"

沐清漪没好气地瞥了他一眼，道："到底是谁想要弄死容璜？若是容璜死的时候你这个九皇子却下落不明，你以为将来不会有人怀疑到你身上？还是你真的以为你家那位皇帝陛下是个善茬？"

"那清清可千万要小心，别忘了容琰也认识你。若是你在这边闹得太大了，将来到了京城说不定就要有麻烦了。”容瑾轻声嘱咐道。

看着他眼中的焦躁和不安，沐清漪知道他是在担心自己，莞尔一笑，抬手拍拍他的手，道：“放心吧，我知道分寸。你知道，我不爱打打杀杀。”

出身所限，沐清漪从来都不是个喜欢一马当先冲锋陷阵的人，她只喜欢做在身后运筹帷幄的那一个。

谁都不是那种拖拖拉拉儿女情长的人，收了容璜派人送来的五万两黄金的金票之后，容瑾当晚就启程离开彭城回皇城去了。因为不放心沐清漪，也是为了让容璜安心，容瑾只得孤身一人回去，天权、霍姝还有那几十个从天阙城带出来的精兵全留了下来。

彭城最好的一家酒楼楼顶，四面的窗户大开，人坐在楼中正好可以望尽整个彭城的景色。外面的人却永远也别想看到这里面的景致，因为这个酒楼本就位于整个彭城地势最高之处，楼高三层，整个彭城再也没有比这里更高的地方了。

往日里本该人来人往的顶楼上，今日却是宁静悠然。沐清漪坐在窗口的位置往下眺望，果然是居高临下，看尽满城风光。

“若是春天到这儿来，景致定然更甚百倍。”沐清漪轻声叹道。

霍姝恭敬地站在沐清漪身后笑道：“沐姑娘喜欢的话，到时候尽管来便是了。”

沐清漪淡淡苦笑道：“到时候只怕没有如今的闲情了。你一直站着做什么，过来坐下吧。”

霍姝摇头道：“属下要保护姑娘。姑娘，莫谷主真的会来这里吗？”

今天城里格外安静，是因为有消息说莫问情今早出现在了城外某处。他们原本也该去看看的，沐姑娘却带着他们来了这里等人。霍姝有些疑惑地看看沐清漪：难道这消息是姑娘派人放出去的?

沐清漪沉吟了片刻，道：“这个吗……五五之数吧，或许会来或许不会来。不过，莫谷主总归不会在城外就是了。”

“姑娘怎么知道的？”霍姝有些好奇地问道。

沐清漪笑道：“这些日子除了莫问情主动现身，你看到谁找到过他，偏偏这个时候传出来他在城外。只怕是……他应该在城里才对。”

“沐姑娘好智谋。”

淡淡的男声在身后响起，霍姝猛然回头凌空挥过去一剑。

不远处的窗口，莫问情神色默然地负手而立，只是看着沐清漪的目光更多了几分探究和打量。

看到霍姝的剑刺来，莫问情连动也没有动一下的意思，沐清漪连忙开口道：“霍姝，住手！”

霍姝皱眉，却还是听命收回了手中的剑，重新站到沐清漪的身后警惕地盯着莫问情。

莫问情神色淡定地打量着眼前言笑晏晏的白衣少女，半晌才淡淡地点了下头，道："沐姑娘，别来无恙。"

沐清漪含笑道："清漪自然是很好的，只是我看莫谷主仿佛不太好。"

莫问情淡然道："不过是些许杂事，无妨。"

显然，无论是药王谷叛乱还是被各门各派追杀，在莫问情的眼中都是可有可无的小事。

见他如此，沐清漪倒是有些好奇了，问道："药王谷的事情，莫谷主可有什么想法？"

莫问情冷然道："他们想要，拿去便是。"

沐清漪眼波流转，笑道："那么，九霄仙芝的事情呢？"

莫问情看着沐清漪，道："我没有九霄仙芝。"

沐清漪点头道："我相信莫谷主，但是……别人似乎并不相信莫谷主的话。"

莫问情在靠窗户的位置慢慢坐了下来，打量着沐清漪问道："我素知姑娘才智无双，姑娘想要说什么？"

沐清漪笑颜浅浅，道："我帮莫谷主解决九霄仙芝的事情，还请莫谷主将来帮我救一个人。"

莫问情剑眉微挑，问道："什么人？"

"一个……中了九阳散魂草的人。"沐清漪盯着莫问情冷峻的面容，轻声道。

莫问情一怔，垂眸沉吟了片刻，道："慕容熙吗？"

沐清漪也不否认。

半晌莫问情方才点头道："一言为定。"

沐清漪有些惊讶地挑眉，莫问情跟慕容煜和朱妃的关系应该不浅，没想到莫问情会如此轻易就答应帮她救大表哥。

莫问情冷漠的容颜勾起一丝淡淡的笑意，道："慕容熙与慕容煜之间的事情与我无关，我救慕容煜不过是为了兑现对别人的承诺罢了。沐姑娘既然能帮我解决如此大的问题，帮你救人又有何妨？"

沐清漪放下心来，莫问情能这么说，证明他对慕容熙并没有敌意，他也不是站在慕容煜那一边的。同样，这也证明，九阳散魂草之毒并非无药可解。

沐清漪轻轻吐了口气，真诚地道："多谢莫谷主。"

慕华楼庄王的小院里，容瑄正脸色阴沉地坐在椅子里出神。当初听说九霄仙芝的下落，他便自告奋勇要出京为父皇寻找。他出来之后才知道，即使他贵为王爷，想要从这些江湖中人手中取得九霄仙芝也是很困难的。别说取得了，这些日子他竟然连九霄仙芝的影子都没有看到，反倒是折损了不少手下。

容瑄渐渐开始怀疑，这一次抢下这个差使到底值不值得。若是真的能够得到九霄仙芝自然是千好万好，但是如果无功而返，父皇动怒自然是免不了的，这一趟离京这么久只怕京城里发生了什么也不好控制。

“王爷，刚刚有人送来一封密信。”门外，侍卫小声禀告道。

容瑄抬头，不解地道：“密信？呈上来！”

这是一封平平无奇的密信，信封口用火漆封着，没有任何不同寻常之处。容瑄小心地检查了一番，确定并没有什么异常，方才打开密信。信的内容却让他的脸色顿时阴沉了。

“容璜！”

“王爷，怎么了？”送信的侍卫见他如此，小心翼翼地问道。

容瑄冷笑一声，道：“没什么，是本王的大哥坐不住了。”

容璜请了江湖高手夺取九霄仙芝，还想要暗杀本王？容璜，你好大的胆子！

“给本王派人好好盯着容璜！”容瑄沉声吩咐道。

“属下遵命。”侍卫应声道。

容瑄低头沉吟了片刻，扬眉道：“替本王给与舅舅有交情的几位掌门和江湖高手递帖子，本王有事跟他们商量。”

南宫绝身为西越第一高手，即使身在朝堂统领大军，也还有不少江湖朋友。容璜想要借助江湖中人的势力置他于死地，简直是自寻死路。

“是，属下这就去办。”

对于容瑄和容璜的动向，沐清漪并不予理会，她现在更关注的是莫问情和药王谷的事情。

素手观音果然不是虚名，不过两天江湖各派都表示愿意罢手听药王谷的解释，但条件是莫问情必须亲自出面向各大门派赔礼道歉。

议事的地点定在彭城五里外的一处空地，沐清漪带着无心、霍姝、天权和太史衡早早便到了。他们果然见到各门各派的江湖中人陆陆续续过来了，这场面热闹得只怕就是开武林大会也不过如此。

不多时，灵枢与素问便相携到场，最让人惊讶的是跟她们一起来的竟然是前两天还打得恨不能捏死对方的彩衣阁阁主薛彩衣。薛彩衣看起来丝毫没有什么不悦和仇恨，竟像那几十个彩衣阁的弟子都没有死伤，她当真跟灵枢和素问交情不浅一般。

沐清漪若有所思地打量着灵枢，只见她正拉着素问的手与一个看上去德高望重的老者侃侃而谈。老者看在灵枢的面子上也满是赞赏和愉悦，仿佛灵枢不是药王谷的长老，仿佛这些江湖中人跟药王谷没有血海深仇一般。

这个灵枢，果真不是个简单的角色。

“沐姑娘。”不知什么时候灵枢已经摆脱了跟她说话的众人来到沐清漪跟前。

霍姝和天权一左一右挡在了两人中间，警惕地盯着灵枢。

灵枢莞尔一笑，有些无奈地道：“沐姑娘，幸会。”

沐清漪挥手让两人退下，淡淡笑道：“灵枢长老，幸会。”

灵枢笑道：“沐姑娘若是不嫌弃，我本姓陈，沐姑娘叫我一声陈姑娘就是了。”

沐清漪笑道：“只怕江湖中还没有人有幸如此称呼姑娘。”

灵枢苦笑道：“灵枢只是凡人罢了，若论医术，拍马也赶不上谷主，不过是经常在江湖中走动，长得也还整齐一些，便被人吹捧了几分而已，让沐姑娘看笑话了。”

这个灵枢实在不是个容易让人讨厌的女子，沐清漪在心中轻叹，而后说道：“如此，清漪便恭敬不如从命，陈姑娘。”

灵枢脸上的笑容更加真诚了几分，轻声道：“不知道可否跟沐姑娘私下谈谈？”

沐清漪淡笑道：“陈姑娘不用客气，有什么话尽管说便是。”

灵枢叹了口气，道：“我知道，沐姑娘之前是见过谷主的。实不相瞒，今天灵枢在这里召集各派人士，只怕是……要对不住谷主了。”

沐清漪神色微变，眼中的笑意淡了一下，依然平静地看着灵枢。

灵枢苦笑道：“我与素问从小与谷主一起长大，这次的事情虽然是素问这丫头鲁莽行事所致，但是……老实说，只怕就是没有此事，药王谷的平静也维持不了多久。如今我却是骑虎难下，以我跟谷主的情分，我自然希望谷主不要前来。可若是为了药王谷……如果谷主今天不来，药王谷……就完了。”

“那么陈姑娘觉得莫谷主会来吗？”沐清漪淡淡地问道。

灵枢沉默了片刻，方才道：“会。”

“所以，陈姑娘故意在此设下这样的阵势，就是为了让莫谷主自投罗网？”沐清漪轻声道。

灵枢抬眼望向远处，眼中带着一些莫名的虚无和空洞，道：“我们陈家和我表妹的蓝家世世代代都是药王谷的长老，从第一代谷主建立药王谷开始，我们就发誓要效忠莫家。我们陈家的先祖本就是第一代谷主的入室弟子，我们如何不希望……药王谷更好？”

沐清漪不解，道：“既然如此，陈姑娘和素问长老的所作所为岂不是自相矛盾？莫问情身怀九霄仙芝以及叛出药王谷的消息最先都是从药王谷传出的。”

灵枢转身看着她，淡然道：“只因为……现在的谷主，根本不是莫家的血脉，药王谷只能由嫡系血脉继承，所以谷主继位……谷中众人根本就无法心服口服。这才是药王谷内乱的原因。素问她……还是个孩子，不过是被人挑拨罢了。沐姑娘应该知道，这样的事情，早晚会发生。”

沐清漪道：“陈姑娘已经想到办法了？”

灵枢轻声道：“这次我说是闭关了，其实也是离开药王谷去寻找一个重要的人了，一个可以解决这些乱象的人。”

“那么陈姑娘找我又是所为何事？”沐清漪不解道。

灵枢咬了咬唇角，有些殷切地望着沐清漪道：“我知道云隐公子武功绝顶，如果……如果有什么意外，还请沐姑娘看在与谷主相识一番的情分上，出手相救。”

沐清漪眼神微闪，半晌，她才缓缓道：“姑娘说这个只怕是有些晚了，云隐他……只怕是没空来这里。”

灵枢脸色一白，也不知在想什么，怔怔地站着出神。

沐清漪抬眼望去，却见她眼角已经滑出了一行清泪。许久，她有些干涩的声音才慢慢响起：“我自诩才智出众、筹划周到，难道这一次……当真要害了谷主吗？”

“不能停下吗？”沐清漪问道。

灵枢脸色苍白，神色却透出了坚定，道：“陈家立誓世代效忠莫家，百死不回。为了药王谷，就是我自己也可以牺牲，何况其他？”

话已经说到这里，沐清漪也知道无法再劝，只得叹了口气摇头不语。

很快，便有人过来请灵枢过去，她是这次聚会的召集人，自然是片刻也不能远离。灵枢歉然地朝沐清漪点点头，便跟着来人转身而去。

“姑娘，这灵枢长老是什么意思？她的话能信吗？”霍姝有些不解地问道。

沐清漪侧首看向旁边的天权，问道：“天权，你说呢？”

天权沉吟了片刻，道：“听这灵枢的意思，应该是她已经找到药王谷真正的血脉了，只怕是想要趁这个机会给真正的药王谷血脉正位。不过这位灵枢姑娘的话，最多也只能信五分。若是她真对莫谷主有情义，什么办法想不到？岂会下这样的狠手？”

沐清漪点头道：“天权说得没错。这个灵枢，很有趣……”

太史衡挑眉，把玩着手中的折扇含笑打断了这有些凝重的气氛，道：“你们不好奇药王谷的下代谷主是谁吗？”

沐清漪扬眉浅笑道：“我已经猜出来了，太史公子呢？”

太史衡笑道：“我也猜出来了。”

两人相视一笑，转身望向不远处的会场，沐清漪清丽的眼眸中更多了两分冷意。

“灵枢姑娘，你请咱们到这里来，到底有什么话要说？说是要给咱们一个交代，还请现在就说个明白吧。”一个衣着华贵、气势不凡的中年男子看着站在跟前的灵枢，沉声道。

他身后，一众江湖中人起身附和。

“莫问情杀我各派弟子近两百人，药王谷若是不给咱们一个合理的交代，就算是灵枢姑娘的面子，咱们只怕也不能给了。”另一个五十来岁的枯瘦老者眼眸闪动着精光高声道。

这话一出，众人更是喧闹起来。江湖门派不比动辄成千上万人的朝廷军队，有上百人便已经算是江湖大派了，能有上千人的更是江湖巨擘。自古便有侠以武犯禁之说，虽说江湖和朝堂各不相干，但是皇家也不会纵容江湖门派太过壮大。这一次被莫问情所杀的更是各派弟子中的精英，如何能不让各派掌门痛心疾首。若是不能从药王谷讨回这些损失，又怎么能让这些人心头的怒气消散？

灵枢看着眼前义愤填膺的众人，微微叹了口气，扫了一眼跟在自己身边双眼通红的素问，深吸了一口气道："各位，请听灵枢一言可好？"

素手观音的面子，大多数人还是会买的。人群渐渐安静了，众人道："灵枢姑娘请说。"

灵枢沉声道："莫问情……并非前代谷主的血脉骨肉，因此……现在已经与药王谷没有关系了。另外，药王谷已经寻到了前代谷主的亲子，不日他便会正式继承药王谷谷主之位。"

人群沉默了片刻，众人显然没想到药王谷居然会不承认莫问情跟药王谷的关系。好一会儿，人群里才传出来一个声音："之前灵枢姑娘说九霄仙芝的事情是个误会，现在又说莫问情与药王谷没有关系。药王谷说话出尔反尔，如何能信？"

灵枢沉声道："灵枢可以对天发誓，所言句句属实。莫问情本就是前代谷主从外面带回来的义子，药王谷先祖有言，非莫家血脉不得继承药王谷谷主之位。"

人群中有人嗤笑道："谁知道是不是药王谷为了推脱责任才信口胡说的？莫问情杀人的时候可没有人说过他不是药王谷谷主。"

灵枢俏脸微沉，薄怒道："莫问情杀人确实不对，但是莫问情为何杀人？"

在座众人脸色都是一僵，一时之间都有些尴尬。莫问情杀人，自然都是因为他们想抢九霄仙芝。但是谁知道从来不曾以武功闻名的药王谷，杀伤力居然会如此惊人，只怕是一等一的高手也没有莫问情这么惊人的杀伤力。

"灵枢姑娘这么说，可是在怪我们多管闲事？咱们也是为了帮药王谷取回九霄仙芝啊。"有人干巴巴地道。

灵枢也知道不能真的得罪这些人，神色缓了缓，沉声道："此事确实是因药王谷而起，只要药王谷能够做到的，我们愿意尽力赔偿诸位。今日灵枢在此，只是想要宣布莫问情与药王谷再无关系，还请诸位做个见证。"

"灵枢姑娘，并非咱们不相信你，但是此事还得当事人亲口说了咱们才能相信，不是吗？"

"既然之前灵枢姑娘说九霄仙芝的事情是个误会，那么真正的九霄仙芝在哪里？"有人高声问道。

灵枢还未开口说话，一个冷冷的声音响起："九霄仙芝在我这里，你们有本事便过来拿。"

莫问情依然是一身胜雪白衣，丝毫不染尘埃地漫步而来。他神色漠然、冷若冰霜，仿佛根本没有人世间的喜怒哀乐，只是一尊精雕细琢的冰雕。

“莫问情！”

“莫问情，你还敢来？”

会场顿时乱成一片，不少亲友死于莫问情之手的江湖中人已经拔出了刀剑，若不是忌惮莫问情的毒，只怕立刻就要扑上去了。

莫问情淡淡地扫了众人一眼，走到灵枢对面不远处停了下来。

“莫大哥……谷主……”灵枢身边，素问红着眼睛望着莫问情，若不是有灵枢在身边只怕立刻就冲上前去了。

“莫……谷主……”薛彩衣看向莫问情的眼神也满是痴恋。

只可惜，郎心如铁，莫问情看着众人的眼神却依然似古井般无波，仿佛眼前的不是两个绝色美人，而是两块平平无奇的木头一般。

“莫师兄。”灵枢轻声叹道。

目光扫过在座的众人，莫问情淡然道：“我跟药王谷早已经断绝关系，有什么仇怨，不妨来找我算。”

“莫问情，你这个杀人不眨眼的魔头。草菅人命，你枉为医者！”立刻有人破口大骂起来。

莫问情却并不动怒，冷然道：“你想骂，怎么不出来？”

那人顿时便蔫了，他也只是仗着人多打打嘴仗罢了，站在莫问情面前却是万万不敢的。

众人沉默了片刻，为首的中年男子方才站出来道：“药王谷当真从此与莫问情再无瓜葛？莫问情无论死活，药王谷都不会干涉？”

灵枢犹豫了一下，点头道：“是。”

“既然如此，新任谷主又何在？灵枢姑娘这么说，总要让我们知道新任谷主在哪里吧？”

“有请谷主。”灵枢侧身吩咐道。

不多时，在药王谷众人的簇拥下，一个俊美的白衣男子缓缓地走了出来。这人与莫问情一样皆是一身白衣，但是白衣穿在他身上却并没有莫问情那样如冰似雪的耀眼风姿和冷漠气场，而是更多了几分温文尔雅和尊贵气势。这人看上去不像个江湖中人，倒更像一位王孙公子。

灵枢淡然道：“这位便是药王谷的新任谷主，也是前代谷主唯一的公子——朱煜，朱公子。”

“莫谷主的儿子怎么会姓朱？”

“莫谷主一生未婚，从母性也未可知。”

底下的众人议论纷纷。

那中年男子点头道："有何证据？"

灵枢淡然道："几位老前辈总有见过老谷主的，新谷主虽然长得没有十分像老谷主，却也应该有六分像。"

前代药王谷谷主过世并不久，见过他的人自然也还有不少。众人仔细看那白衣男子，虽然神态气度没有半点儿像江湖中人，但是那模样确实是跟前代药王谷谷主有几分相似，至少比起完全不像的莫问情，谁都相信眼前这一位才是前代谷主的儿子。

"在下朱煜，以后还请各位前辈多多指教。"朱煜即慕容煜拱手笑道。

"既然如此……请问朱谷主，九霄仙芝……是否还在药王谷中？"中年男子问道。

慕容煜侧首看了一眼站在一边沉默不语的莫问情，朝着他露出一丝古怪的笑容，道："之前是灵枢顾念同门情谊，九霄仙芝……确实被莫问情带走了。莫问情，你既然已非药王谷的人，还请将九霄仙芝交还药王谷。"

刚刚莫问情也确实承认了九霄仙芝在他的手里，现在又有了药王谷新任谷主的证实，所有人的目光齐刷刷地落到了莫问情的身上。

莫问情平静地注视着慕容煜，脸上的神色没有丝毫波动，仿佛早料到慕容煜会这样做，又或者是无论慕容煜怎么做，莫问情都不在意。对上这样如古井般无波的眼神，慕容煜不知为什么突然觉得有些心虚，不着痕迹地往后退了一步避开了莫问情的眼神。

在众人的叫嚣声中，莫问情慢吞吞地解下了身后的一个包袱。众人这才注意到白衣胜雪的莫问情背后原来还背着一个同样颜色的包袱。也许是颜色太相近，也许是莫问情的身形太过挺拔，之前竟然一直都没有人注意。

莫问情用一只手慢慢拉开了包袱的结，一股奇异的幽香弥漫开来。然后，众人惊讶地发现那包袱中是一个素雅的玉盒，其中放着一枝红色的灵芝状的东西。虽然是红色的灵芝，却又不像是血芝。血芝绝没有这样让人一闻便觉心旷神怡的香味，血芝也没有这样美丽夺目如火焰一般的颜色。

众人见那洁白无瑕的玉盒中红色的灵芝仿佛被火焰包围着一样美丽动人，闻到那仿佛无处不在的幽香，靠得近的人们甚至隐隐觉得自己平稳的内力开始有了波动。如果只是靠得近一些就能够影响到内力，那么传说中韩问天只是吃了它就成为绝世高手的事情也不是假的了。也就是说……这当真就是九霄仙芝。

莫问情看着这些人贪婪的神色，露出一丝极冷的笑意。

"九霄仙芝只有一个，你们……谁要？"

莫问情冰冷的声音将众人拉回了现实中。没错，九霄仙芝只有一个，那么它该属于谁？

看着蠢蠢欲动的众人，莫问情道："既然你们都不知道，那就听天由命吧。"

说完，他手一扬，竟然连着玉盒和九霄仙芝一起抛了出去。

“哎呀——”不知是谁惊叫了一声，在场的人几乎都飞身而出，去抢那还在空中的玉盒。武功差的自然被武功好的踩在了脚下，甚至有些人眼看着就要抢到了，却被身边原本的亲朋好友或同门兄弟给一剑刺穿了心脏。

一道血光闪现之后，整个会场立刻更加疯狂起来。稀世珍宝和鲜血的刺激让在场的人都有些狂乱。那白玉的宝盒从一个人手中落到另一个人手中，最后雪白如玉的盒子上已经沾满了鲜血。

临时搭建的简陋台子上，莫问情负手而立，居高临下地看着打成一团的江湖中人，唇边勾起一丝冷酷嘲讽的笑意。他侧首淡然地看向灵枢道：“这就是你所谓的江湖豪杰吗？”

“你……”灵枢同样也被眼前这一幕震惊了。

她没想到莫问情竟然会造成如此大的动乱。或许……她从来就不曾了解过莫问情。

“真是肮脏。”莫问情淡然道，“以后……我与药王谷再不相干，至于你……”莫问情冷然地盯着慕容煜道：“别让我再看到你。”

慕容煜脸色顿时铁青，即使现在明明占上风，他依然不敢对莫问情动手。或许他的武功并不比莫问情差多少，但是就连药王谷中毒术和医术最好的灵枢也要承认她远不是莫问情的对手——莫问情才是真正继承了前任谷主衣钵的传人。

“莫大哥，都是我不好，你别走……”素问红着眼睛叫道。

她真的没有想要害莫问情，她从十二三岁起便一心一意地喜欢着他，她怎么会害他？但是他从来都看不到她，她只是想要被他看到而已。

素问的哀求声却丝毫不能打动莫问情冷漠的心，莫问情的答案便是转身离去。

“灵枢，九霄仙芝……我们……”慕容煜眼看着一个江湖中有名的掌门携带着染血的玉盒朝树林中奔去，皱眉道。

灵枢淡然摇头道：“药王谷，从来就没有什么九霄仙芝。”

慕容煜脸色微沉，道：“你说那是假的？”

灵枢并不回答，只是道：“谷主，现在这里已经没有我们什么事情了。现在最重要的事情便是你尽快接掌药王谷。”

慕容煜半垂的眼眸中闪过一丝不屑，面上却依然是一片温和，道：“你说得对，灵枢，若不是有你，我真不知道该如何是好。”

灵枢漠然道：“陈家世代效忠莫家，这是属下应该做的，谷主不必多礼。”

“也罢，你准备一下咱们就回药王谷吧。”

慕容煜到底是当过二十多年皇子的人，端出来的气势还是颇为可观的。看他如此模样，灵枢这才满意地点了点头，侧身道：“谷主请。”

等到药王谷一行人全部离去，树林里又走出一群人来，正是之前消失不见的沐清漪等人。沐清漪站在树下，优美的樱唇勾出一丝浅浅的笑意，轻声道："慕容煜……居然会变成药王谷谷主，当真是……祸害遗千年吗？"

太史衡挥动着折扇道："我猜到了慕容煜和药王谷有些瓜葛，却没想到莫问情居然不是前代谷主的亲生骨肉。"

药王谷的规矩，太史衡也是略知一二的，但是既然有这样的规矩，当初莫问情继位的时候为什么没有人反对，现在才来反对莫问情甚至将他逼得几乎无处容身？从这方面来说，即使药王谷对莫问情有教养之恩，也未免太过无情了。

这一天，整个彭城附近几乎都是腥风血雨不断。身为彭城太守的步玉堂自然勃然大怒。这些江湖中人也太过分了，这段时间闹得整个彭城鸡犬不宁不说，还吓得整个彭城的百姓惶惶不安。他当下向还没离开的孙泽陵借了一千兵马，加上原本驻守彭城的兵马——直接封城。整个彭城江湖中人准出不准进，敢在城内动武的一律就地格杀。

大怒之下的步玉堂连两位皇子要求他出兵相助都拒绝了，当晚将一封折子送往京城，告两位皇子参与江湖争斗，搅得地方腥风血雨、鸡犬不宁。

黑夜里，一个满身是血的黑衣人抱着一个玉盒仓皇地奔跑着。一双原本正气浩然的眼睛里满是疯狂和警惕，他浑身散发着野兽一般的光芒，仿佛任何人物敢挡在他面前，他都会无情地撕咬。

等到终于跑到了一个安全的地方，他才喘息着停了下来，嘴里不停地念叨着："九霄仙芝……九霄仙芝……"

他闪烁着疯狂的、喜悦的眼睛在黑夜里显得格外瘆人。他颤抖着手想要打开玉盒。看到玉盒上的血迹时，他原本就颤抖着的手抖得更厉害了。这是他从自己的亲表弟手中抢下来的，这玉盒上面染着的就是他表弟的鲜血。

"九霄仙芝……"

他终于得到它了，只要吃了它，他就可以成为如韩问天那样的绝世高手，从此名利、权势、金钱、美女，要什么有什么。

越是着急，那盒子仿佛跟他作对一般越是打不开。焦急之下，他甚至想将它往旁边的石头上砸去，却又害怕将里面的九霄仙芝砸碎了。正在他急得满头是汗的时候，一个戏谑的笑声在幽暗的山林中响起："你看不出来那上面是七巧玲珑锁吗？"

男子大惊，猛地站起身来将玉盒护在身后，警惕地望向声音的来处，问道："谁？出来！"

"武林史家，太史文华。"不远处的大树上，太史衡背靠着树干笑眯眯地看着底下的人。

“文华公子？”男子一眼认出了太史衡，冷笑道，“你也想跟我抢？”

他能够在最后得到九霄仙芝还摆脱了那么多人的纠缠，自然不是个没本事的人，至少对付太史衡那三脚猫功夫还是够的。

太史衡仿佛丝毫没有感觉到他的杀意，偏着头有些怜悯地看着他道：“名剑山庄的庄主薛建，没想到居然是你。”

江湖中比薛建武功高的人自然不少，薛建能拼到最后大概是因为他足够卑鄙。因为他的表弟，正是江湖上新一代的一流高手之一，武功远比他高。

“想要找你的不是我，是他们。”太史衡指了指周围。

薛建这才发现不知什么时候自己所在的地方已经被人围了起来。一个穿着黑衣戴着面具的男子靠在不远处的树下默默地看着他，另一边的一块大石头上，一个穿着书生衣衫的青年男子漫不经心地把玩着一个小算盘。但是，这个青年男子能无声无息地出现在那里，就足以证明绝不是个寻常的书生。

在青年男子身后更远一点儿的地方，一个黑衣女子俏生生地站着，黑衣女子的身后站着一身白衣戴着面纱的女子。最重要的是，这两个女子周围站着七八个手持弓箭的黑衣男子。所有的弓箭都已经拉弓上弦，明晃晃的箭头直指着薛建。

“你们……你们是什么人？”薛建颤声道。

霍姝淡淡笑道：“我们是什么人阁下管不着，将手里的东西放下，你就可以活着离开这里。”

“休想！”

薛建惊恐地护住怀里的玉盒，他杀了那么多人，又杀了自己的亲表弟，如果得不到九霄仙芝，他就算活着出去了也跟死了没两样。不，他会比死了更惨。

薛建焦急地想要打开盒子，但是玉盒上的七巧玲珑锁显然不是那么容易就能够打开的。

太史衡忍不住闷笑一声，有些感叹地摇了摇头。行走江湖这么多年，他自诩看尽了江湖事，直到今天他才真正看清楚，这些江湖中人到底有多么肮脏和卑鄙。这些人为了九霄仙芝杀师杀徒、杀父杀子、杀兄杀弟，几乎没有什么做不出来。造成这一切的真正的幕后之人却依然白衣无瑕、笑容浅淡，白皙如玉的双手上连一滴血也没有染上。

太史衡叹息着望了一眼站在不远处大树下的白衣女子，在心中暗叹道：云歌，你的表妹可比你心狠多了。不过这样也好……这世道，心狠才能活得下去啊。

天权似笑非笑地看了太史衡一眼，手中的算盘一扬，便朝着薛建飞了过去。本来天色就不算明亮，那算盘来得又急又快，薛建本能地举起手中的玉盒一挡，只听嗖一声一支羽箭射穿了他的手腕。薛建啊的一声痛呼，玉盒便从手中落了下去，只见人影一闪，那满是鲜血的玉盒已经被天权拿到了手中。

“不……还给我！还给我！”薛建目眦欲裂，疯狂地想要扑向天权。

嗖嗖两道劲风刮过，两支羽箭带着警告之意射到了他的脚边，箭身正好交叉挡在了他跟前。

天权淡定地擦干净了盒子上的血迹，托着玉盒走到沐清漪跟前，恭敬地呈上，道：“姑娘。”

沐清漪摆摆手，示意他自己拿着。

天权身后，因为不肯消停又挨了一箭的薛建怒吼道：“你们到底是什么人？九霄仙芝是我的，你们休想……休想拿走！”

沐清漪神色淡然地看了一眼地上狼狈不堪的人，转身道：“走吧。”

“是，姑娘。”

过了今天，天权和霍姝对沐清漪可说是彻底地臣服了。局外之人看不明白，但是他们站在沐清漪身边却看得一清二楚。眼前这个白衣少女，神色从容、笑语嫣然，然而只是弹指之间，一枝假的九霄仙芝便挑动整个江湖厮杀成一片。今天在彭城内外折损的，几乎是整个西越甚至是江湖中七成的势力。

天阙城，也可以趁着这个江湖大乱的时候将势力融入江湖中。

彭城里，一缕阳光洒入了楼中。莫问情沉默地坐在靠窗的位子喝着酒。若是前些日子，他绝不会这么悠闲地在慕华楼这样的地方喝酒，今天却不一样，整个彭城里没有一个人找他的麻烦。即使是这个原本住满了江湖各派名人的慕华楼也显得格外宁静。这些人昨天便出城去了，莫问情知道，他们不会再回来了。

一点点追踪香、一点点能够挑动人心绪的药和一枝流光溢彩的“九霄仙芝”，整个江湖的名士就丧命于此。

莫问情饮下一杯酒，想起那个提出这样建议的白衣少女。即使是说着这样关系许多人生死的话，少女的眉宇、眼神也没有一丝一毫的杀气。甚至在那清澈的眼眸流转之间，他看到了一丝不为人所知的悲哀和怜悯。

菩萨貌，修罗手，念善天下生，念恶天下亡。

一阵轻缓的脚步声从楼下传来。

沐清漪走上楼来，看到莫问情似乎也半点儿都不惊讶，只是笑道：“莫谷主好闲情。”

“莫问情，字子渊。”莫问情淡淡道。

他现在已经不是药王谷的谷主了。他原本冷然的眉宇间倒是多了几分从前没有的轻松和平静。显然，药王谷谷主这个身份对他来说并不是荣耀而是累赘。

沐清漪扬眉浅笑，从善如流地道：“莫子渊，沐清漪。”

莫问情点头道：“你要救的人，若是遇上了，我会帮你救，若是遇不上，你可以派人找我。”

沐清漪点头道："多谢。"

"九霄仙芝的事情……"沉吟了片刻，莫问情还是开口道。

沐清漪笑道："从今天起，世上再也没有九霄仙芝了。"

莫问情点头，他对那个假九霄仙芝的下落并不在意，只要它以后不会再给自己带来麻烦就好。

沐清漪笑道："莫……子渊就不想知道九霄仙芝的下落？"

莫问情摇头道："那与我无关。既然你说没事了，我该走了。"

放下酒杯，莫问情当真起身便走了。

"保重。"

莫问情点了点头，犹豫了一下到底没有再说什么，转身下楼去了。

莫问情下了楼，结过账，刚出了慕华楼的大门，就听到门外的大街上传来一阵杂乱的喧闹声。一个满身浴血的皇家侍卫装扮的男子冲向城中的太守府，一边跑一边呼叫着："质王殿下薨了！"

莫问情微微一怔，抬眼望了一眼二楼半开的窗户，只见窗边坐着的白衣女子容颜清丽、神态温婉、笑颜如花。

莫问情转身，往城外的方向走去。他们原本……就不是一路人。

望着楼下渐渐远去的白色身影，沐清漪在心中轻叹：问情，本是难得一见的风雅缠绵的名字。莫问情……却是一个让人觉得有些冰冷又黯然的名字，也正合了莫问情这样的心性。只是不知道是他这样的心性才有了这样的名字，还是有了这样的名字才养成了这样的心性。

"姑娘。"天权和霍姝上楼来，看了看空荡荡的显得有几分寥落的慕华楼，轻声道。

沐清漪回过头来，含笑道："善后的事情已经收拾好了？"

天权淡笑道："姑娘尽管放心，绝对不会牵连到咱们身上。"

沐清漪满意地点头道："天权，你办事我自然放心，只是不知道……这消息传回京城，要引起多大的震动？"

天权道："质王是西越帝长子，又是嫡子，皇后娘家如今虽然没落了，只怕也不能消停。不过，这都是庄王需要烦恼的事情了。"

其实，事情原本就很简单。天权将九霄仙芝交给容璜之后，得到九霄仙芝的容璜还没来得及离开彭城，就被容瑄带人给截住了，双方一言不合打了起来，最后不知怎的装着九霄仙芝的玉盒突然碎裂炸开，容璜当场丧命。

这突如其来的变化几乎将容瑄吓呆了，他回过神来的第一件事便是摆脱跟这件事的关系。容璜身边的侍卫固然是一个不留，全部灭口。容瑄身边最后也只剩下几个心腹了。容瑄本人同样受了伤，被人抬回了彭城——两个皇子一起离京，一个皇子身死，另一个却只受了些伤，就算是容瑄自己也没法相信这事跟自己无关。

听完了天权的禀告，沐清漪淡淡一笑，一切基本上还在掌控之中，问道："魏公子这几天有什么动静？"

这几天的事情，魏无忌居然都没有掺一脚，让沐清漪实在是有些不习惯。特别是在她专门腾出了人手防着魏无忌的时候，魏无忌却丝毫不为之所动，这让她觉得仿佛一拳打进了棉花里。魏无忌若是真对九霄仙芝没兴趣，他还来彭城干什么？除非……他已经知道了药王谷根本没有九霄仙芝。

连药王谷都能够伸得进手，沐清漪觉得还要重新估量这位魏公子才是。

"罢了。天权，一切小心。明天我跟无心和霍姝回京城。"沐清漪摇摇头，将这些没有头绪的事情放到一边，吩咐道。

天权点头道："姑娘放心。"

"沐姑娘，又见面了。"

沐清漪刚刚下楼准备回院子里收拾行装，却见灵枢、素问和慕容煜带着几个人走了进来，灵枢含笑打了招呼。

"沐清漪！"站在灵枢身边的慕容煜一眼便认出了沐清漪，咬牙道。

沐清漪淡淡抬头，微笑道："原来是恭王殿下，许久不见，别来无恙！"

"好一个别来无恙！"慕容煜再也无法维持外表的风度，神色阴郁地盯着眼前笑如春风的女子。

慕容煜到现在都还不能相信，父皇居然为了这个女人降罪于他。一直以来他居然被这个女人的假面目欺骗！

旁边，素问有些不耐烦地道："谷主认识这个女人？"

慕容煜轻哼一声，盯着沐清漪道："沐清漪，落到本王手里，你还想走？"

沐清漪似笑非笑地看着他道："恭王殿下，我建议你还是问问你旁边的灵枢姑娘再大放厥词，免得待会儿丢脸。你……现在能奈我何？"

灵枢有些无奈地叹了口气，低声劝道："谷主，沐姑娘是云隐公子的未婚妻，咱们不宜得罪。"

灵枢的声音虽小，但是这楼下的地方本就不大，沐清漪自然还是清清楚楚地听到了，看着慕容煜挑眉笑道："看来恭王……啊，不是，慕容……朱谷主是改变主意了，那么清漪就先行告辞了。什么时候朱谷主若是改姓莫了，记得发张帖子，我和云隐公子也好准备一份贺礼。"

慕容煜脸色铁青，曾经在华国京城呼风唤雨的恭王，何时连一个小小的弱女子都敢如此明目张胆地挤对他了。沐清漪的话，更是戳中了他心底的伤疤。他虽然接受了药王谷谷主的身份，却并不代表他接受了自己的血统。在他内心里，小小江湖中人的血脉怎及得上高高在上的皇室尊贵血统？但是他自己……竟然不是皇室子孙，而只是一个江湖大夫的儿子!

此时慕容煜只觉得沐清漪的眼底写满了轻蔑和嘲讽。

“放肆!”慕容煜怒斥一声，朝着沐清漪一掌拍了过去。

一道暗影掠过，无心飞快地插入两人之间截住了慕容煜这一掌。同时霍姝拉着沐清漪疾退，刹那间便出了慕华楼站在了门外的街道上。

双掌相接，慕容煜和无心各自退了几步。等到慕容煜站稳了，门外的沐清漪已经被十几名侍卫围在了中间。这些侍卫手中都握着上了箭矢的弩，齐刷刷地对着门里的人。

“谷主，不要轻举妄动。”灵枢沉声劝道。

慕容煜哼了一声，无话可说。

门外，沐清漪浅笑嫣然，道：“既然没事了，朱谷主、灵枢长老，咱们后会有期。”

灵枢并不动怒，低眉浅笑，道：“沐姑娘，后会有期。”

彭城太守府中，太守步玉堂烦躁地在偏厅里踱步，里面的房间里，大夫正在为容瑄治伤。

步玉堂觉得今年肯定是自己这辈子最倒霉的一年，好端端来了一群江湖中人打打杀杀，将彭城延续了上百年的花会弄得草草收场。现在就连陛下派来的两个王爷也一死一伤，死的还是身份最尊贵的那个，他几乎能感觉到自己的脑袋在脖子上摇摇欲坠了。

一个大夫从里面出来，步玉堂连忙起身一把抓住他问道：“大夫，里面的人怎么样了?”

大夫犹豫了一下道:“没什么大碍，养半个月应该就没事了。不过他流的血有点儿多，所以看起来才有些严重。”

步玉堂松了口气，点头道：“多谢大夫，麻烦你了。”

大夫点点头下去煎药了，步玉堂在偏厅里转了两圈，心中暗暗骂娘。

两个王爷一起出去，如今一个王爷死了，另一个却只是受了一点儿不轻不重的伤，这里面若说没有什么猫儿腻，谁信啊!

步玉堂没有兴趣管这些皇子之间的争斗，但是现在人是在他的地盘上死伤的，他是怎么也脱不了干系的。步玉堂深深地吸了口气，闭了闭眼转身去书房写请罪的折子了。

这一回，能留住一条命是运气，要是没命了也只能怪自己命苦。

第九章
追封太子

质王薨逝的消息传回京城的时候，容瑾正悠然地半躺在书房里的椅子上发呆。不远处的书桌上放着一幅刚刚画好还没来得及装裱的美人图，画中一个清丽脱俗的白衣少女眉眼含笑地抱着一方古朴的瑶琴坐在河边。少女的四周开满了奇异而妖娆的花朵，跟前的河面上也漂着血红色的莲花，绚丽夺目的颜色却丝毫没有夺取白衣少女的风采，反而更让人觉得一眼望去便无法移开眼眸，仿佛那白衣少女便是那繁华喧闹的世界中唯一的纯净和清宁。

白衣少女自然是沐清漪，只是与沐清漪不同的是，少女的眉心有一朵金色的云纹，更显得她缥缈出尘，宛若仙人。

容瑾怜惜地看着桌上的画卷，幽幽叹了口气，自言自语："好多天没有见到清清了啊。"

"王爷、王爷……"薛任急匆匆地进来，连通报一声都忘了。

好在容瑾对身边信任的人还是颇为宽容的，他只是淡淡瞥了薛任一眼问道："何事？"

薛任喘了口气，满是皱纹的脸上写满了震惊，道："王爷，外面刚刚传回来消息，质王殿下……质王殿下薨了……"

容瑾把玩着折扇的手微微顿了一下，很快便恢复了正常，他淡淡道："死了便死了，与本王何干？”

“王爷慎言。”薛任苦口婆心地劝诫道，“王爷已经开始上朝听政，便不是小孩子了，这些话可千万不能在外面说，质王殿下……是王爷的亲大哥，是当朝嫡子啊。”

容瑾皱了皱眉，懒懒道：“本王知道了，你下去吧。”

薛任一愣，连忙道：“王爷，虽然质王殿下的遗体还未运回来，但是质王府已经设好了灵堂。按道理，王爷是要前去祭奠的。”

薛任也不知道这该怪谁，王爷在该学礼仪的时候，一个人被关在梅园里，也没人理会，等到大一些了身体不好，陛下又宠溺，更没人敢管了，以至于王爷如今根本就不将礼节放在眼里。若是王爷因为礼数上的问题被陛下厌弃，那薛任以后下了黄泉可怎么跟梅妃娘娘交代啊。

看着薛任要念经的架势，容瑾没好气地瞥了他一眼，道：“闭嘴！本王去！”

这老头儿总是喜欢说顾总管如果知道了云云……拿着根鸡毛就当令箭，回头等沐清漪回来了就打发他回家养老去！

看着容瑾一脸阴郁地起身，薛任还想再劝，想了想还是算了。若是去祭奠质王的九殿下脸上满是笑容，那才是糟了。

质王府里一片哀声震天，整个王府都挂上了白幡，王府的下人们也披上了丧服。大堂里一口金丝楠木的描金四爪金龙棺材放在中央，灵堂早已经设好，只等着质王的遗体送回来就入殓。

“豫王殿下到！”

一道有些尖锐的通传声响起，灵堂里原本呜呜咽咽的哭声都不由得停了停，所有人惊恐地望向大门口。质王都死了，难不成豫王还要上门来闹腾？

已经年过四十的质王妃不到一天时间便好像老了十多岁，听到这声音，本就难看的神色更加难看起来。她扶着质王世子的手站起身来，面带怒气地望着门口走进来的黑衣皇子。

“九弟，留步。”质王妃深吸了一口气，还是上前拦住了容瑾。

容瑾有些疑惑地看着质王妃，问道：“大嫂，这是做什么？”

质王妃强撑着摇摇欲坠的身子道：“王爷已经薨了，还请九弟让王爷安安心心地去吧。”

说到这里，质王妃又忍不住抹泪了。虽然自家王爷并不是陛下宠爱的皇子，但是始终占着嫡子的名分，只要他在，谁都不敢小觑质王府。而如今，剩下他们孤儿寡母……

容瑾皱眉道：“我来给大哥上炷香，怎么就不让大哥安心去了？”

真是莫名其妙，都是薛任非要让他来，人家根本就不想让他进嘛！

“上香？”质王妃有些反应不过来。

容瑾木着脸道："不然我来干什么？"

大闹灵堂？他跟容璜还没有那么深的血海深仇好吗？

九爷……弄死了人家跟大闹灵堂比起来，到底哪个更像血海深仇啊？

质王妃愣了一下，回过神来才有些呆滞地让开了大门。在众人惊讶的目光中，容瑾恭恭敬敬地上前取了香，上前祭拜。上完了香，容瑾本来打算挥挥袖打道回府，但是看了看站在一边一脸古怪地望着自己的众位皇子，还是决定不要太过不合群了。他跟着走到八皇子和十皇子之间的位置，淡淡一笑，道："八哥、十弟，你们来得真早。"

"九弟……也不晚。"八皇子有些呆呆地道。

"九哥。"虽然十皇子跟容瑾一向有些不对付，但是看到容瑾这样直勾勾地盯着自己，还是忍不住有些心头发凉，问道，"九哥……你有什么事吗？"

容瑾淡淡道："往后面站点儿。"

将十皇子往后面拨了拨，容瑾毫不客气地占据了原本十皇子的位置。

质王容璜今年已经四十八岁了，他的长子今年也三十一岁了，比容瑾还要大整整十二岁。质王膝下一共有四子三女，如今都跟在质王妃身后，一个个哭得跟泪人一般。

因为质王的遗体还没有运回来，前来祭奠的大臣都是上过香便纷纷告辞了。身为兄弟的皇子们却要在质王府里陪着嫂子、侄儿和侄女迎接来祭奠的宾客。一直等到下午，来祭奠的人渐渐少了，众人方才向质王妃告辞。

循王一向没什么存在感也不爱说话，而且他身体不好，所以露了个脸就离开了，故而这些皇子中领头的倒是四皇子端王容琰。

质王妃去送王妃们了，容琰便对一直陪在灵堂的质王世子道："淮儿，节哀。"

质王世子，也就是西越帝的嫡长孙容淮，看着眼前的几位叔叔，恭敬地点了点头道："多谢四叔，多谢各位叔叔。"

容琰拍拍他的肩膀，道："以后质王府就要靠你支撑了，好好劝着大嫂，莫要伤了身子，想必大哥在天之灵也不愿意看到这种情形。"

质王世子勉强挤出一丝笑容，点头道："侄儿知道。"

容琰这才点点头，道："天色不早了，我们也该告辞了。"

"府中琐事繁多，侄儿就不留各位叔叔了。"质王世子道。

其他人也纷纷安慰了质王世子几句，就跟着容琰告辞离去了。到了容瑾这里，他平生就没有好声好气成功安慰过谁，何况容璜的死本就是他的手笔，这会儿还要去安慰人家的儿子，即使是心狠手辣的容瑾也觉得有些没趣儿。所以，他只是淡淡扫了质王世子一眼，便走出去了。

对于他这样的态度，质王世子也不在意。九殿下能安安分分地在灵堂前待了大半天没有闹事，就已经出人意料了。若是他还开口安慰人，说不定质王世子才会被吓得不轻。

送走了宾客，质王世子挥退了灵堂前侍候的庶弟、庶妹，以及下人，独自一人跪在灵堂前默默出神。

质王的薨逝不仅意味着他失去了父亲、质王府失去了主人，同时也意味着原本跟庄王、端王势均力敌的势力瞬间就可能土崩瓦解。这无论是对皇后的娘家还是对质王妃的娘家、世子妃的娘家，甚至所有依附质王府的人来说，都是一个巨大的打击。

质王世子虽然已经年过而立，但是在朝堂上，一向没有皇孙们说话的余地，所以一时之间，即使他是皇嫡长孙，也很难替代父亲的作用将这些势力稳定下来。难道……质王府就要这么衰落下去？

“淮儿。”

质王妃送完了客人回到灵堂，便看到儿子孤身一人跪在灵堂里低着头不知道想些什么。丈夫的去世，带给质王妃的打击同样巨大，但是幸好，她还有儿子。

“母妃。”质王世子起身，恭敬地道，“母妃千万要保重身体。”

质王妃眼泪忍不住又流了出来，道：“你父王就这么去了，只剩下咱们孤儿寡母，以后的日子可怎么过？今儿你也看到了，你那些王叔……你以为他们是真心来为你父王祭奠上香的吗？”

“孩儿知道。”质王世子道。

就算他再怎么不经事到底也是在皇家长大的孩子，怎么会不知道他那些叔叔的想法？特别是四皇叔容琰！原本在朝堂上能够与父王抗衡的就只有二叔和四叔，现在二叔赶不及回来，容琰自然迫不及待地想要拉拢质王府原本的势力。

“孩儿不会让他们得逞！”质王世子咬牙道。

质王妃含泪道：“咱们能有什么法子……你皇祖父的态度你是知道的，素来是不理会皇孙们的。虽然你是嫡长孙，但是这些年也跟别的皇孙一样无所事事，只能给你父王打下手。如今……就连你九叔、十叔、十一叔都进入朝堂了，你皇祖父还是没个表示。”

若是不能参与朝堂的事务，再有能力、心计又有什么用？

质王世子扶着质王妃坐下，安慰道：“母妃放心便是，有孩儿在，咱们质王府就不会败，何况宫里咱们还有皇祖母。”

“若是让本妃知道是谁害了你父王，本妃定要将他碎尸万段！”质王妃抹着眼泪咬牙道。

质王世子咬牙道：“谁害了父王，还用猜吗？自然是我那个好二叔！”

“淮儿！”质王妃一惊，震惊地望着质王世子。

质王世子看着母妃道：“难道不是吗？平常的江湖人物怎么会无缘无故去害一个皇子？碰巧那么多人一起出去，都死得干干净净，偏就他受了些不轻不重的伤。何况，母妃你想想，父王不在了，谁得到的好处最大？”

自然是庄王容瑄，嫡长子死了，身为二皇子的容瑄便是长子。他的生母南宫氏如今也在宫中贵为德妃，身份高贵，又有南宫家支持，还有军功在身，就算是端王容琰跟他比起来也还要差一些。

“庄王……果真是他？他欺人太甚！”质王妃恨道。

听了儿子这样说，即使没有确切的证据，质王妃心中也认定了是容瑄搞的鬼，心中更是恨极了他和南宫家。

“本妃要进宫，求父皇和母后做主！”说着质王妃转身就要进宫去。

质王世子连忙拉住她道：“母妃，难道皇祖母会想不到这些吗？咱们现在根本没有证据，就算闹到了皇祖父跟前，他也绝不会相信。何况……皇祖父对南宫家可比对皇祖母娘家看重得多。”

“那要怎么办？难道你父王就这么白死了？”质王妃跌坐在椅子里，掩面哭泣道。

“总会有办法，母妃你放心，孩儿一定会为父王报仇。”质王世子望着眼前空荡荡的灵堂，低喃道。

此时皇宫中同样乱成一片，皇后一听说质王的死讯当场便晕了过去，醒过来之后连仪容都来不及整理就直接冲到了容瑄的母妃南宫氏德妃的寝宫。她还未进门便已经厉声叫道：“南宫娴，你还我皇儿命来！”

德妃宫中的宫女、太监哪儿敢拦盛怒之下的皇后，只得任由皇后一路冲进了德妃的寝殿。

德妃如今也已经年过六十，在后宫中可算得上是高龄。只是她年轻时便美貌如花，出身将门身体也不错，如今看上去也不过四十出头的模样，举手投足间倒是比一般的宫中嫔妃多了几分大气。

听到皇后的声音，德妃也跟着站起身来看着从外面怒气冲冲地闯进来的皇后拧眉道：“皇后娘娘这是怎么了？”

“南宫娴，你别装蒜！容瑄杀了本宫的皇儿，你还我儿命来！”

唯一的儿子突然死去，皇后几乎立刻便崩溃了，往日还维持着的尊贵仪态也早已经荡然无存。

德妃脸色微变，沉声道：“质王薨逝臣妾也很难过，但是瑄儿也是受了重伤的，皇后娘娘将这件事推到瑄儿身上未免有些过分。”

皇后双眼泛红，厉声骂道：“皇儿跟庄王一起出门，却只有庄王和他身边的几个人活着，你以为本宫是傻子吗？南宫娴，本宫一定要你们母子为我皇儿偿命！”

德妃咬牙道：“那是瑄儿身边的人拼死护主！难道皇后娘娘的意思是瑄儿应该陪着大皇子一起死在彭城吗？瑄儿好不容易死里逃生，皇后娘娘还如此咒他……本宫还要跟陛下讨个公道呢！”

容璜死了她心里固然是高兴的，但德妃也不是无知女子，自然知道这件事自己的儿子即使是无辜的也很难洗脱嫌疑，只怕最后还会便宜了别人。

“好！咱们就去陛下跟前说个清楚！”皇后高声道。

“陛下驾到！”

正说话间，门外已经响起了皇帝銮驾到来的通报声，显然是西越帝听说皇后冲到了德妃宫里就立即过来了。

皇后恨恨地瞪了德妃一眼转身往外面迎驾去了。

西越帝大步走了进来，扫了一眼脸色同样难看的皇后和德妃，语气冷淡地道：“你们这是在干什么？”

皇后和德妃心中不由得一阵苦闷，虽然她们如今早已经过了争宠的年纪，但是只要一想到自己的丈夫几十年来从未对自己有过片刻柔情，没有女子能够心平气和。这些年才上位的宫妃还好说，毕竟西越帝年纪也大了，皇后和德妃却可说是从最初就陪着西越帝的。

年轻的时候两个女人争得死去活来，西越帝却从未对她们有过丝毫偏爱，甚至连孩子都是一人一个就再也没有了。她们原本只当皇帝天生冷血无情，过了二十年后，自己已经人老珠黄了才看到皇帝对另一个女子呵护备至、柔情似水，怎么能不恨？

“恭迎陛下。”德妃收拾了心绪，恭敬地上前见礼。

“陛下！求陛下为皇儿做主！”皇后跪倒在西越帝跟前，哀哀切切地哭泣道。

西越帝皱眉道：“做什么主？质王薨逝了你不在宫中好好打理事务，跑到德妃这里来干什么？”

皇后脸色一白，尖声道：“陛下！明明是容瑄害死了咱们的皇儿啊。”

“绝无此事，求陛下明察！”德妃连忙上前一步也跪倒在了西越帝跟前。

看着眼前跪着的两个女人，西越帝不悦地皱起了眉头，道：“够了！质王和庄王都还没回来，胡说八道什么？此事朕自然会派人去调查！皇后，回你的宫中去。”

皇后的脸色更加难看起来了，看到德妃隐含得意的眼神，心中更加认定了陛下是在偏袒德妃母子，道：“不！陛下……皇儿也是你的儿子，你为什么如此狠心？难道你当真想看着他死不瞑目吗？”

西越帝不耐烦地抬手揉了揉眉心，这次派了容璜和容瑄两个皇子去彭城，足见西越帝对九霄仙芝的重视。现在，九霄仙芝没了，两个皇子还一死一伤，这让西越帝的心情十分糟糕。皇后还在他耳边絮絮叨叨地哭闹不休，让西越帝心中更加烦闷，他怒道：“够了！朕说的话不管用了是不是？”

皇后凄厉的哭声顿时一停。

西越帝冷然地扫了两人一眼，道：“质王和庄王的事情朕自会处置，皇后立刻回自己宫里去，还有德妃，也给朕好好地在宫里待着！”

德妃脸色一僵，知道这是陛下在警告她不得与南宫家联系。很明显，对于容璜的死，西越帝也不是全然信任容瑄的。

“是，陛下。臣妾遵旨。”德妃连忙道。

看着西越帝不善的眼神，皇后也只得咽下心中的怨恨，幽幽道：“臣妾遵旨。”

西越帝轻哼一声，拂袖而去。

出了德妃的宫殿，西越帝走在金碧辉煌的宫廷殿阁之间，好一会儿方才叹了口气，皱眉道：“质王今年四十八岁了吧？”

跟在他身后的太监总管蒋斌吓了一跳，回过神来才连忙恭敬地答道：“回陛下……质王殿下是腊月生的，还有一个多月便整四十八岁了。”

“你说……这事跟庄王有没有关系？”

蒋斌的头埋得更低了，战战兢兢地道：“这……奴才不知。”

西越帝轻哼一声。

蒋斌是跟在西越帝身边几十年的人，自然知道西越帝的行事。蒋斌是个难得的聪明人，知道什么该说什么不该说，什么该问什么不该问。

然而蒋斌心中却是暗潮汹涌。陛下竟真的对庄王起了疑心，不管庄王跟质王的事情有没有关系，只要陛下心中有了这个想法，以后庄王的日子只怕是不好过了。皇帝最厌恶的莫过于皇子们自相残杀。今天皇子们能杀兄杀弟，明天就有可能会杀君弑父。

“瑾儿去了什么地方？”西越帝问道。

蒋斌心中一惊，没想到陛下对九殿下也起了疑心。他小心翼翼地道：“启禀陛下，侍卫们没跟上九殿下，不过……九殿下似乎是从北边回来的。”

西越帝点点头，瑾儿好些天前就回来了，方向也不对，他回京的时候彭城那边还什么事都没有。其实西越帝也不是怀疑容瑾，只是身为帝王的他习惯了将所有疑点都考虑进去罢了。

“罢了，明儿一早你去质王府传旨，追封质王为悼恭太子。”

蒋斌怔住，望着西越帝漫步而去的身影连忙摇了摇头快步跟了上去。

质王薨了，这质王府就算是完了。但是……陛下追封了质王为太子，如此一来……皇长孙……陛下这是为了抚慰质王妃和质王世子，还是想要逼死质王府的人啊。

豫王府书房里，容瑾正坐在书案后面低眉思索着什么，下首的椅子里天璇和冯止水一左一右坐着看低眉苦思的容瑾。

“城……王爷，你这是在想什么？”天璇有些不解地道。

容瑾皱了皱眉，看向冯止水道：“凤章先生可能猜到本王在想什么？”

冯止水在心中有些无奈地叹了口气。他原本是不想蹚这浑水的，但是小姐已经掺和进来了，他又岂能置身事外？这位九殿下，平日里看起来漫不经心，使唤起人来却是毫不手软。

沉吟了片刻，冯止水道：“王爷可是在猜测陛下对质王府的态度？”

容瑾微微点了下头，没有说话。

冯止水笑道：“其实王爷想太多了，陛下对质王府无外乎两种态度，置之不理或安抚加封，无论是哪一个对殿下来说都没有坏处，不是吗？”

容瑾扬眉淡笑道：“不错，质王府的势力并不次于端王，甚至不弱于庄王。父皇若是置之不理，必成大乱。所以……本王猜父皇是要加恩了。”

冯止水道：“质王殿下乃是当今的嫡长子，又高居亲王之位已经封无可封。若是陛下加恩……就只能追封为太子了。”

如此也不算过分，质王的生母是皇后，他是西越唯一的嫡长子，追封他为太子倒也说得过去。

“如此一来，皇长孙的身份就有些麻烦了。”冯止水凝目道。

太子的儿子……按说当是皇太孙。以这个身份，若是质王世子有野心一争储位，也还能吸引不少人。

容瑾轻哼一声，道：“确实是有些麻烦。”

这就是先杀容璜的坏处。若不是实在不想招惹南宫绝，容瑾也不会先对容璜下手。

冯止水想了想，道：“以在下拙见，质王世子只怕不是端王和庄王的对手。若是殿下在适当的时候出手相助，未必不能收复质王一脉的势力为己用。”

容瑾想了想，还是摇头道：“质王的势力就先不用考虑了，容淮那小子野心也不比他父王小，只怕不拼个头破血流是不会轻易退出的。”

冯止水不知道质王的死正是容瑾和沐清漪的手笔，所以才会提出这样的提议。容瑾却知道这世上没有不透风的墙，他敢杀容璜就已经做好了有一天会被人揭穿的准备，所以他跟容淮也从来都不可能是一路人。至少皇后一族、质王妃一族的势力，就算白送他也不会用。冯止水虽然不知道容瑾为什么拒绝，却也不在意。他现在还不是豫王府的人，不过是看在小姐的面子上提出自己觉得合适的建议罢了，九皇子不愿意采用，他也不以为意。

“王爷，顾总管回来了。”门外，下人恭敬地禀告道。

“清清回来了！”容瑾大喜。

虽然许多事情冯止水也能做，但是没有沐清漪在身边，他总是觉得格外不舒服。若不是极力忍耐，只怕他每时每刻都要处在发火的边缘。

容瑾才刚刚站起身来，沐清漪已经出现在门口了。沐清漪一身白色衣衫，俊美出尘，这些日子一直在外奔波也丝毫不见风霜，唇边带着淡淡的笑意倒是更添了几分清秀。

“清清！”

于是，天璇眼睁睁地看着他们家英明神武的城主对着刚刚走进大门的白衣少年飞扑过去，然后心情愉悦地拉着人家走回上首的椅子里坐下。再联系到城主刚刚叫的“清清”，天璇睁大了眼睛，才终于看出来这白衣少年居然与他们未来的城主夫人沐姑娘有几分相似。

“沐……沐姑娘？”

沐清漪回头看着目瞪口呆的天璇淡淡一笑，道：“天璇堂主，幸会。我是顾流云，豫王府大总管。”

天璇眨了眨眼睛，觉得自己的头更晕了。他也拿不定眼前这少年到底是不是沐姑娘，虽然有几分相似，但看起来确实是一个俊美出尘的清秀少年，而且这二人也没有像到会让人觉得是同一个人的地步。如果不是，城主怎么可以……还有顾总管又是怎么知道自己的身份的？

容瑾笑眯眯地看着天璇眼睛里转圈儿的晕乎模样笑道：“清清，你别戏弄天璇了，他生得笨，别弄傻了。”

容瑾此话一出，天璇顿时一脸黑，也立刻明白了眼前这白衣少年果然便是天阙城里的白衣少女——他们未来的城主夫人沐姑娘。

天阙城虽然避世几百年，但是城中的许多规矩与外面相差并不大，霍姝那样能文能武的女子已经算是凤毛麟角了，何曾见过沐清漪这样的。再打量一番坐在城主身边神态自然、举止洒脱、气度天成的沐清漪，天璇不由得在心中感叹，难怪她能让城主如此动心。

容瑾看着天璇道：“以后称呼子清顾总管便是，天璇，你可明白？”

蓦地，天璇只觉得眉心一凉，心中也是微微一震。他本也是个聪明人，自然明白容瑾的意思。沐姑娘现在这个身份对外界来说是个秘密，除了自己知道，就算是天权、天枢等人也不可以提起。至于霍姝……跟着沐姑娘，回来时想必已经知道了吧。

“属下明白！”天璇立刻起身，恭敬地道。

沐清漪微微挑眉，含笑看着容瑾道：“王爷别吓天璇了。刚刚一进城就发现城里的气氛似乎很不寻常，有什么事吗？”

容瑾挥挥手示意天璇坐下，笑眯眯地道：“出了什么事，清清猜不到吗？”

沐清漪不用猜也知道，问道：“质王？”

容瑾点头道：“子清真聪明，想必我那二哥也快要回来了。”

沐清漪摇头道：“应该没那么快，据说庄王殿下伤得不轻。”

“不，在外面拖得时间越长，对他就越不利。何况……等伤好了再回来，那他受伤的意义可就不大了。”容瑾笑道。

容瑄把自己弄得伤痕累累可不仅仅是为了洗脱自己的嫌疑，若是他带着重伤回来，父皇看了就算原本有十成的怒火，至少也还是要消下去个五六成的。

“这段时间辛苦冯先生了，城中可还有别的什么事？”沐清漪看向坐在一边正微微蹙眉看着他们的冯止水道，同时她还淡淡地扫了容瑾一眼。

沐清漪记得她可没有让冯止水进王府来帮忙，以冯止水的才华，只是来做一个小小的顾家总管，确实是大材小用了。

冯止水恭敬地道：“‘公子’客气了，府中也没有什么大事。不过……南宫将军府上的二公子来找过‘公子’一回。”

沐清漪点头表示明了，道：“天璇再过些日子可独当一面了吧？”

冯止水扶着胡须含笑道：“天璇公子天资卓越，再过不久必然可以独当一面。”

虽然之前天璇早就已经独当一面，但是作为一个成功的商人，在冯止水的眼中天璇还是远远不合格的。冯止水以一介儒生的身份掌握着顾家内外这么多的产业，这么多年丝毫不见衰败甚至还有更盛之势，若不是顾家不愿出风头，自从顾家出事之后也没有再扩张，只怕如今天下首富到底是谁还未可知。有如此才能，冯止水自然看不上天璇这样还有些手生的青年。

天璇这些日子也见识过冯止水的能力，连忙拱手道：“多亏了冯先生教导。”

若论人才，容瑾手下真正能够拿得出手独当一面的还当真不如顾家多。顾家毕竟是延续数百年的大家族，即使如今已经衰败，冯止水这样的人也胜过了许多人。

容瑾虽然贵为皇子又继承了天阙城城主之位，但是身在京城处处被人盯着。天阙城几百年避世不出，城中的人早已经闲散不堪，年老的人不能用，年轻的人不堪用。这几年，容瑾好不容易从一堆人中拣出了那么几个可堪造就的，已是着实不易。

这也就难怪容瑾趁着沐清漪不在将冯止水拐到王府里来帮自己干活，容瑾实在是羡慕嫉妒恨啊。

容瑾看着沐清漪犹豫了一下，还是道：“凤章先生若是只做一个管事，是有些屈才了吧？”

看到冯止水出现在书房里，沐清漪就明白了容瑾的打算。不过冯止水应该也是愿意的吧，若是不愿，冯止水自然有的是办法避开。何况，冯止水虽然做了几十年的顾家大总管，到底是一介文人，理想抱负必然是在家国天下而不是算盘和金银中间。

“冯先生？”

冯止水道：“但凭‘公子’吩咐。”

沐清漪轻叹了口气，看向容瑾道：“王爷有什么打算？请凤章先生留在王府吗？”

容瑾笑眯眯地道：“凤章先生大才，王府有子清在就足够了，至于凤章先生……本王猜测不日彭城太守之职将会空缺出来，先生若是有兴趣的话……”

冯止水一惊，太守之职并不低，以冯止水的能力虽然绝对能够胜任，但是他成为彭城太守的条件却是不足。一来，他并非西越人；二来，他也并非朝堂上的人。西越帝怎么可能会任命一个来历不明的人做一方太守？

容瑾挥手笑道："一开始便做太守肯定不行，所以，还要先生在彭城委屈一段时间。如今一个皇子死在了彭城，接下来彭城太守之位绝对是一个烫手的山芋，先生不如先到彭城做一段时间的幕僚？"

冯止水顿时明了容瑾的打算，西越的官员并不全都是通过科举上位的。如果他在彭城期间能够有大作为，趁着之后这段时间彭城的混乱状态，再加上豫王府和顾家的财力在幕后推动，彭城太守之位未必不能落入囊中。

"有把握吗？"沐清漪蹙眉道。

容瑾笑道："彭城并非战略要地，步玉堂在那里原本做得也不错，只是如今……虽然本王没什么势力，不过区区一个太守之位还是不妨事的。"

沐清漪想了想，对冯止水道："那以后就辛苦冯先生了。"

冯止水连忙起身一拜道："王爷和公子对属下信任有加，属下必不敢辜负王爷和公子的信任。"

看着天璇和冯止水退下，容瑾方才欢喜地凑到沐清漪跟前，如同小狗儿一般在她乌黑的青丝上蹭了蹭，眼巴巴地望着她，道："清清……"

沐清漪无奈地抽了抽嘴角，她男装的扮相连天璇都看不出破绽，证明现在她外表看起来确实是个少年，容瑾你就不觉得别扭吗？

沐清漪抬手拍拍某人的脑袋，问道："九公子怎么想起来让冯先生做彭城太守？"

说起正事的时候容瑾多半是正经的。他在自己的位子上坐好，看着沐清漪笑道："凤章先生这样的人才，区区一个太守算什么。不过……彭城嘛，是个好地方。"

沐清漪明了，彭城就在天阙城附近，而且看容瑾对孙泽陵的态度显然也有拉拢之心。只要能够拉拢镇守三州的平戎将军孙泽陵，彭城太守又是自己人，不需要几年时间，彭、渝、青三州实际上就等于在容瑾的控制之下了。只不过……孙泽陵只怕不是那么容易收服的。

"步玉堂怎么样了？"沐清漪问道。

在彭城的时候，沐清漪对步玉堂这个太守很有好感。这个人不拘于小节、灵活机变，而且确实是实实在在地在为一方百姓着想。这一次步玉堂算是被他们连累了，遭了池鱼之殃。

容瑾挑眉，淡淡道："父皇已经下令，将他连着质王的尸体一起押解进京。太守之位由郡丞暂代，稍后再派合适的官员前往。"

沐清漪点点头，道："那么就让冯先生尽快赶去彭城吧，至少在正式的太守上任前在彭城立住脚跟。步玉堂……有法子救他吗？"

"清清怎么对步玉堂这般关心？"容瑾不悦地道。

沐清漪赞道："是个人才，就这么死了可惜。"

步玉堂这一次被押解进京，绝对是凶多吉少。死了一个皇子，总要有人来担起责任，步玉堂这个当时离得最近的官员自然就是最好的替罪羊。现在皇后一族和质王一党肯定饶不了他，庄王和南宫家只怕也巴不得步玉堂快些死了好将这件事抹过去。

“我知道了，回头想想看。”容瑾道。

沐清漪淡笑道：“不要勉强。”

容瑾笑道：“清清放心便是，本公子什么时候出过这样的漏子？”

容瑾这么多年来在皇子和云隐公子两个身份之间自由转换，都没有引起任何人怀疑，谨慎自然是必不可少的。

沐清漪低眉一想，莞尔一笑道：“王爷这些天不是已经上朝听政了吗？可有什么收获？”

容瑾懒洋洋地趴在椅子扶手上翻了个白眼，道：“无聊死了。”

皇子虽说参政，却并不像普通官员那样有具体的职务，平时上朝也多是旁听而已。有时候西越帝会随机分配下来一些事情由皇子们去办，若是没有事情做，还当真是有些无聊。

只不过，这样的无聊也总算还有一些好处，至少与朝中官员的接触开始多了起来。从前朝中的官员几乎人人都对九皇子唯恐避之不及，如今容瑾开始上朝了，渐渐也开始有一些官员上门拜见了，尽管比起之前质王府、庄王府和端王府的络绎不绝，他这儿还有些凄凉。

沐清漪很快便拿到了一张这些日子上门来拜访的官员的名单，一眼看去人数果然不少。上至丞相下到五品小官都有，丞相自然是不用考虑了，当朝左相是质王的舅舅，右相是端王妃的亲爹，这两个过来纯属试探而已。

“清清把天阙城的人安置在哪儿了？”容瑾趴在椅子里看着认真看名单思索的沐清漪，慢悠悠地问道。

沐清漪抬眼看了他一眼，道：“在城外的几个别庄里，过些日子就能够放一些进城来，就算王爷想要将他们调到豫王府来也无不可。”

“不用，豫王府的人够用。”容瑾挥挥手道。

豫王府的侍卫不少，自从出宫建府之后，九皇子脾气暴戾的名声不减反增。这些日子来被容瑾弄死、弄伤、弄残的侍卫和丫头没有上百也有几十。虽然名声不好，但王府里确实干净了不少。现在豫王府一切都基本走上正轨了，别人再想要往里面安插人手就没那么容易了。

至于府里的人被收买，他们看看王爷腰上那条精致的长鞭，只要不是活得不耐烦了，都得掂量一下。于是，在不知不觉间，人们恍然发现，豫王府的消息原来没那么好探听。他们原本就探听不出什么有意义的消息，因为九爷从来不做有意义的事情。

京城虽然因为质王的薨逝而显得有些沉郁，但到底这还是皇室和朝中大臣的事情，一个皇子薨逝还用不着全天下的百姓为他服丧，京城百姓的日子还是照样过。

清风阁是京城里的一家还算不错的茶楼。

此时清风阁二楼上，穿着一身月白色衣衫的南宫家二公子正坐在窗前发呆。

“南宫。”

一个含笑的声音在他身后响起，南宫羽一怔，猛地回头便看到沐清漪披着一件淡青色的薄披风站在自己身后。

“流云！”南宫羽站起身来笑道，“我还以为你没空出来呢。”

沐清漪挑眉，抬手解下身上的披风放到一边，露出里面一身白色的锦衣，白衣裳袖中带着银色的云纹暗绣，仿佛只是一件普通的白衣，但是仔细一看便会发现这竟是京城里权贵之家也少用的暗绣云锦。

沐清漪笑道：“南宫在这个时候约我，我才比较奇怪呢。”

这几天容璜的尸体快要运回来了，皇子们每天到质王府祭奠一次。支持庄王的南宫家和支持质王的左相周家更是隐隐有水火不容之势，这个时候南宫羽还有空闲在外面跑才是怪事。

南宫羽有些无奈地苦笑道：“这些事情都是父亲和大哥在忙，我也帮不上什么忙，可不是闲着吗？倒是流云，你现在可是豫王府的大总管，应该不轻松才对。”

在南宫羽对面坐下来，沐清漪不以为然地笑道：“豫王府能有什么事？只怕整个京城都没有比豫王府更闲的地方了。”

南宫羽掏出一沓银票放在沐清漪面前道：“上次的事情，多谢流云。”

沐清漪一愣，不管怎么说，这事还是容瑾坑了南宫羽。虽然后来容瑾将银票还了回去，但沐清漪现在看到南宫羽一脸郑重地将银票还给自己，还是不由得有些不好意思起来。

南宫羽笑道：“流云不必如此，豫王在京城里行事素来如此，何况上次的事情也跟流云无关。”

沐清漪不再推托，也不看银票的数目直接收了起来，笑道：“南宫急着找我，就是为了这事吗？”

南宫羽摇摇头，有些无奈地笑道：“你我也算是朋友，难道没事还不能出来聊聊天吗？”

“豫王府大总管和南宫家二公子？”沐清漪挑眉笑道。

南宫羽轻声叹了口气，很是无奈地望着沐清漪。如果只是南宫羽和顾流云，自然是可以成为无话不谈的朋友。但如果是南宫家的二公子和豫王府的大总管，谁会相信他们之间的交情当真没有别的什么？

南宫羽摇了摇头，道：“我想跟陛下请求去驻守边关。”

沐清漪没有接话，她能够看出南宫羽确实不是一个善于权谋算计的人，身在南宫家却注定了他不能逃脱这些。驻守边关，也算一种变相的逃避吧？

“南宫不想待在京城里？”沐清漪轻声问道。

南宫羽苦笑道：“说我懦弱也好，说我愚笨也罢。比起京城里的这些钩心斗角……我当真宁愿在战场上一刀一枪去搏杀。如今质王死了，京城的局势只怕是……要乱了。”

“南宫喜欢驰骋沙场的话，去陛下跟前试一试也好，说不定陛下会同意呢。”

不管西越帝如何防备南宫家，却也改变不了南宫家在西越军中的影响力。如今北汉国力渐强，北汉国主正当盛年，西越帝却已经年迈老朽，西越离不开南宫家。

闻言，南宫羽不由得脸色一亮。他想要驻守边关的事情就连自己的父兄都不同意，倒不是说南宫家要摒弃兵权转做文官，而是如今朝中局势复杂，大哥想要他留在京城帮忙。父亲则认为这个时候就算他想要驻守边关，陛下也根本不会给他太多兵权，到时候怕也只能受人节制。

“多谢流云。”南宫羽真诚地道。

沐清漪淡淡微笑，也不再多言。

“不谈这些，我请流云喝一杯如何？”南宫羽笑道，“上次便说请流云喝酒，不想流云却一直忙得不见人影。今天我正好带来了父亲珍藏的好酒。”

沐清漪无奈地道：“我虽然不胜酒力，不过喝上一两杯还是可以的。”

南宫羽笑道：“爽快！”

他立刻叫人换上了酒杯。南宫羽果然带了一坛好酒来，一打开封泥，淡淡的酒香便四溢开来。

沐清漪闭眼闻了闻空中弥漫的酒香，赞道：“华国产的香雪酒号称华国第一名酒，果然是醇香四溢。”

南宫羽笑道：“流云年纪轻轻，看来也是会饮酒的。说起来，若论酒的话还是咱们西越的酒味道更好，不过华国这香雪酒倒也味道独特，我知流云是华国人，所以特意带来。”

沐清漪笑道：“早知道南宫嗜酒，我府上倒是藏着几坛三十多年的西越青竹酒和碧玺梅花，回头让人给你送过去？”

“咦？”南宫羽眼睛一亮。

青竹酒是西越西南的名酒，素来以清冽著称，但是因为只产自一个叫青竹的小镇，每年所产也不过三百坛而已，三十年的陈酿就更是少见了。那碧玺梅花更是可遇而不可求。

沐清漪苦笑道：“家中父兄原本也好品酒，这些酒原本是要送回华国的。如今……也只好拿来送人了。”

南宫羽也知道顾家几年前被灭门之事，只当顾流云是顾家旁支，也跟着遭了池鱼之殃，也不知怎么安慰沐清漪，只得捧着酒杯发呆。

沐清漪扑哧一笑，端起酒杯朝他微微一举，道："我当真是不胜酒力，只饮这一杯，至于其他的，南宫随意。"

南宫羽与她一碰杯，笑道："你放心，我从不劝人喝酒，劝别人喝了自己喝的岂不是少了。那我就先谢过流云了。虽然咱们才认识没几天，我却觉得流云比京城里的这些人更像是朋友。"

沐清漪淡淡一笑，心中也有些愧疚。南宫羽这人在京城里是永远不会活得快乐的，因为他的心太过干净，容不得一丝尘垢。这样的人，若是生在寻常百姓家想必要幸福得多。

楼外传来一阵马蹄声，沐清漪好奇地抬眼从窗口望去。南宫羽倒是不怎么好奇，道："今天是质王的遗体还有庄王回京的日子。得，看来想好好喝酒也不行了，我还得去一趟质王府。"

这个时候他若是还躲着不去质王府上炷香，回头大哥说不准就要打断他的腿了。

沐清漪也不在意，笑道："酒可以以后再喝，别耽误了正事。"

南宫羽点点头，起身道："流云答应送我的酒，可别忘了。"

沐清漪无奈地笑道："忘不了。"

出了清风阁，沐清漪正准备转身回府，便看到容瑾晃晃悠悠地朝这边走了过来。南宫羽有些好奇地看了一眼容瑾，原本应该上前打个招呼，但是想起上回九皇子眉眼都不动一下就坑了他几万两银子的事，忍不住觉得心头发怵，想了想，还是决定先遁了。

等到容瑾走近，南宫羽早就消失在人潮中了。容瑾不悦地道："那个南宫羽是怎么回事，看到本王跑什么？真是没礼貌。"

沐清漪没好气地道："王爷自己还不知道别人为什么一看到你就跑吗？"

容瑾理直气壮地道："欠收拾，回头便让南宫翼好好调教调教他弟弟。"

"你消停一点儿吧，这个时候你不是应该在质王府吗？怎么跑到这里来了？"沐清漪无奈地道。

容瑾翻翻白眼，道："不是来找我的大总管吗？现在可以走了，还来得及，运送灵柩的队伍没那么快。"

说罢，容瑾就拉着沐清漪往质王府的方向而去。

"我……也要去吗？"沐清漪不解地道。

"为什么不去？本公子堂堂皇子，总不能走到哪儿都是孤家寡人吧？"

沐清漪挑眉笑道："明白了，九爷需要排场嘛，回头我便给九爷弄个华丽有气派的排场。”

“本公子有清清就已经最气派了，不需要什么别的排场！”容瑾挑眉道。

确实，两个俊美青年站在一起，当真是十分赏心悦目，一瞬间几乎就可以吸引所有人的视线，谁还在意九殿下有没有排场？

他们到质王府时，灵柩果然还没有到。因为这几天九殿下前来祭奠的时候一直很规矩、很安分，众人看到他的时候表情也没那么惊悚了。只是众人看到他身边带着的白衣胜雪的俊美少年时，还是忍不住眼神恍惚了一下。

容瑾亲自上前上了香，便拉着沐清漪坐到一边的偏厅里喝茶去了。虽然有不少琐事需要各位王爷帮忙，可但凡脑子正常的人都不会想到要九殿下帮忙，所以容瑾还是在场的最闲散的那位。

“九哥，这位就是你府上新任的大总管？”一个穿着褐色锦衣的少年跑过来，趴着桌边好奇地打量着沐清漪。

容瑾眯了眯凤眼，抬手将少年直接从桌子上掀了下去，还不忘拿扇子往下拍了一下，才看向好奇的沐清漪道：“靖远侯的儿子——东方旭。”

叫东方旭的少年自己爬起来，也不生气。他拍拍身上的灰尘，风度翩翩地对沐清漪拱手笑道：“在下东方旭，是九哥的表弟。”

沐清漪淡淡一笑，拱手道：“原来是襄城公主的爱子，在下顾流云，见过小侯爷。”

襄城公主是西越帝的长女，十八岁下嫁靖远侯东方飞，生下一子今年年方十七。只是沐清漪倒没想到，东方旭看起来跟容瑾的关系竟然像是不错。

“倒是没想到王爷和小侯爷关系不错。”沐清漪笑道。

东方旭也是被大公主娇养长大的，只看神情就知道也是个脾气骄纵的主儿，这样的人能跟容瑾合得来，真是十分不容易。

容瑾不屑地道：“谁跟他关系不错，是他死皮赖脸地非要贴上来。”

东方旭看看容瑾，又看看沐清漪，眼睛一转，笑道：“以后本公子可不用跟你玩，本公子以后要跟流云玩。真是没想到，这世上竟然还有能够跟九哥相提并论的绝色啊，真是美人如花……”

砰！东方旭的诗还没吟完，就被容瑾一脚踹飞了出去，直接“五体投地”趴在了地上。

沐清漪忍不住眼角抽搐，美人……如果东方旭是因为这个贴上了容瑾，还没有被容瑾给抽死，果然是本事不小了。

趴在地上的东方旭抬起头来，晃了晃脑袋，有些幽怨地望着居高临下的两人，叹息道：“果然是……美人如花……隔云端啊。”

“美人如花……嗯？”容瑾公子俊美非凡的脸上染上了一丝凛冽的杀气，威严地盯着趴在地上不知死活的某人。

东方旭能够在九皇子跟前晃悠这么多年还活着，至少证明他对于危险的感应能力是一等一的。所以他立刻就地一个打滚爬了起来，然后以令人叹为观止的速度跃到了沐清漪的身后。

“九哥……我错了，我错了还不行吗？”东方旭一边躲在沐清漪身后，一边求饶。

“错了？你哪儿错了？”容瑾眯眼，淡淡问道。

嗯？哪儿错了？他怎么知道他哪儿错了？但是九哥不高兴，肯定就是他错了啊。一直不都是这样的吗？现在九哥为什么要问哪儿错了？

东方旭有些委屈地望了容瑾一眼，可怜巴巴地道：“我哪儿都错了，从来就没对过。”

扑哧，沐清漪忍不住低头闷笑。

容瑾收回盯着东方旭的眼神，望向沐清漪问道：“子清笑什么？”

沐清漪摆摆手表示自己没事，有些好奇地转身看看东方旭，问道：“小侯爷不是大公主的公子吗？怎么会……”

按理说他应该称容瑾一声舅舅才对。

东方旭扬着下巴，理所当然地道：“这有什么奇怪的，按辈分九哥应该叫本公子的祖母一声姑姥姥，不叫九哥叫什么？”

话这么说没错，寻常人家也是按照父系这边来论辈分的，但是请问……皇家是寻常人家吗？

“更何况，九哥今年十九岁，本公子十七岁，舅舅什么的……”

沐清漪了然地点了点头，不过还是说道：“这样称呼总是不太好的。”

东方旭挥挥手，不在意地道：“这个本公子当然知道，本公子懂规矩。”

容瑾毫不客气地道：“子清不用管他，本王跟他不熟。”

“九哥好狠心。”东方旭伤心地道。

不过在看到坐在自己跟前比自家美人舅舅更加赏心悦目、更加粉嫩青葱的翩翩白衣少年之后，他原本伤心的大眼睛里仿佛立刻开出了一朵朵花。

“这位……嗯，公子叫子清吗？真是好名字。呃……不是叫顾流云吗？怎么又叫子清了？子清这个年纪应该还没有取字才对啊！子清，你要不要来咱们靖远侯府？我也请你做大总管怎么样？”东方旭殷切地道。

沐清漪淡然微笑，颔首道：“承蒙东方公子看得起，在下顾流云，字子清。”

“原来子清是你的字啊，那我也叫你子清好不好？”东方公子趴在沐清漪跟前的桌子上，偏着头眼巴巴地望着沐清漪。

沐清漪正想要回答，却见对面的容瑾以迅雷不及掩耳之势站起身来，然后抄起桌上的茶水直接倒在了东方旭的脸上。

幸好三人在这里说了半天话，天气也有些冷，茶水早就变得温凉了，不然东方旭那张俊脸只怕要遭殃了。

“容瑾，你欺人太甚！”东方旭一跃而起，怒吼道。

“你想怎样？”容瑾冷笑道。

东方旭脸色变了几变，终于跺了跺脚泪奔而去，哭道：“长得好看了不起啊，容瑾你这个妖孽！本公子一定会把子清抢回家！子清，你等着……本公子一定会来救你！”

偏厅里，剩下的两个人面面相觑。半晌，沐清漪才道：“我觉得……他刚刚其实是想要揍你来着。”

她确定自己没看错，东方旭明明是想扑过去暴揍某人一顿的，下一瞬却变成了楚楚可怜的泪奔，这情绪变化也太大了一点儿。

容瑾傲然冷笑道：“他也得敢。”

沐清漪顿时悟了，问道：“他知道你……会武功？”

容瑾轻哼一声，虽然没说话，脸上的神色却说明了答案。

沐清漪理解地点头，知道容瑾武力值还要扑过来打架的除了真正的绝顶高手，就是脑子有问题的。这位东方公子看起来倒是个很识时务的人才。

“启禀豫王殿下，王爷的灵柩回来了，世子请豫王殿下一起出门迎接王爷的灵柩。”门外，质王府的下人恭敬地禀告道。

容瑾淡淡应了一声，起身出门去了。

一群平日里玉带紫蟒的皇子权贵换上素净的衣服，带着哀戚的神色跟着质王妃和质王世子一起将容璜的灵柩从府门外面迎回来安放好，然后再一次一一上过香，蒋斌便在这个时候带着西越帝的旨意到了。

“奉天承运，皇帝诏曰：皇长子容璜，为中宫嫡子。肃敬诚敏、忠孝勤慎，而今蒙难，朕甚哀之，追封为皇太子，谥号悼恭，钦此！”

随着蒋斌有些尖细的声音，容璜终于等到了他盼了一辈子的属于中宫嫡子的尊荣，可惜……却是在他死了之后。

灵堂前的人们同样心思各异，面上却丝毫没有表露，均起身称道：“陛下圣明。”

质王妃含泪谢恩道：“多谢父皇隆恩。”

蒋斌亲手扶起质王妃，道：“太子妃、世子，还请节哀。”

质王妃连连点头，道：“多谢蒋公公。”

“节哀”二字说得容易，但是做起来何其困难。她终于成了太子妃，太子却已经薨了。这样的太子妃有什么意义？

质王世子也跟着上前谢恩，道：“多谢公公，还请公公代质王府向皇祖父谢恩。多谢皇祖父垂爱，也请皇祖父……保重龙体。”

蒋斌点了点头，看着没多少日子不见却明显沉稳了许多的质王世子。若是质王……悼恭太子还在，说不准这位世子将来也是个人物，但是现在看起来……难了。

蒋斌只是来传旨的，传过西越帝的旨意也不敢多留便起身告辞了。一时间灵堂前的气氛有些古怪，也不知道是该恭喜质王妃还是劝质王妃节哀。做了太子妃固然值得恭喜，可是太子已经躺在棺材里了，想必哪个女人也高兴不起来。

“大嫂，臣弟对不起大嫂和侄子，还请大嫂降罪。”在众目睽睽之下，容瑄带着一身伤推开了扶持着他的人，有些蹒跚地走到质王妃和质王世子跟前，往地上一跪沉声道。

质王妃怔怔地望着跪在跟前的容瑄，如果可以，她当真想拿把刀将眼前的人碎尸万段。可当着这么多的人，她却什么都不能做。质王妃痛苦地闭了闭眼睛，将一腔怨怼全部收了起来，用有些干涩的声音道：“二弟言重了，是我们王爷……命苦，怨不得二弟，二弟还请起来吧。”

容瑄跪地不起，咬牙道：“兄弟同去，臣弟却没能保护好大哥，便是臣弟的不是。请大嫂责罚。”

质王世子放开了扶着质王妃的手，亲手扶起容瑄，道：“二叔言重了，二叔能平安回来，想必父王在天之灵也是十分欣慰的。怪罪的话也请二叔不要再说了，此时怎么怪得了二叔。”

“淮儿……”容瑄眼睛通红，仿佛十分感动。

质王世子垂首而立，仿佛当真无尤无怨，好一幅宽厚和睦的皇室亲情图。

“二哥，你伤得重，还是快些回去歇着吧，免得……一不小心当真跟着大哥一起……去了。”旁边，十皇子看不过眼，有些阴阳怪气地道。

当谁是傻子呢，在这个时候来演这么一场骨肉情深的戏。

容瑄也不生气，抬头看了一眼十皇子，淡淡道：“多谢十弟，二哥的伤不碍事。”

“庄王殿下，十殿下说得不错，你还是回去歇着吧。毕竟，你伤得也不轻。”另一边，南宫翼从朝臣中走了出来，恭敬地道。

容瑄叹了口气，道：“多谢表弟关心。罢了……大嫂、淮儿，节哀。有什么用得着我的直接派人到庄王府找我便是。”

质王世子恭敬地道：“是，二叔慢走。”

质王世子目送容瑄被南宫翼扶着离去，刚刚转过身面对灵堂，门外就传来了下人的惊呼：“庄王殿下晕倒了！”

质王世子闭了闭眼，深深地吸了口气掩去了眼中的戾气，侧身对质王妃道：“母妃，儿臣出去看看。”

庄王在质王府的灵堂前下跪赔罪，刚出门便晕倒在了院子里这一消息，不出半日便传遍了整个京城。

皇宫里，西越帝看着回来复旨的蒋斌，问了质王府的情形。蒋斌自然不敢隐瞒，一五一十地说了出来。

西越帝听完之后沉默了片刻，淡淡道："淮儿倒是个好孩子，蒋斌，再去传旨，册封悼恭太子世子容淮为秦王。"

"奴才遵旨。"蒋斌没有任何迟疑，立刻领旨退下。

质王府后院里，众皇子依然没有离去。皇帝追封容璜为太子，现在论尊卑太子是君，他们是臣。即使太子死了，他们这些做兄弟的也必须在质王府里料理丧事，守着灵堂。

只是因为太子还不是皇帝，他们也不是侄子辈，所以不必跪在灵堂前守灵罢了。容琰跟五皇子、七皇子、十皇子坐在一起，八皇子和十一皇子坐在一起，六皇子却独自一个人，明显有些尴尬。六皇子跟容瑄的关系一向很好，如今容瑄的处境有些微妙，六皇子也隐隐被众皇子排斥了。

另一边，容瑾同样是一个人坐着，却比六皇子要自在得多，因为他身边还坐着一位白衣翩然的顾大总管。沐清漪手法娴熟而优雅地烹茶，如今已是初冬，烹煮的茶远比热水沏的茶更具风味。

容瑾悠然地靠着身后的大树，欣赏着沐清漪的动作。即使是穿着男装，清清看上去依然如此夺目。着男装烹茶的她比少女装扮的她少了几分婉约柔美，却更多了几分文人的风骨和儒雅，当真是赏心悦目。美人如花……东方旭说得也不算错。

"没想到顾总管烹茶的手艺也非同一般，不知本王可否能讨一杯茶喝？"容琰走过来含笑道。

容琰从未轻视过容瑾这个弟弟，因为他自己就是从一个手中没有一丝助力的普通皇子爬到现在这个位置的，所以他不会轻视任何一个兄弟的能力和野心。另外，容琰对这个顾流云也有一些疑惑。他现在几乎可以肯定，这个顾流云绝对跟华国的顾家脱不了关系。

容琰不会小看自己的弟弟，更不会小看出了多位丞相的顾家，即使顾家现在已经名存实亡了。

沐清漪含笑看了一眼俨然有些不悦的容瑾，淡淡笑道："端王客气了，请坐便是。"

容琰在沐清漪对面坐了下来，赞赏地看着沐清漪白皙如玉的双手轻巧地添水烹茶。他笑道："如此细致的技艺，果然是华国的才子。"

如今三大强国之中，衣食住行应属华国最为精细，就连品茶也有许多讲究和门道。相比之下，西越和北汉就没有那么复杂了。

沐清漪浅笑道："附庸风雅，端王见笑了。"

不一会儿，淡淡的茶香便飘了出来。沐清漪倒了三杯茶，一杯送到容瑾跟前，一杯放到容琰跟前，一杯留给自己，道："端王，请。"

容琰端起茶杯浅酌了一口，赞道："好茶！竟然带着淡淡的竹叶清香。"

容瑾闷闷不乐，道："自然是好茶，这煮茶的水可是子清亲自收集的清晨竹露。"

最重要的是，其中大半还是本公子收集的，容琰喝一口就足够本公子辛苦大半天了。

看着容瑾"牙疼"的模样，沐清漪心中暗笑：谁让某人要显摆风雅，来人家府上料理丧事还要带着自己的好茶好水。若是别的皇子敢这么干，早被御史一本折子告到御前去了。

"想不到顾总管还有如此雅兴。"容琰看向沐清漪的目光倒是更平和了一些。

收集露水这样附庸风雅的事情，果然还是华国那些吃饱了没事干的所谓才子佳人能干出来的事情。这样的人……能有多大的心计本事？

沐清漪淡然一笑，也不反驳这是某位皇子王爷吃饱了没事干的杰作。

其他几位皇子虽然没有过来，却还是大多分神关注着这边的情形。身为西越帝最宠爱的皇子，容瑾进入朝堂这件事可是触动了不止一位皇子的神经。幸好这些日子以来西越帝也没有表现出要给容瑾大权的意思，不然只怕这些皇子也无法如此淡定了。

容琰一边喝着茶，一边叹息道："这次当真没想到大哥出门竟是永别……九弟这次出门，没遇到什么危险吧？"

容瑾心中冷笑一声，扬眉道："危险？谁不长眼敢来得罪本公子？何况，本公子也不是好凑热闹的人，不会哪儿热闹往哪儿钻。"

容琰也不觉得被容瑾讽刺了有什么不悦，含笑道："九弟说的是，不过以后出门还是小心一些好，外面终究是不如京城里安全。"

虽然容璜的事情可能跟容瑾没什么关系，但是对于容瑾一出京就不见了人影，容琰心里还是生了芥蒂。

容瑾冷笑道："多谢四哥关心，本公子也不是吃饱饭没事整天往外跑的人。"

众皇子脸色不由得有些古怪，不约而同地想起了容瑾离京的时候西越帝责骂他们的话。父皇言里言外的意思竟都是因为他们这些做兄弟的挤对容瑾，才让他一怒之下跑出去了。众皇子顿时觉得格外冤枉，就算他们有心挤对容瑾，但是当天容瑾还没来得及让他们挤对就跑了吧？

"启禀各位王爷，宫中的使者来了，王妃请各位王爷出去接旨。"质王府一个管事急匆匆地前来禀告。

众人一怔，不由得心思各异地对视一眼。蒋斌刚刚传过旨意回宫去了，怎么这会儿又来了？还是父皇又有什么想法？

顾不得多想，众人连忙整了衣冠出门接旨。

"奉天承运，皇帝诏曰：悼恭太子薨逝，其嫡长子容淮，朕之嫡长孙，人品高洁、慧敏诚孝，朕心怜之，晋为亲王，号秦……钦此！"蒋斌念完了圣旨，将明黄的卷轴一合，恭敬地送到质王世子和质王妃跟前，笑道：“秦王殿下，恭喜。”

质王世子捧着圣旨泪流满脸，道：“孙儿多谢皇祖父垂怜。谢陛下隆恩。”

蒋斌连忙扶起他道：“陛下说了，太子虽然薨逝了，但是秦王殿下还有祖父和叔父们在。殿下当好好孝顺太子妃，为陛下和西越分忧才是。”

“孙儿谨遵皇祖父教诲。”质王世子，这一刻起便该称为秦王，恭敬地答道。

蒋斌也不敢久留，说了几句恭贺的话便转身告辞了。

离开了质王府，容瑾和沐清漪并肩走在已经空荡荡的大街上。沐清漪侧首看了容瑾一眼，含笑道：“怎么了？心里不高兴？”

容瑾轻哼一声。

沐清漪笑道：“你有什么不高兴的？你十九岁就封了亲王，容淮三十多了才封亲王。他爹是太子，你爹还是皇帝呢。”

容瑾轻哼，不悦地斜睨着沐清漪道：“清清以为本公子是在为这件事不高兴？”

沐清漪耸肩笑道：“难道不是？你不是从质王府出来了才不高兴的吗？”

容瑾不悦道：“本王才不管他封容淮什么呢，本王是在想……果然不该抱有什么幻想！”

沐清漪沉吟片刻，微微叹了口气。

难怪容瑾自个儿暗中养着兵马想造反呢，从一开始西越帝就没有将容瑾算到继位的人选中去，连个机会都没想给他。容淮、容瑄、容琰，依然是三足鼎立的局面。从一开始，西越帝就将容瑾排斥在了权力之外。

“权力真的这么重要吗？”沐清漪忍不住轻声问道。

容瑾毫不避讳地拉着她的手，淡笑道：“当然重要，如果权力不重要……清清，顾家怎么会没了？你我怎么会如此步步小心、不得自由？”

如果有权力，当初母妃怎么会入宫？怎么会芳年早逝？如果有权力，他不会七八岁之前连话都说不清楚，他不会八岁以后一次一次地挣扎在生死边缘，而此时，他也不会委屈沐清漪只能改名换姓易装为男子留在自己身边。

容瑾不是虚怀若谷、视权势如粪土的人。他是天家皇子，“权力”二字早在他懂事的时候就深深地扎进了他的心里。没有权力，他什么都不是，他做不了自己想做的事，护不住自己想保护的人。终有一日，他会站在这个天下的最顶端，将所有的人都踩在脚下。

沐清漪眼神微闪，轻声叹了口气。

容瑾说得不错，即使没有他，她也不会跟大哥一样放弃仇恨，从此云游天下不染俗世。顾云歌从来都是一个俗人，所以她才会跟容瑾走到一起。想起自己在彭城对那些江湖中人、对容璜的狠戾，沐清漪也觉得自己突然而起的怜悯有些可笑。

“清清后悔了吗？”容瑾问道。

沐清漪摇头，低声道：“不，你助我复仇之恩，我佐你盖世功勋，成全你不世野心。”

容瑾不是甘于平淡的人，他若甘于平淡就不会有现在的豫王、天阙城主和云隐公子了。这世上除了父母兄长，也没有比容瑾待她更好的人了，她愿意成全他的雄心壮志。

大街上本就没有什么人，沐清漪说话的声音又极低，若不是容瑾站得近也未必能够听得清楚。

“清清说什么呢，本公子听不懂呢。”容瑾笑眯眯地道，“本公子是清清的，清清也是本公子的，自然是要跟本公子在一起了。”

沐清漪也不反驳，只是淡淡一笑。

有些暗淡的夜色下，黑衣青年俊美的笑颜和白衣“少年”精致出尘的容颜让有些萧瑟的街头平添了几分清雅。

“豫王殿下请留步。”

身后，有人急匆匆地追了上来。两人回头，来人是宫中的太监和侍卫。领头的人恭敬地道：“豫王殿下，陛下召殿下进宫。”

容瑾皱眉，不悦地道：“天都要黑了，还进什么宫？！不进！”

来人有些为难地道：“这……这是陛下的旨意，还请殿下体谅。”

容瑾冷哼一声，道：“爷累了，身体不适！”

说完，他也不理会身后的人是什么表情，直接拉着沐清漪快步往豫王府的方向走去。

容瑾身后的一众人一脸无语：身体不适，九殿下你还能跑这么快，身体好了岂不是能飞了？

御书房里，西越帝正坐在御案后面看着奏折，听着侍卫回来禀告的话，淡淡道：“朕知道了，你们退下吧。”

众人连忙恭敬地退下，同时也在心中暗暗感叹陛下对九殿下的宠爱。拒绝陛下召见可算是抗旨不遵的大不敬罪名了，但是陛下居然连半点儿怒意也没有，就这么算了。

看着众人退下，西越帝怔怔地望着金碧辉煌的宫殿也有些出神。好半晌，他才回过神来，轻声叹了口气道：“蒋斌，瑾儿这是在跟朕赌气？”

蒋斌看了看西越帝的脸色，小心翼翼地答道：“陛下多虑了，九殿下自小身体便不好，想必是当真身体不适了。”

西越帝轻哼一声，道：“你也不必替他说好话，瑾儿的脾气朕还会不知道？想必是朕封了秦王，他不高兴了。”

蒋斌在心中暗暗叹了口气，默默腹诽着：您若是担心九殿下不高兴，又何必封秦王？您若是打定了主意要封秦王，又何必理会九殿下高不高兴？

西越帝搁下笔，叹息道：“不管怎么说，朕还是希望瑾儿能够安安稳稳地过日子，不要掺和到这些纷争中来啊。”

做儿子的却很难理解老父亲的想法，长大了自然免不了惦记权势。

西越帝摇了摇头，将此事抛到脑后，问道：“庄王怎么样了？”

听着西越帝不以为然的语气，蒋斌便知道陛下只怕是对庄王有些不满了。虽然庄王是为了打消外面的传言，但是在质王府里又是下跪又是晕倒，戏演得太过了。

蒋斌恭敬地道：“启禀陛下，庄王府的人来禀告过了，庄王殿下已经醒过来了，伤势也没有什么大碍。”

西越帝点点头，道：“朕猜他也该没什么大事。对了，南宫家那个小子……叫南宫羽的，之前听说是想要驻守边关来着。”

南宫家南宫绝膝下有两子，长子南宫翼今年已经三十二岁，却并不随父亲南宫绝反而靠着科举进了官场做了一名文官；次子南宫羽才二十多岁，倒是从小跟着南宫绝习武，只是性格跟南宫家的人有些不太像，应该说是比较像南宫绝年轻的时候。

西越帝想了想，道：“回头着吏部拟旨，封南宫羽为三品参将，驻守……青州吧。”

青州的守将是孙泽陵，却不是南宫绝的部下，将南宫羽扔到那里去磨炼正好合适。若是成了，将来西越也多了一员名将。

“是，奴才遵旨。”

悼恭太子的葬礼，在整个皇城的权贵们各异的心思中过去了。但是以皇后娘家周家为代表的质王一党，现在应该说是秦王一党和以南宫家为首的庄王一党却没有这么容易忘掉这件事情。太子的葬礼之后，真正的争斗才开始。

因为西越帝补救得快，又是追封太子又是封秦王，质王府的势力基本上没有受到太大打击。新任的秦王也在西越帝跟前领了差使，足见西越帝看重秦王。相比起来，之前闹得人心惶惶的九皇子豫王反而没有那么惹眼了。

另外，皇后失去了唯一的儿子，皇宫里也开始不平静起来。皇后刁难起德妃来更是无所不用其极，南宫娴出身将门，也不是吃素的，一时间无论是朝堂还是后宫都是一片暗流汹涌。

皇宫御书房里，西越帝看着站在底下的儿子们和孙子们，眼神冷淡疏远得仿佛那不是自己的血脉一般。只是那样的眼神被掩藏在金色的冕旒下，让人看不清楚他真正的表情。

“彭城太守步玉堂的事情，你们说该如何处置？”

原本步玉堂只是区区一个五品太守，也用不着专门拿到朝堂上来讨论。但是步玉堂年纪轻轻在彭城为官数年却是颇得民心，这次被押解进京之后便有不少彭城的名流亲自赶到京城为他喊冤请愿。

站在最前方的容瑄闭口不言，他现在立场尴尬，无论怎么说都是错。

秦王容淮先一步站出来，朗声道："步玉堂保护皇子不利，害得父王在外薨逝，本就是失职，孙儿请求皇祖父立斩步玉堂，以慰父王在天之灵！"

秦王刚刚失了父亲，对于步玉堂的事情，就算他说要将步玉堂千刀万剐，也不会有人说什么。

西越帝并不作答，扫了一眼底下的皇子们，问道："端王，你说。"

容琰想了想，恭敬地道："启禀父皇，儿臣认为步玉堂失职固然有错，但是这几年他治理彭城也确实有功。虽然功不能抵过，但是还请父皇看在彭城百姓的分儿上，饶他一命。"

秦王顿时不悦，咬牙道："四叔，你这是什么意思？难道我父王就这么白死了？"

容琰看了看秦王，又抬头看向西越帝正色禀告道："父皇，儿臣并无此意。但是步玉堂本就是文官，治理地方素来有功。这次的事情若是非要扣到他头上，未免有些不公，只怕也不能让天下人心服。"

秦王愤愤不平地瞪了容琰一眼，终究还是没有多说什么。

西越帝揉了揉眉心，沉声道："既然如此，步玉堂……死罪可免活罪难逃，就将他流放西疆吧。"

站在众皇子中一直没有说话的容瑾突然轻笑了一声，懒洋洋地道："启禀父皇，儿臣觉得您还是直接判步玉堂斩首示众吧。"

众人齐齐看向容瑾，步玉堂都没见过九皇子，他们之间应该没仇啊。

西越帝挑眉道："这是为何？"

容瑾轻哼道："步玉堂一介文弱书生，西疆那样的地方就是身强体壮的人流放过去也没几个能够活下来。父皇既然看他还有几分功劳，何不直接赐死算了，也免得受那零碎之苦。"

西越帝并不生气，饶有兴致地问道："瑾儿喜欢步玉堂？"

容瑾翻了个白眼，道："儿臣又没见过那种笨蛋，为什么要喜欢他？"

"笨蛋？彭城的百姓可都称赞步玉堂为官英明公正，是个不可多得的好官呢。"西越帝道。

容瑾冷笑道："儿臣若是步玉堂，知道有皇子驾临彭城，就该躲得远远的，越远越好，实在不行让家里爹娘自挂东南枝回家丁忧都可以。"

在场众人不由得嘴角抽搐，西越帝没好气地轻斥道："胡说八道！什么自挂东南枝！看来瑾儿当真对这个步玉堂印象不错。"

不然他也不会开口为步玉堂求情。

容瑾挑了挑眉，既不承认也不反对。

西越帝微微皱眉，道："瑾儿为何替步玉堂求情？"

容瑾扬眉道：“儿臣什么时候替他求情了？儿臣只是说父皇与其将他流放西疆，还不如直接杀了。他好歹也是个读书人，免得有人说咱们不尊重读书人。”

难道直接杀头比起流放更显尊重吗？

西越帝叹了口气，摆摆手道：“罢了，这次的事情也确实是……传朕的旨意，革了步玉堂的官职，贬为庶人吧。此事到此为止。”

说罢，西越帝也不再理会众人的神色，直接挥挥手起身离开了。

西越帝一走，书房里的气氛就有些古怪，秦王先忍不住发难了，道：“九叔，你这是什么意思？凭什么包庇步玉堂？”

这已经不是步玉堂该不该杀的问题了，留着步玉堂简直就是让人嘲笑秦王府无能。

容瑾扬眉，懒懒地看着眼前怒发冲冠的侄子，问道：“封王了，胆子就大起来了吗？想要为父报仇，有本事你去找凶手啊，为难个五品小官就算你有能耐了？你父王我大哥花钱请步玉堂护驾了，还是父皇亲自将他托付给步玉堂保护了？”

“他身为臣子，本来就该保护皇子！”秦王怒道。

容瑾点点头，恍然大悟道：“原来如此！本王还以为身为臣子应该为父皇尽忠，好好治理地方呢。要不明儿本王禀告父皇让左相大人当秦王的贴身侍卫？哪天秦王出了什么意外，整个京城的官员不都失职了？”

“你简直胡搅蛮缠！”秦王咬牙道。

在场的众人习以为常，豫王什么时候不胡搅蛮缠了才是不正常。

“豫王殿下，陛下有请。”蒋斌急匆匆而来，看到容瑾还在，立刻松了一口气。

自从九殿下出宫建府之后似乎越加不爱在外面走动了，平日里除了上朝和偶尔出门走走，几乎都待在府里闭门不出。有时候陛下召见，他不高兴也不肯出门，蒋斌深深地觉得每次去豫王府传旨都是一种折磨。

幸好豫王府的大总管倒是十分懂事，每次蒋斌吃了豫王殿下的软钉子总是很快就会得到大总管精神和物质上的安抚。

容瑾眯了眯眼，这次倒没有多说什么，在众兄弟、侄子羡慕嫉妒的目光中挥挥袖往西越帝的宫中去了。

身后，看着他离去的众人神色各异，年纪最小的十一皇子忍不住低声抱怨道：“真不知道父皇为什么那么喜欢他……”

容琰有些无奈地苦笑，道：“父皇的想法咱们怎么猜得到！”

跟后面那些年纪小的皇子不一样，容瑄、容璋这些年纪大的皇子自然知道一些其中的缘由。

容淮轻哼道：“不就是因为梅妃吗？不过是个……”

“秦王慎言！”旁边五皇子淡淡地道。

梅妃的事情是宫中的禁忌，现在他们还在父皇的御书房外面就说起这件事，若是让父皇知道了谁都会吃不了兜着走。

秦王也自知失言，梅妃的事情连他父王都不敢轻易说起，他只得讪讪地住了口。

容瑄淡然道："罢了，九弟年纪还小，自幼丧母，父皇疼他一些也没什么，咱们回吧。"

容淮和容瑄不对盘，轻哼一声朝各位叔叔拱了拱手便转身走了。其他皇子也跟着出了宫门各自离去，最后走的倒是容瑄和容琰了。

容琰含笑道："秦王年轻气盛，二哥莫要放在心上。"

容瑄摇头道："他恨我也是应该的。"

容瑄很清楚，容璜的死这个黑锅他是背定了。除非他能够找到凶手，但是这么多日子过去了，各方调查也没能查出什么问题来，他还能如何？

"四弟，这些日子似乎都没有见到过安顺郡王？"容瑄淡淡问起，他当然知道慕容煜去了药王谷接掌谷主之位的事情。

容琰笑道："安顺郡王？二哥有所不知，这安顺郡王原来竟是药王谷前代谷主的子嗣，他已经禀明了父皇回药王谷接掌谷主之位去了。二哥问他是……"

"原来如此。"容瑄若有所思地道，"那日在彭城正好也看到安顺郡王了，才顺口一问罢了。既然没事，我先回府了。"

"二哥慢走。"容琰恭敬地拱手，目送容瑄离去，温和俊雅的脸上露出一丝冷笑。

清和殿里，容瑾进来的时候西越帝还在批折子。虽然西越帝算是一个不折不扣的暴君，但他绝对不是一个昏君。容瑾也不在意，自己找了一个位置坐下来发呆。

好一会儿，大殿里也没有半点儿声音。等到西越帝抬起头来看过去的时候，才发现某人已经靠着椅子睡着了。西越帝有些无奈地叹了口气，轻轻咳了一声，很快容瑾便睁开了眼睛。

"父皇召见儿臣，可是有什么赐教？"容瑾问道，看上去倒是无比恭敬又态度端正。

西越帝看他这模样却十分不过眼，有些无奈地叹了口气，道："你搬出宫去之后倒是懂事了不少。"

这话若是让别的皇子们听到了，掐死容瑾吃了的心都有了。容瑾这样的就算懂事的话，那他们那样小心翼翼在父皇面前伏低做小的算什么？千古难寻的大孝子吗？

容瑾很是宠辱不惊，神色淡定地看着西越帝。西越帝也只能叹气，虽然他宠了容瑾多年，但是这个儿子可从来没有听话孝顺过。西越帝不是不知道容瑾顽劣，但是那又如何？他是皇帝，他不在乎别人怎么说、怎么看，但是即使他能与天下为敌，也留不住自己最爱的女子……

"父皇有什么话说？"容瑾有些不耐烦地道。

西越帝叹了口气，道："没事别和你二哥他们掺和在一起胡闹，缺了什么派人进宫来跟父皇说便是了。父皇什么时候委屈过你？”

容瑾冷笑一声，倒是也不客气，掀唇冷笑道：“我倒是不想跟他们胡闹，只是不知道将来我要怎么办。还是说，父皇打算哪天龙驭归天了，带着儿臣一起去跟母妃团聚？”

他不争？他不争将来只能死！

西越帝握着笔的手不由得一顿，脸色微变，怒斥道：“胡说什么！”

容瑾勾唇冷笑道：“难道我说得不对？”

西越帝就算对他再好，已经六十七八岁了，还能活几年？他还没满二十呢，可没有打算留下沐清漪独自一人便宜了别的臭男人。

西越帝沉默良久，神色也是有些黯然。许久，西越帝方才轻声道：“瑾儿放心，父皇最疼的便是你，就算将来父皇走了也定会替你安排好。”

容瑾面上纹丝不动，心中却只是不屑地一笑：本公子真是好感动。

“父皇如果是为了跟儿臣说不要干涉朝堂事务，儿臣听到了，儿臣遵旨。”容瑾淡淡道，但是很轻易便能听出其中带着几分火气，“如果没什么事，儿臣告退了。”

西越帝还想说什么，但是看到容瑾冷峻的神色，终于还是叹了口气挥挥手道：“罢了，你先回去吧。”

看着容瑾转身而去，西越帝深深地叹了口气。

“陛下，九殿下只是一时说了气话，陛下千万别放在心上。”看着西越帝阴晴不定的神色，蒋斌连忙低声劝道。

即使蒋斌跟着陛下几十年了，依然看不明白陛下对九殿下到底是个什么态度。若说宠，是真的宠，但八岁前将九殿下扔在梅园里那时也是真的不闻不问。如今对九殿下这样好，哪个皇子不看在眼里恨在心中？等到哪一天陛下龙驭归天了，只怕当真如九殿下说的，他只能跟着陛下一起去跟梅妃娘娘团聚了。

也难怪九殿下心气不顺，这种事搁谁身上也顺不了。

西越帝摆摆手，蒋斌也知趣，立刻不再多说什么。

西越帝起身道：“去梅园走走吧。”

“是，陛下。”

容瑾出了宫回到府中，脸色难看得让府中的下人看到他都忍不住远远避开了。

沐清漪抬起头，看了一眼站在自己跟前一脸阴郁的某人，挑眉道：“这又是什么了？”

容瑾咬牙道：“本公子要杀了那个老家伙！”

“谁？”沐清漪有些茫然。

容瑾恨恨地道：“本公子一定要杀了那个老家伙！宫、里、的、那、个！”

沐清漪有些头痛地揉了揉眉心，道："这又是怎么了？"

杀父弑君的话是可以随便说的吗？

容瑾咬牙道："那死老头儿居然专门警告我不要插手朝中的事务。本公子看得出来，他就是想要等到他死的时候弄死本公子！本公子要先杀了他！"

沐清漪上前拉着容瑾坐了下来，亲手倒了一杯茶送到他面前，看着他喝了下去才柔声道："来，先将今天宫里的事情说给我听听。"

容瑾有些疑惑地看了看她，还是顺从地将清和殿里西越帝所说的话都说了一遍。

沐清漪微微蹙眉，事情确实有些不好办，西越帝打定了主意不让容瑾参与朝政。这些日子以来容瑾虽然也上朝听政，也有一些朝臣往豫王府靠拢，但是沐清漪也清楚地发现，凡是对容瑾示好的大臣，很快都或贬或调，又或是明升暗降了。

皇子之争，说白了争的是帝王的心。如果帝王从一开始就不许你进入朝堂的核心，再多的权谋诡计都是没用的。

沐清漪微微叹了口气，看着容瑾眼眸中若隐若现的红光，心中微微一惊，面上却是不动声色，抬手轻柔地贴在他的额头上，柔声道："别着急，咱们一起想办法。九公子怕过谁？是不是？"

沐清漪有些微凉的手轻轻贴在他的额头上，容瑾舒服地轻叹了一声，原本心中的烦躁似乎都随着这份凉意慢慢消散了。容瑾靠在椅子里抬手握住沐清漪的手贴着自己的额头，轻声道："清清，我有点儿不对劲，对吧？"

刚刚那一刻他真的想直接冲进宫去杀了西越帝。

沐清漪含笑道："原来你还知道自己不对劲，不过……你有过对劲的时候吗？"

容瑾低声轻笑，抬手将沐清漪揽入怀中，将头埋在她肩膀上蹭了蹭，道："只要在清清身边，我就觉得清醒多了。"

沐清漪柔声道："没事，一切都会好的。"

只是在容瑾看不见的地方，沐清漪清丽的眼眸却流露出一丝淡淡的忧虑。如今的容瑾，就像一个随时都会爆发的火山，谁也不知道什么时候他就会发病甚至完全失控。这个问题若不解决，就算容瑾真的登上了皇位只怕也长久不了。

"启禀王爷、大总管，陛下命人送了一个人过来。"门外，下人小心翼翼地禀告道。

"人？什么人？"容瑾坐起身来，没好气地道。

"说是叫什么步玉堂，陛下说王爷既然喜欢此人，就交给王爷处置了。"下人禀告道。

容瑾不屑地轻哼一声没有说话，沐清漪淡淡道："带他进来吧。"

不一会儿，一身白色布衣的步玉堂便出现在了书房门口。不久之前还是一方父母官、年轻有为的步玉堂，如今却是一身白色的粗布衣裳，整个人也消瘦苍白了很多，显然他在牢房里的日子不太好过。

沐清漪打量着步玉堂的同时，步玉堂也在打量着眼前的两个人。一身黑色锦衣懒洋洋地瞥着自己的人自然便是当今豫王——皇子容瑾，也是他的救命恩人。原本步玉堂以为自己绝对是死定了，却没想到竟然还能逃过一劫。只是步玉堂想破了脑袋也想不明白九皇子为什么要救自己。

再看看坐在豫王旁边的白衣少年，十五岁上下的模样，容颜精致俊美，比豫王更甚几分。步玉堂本就不是京城里的官员，这一次进京也是以阶下囚的身份，自然不知道眼前白衣少年的身份，只在心中猜测他是哪位皇子或是宗室王孙。

“步大人，委屈你了。请坐。”沐清漪淡淡笑道。

步玉堂连忙道：“不敢，草民如今不过是一介庶民，不敢当‘大人’二字。多谢豫王殿下救命之恩，这位……嗯……”

沐清漪笑道：“我姓顾，顾流云，是豫王府总管。”

步玉堂心中一惊，王孙贵胄是天生的，做这王府总管却是需要能力的，眼前的少年看上去也不过才十五岁，竟然已经是豫王府的总管了，实在不能不让人惊讶。

沐清漪含笑道：“步公子不必多礼，坐吧。”

步玉堂看了看旁边的容瑾。容瑾淡淡道：“坐吧。”

步玉堂这才小心地谢过并坐了下来。他本不是那么拘束的人，但是这一次好不容易逃过一劫，让他不得不小心行事。

看着步玉堂如此拘谨的模样，沐清漪也不由得在心中暗叹一声，这一次他们倒真是将步玉堂害得不轻。

“步公子不用如此紧张，王爷……不是不好相处的人。”这话说得沐清漪自己也有些心虚，看着步玉堂隐晦的“你在说笑吗”的神色，沐清漪也只能无奈地摇头一笑，直接问道，“步公子以后有什么打算？”

步玉堂苦笑道：“在下如今不过是一介草民，哪还能有什么打算，蒙王爷相救，在下侥幸逃得一劫，以后只打算回乡做个教书先生罢了。”

沐清漪垂眸，淡淡道：“倒是个不错的想法，胜在清净自在。不过……在下建议步公子最近还是不要离开豫王府。”

步玉堂一怔，问道：“这是为何？”

沐清漪道：“步公子以为这件事就这么过去了吗？须知……悼恭太子虽然已经入土为安，但是秦王还在呢，皇后娘娘也还在呢。”

步玉堂顿时明了，微微变色道：“难道秦王殿下说……”

质王的死不关他的事？皇家的人什么时候讲过理？

沐清漪微微点头道：“不错，朝中的事情步公子想必也听过一些，还有秦王的态度。一旦步公子离京，只怕是……”

质王突然薨逝，秦王上位接手质王的所有势力也正是需要立威的时候。秦王一时半刻肯定是动不了容瑄的，杀个步玉堂却不是什么难事。

步玉堂脸色有些难看，犹豫了一下才道："还请顾总管指教。"

沐清漪浅笑道："谈不上指教，步公子若是不介意不妨在王府里多留一些日子。秦王就是再胆大，也决计不敢在豫王府里杀人。"

步玉堂有些犹豫，他总不能一辈子都躲在豫王府里不出去。最重要的是，步玉堂是个聪明人，豫王救了他就是得罪了秦王，做这样的事总是要付出代价的，总不至于是豫王一时兴起了想要做好事吧？

沐清漪打量着步玉堂，淡淡微笑道："我也不瞒步公子，豫王府刚刚建府不久，尚缺一位管事。步公子若是有兴趣不妨留在王府，当然，如果步公子不愿意，豫王也不会勉强。"

"这……"步玉堂犹豫地看向容瑾。

从头到尾豫王除了说了一句"坐吧"就什么都没说，一直都是这位少年总管在开口说话。

坐在一边闭目养神的容瑾蓦地睁开眼睛，冷淡地看了步玉堂一眼，道："子清的话就是本王的意思。"

与容瑾一对视，步玉堂不由得在心中吸了一口凉气。这豫王的眼睛冷漠而空洞，一眼望去，眼睛里仿佛什么都没有，又仿佛深不见底随时可以将人吸进去。步玉堂却清楚地感受到了那冷淡无波的眼眸下藏着的危险和冷酷。

这真的是据说顽劣不堪、肆意胡闹的九皇子豫王吗？

容瑾冷淡地看着步玉堂，道："想死，就自己走出去。不想死，就留下来做管事。"

步玉堂脸色一僵，神色有些古怪地看着眼前的俊美青年。

容瑾冷哼一声，道："本王救了你，难道你不用报恩？"

不是……有句话叫施恩不望报吗？

一瞬间，步玉堂觉得这么想的自己简直是个白痴，皇室之中岂会有真正施恩不望报的大善人？

"不知……王爷想让在下怎么报答？"步玉堂有些艰难地道。

容瑾理所当然地道："你们读书人不是说滴水之恩当涌泉相报吗？"

步玉堂脸色更加不好看了，滴水之恩当涌泉相报，救命之恩大概得用整个大海来报才够。

果然，容瑾道："你的命既然是本王救回来的，以后自然就要帮本王办事，好好鞠躬尽瘁吧。"

步玉堂默默地擦了擦额边的汗珠，看向坐在旁边看戏的沐清漪，心中默默道：多谢王爷你没有说死而后已啊。

看着步玉堂窘迫的模样，沐清漪忍不住低头闷笑，轻声道："王爷就爱开玩笑，步公子不必在意。步公子不必想得太多，不如先在王府里住着，仔细想想，过段日子再做打算。”

步玉堂连忙谢过，逃也似的跟着王府的管事去了客房，心中却已经有了几分觉悟，以后只怕真的就要卖身给豫王府了。

一转眼便快过年了，整个西越皇城里也是一片喜气洋洋的节日气氛，丝毫看不出来一个多月前还因悼恭太子的葬礼全城缟素的模样。毕竟皇帝还在，就算是为太子服孝，过了七七之期便已经足够了。

沐清漪披着一件雪白的雪狐披风，手里抱着精致的紫金雕花暖炉，柔暖的白狐毛轻轻在玉一般白皙细致的颊边摩挲着，更衬得肤白如玉、精致绝伦。抱着暖炉的一双玉手修长纤细、晶莹如玉，看上去仿佛柔弱得没有丝毫力道，但是只有府中来来往往恭敬地行礼的人才知道，这看上去仿佛弱不禁风的贵公子一般的少年处事如何老练狠辣。

“大总管。”走廊的尽头，步玉堂恭恭敬敬地站着，看着眼前漫步而来的白衣少年。

曾经治理地方，为一方父母官的日子早已经一去不复返，虽然才短短一个多月，但是步玉堂竟然已经习惯了豫王府的生活。

“玉堂不必如此客气。”沐清漪笑道。

“大总管身体可好些了？”步玉堂有些关心地问道。

沐清漪有些无奈地叹气，她当真没有什么病，只是华国地处东南，说不上四季如春却也鲜少有真正寒冷刺骨的时候，而西越处于靠近西北的地方，虽然还不至于“胡天八月即飞雪”，十一二月的时候飞雪却是常事。

沐清漪这种曾经见一场小雪都要感到惊喜的人，一下子到了这个冬天有一半时间都在下雪的地方，一时之间还真是有些受不住。

所以，当容瑾依然穿着那一身潇洒无比的黑色锦衣在府里晃来晃去的时候，即使在府里，沐清漪也只得披着厚厚的雪狐披风，手里随时随地抱着暖炉，竟是比常年生病的豫王殿下还要金贵得多。

“原本就没什么事，让玉堂见笑了。”沐清漪笑道。

步玉堂淡淡摇头，他可不敢笑眼前这位。

虽然顾大总管来到西越皇城还不到半年，但是皇城里原本属于豫王殿下的西越第一美男子的名号已经保不住了。皇城里谁人不知，豫王府的顾大总管容貌俊美如天上的仙人，气质温雅，性情儒雅和善，能力更是卓著。比起除了一张脸能看，脾气大得出奇，一副生人勿近模样的容瑾，谁更像西越第一美男子自然是不言而喻。

皇城的人们不知道的是，其实这位顾大总管发起火来，比豫王殿下也好不到哪儿去，甚至就连豫王殿下也要避其锋芒。她只是披着一张洁白无瑕、善良无害的外皮蒙骗世人罢了，俗称“笑面狐狸”。

“玉堂这个时候过来，可是有什么事？”

步玉堂取出一张紫金色的帖子呈到沐清漪跟前道：“这是安顺郡王府的帖子，请王爷前去赴宴。”

自从步玉堂成了豫王府的管事，沐清漪就轻松了许多。能够胜任一方太守的人能力自然不差，不到一个月，步玉堂就已经能完全接手豫王府的那些琐事了。沐清漪只需要拣大概的内容听一听就可以了。

“安顺郡王？”沐清漪接过帖子，挑眉笑道，“慕容煜回来了？是了……他不回来那才是奇怪了。药王谷虽在江湖上声名赫赫，但以慕容煜的野心，他只怕还看不上。”

步玉堂有些好奇地道：“顾总管跟安顺郡王很熟？”

步玉堂也见过安顺郡王一面，但是对此人没有什么好感。

沐清漪含笑点了点手中的帖子，道：“他是华国六皇子，我姓顾，你说我们熟不熟？”

步玉堂恍然大悟，就算不熟也是深仇大恨，更何况慕容煜还曾是顾家大小姐的未婚夫。

“那顾总管你看？”步玉堂有些迟疑地问道。

逢年过节各种应酬总是少不了的，这几日王爷被迫出席各种宴会已经快要抓狂了。若是一张正经皇子或者皇室宗亲的帖子还不好拒绝，但是安顺郡王府的这种帖子，步玉堂怀疑自己送过去会被某人直接拍到脸上。

沐清漪浅笑道：“去！怎么不去？总要看看安顺郡王回京之后想要干些什么。何况，王爷闲得都要在树洞里挖蚂蚁了，出去走走也好。”

自从步玉堂来到王府，容瑾就光明正大地将原本沐清漪分给他的那份杂事全部丢给了步玉堂，于是无聊的豫王差点儿把整个豫王府给翻过来了。

“那就劳烦顾总管了。属下还有事，先下去忙了。”

沐清漪了然地扫了他一眼，笑道：“不送。”

因为马上就要过年了，朝臣们也得了一年中唯一一个长假。于是一年中大多数的宴会便都在这段时间内举行了。可以说，从腊月底封印，到正月初八开印办差，甚至延续到元宵节以后，整个皇城里的达官贵人每天都在不停地赴宴。

还有两日便过年了，这一日正好是安顺郡王府的宴会。身为一个从华国来的逃亡皇子，安顺郡王府的宴会原本是没有多少人会买账的。但是现在，安顺郡王又多了一个身份——药王谷谷主。

这样的身份看似不比亲王、郡王尊贵，但是这世上没有人是从来不生病的。天下名医有大半都出于药王谷，天下排名前十的神医，更是有七八位都是药王谷的人。这样的人物，自然没有人会不给面子。

容瑾和沐清漪到的时候已经接近正午了。昨夜刚刚下过一场雪，整个皇城都被一片茫茫的白雪覆盖着。豫王府的轿子停在安顺郡王府门外，原本在门口迎客的慕容煜立刻迎了上来。

“豫王殿下大驾光临，安顺郡王府真是蓬荜生辉。”慕容煜笑道。

轿子里传来一声轻哼，容瑾淡然道：“安顺郡王言重了，谁不知道安顺郡王如今才是这皇城里的红人。”

帘子被揭开，先一步走出来的却不是豫王容瑾，而是披着白狐裘，眉目雅致、笑容优雅的白衣少年。

虽然都在皇城里住了不短时间，但是这还是慕容煜第一次在皇城里看到沐清漪。

“你……”慕容煜皱眉，眼前的白衣少年，眉眼与某个人有几分相似，也勾起了慕容煜心中很不好的回忆。

沐清漪却是淡然一笑，点头道：“见过安顺郡王，在下顾流云。”

慕容煜心中一震：顾、流、云。

他落得如今这个地步，最开始……不就是因为那个劫走了朱明嫣自称顾流云的人吗？

“你是张清！”慕容煜咬牙道。

沐清漪敛眉淡淡一笑，道：“安顺郡王要这么认为，也可以。”

“这是怎么了？安顺郡王怎么跟子清聊上了？”轿子里的容瑾不悦地道，他微微低头从轿子里走了出来。

外面是遍地苍茫的皑皑白雪，从轿子里出来的青年却着一身墨色的绣暗色龙纹的锦衣，玉冠绾起三千青丝，却并不如一般人规规矩矩的，反而更随意地披散在脑后，寒风吹来，黑发便在风中与墨色的衣袂放肆地翻飞。

一黑一白的两个人，明明是完全极端的两个色彩，却在这白雪中格外融洽，同时也将身边的所有人物都映衬得黯然无光。

身后，盈儿和霍姝齐齐上前在两人身后撑起了两把纸伞。慕容煜微微蹙眉，原本就没有多少人会在意丫头的容貌，慕容煜曾经虽然也见过盈儿一两次，但是稍稍换个装束打扮，便也将她当成陌生人了。

换下了一身肃杀的黑衣，穿着丫头的浅绿色服侍，梳着简单却美丽的发髻，点上淡淡的妆容，霍姝的形象焕然一新，就连天璇看了也称赞了一声仿佛换了一个人，自然也没有人认出这就是当初在彭城跟在云隐公子的未婚妻身边的黑衣女子。

慕容煜看了看有些不耐烦的容瑾，再看看旁边悠然含笑的沐清漪，知道现在没办法找这个顾流云的麻烦了，只得一笑，拱手道：“本王失礼了，豫王殿下请。”

容瑾低头对沐清漪道：“子清，咱们进去吧。”

沐清漪点点头，与容瑾并肩走进了安顺郡王府。

身后，慕容煜看着两人并肩而行的背影，眉头皱得更紧，脸上的神色也是变幻不定。这顾流云长得确实是难得一见的俊美绝伦，皇城里一些似是而非的传闻，慕容煜自然也听过，再想起自家七弟当年对顾秀庭的心思，脸色不由得更加难看了。

皇城里排行第一、第二的俊美男子并肩进门，自然立刻引来了无数人的注意。原本还在一边招猫逗狗的东方旭立刻扯着嗓门儿大叫起来：“九……舅舅……”

东方旭差点儿咬到舌头，这能怪他不知道辈分乱叫吗？九舅舅叫起来到底有多别扭啊。

东方旭欢快地朝着容瑾扑了过去，却在快要靠近容瑾的时候狡黠一笑，一扭身反而朝沐清漪扑了过去，道：“子清，好久不见，本公子好生想……”

他还没有碰到沐清漪一片衣角，一柄白色的绘着红梅图案的纸伞就横在了东方旭跟前。

“呃……这位姑娘，本公子不需要伞。”东方旭摸摸鼻子，看着神色不善的霍姝彬彬有礼地道。

霍姝淡淡地瞥了他一眼，默默将手中的纸伞收了回去。

感受到旁边传来的阵阵寒气，东方旭机警地往沐清漪这边靠了靠，方才笑道：“这个……子清，你们今儿可来晚了。”

容瑾淡淡道：“来这么早做什么？”

东方旭隐晦地扫了一眼济济一堂的大殿，低声道：“听说慕容煜带了药王谷的四个神医回来，现在你们知道为什么安顺郡王府有这么多人了吧？”

京城里，位高权重的老头子还有这些皇室宗亲，谁不怕死？就连西越帝身为帝王不也是怕死的吗？不然为什么要派两个皇子出门去找什么九霄仙芝。

东方旭啧啧赞道：“说起来，药王谷的医术还当真不错，定国公的腿痛了几十年，一到严冬连路都走不了。宫里的太医束手无策，听说慕容煜带回来的大夫里有一个女的，只是随手扎了几针，定国公就觉得病痛减轻了许多。”

循着东方旭的眼光望去，不远处一个穿着一身浅紫色衣衫的女子正在跟几个老者侃侃而谈，只看这些老年人脸上的笑容也知道气氛极为融洽。很显然，这些手握重权、身份贵重的老者对紫衣女子的印象十分不错。

灵枢?

沐清漪秀眉微挑，侧首看向容瑾。容瑾挑了挑眉，随意扫了灵枢一眼便将目光看向了别的方向。

只是这一眼，灵枢却已经注意到了这边，快步走了过来，浅笑道：“想必是豫王殿下，民女失礼了，迎接来迟，还请恕罪。”

容瑾挑眉道：“你怎么知道本王的身份？”

灵枢微笑道：“豫王殿下气势逼人，尊贵无俦，民女岂会不知？”

容瑾点点头，把玩着手中的玉扇问道："既然如此，你又是谁？"

灵枢道："民女灵枢，药王谷长老。初次见面，若有失礼还请豫王见谅。"

容瑾皱眉道："本王为什么要见谅？"

灵枢一怔，显然没有见过这么不客气的人。她说的原本就只是一句客套话而已，容瑾这么一脸认真地问出来反倒像是她不知好歹得寸进尺一般。

幸好灵枢并不是一般女子，面对如此不讲理的人面色也丝毫不变，只是淡淡一笑，道："是灵枢嘴笨不会说话，这位公子……想必就是顾总管了。"

沐清漪浅笑颔首道："见过灵枢长老，在下顾流云。"

灵枢看了看沐清漪，微微蹙眉道："顾公子脸色有些不好，似有畏寒之症。可否让灵枢为公子把把脉？"

沐清漪微微后退了半步，摇头道："些许小事，就不劳烦姑娘了。"

虽然她的外表易容可说天衣无缝，但到底还是个女子。脉象是改变不了的，像灵枢这样的高手，只怕是一把脉便能猜出她的身份了吧？

虽然被拒绝了，但是灵枢也不强求，道："既然如此，顾公子当好好保养。畏寒虽不是什么大毛病却也有些不好过。不过若是有地焰珠随身佩戴，想必也不妨事。"

容瑾微微眯眼，淡然问道："何处可得地焰珠？"

灵枢笑道："地焰珠乃是火山熔岩中蕴藏的宝石，天生火气便重，乃是十分少有的宝石，药王谷中素来不用这个，也不曾收藏。不过民女倒是听说魏公子府中收藏着一串地焰珠串成的手链。"

容瑾垂眸道："多谢相告。"

灵枢莞尔一笑，道："不过是举手之劳，豫王殿下客气了。民女还有事，先行失陪。"

灵枢恭敬地朝容瑾一福，又朝沐清漪点了点头才转身离开。

看着她的背影，沐清漪轻声叹道："好一个八面玲珑的女子，若不是见识过她的武功，只怕还要以为她才是素问长老呢。"

比起直截了当的素问，灵枢才更像是打理着整个药王谷事务的那一个人，而不是潜心研究医术的医者。

容瑾和沐清漪找了一个僻静一些的位置坐下，看着灵枢神色自若地周旋在前来赴宴的贵妇、闺阁千金中间，她丝毫没有拘束和无措，仿佛她天生就该在那里一般。沐清漪也发现了，灵枢总是有本事让自己出现在任何环境中都显得自然而融洽：在江湖豪杰面前，她就是优雅和善却不失高高在上仪态的素手观音；面对这些名门贵妇，她又温婉大方，仿佛名门贵女。

容瑾撑着下巴靠在桌边，闭着眼睛仿佛在养神一般，半晌才淡淡道："药王谷……有点儿意思。"

沐清漪微微挑眉，容瑾笑道："子清难道不觉得吗？"

沐清漪笑道："因为药王谷的谷规吗？"

药王谷最重要的一条谷规就是不得参与俗世纷争，更不得结交皇室权贵。这一条虽然看似不近人情，却让药王谷从此独立于诸国和各方势力之外，只是作为单纯的医者存在。如今，药王谷显然打算放弃这条规矩了。碰巧这个时候，出了一位如此……长袖善舞的女神医。这一次，到底是慕容煜利用了药王谷，还是药王谷利用了慕容煜，还真是不太好说。

再看看坐在前面闲聊着的几位王爷，容瑄、容琰、容淮，如今朝堂上争得最厉害的几位王爷一个不落全来了。即使没有了九霄仙芝，药王谷的吸引力依然惊人。

容瑾懒洋洋地靠着柱子问道："子清，你说……灵枢为什么要告诉本王地焰珠的事情？"

沐清漪若有所思地看了一眼正在为一位夫人把脉的灵枢，淡淡笑道："可能是……灵枢姑娘真心想要帮我呢？"

容瑾轻哼一声，悠悠道："不管怎么说，这个情本王还是要承的。"

沐清漪蹙眉道："你当真打算向魏无忌要地焰珠？用不着，我也不过是有点儿怕冷而已，习惯了就好了。"

容瑾轻声道："以前不知道就罢了，现在知道了岂能再让清清受苦？"

沐清漪轻叹一声，道："我当真没事。"

容瑾含笑不语，沐清漪便知道他没有将自己的话听进去。

"魏公子到！"

门外响起高亢的通报声。不多时，众人果然看到一身紫色锦衣的魏无忌走了进来。毫无意外，他身边跟着的正是千凌。千凌披着一件浅紫色的披风，神色有些憔悴地跟在魏无忌身边，看上去更多了几分弱不禁风之意，仿佛随时都会晕过去一般。

魏无忌进门，扫了一眼大殿里的众人，在众人还没反应过来的时候便往最偏僻的角落里走了过去，正好在距离沐清漪和容瑾不远的位置坐了下来。

跟在千凌身后的丫头上前，为她取下了身上的披风，露出里面一身淡紫色绣着芙蓉花的衣衫。衣衫的领口和袖口都镶着白狐毛。冬日的装束让千凌少了几分轻盈柔弱，多了几分沉静之意。

一串红色的手链从千凌垂下的手腕上滑下，一颗颗宝石透出莹润的光泽，让人一看便觉得心中暖洋洋。那显然正是刚刚灵枢提起的东西——地焰珠。

容瑾淡淡瞥了那雪白的皓腕上鲜艳夺目的手链一眼，便移开了目光，低头盯着沐清漪捧着暖炉的纤细玉手。

沐清漪叹了口气，不着痕迹地抬手拍了拍他的手，示意他不要乱来。

容瑾轻哼一声，道："子清戴起来一定比她好看。"

沐清漪哭笑不得，道："我不适合。"

原本他们坐在这角落里也还算清静，就算有人不知死活想要跟豫王套近乎，只要瞄一眼豫王那不善的脸色也就望而止步了。有了魏无忌的加入却不一样了，不说一半的权贵盯着这边，就连原本坐在最前方的几位皇子也过来了。

"魏公子和豫王殿下怎么坐到这里？本王招待不周，还请两位见谅。"慕容煜走过来，含笑拱手道。

魏无忌含笑道："安顺郡王言重了，在下喜静，此处甚好。"

那模样，仿佛慕容煜当真就只是西越的安顺郡王，从来都不是华国恭王一般。

慕容煜歉然道："这怎么行……公子还是……"

容瑾轻嗤一声，懒洋洋地道："你是真听不出来，还是装着听不出来？魏无忌的意思是让你快点儿滚。"

整个大厅里一片寂静，慕容煜脸上原本还端着的笑意也瞬间僵硬了。倒是魏无忌脸色丝毫不变，笑容依旧，道："豫王爱说笑，安顺郡王切勿在意，在下绝无此意。"

慕容煜终于回过神来，勉强挤出一丝笑容，道："魏公子客气了。"

魏无忌笑道："在下坐在这里就可以了，安顺郡王事务繁忙，不用特意招待在下。"

"不还是让他滚吗？"不知何时凑过来的东方旭疑惑地道。

慕容煜咬牙，脸色僵硬地道："在下失陪。"

魏公子笑容温雅，道："郡王请便。"

慕容煜虽然野心勃勃，到底还没到不要脸面的地步，被容瑾如此奚落，即使此时满殿宾客，他也有些待不住了，只得告了一声罪转身出去了。

虽然慕容煜如今已经不再单纯是安顺郡王了，虽然药王谷谷主的身份让许多人不得不给他几分颜面，但是西越皇城这些高高在上的权贵还是从骨子里看不起慕容煜。西越虽然不及华国礼法严谨，但也不是塞外蛮夷，无论是对人的出身还是对品行都十分看重。

见慕容煜被容瑾和东方旭奚落得跑了出去，众人面上虽然不动声色，心中却也幸灾乐祸。

魏无忌看了看坐在另一边的容瑾，最后将目光落在了沐清漪身上，俊朗的剑眉微微皱起。

容瑾不悦地扫了一眼魏无忌并没有说话。

魏无忌微微一怔，似乎有些不解豫王对自己的敌意从何而来。

"豫王殿下、东方公子，这位……是顾总管？"魏无忌起身走上前，含笑打招呼，仿佛完全没有看出来别人不待见他一般。

魏无忌身为天下首富，自然是消息灵通，即使在皇城还是第一次见到沐清漪，却也早已经猜到了对方的身份。只是……

“顾总管看起来有几分眼熟。”魏无忌轻声道。

“见过魏公子，刚刚安顺郡王也称呼在下张清呢，可见魏公子觉得熟悉也是应该的。”看着魏无忌半点儿也没有要走的意思，沐清漪含笑道，“魏公子若是不嫌弃，便请坐吧。”

魏无忌也不拒绝，道：“那就打扰了。”

魏无忌含笑扶着千凌过来坐下。

容瑾靠着柱子懒洋洋地闭目养神，沐清漪神色淡定地饮茶，魏无忌若有所思地打量着沐清漪。只有千凌一个女子坐在那里无所事事，即使是和三人同坐一桌，却依然觉得孤零零，让人看着有些可怜。

魏无忌打量着眼前的白衣少年，剑眉微皱。眼前的少年容貌俊美如玉，身上所穿的一身胜雪白衣分明是皇家专用的贡品缎子，只怕比容瑾自己身上的还要名贵几分。保养得极好的一双玉手捧着一个精巧的紫金雕花暖炉，如此金贵的模样就算说他是宫里的哪位皇子只怕也有人相信。

“不知顾公子是什么时候来西越的？”魏无忌好奇地问道。

沐清漪淡淡道：“已经有三四个月了。”

魏无忌道：“这么说……是华国的事情一结束，顾公子就离开了？”

沐清漪挑眉一笑，问道：“结束？魏公子所指何事？”

魏无忌淡笑不语，聪明人不必将话说得太过清楚。魏无忌话锋一转，道：“倒是没想到顾公子居然做了豫王府上的总管，若是早知道顾公子有此意，在下倒是也缺一位大总管呢。”

不出意料，魏无忌得到了原本闭目养神的某人一记冷眼，他也不在意，笑容淡然地看着沐清漪。

沐清漪笑道：“承蒙魏公子看得起，一切乃是机缘巧合，只得说，顾某没有福分为魏公子效力。”

魏无忌笑道：“如此，实在是魏某的遗憾。既然无缘，交个朋友如何？顾总管不会嫌弃在下吧？”

魏无忌实在不是个惹人讨厌的人，即使是沐清漪也无法轻易找出他有什么让人讨厌的地方。她只得淡淡道：“蒙魏公子看得起，是在下的福分。”

“无忌……”一直坐在旁边百无聊赖的千凌脸色有些不好，幽幽地望着魏无忌道。

魏无忌侧首对她淡淡一笑，安抚道：“千凌怎么了？若是不舒服，咱们一会儿早些走？”

千凌慢慢地垂眸，低声道：“没什么。”

千凌听着身边的未婚夫与别人谈笑风生，半垂的眼眸中闪过一丝幽怨和伤心之色。这世上无数的女子都羡慕她以丫头的身份独得魏无忌的宠爱，但是谁又知道她到底付出了多少。她从小便陪着魏无忌长大，照顾他吃穿住行。当初为了他，她险些被云隐公子一剑穿心当场死亡，虽然后来活了下来，却留下了无法医治的心病。

外人只看到了魏无忌对她百依百顺，却从来没有人看到他们之间的距离。就像现在，她永远都无法像那些名门贵妇一样长袖善舞地去应酬，魏无忌却宁愿跟一个刚刚见了没两次面的少年谈笑，也不愿意抽空陪她多说几句话。就是平日里两人私下相处，她仿佛还是他的侍女一般服侍着他，魏无忌有什么心事从来都不肯跟她多说。

其实千凌不知道，这并不能完全怪魏无忌。魏无忌才能卓著、胸怀大志，跟千凌这样丫头出身、连琴棋书画都是后来才慢慢学了一些的女子根本没有共同语言，自然也就没有什么可说的了。

在魏无忌看来，千凌跟他从小一起长大，救过他的命，又是他的未婚妻，他对她百依百顺、保护她是应该的，跟她说心事、谈理想、说计谋却是完全没必要的事情。若是作为聊天的对象，顾流云这样才华卓越、见识广博又自有一番看法的少年，自然比什么都不懂的闺中女子更合适一些。

更何况，顾流云如今是豫王的人。

“豫王殿下、魏公子、顾总管。”

魏无忌与沐清漪聊得正兴起，一个轻柔的声音从身后传来，不知什么时候，灵枢已经站在了不远处含笑看着他们。

“灵枢姑娘。”魏无忌点点头，淡然道。

灵枢悠然一笑，道：“可是灵枢打扰了魏公子？”

魏无忌笑道：“不过是随意聊聊罢了，倒是没想到会在皇城里见到灵枢姑娘。”

灵枢浅笑道：“灵枢不过是奉命行事罢了。这位……千凌姑娘一向可好？”

千凌看了看灵枢，柔美的脸上扬起淡淡的微笑，道：“多谢灵枢姑娘关心，我……自然是极好的。”

目光在千凌的手腕上停顿了一下，灵枢不由得笑道：“当真是巧了。”

魏无忌挑眉，问道：“灵枢姑娘这话何意？”

灵枢笑道：“之前灵枢还跟豫王殿下说起魏公子府上应该收藏了一串地焰珠，没想到这会儿就见到了。”

魏无忌眼神一闪，看向容瑾和沐清漪笑道：“不过是一串珠子罢了，灵枢姑娘怎么会说起这个？”

灵枢含笑指了指坐在旁边的沐清漪，笑语嫣然道：“魏公子没看到吗？顾总管天生畏寒，看起来竟有几分不足之象。若是能佩戴地焰珠调理，过上几年想必不会再有此烦恼了。”

魏无忌自然早就看到了，只看沐清漪的装扮和手中随时捧着的暖炉便能知道对方肯定还不能适应西越皇城的气候。只是地焰珠也不是随手可得的珍珠玉石，即使是魏家也只有千凌手上这一串，是不能轻易送人的。

魏无忌沉吟了片刻，笑道："虽然府上已经没有了地焰珠，却有几块暖玉，另有几匹从北汉极北之地带回来的冰蚕雪缎，若是顾总管不嫌弃，回头在下派人送到豫王府上，如何？"

沐清漪淡笑道："灵枢姑娘不过随口一说，魏公子如此客气，倒是让顾某汗颜。"

魏无忌淡然一笑。

灵枢看看沐清漪，再看看魏无忌，有些歉疚地笑道："这么说来，倒是灵枢多嘴了。千凌姑娘，勿怪。"

千凌沉默地看了一眼灵枢并不说话。

旁边的容瑾却站起身来了，同时也拉着沐清漪起身道："子清，我想起来了有话要跟东方旭说，咱们去找人吧。"

"嗯？"

有话跟东方旭说，刚刚不是恨不得东方旭快点儿滚的模样吗？

见沐清漪看向魏无忌等人，容瑾淡淡地扫了一眼灵枢，淡然道："你们没看到灵枢长老想跟魏公子说话吗？咱们坐在这儿岂不是要让灵枢长老一直站着？嗯……这也算本王还了灵枢长老人情了，咱们走吧。"

沐清漪有些同情地看着难得脸上有些窘迫之色的灵枢，突然也醒悟了。她含笑对魏无忌点点头，道："既然如此，我们先告辞了。魏公子，失陪。"

不等沐清漪说完，容瑾已经拉着她走了，只留下身后幽怨、无奈、尴尬神色各异的三人面面相觑。

"灵枢喜欢魏无忌？"漫步在安顺郡王府里，沐清漪回望了一眼依然热闹非凡的正殿一眼，好奇地问道。

容瑾轻哼一声，道："这有什么奇怪？灵枢当年行走江湖的时间不短，认识魏无忌也不足为奇。不过，这个女人的心机倒是不差。"

"怎么说？"沐清漪挑眉问道。

容瑾道："那个千凌就算有十条命也斗不过灵枢。不过灵枢自然不能自己出手对付她，否则魏无忌也不会放过灵枢。那个千凌……好像最近中过什么寒毒，身体比你还差得多，离了地焰珠就只有死路一条。"

沐清漪深吸了一口气，想起那笑语嫣然，素有"素手观音"美誉的灵枢，不由得心寒，摇了摇头，道："我不要地焰珠，至少……绝对不要千凌手上的那串。"

容瑾侧身，认真地打量了沐清漪许久，确定她是非常认真地在说这件事。每当清清用这样的语气跟他说话，就表示她已经下定了决心，即使他将地焰珠取回来了，她也不会用。

“知道了。”容瑾点头道，“又不是什么独一无二的绝世珍宝，本公子自然会为清清找到更好的地焰珠。”

千凌那个病秧子戴过的东西，他也不想给沐清漪用。

容瑾虽然爱胡闹，但是一旦认真答应下来的事情必然会信守承诺。沐清漪浅浅一笑道：“不用担心，我原本就没什么事。倒是那个灵枢……她居然会为了魏无忌来算计你……”

容瑾冷笑道：“谁不知道豫王最爱胡闹，她在本王跟前提起地焰珠，本王自然会不择手段地去拿到手了，到时候无论成功与否对她来说都没有损失。”

沐清漪摇摇头，道：“魏无忌和灵枢表现得很生疏，但是灵枢那样的女子可不是薛彩衣，绝对不会为了一个对自己根本不假辞色的男人去做这种事情。”

容瑾一怔，挑眉道：“你是说灵枢和魏无忌的关系，并不像我们看到的那么生疏？”

沐清漪浅笑道：“你还记不记得之前我说过……魏无忌应该是提前知道了药王谷根本没有九霄仙芝的事情。我们还怀疑魏无忌连药王谷里都能安插细作，现在看来……”

这个细作只怕不是别人，正是药王谷的灵枢长老本人。

闻言，容瑾的脸色也跟着凝重起来。沐清漪当然知道他想到了什么，如果魏无忌和灵枢真的有这么密切的关系，那么一手推动了莫问情被废、慕容煜上位成为药王谷谷主的灵枢……现在药王谷到底是在谁的掌握之中……

对此沐清漪并不惊讶，只是淡淡道：“魏无忌这人，不像是商人。”

容瑾冷笑道：“本王倒也想看看他到底想要干什么。”

两人正说话间，安顺郡王府后院突然传来一道尖叫声：“有刺客！”

此时所有人都在前面喧嚣的大厅里，或许没有人听见，沐清漪和容瑾却是站在清静空旷的院子中，这声尖叫自然听得一清二楚。

安顺郡王府的侍卫立刻纷纷朝着后院奔了过去。

容瑾挑眉笑道：“有趣，居然还有人会来刺杀慕容煜！”

沐清漪抿唇笑道：“为什么没有人刺杀他？现在才来我都有些心急了呢。”

“咦？跟清清有关系？”

沐清漪淡淡笑道：“华皇总算也册封我为公主一场，为他做点儿小事也是应该的。既然慕容煜不是华国皇家的血脉，此时总该让他也知道一下。”

以华皇的心性，对于慕容煜叛国，或许他还能顾忌西越皇室而忍着，但是如果知道慕容煜根本就不是他的血脉还能忍着，那就不正常了。

两人正说话间，一道暗影从后院掠过，正朝着两人冲过来。容瑾轻描淡写地扶着沐清漪的腰往后退了一步，正好让那黑影从他们面前一掠而过。沐清漪连那黑衣人的模样都没有看清，那人影便只剩下一个黑点，很快消失在远方了。

“刺客？”沐清漪惊道。

容瑾低头看了一眼地上黑色的血迹，淡淡笑道：“熟人。清清，咱们也走吧，看来安顺郡王府的宴会要办不成了。”

沐清漪虽然奇怪，却也没有反对，点头道：“那就走吧，不过总要跟主人告辞一番。”

容瑾点头道：“也好，顺便看看慕容煜死了没有。总感觉……这种人就像打不死的蟑螂，没那么容易就死了。”

一弹指，一缕微风掠过地面卷起地上的白雪。片刻间，原本地面上的一个极淡的脚印和几滴黑色的血液都消失无踪了，容瑾看着远处那黑衣人消失的方向，脸上露出一丝意味深长的笑意。

安顺郡王府大白天出了刺客，宴会自然是举办不下去了。正如容瑾猜测的，慕容煜确实没那么容易就死了。

回到豫王府，容瑾便拉着沐清漪往自己的院子去了，一进了院门便叫道：“无心、无情。”

无心悄无声息地出现在两人跟前，道：“王爷、‘公子’。”

容瑾瞥了他一眼，问道：“人呢？”

无心道：“快死了，无情在看着。”

容瑾微微皱眉，道：“去看看。”

无心沉默地带路，往容瑾的房间走去。整个王府里最好藏人的地方自然是容瑾房间里的那个石室了。

一进门，几个人便看到石床上躺着一个穿着黑衣的男子。虽然没看到容貌，但是沐清漪立刻便明白了这是刚刚在安顺郡王府的那个黑衣人。她不由得上前几步，才看清了男子隐藏在有些杂乱的发丝下的容颜，果然是个熟人——聂云。

沐清漪虽然惊讶，却也可以理解。聂云是华国第一高手，如果华皇想要在西越皇城杀一个郡王，那么聂云确实是最可能一击成功的人。只可惜，这一次聂云却功败垂成了，毕竟药王谷的毒术也不是摆着看的。

“他怎么样了？”沐清漪问道。

无情站起身来，有些无奈地道：“药王谷的毒……虽然给他吃了清毒丹，但是只怕效果不大。”

沐清漪皱眉，看着容瑾，道：“那现在要怎么办？京城里只怕不能轻易找到能解药王谷毒的大夫。”

容瑾挑眉道："解不了毒也没关系，死不了就行了。至于毒嘛，以后再想办法也不迟。"

"死不了？"众人怀疑地看向容瑾，没听说容瑾也会解毒啊。

容瑾挥挥手，淡然道："你们都出去，本公子叫你们再进来。"

无情脸色微变，道："公子想要以内力替他逼毒？"

这没问题，容瑾的内力也足够深厚。但是问题是，容瑾是普通的武林高手吗？他那时不时就会出问题的身体很难让人放心将这种需要耗费极大内力的事情交给他来办。

容瑾挑眉，问道："难不成你来？"

无情羞愧，他内力浅薄。

容瑾满意地轻哼一声，道："出去出去，好不容易抓到一个不那么废物的人，死了多可惜。"

要不是看在聂云这一身绝世武功的分儿上，聂云就是死在容瑾面前，他也不会多看一眼。

沐清漪有些担忧地看着容瑾，她从不吝于承认自己自私，人都有亲疏之分。她固然担心聂云的性命，但是如果要用容瑾的安全来换聂云，她自然更关心容瑾的安危。

容瑾含笑将沐清漪推了出去，笑道："清清放心便是，这点儿小事本公子还能搞不定吗？一会儿就好。"

石室的门当着沐清漪等人的面慢慢合上，沐清漪坐在房间里盯着紧闭的石室门，秀眉微蹙，隐隐有些心慌。

"无情，会不会有问题？"

无情有些惊讶地看了一眼沐清漪，这还是他这么久以来第一次看到她如此不安的模样。从前无论什么时候，沐姑娘似乎都从容自若得让人惊叹，有时候无情都会暗暗怀疑这个才十五六岁的少女是不是根本就不知道什么叫担忧、恐惧。这么看来，沐姑娘也未必当真对公子没有感情。

不过……想起平日里这两人相处的情景，无情干脆放弃了思考这个问题。也许对王爷和沐姑娘来说什么是亲情、什么是爱情、什么是友情，根本不重要，真正重要的只有他们要永远在一起。

无情沉声道："'公子'不必担心，虽然运功逼毒耗费内力，但是王爷武功高强，不会有什么大问题。何况聂统领也是当世强者，只要稍加清醒便可以自行运功，不会有事的。"

沐清漪点了点头，坐在一边只觉得时间凝滞了一般，她平生当真还从未有过如此度日如年的感觉。沐清漪叹了口气，叫无心去书房将需要她过目的账册和折子都拿过来。

沐清漪有了事情做，就不容易胡思乱想了。

“顾总管，步玉堂求见。”门外，步玉堂的声音响起。

沐清漪抬手揉了揉眉心，看了一眼依旧紧闭的石室门，示意无情在里面守着，她起身走了出去。步玉堂正恭敬地站在外面的花厅中等待她的到来，沐清漪有些无奈地道：“玉堂，不用如此拘束，坐吧。”

步玉堂淡淡一笑，完全没有表露出对沐清漪从容瑾的房间里走出来的意外和惊讶，仿佛一切都再自然不过。步玉堂笑道：“上下有别，玉堂不敢逾越。”

沐清漪挑眉道：“玉堂这是在提醒我吗？”

说起来，她跟容瑾相处起来当真有些上下不分、肆意而为。

步玉堂连忙笑道：“不敢，顾总管这么说，回头王爷还不剥了玉堂的皮？”

沐清漪忧心容瑾，也不跟他闲聊，直接问道：“玉堂这会儿过来可是有事？”

步玉堂有些无奈地抬手敲了敲脑门儿，笑道：“差点儿忘了正事，魏公子府派人送来了东西，我去清宁轩没找到你，所以才过来。”

沐清漪想起来之前在安顺郡王府，魏无忌所说的送她暖玉和冰蚕雪缎的事情，倒是没想到这么一会儿工夫，魏无忌就已经命人将东西送来了。沉吟了片刻，沐清漪道：“既然已经送来了，退回去也没意思，就收下吧。回头送一份回礼过去，就送……前几日不是刚刚送过来了一些首饰吗？送过去……给千凌姑娘。”

步玉堂也知道千凌便是魏无忌的未婚妻，点了点头起身办事去了。

沐清漪坐在花厅里垂眸沉思良久，听到里面传来响动才连忙起身奔了进去。

石室里，聂云的脸色已经好了很多，原本乌青的嘴唇已经多了几分血色，最重要的是人已经醒了。聂云看到快步进来的沐清漪，眼神微闪了一下，并没有开口说话。

容瑾坐在旁边，脸色有些苍白，看上去耗损颇多。

“容瑾，你怎么样？”

容瑾微微扬眉，道：“些许小事，能有什么问题，休息一会儿就好。”

沐清漪执起他的手腕把了把脉，确定没有什么问题才放心下来，问道：“聂统领怎么样了？”

容瑾斜睨了依然躺在床上的聂云一眼，道：“毒已经逼出来大半了，剩下的……要不去找解药，要不他自己慢慢来，花个一年半载，再不济三年五载总有一天能全部除尽的。”

沐清漪无奈地叹了口气，转身对聂云道：“既然不急于一时，聂统领先歇着吧，回头咱们再商量怎么解毒。”

药王谷的解药也不是那么容易就能拿到的，若是莫问情在此倒是容易多了，只可惜……

聂云有些困难地点了点头，道："多谢。"

容瑾警告地扫了聂云一眼，将自己靠在沐清漪身上，懒懒地道："本公子累死了，本公子要去休息。这儿就让给他了，本公子要去清宁轩休息。"

"好。能起来吗？"沐清漪柔声道。

反正清宁轩那么多房间，哪一个塞不下容瑾？

容瑾也知道自己跟沐清漪的身高、体形相差甚大，即使是想要耍赖也很有分寸，靠着沐清漪却未对她施加丝毫压力，轻声道："扶我。"

沐清漪似笑非笑地扫了他一眼，无言地扶起他往外走，并交代无情和无心照顾聂云。

回到清宁轩，容瑾刚一坐下，一丝血红便从他的唇边溢出来了。

"容瑾！"沐清漪顿时脸色有些发白。

容瑾摆摆手，拉着她的手笑道："没事，一时真气逆行而已。"看到沐清漪还是不放心地盯着他，容瑾无奈地笑道，"清清放心，我自有分寸，不会有事。总不至于……为了救聂云反而要搭上本公子自己吧，本公子没那么傻。"

沐清漪叹了口气，淡淡道："你心里有数就成，回头还是找个信得过的大夫过来瞧瞧吧。"

容瑾也不在意，道："我确实要休养几天，这几天要是还有什么宴会，清清都推掉吧，就说我病了。过两天就该宫里赐宴了，到时候……一并推了也可以。"沐清漪点头道："你安心养着吧，有什么事情我会处理的。"

王爷进了顾总管的院子就再也没出来，豫王府里也没人在意。经过这几个月的调教，豫王府的下人们总算有了一些样子。主子做什么没有他们说话的余地，何况王爷和顾总管关系素来亲厚，清宁轩也是按照豫王府主子的院落规格修建的，王爷暂住两天也没什么问题。

京城里，还因为安顺郡王府闹刺客的事情而有些人心惶惶，秦王府和庄王府依然无时无刻不在明争暗斗。这个冬天，西越皇城看似平静，私底下却也相当热闹。

转眼间，大年夜到了。每年的大年夜西越帝都会在宫中赐宴，能够参与宴会的都是京城里的皇子皇孙、王室宗亲、有爵位的权贵以及四品以上的朝中大臣与其眷属。

容瑾和沐清漪到达的时候已经有些晚了。这样的宴会，沐清漪原本不必跟着来，只是豫王殿下一脸"你不去我也不去"的模样，拉着沐清漪理所当然地进宫了，别人自然也不敢阻拦。

金碧辉煌的大殿十分宽敞宏大，地上铺着厚厚的毡毯，地龙也烧得暖暖的，整个宫殿里温暖如春，让人丝毫感受不到外面漫天飞雪的寒冷，同时也让人不由得羡慕皇家的权势财力，以天下之力供养一人，还有什么是做不到的？！

"豫王殿下到！"

容瑾十分难得地换上了一身绛紫色绣着四爪龙纹的锦衣，外面罩着一层淡紫色纱衣。这身穿着与他平素喜好的装扮截然不同，却是王爷出席正式场合必穿的礼服。

容瑾原本随意绾起的长发规规矩矩地以一顶青玉冠绾起，腰间缠着精致的玉带，整个人少了那份让人不安的阴鸷和邪气，多了几分天家皇子的尊贵。

走在容瑾身边的沐清漪依然是一身寻常的白色锦衣，她本就是一介庶民，以豫王好友的身份前来，自然也不用着正式的袍服。她身着一袭白衣，神色淡然，即使在一群穿着玉带锦袍的权贵之中，风采也不减丝毫。

沐清漪抬眼望去，还有一个人跟自己一样——魏无忌。

魏无忌显然来了一段时间了，他坐在庄王下首，看到他们进来含笑朝沐清漪举了举杯。魏无忌穿着一身常服——月白色的云纹锦衣，与坐在他旁边一身浅红衣衫的千凌倒是相得益彰，俨然是一对璧人。

宴会的座次安排也很有意思。皇子中年纪最长的容瑄坐在右边第一位，他对面左边第一位坐的却不是三皇子容璋，而是皇长孙容淮。容瑄后面坐着的自然就是魏无忌，容淮的下面坐的却是容瑾，再往后才是容琰、容璋等皇子按照序齿各自落座，于是沐清漪和容瑾就正好坐在了魏无忌的正对面。沐清漪坐在容瑾身边饶有兴致地打量着大殿中的人，这还是她来到西越之后第一次完全看清楚皇室中的每个人。旁边的容瑾早就趴在桌上昏昏欲睡了，稍微还有些苍白的脸色倒也正符合他刚刚生病了的传言。

“子清……”不知什么时候，坐在后面一些的东方旭摸到了两人身后。

沐清漪莞尔一笑，问道：“东方公子怎么来了？”

东方旭毫不客气地一屁股坐在了沐清漪旁边：“九……他怎么一副没睡饱的模样？”

东方旭望着趴在桌上昏昏欲睡的某人，看着那俊美无俦的睡颜不由得心中痒痒。眼前这位要不是恶名在外的九皇子殿下，说不准东方旭就要伸出罪恶之手在那白皙如玉的脸上掐两把了。

沐清漪淡笑道：“王爷这几天身体不太好。东方公子怎么在这里？”

东方旭皱眉道：“你不知道，宴会还要好一阵子才会开始呢，陛下不会这么早过来。若是中秋什么的还可以出去逛逛，这大雪天的谁出去啊。我原本说晚一些再来也不会迟到，偏偏家里的老头子和我娘不同意。喏，那是我爹娘。”

沐清漪循着东方旭的目光望去，看到了靖远侯。靖远侯本就是武将出身，四十多岁看上去倒像是三十来岁的中年人一般。襄城公主一看便知是一位外柔内刚的美丽女子，她察觉到他们的目光，还含笑对沐清漪点了点头，顺便狠狠地瞪了东方旭一眼。

东方旭脖子一缩，叹气道：“果然别人家的儿子都是好的，我娘喜欢你呢。”

听着他哀怨的声音，沐清漪不由得摇头浅笑。

东方旭一刻都不能安静，戳了戳沐清漪的手臂问道：“子清，那个……安顺郡王是不是跟你有仇啊？他在瞪你。”

沐清漪扫了一眼不远处的慕容煜，淡定地道：“他嫉妒我长得比他英俊潇洒。”

东方旭被噎得说不出话来，好一会儿才道：“果然是好大的仇恨。”

嫉妒什么的，确实是个好理由。

旁边被他叽叽喳喳吵得睡不着的容瑾懒懒地睁开了眼睛，道：“东方旭，没事就滚远一点儿。”

东方旭苦着脸，幽怨地道：“本公子不是在等王爷你醒来吗？谁知道我伸手去戳你，你会不会把我拍飞啊？”

容瑾坐起身来，淡定地盯着他道：“你为什么要戳我？”

“……”东方旭默然，“你听错了，我是说如果我叫醒你的话。”

“继续说废话。”容瑾淡淡道。

东方旭脸色微变，连忙靠近容瑾压低了声音道：“今晚小心一点儿。”

然后，他飞快地朝自家公主娘亲奔了过去。九哥发火什么的，实在是太凶残了，他一点儿也不想再领教一次。

听了东方旭的话，容瑾皱了皱眉，抬头扫了一眼大殿里的众人，最后将目光落到了魏无忌身上。

“怎么了？”沐清漪低声问道。

“我给你的暴雨梨花钉带着吗？”容瑾问道。

沐清漪一怔，问道：“出什么事了？”

暴雨梨花钉确实很厉害，但其实不适合在这种地方用。

沐清漪含笑道：“不用担心，我带着这个。”

沐清漪是个很惜命的人，所以随身带着的防身暗器从来都不少，她修长的玉手上戴着一只不起眼的玉指环。容瑾抬手轻抚了一下她指间的玉指环，这才满意地点了点头，轻声道：“小心一点儿。”

“会有什么事吗？”沐清漪悄声问道。

容瑾冷笑一声，淡淡道：“有什么事，也不关咱们的事。本公子头晕着呢。”

说罢，容瑾便无力地靠在了沐清漪的肩头。

沐清漪无奈地看了看容瑾，反正他就是打定了主意要败坏她的名声。

沐清漪只听见容瑾小声哼哼道：“本公子倒要看看，哪个不要命的女人敢跟本公子抢清清。”

沐清漪一怔，抬眼望去果然看到不少名门贵女专注地望着他们这边，一张张美丽的俏脸上还带着无法掩饰的惊愕和失望。沐清漪无奈地抚额，只剩下苦笑了。

“顾总管。”

一个轻柔的声音在身后响起，沐清漪回头便看到站在身后含笑而立的灵枢，再回望一眼另一边坐着的慕容煜，淡笑道："灵枢姑娘怎么会在这里？怎么没跟安顺郡王在一起？"

灵枢嫣然笑道："灵枢跟安顺郡王只是主仆，可不是顾总管与豫王殿下这般的知己好友，哪儿有资格跟着安顺郡王进宫来赴宴。"

"那姑娘这是？"

灵枢道："灵枢之前进宫为皇后娘娘诊脉，得皇后娘娘和陛下隆恩，才有机会来参加今晚的宴会。我方才看到顾总管也在，所以才过来打个招呼。"

看着眼前一身淡紫色罗衣、笑容温婉的美丽女子，沐清漪想起了那日在安顺郡王府她想要利用容瑾害千凌的手段，不由得叹了口气，道："药王谷多年来幽居世外，逍遥自在，如今这般……灵枢长老当真觉得好吗？"

灵枢一怔，半晌才淡淡地笑了起来，面带几分惆怅和无奈道："逍遥自在固然是极好的，可惜……有的人却注定了不得逍遥。谷主……安顺郡王是药王谷唯一的血脉，自然是他说什么便是什么了。"

沐清漪点头道："姑娘觉得好便好了。"

"陛下驾到！皇后娘娘驾到！"

"恭迎陛下，恭迎皇后娘娘！"众人连忙起身，齐声参拜。

"众卿平身。"西越帝在高高的龙椅上落座，一挥手朗声笑道。

"多谢陛下。"众人齐声谢恩。

西越帝满意地扫了一眼殿中的群臣，最后落在了容瑾身上的目光更多了几分暖意，含笑道："前几日瑾儿身体不适，如今可好些了？"

容瑾淡然道："多谢父皇关心，儿臣没事。"

西越帝仔细看了看，道："脸色还是有些不好，回头让灵枢姑娘看看。"

灵枢既无封号也无高贵的身份，虽然医术高明被皇后看重，却也只能坐在靠后一些的位子上。灵枢听到西越帝的话，连忙起身道："灵枢遵命。"

容瑾轻哼一声，并不领情，只是道："不劳父皇操心，儿臣习惯了。"

闻言，西越帝脸上的笑容微微顿了一下，眼底闪过一丝愧疚，他叹了口气没有再多说什么，只是道："罢了，好好坐着吧。"

见容瑾在大殿上竟然对西越帝如此无礼，殿上的皇后及众嫔妃眼中都掠过一些不忿，但终究谁都没有发作，无奈任由容瑾无礼，西越帝就是乐意宠着他、惯着他。别的皇子再怎么恭恭敬敬，西越帝依然看他们不顺眼。

每年的大年夜赐宴也没有什么特别的，照例都是西越帝说一些勉励的话，大臣和皇子们再恭祝一番天下承平、皇帝长命百岁之类的，然后便是笙歌曼舞、美酒佳肴。今年也不会有什么太大的改变，唯一不同的大概就是今年的宴会上多了几个外人——魏无忌、慕容煜，当然还有顾流云。

宴会之后，还有在御花园里准备的焰火表演。虽然外面的雪已经停了，但是积了几寸厚的雪还是让沐清漪觉得格外寒冷，那点儿欣赏焰火的兴趣一面对外面的冰天雪地顿时就消散无遗了。

于是容瑾也借着自己身体不适没有跟着出去，而是带着沐清漪到偏殿歇息。

坐在温暖的偏殿中，看着窗外的皑皑白雪，听着外面传来的爆竹和焰火的声音，沐清漪舒服地舒了口气，随手拿了一本杂记靠在椅子里看了起来。即使是精心修建的豫王府，论起暖和来还是远不如皇宫的。豫王府也有地龙，但远没有清和殿这么舒服。

看到她惬意的模样，容瑾挑眉笑道：“早知道清清这么喜欢皇宫，当初本公子就不搬出去了。”

沐清漪道:“你若是还在宫里,我就不进来了。说起来,九公子不是最喜欢凑热闹吗?今儿怎么不去了？”

容瑾笑眯眯地看着她并不说话。

沐清漪眨了眨眼睛顿时了然，轻声道：“你不用担心我，这皇宫中就算要出什么事也不会是冲着我来的。”

容瑾不肯离开，自然是怕她独自一人待在这里会有危险。

容瑾也不在意，笑道：“这些什么宴会、焰火年年都有，早就看腻了，本公子还不如在偏殿里多躺一会儿呢。”

“启禀九殿下，陛下召见。”门外，西越帝身边的太监急匆匆过来禀告。

第十章
爱民之心

容瑾微微皱眉，有些不悦地道：“什么事？”

那太监道：“刚刚安顺郡王献上了一些药王谷的珍品，陛下龙心大悦，让九殿下去选两件得心的小玩意儿。”

“慕容煜？”容瑾微微皱眉，想了想道，“子清，你想去吗？”

那太监刚刚说第一句话的时候沐清漪便已经站起身来了，点头道：“走吧。既然是陛下召见，也不好不去。”

容瑾挑了挑眉，从一边取过沐清漪的雪狐披风为她披上。他修长的手指灵巧地一翻，在披风的领口打了一个漂亮的蝴蝶结，又得意地朝沐清漪扬了扬下巴。

沐清漪摇摇头，示意他自已披好披风。虽然容瑾本身并不怕冷，但是在外人面前还是要做出一个不会武功且身体不好的娇贵皇子模样。

“子清帮我系。”容瑾披好了披风，却不肯再动手了。

沐清漪无奈，只得抬起手替他系好披风的带子。容瑾比她高一大截，她站在容瑾跟前就更显得身形娇小得有些不像个男子了，幸好她现在也只是个十四五岁的少年模样，倒也没有人怀疑什么。

容瑾满意地一笑，俯身以迅雷不及掩耳之势在沐清漪的唇边落下一吻。沐清漪一怔，飞快地看向门口。幸好门口来传旨的小太监还是十分规矩地低头等候着，若是一抬头看到刚刚那一幕还不被吓死。

沐清漪狠狠瞪了容瑾一眼，没好气地道：“走吧。”

看到容瑾和沐清漪携手而来，西越帝也是微微愣了一下。看着眼前漫步而来似乎也没有不高兴模样的儿子，西越帝想起来，似乎自从这个顾流云来了之后，瑾儿就比往常听话多了。再想起皇后跟自己提起的一些关于容瑾和顾流云的传闻，西越帝并不以为意。容瑾是天家皇子，喜欢怎么样都可以，喜好男色又如何？只要不影响他将来成婚生子便可。西越帝为帝几十年，看人的眼光还是有的。这个顾流云神态谦和、气质从容、温文尔雅，且秉性纯真，绝不是那种心怀叵测、以色媚主之辈。

这么多年难得瑾儿看一个人这么顺眼，西越帝并没有如一般人所想的那般去为难顾流云。

顾流云不过是个少年而已。

“瑾儿，快过来瞧瞧。”西越帝含笑朝容瑾招手道。

暖阁中，众皇子心中又是一阵酸涩。他们看了这么多年，也还是不习惯冷酷无情的父皇对九皇子如此宠溺纵容。

容瑾拉着沐清漪走过去，西越帝跟前的桌上果然放着不少东西。容瑾说道：“之前在殿上不献宝，这会儿又拿出来显摆什么？不知道天儿冷吗？”

西越帝没好气地道：“人家安顺郡王送上来宝贝都不心疼，让你来挑两件你还觉得累了？”

容瑾走到一边坐下，打了个哈欠道：“子清，你去挑吧，本王懒得看。”

“是，王爷。”

沐清漪走上前去，扫了一眼桌上的东西，慕容煜倒真是舍得下血本。认识莫问情之后，沐清漪对药王谷还是有了一些了解的，眼前的桌上放着的果然都是药王谷有名的珍宝。

沐清漪只选了一块雕琢精美的冷玉，一入手便觉得一股凉意直沁心脾，更重要的是这块冷玉竟然带着淡淡的药香，让人一闻便觉得心神安定。对于容瑾时不时就心烦意乱甚至隐隐失控的毛病，这块玉自然是最有效的。

沐清漪手刚刚碰到玉，就被容瑾先一步拿走了。容瑾拿在手中看了看，道：“子清觉得这个不错？本王也觉得不错，就这个吧。”

沐清漪收回了有些凉意的手指，桌上这么多东西，她能看中的也就是这一块玉而已，其他的纵然稀罕有趣，却也没有什么实际意义，于是又随手点了一柄透着药香的檀木折扇便退下了。

西越帝有些赞赏地看了沐清漪一眼，心中赞道：这人倒是难得的有眼力，而且不贪婪。桌上的这些东西，有价值连城的奇珍，也有只是看着新奇的小玩意儿，这个白衣少年看上去却从容淡定，眼中没有丝毫贪婪之色。他果然不愧是华国顾家的人，世代书香、相门世家，教养和品行果然不同。

在众人的注目中，沐清漪退回容瑾身边，把玩着手中刚刚得到的檀木雕花折扇。容瑾挑了挑眉，含笑看了一眼，道："不愧是药王谷的东西，这扇子子清拿着玩倒是不错。"

那确实是一把很不错的扇子，不过其价值却不在扇子本身，而在那看似不起眼的扇坠上。扇坠是两颗碧绿如翡翠的珠子串在一起的，带着一股淡淡的幽香。容瑾深吸了一口气，笑道："药王谷的清宁香，传说可解世上大多数迷药。"

旁边的灵枢含笑赞道："豫王殿下果然见多识广，正是药王谷的清宁香。"

沐清漪有些好奇地将扇坠放在鼻尖轻嗅了一下，果然有淡淡的香味。沐清漪本身也是调香高手，不过片刻间便已经辨出了其中大部分的香料，只是药王谷的香料里面只怕也加了特殊的药材，倒是需要请教一下医术高明的医者，说不定她就能够自己调制出清宁香了。

容瑾显然打了这个主意，似笑非笑地扫了一眼灵枢便偏过头去将沐清漪拉到自己身边。

西越帝看着眼前一脸羡慕的众皇子、皇子妃，道："罢了，你们也过来各自选一件喜欢的吧。"

众人大喜，连忙谢过父皇。

"昏君，拿命来！"

一声厉吼，只见一道黑影从外面一跃而起如一道箭一般冲进了暖阁，朝着坐在桌子后面的西越帝而来。

容瑾正拉着沐清漪到自己身边，刺客从他面前经过，他却连眼睛都没有动一下。眼看着刺客就要冲到西越帝跟前，众人才不由得大声惊呼起来。容琰、容瑄等几个皇子更是奋勇扑上前想要救驾。

那刺客的武功似乎不弱，很快便跟几个皇子打了起来。其他人帮不上忙只得躲到一边，有人往外高呼"有刺客"，原本一片和乐融融的皇宫顿时混乱起来。

不知从何处又出来许多黑衣人，纷纷扑向小楼上的暖阁和楼下的走廊。

本就不大的暖阁里惊叫声四起。容瑾拉着沐清漪往后退去，混乱中，沐清漪有些惊讶地发现刺客的主要目标——西越帝，竟依然十分淡定地坐在桌子后面连动都没有动一下，显然是笃定了那些刺客根本就伤不到他。

这一刻，沐清漪不得不承认西越帝不愧是西越建国以来最厉害的几位帝王之一，就只是这份临危不乱的功力便不是一般人能及的。

很快，宫中的侍卫便冲进来救驾，顺便将那些手无缚鸡之力的王妃一起送出了暖阁，同样"手无缚鸡之力"的顾流云和豫王殿下自然也被归入其中。只是此时，整个皇宫里混乱不堪，又有哪里是真正安全的？刚刚一出门，不知道是哪一家的女眷就被迎面而来的一剑砍倒在地，又引起一阵惊呼。

容瑾从容地拉着沐清漪心安理得地被侍卫们保护着出了暖阁，找了一个人少且不起眼的地方停下来了。

“停在这里干什么？”沐清漪皱眉问道。

容瑾淡淡道：“暖阁太小了，他们一会儿也会出来。”

果然，不一会儿原本在暖阁里打斗的人们纷纷冲了出来，继续在雪地里打斗。

“九哥！”东方旭月白的锦袍也染上了不少鲜血，他提一柄染血的长剑冲到两人跟前来，笑道：“子清，你们没事就太好了。”

容瑾轻哼一声，道：“我们能有什么事？倒是你……不去保护襄城公主，在这里干什么？”

东方旭笑道：“母亲自然有父亲保护，哪有我什么事？九哥不是不方便嘛，我来保护你们啊。”

沐清漪知道他指的是容瑾不便显露武功的事情，看来东方旭和容瑾的关系当真是不错。他知道容瑾这么多的秘密还没有被灭口，就足以说明这一点。想到这儿，沐清漪道：“那就有劳东方公子了。”

东方旭长剑一扬，笑眯眯地道：“子清不用客气，保护美人是本公子应该做的事情。”

三人靠在花园中的假山后面，因为是晚上倒也不容易被人注意到。白茫茫的花园中刀光剑影交错，淡淡的血腥味将原本大年夜的喜庆抹得一干二净。

很快，宫中的侍卫纷纷赶到，将刺客团团围住。刺客虽然武功高强，但是到底双拳难敌四手。之后有了南宫绝的加入，局面更是一边倒。这还是沐清漪第一次见到南宫绝，只见苍茫的雪地上一身银灰色锦衣、须发灰白的精瘦老者把手中的一柄大刀舞得虎虎生风。

南宫绝手中的刀显然是随手从别人手中夺过来的，南宫绝本人也并不擅长刀法。即使如此，一柄普通的长刀在他手中也舞出了一代宗师的风范，沐清漪这样不会武功的人看着也不由得赞叹不已。

“你不如他。”半晌，沐清漪在容瑾耳边低声道。

武功高下沐清漪不懂，但是那种玄之又玄的气势，她却能够感受到。无论是容瑾还是哥舒翰和聂云，都不如南宫绝，不过以容瑾的年纪也确实不必与南宫绝比。容瑾轻哼一声也不辩驳，俨然承认了自己不如南宫绝。

南宫绝出手，不过片刻场面便已经彻底控制住了。当南宫绝的刀架在最后一个刺客的脖子上的时候，南宫绝沉声问道：“你是什么人？胆敢入宫行刺！”

却不料那刺客只是冷笑一声，瞪向西越帝厉声道：“昏君，这一次杀你不成，下一次便是你的末日！”

话音刚落，那刺客竟然主动将脖子往南宫绝的刀锋上一撞，当场身亡。

花园里一片寂静。

西越帝扶着蒋斌的手走了出来，看着雪地里的血色，面沉如水。身为帝王，一生中不遇到几次刺杀简直是说不过去。西越帝这些年倒行逆施，遇到的刺杀自然更是不少，今晚的阵势显然还不被他看在眼里。

西越帝只是冷冷地扫了一眼在场的众人，沉声道：“拖下去。”

宫中的侍卫立刻上前，有条不紊地将尸体拖下去，打扫雪地。等到众人重新回到大殿的时候，外面的血迹也早已经重新被雪掩埋了。

“瑾儿。”西越帝扫了一眼满殿的大臣和皇子，沉声唤道。

容瑾慢悠悠地拉着沐清漪走了出来，身后还跟着提着剑的东方旭。

看到容瑾没事，西越帝这才放心地点点头，道：“没事就好。”

东方旭笑道：“陛下，有旭儿在，九舅舅怎么会有事呢？”

他说着还得意地扬了扬手中带血的剑。

靖远侯脸色一沉，道：“放肆！谁准你带剑入殿的！”

东方旭一怔，这才想起来，连忙将手中的剑一扔，摊摊手表示自己是无辜的。反正剑也不是他的，扔了自然也不可惜。

西越帝不以为然，笑道：“看来旭儿武功不错，靖远侯也算是后继有人了。”

靖远侯没好气地瞪了东方旭一眼，谢过西越帝的夸奖。

在座的众人都明白，东方旭带剑入殿的罪名可大可小，但是西越帝看在他保护容瑾的分儿上，必然是不会责罚他的。不仅没有责罚，西越帝还嘉奖道：“好孩子，靖远侯之子东方旭文武双全，保护皇子有功，嗯……赏黄金千两、宝剑一柄，明儿去御林军报到吧。”

东方旭眼睛一亮，道：“多谢陛下。”

御林军不同于宫中侍卫，那是正规的西越军人，更是精锐中的精锐。

他的父亲靖远侯甚至是南宫绝这些名将都曾经在御林军里待过，御林军可说是西越帝心腹中的心腹。

西越帝这话一出，众人纷纷羡慕不已，同时暗暗扼腕：早知道陛下的赏赐这么容易，他们拼死也要去保护九殿下啊。

刚刚遇刺，即使没出大乱子，西越帝的心情也好不到哪儿去。他冷淡地扫了众人一眼，留下了庄王、端王、秦王等几个王爷和南宫绝，让其他人都回去了。

出宫上了马车，马车刚刚起动准备回豫王府，一个人影便飞快地蹿了上来。东方旭讨好地看着容瑾道：“九哥……”

容瑾斜歪着靠在马车上扫了东方旭一眼，道：“不跟着靖远侯回家，跑来这里干什么？”

东方旭有些扭捏地笑道：“这不是……想谢谢九哥嘛，要不是九哥，我怎么能进御林军呢？”

西越帝对那些功勋卓著的将领防得很严，一代名将南宫绝武功盖世，除了有战事的时候在外领兵打仗，其他时候都出不了京城一步。东方旭的祖父、前代靖远侯也是一代名将，名气也未必输给现在的南宫绝多少，但自从前代靖远侯去世，大公主下嫁东方家，东方旭的父亲却是连兵权的边儿都摸不到了。

长此以往，东方旭即使是皇帝的外孙，也只能沦为无所事事的纨绔子弟。他今天因为保护九皇子有功，被编入御林军，虽然以后可能还是会受到打压，但是有机会上进总比天天在京城里到处看谁家的姑娘、公子更漂亮好一些。

容瑾轻哼一声，似乎不屑说话。

沐清漪有些惊讶地挑眉道：“你知道今晚会有刺客？”

容瑾道：“皇宫里的事情不就是那么几件，有自然是好，没有也不亏。倒是你……”容瑾斜眼看了一眼东方旭，道：“怎么会知道今天宫里会出事？”

东方旭嘿嘿一笑，有些不好意思地道：“这个嘛……九哥，你知道我有不少朋友吧？这个……有的地方消息最是灵通，不小心听到一些风言风语。”

东方旭平日里最爱结交三教九流，更喜欢混迹于茶楼酒肆及烟花之地，自然能听说不少小道消息。

“风言风语？”容瑾挑眉，有人要进宫行刺这种事情原来在东方旭心中只是一些风言风语。

东方旭为难地道：“我说的是真的啊，只是听说最近京城里来了不少人，我估计……这一年半载宫里总是要闹上一两次。我要是跑进宫去跟陛下说有人要行刺，若是真的有还好说，要是没有我可就完了。”

容瑾挥挥手，不在意地道：“算了，有没有人要行刺跟本公子也没什么关系，以后……”

东方旭讨好地凑上前，道：“以后有什么消息我一定立刻向九哥禀告。”

容瑾扬眉道：“我只是想说你以后别往那些地方乱跑了。既然你这么有心，本公子就笑纳了。回去吧，免得靖远侯担心。”

说完，容瑾毫不客气地挥手赶人。

东方旭无奈，只得自己掀起帘子从马车上跳了下去。

“清清在想什么？”马车里一时间有些安静，容瑾看着靠在马车上沉吟不语的沐清漪问道。

沐清漪抬眼看了他一眼，微微蹙眉道：“在想今晚的事情。”

容瑾轻哼道：“这些年，宫里有刺客的事情没有十次也有八次了，连老头子自己都不想了。老头子杀的人太多，想要他命的人自然就更多了。”

沐清漪扬眉道：“你没听到那个刺客死之前说的话吗？这一次不成还有下一次，那些人显然不是普通的刺客，全部是训练有素的死士。在我们不知道的地方，还有人暗中拥有如此大的势力，九公子居然一点儿都不担心？”

容瑾若有所思，问道：“清清的意思是这些人不是那些看老头子不顺眼或者跟他有不共戴天之仇的人？”

沐清漪道：“不共戴天之仇可能是真的，但是……只怕也不完全是为了报仇。若是要报仇，绝不会选在那个时候以那样的方式出现。”

容瑾轻叩着手边的马车坐垫，淡淡道：“刺客只是想让老头子在文武百官面前丢脸？或者说……是想给老头子找不自在？”

沐清漪抿唇笑道：“很有趣的人，是不是？”

“那又如何？只要不来招惹本公子，本公子才懒得管他呢。”容瑾扬眉笑道。

沐清漪叹息，看得出来容瑾对西越帝这个父亲的感情当真是浅薄得可怜。之前那刺客从容瑾跟前冲过的时候别说担心了，他连眼神都没有变。

容瑾伸手将她揽入怀中，轻声笑道：“清清不用担心，老头子年纪虽然大了，身手却还不弱，只不过这些年不需要他亲自动手罢了，他怎么可能被那种刺客杀了？”

沐清漪莞尔一笑，她倒是忘了西越帝年轻的时候可是出了名的文武双全，只是他当了皇帝之后渐渐收敛了，这些年来也没有人知道西越帝的武功到底有多高。

“所以……想要刺杀老头子是不行的。”容瑾有些遗憾地叹息道。

“……”

回到豫王府中，步玉堂、薛任等连忙迎了出来。现在，宫外的人自然都已经知道刺客进入宫中行刺的事，他们看到两人平安回来都松了口气。

容瑾看看天色，竟然将近子夜了。他挥挥手让步玉堂等人退下，拉着沐清漪笑眯眯地道：“咱们这也算是守岁了吧，清清陪本公子一起守岁，如何？”

沐清漪看着时间果然差不多了，莞尔一笑道：“既然王爷有此兴致，在下自然奉陪。”

两人守岁，也只是在清宁轩小院中的一处凉亭里。凉亭四面都被封上了，里面燃着暖暖的炭火，倒也暖意浓浓。容瑾命人送来了几碟小菜、一些点心和一壶好酒，就着外面的雪景倒也别有一番趣味。

沐清漪浅酌了一口酒，一股热气顿时扩散到四肢百骸，原本残余的一丝寒意也跟着消失无踪了。

容瑾愉悦地靠着椅子望着外面的雪景，端着酒杯懒洋洋地喝着，感叹道：“本公子还没有跟别人一起过过年呢。”

沐清漪有些惊讶，问道：“往年九公子怎么过？”

容瑾淡淡道：“心情好便去宴会，心情不好就在梅园里睡觉呗。”

沐清漪想起那面积颇大的梅园，此时梅园中所有的梅花早已经盛开，还有那园中孤零零的小楼。她想象着这样一个冰冷的夜晚，本该是万家欢庆的日子，一个小小的孩子孤零零地坐在小楼里，闻着那寒冷的幽香入睡，一年又一年……

沐清漪心中不由得一酸，轻声道：“以后我陪你过年。”

容瑾点头道：“以后本公子也陪着清清过年。”

沐清漪浅笑，容瑾虽然兄弟诸多，在这偌大的皇城里却仿佛永远都孤身一人。除了表哥和大哥，她在这世上也没有别的亲人了，与容瑾做伴倒也不会显得那么孤单。

“清清可要听本公子弹琴？”容瑾笑道。

沐清漪含笑道：“能听九公子弹琴，是我的福分，自然洗耳恭听。”

容瑾皱眉道：“我弹得没有清清好。我先给清清弹，然后清清再弹给我听？”

沐清漪点头，容瑾起身翩然而去，不多时便抱着一把素琴走了进来，也不挑剔，随意坐下，双手拨弄琴弦，悠悠的琴声自指间流出。

沐清漪觉得容瑾弹琴弹得非常不错，甚至比她更好。这让沐清漪不得不惊讶，要知道容瑾与普通的皇子是不一样的。可以说，容瑾基本上没有接受过正规的皇室教育。八岁之前的容瑾甚至连认字都是薛任教的，薛任只是个普通的太监，自然也教不了他太多东西。比起才三四岁就开始接受启蒙教育的天家皇子，八岁才开始学习的容瑾起步就比一般人晚了不少。八岁之后西越帝溺爱容瑾，也从不要求他学多少。容瑾能有如今这样的能力和成就，确实要归功于他天生聪慧。

对上沐清漪惊讶的目光，容瑾淡淡笑道：“梅园里有母妃留下来的琴，小时候没什么事就经常玩。”

沐清漪也发现了容瑾弹琴的指法并不十分规范，可见确实不是什么名师教授而是无师自通。

“弹得很好，比我好。”沐清漪轻声道。

在她是顾云歌的时候，曾经有人点评过她的琴声，说她的琴声技法高明、悦耳动听，却难以入心。顾家大小姐即使性格温婉大气，琴声也总是不可避免地带有一丝丝高高在上的味道。后来顾家剧变，挽云的琴同样号称京城一绝，却伤于幽恨，令人闻之心酸，有失琴作为乐之礼器的悠远、平和、大气。再之后，她的琴声竟渐渐染上了一丝锋利和杀气，倒是距离当年先生教授的琴道越来越远了。

容瑾的琴声更加让人惊讶，因为他的琴声里什么都没有，并不是说他的琴声毫无感情，而是所有的感情都是他自己的，与旁人无关。容瑾弹琴的时候是无情的，旁人听了只觉得回味悠长、难以自拔，无论如何也无法体味出弹琴者的心情，也就更加想要继续听下去了。

幽幽的琴声在子夜回荡着，沐清漪靠着椅子迷迷糊糊地陷入了沉睡状态。失去意识之前，她迷糊地想着，容瑾的琴声和他的心一样，都是虚无的，让人有一种比寂寞更寂寞、比怨恨更怨恨、比痛苦更痛苦的感觉。寂寞到了尽头便忘记了寂寞，怨恨到了极点便没有了怨恨，痛苦到了极致就忘记了痛苦。容瑾的心中……什么也没有……

看着眼前沉睡中的沐清漪，容瑾原本拨动琴弦的手微微顿了一下。如果沐清漪此时醒着的话必然会听出琴声的变化……

砰!

琴声骤停，容瑾起身轻轻掩住了沉睡中的人儿的双耳，让外面喧天动地的爆竹声无法打扰她。容瑾低头看着沉睡中秀眉微蹙的沐清漪低低一笑，在她的眉心落下了一个浅浅的吻，道："清清，新年快乐。本公子很高兴。"

终于不是一个人了，只要有她在身边，即使她睡着了，即使她什么也不说，他也感觉到无比欢喜和满足。仿佛只要有她在，这世界即使只有他们两个人，他也觉得满足而安乐。这一刻，仿佛那些野心、抱负、算计都不那么重要了，她一直在他身边即可。

"清清，只要你永远在我身边，容瑾……的命都可以给你。"

淡淡的雪光照在凉亭里，俊美的黑衣青年俯身亲吻在椅子里熟睡的白衣"少年"，仿佛一幅无比美丽的画卷。

凉亭外，步玉堂举着伞默默地站着，有些茫然地望着又开始飘雪的天空。皇城的冬天似乎总在下雪。

"进来。何事？"容瑾自然早就察觉到了外面的人，也不在意，只是神色冷淡地看着亭外的步玉堂。

步玉堂并没有进去，只是站在外面低声道："启禀王爷，刚刚城中正在挨家挨户搜寻刺客。"

容瑾轻轻抱起沐清漪往外走去，道："不必理会，本王倒要看看谁敢来搜豫王府。"

"是，王爷。"

看着容瑾离去的背影，步玉堂终究还是叹了口气：罢了，这也不关自己的事。

清晨，沐清漪醒来的时候已经在自己床上了。她昨晚竟然听着容瑾的琴声不知不觉便睡着了，自从顾家剧变之后，她从来都无法安眠，像昨晚那样轻易入睡的情况十分少见，这让她不由得想起了那次容瑾带伤夜闯肃诚侯府。沐清漪不得不承认，她内心深处已经十分信任容瑾了。

沐清漪坐起身来，看到放在枕边的一个小盒子微微一怔。沐清漪打开盒子，里面装着一只雕工精致的缠枝兰花玉手镯。这并不是一般人常戴的镯子，而是雕刻出的精致小巧的花朵，不知用什么法子连在了一起，看上去浑然天成，却不似玉镯那般浑圆，显得更加柔软和精致。

想起这两天容瑾总是一个人偷偷摸摸地做些什么，沐清漪不由得浅浅一笑。九公子雕工极佳，还多亏了他那一般玉雕师根本不会有的深厚内功。沐清漪将手镯拿起来，花瓣的后方还刻着俊秀的字迹——“清清永安”。

新年礼物啊，沐清漪有些遗憾地想着，她也准备了新年礼物呢。既然某人没有叫醒她一起守岁，那么礼物晚一些再给也无所谓吧？

“小姐，你醒了。”盈儿端着热水进来，含笑道。

沐清漪起身下了床，盈儿连忙取来衣服服侍她穿好，笑道：“正好，王爷也让人过来看看小姐醒了没有，说是醒了就过去一起用早膳。”

沐清漪点点头，穿好了衣服才走过去净脸，问道：“昨晚王爷送我回来的？”

盈儿道：“可不是吗？王爷亲自送小姐回来的。小姐不是和王爷在院中守岁吗？怎么睡着了？奴婢还听到琴声来着。”

沐清漪不由得有些脸红，总不能告诉盈儿她听容瑾弹琴听睡着了吧？

梳洗过后，沐清漪便出门往花厅走去。如今容瑾依然住在清宁轩里不肯挪窝，倒也免了大清早出门的寒冷。盈儿跟在她身后，连忙抱着厚厚的雪狐披风追出来，为她披好，道：“小……‘公子’若是病了，王爷可饶不了奴婢。”

沐清漪有些无奈地拢了拢身上的披风。

一进花厅，沐清漪果然看到容瑾已经等在那里了。

容瑾端坐在花厅中的桌边，含笑看着进来的沐清漪，道：“清清，新年好啊。”

沐清漪想起昨晚自己睡着了的事，莞尔一笑道：“王爷，新年好。”

容瑾眨眼，问道：“本王的礼物清清收到了吗？”

沐清漪笑道：“王爷是在提醒我该送你礼物吗？”

容瑾淡笑不语。

沐清漪笑道：“原本想要昨晚给你的，谁知道我睡着了……所以就只得晚一些了。”沐清漪取出一块玉佩轻轻放到容瑾手中，道，“虽然昨晚从宫中拿到的那块冷玉效果更好，不过这一块既然已经准备了，你就将就着收下吧。”

容瑾将玉拿在手里一看，果然是一块难得的寒玉，与昨晚得到的那块不同之处大概就是没有药王谷的东西所带有的药性了。玉佩后方刻着几个秀逸的字——“宁心静安”，一看便知道是沐清漪的手笔。

虽然这不是她亲手所刻，容瑾却也十分欢喜，更何况玉佩上还有一个精巧的红色丝线打成的吉祥结，下方留着几缕红色丝绦，不仅喜庆，配上容瑾黑色的锦衣也相得益彰。

容瑾明白沐清漪送自己一块寒玉必然是因为他的病，她希望寒玉能帮助他清心宁神。明知道他很可能不知道什么时候就会失控，清清却从未想过离开他，还细心地为他寻找解决之道……

容瑾紧紧握住手中的玉佩，一时说不出话来。

容瑾握着手中的玉佩呆立了半晌，才回过神来。他将玉佩往沐清漪手中一塞，随手扯下了昨晚从宫中得到的寒玉，望着跟前的人道："替我挂上。"

沐清漪莞尔一笑，抬手轻巧地将玉佩系在他腰间的玉带上。

容瑾满意地看着挂在自己身上的玉佩，愉悦地点点头。他看了看沐清漪，问道："我送你的东西呢？"

沐清漪无奈地白了他一眼，道："自然是放在房间里了。"

那手镯美则美矣，却是太过阴柔，本就是女儿家喜爱之物，她现在一身少年的装束戴在手上不伦不类不说，还惹人怀疑。

容瑾闷闷不乐地盘算着下次一定要送双份礼物。只看他的神色，沐清漪就知道他在想些什么，她有些好笑地摇了摇头，拉着他坐下准备用膳。

也许沐清漪曾经喜欢过华服美饰，但那已经是很多年前的事情了。对于现在的沐清漪来说，再华美的首饰都比不上现在身着男装在外面自由自在地行走，做自己想要做的事情。

沐清漪和容瑾刚用过早膳，府中的管事就来禀告说秦王和庄王求见。容、沐两人对视一眼：今天是新年的第一天，既不用办差也不用上朝，容淮和容瑄来豫王府干什么？

沐清漪伸手在侍女送上来的清水中净了手，一边拿帕子擦手，一边挑眉道："陛下将昨晚的事情交给秦王和庄王办了？"

昨晚的刺客虽然全部死了，但是皇帝没被暗杀的事情也不会这么轻易就了结了，自然还是要查的。

容瑾冷笑道："这两个人平时暗地里斗得死去活来，老头子派他们两个负责此事正好可以互相监视，谁也别想在其中动手脚。老头子当了几十年皇帝，这点儿平衡之道岂会不懂？"

沐清漪点点头，道："那就去看看吧，看看他们想要干什么。"

豫王府大厅里，容瑄和容淮正坐着喝茶，谁也没有说话。虽然悼恭太子的事情已经过去了，但是秦王一系早已经认定是容瑄杀死了容璜。对于容瑄来说，最大的对手也是容淮。容璜死了，容瑄就是长子，但他是庶子，容淮却是嫡长孙。

步玉堂神色平静地站在一边，任由两人打量着自己。容淮盯着步玉堂，越看脸色越难看。容淮一直觉得这件事西越帝处理得太过偏心了，自然看不上死里逃生的步玉堂。

“王爷到！”

门外，容瑾一身黑衣，冷着脸快步走进大厅，他身后跟着面带笑容、缓步而行的白衣少年。

“见过王爷、顾总管。”步玉堂连忙上前行礼。

容瑾一挥手，淡淡道：“退下吧。庄王、秦王，一大早来本王府上有何贵干？”

容瑾坐在主位上，扬着下巴傲然地斜睨着两人。

“子清，坐。”

容淮刚要开口，就被容瑾给打断了。

沐清漪淡淡一笑，走到容瑾下首的位置坐下。

容瑄和容淮不由得对视了一眼，看来容瑾当真将这个顾流云当成至交好友而不是总管了，或者说……这些日子京城里的一些传闻只怕也不完全是谣言。

容瑄轻咳了一声，道：“九弟，你也知道昨晚的事情，父皇将这件事交给我和淮儿处理了。所以……”

容瑾冷笑一声，道：“明白了，不就是要搜刺客吗？尽快去就是了，难不成本王还怕你们搜？不过你们最好吩咐清楚，谁若是弄坏了本王府上的东西，就拿命来赔！另外……既然要搜本王府上……庄王府和秦王府搜了吗？正好本王今天没什么事，就陪着两位走一趟好了。”

容淮冷声道：“这件事皇祖父交给了本王和庄王，与豫王似乎没什么关系。”

这京城里达官贵人的府邸，特别是皇子的府上，谁敢说没有一两点见不得人的东西或者人物？

容瑾懒懒地靠着椅子，勾唇笑道：“这么说，就是没有了？秦王和庄王这是打算排除异己、公报私仇呢？还是单拿本王逗乐子？若是不给本王一个说法，今儿别说搜查了，你们就给本王在豫王府里待着吧，顺便也看看本王府上到底有没有不该有的人！”

容淮和容瑄神色不由得一变。容瑄问道：“九弟这是什么意思？难不成你还要软禁我们？”

容瑾招招手，唤来门口侍候的一个侍卫，道：“去，查查看庄王和秦王都搜查了哪些人家。”

“九弟。”容瑄连忙开口道，“九弟误会了，二哥并不是这个意思。”

容瑾挑眉道：“那是什么意思？”

容瑄叹气道：“这几年刺客十分猖狂，父皇也是十分震怒。咱们过来只是想跟九弟说一声要加强府中的侍卫警戒。堂堂皇子府邸，哪里是说搜就搜的！”

容瑾却并不领情，冷笑一声道：“刚刚本王听着可不是这个意思。还是本王猜对了，庄王和秦王根本就没有搜查别的王府，单单想要搜本王的王府？看来是二哥看本王不顺眼了，无妨，本王也不是小气的人，让你搜便是。只是搜完了之后……咱们就顺便走一遭三哥、四哥、五哥他们的王府，当然，还有二哥和秦王的府邸。”

容瑄没好气地瞪了容淮一眼，若不是他坚持要惹这个煞星，怎么会弄到这个地步？如果真的搜了所有皇子的府邸，这些兄弟还不得恨死他们。

容瑾冷冷地看着气得脸通红的容淮。

容淮咬着牙恨恨地与容瑾对视，他是皇长孙，但是从小到大皇祖父连看都没有看他一眼，却对这个比他小十几岁的九叔宠爱有加，容淮怎能不讨厌容瑾！

“容瑾，你别太过分！本王就是怀疑你窝藏刺客了，如何？”容淮忍不住拍案而起怒道。

“如何？”容瑾勾唇冷冷一笑，慢慢站起身来。

唰！一道黑影夹带着厉风劈头盖脸地打向容淮。容淮感觉不好，连忙闪到一边躲过了这一鞭子。啪的一声，鞭子抽在容淮原本坐的椅子上，上好的紫檀木椅子上留下一道深深的痕迹。

“容瑾，你……”

容淮又惊又怒，话还没说完，鞭子又抽了过来。无奈，容淮只得继续躲闪。

容瑾俊美的容颜上挂着冷厉的笑容，他不管不顾地用鞭子抽打容淮。

“九弟息怒……淮儿不懂事……”容瑄闪到了一边，没什么诚意地劝道。

这段日子容淮处处跟他作对，将他硌硬得不轻。这会儿看到容瑾拿鞭子抽容淮，他心里只会觉得舒坦，哪里会真心去劝？

“再废话，连你一起抽！”容瑾冷冷道。

容瑄识趣地闭上了嘴，闪到了一边叹息道：“原本以为九弟的脾气已经好了，没想到还是这样……”

沐清漪淡淡道：“江山易改，禀性难移。”

“容瑾，你别以为本王不敢还手！”

容淮虽然身手利落，却还是免不了被抽了几下，身上的伤痕火辣辣地疼，脾气也更加暴躁起来了。他不再处处躲闪容瑾的鞭子，而是扑上来想要夺容瑾的鞭子。

容瑾却没有打算跟容淮大打出手，一看到容淮还手立刻就收起了鞭子。容淮眼神一闪，干脆一不做二不休一掌向容瑾身上拍去。一道灰影飞快地插入其中，挡在了容瑾身前与容淮交手了几招，一掌将他拍了回去。

“王爷。”无情淡淡地扫了一眼容淮道。

容瑾盯着容淮看了许久，看得容淮浑身不舒服，正想要说话，却见容瑾连续猛烈地咳嗽了几声之后，砰的一声倒了下去。

“王爷……王爷……”无情连忙反身扶起容瑾，朝外面叫道：“快去请太医，王爷发病了！”

说完，他也不顾容淮的脸色，直接扶着容瑾飞快地走了出去，将偌大的大厅留给沐清漪三人。

沐清漪轻咳了一声，看看沉默的两人叹了口气，道：“在下也去看看王爷，两位王爷……若是要搜查，尽管搜便是了。”

说完，她也快步走了出去。

这……这真是太无耻了！

容淮愤怒地盯着自己身上的几道口子，虽然冬天穿的衣服厚，他身上并没出血，但是衣服还是被容瑾鞭子上的倒钩给扯得破破烂烂，而且身上还是一样痛。要知道，容瑾是有用鞭子将人抽死了的记录的。这世上哪儿有被打的人还没叫，打人的先出问题的？他绝对是装的，真是太无耻了！

“二叔……”容淮忍着身上的伤痛，沉着脸看向容瑄。

容瑄心中暗暗叫好，面上却是一片沉重地叹了口气，道：“淮儿，你太冲动了。九弟身体不好，你也是知道的，这事……只怕一会儿父皇就会知道了。”

“他拿鞭子打我，难道还是我理亏不成？”容淮咬牙道。

容瑄无言，孩子你真是太天真了，父皇对老九的事情从来都不看谁有理没理，将老九气病了，你就是有天大的理由也是要倒霉的。

“算了，原本也没什么事，咱们去看看九弟的病情便走吧。”容瑄道。

容淮心有不甘，道：“难道就这么走了？刺客……”

容瑄摆摆手，道：“你若是真觉得九弟府上有刺客，你留下搜查便是。”

容淮沉默了片刻，终究还是跟着容瑄走了。只可惜，两人刚刚去看了一眼还在昏睡的容瑾，连豫王府都没来得及出，宫里就来了人宣秦王和庄王进宫。

容瑾挥退了太医和下人，沐清漪坐在床边的椅子里没好气地看着床上躺着的人，道：“九爷今天闹的又是哪一出啊？”

原本还闭着眼睛昏睡的某人轻哼了两声，舒服地在被子里蹭了蹭，懒洋洋道：“没什么，本王看他不顺眼，早就想抽他了，一时手痒……看到容淮那小子看你的眼神，本公子就想将他的眼睛挖出来！”

沐清漪一愣，问道：“他看我的眼神？”

容瑾轻哼一声，那是因为沐清漪根本没有注意容淮这个人。比起容瑄和容琰，容淮确实不值得太过注意。但是容淮竟然敢拿看男宠的眼神看清清，即使只是一瞬间的变化，容瑾也要他生不如死！

沐清漪叹了口气，轻声道：“既然没事，就起来吧。容淮和容瑄被陛下召进宫了。”

“不起，本王病了。”容瑾理所当然地道。

沐清漪耸耸肩，也不在意，横竖这几天也没什么事，就当某人想要睡懒觉好了。

沐清漪抬手替容瑾盖好被子，笑道：“既然如此，我去看看聂云。”

“本王跟你一起去。”容瑾飞快地从床上坐起来，淡定地起床了。

聂云养了好几天，气色好了一些。但是他体内余毒未清，看上去脸色还是带着灰蒙蒙的暗青色。看到容瑾和沐清漪进来，聂云也立刻从床上坐了起来。

见他想要下床，沐清漪连忙阻止了，道：“聂统领身体不适，坐着吧。”

聂云看着沐清漪，沉默了一下方才道：“多谢九皇子和公主救命之恩。”

沐清漪一怔，有些惊讶地看向聂云。

看到沐清漪惊讶的模样，聂云叹了口气，有些尴尬地道：“在皇城的时候我就猜到公主的身份了。”聂云毕竟跟了沐清漪一段时间，能走到这个位置，自然也不会是只懂武功的傻子。

沐清漪叹了口气，也不去问他到底从哪里看出的破绽，她看着聂云，微微皱眉道：“华皇要聂统领来刺杀慕容煜？”

聂云点了点头，华皇的旨意是杀了慕容煜。

沐清漪轻声叹息道：“之前聂统领也去试过了，应该知道慕容煜如今成了药王谷谷主，老实说……虽然聂统领武功高强，但是想要杀了慕容煜全身而退，只怕没有什么胜算。”

慕容煜从叛国那一刻开始就知道华皇绝不会放过他，身边的侍卫高手也从来没有少过。慕容煜成了药王谷谷主之后，药王谷的高手和毒术更是任他用，想要杀了他并全身而退，实在是难如登天。

聂云淡然道：“陛下对聂云有恩，杀了慕容煜就算是报答了陛下对聂云的恩情。杀不了也要杀。”

而且，只有千日做贼的，没有千日防贼的，聂云总会找到机会。

旁边抱胸而立的容瑾冷笑一声，道:“原来在聂统领心中，只有华皇的恩情才是恩情，别人的就不算了吗？”

聂云微微蹙眉道：“九皇子这是什么意思？”

容瑾挑眉道：“那日若不是本王替你掩盖行踪，你以为你逃得了吗？若不是本王让无情将你带回王府，你也是死路一条。若不是本王耗费内力为你逼毒，你现在已经是个死人了。所以……你欠了本王三条命。”

沐清漪惊讶地张了张嘴，却什么话也说不出来。九爷，你真是太会算账了！

聂云沉默了片刻，淡然道：“九殿下，聂云只有一条命。”

显然，聂云并没有被某人绕晕，从头到尾他都只有一条命，死了就没有了，他不可能一次欠容瑾三条命。

容瑾却不在意这个，满意地道：“行，你承认自己欠本王的命就行了。”

聂云点点头，问道：“九皇子想要聂云如何报答？”

看着聂云正直的神色，沐清漪暗暗叹了口气。现在她明白为什么南宫绝、哥舒翰、容瑾和魏无忌都成就非凡，聂云却只是一个侍卫统领了，不仅仅因为这四人的身份不一样，更因为聂云实实在在是个厚道的好人。

容瑾道："本王不要你赔本王一条命，只要你……保护清清十年。怎么样，这个买卖划算吧？"

聂云眼中闪过一丝诧异之色，他原本以为容瑾是想让自己效忠于他的，却没想到容瑾会提出这样的要求。

"容瑾？"沐清漪也有些迟疑，道，"我身边有无心和霍姝……"

让天下五大高手之一这样的绝世高手做侍卫，当真有这个必要吗？

容瑾扬眉一笑，道："怎么？聂统领想不认账？"

聂云摇头道："我还有事情要办。"

容瑾点头道："知道，杀慕容煜吗？你现在杀不了他，杀了他，你一辈子都要被药王谷的人追杀。你帮本王保护清清，本王替你杀慕容煜。"

容瑾俊美的眼眸中掠过一丝杀意，反正他早晚都要杀慕容煜，现在用这个条件来换一个绝顶高手实在是太划算了。

聂云犹豫了一下，问道："时间，九殿下什么时候能杀了慕容煜？"

容瑾淡淡道："一年之内。如果明年这个时候慕容煜还活着，你随时可以离开，救命之恩一笔勾销。"

聂云侧首看了看站在一边的沐清漪，终于点头道："好，一言为定。"

容瑾满意地点头道："一言为定。"

有聂云保护清清，他就真的不用担心沐清漪的安危了。像聂云这样武功高强还知道怎么做侍卫的人，实在是凤毛麟角。

说定了这些，聂云反倒放松了一些，淡淡一笑道："在下也没有想到西越的九皇子殿下竟然也是一名绝顶高手。"

那日容瑾替他逼毒的时候他就发现了，这位九皇子才是真正深藏不露，还未及弱冠，内力竟丝毫不逊色于他。

容瑾微微眯眼，盯着聂云道："那么现在，聂统领想到了什么？"

聂云并不笨，他若是个笨蛋就不会那么快猜到沐清漪的身份，也不会练成绝世武功了，他只是心性正直不喜尔虞我诈而已。

聂云盯着容瑾，半晌才道："在下也没想到，西越九皇子竟然就是名震天下的云隐公子。"

"知道得太多……你就不怕我杀了你吗？"容瑾眼带杀意地道。

九皇子和云隐公子这两个身份一旦被人连接到了一起，许多事情很快就会被人猜出来，这对容瑾来说无疑是一种巨大的危险。

聂云淡笑道："九皇子若是怕聂云知道这个，又何必亲自为聂云疗伤？"

容瑾轻哼一声，道："本公子自然也相信聂统领是言而有信的人。"

聂云沉声道："聂云既然答应了九皇子，决不反悔。"

容瑾微微点头，这世上除了沐清漪以外，若说还有什么人说话能让容瑾相信，大概也就是聂云了。容瑾相信沐清漪是因为对她的感情和了解，相信聂云是信任他的人品。聂云确实是这世上难得的正人君子，只可惜这种人从来都过得不好。

容瑾看着聂云如此，满意地点头道："看你如此识相，本公子回头助你将毒全部逼出来。"

聂云一愣，有些意外地道："九公子有办法？"

容瑾轻哼一声，道："本王自然有办法，不过需要准备几天。"

聂云也不多问，拱手道："如此就多谢九皇子了。"

"不必，你只要记得你的承诺，保护好清清便是了。"容瑾淡然道。

"公子，端王殿下来了。"门外，无情沉声禀告道。

容瑾有些不耐烦地皱了皱眉，挥手道："本王去看看，清清有什么话要跟他说就说吧，他还要在这里待几天。"

说完，容瑾也不再管聂云，直接转身走了。

石室里，一时间有些寂静。

好一会儿，聂云方才叹了口气，道："没想到今生还会再见到公主。"

沐清漪淡淡微笑道："聂统领不必如此称呼我，所谓公主本就是一个权宜之计罢了，我现在叫顾流云。"

聂云笑道："顾……公子也不必叫我聂统领，叫我聂云便是。"想了想，他又道，"聂云这个名字以后怕是不能用了。"

华皇若是知道他留在西越做了别人的侍卫，只怕跟他有关的人就要倒霉了。横竖他也厌倦了华国的生活，不如就此舍弃这个名字。只要以后杀了慕容煜，他对华皇的承诺也算是兑现了。

"我母亲姓夏，以后顾公子叫我夏修竹便可。"

沐清漪莞尔一笑，道："夏修竹，这名字倒是雅致。"

聂云淡然一笑，神色间却有几分惆怅之意。他虽然是天下一等一的高手，却并非出身草莽。聂家在华国京城虽然比不上顾家声名显赫，却也是名门世家。身为聂家的长子，他自然也不是不通文墨的粗人。

如今，他连聂云这个名字都放弃了，也算是彻底与从前的一切断绝关系了吧，只是不知道他父亲在知道他的"死讯"之后会不会有一丝难过。

西越帝果然训斥了容淮和容瑄一顿，还派了容琰带着不少赏赐来豫王府安抚受了“委屈”的九皇子。容淮因此有多么暴怒，其他人又有多么心酸暂且不提，一时间没人敢再来招惹豫王府了，倒是让豫王府众人得到了一段时间的宁静和悠闲。

新年刚开始便下了几场大雪，虽说是瑞雪兆丰年，但若是这雪下得太多了也未免让人心烦。

温暖的书房里，沐清漪垂眸听着下面的管事禀告一夜之间城外几处庄子的许多房屋被大雪压塌，百姓无处容身等，一时间她面沉如水。

坐在一边的步玉堂看了看沐清漪的脸色，沉声道：“此乃天灾，顾总管不必如此……”

沐清漪叹了口气，看看旁边的容瑾道：“传令下去，尽量收容城外流离失所的百姓，豫王府和顾家名下的米粮铺全部到城外开仓放粮吧。”

“总管，此事不妥。”步玉堂连忙阻止道。

沐清漪挑眉，问道：“何处不妥？”

步玉堂犹豫了一下方才道：“开仓放粮本该是朝廷的事情，总管虽然是一片善心，但是……豫王府如此行事只怕在外人看来有沽名钓誉之嫌，于豫王府不利。”

沐清漪定定地望着步玉堂，半晌，才幽幽叹了口气，道：“玉堂，你曾经也是方父母官。”

步玉堂年轻的脸上闪过一丝惭愧之色。

他曾经是一方父母官，所作所为问心无愧。他现在却是豫王府的副总管，自然也要事事为豫王府打算，不知不觉间竟将百姓排在了后面。

沐清漪摇摇头，其实步玉堂并没有做错什么。他如今为豫王府做事，自然应该事事以豫王府为先，所以她并没有纠结于这个话题，只是沉声道：“就算是沽名钓誉，也总比没有人去做要好得多。何况，以豫王府如今的名声，还有什么誉可言？”

别的皇子可能还要担心会不会被人认为是沽名钓誉，豫王府却完全不用担心。因为豫王的名声本身就已经差到不能再差了，他做什么大约也只会被当成心血来潮罢了。

“那些百姓……跟皇城里这些人不同……”沐清漪轻声叹道。

那些寻常的百姓温顺、善良，无力与天、与人抗争。除非实在过不下去了，否则他们永远都会逆来顺受。有人对他们好，他们就会感恩，这些人跟皇城里那些贪得无厌、野心勃勃的权贵是不一样的。

看着座上神色清冷的白衣少年，步玉堂低头叹服，道：“总管说得是，是玉堂想岔了。”

该说不愧是相门之后吗？尽管生于富贵之家的顾总管小小年纪便经历了灭族之祸，对百姓的怜悯和仁慈却已经刻进了骨子里。

容瑾看看两人，轻咳了一声，道：“既然如此，就按照子清说的去办吧。”

沐清漪看向容瑾，轻声道："我想出城去看看。"

容瑾蹙眉，有些不赞同地道："朝廷自然会派人放粮赈济，咱们也派人去放粮了，子清还有什么放心不下的？"

沐清漪含笑看着他道："豫王殿下虽然不涉足朝堂事务，但是官场上那些事我可不信你不明白。"

步玉堂心中一动，沉声道："顾总管说的是……"

沐清漪点头道："贪腐。朝廷每年放出赈济百姓的钱粮也有上百万，但是……真正能够落到老百姓手中的，只怕还不足三成。华国如此，西越……想必也差不多吧？"

两个土生土长的西越人沉默了。

人为财死，鸟为食亡，从古至今贪官从来不绝，即使西越刑罚严厉也依然禁止不了。

看着他们的神色，沐清漪拿起放在一边桌上的一叠卷宗，翻了翻道："刚好……赈济百姓的事情应该归户部和京城府尹管吧，这两位……看看吧。"

沐清漪将手中的卷宗递过去，步玉堂看得脸色越来越难看。

户部素来都是油水极大的地方，说是无官不贪可能有些过分，但是也差不了太多。京城府尹本就是质王的门人，现在自然是归于秦王，居然也是个贪得无厌的家伙。

容瑾倒是没有看，他从小就身在京城，怎么会不了解这些人物。他有些无奈地看着沐清漪，叹了口气道："既然子清一定要去，那就……本王陪你一起去吧。"

看着容瑾坚持的神色，沐清漪知道反驳也没有用，只能任由他去了。

城外的村庄果然是损失惨重，京城方圆百里之内的房屋被压塌的竟然十之七八，远比王府管事报上来的要严重得多。看着许多百姓在雪地里冷得瑟瑟发抖的模样，沐清漪只觉得心中一酸，无声地叹了口气。

"清清，这些事与你无关。"容瑾握着沐清漪的手轻声道。

他早已经发现了，沐清漪对那些手握财富的权贵心肠极硬，仿佛对什么人都下得了手，但在面对这些手无缚鸡之力的老百姓时，她的心肠却又软得不可思议。

沐清漪淡淡一笑，摇了摇头表示自己没事。

马车在一个较大的村庄停了下来，沐清漪等人一下车便看到眼前压在大雪中的残垣断壁。许多百姓在寒风中哭泣着，还有许多人在废墟中忙碌着，一张张朴实的脸上却带着木然而空洞的绝望。

看到他们到来，百姓都有些茫然和怯弱。他们虽然生在皇城附近，但是许多人依旧和寻常百姓一样一辈子也没有见过什么贵人。好一会儿，一个消瘦的老者拄着拐杖走了出来，颤巍巍地道："几位贵人……这是有什么事情吗？"

看着眼前的七旬老人在寒风中颤抖，沐清漪抬手想要取下身上的披风，却被一只手轻轻地压住，容瑾道："又想生病吗？"

容瑾随手拉下自己身上的黑色披风披到老者身上，问道："这里怎么样了？"

那老者望着自己身上精致名贵的绣着祥云暗纹的披风，愣了一愣，直到容瑾有些不耐烦地皱眉才连忙道："多谢贵人，小老儿不碍事，还请贵人收回……"

这样名贵的东西，他们这样的人连见都没见过。

容瑾皱眉道："少啰唆，一把年纪了瞎客气什么！"

"九公子。"沐清漪无奈地道，转而看向呆滞的老人："老人家莫怪，他脾气不好。这村里的情况如何？"

老者回头看了一眼身后的废墟，含泪道："劳贵人过问，一夜之间这村里的房屋倒塌了七八成，还有几个人也被埋在了下面，咱们正想法子救人呢。"

"无情，带人去帮忙。"沐清漪连忙吩咐身后的无情。

他们出来的时候倒是带了不少侍卫，无情沉默地点点头，一挥手带着几个侍卫走了。

沐清漪秀眉微蹙，她虽然了解了朝堂上明里暗里的不少事情，但是知道的民间的事情其实未必比容瑾多。比如，她想到了百姓无家可归、无衣无食，却忘了房子塌了很可能会有人被压在下面。

"霍姝。"容瑾先一步开口，随手扔给霍姝一块黑色的令牌道，"去调人过来帮忙，分成十队前往各处庄子救人。步玉堂，去看看京城府尹死到哪儿去了，顺便将府里那群废物也带出来！"

霍姝和步玉堂连忙上前应声，飞快地转身离去。

看着容瑾有条不紊地下命令，沐清漪满意地点了点头，对老者道："老人家，不妨请庄子里的成年男子一起，先将被大雪埋了的粮食找出来，能找到多少找多少。这一夜只怕大家都饿了，先做些粥暖暖身子，之后很快便会有朝廷的大人们来处理此事。"

老人连连点头道："多谢两位公子，小老儿这就去。"

说完他也不再跟两人寒暄，颤巍巍地被晚辈扶着走了。

沐清漪看了一眼身后的侍卫和依然在不远处胆怯地围观他们的百姓道："你们也去帮忙吧，先将车里的食物分给他们吧。"

"是，公子。"

看着原本还一片惨淡的庄子似乎恢复了一丝生气，容瑾低头看着沐清漪笑道："这样清清满意了？"

沐清漪抬手将容瑾的脸转向废墟中的人们，正色道："容瑾，你有得到天下的野心，但是……你有治理好天下的心吗？他们不是无关紧要的蝼蚁，如果你得到了你想要的，他们就是你的子民。如果你没有这个心思，我劝你打消你的念头。"

容瑾轻声哼哼，不着痕迹地捏着她隐藏在披风下的手，轻声道："清清生气了？"

沐清漪摇头浅笑道："虽然现在说这些为时尚早，但是……我希望我辅佐的人是被万世称颂的英雄。"

"英雄？"容瑾皱眉。

他……全身上下没有一条符合英雄这个词的含义啊。他也不喜欢当英雄，英雄都死得早。

沐清漪握住他的手，沉声道："为人者，光明磊落、忠肝义胆便是英雄，为君者，造福万民、四海归心便是英雄。"

容瑾怔了半晌，突然低低一笑道："清清还劝我打消念头，但是清清明明对本王很有信心，不然怎么会想到四海归心什么的？"

沐清漪平静地看着他道："你想太多了。"

我只是担心你真的得到这天下的那一天却不知道如何爱惜，甚至倒行逆施，那还不如从头到尾就没有得到好。

容瑾的心性一直让沐清漪很是担忧，他对别人如何冷漠无情，沐清漪并不在意，她却不希望他将这份无情用在百姓身上。他作为一个有志于君临天下的人，这样的心性太危险了——这才是沐清漪坚持亲自出城的原因。

容瑾笑道："清清放心便是了，本王跟这些人没仇。"

虽然容瑾没有多喜欢这些人，但是也没有到视之如草芥的地步。

如今豫王府和顾家在沐清漪的打理下，效率十分高。不过一会儿工夫，豫王府名下的粮庄、医馆，甚至是布庄都带着各自的物资匆匆赶到了。这些人清理出没有倒塌的房子来安置受伤或重病的人，在雪地里避风的地方生起了篝火，不一会儿便飘出阵阵热粥的味道和药香。

许多衣服被压在雪里不能穿了，顾家也送来了旧衣服和棉布，许多女子围着火堆赶制粗糙却可以暂时避寒的衣服。虽然依然寒冷，虽然对眼前的一片狼藉感到茫然，但是这些人总算感到了一丝淡淡的温暖。

祠堂是整个庄子里目前保存得最完好的一处地方了，许多人都被安置在这里。祠堂内的火堆旁，沐清漪和容瑾也不在意地方简陋，随意坐着。

那颤巍巍的老者是这庄子里年纪最长的老人，此时也披着容瑾的披风坐在火堆旁，带着感激和惊讶的目光望着眼前这两个长得比画里的神仙还要俊美的贵人。

容瑾自然不耐烦应付这些，直接闭目养神了，倒是沐清漪好脾气地任由老人打量着，还回以淡淡的微笑。

老人看着眼前笑容可掬的白衣少年，犹豫了一下才问道："两位贵人是从京城里来的？"

沐清漪笑道："老人家不必如此客气，我姓顾，他……叫他九公子就行了。"

老人笑道："两位贵人帮了咱们如此大的忙……小老儿真不知道该如何感激才好……"

别的不说，那些被雪压的伤员若不是有大夫及时诊治，极有可能是活不了的。寻常百姓生病本就是跟天争命，如今这种时候更只能听天由命了。

沐清漪淡笑道："举手之劳罢了，老人家不必介怀。之后朝廷想必会派人来帮助大家重新修建庄子、安置村民，无论如何……总会过去的。"

老人叹了口气，点头道："公子说得是。"

老人家有些强颜欢笑，他到底是活了七八十岁的人，经历过的事情自然更多。这地方距离京城并不遥远，这么久了朝廷却依然没有派人来过问，只怕也指望不了朝廷什么了。

"公子，属下有急事禀告。"门外，一个穿着寻常布衣的男子站着道。

沐清漪心中一凛，起身道："进来说。"

那男子进门，沉声道："距此四十里外的翠云山下有一个小镇，昨晚翠云山山体突然崩塌，小半个镇子都被埋了！"

沐清漪深吸了一口气，旁边的容瑾也豁然睁开眼睛站起身来。

沐清漪侧首对老人道："老人家，咱们先行告辞了。"

老人知道事情紧急，也不敢多留他们，道："两位恩人千万小心一些。"

一行人飞快地出了庄子，正好步玉堂也赶了回来。

容瑾脸色阴沉，怒道："京城府尹死了吗？！"

步玉堂一脸无奈，擦了擦额角因为赶路而出的汗珠，道："还……还没有。不过……府尹昨晚赴宴，喝醉了还没醒。"

"半个时辰，若是还没见到他，本王亲自帮他醒酒。"容瑾冷声道。

小镇在翠云山的山脚下，因此就叫翠云镇。往日这里因为靠近京城，来往的客商不少，镇上的百姓日子过得还算不错，这一次却是天降横祸。鹅毛大雪下了一日一夜，小镇背靠着的翠云山竟然大面积坍塌，带着厚重的大雪一起压向了毫无准备的百姓。

沐清漪和容瑾到达翠云镇时已经是下午了，整个镇上果然如报信人所说，半个镇子都被埋在了淤泥和雪下面，剩下的一半也被大雪压垮了大半。整个镇上哀鸿遍野，哭声震天。

沐清漪皱眉道："为什么官府还没有派人来？"

身后，步玉堂低声道："顾公子有所不知，这种镇子上是没有官府的人的，出了事要报信……然后再层层上报……"

沐清漪皱眉道："就算如此，这么长时间了难道还没有人来看看？"

步玉堂有些无奈地苦笑，距离京城近的地方尚且顾不上，何况是这隔了六七十里的地方。

沐清漪也知道这怪不得步玉堂，轻叹了口气道："你去忙吧。"

步玉堂朝着两人拱拱手，转身快步离去。

两人走在小镇凌乱的街道上，许多无家可归的孩子都躲在街道两旁的屋檐下，在寒风中小心翼翼地看着眼前衣着不俗、容貌俊美惊人的两个人。天空又飘起了小雪，看着在寒风中瑟瑟发抖的孩子，沐清漪叹了口气。她走到一个站在路边的、手中还牵着一个四五岁的女孩儿的男孩儿面前，柔声问道："你叫什么名字？几岁了？"

男孩儿看起来不过七八岁，看着沐清漪的眼神却充满了警惕和防备。

见他不说话，沐清漪也不在意，抬手摸摸那小女孩儿的脑袋，微笑道："小妹妹，你叫什么名字？"

小女娃儿长着一双明亮的眸子，因懵懂无知而显得更加清澈干净。抬头看了看哥哥，小女孩儿才抿着小嘴道："我叫云儿，四岁了。"

沐清漪浅笑道："真是个好孩子。"沐清漪取出身上仅剩的一块糖塞进了小女孩儿的嘴里，轻声道，"乖孩子，好好听哥哥的话，很快就没事了。"

从早上出来，这一路走下来，沐清漪和容瑾身上也没有什么能拿得出来的东西了。这会儿，连午膳都是在之前那个庄子里随便喝了一碗粥应付的。

"子清。"容瑾抬头看了看下得越来越大的雪，剑眉微皱。

雪花落在沐清漪身上雪白的狐裘上，将原本温暖的白狐毛弄得失去了原本的光泽和柔软。

想了想，容瑾一把拉起沐清漪道："子清，咱们找个地方避一避。"

沐清漪有些疑惑地看着他，容瑾轻哼一声，居高临下地盯着那男孩儿问道："这镇上哪座房子最大，也没有倒塌？"

男孩儿愣了一下，犹豫了一下才道："是……西边儿的陈员外家。他们家的房子修得最牢固也最大，不过……他是不会让你们去避雪的，陈员外的女儿是皇城里府尹大人的小妾。"

容瑾不屑地冷哼一声，下巴微扬道："想挨冻就在这里站着，不想冻死就跟本公子来。"

说完，他也不理会众人，直接拉着沐清漪往城西走去。

沐清漪有些无奈地笑道："九公子不是当真打算鹊巢鸠占吧？"

容瑾冷笑道："本公子肯去是看得起他。"

沐清漪点头道："确实，九公子你想去，别说是暂时避一避了，就算是想要那宅子，陈员外也会拱手相送。只是……他未必会让别人进去。"

他们衣着不俗，只要陈家的人还没有真的眼高于顶、目中无人，他们借个地方避雪是不难的。若是想将那些百姓也都带进去，却是不可能的，除非容瑾亮出身份。

容瑾冷笑道："不就是个京城府尹的小妾娘家吗？本公子肯来是看得起他！正好……顺便也见一见父皇委任的这个京城府尹到底是个什么了不得的人物。"

沐清漪回头，便看到那个男孩儿牵着自己的小妹妹亦步亦趋地跟在他们身后。看到沐清漪回头，小女孩儿立刻对她露出了纯洁的笑容。

男孩儿对上沐清漪的眼睛，头有些不自在地偏了过去，逞强道："我是怕你们迷了路。"

沐清漪笑道："多谢你，那你来带路如何？"

男孩儿有些意外地看了看沐清漪，终究什么都没有说，牵着妹妹走在前面。

陈员外的府邸果然十分壮观，就是比起京城里的富家宅子也不遑多让，这样的一处宅子坐落在这样的一个小镇上显得更加恢宏了。无论是外面的积雪还是山体坍塌造成的哀鸿遍野，似乎丝毫没有影响到陈家的人，陈家大门口甚至还有护院倚在那里打瞌睡。

容瑾拉着沐清漪走了过去，刚走到门口的台阶下就被护院拦了下来："什么人？"

容瑾道："借个地方避雪。"

那护院不耐烦地挥手道："去、去、去，也不看看这是什么地方，是谁都能进来避雪的吗？还不快走！"

容瑾俊眸微微一眯，冷然道："哦？还有别的人想来这里避雪吗？"

护院不屑地轻哼道："这是自然，那些贱民也配？！踏进来岂不是污了咱们老爷的院子。看你们穿得还算不错，还不快走，省得咱们赶人。"

沐清漪低头闷笑，抬起头来似笑非笑地看着容瑾。

容瑾在京城里嚣张惯了，还真没见过敢比他更嚣张的人。容瑾打量了那护院几眼，勾唇笑道："有趣……来人！"

"见过公子！"身后几个侍卫悄无声息地出现，恭敬地道。

容瑾一挥手，道："将这几个狗东西给本公子扔到雪里面去冻着，留一口气就行了。"

他一说完，刚刚还很嚣张的护院就被人制住了，转眼间已经被点住了穴道扔进了雪地里。容瑾身边的侍卫都是西越帝从大内侍卫中选出来的一等一的高手，虽然比不上无心、无情，但也绝不是这些寻常富绅家里的护院能够比得上的。

容瑾拉着沐清漪回头扫了一眼在他们身后张望的百姓，淡然道："想避雪就进来。"

原本还有些胆怯的百姓看到两人走了进去，小心翼翼地对视了几眼，终究还是耐不住风雪阴寒，跟在两人身后走了进去。

陈府里，陈员外正坐在烧着炭火的大厅里将手中的小算盘拨得啪啪作响。下雪好啊，山坡塌了更好。陈家是做木材生意的，也有几家粮行，等到雪停了他就正好大赚一笔了，今年果真是个好年。

"你们是什么人？"

门外响起下人惊讶的声音，陈员外皱了皱眉，还没说话就看见门口走进来了一白一黑两个身影。

陈员外皱眉，有些不悦地道："你们是什么人？"

容瑾淡然道："路过的人，借个地儿歇歇脚。"

陈员外也不是什么都不懂的白痴，这两个人能够这么大摇大摆地走进来，肯定有几分本事。于是，他也收敛了怒容，赔笑道："这还不简单，两位远来是客，在下马上让管家送两位去客房。"

容瑾漫不经心地把玩着腰间的寒玉，淡淡道："这样恐怕还不够，还要借个地儿安治一些别的人。另外……听说陈员外的铺子里堆积了不少粮食，本公子全买了。"

陈员外先是一皱眉，很快又笑了起来，道："公子要买粮？这个好说。米价是一升二十文，不知道公子要多少？"

"二十文？"沐清漪挑眉，淡淡地问道，"陈员外有多少？"

陈员外心中暗暗窃喜，有些傲然地笑道："只要有钱，粮食多得是，两位公子要多少便有多少。"

沐清漪点头笑道："很好，先要一万石，这是银票。不过……价钱……我们是不是要另外再谈谈？"

看着白衣少年从袖袋中取出一沓银票，陈员外更是双眼发光，赔笑道："两位公子，老夫给的可是公道价。"

沐清漪冷笑一声，道："公道价？陈员外以为我们是傻子吗？如今的米价一升才不过七八文，陈员外一开口就要二十文，莫不是看我们像冤大头？"

陈员外脸色也是一变，他确实是看这两个人衣着富贵，一看便知这两个十指不沾阳春水的富家公子一时脑子发热，看到这些百姓困苦就想做好人，所以，他才狮子大开口。现在，被沐清漪揭破了，他脸上也有些难看，轻哼一声，道："既然两位嫌贵，就到别处去买，老夫的米就是这个价。"

沐清漪眼眸一转，淡淡一笑，道："也罢。银票你拿去，粮我让人搬走了。陈员外你说的……要多少有多少？"

陈员外大喜，心中暗笑这两个人果然是傻子。他连忙接过银票一看，果然全是一千两一张的银票，立刻心满意足，道："不错！你让人去搬吧。"

沐清漪脸色一沉，冷笑道："来人，将陈府所有的粮食全部搬走，一颗米也不许留。陈府的所有人……不许离开半步！"

门外，一个侍卫朗声应道："遵命！"

陈员外不由得一愣，问道："你……公子你这是什么意思？"

沐清漪淡然笑道："陈员外不是说要多少有多少吗？既然如此……你有多少我便要多少。还是说，给你的银票不够？"

当然够，别说是他铺子里和家里的粮食了，就是连铺子一起买下都够了。

沐清漪满意地点头道："够了就好。那么……陈老爷就好好在府里待着吧。"

陈员外回过神来，发现陈家所有人都被软禁了，而府上一粒米都没有了，这时他终于明白了那个白衣少年想要干什么。

陈家的铺子里果然囤积了不少粮食，有了粮食一切都好办了。很快，无家可归的人都被安置在了还完好的房子里，受伤的百姓也有了大夫救治，从陈家铺子里运出来的粮食让大家可以填饱肚子。所有人对突然来到镇上的那两位神仙一样的公子感恩戴德，朝廷却始终没有动静。陈府里，沐清漪的脸色也越来越凝重。

赶不及回京城，容、沐二人便在陈府住了一宿。第二天一早，外面依然是白茫茫一片，不过镇上的百姓已经没有了昨日的惶恐不安。废墟里，依然有人在不死心地想要寻找自己的亲友，有人开始清理废墟，从里面找出来能够使用的东西。陈府里，除了从昨天开始一直饿着肚子的陈家众人以外，一切都还很美好。

"子清，吃早膳。"

沐清漪走进大厅，容瑾早已经在那里等着了。桌上放着一盅热腾腾、香喷喷的粥，跟外面那些百姓用粗糙的大锅煮的粥完全不同。沐清漪挑眉道："哪儿来的？"

容瑾笑道："这陈家的厨子还不错。"

陈家上下，唯一不用挨饿的大概就只有厨子了，因为容瑾需要厨子来煮饭。

沐清漪含笑坐了下来，吃着容瑾递过来的粥，望着外面白茫茫的雪地皱眉道："到现在还没有看到踪迹，官府的人真是胆大妄为。"

容瑾慢悠悠道："清清不用生气，昨晚我已经叫无情回去让人禀告了老头子，一会儿总该有人来了。"

沐清漪叹气道："这点儿小事都需要陛下亲自下旨才有人来办，若是出了大事，实在难以想象会是什么局面。"

容瑾淡然道："这些人确实是都该修理一番了。"

用过了早膳，两人并肩出了门，昨天那个男孩儿依然牵着妹妹等在门口，似乎在专门等他们。

沐清漪有些奇怪地道："这么早，你在这里做什么？"

男孩儿看了看她，又看了看容瑾，道："你帮了我们，我要报答你。"

沐清漪忍不住莞尔一笑，道："哦？你要怎么报答我？"

男孩儿道："为奴为仆，无论你要我做什么都可以。"

沐清漪叹息着抬手摸摸他的脑袋笑道："我不需要你做什么，你还小。你父母呢？"

男孩儿脸色一黯，低声道："他们都死了。"

沐清漪哑然，一个才七八岁的孩子带着一个四岁的妹妹……

沐清漪沉吟了一会儿，道："我有一个庄子，里面养了一些牲畜，我需要人帮我牧羊，你能做到吗？"

男孩儿眼睛微亮，道："我会牧羊，但是……我能带着我妹妹吗？"

沐清漪笑道："当然可以，如果你想的话，你们还可以去跟人学些武艺或者去念书，等你长大以后再把欠我的钱还给我。"

"好，一言为定！"男孩儿朗声道。

沐清漪笑道："一言为定，你们先在这里待着，到时候便会有人来接你们过去，好好照顾妹妹。"沐清漪拍了拍男孩儿的肩膀，才转身对容瑾道："咱们走吧。"

容瑾低头瞥了一眼那眼睛明亮的男孩儿，默默地往外走去。

身后，男孩儿叫道："谢谢你，我叫卫怀。"

沐清漪回头淡淡一笑，道："我叫顾流云。"

容瑾说得果然没错，还不到正午朝廷就派人来了。来的人还不少，不止一个京城府尹，还有几个王爷——秦王容淮、庄王容瑄、端王容琰。翠云镇这小小的地方一次能有三位皇子和一位皇孙莅临，以后也算得上是福泽宝地了。这几个人脸色都不太好看，不用想也知道肯定又被西越帝骂了。

那位府尹大人更是脸如土灰，看到迎面而来的容瑾也顾不得在大街上，直接一头跪倒在地上，道："小臣……小臣叩见豫王殿下。"

围观的人震惊了，显然没有想到昨天突然出现帮了他们的贵人居然会是皇城里那位声名狼藉的九皇子。

容瑾冷笑一声，道："不敢，府尹大人好本事，本王昨天就派人通知你了，你现在才出现，真是好大的架子！"

府尹脸色惨白，颤声道："小臣……小臣知错。"

虽然容瑾派人去通知了他，但是他确实没怎么放在心上。最重要的是，新年还没过完就闹雪灾，还死了人，若是传到陛下那里只怕也要动怒。所以，下到小官小吏，上到容瑄、容琰这些皇子，其实都是想要粉饰太平的，却没有想到居然被从来不管政事的容瑾给捅到了皇帝那里。

西越帝听到之后自然是大发雷霆，当场将几个皇子骂得晕头转向。至于京城府尹，若不是还用得着他，只怕这会儿他已经住进天牢了。

"昨儿听说府尹大人宿醉未醒，现在醒了吗？"容瑾眯眼，俊美的脸上带着危险的气息。

"醒……醒了……王爷恕罪……"

容瑾冷笑道："本王看你还没有醒！昨天本王就说了，你若是半个时辰没有赶到，本王亲自帮你醒酒。这会儿……也还来得及。"

说完，不等府尹辩驳，容瑾已经抽出一条鞭子，唰地朝着府尹的身上挥了过去。旁边的容淮脸色一沉，他清楚地看到这条鞭子正是前些天容瑾抽他的那一条，上前一步就想说话。

容淮身边，容瑄和容琰一左一右拉住了他。容琰淡淡道："这个狗东西确实该打，淮儿就不要管他了。"

隐瞒是隐瞒，完全不闻不问就是另外一回事了。如果这件事暗中处理好了，就算事后父皇知道了也不会多说什么。这个混账东西，居然完全当没有发生一样，难道他不知道纸包不住火吗？这样的人不打他打谁？

容淮咬牙道："随便殴打朝廷重臣，豫王未免太嚣张了。"

容瑄淡淡道："区区一个府尹，算个什么重臣？！打了便打了。"

"豫王殿下，饶命啊！"

满是冰雪的街道上，原本还衣冠楚楚的府尹此时却是一身狼藉，容瑾那一手鞭子耍得十分不错，即使是不用武功，其威力也不小。一阵阵火辣辣的刺痛即使隔着厚厚的棉衣，府尹也能够感受得到。

府尹除了哀号就没有别的办法可想了，惨叫道："王爷饶命啊……秦王殿下，救命啊……庄王殿下、端王殿下，救救小臣啊，小臣知道错了……"

等到觉得容瑾的气差不多消了，容瑄方才开口道："九弟，够了，饶他一条狗命吧。"

容瑾原本就没打算把人打死，冷哼了一声总算收住了鞭子，一脚将人踢开，道："给二哥一个面子，下次再让本王遇到这种不知道自己该干什么的废物，本王直接抽死他。"

那府尹跪在地上，颤抖着不敢动弹，道："是……小臣知错，多谢王爷开恩、多谢王爷开恩。"

容瑾有些厌恶地看了一眼手中的鞭子，随手扔到了一边的雪地上，顿时染上了一抹猩红。那跪在地上的府尹身上的棉衣早已经被鞭子上的倒刺撕开条条口子，那暗红的棉衣多处染上了血迹，府尹显然伤得不轻。

此时，府尹跪在容瑾面前，即使浑身上下都痛得不行，却连动也不敢动弹一下。谁不知道豫王是皇城内外出了名的魔王，就算今天将他当场抽死，回去了怕是只会被西越帝说几句，连半点儿责罚也不会有。

当真是死了也白死。

旁边的容淮却看不过眼，冷笑道："豫王好大的威风，仗着皇祖父的疼爱当场鞭打朝廷命官，也不知道是谁给你的权力。"

容瑾扬眉斜睨了他一眼，冷笑道："你不是说了吗？本王仗着父皇的宠爱，自然是父皇给的权力。你有意见不成？"

容淮眼底闪过一丝恼怒，想要说话却被旁边的容琰压了下来。

容瑾旁边，沐清漪也走了出来淡淡道："王爷，大庭广众不宜如此失礼，还是回去再说吧。"

容瑾轻哼一声没再理会容淮。

容瑄倒是有些好奇地道："这镇上的房屋倒了十之七八，九弟昨晚住在哪儿了？"

沐清漪似笑非笑地看着那恹恹地跟在容淮身边的府尹笑道："这个……还要多谢府尹大人呢。这镇里的陈员外，正好是府尹大人的泰山。我和王爷昨晚就在陈府暂住了一夜，顺便还向陈员外买了不少粮食赈灾。这笔钱，几位王爷可要记得还给豫王府。不然……回头我们王爷想买个什么玩意儿说不定便要囊中羞涩了。"

被沐清漪盯着的府尹却不由得打了个寒战，他没想到这个豫王身边的仙童一般的白衣少年竟然会有这样一双冷峻的眼眸，看着他的目光竟是比暴怒中的豫王还要冷漠无情。

"不……不敢，公子说笑了。"府尹战战兢兢地道。

虽然他是官，这个顾流云是民，但是豫王殿下身边的人别说是总管，就是一个普通的仆从，他现在也惹不起。

沐清漪淡笑道："怎么会说笑呢？昨天陈员外可是十分慷慨地将所有的粮食都卖给了我和王爷。一升米二十文钱……陈员外好会做生意，难怪能建起这样一座华丽的府邸。"

说话间，一行人已经到了陈府门口。这果然是一座十分不错的府邸，比起京城里一些官员、富商的府邸也差不了多少。

容琰看着沐清漪笑道："顾总管放心，买粮食花费的银两朝廷定然尽数返还。本王还要多谢顾总管和九弟为百姓做的事情呢。"

沐清漪浅笑道："端王过奖了，不过是分内之事罢了。"

看着眼前的白衣少年浅淡的笑容，容琰也不由得出了下神。眼前少年的容貌固然是难得一见的俊雅，但是这样淡然如风的气质却更是罕见。更重要的是，看这少年的谈吐、才智，还有眼中闪现的对百姓的怜悯和慈悲，若是能够将他收入麾下，假以时日，这少年必定大有可为。

只是可惜……晚了一步啊，容琰在心中暗暗惋惜。

众人进了陈府坐下，沐清漪才吩咐人将陈员外请过来。

"大人……大人，你要为小民做主啊！"陈员外急匆匆地冲了进来，看也不看就对着府尹叫道。

等到看清楚了在场的众人，以及府尹一身血迹和苍白的脸，陈员外才不由得愣了愣。大厅上首的主位上坐着容瑄和容琰，下面一左一右坐着容淮和容瑾，旁边还坐着那个将他们全家关起来的白衣少年。他的女婿，京城的府尹大人却是战战兢兢地站在厅中，连座儿都没有。

容瑄挑了挑眉，道："陈员外，你要我为你做什么主？"

"这……"陈员外怔怔道，一时间有些搞不清楚这些人的身份。

府尹有些气急败坏地道："还不快拜见几位王爷。这是庄王殿下、端王殿下、豫王殿下和秦王殿下。"

陈员外一听容瑾的身份，顿时腿一软立刻就跪了下来。即使翠云镇距离京城已经不算近了，他还是听人说起过容瑾的"丰功伟绩"。他原本还义愤填膺的脸顿时变得比府尹还惨白，战战兢兢地跪倒在地上，道："小的……小的有眼无珠，求豫王殿下饶命啊。"

容瑾挑眉道："饶命？你做了什么事情需要本王饶命？"

陈员外颤抖着手将之前从沐清漪那里拿的银票呈上，战战兢兢地道："小的……小的有眼无珠，冒犯了王爷和这位公子……求王爷饶恕。"

容瑾随手接过银票转手交给沐清漪，轻声问道："子清，你怎么说？"

沐清漪淡定地将银票收回袖袋中，转向同样陪着陈员外跪在地上的府尹问道："府尹大人，在西越……趁着灾情恶意哄抬物价，何罪？"

府尹一惊，想要反驳陈员外根本没有哄抬物价，或者说陈员外还来不及这么做，只是将粮食以三倍的价钱卖给豫王……对上豫王冷酷的眼神，府尹抖了抖，颤声道："斩立决。"

陈员外顿时吓得瘫倒在地上，嘴里不停地道："王爷饶命……王爷饶命啊……"

沐清漪侧首看了容瑾一眼，容瑾有些不悦地撇了撇嘴，才淡淡道："看在你还没有真的影响到百姓的生活……拿你的一半家产来赈灾，以赎此罪，没问题吧？"

"没……没有，小人愿意献上家产为翠云镇的父老赈灾。"

此刻别说是只要他献出一半的家产了，就是要他献出全部家产，他也决计不会有半丝犹豫。他能够从豫王手里保住性命，就已经是祖宗保佑了，还要祈求什么？

"很好。"容瑾满意地点头，唤来步玉堂吩咐道："带人去帮陈员外清理府中的账务，顺便……把赈灾的物资和钱粮运出去，免得百姓挨饿受冻。"

步玉堂愉悦地应了下来，一把抓起依然腿软的陈员外就往外走了。

大厅里安静了下来。容瑄和容琰都淡定地喝茶，容淮狠狠地瞪着容瑾。容瑾却一脸悠然地侧首跟沐清漪说话。最倒霉的就是跪在旁边不敢动弹的府尹了，身上本身就有伤，地上又凉冰冰的，更有四位王爷的压力在，府尹大人只恨自己身体太好，竟然不能就此晕过去。

最后还是沐清漪淡淡道："地上凉，府尹大人可别着凉了。"

容瑾轻哼一声，道："还不滚出去办事，在这里等着本王赏你？"

府尹一听顿时如获大赦，连忙谢了恩跌跌撞撞地跑了出去。看着他冲出去的背影，沐清漪勾唇淡淡一笑。身为府尹，还是有几分真本事的。有了之前的那些事情，想必他也不敢再偷工减料或者做什么不该做的事情了。至于这里的事完了之后，他的命运如何，就不关她的事情了。

对面的容淮脸色却是一沉，从前他还是质王世子的时候并不怎么觉得，现在他成了秦王才发现，当初自己的父王能够一直忍受容瑾，当真是一件非常不容易的事情。

“九皇叔，皇祖父是让本王和二叔、四叔来处理此事吧？”容淮有些阴沉地道，话里的意思不外乎就是容瑾多管闲事。

容瑾瞥了他一眼，冷笑道：“父皇是让你处理此事，本王也想问问秦王是怎么处理的，就是让那府尹在那里跪着发呆吗？”

“要不是你无缘无故鞭打了他一顿，他早就去办事了！”容淮怒吼道。

“无缘无故？”容瑾挑眉，看向容瑄和容琰。

容瑄皱了皱眉道：“淮儿，那混账东西该打。”

容琰也点头道：“二哥说得是。淮儿，你九叔虽然年纪比你小，但到底是长辈，多听听他的意见总是没错的。这次的事情，若不是九弟……只怕不知道还要糟糕成什么样子。”

容淮哼了一声，冷着脸没说话，显然气依然不顺。

容瑾却没有理会他到底气顺不顺，挑眉看了容瑄和容琰一眼，道：“既然二哥和四哥来了，这些事情可就交给你们了，本王要走了。”

容琰有些意外，问道：“九弟不留下？”

要知道，等处理完这些事情回去，父皇肯定要重重赏赐。最先来到这里的容瑾自然就是头功，但是容瑾现在如果走了，就等于半途而废。

容瑾不屑地挑眉，道：“有人来了还要本王留下干什么？当本王喜欢管这些破事吗？还不是因为子清心软。咱们走！”说完，容瑾便拉着沐清漪毫不留恋地往外走去，同时还不忘提醒容琰：“四哥，买粮食的钱记得送到豫王府。”

“姓陈的不是把钱还给你了吗？！”容淮终于忍不住跳起来怒道。

不仅把钱还给他了，而且这个镇上赈灾的粮食还都是陈员外“捐赠”的，就等于没花钱，为什么反而还欠了容瑾的钱？

容琰倒是不动怒，含笑摇摇头对容淮道：“不过是一些小钱，你跟他计较什么！何况……这次回去父皇赏赐的也绝不止这一点儿钱，回头跟父皇说一声就是了。”

容瑄淡淡地扫了容淮一眼，原本还当容淮心计颇深，是个了不得的人物，如今看来也不过如此，还是趁早除掉算了。这样一个笨蛋却在名分上比他们更加名正言顺，简直是个耻辱。

看着容淮怒气冲冲地出去，容瑄皱了皱眉，侧首看向容琰道：“九弟倒是小孩子脾气。”他说来就来说走就走，完全不顾后面的事情和父皇的想法。

容琰微微蹙眉，沉声道：“那也未必，二哥还是谨慎一些好。就算后面的事情九弟都不再参与，百姓只怕也都记住了九弟的恩惠。”

锦上添花和雪中送炭到底哪一个更容易让人心怀感激，不言而喻。容琰隐隐觉得这个九弟并不如自己从前以为的那么简单。顾流云的事情，还有这次的事情不可能都是巧合。如果巧合太多了，那么其中必定有什么问题。

容瑄沉吟了片刻点了点头，道：“即便如此，如今最重要的还是秦王。”

并非容瑄看轻了容瑾，而是容瑾确实是什么都没有，有的只是父皇的宠爱而已。容淮却不一样，他有皇嫡长孙的名分，有宫中皇后做靠山，有质王留下来的庞大势力，由不得他们不警惕。

容琰点头道：“二哥说得对。”

容瑾如何还需要暗暗观察，容淮却是摆在明面上的威胁，不得不除。

沐清漪和容瑾漫步在依然凌乱的小镇上，周围的百姓已经没有了昨天的惶恐不安，面上虽依然带着萧瑟和悲苦之意，却已经开始有了些许希望。许多壮年人忙忙碌碌地清理积雪和废墟，老弱无力的老人和孩子们也在废墟中捡一些用得着的东西。

看到两人漫步而来，一些老人和孩子便纷纷围了过来。

“多谢王爷……多谢公子对咱们的恩典……”一位年近六旬、头发花白的老人上前拜倒在地。

沐清漪连忙双手扶住老人道：“老人家这是做什么？快起来……”

容瑾怕她扶不住，这才伸手一把扶住老人，那老人家便再也拜不下去了，只得怔怔地望着两人，道：“昨天……若不是有王爷和这位公子及时相助，只怕咱们这些老小都要冻死了。两位的大恩大德，实在是无以为报……”

沐清漪淡笑道：“天灾无情，我们也只是做些力所能及的事情。老人家身体不好，可别冻着了，早些回去吧。”

好不容易劝走了万分感激的人们，沐清漪侧首看着身边一脸迷茫的容瑾，浅笑道：“王爷在想什么？”

容瑾皱眉道：“清清好像很高兴。”

被这些庶民感恩戴德有什么可高兴的吗？这些人既不能为他们效力，也不能给他们带来什么好处，等到别人对这些人好的时候，他们就去谢别人了。

沐清漪笑道：“这些百姓很弱小，他们确实不能给我们带来什么实质的利益。有的时候，他们甚至很容易动摇，听了一些谣言便会相信那是事实。但是……他们的心比任何人都真挚，你帮了他们，就会不带任何想法单纯地感激你。更何况……身在皇室有一句话王爷总该听过——得民心者得天下。”

容瑾一怔，垂眸沉思了片刻，道：“清清高兴就好，本王知道以后该怎么做了。”

沐清漪无奈地叹息，却也知道一时半刻跟他说不通。她不能强制要求他喜欢小民百姓，只要他知道去做就可以了。

“清清，咱们回京吧，别着凉了。”容瑾拉着沐清漪的手往镇外走去。

容瑾转过身，看见容淮在对面不远处的街边阴沉着脸望着他们二人。容瑾挑了挑眉，拉着沐清漪大摇大摆地走了出去。

一回到豫王府，西越帝便派人送来了不少赏赐，并且对容瑾这两天的表现赞誉有加，让容瑾小心身体，在府中好好养着。容瑾也不理会朝里朝外人们的眼光，直接拉着沐清漪每天在府里下棋、看书、作画，倒是十分自在。没几天工夫，城外的雪灾处理得差不多了，而豫王府里聂云——夏修竹的伤也好得差不多了。只是因为这个，容瑾的脸色又难看了几分。

豫王府后院里，两个高大的人影时分时合正在激烈地交手。这里是豫王府的最深处，平日里除了固定打扫的人以外，只有王爷和顾总管可以自由进出，其余随意进出者杀无赦。这几天容瑾又趁机将从天阙城带出来的人安插了一些在府里，更将这地方连着沐清漪的清宁轩、容瑾自己的静心苑与王府其他地方完全分隔出来，保护得固若金汤，也让住在这里的人能够更加自由自在地生活。

因此，容瑾和夏修竹才会在光天化日之下直接在院子里打了起来。

旁边不远处的凉亭里，沐清漪坐在火炉后面，手中握着一卷书悠然地看着，听着外面不时传来的声音，唇边带着浅浅的笑容。

缠斗中的两人骤然分开，各自后退了几步。容瑾收起手中的修罗刀，挑眉道：“白衣寒枪果然名不虚传，只可惜……无缘见识夏兄的枪法。”

看着容瑾爱怜地拂拭着手中的修罗刀，夏修竹有些无奈地苦笑。他如今将近而立之年，而且不久前功力还有所突破，却也只是堪堪和豫王打成平手，这实在不是什么值得骄傲的事情。毕竟，豫王还只是一个未及弱冠的青年人而已。如果半年前在华国京城云隐公子找自己麻烦的话，夏修竹自己恐怕很难有胜算。

“王爷刀法精妙，在下也很是佩服。以后若有机会，修竹愿再与王爷切磋。”夏修竹淡笑道。

容瑾满意地收起刀往凉亭走去，道：“清清。”

沐清漪放下书卷，抬起头来看看两人淡笑道：“看来两位都很尽兴。修竹也坐吧。”

夏修竹淡淡谢过，在沐清漪对面坐了下来。

容瑾却是毫不客气地坐在了沐清漪的身边，打量着她跟前的火炉上的酒壶，好奇道：“清清这是要喝酒吗？”

沐清漪含笑取下火炉上温着的酒道："刚刚送过来的刚开封的藏了十年的梅花酿，要不要尝尝？"

容瑾吸了口气，笑道："难怪我说府里没有梅花，哪儿来的梅花香味儿，之前在外面还以为清清又调了新的香料呢。"

沐清漪取出酒杯倒了酒送到两人跟前，道："我无法调制出比幽寒香更好的梅香了，就不费那个神了。修竹尝尝这酒怎么样，若是喜欢的话，他们送来了几坛，一会儿让人给你送两坛过去。"

顾家除了冯止水没有人知道沐清漪是女儿身，如今冯止水去了彭城，自然更没有人知道了，因此送来的礼物里自然少不了男子喜欢的美酒。

容瑾浅酌了一口，低头闷笑道："清清，夏兄是肯定不会喜欢这种酒的，你若是要送还不如送两坛烈酒给他。"

夏修竹淡然一笑，显然也是认同了容瑾的话。

沐清漪挑眉，男子和女子的喜好本就有着天差地别，这不是她扮成男子就能够弥补得了的。沐清漪只得道："也罢，南宫也说这碧玺梅花没味儿，三十年的青竹酒只剩下一坛了，回头给修竹送过去。"

"多谢。"夏修竹拱手道。

英豪俊杰大多好酒，夏修竹虽然出身书香门第，却长于将门世家，自然也将武将的脾气、喜好学了个遍。青竹酒是西越出了名的好酒，三十年的陈酿更是难得一见，他自然是却之不恭。

容瑾看看沐清漪，有些不满地道："清清的酒大半给了南宫羽，剩下的也给了夏兄，本王倒是一杯都没有尝到。"

沐清漪没好气地乜斜了他一眼，道："你的身体能喝烈酒吗？有这梅花酿喝就该偷笑了。"

容瑾轻哼道："本王要去偷夏兄的酒。"

沐清漪抚额：你一个王爷当着别人的面说这种话不觉得丢脸吗?

她挥挥手道："随便，你要是能说动修竹，就是一整坛全喝了都没人管你。"

容瑾愉悦地看向夏修竹。夏修竹犹豫了一下还是真诚地道："王爷身体不好，还是……喝梅花酿吧。"

容瑾脸上的笑容顿时僵住了，幽幽地望向火炉边笑容浅浅的沐清漪。

沐清漪端起他跟前的酒杯，抬手要将酒倒进嘴里，道："别闹了。"

容瑾一把抓住她的手，就着手慢悠悠地品尝着淡淡的梅花酿，赞道："有清清亲自端酒，就是梅花酿也别有一番滋味。"

沐清漪抬手将贫嘴的某人拍到一边，刚要说话，步玉堂在外面求见，道："启禀王爷、顾总管，宫里来人了，陛下宣两位进宫。"

容瑾皱眉道："这会儿进宫有什么事？"

步玉堂沉吟了一下，道："似乎是出城去的庄王、端王和秦王回来了。"

"陛下要我跟王爷一起进宫？"沐清漪皱眉道。

步玉堂点头道："正是，陛下宣顾总管和王爷一起进宫。"

凉亭里，两人对视了一眼，不知道老头子又想搞什么鬼。

容、沐二人换了身衣服进宫去，被人引进殿内便见到西越帝的几个儿子和一些重臣都在。那倒霉的府尹也正跪在地上耷拉着脑袋不知道在想些什么。

看到容瑾进来，西越帝原本还阴沉着的脸上多出了几分暖意，朝着容瑾招招手道："瑾儿，快进来。"

容瑾皱眉，上前草草行了个礼，道："父皇这时候召儿臣进宫有什么事？"

西越帝有些感叹地看着他，道："以前还当瑾儿是个孩子呢，没想到一转眼便长大了。"

容瑾疑惑地扫向站在旁边的众皇子，心想：老头子又在抽什么风？

众皇子眼观鼻，鼻观心，只有一个皇孙一脸愤愤不平。

殿上这么多人都没有说话，沐清漪自然也不能开口，行过礼之后便站在容瑾的身边默然不语。

容瑾有些不耐烦地道："父皇召儿臣来到底有什么事？"

西越帝道："秦王告你鞭打官员、抢占民宅。这事瑾儿有什么要说的吗？"

容瑾剑眉微扬，扫向站在一边的容淮，扬着下巴道："本王打了就打了，如何？"

容淮上前一步，沉声道："九叔，就算臣子有失职之处，皇祖父还没有夺去他的官衔品级，你当众殴打官员，将皇祖父的威严置于何处？"

容瑾冷笑道："本王怎么不知道父皇的威严需要靠区区一个府尹来维持？"

"你强词夺理！"容淮高声道，"你明知道府尹是皇祖父亲封的官员，却还当众殴打他，不是不将皇祖父放在眼里是什么？"

"本王明知道你是父皇的亲孙子，还打了你，你想打回来吗？"容瑾嘲讽道。

容淮脸一红，飞快地扫了一眼在场的众人，脸色更加难看了，冷笑道："侄儿不敢，谁不知道九叔是皇祖父最疼爱的皇子，别说你只是教训侄儿一番，就是将侄儿打死了，侄儿也不敢有丝毫怨言。只是，难道这京城府尹也是你的晚辈子侄不成？"

容瑾低眉一笑，问道："他是不是本王的子侄，你不会问父皇吗？"

"你……"容淮脸色一阵青一阵白。

西越帝揉了揉隐隐作痛的眉心，没好气地道："你们住口，胡说八道些什么！瑾儿，你年纪也不小了，以后不得再无故对大臣动手，可明白了？"

容瑾挑眉道："儿臣什么时候无故对大臣动手了？"

他每次动手不都有原因吗？

西越帝只当没听见他的话，继续道：“不过这一次……这个混账东西确实是该打，不仅该打，还该死！九皇子也是为朕分忧，此事便既往不咎了。”

于是，一次皇子殴打大臣的事情就这么轻描淡写地被西越帝给抹平了。

容淮却是又急又怒，道：“皇祖父！还有豫王他抢占民宅，强要陈家贡献出一半家产的事情，以及他明明已经拿回了买粮的钱……”

“够了！”西越帝皱眉，不悦地打断了容淮的喋喋不休，皱眉看着他道，“朕记性不差，你给朕好好地站回去。瑾儿是你皇叔，你就这么迫不及待地想要看他倒霉？”

容淮一窒，看着西越帝愠怒的脸色，张了张嘴却什么也说不出来。

对面，一个五十来岁的朝臣走了出来，道：“陛下息怒，秦王虽然有些操之过急，却也是为陛下着想。豫王殿下虽说是为了百姓，但那陈家的产业也是人家自己挣来的，并没有去偷去抢，豫王殿下一口气便要人家捐出一半家产确实是于礼不合。另有之前豫王还将陈家众人囚禁在后院，不给饭食，若不是三位王爷赶到，说不定……”

这老者一身正一品的丞相朝服，正是当朝左相——皇后的弟弟周丞相。身为秦王的舅公，他自然是帮秦王说话的。

“秦王言语冲撞，只是担心陛下的英名受损，还请陛下恕罪。”

读书人果然十分会说话，三言两语就将过错都推给了容瑾。容瑾是不是打算饿死陈家人没人知道，但陈家人在容瑄等人赶到的时候被囚禁着，而且粒米未进却是事实。

西越帝脸色微沉，冷冷地看了周丞相和容淮一眼，转向容瑾问道：“瑾儿，你怎么说？”

容瑾脸色阴沉，正要开口，左手却被人不着痕迹地按住了。沐清漪含笑看了他一眼，上前一步恭声道：“陛下，顾流云有话要说。”

众人的目光一瞬间都落到了沐清漪身上，西越帝也看向了底下从容自若的白衣少年，微微点头道：“你有什么话要说？”

沐清漪侧首看了一眼旁边恨恨地瞪着容瑾的容淮，淡淡问道：“秦王殿下对豫王殿下很不满？”

容淮冷笑一声，既不承认也不否认。但是众人只看他的态度便知道，容淮对容瑾何止是很不满，简直已经快要上升到仇恨的程度了。

沐清漪显然也没有指望他回答，只是淡淡道：“秦王殿下带着怨恨指责豫王殿下的行为，不知是否有公报私仇之嫌？”

容淮怒道：“本王什么时候公报私仇了？”

“现在不是吗？”看着容淮想要说话，沐清漪不紧不慢地打断了他，淡然道，“若是秦王对豫王没有什么不满，豫王殿下身为你的皇叔，年纪又比你小许多，按照秦王所说的是为陛下着想，那么明知陛下疼爱豫王殿下，秦王应该替豫王殿下遮掩一二，暗中劝谏才是。为何现在未见只言片语的劝谏之词，秦王便将这件事闹得沸沸扬扬，非要逼着陛下处罚豫王？”

容淮脸色一阵青一阵白，咬牙道：“你休得胡说八道，本王只是据实禀告皇祖父而已。”

“既然如此，为何不私下禀告，非要弄到朝堂上尽人皆知？”沐清漪挑眉道。

容淮无言。

沐清漪淡笑道：“秦王将这件事闹得尽人皆知，无非想逼陛下责罚豫王。就算陛下宠爱豫王不愿责罚，朝中各位大人知道了豫王鞭打朝臣，以后谁还敢接近豫王殿下？这也算达到了秦王殿下的目的了，恕在下还想问一句，敢问……豫王殿下跟秦王到底有什么仇？就因为上次豫王一时怒极让秦王没了面子？”

容淮怨恨地瞪着沐清漪，若不是现在正在大殿上，只怕他能扑过去杀了眼前的少年。虽然皇祖父还没有说什么，但是容淮已经能够清楚地感觉到皇祖父不悦的目光，还有大臣们怀疑的目光了。

“顾流云，别以为有豫王撑腰，本王就不敢动你！就算本王对豫王不满，本王说的也是事实！”

沐清漪秀眉微挑，淡笑道：“秦王承认对豫王不满就好。那么，下面咱们来说说秦王所谓的事实，鞭打大臣吗？”

容淮扬起下巴，指着跪在一边发抖的府尹道：“他身上的伤还在，可以立刻叫御医验伤。难不成你想说这不是豫王打的，是本王嫁祸给他的？”

沐清漪扫了一眼那府尹，淡淡道：“不，在下想说的是，这种人……豫王殿下打得对、打得好，没多抽几鞭子真是可惜了。”

“你放肆！”容淮脸上大怒，心中却是狂喜，以为抓住了沐清漪的小辫子，“这人再不对也是父皇亲封的京城府尹，殴打朝廷命官是满门抄斩的重罪。”

沐清漪玩味地笑道：“满门抄斩？”

容瑾的满门是谁？还不是这殿里的一群！

旁边众皇子看着容淮气急败坏的模样，都不忍直视。若说容淮未经磨炼，经验尚浅，比不上他们这些叔叔也就罢了，但连个十四五岁的少年都能耍得他团团转，已逝的大哥真的把这个儿子养废了。

“顾总管，你为何说这人该打？”容琰在心中叹了口气，淡淡地插了一句嘴，为这个侄儿争取一点儿缓和的时间。

沐清漪抬头朝着殿上的西越帝恭敬地一揖，道：“圣人有云，民为重，君为轻，社稷次之。又有云，得民心者得天下。这位府尹大人得陛下恩典，为天子牧万民，却丝毫不把治下百姓的生死当回事，更欺上瞒下，既不上报也不处理。天下百姓自然不知道陛下为小人所蒙蔽，只会当陛下根本不顾百姓死活。这种侮辱陛下圣明、损害陛下江山的小人，豫王殿下身为臣子，见到了若是不替陛下教训岂非不孝？”

西越帝挑眉道：“所以，你的意思是瑾儿打他都是因为孝顺朕？”

沐清漪笑道：“自然如此。若非要说豫王殿下性情暴戾喜欢鞭打下人，难道京城里这么多人不够豫王鞭打，非要大雪天跑到几十里外等着鞭打一个官员？何况，豫王之前告知过让他尽快出面处理城外的灾情，但是……这位大人第二天才出现，豫王看到翠云镇死伤无数一时气急，确实动了手，但也不算不教而诛了。”

“秦王，顾流云说得可对？”西越帝看向容淮问道。

容淮咬牙，脸色铁青，半晌才道：“还有豫王强占民宅的事情！”

沐清漪悠然地耸肩道：“当时那么多无家可归的老弱病孺，如果不及时找地方安置，经过一夜风雪，秦王可知道会如何？”

“就算如此，强占民宅也并非理所当然。”

沐清漪淡然道：“难道秦王觉得豫王可以转眼之间变出一座宅子来安置百姓？还是说豫王可以带着这些流离失所的百姓步行几十里路回京城来？另外，在下记得给了陈员外一万两银票，除了买粮食以外，租用那座宅子一夜绰绰有余。陈员外既然收了银两，怎么能说豫王强占民宅？”

“你……你强词夺理！”秦王狠狠斥道。

沐清漪淡笑不语，潇洒自若。

在众人眼中，这二人一个气急败坏，一个沉稳从容，谁的话更有说服力不言而喻。

容瑾站在一边并没有插话，只是目光温和地看着为了他辩驳的沐清漪。他只觉得这一刻的清清竟无比耀眼夺目，让他想要将她藏起来，却又舍不得掩去她一丝一毫的光芒。

旁边的容琰和容瑄对视一眼，眼中都有些惊叹。这顾流云小小年纪好伶俐的口舌，不咄咄逼人，无形中却让人无处可退。看到对面几位大臣看着容淮古怪的脸色和周丞相沮丧的神色，他们就知道，无论容淮再说什么都无法挽回颓势了。

果然，西越帝有些不悦地扫了容淮一眼，冷声道：“秦王，你还有什么话要说？”

容淮沉默了片刻，终于道：“孙儿……无话可说！”

还能说什么？说皇祖父偏心容瑾？容淮还没糊涂到那个地步。这个时候再说这种话他就不是傻，而是疯了。

西越帝轻哼一声，道：“你年纪也不小了，没事干就好好跟着叔叔们学学如何做事，别整天想些有的没的。你二叔在你这个年纪的时候早就出征过好几回了，你四叔在你这个年纪时也做了不少大事。”

容淮听得脸直发烫，心中却几欲吐血。是他不想做事吗？父王过世之前，皇祖父根本就不许皇孙参与朝廷大事，他能怎么办？活了三十多岁，他在父王过世之前连朝堂都没有上过，能做什么大事？

“孙儿……遵旨。”容淮咬牙道。

西越帝这才点点头，厌恶地扫了一眼跪在后面的府尹道：“皇城府尹醉酒渎职、贪赃枉法，斩立决！家人发配边关。拉下去。”

大约早就知道难逃一死，那府尹都没有挣扎就被人给拖了下去。

西越帝处理了碍眼的人，自然就该打赏了。他满意地看了看底下的众人道：“这一次的事情，庄王、端王、豫王都处理得非常好，朕深感欣慰。庄王和端王，各赏黄金千两、宝玉十件。豫王赏赐黄金千两、宝玉十件、明珠一斛，另外再在珍宝殿中自选三件珍宝。还有顾流云，也赏赐黄金千两。”

一番打赏下来，原本跟着容瑄和容琰一起去办事的容淮竟然什么都没有捞到。虽然秦王府并不缺这千两黄金的赏赐，但黄金是一回事，帝王的赏赐却是个颜面问题。差事办好了，别人都有赏赐，唯独他没有，这本身就是一种极为耻辱的事。或许是被这些子孙弄得有些闹心了，该赏的赏、该骂的骂以后，西越帝便挥挥手将所有人赶了出去。

宫门口，众皇子看上去依然是一派和煦融洽的模样，唯一不和谐的便是刚刚在殿上被西越帝狠狠训斥了一通的秦王。

“顾总管真是好一副伶牙俐齿，九皇叔能够得到这么能干的总管，真是好福气。”容淮斜睨了沐清漪一眼，阴阳怪气地道。

容瑾扬眉道：“自然是本王的福气，这种事情羡慕不来，淮儿有空不如请周相替你寻几个口舌利落的管家，免得下一次御前奏对，连话都说不清楚。周相，你说是不是？”

容淮大怒，却被跟在后面的周相急匆匆地拉走了。

容瑾不屑地轻哼一声，有些无辜地看向沐清漪：这种废物需要本王费心吗？

沐清漪微笑：确实不需要，虽然容淮背后的势力不小，但是容瑄和容琰也不是吃素的，自然会替他们收拾，他们确实犯不着再掺和了。

“豫王殿下、顾公子，请留步。”身后，蒋斌急匆匆地追了出来。

蒋斌是西越帝的心腹，他一出来，众人自然都停住了脚步，也不着急走了。

“何事？”

“陛下召见顾公子。”蒋斌有些气喘地道。

容瑾剑眉微皱，低头看了看沐清漪道：“本王陪子清去见驾。”

蒋斌抹了抹额头上不存在的虚汗，连忙拦住他道：“豫王殿下，陛下只召见顾公子一个人，还请殿下……”

容瑾不悦，沉声道：“子清又不是西越的臣子，他是本王的朋友，本王为什么不能陪‘他’一起去？”

蒋斌无奈道：“这……陛下说了要单独见顾公子啊。”

沐清漪微微沉吟了片刻，点头道：“有劳公公了，我这便随公公去见驾。”

“子清！”容瑾沉声道。

沐清漪安抚地抬手拍拍他的手臂，轻声道：“不用担心，我去去便回。王爷可先到宫门外等我。”

容瑾紧紧地盯着沐清漪，半晌才咬牙道：“本王就在这里等你！”

沐清漪无奈地一笑，转身对蒋斌道：“蒋公公，请带路吧。”

沐清漪才出来不过半刻钟，又转回了大殿里。

“草民顾流云，叩见陛下。”大殿中央，沐清漪恭敬地俯身下拜。

殿上，西越帝沉默地盯着沐清漪并不说话。她心中也觉得一阵阵发紧，这是沐清漪第二次直面西越帝的目光，和上一次不同，这一次西越帝所有的威压都集中到了她一个人身上。一股帝王威仪铺天盖地地压了过来，她只能垂眸硬撑着，难怪桀骜如容瑾都十分忌惮这个如今在西越人心中堪称暴君的西越帝，只能暗地里做些手脚。即使西越帝已经不复年轻时的英明，但是他身为帝王的威仪丝毫未变。

许久，那股压力似乎渐渐淡去了。沐清漪在心中暗暗吁了一口气，面上却不动声色，仿佛什么都没有感觉到一般。

她耳边传来西越帝淡淡的声音：“平身吧。”

“多谢陛下。”沐清漪谢过之后方才站起身来。

“顾家的后人果然名不虚传。”西越帝淡然道。

沐清漪垂眸道：“陛下谬赞，顾流云愧不敢当。”

西越帝盯着她许久，方才沉声道：“流云公子若是有先祖之志，为何选择瑾儿？”

沐清漪心中一惊，很快又平静了下来。她抬头看向西越帝冕旒下严酷的双眸，淡笑道：“陛下这话……只是因为流云方才刻意打压秦王吗？”

西越帝冷笑一声。

沐清漪叹了口气，道：“陛下恕罪，在华国的时候九殿下对流云有恩，虽然相识不久，却也算得上是朋友。今日之事……当真是豫王在打压秦王吗？流云若是不为豫王辩驳，以豫王的脾气……陛下想必也知道会是什么结果。”

西越帝的笑容却更冷了，他说道：“顾家的人果然会顾左右而言他，难怪淮儿被你逼得无路可退了。但是……你以为瑾儿的心思能够瞒得过朕吗？朕坐在这个位置上的时间，比你们两个的年龄加起来还长！”

沐清漪默然，她从不敢将西越帝当成傻子。西越帝显然比任何一个多疑的君王更加敏感。容瑾在这样的父皇跟前，除非西越帝愿意给他权力，否则……除了造反逼宫他还能有什么指望啊？

沐清漪垂眸，隐藏在袖中的手却紧紧地攥起来了。这应该是她成为沐清漪以来，第一次遇到真正的危机。她很清楚，如果今天这里的事情处理不好，不仅是她，容瑾一直以来筹谋的一切都很可能会功亏一篑。

沐清漪暗中吸了一口气，抬起头来平静地与殿上的君王对视，淡然道："陛下的意思是说……豫王沾染权力便罪该万死？"

西越帝脸色一沉，狠狠地盯着眼前镇定自若的少年，沉声道："豫王年纪尚幼，若不是你们这些人撺掇怎么会有野心？"

沐清漪笑容清冷，道："年纪尚幼？陛下……豫王马上就要二十岁了。陛下，您二十岁的时候在做什么？豫王殿下在做什么？还有朝中其他皇子，二十岁的时候又在做什么？陛下若是坚持觉得豫王殿下不该沾染权力，若真心疼爱豫王殿下，草民恳求陛下现在就贬豫王殿下为庶民。"

"你放肆！"西越帝大怒，"朕的九皇子天生尊贵，岂能被贬为庶民？"

沐清漪点头道："不错，九皇子天生尊贵，手中没有半点儿权力，于国于民没有寸功，地位却凌驾于众皇子、皇孙之上。陛下是想要将豫王架在火上烤吗？还是真如豫王殿下所说，陛下打算等到龙驭归天的时候带着九殿下一起走？只是不知道梅妃娘娘看到儿子会不会觉得高兴。"

西越帝不由得一怔，盯着沐清漪道："连这个……他也跟你说了。看来……瑾儿确实是很担忧……"

沐清漪淡然道："九殿下虽然未必比别的皇子聪明，却也不是傻子。"

这一次，西越帝沉默了更久，终于有些黯然地摆摆手道："你先退下吧。"

沐清漪暗中松了口气，平静地道："顾流云告退。"

沐清漪慢慢退出了大殿，门外迎面而来的清冽的寒风让她的精神顿时为之一振，往日里厌恶不已的寒风竟然让她有了一种如获重生的感觉。今天在大殿里，她实在是有些危险，若是说话稍不注意就可能出不来了，但最后她还是选择了赌。只是一味地敷衍辩解根本就不可能打动西越帝这种人，所以她选择了直接质问。

"子清。"殿外，一身黑衣的容瑾快步走到她跟前停下来，打量了她一番，阴沉的脸色才稍微缓和了一些，轻声道，"子清，没出什么事吧？"

沐清漪淡淡一笑，摇了摇头道："回去再说。"

容瑾神色不善地扫了一眼身后紧闭着的殿门，拉着沐清漪往宫门的方向走去。

一出宫上了马车，沐清漪便有些乏力，坐倒在马车里闭目养神，连眼都没有力气睁一下。

容瑾有些担忧地上前，抬手摸了摸她的额头，柔声道："清清，怎么了？哪儿不舒服？"

沐清漪无奈地苦笑道："天威难犯……"

一个满手鲜血的帝王带着杀气的威压有多可怕，这还是沐清漪第一次感受到。正是因为沐清漪知道西越帝有多强大而自己又有多弱小，所以这种感觉才更加强烈。无知者才能无畏，而沐清漪既不是无知之人，也不是那种所谓不知道恐惧为何物的大英雄、大豪杰。

容瑾怜惜地将她搂入怀中，一只手拉起沐清漪的手，果然看到她如玉的手心被指尖掐出了几个血痕，道："清清……"

沐清漪睁开眼睛勉强笑了笑，道："没事，被皇帝陛下吓到了。我很没用是吧？"

容瑾紧紧将她揽在怀中，摇头道："不，不是。是我无能，若不是我……"

若不是他根本没有能力跟西越帝抗衡，沐清漪哪里需要冒这样的危险?

沐清漪淡淡笑道："傻瓜，你若是权倾天下，我也就不在这里了。"

不正是因为彼此都需要对方，他们才走到一起吗？如果一开始容瑾就是权倾一方的实权王爷，沐清漪是绝对不会投靠他的。"清清不怕……"容瑾轻声安慰着她。

沐清漪靠在他的肩头闭眼休息，有些好笑地道："没事，只是刚刚过于耗损心力，有点儿累而已。"

他们这样的人，就算有一时恐惧，也不会将这样的情绪留在心里太久。现在不会，未必将来就不会，他们还年轻，西越帝却早就老了。

马车到了豫王府门外，容瑾却没有下车，而是直接让人将马车驶进了豫王府里面。马车在清宁轩门口停了下来，容瑾亲自抱着沐清漪下车进了院子。

"这是怎么了？"闻讯赶来的夏修竹看着被容瑾放在椅子里的沐清漪皱了皱眉，却没有看出有什么不妥。

沐清漪无奈地笑道："没事，我方才有点儿不舒服，这会儿已经好了，是王爷大惊小怪。"

容瑾阴沉着脸没说话。

夏修竹盯着沐清漪打量了一番，确定她确实没什么问题才退了出去，将书房留给他们说话用。

"老头子说了什么？"容瑾望着沐清漪沉声问道。

沐清漪有些无奈地苦笑，为容瑾的敏锐叹息，但是这件事确实不能瞒着容瑾，她便将自己跟西越帝的对话一五一十地说了一遍。容瑾越听脸色越难看，若是一般的人，别说是女子，就算是个男子被西越帝那么问只怕也要当场吓得腿软了。清清还能反驳老头子，然后从容自若地走出来当真是不容易。

容瑾冷笑一声，道："本王早就知道，他没那么容易放权。"

沐清漪揉了揉眉心，皱眉道："容瑾，你不觉得陛下对你的态度很有问题吗？"

宠是真的宠，若说作假能够到西越帝这个程度，就算是假的也该变成真的了。但是防，又是真的防。沐清漪能够很清楚地感觉到西越帝在防着容瑾，仿佛容瑾只要沾染一丝一毫权力便会造成无法接受的后果一般。

之前西越帝也怀疑过听到的一些传言，比如容瑾的身世之类的，但如果西越帝怀疑这个，那他绝对不会这么宠爱容瑾。

容瑾冷漠地道："有什么好怀疑的，只是做给别人看罢了。老头子后半辈子刻薄寡恩成性，你以为他真的对谁好过？他就是想要等他死了之后让他的儿子们整死本王！哼！本王没那么容易死！"

沐清漪叹息，有些头痛地道："罢了，先不考虑这件事了。如今陛下已经表明了态度，今天跟我说这些话未必没有告诫你的意思，以后你打算怎么办？"

只要西越帝一天不改变想法，容瑾就永远别想插手朝中的事务。

容瑾垂眸，半晌才缓缓地勾起一丝笑容，道："既然他不想要本王插手，本王不插手便是。本王也想看看他最终能选出一个什么玩意儿出来！"

"鹬蚌相争，渔翁得利。"沐清漪淡淡道。

容瑾道："不一定能得利……不过，让我那些皇兄都使劲儿争吧。正好，老头子的寿辰快要到了，本王就先送他一份贺礼好了！"

说这话时，容瑾神色阴郁，怎么看都不像是要送人贺礼，倒像是要送人驾鹤归西。

"质王刚刚过世不久，不宜再对皇子出手了。"沐清漪轻声提醒道。

他们上一次在华国已经玩过一次了。若是再来一次，皇子突然接二连三出事，西越帝绝对会怀疑他们。

容瑾冷笑道："这一次出手的可不是本王，咱们只需要在一边看戏就是了。"

容瑄和容琰联手想要借他来对付容淮，以为他不知道吗？既然他们打了这么好的主意，他若是不成全他们岂不是可惜了？

沐清漪沉吟片刻，立刻明白了容瑾的心思，淡淡笑道："一切小心。"

容瑾挑眉道："就算出了事也没什么，大不了跟老头子撕破脸！"

"少安毋躁，你现在还没有能力跟陛下抗衡。"沐清漪提醒道。

"哼！"容瑾轻哼。

"启禀王爷、顾总管，圣旨到！"门外，下人急匆匆地禀告道。

两人来到前厅，果然看到蒋斌捧着明黄的绢帛站在大厅里等着。

容瑾挑眉问道："蒋斌，父皇这又是想要干什么？"

蒋斌笑了笑道："是好事。顾公子，请接旨。"

沐清漪一怔，道："我？"

蒋斌笑道："正是。"

无奈，沐清漪只得俯身跪地，道："草民顾流云接旨。"

蒋斌展开手中明黄的绢帛，朗声念道："顾流云，出身名门、才智非凡，此次辅助豫王赈灾，功在社稷。特诏命顾流云为正三品奉天府尹，钦此！"

话音未落，大厅里的众人却不由得惊呆了。唯一一个做过官的步玉堂跟着跪倒在一边，更是下巴差儿点直接掉地上。顾总管有没有十五岁都难说，更何况从古至今除了一些来历都说不好的佞臣，哪儿有人会直接升到正三品的位置?

奉天府尹，这可是一个掌握京城实权的职位，不是那些专门给一些文人雅士、词臣墨客的闲差。这让他们这些兢兢业业，努力从六七品小官开始奋斗还不慎中途掉下来的人情何以堪?

"顾公子……不，现在该叫顾大人了，接旨吧。"蒋斌捧着圣旨笑眯眯地道，仿佛几个时辰前他的主子没有在大殿里对着沐清漪猛放杀气一样。

沐清漪犹豫了一下，道："蒋公公，流云年少无知，只怕无法胜任……"

蒋斌连忙打断她的话，笑道："顾公子这是什么话，陛下说了顾家乃是这天下独一无二的相门世家，历代十几岁出仕的少年英杰也不在少数，陛下绝对相信公子的能力。"

"但是，在下毕竟还是华国人，接任奉天府尹只怕是不妥。"

奉天府尹不仅是正三品的官员，还对整个京城的民生治安负责。

蒋斌笑道："华皇无道，致使顾家满门丧命，陛下说了，请公子放心，只要公子真心为西越效力，陛下绝对不会因为公子曾经的身份而对公子有任何猜疑。陛下也相信公子绝对不会与华国再有牵连了，不是吗？"

沐清漪垂眸，过了这么长时间，西越帝就算没有将在华国的所有事情都查清楚，也应该知道个大概了。华国好几个皇子的死都跟她有直接或间接的关系，确实足够让西越帝相信她已经和华国恩断义绝了。

沐清漪抬头看了一眼剑眉紧锁的容瑾，淡淡一笑，伸手接下了蒋斌手中的圣旨，道："如此，顾流云便谢过陛下的信任。"

如今，无论西越帝打什么主意，沐清漪都只能往前不能往后了，有权力在手总比什么都没有好得多。

蒋斌笑道："顾大人请起，老奴这便恭喜顾大人了。另外，陛下知道顾大人孤身从华国来，特赐了府邸一座……"

"等等！"蒋斌话还没说完，容瑾已经上前一步将沐清漪拉到了自己的身后，神色不善地盯着蒋斌道，"子清就住在本王府上，不需要什么府邸。"

蒋斌无奈地苦笑道："豫王殿下，陛下这也是为了顾大人好。要知道顾大人从此以后就要在朝为官了，又是堂堂三品大员，还住在豫王府，对顾大人的名声未免有些不美，还请豫王殿下三思。"

容瑾脸色微沉，他当然知道蒋斌是什么意思，但只要想到沐清漪要离开自己，他就心痛，心想：该死的老头子，果然没安好心！

蒋斌见容瑾脸色越来越难看，也不敢耽误，连忙将要说的话说完："顾大人的新府邸就在豫王府旁边，豫王殿下什么时候想过去串门也方便。这个……陛下的话老奴都说完了，豫王殿下若是还有什么话说，不妨直接进宫去求见陛下吧。老奴……告退。"

说完，蒋斌便匆匆告辞了，仿佛生怕容瑾回过神来撵上去一般。

大厅里一片寂静，整个豫王府的人都面面相觑。好一会儿，步玉堂才反应过来，含笑拱手道："恭喜顾总管……顾大人了。"

沐清漪无奈地摇了摇头，低头看了一眼手中明黄的绢帛。别人十年寒窗也不一定能考上，她这个假男人倒是一步登天做了三品大员。若是她的身份叫那些卫道士知道了，只怕全天下的唾沫都能淹死她。

不过……做官……而且是做西越的官，也算是没经历过的事情吧？沐清漪眼中带着一丝饶有兴致的神采。等到大哥和表哥来了，看到她变成了西越的官员不知道会是什么表情。

"子清。"容瑾皱眉拉着难得有些出神的沐清漪往后院去了。

步玉堂犹豫了一下，摸摸鼻子，还是没有跟上去。虽然他也很好奇到底发生了什么事，但是一个称职的副总管是不该太过好奇的。

回到清宁轩，沐清漪随意将明黄的绢帛放在桌上，含笑看着兀自坐在一边生闷气的某人道："怎么了？不高兴？"

容瑾没好气地瞥了她一眼，道："也不知道老头子到底想要干什么，哪儿高兴得起来啊！"

听沐清漪的话，之前老头子对她还十分不善，这会儿突然就给个三品的官职，怎么想都让人觉得他不怀好意。

沐清漪笑道："身为皇帝，想要杀我还不是举手之间的事情，哪儿用得着那么复杂。"

容瑾不悦地瞪了她一眼，道："别胡说！有本公子在，老头子敢动你，我就杀了他！"

以前可能杀不了，现在想想却是大有可为的。容瑾皱眉琢磨着自己一个人要杀老头子有些困难，如果再加上夏修竹的话……就不信老头子有九条命……

啪！看着容瑾眉宇间蕴含的杀气就能猜到他在想些什么，沐清漪没好气地拍了他一巴掌。一天到晚想着杀君弑父，连脑袋都不要了吗？现在杀了西越帝对他们有什么好处？难不成那些皇子、王爷会比西越帝对容瑾更好？还是说杀了西越帝他就能直接登基称帝？

"清清，我担心你。"容瑾道。

沐清漪轻声叹了口气，柔声道：“我知道，不用担心。难道你还不相信我的能力？何况，我还有你豫王殿下做靠山呢。”

“可是清清要去做官……”

“怎么？你担心我做不好府尹？”沐清漪挑眉笑道。

“清清做过府尹吗？”容瑾笑问道。

沐清漪偏着头淡淡一笑，道：“我没做过，但是我见过。”她不仅见过，而且从前他们家除了女眷以外全都是高官。

她淡淡地道：“不用担心，我想试试。你既然要我做谋士，就要相信……别人能做到的事情，我也能做到，而且……我会做得更好。”

容瑾罕见地叹了口气，有些担忧地看着沐清漪皱眉道：“我只是觉得不放心，老头子怎么会这么轻易将整个京城交到你手里。之前你也说了，他坚决不许我参与朝政。”

沐清漪淡笑道：“怎么能说交给我？别忘了还有京畿提督和御林军统领呢。京城在他们手里，不在我手里。”

奉天府尹能管的只是民生而已，真正掌握京城命脉的是京畿提督和御林军统领。

容瑾自然也明白这个道理，搂着沐清漪轻声嘟哝道：“我就知道老头子没这么好心。”

对于顾流云一跃成为奉天府尹，震惊的人自然绝不止豫王府的众人而已。消息一传出，大半个皇城里的权贵都被震惊得七荤八素。一个名不见经传的王府总管，居然一跃成了朝廷三品大员，掌管京畿数十万百姓的生计。这个人甚至还是一个未及弱冠的少年，这让那些在朝堂上挣扎了大半辈子的老油条如何心服？

虽然已经有不少人从各自的渠道听说了顾流云大殿上舌战秦王的事情，但那也只能证明这个顾流云伶牙俐齿。西越帝随随便便就封了一个奉天府尹，是不是太过儿戏了？

如果这件事放到二十年前，这个时候西越帝的案头早就堆满了各种劝谏的奏章。但是现在，这么多年来早已经受过了教训的人们却只能小心翼翼地打探着少年的来历，顺便看看周围的人反应如何，一时间整个京城权贵的反应竟称得上十分平淡。

除了容瑾和容璋以外的皇子，几乎在极短的时间内聚集到了庄王府中。

不管平日里斗得如何面红耳赤，这一次西越帝天马行空的决定实在太超出他们的承受能力范围了。

容瑄和容琰还算冷静，年纪小一些的十一皇子却忍不住暴跳如雷，怒道：“父皇到底想干什么？！”

“十一弟。”容琰皱了皱眉，沉声道，“少安毋躁。”

十一皇子冷笑道：“少安毋躁？说不定明天父皇就打算封容瑾做太子了，到时候四哥再来说少安毋躁。”

容琰有些无奈地叹了口气，道：“不然你要如何？父皇并没有给九弟什么。”

“谁不知道顾流云是九哥的人，为什么现在父皇将这么重要的位置交给九哥的人？”十一皇子愤恨地道。

这些皇子从前也不是没试过接近奉天府尹，但基本上只要哪一任奉天府尹稍微有一点儿偏向哪个皇子的意思，他的官运也就到头了。最严重的时候，西越帝一年斩了四个奉天府尹，在这种情况下，还有哪个奉天府尹不要命了敢依附皇子？

容琰沉默地看向容瑄，容瑄同样是剑眉紧锁。

“父皇的意思……是打算让九弟插手朝政了吗？”容瑄皱眉问道。

这个很重要，之前父皇一直不想让容瑾插手朝政，所以众人也理所当然地认为在父皇心目中容瑾绝对不是能继承皇位的人，再加上他体弱多病，就更加不可能了。如今看起来父皇倒像是在给他培植势力，若是如此，只怕又要多一个变数了。

容琰摇摇头，淡然道：“现在还不好说。”

君心难测，西越帝的想法就更加难以揣测了。

容瑄想了想，摇头道：“那就等等再说。”

十一皇子跳脚道：“二哥，还等？！”

容瑄看着他道：“十一弟，回去告诉淮儿，别那么心急对九弟动手，若是出了什么事，别怪我这个做叔叔的不提点他。”

十一皇子脸色微变，点了点头道：“我知道了。”

容琰站起身来道：“既然如此，就先看看吧。二哥，臣弟先告辞。”

见容琰要走了，其他皇子自然也跟着告辞了，只有跟容瑄最亲近的六皇子留了下来。

送走了众皇子，书房里重新安静了下来。南宫翼从里间走了出来，容瑄喝着茶，皱了皱眉，问道：“这件事你怎么想？”

南宫翼皱眉道：“二弟倒是对这个顾流云称赞有加，不过说起来……我倒是还没见过这个顾流云。”

虽然在一些场合远远地看了一眼，但南宫翼也只记得那是一个十分英俊的白衣少年罢了。

容瑄想起大殿上那白衣少年侃侃而谈的模样，淡笑道：“不要小看了他，容淮在他手里可是吃了个不小的亏。他是三品府尹，也是有资格上朝的，你总是能见到的。”

南宫翼如今也是正三品大员，任大理寺卿。在他这个年纪，到这个品级已经算得上是年少有为了。

南宫翼想了想，淡然道：“大理寺和奉天府打不了什么交道。”一个是掌管京畿民生政务的，一个是主管西越刑狱的，除非顾流云犯了什么事落到他手里，否则还真没有什么交集。

容瑄摇摇头，笑道："他是九弟的人，想要拉拢是没什么希望的。不过，他跟南宫羽关系不是也不错吗？朝廷也没有限定官员私底下不许结交吧，只要探探他的底就行了。本王总觉得这个顾流云应该不简单，四弟对他的态度似乎……比对慕容煜更加慎重。"

"慕容煜？"南宫翼不屑地轻嗤了一声。

从前还听说华国的恭王如何文武双全，如今看来也不过如此。他这些日子一直带着药王谷的人在京城的权贵间蹦来跳去，其野心不言而喻。但是西越的权贵也不是傻子，对于一个曾经的华国皇子怎么可能没有丝毫防范？

想到此处，南宫翼眼神微亮，挑眉道："说起来……慕容煜跟顾流云似乎有些私人恩怨。"

"哦？这倒是有意思了。"容瑄若有所思地道。

"慕容煜在华国落荒而逃，据说就是因为顾家的人回来报仇，暗算于他。如今连华国的大皇子慕容熙都不知所终了，看慕容煜对顾流云的态度，只怕这个顾流云当初也参与其中了。"南宫翼沉声道。

容瑄蹙眉道："如此说来，这个顾流云倒真是不简单了。"想了想，容瑄又道，"咱们先按兵不动，看看父皇到底想做什么。"

没弄清楚父皇的想法就贸然冲上去找顾流云的麻烦，这是莽夫的行为。容瑄虽然上过战场身负战功，但是几十年在朝中历练下来，他也不是莽夫了。

"对了，泱儿那儿……你有空也多点拨他们一些，别弄得跟容淮似的……"

想起这几次容淮对上容瑾的表现，容瑄也捏了一把汗。幸好容淮不是自己的儿子，不过容瑄自己心里清楚，自己的儿子只怕比容淮好不到哪儿去。

"微臣明白。"南宫翼点头道。

容泱是容瑄的儿子，跟容淮差不多大，天赋不差，就是缺少磨炼。

容瑄点点头叹了口气，道："罢了，过完年羽儿便要去边关了，你也别再骂他，到底……他才真正像将门之后。"

南宫家军功彪炳，朝中却是无人。南宫绝受西越帝忌惮之后，南宫家和容瑄在朝中更是举步维艰。无奈之下南宫翼才弃武从文，从此混迹朝堂之上，慢慢忘记了自己曾经也是希望立马扬鞭，驰骋沙场的。

南宫翼沉默着点了点头，没有再回话。

安顺郡王府里，慕容煜听到灵枢禀告的消息，原本正提笔疾书的手一顿，雪白的宣纸上留下了一道重重的墨痕。

慕容煜随手将笔扔进一边的青瓷笔洗中，冷声道："顾流云？奉天府尹？"

灵枢点头道："不错，宫里陛下身边的蒋斌刚刚去豫王府传了旨意。"

"好一个顾流云！"慕容煜的声音阴森森的。

若说现在有什么是慕容煜最痛恨的字，大概莫过于这个"顾"字了。顾牧言、顾秀庭、顾流云，还有……顾云歌……

看着慕容煜阴鸷的面容，灵枢丝毫不为所动，淡淡道："谷主，现在咱们并不宜跟豫王府和顾流云有冲突。"

慕容煜烦躁地怒道："那你说要怎么办？华国的刺客到现在还没找到，西越帝依然对本王不冷不热，莫问情也还活着，还有那个顾流云……你到底能干什么？"

灵枢垂眸，轻声道："谷主想得太多了，莫问情是否活着与谷主并没有什么相干。以他的个性，他绝对不会回来跟谷主争什么。至于顾流云……似乎跟谷主也没有什么相干。即使他姓顾，谷主又何必放在心上？"

慕容煜咬牙不语，顾流云这个名字在华国基本没有出现过，别人又怎么会知道其中的许多事情。

站在慕容煜身后，灵枢几乎有些怜悯地看着眼前气得脸色铁青的男人。虽然相识并不久，但是以灵枢的聪慧早已经将慕容煜看透了。这个男人……有着雄踞天下的野心，却远没有那样的实力。如今的慕容煜，不过是西越帝封的一个安顺郡王罢了。他唯一的依仗也不过是药王谷，如果他安心做一个江湖中人，那么他依然能够高高在上，但是出身皇族的慕容煜，又怎么看得上区区一个江湖中人的身份？

"谷主。"灵枢轻声道，"谷主如今总该知道……只凭谷主的身份，在西越是永远也不会得到皇帝的重用的，更遑论其他。华国……更是不能回去的。谷主若是依然不愿回药王谷，还请谷主早做打算。"

慕容煜本就难看的脸色更是一沉。

他知道灵枢在提醒什么，曾经身为华国恭王的他怎么会不懂灵枢的意思？但是要他依附于哪一个皇子，他又怎么能甘心？

但是不依附又能如何？就这么不咸不淡地当一个有名无实的郡王，等待着华国不知道什么时候再来刺杀，或者是干脆躲进药王谷里这辈子都不再出来了？不……他不能这样，无论如何……只要手中还有一丝筹码，他都要再争一次！

慕容煜闭了闭眼，再豁然睁开的时候眼中已经是一片决然。他沉声道："替我给端王送一张帖子过去。"

灵枢轻声道："谷主……是打算选择端王吗？"

"你不同意？"

灵枢摇头道："不，谷主的决定属下只能遵从。"

慕容煜挥挥手道："去吧。对了……告诉端王，如果不想跟本王一样功亏一篑……最好先杀了顾流云。"

刚刚转身的灵枢一怔：顾流云有这么厉害吗？那个看起来似乎才十四五岁的少年……实在是不像啊。或许她应该再去仔细地查一查顾流云这个人……

这一日的早朝，气氛相当古怪。因为在一大群胡须髯然、头发灰白，再不济也是年过而立的官员中间，站着一个身穿正红色三品朝服、面如冠玉的俊俏少年。

少年不过十四五岁的模样，身量不足，站在一群成年男子中间更是不起眼。进入大殿的人，却毫无疑问地将第一眼定到了他的身上。那少年唇红齿白，精致的容貌仿佛精雕细琢的美玉一般。他虽然眉目清秀没有斜飞入鬓的英气，却端正从容，带着一股西越少有的世家大族的儒雅和持重，让人自然而然地忽略了他的年纪与模样跟金碧辉煌的大殿的违和感。

少年负手而立，即使在所有人打量的目光下依旧笑容浅淡、温文尔雅。他温和的目光却又带着淡淡的清冷和疏离，让人感到一种天生的金贵，仿佛这少年天生便该如此，让他如寻常人一般慢慢往上爬是对他天资和才智的玷污。

五皇子来得有些晚，走到容琰身边看了看他，低声问道："四哥，怎么了？"

容琰轻叹了一声，道："人如暖玉，公子无双。"

五皇子疑惑地看向对面站在三品文官最后面的红衣少年，愣了一愣，很快便轻嗤道："不过是个小孩子罢了，哪儿当得起四哥如此评价。"

容琰摇摇头，笑道："这是当年华国京城的百姓对顾家大公子秀庭的评价，只是可惜……不过，看这顾流云的模样，只怕不用两三年，他比起当年的秀庭公子也会不遑多让。"

"那也是两三年后的事情，也不知道父皇是怎么想的，竟然让一个小孩子做这奉天府尹。"

容琰淡笑道："孩子……哪个孩子能有这样的气度和镇定之态？五弟，就是你我当初第一次上朝的时候心里也有过几分紧张吧？"

五皇子转向那红衣少年，果然见他淡然若定，唇边带笑。他偶尔还会跟站在他身边的大臣低语几句，神态也是恭谦温和，既不胆怯，也不得意忘形。就如容琰所说的，他仿佛是一块温润的暖玉。

"果然不凡。"半晌，五皇子才有些感叹地叹了口气。

"豫王殿下到！"

门口响起了太监嗓音尖细的通传声。穿着一身紫色朝服的容瑾冷着脸快步从外面走了进来，众人连忙上前见礼。

容瑾却并不理会众人，直接走到了沐清漪跟前，笑道："子清怎么先走了，也不等等本王？"

众人这才恍然大悟，之前顾流云是豫王府上的大总管，虽然陛下赐了宅子，却还没来得及搬家呢。

沐清漪有些无奈地一笑，道："第一次上朝，有点儿紧张，就先过来适应一下。"

容瑾偏着头看了看她，笑道："既然紧张，就更应该跟本王一道儿啊。本王帮你壮壮胆子，看谁敢欺负子清。"

说这话时，豫王冷厉的目光慢慢地从众人脸上扫过，不少原本还怀着别样心思的人顿时打了个寒战悄悄地低下了头。豫王此举毫无疑问是在向众人宣告，顾流云是他的人，谁敢跟顾流云过不去，就是跟他容瑾过不去。

沐清漪莞尔一笑，淡淡道："多谢豫王殿下，我知道了。"

容瑾这才满意了，笑道："这才对。就算你有了府邸，咱们也还是邻居，不是吗？以后就一起来上朝吧。"

"好。"

众人大惊失色，这是说豫王殿下以后每天都会来上朝了吗？这以后的日子要怎么过？从前豫王上朝都是三天打鱼两天晒网，高兴就来不高兴就不来。现在，他却因为要给这个顾流云保驾护航，居然打算天天上朝了。

沐清漪有些好笑地看着众人各异的神色，很容易便能猜到他们在想什么。她含笑道："那以后就打扰王爷了。"

容瑾笑容可掬，道："不打扰。子清比本王小都如此上进，本王深觉应该勤奋努力一些了，以后咱们便互勉吧。"

王爷，您天生富贵，完全不用勤奋啊。

"咳……九弟，父皇差不多快要来了。"一边的容瑄轻咳了一声提醒道。

容瑾上朝的站位跟别人不同，虽然他啥事不干，但在朝堂上只站在容瑄和容琰之下，还在身为皇长孙的容淮之上。

听到容瑄的话，容瑾也不啰唆，直接走过去站在了容琰的身边。

容琰淡笑道："九弟今儿挺早。"

容瑾斜眼，俊眉飞扬，神采翩然，道："不早了，四哥才早。"

容淮不冷不热地道："九叔又没有什么事儿，何必大清早跑来上朝。"

容瑾心情好，并不生气，笑眯眯地道："自然是为了挡在你前面啊。本王什么事也没有，照样站在你前面。你就是……累成死狗，也还是得乖乖站在本王后面，知道吗？这种事情……嫉妒不来。"

容淮冷笑一声，道："本王犯得着吗？本王自然是没有九叔命好，有个好母妃……"

"淮儿！"容琰脸色微变，低声呵斥道。

好在容淮还不是不知道分寸，声音压得极低，也只有他跟前的容琰和容瑾听见了。容瑾眼中闪过一丝冷光，隐藏在袖中的手微微一动，还没来得及做什么，殿上已经响起了蒋斌尖细的声音："陛下驾到！"

西越帝穿着雍容华贵的龙袍，缓步从大殿后面走了出来。他威严地望了一眼殿下的众人，目光在沐清漪身上停顿了片刻，最后还是落在了容瑾身上。

“臣等恭迎陛下！”群臣齐声朝拜。

西越帝一挥手，淡然道：“平身。”

“谢陛下！”

“有事早奏，无事退朝！”西越帝身边的蒋斌高声道。

这是新年后的第一次朝会，堆积了许多天的公务没有处理，自然有不少人上前启奏需要西越帝圣裁的事情，但是基本上没有沐清漪什么事。

奉天府尹算是地方官，管的都是一些民生政务，没有极大的事情也不需要惊动西越帝，何况沐清漪新官上任能有什么事情？

沐清漪自然也不着急，淡定地听着官员们的上奏和西越帝的处理。她很惊讶地发现，即使已经年近七十，西越帝的思维依然十分清晰迅捷，只是比起华皇的慎重小心，西越帝显得更加随意和狠辣，所以大臣们在他面前总是显得小心翼翼。拥有这样的能力，难怪西越帝登基三四十年，只用了一半的时间勤政，世人对他的评价却依然超过了西越历史上的大多数皇帝。如果不是这二十年的倒行逆施，西越帝只怕会成为西越历史上最伟大的皇帝之一。

美色的诱惑……当真如此惊人吗?

西越帝执政的前期和后期泾渭分明，基本上可以说是从梅妃入宫开始算的。前期的西越帝勤政、英明、大度、雄才伟略，几乎具备了一个明君的所有特点。但是有了梅妃之后，西越帝变得暴戾、冷酷、无情，政事上也是得过且过，朝中人才凋零、百姓赋税日重、动辄株连九族等改变显而易见。

整个早朝，西越帝都没有提起关于顾流云的任何事情，仿佛突然下旨让一个不过十四五岁的少年担任奉天府尹是一件再正常不过的事情，同样也没有官员对此发表意见。等到早朝结束，沐清漪和容瑾毫无意外地被同时留了下来。

等到其他人带着各异的神色退了下去，容瑾才盯着西越帝冷峻地道：“父皇，你这是什么意思？”

西越帝有些惊讶地挑眉，仿佛不解容瑾为什么会这么问，道：“瑾儿，这是怎么了？”

容瑾盯着他道：“子清的事情，突然封‘他’做奉天府尹，你想要干什么？”

西越帝叹了口气，道：“瑾儿，你以为朕要做什么？”

容瑾冷笑道：“儿臣怎么会知道父皇的心思？”

西越帝挑眉道：“那你把他带回来又是为了什么？别告诉朕你和顾流云不是在华国认识的。”

容瑾漠然道：“所以，父皇的意思就是儿臣天生就该被所有人厌弃，敬而远之，身边连一个能说话的人都没有，等到父皇哪天归天了，儿臣就活该被人清算？我早说过，父皇若是想要我死，用不着这么麻烦。”

西越帝看着容瑾冷漠的俊美容颜，眉头紧紧皱起，问道：“瑾儿是在怪朕吗？”

容瑾唇边勾起一抹冷意，有些皮笑肉不笑地道：“不敢，雷霆雨露俱是君恩。”

西越帝望着他怜爱地叹了口气，道：“好孩子，父皇只想着疼你，倒是忘了……你也长大了。罢了，以后你想要做什么朕也不管你了。顾流云……朕看着是个人才，正好朕一时也找不到合适的奉天府尹人选，就让他先做着，等朕找到了合适的人选再换下来就是了。”

西越帝的声音和眼神都充满了慈爱和温暖，站在殿中的沐清漪却丝毫没有感到其中的情意。容瑾也只是随意地扯了下唇角，没什么诚意地道：“儿臣多谢父皇。”

西越帝叹息着道：“罢了，父皇本不希望你涉足其中，你……去吧。”

“儿臣告退。”

“微臣告退。”

两人一路并肩出了宫门，沐清漪回望身后巍峨庄严却显得阴气沉沉的宫阙，轻声问道：“陛下的话，你相信吗？”

容瑾冷笑道：“本王一个字也不信！”

沐清漪心中叹息，她也不信……

第十一章
初入官场

有了正式的官职，沐清漪自然不能再随意跟着容瑾直接回豫王府了，她直接去了奉天府衙门。

看到一身绯红朝服，从马车里下来的少年，衙门口的衙役也不由得愣了愣。虽然早就听说了新来的府尹大人年纪小，却没想到能小到这个份儿上。

“这……大、大人……”

看着迎上前来的、有些结结巴巴的衙役，沐清漪不由得莞尔一笑，道：“怎么？不能进？”

“不敢……大人快请进。”衙役吓了一跳，这可是新任的府尹大人，谁敢不让他进？

衙门大堂里，奉天府府丞带着一干主簿等大小官吏迎上前来，道：“下官奉天府府丞秦晖拜见大人。”

府丞是府尹的副手，同时也是从四品的官员，因此见到顾流云虽然恭敬却也还算从容。

沐清漪挥手道：“秦大人免礼。此处也没有外人，秦大人坐下说话。”秦晖犹豫了一下，谢过后便到下首的位置坐了下来。

沐清漪走到上方的主位坐下，皱眉道：“怎么只有这些人？”

秦晖拱手道：“大人容禀，之前……前任府尹大人被问斩，有一些人也就跟着……”

不用说得太明白，前面那位被问斩了，全家流放，只怕衙门中也有不少他的人，自然也没什么好下场。沐清漪皱了皱眉，人不够也不好办事，看来还是得去豫王府将步玉堂借来用用。沐清漪正想着，门外衙役便来禀告："启禀大人，门外有位姓步的公子求见，说是豫王殿下遣来的。"

闻言，沐清漪不由得一乐，刚刚瞌睡就有人送枕头，连忙笑道："快让他进来。"

片刻后，穿着一身月白布衣的步玉堂便走了进来，朝沐清漪恭恭敬敬地一拜道："草民步玉堂拜见大人。"

沐清漪挑眉笑道："玉堂，你这是？"

步玉堂笑道："在下来求大人赏一口饭吃。"

沐清漪含笑道："俗话说，宰相门前三品官，何况是王府中人。我这儿……可没高官厚禄给你。"

步玉堂也不在意，道："大人不嫌弃的话，草民做个小小的幕僚便够了。"

朝堂上，上至王侯将相，下至普通官吏，手下都会有一两个帮忙出主意的人。这些人并不纳入朝廷体系，俸禄也是私人出的，自然也就不用在意身份品级问题，双方都满意即可。

沐清漪打量了步玉堂半晌，叹了口气道："那就委屈玉堂了。"

步玉堂抬眼笑道："怎么会？顾大人不嫌弃就好。比起豫王府……嗯，在下还是觉得跟着顾大人更加……安稳一些。"

没了顾总管的约束，豫王殿下简直就是个混世魔王。步玉堂可不是傻子，立刻不经意地跟某人提起顾大人刚刚上任想必需要人帮忙。于是豫王殿下毫不客气、毫不留恋地将步公子给赶出了王府。

果然，惜才什么的都是骗人的……

旁边的秦晖已经年近五十了，虽然还是个从四品的府丞，却也算是官场上的老油条了。他立刻起身笑道："恭喜大人刚刚上任便觅得良才。"

秦晖当然是认识步玉堂的，在自己的地盘上死了一个皇子还能逃过一劫并且进了豫王府做副总管，步玉堂的经历也算得上一段传奇了。

最重要的是，顾流云刚刚上任，豫王便赶紧送来了步玉堂这样一个助手，可见豫王对顾大人极为重视。要知道，步玉堂年纪轻轻，除了运气实在有点儿背以外，考绩可一直都是全优的。若不是遇到悼恭太子这回事，只怕他是前途无量。

沐清漪自然将秦晖这点儿不甘心看在眼里，也不在意，淡然一笑道："多谢秦大人吉言。本官刚刚上任，许多事情都还不熟悉，不过如今当务之急还是城外的雪灾和安置百姓之事，还有这次雪灾对庄稼的损害，以及补救事宜。这些……都劳烦秦大人写个折子上来给我瞧瞧。可有什么为难之处？"

秦晖不由得一哽，原本当这顾流云只是个不懂事的富家公子，却没想到顾流云一出口便切中要点，竟比主政十几年的官员更条理分明，而且居然把所有的事情都推给了他。他自然不能说不行，府尹新官上任什么都不知道，若是有什么过错，自然是他这个做副手的府丞的错。

“谨遵大人吩咐。”秦晖只得恭敬地道。

沐清漪温和地笑道：“那就有劳秦大人了，此事紧急，尽快办吧。另外，将最近二十年奉天府的卷宗统统送到我书房。”

秦晖一愣，道：“二十年？大人，二十年未免太过久远了。”

虽然历任官员都有查看上一任卷宗的传统，但是一看就是二十年也未免太久了一些。这二十年来，奉天府至少换过十个府尹了。

沐清漪淡笑道：“本官原本不是西越人，蒙陛下恩典才做了奉天府尹，多看一些也能了解一些西越京城的风土人情。”

“原来如此。”秦晖连忙称是，“下官这就命人整理出来送给大人。”

“有劳。”

秦晖恭敬地退了出去，站在门口不由自主地抬手摸了摸额头，一片冰凉。秦晖暗暗心惊：新来的府尹不过才十四五岁，给他的压力竟然比前一任府尹还要大。不知不觉间，他已经把原本还在心中拨弄的小算盘埋进了深处。

只是……秦晖回头看了一眼大堂里谈笑风生的两个人。他今年已经四十九岁了，在府丞的位置上足足虚耗了十载光阴。他原本以为前任府尹被问斩之后总算能轮到自己了，却没想到陛下竟然派了一个才十几岁的少年来。难道，他还要再熬上十年吗？

大堂里，步玉堂若有所思地看着走出去的秦晖道：“这人心思不纯，大人还是小心一些好。”

沐清漪笑道：“玉堂你还是别叫我大人了，听着别扭得很。”

步玉堂也不在意，他不是正式官员，自然不必非得称呼官讳，道：“是，公子。”

沐清漪笑道：“我比你小几岁，叫我子清即可。”

步玉堂犹豫了一下，还是道：“上下有别，还是称呼公子好。”

虽然顾公子很随和，但是豫王府里的那一位可不是个随和的主儿。

想起某人酸气横溢的模样，沐清漪也不跟步玉堂纠结这种小事，转过话题道：“这个秦晖倒不用担心，若是这奉天府衙门当真让我整治得滴水不漏了……别人才要担心了。”

步玉堂恍然大悟，有些隐晦地望了一眼城中的方向笑道：“在下虚长了几岁，却还不如公子考虑得周到。”

沐清漪笑容有些苦涩，淡淡道：“哪里，不过是……想得多罢了。”

经历得多了，想得自然也就多了。步玉堂虽然也遭遇过牢狱之灾，但是跟顾家遭受的一切比起来实在是不值一提，自然不能够理解沐清漪小小年纪为何会想得如此周到细致。

步玉堂点头道："如此说来，公子调阅二十年间的卷宗，可有什么深意？"

沐清漪凝眸，淡淡道："也没有什么深意，不过是……想查一些事情罢了。"

入朝为官，不像许多人想象的那么简单，但其实也没有那么难。因为有步玉堂辅佐，不过短短半个月，整个奉天府内的事情沐清漪也渐渐能够从容打理了。这个世道总说女子只能待在闺阁之中不能成事，其实毫无道理。能不能做大事不在于是男是女，而在于这个人的能力和学识高低。

一个十几岁的孩子，如此快地上手官场上的事务，让那些等着看好戏的人失望不已，也只能叹一句陛下慧眼识珠和顾家果然是英才辈出了。

另外，西越帝果然言而有信，开始让容瑾处理朝堂的一些事务，这也让许多原本还将目光放在沐清漪身上的人将注意力转向了容瑾。毕竟，比起豫王，一个顾流云就显得太过微不足道了。

容瑾竟然一改往日的懒散，将西越帝吩咐下来的事情办得十分妥帖，一时间朝堂里又隐隐升起了看不见的硝烟。

奉天府衙门书房里，沐清漪正埋头于一堆厚重的卷宗中。旁边不远窗口处，夏修竹握着一卷兵书专注地看着，房外依然是寒风料峭、星夜暗沉，书房里却是一片温暖宁静。

"子清！"

容瑾的声音从门外传来。沐清漪抬起头，只见一身黑衣的容瑾风尘仆仆地走了进来。

沐清漪抬头，揉了揉眉心有些惊讶地道："这是去哪儿了？怎么这会儿跑过来？"

容瑾不悦地轻哼一声，拉着沐清漪起身道："老头子让我出京办事，顺便去别的地方逛了逛。你在看什么，这么晚了还没有回府？"

沐清漪含笑道："没什么，随便看些东西。陛下这是怎么想的？居然派你出京去办事？"

容瑾冷笑道："上次离京咱们不是把人给甩了吗？老头子怀疑了，这次派人暗中跟着我呢。"

"那你怎么办的？"沐清漪凝眉道。

容瑾勾唇笑道："带着他们出去绕了一圈，喏，本公子专门去青州给清清找的。"容瑾神色愉悦地从披风下面拽出一只毛茸茸的小东西。

沐清漪好奇地接过来，看了半晌有些迟疑地道："这是……狐狸？"

这小东西看起来确实很像狐狸，虽然比一般的狐狸小了一些，但是这毛色……这一身火红的毛，就算是赤狐也似乎没有这么红。

容瑾得意地笑道："这可不是一般的赤狐，这是火焰狐，只有青州的深山里面才有。看看，抱着是不是感觉很暖和？听说体寒的人，吃了这火焰狐的肉就能够改善体质。

清清要不要先吃吃看，有效的话，以后咱们再去抓？”

不知道是听明白了容瑾的话，还是察觉到了他不善的目光，刚刚到沐清漪手中的小东西立刻嗷嗷叫着往她怀里钻。容瑾看到这一幕，眼中寒芒一闪，朝小东西露出了白森森的牙齿，道：“看它走了这么远的路还这么有精神，吃起来味道肯定不错。”

沐清漪无奈，抱着火一样红的小东西侧过身躯挡开了容瑾的目光，道：“别吓它。你跑到青州去就是为了找这个？”

容瑾耸肩道：“带着一大群人，我想干别的也不行啊。说起来，能抓到这个小东西还多亏了那些人呢。”

沐清漪低眉闷笑，那些被西越帝派去跟踪容瑾的人肯定很郁闷。他们什么都没有查到不说，还被人利用去抓狐狸，不知道此时宫中的西越帝是个什么脸色。

容瑾懒洋洋地在旁边的椅子里坐下来，有些疲惫地道：“这几天有什么动静吗？”

这话问的却是旁边的夏修竹。

夏修竹合起手中的书卷，淡淡道：“有几个小角色，随手就打发了。”

容瑾点点头，有夏修竹在，除非是他们这个级别的高手行刺，否则也算不上棘手。

夏修竹看了看容瑾，收起手中的书卷站起身来道：“既然王爷来了，我先回去了。”

看着夏修竹走出去，容瑾摇摇头，道：“夏兄看起来似乎有些拘束。”

容瑾也不是真的目中无人，以为自己天下无敌。他的礼遇只给自己看得上又有让他认同的实力的人。

沐清漪也有些无奈，摇头道：“修竹从小在华国长大，亲人朋友都在那里，如今被迫留在西越，只怕也有些不习惯吧。”

容瑾挑眉道：“我看他在看兵书。”

沐清漪似笑非笑地看着他道：“修竹曾拜华国的安西郡王为师，学的自然不只是武功，看兵书有什么奇怪的。只是……你不是打算将他也收揽到手下吧？那可不怎么容易。”

夏修竹看起来似乎温和无争、随遇而安，但其实是个十分固执的人，不然以他的武功无论走到哪儿都能够过得舒舒服服，又何必为了报答华皇的恩情而将自己困在华国皇宫这么多年，如今又因为容瑾的救命之恩而困在西越做沐清漪的随身侍卫。

这种人一般情况下都很温和无害，你一旦触犯了他的底线，他同样能固执得让你恨不得撞破头。

容瑾走到沐清漪跟前，斜靠着椅子扶手，抬手将在她怀里乱钻的小东西提出来，道：“给本王安分一点儿，不然炖了你。”

“嗷嗷嗷……”小小的火焰狐显然惧怕容瑾，在他手里疯狂挣扎着。只是它这小小的身躯又怎能挣得开容瑾的手，它只得睁着一双水汪汪的大眼睛可怜巴巴地望着沐清漪：“嗷呜……”

女子对于可爱的小动物总是格外容易心软，看着那光泽火红的毛发仿佛都失去了光彩一般，沐清漪有些心疼地拍开容瑾的手小心翼翼地将它抱进怀里，轻抚着它尖尖的小耳朵，道："乖，不怕……"

"呜……"小狐狸乖巧地伸出小舌头舔了舔沐清漪的手指，还拿小小的狐狸脸在她手上蹭了蹭，一副无比乖巧可爱的模样。

"呵呵……"看着小东西如此乖巧的模样，沐清漪不由得莞尔一笑。

"哼！清清……"容瑾磨牙，送给清清的礼物却抢了她对自己的注目，这算不算是搬起石头砸自己的脚？

沐清漪也知道适可而止，免得真惹怒了某人，他可真的会趁着她不注意把小狐狸拿去炖了。

"容瑾，谢谢你。我很喜欢。"沐清漪抬头望着有些闷闷不乐的某人柔声道。

容瑾一怔，看着灯下白衣胜雪、俊美如天上仙童的"少年"，还有"少年"怀中那火红的小东西，只觉得这样的画面竟是无比静谧安宁。他不由得也低低一笑，低头在沐清漪的眉心落下一个浅浅的吻，道："清清喜欢就好。"

沐清漪有些出神，怔怔地望着容瑾温和宁静的眼眸突然释然一笑。她也有些搞不明白如今她和容瑾到底算是什么关系，但是如果两人都觉得这样很好，那就这样吧。

"清清在看什么？"容瑾斜倚在椅子边上，看着沐清漪摊开放在桌面上的卷宗。

沐清漪笑道："没什么，就是这些年来奉天府的卷宗。"

容瑾疑惑道："这些东西什么时候看不成，要你一直看到深夜还不回府休息？"

沐清漪道："这些东西自然是越早看完越好，不用担心，再过两天就差不多了。"

容瑾叹了口气，低头在她的发丝间蹭了蹭，道："辛苦清清了。"

沐清漪笑道："在其位，便要谋其政。若是连这皇城过往的一些事情和民生都不了解，我要怎么做这个府尹？"

容瑾怜惜地把玩着她的发丝，道："反正清清不能太累了，有什么事叫步玉堂去做。若是还不够，我让天枢也过来帮你。"

沐清漪无奈地拍开他的手，道："那我这到底是在帮你还是在拖累你？"

容瑾也不在意，笑道："我跟清清之间还要计较这个吗？不过清清是不是忘了一个人，其实他也很有用。"

沐清漪挑眉，能让容瑾觉得有用的人，想必是真的有用了。

容瑾露出一个不怀好意的笑容，曼声道："太史衡。"

沐清漪一愣，半晌才叹了口气，道："别胡说，太史衡是江湖中人，何况……即使在京城认识他的人也不少。"

想要奴役太史衡而不得，让容瑾十分郁闷。

"很快……清清就不用这么辛苦了。"容瑾揽着沐清漪柔声低喃道。

沐清漪有些疑惑地看向他。

容瑾笑道："很快清清就知道了，这几天我不在京城，京城里可有什么事情发生？"

沐清漪想了想，挑眉道："慕容煜要迎娶平湖郡主了，算不算事情？"

"咦？"容瑾有些意外，"容心悦不是死也不肯嫁给慕容煜吗？"

先前西越帝赐婚，平湖郡主可是不怎么高兴。

沐清漪笑道："那是以前的事情，现在质王死了，质王府由秦王当家做主，哪儿轮得到她说嫁还是不嫁。"

即使容心悦被封了郡主，也是西越帝的皇孙女中最年长的一位，但是到底跟容淮不是同母所生，自然也没有从前容璜还活着的时候那么自由自在了。

"那慕容煜肯娶她？"容瑾心中一动，道，"慕容煜打算依附于容淮了？"

沐清漪摇摇头，道："未必，只怕……慕容煜是容淮的一张催命符。"

容瑾摸着下巴思索了片刻，点头道："说得也是，而且……容心悦那个蠢货只怕也玩不过慕容煜，等到大婚之后，还不是任由慕容煜捏扁搓圆。"

看起来，慕容煜打算明里投靠容淮，暗地里却向着容琰了，脚踏两条船他也不怕船翻了。

沐清漪点头赞同道："无论最后容淮赢了还是容琰赢了，他都没有损失。华国恭王……如今倒是一个见缝插针的投机者了。"

现在的慕容煜，早就已经不是当年华国京城那个风度翩翩的恭王了。

"不许想他！"容瑾低头在她的耳边不轻不重地咬了一下，不悦地低声道。

"胡闹！"沐清漪无奈地离他远一些，抬手揉了揉自己的耳朵。淡淡的烛光下俊美"少年"如玉一般的容颜早已经染上了一抹红霞，看得某人呼吸不由得一窒，一俯身噙住了那一抹淡淡的……

"容瑾……别闹……"

"清清……我喜欢清清……"黑衣青年紧紧地将她扣入怀中，再一次低头吻上了那嫣红的芳唇……

顾府多了一只火焰一般红彤彤、圆滚滚的小狐狸。这只看起来像狐狸又有些不像狐狸的小东西立刻受到了顾府上下姑娘们一致的喜爱。这只被容瑾从千里迢迢的青州抱回来的小东西也格外有灵性，或许它知道沐清漪是唯一能够从大魔王容瑾手中解救自己的人，所以对沐清漪更是亲近、谄媚。每天沐清漪一回府，小家伙便立刻像箭一般冲过去钻进她怀里撒娇。

"火儿，这又是怎么了？"沐清漪刚踏入大门，只见一道红光闪过，小狐狸已经利落地爬上了她的肩头，两只小爪子紧紧地抓着沐清漪雪白的锦衣，小眼睛委屈地望着她。

盈儿和霍姝跟着赶了过来，看到它这副模样不由得掩唇笑道："公子不知道呢，中午的时候豫王殿下过来了，豫王殿下走了之后，火儿便一直有些恹恹的。"

"嗷呜……"小狐狸抓着沐清漪的衣服，叫着告状。

只可惜，沐清漪虽然聪明绝顶却也不通狐狸语，小狐狸更不可能口吐人言。

她只得柔声安慰道："乖，不怕……等会儿我跟容瑾说，让他不要欺负你了。以后你躲开他走不成吗？"

"嗷嗷呜呜……"小狐狸眨着眼睛，也不知道有没有听懂沐清漪的话，只是显得更加委屈了。

"呵呵，流云，这就是豫王殿下专程去青州带回来的火焰狐吗？"跟在沐清漪身后进来的南宫羽低头闷笑，那火一般趴在白衣少年肩头上的小团子，仿佛一朵跳跃的火焰，让人觉得格外赏心悦目。

沐清漪无奈地叹气，问道："你也知道了？"

南宫羽笑道："京城里谁不知道豫王殿下大冷天儿专门跑到青州的深山老林里去，就为了抓这只小东西给你做礼物？"

沐清漪已经不知道该做什么表情了，明明某人是去遛人的，反倒传出了这么一段风流艳闻。与南宫羽并肩而立的是他的大哥，如今的大理寺卿南宫翼。看南宫羽对顾流云流露出的笑意，南宫翼微微蹙眉，觉得自己有些不能理解弟弟的想法。

如今顾流云和豫王的事情在京城里可说是传得绘声绘色，以往南宫羽对这种人肯定是敬而远之的。

南宫羽却真的拿顾流云当好朋友，丝毫不为外界的传闻所动摇。

这个顾流云……白衣少年低头逗弄小狐狸的时候唇边噙着浅浅的笑容。这个顾流云确实有一种他们这样身在权力旋涡之中的人所没有的亲和与温雅，让人不由自主地生出亲近之意。

"在下不请自来，还请顾大人见谅。"南宫翼含笑拱手道。

沐清漪淡笑道："南宫大人言重了，南宫大人大驾光临，顾府蓬荜增辉。"

南宫羽侧首看了一眼自家大哥，再看看笑得温文尔雅的好友，皱了皱眉，有些不满地道："大哥，我跟流云聊聊便回去，你跟来做什么？"

南宫翼扫了他一眼，似笑非笑地道："你明儿就要出发去边关了，还不许大哥跟你多说说话？更何况……我跟顾大人同朝为臣，难道还没有你跟顾大人要说的话多？"

南宫羽低声嘟哝着："一个是大理寺的，一个是奉天府的，你们能有什么话说？"

沐清漪摇头笑了笑，道："正好今天为南宫饯行，南宫大人不如一起进来坐一坐？"

南宫翼非要跟着弟弟来顾府，本来就存着和顾流云套近乎的打算，自然是求之不得，道："那就打扰顾大人了。"

三人进了府，西越帝御赐的府邸跟容瑾的豫王府比起来自然不够大，但对于一个三品官来说却已经足够了。府邸布置得也十分幽静雅致，更难得的是花园竟是华国贵族喜欢的小桥流水的风格，比起西越的建筑更多了几分温雅气息。

前院的书房外面有一株梅树，此时梅花开得正好，推开窗户一股淡淡的幽香便静静地弥漫开来。一枝寒梅刚好伸展到窗前，宛如一幅冬日寒梅图。

南宫羽深吸了一口气，闻着书房里带着淡淡梅香的墨香味笑道："流云不愧出身华国的书香世家，这份风雅咱们西越却是少有人能及的。"

南宫家世代将门，南宫翼虽然弃武从文，却更多的是情势所需而非本身所愿。南宫羽说南宫家少了一份风雅倒是真的。

沐清漪笑道："南宫将军武功盖世、军功彪炳，才是真正的一代英豪。华国文人固然风雅，到底是少了一份英气。南宫明天就要前往边关了，我也祝南宫武运昌隆，青出于蓝。"

"多谢流云！"南宫羽朗声笑道。

他前往边关虽然也算继承了父亲的衣钵，但是京城里看好他的人其实并不多，并非他不够优秀，而是他的父亲太过优秀。

看着南宫羽充满朝气的年轻面孔，沐清漪笑道："南宫要镇守边关，于情于理我也该送你一份贺礼才是。"

南宫羽笑道："你若是还有，便将你那三十年的青竹酒再送我几坛便是。"

沐清漪无奈地摊手道："这个真没有了。"说着，她起身走到一边，从柜子中取出一个长形的盒子，放到南宫羽面前，道，"上次买马的时候王爷胡闹险些搅和了，不过现在南宫总算也有了宝马，便该有一件好兵器。看看如何？"

南宫羽有些惊讶地扬眉，在沐清漪含笑的目光下上前打开了桌上的盒子。盒子里装着一柄造型古朴无华的剑，只是这么看着，仿佛并不出奇，南宫羽却隐隐觉得心中一动。

南宫羽小心地拿起长剑，铮的一声长剑出鞘。整把剑给人的感觉竟是温润平和，让人丝毫感觉不到兵器应有的锋利和杀意，但是剑身上那湛湛青芒又告诉握着它的人，这并不是一件玩物，而是一柄能够主生死、定杀伐的绝世宝剑。

"这是……"旁边的南宫翼脸色微变，站起身来轻触南宫羽手中的宝剑。

剑为百兵之祖，虽有君子之称，却到底还是杀人利器。真正能够让人感受到宽厚仁慈而不是锋锐杀气的宝剑从古至今也不多见。

良久，南宫翼才幽幽道："湛卢，这是湛卢剑。"

南宫羽震惊地望着手中的剑，回过神来连忙小心地将剑入鞘放回了跟前的剑匣中。湛卢可是传世名剑，能够跟湛卢齐名的古剑就是西越皇宫中都找不到两件。他跟顾流云虽然谈得来，交情却还没有好到如此地步。

沐清漪挑眉道："南宫看不上这把剑？"

“怎么会？”南宫羽连忙道，他哪里是看不上这把剑，只是怕自己配不上这把剑罢了。

“流云……这，这湛卢太过珍贵了，我……”南宫羽解释道。

沐清漪笑道：“湛卢剑在顾家已经有两百多年了，可惜顾家历代都是读书人，却让宝剑蒙尘了。如今送给南宫，我相信有一日南宫也会成为不输于南宫大将军的一代名将。名将配名剑，岂非相得益彰？”

南宫羽苦笑：他现在连战场都还没有上过，哪儿称得上什么名将。

仿佛看明白了他的心思，沐清漪笑道：“若是真等到南宫成了绝世名将再来送，岂不是显得本公子攀附权贵了。等到南宫成名了，全天下都知道南宫将军的剑是我送的，岂不是显得我十分有眼光？还是说……南宫担心我以这个做要挟，让你欠着我的人情？”

“怎么会？流云不是这样的人。”南宫羽坚定地道。看了看沐清漪真诚含笑的脸，再看看桌上剑匣中的宝剑，南宫羽深吸了一口气，抬手重新握住了长剑，朗声道：“那就多谢流云赠剑了。”

沐清漪满意地点头笑道：“这才对。男子汉大丈夫何必为了身外之物婆婆妈妈？”

“二弟……”南宫翼皱眉。

湛卢剑太过珍贵，自家二弟和顾流云的交情其实也不过是比萍水相逢要好一些罢了，贸然收下如此贵重的礼物，实在是有些不妥。

南宫羽是个很能放得开的人，当初他跟顾流云第一次见面就一见如故，沐清漪一下子借给他好几万两，他也没有多怀疑。若是换了南宫翼，只怕就能直接从顾流云的身份、动机想到他跟南宫家是不是有什么恩怨情仇了。

因此，南宫羽刚刚看到湛卢剑时虽然震惊了一下，但是接受了这份厚礼之后，他也就不再纠结了，只是将这份情谊永远地记在了心中。

“流云，多谢你。”南宫羽真诚地道。

沐清漪笑道：“宝剑就应该交给能够善用它的人，对我这样的人来说，再珍贵的宝剑也只是放在书房里的一个玩物罢了。”

南宫羽爱惜地抚摸着手中的剑，郑重地道：“南宫羽定不负流云今日赠剑的情谊。”

“那就祝南宫早日扬威沙场。”沐清漪笑道。

南宫大将军府上，南宫绝坐在大厅里看着两个儿子一前一后走进来，却见长子神色凝重，一脸的心事重重，次子手中却抱着一把剑，一脸的欢喜和爱惜，不由得问道：“这是怎么了？”

南宫绝如今已经将近六旬，头发早已经灰白，一双眼眸却是炯炯有神，丝毫不输年轻人。他身为西越名副其实的第一战神和第一高手，虽然年近花甲依然容貌清癯、神采奕奕。

南宫翼没好气地扫了一眼弟弟，转身坐在了下首的椅子里，道：“父亲你问他吧。”

南宫绝挑眉，目光落到了南宫羽手中的剑上，也是愣了一下，道：“羽儿，把你手里的剑给为父看看。”

南宫羽犹豫了一下，还是双手奉上了湛卢剑。

南宫绝握剑在手，便赞了一声“好剑”。南宫翼轻声嗤笑道：“不仅是好剑，而且还是把名剑。”

南宫绝慢慢抽出剑身，剑身温润，如果不是玄墨色的剑锋透着金铁之质，他几乎要以为这是一柄玉剑了。但是玉岂会如此坚韧和锋利？金铁又怎么会如此温和而仁慈？

“这是湛卢剑？”南宫绝吸了一口冷气。

身为武将，他看到这把剑时感到的震撼比南宫翼更甚。身为一代名将，终其一生最爱的便是宝剑和宝马。即使是卓绝如南宫绝，这一生也不曾得到如此绝世名剑。

羽儿倒是个有福气的，南宫绝在心中感叹，他还未上战场，就有征战沙场的将领们梦寐以求的宝马、名剑在手。南宫羽若不能一战成名，就只能说明他确实是个废物。南宫绝当然知道，他的儿子绝不是废物。

过了片刻，南宫绝便将剑还给了南宫羽，扬眉问道：“我记得，湛卢剑似乎在华国，怎么会在你手里？是……顾流云送的？”

华国名门世家众多，而这些有些渊源的名门世家总是喜欢收藏一些古物以示身份。传世几大名剑中的湛卢，便收藏于华国顾家。顾家毁灭之后，世人都以为湛卢剑被收入了华国皇宫，倒是没想到竟然落到了南宫羽的手里。

南宫羽重重地点头道：“不错，正是流云送我的。”

南宫绝的反应却没有南宫翼那么大，只是沉吟了一下，道：“既然是顾大人送你的，就好好收着。”

“父亲……”南宫翼犹豫着道。

湛卢剑可不是几两银子一把的铁剑，若是收了南宫家欠顾流云的人情就大了。

南宫绝皱了皱眉，他本就是武将，同样不喜这些烦琐的钩心斗角，只是因为南宫家如今的地位而不得不为。想了想，南宫绝道：“听说顾公子是个风雅人物，将你姑姑赐的那把凤鸣琴送过去吧。”

南宫翼沉默，凤鸣琴也是传世名琴，只是不及湛卢剑名气大罢了。这琴在文人眼中只怕价值远比一把不能用的湛卢剑要高得多，如此倒也不算占了顾流云的便宜。

南宫翼点头道：“孩儿遵命。”

旁边的南宫羽皱了皱眉，觉得父兄此举太过见外，但是想想自己收了顾流云如此贵重的礼物却从未有过回馈……流云也是华国的才子，想必也是喜欢弹琴的吧？

顾府里，沐清漪看着南宫家刚刚送来的东西有些无奈地叹了口气。凤鸣琴全身赤红如火，琴身上绘着金色的凤凰，琴弦冰凉如水却是用天蚕丝做成的，能够保存千百年而不腐。

比起湛卢剑的古朴无华，毫无疑问这是一把非常华丽的琴，确确实实当得起“凤鸣”二字。

“嗷嗷吱吱……”小狐狸火儿喜欢红色的东西，看到红色的琴就立刻兴奋地往上扑，却被人一把凌空揪住了蓬松的大尾巴。

“吱吱！”火儿立刻尖叫着挣扎起来。

大手的主人没好气地随手一扔，将它扔进了旁边的软榻里，嫌弃地道：“这小东西真是火焰狐吗？本王看它怎么越来越像猫了？”

“嗷嗷……”火儿愤怒地叫着，却不敢真的扑上来。

容瑾轻蔑地瞥了它一眼，算你识相。

沐清漪无奈地叹了口气，道：“你就不能不欺负它吗？”

容瑾啧了一声，转身看着桌上的琴道：“南宫家送来的？”

沐清漪苦笑道：“可不是吗？南宫家的人可不好拉拢。我刚送出去一把湛卢，人家马上就还回来一把凤鸣。”

容瑾并不在意，挑眉道：“南宫绝军功彪炳，若是连这点儿警惕和慎重都没有，早被老头子鸟尽弓藏了。算了，他们既然送了，清清收着便是。”

沐清漪点点头，道：“也只好如此了。”

容瑾道：“清清也不用担心，礼尚往来嘛……多来往几次交情自然就有了。”

沐清漪微微挑眉，问道：“这是南宫绝的意思？”

容瑾道：“只怕是南宫翼，南宫绝不会想这些。”

“南宫翼想要做什么？”

容瑾悠然地坐在一边的软榻上逗弄小狐狸，闲闲地道：“还能做什么？南宫家大公子亲自上门，自然是要拉拢清清呗，最好还能拉拢本王。”

“九爷是那么容易就能拉拢的吗？”沐清漪挑眉道。

容瑾笑道：“以前不好拉拢，不代表现在也不能啊。”

“南宫翼想拉拢九公子，九公子愿意给他拉拢吗？”沐清漪笑问道。

容瑾有些嫌弃地挑眉道：“他识趣的话，本公子就勉为其难给他拉拢一下好了。”

闻言，沐清漪有些意外地看着他。

容瑾撇嘴道：“清清这么看着本公子干什么？”

沐清漪低眉想了想，道：“慕容煜投靠了容琰影响有这么大吗？”

容瑾淡然道：“慕容煜投靠容琰自然没什么大影响，一旦容淮完了，最得利的就是容琰。到时候……容瑄必然会势弱。老头子不是喜欢搞制衡吗？本公子就帮他平衡一下。”

沐清漪嘲讽地扬眉一笑，三足鼎立的平衡跟双雄对立的平衡可是完全不一样的。前者稳固，后者却十分危险。无论哪一方，稍有差池都会让整个局势崩溃。不过……

沐清漪轻声道：“容淮现在还好好的，你就已经想到那么久以后的事了。九公子，小心想太多了未老先衰。”

容瑾笑道：“难道清清想不到吗？”

沐清漪叹气道：“也不是想不到，只是……”

现在想这个会不会太早了？虽然容淮现在看起来确实有些岌岌可危，但是如果西越帝改变主意或者铁了心要扶持，只怕他也没那么容易倒。

容瑾眸中闪过一丝寒光，微微勾起的唇角也带着一丝血腥，淡笑道：“所以啊，咱们就要帮帮他……让他快些走完他该走的路，好去跟他父王相会，免得让皇兄等久了。”

比起容璜和容瑄，不知死活的容淮更该死！

可怜的还有些踌躇满志的容淮并不知道，早在他在容瑾和沐清漪面前趾高气扬地找麻烦的时候，他就已经为自己铺就了一条不归路。

“你说得对。”沐清漪沉默了片刻，微微点头道。她犹豫了一下，凝眉道，“陛下的身体如何？”

容瑾有些意外，问道：“清清问这个做什么？”

沐清漪道：“陛下已经年近古稀，若是接二连三发生一些事情……陛下的身体自然也必须考虑在内。”

容瑾恍然大悟，有些嘲弄地笑道：“这个……清清只怕多虑了，我看……就算这些皇子全死了，老头子也不会受半点儿打击，大不了考虑孙子继位。”

沐清漪摇摇头，道：“人非草木，孰能无情。”

“那就看看吧。”容瑾笑道，语气隐隐有些兴奋，似乎对“如果所有皇子都死了，西越帝会不会难过”这个问题十分感兴趣。

知道他的心结，沐清漪也只得在心中无奈地叹了口气，生长于皇家的孩子，大约难得有正常的。容瑾……大概就是其中最不正常的一个了。

转眼间便到了慕容煜和平湖郡主大婚的日子，刚刚二月初依然春寒料峭。京城里的安顺郡王府却是一片热闹欢腾。其实这整整一个冬天，安顺郡王府都不算沉寂。如今整个京城谁不知道安顺郡王府有数位医术高明得胜过宫中太医的大夫，其中更有号称素手观音的灵枢姑娘。

“顾大人。”

沐清漪刚刚踏入安顺郡王府就听到一个有些熟悉的男声在身后响起，俊美的脸上不由得露出一丝苦笑。沐清漪转过身面对来人的时候却已是笑若春风、淡然温和，说道：“南宫大人。”

南宫翼有些好奇地看着眼前的白衣少年，挑眉道："顾大人跟二弟也不过是数面之缘，却能有通财之义，而在下与顾大人相交也不比二弟少，顾大人对在下有意见不成？"

沐清漪无奈，心中暗叹还真是让容瑾那张乌鸦嘴给说中了。自从南宫羽前往边关之后，沐清漪突然发现自己经常见到南宫翼，有时候是公事，有时候是私事，有时候完全没事也可以巧遇。南宫翼此人倒是没有什么让人诟病的地方，但是身在官场太久的人总是不如南宫羽相交起来舒服。

"南宫大人不是也称呼在下顾大人吗？"沐清漪淡笑道。

南宫翼一愣，可不是吗？顾流云固然一直对他不冷不淡，但他也未见得真心对顾流云有多亲近。看着眼前的俊秀少年，南宫翼不由得苦笑。这少年小小年纪却当真是目光如炬。

看着愣住的南宫翼，沐清漪淡笑道："南宫大人，咱们还是别堵在门口了，一会儿安顺郡王把咱们轰出去。"

两个人虽然身份不算高，却十分敏感，他们在门口站了这么一会儿就引来了不少目光。如今京城的权贵早已经默认了顾流云是豫王的人，而南宫家自然是庄王的人。顾流云和南宫翼交好，岂不是代表豫王有意和庄王交好？

一时间，看向两人的目光都复杂了起来。

南宫翼扬了扬眉，含笑看向沐清漪。他在这里跟这位顾大人搭话，原本就存着这样的意思，算是一种试探，自然也不怕被人看到。只是这些日子豫王府的态度似乎有些暧昧，让南宫翼有些拿不定豫王到底是接下了他们抛过去的橄榄枝，还是单纯懒得理会这些事情。

沐清漪叹息，摸摸鼻子笑道："南宫大人不怕被人看，流云却有些难以承受了。"

南宫翼笑道："既如此，咱们进去说话。不过……顾大人俊秀风雅天下皆知，居然还怕人看，当真让在下十分意外。"

听着南宫翼调笑的话，沐清漪也只得无奈地苦笑。

这是沐清漪第二次来安顺郡王府，顾流云虽然任奉天府尹才不过一个月，却能在突然接下奉天府尹的职位之后将刚刚过去的雪灾的后续事宜以及整个奉天府衙门的事情打理得井井有条。

何况这短短的一个月工夫，西越帝已经当着朝臣的面称赞过顾流云两次了。无论西越帝对顾流云有什么想法，至少他明显对顾流云的办事能力是十分赞赏的。

在朝臣们眼中，这位年少的顾大人简直就是前途无量的明日之星啊。如果不是顾忌着和豫王的一些传闻，这些人只怕早就前赴后继地想将自己的女儿、孙女、侄女、妹妹嫁给他了。

"看来顾大人果真是十分受欢迎啊！"看着沐清漪从容地应付完上前来打招呼的众人，南宫翼笑道。

沐清漪低眉浅笑道："南宫大人见笑了。"

看着眼前的少年一副不温不火却油盐不进的模样，南宫翼也只得无奈地叹气了。慕容煜虽然有郡王之位，但是在京城这些权贵眼中还算不得什么。所以皇子和真正的权贵大多去了秦王府道贺，沐清漪却没有跟着容瑾一起去秦王府，反而一个人悠悠地来了安顺郡王府。

"南宫大人怎么会来这里？"以南宫家和皇家的关系，无论如何南宫翼都应该去秦王府道贺才对。

"母亲带着拙荆去给秦王和平湖郡主道贺了，在下就来安顺郡王府凑个热闹，倒是顾大人……"南宫翼挑眉笑道，"顾大人怎么会来安顺郡王府？"

沐清漪也不扯冠冕堂皇的借口，笑眯眯地道："说起来，在下和安顺郡王也算有些渊源，自然是来这里道贺了。"

南宫翼眼角微微抽搐了一下。

如今天下谁不知道顾家当年败落全是因为慕容煜的陷害，而慕容煜如今的倒霉境遇大概也跟眼前的少年脱不了关系，倒当真是渊源颇深。有些人只怕还以为顾流云是来砸场子的。

对上南宫翼怀疑的目光，沐清漪真诚地道："我真的是来道贺的。"

南宫翼含笑不语，指了指门口道："看来跟顾大人一样来道贺的人还当真不少。"

一袭紫衣的魏无忌从外面走了进来，身边竟然没有带着千凌。

"顾公子、南宫大人。"魏无忌也不犹豫，在门口顿了一下便直接走到了沐清漪和南宫翼跟前。比起沐清漪的浑不在意，南宫翼显然对魏无忌颇为重视。毕竟魏公子富甲天下也不是说着玩的，无论是争储位还是争皇位素来都是个十分烧钱的事情。

"魏公子，幸会。"

魏无忌对南宫翼微微点头，含笑看向沐清漪道："顾公子荣任奉天府尹，在下还没有道贺。"

沐清漪淡笑道："魏公子客气了。魏公子富甲天下，岂会将一个小小的府尹看在眼里？这么说……实在是让在下有些受宠若惊啊。"

"顾公子过谦了，以顾公子的年纪执掌京畿之地，在下敢说不管是往上数一百年还是往下数一百年，只怕都不会有公子这般人物。"

沐清漪笑容微僵，道："魏公子谬赞了。"

好听的话人人都爱听，夸得太过了却让人吃不消。沐清漪知道，魏无忌绝不是这样无聊的人。

沐清漪抬头望了一眼魏无忌，淡笑道："魏公子不如坐下说话。"

魏无忌自然也不客气，笑道："如此……打扰两位了。"

南宫翼笑道："怎么会？寻常的时候想要找魏公子说话也未必有机会呢。"

“南宫大人说笑了。”魏无忌笑道。

南宫翼看看魏无忌，再看看沐清漪，便不再开口说话了。他本身也是个极为聪明的人，自然知道什么时候该说话，什么时候不该说话。眼前的魏无忌显然是专程来找顾流云的，自己若强要插在中间套近乎，未免显得太不识趣了。

停了片刻，南宫翼便十分识趣地寻了个借口告辞了。

“距婚宴开始还有些时候，咱们不如出去走走。”魏无忌看着沐清漪笑道。

沐清漪了然，魏无忌想必是当真有事情找自己，也不拒绝含笑道：“魏公子请。”

两人直接出了安顺郡王府，沐清漪也不在意，只是跟着魏无忌往前走，直到发现魏无忌带着她往城外走去才停了下来。

魏无忌回头，有些好笑地看着沐清漪道：“怎么了？顾公子怕在下对公子不利不成？”

沐清漪摇摇头，道：“不，在下只是有些不解，魏公子有什么话不能在城里说，非要出城来。”

魏无忌沉默了片刻，淡淡道：“其实在下也是受人之托。在下知道……顾公子似乎对西越皇城里的一些旧事非常有兴趣。”

沐清漪心中一跳，脑海里飞快地闪过几个人来，面上却是不动声色，笑道：“不知道魏公子指的是什么？”

魏无忌默默地看着沐清漪，良久才沉声道：“二十年前，梅妃。”

沐清漪沉默了片刻，终于抬起头来道：“魏公子请。”

魏无忌打量着沐清漪淡淡一笑，道：“顾公子对豫王……倒是真的不错。”

沐清漪笑道：“豫王对在下有知遇之恩。”

魏无忌不置可否，只是转身继续往城外走去。

不多时，两人便来到了京城外不远处的一条小河边，四周是一望无际的茫茫原野，还未生出新芽的草地显得有几分荒凉和萧瑟。

沐清漪看了看四周，道：“四野开阔，光天化日之下，也能杜绝隔墙有耳，好地方。”

魏无忌笑道：“顾公子果然是个聪明人，那么……顾公子应该也知道在下为什么要找你了。”

沐清漪侧首打量着魏无忌道：“其实……在下更想知道魏公子是以什么身份来找顾流云的。于情于理，二十年前的事情，与魏公子都没有丝毫的关系，不是吗？魏公子一介商人，富甲天下，又何必让自己卷入这些纷繁的俗世之中？”

魏无忌神色复杂地打量着眼前还不到自己下巴处的白衣少年。良久，他才叹了口气，道：“顾公子……委实是太聪明了一些。顾家的人都这么聪明吗？”

沐清漪淡笑不语，平静自若地望着眼前的紫衣男子。

魏无忌叹了口气，沉声道：“不管顾公子信不信，当年梅妃娘娘对在下有恩，还请顾公子劝一劝豫王，不要再掺和京城的事情了，也不要再查从前的事了。”

“魏公子说这话……让在下如何能信？”沐清漪淡淡道。

魏无忌叹了口气，笑容有些发苦，道：“我不能让顾公子相信。”

“既然如此，魏公子今天岂不是多此一举？”沐清漪挑眉道。

魏无忌摇头道：“顾公子是聪明人，在下只说该说的，该怎么做想必顾公子自有判断。”

沐清漪凝眉沉吟了片刻，问道：“二十年前，到底发生了什么事？”

二十年前，到底发生了什么事？答案似乎很简单，其中却又有许多无法解释的地方，比如梅妃的突然去世，比如容瑾一出生就被丢在梅园不闻不问，比如容瑾从小到大遇到的危险，再比如……魏无忌到底是谁？

魏无忌摇了摇头，淡笑道：“抱歉，在下不能……小心！”

魏无忌脸色突然一变，一把推开了对面的沐清漪。

嗖的一声，一股劲风袭来，一支在淡淡的冬日下闪烁着碧绿光芒的暗器从两人之间划过。

一瞬间，魏无忌的脸色变得十分难看。他一把拉起沐清漪道：“快走！”

沐清漪自然也看到了，暗器飞来的方向一群黑衣人飞快地围了过来。沐清漪心中一沉，她觉得京城里不会有什么危险，将夏修竹和无心都留在了府里处理事情，今天只怕是有些麻烦了。

两人奔出了半里路便被黑衣人追了上来。他们喊道：“魏公子，咱们不想跟你为难，留下这个小白脸就行了。”

魏无忌的脸色却是前所未有地难看，甚至带着一丝阴冷的怒气，他沉声道：“既然知道本公子是谁，还敢在我面前劫人？”

为首的黑衣人犹豫了一下，还是坚持道：“咱们也是听命行事，还请魏公子不要为难咱们。”

“我就是为难你们，又如何？”魏无忌沉声道。

“既然如此……那就得罪了！”

说罢，为首的黑衣人一挥手，周围的人便朝着沐清漪冲了过来。这些人显然不想伤害魏无忌，招招都朝着沐清漪招呼过去。但是有魏无忌护着，一时半刻这些人也伤不到她。

沐清漪也知道，这样下去是绝对不行的。沐清漪苦笑一声，道：“魏公子，你还是自己走吧。”

魏无忌淡然道：“不成，我既然带你出来了就得将你带回去，不然豫王还不拆了我魏家。”

黑衣人也发现这样僵持下去根本就无济于事，露在外面的一双眼眸微沉，黑衣人高声道："魏公子，你若是再不退，别怪我等无礼了。"

魏无忌默然不语，只是拉着沐清漪巧妙地避开来到跟前的刀剑。

"射！"黑衣人一挥手，一群握着弓箭的弓箭手飞快地出现在不远处，所有的箭尖都对准了他们的方向。

刹那间，魏无忌的眼神充满了杀气，他冷笑一声，道："你们是打算连我一起杀？"

黑衣人犹豫了一下，沉声道："主上有命，不惜一切代价杀了顾流云！"

魏无忌沉吟了一下，漠然道："既然如此……你们都去死吧。"

"小心！放箭！"黑衣人显然也是知道魏无忌的底细的，魏无忌刚刚一动，黑衣人便厉声吼道。

魏无忌一把抓住沐清漪，宽大的袍袖一卷，射到跟前的箭雨立刻便被送了回去。一瞬间，对面便有几个黑衣人倒地。

魏无忌足下一点，带着沐清漪飞快地往另一边的山道掠了过去。

为首的黑衣人喊道："追！魏公子，你当真要跟主上作对？"

京城郊外，光天化日之下一道紫影挟着一个白衣人飞快地在山林间掠过，身后的黑衣人同样紧追不舍。

等到甩开了黑衣人一段距离，魏无忌才放开了脸色有些苍白的沐清漪，问道："你没事吧？"

被人挟着飞了大半天，对于一个不会武功的人来说没事才怪。沐清漪忍住了一阵阵眩晕和想呕吐的感觉，问道："你认识那些人？"

魏无忌手下留情了，即使她看不出来他的招式，对他的武力值也有十分明确的估计，如果魏无忌当真下死手，绝不会被那些黑衣人追得到处跑。

"抱歉。"魏无忌沉声道，"今天的事情是我疏忽了，你放心……不会有事。"

沐清漪苦笑，她可没有那么乐观。沐清漪背靠着树，压抑着一阵阵眩晕，问道："魏公子，看在我这么倒霉，说不定就会没命的分儿上，告诉我是谁派来的杀手，如何？"

魏无忌沉默，直接以行动表示了拒绝。

沐清漪无奈地耸肩，正想再说点儿什么，魏无忌突然道："他们追上来了，我们走。"

说完他也不等沐清漪反应，跟刚刚一样一把抓起她再一次施展轻功飞快地向前飞去。沐清漪只看到沿途的风景飞快地往后倒退，寒风从她耳边吹过。沐清漪终于忍受不住，眼前一黑彻底晕了过去。

陷入黑暗之前，沐清漪在心中暗暗懊悔：若是知道会有今天，她当年怎么就没想过往文武双全的方向发展？

沐清漪再次醒来的时候，天色已经有些昏暗了，她揉揉有些眩晕的头坐起身来，才发现自己躺在一处避风的山谷里，身上还盖着一件紫色的锦衣。不远处，魏无忌沉默地坐在火堆旁，看到沐清漪醒来，才抬眼神色古怪地看着她。

沐清漪取下自己身上的衣服想要还给魏无忌，却敏锐地闻到了衣服上淡淡的血迹。她没有受伤，魏无忌看起来似乎也没有受伤，那么显然她昏过去之后魏无忌还是杀人了。

“魏公子，多谢你了。这是哪儿？”

魏无忌并没有伸手去接衣服，只是淡淡道：“披着吧，晚上这里很冷。”

沐清漪皱眉看着魏无忌身上同样单薄的衣服，道：“但是，你……”

看着魏无忌略带些嘲讽的笑意，沐清漪才想起来魏无忌跟容瑾一样，内力高深到了一定的境界，根本就不惧怕冷热。

沐清漪低声道了谢，将衣服重新披在了身上。西越的冬天她已经领教了不少，如今这初春的阴寒也没有好到哪儿去，她也没有跟自己的身体过不去的打算。

“这是什么地方？”

魏无忌淡然道：“这里距离京城已经有三十四里了，而且回京的路上可能会有埋伏，咱们明天再回去。”

“但是……”沐清漪蹙眉，有些担心京城里的容瑾知道自己的事情后会干出些什么事来。

魏无忌淡淡道：“你放心，豫王不是鲁莽之辈。”

沐清漪垂眸，暗暗在心中叹气：跟笨的人交往固然让人头痛烦闷，对手太聪明了也会让人有些郁闷。

撇开对千凌的偏见不说，魏无忌绝对是她认识的人中最聪明的那几个之一。

魏无忌似乎并不在意沐清漪的警惕之色，慢条斯理地伸手将干枯的树枝折断了扔进火堆里，这样的动作他做起来却依然优雅如京城里那笑傲王侯的紫衣贵公子。

“顾……公子，对在下一点儿也不好奇？”魏无忌沉声问道。

沐清漪秀眉微蹙。

魏无忌看着她道：“顾公子似乎一点儿也不惊讶在下会武功。”

因为我早就知道你会武功啊。

沐清漪面色从容、淡定如水，还带着一丝适时的疑惑，问道：“这有什么可惊讶的？难道……魏公子原本不会武功吗？”

魏无忌无言以对，沐清漪说的话真是一个不错的理由，既可以解释为顾流云对魏无忌不熟悉所以不知道，也说明了顾公子对魏公子并不关心。

若是之前，魏无忌说不定真的会被沐清漪这样的话给糊弄过去，但是现在……魏无忌的目光悠然地落在沐清漪身上，不知怎么就多了几分意味深长的味道。

沐清漪自然也察觉了魏无忌有些古怪的目光，心中不由得一紧。不是她不相信魏无忌的人品，而是……人在昏迷中很多事情是很难控制的，魏无忌这样的目光很难让沐清漪自欺欺人地觉得自己半点儿也没有露出马脚。

魏无忌既然没有直接开口说出来，沐清漪自然也不会不打自招。

沐清漪心中却不得不开始估算如果自己的身份真的被魏无忌知晓了，那么……容瑾的身份也藏不住了。不过幸好……沐清漪也不是全无魏无忌的把柄，至少……双方也还算各有各的把柄。

魏无忌平静地看着对面抱膝而坐的白衣少年。白衣少年身上披着紫色的外衣更加显得整个人娇小脆弱，火光映衬下那张美如冠玉的脸却从一开始的发怔，飞快地闪过担忧，然后又归于平淡，仿佛之前的担忧根本不存在一般。

魏无忌不得不在心中赞叹，他知道对方显然已经想好了应对之策。他们这样的人，天生就会想着运筹帷幄，走一步就要想十步。

只是魏无忌从来没有想过，眼前这个俊秀温雅的少年，居然会是……一个少女。他杀掉跟在后面紧追不舍的人，带着昏睡中的少年来到此处，才惊讶地发现这白衣少年不同于寻常少年的娇弱和纤细。十五六岁还没有长开的少年，到底还是跟十五六岁的少女不同的。魏无忌是聪明人，只需要稍微一想便明白了其中的怪异之处。

看着昏睡中的白衣“少年”，魏无忌不由得想起了去年华国宫中宴会上那美丽而婉约的少女，那个让千凌看了一眼便嫉妒不已的明泽公主。

许多事情如果不知道，你想破了脑袋也想不出来，一旦知道了其中的关键，许多原本怎么也想不明白的问题也就迎刃而解了。

如果顾流云就是沐清漪，魏无忌不得不惊叹这少女的智慧和才智。原来……华国京城里那一场看得让人险些掉了下巴的戏码竟然都是一个十五六岁的少女一手导演的。那些号称皇室英才的帝王将相一个个都被玩弄于股掌之间而不自知。

另外，如果顾流云就是沐清漪，那么……那个一直找自己麻烦的云隐是谁也就不言而喻了。想到这几年云隐给自己找的麻烦，魏无忌哭笑不得。

只是，魏无忌从来都没想过，容瑾在那样的处境下，竟然还能有如此成就，该说不愧是……她的儿子吗？

“顾公子……今天的事情，顾公子是否可以代为保密？”魏无忌含笑问道。

沐清漪抬起头来，认真地打量了魏无忌片刻，淡淡反问道：“今天有什么事？魏公子是说与在下一起落难的事情吗？”

魏无忌满意地点头，跟聪明人说话就是爽快，容瑾可当真是好福气啊。

“顾公子如此聪慧，豫王真是好福气。”魏无忌如是道。

沐清漪微微挑眉，含笑道：“流云不过多读了几本书，如今这京城里若是说聪明，还应属灵枢长老才是。”

魏无忌一愣，有些不明白她突然说这么一句有些怪异的话是什么用意。魏无忌很快就醒悟过来了，眼前的女子已经知道他看破了她的伪装，甚至还直接挑明了他跟灵枢之间可能有不可为外人道的关系。

无论是顾流云还是沐清漪，果然都有足够的筹码威胁他，魏无忌苦笑。

半晌，魏无忌才有些无奈地叹了口气，淡淡道：“沐姑娘，华国一别……倒是没想到沐姑娘如今才当真是让世人惊叹啊。”

沐清漪微微蹙眉，心中却暗暗松了口气，既然双方都已经怀疑对方，说开了反而轻松自在一些。她低眉淡淡一笑，道：“让魏公子见笑了。”

魏无忌挑眉道：“只怕是在下让沐姑娘见笑了。”

既然容瑾就是云隐，那么云隐知道的事情，沐清漪自然也不会不知道。沐清漪淡笑不语，并不否认。

“魏公子见谅，既然说开了，清漪还是想问……魏公子今日的提醒到底是为了什么？或者说，魏公子身为天下首富，不在外面逍遥自在，却执意卷入皇城这些纷争之中，到底想做什么？”沐清漪沉声问道。

魏无忌深深地看了她一眼，道：“沐姑娘……当真不怕我杀你灭口？”

沐清漪笑道：“魏公子若是要杀我灭口，又何必出手相救？更何况……”

“更何况……沐姑娘是我从京城里带出来的，若是出了什么事，我自然是脱不了干系。”魏无忌将她没有说的话补齐，站起身来看着沐清漪叹了口气，道，“沐姑娘只要相信在下与豫王殿下并非敌对便是了。”

沐清漪挑眉道：“魏公子觉得……这样能说服我吗？”

他们这样的聪明人，很擅长说服别人，自己却从不擅长信任别人。所以，除非魏无忌能够拿出令她信服的证据，否则……就算魏无忌说出一朵花来，沐清漪也不会相信他。

魏无忌剑眉深锁，有些无奈地道：“我不能说。”

“为何？”沐清漪有些好奇地问道。

魏无忌只是苦笑，摇了摇头，走到一边背对着火堆负手而立，显然是放弃了说服沐清漪的打算。他只是淡淡道：“看来今晚咱们只能在这里待一晚了。明早便会有人来接应，天亮了回去也安全一些。沐姑娘将就着歇歇吧。”

沐清漪顺从地点头道：“多谢魏公子。”

靠着身后的山坡，就着温暖的火，沐清漪渐渐放松了精神闭目养神。到底是从小娇养在闺中的妙龄少女，沐清漪的身体、体力都不算好，今天遇到这么多的事情，又晕过去了一遭，醒过来之后还耗费精力跟魏无忌言语试探，她这会儿早就疲惫不堪了。沐清漪靠着温暖的火堆，不一会儿就沉入了梦乡。

只希望……容瑾真如魏无忌所说，不闹出大事来才好……

山坳里，魏无忌盘膝坐在火堆边闭目养神。一阵马蹄声从远处渐渐传来，魏无忌蓦地睁开了眼睛，侧头倾听了片刻，唇边勾起一丝极淡的笑意。

很快，马蹄声便朝着这个方向奔来。魏无忌起身走到沐清漪跟前，低头看着偏着头沉睡的“少年”，微笑道：“倒是睡得不错。容瑾对你倒是真的上心了，能找到这里来……只怕找了一晚上吧。”

容瑾策马驰入山谷，看到的便是沐清漪披着魏无忌的外衣昏睡在火堆边，魏无忌正面带笑容低头轻抚她沉静面容的画面。

“魏无忌！”容瑾咬牙道。

魏无忌似乎一点儿也不惊讶，回头对着容瑾微微一笑，淡声道：“云隐。”

容瑾眼神一闪，毫不犹豫地从马背上一跃而下，一道红光飞快地劈向了站在沐清漪身边的魏无忌。魏无忌朗声一笑，飞快跃开，一柄乌金色的折扇飞快地出现在他手中，折扇一展，宽大的扇面横扫向容瑾。

容瑾的修罗刀固然不是凡品，魏无忌的折扇也不是文人用来附庸风雅的道具，即使与修罗刀相撞也没有丝毫损伤，甚至隐隐有金铁相击的声响。两人使的都是短兵器，短兵相接自然是招招凶险无比。

魏无忌跟容瑾交手没有十次也有八次了，天下几大高手除了这段日子经常跟容瑾切磋的夏修竹以外，只怕就是这两个人交手的次数最多了。但是魏无忌从来没有见过容瑾如此杀气腾腾的打法，可见这一次容瑾当真被惹怒了。

容瑾对沐清漪的重视确实早已经超过了寻常的朋友、主仆，甚至是情人，难怪那个人要杀了沐清漪。

“云隐，你现在杀不了我，何必如此动怒？”即使在打斗中，魏无忌也还有闲暇劝对手。

容瑾眼中却满是嗜血的光芒，道：“杀不了？你试试看。”

又一次兵器相交，魏无忌握着折扇的手也不由得微微一震。魏无忌心中暗暗叹息，云隐还没满二十岁就有这样的武功修为……若是再过两年，跟云隐交手的话只怕他真的要小心一点儿了。

打斗的声音让原本沉睡的沐清漪皱了皱眉，慢慢睁开了双眼。沐清漪看着眼前荒芜幽暗的山谷和跟前的火堆，还有几分茫然，她又看向天边寥落的星星，这一夜她竟然睡得这么沉。

“云隐，你玩真的？”魏无忌有些气急败坏的声音从不远处传来。

“你说呢？”容瑾冷笑道。

“容瑾？”沐清漪抬头望去，果然看到不远处两个人影正在纠缠。虽然天色暗淡，但某人的身影即便不细看也能认出来。

黑暗中的人似乎顿了一下，下一刻容瑾便出现在了火堆边。容瑾伸手将沐清漪拉了起来，问道：“清清，有没有受伤？”

沐清漪摇摇头，道：“你怎么来了？”

容瑾道："自然是来找你的。"容瑾皱着眉看了看她身上披着的衣裳，一把拉下来随手扔到地上，然后脱下了自己身上的外衣给沐清漪披上，道，"真的没有受伤？"

沐清漪摇摇头，道："没有，是魏公子救了我。"

许多事情自然不能当着魏无忌的面说，沐清漪便只挑了最平和的话题来讲。

容瑾冷哼一声，道："若不是他带你出城，怎么会遇到这种事情？本王还怀疑他跟刺客是一伙的呢。"

沐清漪无奈，还真让容瑾猜着了，魏无忌就算跟刺客不是一伙的也绝对认识他们。

魏无忌摇着折扇从不远处走了过来，看着自己被扔在地上还被人踩了两脚的外衣，苦笑着摇了摇头。

"豫王殿下，现在你看到了顾公子没事，不知道在下府里可还安好？"

魏无忌也算是了解眼前的人，沐清漪被他带出京城不见了，容瑾若是不到魏家找人那才怪了。

容瑾有些怪异地看了魏无忌一眼，道："你府里怎么样了，本王怎么会知道？清清，冷不冷，坐下歇一会儿，天亮了咱们再回城。"

沐清漪顺从地点点头，重新在火堆边上坐了下来。她又拉着容瑾一起坐下，轻声问道："你一晚上没休息吧？要不要休息一下？"

容瑾见沐清漪对自己如此温柔疼惜，原本看到魏无忌的怒火也渐渐消失了。容瑾不客气地偏过头枕在她的腿上，点头道："本王困了，睡一会儿。"

沐清漪抬手轻轻拂开他垂在脸上的发丝，轻声道："睡吧。"

她抬手轻柔地在他头部的穴位上按压，容瑾原本还有些僵硬的神色在火光下也渐渐变得柔和起来。容瑾开始还不紧不慢地跟沐清漪说几句话，渐渐地，似乎当真睡着了。

"豫王很信任你。"魏无忌看着脸上神色和缓、容颜俊美、宁静乖巧得让人不敢相信这是白日里那个张扬桀骜的豫王的人，神色有些复杂地望着沐清漪淡淡道。

沐清漪含笑看着魏无忌道："每个人都有信任的人，魏公子自然是一样的。"

魏无忌摇摇头，道："不一样。"

至少，他绝对不会在任何人面前如此毫无防备，将自己的所有弱点都毫无掩饰地展示在一个人面前。

说话间，夏修竹提着宝剑慢慢出现在了不远处，显然是循着容瑾的踪迹跟上来的。他看到火堆前的三个人并没有再上前，只是沉默地站在不远处，沐清漪甚至都没有察觉到他的存在。

沐清漪不能察觉，并不代表魏无忌也不能。魏无忌警惕地望了一眼站在不远处黑暗中的人，虽然没有感觉到什么敌意，但是这人明显不是自己的人，那么只能是……

看了一眼靠着沐清漪睡得惬意、微微掀起唇角的某人，魏无忌知道黑暗中的那个人武功修为分明不在自己之下，容瑾手下什么时候有了这样一位高手？或者应该说……

这世上什么时候出现了这样一位无名的高手？

魏无忌神色凝重之时，容瑾原本闭着的眼睛慢慢睁开了，淡淡地扫了一眼魏无忌之后又重新合上了，只是他唇边的笑意显得更加愉悦和放松。

等到容瑾再一次睁开眼睛，天已经微亮了，容瑾坐起身来笑眯眯地看着对面脸色有些不好的魏无忌，问道："魏公子心情不好？"

显然，躲在黑暗处的夏修竹给了魏无忌不小的压力。

魏无忌淡淡笑道："豫王殿下不准备回去上朝吗？"

容瑾挑眉问道："上朝？不上又怎样？"

即使容瑾已经开始参与朝中事务，对于上朝这件事也表现得并不太热衷。

魏无忌摇了摇头，没有说话。

夏修竹沉默地拎着两只刚刚打来的野兔从不远处走了过来，魏无忌这才看清楚昨晚困扰了自己小半夜的人的模样。他身长玉立，身形并不壮硕，浑身上下散发着武者而且是强者的气息。

"修竹，你也来了？"沐清漪惊讶道。

她完全不知道夏修竹也在，自然也不知道自从容瑾睡着了，魏无忌的神色就越来越难看。

夏修竹点点头，问道："'公子'可受伤了？"

沐清漪笑道："我没事，辛苦修竹了。"

夏修竹点点头，熟练地将已经处理好的猎物架在火上烤。然后，他又取出几个红彤彤的果子抛过去，被容瑾凌空接住了。

容瑾拿在手里看了看，挑眉道："从城里带出来的，还是夏兄细心，本王倒是忘了。清清吃。"

沐清漪也不拒绝，大早上以她的胃口吃不了油腻腻的野兔，而她现在也确实有点儿饿了。

看着这两人一个小口吃着果子，一个仔细地捧着果子等到她吃完了立刻又送上另一个的模样，魏无忌摸摸鼻子无奈地摇了摇头，看向旁边的夏修竹，笑道："这位公子是？"

"夏修竹。"面具下，夏修竹声音平稳地道。

没有听说过，魏无忌挑眉，这样的武功修为绝不应该是默默无闻之辈。魏无忌的目光落在了他脸上的面具上，戴着面具就是为了不让别人认出来，就如同当初的云隐公子，那么，这个夏修竹必定也是一个有些名气而不想让人认出来的人物。

魏无忌第一时间有些怀疑他是莫问情，两人的身形倒是差不多。只是莫问情远比眼前的夏修竹冷漠得多，而且以莫问情的骄傲只怕也绝不会如此掩人耳目，况且这个夏修竹的武功显然还比莫问情高出了一些。

“原来是夏兄，不知夏兄……”

夏修竹直接道：“魏公子不必如此多礼，在下只是顾公子的侍卫。”

魏无忌挑眉，自然是不信的。这样的绝顶高手只是顾流云的侍卫，任谁都不会信。夏修竹显然也没有非要他相信的意思，慢条斯理地翻动着手中的野兔，淡淡的肉香飘散开来。

“修竹，魏公子可是一代高手，他其实是想跟你切磋一番。”旁边，容瑾有些唯恐天下不乱地笑道。

夏修竹顿了一下，抬头看向魏无忌，道：“能跟魏公子切磋，是在下之幸。”

能让容瑾评价为高手的想必就是真正的高手了。夏修竹晚来了一步，并没有看到昨晚魏无忌和容瑾动手，天亮了之后却看到了两人过招时留下的痕迹。

魏无忌轻声道：“以后若有机会，一定跟夏兄讨教几招。”

夏修竹也不在意，将手中烤好的野味以匕首分割开来，分给容瑾和魏无忌。魏无忌也不客气，道了声谢便接过来吃了。

四人吃了一顿野味早餐，东边的朝阳已经渐渐升了起来。魏无忌看看天色不早了，才起身道：“天色不早了，咱们也该回城了。”

“说得是。”容瑾漫不经心地点点头，也牵着沐清漪的手站了起来。容瑾盯着魏无忌淡淡道：“只是，在回京之前……还有一件事情需要解决一下。”

魏无忌心中一凛，警惕地道：“豫王请说。”

容瑾冷声道：“昨天刺杀清清的刺客，跟你是什么关系？”

魏无忌一怔，看了一眼站在容瑾身边的沐清漪，也知道这事瞒不住。他无奈地摇摇头，道：“那些人……我确实知道是什么人，却不能告诉你。怎么？难道豫王殿下还打算恩将仇报？”

容瑾冷笑一声，道：“恩将仇报？难道不是你将清清引出皇城，那些刺客才来追杀她的吗？”

魏无忌耸耸肩，道：“所以我救了顾公子，也没有要豫王殿下报恩啊。至于那些刺客的消息……本公子应该没有义务提供给你吧？”

容瑾凌厉的凤眼危险地眯起，道：“那么……本王就只能将你和那些刺客当成一伙儿的了。”

话音未落，山谷里原本还算平和的气氛立刻紧张了起来。

看着跟前两个神色不善的男人，魏无忌只得在心中无奈地苦笑。豫王本身就很难缠了，知道豫王就是云隐后自己还不赶快走人，简直就是找抽。

若是只有容瑾一个人，魏无忌自然自信绝不会输给他。但是现在，旁边还站着一个武功跟他们相差无几的夏修竹，情势便对自己极为不利了。于是魏无忌只得看向旁边那手无缚鸡之力的某人，问道："顾公子，你也要如此待我？"

沐清漪忍不住一脸尴尬，平静地拉下了容瑾想要出刀的手，淡笑道："昨天多谢魏公子相救，现在……就算是还了？"

魏无忌苦笑着摇头道："顾公子好会做生意。也罢，那么在下这便告辞……应该没有人会在背后捅我刀子吧？"

沐清漪抬手示意道："魏公子请。"

魏无忌深深地看了脸色阴鸷的容瑾一眼，低低地轻笑一声，道："顾公子，记得在下说的话。"

说罢他也不再停留，足下轻轻一点便掠向了远方。

"清清，为什么放他走？"容瑾有些不满地道。

沐清漪叹了口气，望着容瑾眼睑下的暗青色，轻声道："咱们回去再说。"

平安地找回了沐清漪，容瑾此时的心情也还算不错，何况……就算自己跟夏修竹堵住了魏无忌，最多也只能揍他一顿。既然不能杀，他走了也就走了，容瑾也不再计较，道："好，咱们回去再说。"

容瑾回到京城中，还来不及说话就被西越帝叫进宫去了。

沐清漪只得先回到府中略微洗漱了一下，也没空休息便直接到了书房。书房里，步玉堂、无心、霍姝、夏修竹等人早已经等在那里了。

看到众人放心下来的神色，沐清漪有些歉疚地笑道："昨晚辛苦大家了。"

步玉堂笑道："公子平安回来了就好，只是还要跟公子请示……魏府的人要怎么处理？"

"魏府？"沐清漪疑惑地道。

步玉堂无奈，将昨晚的事情说了一遍。沐清漪被魏无忌带出城去没有回来，容瑾自然也不会客气，立刻就带人上门抓了魏家所有的人。

"王爷被陛下召进宫去了，一时半刻只怕是出不来，属下想公子平安归来，魏府的人是不是应该处理了，免得魏公子亲自上门来要人，只怕是不太好看。"

沐清漪问道："你们将魏家的人关在哪儿了？"

步玉堂恭敬地回道："除了魏公子的未婚妻千凌和几个管事带回了豫王府，其他人都直接关在魏家命人看守着。"

沐清漪沉吟了一下，方才道："派人将人送回去，另外，备一份礼物送去给千凌姑娘压惊，顺便向魏公子致歉吧。"

步玉堂沉声应是，退下办事去了。

沐清漪靠在椅子里揉了揉眉心，问道："昨天京城里可还有什么事情？"

霍姝扑哧一笑，走过来为沐清漪轻轻按压额边的穴位，笑道："昨儿公子不在京城里当真是可惜了，京城里还当真出了一件不大不小的事情呢。”

沐清漪微微挑眉，看着霍姝。霍姝难得有些幸灾乐祸地道：“昨儿不是安顺郡王和平湖郡主的大婚之期嘛，听说……平湖郡主昨儿逃婚了。”

“逃婚？”沐清漪一愣，这确实是她没想到的。沐清漪见过那平湖郡主一次，看上去确实是骄纵任性的模样，但她还是没想到平湖郡主居然敢逃婚。想到这儿，沐清漪问道：“那昨天的婚礼……岂不是半途而废了？慕容煜怎么会让这种事情发生？”

霍姝笑道：“婚礼倒是办完了，不过……大家都说婚礼上那拜堂的新娘看起来不太像平湖郡主。”

沐清漪摆摆手，道：“不必查了，既然现在还没闹出来，就算昨天拜堂的人不是平湖郡主，这会儿在安顺郡王府的也肯定是平湖郡主了。”

霍姝当然也不在意安顺郡王府里的人到底是不是平湖郡主，只是笑嘻嘻地道：“属下知道了，只是听说昨儿安顺郡王脸色难看得很，说来给公子解个闷。”

沐清漪淡淡一笑，看向无心和夏修竹道:“昨天辛苦你们了，无心，此事是我疏忽了，你不要放在心上。”

无心沉默地点了点头，只是听没听进去却难说了。沐清漪明白，无心做容瑾的侍卫好些年都没出过任何问题，跟着自己还不到一年就出了两次事，心里只怕很是过意不去。只是这其实当真怪不得无心，毕竟，容瑾那样的人要出事也很难。她却正好相反，完全是一个手无缚鸡之力的包袱和累赘。

夏修竹看着沐清漪沉声问道：“昨天行刺的人，公子可有什么头绪了？”

沐清漪摇摇头，叹了口气。

夏修竹沉吟了片刻，道：“那么，就从魏公子查起吧。”沐清漪脑海里蓦地想起魏无忌告诫不要再查以前的事情的话，皱了皱眉将这些抛到脑后，点头道：“那就辛苦修竹了。”

夏修竹摇摇头表示没关系。

魏无忌站在窗前神色凝重地望着窗外孤零零的一株梅树，脸色苍白的千凌抬手从后面搂住魏无忌，脸颊轻轻地在魏无忌的背上蹭了蹭。

魏无忌侧首淡淡地看了她一眼，轻声道：“昨天的事情是我考虑不周，让你受委屈了。”

千凌连连摇头，道：“不……这怎么能怪你，分明是那个豫王无理取闹！无忌……难道这件事就这么算了？”

魏无忌转过身，看着她道:“不然还要如何？双方都没事，已经算是不错的结果了。”

千凌轻咬着唇角，幽幽道：“难道，我……咱们魏家遭到欺负这件事就这么算了？若是这样，以后这京城里的人还有全天下的人要怎么看你？人家还道魏公子惧怕豫王，连家里被闹翻了天也不敢吭一声。”

魏无忌挑眉道：“他是皇子，我是庶民。我惧怕他有什么好奇怪的？何况他是陛下最宠爱的皇子，我便是让让他也没人敢多说什么。”

“可是……”千凌犹自不甘。

跟在魏无忌身边这么多年，即使她还是魏无忌的丫头的时候也没有受过这样的羞辱。她只是穿着中衣就被人从房间里拖出来，和一群管事关在一间狭小的屋子里。如果魏无忌今天没有回来，千凌怀疑自己会被豫王府的人给整死。

“千凌，你以前都不爱管这些事情的。”魏无忌平静地截断了千凌还没有出口的话，语气依然平淡，其中却多了几分不悦。

千凌心中一惊，怯怯地望了魏无忌一眼。她总觉得今天回来的魏无忌跟以前有些不一样了，却又说不出来到底哪里不一样了。这几年魏无忌总是无条件地宠溺着她，这份宠爱让她不安又忍不住得意，甚至隐隐让她忘记了自己原本的身份，但是现在……

千凌在心中慌乱地摇了摇头，如果失去了魏无忌的宠爱，那么她就会变得跟从前一样什么都不是，甚至比从前更加糟糕……不，她决不能失去魏无忌……

“无忌……你、你生我的气了吗？”一滴清澈的泪珠从千凌的眼角滑落，她惊惶地望着眼前的男子，柔美的脸上写满了惊惶和不安。

魏无忌一怔，抬手轻轻拭去她眼角的泪珠，柔声道：“怎么会？我怎么会生凌儿的气？只是外面的事情你不懂，豫王这件事以后不要再提了。”

看到温柔如昔的魏无忌，千凌心中稍安，却还是忍不住想要试探，道：“可是……豫王他那么无礼……无忌为什么要怕他？就算无忌不想与他为敌，只要、只要……”

“只要什么？”魏无忌温柔地问道，眼眸里带着淡淡的鼓励。

千凌心中一喜，轻咬着唇角道：“听说秦王跟豫王关系不好，只要咱们跟秦王交好，秦王一定会帮我们对付豫王。”

千凌的话还没说完，啪的一声，一个耳光不轻不重地甩在了千凌的脸上。千凌本就体弱多病，冷不防挨了这么一个耳光，身子一晃便跌倒在了地上。

一缕血丝从千凌口中溢出，千凌怔怔地捂着火辣辣作痛的左脸，震惊地望着跟前一袭紫衣长身玉立的男子。这个耳光带给千凌的震惊远比脸上的疼痛更加让她难以承受。

魏无忌从没有打过千凌，即使是在她作为他的侍女的时候。自从几年前她被云隐公子刺了一剑之后，他更是视她如珍宝，小心呵护。所以千凌从来没有想过魏无忌会对自己动手，仅仅是因为自己说了几句根本无伤大雅的话。

魏无忌垂眸，仿佛没有看到千凌眼中的震惊一般，俯身将她扶了起来。他抬手轻柔地拭去她唇边的血迹，怜惜地道：“怎么这么不小心？疼不疼？”

千凌惊恐地望着魏无忌。这一耳光力气并不算小，她这样一个娇滴滴的姑娘怎么会不痛？魏无忌却表现得仿佛根本没有动过手，仿佛千凌只是自己没站稳跌倒了一般。

魏无忌眼神中充满了温柔和疼惜，道：“以后小心一些！凌儿还想说什么？”

千凌惊惧地摇头。

魏无忌满意地点头笑道：“那就好，凌儿好好歇着，过些日子咱们就该成亲了，不是吗？对了……秦王府送来的那些东西，让人都退回去吧。凌儿想要什么，难道我还能买不起？”

说完，魏无忌放开了千凌转身走了出去。

千凌怔怔地望着魏无忌离去的背影，心中的震惊让她一时间不知道该如何反应。等到回过神来，她只觉得身子一软，险些跌倒在地上。

千凌抬起手，轻轻抚上依然火辣辣痛着的脸颊，眼中闪过迷茫和惊惧。她依然不明白魏无忌为什么动手打她，难道是因为她收了秦王妃送的礼物，让他不高兴吗？就为了这个……他就毫不怜惜地甩了她一个耳光……

他真的是那个曾经宠她、爱她，对她百依百顺的魏无忌吗？还是……她从来没有了解过他？想起刚刚魏无忌看自己的眼神是那么温柔。那样的温柔却让她想到了一个楚楚可怜的小宠物、一个精致无比的小玩意儿，总之……那仿佛不是看一个活生生的人的眼神……

千凌一瞬间脸色煞白，打了个寒战不敢再往下想。她不是灵枢，不是这世上的其他女人，如果没有无忌，她什么也不是……

魏无忌离开千凌的房间，眼中依然闪烁着怒意，让跟在身后的下人噤若寒蝉。

“启禀公子，主上召见。”魏无忌快步向外走去，一个下人打扮的男子突然出现在道边，低声道。

魏无忌立刻停下了脚步，低头看了一眼跪在跟前的人，沉声道：“知道了。”

深夜，一道暗影从魏府掠出，飞快地往内城而去。暗影很快在内城里的一座府邸的房顶上停了下来，略迟疑了一下，便翩然落在了庭院中。

一落地，暗影便察觉到了院子的四周布满了暗卫。这些暗卫并没有察觉他的到来。身后的房间里，烛光依然亮着，片刻后，一个温润的声音从里面传了出来：“无忌，进来吧。”

黑衣人上前，推开门进去。烛光照出了黑衣人俊美的容貌，正是魏无忌。

房间布置得十分舒适，柔软的长毛毡毯、古朴却不失华贵的陈设，还有燃着的缕缕梅香，一时间竟让人忘了外面的寒冷幽暗，陷入一片温暖和煦之中。

层层暗金色帘幕后面，传出一个温润却略带寒意的声音：“无忌，你长大了……”

魏无忌一怔，沉默地跪倒在地上。在外人面前高傲得不输王侯的魏公子在这男子跟前却跪得十分诚恳和恭敬，只怕就是西越、东华和北汉三国的皇帝也没有如此殊荣。

“义父恕罪，无忌知错。”魏无忌沉声道。

“知错？知错为何还接二连三阻挠晋明办事？”帘幕后的人冷笑一声，沉声道。

魏无忌恭敬地道：“义父，豫王行事素来毫无顾忌，若是让顾流云在我跟前死了，就算跟我没关系，豫王也必定不会放过我，到时候……只怕反而坏了事，还请义父明鉴。”

“毫无顾忌？”帘幕后的人道，“你干脆说……豫王为了那顾流云会不惜一切不是更加贴切？”

魏无忌默然，显然是默认了对方的话。

帘幕里的人也沉默了良久，淡淡道：“豫王跟那顾流云相识不过数月，就能够为了他不顾一切。如此……你还说他不该死？无忌，你在想什么？”

魏无忌脸色一白，沉声道：“义父……是在怀疑无忌吗？”

“不，我不会怀疑你。”帘幕后的人淡淡道，“但是，你记住，顾流云一定要死！这次的事情就算了，后面的事情你不得再插手。”

“为什么？”魏无忌忍不住冲口而出，“难道就因为顾流云是个男子？但是……京城里那些传闻只是以讹传讹，顾流云此人聪明绝顶，对豫王……”

“无忌，你在替顾流云说话？”帘幕后的人似乎听到了什么有趣的事情，笑了起来，只是笑声里并没有什么暖意。过了一会儿，帘幕后的人方才道：“不管是男是女，都要死！”

“为什么？”魏无忌惊诧，同时也决定要隐瞒顾流云的真实身份。

那样一个女子，可说得上百年难得一见了，就算没有容瑾的关系，他也不希望一个这样卓绝的女子死于非命。

砰！帘幕里面传来了一声沉闷的轻响，就像什么东西被砸到了地上。里面的人厉声道：“为什么？‘情’之一字害人不浅，他既然想成大事，还要这个‘情’字做什么？！顾流云是男人，固然该死！若是个女人……就更该死！”

魏无忌惊怔，皱眉道：“豫王总是要娶妻的。”

“不错，我自然会替他选择一个合适的……能够助他一臂之力的妻子。已经二十岁了还没有娶妻，真是任性……”说到这个，虽然有些不满地斥责，那声音却似乎带着浓浓的宠溺之意。

魏无忌仿佛丝毫没有感觉到长时间跪在地上的冰冷和不适，只是在心中暗暗道：只怕容瑾没那么容易听你的话，你若是真的那么疼爱他，又何必这么多年对他不闻不问？

想起昨晚看到的容瑾，那是他第一次跟没有戴着面具的云隐公子交手。他对云隐却非常熟悉，那样狠辣的招数，那样冷酷得仿佛全天下都是死物的眼神，怎么看也不像一个受尽了宠爱的皇子该有的样子。

魏无忌想了想，还是开口道：“义父，请三思。经过这一次，豫王必定会起了戒心，想要动顾流云只怕并不那么容易，万一暴露了身份，只怕是……”

帘幕内的人冷冷一笑，道：“暴露身份？对谁暴露？你真的以为老头子什么都不知道吗？他只是……找不到机会动手罢了。行了，你去吧，这件事你不许再插手，否则……后果你知道。”

魏无忌垂眸，眼神有些黯然地叹了口气，低声道：“是，义父，还请义父千万小心。”

“若不是你多事，早就没什么事了。”里面的人轻哼道，沉吟了一下，又放缓了声音低声道，“我知道了，你去吧，还有你那个千凌，趁早处理了吧。你年纪也不小了，早该成家了，难不成你还真想娶一个丫头？”

“娶一个丫头也没什么不好的，千凌也算对我颇有功劳了。”魏无忌俊美的脸上露出一丝苦笑。

他的人生不是他自己的，有一些东西他却固执地坚持想要自己决定。

里面的人显然并不认为魏无忌的话是真的，只是淡淡道："回头你好好想想，去吧。"

“是，无忌告退，义父保重。”魏无忌恭敬地道。

“什么人？”

魏无忌刚刚起身还未转身出去，门外突然响起侍卫的一声厉吼，然后便是闷哼了一声，显然说话的侍卫已经被人制服了。魏无忌还来不及反应，就听到外面响起一个熟悉而冷酷的声音：“魏无忌，你给本公子滚出来！”

魏无忌苦笑，竟然忘了云隐公子有多记仇。君子报仇十年不晚什么的那是说这个人没有能力报仇，如果有能力，一般都是当场就要报的。

“是他？”帘幕里面的人的声音再一次响起，这一次声音里似乎多了一些什么。

魏无忌眼神微变，犹豫了片刻，终于还是叹了口气，点头道：“是，无忌这就去打发他。”

说完，魏无忌快步走出了房间，随手关上了身后的门。

果然，站在有些暗淡的月光下的正是一身黑色锦衣的容瑾。即使夜色暗淡，即使一身黑衣，也不能掩藏他眼中的冷焰。看到魏无忌出来，容瑾冷冷一笑，随手挥去修罗刀上的血迹，刀尖指向魏无忌冷声道:“叫房间里那个缩头缩脑的东西也一起出来吧。”

魏无忌皱眉，有些不悦地道：“云隐，好奇心太强了不是好事。”

容瑾冷笑道：“好奇……本公子确实是挺好奇的。这京城，敢在本公子头上动土的人还真不多。”

魏无忌凝眸道：“里面的人跟昨天的事情无关。”

“等本公子将人抓出来就知道有没有关了！”容瑾也不再啰嗦，手中的修罗刀划出一道血影，毫不留情地朝着魏无忌挥了过来。

魏无忌无奈只得挺身相迎，两人直接在院子里你来我往地动起手来。暗处隐藏的侍卫虽然有心帮魏无忌，但是两人交手的速度太快，即使这些侍卫都称得上高手，要在这样的暗夜近战中分辨出哪个是容瑾哪个是魏无忌也是不易。容瑾此时的脾气显然是处在爆发的边缘，动起手来毫不顾忌。魏无忌却显然并不想伤到容瑾，相较之下气势就先落了下风，不一会儿竟然渐渐显出败迹。

容瑾冷笑道："魏无忌，你自己找死就别怨本公子！"

他们这个级别的高手过招，胜败本就在毫厘之间，所以二人每一次动手都必然会用尽全力。在没有实力对对手手下留情的时候留情，即使魏无忌当场死在容瑾的刀下，容瑾也不会有半分惋惜。

魏无忌无奈地苦笑，他若是在这里伤了容瑾，那才是真的不要命了。

"云隐，在这里跟我拼个你死我活意义何在？就算我以前得罪过你，也没有到非得杀死我的地步吧？"魏无忌无奈地道。

容瑾冷哼一声，手上却片刻不停，道："行，今天本公子不想跟你浪费时间。你让开。"

"那我们还是继续打吧。"魏无忌叹气，手中的折扇在夜空中划出一道暗光迎向容瑾的修罗刀。

容瑾也不退避，绯红的修罗刀挽出一朵绚丽的刀花，一刀避开了魏无忌扭身往房门口扑去。

"放箭！"暗处的侍卫等的便是这个机会，见容瑾和魏无忌分开连忙下令。

"住手！"魏无忌心中一惊，连忙叫道。

容瑾却不理会这些，冷笑一声不管不顾地直接朝着那紧闭的房门掠去。

"住手。"

房间里，一个声音淡淡地响起。吱呀一声，紧闭的房门被人从里面打开。容瑾一抬手，修罗刀架到了来人的脖子上。

院子里突然一片宁静，好一会儿，那人才沉声道："都退下。无忌，你一起进来吧。"

魏无忌犹豫了一下，看了看脸色十分难看的容瑾，还是点了点头，道："是。"

魏无忌实在是有些担心，如果他不在，容瑾会不管不顾地直接一刀劈了眼前的人。

容瑾眼神一闪，很快又蒙上了一层冰霜，仿佛刚刚眼中的复杂神色从来没有存在过一般，冷冷地看着眼前的人，道："果然是你。"

"是我。"房门口的人淡淡一笑，往后退了一步让外面的人进来，仿佛丝毫不担心架在自己脖子上的刀。

房间里明亮的烛光下，一个穿着暗金色衣衫的中年男子含笑而立。他俊美温和的眉宇间似乎带着淡淡的轻愁，消瘦的容颜、有些单薄的身体，还有鬓间夹杂的灰发显露出不属于他这个年纪的衰老和沧桑。

幽静的房间里，最后进来的魏无忌反手关上了房门。原本厚重的暗金色帘幕已经被拉起，那中年男子就站在一张宽大的软榻前面，含笑看着容瑾。

“瑾儿，这么生气是要做什么？”中年男子含笑问道。

“容、璋！”容瑾咬牙道。

这中年男子，正是西越帝的三皇子，循王容璋。

魏无忌叹了口气，走过来抬手按下容瑾手中的修罗刀。容瑾冷然抬手挡开了魏无忌的手，刀尖依然定定地指着容璋，问道：“你……想杀清清？你想死吗？”

“你想杀我？”容璋的神色有些古怪，俊雅的脸上闪过一丝与外表不相称的扭曲。

容瑾冷冷地看着他，并不答话。

容璋望着容瑾冷峻的脸怔了一下，低声轻喃道：“你……跟你娘长得真像……”

容瑾毫不留情地抬刀拨开他想伸过来的手，道：“我没见过她，你不用跟我套近乎。谁敢伤害清清，本公子就要他死。”

容璋并不介意容瑾冷酷的语气和神色，含笑摇头道：“不，你不会杀我。真是个傻孩子……”

容瑾脸上闪过一丝讥讽的笑意，不再说话，直接抬刀朝着容璋砍了过去。

“容瑾！”魏无忌脸色一变，他本就防着容瑾突然出手，因此一看到容瑾做出动作便立刻挡在了容璋的跟前，举起折扇架住了容瑾的刀。

容瑾冷哼一声，挥刀横斩毫不留情地再一次砍向容璋，魏无忌回身空手抓向容瑾的修罗刀，虽然刀被抓住了，但魏无忌的手上一片血红。

“无忌。”容璋皱了皱眉，看着魏无忌鲜血直流的手。

容瑾神色阴冷地看着容璋道：“现在你总该知道，我是不是下得了手了吧？”

容璋似乎有些无奈地叹了口气，道：“你这孩子脾气真坏。”

“不许用这种口气跟本王说话！”容瑾烦躁地怒斥道。

容璋却没有理他，而是拉着魏无忌到另一边去上药。对于习武之人来说，手有多重要自然不言而喻。若是伤得重了，魏无忌的武功虽然不至于全废，却也至少要折损两成。对于一个绝顶高手来说，折损一丝一毫都可能是一个完全不同的境界。

容瑾冷漠地盯着上药的两个人，等到帮魏无忌包扎好了伤口，容璋方才回过神来看着容瑾柔声道：“因为我要杀顾流云，你就要杀我？”

“任何想要杀清清的人，本王都要杀。”容瑾冷漠地道。

容璋叹息着摇头，道：“傻孩子，本王是为了你好。”

容瑾冷笑，显然根本不信容璋的话。一个从小到大就当他是路人的人，突然要杀他心爱的女子却美其名曰是为了他好？他不会信，他也不需要这种好。

容璋走回软榻上坐下，似乎完全不担心容瑾越过魏无忌再砍他一刀。容璋皱着眉轻轻咳嗽了两声，看着容瑾道：“你是否想要皇位？”

“是又如何？”容瑾傲然道。

容璋笑道："我可以帮你。你既然已经知道了我跟无忌的关系，就应该知道，我帮你的话……你可以得到多少东西。"

容瑾挑眉，这世上没有白吃的午餐，天上也绝不会掉馅饼。

果然，容璋淡淡笑道："离开顾流云，我会替你安排一个门当户对的姑娘做王妃。到时候……有了我的支持，再除掉容瑄和容琰，这皇位便是你的了。"

容瑾垂眸，许久唇边才勾起一丝淡淡的笑意，道："安排得真是不错……到时候，本王登基了，你暗中操纵朝堂，就算父皇不将皇位传给你，你一样可以江山在握，是不是？"

容璋摇头，微笑道："你以为我对皇位和西越的江山感兴趣吗？乖孩子，'情'之一字害人不浅，我也是为了你好。你已经快二十了，还没有王妃，也没有子嗣。就算真的占了先机，朝臣们也绝不会同意一个无妻无子的皇子继位的。只要你让我杀了顾流云，所有你想要的一切都会摆到你面前。你……"

房间里，黑影一闪，容瑾已经到了容璋的跟前，冰凉的修罗刀架在了他的脖子上。

"你敢伤清清一根汗毛，本王就将你碎尸万段。"容瑾沉声咬牙道。

容璋轻轻抬手，拨开了架在他脖子上的刀，望着容瑾柔声道："你不会杀我。瑾儿，你明白是不是？我……才是你的父王。这些年，你不是一直都想问我这个问题吗？"

容瑾的眼瞳飞快地收缩了一下，一抹淡淡的猩红在眼底慢慢绽开。许久，容瑾的声音才艰难地从那冰冷却鲜红欲滴的薄唇里发出："父王？那是个……什么玩意儿？"

"瑾儿？"

容璋微微皱眉，似乎察觉到有什么不对，却听到容瑾冷漠的笑声："父王？本公子从小便会自己一个人长大，自己学权谋、自己学武功、自己学……杀人。你觉得，本公子很需要父王这种东西吗？老头子就很讨厌了，你还敢来烦本公子，简直是找死！"

血色完全充满了容瑾的双眼，他一把掐住容璋的脖子。

容璋虽然这些年身体欠佳，但早年也是文武双修。他反应过来，飞快地抬手戳向容瑾手臂上的穴位。趁着容瑾松手，容璋立刻飞身往另一边退去。同时，看到不对的魏无忌也上前，袭向容瑾的背心。

听到背后的响动，容瑾立刻放弃了容璋，转身跟魏无忌打了起来。很快，魏无忌便发现容瑾打出的每一招竟然都比平时更厉害了两三分，但是似乎没有了往日的刁钻阴险，只是直来直去仿佛凭着直觉在跟魏无忌动手。魏无忌知道，即使如此，他只怕也难以制服现在的容瑾。

"容瑾，你胡闹什么？！"招架着容瑾的攻势，魏无忌厉声吼道。

容瑾却仿佛不觉，手中的修罗刀化成一片血色的光芒，他怒道："去死！魏无忌，你也去死！"

"你还认得我？"魏无忌也看到了容瑾充血的双眼，那模样分明就是已经失去了神智。魏无忌只得对旁边的容璋道："义父，你先走。我拦不住他。"

"别伤了他。"容璋沉声道。

容瑾似乎对容璋的声音更加敏感一些，立刻放弃魏无忌转身扑了过去，喊道："想杀清清，你去死吧。"

魏无忌吓得脸色一白，飞身扑了过去总算赶在容瑾的刀到之前挡在了容璋的前面，修罗刀在魏无忌背心上划了一道口子。这样的血腥味更加刺激了容瑾，魏无忌一把推开容璋，回身继续拦住容瑾。

"清清……都去死……"

房间里本就不算宽大，转眼间整个房间就被毁成了一片废墟，两人很快就移到了院子里。容瑾状如疯魔，想上前帮忙的侍卫无一不是不出一回合便倒在了他的刀下。幸好只要人倒了他也不计较到底死没死，并不会再低头去补刀，而是继续去砍下一个人。

片刻间，院子里就弥漫着浓浓的血腥味了。这样浓厚的血腥味也让容瑾本就充血的眼眸变得仿佛染了血一般，看不到半点儿原本属于人应该有的样子。

"清清……"被这么多人挡住去路，容瑾感到烦躁极了，他只凭着本能提刀便砍。只要他将所有的人都杀光了……就能找到清清了。

魏无忌眉梢微微一挑，再一次插入众人之间，拦下了想要离开的容瑾。容瑾这个时候理智全无，若是出去也遇到人就杀，明天的乐子就大了。

"快，派人去找顾流云过来！"魏无忌拦下容瑾，侧首向旁边的人吩咐道。

连这种时候都还能记得沐清漪，请她来应该总是会有些效果的吧？

容璋站在一个角落里，温雅的脸阴沉发白。听了魏无忌的话，容璋朝着旁边的人点了点头，侍卫连忙飞身而去。

沐清漪大半夜被人叫醒原本十分不悦，但是听到容瑾出事的消息也吓了一跳。她刚刚被人刺杀过，顾府里无论是谁都绝不会同意她一个人跟着一个身份不明的人出去。最后，沐清漪只得由夏修竹和无心陪同一起去。

一行人回到那座神秘的小院，还未进门就闻到里面传出来的血腥味。夏修竹皱了皱眉将沐清漪挡在身后，道："公子，千万小心。"

沐清漪沉默地点点头，心中隐隐已经猜到发生了什么事情。

果然，沐清漪一推开院门，一道冷厉的红芒就扑面而来。夏修竹轻哼一声，抬手一挥挡开了迎面而来的刀气，衣袖却被削去了一角。不过容瑾并没有关注他们，因为他正压着魏无忌使劲打。往日里风度翩翩、气度尊贵的魏公子此时却是一副前所未有的狼狈模样。

魏无忌身上的衣服被划出了好几道口子，有的地方已经流血了，所幸并不是致命伤。

魏无忌的头发已经凌乱了，下巴上也有一道乌青，看上去像是用拳头打的。

魏无忌看到夏修竹，顿时喜出望外，道："夏兄，快来帮忙。"

夏修竹皱着眉看了看，也看出了容瑾不太正常。夏修竹侧首看向旁边的沐清漪，她无奈地叹了口气，道："动手吧，先制服容瑾再说。"

夏修竹无声地点点头，凌空一跃，一掌拍向容瑾的后背。有了夏修竹的帮忙，魏无忌顿时压力大减，飞身退到沐清漪身边想要喘口气。

"你们到底做了什么？"沐清漪盯着院中打斗的两人，皱眉问道。

魏无忌苦笑道："我也想知道我们到底做了什么。"

就算义父说的话刺激到了容瑾，他的反应也未免太激烈了一些，还是有什么他们不知道的事情？魏无忌皱眉沉思着。

"你还想看到什么时候？"

夏修竹冷冷的声音传来，显然是对魏无忌说的。现在这院中的人确实不少，够资格跟容瑾动手的却只有夏修竹和魏无忌。

两个同级别的绝顶高手联手，总算勉强将容瑾给制住了。

夏修竹皱了皱眉，侧首对旁边的沐清漪道："坚持不了多久。"

"滚！清清……清清……"被人压制住动弹不得，容瑾更加暴躁了。

夏修竹和魏无忌更加不敢松手，只能死死地压住容瑾。这一次如果让容瑾挣脱了，完全被激起暴戾血性的他真的有可能会血洗京城。

"瑾儿……"容璋脸色苍白，终于忍不住冲了出来。

却不想容瑾竟然还记得他的声音，一听到他的声音立刻又爆发起来，喊道："滚！我要杀了你……杀了你……"

魏无忌无奈，因之前被容瑾砍伤手而痛得直皱眉，只能用双手紧紧地扣住容瑾的重穴，让其无法动弹。

"容瑾。"沐清漪快步越过跟前的容璋，走到了容瑾跟前。

"容瑾，你听得见我说话吗？"沐清漪抬手轻轻拂过他颊边散乱的发丝，柔声道。

"公子……"夏修竹微微皱眉，容瑾这个模样实在是有些危险，沐清漪手无缚鸡之力，若是不小心被伤到那真的是非死即伤。

沐清漪摇摇头，示意自己没事。

沐清漪叹了口气，从容瑾腰间的暗袋里找出她送的那块寒玉放到容瑾的手里。

容瑾反射性地紧紧将玉抓在手中，冰凉的寒意让他癫狂的动作顿了一下，血红的眼眸有些疑惑地望着眼前的人。

沐清漪朝夏修竹和魏无忌使了个眼色，示意他们先带容瑾离开这里，这满院的血腥气息只会让容瑾的情况变得更加糟糕。

魏无忌看了一眼容璋，容璋垂眸叹了口气，挥挥手示意魏无忌将人带走。

魏无忌与夏修竹一人一边，架着容瑾转身进了身后的房间。这里自然不是三皇子的循王府，房间里自有密道可以让他们通往想去的地方。

“这位……”沐清漪望着跟前神色阴郁，完全不同于上一次在街上见到的循王的中年男子，犹豫了一下方才道，“今天的事情……豫王府改日再向阁下讨教，先行告辞。”

容璋冷冷地盯着沐清漪道：“你胆子倒是不小。”

沐清漪不以为意，有了今晚的事情，她自然也猜到了不少事情。只是现在容瑾的情况不明，她也无心计较这些，只是淡然一笑，拱手道：“告辞。”

无心挡在沐清漪跟前，戒备地看了一眼容璋才一手拉起沐清漪飞身掠出墙外。他们身后，容璋神色莫名地望着苍茫的夜空默然出神。

沐清漪回到豫王府就直奔静心苑而去，推门进去就看到容瑾被人用一条细细的链子捆着。

“唔……清清……”容瑾痛苦地呻吟着。

此时他的脑海里一片混乱，只有漫天的血腥，心中有一股极为暴戾的感觉叫嚣着要他将眼前的所有人都杀光。但是容瑾被寒铁链子束缚着，耳边还传来一个极为熟悉的轻柔嗓音，又让他觉得十分舒服，仿佛就这样永远地睡过去都是一件十分愉快的事情。于是，两种截然不同的声音闹得他的脑子要炸开一般，让他不由自主地想要呼唤一个名字：“清清……清清，疼……”

沐清漪连忙俯身在他身边跪坐下来，柔声道：“哪儿疼？”

“头……头疼……杀！我把他们都杀了……清清……”

沐清漪微凉的手指轻轻触碰到他的额头，轻柔地按压着，柔声道：“没事了，很快就不疼了，别怕……”

看着渐渐平静下来的人，魏无忌和夏修竹对视一眼，魏无忌叹了口气，低声道：“走吧，应该没咱们什么事了。”

夏修竹回头看了一眼跪坐在地上，搂着容瑾的头温柔地低声说话的白衣少年，无声地跟着魏无忌走了出去。

容瑾一醒来便闻到房间里淡淡的梅香，深吸了一口，心情不由得愉悦起来，是沐清漪调制的幽寒香。其实清清调制的幽寒香与当年梅妃留下的并不完全一样，容瑾能清楚地分辨出其中的差别，他觉得自己更喜欢清清调制的。

嗯？容瑾动了一下才发现自己竟然被人用铁链子捆着。即使是绝世高手被这样捆着一晚上动弹不得也绝对不会舒服。容瑾浑身上下都酸痛不已，背后更是火辣辣地痛。他原本慵懒的眼神一凛，昨晚的一幕幕瞬间涌上了心头，依然有些充血的眼眸颜色又渐渐开始加深。

一只微凉的手轻轻掩住了他的眼眸，沐清漪柔声道：“不要胡思乱想，容瑾，控制好你自己。”

"清清？"容瑾低声道。

"嗯。"

把沐清漪的手轻轻拿开，容瑾眼前出现的是沐清漪微带倦意的脸。她穿着一袭素色衣衫，发丝半垂，眼底带着淡淡的暗青色，显然是一晚上都没有休息。她问道："还有哪儿不舒服吗？"

容瑾摇摇头，道："清清，我昨晚吓着你了？"

他依然带着淡红色的眼眸露出一丝丝紧张。他记得所有的事情，昨晚发作得似乎格外厉害。

沐清漪淡笑道："我倒是没被吓着，你却把别人给吓得不轻。魏公子他们现在还在外面等着呢，我去叫魏公子进来将这链子解开。"

容瑾脸色微沉，道："魏无忌……"

"昨晚多亏了魏公子，不然……"沐清漪轻声叹息道，"知道你不喜欢他，但是现在别发脾气。昨晚我虽然没被你吓着，但是你一直这样下去也是不行的，知道吗？"

容瑾怎么会不知道自己的身体？他越清楚，就越讨厌这些人！

容瑾从来都不是个不知道分寸的人，他也不可能永远都不见魏无忌。不一会儿魏无忌便走了进来，昨晚的打斗还是在他的俊脸上留下了痕迹，下巴下面一大块暗青色的痕迹让他原本俊雅的容颜变得有几分好笑，手上还缠着纱布，他笑眯眯地看着容瑾挑眉道："呦，醒了？"

容瑾淡淡地看着魏无忌，并不说话。魏无忌也不在意，上前来解去了容瑾身上的锁链。不想，容瑾刚刚能动就抬手朝着魏无忌的脸上一拳打了过去。魏无忌惊呼一声连忙后退，幸好容瑾每次发作之后都浑身无力，这一拳才没有揍到魏无忌的脸上。魏无忌昨天在容瑾跟前吃了不小的亏，这会儿有些惊魂未定，问道："容瑾，有你这么忘恩负义的人吗？！"

容瑾靠在沐清漪身上，挑衅地扬了扬眉，道："本公子就是忘恩负义，你能怎样？"

魏无忌顿时气结，没好气地对沐清漪道："对这么个混蛋这么好，你就不怕他哪天翻脸无情？"

沐清漪浅笑道："不会，容瑾对我很好。"

容瑾听了这话，顿时心情大好，在沐清漪的肩头蹭了蹭，满意地躺了回去。这一天一夜，真正费力的其实是他，发作的时候自然没感觉，一旦醒过来就仿佛体力都被抽掉了一般。

看着这两个人，魏无忌摇了摇头转身走了出去。

闭目休息了一会儿，容瑾精神好些了睁开眼睛看到沐清漪依然坐在床边看着他，她清丽的眼眸里却带着淡淡的担忧和倦意。

"清清，上来休息一会儿。"容瑾往里面让了让，将另一半的位置让出来给她。

沐清漪摇摇头，道："不用了，待会儿我回房休息便好。还有没有哪里不舒服？"

容瑾摇摇头，除了浑身无力以外，他觉得舒服极了。容瑾拉着沐清漪的手握在手心里，半闭着眼睛问道："他没有为难你吧？"

"他？"沐清漪一怔，很快便反应过来容瑾说的是循王容璋，她浅笑道，"没有，怎么了？"

容瑾道："以后不要跟他单独待在一起，他要见你也要先告诉我一声。"

沐清漪沉默片刻，低声问道："之前派刺客来杀我的人就是他吗？"

虽然这在外人看来实在是一个不太好理解的事情，但如果换一个角度看这也是最有可能的事情。

容瑾握着沐清漪的手微微一僵，沐清漪仿佛没有感觉到一般，含笑以另一只手覆上他握着自己的手的手背，柔声道："不是跟踪魏无忌吗，怎么打起来了？"

容瑾睁开微红的眼眸望着她，沐清漪浅笑道："还有什么不可以跟我说吗？"

"他说他才是我父王。"良久，容瑾方才开口，咬牙道。

虽然容瑾确实十分讨厌宫里的那个老头子，却也还没有换一个爹的打算。

或者说，容瑾早已经过了渴望有一个父亲疼爱自己的时候了。或许他七八岁之前也曾经盼望过那个偶尔悄悄到梅园祭奠的温和男子才是自己的父亲，但那也只是七八岁之前的事情。现在容璋突然告诉他这件事，能够得到的只有他的愤怒。

"你相信容璋吗？"沐清漪低头问道。

容瑾冷笑道："相不相信有什么区别吗？难道他敢跑到老头子跟前当着所有人的面说这话？本王不需要父王或者父皇，他跟老头子是一样的，清清不要相信他。"

沐清漪浅笑道："我当然不会相信。"

容瑾捏着沐清漪精致秀美的玉手，皱着眉道："他们可真讨厌，幸好清清不是生在皇家，顾家很好。"

沐清漪微笑着摸摸他的额头，笑道："讨厌的话，不理他们就是了。"

顾家确实是很好，如果不是那场从天而降的灾难，生在顾家的顾云歌会拥有这世上所有女子最羡慕的一切：慈爱的祖父、儒雅的父亲、温柔的母亲，还有聪明英俊的哥哥……

沐清漪轻轻叹了口气，笑道："容瑾这样也很好。"

容瑾愉悦地笑了起来，半闭着眼睛低声轻喃道："我才不要什么父亲，本公子没有父亲也长大了。老头子……嗯，老头子和他都不是好东西，本公子只要清清，只要清清跟我在一起……"

沐清漪听着容瑾七拉八扯地说了一堆东西，其中十句倒有六七句都是在说她的，声音越来越小，容瑾慢慢睡着了。

沐清漪低头看着两人握在一起的手浅浅一笑。无论是多么聪明的女人，许多时候是很傻的，她们所求的不过是一个完全将自己放在心中的男子罢了。容瑾是第一个如此对她的男子，沐清漪想起了自己曾经对容瑾说的话。

“如果我不能爱上你，今生必然也不会再爱别人。”

不能……怎么会不能呢？看着睡梦中的男子难得恬静的睡颜，沐清漪的心中突然有了一片柔软。

容瑾这一病，豫王府顿时又热闹起来了。容瑾突然病了，皇帝自然要派人来关心一番，众皇子、王爷自然也要来探望一番，沐清漪为了照顾容瑾，耽误的正事自然还要处理。无奈之下，刚刚搬走没多长时间的沐清漪再一次搬回了清宁轩。幸好顾府就在豫王府的边上，直接在院墙上开一道门也不会引人注意。

容瑾的房间里，灵枢坐在床前为容瑾把脉，魏无忌、沐清漪都在旁边看着。虽然灵枢不知道魏无忌为什么突然要她来为豫王诊脉，但是这些日子药王谷不事权贵的规矩早就被破坏得干干净净了，自然也就不忌讳这个，灵枢坐下来便认真地为容瑾把脉。

沐清漪坐在一边秀眉微蹙，并不抱有太多希望。按容瑾的话，如果连药王谷的前代谷主都没有办法，那么灵枢这个药王谷的长老只怕也没什么办法。

好一会儿，灵枢才收回了诊脉的手，秀眉轻蹙。

魏无忌问道：“灵枢姑娘，豫王怎么样了？”

灵枢有些疑惑地摇了摇头，道：“豫王殿下……似乎并没有什么病，也没有中毒之兆，只是脉象确实十分虚弱，却也不像天生的体弱。”

魏无忌点头道：“豫王出生的时候是十分健康的。”

灵枢有些奇怪地看了魏无忌一眼，他怎么会知道豫王刚出生的时候是否健康？

魏无忌和沐清漪对视了一眼，魏无忌皱眉道：“会不会是……”

“什么？”灵枢连忙问道。

魏无忌摇摇头，没有说他怀疑容瑾虚弱是因为练功走火入魔了。灵枢有些失望，只得道：“虽然我并没有办法治好豫王，但是两位暂时也不必太过忧心，豫王这病发作起来虽然很痛苦，但是暂时也不会对身体有太大的伤害，自然也不会伤及性命。”

魏无忌皱眉，想起义父对容瑾的期望，绝对不仅限于不伤及性命，只是现在这已经是最好的消息了。

看到魏无忌皱眉的模样，灵枢犹豫了一下，道：“有一个人……两位若是不放心，可以找他试试看。”

“谁？”魏无忌问道，心中却已经有了答案。

果然，灵枢轻声道：“莫问情。”

沐清漪蹙眉问道：“莫问情？据我所知……药王谷前代谷主也替豫王诊治过，但是依然束手无策，莫谷主……”

灵枢淡笑道：“虽然大多数人都认为莫问情的医术未必比得上前代谷主，但那是因为他极少在江湖上行走，而且心思也不在这上面。事实上，前代谷主曾亲口说过，莫问情的医术早就青出于蓝了。这世上还能有人有办法的话，大约就只有莫问情了。只是现在……莫问情行踪飘忽不定，只怕很难有人能够找到他了。”

沐清漪点点头，道：“我知道了，多谢灵枢长老告知。”

灵枢打量了一眼白衣翩然的俊美少年，淡淡一笑道：“举手之劳罢了。”

送走了灵枢，床上的容瑾坐起身来睁开了眼睛望着从外面进来的魏无忌，挑眉道：“这就是你的眼光？”

一个千凌，一个灵枢，魏无忌看中的人从来都是那么让人讨厌。

魏无忌有些无奈地摸摸鼻子，道：“你到底对我有什么不满？难道就因为你八岁那年我不小心……”

嗖！一道指风掠过，魏无忌颊边的一绺发丝悄然而断，飘落在紫色的锦衣上。魏无忌有些无力，问道：“我说我不是故意的你相信吗？”

那时候他也才十几岁啊，好不容易看到了从未见过面的小弟弟，逗弄一下不也是每一个哥哥都会干的事情吗？

呃……虽然他一时紧张最后不小心把他忘在了冰天雪地的梅林里，但是这也不能怪他，皇宫又不是他想进就进、想出就出的地方。

只是因为这个，容瑾这些年就明里暗里到处找魏无忌麻烦，心眼会不会太小了一点儿？几年前若不是千凌挡了一下，他说不定真的就被容瑾弄死了。

“你好歹也该叫我一声哥哥啊。”魏无忌有些无奈地叹息道。

“魏无忌，想死你就直说。”容瑾冷声道。

旁边的沐清漪哭笑不得地看着这两人，之前不知道这两人有什么渊源也就罢了，现在知道了却当真只能哭笑不得了。

沐清漪轻咳了一声，把玩着手中的折扇道：“你们打算让我看你们吵架？”

魏无忌耸耸肩，看着容瑾正色问道：“现在的事情，你有什么打算？”

容瑾神色淡漠地看着他，问道：“你想说什么？”

魏无忌道：“你知道我说的是什么。”

容瑾冷漠地道：“没有打算，要什么本王会自己去拿。他喜欢躲在暗地里，就别多事，小心本王一刀斩了他！”

魏无忌无奈道：“他是你……”接触到容瑾阴冷的目光，魏无忌只得识趣地住了口，改口道，“总之，你好好考虑一下，其实……那晚他说得没有错，你是聪明人应该知道如果有他帮忙，你可以走多少近路。”

“不需要。”容瑾断然拒绝，冷笑一声道，“本王不需要被人控制的帮助，同样也不欠任何人的人情。”

他是你的父亲，这些年来做的一切都是为你准备的，这怎么会算是人情？魏无忌心中暗暗叹气，却知道这话绝对不能再说出口。

容瑾靠着床闭上了眼睛，冷淡地道：“你回去吧，告诉他，本王不需要他多事。他若是再敢伤害清清，别怪本王手下无情！”

魏无忌叹了口气，经过了那晚的事情谁还敢动沐清漪？不过……义父会迫不及待地对沐清漪出手，只怕也是坐不住了吧？也是……那样的一个人，隐忍了二十年，再忍下去说不定西越帝都老死了。

“如果西越帝和义父……你会帮谁？”魏无忌问道。

容瑾唇边勾起一抹冷酷的笑容，淡红未消的眼眸充满了恶毒的笑意，道：“谁敢帮他们本王就杀了谁。两个人一起死了不是干干净净？”

魏无忌苦笑，摇摇头转身出门去了。

看着魏无忌离去，沐清漪抬手捏了一下容瑾冷笑的脸，笑道：“你何必吓他？其实……魏无忌这人还算不错。”

容瑾冷笑一声，淡淡道：“不错？你信不信如果我现在去杀容璋，魏无忌马上就能跟我拼命？”

魏无忌对容瑾不错，是建立在容瑾是容璋的儿子的基础上。如果容瑾跟容璋撕破脸，或者容瑾不是容璋的儿子，又或者容璋要杀的人是容瑾，魏无忌就是最危险的敌人。

“本公子只要清清对我好，我也只对清清一个人好。”容瑾偏着头望着沐清漪，愉悦地笑道。

沐清漪挑眉，问道：“什么事情这么高兴？”

容瑾摇摇头，望着沐清漪却笑得更厉害了。

沐清漪无奈，只得摇摇头懒得再理会他。

送走了陆陆续续前来探病的人，沐清漪和容瑾难得清闲，坐在湖心亭中下棋。

容瑾一边执棋落子，一边不忘关注这两天京城发生的大小事情。虽然豫王生病这件事不算小事，但是到底也没有到全天下都要围着他一个人转的地步。在他生病、养病这两天，京城也发生了不少事情。

最大的事情大概莫过于庄王一脉的官员突然在朝堂上揭发皇后的娘家周家的代表周丞相结党营私、贪墨朝廷军费的事情。应该说，这件事的影响远比容瑾莫名其妙生病要大得多。

周丞相是谁？他可是当朝左相、皇后的弟弟、已故悼恭太子的舅舅、秦王的舅公。说他结党营私，跟说秦王府结党营私没有什么差别，无论是从前的质王府还是现在的秦王府跟周家的关系都是一荣俱荣、一损俱损。一时间，秦王的党羽自然也是疯狂反击，秦王府和庄王府之间本来就有悼恭太子之死的仇，而周家的历代文官和南宫家的历代武将素来也是互相看不顺眼。于是，一时间两派人马都发了疯一样攻击对方，闹得朝堂上一片腥风血雨。

容瑾也不由得庆幸，道："幸好清清不在朝中为官，不然的话还不给他们烦死。"

虽然奉天府尹也有上朝的资格，但到底不是内朝的官员，而是直属于皇帝的地方官。

沐清漪把玩着手中的棋子，思索着道："看来庄王和端王打算对秦王下手了。不过……端王……"

明面上看，似乎都是庄王在出力，端王倒好像没什么事一般。

容瑾冷笑一声，道："容琰一贯会隐藏实力，玩渔翁得利的把戏。不过这一次也怪不得容瑄出手，容淮一直对容瑄有敌意，处处紧逼。容琰可以慢慢磨，容瑄却必须尽快除了容淮。否则，容淮一直给他捣乱，等他们两败俱伤了还是容琰得利。另外，容璋只怕也暗中插手了，否则事情不会这么快就闹得不可收拾。"

沐清漪微微叹了口气，看着容瑾道："之前你说得没错，不要跟循王走得太近。"

容瑾轻哼一声，无论是西越帝还是容璋，他都没有想亲近。他只想夺得高高在上的那个位置，把他们狠狠地踩在脚下。

第十二章 皇室倾轧

比起容、沐两人的悠闲，秦王府里却没有那么愉快了。容淮到底资历太浅，一个几乎从未做过任何事情的人突然接替质王掌握质王府原有的势力，并不是那么轻松的事情。

许多原本对质王忠心耿耿、服服帖帖的老臣未必便服容淮。质王的老臣与容淮自己的心腹之间的冲突和矛盾更是容淮不得不面对的问题。虽然明知道父王留下来的人才是如今的秦王府的中坚力量，但是人心总有偏向，容淮很多时候行事很不自觉地偏向自己的心腹，这自然引起了不少老臣的不满。另外，容淮对于那些总是喜欢对他指手画脚的老人也同样不满。

书房里，容淮不悦地怒视着坐在下首第一位的周丞相。一贯稳重的周丞相难得有些气急败坏地道："殿下，这次的事情你太过心急了。"

容淮不悦地道："什么叫本王心急？"

周丞相叹气道："殿下在朝中立足未稳就开始跟庄王作对……先不说胜负如何，就算殿下胜了，陛下会怎么看殿下？朝中群臣会怎么看殿下？"

容淮冷笑一声，道："不然舅公想要本王如何？是本王先对容瑄下手的吗？分明是他逼得本王不得不还手！舅公别忘了，父王的仇还要记在容瑄身上。"

周丞相无奈地叹了口气，道："殿下，老夫早就劝过殿下，如今说什么、做什么都为时过早，只有一个字，忍……”

容淮烦躁地摔了手中的茶杯，起身道：“忍、忍、忍！你们就知道要本王忍！容瑾本王要忍，容瑄本王要忍，杀父之仇本王要忍，现在连容瑄咄咄逼人本王还要忍！再这么忍下去本王还当什么皇孙，直接当那金水河里的王八不是更舒服！”

见他如此，周丞相只能无奈地叹气。

不忍能如何？陛下是个眼里容不得沙子的人，论资历，容淮是所有上朝的皇子皇孙中最低的；论辈分，他是最低的。自己都还没站稳脚跟就想去绊倒别人，最后先跌倒的只怕会是自己。

周丞相能够高居西越左相之位这么多年不倒，最要紧的便是行事谨慎。不该做的绝不多做，不该说的绝不多说，却偏偏摊上了这样一个性情急躁的侄外孙，他除了叹气还能怎么办？

看着周丞相愁眉苦脸的模样，容淮只觉得晦气，但到底还记得他的身份，忍下了心中的怒火，沉声道：“现在说这些也来不及了，舅公，你还是说说看该怎么办吧。”

周丞相苦笑道：“事已至此，还能怎么办？打蛇不死必受其害，既然已经到了这个地步……除了你死我活也没有别的路可走了。殿下派去彭城的人到底回来了没有？”

容淮点头道：“回来了。据前去暗访的人说，父王本来已经拿到了皇祖父要的九霄仙芝准备赶回京城了。原本他并没有跟容瑄一道走，最后却不知怎么变成了容瑄和父王一起遇袭，而且……还只有容瑄一个人回来了！”

说到最后，容淮已经咬牙切齿了。

虽然西越帝早早将这件案子给了结了，但是秦王府不可能这么轻易就放过容瑄而让容璜死得不明不白，自然暗中派了不少人去继续追查。

“我父王必定是为容瑄所害，说不定……连皇祖父的九霄仙芝也在他的手中！”容淮一拍桌面沉声道。

周丞相心中一动，抬眼看向容淮。

容淮问道：“舅公有什么话说？”

周丞相凝眉道：“九霄仙芝……如果陛下知道九霄仙芝在庄王手中……”

容淮皱目道：“这只是我们的怀疑，只怕拿不出证据。”

周丞相皱眉道：“怀疑就够了，我们能够这样怀疑，难道陛下就不会？你觉得陛下当初为什么同时派两位皇子去寻找九霄仙芝？”

容淮疑惑地看着他，周丞相淡淡道：“自然是怕派去的人悄悄私吞了九霄仙芝。虽然你我都知道，得到九霄仙芝立刻献给陛下的好处，但是或许在陛下的眼中……九霄仙芝的用处远比陛下给的赏赐重要得多。”

容淮不解，问道：“这是为何？”

九霄仙芝固然能够延年益寿，甚至将武功平平的人变成绝世高手。但是，对于他们这些皇族来说，绝世高手的吸引力其实并不太大，九霄仙芝再名贵也不能真的让人长生不老。

周丞相沉声道："陛下今年已经六十八了，这个年纪的老人……都怕死。这种感觉，绝不是王爷这样三十出头的人能够理解的。"

容淮心中一震，西越帝太过高高在上、太过冷厉无情，以至于很多时候容淮都会忘记那高高的龙椅上坐着的是一个年近七十的老人。西越帝……没有几年好活了。这个想法，不知怎的让容淮突然心跳加快了许多。

容淮有些艰难地掩去了心中突然的妄动，凝视着周丞相道："舅公的意思是说，咱们旧事重提……将这件事捅到皇祖父跟前去？"

周丞相沉默了良久，沉声道："赌一次。"

由不得秦王不赌，这一次秦王仓促出手对付庄王，根本就没有什么准备。周丞相很清楚，秦王根本就不是老练的庄王的对手。更何况，这一次庄王的身后绝不止庄王一个人。

"好！"容淮点头，自信地笑道。

他眼中闪动着傲然的光彩，仿佛已经看到了容瑄落败，自己光明正大地傲立在朝堂上的一幕。

容淮送走了周丞相，书房里间走出来一个人。

男子容貌俊雅、身形修长，隐隐有尊贵的王侯之相，只是他眼中的那一丝阴鸷破坏了他原本应该温和的气质。

容淮抬眼看了男子一眼，沉声道："刚刚本王跟舅公的话，你都听到了？"

男子含笑道："自然是听到了，多谢秦王信任。"

容淮傲然道："你是平湖郡主的夫婿，便是本王的妹夫，莫要辜负了本王的信任。"

男子，正是被封为安顺郡王的现任药王谷谷主慕容煜。

慕容煜看着容淮道："秦王想要在下怎么做？"

容淮眼中闪过一丝冷意，道："舅公说得虽然好听，但是本王知道舅公其实根本不看好本王。若是皇祖父依然偏帮容瑄，只怕咱们确实是扳不倒容瑄，毕竟……他身后，还有南宫家。"

"秦王的意思是？"

"既然如此……那就一不做二不休……"容淮冷冷地道。

慕容煜似乎并不惊讶容淮有这样的想法，只是挑眉道："秦王想要杀了庄王？只是在这天子脚下……只怕不太容易。"

容淮盯着他道："所以，本王才找你。"

慕容煜的另一个身份是药王谷谷主。药王谷里什么最多？自然是各种药，也包括毒药，其中自然也不乏无色无味的毒药。

慕容煜沉默了良久，方才问道：“秦王决定了吗？庄王……可是你的亲叔父。”

容淮冷笑道：“我父王还是他亲大哥呢！本王为父报仇，有什么错？”

慕容煜点头道：“王爷说得对。在下……会替王爷准备。”

容琰悠然地坐在端王府的凉亭里品茶，跟前不远处站着一个恭敬地低着头看不清面目的灰衣男子。容琰淡淡道：“你回去吧，本王知道了。”

灰衣男子犹豫了一下，低声问道：“王爷，这事……要不要提醒庄王一声？”

容琰温和的脸上露出一丝嘲讽的笑意，淡然道：“不必了，二哥……哪儿那么容易就中了容淮的道儿？”

若是真的能够死了，倒也干净！

察觉到主子的不悦，灰衣男子心中一惊，连忙道：“属下遵命，属下告退。”

“去吧。”容琰道。

片刻后，幽静的凉亭里便只剩下容琰一个人了。容琰打量着手中精致温润的玉杯，唇边勾起一丝冷漠的笑意，道：“大哥，你这个儿子……还真是让弟弟刮目相看。”

“容淮打算毒死容瑄？！”

豫王府里，容瑾俊美的脸上难得多了几分惊诧之意。

沐清漪坐在一边，低头看着手中刚刚送到的消息，有些无奈地道：“这有什么好奇怪的？皇室中人不就是你杀我、我杀你的吗？”

容瑾扶着脑门儿，懒洋洋地道：“容淮的脑子是不是坏掉了？古往今来有几个皇子当真是被人毒死的？”

如果毒真的那么好用，大家都下毒不就行了，何必还要钩心斗角？

这还没开始动手消息就已经传到自己这儿来了，容瑾不得不相信，这会儿知道这个消息的人已经不少了。这个容淮……手段比起他父亲容璜来只怕还要差好远，身边被人埋了钉子居然全无察觉。

容瑾扯过沐清漪手中的信函，顺手将人也拉到了自己跟前一起看信，皱眉道：“之前打算用彭城的事情来对付容瑄，这法子不是挺好的吗？怎么突然又想毒杀了？如果没杀死容瑄，就算容淮有天大的理由，都要倒大霉了。”

身为侄子却要毒害叔叔，就算是西越帝还能容他，满朝文武也容不得他了。只可惜容淮不知道，现在彭城早就被冯止水暗中掌控了，容淮查到的那些消息都是别人想要给他的罢了。

沐清漪挑眉，淡淡道：“或许是等不及了吧？秦王太过心急了。”

容瑾随手将手中的信笺一挥，愉悦地在沐清漪眉心落下一吻，笑道：“既然如此，咱们就安心地等待容淮的处理吧。”

沐清漪有些慵懒地靠在他身边，淡淡道：“只怕不只是容淮。”

容瑾眼眸一沉，轻哼一声，淡淡道：“容琰。”

沐清漪笑道：“其实……我一直觉得容琰很像一个人。”

容瑾挑眉，沐清漪道：“慕容煜。”

容琰确实很像慕容煜，同样是生母出身平平，同样是能力颇佳。不同的是西越没有风光无比的太子，没有显赫无比的顾家，也没有一个傻傻的顾云歌。

所以容琰只能靠自己的努力，才得到了如今的地位和权势，看上去倒是比慕容煜靠着太子和顾家强大起来更让人欣赏几分，也更加让人忌惮几分。

容瑾垂眸，细密的睫毛掩住了眸中的寒意，暗暗道：“容琰吗？呵呵……他想要螳螂捕蝉黄雀在后，却未必所有人都能够如他所愿。”

沐清漪含笑道：“九爷有什么想法？”

容瑾偏着头，微笑着望着她清丽的容颜，道：“容瑄虽然很讨厌，但是……总算还是本王的二哥。提醒他一声也算是本王尽到了做兄弟的情义。至于那个慕容煜……还是早些去死吧。万一年底还活着，本王岂不是要失信于夏兄了。”

沐清漪茫然，问道：“这又跟慕容煜有什么关系？”

容瑾轻哼道：“若不是慕容煜暗中挑唆，容淮那种脑袋怎么想得出来毒杀容瑄这种法子？就算他真想杀容瑄，皇城里的毒药就那么几种，除非当面塞进容瑄嘴里，不然他能毒死谁啊？”

沐清漪垂眸沉思了片刻，以慕容煜的城府是绝对不可能真的效忠容淮的，那么慕容煜挑唆容淮对容瑄下毒，只怕还真是存着将秦王府和庄王府一锅端了的打算。这样一来，最后占便宜的自然是……容琰，还有容璋。

为了不刺激容瑾，沐清漪没有提起容璋，只是笑道：“端王果然好手段，难得的是，慕容煜和药王谷居然真的能为他所用。”

容瑾冷笑道：“慕容煜为他所用是真，药王谷到底是为谁所用只怕还不好说。”

沐清漪看着容瑾瞬间阴沉下来的脸，低声一笑，抬手揉了揉他俊美精致的脸颊，笑道：“药王谷为谁所用，跟咱们有什么关系？只要跟咱们没有冲突就好了，不是吗？”

容瑾轻哼一声，算是认同了沐清漪的话。

自从容瑾的身体好起来了，容璋没有再派人来打扰过他们，也没有再对容瑾的事情指手画脚，倒是让容瑾原本的怒气渐渐平息了下来，然后顺理成章地将这件事丢到了脑后。

沐清漪也没有笑话容瑾这明显且难得的鸵鸟行为，这些事情本身就是剪不断理还乱的，既然理不清便不去理它便是。

“清清让人去通知南宫翼一声吧，药王谷的毒确实不简单，免得容瑄当真一不小心被容淮弄死了。”容瑾不自在地道。

“我知道了。”沐清漪浅笑道，“回头便让玉堂派人去。”

“哼，本王最讨厌别人多事了！他想让容瑄死，本王偏要容瑄活！”容瑾傲娇地道。

沐清漪低头偷笑不止。

收到沐清漪的消息后，南宫家和容瑄如何恼怒，外人自不可知，但是第二天的早朝上容瑄的脸色确实是前所未见地难看。

朝堂上，沐清漪站在三品文官中间靠后的一个不起眼的位置上，趁着西越帝还没有到，悠然自在地观察着殿中的众人。南宫翼是跟着南宫绝和容瑄一起进来的，只是南宫绝一脸冷肃凛然，多年下来殿中众人也习惯了。但是一向虽威严却还算和气的庄王居然也杀气腾腾的，就不免让一些胆小的官员悄悄地往后缩了缩，心中暗暗揣测今天是不是有什么事情要发生。

走在容瑄身边的南宫翼朝着沐清漪微微点了点头以示谢意，沐清漪脸色云淡风轻，心中却默默翻了个白眼：想要拉她下水也不要做得太直白了，就算豫王府不报信给容瑄，容瑄自己未必就真的查不到。

“九弟。”

十分难得，早朝上居然有人主动跟豫王殿下打招呼。更奇怪的是，豫王殿下居然没有张嘴嘲讽挤对。虽然态度略显傲慢，但是豫王还是微微点了下头，算是对庄王的回应。

殿中众人不由得暗暗吸了口凉气。所谓反常必有妖，再想起这些天庄王党和秦王党在朝堂上斗得你死我活，难道……今天又要发生什么大事了？对此情形，旁边的皇子们自然也是心思各异，只是此时谁都没有心思说话。倒是沐清漪跟前的众位官员忍不住趁机上前打探消息，道：“顾大人，王爷今天……”

“嗯？”沐清漪秀气的眉毛微微一挑，笑道，“何大人说哪位王爷？”

那留着长长胡须的官员赔笑道：“自然是豫王殿下。”

“豫王殿下怎么了？”沐清漪问道。

那何大人小心地道：“这个……豫王殿下今儿好像有些不太一样。”

沐清漪抬眼扫了一眼站在前方的容瑾，他还是一脸的桀骜和阴鸷，唯一不同的大概就是往日里阴郁无聊的眼神今儿变得有耐性多了。沐清漪敢打赌那眼神里带着看好戏的期待和对某人即将到来的悲惨命运的幸灾乐祸。

“啊，这个嘛……”看着周围的官员都小心地竖起耳朵听，沐清漪淡淡一笑，道，“大概是今儿豫王殿下心情好吧。”

看到有人要倒霉，心情能不好吗？都是三品官，南宫翼站得离沐清漪并不远，沐清漪的话他自然也听在了耳里。看到周围的人一脸失望之色，南宫翼含笑看了沐清漪一眼，低声道："顾大人今天心情也不错。"

"尚可。"沐清漪淡淡道。

庄王府和豫王府关系果然不浅，不仅豫王肯给庄王面子，顾流云和南宫翼的交情似乎也不错。只是……这到底是什么时候发生的事情呢？所有人百思不得其解的同时又暗暗担心这样的变化会对即将到来的局势产生什么影响。沐清漪却在心中暗笑，这些人自然不会知道这是什么时候发生的变化，因为许多变化往往就发生在容瑾的一念之间。

"循王殿下到！"

门外一声通禀，众人又是一愣。和豫王以前的情况差不多，循王容璋已经有近二十年没有上过朝了，朝臣们也只偶尔在宫中的大型宴会上才能远远看一眼这位曾经也算得上叱咤一时的三皇子。二十年来，众人早已经习惯了这样一位游离于朝堂之外、苍白而虚弱的三皇子。今天到底是什么日子，就连这位也来了？

片刻后，在众人的注目下，依然脸色苍白、消瘦的容璋穿着一身白色的银龙朝服走了进来。白色绣银纹的朝服穿在他身上更加衬出整个人的虚弱，仿佛风一吹便能将他吹倒一般。

"三弟。"

"三哥……"

众皇子连忙上前见礼，容璋虽然多年不理朝政，但他到底是皇子，而且还是皇子中排行靠前的皇子。如今西越皇家除了一个容瑄以外，其余的皇子、公主都要称呼他一声"三哥"。

容璋点点头，道："二哥、四弟、五弟、六弟……"六皇子以后的皇子年纪都比较小，基本上跟容璋不熟，容璋也就不一一打招呼，只是微微点头道，"各位兄弟来得早。"

容琰犹豫了一下，问出了众人都有些好奇的事情："三哥……身体好些了吗？怎么今天来上朝了？"

容璋笑道："还是老样子。不过是……淮儿派人来跟我说今儿有事要说，要我这个皇叔也一起来听听，所以昨儿我才让人给父皇递了折子，今天就来凑个热闹了。"

众人齐刷刷地看向容淮。容淮却是一脸没事人的模样，傲然道："不错，正是本王请三皇叔来的。"

"真是胡闹。"容琰摇摇头，看着容淮责备道，"三哥身体不好，有什么大不了的事情要劳烦他？"

容淮冷冷一笑，道："不过是请三叔来这儿站一会儿，也不是什么劳神的事情。至于是什么事……一会儿四叔你就知道了。"

容琰摇摇头，没再说话。

"陛下驾到！"随着一声尖细的呼声，着一身明黄龙袍的西越帝从殿后走了出来。

“臣等恭迎陛下！”殿中群臣齐声跪拜。

这一次，西越帝却并没有如往日一般让他们平身，而是停顿了片刻。蒋斌有些担心，低声提醒道：“陛下？”

西越帝方才回过神来，淡淡道：“平身吧。”

“谢陛下。”众人谢恩起身。

西越帝的目光习惯性地先从容瑾身上扫过，很快就落在了更前面的人——循王容璋身上。

算来，西越帝已经有整整二十年没有仔细看过这个儿子了。虽然贵为天子自觉做任何事情都是理所当然的，但是梅妃的事情，西越帝自己也知道做得不地道。

因此，对于容璋这个儿子，西越帝一直就怀着眼不见为净的心思，而容璋也很识趣，这些年一直都病着。即使偶尔参加宫中的宴会，他也永远都沉默而低调地垂着头，西越帝自然也就乐得不去看他。

现在西越帝突然看清楚了，才发现这个当年风度翩翩的儿子如今竟然也已经是一个年过不惑，看上去比真实年纪更苍老的中年人了。

“循王，身体可好了？”西越帝沉声问道。

容璋出列，恭敬地垂眸道：“多谢父皇挂心，儿臣一切安好。”

西越帝点点头，道：“好了就好。”

大殿中的群臣齐齐垂下头，梅妃的事情虽然已经过了二十年，整个朝堂也被西越帝折腾过不止一次，但是二十年前的老臣也不是没有，整个大殿中的气氛总是有些古怪和别扭。

西越帝显然并不太喜欢这种气氛，淡然地看了旁边的蒋斌一眼，蒋斌会意，尖声道：“有事早奏，无事退朝。”

众人这才回过神来，连忙一一上前禀告各自需要西越帝决断的事情。

沐清漪依然一如往常地站在人群里当木头人。奉天府的事情虽然不少，但是严重到需要惊动天听的当真不多。至少沐清漪上任以来京城还没有发生过什么不可控的大事。于是，沐清漪上朝的大多数时间都是听朝臣皇子、王爷们说话。

“既然没事了，就退朝吧。”见底下的朝臣们没有什么要再说的，西越帝挥挥手沉声道。

“启禀陛下，臣……还有本要奏！”文官最前方穿着正一品朝服的周丞相颤巍巍地走了出来，高声道。

西越帝眼眸一沉，淡淡地看着他道：“哦？所为何事？”

周丞相往殿中一跪，高声道：“老臣，告……庄王杀害悼恭太子！”

此话一出，朝堂上一片震惊。谋害悼恭太子这个罪名跟前些天两班人马吵吵闹闹罗织的各种罪名可不一样，这若是查实了，就是诛九族的重罪。当然，庄王出身皇室，九族肯定是诛不了的，但是庄王府上下连带着南宫家只怕都要完了。

果然，周丞相话音刚落，南宫绝就站了出来，横眉怒斥道："周文彬，你不要血口喷人！"

到了这个地步，不是你死就是我亡，自然谁都不会再退让半步。

周丞相傲然道："是不是血口喷人，陛下自有公断。"

西越帝皱了皱眉，轻咳了一声，沉声问道："你说庄王谋害悼恭太子，有何凭证？"

周丞相从袖中取出一份折子，恭敬地呈上，道："这是微臣派人暗中去彭城查访到的证据，请陛下过目。那一日，悼恭太子身边的侍卫虽然全数尽忠而死，但是彭城的人没死完，自然会留下蛛丝马迹，想必庄王也没那个本事将整个彭城的人都灭了口！"

容瑄脸色阴沉，却并不开口辩解。蒋斌小心翼翼地走下殿阶，接过周丞相手中的折子快步走回了西越帝跟前。西越帝接过折子扫了一眼，脸色更加阴沉起来，冷漠地扫了容瑄一眼，道："庄王，你有何解释？"

容瑄只觉得心中一寒，垂眸道："儿臣冤枉，请父皇明察。"

"冤枉？"西越帝冷哼一声，道，"悼恭太子过世之前已经拿到了九霄仙芝准备暗中启程回京，可对？"

容瑄道："儿臣不知。"

"好一个不知。"西越帝冷漠地盯着殿下的容瑄，沉声道，"既然悼恭太子打算带着人单独回京，你又为什么会跟他一起遇到刺杀？"

既然已经拿到了九霄仙芝，容璜当然会想独享这份功劳，怎么会愿意让容瑄来分一杯羹？

容瑄抬起头来，望着西越帝道："父皇……也是在怀疑儿臣杀害了大哥吗？"

西越帝默然无语。

容瑄却觉得心中一沉，他或许确实对容璜有过杀意，容璜却当真并不是为他所杀，他的父皇却并不愿意相信他的话。

"陛下，庄王殿下素来诚孝，绝对不会做出如此大逆不道之事，请陛下明察。"庄王一系的人连忙齐声道。

他们都知道，如果今天庄王倒霉了，那么他们谁也得不了好。

在场的其他皇子，不管是与容瑄交好的，还是与容瑄关系不睦的也都跟着求情："请父皇明察。"

只有身为秦王的容准一脸义愤填膺，同样掀起衣摆往地上一跪，道："请皇祖父为父王做主！"

看着众人在殿中喧哗，西越帝疲惫地皱了皱眉。到底已经是年近七十的老人了，本身这两天精神就不太好，被这喧闹嘈杂的声音一扰，他更觉头痛欲裂、心烦意乱。

"闭嘴！"西越帝沉声怒斥，盯着周丞相道："这折子上说得虽然有道理，但多是推测之词，证据何在？”

周丞相咬牙道：“微臣虽然没有找到物证，却有人证！”

大殿上又是一阵惊呼，众人只听周丞相道：“悼恭太子的侍卫都死了，庄王殿下的侍卫却还有几个活着的。有一人因惧怕被庄王灭口而逃走，走投无路之下便投到了老臣府上，请陛下做主。”

西越帝沉声道：“让他上殿来。”

“是，陛下。”周丞相大喜。

若不是有这样一张王牌，他怎么敢贸然在大殿上告庄王谋杀太子？要知道，谋害太子固然是罪不可恕，但诬陷皇子的罪责同样不轻。

不多时，一个穿着寻常布衣的青年男子便被宫中的侍卫带了上来。南宫翼和南宫绝的脸色却都是微变，显然认识这个青年男子。

“殿下何人？”西越帝眯眼问道。

那青年男子有些惊惧地望了一眼殿中的众人，在看到站在一边垂眸不语的容瑄时更是微微瑟缩了一下。听到西越帝的声音，那人扑通一声跪在地上，道：“小人……小人樊高，本是庄王殿下府上的侍卫。”

西越帝眯眼道：“庄王府上的侍卫？那你又为何在此？”

那青年男子颤声道：“陛下饶命，小人……小人是为了躲避庄王殿下的追杀，才……才躲进了周丞相府。周丞相说只要向陛下揭露了庄王的罪行，小的便能保全性命。所以，小人才……”

“你要揭露庄王什么罪行？”西越帝问道。

青年男子颤声道：“去年小人跟随庄王殿下一起去了彭城。悼恭太子死的那天晚上……庄王殿下带着我们一起在树林里截住了准备回京的悼恭太子。然后……庄王便跟悼恭太子争执起来了，最后就动起手来……所有人都打成了一团，然后……然后……”

“然后容瑄就杀了我父王，是不是？”容淮忍不住站起身来，盯着那青年男子厉声道。

青年男子身子微微一颤，避开了容淮的眼睛，低声道：“然后……悼恭太子就死了……”

虽然没有直说是庄王杀了悼恭太子，但是听在众人的耳朵里也差不多了。

“血口喷人！”南宫翼忍不住站出来，沉声道，“你身为庄王府的侍卫，庄王待你不薄，你却在朝堂上反咬他一口，欲陷庄王于死地，你这种忘恩负义之辈的话，岂能尽信？请陛下明察，这背主之人所言根本不足为信。”

周丞相冷笑道：“蝼蚁尚且贪生，庄王做下如此大逆不道之事想要杀人灭口，难道还不许别人求生？”

“灭口？”南宫翼挑眉道，“谁灭口？庄王殿下带去的侍卫也不过三四人活着返回了京城。如今除了这个背主的奴才以外可都还好好地在庄王府里待着呢。周丞相红口白牙地诬赖庄王灭口，难道不是想要置庄王于死地？”

庄王府跟别的王府略有不同，容瑄的贴身侍卫都是由南宫绝亲自挑选的南宫家最可靠的亲兵，几乎不可能背叛容瑄。何况，容瑱的死大家都担着干系，真传出什么对容瑄不利的消息，对他们也没有好处。因此，容瑄自然也不会做那种事后灭口的事情，既惹人怀疑，也让自己身边的人心寒。

周丞相语塞，他们确实拿不出容瑄灭口的证据，但是自彭城回来之后也确实没有人再见过那些侍卫，就是这一个还是好不容易才找到的。南宫翼朝着上方的西越帝一拱手，道：“陛下，臣恳请宣庄王殿下当初带去彭城的侍卫上殿对质。”

吵吵闹闹了一早上，西越帝实在是有些烦躁了。他皱眉道：“将人带进殿来，所有皇子留下，其他人该干什么干什么去！”

“臣等告退。”朝臣们暗暗松了口气。

皇家的戏确实是精彩绝伦，但是也要有那个命看。沐清漪原本也想跟着退出去，却听到殿上的西越帝沉声道：“奉天府尹留下。”

于是，沐清漪愣了一下只得摸摸鼻子站在了原地。等到满殿的朝臣都退了出去，原本还显得有些拥挤的大殿顿时变得空旷起来了。沐清漪默默地看着这满殿的蟒袍、锦衣、玉带的皇子龙孙和被西越帝留下的几位位高权重的朝臣，整个大殿上只剩下自己和南宫翼穿着绯红色的三品文官朝服。她摸摸鼻子，便走到了南宫翼身边站着。

“子清，过来。”旁边的容瑾挑了挑眉，愉悦地朝沐清漪招手。

沐清漪不为所动，她还没疯到在这金銮大殿西越帝的眼皮子底下跟容瑾胡闹。

殿上的西越帝叹了口气，沉声道：“赐座。都坐吧，朕看着都累！”

蒋斌机灵地指挥小太监搬来了椅子给各位皇子、王爷，就连沐清漪和南宫翼都有幸得到了一个座位。只是容瑾放着自己最前头的位置不坐，指使小太监又搬了一把椅子放到沐清漪身边，就在她旁边稳稳地坐了下来，还得意地朝沐清漪挑了挑眉。

你不来找我，我就来找你。

西越帝坐在上边，自然将下面众人的神色以及容瑾这些小动作看在眼里，却也不理会，只是一贯地纵容。只是他在看向容璋的时候，冷峻的眼眸里多了几分深思，却也掩盖在了那冕旒之下。

大殿里的人并不少，却是一片令人窒息的沉寂。所有人都默然无声地打量着身边的人，容淮的神色更加紧绷阴沉，反倒是被指控的容瑄要冷静沉着得多。就在容瑾昏昏欲睡的时候，庄王府的证人被带来了。同样是三个青年男子，只是比起周丞相带上来的那个，这三人要显得沉着得多。

“叩见陛下，见过各位王爷。”

西越帝有些不耐烦地一挥手，问道：“这人告庄王谋杀悼恭太子，可属实？”

三个青年男子连忙喊冤，同时不忘怒斥那先来的青年男子背主求荣。

周丞相一看不好，连忙打断了他们，道：“启禀陛下，谁能证明这三个人便是当初跟着庄王去彭城的人？更何况，这三个人都是庄王的心腹，难保不会为庄王做伪证。”

旁边，南宫翼冷笑一声，道：“说得好！那请问周丞相，谁能证明你带来的这个人当初就是跟着庄王去彭城的？更何况……他卖主求荣诬陷庄王殿下也不足为奇。”

“你……强词夺理！”周丞相怒道。

南宫翼只是冷笑不语。

“周相、南宫大人，咱们不如先听听这几个证人的说辞？”坐在一边的容琰皱眉道。

容琰发话，两人自然也不再争执。何况大殿之上，虽然西越帝没怎么说话，但是众人都很清楚此时他的心情绝对不太好。

几个年轻侍卫这才你一言我一语地将自己知道的事情说了一遍，无外乎当初在彭城的时候两位王爷如何和睦，之后彭城大乱两位王爷不幸遇刺云云。末了，一个侍卫还冲着那先来的青年男子怒骂道：“王爷对你恩重如山，你背叛王爷另投他主也就罢了，居然还敢诬陷王爷，周家到底给了你多少好处？”

那青年男子浑身发抖，低着头不肯说话，仿佛也是羞愧至极。

周丞相被气得直吹胡子，道：“放肆！你们休得胡说八道！”

那青年男子似乎终于受不了了，猛地抬起头来朝着容瑄磕了几个响头，道：“王爷对属下恩重如山，属下今日如此做……实在是猪狗不如，但属下也是迫不得已，是……是秦王派人绑了属下的妻儿。今日如此，属下再也没有颜面见家中的妻儿，属下今日便一死以谢王爷！”

这人之前看着一副懦弱的模样，这会儿竟然异常干脆。他一抬手直接往自己的脑门儿上一拍，击碎了天灵盖，七窍流血倒在了地上。

沐清漪的明眸平静地扫过在场的每一个人。除了周丞相和容淮满脸的诧异和震惊以外，别人的神色都显得有些模糊。在场这么多高手，如果说拦不住一个武功不错的侍卫自戕那是笑话，特别是武功盖世的南宫绝就站在距离那青年男子几步远的地方。离他最近的周丞相本就是文人，被这突然的变化惊得有些回不过神来。

大殿里一片凝重，许久，西越帝才挥挥手示意殿中的侍卫将人抬下去。他威严的龙目一扫殿中众人，沉声道：“秦王，你现在还有何话说？”

容淮腿一软，连忙跪倒在地上，道：“皇祖父……孙儿、孙儿冤枉，那奴才胡说八道！”

“陛下明鉴……此事、此事……”周丞相也有些慌神了，脑子转得飞快，但是一时半刻也不知道要陛下明鉴什么。

人是他们找来的，状是他们先告的，现在证人当场翻供自杀，他们还能怎么办？

西越帝冷哼一声，沉声道：“秦王年纪轻不懂事，难道你也不懂事？绑人妻儿，威胁他人做伪证，诬陷亲叔叔，好……这就是朕的好皇孙！朕的好丞相！”

听着西越帝愠怒的声音，周丞相也跟着软倒在地上，完了……都完了……

“父皇息怒！”众皇子也吓得不轻，连忙跪下请罪。

“息怒！朕息不了怒！气死了朕你们就高兴了是不是？”西越帝冷笑道，“可惜，朕没那么容易就死！”

他容慕天是什么人，上半辈子从十几个皇子中脱颖而出夺得帝位、纵横天下，下半辈子即使为所欲为，天下人也只能对他俯首帖耳、噤若寒蝉。这世上谁也别想让他不高兴，谁让他不高兴他就能让谁死无葬身之地。

“陛下，不好了！”殿外传来太监焦急惊惶的声音。

西越帝一怔，冷声道：“说！”

殿外的小太监趴在地上，颤抖着道：“皇后娘娘……皇后娘娘要杀德妃娘娘！”

“什么？”众人又是一惊，原本还算镇定的容瑄也变了脸色。

小太监道：“皇后娘娘……听说是庄王殿下害死了悼恭太子，说是要杀了德妃娘娘为悼恭太子报仇，德妃娘娘宫里的宫女们……不敢拦皇后娘娘……”

“父皇，儿臣先行告退！”不等小太监说完，容瑄沉声道，也不等西越帝同意便转身冲出了大殿往后宫而去了。

南宫绝和南宫翼此时哪儿还有工夫管周丞相和容淮，能做的他们都做了，要怎么处置就是西越帝的事情了。南宫绝也跟着道：“陛下，臣恳请……”

西越帝挥手道：“去吧。”

南宫绝和南宫翼也出了大殿。

西越帝高高在上盯着跪在殿中的容淮和周丞相，两人的脸上已经是一片煞白。皇后要杀德妃，这件事无论成与不成皇后都是不占理的，只怕他们连最后能够翻身的一张底牌都要失去了。

“皇后要杀德妃？”西越帝淡淡挑眉道，“她倒是会挑时间。”

那个蠢女人，怕是被别人利用了都不知道，西越帝眼中闪过不屑。后宫里那些女人谁先杀谁、谁爱杀谁，他都没有兴趣理会，死光了才干净。只是……他垂眸扫了一眼底下的皇子，这些儿子倒都是长本事了，不知道这件事又是谁的手笔。

“这件事，你们怎么看？”西越帝淡淡道。

众人对视了一眼，还是由除了容瑄以外年纪最长的容琰先发言：“母后素来慈爱恭顺，这次的事情只怕是有什么误会，还请父皇明察。”

西越帝平静地看着他道：“若是庄王去晚了，德妃已经死了又该如何？”

“这……”被西越帝冷淡的眼眸看得心中一凉，容琰连忙垂首低声道，“子不言父母之过，一切由父皇定夺。”

西越帝微微点头，似笑非笑地道：“你倒是个孝顺的。”

容琰也不明白西越帝这话到底是什么意思，此时在殿上也不敢胡思乱想，只得恭敬地垂手而立。

“瑾儿，你怎么看？”西越帝看向坐在一边靠着椅子闭目养神的容瑾。

容瑾身体不好，气色一直也比不得其他皇子康健。他歪在椅子里昏昏欲睡的模样倒真像是大病初愈，让人不忍苛责。

容瑾慢慢睁开眼睛，道：“儿臣不知。”

“不知？”西越帝挑眉道。

容瑾慢吞吞地道：“儿臣不知皇后为什么要杀德妃，也不知道德妃现在死了没有，父皇要儿臣说什么？”

西越帝盯着他半晌，突然朗声一笑，道：“瑾儿所言不错，既然如此，就去看看德妃到底如何了吧。”西越帝站起身来，瞥了一眼跪在地上的容淮和周丞相道：“你们也跟朕一起去看看。”

“是，陛下。”

扶着蒋斌的手，西越帝起身转进后殿去了。看着他如此模样，在场的皇子无不感到心口冰凉。德妃和皇后……到底是陪伴了父皇四十多年的人啊。没想到他居然能够无情至此……

一行人赶到德妃南宫娴的宫殿时，内外已经是一片哗然，众人跟在西越帝身后进入正殿中看到的便是这一团乱的情形。

德妃歪在殿中的坐榻上，生死不知。皇后傲然坐在一边，虽然仪表有些凌乱，却依然维持着她一国之母的高傲和尊荣，只是在看到西越帝时脸上才多了一丝变化。

“父皇……”看到西越帝进来，容瑄闭了闭眼上前见礼，脸上却犹如死灰。已经年过不惑的中年男子此时也忍不住红了眼，道，“父皇，母妃……”

西越帝抬手制止了他，看向南宫绝。南宫绝闭了闭眼，面带哀痛，道：“启禀陛下，臣等来迟了一步，德妃娘娘已经……”

“死了！”南宫绝还没说完，坐在旁边的皇后突然尖声叫道，然后她指着坐榻上的南宫娴痴痴地笑了起来。

皇后本身就已经年过六十了，从前保养有方看上去也不过四五十岁，如今才不过几个月，她竟然已经是满头白发，像是年过古稀，比西越帝还要苍老得多。

此时，她眼中也全没了往日对西越帝的幽怨和畏惧，只是笑嘻嘻地看着众人，眼中充满了疯狂的快意，大叫道：“这个贱人死了！本宫的皇儿死了，本宫要这个贱人陪葬！容瑄，你杀了本宫的皇儿，南宫娴这个贱人的死就是你的报应！死得好……哈哈……”

“本王没有杀容瑱！”容瑄含恨盯着有些疯癫的皇后，斩钉截铁地道，“但是……皇后娘娘杀了本王的母妃却是所有人都看到的事实！”

杀母之仇不共戴天，到了此时容瑄也不愿再称呼皇后为母后了。

“你敢不承认？！”皇后扑上前来就想要抓容瑄的脸，自然被守在一边的南宫翼隔开了，皇后尖叫道，“容瑄，你这个小人！你害死本宫的皇儿，本宫只恨身在深宫，不能亲手杀了你为皇儿报仇！你去死……”

“够了，将他们带上来！”西越帝冷冷地看着眼前的混乱，走到一边坐下。

容淮和周丞相两人很快被带了上来，看到弟弟和孙儿，皇后终于冷静了一些，愣了一愣道：“淮儿，你们怎么在这里？”

西越帝冷笑一声，道：“他们怎么在这里？秦王和周文彬在朝堂上诬告庄王谋害悼恭太子，你就在宫里毒杀皇妃，真是好大的胆子！”

“诬陷？”皇后怔了怔，尖叫道，“不是诬陷！就是容瑄杀了本宫的皇儿，就是他！”

“证据呢？你又有什么证据？还是秦王又绑架了庄王府的哪个侍卫的家人，威胁人家做人证？”西越帝冷笑道。

“什……什么？”皇后脸色白了白，原本混乱癫狂的眼眸倒是渐渐恢复了一些清明，“不，不是的……陛下明察……”

西越帝盯着皇后道：“你身为国母，不知贤惠淑德，仅凭捕风捉影的传言就敢毒杀皇妃，你还当这个皇后做什么？！来人，收了皇后的凤印，从此刻起夺其皇后之位！”

“是，陛下。”西越帝身后，蒋斌恭声领命，转身出门派人到皇后的宫中取凤印去了。

“不……”皇后身子一软跌倒在地上，脑子里一片空白，她甚至有些想不起来自己怎么会一时冲动就毒杀了南宫娴。现在……现在该怎么办？

“父皇。”容瑄突然上前一步，跪倒在殿中。

西越帝盯着容瑄，冷冷地问道：“你还想要说什么？”

容瑄咬牙道：“请父皇为母妃做主！”

容瑄身后，南宫绝和南宫翼双双跪倒在西越帝跟前，道：“请陛下为德妃娘娘做主！”

长长的冕旒下的西越帝的脸晦暗不明，他只是冰冷地道：“你的意思是说，要皇后为德妃偿命？”

容瑄挺直了背，毫不闪避地与西越帝对视，道：“如果儿臣真的杀了大哥，儿臣愿意为大哥偿命。但是母妃……母妃陪伴了父皇四十余年，从未有半分逾越，还请父皇看在母妃没有功劳也有苦劳的分儿上，给母妃一个公道！”

说罢，容瑄重重地朝着西越帝磕了三个响头，抬起头时额头上已经一片青紫。

西越帝轻哼一声，沉声道：“也罢，皇后……不，庶人周氏，打入冷宫，永不可赦！”

“皇祖父……”

“陛下……”

西越帝打断想要求情的容淮和周丞相，道：“还有你们，周文彬，诬陷庄王，罪不可恕，罢黜左相之位。秦王，不敬叔父，不孝不悌，废秦王之位贬为负恩侯。”

“陛下……臣妾冤枉……陛下，淮儿是你的长孙啊。”皇后终于慌乱了，泪如雨下，哀泣道。

负恩侯……这样的封号，与其说是封号，还不如说是明晃晃的羞辱。这也代表着，容淮已经彻底没有希望了。任何一个被帝王赐予这样封号的皇室中人都永远不会有东山再起的机会了。负恩……辜负皇恩。秦王，西越帝这个第一个参政的皇孙、悼恭太子的嫡子，在朝堂上活跃了才不过几个月，就以这样不光彩的结局落幕了。绝色美人都不能让西越帝的铁石心肠动摇片刻，年过花甲的皇后自然也不能。西越帝冷酷地挥手，道：“拉下去，朕不想见到他们了。”

候在殿外的侍卫上前来想拉走皇后等人，皇后自然不愿意认命，死命挣扎着。周丞相脸色如土，一瞬间仿佛老了十几岁。他望了一眼殿中神色默然的皇子们，终于叹了口气，道：“大姐，不要说了……咱们被人利用了……”

直到此时，万事皆空，周丞相反而能够厘清其中的关系。

皇后顿时愣住了，旁边的侍卫趁机一把抓住她往外面拉去。被侍卫钳制着无法动弹，皇后目光狠戾地瞪着跪在地上的容瑄，厉声叫道：“容瑄，本宫诅咒你，诅咒你和南宫家满门都不得好死！”

皇后的叫声渐渐远去，隐隐还有声音传进殿里来：“容瑄……你不得好死……”

跪在南宫绝身边的南宫翼突然打了个寒战，眼中更多了几分复杂的神色。

“现在你满意了？你们……都满意了？”西越帝环视着殿中的众人，最后盯着容瑄。

容瑄紧咬牙关，他很清楚今天最难的一关现在才到来。如果他不能给父皇一个满意的交代，他的下场不会比容淮好多少。

“儿臣，不敢。”

西越帝唇边勾起一丝冷笑，道：“不敢，朕倒是没看出来。罢了，你们翅膀都硬了，朕也管不住你们了。这些日子你就好好待在王府里，别到处乱走了。”

西越帝一句话，竟然就将容瑄给禁足了。容瑄心中一沉，虽然父皇处置了容淮和周文彬，但是很显然这两人的说辞还是在父皇心中留下了印记，父皇根本就不相信他。

“儿臣，遵旨。”

西越帝站起身来，扶着蒋斌的手慢慢走了出去，淡然道：“你们都散了吧。瑾儿，随朕来。”

一直躲在一边看好戏的容瑾挑了挑眉，朝沐清漪安抚地笑了笑，从容地跟了上去。

德妃的遗体还在大殿里摆着，西越帝竟然连一句话都没有。从来帝王薄情，西越帝更是其中翘楚。西越帝毫不留情地走了，容瑄身为儿子自然不能走。有西越帝发话，其他皇子纷纷上前劝容瑄节哀之后也告辞出宫了，等到德妃收殓了之后再带着王妃和子女前来祭奠就可以了。

沐清漪还要等着容瑾，倒是不急着走。

“庄王、南宫大将军、南宫大人，节哀。”沐清漪走在最后，也上前劝道。

容瑄有些木然地看着眼前的俊美少年，点点头，声音有些沙哑，道：“多谢顾大人。”

沐清漪轻轻叹了口气，也没什么可说的，便也跟着告辞了。说起来，南宫娴会有今日之祸，许多人都脱不了责任，其中自然也包括暗中推波助澜的她和容瑾。但是……那又如何？

身在这个局中，不进则退，不胜则死！

南宫娴也不过是这无数牺牲品中的一个罢了。

出了德妃的宫殿，沐清漪便循着记忆往西越帝的宫殿走去。西越帝带走了容瑾自然是回自己的书房去了，她却在离清和殿不远处的小花园里看到一个早已经等候在那里的人——容璋。

容璋神色淡定地喝着茶，看到沐清漪漫步而来也只是回头朝她微微点了下头，道：“顾流云？”

沐清漪恭敬地道：“循王殿下。”

“坐下聊聊如何？”容璋道。

“恭敬不如从命。”沐清漪点头道。

清和殿东阁的书房里，西越帝皱眉看着眼前依然一脸冷漠桀骜的儿子，有些头痛地抚额，问道：“今天的事情，瑾儿怎么看？”

容瑾垂眸淡淡道：“自有父皇决断，哪有儿臣发话的份儿？”

西越帝怒瞪着他，沉声道：“朕就要听你的看法！”

容瑾撇了撇嘴，淡淡道：“能有什么看法？容淮自己蠢怨得了谁？”

西越帝挑眉道：“这么说……你也认为容淮是被人利用了？”

容瑾冷笑一声，道：“别说得好像他很无辜似的，如果不是他自己心生恶念想要一举除掉容瑄，他哪儿那么容易被人利用？”

“他是你的侄儿！”听着他漫不经心的口气，西越帝不禁动怒。

容瑾漠然一笑，道：“他还是你的孙儿呢。”

那又如何？也没看老头子给容淮留活路。负恩侯，真是个不错的封号。

西越帝语塞，无奈地看着容瑾摇了摇头。西越帝抬头看着容瑾道：“不说这个了，你……”

西越帝皱了皱眉，似乎在犹豫该不该说。

容瑾皱眉，淡淡地看着他。

好半晌，西越帝才叹了口气，问道：“如今这些孽子是越来越会闹腾了，你不要跟他们搅到一起去。”

容瑾剑眉紧锁，有些不耐烦地道：“父皇有什么话直说便是。”

西越帝长长地叹了口气，摇摇头道：“瑾儿……你恨朕吗？”

容瑾微微一愣，显然没想到不可一世的西越帝会问出这种问题。西越帝似乎也没有要他回答的意思，自顾自道：“朕知道……你肯定是恨的。不然，这么多年你也不会这么卖力地跟朕还有你这些皇兄、皇弟、侄子作对。毕竟……是朕当初不管不问，才让你受了那么多的苦……”

听着西越帝絮絮叨叨的话，容瑾的脸色越来越难看了。他最讨厌的就是听别人提起他小时候的事情，那时孤独和无助的感觉会让他控制不住自己的脾气。

“够了！你到底想说什么？”容瑾冷声打断了西越帝的话。

西越帝眼神慈爱，看着容瑾仿佛在看一个不懂事的孩子，道：“不要跟你三哥走得太近了。你难道就没有想过……当初你一个人在梅园，就跟在冷宫差不多了，怎么还会有人时时想要杀你？但是……你却碰巧每次都没死成呢？”

皇宫里的人确实心狠手辣，但是他们只杀有价值的人。那时候的容瑾不过是个被帝王遗忘的才几岁的孩子，谁会去杀他？如果不是八岁那年突然中毒，也许西越帝一辈子都不会想起他。

容瑾眼眸一寒，问道：“你什么意思？”

西越帝含笑摇摇头，道：“记得父皇的话，父皇最疼你了，怎么会害你呢？你去吧。”

容瑾望着西越帝半晌，方才嗤笑一声，毫不犹豫地转身而去。

不就是知道了容璋接近过他吗？消息倒真是灵通！

容瑾出了清和殿，走了不远就看到沐清漪正和容璋坐在一起说话。容瑾眼神一沉，走了过去，叫道：“子清，回去了。”

沐清漪回头看了他一眼，才含笑向容璋告辞，起身走了过来。容瑾连看也没有看容璋一眼，直接拉着沐清漪转身走了。

容璋坐在石桌边上，看着两人离去的背影微微出神。

“循王殿下，陛下有请。”不知何时蒋斌带着人到了跟前，恭敬地道。

容璋垂眸，淡淡道：“知道了。有劳蒋公公。”

回到府里，容瑾方才问道：“他跟清清说什么了？有没有对你怎么样？”

沐清漪莞尔一笑，道：“循王不过是找我聊聊天罢了，在皇宫大内能对我做什么？”

容瑾轻哼一声，道：“就是皇宫大内才不放心呢。”

沐清漪道：“没什么，只是问问我你的身体怎么样了。倒是今天……大殿上的事情，还有德妃的死……”

容瑾歪在椅子里，慵懒地眯眼道：“大殿上的事情不过是在意料之中罢了。倒是……德妃的死有点儿出乎意料。不过这样不是正好吗？容淮和容瑄，这下子当真是不共戴天的死敌了。”

容璜到底是不是容瑄杀的没人知道，皇后杀了德妃却是所有人都知道的事情。这下容淮完了，皇后也完了，容瑄虽然看似占了先机，德妃却死了，而且容瑄还是不可避免地被西越帝怀疑了。这当真是一箭双雕啊。

沐清漪有些头疼，揉了揉眉心道："该消停一些日子了。容瑾，虽然我们行事隐秘，但是……剩下的人越少，咱们就越容易暴露。"

容瑾点点头，道："你放心，现在不是有人等不及又要往里跳了吗？"

"循王？"沐清漪蹙眉道。

容瑾嗯哼一声，轻叩着桌面道："这次容淮和容瑄的事情，你以为他没在里面挑拨？别忘了……药王谷可未必就真的听慕容煜的话。皇后……总不会无缘无故就一时冲动杀了德妃。"

药王谷如今实际上还是掌握在灵枢和素问手中的，而灵枢和魏无忌的关系并不简单，所以药王谷到底听谁的还真是不好说。沐清漪垂眸凝思着，若有所悟。

"清清，这段时间你小心一些慕容煜和容琰。"容瑾沉声道。

沐清漪不解，问道："怎么？"

容瑾道："清清可还记得当初华国的事情？不到两个月时间，华国的皇子……几乎死伤殆尽。"

而现在，沐清漪到了西越还不到一年，西越虽然只死了一个皇子，却也损了一个皇孙、一个皇后、一个丞相，死了一个皇妃，另有一个皇子被皇帝软禁。虽然局外人看不出什么，但是经历过当初华国的事情的容琰和慕容煜未必不会将这些事情与沐清漪联系起来。

沐清漪只能叹气，当初在华国虽然做得也算隐秘，但是如今身在局中的人回过味来还是太露锋芒了。

容瑾自然知道她在想什么，含笑搂住她轻声道："这个倒是不用担心，已经到现在这个地步了，若还是隐藏在暗处也没有什么意义了。"

既然要争那个位置，就总是要走到光明处去的，不然的话，还有什么意义？沐清漪点点头，轻声道："也不知……明天会怎么样？"

容瑾淡淡笑道："到了明天，自然便知道了。"

新的一天……几条无比惊人的消息一传出来就将京城里的人们震得头晕眼花。庄王的生母德妃南宫氏薨逝，皇后周氏杀害贵妃被废去皇后之位打入冷宫，周家满门抄家打入天牢，前些日子还显赫的秦王府换上了新的匾额——负恩侯府。

还有明面上不曾流传的消息：大将军南宫绝因为妹妹遇害一病不起，庄王容瑄被禁足于府中，连自己母妃的丧事都不能亲自料理。秦王府一脉固然是树倒猢狲散，庄王府因为失去了南宫绝和容瑄两棵大树，独留南宫翼一人也是独木难支。一时间，人们心中的小算盘纷纷打得噼啪响，渐渐将目光投向了另一位颇有作为的皇子——端王容琰。

从明面上看，论排序，皇长子死了，二皇子如今的情况也不好说，他毕竟背着谋杀悼恭太子的嫌疑，即使没有证据也难保皇帝不会有什么想法。三皇子多年不上朝，身体也不好，论起来也该轮到四皇子了。论能力，西越帝几个年长的皇子的能力都相差无几，除去多病的三皇子，如今依然是四皇子能力最强，也难怪许多人纷纷在暗地里琢磨着改换门庭。

“大人。”

一大早沐清漪到了衙门里就觉得气氛有些古怪，果然坐下没一会儿事就来了。

“启禀大人，外面有人告状。”

沐清漪扬眉，看着底下一派恭敬的府丞秦晖，道：“状子呈上来，本官看看。”

“是。”秦晖恭敬地呈上一叠状纸。

没错，不是一张，也不是两张，而是厚厚的一叠。沐清漪草草翻了一下，有状告南宫家欺强凌弱的，有状告庄王府的人强占良田的，有告强抢民女所行不法的，还有一些零零碎碎的罪状，看似毫无关系，但是沐清漪记忆力过人，早就记清楚了这些人都是庄王一党，甚至还有状告几年前南宫羽纵马伤人的。

沐清漪冷笑一声，俗话说墙倒众人推，如今庄王府这墙还没有倒呢，就已经有人迫不及待地想要推了，只怕是恨不得多使点儿力气让它快些倒了。

“大人，这些事情……该如何处理？”秦晖谨慎地询问道。

沐清漪挑眉道：“如何处理？自然是秉公处理。秦大人去请被告来奉天府过堂吧。不过……也提醒一下……浪费本官的时间不要紧，但是诬陷朝廷重臣……可是满门抄斩的罪过！最好三思……”

秦晖脸色微变，恭敬地道：“是，属下这就去办。”

挥退了秦晖，沐清漪低头看着跟前的诉状，唇边勾出一丝冷笑。

突然这么多人来告状，告的还都是跟庄王有关系的人，说没有人指使只怕是谁也不信。这些诉状自然有真的，只怕也有不少是假的。水至清则无鱼，哪个皇子手底下没有点儿见不得人的事情？

只是不知道这一次，是容琰还是容璋将事情捅到奉天府来，只怕也是想要逼豫王府和庄王划清界限吧。

步玉堂坐在一边看着沐清漪冷淡的神色，挑眉笑道：“什么事情竟然将顾公子难住了？”

沐清漪摇摇头，将状子递给步玉堂笑道：“也算不上难住了，毕竟……这跟咱们其实没多大关系。只是……若是被人当成了借刀杀人的那把刀，总归是不那么舒服的。”

步玉堂好奇地看了两张状子便忍不住笑了起来，道：“这些人可真是心急如焚，陛下这才刚刚让庄王在家里休养，可还没准备怎么样呢。”

沐清漪笑道：“就是因为这样，所以他们才急啊，趁着庄王党群龙无首的机会，铲除掉庄王手下的心腹能臣，之后就算庄王缓过气来了，陛下想明白放了庄王，该损的都已经损了。”

“那咱们要怎么办？”步玉堂问道，“奉天府的职责就是处理这些事情，不处理只怕对公子不太好。对方只怕也正是看中了这一点才将事情捅到公子这里来的。”

不仅要处理，而且必须处理好，不然沐清漪便很可能会担上一个年少无知、幼稚无能的罪名。

沐清漪靠着椅子沉吟了片刻，倏尔一笑，道：“本官跟南宫家也有一些交情，假公济私一次也算是人之常情吧？”

“公子是想要？”步玉堂眼睛一亮，好奇地看着沐清漪。

沐清漪勾唇笑道：“让王爷派人将这些传给南宫翼。对了……别忘了告诉他，与其费那些事去消灭罪证或者寻找真相，不如好好想想……是谁想要对付庄王府。”

步玉堂思索片刻顿时恍然，有些惊讶地看着沐清漪道：“在下没想到，公子居然也是唯恐天下不乱之人。”

沐清漪漠然笑道：“他们既然觉得本官太清闲了，本官就勤奋一番，将这皇城中的许多陈年旧案都一并了结了。叫下面的人都打起精神来吧，从今天开始……奉天府要忙了。”

“是。”步玉堂起身恭敬地道。

传说中重病不起的南宫绝大将军和南宫翼坐在书房里，长相气质截然不同的父子俩脸色却同样难看。

“公子的吩咐，在下已经带到，在下这就告辞。”书房里，另一个身着灰布衣衫、戴着面具的男子平静地看着南宫绝和南宫翼淡淡道，丝毫没被南宫绝外放的怒气吓到。

南宫翼深吸了一口气，点头道：“有劳夏兄走这一趟，请转告顾公子，他的恩情南宫家没齿难忘。”

夏修竹淡淡点头，转身走出了书房。

书房里一片沉寂，许久，南宫绝才长长地叹了口气，道：“这么多年了……到底都做了些什么啊。”

“父亲。”南宫翼沉声道，“父亲，如今万不可气馁。若是咱们都……那庄王殿下可怎么办？姑母已经不在了……”

南宫绝摆摆手，淡然道：“这个顾流云身边竟还有这样的人，果真不是个简单人物。你当真觉得……豫王会站在我们这边？”

南宫翼有些惊讶，道：“父亲这话怎么说？豫王纵然不是站在咱们这边的，至少……

目前还不是我们的敌人。现在最重要的是……端王！”

说到“端王”二字的时候，南宫翼隐隐咬牙。容瑄和容琰合谋算计容淮，却不料容瑄是打头阵的那个，容琰却是跟在背后捡便宜，关键时候还暗中捅刀子的那个。好一个鹬蚌相争，渔翁得利！

南宫绝摇摇头，苍老的眼眸中带着一丝悲哀和无奈，更多的却是看透了世事的疲惫。方才那个夏修竹分明是天下一等一的高手，还有那个顾流云，都不是省油的灯。难道豫王身边聚集这样一些人只是为了做一个无所事事的纨绔皇子吗？

“接下来，你有什么打算？”南宫绝问道。

南宫绝在朝堂上凭借的是他的赫赫声威和战功，对朝堂上的这些算计却并不精通。

南宫翼咬牙道：“以其人之道还治其人之身，容琰以为只有他一个人会这些吗？”

南宫绝凝眉道：“你是说……”

南宫翼点头道：“不错，既然他能想到去奉天府衙门告状，那么咱们也派人去。他这次将顾流云牵扯进来，豫王指不定多不高兴呢，后面……自然有容琰的好戏看。”

南宫绝想了想，点头道：“也罢，照你说的办吧。”

南宫翼沉默了一下，有些小心地问道：“父亲，陛下到底打算……将庄王殿下如何？”

南宫绝有些苍凉地望了儿子一眼。比起这些小辈，南宫绝对西越帝的了解自然更多了一些。他苦涩地道：“陛下只怕还是相信了秦王和周文彬的话。”

“若是如此，陛下为何还要……”

“为何还要罚秦王？自然是因为秦王也犯了陛下的忌讳，或者说……秦王自己着了别人的道儿，陛下只是不想保他而已。”南宫绝道。

“那……庄王会如何？”

南宫绝默然，许久才道：“不知道。”

君心难测，西越帝的心思更不好猜。庄王也许什么事都没有，也许跟秦王一样，也许……就跟二十年前那些人一样……

“恭喜王爷心想事成。”端王府书房里，慕容煜端着酒杯朝容琰一敬。

容琰点点头，从容地饮下了美酒，素来极为克制的温润脸颊也不由得露出了几分笑意。他看着慕容煜笑道：“这次的事情，还要多谢安顺郡王，本王将来必不会忘记郡王的功劳。”

慕容煜笑道：“为王爷效力，是在下的荣幸。”

容琰靠着椅子，微微皱眉道：“不过……父皇如今对二哥的处置也没有个表示，会不会……”

慕容煜道：“陛下素来冷漠无情，如今既然怀疑庄王，只怕庄王没那么容易翻身了。”

容琰摇摇头，道：“未必，父皇如今……毕竟是老了。若是从前，你以为容淮和周家那些人还能活着出宫吗？”

慕容煜沉思了片刻，脸上闪过一丝为难，看着容琰道：“若是如此……在下愿意代端王解决这个问题。”

容琰垂眸，问道：“郡王有何良策？”

慕容煜沉声道：“既然秦王和庄王都没什么用了，何不让他们一起去了？”

容琰半垂的眼眸中杀气一闪而过，抬起头来时却仿佛什么都没有了一般，只是淡淡道：“有劳郡王了。”

“王爷言重了，此事自然是在下来处置比较合适。不过，将来事成之后……”慕容煜盯着容琰道。

容琰淡笑道：“这个本王自然明白，本王答应郡王的事情什么时候食言过？”

慕容煜点点头，起身道：“既然如此，在下先行告辞。”

“不送。”

看着慕容煜出门，听到脚步声渐渐远去，容琰冷哼一声，道：“这个慕容煜，好大的胆子。”

“他的胆子大，不是好事吗？”一个锦衣青年从里间走了出来，笑道，正是十皇子容瑆。

容琰若有所思，点头道：“十弟说得不错，不过这人……胆子太大，野心也大，不好驾驭，等到这件事办完……也该让他去该去的地方了。”

说罢，两人对视一笑。何谓该去的地方，二人自然是心照不宣。

容瑆在容琰对面的椅子里坐了下来，挑眉笑道：“四哥，咱们这一次做得漂亮，一举将容淮和容瑄都拖下水了。”

容琰摇头道：“不可轻忽大意，别忘了，还有个容瑾。”

容瑆皱眉道：“容瑾？”

虽然容瑆不太看得起这个九哥，但若说要对容瑾下手，还是有些发怵的。

“容瑾不过是个只知道吃喝玩乐的纨绔子弟，四哥管他做什么？万一惹得父皇不高兴……”容瑆犹豫了一下，还是道。

“九弟或许真的是纨绔子弟，他手下的人却不简单。那个顾流云……”容琰道。

“顾流云又如何？一个奉天府尹而已。”容瑆不解。

顾流云或许确实能力非凡，毕竟执掌奉天府这些日子也没见他有什么纰漏，但是到底太过年轻，羽翼未丰。

容琰叹息道：“有件事本王想了大半年，只是越想越觉得心寒。”

容瑆好奇地看着容琰。

容琰道：“去年，短短数月华国皇子死的死、伤的伤、叛的叛，十弟可知道其中的缘由？”

容瑆凝目道："这难道和那个顾流云有什么关系？"

容琰点头道："当时正是他化名张清出现在华国京城中。算起来，那场华国皇室之乱也正是从他出现在京城的时候开始的，但是一直到最后……竟然没有人怀疑过他。"

听容琰这么一说，容瑆的神色也不由得凝重起来。华国那一场可称作皇室灾难的剧变在局外人看来是何等惊心动魄。短短两月之间华国便有好几位皇子死伤，更有一人叛国而去。比起历朝历代为了皇位厮杀得血流成河，这一场剧变却显得有些莫名其妙。

"原来如此……四哥故意将那些案子捅到奉天府去，而不是直接在朝堂上让人弹劾，就是为了他？"容瑆问道。

容琰淡然道："说是为了他也算不上，不过碰巧罢了……豫王府和庄王府这些日子走得有些近了。若是九弟为二哥在父皇面前求情，我们很有可能会功亏一篑。"

"四哥英明！"容瑆忍不住击掌赞叹道。

"启禀王爷，大事不好了！"书房门外，作为容琰心腹的管事急匆匆地禀告。

容琰剑眉一拧，问道："进来说，出什么事了？"

管事喘了口气，焦急地道："刚刚……奉天府衙门突然将王妃娘家的老太爷和几位舅老爷、孙尚书、赵大人、陈大人以及世子妃娘家的夫人请到奉天府衙门去了！还有……还有……"

"还有什么？别吞吞吐吐的！"容瑆有些不耐烦地道。

管事看了容瑆一眼，小心翼翼地道："还有……十皇子妃的兄长和五殿下的舅舅，也一并被请过去了。"

"什么？顾流云是不是疯了？！"容瑆脸色大变，怒吼道。

管事低声道："奉天府衙门的人说……顾大人是接了状子，依律请众位大人前去问案的。不过……王妃娘家和十皇子妃娘家毕竟是皇亲国戚，按理顾大人是没有资格审问他们的。所以，顾大人……已经进宫，将这些案子一并上奏给陛下了。"

"混账！"荣瑆咬牙道，一抬脚踢翻了跟前的椅子，"好一个顾流云，他不想活了？！"

"十弟，少安毋躁。"书案后面，容琰同样面沉如水，却比容瑆要稳重得多。容琰以手撑着额头，思索了片刻，沉声道："看来是二哥的反击了，只是……好快啊，难道二哥还留了一手？"

"不，不可能，我们行事如此隐秘怎么会让二哥还有余力反击？若有这个时间和能力，他就不会落到现在的地步了。除非……有人为他通风报信。"容琰摇摇头，推翻了之前的结论。

容瑆一惊，盯着他道："四哥，你怀疑我？"

容琰摇摇头，道："我不是这个意思。"正是因为他知道不是容瑆，所以才更加担心。

容琰凝目思索了许久，沉声道："顾流云。"

容瑆皱眉道："四哥，你的意思是这事是顾流云通知二哥的？他好大的胆子，身为奉天府尹竟然敢私下结交皇子！"

容琰冷笑道："咱们怀疑他，谁能拿出证据来？何况……咱们要告的人，他可是一个不留地全部捉拿了的。就算告到父皇那里去，他也算不得假公济私。"

只不过，顾流云扣下容瑄的人的同时，也扣下了端王府的人，原本眼看着就要占上风了，竟然一下子又恢复了平衡，谁也动不得谁了。

好一个顾流云！

"四哥，咱们现在该怎么办？"容瑆有些焦躁地道。

容琰定了定神，沉声道："十弟，你带人去奉天府看看，切记不要和顾流云起冲突。只是咱们的人……一定要安抚好。"

端王府和庄王府不一样，容瑄有南宫家撑着，只要南宫绝不死，容瑄就算被厌弃了也总不至于如何凄惨。

容琰因为生母出身卑微，结交的多是一些寒门子弟，最初那些真正的世家大族是看不上容琰的，等到容琰势力大的时候，有一些世家靠过来，容琰手下寒门出身的官员们早已经羽翼丰满。如同秦王手下有旧臣和新宠之争，容琰手下同样也有寒门和世家之争，远不比容瑄靠着南宫家和庄王妃娘家结交的臣子来得稳当。

都说英雄不问出身，但是有时候……就是出身难倒了天下间的千百个英雄。

"是。"容瑆郑重地点头。

容琰沉吟了片刻，脸上闪过一丝厉色，道："跟慕容煜说一声，不要让本王失望……"

"是，臣弟先告退。"容瑆道。

书房里只剩下容琰一人，原本就显得有些阴暗的书房更加沉寂起来。许久，容琰才嘿嘿一笑，道："九弟……你倒是好眼光。这个顾流云……倒是好手段！但是莫要忘了，我西越皇室可不是华国那些没用的废物！"

"十殿下到！"

奉天府衙门，府丞秦晖带着一众官吏迎了出来，道："微臣等叩见十殿下！"

容瑆冷眼看着跪了一地的人，再扫了一眼整个大堂，扬眉道："本皇子驾临，奉天府尹为何不出来迎接？是不将本皇子看在眼里了吗？"

秦晖连忙赔笑道："十殿下言重了，大人……顾大人此时并不在奉天府啊。"

容瑆自然知道顾流云此时不在奉天府，面上却丝毫不显，诧异道："此时正是办差的时候，奉天府尹不在奉天府是去哪儿了？难不成……顾大人年少有为还学会玩忽职守了？"

秦晖小心翼翼地道："回十殿下，顾大人入宫见驾去了，还请十殿下后堂用茶，顾大人稍后便会回来。”

容瑆冷笑一声，道：“你当本皇子没事干来你奉天府闲逛？”

“那……不知十殿下……有何吩咐？”秦晖迟疑了一下，看了一眼身后垂首沉默不语的步玉堂。

容瑆自然看到了秦晖的眼神，一皱眉不悦地道：“跟本皇子说话，你往后看什么？难道还要请示谁不成？那个谁……本王看你无官无职，什么人？”

步玉堂心知这位皇子这会儿是来找碴儿的，上前一步恭敬地道：“草民步玉堂见过十殿下。”

“步玉堂？”容瑆挑眉笑道，“啊，记得，以前那个彭城太守，当初在大殿上四哥还替你求过情呢。你在这里干什么？”

步玉堂垂眸道：“在下现为顾大人手下的小小幕僚，混口饭吃。”

容瑆嗤笑一声，道：“堂堂科举出身的太守，竟然混到如此地步。”

步玉堂倒是宠辱不惊，恭敬地垂首道：“能够捡回一条命，已经是玉堂的运气了。”

容瑆把玩着手中的扳指，高高在上地俯视着众人道：“本王也不跟你们废话，听说你们奉天府将孙尚书和赵大人抓起来了。你们好大的胆子！孙尚书可是堂堂从一品吏部尚书，也是你们奉天府能动的？”

秦晖脸色一白，战战兢兢半晌说不出话来。

步玉堂早就知道秦晖当不了事，所以才跟着出来一起见容瑆。步玉堂上前一步，拱手道：“十殿下此言差矣，俗话说王子犯法与庶民同罪，何况是尚书？更何况……奉天府并没有将孙大人和各位大人抓起来，只是请他们来配合询问罢了。这是奉天府的正常程序，何错之有？”

“好一个正常程序！”容瑆怒道，“孙大人和各位大人都是国之重臣，若是耽误了国事，你奉天府可担待得起？”

步玉堂从容地道：“正是因为担待不起，所以顾大人已经进宫面见陛下了，陛下自然会有圣裁。陛下赋予奉天府尹随时进宫面圣的权力不正是为此吗？”

容瑆被这不软不硬的话噎得有些说不出话来，咬牙道：“果然跟顾流云一样伶牙俐齿。只可惜……你区区一个幕僚，只怕还没有跟本皇子说话的资格！奉天府丞，立刻给我放人！”

秦晖一副被吓得不轻的模样，连连点头道：“是、是……快、快请孙大人和赵大人出来！”

“谁敢！”步玉堂厉声道。

堂上的衙役和官吏都有些迟疑不定，皇子自然不是他们能够开罪得起的，但是比起秦晖，步玉堂明显更像府尹大人信任和倚重的人。十皇子他们固然得罪不起，但府尹大人他们同样得罪不起，有道是县官不如现管。

"还不快去！"见一个布衣的威慑力竟然比秦晖这个府丞还要大，容理不悦地微微眯眼道。

"这……"

"十殿下，奉天府要问案的人，您恐怕没有权力带走。"步玉堂丝毫不让，朗声道。

容理脸色一沉，没想到遇到步玉堂这么一个不识趣的。

容理冷笑一声，道："放肆！区区一个平头百姓，居然也敢在奉天府衙门指手画脚，谁给你的胆子？来人，给本皇子将步玉堂拉出去，重责三十，以惩他对本皇子不敬之罪。"

跟着容理一起来的侍卫应了一声一拥而上就要去抓步玉堂，秦晖吓得在一边连连劝道："十殿下，十殿下息怒啊……"

步玉堂知道今天只怕是难逃此劫，咬牙冷笑道："十殿下论理不过就想要以权势压人吗？在下还是那句话，王子犯法与庶民同罪。顾大人已经进宫面圣去了，该怎么做尔等自己三思！"

"大胆！"容理猛地一拍跟前的桌案，冷笑道，"本皇子倒要看看你奉天府如何秉公执法！难不成就是本皇子你也敢说与民同罪？"

"敢不敢……十殿下不妨试试看。"

一个清冷的声音从外面传来。闻声，秦晖脸色微变，步玉堂脸上却是一喜。

众人齐齐回首，便见沐清漪神色漠然地站在大堂门口。她一身白色的披风，只衬得整个人冷如冰霜。她往日里精致秀美总是带着温和笑颜的脸庞此时也是冰冷似雪，清冷的明眸淡淡地从众人身上扫过只让人觉得心头一凉，宛如置身于冰天雪地之中。

沐清漪身边，戴着面具的夏修竹沉默地站着。

沐清漪抬手解下身上的白色披风交给夏修竹，露出里面绯红的官服，抬步踏入了大堂。

看着走进来的红衣少年，容理不由得有些出神。容理也见过顾流云多次，却当真没有发现这位传说中的京城第一美男子的容貌竟当真是秀丽惊人。若不是那冷峻的眼眸带着凌厉的锋芒，容理都忍不住要怀疑眼前的人是一个绝色少女了。

沐清漪走到容理面前，淡淡拱手道："下官顾流云见过十殿下，不知十殿下驾临奉天府，有何指教？"

容理回过神来，轻哼了一声侧过脸去。他堂堂西越皇子，竟然看着一个男人发呆，这让他心中莫名升起了一股烦躁之意。不过看到沐清漪，容理总算是冷静了下来，想起自家四哥的交代，沉声问道："顾大人，可否私下谈谈？"

沐清漪秀眉轻挑，也不回答，反而转身看向被容理的侍卫扣住的步玉堂问道："玉堂何事得罪了十殿下？还请十殿下恕罪。"

容瑆皱眉，有些不悦地道："这个步玉堂不过是一介布衣，居然敢对本皇子无礼。本皇子打他几板子还错了不成？"

沐清漪笑道："原本倒是没什么，但是现在，只怕是不成了。"

容瑆有些不好的预感，皱眉道："为何？"

沐清漪平静地从宽大的袍袖中取出一道明黄的绢帛，淡然道："奉天府事务繁忙，陛下特别恩赐步玉堂任奉天府副丞之职，为正五品。"

容瑆一愣，急道："胡说！奉天府已经有了一个府丞！"

府丞本就是府尹候补和助手，虽然秦晖这个府丞做了这么多年，府尹换了好几拨从来没补上去，但是奉天府从来就只有一个府丞。

沐清漪淡笑道："十殿下听错了，是副丞。"

府丞是府尹的副手，副丞便是府丞的副手和候补，若是府尹更看重副丞，后来居上也不是不能。

"西越并没有这个职位！"容瑆咬牙道。

沐清漪微笑道："现在有了。步玉堂，还不接旨！"

步玉堂回过神来，连忙跪地接旨，道："臣步玉堂，叩谢隆恩。"

当初选择跟着豫王和顾公子果然没错，谁有他这么好的运气，遇到皇子被杀这么糟心的事情居然还能逃过一劫，不过几个月又重入官场？

沐清漪将圣旨放到步玉堂手里，伸手拉起步玉堂淡笑道："辛苦你了。"

步玉堂连道"不敢"，被晾在一边的容瑆的脸色却如墨一般阴沉，容瑆咬牙道："顾大人！"

沐清漪这才回头，含笑道："啊，十殿下想要说什么？"

容瑆忍住气，对沐清漪道："本王说，可否单独谈谈？"

沐清漪不以为意地挥挥手，示意众人退下。夏修竹并没有跟着出去，依然站在沐清漪身后。

容瑆气闷道："顾大人这是什么意思？难道本王还会对你不利？"

沐清漪还没答话，身后的夏修竹沉声道："豫王殿下吩咐了，顾大人出身书香门第，文弱得很。在下片刻不得离开，还请十殿下恕罪。"

"你又是什么人？光天化日之下还戴着面具，鬼鬼祟祟的！"容瑆没好气地道。

他这会儿想起了容瑾和顾流云的关系，既然是容瑾派来的侍卫，他自然也没法说什么了。

沐清漪在容瑆下首坐了下来，淡淡道："十殿下还是说说驾临奉天府所为何事吧？"

容瑆冷哼一声，道："本王所为何事顾大人会不知道？"

沐清漪温和一笑，道："洗耳恭听。"

对上看似如此柔软却让人无处着力的人，容瑆也险些气绝，轻哼道："顾大人好大的手笔，一次就将朝中多位重臣请到了奉天府，今天过后，顾大人只怕又要名扬天下了吧？”

沐清漪从容地笑道：“王爷言重了，一大早收到那么多的状子……本官也吓得不轻呢。原本以为京城乃是天子脚下首善之地，怎料想……所以这不是赶紧进宫去请示陛下了吗？”

“那……父皇怎么说？”容瑆心中一沉，沉声问道。

沐清漪笑道：“陛下自然是无比英明的。陛下说……既然奉天府收了状子，这些案子自然要一查到底，也好给受害者一个交代。至于这些涉案的大人，就只能委屈他们暂且在奉天府小住一些日子了。不过殿下放心，未查明真相之前本官决计不会让这些大人下狱的，免得万一是冤案，伤了大人们的体面。”

容瑆冷笑道：“你既然知道可能是冤案，为何不先将人放了？”

沐清漪无奈地道：“若是平时，一两起案子自然是不要紧，但是如今，短短两日之内奉天府衙门共接了七十多起案子，其中至少有五十起或直接或间接牵涉朝中数十位大人。这样的案子……下官如何敢轻视？十殿下尽管放心便是，孙大人和赵大人就住在奉天府后衙，吃穿住一应都是一品大员的标准，绝对不会委屈了他们。”

容瑆皱眉，有些疑惑地问道：“你们奉天府哪儿来那么多地方住人？”

沐清漪微笑道：“这个……确实有些委屈各位大人，只能劳烦他们住在一起了。”

容瑆嘴里的茶险些当场喷了出来，勉强咽了下去才有些艰难地道：“你让他们住在一起？”

“这案子不知道要审到什么时候，几位大人住在一起也好做个伴啊。”沐清漪理所当然地道。

做个鬼的伴！容瑆在心中暗骂，容瑄的人都是他和端王让人告状被抓进去的，而他和端王的人当然也差不多，这种情况下两拨人住在一起……

“等等，本王记得威武将军也在其中！”

威武将军是南宫绝的旧部，铁杆的庄王党。若是跟端王党那些文官关在一起，那些文人还不被打死？

沐清漪安慰道：“殿下放心，下官有分寸，绝对不会出人命。”

“……”

所以，你的标准就是不出人命吗？

话都说到这个地步了，容瑆还能如何？如果连四哥都对这个顾流云讳莫如深，他自然也拿顾流云没办法。最后，容瑆只得阴沉着脸要求见吏部尚书和端王麾下的几位大人一面。

沐清漪倒也不阻拦，只是轻飘飘地道：“自然没问题，正好早上南宫大人也来探望过几位大人。”

容瑆气绝，愤然而去。

目送容瑆绝尘而去，沐清漪淡淡一笑，起身带着夏修竹回了后堂。

后衙的书房里，步玉堂早就在那里等着了，见到沐清漪进来连忙上前行礼，道："玉堂多谢公子提拔。"

沐清漪连忙扶住他，笑道："玉堂不必如此，如今这般虽然委屈了玉堂，却也只能如此了。"

"玉堂不敢……"步玉堂连忙道。

沐清漪含笑指了指旁边的椅子示意他坐下说话，道："修竹也坐吧。"

夏修竹沉默地坐下，盯着沐清漪皱了皱眉，道："公子这几日锋芒太露，今日之举可算是得罪了大半个京城的权贵，以后出门要小心一些。"

沐清漪挑眉笑道："修竹费心了，我相信有修竹在，没有人有能耐能动本公子分毫。何况，这京城里敢光明正大地刺杀奉天府尹的人可不多。"

"小心驶得万年船。"夏修竹淡淡道。

知道他是好意，沐清漪含笑点了点头，道："我知道了。"

步玉堂凝目道："'公子'，这次的这些案子分明是庄王和端王的人互相攻讦才闹出来的，咱们真的要一一审理吗？"

沐清漪点头，理所当然地道："这个自然。虽然起因是端王和庄王之争，但是案子也不是事出无因。这种时候，就算要栽赃也不会全是假的，咱们……自然要秉公处理。"

步玉堂点头道："是，属下明白了。属下一定尽快处理。"

步玉堂为一方父母官数载，处理这些事情自然比沐清漪顺手得多，沐清漪却含笑摇头道："谁说要尽快处理？慢慢处理，仔细处理。"

"这……那些大人？"步玉堂想起被关在院子里的那些官员，锦衣玉食依旧，只是被拘禁在小小的院落里不得自由，同伴还是自己的敌人，只怕多住一天都是如坐针毡，住久了大概就要开始闹了。

沐清漪悠然道："让他们先住着吧。修竹，派几个人好好盯着他们。他们每天做了什么、吃了什么、说了什么，统统都要记下来。至于……他们之间的恩怨，不用理会，只要不死人就行了。"

夏修竹点头，这些日子以来他早已经学会不去惊讶于眼前的女子做的任何决定了，虽然他依然每每都会惊叹于她的聪慧和手段。这样的才智手段，男子也要自叹弗如。

步玉堂沉默了良久，也想明白了沐清漪的意图，挑眉笑道："公子是想要他们在里面斗，庄王府和端王府在外面斗，到最后……"

到最后不管是什么结局，基本上也等于两败俱伤了。

沐清漪微笑道："玉堂知我。容琰既然想送些麻烦给我，这些人本公子就全部笑纳了，他一个也别想要回去！”

奉天府后衙的一处小院，宁静之中总是带着一种让人觉得喘不过气的沉闷和危险。虽然小院里的人并没有被限制行动，不出院门即可，但所有人似乎都紧闭了房门将自己锁在房间里。

孙立言大概从来没有想过自己有一天会被关进奉天府衙门——在他成了礼部尚书之后。

孙立言被关进这座小院里已经整整三天了，从最初的愤怒到嘲弄再到现在……忍不住心中开始有些忐忑。那位新上任的奉天府尹并没有见他，甚至除了例行询问一些案子的事情，连一句多余的话也没有。这样的做派让在官场上打拼了一辈子的老油条心里有些惊疑不定了。这个年轻人到底想要做什么？

最重要的，孙立言知道被关进这里的并不止他一个人。这么多朝廷重臣被关在小小的奉天府衙门好几天，不仅几位王爷没有什么表示，就连陛下也没有任何表示。孙立言知道事情只怕是有些棘手，端王想要利用顾流云弄折了庄王的羽翼，却没想到连自己也一起折进来了。

孙立言想要出门去找同僚商量一下该怎么办，站起来之后犹豫了一下又坐了回去。这院子里住着的并不只是端王麾下的官员，还有庄王的。第一天进来的时候大家都在院里闲逛，双方竟然打起来了。庄王一方有一位将军，结果自然不必说，说不上两败俱伤，双方却都有几个人现在还躺在床上直哼哼……

砰！原本关闭的房门被人从外面一脚踢开，孙立言一惊，本想出口训斥却发现进来的竟是这小院子的煞星——南宫绝麾下的旧部威武将军。一个小小的院子，关着一群手无缚鸡之力的文人和一个上阵杀敌战功赫赫的将军，这简直就像一个羊群里突然闯入了一匹狼。

“雷临！你这是什么意思？”孙立言脸色一沉，盯着眼前的男子怒斥道。

威武将军轻嗤一笑，道：“什么什么意思？闲着没事来串个门啊。孙尚书这是躲在房间里装孙子吗？”

孙立言冷笑道：“你不装孙子，怎么不直接冲出去啊？堂堂威武将军和咱们这些文人一起困在这小小的院子里，这就是威武将军征战沙场的本事吗？”

威武将军脸色一僵，他也不是没试过强行冲出去，却不料这小小的奉天府衙门竟然戒备森严，而且似乎高手如云。他被请进来的第一天就曾经忍不住想要冲出去，原本差一点儿就出了小院，最后却来了一个戴着面具的男子，只是轻描淡写一拂袖就让他跌回了院子里，半天也顺不过气儿来。见他如此，孙立言嘲弄的意味更加明显。

威武将军冷笑道：“如果不是你们这些只会钩心斗角的文官，本将军怎么会有如此下场？所以……孙大人，本将军揍你一顿出气，不冤枉吧？”

说着，威武将军狞笑着掰着手指，骨节咔咔作响。

“你敢！”孙立言吓了一跳，惊惶地叫道，“本官是礼部尚书，你敢动手本官定叫你吃不了兜着走！”

威武将军不以为意，道：“本将军好怕……早就看你们这些文官不顺眼了，陷害本将军，找死！”

这小院里的人还真没几个冤枉的，但是很多事情其实大家都默认了不过是小事，根本就无伤大雅。如今，两派相争一下子竟然送了这么多朝廷重臣进奉天府，只怕西越开国以来这还是第一回。

于是，一番惨无人道的单方面殴打在西越皇城代表着公正和律法的奉天府后衙里上演了。

“救……救命啊……”孙立言渐渐感觉到有些不对劲了，雷临这是要将他往死里揍啊，“救命啊！”

“这是在干什么？”一个清冷的声音在门口响起，带着一丝疑惑不解。

很快，威武将军被人拉开了，孙立言眯着被揍得肿起来的眼，终于看清楚了站在门口风流倜傥的白衣少年。

“顾……顾大人！雷临他要杀我！”孙立言连忙叫道。

沐清漪微微眯眼，清冽的目光在威武将军身上一扫，道：“威武将军，可有此事？”

威武将军也不是傻子，就算真有此事自然也不承认，耸耸肩不屑地道：“本将军要杀这种废物，还轮得到你们赶过来？”

沐清漪蹙眉，有些为难地看着孙立言道：“雷将军说的也是，孙大人……若是雷将军真有杀你之心，这会儿……下官大概只能进宫去向陛下请罪了。”

“你……你敢包庇他！”孙立言怒极。

沐清漪皱眉道：“孙大人何出此言？奉天府只有这么一个小小的院落，各位大人为何不能和平共处？这才短短三日，就已经有好几位大人受伤了，如今又添了孙大人。若一直这样下去，等到案子审结了，本官该如何向陛下交代？”

孙立言脸色微变，也顾不上脸上的疼痛，沉声道：“你说陛下同意让我们……留在奉天府？”

沐清漪笑容可掬，把玩着手中的折扇笑道：“这不是显而易见的吗？孙大人已经在这里住了三天了啊。”

孙立言脸色更加难看了，问道：“不知顾大人什么时候才能将案子审完？”沐清漪笑道：“原本快的话三五天也就差不多了，但是这一次奉天府堆积了这么多案子，需要先询问取证，有几个案子只怕还要开棺验尸，对其他事务本官也不能懈怠。这个……一年半载总是差不多的。孙大人放心，各位大人的公事陛下已经找人代为处理了，大家就安心在这里住着吧。本官一定会竭力还各位一个清白和公道。”

看着眼前言笑晏晏的少年，孙立言只得在心中暗暗叫苦。想算计庄王，结果连自己一起算计了，也不知道端王殿下此时有何感想。

沐清漪见孙立言没话说了，满意地挥挥手，道：“修竹，快去请大夫来替孙大人看看，可别留下什么病了。”

孙立言确实是无话可说了。陛下的态度其实已经说明了问题，只怕陛下也已经厌烦了皇子之间的钩心斗角，才借着顾流云的手整治他们，顺便敲打端王和庄王。而自己……若真是在这里留个一年半载，礼部尚书的位置还有自己的份儿吗？

沐清漪挥手让夏修竹带着威武将军出去，自己却坐到了一边，看着大夫替孙立言上药。

孙立言沉默地坐在一边任由别人为自己上药，一边龇牙咧嘴地瞪着跟前悠然自若的白衣少年。等到上完了药，孙立言才怒道：“顾大人是在看本官的笑话吗？”

沐清漪淡笑道：“孙大人误会了，下官是关心孙大人的伤势。”

孙立言轻哼一声，道：“现在本官没事了，顾大人请便。”

沐清漪点头，浅笑道：“既然如此，孙大人若是还有什么想说的，可以随时让人来找我。”

孙立言一愣，一时间有些不明白她这话是什么意思。沐清漪却显然也没有为他解惑的意思，点点头便起身出去了。

端王和庄王两党的官员被羁押在奉天府只是一个开始，两天后庄王在府中突然身中奇毒的消息才真是令满朝震惊。庄王已经被西越帝下令禁足在府中了，虽然府邸内外的守卫依然是庄王府的人，但是西越帝必定也在暗中命人看着。在这种情况下，庄王莫名其妙地中了毒，怎么能不引起所有人的注意？

豫王府里，沐清漪难得悠然地坐在清宁轩里抚琴。容瑾懒洋洋地趴在不远处的假山上听她抚琴。和煦的春日照在他身上，将冬日的阴寒扫去，只让人舒服得想要睡过去了。

一曲终了，沐清漪回头看向容瑾道：“庄王中毒了，你怎么不去探望？”

容瑾懒懒地道：“还没死。”

死了就不用探望而是去上香了。

见她明眸微沉，容瑾连忙从假山上一跃而起，走到她身边坐下，道：“慕容煜派人下的毒，却没将人毒死，清清不觉得奇怪吗？”

不是每个人都有夏修竹那么好运气刚好有个容瑾在旁边帮忙的，虽然庄王也有南宫绝。如果药王谷接二连三毒不死人，药王谷的招牌就要换一个了。

沐清漪微微点头，道：“确实有些奇怪。”

容瑾轻哼一声，道："一群蠢货，全都被人利用了还高兴地替人家数钱呢。"

"容……璋？"沐清漪低声道。

容瑾嗯哼一声，显然对某人不屑一顾。容瑾只是懒懒地趴在沐清漪身上，低声嘟哝着："螳螂捕蝉，黄雀在后。清清，咱们也该准备了。"

沐清漪垂眸，微微点了点头，道："你考虑好了，一定要如此？"

容瑾冷笑道："都想拦本王的路，就别怪本王无情了。现在也没时间考虑了，老头子身体不好了。"

"这？当真吗？"沐清漪有些惊讶，前两天上朝和进宫面圣的时候西越帝的气色都非常好，好得不像是一个刚刚死了妃子、圈了孙子，子孙不宁的老人。

容瑾淡淡道："老头子武功高深莫测，就算病了一时半刻也没人能看出来。不过……这一个多月，他只宣过一位御医。"

"这……"

宫中的规矩，皇帝每三日要请一次平安脉，而且每次必须两位御医同时诊脉，每个月至少要有六位御医诊脉，连续一个月只用一个御医确实是有些奇怪。

容瑾搂着沐清漪，淡笑道："现在就让他们去斗吧，等到最后……本王都有些好奇他们会是什么嘴脸了。"

沐清漪蹙眉道："但是循王那里……"

容璋不止一次表示过，他做的一切都是为了容瑾，而最后的位置也是容瑾的。

容瑾撇嘴，不屑地道："本王不需要，本王不需要一个人压在本王头上，不管他是什么人。他只是想要一个傀儡而已。"

沐清漪无奈地叹了口气，微微凝目思索着：容璋若是有把握成功，完全可以自己登上帝位，又何必要一个傀儡？

沐清漪知道劝不住容瑾，也不再多言，而且她也不喜欢容璋的做派，无论他是为了什么，他对容瑾造成的伤害却已经存在且永远都无法消磨了。

沐清漪点点头，轻声道："我知道了。"

容瑾愉快地低头蹭蹭她柔顺的发丝，道："我就知道清清最好了。"

沐清漪无奈，问道："不管不问听你的就是最好的？"

容瑾笑道："这表示清清相信我，不是吗？"

沐清漪莞尔一笑，确实，若不是相信容瑾，她又怎么会无条件地听从他的决定？

容瑾搂着她柔声道："清清只要永远都相信我就好了。"

沐清漪浅笑道："我自然相信你。"

安顺郡王府的书房里一片凌乱，慕容煜疯狂地砸着目所能及的一切。不一会儿，整个书房便成了一片废墟。书房门口，素问和灵枢沉默地站着，眼看着慕容煜片刻间彻底毁掉整个书房，灵枢依然一片沉静，素问眼中却露出了一丝不满和轻蔑。

素问一直就不能理解，表姐将这个慕容煜找回来干什么。前代谷主的唯一骨肉，她们自然该辅佐，但是这个慕容煜哪里有半分前代谷主的风采？

“素问。”看着素问脸上显见的怒意，灵枢微微摇了摇头，示意她收敛一些。

素问轻哼一声，望着灵枢轻咬着唇角，道：“表姐，我现在真后悔……”

后悔什么？后悔当初那样逼迫问情哥哥，害得问情哥哥失去了谷主之位下落不明。但是……她真的没有想要赶走问情哥哥。在她心中，最有资格做药王谷谷主的人只有问情哥哥。

“别胡说。”灵枢低声道。

慕容煜对莫问情一直很是忌讳，若是让他听到了素问的话又是一场事。

素问轻哼了一声，偏过头去不说话。她心中隐约有些恨表姐，若不是当初表姐说……她怎么会用那种法子逼问情哥哥？

“进来！”

书房里传来了慕容煜沉闷的声音，显然他终于发泄完了怒气。灵枢率先一步迈了进去，小心地找了一个能下脚的地方站住，轻轻一福，道：“谷主。”

慕容煜回头，冷冷地盯着她道：“这到底是怎么回事？容瑄为什么还活着？”

灵枢垂眸，恭敬地道：“是属下办事不力，请谷主责罚。”

“办事不力？”慕容煜冷笑一声，道，“你真当本王是傻子吗？药王谷的毒药会连一个容瑄都毒不死？既然你毒不死还去下毒干什么？”

灵枢依然波澜不惊，垂眸道：“谷主息怒。”

“废物！”

“谷主，当务之急并不是纠结到底是怎么回事，而是先离开京城。”跟在灵枢后面的素问忍不住道，“庄王中毒的消息一传出去，最先被怀疑的就是咱们药王谷。”

这件事，素问也很是疑惑。药王谷多的是无色无味甚至能让人死得不知不觉的药，为什么现在人没毒死，还被人看出来了？慕容煜的脸扭曲了一下，他沉声道：“你去给本王放出消息，莫问情出现在皇城里了。”

素问脸色一变，问道：“你要嫁祸给问情哥哥？”

慕容煜的笑容有些狰狞，他说道：“叫得倒是好听，看来你是没有将本王这个谷主放在眼里了。”

素问住口，只在心中暗暗道：你有什么地方比得上问情哥哥吗？

灵枢淡淡道：“素问，去办吧。”

素问猛地回头死死地盯着灵枢，许久才咬牙道：“我不去！”

灵枢皱眉，秀丽的眉宇间有些不悦。素问红着眼睛道：“表姐，你变了。你当初跟我说可以让问情哥哥喜欢我，问情哥哥却不见了，你现在还想要陷害他！我不会帮你。

我……我不管你们了，我要回药王谷，我要去找问情哥哥！”

说完，素问不管不顾地转身往书房外跑去。

“素问！”灵枢脸色微变，反射性地出手拦住了素问。

素问被拦截自然回手反抗，灵枢的武功本就比她高，不过几个回合下来素问便已经落入了灵枢的手中。

看着她们二人，慕容煜的脸色越加难看了，他神色阴沉地盯着被灵枢制住动弹不得的素问，沉声道：“你好大的胆子。灵枢长老，违抗谷主命令该当何罪？”

灵枢低声道：“药王谷以谷主为尊，违令者死。”

“那还不动手！”慕容煜厉声道。

“这……”灵枢迟疑了一下，沉声道，“谷主，素问年幼不懂事，还请谷主见谅。此时正是用人之际，还请谷主……莫问情的事，属下自会办好。”

慕容煜冷哼一声，总算慢慢将目光从素问身上移开，沉声道：“滚出去！”

“属下告退。”灵枢拉着素问飞快地退出了书房。

“启禀王爷，奉天府尹顾大人和大理寺卿南宫大人来了。”灵枢和素问刚到门口，下人匆匆来禀告。

闻言，慕容煜脸色微变，问道：“他们来干什么？”下人低声道：“小的不知，只是……两位大人是带着兵来的。这会儿……王府已经被官兵围起来了。”

慕容煜定了定神，沉声道：“本王知道了，你先去吧。”

下人匆匆告退，慕容煜回头看向站在门口的灵枢问道：“你怎么看？”

灵枢低声道：“只怕是……来者不善。谷主，咱们先离开这里吧。”

慕容煜有些犹豫，他很清楚离开也就表示他默认了下毒的人就是他，从此以后就真的只能流落于江湖了。慕容煜闭了闭眼，沉声道：“他们没有证据！本王去见他们，灵枢，你去面见端王，让他想办法。”

灵枢迟疑了一下，点了点头。

沐清漪和南宫翼都穿着官服坐在大厅里悠然地喝茶。沐清漪的悠然是真的，南宫翼却是半真半假，毕竟如今庄王还躺在床上，虽然没有了生命危险，但是将来到底会怎么样还难说。

看着沐清漪淡定从容地低头饮茶，南宫翼挑眉笑道：“在下没想到有朝一日居然还能与顾公子一起办差。”

沐清漪放下茶杯，含笑道：“这次事关重大，无论交给奉天府还是大理寺或者刑部，陛下想必都不能放心。最妥当的自然是咱们三家一起会审，在下少不更事，还请南宫大人多多指点。”

南宫翼笑道：“便是看顾大人这样的从容态度谁敢说你少不更事。咱们共勉吧。

陛下将此事托付给你我，咱们做臣子的自然要尽心为陛下分忧。”

“顾大人和南宫大人大驾光临有何贵干？”慕容煜从外面走进来，沉着脸问道。

南宫翼起身笑道：“打扰安顺郡王了，有劳郡王跟下官走一趟。”

“走一趟？什么意思？”慕容煜问道。

南宫翼盯着慕容煜，冷声道：“有人告安顺郡王意图毒杀庄王殿下，陛下命本官和顾大人主审此案，还请安顺郡王配合。”

慕容煜怒道：“毒杀庄王？胡说八道！南宫大人没有证据，也敢诬陷本王？你说有人告？不妨叫他出来和本王对质。”

南宫翼轻哼一声，道：“安顺郡王进了奉天府自然就能对质了。”

“奉天府？”慕容煜转身看着沐清漪，嘲讽道，“听说顾大人刚刚抓了朝中十几位重臣，如今又动到本王身上来了，不知道顾大人到底是勤政为民还是公报私仇？”

沐清漪抬眸，淡淡地看着他，漫不经心地道：“安顺郡王觉得是怎么样就是怎么样。请安顺郡王去奉天府是陛下的意思，本官只是奉命而行罢了。另外，安顺郡王和那些大人是不一样的。他们只是在奉天府暂住配合调查，而你……是疑犯，只怕要暂时委屈郡王在奉天府大牢里待几天了。”

闻言，慕容煜的脸色一阵青一阵白，咬牙道：“你敢！”

沐清漪抬手轻触额头，无奈地叹息道：“我当真是有些不明白，为什么总有那么多人问我敢不敢？若是不敢……我还来干什么？来人！将安顺郡王拿下！”

“顾流云，你……”

一道黑影掠过，眨眼间，慕容煜的胳膊已经被人扭向身后，他已经动弹不得了。慕容煜心中不由得一寒，他的武功不算绝顶却也不错，但是在这个黑衣人面前竟然连一丝还手的余地都没有。

“你到底是什么人？”慕容煜厉声道，不知为什么他总感觉眼前戴着面具的人有几分熟悉。

沐清漪偏着头微笑道：“这是本官的随身侍卫夏修竹。能让他亲自动手，也算是安顺郡王的福分了。修竹，将人带回奉天府吧。”

夏修竹沉默地点了点头，扭着慕容煜的胳膊走了。

接下来自然就是处理住在安顺郡王府的药王谷众人了。如沐清漪所料，灵枢和素问都跑了，原本就没有想要抓她们，不然就不会坐在大厅里等着慕容煜出现，而是直接带人闯进去抓人了。

一个个下人或者是药王谷的医者被扭着从府里抓出来。不一会儿，平湖郡主在一群人的簇拥下走了出来，神色不善地道：“你们这是要干什么？”

南宫翼拱手道：“启禀郡主，安顺郡王毒杀庄王，已经被收监了。”

“什么？”平湖郡主忍不住尖叫道。

她憔悴的脸上已经没有了几个月前的飞扬跋扈。这几个月先是父王去世，如今连秦王府都不在了，她唯一的依靠也就只剩下了原本不屑一顾的安顺郡王。但是现在，连这也要没有了吗？

“你们胡说！慕容煜怎么会杀二皇叔！一定是你们陷害他的！”平湖郡主怒斥道。

现在的平湖郡主早已经不是从前的平湖郡主了。现在的她不过是已故悼恭太子的庶女、负恩侯的庶妹而已。有圣旨在身的南宫翼自然不将她看在眼里，他只是淡淡道：“郡主到底是金枝玉叶，如果郡主不想离开，依然可以住在安顺郡王府里，或者回负恩侯府去，但是不得随意出门，还请郡主配合。”

平湖郡主的脸色变了又变，只能咬牙道：“本郡主知道了！”

说完，平湖郡主恨恨地瞪了沐清漪和南宫翼一眼，带着人拂袖而去。

沐清漪看着她离去的背影，有些惊异地道：“我原本以为她会大闹一场。”

南宫翼有些不屑地笑道：“顾公子也听闻过这位平湖郡主的脾气？不过如今时移世易，她哪儿还有骄纵的本钱？一个女人，还能翻起多大的浪不成？”

沐清漪神色古怪地看着南宫翼。女人翻不起多大的浪？一个女人可刚刚毒死了你的姑姑啊。

被沐清漪看得有些不自在，南宫翼小心翼翼地问道：“在下有什么不妥吗？”

沐清漪默默摇了摇头，道：“没有，你很好。希望南宫大人……能一直这么想。”

南宫翼望着眼前的俊秀少年，一脸莫名的表情。